本书的出版受到了中央文史研究馆的资助

叶嘉莹教授九十华诞暨
中华诗教国际学术研讨会纪念文集

中华书局

图书在版编目(CIP)数据

叶嘉莹教授九十华诞暨中华诗教国际学术研讨会纪念文集/陈洪主编;张静,可延涛副主编. —北京:中华书局,2017.5
　　ISBN 978-7-101-12130-8

　　Ⅰ.叶…　Ⅱ.①陈…②张…③可…　Ⅲ.诗学–中国–文集
Ⅳ.I207.2-53

中国版本图书馆 CIP 数据核字(2016)第 214193 号

书　　名	叶嘉莹教授九十华诞暨中华诗教国际学术研讨会纪念文集
主　　编	陈　洪
副 主 编	张　静　可延涛
责任编辑	陈　洁
出版发行	中华书局
	(北京市丰台区太平桥西里38号　100073)
	http://www.zhbc.com.cn
	E-mail:zhbc@zhbc.com.cn
印　　刷	北京瑞古冠中印刷厂
版　　次	2017年5月北京第1版
	2017年5月北京第1次印刷
规　　格	开本/787×1092毫米　1/16
	印张41¾　插页2　字数780千字
印　　数	1-1000册
国际书号	ISBN 978-7-101-12130-8
定　　价	198.00元

生命之树常青

（代序）

陈　洪

　　记得与先生初见，是 1979 年的春天。那时，我 31 岁，研究生在读；先生 55 岁，由加拿大来南开，为"文革"后的头两届本科生授课。当时，先生的学识、风神倾倒了一大批刚刚从"文革"中苏醒过来的年轻的灵魂。

　　弹指已是 37 年过去。古语云："树犹如此！" 37 年间，世界发生了很多变化·包括学校，包括学界。然而不变者，是叶嘉莹先生对中华诗词文化的那份痴情热心，是叶嘉莹先生培养人才提携后昆的忘我精神，是叶嘉莹先生身上的优雅、睿智与充沛的生命力。在先生那里，我们看到了生命之树因文学、因艺术而常青。

　　这三十余年，叶先生在南开园，在华夏大地，坚持不懈地播撒着诗词文化的种子。先生不仅培养了数十名有关专业的博士生、硕士生，还义务举办了数百次面对社会各界的讲座。听讲者有国家的领导人，有工商界的领袖，也有大量普通的诗词爱好者。在"文化中国"的讲坛，先生把诗词的意境与人生的妙理融为一体，娓娓侃侃，六七百名听众两个多小时如痴如醉，竟无一人走动。那情境真令人叹未曾有。

　　更令人且惊讶且赞叹的是，叶先生竟然"纡尊降贵"，多次亲自到小学，到幼儿园，去给小孩子们讲授诗词，示范吟诵。先生是从自身的经历认识到，童年、少年的熏陶对于人一生的修养、境界至关重要——己达则达人，己立则立人，此正所谓"仁者胸次"。

　　对于弟子中的才俊，叶先生不仅慧眼独具，而且栽培、拔擢不遗余力。大约是五年前，先生邀我旁听她一次课。原来是有一个美籍华裔的小姑娘远渡重洋来听课，叶先生觉得这是可造之材，故招我一起"把一把关"。课上，这位初中学生积极参加到讨论之中，思路之敏捷、词锋之锐利，比起在场的博士研究生毫不逊色。甚至，对于先生所讲，她也大胆提出自己的疑问。叶先生不但不以为忤，而且对其探索精神大加赞扬。在先生推动下，这个学生被南开大学破格录取。两年后，提前修满学分再被保送读研。现在，为了将来她到美国读博时能够顺利接轨，先生正量体裁衣，为她设计独特的学位论文内容与样式。当然，这个学生也不辜负先生的期许，几年间获取了各层次多方面的荣誉及奖励。

叶先生是中华诗词文化的传承者、守望者，也是杰出的研究者。她的学术研究成果丰硕，特色鲜明。诗词的生命在于情感，对诗词中情感的体认、共鸣，可说是阐释、研究的基石。先生以其极为细腻、敏锐的感受力，对于诗词中幽微深邃的灵魂悸动，如燃犀下照鱼龙毕现。在此基础上，她提出了"兴发感动"的诗学观念，以及"弱德之美"的词学理论，得到了海内外学术界的高度重视。

叶先生师承顾随先生，尽得顾先生含咀传统之神髓；而又长期讲学于哈佛、UBC，而得以融西方理论方法与东方学术成一体，故所见往往高屋建瓴，远超陈言故套。在词的起源、词的文体特征、词与性别、诗词吟诵的理论依据等诸多方面，皆有发前人所未发之透彻洞见。

叶先生是一位学者，又是一位教师，还是一位卓荦不群的诗人。她的创作，不事浮华，不拘格套，全然是性灵的自然发露。翻检先生的诗集，如同与一个高洁灵魂的坦诚对话，如同倾听近一个世纪的民族的歌哭，如同清风拂面，如同明月朗照。而性灵之外，先生的诗词法度之森严，置于唐宋大家中几无二致。

先生整整长我二十四岁（奇哉！一天不差），然精神之矍铄，思维之敏捷，常常令我自愧弗如。这几十年里，先生讲演、授课，向来是站立，而且脱稿。常有惊异者向先生请教养生的诀窍，先生总是微微一笑，道："'诗词'就是我的生命，吟咏、切磋、传授，养生即在其中了。"我相信，这是先生最为真实的生命体验。

作为中华诗词文化的守望者、传承者、践行者，以终身成就而言，以全面贡献而言，叶嘉莹先生堪称举世一人而已。因此，先生也获得了很多荣誉与头衔。但先生从不在意这些，她常挂在口头的倒是几十年间合作的学界挚友，如缪钺，如海陶玮，等等；还有对她的事业给予支持的友人，如沈秉和，如蔡章阁、蔡宏豪，如刘和人，还有湛如大和尚和他的弟子们，等等。先生讲："诗词是几千年华夏祖先留给我们的精神瑰宝，是天下之公器，应该让更多人得其滋养，也只有在更多人的呵护下才能光大。"

数年前，先生的《谈诗忆往》付梓，我有幸先睹。书中以诗词为线索，把近百年的家国风雨与个人的命运沉浮生动记录下来。夜半掩卷，久久不能释然，遂有三首小诗："才命相妨今信然，心惊历历复斑斑。易安绝唱南渡后，凉生秋波动菡苕。""北斗京华望欲穿，诗心史笔相熬煎。七篇'同谷'初歌罢，万籁无声夜已阑。""锦瑟朦胧款款弹，天花乱坠寸心间。月明日暖庄生意，逝水滔滔共谁看。"

今《叶嘉莹教授九十华诞暨中华诗教国际学术研讨会纪念文集》亦将付梓，余忝为主编，拜读海内外前辈、同仁的大作，感佩无已，同时更为叶嘉莹先生的学术影响力、精神感召力折服，乃再吟一首："南岳禅门马祖雄，慈风广被续心灯①。诗坛李杜千年后，一缕妙音起迦陵。"

虽难免班门弄斧之诮，然情发于中不能自已，聊充一篇读后感的"作业"吧。

再次祈愿尊敬的叶嘉莹教授生命之树常青！

丙申中秋　于南开园

---

①　顾随先生曾付嘱叶先生云："年来足下听不佞讲文最勤，所得亦最多。然不佞却并不希望足下能为苦水传法弟子而已。假使苦水有法可传，则截至今日，凡所有法，足下已尽得之。此语在不佞为非夸，而对足下亦非过誉。不佞之望于足下者，在能于不佞法外，别有开发，能自建树，成为南岳下之马祖；而不愿足下成为孔门之曾参也。"（1946.7.13）

目　录

（依作者姓名拼音排序）

第一编　传统诗学理论研究

第二编　叶嘉莹教授诗词曲创作、治学思想及教育理念研究

第三编 传统吟诵与教育研究

第四编 忆述与叶嘉莹教授交谊往来

附　录

第一编　传统诗学理论研究

论云间三子咏物词的三种境界

蔡　雯（首都师范大学文学院）

物我关系是咏物词研究中的逻辑起点。无论是王兆鹏先生将宋代咏物词的发展进程概括为非我化、情感化至个性化递变的三种范式①，还是路成文教授对宋代诸家咏物词及词史进程所作的具体分析②，都首先着眼于咏物词中的物我关系。三种范式的递见体现出以词咏物艺术的发展和演进，勾勒出咏物词史的嬗变。但是，由于这三种范式有其特定的生成背景，时至清代，词学中兴，咏物之风大盛，清代作者结合其生存的具体情境自主选择，其创作的词史进程以推崇北宋或宗尚南宋的递变和融通为主要特点，个体创作也体现出一定的复杂性，难以单纯用这三种范式进行划分。同时，由于情感化和个性化两类范式的界限存在一定的模糊性，很多清代作品已难以明确地在其中找到归属。因此，笔者试图从功能角度对咏物词重新加以划分，将其分为彰显个性、表达情感（即在个性和物性之间寻找契合点）和刻画物性三种。从表面来看，物我关系不外乎离合两种，具体却可分为我大于物、我即是物和物大于我三类。从这三种关系与咏物词的功能对应来看："我大于物"将表达创作者的个性置于咏物之上，是咏物词的特殊形式；"我即是物"可达物我浑成之境，以移情的方式达到表达情感的目的，是咏物词的典范形式；"物大于我"则创作者沉潜在所咏之物的背后，生成刻画物性的一类作品，是咏物的一般形式。咏物词三种功能的分类适用于咏物词全面成熟、百花竞放之后的清代词学背景，以之可对清代咏物词作系统地归类和分析。本文则试以云间三子的创作为例加以详述。

"云间三子"：陈子龙、李雯、宋征舆是明末清初的重要词人，三人本是同乡好友，但是人生经历与性情学养却大相径庭，三人的作品也同中见异。三子词皆宗尚南唐北宋，有着相

---

① 参见王兆鹏：《唐宋词史论》，人民文学出版社，2000年，第168—183页。
② 参见路成文：《宋代咏物词史论》，商务印书馆，2005年。

近的艺术追求,擅以小令咏物①。叶嘉莹先生认为明清易代之世变是促成云间词风转变的动因,很具慧眼②。云间三子的创作开启了清词的中兴。笔者发现,三子咏物词虽风格相似,但包含着截然不同的物我关系,其指向的功能和体现出的境界也迥然不同,这正与其共处于明清易代的社会背景下却经历不同人生道路密切相关。

　　阅读三子词集可以发现,集中吟咏杨花的作品非常具有代表性。三子各有一首杨花词被龙榆生先生收入《近三百年名家词选》③中,同时成为三人的代表作,是非常难能可贵的文本材料。本文试以其入选的杨花词(兼涉三子集中其他杨花词以及咏物词)为切入点,概括咏物词由不同的物我关系所形成的三种基本形式。

一、彰显个性:陈子龙的咏物词

　　陈子龙一共写过3首咏杨花的作品,收入《近三百年名家词选》的作品是《浣溪沙·杨花》:

　　　　百尺章台撩乱吹,重重帘幕弄春晖,怜他漂泊奈他飞。　　　淡日滚残花影下,软风吹送玉楼西,天涯心事少人知。④

这首词呈现出鲜明的物我分离姿态。物与我并峙词中,呈现出对立态势。起句点题,章台柳已成为柳的代称,借写柳引出所咏之物杨花。从该词所出现的"语码"(code)来看:"章台"指游冶之地,"玉楼"常代称妓楼,配合"春晖""软风"等名词渲染出浓郁的脂粉氛围,而"撩乱""弄"等动词则充满嬉玩之意。但是这些都只是杨花的物性,全词已经通过抒情主人公与杨花的并峙消泯了物性中的浮华之气,杨花固然轻薄,但是作者站得更高,并时刻与它保持距离,"怜他漂泊奈他飞"一句,直接点明了作者对杨花的态度,颇有点"哀其不幸、怒其不争"的意味,在物与我之间划清界限。

　　这一特点也出现在陈子龙另一首杨花词中,《木兰花·杨花》云:"雨初晴,风骤起,漠漠一天云堕水。真似梦,也无愁,撩乱春心何日止。　　耐缠绵,空徒倚,此去谁家金屋里。

---

① 三子集中多咏物之作,且《全明词》收陈子龙作品79首,就有咏物词29首,漏收咏物词10首(从《幽兰草》《唱和诗馀》中辑出);《全清词·顺康卷》收李雯作品129首,有咏物词51首,宋征舆作品103首,咏物40首。龙榆生先生《近三百年名家词选》是比较精粹的清词选本,共收入三子作品19首(陈子龙9首,李雯5首,宋征舆5首),其中咏物作品近半,有8首之多(陈子龙3首,李雯3首,宋征舆2首),可见三子集中咏物词不仅数量多,质量亦精。
② 叶嘉莹:《从云间派词风之转变谈清词的中兴》,《清词丛论》,河北教育出版社,2000年,第1—34页。
③ 龙榆生:《近三百年名家词选》,上海古籍出版社,1979年。
④ 陈子龙、李雯、宋征舆撰,陈立校点:《幽兰草》卷之中,辽宁教育出版社,2000年,第25页。

宁荡漾，莫沾泥，为侬留却轻狂矣。"①和《浣溪沙》相比，这首词写得比较拘泥，但是语码却与之相类："春心""金屋"通常与艳情相关，"撩乱""缠绵""轻狂"等，意旨皆淫靡而不严肃端庄。这两首词虽然都描写了杨花在春风中的撩乱缠绵之态，但是不仅没有倾心去赞美杨花，反而深刻体悟出杨花物性上的弱点，表达出作者与所咏之物全然不合的心性。

明乎此，作者对杨花的态度就颇耐寻味。通常在咏物词中，作者无论是借物兴感、移情于物，还是仅仅描写物性，大都对所咏之物有一种或赏爱、或同情的亲近感情，偶尔出现较为平和的情感，则大多出自限题应酬的背景之下，但是这样的感情却并未出现在陈子龙的作品中。这两首词中作者对杨花的态度似乎颇为复杂：既有深情又有否定。有学者曾据陈氏明亡后的遗民身份推测《浣溪沙》寄托着感时伤世之情，但是以上两首词均见于《幽兰草》，故其作于明清易代之前无疑。总的来看，这两首词应该是一般应景的艳歌小令（《幽兰草》中亦存宋征舆同调同题作品一首），即便有意深求，与其说是为国变而作，毋宁说是为柳如是所作更切合词意与写作背景。该观点由陈寅恪先生在《柳如是别传》中提出，他征引了这首词及陈子龙、宋征舆其他的相关作品，认为"玩味词中意旨，当与河东君有关无疑也"②。以是观之，则杨花又被注入了其他内涵。应该强调的是，尽管这种推测和联想符合词的创作背景和文本，但是由于缺乏确凿的文献依据，也不可过分比附和坐实。

相比之下，陈子龙另一首杨花词则略有不同，这首词作于国变之后，见于他和宋征舆等人的唱和词集《倡和诗馀》（当时李雯在北方归附清廷，所以《倡和诗馀》中没有李雯的作品）：

忆秦娥　杨花

　　春漠漠。香云吹断红文幕。红文幕，一帘残梦，任他漂泊。　　轻狂无奈东风恶，蜂黄蝶粉同零落。同零落，满池萍水，夕阳楼阁。③

此时词人正在江南进行抗清活动，故而词中没有了先前的风流浪漫之态，用笔沉重了许多，对杨花的态度也有明显的转变，不再侧重描写杨花之轻狂，而是渲染它的漂泊和零落，创造出一种末世的悲凉意味。"吹断""无奈"等动词都深蕴作者浓郁的情感，过片"轻狂无奈东风恶，蜂黄蝶粉同零落"，很容易让人联想到当时满清的强大威胁和南明的衰颓形势，结尾"满池萍水，夕阳楼阁"这种暮景很可能暗喻着明代没落的易代之悲。在这首词中，由于物我被置于相同的环境背景之下，所以分离之态不及前两首明显，但是依旧未至合一之境，

①　《幽兰草》卷之中，第14页。
②　陈寅恪：《柳如是别传》，生活·读书·新知三联书店，2001年，第249页。
③　宋存标等著，陈立校点：《倡和诗馀》，辽宁教育出版社，2000年，第38页。

"任他漂泊"一句正体现出杨花始终只是他者的特点。只是在这首词中,物与我终于并置在相同的背景之下,被赋予"同是天涯沦落人"一类的情感,而不再对峙甚至对立。

这三首词虽然时代背景、用笔轻重不同,但是却有着鲜明的共性,即词中含有词人强烈的自我意识,在文本之中主要通过人称代词的使用来实现:第一首和第三首词中"他"字非常明显,杨花是作为"他者"出现在作者笔下,而与"他"对立的"我"也呼之欲出。第二首词中,"谁家"的言外之意是"不是我家";末句的"侬"字较为费解,在古汉语中指你、我、他均可,而无论是为作者、还是为杨花本身,都体现出物我分离之境,这和咏物词通常追求的物我合一的浑融境界,是绝不相同的。在陈子龙的作品中,作者以其鲜明的个性,在写作时保持着强烈的自我独立意识,所咏之物始终是他眼中所见,最多也是身边所感之"物"。即使是创作咏物词,"我"也永远比物站得更高,或至少是对等的位置,是全词的中心所在。除杨花词之外,陈子龙咏物词多有咏雨、状雨景之作,多犯题字,即如唯一未犯题字且艺术水准较高的《菩萨蛮·春雨》一首:"几分消梦影,数点胭脂冷。何处望春归,空林莺暮啼。"雨也不过是造境之物,真正的重心是立于雨中的词人,以及词人空寂独守、苦无出路的心境。又如颇被称道的《虞美人·咏镜》结处"数行珠泪倩他流,莫道无情物也替人愁",也是典型的议论口吻,纵然饱含同情,作者亦凌驾于所咏之物之上。

遍检陈集,其咏物词一贯注重表现自我,有着一般抒情词的特点和十分鲜明的个性精神,这也正符合陈子龙坚毅的个性,明清易代,他忠贞自守,奋力抵抗,最终殉国,成为抗清烈士。这种个人品性确实和"杨花"轻舞飞扬、随波逐流的物性存在着截然的对立。所以在这3首咏物词中物我分离的姿态也就顺理成章。吟咏杨花诸作把陈子龙咏物词在物性和心性背道而驰的情况下,永远是我大于物的姿态鲜明地呈现出来。

二、物我情融:李雯的咏物词

三子之中,李雯所写的杨花词最少,仅仅一首,却成为他名副其实的代表作,提到李雯,往往避不开这首词:

浪淘沙　杨花

金缕晓风残。素雪晴翻。为谁飞上玉雕阑。可惜章台新雨后,踏入沙间。　　沾惹忒无端。青鸟空衔。一春幽梦绿萍闲。暗处销魂罗袖薄,与泪轻弹。[①]

---

① 《全清词·顺康卷》第一册,中华书局,2002年,第354页。

这首词物我合一，感人至深。作者在词中用细致的笔触描写杨花的境遇，并将自己浓郁的感情注入其中：先写风吹花落，杨花飞舞于日光之下，如白雪纷飞，映射太阳的光华。她飞上白玉雕栏，纤尘不染，高洁脱俗，只是这一切的美好都是表面的、暂时的，在一场章台的新雨之后，她落入沙间，满身污秽。无缘无故沾染洗不净的泥垢，即使青鸟也不能拯救她。她落入池中变成浮萍，完全改变了自己。一个女子穿着轻薄的罗衣，在不为人知的地方极度哀愁，她把落在自己纱衣上的泪水和杨花一起轻轻弹落。

从表面看，这首词叙述清晰，描写完整，是成熟的咏物笔法，但是浓郁的感情却流露出作者词中的深层结构，显然，这首词有强烈的寄托内涵："章台新雨"是指政治环境变化，青鸟可能喻指友人将其推荐给新朝，而在暗处销魂的女子，正是李雯的化身，她慨叹着自己和杨花相同的命运："欲洁何曾洁？"李雯如杨花般无法掌控自己的命运，只能随风飘飞，随波逐流。

李雯的咏物词，呈现出与陈子龙截然不同的面目，那是一种物我合一的浑融境界：这首词中的杨花即是作者、作者即是杨花，物我交融几成一体。这种境界主要通过移情的方法实现，作者在杨花的零落中看到了自己的沉沦。通过抓住与物相同的命运，把自我之感情移于杨花，借杨花之"酒杯"浇出心中哽咽难言的块垒。由于物我同心同情同命运，物我浑融一体，难分彼此。这当然不仅仅是写作技巧的高明，更是因为李雯自悲身世，心结难解，所以写得如此动情。

李雯的这首咏物词是有心寄托的典范。寄托已经成为探讨中国古代咏物词的核心问题。吴梅先生即认为，"咏物词须别有寄托，不可直赋"，而"工摹绘，已落言诠"。[①] 否定单纯赋物的作品，认为创作咏物词必须意兼比兴。究其本源，寄托关系的实质仍然是一种物我关系，需要主客体的相依共存。一般而言，由于古典诗词香草美人的传统由来已久，而真正有寄托的咏物词作，都应该有表层和深层两重结构：表层结构是对于"物"的吟咏层面；深层是暗含的寄托的层面，这两个层面能彼此独立，即使不谙深层的寄托含义，依旧可以完整成篇。李雯的创作，尤其是仕清以后的作品，鲜明地表现出这样的特点。除了杨花词，再如《鹊踏枝·落叶》"不比落花多爱惜。南北东西，自有人知得"[②]等，皆是有心寄托。这些作品都体现了物我浑融的境界，堪称是有寄托咏物词的典范形式。

值得强调的是，这样的咏物词却通常有其产生的特定背景。如此强烈的深情规避直接的表达，大多是因有口不能言的苦处，如《乐府补题》诸遗民借咏物寓志，实是在政治高压之

---

① 吴梅：《词学通论》，复旦大学出版社，2005年，第33页。
② 《全清词·顺康卷》第一册，第354页。

下不得已而为之。具体到李雯,在明亡后出仕清廷虽有不得已的苦衷,但他最后成为多尔衮的幕僚,代笔写招降史可法的书信,这以当时的道德标准来衡量,无论如何也难以自解。只是时人大都不知那封书信是李雯执笔,所以陈子龙还曾对李雯仕清表示谅解。然而李雯深知这种行为绝不会被世人原谅,他的《蓼斋集》甚至可以收入《答发责文》,却没有收入这封书信。他一生的深深自责也是因为有这些难言之痛。他无法为自己辩解,却真心忏悔,故而只能托物言志,在幽微深隐的咏物词之中寄托浓挚深情。

三、物我神遇:宋征舆的咏物词

宋征舆写过两首杨花词,收入《近三百年名家词选》的是国变后的作品:

忆秦娥　杨花

黄金陌。茫茫十里春云白。春云白。迷离满眼,江南江北。　　来时无奈珠帘隔。去时着尽东风力。东风力。留他如梦,送他如客。①

宋征舆的两首杨花词皆和陈子龙同调同题,这首《忆秦娥》收于《倡和诗馀》,属国变后的作品,另一首《浣溪沙·杨花》则收于《幽兰草》,系国变前作品。这两首词的写成,很可能与文人结社唱和有关。国变前后这两首词,在风格上一脉相承,在寄托的深浅、厚薄上却有着明显的差异。在分析《忆秦娥》之前,先看《浣溪沙·杨花》:"十里微风满灞陵。树头才放便飘零。绮罗深处落无声。　　点点玉楼晴雪乱,茫茫春岸白云生。行人空怨马蹄轻。"②这首词物我浑融,作者用心去体会杨花之美及与之相伴的脆弱和易逝,曲折地传达出怅然若失之情,体物之心细腻精微。起篇侧笔写风,强调是微风,却依然使杨花刚刚绽放,便自飘零,"微"、"才"炼字极精,写出杨花的脆弱,而"满"则一方面写微风之无孔不入,摧折杨花,另一方面也写出飘落的杨花之多,意味十分婉转。然后从听觉入手写满城风絮默默无声,以此烘托出一种迷离如梦的境界。下片以"玉楼"为背景,为杨花涂上淡淡的脂粉气息,先从微观表现其动态,如雪花飞舞;再以宏观见其静态,如朵朵白云,这一譬喻呼应上句之"满"字,写出杨花的繁多密集。然而这一切都是易逝的,结尾脱化王维《观猎》中"雪尽马蹄轻"之句续足以雪喻杨花之意。王维原诗以"草枯鹰眼疾,雪尽马蹄轻"写将军在冬末春初原野打猎时矫捷利落、绝无滞碍的场景,宋征舆却反用其意,写行人不愿杨花飘尽,枉自衔恨。全词

---

① 《全清词·顺康卷》第三册,第 1479 页。
② 《全清词·顺康卷》第三册,第 1489 页。

用细腻笔触写出杨花之美,曲折传达出美好事物凋残所带来的失落之感,应该说没有什么深远的寄托,如果说有本事,大概也是以杨花喻指柳如是,影射自己情感上的矢落,描写对象与陈卧子相同,表达的情感却是迥异:陈子龙对杨花怜悯中带有批判,宋征舆则只见倾心赏爱。至于在这两位词人作品中的杨花和柳如是是否有所关联,尽管陈寅恪先生多次说:"详玩词旨,颇疑或与河东君有关。岂是辕文脱离河东君之后,有所感触,遂托物寄意耶?"也不免有"殊乏确证,未敢多论"①之憾。所以,用这种联想来丰富陈、宋杨花词的多义性是必要的,但是比附和坐实却并不可取。

相比之下,《忆秦娥》则和《浣溪沙》一脉相承,甚至"茫茫十里春云白"显然化用自"茫茫春岸白云生",自我因袭的痕迹较为明显。但是"无奈""着尽"等炼字用意的寄托情味要明显高于上一首词。上阕结处"迷离满眼,江南江北"则有恍若隔世之感,渲染出一种迷离的境界,应该说与明清易代的政治大环境有密切联系。下阕写杨花命运,来时有珠帘相隔,风吹即散,飘零之态迷离如梦,吹散之后却了无痕迹。全词读后幽微情绪似可体会,却难以深求,一旦深求就打破了词体那种杳渺之美。

宋征舆咏物词和陈子龙、李雯不同,其中物我合一,物大于我:如果说陈子龙是站在物象之外,形成和物象并峙的两个主体;李雯是通过移情把物同化为我,使杨花有了和作者一样的感情;宋征舆却比较深入地沉潜在物象之中,摄其神理。李宋二人的咏物词都体现了物我合一的特点,却表现出完全不同的境界,李雯的杨花词表现的是作者的深刻愧悔之情,宋征舆却遗貌取神,写出了杨花的神采。作者的主观意识在词中若有若无,并不明确,这正和词体要眇宜修的特质相符,宋征舆这两首杨花词比之陈李毫无愧色,犹有过之。如果他的所有咏物词都达到这两首杨花词的水准,一定是结撰咏物词的高手。只是可惜,遍检宋集发现其他作品多无此等神采。可见,作者能隐于物后,挥洒出物之神采的作品需要人和物的一种"精神遇合"。宋征舆的杨花词能写得如此高妙,实是心性和物性天然契合无间之故。

四、咏物词、寄托与世变

咏物在中国有着悠久传统,从词体产生开始,几乎同时伴生咏物之作。咏物词的发展也经历了从单纯描摹物态或借物兴感到十分讲求寄托的历程。尤其是自南宋末年《乐府补

---

① 《柳如是别传》,第248页。

题》之后,比兴寄托成为词人创作的共识,也逐渐成为后世评赏作品的准则。清人在创作上卓有建树,理论成就其实更为突出。当然云间词派,尤其是云间词派的理论建树在清代词学的轴线上仅仅是一个起步。词体形式和咏物内容要求是相悖的:词体变幻多姿、擅于言情;咏物却要惟妙惟肖地描摹物象。运用比兴寄托的方法,可以使作品具有精工赋物和抒情言志的双重结构,同时满足词体和咏物的两难要求,是拯救咏物词先天创作困境的有效途径。因此,寄托在创作和评赏两方面都成为咏物词研究中的核心问题。

云间三子仅陈子龙有论词之语,理论建树不高。三子早年都是风流浪漫的才子,如陈子龙的一个朋友就曾记载:"大樽每与舒章作词最盛,客有嘲之者谓:'得毋伤绮语戒耶?'大樽答云:'吾等方少年,绮罗香泽之态,绸缪婉恋之情,当不能免。若芳心花梦不于斗词游戏时发露而倾泻之,则短长诸调与近体相混,才人之致不得尽展,必至滥觞于格律之间,西昆之渐流为靡荡,势使然也,故少年有才宜大作词。'"①此时陈子龙一方面肯定才子艳情是真实存在的感情,并将词体作为表达倾泻的载体;另一方面也认为这种感情不宜写之于诗,否则坏了诗的体格。这显然是视词为诗馀,是艳科小道。

但是,陈子龙已清楚地认识到词在明代已经衰敝,故而"强调要用词这种浅近的艺术形式,表达作者'沉至之思',即丰富深沉的思想感情,使读者得到深刻、持久的感发"②。正因为如此,陈子龙才提出以南唐北宋为轨则、排斥南宋词风的主张。他在《幽兰草词序》中说:"晚唐语多俊巧而意鲜深至,比之于诗,犹齐梁对偶之开律也。自金陵二主以至靖康,代有作者,或秾纤婉丽,极哀艳之情;或流畅淡逸,穷盼倩之趣。然皆境由情生,辞随意启,天机偶发,元音自成,繁促之中尚存高浑,斯为最盛也。南渡以还,此声遂渺。寄慨者亢率而近于伧武,谐俗者鄙浅而入于优伶。……"③可见他推崇"境由情生,辞随意启,天机偶发,元音自成"之作,简单地说就是不事雕琢、妙手偶得、浑然天成的作品。这与南宋以后咏物词有心在词中求寄托无疑是格格不入的。

陈子龙感受到五代北宋的好词有一种言外意味——这实际上与寄托有相通之处——但他对于寄托之重要性显然并没有明确的认识;他在这里是泛论词学,所以也没有专就咏物词立言。直到数百年之后,才有常州派揭橥"比兴寄托"之义,而所谓比兴寄托,正是要追寻词中的言外之意味,对于咏物词,这一点就更为重要。所以后世词论家,纷纷对此予以申述,如沈祥龙《论词随笔》云:"咏物之作,在借物以寓性情。凡身世之感,君国之忧,隐然蕴

---

① 彭宾:《二宋倡和春词序》,《彭燕又先生文集》卷二,《四库存目丛书》集部第197册,第345页。
② 孙克强:《试论云间派的词论及其在词论史上的地位》,《中州学刊》1998年第4期,第92页。
③ 施蛰存:《词籍序跋萃编》,中国社会科学出版社,1994年,第505页。

于其内，斯寄托遥深，非沾沾焉咏一物矣。"①况周颐《蕙风词话》云："词贵有寄托。所贵者流露于不自知，触发于弗克自已。身世之感，通于性灵，即性灵，即寄托，非二物相比附也。横亘一寄托于搦管之先，此物此志，千首一律，则是门面语耳，略无变化之陈言耳。于无变化中求变化，而其所谓寄托，乃益非真。"②即便是对咏物词抱有相当成见，认为"咏物词虽不作可也"的谢章铤也说："别有寄托如东坡之咏雁，独写哀怨如白石之咏蟋蟀，斯最善矣。……彼演肤辞，此征僻典，夸富矜多，味同嚼蜡。夫咏物之诗，古来汗牛充栋，然佳者亦甚寥寥，况词之体又微与诗异乎。"③可见其所批评的也是那种单纯刻画物态、搬弄典故的咏物之作，对于别有寄托的咏物词却不反对。总之，词宜有寄托，咏物词尤其如此，只重描摹刻画是对文学本质的扼杀，这几乎已经成为不刊之论。当然，咏物须有寄托，但又不宜"呆寄托"④，周济的出入、有无之说非常精辟："初学词求有寄托，有寄托则表里相宣，斐然成章。既成格调，求无寄托，无寄托则指事类情，仁者见仁，知者见知。北宋词，下者在南宋下，以其不能空，且不知寄托也。高者在南宋上，以其能实，且能无寄托也。"⑤这里的"无寄托"，不是真正没有寄托，而是无心寄托，寄托在有无之间。这种境界被认为是咏物而不滞于物的最高境界。对应于云间三子的创作，李雯咏物诸作"表里相宣，斐然成章"，是有心寄托的代表；陈子龙则"指事类情，仁者见仁，知者见知"，是无心寄托的代表。

从词学理论来看，李雯和宋征舆并没有专门的理论行世，陈子龙的理论和其创作一致，论词宗南唐北宋，并不推崇有心寄托，而向往本是无心，寄托自在的至高境界。结合其生平来考量，前人多用寄托理论来阐释他的词作，却不能忽视作者本无心寄托。云间词派虽然下开清词三百年之盛，实际上他们并没有理性地认识到词的美感特质之所在。就三子而言，其词学观有开创，仍不够完备；而他们的创作成就，更多的是因为明季独特时代背景之下各自的遭际所促成，并非是其词学观指导之下明确的实践。陈子龙在国变之后成为抗清烈士，这是其词作容易被人附会成寄托家国之感的主要原因。即如国变前的作品，如咏杨花的《浣溪沙》，也经常被误解为深有家国寄托。结合三子的创作来看，时代风云确实给他们的创作带来了显著的变化和转折，使其在创作实践中，即使无心亦有寄托。需要强调的是，除了李雯国变之后的作品属有心寄托之外，陈子龙和宋征舆大略属于无心寄托之列。

---

① 沈祥龙：《论词随笔》，《词话丛编》第五册，中华书局，2005 年，第 4058 页。
② 况周颐：《蕙风词话》，《词话丛编》第五册，第 4526 页。
③ 谢章铤：《赌棋山庄词话》，《词话丛编》第四册，第 3343 页。
④ 况周颐：《蕙风词话》，《词话丛编》第五册，第 4527 页。
⑤ 周济：《介存斋论词杂著》，《词话丛编》第二册，第 1630 页。

五、杨花词的代表意义和咏物词的境界

关于三子的创作实践,前人多认为雅近花间,谢章铤言"昔陈大樽以温、李为宗"①;徐珂曾称许宋征舆"其词不减冯韦",又称李雯词"语多哀艳,逼近温、韦"。② 张惠言论词推崇比兴寄托,并以寄托理论来阐释花间词,虽然因为字字比附,遭到时人和后人的诸多批评,但是张氏论词,确实看到了花间词自无心寄托而来的意内言外的好处,三子继承花间词风,适逢时代风云变幻,使他们的词作在花间之外别有动人之处。

杨花词在三子集中获得代表性的原因截然不同,这主要由杨花特殊的物性和三子不同的个性所决定:陈子龙通过他的咏物词来表达自身的独特人格和个性,所以当心性与物性不合之时,才会将其咏物词中我大于物的特征鲜明地展现出来。可以说,杨花词是陈子龙咏物词中物我分离态势最明显的作品,由是极具代表性;李雯的咏物词往往将一己之浓挚感情转移于物,从而达到物我交融的境界,其杨花词鲜明地体现出他大多数咏物词我即是物的特点;宋征舆的咏物词往往采取潜入姿态来刻画物性,往往物大于我。由于词人心性和杨花物性的遇合,杨花词成为其集中最优秀的咏物词,因此具有代表性。由此可见,杨花词在三子作品中皆具代表性,但获得代表性的原因却截然不同。以杨花词作为切入点,参照三子的全部咏物词,可以区别有着相近艺术追求的云间三子咏物词创作各自的特点:陈子龙的咏物诸作往往采取旁观姿态,以无心寄托的方法创作出意境高浑的咏物诸作,物我分合视物性和心性的契合度而有所不同。这样的创作方式一般是不可学的,因为作者本人具有强大内心和卓然的个性人格;李雯国变之后的咏物作品采取灌注姿态,属于典型的有心寄托之作,其咏物诸作感情充沛,物我浑融,堪为后世人创作咏物词的门径;宋征舆的咏物词则往往采取潜入姿态来刻画物性,而自我的个性和感情在这种表达之中若隐若现,从而达到一种寄托在有无之间的艺术效果。至若宋征舆的咏杨花诸作,又堪称宋集中最优秀的咏物词,词人以心性与杨花物性的遇合,自在表达,呈现杨花物性的同时也表达了个人心性,达致寄托在有无之间的轻灵境界,在词体、所咏之物、以及个人心性方面可谓一举三得。这样的作品不但后人难以学习,就是作者本人,更换了歌咏对象,也难以继续维持这样的水准,宋的其他咏物词也确实远不如他的杨花词。所以宋征舆和杨花是一种遇合,这样的遇

---

① 谢章铤:《赌棋山庄词话》续编三,《词话丛编》第四册,第 3530 页。
② 徐珂:《近词丛话》,《词话丛编》第五册,第 4222 页。

合在词史上也并不多见，如姜白石和梅花，是可遇而不可求的，但是一旦出现，就不仅是作者本人的成就，也是审美对象和咏物词史的幸事。物性化的咏物词写到佳处，达致神品，就必然是源于作者心性与物性的契合无间。

三子用不同的创作手法走出咏物词创作的困境，在满足咏物要求的同时得词之本色，取得了极高的艺术成就，恰如其分地传达了咏物词中由三种不同物我关系所达致的迥异境界：我大于物则诞生表达个性之作，这样的作品通常有寄托亦出于无心，倾向物我分离。虽然物我合一是咏物词创作的艺术追求，但是表达个性一类的优秀咏物作品却为数不少，这主要是因为这类作品容易形成物我的紧张关系，一般非极具个性的作家不能为，而这正和文学崇尚个性和创造力的本质相和，所以这样的作品往往能够在规矩之外自有方圆，后人难以学习，陈子龙的咏物词即是一例；物我浑融是表达情感一类咏物作品的典型特征，也是咏物词的一般创作方法，是有心寄托的典范和学习咏物词创作的门径，其通过对物我某方面共性的认识，将自己浓挚的感情移情于物，即如李雯在杨花词中将自我的沉沦和杨花的零落联系在一起，并将自己的痛苦移植于所咏之物；物大于我则产生刻画物性一类的作品，这类作品极易流于平凡，低者只见有物，不见有我，不痛不痒，平庸无奇，此种作品毫无寄托，也不值得学习。而高者能描状物形，勾魂摄魄，则出现咏物词中的神品。这样的作品大多得来不易，依赖于心性和物性的投合，无心寄托而寄托自在，无法学习，宋征舆的杨花词便是如此。

由此可见，云间三子的杨花词以其相近的艺术追求分别代表了咏物词作品中我大于物、我即是物和物大于我三种截然不同的物我关系，以及彰显个性、表达情感和刻画物性三种功能，代表了咏物词创作的三种境界。以物我离合和表达功能的分类来看待词人的咏物词创作，可以加深对其人、其词的分别和认识，是咏物词研究的重要角度；而以云间三子杨花词为代表的咏物词创作为例，亦可以清晰而微妙地传达咏物词由物我离合关系所形成的三类典型。

古诗十九首与叙事传统

董乃斌（上海大学）

古诗十九首作为五言诗走向成熟的里程碑，被刘勰赞为"五言之冠冕"（《文心雕龙·明诗》），王世贞评为"千古五言之祖"（《艺苑卮言》），在中国文学史上居于重要地位，历代解说研究者很多，大学的文学史课程也必定会讲到它们。叶嘉莹先生的《迦陵论诗丛稿》中就收有《谈〈古诗十九首〉之时代问题——兼论李善注之三点错误》、《一组易懂而难解的好诗》两篇论文，她在多年的讲学生涯中也曾多次讲到它们。倘对所有关于古诗十九首的论述加以梳理，足可构成一部专门的学术史。研读这些材料，可看到前人解读这组"易懂而难解的好诗"的各种角度和丰富多彩的成果。① 但据本人孤陋之见，将古诗十九首与中国文学叙事传统相联系，将它们放到中国文学抒情与叙事两大传统发展与消长的平台上来论述的还很少。而本文则拟从这一角度试作观察和分析。

古诗十九首历来被视为纯粹的抒情作品，如今我们要将它们与叙事传统相联系，当然首先就需要指出叙事因素、叙事成分在这些诗中的存在，只有这样我们的论述才具有"合法性"。

让我们从阅读原作开始，同时参考前人的论述，随文揭出古诗十九首的叙事因素和成分，并作必要的阐述。

按照古诗十九首最早的出处——萧统《文选》的编排次序，从"行行重行行"开始，一首首读下去。我们不能不感到古诗十九首抒情意味的浓重，抒情手法的突出。其中甚至存在着像"生年不满百"（第十五首）这样几乎是纯抒情，即每一句都是诗人主观自叙其情绪或感慨而绝无客观叙述之笔的作品。然而，我们也发现了叙事成分的存在，而且并不稀少；同时

---

① 从隋树森先生1936年在中华书局出版的《古诗十九首集释》所收的资料可见，前人在古诗十九首词语典故的笺注、作者及创作时代的考证、诗意的解读串讲、诗旨的探索、篇章结构和作法技巧的分析等方面均有很多成果。上海古籍出版社1999年《朱自清、马茂元说古诗十九首》一书前曹旭先生的《导读》对学术史也有简洁的叙述。此后研究成果仍多，如近年木斋先生的系列论著。

我们还看到，在前人论述中对此也已有所触及，有的甚至颇为突出。

第一首"行行重行行"。清人张玉縠在《古诗十九首赏析》中分析其章句道："首二，追叙初别，即为通章总提。"①这就肯定"行行重行行，与君生别离"两句是叙事，而且具有追叙的性质。的确，两句叙述虽极简单，但没有它，全篇的抒情就失去了根据和出发点，所以称之为"通章总提"。这种先以叙事带起，作为下面抒情之张本的情况，是抒情诗常用的手法，在古诗十九首中也颇多见。

张玉縠对古诗十九首的赏析，很多地方都提到了"叙"的手法，对此需要作一些辨析。因为说到底，诗歌和其他各种文学作品一样，都是要通过"叙述"来表达的。时间、地点、景物、人物、事件，包括作者内心的感情，统统都得由作者或口头或书面地叙述出来。抒情其实也是一种叙述，不过所叙的是感情或情绪，且主要是作者本人的感情或情绪而已。时间、地点、景物和人物的活动等等作者主观以外的要素，可以构成事件（故事），成为叙事的对象，也可以零散无联系而不构成某个事件，文学作品叙述它们，就并不都表现为标准的叙事。也可以说，叙事是分层次的，有头有尾地讲故事是叙事，以一句话简述事件也是叙事，仅写事态的一鳞半爪同样应属叙事。叙事和抒情的根本界限在于叙述的客观性和主观性，所述内容属于作者主观感受、主观想法、主观情绪或意识者，是抒情；所述内容为作者身心之外的客观事物、事态、事情、事象、事件或故事者，则为叙事。比如张玉縠说"青青陵上柏"的"'洛中'六句铺叙洛中冠带往来第宅宫阙之众多壮丽"，这里的"铺叙"指的是传统的赋法，是在铺叙景物，是客观描写而不是直抒胸臆，虽尚未达到讲故事的层面，但毕竟已含一定的叙事意味。

至于他所说的"今日良宴会"首"首四以得与宴会，乐听新声**直叙**起"；"迢迢牵牛星"首"中四**接叙**女独居之悲"；"凛凛岁云暮"首"此亦思妇之诗。首六就岁暮时物凄凉**叙起**。……中八蒙上'锦衾'点明'独宿'，撰出一初嫁来归之梦，**叙得情深义重**，惚恍得神"，以及"客从远方来"首"通首只就得绮作被一事见意。首四以客来寄绮**直叙**起。……中四因绮文想到裁被，并将如何装绵、如何缘边之处，**细细摹拟**"，就更是真正涉及了诗歌的叙事手法，认为大都起着"以叙引抒"的作用。（均见《古诗十九首赏析》）

方东树《昭昧詹言》论述古诗十九首表现技巧，也多有"夹叙夹议""平叙""夹叙夹写夹议"等语，值得注意。②

现当代研究者对前人说法既有所接受，又因具备新文艺理论的修养而认识有所进展。

---

① 《古诗十九首赏析》收入隋树森编《古诗十九首集释》，中华书局 1936 年。
② 参隋树森《古诗十九首集释》所收方东树《论古诗十九首》。

如朱自清、马茂元虽都强调古诗十九首的抒情性，但对其叙事的表现也是注意到了的。①

　　第二首"青青河畔草"，全诗十句。朱、马二先生的研究都指出了它的叙事特色。马先生说："这是思妇词，用第三人称写的。"短短一句话便提示了本诗不是诗人言志或直抒胸臆的作品，用第三人称写，便自然地不可避免地带上了叙事性。

　　马先生接着写道："因为是第三人称，它正面介绍了诗中的主人公是'昔为倡家女'的'荡子妇'。在这样的身份和这样的生活经历的背后，不难想象，其中可能隐藏着不少故事性的材料，如果把它描绘出来，也是很动人的。"这里，马先生肯定了本诗题材具有叙事的潜质，也肯定了"昔为倡家女，今为荡子妇。荡子行不归，空床难独守"几句的叙事性质。但马先生的注意点仍在本诗的抒情性，进而指出，虽然题材具有叙事潜质，"可是作者并没有从这方面去描绘，而是按照这方面的生活实际，加以观察、分析、综合，避实就虚，从精神状态着笔，写出了一首十分优美的抒情诗"②。这一分析触及诗歌创作的一种现象：对同一题材，诗歌写法本可有叙事或抒情的不同写法，"青青河畔草"的题材本可写成叙事之作，但它的作者却选择了抒情写法，把它写成了抒情诗。问题是抒情诗非但不排除叙事的片段，而且很需要必要的叙事。这叙事片段既叙述了故事（尽管极简单）使诗的抒情有了背景和依据，也使抒情诗获得了叙事成分；换个角度看，这一叙事片段本身又是含着感情色彩的。归根到底，诗中的叙与抒其实总是交融在一起，互相支持，互相推挽，你中有我，我中有你，研究起来既可明辨，又不能割裂的。

　　第四首"今日良宴会"，朱自清先生的论述与马先生上述分析异曲同工。朱先生说："这首诗所咏的是听曲感心；主要的是那种感，不是曲，也不是宴会。但是全诗从宴会叙起，一路迤逦说下去，顺着事实的自然秩序，并不特加选择和安排。前八语固然如此，以下一番感慨，一番议论，一番'高言'，也是痛快淋漓，简直不怕说尽。这确是近乎散文。"前面是叙事，后面是叙情，由事（宴会听曲）而引到感情的抒发，这就是本诗的思路和结构。

　　朱先生是个很细心的人，第五首"西北有高楼"，其叙事句"上有弦歌声"插在环境描写之后，他也没有放过而予明确拈出。此虽一句，但委实重要，因为必须有了它，诗的下文才能"一路迤逦说下去"，抒情才有根基和由头。

　　当我们读到第八首"冉冉孤生竹"、第九首"庭中有奇树"、第十首"迢迢牵牛星"的时候，对古诗十九首的叙事特色便有了更强烈的感受。

---

① 　随便举个例子，马茂元解说"客从远方来"一首："一、二两句叙事，三、四两句即事生情，为下文生出无限波澜……"就与上举前人说法的思路一样。见其《古诗十九首探索》，载《朱自清、马茂元说古诗十九首》。

② 　《朱自清、马茂元说古诗十九首》，上海古籍出版社 1999 年，第 151 页。

第八首"冉冉孤生竹"以女子自述的口吻讲了一个新婚别的故事,抒发了一位新妇"过时而不采,将随秋草萎"的忧思。

第十首"迢迢牵牛星"则是演述,敷演的是牛郎织女故事,全诗几乎没有直接明确的抒情,诗人所要表达的情感,完全渗透或掩藏在故事的展示之中。

最有意思的是第九首"庭中有奇树"。全诗仅八句,是古诗十九首中最短的作品:

> 庭中有奇树,绿叶发华滋。
>
> 攀条折其荣,将以遗所思。
>
> 馨香盈怀袖,路远莫致之。
>
> 此物何足贵?但感别经时。

这是一首以抒情面目出现,而实含有故事的诗,不妨称之为"含事诗"。中国古诗中此类最多。本诗和上举"青青河畔草"其实都是这种情况。诗面以饱含感情的叙事为主,如本诗描叙女主人公看到庭中的树和花,描叙她采摘花朵渴望能送给想念的人,但因路远无法送达,于是又描叙她的心思,吐露"但感别经时"的思念之情,也就刻画出一个思妇独立树前花下,手持花朵,沉思默念的形象。这里的叙述打破了中国古代抒情诗以刻画作者本人形象为主的传统写法,而将笔触伸向其他人物的活动和心态,客观地摄下一组镜头,并且暗示了诗面背后或以外存在着某件事情(甚至一个故事),至于详情则完全隐去,随便读者怎么想去。

以上的解说并非为论证诗歌叙事而勉强为之,事实上确是如此。陆机的拟诗就是有力的旁证,他对本诗正是从叙事角度来理解的。他的拟作干脆写成了一首叙事之作,即把原诗背后的故事(当然是按陆机的理解)写到诗面上来了:

> 欢友兰时往,苕苕匿音徽。
>
> 虞渊引绝景,四节逝若飞。
>
> 芳草久已茂,佳人竟不归。
>
> 蹀躞遵林渚,惠风入我怀;
>
> 感物恋所欢,采此欲贻谁![①]

朱自清在《古诗十九首释》中说陆机的拟作"恰可以作本篇("庭中有奇树")的注脚。陆机写出了一个有头有尾的故事:先说所欢在兰花开时远离;次说四节飞逝,又过了一年;次说兰花又开了,所欢不回来;次说蹀躞在兰花开处,感怀节物,思念所欢,采了花却不能赠给

---

① 萧统:《文选》卷三十,逯钦立:《先秦汉魏晋南北朝诗》晋诗卷五,中华书局 1983 年,第 689 页。

那远人。这里将兰花换成那'奇树'的花,也就是本篇的故事。可是本篇却只写出采花那一段儿,而将整个故事暗示在'所思''路远莫致之''别经时'等语句里,这便比拟作经济。再说拟作将故事写成定型,自然不如让它在暗示里生长着的引人入胜。原作比拟作语短,可是比它情长"。马茂元在《古诗十九首探索》中完整地引用了上文,未另加辨说,可见是完全同意的。①

我们也非常赞赏朱自清的论述。陆机拟作与原作艺术的高下且不论,二者皆具叙事性,只是其隐显和强弱有所不同而已,这才是重要的。这说明古诗十九首各篇中确实具有多少和程度不等的叙事成分,把它们放到叙事传统的平台上观察分析是有理由的。至于朱先生认为"庭中有奇树"因叙事朦胧含混而比陆机拟作的叙事明确好,在这个个案上也许是正确的;这也反映了中国诗学传统的主流观念,在美学上有其深刻的道理,我们不妨认同。但仍需说明一点,即这种观点也存在弊患,倘一味推衍甚或使之独尊,就会产生在文学创作和批评中过分崇虚抑实,乃至压抑贬低叙事行为的副作用,那将不利于文学发展,而这在中国文学史上是有教训的。不过这个问题比较复杂,我们在此不能详加讨论。

我们继续往下读,觉得古诗十九首的第十六、十七、十八几首的叙事更有特色。

十六首"凛凛岁云暮",前引清人张玉穀已有所论述。清人吴淇和张庚论述更详也更抓住了要点,他们都指出此诗描叙了一个女子在特定时间地点所做的梦,写了她在怎样的环境中入梦,梦境如何,以及梦醒后的情景。用今人的概念来说,那就有点像短篇小说了。以下试参用吴、张二位的原话,略述此诗内容。吴云:"首四句俱叙时,'凛凛'句直叙,'蟋蟀'句物,'凉风'句景,'游子'句事,总以序时,勿认'游子'句为实赋也。(引者按:意谓前四句所叙是女主人公做梦的背景,游子并非诗的描叙对象,写到游子,但并非"实赋",而是暗示女子做梦的原因)'锦衾'句引古以启下,言洛浦二女与交甫素昧生平者也,尚有锦衾之遗,何与我同袍者,反遗我而去也?(引者按:这里写女子梦前的思绪,触及典故叙事,是诗歌叙事的一个重要问题)"张在吴的基础上又说:"良人"四句叙梦之得通而感其惠顾,更愿其长顾不变而同归也。这是对梦境的阐释。② 其实梦境到此并没有完,"良人"四句是梦中美景,想到当初良人驱车来迎娶自己,非常甜蜜,但接下去便梦到了眼前,良人并未真的在梦境中出现,更没有真的来到自己身边。就在梦的朦胧中,孤单的她慢慢醒来,才想到良人并无"晨风(鸟名)翼",当然不可能飞来。"眄睐"二句写梦初醒犹在回味梦境的样子。最后,"徙倚"二句描写彻底失望和无尽的哀伤,女主人公独自哭泣,"垂涕沾双屝",那是梦后的真实

① 朱自清说见《朱自清、马茂元说古诗十九首》第39页,马茂元引用见同书第166页。
② 参吴淇:《古诗十九首定论》、张庚:《古诗十九首解》,均据隋树森先生《古诗十九首集释》。

情景。至此，叙述完成，情境回到诗的原点，叙述形态相当完整。

十七首"孟冬寒气至"叙述一位女子寒冬中思念在外的丈夫，从月缺望到月圆，又从月圆望到月缺，终不见他归来。忽有一天，来了一位客人，捎来他的书信，那上面写着他的思念，写着对她的慰勉。她激动极了，把信像宝贝似的收藏在贴身的怀袖之中须臾不离，信上的字三年不灭，实谓那信里的话就像刻在她心上再也不会磨灭。可惜她没法回信，让他知道自己的一切……。这首诗抒发了一个妻子对远在他乡的丈夫的刻骨思念，诗人深入到这女子的心灵之中，成功地刻画出她的形象，代她喊出了心声。诗的抒情意味极浓，用的却是叙事的办法——虽然所叙的事情并不复杂，并没有什么冲突和戏剧性，在叙事上还算不得很高的层次。

第十八首"客从远方来"像是"孟冬寒气至"的姐妹篇，也是作者化身为故事中的人物，设身处地代一位在家盼夫的女子写出她的经历，并以她的口吻抒发感情。诗省略了她的苦等苦盼，而从来客为她带来"故人"（丈夫）的音信和馈赠写起。这位妻子得到的不是一封信，而是"一端绮"，但同样猛烈地激起了她心底的波澜。她从这来自万里以外的罗绮感到了"故人"的一片心，原来他没有忘记我！她打开罗绮，见上面用多彩的丝线织着一对鸳鸯图案，觉得它美极了，更从鸳鸯的寓意感受到故人眷恋自己的心意。她手捧罗绮心绪百端，决定拿这罗绮做一床"合欢被"，用"长相思"作棉絮，把四角的结打得牢牢的，使它永远都不能解开。在这样想这样做的时候，她心中不断地回响着一句誓言：我俩就像胶没在漆中，任何力量也不能把我们分开！① 故事的叙述到此戛然而止。此后会怎样呢？女主人公的命运究竟会怎样？不得而知。按传统的诗学审美观，正唯如此，诗才意味深长。

通过以上阅读和分析，古诗十九首本身具有丰富的叙事因子应该可以确认，采用叙事视角来考察和论述古诗十九首，应该是可行的。

在被公认为抒情诗的古诗十九首中找出叙事成分，有助于加深对中国古代诗歌性质特征的认识，有助于我们端正并丰富对古代诗歌发展史的认识，也使我们更有理由对"中国文学传统就是一个抒情传统"的说法提出质疑，而对中国文学存在抒情和叙事两大传统的观点更加充满信心。

我们看到，古诗十九首不但有叙事，而且叙事方式相当多样。既有"迢迢牵牛星""凛凛岁云暮""孟冬寒气至""客从远方来"那样一诗一事、本身具有相对完整性的形式，也有"青青河畔草""庭中有奇树"那样诗中含事而在吟咏时将事实推远却以抒情为主的形式，还有

---

① 本诗的释读采用了马茂元先生的一些说法。

"行行重行行""今日良宴会"及"西北有高楼"首里"上有弦歌声"那样一二句简叙以引起下文的方式，此外还有典故叙事、赋体叙事等层次不同的叙事。这里其实尚有许多问题可以深入探讨。

　　从古诗十九首以及建安、正始以后甚至更长时段的中国古代诗歌情况看，除极少数例外，绝大部分诗歌都是如此，都是抒情和叙事两种成分不同比例、不同形式的融合和搭配。叙事诗中的叙述部分渗透着感情，而且不排除叙事以外的直接抒情，这是众所周知的，无需多说。而就抒情诗而言，它的产生一定是有背景、有缘由的。诗人总是因事生情，而不会凭空生情。促使诗人动笔写诗的那个事情，可以被写进诗中，读者从诗的叙述中就能了解，此即"事在诗中"的情况，像"迢迢牵牛星""孟冬寒气至""客从远方来"诸首便是；诗人也可能不把触动他灵感的那事情写入诗中，而将笔墨用在抒发感慨，发表议论上，那便是"事在诗外"。然而诗的表述无论怎样侧重抒情和隐晦含混，仍与那事难脱干系，像"今日良宴会""庭中有奇树"等首便是。人们对于诗的读解和评论也总离不开对隐含于诗中之"事"的探寻。对于这类作品，读者，特别是研究者，会仔细分析诗歌文本，并用各种办法（如考察诗人生平、经历、创作的时代背景等等）去努力追溯并揭示那事，从古至今几乎历来如此。清人章学诚《文史通义》论诗话，有言曰："诗话之源，本于锺嵘《诗品》。然考之经传，如云：'为此诗者，其知道乎？'又云：'未之思也，何远之有？'此论诗而及事也。又如'吉甫作诵，穆如清风，其诗孔硕，其风肆好'，此论诗及辞也。"指出诗话的两大内容，一是论诗及事，一是论诗及辞。接着说到唐人诗话，认为言说范围有所扩大，涉及史部之传记、经部之小学、子部之杂家，然而"虽书旨不一其端，而大略不出论辞论事，推作者之志，期于诗教有益而已矣"①。可见，"事"实为诗歌之内质或至少与其内质紧密相关，辞则是"事"与诗人之思的外化。正因如此，论事论辞才会成为诗话内容的主体，探事论事也才会成为研究者的一大心结，对那些隐含着的"事"（更不要说某种"故事"了）不求出个究竟就不肯罢休。近年木斋先生对古诗十九首提出新解，将其中多篇与曹植和甄氏的感情纠葛相联系，实质上便是循了这一思路，与八九十年前苏雪林女士将李商隐诗称为"诗谜"，著书探究其"恋爱本事"的情况相似。不过，这种探索难度很大，因为时代久远、资料不足，往往难以找到可靠答案；又因为旧说深入人心，研究者间还可能产生巨大分歧。

　　古诗十九首既有不少叙事成分，何以仍被视为抒情诗，而不是叙事诗，历来研究也很少采取叙事视角呢？

----

① 章学诚著，叶瑛校注：《文史通义校注》卷四，中华书局 1985 年，第 559 页。

　　这首先是因为就此十九首诗的全部诗语来看,还是抒情的比重更大。叙事虽大大有助于抒情,或者说抒情本来离不开叙事,但就古诗十九首全体来看,叙事的分量确实并未压倒抒情,给人的印象还是抒情为主。可以拿它们与时代相近的汉乐府比较一下。二者虽有相近之处,后者许多作品的叙事性(描叙基调的客观性、人物形象的鲜明性、故事情节的具体性、细节的丰富性、对话的多样和生动性等等)显然要强得多。如果说汉乐府中有很多抒情色彩浓郁的叙事之作,那么古诗十九首基本上可以说是具有一定叙事因素的抒情诗。我们指出古诗十九首的叙事因素,并非要颠覆什么,只是想说明抒情诗与一定的叙事成分并不矛盾,建议将艺术分析做得更细腻一些。

　　其次,历来对古诗十九首的研究很少采取叙事视角,还与中国诗学的传统观念有关。中国诗学认为诗歌是个人情志的流露与表现,认为文史应该分清,叙事是史学的职责,抒情才是文学的专利,从而在文学批评(尤其诗歌评论)中存在着重抒情轻叙事的倾向(在史学批评中则相反)。在中国文学批评史上常能看到一种现象:当论者要重视或抬高某个文学作品,特别是诗歌时,往往就会强调和突出它的抒情性,或在论述其艺术性时竭力去阐发其抒情的一面,而自觉不自觉地忽略乃至贬低其叙事的一面。班固《咏史》是文人五言诗的早期代表,咏叹抒情的色彩是明显存在的,只因全诗复述史实的分量重,史性特色强,而正面抒情议论仅"百男何愦愦,不如一缇萦"两句,便被评为"质木无文"。① 其实就连作出如此评价的锺嵘也承认,他的《咏史》诗是"有感叹"的,只是在比重上还差了些而已。由锺嵘《诗品》表现出来的这一倾向,在今后的发展中几乎已成为诗歌批评中的一种共识、惯例和轨辙,甚至一种不成文法。② 而这也就是"中国文学传统就是一个抒情传统"说法的实践基础。

　　说中国文学存在一个抒情传统,这是完全正确的。但说中国文学传统"就是一个"抒情传统,从而把叙事传统撇除在外,那就成问题了。因为事实上从文学的源头说起,抒情和叙事乃是同时发生,同根而生的。抒情和叙事都植根于人的内在本质,是人的本质力量的表现,也都在人的生产活动和社会生活中逐步磨炼形成并发展成熟起来。所以,我们认为,要说文学传统,就该说抒情、叙事两大传统,独尊哪一个或排除哪一个都是违背历史、不符事实的。

　　中国文学的抒、叙两大传统,在同源发生并逐步发展起来以后,渐渐地各自找到了最适合自己成长的文体。简略地说,抒情文学和抒情传统更多地依托于诗歌(包括诗词歌赋,

---

① 质木无文,质直无文采之谓也,涉及对文辞的批评,但班诗"述事"成分重仍是根子。
② 请参笔者《古典诗词研究的叙事视角》(载《文学评论》2010 年第 1 期)、《〈艺概·诗概〉的诗歌叙事理论》(载黄霖、周兴陆主编复旦大学第三届中国文论研讨会论文集《视角与方法》,凤凰出版社,2013 年)。

叙事文学和叙事传统则主要在历史记述和叙事散文（早期主要是史传，后来是小说）中扎根壮大。而中国古典戏剧则是两大传统的最佳结合。文学和史学各自在自己的轨道上长足进步，文史两科各自的特色越来越鲜明，必然出现分道扬镳的态势。虽然两者间的联系和相互影响从未停止，也不可能停止，但分头发展的结果终于使自古以来文史不分的局面动摇起来。

古诗十九首的出现和被收入《昭明文选》显示了东汉至六朝时代文学独立的努力。古诗十九首的创作，处于诗歌文人化的关键时刻，文人的自我意识日益觉醒，诗歌创作的个人色彩日益加重，也可以简言之——诗人的抒情能力大为增长，成为抒情传统发展的一个时代性标志，从而使它们符合了《昭明文选》"事出于沉思，义归乎翰藻"的要求，被从当时众多古诗中挑选出来进入此书，幸运地获得流传千古的机会。

另一方面，《昭明文选》明白宣布不收"纪事之史，系年之书"，致力于割断史文与文学的关系，仅将史书中短篇的赞论序述选录少许聊备一格。班固是个杰出的史家和赋家，但他的《咏史》诗具有较浓重的史性而诗性不足，因而就无缘进入《文选》而与王粲、曹植、左思、张协、鲍照等人的《咏史》并列。

抒情、叙事两大传统在发展演进中不断有所消长，有所起伏，古代诗歌从创作到批评贬抑叙事的倾向，实质上是一种去史趋势；而在一段时间内，史述文字的文学性却在加强，以至后来遭到史论家刘知几的猛烈批评，并发出史学去文的强烈呼吁。

总之，文史因有内在的关联，实在难以一刀两断。于是我们看到，在中国文学史的发展途程中，诗歌尽管擅长抒情，但永远切不断与叙事和史性的联系，古诗十九首中形形色色的叙事，就是明证。而且诗歌史上不断出现叙事大家，甚至叙事运动，产生令人难忘的叙事作品，比如到唐代，就有杜甫和元白的新乐府运动。而承载叙事传统的文体也离不开抒情传统的滋养，唐人小说的诗性特征明显，唐以后历朝历代所有文学体裁也都表现出抒情传统同叙事传统既交集又独立，在并存和各自起伏中互动互益的态势。

性别差异

——明末清初女诗人季娴诗歌中隐士形象的建构

方秀洁(Grace S.Fong)麦基尔大学(McGill University)

一、隐士的文学形象与性别问题

隐士是中国文学中一个植入根深的文学形象,退隐作为一个诗歌主题与中国历史本身一样久远。隐士,一个独居、超然、脱俗的男性品格,被公认为是与投身社会和政治相对立的另一种男性选择。但是,正如学者李颀所指出,入仕和退隐是"一个男性的两面,中国士大夫生活中的两个角色"①。正是因为有关退隐的实践和话语贯穿中国历史的悠久普遍,这一主题也在诗歌和其他文类中相沿成习。有关这一主题的文本资料和社会实践的证据丰富,为中西方学者,诸如蒋星煜、李颀、Frederick Mote、邝龑子及 Alan Berkowitz 等,提供了一片学术研究的沃土。他们的研究依次详尽论述了在不同历史阶段的"退隐的模式变化""入世与退隐的两难""脱俗的模式"及"儒家的退隐"等题材。② 文人官僚各阶层中大量的或传说或现实中的人物把退隐变成了从官宦中放逐、退隐和贬职的结果,或者直接就是他们自我选择的生活方式。

---

① Li Chi 李颀,"The Changing Concept of the Recluse in Chinese Literature,"*Harvard Journal of Asiatic Studies* 24(1962—63):234。

② 蒋星煜(1920—):《中国隐士与中国文化》上海三联书店,1988 年;李颀,"The Changing Concept of the Recluse in Chinese Literature;"Charles Kwong 邝龑子,"Tao Qian and the Chinese Poetic Tradition:The Quest for Cultural Identity(Ann Arbor:*Center for Chinese Studies*,University of Michigan,1994);Alan Berkowitz,*Patterns of Disengagement:The Practice and Portrayal of Reclusion in Early Medieval China*(Stanford University Press,2000);和 Frederick Mote,"Confucian Eremitism in the Yuan Period,"收在 Arthur Wright 所编,*The Confucian Persuasion*(Stanford University Press,1960),202—240。最近彭国忠在香港岭南大学汉学国际研讨会(2013 年 11 月 1 至 2 日)中发表论文《中国诗歌中的渔妇形象》中也探讨了清代女诗人书写的渔妇形象。

　　无拘无束的隐士在自然中怡然自得是文人文化所崇尚的对象,是诗歌和绘画中反复题写的自我再现的主题。在诗歌的表达中,隐士形象可以只是时髦的姿态,一个文化价值的符号,或者用以体现一种真诚的个人愿望和对超脱的寻求。不管是承载哪一种意义,隐士为文人官宦提供了一个传统的,如果不是在社会生活中,便是在文本中,可以进入并惬意栖居的主体位置。

　　在诗歌的传统中,被尊为偶像的陶潜(372?—427)自唐代以来便高居在隐士之祖的位置之上,其后有无数的、或真诚或假冒的追随者。身处中国历史上一个混乱的年代,陶潜对自己短暂的一段仕途厌倦之后,拒绝了当时对一个受教育的男性而言唯一的职业途径,归返田园,"回归本性"。他的诗歌是他归隐田家的生活提炼,记录了他在亲近自然中辛勤劳作,开怀畅饮。他开创了田园诗的传统,其《饮酒其五》脍炙古今:

> 结庐在人境,而无车马喧。
>
> 问君何能尔,心远地自偏。
>
> 采菊东篱下,悠然见南山。
>
> 山气日夕佳,飞鸟相与还。
>
> 此中有真意,欲辨已忘言。

这首诗描绘了隐士自然的静态,不为世间的事物骚扰。"采菊东篱下,悠然见南山。山气日夕佳,飞鸟相与还"表达了诗人与大自然的融合,他心灵上对"真"的体认让他忘记了理性认识以至于"欲辨已忘言"。

　　其后男性诗人模仿陶潜的诗作,引以为典的无穷无尽。陶潜作为最主要的诗人隐士也反映在大量的对他的研究专著和译文中。[①] 简言之,有关这一隐士的语言、意象和主题在中国历史上绵延不断地被文人所借用重述。因而,不言而喻,隐士主题和形象在社会上、文化上和文本上都被定性为不可磨灭的男性性别。而且,尽管频频写出渔人和樵夫的象征性形象作为隐居自然的传统表达方式,进行自我表现的隐士诗人其实是精英阶层的成员。如此,有关退隐的背景其实处于官场生涯与私人退隐和冥想自由的张力之间。唐代诗人王维就曾经写过一首《淇上田园即事》,很明显的模仿田园诗里隐士的感受。有学者认为这首诗是王维四十多岁早期退出仕宦屏居时所作的诗:

> 屏居淇水上,东野旷无山。

---

① 早期研究和翻译包括 James Hightower 的 *The Poetry of T'ao Ch'ien:Translated with Commentary and Annotation*(Clarendon,1970),及 A.R.Davis,*Tao Yuanming*,*AD* 365—427,*His Works and Their Meaning*(Cambridge University Press,1983)。最新研究见 Wendy Swartz,*Reading Tao Yuanming:Shifting Paradigms of Historical Reception*(427—1900).Harvard University Asia Center,2008。

日隐桑柘外，河明闾井间。

牧童望村去，猎犬随人还。

静者亦何事，荆扉乘昼关。

诗人透过客观超脱的视野来描写乡间恬静的生活。"静者"是王维诗中的角色——他既是处于乡村的景色内，但也与之有所隔绝。日暮他从关闭着的"荆扉"后面观看田野景物，换句话说，像王维这样的士大夫隐士把公务丢开，隐藏在农村的大自然里。典范的田园山水诗都富有隐居主题的色彩。

　　现在要提出的问题是：如此是否隐士诗歌的这一男性背景将导致女性退隐成为一种逗喻、一种不可能性的主题？历史上有少数女性作为著名男性隐士的贤能妻子或女儿而闻名，最有名的是后汉梁鸿之妻孟光。但是这些女性本身没有被看作为隐士。除了出家的尼姑和道姑，女性退隐很显然没有自己的先例和背景。自晚明起，由于各种在社会上和文化上的变化，加以印刷技术的促进，女性的家庭教育和女性文学迅速发展到高峰，一些从事写作的女性确实有志刻写一个类似的女性主体空间和自我表达。鉴于传统妇女从整体上就被排挤在科举仕宦生涯之外，她们如何能够退隐？从儒家性别意识形态上来说，她们本来就应该处于深闺，与世俗隔离，退隐这个概念根本不应存在。而且，处于闺阁仍需执行女性在家庭里的职务。很有意思的是，明清女性的诗作里并不缺乏含有隐居色彩的作品，那么在阅读女性所写的隐士诗时，我们如何在广泛的意义上转换背后所隐含的男性背景？女性生活背景如何影响女性退隐诗歌的创作？她们又如何介入主流传统？有退隐倾向、有意志追求独处生活的女性（却没有或不能出家为道姑或尼姑），她们如何在她们所谓的"职业"或生活规范限于女儿、妻子、和母亲的家庭角色时诉出她们的愿望和建构另类的主体性？大多数家庭教养女性接受和服从闺阁中的正常生活过程，隐居应该不是她们生活中的一个问题，也不是在她们的写作中表现的主题。然而，不少女性的确写了很多和她们在人生各个阶段幽居生活主题有广泛相联的诗篇。这些诗歌体现了那些暂时脱离诸如女红、理家、生育子女，照顾诸如父母、公婆、丈夫、子女及其他家庭成员等等的女性职分之后，浸淫在自然中，在无人的静夜沉思的种种瞬间。闲居主题最常见于比较年老的妇女诗中，也就是说，在理想意义上这些女性已经有走上仕宦生涯的儿子。或者有些比较幸运的、有社会和经济保障的、倾向于写诗的寡妇，在丈夫去世之后，她们也可以有自由去选择、追求并书写舒适惬意的隐士的生活方式。

二、季娴的家庭背景

　　在思考上列种种问题，本论文旨于以明末清初女诗人季娴（1614—1683）为案例，探讨女性隐居在文学主题与生活方式之间互动的问题。为了给季娴在具体生活环境下的诗歌创作提供一个参考框架,笔者将首先简要介绍她的生平背景,在解读其诗歌将可以比较着重于分析季娴如何在一个男性占统治地位的文学话语和体制中建构女隐士的形象,如何诉出及昭显自己对超脱世俗的欲望。

季娴出身于江苏泰兴的一个文人官宦的精英家庭。季氏在明末清初是当地的望族。季娴的父亲季寓庸是天启二年(1622)的进士,官至吏部主事。她的两个弟弟——季开生与季振宜——也相继在清初考中进士(1649 与 1647),《泰兴县志》载有他们的传记。《泰兴县志》"列女传"的"才媛"部分记录了四名闺秀,其中二位就是季娴和她女儿李妍。季娴年幼在母家受到了很好的文学熏陶,并在她的生平获得了女诗人的声誉。① 她的诗集曾经在她在世时就刻印了三次(1648,1653,1659)。其中两个版本,《雨泉龛诗选》(1653 年前后刻印)以及《雨泉龛合刻》(1659 年前后刻印)尚有孤本流传至今。② 陈维崧在《妇人集》和王士祯在《古夫于亭杂录》中都提到她的诗作。她的诗歌被选入清初几部女性总集,如王端淑的《名媛诗纬》和邹斯漪的《诗媛八名家选》。季娴自己也编辑了一部诗选,题名为《闺秀集》(有 1652 年自序),但好像并没有刻印,只有抄本留世(现收入《四库全书存目丛书·集部 414 辑》)。她自序里说是"用自怡悦,兼勖女婧'妍'",其中收录她自己简明的诗评,显然是为了教导女儿而编的。③

《雨泉龛合刻》分诗集与文集,文集共收文章 8 篇,除了一篇"祭被焚女文"是祭奠一个女子体现礼教很极端的例子,其余多为佛教主题和内容,如"发愿文""施济说""戒杀文""放生文""解缚文""破执文"等。首篇是一篇题为《前因纪》的自传性短文。她于四十多岁时写下此文,回想她小时跟祖母去看目连戏,异常震动,回家后哭到病了,而且有了出家的念头,她说她"欲断发被缁茹素奉佛,誓不出嫁"。但是她父母拒绝了她的宗教心愿,她只能屈从父母为她订下的婚姻,嫁给邻县兴化一个高官望族家庭中的子弟李长昂,应是门当户对的,但是李长昂是一个比较放纵不羁的子弟,在自述中所描叙对佛家超世的追求常常被婚姻不谐和的次题冲击。尽管婚后季娴以居士的身份继续事佛,但是既要履行自己作为儿媳、妻子和母亲的责任,又要满足自己对独处、超脱和隐居的渴望,这二者之间的冲突使得她终身忧

---

① 关于缙绅女性在母家所受的家庭教育和诗歌培养,见 Dorothy Ko, *Teachers of the Inner Chambers:Women and Culture in Seventeenth-Century China* (Stanford University Press,1994)。

② 北京国家图书馆藏本。

③ 拙著 *Herself an Author:Gender, Agency, and Writing in Late Imperial China* (University of Hawaii Press, 2008)的第四章,"Gender and Reading:Form, Rhetoric, and Community in Women's Poetic Criticism,"讨论了季娴的《闺秀集》,132—138 页。

患成疾。①

三、《雨泉龛诗集》与隐居主题的诗作

现在我们来看看季娴的《雨泉龛诗集》,它是以诗体编集,共取录 220 多篇诗,季娴很多诗作的主题和形象其实是比较惯例的,有不少是怀念父母亲、弟弟和儿子,也有一些是"寄外"的诗,表示肯定妻子的角色。明显的以佛教为主题的诗作并不多,比较独特的主题就是她书写隐士形象或隐居倾向。

季娴诗歌中对立的主题反映了她要模范地履行社会角色的儒家思想和向往佛教超世之间的分裂。因而,在《庭训》一诗中,和她自己的愿望相反,她自我呈现为一个训导幼子及幼女的母亲的角色,汲取了合乎正统的、有性别区分的儒家价值和行为准则:

庭训

衣破犹可补,德亏补何有。

抚兹小儿女,未辨苗与莠。

胎教古所称,庭训常恐后。

呼儿尔来前,燕惰慎勿狃。

既读圣贤书,莫忘父师诱。

少小谨愆仪,恂恂笃孝友。

积学致荣名,期在伊周右。②

尽忠以显亲,匪徒怀组绶。

谆谆扑儿肩,却顾执女手。

尔暂傍亲帏,行将奉箕帚。③

卧后起常先,静一尤所守。

昔有巾帼流,芳声垂不朽。

尚其观往编,思与名媛偶。

---

① 我翻译了这篇短文,题为"'Record of Past Karma' by Ji Xian(1613—1683),"收入在 Susan Mann 及 Yu-yin Cheng 所编,*Under Confucian Eyes：Writings on Gender in Chinese History*（University of California Press,2001）,134—146。

② 早在商代和周代的早期就有了隐士的模型。

③ "奉箕帚"是妻子做饭持家的责任,指成为妻子。

门高志易骄,植德斯永久。

传与王谢家,皆令知吾牖。①

这首诗表现了季娴对儿女的要求和期望:儿子是要研习经典,掌握基本的、为指导正确行为的准则,立志成为一个贤能的官吏而光宗耀祖。尽管自己有着不如意的遭遇,却试图向女儿灌输合乎正统的女性美德,以使她进入未来婚姻中的妻子角色。然而,虽然她对女儿的训导遵循那些训练女性成为勤劳能干,富有美德的妻子的成规旧条,作为一个有文学修养的女性,季娴也同时强调文字教育和学问的重要性,教导女儿学究历史上的名媛闺范:"尚其观往编,思与名媛偶。"她希望自己的子女在各自的生活道路上取得成就,给家族带来荣誉,与像晋代的王氏和谢氏那样的望族相匹敌。令她欣慰的是,其子李为霖和父亲不同,成功地通过了会试,随后被授以官职。如大多数缙绅女性所期望的那样,其女李妍在成人后也嫁为人妻。李妍步母亲的后履,也写诗并获得一定的承认,被认为是泰兴的四才媛之一,与母亲并列记载在《泰兴县志》的"艺文志"中。② 她的诗也被邓汉仪(1617—1689)选入了他所编辑的大规模清初诗选《诗观》之中。③

虽然季娴有很多诗篇记录贯穿她一生的世俗生活和情感,最明显的是那些鼓励儿子和在道德上对儿子进行说教,思念远行的丈夫、儿子和出嫁后的女儿,以及祝贺儿子科举成功的诗篇,但是也有大量的隐士诗分布在《雨泉龛合刻》的诗集中。在写作中,季娴构建了一个强烈的介于两种生活取舍中的张力和冲突的意义。那么季娴也许可以被看成为一个女性陶潜。然而,与陶潜不同的是,陶潜至少似乎不在乎弃官去追随归隐,季娴却不能回避被指定的妻子这一职分而只能在一个一夫多妻的家庭中寻求独处和隐居。其夫李维章在季娴的《前因纪》中记载看起来是一个喜欢拈花惹草的男人,她提及当丈夫纳了两妾又有了一位姓范的情妇时自己和丈夫的冲突。④

在她的一些诗歌当中,季娴表现出对简单的乡居生活心满意足。特别值得一提的是,以《山居》或《村居》为题的诗歌,吸取传统惯例中的自然和乡村环境的意象,构建了一个简单和谐的画面,以及以男性隐士的典型形象,构建了一个陶潜、王维及孟浩然的混合体、与男性相同的主体性:

---

① 《雨泉龛合刻》,五言古,1a—1b。
② 见《光绪泰兴县志》(1886年本),卷26,10b。
③ 收入在《诗观》第三集"闺秀别卷":3b—4a(四库禁毁书丛刊系列)。邓汉仪提到李妍的诗集《绿窗偶存》,但是似乎没有流传至今。
④ 见《前因纪》。她夫家李氏的家谱仅录有一位生了儿子的妾。见《兴化李氏家谱》,1893年基于1761年修改稿的手抄本,现存于上海图书馆。除非生子,为父系血统增添后代,否则妾是不包括在家谱之中的。

山居

寄居南山下，相依不记年。

锄田种新谷，带月听流泉。

细露成珠滴，苍松锁夕烟。

野鹤檐前舞，村鸡草际眠。

不作浮名想，烦忧安足牵。

人生能几何，贵得返其天。①

除了"相依"一语有可能提醒我们注意到诗人的性别（一个丈夫不会表达这种依赖性，以及"珠滴"这一阴性笔触，其他成分诸如"寄居南山""锄田"自由自在的生活以及追求超脱而非名利的思想态度，都是男性传统中循环使用的喻体，比如第七句"鹤"的形象是隐士的经典符号，也经常在文人的风景画中作为隐士的玩伴出现。诗中含有一些对一个缙绅女性而言是极为不可能或不适当的事情（比如锄地及追逐名声，尽管季娴却是通过诗歌出了名）。诗中首句的"南山"一词出现在陶潜的几首诗中，例如"种豆南山下"以及他最有名的联句"采菊东篱下，悠然见南山"。锄田耕种也是陶诗中常见的喻体，例如"带月荷锄归"。②尽管陶潜确实务农从事耕作，后来运用这些喻体的男性文人大多事实上没有这样做。他们在模仿陶潜的风格就自然地用了他所建构的形象、角色和措辞。季娴挪用了男性退隐的修辞和喻体，通过塑造一个男性的文本主体而进入了隐居的世界。

　　类似的，《村居》和《寒夜山居》这两首诗也是由从隐士传统中沿用熟悉的形象、活动和表达方式构成。季娴把自己安置在一个远离世俗尘嚣的幽静的山中，悠然自得，歌咏自然。《村居》一诗富有特征地以尾联思考退隐的自由和实践：

幽境无人到，山深孰与邻。

槛泉清晓幕，堤柳识前津。

榻冷家园梦，诗吟草木春。

脩然尘世外，此地好栖真。③

在下首诗中，季娴描绘了一幅静夜图。她的蜗居——一间茅屋——隐藏在山中，被绿树环绕。大自然中的生灵怡然栖息，甚至连瀑布似乎也悬在了空中，"茶涛"和"松风"是唯一的声音。为了表达她愿望的实现，季娴在该诗的尾联中采用了隐士的口吻：

---

① 《雨泉龛合刻》，五言古，4a—4b。
② 见《归田园诗》第三首及《饮酒诗》第六首。
③ 《雨泉龛合刻》，五言律，2b。

寒夜山居

连峰高耸环茅屋，绿烟灭尽鸦群宿。

山空树冻夜无声，独有悬崖飞素瀑。

烹泉和月煮铛中，茶涛相伴松风谑。

可知此地有性情，居之足以酬予凤。①

季娴的另一些诗歌是在男性退隐诗歌的传统中插入了自己的女性退隐的主体。下面题为《怀山》的一首诗传达了对一个女性而言，对大自然的热爱和隐居的愿望是如何的困难，甚至不可能实现。山水诗之鼻祖谢灵运可以任意热衷登山嗜好。对一个女性来说，这只能是通过高远的心境在想象中获得，就像她诗中白云的意象所传达的那样：

岂怀康乐癖，幽赏在高山。

退情空有梦，常寄白云间。②

如果说在山中漫游是她可望而不可及的，在下面题为《偶成》一诗中的首二联，季娴构建了一个俭朴的、由贫穷和诗歌所充实的隐士生活，只是最终还是显示了"鹿门隐"是一个已为人妻的"荆布身"所不能企及的理想：

砚石常为伴，诗篇足慰贫。

衲衣除俗累，竹榻静嚣尘。

欲效鹿门隐，其如荆布身。

还思山水乐，寤寐久相亲。③

在这首诗中，带有性别的社会背景颇为突兀地侵入了诗人的梦想："欲效鹿门隐，其如荆布身。"位于襄阳的鹿门山是东汉庞德功和他的妻子退隐之地，二人在此采摘草药，从此未返尘世。鹿门成为沿习已久的归隐之地的代名词。此地也是孟浩然的故乡，他有名的一首退隐诗就题为《夜归鹿门歌》，第三联特指庞德功：

山寺鸣钟昼已昏，渔梁渡头争渡喧。

人随沙岸向江村，余亦乘舟归鹿门。

鹿门月照开烟树，忽到庞公栖隐处。

岩扉松径长寂寥，惟有幽人自来去。

在孟浩然的诗中，鹿门和庞公的典故与诗人的身份和生活倾向有直接的连贯，用得很融合。

---

① 《雨泉龛合刻》，七言古，1b。
② 《雨泉龛合刻》，五言古，2b。
③ 《雨泉龛合刻》，五言律，2b—3a。

而季娴的反问句"其如荆布身"把她在开篇所述的砚石和竹榻被转化为一个幽居闺闼的已婚女性的陈设,而不是隐士消遥的工具。最终,季娴在诗的尾联英勇地把自己的心态转变,不是去实现山中的隐居生活,而是以对山水的怀想满足自己。

下面《晚禅》一诗以最接近的程度表达了通过佛教的静坐沉思而在闺中获得了退隐的心境:

晚禅

黄梅细雨落花天,燕子呢喃绣幕前。

禅定不知朝与暮,石床明月草芊芊。①

值得注意的是,诗人把入定的超越("禅定不知朝与暮")置于诗的首联所表达出的极为阴柔的意象和审美的框架中。女性的踪影在绣幕的隐密之中呈现。季娴在闺中庭园的空间注入了安宁和惬意。在这首诗中,她背离男性隐居的定式,转而使用女性的语言,在春天娇美的背景中标识出女性主体。《晚禅》抓住了超脱俗世的那宁静的一刻。但是,在文本之外的时刻,和谐的理想在日常生活的现实中是难以捕获的。

四、结语

季娴的诗集不是按写作的年代而是按诗体排序,所以不易把这些诗系统地、自然地跟她的生命历程联系起来。然而,那几首题为《山居》和《村居》极为程式化的诗篇显示诗人的确曾在山中小住,《庭训》和《偶成》中塑造的却分别是一个极有意识的年轻母亲和一个向往居住在闺门之外、自然之中的山中隐士生活的妻子。面对一个不断讨娶姬妾和情妇的丈夫,季娴最终争取获得自己的空间,她在自传《前因纪》中记载:

> 予思身中多病,维章又情迷乃尔。我复何为与之同迷哉！即浼诸亲戚,与维章议居两宅,听予清静焚修。②

这样,季娴成为一名闺中隐士。男性不如意时退出仕途。对自己的女性禄命和泛爱的丈夫不满,季娴便在可能的程度上打破性别的安排,走上了自己孩提时就向往的佛教徒的生活轨道。阅读她隐居诗歌,背景很重要,而这一背景既是文学的,社会性别的,又是自传传记性的。季娴把在前现代中国社会给隐士下定义的张力与冲突带进她的诗中,她虽然居于少数能一贯而有效地、透过性别视角刻写隐士声音、建构隐士形象的女诗人群体,但是她们在旷野边缘发出的声音是中国文学史的组成部分,能令我们领会比较全面的中国历史社会与文化。

---

① 《雨泉龛合刻》,七言绝,14a。
② 《雨泉龛合刻》,文集,5a。

诗书传承

——恩师沈尹默与弟子顾随

顾之京（河北大学）

　　父亲顾随自读大学开始师从沈尹默先生。默老是父亲的恩师，他以自己的人品学问沾溉弟子，且把弟子引进"燕园"，从一个普通的中学教师，直登古都名校燕京大学的讲坛，从而改变了弟子的生活轨迹，使弟子在"苦水词人"的成就之外，又走上了教授、学者之途。父亲在诗词创作与书法上，只服膺于默老一人，"确实为默老烧香"①。"烧香"，乃佛家语，"宗门嗣法弟子往山后，为其传法师烧香也"②，其中含有极深诚的对传法恩师的崇敬。弟子从师学诗学书的情况，拙笔已记之于它作，今仅据家中劫后尚存的默老书札七通，手迹多种，试写恩师尹默先生对弟子羡季的关注与栽培。

一、书信中传达的期许与诱导

　　1927 年暑假，父亲放弃了回乡与亲人团聚的机会自津抵平，在好友冯至的协助下，将已编订好的词集《无病词》在北京大学印刷所印制成集。随后，冯至代友人将词集呈奉默师座前，父亲同时也致书尹默先生，向老师汇报一切。尹默先生读了弟子的词集及函件后，8 月23 日赐书弟子，书中以"忻怅无似"四字概言"得大著《无病词》"及"手示"后之心情。默老没有一点长者的架子，书中他以自己的词作与弟子之作进行比较：

　　　　我词辛苦得来，仍余辛苦之迹，不若君词手笔，差多自然清丽处，读之令人辄生空
　　谷足音之感。

　　默老赞许弟子词作"清丽自然"的风格；"辄生空谷足音之感"是读弟子词作产生的绝妙而诗意的感受。默老对弟子的词给予肯定的支持之后，又说了句十分贴心的话：

①　见顾随致周汝昌书，1943 年 8 月 27 日。
②　见顾随《竹庵新稿》中之自注。

此秘时流那得知？还与君秘之耳。

言语中既道出弟子词作之脱俗，更深深流露出师生间亲近超常的知己之情，真可称是师生间的"体己话"。信末还表示了希望与弟子晤对的意思。

默老大札对《无病词》的赞许，既非出于对爱徒的私意，更非客套的浮辞，全是出于一片真诚，这在郑因百几十年后的论诗绝句中得到印证——默师当年在课堂上向学生们介绍自己弟子的词集，并评之为"佳作"①。

1928年开岁，父亲至北平与友人们共度新年，期间他去看望了尹默先生，老师定是当面了解了弟子北京大学毕业后七八年来学业上的进步，并给予了不少指教与勉励，父亲隐约感到此次晤对老师，"似是生活上一个转机"②，但他也并未因此对今后自己的出处抱有什么希冀。然而默老的态度却是十分积极的：先是带信询问弟子有意续印词集否——这无异于是对弟子的鼓励与督促，继之又向弟子传递了拟邀来平做事的信息。至次年夏初，父亲就接到了燕京大学的聘书。

这里我想略述父亲被老师引进"燕园"最初时段的一个故事：秋季开学，他讲授"诗词"及"骚赋"两门课程，两周后因"文学名篇选读与习作"无人担任，系主任马季明即将此课也交付于他。不久，父亲还成为系主任口袋里的"预备兵"③——有顾羡季在系里，系主任再不怕有教师采取不合作态度而以辞职相要挟，因为他可以随时派这位"预备兵"顶上去抵挡一阵。"预备兵"，这是系主任对下属所用的一个小小的譬喻词，三个字，证实着尹默先生的确是一位伯乐。

1935年下半年至1936年1月间，父亲和晚唐五代词人（韦庄至冯延巳共九人）之作，得词153首，编订为上、中、下三卷，定名《积木词》。他将和"花间"之作抄寄默老，并请求老师赠签。尹默先生很快寄来了词集题签，大札中针对弟子之和"花间"抒发新见，给弟子以多方面的教益：

"和花间词"甚有意思，亦如我近年来专意临摹晋唐人名迹，虽然多少没却自家面目，但暗中仍是进展向自家新辟的一途径去，兄当了此意耳！

默老以自己"临摹晋唐人名迹"类比弟子之和"花间"，进而上升及临摹与创作之关系的理论层面："多少没却自家面目"是学古之所获；"暗中仍是进展向自家新辟的一途径去"，是

---

① 郑因百，尹默先生弟子，顾随友人，当时正就读于燕京大学。1986年，郑氏写有《论诗绝句一百首》，其九十六曰："秋明诗少江湖气，无病词多现代情。落月屋梁诗友，初闻无病自秋明。"诗注云："羡季印行其第一部词集，名《无病词》，沈师在燕京大学授课时，为诸生评介，评为佳作，予始知其人其书。"

② 见顾随致卢伯屏函，1928年1月11日。

③ 见顾随致卢伯屏函，1929年11月17日。

强调学古而不泥于古,目的仍在于提高与升华自身素质,以期臻及创作的更新更高境界。这是一位师者在向自己的弟子传授学诗、学书的门径与途程,平易浅显如叙家常,其中的深邃含义却是需要后辈学人去细细体味的。所以默老最后谆谆叮咛:"兄当了此意耳!"

父亲味得老师教诲的深心用意。他之和"花间"诸作,若仅依《积木》之"自序"所言,不过是病中自遣,须知这话多半是自谦,或许初意确即如此,但若依此前《留春词》之"自叙"则可知,父亲担忧自家之词作随年龄而"硬化""衰老""干枯",故"遁而作他体以自解脱"。他那时所说的"他体"虽是指曲而非和古人之作,但可见他已朦胧地意识到自己的词创作需拓宽路径,转益多师。如今,老师的教导,诗词书法相融相通,正是将弟子不甚明晰的、初步的感性认识提升到一个更高更广的理性认识的高度。此后二年,父亲的《和香奁集》则是明确地在揣摩古人的情意,体味古人的风格,使和作成为一个灌溉和滋养自身创作的过程。师者善教,学者善学,我们由此也可约略体味出弟子所说"为默老烧香"一语的真谛。父亲的传法弟子叶嘉莹虽不知当初前辈人这一段教与学的过程,但她以自己的"诗心"敏锐地感到老师的词作,经过向晚唐五代词人的学习之后,"增加了一份深情远韵之美"①。

默老函件虽是以临池类比创作,弟子在学书方面也获益甚多。父亲之临写晋唐名迹,临写苏黄,学默老书,在老师的引导下,均非一味效仿以求形似,而是将古人与老师的字法笔意化入自己的书法之中。他后来批评学生孟铭武学默老书"亦步亦趋,多因袭,少变化"之病,可见孟氏在临摹之中,定是没却了自家面目,而不能"向自家新辟的一途径去"。于此,我们再次约略悟得师者之善教,学者之善学,以及弟子"为默老烧香"的真谛。

1936年6月初,父亲将近作之小令、散套抄寄默老,老师立即回信支持弟子的散曲创作:

　　　　……小令、散套兄笔致更为相宜,何妨以民间现实生活为题材放手写之,必有生气也。

今所得见父亲最早的曲作是散套[大石调·青杏子]《新秋坐雨》一章,谱于1933年9月,至1936年春寄曲作与默老时,已有三年的习作经历,此前他已有"由小令而散套而杂剧而传奇"的"五年计画"②,此刻得到老师"放手写之"的鼓励,以及"以民间现实生活为题材"的指引,这无异于是对自己转入杂剧创作的催化剂。重要的还在于,曲本就是较之诗词更贴近民间的韵文样式,父亲一介书生,教书为业,他没有老师指示的"民间现实生活"的体验,他的现实生活只在书山学海之中,诸多典籍中的历史上的民间现实生活,是无法以小

---

①　见《顾随文集》代跋。
②　见顾随致老师周作人书,1933年10月2日。

令、散套这种短小的篇幅来"放手写之"的,要放手去写,只能是杂剧。在老师的鼓励与推动下,1936 年冬日,父亲正式进入杂剧创作,至年底,他已谱成了《再出家》《祝英台》《马郎妇》三出杂剧,都是取材于各种典籍中的"民间现实";又补足了练习剧作时的《飞将军》,于是辑而为《苦水作剧》,于 1937 年初印行。父亲能成为中国文学史上最后一位杂剧作家,追根溯源,引领人仍是恩师沈尹默。

默老大函有一通未署时日,然细绎函中所述,可推知当为弟子任教燕大之初。函中老师对弟子的提示有两点,一在诗,一在书。在诗者言:

>……大作诗二首,出语自然近于放翁,但略少生辣味。兄以为当否?

在书者言:

>……近来颇觉作字是难事,成就恐不易也。

父亲学诗自放翁入,作诗的欲念由放翁诗句"小楼一夜听春雨,深巷明朝卖杏花"触发,所以在他的论诗绝句中有"剑南是我启蒙师"之句。他的前期诗作必然带有剑南的痕迹;故而默老函中说弟子"出语自然近于放翁",既是肯定,也是指出学古而未能脱古的局限。默老直指弟子诗作"略少生辣味",弟子对此,铭记于心,用力甚勤,且所获良多。至 1942 年所为《劬頵诗集序》一文,已言及从默老学诗,诗风诗格之变化:"年逾三十从尹默先生游,始稍稍振拔,四十后……而胸鬲间时复勃勃若有生气。"

至于此函中默老自言作字之体会——"难事""成就不易"——实是对弟子临池之功的一种督促与勉励。

父亲十分珍视老师给予的种种指教,多年后将默老的教导转赠自己的弟子:他以"昔尹默先生评拙作"之"少生辣之致"转致弟子周汝昌[①];教导弟子滕茂椿"字课功夫""能不断间方好",当趁年富力强之际,"勉力读帖、临帖"……[②]正是将默老的指教传给更年轻的一代。

二、赠诗中深蕴的勉励与关切

今所存默老亲书赠弟子羡季诗有两组,其一为 1935 年题《苦水诗存》的一首古诗;其一为 1942 年得弟子来书后"感其所言"而赋的六首七绝。

1934 年秋,父亲将自己的诗作辑为《苦水诗存》印行。1935 年春,尹默先生自沪来平,父亲带了新印的诗集去向老师汇报,正逢默老外出,只得留下诗集而返。默老回寓后见到

---

① 见致周汝昌书,1944 年 7 月。
② 见致滕茂椿书,1942 年 10 月 11 日。

弟子的新作,为弟子题诗一首并书为条幅。诗有长题记此事:

> 廿四年五月至北平,羡季来访,未得相见,留赠《苦水诗存》而去。归来辄题寄一首。

诗云:

> 吟君苦水诗,亦自有甘味。
>
> 温驯出辛酸,平凡蕴奇恣。
>
> 老驼秀发姿,稳踏千里地。
>
> 颇与牛羊殊,无复水草意。
>
> 黄沙莽莽风被天,眛目相见无由缘。
>
> 江南好花自开落,安得到君尊酒边。

尹默先生可能是匆促离平南下,返沪后又系于诸多事务,"题寄"之诗竟未及寄出。待得一年后再寄函时,方发现早已书成的条幅,于是立即提笔在条幅左侧的空白处用小字作了两行补记:

> 右稿阁置经年未以相闻,近得羡季书,以和《花间集》作见示始检奉,疏懒可笑也。

条幅与 1936 年 5 月 30 日函一同寄至北平,虽距题赠时已迟了一年,但一经"检奉",默老内心即搁置不下,数日后的 6 月 9 日函中又特补叙此事:

> 题《苦水诗存》一首,虽不能佳,然觉得道着些甚么。兄看如何?

言诗"不能佳",是自谦;"觉得道着些甚么"却透出师者的苦心,意在提示弟子,赠诗乃言之有物之作,而非一般虚言浮辞。

那么默老究竟"道着些甚么",不揣谫陋,试作阐释。

诗之开端二句"吟君苦水诗,亦自有甘味",默老巧妙地借用"苦水诗"之"苦"字的本义,引出"有甘味"的"甘"字,甘苦对举,总言《苦水诗存》既表现了现实人生的艰辛,也深涵有现实人生的甘甜——甘苦并在才是真实的、完整的人生,《苦水诗存》正是一册反映真实人生、完整人生的诗集。这是默老对弟子诗集思想内涵的总体评价。而设若单看此一"甘"字,则既有平常所谓甘甜之意,又是《左传》所书"言甘"之"甘",即声音悦耳之意。依此,"有甘味"三字是否又可理解为含有赞弟子诗章之富于音韵美、语言美呢? 三、四句"温驯出辛酸,平凡蕴奇恣"是对弟子诗章艺术造诣的评赞。"温驯"与"辛酸"、"平凡"与"奇恣"(恣,去声,本意为放纵)本是相对立的两组词语,默老的意思是在说,诗歌显现出的温驯意态,乃是来自于辛酸经历的锤煅,诗歌外在的平凡面貌,深蕴着内在的超凡豪气。接下来的"老驼秀发姿,稳踏千里地。颇与牛羊殊,无复水草意"四句,是默老以抒情笔法,以驼为喻,形象化了以上四个赋体诗句,诗情又兼画意。《苦水诗存》中所存诗,始自 1921 年,而以 1930 年后之作为主。父亲在选定时,必有所取舍,他可能是遵默老此前指教,摒弃了一些"少生辣味"的篇章,故默老有如上之评赞。父亲读到老师的赠诗后,定是深为"老驼"四句所动,他此后以"倦驼庵""驼庵"自号,与默老之诗句一定不无关系。默老赠诗最后,一变五言体式,写出四个七言歌行长句:"黄沙莽莽风被天,昧目相见无由缘。江南好花自开落,安得到君尊酒边。"抒写了读弟子诗后引发的师生南北遥隔、无缘晤对、倾怀畅叙的怅然。言已尽而情未尽,意未尽。

默老书"题《苦水诗存》诗"之直幅,长一尺二寸,宽一尺,署"尹默"二字,钤印"竹溪沈氏"方章。

1942 年春,默老在大后方书诗《奞来书感其所言因赋》为条幅给弟子,寄至北平。[①] 题中"奞"字,查检《康熙字典》,知读 xì,默老何以用此"奞"字?慢读此音不过三遍,即可悟知此乃"羡季"二字的合音,即古拼音所谓之"反切"(此字依上下结构分开来看则是"小鱼"),以"奞"字代替"羡季",仅默老一人,亦仅见此一次。如此称呼亲切而有意趣,不仅含着师者之情,更蕴有长辈的亲情。诗为七绝六首:

> 门外黄尘不可除,从来寂寞子云居。
> 北人南望南人北,珍重寥寥一纸书。
>
> 尘世今宜断往还,怪君礼数未全删。
> 远游底似一婚过,逸少陈词直等闲。
>
> 三十年来旧讲堂,堂前柳老更难忘。
> 冶花茂草城东路,胥蝶游丝白日长。
>
> 坐间麈尾久生尘,放论高谈迹已陈。
> 今日文章循故事,他时毡蜡付何人。
>
> 鸠妇呼姑屋角鸣,薄阴张幕雨初成。
> 杏花自作融融色,眼底何人惜此情。
>
> 扰扰攘攘百虑煎,莫从清醒脑狂颠。
> 东风又绿池塘草,剩写新诗寄阿连。

---

① 拙作《女儿眼中的父亲——大师顾随》将此诗误订为 1943 年,且误将六首七绝视为七古,对诗章之解读亦有误,特于此更正并向读者致歉。

　　默老诗题明言是收到羡季来书有感而赋,来书所言,今已不可知。而据默老赋诗时间,弟子所言之事很可能与1941年12月太平洋战争爆发,燕京大学被日寇强行封闭有关——燕大被封闭,古都北平再没有一块尚可称为"净土"的地方,弟子悲慨万端,致书默老。可能由于弟子处沦陷区,默老"感其所言"而赋诗,所欲言者不便畅言,故而用典颇多。透过典故,方可悟得默老用意。

　　第一首。"子云居"用《汉书·扬雄传》之典,本言隐居学者简陋的住所,后之诗人用此总是以之与寂寞连在一起。"门外黄尘不可除,从来寂寞子云居",是在说弟子身处"黄尘漠漠"(一语双关)的北地,寂寞是定然的。句中"从来"二字是老师对弟子处境的一种无奈的安慰。"子云居"本在蜀地,故此句也隐含自身处于大后方所感受的一份寂寞在内。后两句直言师徒分处南北两地,遥遥相望,只能凭借偶得的一纸书翰互道珍重。

　　第二首。需先看后两句,"一婚过"用晋皇甫谧《高士传》中向子平之典,本言子女婚嫁后处置好家事即抛开尘世往游名山,后多以表示隐士弃家远游之意。在非常的年月,弃家远游就有了新的时代命意。父亲因家室之累不能身赴国难奔向大后方,常以此而抱憾而自伤。老师此际以"远游底似一婚过"开导弟子,劝慰弟子:从来"远游"都是有先决条件的,不必抱憾,不必自伤。"逸少陈词"用《世说新语》王羲之于父母"墓前自誓"永不为官之典。"逸少陈词直等闲"一句言弟子羁身北地,保持坚贞的民族气节,誓不接受由敌伪津贴办学的北京大学的聘任;王羲之誓不为官乃为私仇,较之弟子的民族大义,直是等闲之事罢了。由此后二句之意,或可前推以解首二句。1939年8月,周作人开始任职日伪控制的北大,后又相继担任其他伪职,父亲本与周氏有较密切的师生往还,拒绝伪北大的聘任是大节,自不能顾惜于师生旧日情谊的小节。对此,父亲的内心或许不无一丝怅怅与无奈,这种委婉的心曲,弟子可能在信中向恩师有所流露,故默老以"尘世今宜断往还,怪君礼数未全删"来开导弟子,勉励弟子明大义弃小节的作为。

　　第三首句意明了。"三十年来旧讲堂,堂前柳老更难忘",以成数三十概言旧日师生同处红楼北大讲堂讲习之旧事,而单单提出"柳老难忘",我以为此中暗含放翁"沈园柳老不吹绵""犹吊遗踪一泫然"之意,流露出对旧时师生过从的怀思。"冶花茂草城东路"指默老在北京东城的寓所,往昔师生相对晤谈于"冶花茂草"之间,如今那里已是人去堂空,"胃蝶游丝"替代了"冶花茂草",家国之痛隐含于师生之情中,不胜其今昔感慨之意。

　　第四首承上第三首。"麈尾"用《世说新语》"麈尾清谈"之典,此典本意只在表现清谈高论,意兴酣畅。默老"坐间麈尾久生尘,放论高谈迹已陈"则是说,旧日东城寓所中师生的"放论高谈"已成陈迹,以致"坐间麈尾"也早已落满厚厚的尘灰,依旧是不胜其今昔感慨之意,依旧是将家国之痛隐含于师生之情中。第四句中的"毡蜡","毡"之一字,当是用《晋书·王羲之传》中"青毡旧物"之典,借用原典保留旧家故物之意,喻文章事业之传留;"蜡"即灯烛,承上"青毡"之典,或寓有佛典中"传灯"之意。如此,则三四句"今日文章循故事,他时毡蜡付何人"则是说,今日师生二人情志一如往昔,但南北遥隔,难得共聚,今后诗书事业不知如何传承。这是饱含了一位人师(而非经师)的内心之落寞与伤怀的诗句。

第五首开端"鸠妇呼姑"本是一种鸟鸣,用三国陆玑《毛诗草木鸟兽虫鱼疏》之释义,是形容雨天或晴天;此处连下句"薄阴张幕雨初成"则是言雨。后句"杏花自作酣融色",承上之"雨"则包含了放翁"小楼一夜听春雨,深巷明朝卖杏花"之诗意,言春日美景;连下句"眼底何人惜此情",则是抒写了师生远别,虽有好景不得共赏的怅惋之情。

第六首,前二句"扰扰攘攘百虑煎,莫从清醒脑狂颠",劝导弟子身处乱世,更当摒除杂虑,保持清醒与冷静。第三句"春风又绿池塘草",既用王荆公"春风又绿江南岸"句,将"明月何时照我还"隐含其中,寄托期盼收复故地的爱国情思;又用谢灵运"池塘生春草"之句,将诗人大谢隐含其中,以便引出下句中之"阿连"。阿连是谢灵运对族弟谢惠连的昵称,此处默老借阿连暗指弟子羡季,实是引弟子为自己的幼弟,满怀的关心与爱护之意流溢笔端。"剩写新诗寄阿连"既是此首结句,又是这一组诗的结句,言千情万绪、千言万语,只有赋为新诗远寄弟子。

读过全诗,再回顾诗题中默老对弟子的称呼,突然意识到"雀"之一字,不独亲切而有意趣,从字形看,是否更寓有佛典"透网金鳞"之意,希望弟子经历艰危再超出于艰危的用意呢?

拙笔对默老华章所作的如上解读,确是放胆而言,不避臆测,不避误读,也不避语言表述之粗疏,初衷只在抛砖引玉,以获取真知。

默老的六首绝句实乃以诗代柬之作。万方多难之际,书诗柬远寄弟子,情重于山,意深于海,阅遍诗歌史上的以诗代柬之作,恐怕也难得其匹;若从师者致弟子的诗柬而论,更是珍稀之作。

父亲得到老师的赠诗后,难抑内心的感激与感动,连夜提笔奉和,抒怀寄慨,至夜半诗成,又循老师"剩写新诗寄阿连"的笔意,将新诗寄予自己的幼弟六吉。诗题为《有人自蜀中寄来沈尹默师近作六绝句,因和作,却寄家六吉弟》,诗已收入四卷本及十卷本《顾随全集》,不再作引录与介绍。

抗战胜利后,父亲将默老赠诗装裱为一长轴,时时悬于书室。十年动乱中,此卷轴难脱被抄没的厄运,大约是造反派们根本看不懂所书为何字,卷轴才侥幸未被毁弃。待海晏河清之时，重得此墨宝，已是水浸虫蚀，惨不忍睹。重新揭裱，庶乎完璧，唯五行行书中间三行下端略显右斜。尽管如此，记录了几十年师生深情，记录了一段历史陈迹的诗卷，终成宝贵的文物，得以珍存。

三、题签中浓缩的首肯与扶植

现存默老为弟子所题签共四种："积木词""无弦琴""苦水作剧"和"南曲九宫正始"。

前文已写到父亲将和晚唐五代词人之作 153 首编订为《积木词》一事，他在将词作抄寄默老时，请求老师为词集题签。1936 年 5 月 30 日，默老书成"积木词"三字连同大札惠示弟子。札中谦言：

"积木词"签写得，觉不好看，然亦无法，只好塞责也。

默老题签书于旧式红框信纸上裁下的一条，长半尺，宽一寸，"积木词"三字工笔正楷端庄整秀；署"尹默"，行书流畅清丽，篆文"沈尹默"小方章，红色印泥，十分鲜明。整幅题签实为一小巧精致的微缩条幅，对弟子的爱护扶持之意，尽在小小的字幅之中。《积木词》不知缘何未曾付梓，和词 153 首亦太半不存，幸默老题签原件保存完好。

默老题签有"无弦琴"一帧，"无弦琴"定是父亲的散曲集①。曲本是依宫调曲牌而演唱的，父亲所谱散曲，纯是案头文学，定名"无弦琴"恰当不过。《无弦琴》之编订，当在《苦水作剧》之稍前，当是遴选所作散曲而成。父亲在二十几岁年纪时就想着将自己的诗词散文印行成集，词、诗、杂剧在三十岁后都如愿印行，作品亦得以保存；散曲一项既已编订为集，不知缘何却不曾印行，以致他的小令散套散佚殆尽。唯特署"尹默为羡季题"的"无弦琴"一签至今尚存，不独凝聚着默老对弟子的浓浓师情，且证实着苦水词人散曲集之实有。默老此签与"积木"一签同样精美。

1936 年岁末，父亲完成了四种杂剧的创作。1937 年开岁即编订为《苦水作剧》，写信给默老求为题签。3 月 15 日默老将题签及手札发寄弟子。信中首言：

顷奉手书，嘱为尊著题签，今日写就寄览，不知合用否？

信末又附言：

附陈题签一纸，请择用之，皆不甚佳也。又及。

默老何以言"择用之"？原来默老此次题签不是前此之袖珍小幅，而是书于一张红色竖格

---

① 1947 年 3 月顾随致弟子书中，尚言及"无弦琴散曲稿"一事。

的信纸上，同样一签，手书四种，供弟子择用。为弟子著作题签，一题四帧，这恐怕是所有书家题写新书所极为罕见，甚至是绝无仅有吧？于以足见诗词大家沈尹默先生深知弟子此著在中国韵文史上非同一般诗集、词集的意义，这让后人从中味出默老珍视弟子此著的拳拳师者之心。

默老题签另有"南曲九宫正始"一帧，此并非为弟子著作而题。（《南曲九宫正始》乃明末徐迎、钮少雅所合撰。）默老此签长四寸，宽不足一寸，字体较其他三种浓重，六个字端严丰秀，大小有致，极可观。然默老何以会有此一签题给弟子，至今尚未得其情。

四、墨宝中永驻的厚重师生情

父亲珍存的默老临池墨宝最可贵者为行书自作诗词。当年父亲已将此装裱为折叠式的巨册。

日寇侵华之后，尹默先生奔赴大后方。1939 年上半年，父亲辗转寄递纸素给远在后方的默老手中，求老师书近作，以慰长想。默老应弟子之请，于夏秋间连续数日书近作 27 首，凡九纸，每纸横长九寸五分，竖长八寸，朱墨画细线竖格，每纸十一行，每行书十四五字。默老行书流转灵动，又大气沉着，秀雅无比。

默老所书诗，开端几首有十几字、二十余字的长题，无异于以短篇美文向弟子诉说心曲。如：

> 岁将暮矣，检点既往，了无一善足记，唯作字差有会得耳，惭愧惭愧。

> 偶见瓟瓜可喜，遂自署瓟庵。

> 迈士为画，出游见落花，诗意点缀山水，极清闲风华之致，余此作旧为季刚所赏，而季刚之墓已有宿草矣，能无慨然？

再赏默老所书诗作，有自述临池生涯者：

> 自断此生百不如，只应作计付清流。

> 墨香寂然通鼻观，晴日闲窗自课书。

有自述学书理念者：

> 无暇跨唐迈汉，念到写到便算。

> 向来一事一非，何妨说真说幻。

有感念时事者：

> 大难佛出救不得，黍离麦秀且莫题。

民力虽微民气在，此声非恶喜闻鸡。

亦有自抒情怀者：

一日晴明一日阴，剩将远思托微吟。

水仙清冷梅花瘦，□①后春前意最深。

廿七首诗词抵得过老师对弟子做的数夕长谈，定然带给弟子以太多的感动、感念、感发，进而感恩。

默老在书写了廿七首诗词之后，又向弟子娓娓而言书写始末：

羡季寄纸素来，索书近作，久置未报，直因无俚，非故懒也。诗皆非精心之作，字又草草，愧对，如何如何，此时更无可说耳。羡季其鉴之。默。

亲切平易，虚怀若谷，如话家常。单署以"默"字，亦是现存手札中所独有。"默"字下照应上所书之"瓠瓜"诗，钤印"瓠瓜庵"，三字用篆体，极象瓜之形，古朴可爱。九纸诗词容蓄着多么厚重浓挚的师生情谊！对此诗稿，父亲当年曾有诗记之：

吾师诗句久空群，笔法千秋接右军。

耿耿此心虽好在，青青双鬓已输君。

诗后又特作自注："新得尹默师手书诗稿。"

烽火连天家书万金的年月，羁留此地身同楚囚的境遇，弟子获恩师赐赠的奇珍异宝，兴奋鼓舞感激万千，立即奉此珍宝往谒尚滞留北平的另一位老师——尹默先生三弟兼士先生，请求作跋。兼士先生以默老近作与己作各一首跋尾，并于篇末注明"廿八年九月三日"，记下了具有史料意义的时刻。父亲将此完璧连同前两年默老楷书墨宝，一同送至一家老装裱店，装裱为一尺零二分见方的折页式巨册，前后护以近三分厚、材质极坚极润的木质封面封底，典重而古雅。经过上世纪60年代的疯狂洗劫，木质封面封底虽已不存，但默老墨迹册页竟得完好无损，遂成稀世之珍。

以上所书零星片断，不成系统，只是串连现今所有资料，自知难以再现默老的师德风范，也难以再现弟子对恩师的承袭，唯冀以旧迹彰显于今时，使后来者得睹前辈的风神。

---

① 原件中此字不易辨识。

"内美"与"修能"：诗人与诗

邝龑子(岭南大学中文系/翻译系/哲学系)

20 世纪以前的西洋文学观念中，有"风格即人"的说法。虽然布封(1707—1788)的"人"实质上指绅士，"风格"则指思辨分明及表达清晰的西方古典主义理想，①但这句相对狭义的说话背后所牵涉的广义课题，其实是作者内涵与作品质素之间的美学关系。中国古代的诗学向来肯定两者的关联：例如"诗言志"(《尚书·尧典》)、"诗者，志之所之也，在心为志，发言为诗，情动于中而形于言"(《诗大序》)等解释诗歌源自内心情志；诗"以情志为本"(挚虞《文章流别论》)同样指出诗歌的情志本质；"观文者披文以入情"(《文心雕龙·知音》)则说明读者在吸收和接受的过程中，透过文字穿越时空去体会诗人的情志。《孟子·万章下》谓："颂其诗，读其书，不知其人，可乎?"其"知人论世"的焦点虽然并不相同，但思维的基本方向仍然相近，肯定作者与作品之间不可割裂的关系。② 往后的中国古典诗学，大体上正是以这些观念为基础，建立起具有文化特色的抒情美学和艺术本质论。孔子(前 551—前 479)认为"文质彬彬，然后君子"(《论语·雍也》)，屈原(约前 340—约前 278)自表"纷吾既有此内美兮，又重之以修能"(《离骚》)，固然是道德话语，但以融合文质内外去形容中国古典诗学亦同样合适。这个方向引领着古代诗人在诗歌中反映真实生活，抒发真挚情感，大体避开了浮靡的创作倾向和形式主义的"唯美"文风，确定了一种植根而旨归于真、善、美的艺术方向。

"诗言志"和"文质彬彬"的命题，意味着诗人的心灵境界及其诗作的艺术意境之间，存有某种非对称或固定却相应的关系。我们且从一个实例开始探讨这个课题：

---

① Georges-Louis Leclerc, Comte de Buffon, Discours sur le style ("Discourse on Style", 1753)："Writing well consists of thinking, feeling and expressing well, of clarity of mind, soul and taste....The style is the man himself ["Le style est l'homme même"]."参看 Otis E. Fellows and Stephen F. Milliken, Buffon(Twayne, 1972), pp. 149—154.

② 20 世纪的文论则每有不同角度及程度的"反作者"倾向，例如形式主义、现代主义、新批评、结构主义、解构主义，以至新历史主义等。可看 M. H. Abrams, A Glossary of Literary Terms, 7th ed. (Foreign Language Teaching and Research Press, 2004)，"Author and authorship"条(pp. 14—18)及阐释众多"主义"各条。

八月湖水平,涵虚混太清。

气蒸云梦泽,波撼岳阳城。

欲济无舟楫,端居耻圣明。

坐观垂钓者,徒有羡鱼情。

孟浩然《望洞庭湖赠张丞相》

此诗前四句描写洞庭八月的壮阔景象和浩瀚气势,起得非常雄伟。首联静景而次联动态,然而"涵""混"二字带出湖水包含虚空苍穹的浩渺混茫,水天相连之处,即在静态中亦觉空旷高浑。次联更用上"蒸""撼"等尾音响亮而动量宏大的"共鸣音"字(/-ng/,/-m/),声情配合地道出水波激荡、震撼心灵的感受,堪称描写洞庭湖气魄的绝联。杜甫(712—770)在《登岳阳楼》中写"吴楚东南坼,乾坤日夜浮",其实洞庭湖距离吴地甚远,泛词不合地理,而"乾坤"的概括性虽大,用于湖水亦觉夸张,欠实在而觉抽象;孟浩然(689—740)的诗此处却精确警拔,声势气象皆恰到极处。正因如此,诗人竟然在飞扬雄壮的气象中骤然缩小到"欲济无舟楫"的个人际遇之思、"坐观垂钓"的"羡鱼(之)情",唯以无官可做的自叹作结,使作品跌落到一般干谒诗作的层次,格调顿降,气象全消。如此降格受情志胸怀所限,非关技巧。范仲淹(989—1052)在写《岳阳楼记》之际,人虽未曾亲临洞庭,岂非已荡起"先天下之忧而忧,后天下之乐而乐"的苍生之念?

这并非以道德批评代替艺术批评,也不是用范仲淹的标准衡量孟浩然。文学不能预先设定为道德目标及其应用(如社会政治批评)服务;中唐的新乐府诗即属过分"有为"之作的最佳例证。然而千古以来不朽诗篇中之最上乘者,都有一种洗净心灵、振奋意志或者启迪精神,最终使人向上的感动力量。千百年后读孟浩然这首诗,我们已无法用"同情的谅解"完全代入后四句,却仍然受到前四句的永恒气魄所感染,即为明证。就作品的整体意境看,前半部分和后半部分是割裂而不统一的。另一方面,就诗人的心理来说,此诗却前后一致体现了"诗言志"的写作动念和"物之感人"(《诗品序》)的美学原则。从兴发诗作的环境、诗人的经历和他另外的诗篇,我们都可以找到进一步的佐证。

此诗的诗题一作《岳阳楼》,但《望洞庭湖赠张丞相》无疑更能反映情志和意境割裂的统一。因为"望洞庭湖"教诗人精神壮阔(即《洞庭湖寄阎九》中的"洞庭秋正阔……相将济巨川");"赠张丞相"却令他困锁于个人际遇之思。开元二十五年(737),被罢相的张九龄(678—740)再被贬为荆州大都督府长史,此诗即孟浩然在张九龄幕府为从事时所写;[①]从境

---

① 张九龄于开元二十五年夏月到达荆州任上。《旧唐书·孟浩然传》:"张九龄镇荆州,署为从事,与之唱和。"

况和心情来说,其实属于暮年郁闷、慨叹终生零落之作。孟浩然素来以反映隐逸生活情趣的山水田园诗著称;李白(701—762)更曾经在《赠孟浩然》中称颂他:"红颜弃轩冕,白首卧松云;醉月频中圣,迷花不事君。"其实,孟浩然并非不求闻达、只乐云山的高卧隐士;用他自己的话说,早年即怀有凌霄仕途的"鸿鹄志"(《洗然弟竹亭》)。在积极用世的愿望推动下,孟浩然早年无疑是为了出仕的准备而隐居。我们只需要把"苦学三十载,闭门江汉阴"(《秦中苦雨思归赠袁左丞贺侍郎》)和"粤余任推迁,三十犹未遇"(《田园作》)等诗句并置起来,就知道诗人的"闭门苦学",既是为了应试出仕,同时亦希望通过隐居著文及结交干谒而建立个人名声,取得王公大臣的欣赏荐举,更快实现入仕的目标。直至这条路长期走不通,孟浩然才于三十九岁之龄(728,开元十六年春)在长安参加进士试,结果落第,滞留京洛而后漫游吴越;其后又于开元二十二年(734)再度入京求仕未果。总之,除了大约两年栖身于荆州幕府外,孟浩然在"不惑之年"以后,都是在隐居和漫游中度过的。诗人早年为了铺排出仕而隐居,身在山林而心存魏阙;到暮年则仍然多方求仕,不甘于隐居漫游而不得不隐游,最后忧郁而终。

　　事实上,诗人在抒写游观山水的清兴和隐居田园的雅趣中,往往言随心发地掺进几分孤寂及不平之情。例如落第后漫游吴越期间的名篇,部分就流露出落拓江湖的意绪:[①]

　　　　山暝闻猿愁,苍江急夜流。

　　　　风鸣两岸叶,月照一孤舟。

　　　　　　　　　　　　　　　　《宿桐庐江寄广陵旧游》

　　　　移舟泊烟渚,日暮客愁新。

　　　　野旷天低树,江清月近人。

　　　　　　　　　　　　　　　　《建德江宿》

　　这两首诗一动一静,皆情景相生,凄清而开阔,不失气象;共同点之一则在于一份自觉"建德非吾土"、独处"孤舟"的"客愁"。再看下面各篇中程度不同的苍凉和落寞感:

　　　　书剑时将晚,丘园日已暮。

　　　　……

　　　　冲天羡鸿鹄,争食嗟鸡鹜。

---

① 孟浩然 728 年应进士试落第后,初留长安尝试其他求官之路未果,至冬天赴洛阳。次年秋自洛阳往游吴越,先到越州(今浙江绍兴)一带游览,又次年游定山、渔浦、天台山、杭州、越州、桐庐、建德、温州等地,至 732 年夏返襄阳。734 年再赴长安求仕不果后于岁末返乡,次年游蜀,至 737 年入荆州为张九龄从事。739 年因背疽归襄阳养病,740 年"食鲜疾勤而终"(《唐才子传·孟浩然传》)。可参看佟培基:《孟浩然集笺注》,上海古籍出版社,2000 年,"前言",第 1—3 页;李景白:《孟浩然诗集校注》,巴蜀书社,1988 年,"前言",第 1—7 页。

望断金马门，劳歌采樵路。

······

谁能为扬雄，一荐《甘泉赋》。

《田园作》

念我平生好，江乡远从政。

······

世途皆自媚，流俗寡相知。

贾谊才空逸，安仁鬓欲垂。

······

常恐填沟壑，无由振羽仪。

《晚春卧病寄张八》

黄金燃桂尽，壮志逐年衰。

日夕凉风至，闻蝉但欲悲。

《秦中感秋寄远上人》

寂寂竟何待，朝朝空自归。

欲寻芳草去，惜与故人违。

当路谁相假，知音世所稀。

只应守索寞，还掩故园扉。

《留别王维》

北阙休上书，南山归弊庐。

不才明主弃，多病故人疏。

白发催年老，青阳逼岁除。

永怀愁不寐，松月夜窗虚。

《岁暮归南山》

　　自孔子以来，古代士人就有"三十而立"（《论语·为政》）的观念。孟浩然已届而立之年犹寂居田园，深感为时将晚，入仕无门，徒羡同辈鸿鹄冲天。诗人望断宫门待诏，慨叹不能像扬雄那样获得引荐，得以开展才华抱负。他羡慕好友皆能为官，愤激"世途自媚"，无人赏识，唯待生命尽头而空"填沟壑"。他在诗中提到的"相知""知音"，主要并非指深层心灵意义的精神朋伴，而是"当路谁相假"的仕途引荐之人。在强烈而迫切的入世愿望中，"丘园""采樵""弊庐""松月"都并非安身立命的清逸环境和逍遥居室，而是"寂寂竟何待，朝朝空自归""白发催年老,青阳逼岁除"的"索寞"之所。孟浩然自感一生怀才不遇,岁月蹉跎,内心自然多有不平和郁闷;上面的诗句从壮年至暮年,抒发诗人对扬名立业的渴慕、世无知赏的感叹、志不获骋的悲伤、前路渺茫的焦虑、时不我与的忧愤和老死林泉的恐惧,使他停留在"永怀愁不寐"的隐居,无法达到"无所待"的精神境界,超越个人得失而进一步提升其诗歌的总体意境。

由"诗言志"的角度看,孟诗在抒写山水田园的隐逸雅趣中夹混着悲伤意绪,本身并无不合情理之处,艺术上亦替其诗篇添上一重复杂的张力。孟浩然在唐代诗人中稳占一席位,也是评论者公认的事实。我在这里想提出的只是,假如诗人的胸襟眼界高远壮阔几分,《望洞庭湖赠张丞相》也许就不会掉进虎头蛇尾的"反高潮"困局。孟浩然似乎也意识到自己的性情有"晨兴自多怀,昼坐常寡悟"(《田园作》)的限制。"诗言志"肯定诗歌从具体的亲身经验出发,而诗歌既是个人化的抒情艺术,最终亦必须超越个人。假如诗人无法超越个体思情及际遇的范围,诗歌的整体气格和意境就会相对狭小;孟诗曾被批评"涉及的社会生活面比较狭窄,且多为短篇,缺少思想容量大的长篇巨制"①,背后最终是一个涉及胸襟、眼界、气象的课题,同时属于精神修养和审美内涵的范畴。其实作品是否长篇巨制倒并非问题的核心,但假如诗人囿于"生不逢时""怀才不遇""运命多蹇"等怨懑情绪,诗歌就不免会堕入酸苦自怜的语调,多少影响意境和感染力。我们只需要看一下艺术地位更崇高而语调更悲愤的屈原,就容易明白其中的道理。

我们知道《离骚》中的屈原满衣香草,反复寓意诗人的"缤纷内美"及"多重修能":江离辟芷、秋兰蕙茝、申椒菌桂等;他又滋兰树蕙,栽种留夷揭车、杜衡芳芷,朝饮兰露,夕餐菊英。在重复描述自我表扬的"对应物事"之际,诗人亦不断怨恨他人,愤慨爆发之处,甚至把寓意的对应物事完全逆转:申椒被斥专佞,揭车江离从俗,兰芷荃蕙化为菅茅萧艾。虽然屈原早被司马迁(前145?—前87?)供奉为"竭忠尽智以事其君……虽与日月争光可也"(《史记·屈原列传》),但班固(32—92)仍在《离骚序》中对其"露才扬己"表示不满。班固的话属于道德性的批评,后人在千秋百世后无从确定;拙见但以为屈原无法跳出个人荣辱的枷锁,以致《离骚》想象丰富及文辞绚丽有余,意境高深远大不足,缩小了诗篇的气象。司马迁指出"《离骚》盖自怨生","信而见疑,忠而被谤,能无怨乎",固然是适当的同情及谅解;然而抒情诗歌唠叨反复地褒己贬人,终不免损害艺术风度和感染力。"举世皆浊我独清,众人皆醉我独醒"(《渔父》)也许是永恒的政治现实,然而抱怨太多,容易变成伤痕文学。就诗歌美学

---

① 陈铁民选注:《王维孟浩然诗选》,中华书局,2005年,"前言",第13页。

而言,不论是抒发高风远韵或壮志深情,言不尽意、富有余音的韵调总优于咬牙切齿、显露呼天的怨愤控诉。

诗歌可以兴观群怨(《论语·阳货》)。展现于诗歌中的郁伤情事,都有其抒写背景和潜在的艺术感染力;了解作者的思情亦是读者"同情的谅解"的一部分。不同诗人的经验历程和身处的环境因素并不完全相同,因此大同小异的意绪和语调也不能作绝对性的比较。我想提出的只是,在诗中过度愤慨或自怜必然会降低艺术意境——或者王国维(1877—1927)在《人间词话》中所说的"境界"。事实上,很多诗人都会在诗中抒发不同程度的自伤,这原属情理中事,诗之平常。下面是杜甫诗中的一些例子:

名岂文章著,官应老病休。

飘飘何所似?天地一沙鸥。

《旅夜书怀》

亲朋无一字,老病有孤舟。

戎马关山北,凭轩涕泗流。

《登岳阳楼》

万里悲秋常作客,百年多病独登台。

艰难苦恨繁霜鬓,潦倒新停浊酒杯。

《登高》

江村独归处,寂寞养残生。

《奉济驿重送严公四韵》

布衾多年冷似铁,骄儿恶卧踏里裂。

……

自经丧乱少睡眠,长夜沾湿何由彻。

《茅屋为秋风所破歌》

杜甫晚年的诗作,其实不少含有自伤老病苦困的悲凉情调。然而诗人自身的挫折飘零感,求"名"与"官"之"潦倒"不遇,是与"国破山河在"(《春望》)及"戎马关山北"的爱国情怀、"朱门酒肉臭,路有冻死骨"(《自京赴奉先县咏怀五百字》)的社会良心、"安得广厦千万间,大庇天下寒士俱欢颜……呜呼!何时眼前突兀见此屋,吾庐独破受冻死亦足"(《茅屋为秋风所破歌》)的关爱之念,乃至如《兵车行》及"三吏""三别"等篇所展现的悲天悯人之心交织在一起的。正是这种超越小我、忧国忧民的仁爱胸怀和高尚品格,使个体的苦况开展出更为深厚宽广的内涵,使自己的倾诉成为千万寒士人民的代言。没有人会称颂杜甫的诗"飘逸",

因为诗人心系君国人间,无法飘逸起来。但杜甫恰可以证明,善念扩大了书写的领域,提升了诗人的质量,更成就了不朽的诗篇。假如杜甫为诗整体困于自怜不遇的个人眼界胸怀,怎可能为后世冠上"诗圣"之誉?

用世受阻、怀才不遇,本来就是尘俗的永恒现实,才华愈大,志气愈高者尤其如此。就言志抒情诗来说,关键在于诗人的胸襟眼界能否超越穷通荣辱,在诗中灌注而散发出一种通达飘逸的气度或者积极励奋的力量。曹操(155—220)在体认"神龟虽寿,犹有竟时,腾蛇乘雾,终为土灰"之余,升上"老骥伏枥,志在千里,烈士暮年,壮心不已"(《步出夏门行》)的豪雄之语,读者还可以嘲讽他是王侯将相之身,说得容易;但陶潜(365—427)早年避开政治动乱从事耕种,在《荣木》念"日月推迁,……白首无成"之际仍然写出:"先师遗训,余岂云坠! 四十无闻,斯不足畏! 脂我名车,策我名骥,千里虽遥,孰敢不至"的豪情壮语,其胸襟理想以至艺术气象和感染力则诚非身份同属于隐士的孟浩然所能比拟。陶渊明虽然是隐士,诗中却处处表现出对"先师(孔子)遗训"的"栖栖"眷念。① 陶诗中固然亦有"黄唐莫逮,慨独在余"(《时运》),"日月掷人去,有志不获骋,念此怀悲凄,终晓不能静"(《杂诗十二首》之二)的落寞,但他晚年所写的"少年壮且厉,抚剑独行游,谁言行游近? 张掖至幽州"及"忆我少壮时,无乐自欣豫,猛志逸四海,骞翮思远翥"(《拟古九首》之八、《杂诗十二首》之五),仍然不困囿于衰飒之气和荣辱之思,显得昂扬壮逸。"内美"的精神风度体现为艺术气魄和感染力,于斯又见一斑。

《人间词话》中有一段"非典型"的评语,颇能反映诗人的精神境界及其作品的艺术境界之间的关系,尤其因为王国维是以批评家及词人的双重身份,表达他的读者感受:

> 古今之成大事业、大学问者,必经过三种之境界:"昨夜西风凋碧树,独上高楼,望尽天涯路",此第一境也。"衣带渐宽终不悔,为伊消得人憔悴",此第二境也。"众里寻他千百度,蓦然回首,那人却在,灯火阑珊处",此第三境也。此等语皆非大词人不能道。然遽以此意解释诸词,恐为晏欧诸公所不许也。(第 26 条)②

王国维此处所指的三种"境界",其实是精神修养及实践③的三个阶段:在孤独凋零中高瞻远瞩,认定方向;心力交瘁而无悔坚持探求实践;最后在寂寞阑珊的不意中,寻得心灵追慕的

---

① 《饮酒诗二十首》之四:"栖栖失群鸟,日暮犹独飞。""栖栖"无疑有"先师遗训"的意味;《论语·宪问》:"微生亩谓孔子曰:'丘何为是栖栖者与?'"

② 三段引文分别取自晏殊《蝶恋花》(槛菊愁烟兰泣露)、柳永《凤栖梧》(伫倚危楼风细细)及辛弃疾《青玉案·元夕》(东风夜放花千树)。按王氏原稿自注,以为柳永词乃欧阳修《蝶恋花》,故言"晏欧诸公"。又原引辛词有误,此处己改。

③ 冯友兰认为"哲学所能使人达到的全部精神状态应该称为境界",《中国哲学史新编》,第 6 册,人民出版社,1989年,第 191 页。

目标。王氏既恐如此演绎超越了文学批评而"为诸公不许",却毕竟肯定了几篇作品所显现的境界"皆非大(诗)人不能道",俱为"古今之成大事业、大学问者必经"的阶段。这样的阅读最少指向两个可能性:或是读者的体会超出作者的抒写意图,又或者诗人虽然就本事抒发,但其内在精神的整体境界已自然渗进特定的抒写语境,感发了读者超越本事范围的领悟。两个可能性都肯定精神境界和艺术境界之相通。何况王国维在《人间词话》中通篇不用"意境"而自许"拈出'境界'二字为探其本"(第9条),让人更有理由相信,王氏认为伟大的诗歌应该具有启迪心灵的精神力量,因为"境界在哲学意义上亦指精神造诣或层次,如《无量寿经》卷上'斯义弘深,非我境界'"。[1] 这点与俄国大文豪托尔斯泰(Leo Tolstoy,1828—1910)在《艺术为何?》一文中阐述艺术应该发挥道德作用的基本观点相类,纵使托氏所说的,是一种特定的基督教道德作用。[2] 王国维无疑认为,心灵力量与艺术力量,精神境界和文学境界,不相同而相通。

　　孟浩然一生未尝正式出仕,有立业无门的愤慨,没有得而复失的贬谪跌落。我们可以从某些大诗人面对仕途逆转的胸襟气度,感受到精神境界和艺术境界之同步关联:

> 欲渡黄河冰塞川,将登太行雪满山。
>
> 闲来垂钓碧溪上,忽复乘舟梦日边。
>
> 行路难,行路难,多歧路,今安在?
>
> 长风破浪会有时,直挂云帆济沧海。
>
> 李白《行路难三首》之一
>
> 楚人自古登临恨,暂到愁肠已九回。
>
> 万树苍烟三峡暗,满川明月一猿哀。
>
> 非乡况复惊残岁,慰客偏宜把酒杯。
>
> 行见江山且吟咏,不因迁谪岂能来!
>
> 欧阳修《黄溪夜泊》

李白于天宝元年(742)四十一岁时应诏入长安供奉翰林,期间得罪权贵而遭受谗毁,744年赐金放还。《行路难》其一记诗人面对金樽玉盘停杯投箸,四顾茫然,写出冰雪满途、无路可行的感叹。然而在前途险阻、进退两难之际,诗仙又游心千古,想吕尚垂钓溪边、伊尹乘舟

---

① 关于"境界"的涵义及其与"意境"之间的分别,可参看拙文《由"无我之境"到"诗中有画":抒情主体之道》,《人文中国》,第17期(2011年9月),第331—359页。

② Leo Tolstoy,"What is Art?"In Charles Kaplan, ed., *Criticism: Twenty Major Statements*(Chandler Pub.Co.,1964),pp.440—452.

过日,彷徨中仍压不住积极的希望及爽俊的气概。结尾时意境更骤然升起,豁然开朗,展现出"长风破浪会有时,直挂云帆济沧海"的气象,充满乐观豪迈、永不放弃的精神。不论李白的政治触觉和理想是否合乎实际,全诗的意蕴情调无疑波澜起伏,跌宕多姿,并开展至最高最大的时间和空间视象作结。诗篇散发着无可毁灭的生命力及豪雄勇壮的气象,正是盛唐之音的神髓和魅力,具有永恒的感动和振奋力量。这岂非《二十四诗品·雄浑》中所说"具备万物,横绝太空,荒荒油云,寥寥长风"的胸襟气象?再看欧诗,欧阳修(1007—1072)少年得志,三十岁时以范仲淹被贬,直言论事谪为夷陵(今湖北宜昌)县令,经过黄溪作此篇。诗中前五句情景句句沉痛,"恨""愁""暗""哀""惊"等皆含尽忠被贬的冤屈。诗人"行见江山且吟咏",在抚今悲古、漫天哀痛之际,却转出"不因迁谪岂能来"的宽解之念,结尾因而在伤感中荡出洒脱的气韵。[①] 古代诗人在艰困塞厄之际往往善作宽解之语;胸襟眼界阔大的欧阳修,更长于自我平衡内心的抑郁。与《行路难》一样,《黄溪夜泊》直接抒写苦闷的情绪,没有强作恬静,然而两诗都在抒意的过程中,自然转念到积极开阔的生命态度,意境方向恰与孟浩然写于四十岁前的《望洞庭湖赠张丞相》相反,正是诗人风度转化为诗歌气象的最佳体现。

就精神境界提升艺术境界的课题来说,苏轼(1037—1101)无疑是最典范的例子。苏轼的才华气魄冠绝一代,一生忠直不阿,敢作敢言,本着"君子不党"(《论语·述而》)、以事论事的独立态度用世,结果受到当时新旧两党先后排挤。神宗元丰二年(1079),苏轼遭人在其诗文中寻章摘语,诬陷"讪谤"朝廷(《宋史·苏轼传》),下狱四个月,几乎丧命,最后贬谪到黄州(今湖北黄冈)。下面两首词作,都写于谪居黄州后三年(1082):

> 缺月挂疏桐,漏断人初静。谁见幽人独往来,缥缈孤鸿影。　　惊起却回头,有恨无人省。拣尽寒枝不肯栖,寂寞沙洲冷。
>
> 《卜算子》

(序:三月七日,沙湖道中遇雨,雨具先去,同行皆狼狈,余独不觉。已而遂晴,故作此词。)

> 莫听穿林打叶声,何妨吟啸且徐行。竹杖芒鞋轻胜马,谁怕? 一蓑烟雨任平生。　　料峭春风吹酒醒,微冷,山头斜照却相迎。回首向来萧瑟处,归去,也无风雨也无晴。
>
> 《定风波》

两首词写于诗人劫后余生,约四十五六岁之时,颇具衰飒苍凉的自怜条件。《卜算子》在苏轼的诗词中,情调无疑特别落拓:"缺""疏""断""独""孤""惊""恨""寒""冷""寂寞"等悲哀的用字弥漫作品;缺月宵临独醒人,正是情况和心境的写照。但更堪注意的是诗人用以自

---

① 亦见《望州坡》:"闻说夷陵人为愁,共言迁客不堪游。崎岖几日山行倦,却喜坡头见峡州。"

喻的"缥缈孤鸿",在凄冷氛围的侵蚀下依旧"拣尽寒枝不肯栖",宁在"寂寞沙洲冷"的漂泊中坚持方向和选择,尽是一副"岁寒,然后知松柏之后凋"(《论语·子罕》)的傲霜风骨。词作的艺术意境孤高而不衰败。

孤寂不必傲世疏离,它可以孕育仁者智者更宽大高远的胸怀。苏轼虽然屡遭贬谪,任地方官时却没有自怜疏懒,反而勤政爱民,留心百姓,因此艺术上成就了不少鲜活的诗词佳作,包括在徐州任上写下宋代词史第一组农村词——《浣溪沙》五首。《定风波》词中的"不觉""莫听""何妨""谁怕",是轻松舒徐而略带俏皮的气韵,背后是不受外物干扰和羁系的精神状态。芒鞋野客比骏马达官闲适任真,即《南歌子》(日出西山雨)中的"我是世间闲客、此闲行",由徐步风雨到斜照"相迎",诗人的心境一直是开放的;兼含儒道佛思想的洞识,融入超越的慧根和通达的修养,成就出一种"回首向来萧瑟处,归去"的平安感。但归途何处是心乡?从上阕尾句的"一蓑烟雨任平生"到结尾的"也无风雨也无晴",似乎一般飘逸出尘,细看原来是由"有"到"无"的峰顶升华。从前者的意象到后者的空白,都是由超越精神境界结晶为超越艺术气象的典型。

苏轼当然并非不沾人间悲欢的"坡仙"。他只是能够平衡入世的执着失落和出世的超越逍遥,达到一种太极式的心灵圆融。而这种圆融并不是静态的止境,因为逆折起伏不断,时刻须要更新实践,就如《大学》引:"汤之《盘铭》曰:苟日新,日日新,又日新。"苏轼一生饱遭政治小人迫害,晚年仍从汴京一直贬到海南儋州,却在极艰苦落后的环境中不戚戚于个人忧患,继续服务教化群众,"食芋饮水著书以为乐,时从其父老游,亦无间也"(苏辙《亡兄子瞻端明墓志铭》)。无怪元符三年(1100)遇赦召还,北归时途经琼州海峡之际,诗人目睹风雨停止,云散月明,自然流出清澈明亮的诗篇:

> 参横斗转欲三更,苦雨终风也解晴。
>
> 云散月明谁点缀,天容海色本澄清。
>
> 空余鲁叟乘桴意,粗识轩辕奏乐声。
>
> 九死南荒吾不恨,兹游奇绝冠平生。

《六月二十日夜渡海》

苏轼这首写于离世前不久的诗,把一生最艰险的贬谪视作"奇绝冠平生"的游历,是甲子之音而"精深华妙,不见老人衰惫之气"①。精神和美感的游历,必须立于感官经历(夜渡大海)之上的慧悟和透视。首两联固然可以视作兼含政治寄寓的形象描述,但此诗的气象可不能

---

① 苏辙《追和陶渊明诗引》:"东坡先生谪居儋耳,置家罗浮之下,独与幼子过负担度海。葺茅竹而居之,日啖薯芋,而华屋玉食之念不存于胸中。平生无所嗜好,以图史为园囿,文章为鼓吹,至是亦皆罢去。独犹喜为诗,精深华妙,不见老人衰惫之气。"

以狭隘的人间眼界视之。表白自己在政治风雨中始终澄清自持,百折不挠,幽默乐观,不结党附势,最后守得云开的经历,固然可以解释"九死南荒吾不恨"和"苦雨终风也解晴"的豁达襟怀,然而诗人的生命力——包括精神力量和艺术力量——最终并非源于微末的自身,而是源于"云散月明谁点缀,天容海色本澄清"的自然之道。王国维在《人间词话》中推崇东坡及稼轩词,谓假如"无二人之胸襟而学其词,犹东施之效捧心"(第 44 条),最能印证于《六月二十日夜渡海》和上引《定风波》词。两首作品时间上相距二十多年,却可以并置起来赏读,因为二者的精神和艺术境界是一脉相通的。艺术决不能开宗明义为道德或者精神修养服务,但千古以下阅览这些诗词的读者,有谁不会受到其凛然的正气感动、超越的精神洗涤而心仪神往? 又有什么理论可以由衷地宣称,最崇高的作品不会代代陶冶情操,激励意志,唤起对生命理想的向往和探求?

心兼儒道佛襟怀的苏轼,虽然被冠以"坡仙"之号,其实亦是一个非常务实的用世士人。他入仕并没有李白那种不切实际的浪漫,憧憬自己如"明月出海底,一朝开光耀",或者从军时像"南风一扫胡尘静"地"为君谈笑静胡沙"。① 我们读他的政论文章如《策略》《策别》《策断》等,考察他降任之时从河北到岭南的地方政绩,②就知道子瞻并非纸上谈兵或有心无力的秀才。③ 把他的才华、见识与实干,跟他前后三十多年经历的贬谪和迫害对比,就会了解苏轼一生所受到的政治打击和挫折,比起屈原、孟浩然、杜甫等都有过之而无不及。然而正是在一个遍体伤痕的全才身上,我们看到中国文学史上最崇高而全面的精神展现。东坡并非不属于人间的"谪仙",而是实践"任重而道远,仁以为己任……死而后已"(《论语·泰伯》)的士人。没有"行云流水"(《答谢民师书》)的精神"内美",不管技巧"修能"如何,也不能成就行云流水的诗词文章。

诗人的胸襟精神造就诗歌的气象境界及艺术成就,于最上乘的层次尤为明显。譬如说,真正的大诗人不会囿于一种风格;而成就丰富多变的气韵意境,主要倒不在于文字技巧的造诣,而在乎往复于刚健柔婉、深浅浓淡、大小远近、轻重庄谐的灵动触觉。格局器量较小的诗人,到最上乘之处就会露出气魄不继之短。孟浩然堪称名家,其诗过分个人化已如上所述;即使是诗名更响亮如李煜(937—978)或李清照(1084—1155?)者,亦不免有这样的限制。李清照坚持词"别是一家"之见,而其词作抒写生活经验,从娇俏活泼、轻愁淡怨到沉伤断肠,都写得深挚传神,把女性特有的敏锐触觉发挥得淋漓尽致。然而我们亦必须承认,

① 分别见《古风五十九首》之十及《永王东巡歌十一首》之十一、之二。
② 参《宋史·苏轼传》及苏辙《亡兄子瞻端明墓志铭》,载清王文诰辑注,孔凡礼点校:《苏轼诗集》,8 册,中华书局,1982 年,第 2803—2829 页。
③ 有关苏轼之生平事迹的撮要评述,可参看刘乃昌:《苏轼》,载吕慧鹃、刘波、卢达编:《中国历代著名文学家评传》,第三卷,山东教育出版社,1985 年,第 225—261 页。

李清照的词从"一种相思,两处闲愁"到"这次第,怎一个愁字了得"和"只恐双溪舴艋舟,载不动许多愁",大体是一种个人化的愁绪,气象格局比较狭小。① 李煜的词写得同样真挚深刻而精确细婉,但以君王之身份却欠缺君王之气象和胸怀。《破阵子》(四十年来家国)中写到自己"一旦归为臣虏","最是仓皇辞庙日"之际,亦仅是"挥泪对宫娥",看不见苍生之念。李煜写的不论是"故国梦重归,觉来双泪垂""往事只堪哀,对景难排"抑或"自是人生长恨水长东",②毕竟都只是一种对往昔"雕栏玉砌应犹在""凤阁龙楼连霄汉,玉树琼枝作烟萝""想得玉楼瑶殿影,空照秦淮""胭脂泪,留人醉,几时重"的个人奢华生活的追忆和留恋。③ 因此,李煜和李清照在其书写的范围内皆堪称一派绝学的"名家",然而跟李、杜、苏、陶以至辛弃疾等真正的"大家"或大宗师相比,仍然有气象和境界上的距离。

《人间词话》中曾经指出:"境界有大小,不以是而分优劣。'细雨鱼儿出,微风燕子斜',何遽不若'落日照大旗,马鸣风萧萧'?"(第8条)④这是在个别意境的微观层面而论。然而宏观地衡量,王国维又嘉许李白的词"纯以气象胜",冯延巳词在五代风格中"堂庑特大,开北宋一代风气"(第10、19条)。对于其偏爱的李煜(或许部分由于亡国之思的共鸣),王氏不但引"自是人生长恨水长东"及"流水落花春去也,天上人间"赞美李煜的"气象",谓"词至李后主而眼界始大,感慨遂深";他甚至宣称"后主则俨有释迦基督担荷人类罪恶之意"(第15、18条)。细看最后一点虽然缺乏文本理据⑤,却从侧面反映王氏尝试透过"眼界"、襟怀容量等属于诗人内在气质的标准,将李煜词的气象及成就由"名家"提升到"大家"的层次——只是"大家"之作已不止于言情沁人心脾及写景豁人耳目(第56条),而是更包括激荡或净化心灵的精神效果。王国维多番用"气象"判断诗词之高下(第10、15、30、31、43条),把它视为"境界"的主要构成元素,⑥但他没有确切解释气象为何,而传统诗学亦一向不善于明确阐述定义。⑦ 曹丕(187—226)早就指出"文以气为主,气之清浊有体,不可力强而致"(《典论·论

---

① 分别见《一剪梅》(红藕香残玉簟秋)、《声声慢》(寻寻觅觅)及《武陵春》(风住尘香花已尽)。李清照的词中最壮逸的一篇大概要数《渔家傲》(天接云涛连晓雾),其诗亦间有关心家国历史之佳作,如《题八咏楼》及《乌江》。

② 分别见《子夜歌》(人生愁恨何能免)、《浪淘沙》(往事只堪哀)及《相见欢》(林花谢了春红)。李煜早期的词作亦有较为洒脱飘逸者,如《渔父》二首(浪花有意千重雪、一棹春风一叶舟)。

③ 分别见《虞美人》(春花秋月何时了)、《破阵子》(四十年来家国)、《浪淘沙》(往事只堪哀)及《相见欢》(林花谢了春红)。

④ 皆为杜甫诗句,分别见《水槛遣心二首》之一及《后出塞五首》之二。

⑤ 至于王国维称李煜词"性情愈真"(第17条)及"感慨遂深",则诚属事实。

⑥ 除"气象"外,王国维用以衡量诗词境界的元素还包括"格韵""格调"等(第39、42条)。

⑦ 林庚论《盛唐气象》时亦认为"气象"是"抽象的概念",但仍说它是"精神面貌的反映";他亦指出严羽在《沧浪诗话》中以"气象"来"全面概括诗人风格造诣",乃"风格的中心"。见氏著《唐诗综论》,人民文学出版社,1987年,第36、35、38、40页。另一位论者则认为"'气象'应是生命本元之气的一种显现"。见余恕诚:《唐诗风貌及其文化底蕴》,文津出版社,1999年,第79页。

文》），肯定文学才能与风格源于个人的禀赋、性情和气质；《文心雕龙》论"风骨"时亦有旨向相类的阐释。[①] 假如我们把"气"视为内在的精神元气或生命力，把"象"看作它的体现，亦即把"气象"理解为一种结合内外的精神面相和体势，大体应该不会偏错。

王国维把诗歌的境界溯源至诗人的"内美"，观点与传统诗学是一脉相承的。譬如严羽（？—1264）在《沧浪诗话》的首章中，即开宗明义指出"学诗者以识为主：入门须正，立志须高"（《诗辨》），又称赞"汉魏古诗气象混沌，难以句摘"（《诗评》）、盛唐之诗"既笔力雄壮，又气象浑厚"（《答出继叔临安吴景仙书》）。至若姜夔（约1155—约1221）谓"气象欲其浑厚"（《白石道人诗说》），谢榛（1495—1575）认为盛唐七绝"意到辞工……浑成无迹"（《四溟诗话》卷1），胡应麟（1551—1602）推崇两汉及盛唐诗"浑然天成，绝无痕迹"（《诗薮·内编》卷2、5），各人的重心虽不尽相同（例如沧浪论诗略过《诗经》，重"兴趣"多于言志），但基本前提仍然相通。"浑沌""混成"，在《庄子·应帝王》以及《老子》25章中都含有"自然淳朴""浑然一体"乃至"齐全深厚"的核心含义，而所谓"气象混沌""意到辞工"或者"浑然天成"，若非内在精气弥满而成竹在胸，无待斧凿，逻辑上并不可能。有关诗人的气魄、风度、胸襟、眼界之成就诗歌的意境，大概以《二十四诗品》[②]中的形象描述最灵动传神，例如以下一些品类：

> 大用外腓，真体内充。返虚入浑，积健为雄。具备万物，横绝太空。荒荒油云，寥寥长风。超以象外，得其环中。持之匪强，来之无穷。（一·雄浑）

> 俯拾即是，不取诸邻。俱道适往，着手成春。如逢花开，如瞻岁新。真与不夺，强得易贫。幽人空山，过雨采苹。薄言情悟，悠悠天钧。（十·自然）

> 观花匪禁，吞吐大荒。由道返气，处得以狂。天风浪浪，海山苍苍。真力弥满，万象在旁。前招三辰，后引凤凰。晓策六鳌，濯足扶桑。（十二·豪放）

> 落落欲往，矫矫不群。缑山之鹤，华山之云。高人惠中，令色绸缪。御风蓬叶，泛彼无垠。如不可执，如将有闻。识者期之，欲得愈分。（二十二·飘逸）

我们解读这些形象评语时，不必寻枝摘叶，只需观其大略，注意到在作者的理解中，不论是豪雄或者轻灵的诗品，最终都源自诗人的心灵气质："具备万物，横绝太空""俱道适往，着手成春""真力弥满，万象在旁""高人惠中，令色绸缪"等，都是诗人精神的形象描述。"真体内充"，然后能成就"荒荒油云，寥寥长风""如逢花开，如瞻岁新""天风浪浪，海山苍苍""御风

---

① 《文心雕龙·风骨第二十八》："故魏文称：'文以气为主，气之清浊有体，不可力强而致。'故其论孔融，则云'体气高妙'；论徐幹，则云'时有齐气'；论刘桢，则云'有逸气'。公幹亦云：'孔氏卓卓，信含异气；笔墨之性，殆不可胜。'并重气之旨也。"

② 传统意见作唐末司空图（837—908）撰。20世纪90年代以来，亦有学者认为属元、明时代之作。可参看张国庆：《〈二十四诗品〉百年研究述评》，《文学评论》，2005年第1期，第178—189页。

蓬叶,泛彼无垠"的境界和气象。

现代主义诗人及剧作家艾略特(1888—1965)早岁曾宣称,"一个艺术家的进程,是不断的自我牺牲,不断的个性磨灭";"诗人并非有一个'个性'让他表达,而是一种特定的媒介"。① 且不论此文的观点并不切合艾氏本人中年后的诗作(例如写于 1935—1942 年间的著名哲理诗作《四个四重奏》(*Four Quartets*);即使这个观点代表部分现当代作家和文论家所鼓吹的目标,它在逻辑和实践上都是不能亦不必完全实现的极端主义。尤其是就抒情言志诗歌的书写经验来说,中国古典诗学的观点无疑显得更合符情理。《人间词话》总算比《二十四诗品》解释得明白一点。在王国维看来,诗歌境界的最终源头在诗人的"眼界""性情""胸襟""品格""雅量高致";若"无(东坡稼轩)之胸襟而学其词","终不免局促辕下",但作徒劳无功之"龌龊小生"(第 15、43、44、32、48、45 条)。所谓"喜怒哀乐,亦人心中之一境界"(第 6 条),应该是因为王氏认为它们有高低清浊、深浅广狭之别,是同时含蕴着精神层次的感情。而精神或心灵境界乃构成文学境界之基础要素的观念,亦清楚见于王国维的其他论述文字:

> 故无高尚伟大之人格,而有高尚伟大之文学者,殆未之有也。
>
> 天才者……须济之以学问,帅之以德性,始能产真正之大文学。
>
> 《静庵文集续编·文学小言》第 6、7 条

《人间词话删稿》中曾经引《离骚》句"纷吾既有此内美兮,又重之以修能",指出"文字之事"需要此相辅相成的两面,同时强调"(诗)词乃抒情之作,故尤重内美"(第 48 条)。《人间词话》中则两番引萧统《陶渊明集序》,标举陶渊明诗"跌宕昭彰,独超众类,抑扬爽朗,莫之与京"的气象及"横素波、干青云"的气概,又指出"诗人对宇宙人生,须入乎其内,又须出乎其外"(第 31、43、60 条),正是追求"诗词皆然"的"最上(乘)"境界(第 56、1 条),即结合真、高、深、大的精神及艺术境界。② 说到底,感动性灵的言志抒情诗歌,并非理学家程颐(1033—1107)板脸口中的"闲言语"(《二程遗书》卷 18),而是跟哲学一样,庶几足以"担荷人类"的"大事业"和"大学问"。

---

① T. S. Eliot, "Tradition and the Individual Talent"(1919), in Charles Kaplan, ed. , *Criticism : Twenty Major Statements* , pp. 456, 458: "The progress of an artist is a continual self-sacrifice, a continual extinction of personality"; "the poet has not a 'personality' to express, but a particular medium".

② 王国维在《人间词话》中阐释"境界"时喜欢用"高"(10 次)、"大"(9 次)、"真"(6 次)、"自然"(5 次)、"深"(5 次)等评价性的形容词;"真"与"自然"在道家思想和美学中为同义词,合起来看亦无不可。参《沧浪诗话·诗辨》:"诗之品有九:曰高,曰古,曰深,曰远,曰长,曰雄浑,曰飘逸,曰悲壮,曰凄婉。"

"诗人之词"与"词人之词"辨

——"诗词之辨"的语言视角

李东宾（内蒙古大学文学与新闻传播学院）

"诗词之辨"一直是词学批评史的重要论题。词之创作，自苏轼"以诗为词"，冲破"词为艳科"的藩篱始，遂开启了词学家们关于诗体与词体在功能、题材、体制以及风格等诸多方面异同的探索和辨析。其根本性的认知是：诗言志，为政治教化服务；词言情，以声色娱乐为目的。关于"诗词之辨"的探讨，词学家以及当今学者多着眼于功能题材的角度，此一论题绵延至今，其本身就说明它有着广阔且丰富的多维阐释视角。本文试从语言和言说方式的角度加以探讨，来辨析词学家所提出的"诗人之词"与"词人之词"这一对概念，以期开拓和丰富"诗词之辨"的研究内容。

一、"诗人之词"与"词人之词"的提出

词体肇端于民间的敦煌曲辞，其初期有着"感于哀乐，缘事而发"，"词俱朴拙，务铺叙，少含蓄之趣"①等民间文学一贯的传统和特征。而当这一民间歌唱文学形式，经过歌筵酒席之间"娱宾遣兴"的功能改造，进入到文人创作领域之后，就大致呈现出两种创作模式的发展趋势，即清代词学家所提出的"诗人之词"和"词人之词"。

邹祗谟《远志斋词衷》引王士禛语曰：

> 阮亭尝云：有诗人之词，有词人之词。诗人之词，自然胜引，托寄高旷，如虞山、曲周、吉水、兰阳、新建、益都诸公是也。词人之词，缠绵荡往，穷纤极隐，则凝父、遐周、菂僧、去矜诸君而外，此理正难简会。②

李佳《左庵词话》卷上亦云：

---

① 龙榆生：《词体之演进》，《龙榆生词学论文集》，上海古籍出版社，1997年，第32页。

② 邹祗谟：《远志斋词衷》引王士禛语，唐圭璋：《词话丛编》，中华书局，1986年，第656页。

诗词之界,迥乎不同。意有词所应有而不宜用之诗。字有词所应用而亦不可用之诗。渔洋山人诗,用"雨丝风片",为人所疵,即是此义。故有能诗而不能词者,且有能词犹是诗人之词,非词人之词,其间固自有辨。①

"诗词之辨"的基本要义,即功能上"诗言志""词言情",已为学界公论,此论题中的"诗人之词"与"词人之词"这对概念乃更多地从语言和创作模式的角度而论之。就笔法而言,所谓"诗人之词",乃"自然胜引,托寄高旷",就是文人将意象呈现、比兴寄托等传统诗歌笔法,自觉或不自觉地引入到词体的创作中,诗词一脉相承,使词体向传统诗体靠拢、回归,基本上与学者们批评苏轼的"以诗为词"的创作模式相近;所谓"词人之词",则是"缠绵荡往,穷纤极隐",就是文人学习并继承了民间诗歌铺叙写实的创作笔法,并充分地将其典雅化、精致化,形成了深情往复、极尽铺陈之能事的创作模式。就字面而言,"字有词所应用而亦不可用之诗"者,诗须高远阔大,词则纤巧精微,像"雨丝风片"这样柔细的词句只可入词体而不可入诗语。

中国诗歌一贯以抒情写意为主,重主观的抒发而轻客观的描摹,并因此形成了含蓄蕴藉、浑成古雅的古典美学传统。而在唐之末季,随着城市商品经济的发展,近代白话的兴起,包括词体在内的新兴文学样式,如传奇、话本、讲史等,甚至正统的诗文,其文学品格全面下移,语言沿着通俗化、细腻化道路发展。这样,在词体语言模式的运用上,就产生了一对微妙的矛盾运动,词欲纤巧细腻、穷形写照就与诗之浑厚含蓄、情志寄托之旨相龃龉——细腻刻露则俗,涵浑蕴藉即雅,所谓"入词为本色,入诗便失古雅"②。这源于两种创作手法背后的思维表现模式的对立冲突,一种是遵循了诗歌传统意象思维的主观情感原则,体现的是含蓄蕴藉的美学追求;一种是顺应了语言发展趋势的"散文"笔法,追求的是细腻真切的表达效果。明陆时雍云:"人情物态不可言者最多,必尽言之,则俚矣。"③又云:"叙事议论,绝非诗家所需,以叙事则伤体,议论则费词也。"④毛先舒于词体创作中两种语言模式的冲突也深有体会,他说:"词家意欲层深,语欲浑成。作词者大抵意层深者,语便刻画,语浑成者,意便肤浅,两难兼也。"⑤所谓"两难兼也",体现了文学发展过程中,语言的通俗细腻的抒写趋势与诗歌传统中含蓄蕴藉的美学追求之间的必然矛盾,并由此形成了词体在发展演进过程中"诗人之词"与"词人之词"两种基本创作模式的彼此消长、衍生共进的态势。

①　李佳:《左庵词话》卷上,唐圭璋:《词话丛编》,第 3104 页。
②　王士禛:《花草蒙拾》,唐圭璋:《词话丛编》,第 679 页。
③　陆时雍:《诗境总论》,丁福保辑:《历代诗话续编》,中华书局,1983 年,第 1421 页。
④　同上,第 1419 页。
⑤　王又华:《古今词论》引毛稚黄词论,唐圭璋:《词话丛编》,中华书局,1986 年,第 608 页。

　　两首著名的《水龙吟》，一是章质夫咏杨花（一作柳花）的原作，一是苏东坡被贬黄州期间的和作，天生是用来比较"词人之词"与"诗人之词"两种笔法不同的。章质夫咏杨花词为：

　　　　燕忙莺懒花残，正堤上柳花飞坠。轻飞点画青林，谁道全无才思。闲趁游丝，静临深院，日长门闭。傍珠帘散漫，垂垂欲下，依前被、风扶起。　　兰帐玉人睡觉，怪春衣、雪沾琼缀。绣床渐满，香球无数，才圆欲碎。时见蜂儿，仰粘轻粉，鱼吞池水。望章台路杳，金鞍游荡，有盈盈泪。

苏东坡次韵章质夫杨花词为：

　　　　似花还似非花，也无人惜从教坠。抛家傍路，思量却是，无情有思。萦损柔肠，困酣娇眼，欲开还闭。梦随风万里，寻郎去处，又还被、莺呼起。　　不恨此花飞尽，恨西园、落红难缀。晓来雨过，遗踪何在，一池萍碎。春色三分，二分尘土，一分流水。细看来不是，杨花点点，是离人泪。

　　历代词评家比较两首词优劣者甚多，大多数认为苏轼的和词更胜一筹。朱弁《曲洧旧闻》卷五曰："章质夫作《水龙吟》咏杨花，其命意用事，清丽可喜。东坡和之，若豪放不入律吕。徐而视之，声韵谐婉，便觉质夫词有织绣工夫。"[1]王国维《人间词话》亦云："东坡《水龙吟》咏杨花，和韵而似原唱；章质夫词，原唱而似和韵；才之不可强也如是。"[2]魏庆之则为章质夫鸣不平："章质夫咏杨花词，东坡和之，晁叔用以为'东坡如毛嫱西施，净洗脚面，与天下妇人斗好，质夫岂可比'，是则然也。余以为质夫词中，所谓'傍珠帘散漫，垂垂欲下，依前被、风扶起'亦可谓曲尽杨花妙处，东坡所和虽高，恐未能及。诗人议论不公如此耳。"[3]黄于也称赞章词说："'傍珠帘散漫'数语，形容尽矣。"平心而论，章质夫的原作对杨花的刻画极尽细致微妙之处，传神写照，栩栩如生，朱弁所谓"织绣工夫"，正所谓词笔描摹之功，魏庆之也正是站在这个立场上来为章词鸣不平的。众多评家之所以交口称赞苏词，第一，在于其为和作，在原唱的约束和限制下，想要达到原作的水平已属不易，若要超过则更难，苏东坡举重若轻，肆意挥洒，即成绝调。第二，东坡在这首词中贯注了自己真挚的情感，全篇化咏物为传情，表面写杨花，实是将杨花比作一个风飘万里、梦寻情郎的思妇，把杨花飘落伤春之情与思妇幽怨念远之情打并成一片，从而产生了强烈的艺术感染力。第三，也是最重要的一点，东坡全词未作如章质夫一样对杨花工笔的描摹，而是以诗笔入词，"遗貌取神"抓住

①　朱弁：《曲洧旧闻》卷五，王根林校点：《宋元笔记小说大观》，上海古籍出版社，2001年，第2993页。
②　王国维：《人间词话》，唐圭璋：《词话丛编》，中华书局，1986年，第4247页。
③　魏庆之：《诗人玉屑》卷二十一，中华书局，1959年，第476页。

了杨花飘忽不定、游丝婉转的情态特征,以此比附思妇哀怨无定的情思,以杨花托写思妇,妙合无垠,得无限含蓄蕴藉之旨。同时还应注意的是,当时东坡被贬黄州,寄词与章质夫时嘱其"不以示人"①,且全词感情充溢,隐然有身世之喻,杨花那飘忽不定、随风起落的命运,不就是苏东坡自己"乌台诗案"之后际遇的寄托吗?其手法之高,托想之奇,由此可见。由于苏东坡在这首词中主要运用的是情志寄托的诗笔手法,深契历代词论家的审美心理定式,故有王国维"和韵而似原唱"之说。此中缘由,刘熙载可谓慧眼独具,其《艺概·词曲概》云:"东坡《水龙吟》起云:'似花还似非花。'此句可作全词评语,盖不离不即也。"②"似花还似非花"乃词中诗笔绝妙之喻也,其后张炎在论咏物词时说:"体认稍真,则拘而不畅;摹写差远,则晦而不明。"③主张咏物之妙即在似与不似之间。以张炎之词体雅化理论,未尝不可作词中诗笔之论。

二、两种创作模式的源起

语言是一个民族文化和精神的载体,而语言特定阶段的表达方式与一个民族特定阶段的思维方式和精神面貌密切相关,并随之不断发展、演进。一种语言其言说方式的演进,大致经历了一个由具有"诗和隐喻特征"的"情感语言"向现实的"日常语言"和具有逻辑性的"科学语言"发展的历程。④ 恩斯特·卡西尔在《语言与艺术》一文中说:

> 人类文化初期,语言的诗和隐喻特征确乎压倒过其逻辑特征和推理特征。但是,如果从发生学的观点来看,我们就必定把人类言语的想象和直觉倾向视为最基本的和最原初的特点之一。另一方面,我们发现在语言的进一步发展中,这一倾向逐渐减弱。语言变得越抽象,它就越扩大和演变其本来的能力。语言从日常生活和社会交际的必要工具的言语形式,发展为新的形式。⑤

从《诗经》时代开始,我国的诗歌就走上了一条重视意象运用的道路。《诗经》、楚辞所确立的"比兴寄托"的手法,有着"称名也小,取类也大"⑥委婉曲折、含蓄深微的艺术特点,"为历代注家注为'引类譬喻',可以理解为由微见著、由此及彼具有引申联想、譬喻类比性

---

① 苏轼:《与章质夫书》云:"思公正柳花飞时出巡按,坐想四子,闭门愁断,故写其意,次韵一首寄去,亦告不以示人也。"见《苏轼文集》卷五十五《尺牍》,中华书局,1986年,第1638页。
② 刘熙载:《艺概·卷四·词曲概》,上海古籍出版社,1978年,第119页。
③ 张炎:《词源》卷下,唐圭璋:《词话丛编》,中华书局,1986年,第261页。
④ 骆小所:《艺术语言学》,云南人民出版社,1992年,第6页。
⑤ (德)恩斯特·卡西尔:《语言与艺术》,《语言与神话》,三联书店,1988年,第134页。
⑥ 刘勰:《文心雕龙·比兴》,《文心雕龙注释》,人民文学出版社,1981年,第394页。

质的思维表现形式"①,所谓"关关雎鸠,在河之洲。窈窕淑女,君子好逑",雎鸠的嬉戏场景和男女之间的耳鬓厮磨之间本没有逻辑上的必然联系,而只是在人类的情感经验上具有某种相似性,由此,诗意就在比附、联想的基础上建立起了审美感受。故洪兴祖《楚辞补注》云:

> 离骚之文,依诗取兴,引类譬喻。故善鸟香草,以配忠贞;恶禽臭物,以比谗佞;灵修美人,以媲于君;宓妃佚女,以譬贤臣;虬龙鸾凤,以托君子;飘风云霓,以为小人。②

古人诗歌中的意象塑造,是一种直觉、联想、比附、隐喻等原始诗性思维的体现,诗人以自己的情感为中心,他们不仅仅把万物看成是有生命的,而且还把自己的纯真的感情也灌注于其中,以实现情感委婉曲折的呈现。由于特定历史阶段所产生的诗歌意象的表现手法,具有着含蓄朦胧、蕴藉模糊的美学特征,深合汉民族早期对事物的认识水平和心理接受模式;又由于《诗经》、楚辞等经典所拥有的崇高的不容置疑的话语权威,故这种手法一经确认,就对后世的诗歌创作有着巨大的潜移默化的示范作用,以至于形成了中国诗歌千年不变的意象传统。

中国诗歌早期所形成的具有"情感语言"性质的意象手法,经过历代诗人长期创作实践的积累,至唐代诗人手中,已能将其纯熟而高妙地运用到近体诗的创作中,其含蓄蕴藉的美学功能在近体诗中得到了淋漓尽致的体现。叶嘉莹师在谈到盛唐诗歌特点时说:

> 盛唐之诗则颇重景物之点染,其感发之力量往往得之于情景相生之一种触引。而且盛唐之时代又具有一种恢宏博大之气象,故唐人所写之景物,亦往往多有开阔高远之意境与沉雄矫健之音节。③

应该说意象手法从诞生之日起,就遵循的是情感逻辑,而不是要清晰地措写和再现景物的,过于清晰、细致的景物描写反而会冲淡情感的意蕴。近体诗的意象手法多是一种略其细节的全景式的、轮廓型的写意勾勒,或是物象精神意趣的人格赋予。意象的创造强调"遗貌取神",就是消解物象的清晰性、指向性和单纯性,造成模糊性、多义性和不确定性,使景物的意态与诗人的情感志趣形成某种相通之处。又由于近体诗体裁特点以及诗人们涵浑高古的美学追求,遂造成了如李泽厚所说的"笼统、浑厚、宽大"的"诗境"④。也就是宋人在词体所追求的向中国诗歌意象传统回归的"诗人之词"的境界。

---

① 李东宾:《试论叶嘉莹诗词学中的比兴观》,《内蒙古大学学报》,2008 第 3 期,第 54 页。
② 洪兴祖:《楚辞补注》,中华书局,1983 年,第 2 页。
③ 叶嘉莹:《论柳永词》,《唐宋词名家论稿》,河北教育出版社,1997 年,第 78 页。
④ 李泽厚:《美的历程》,中国社会科学出版社,1989 年,第 148 页。

中国发展到唐宋时期其社会形态发生了深刻的变化,城市商品经济和手工业高度发达,开始孕育着具有"初级阶段"性质的资本主义生产方式的萌芽①。随着社会生产方式的变革,整个社会系统的任何构成部分诸如政治、文化、学术、文学、艺术以至语言都在发生着深刻的变迁和转移:文化由"唐型文化"到"宋型文化";文学由"唐音"到"宋调";诗歌的表现手法也由依据情感逻辑的意象表现转向客观写实的散文化叙述;语言由高雅而凝固的文言转向世俗而活泼的白话。上文提到的语言的类型以及语言和思维的关系,于此得到了证明,由文言到白话的,就包含着由"情感语言"向"日常语言"或称"科学语言"发展的必然趋势。文言更多地带有浓重的原始性质的"情感语言"的色彩,而白话流播以及最终取代文言则更多地是顺应了语言实用、科学的发展趋势,所以著名学者甘阳说:"文言之改造为白话,主要即是加强了汉语的逻辑功能。"②汉语的这种发展演进反映了汉民族的思维意识逐渐背离了最初的主观情感原则,向着客观通俗、细腻写实方向发展的人类思维的必然趋势。

中国诗歌的发展也顺应了这一趋势,诗风由盛唐气象雄浑阔大转为中唐以后的沉静细腻,诗之题材也开始了对身边日常景物和生活的真切关注和细腻描写,从中可以感觉到一种由"诗境"到"词境"、由"诗笔"到"词笔"渐次转移的消息。

学界公论这种诗歌风气的转变自杜甫始。生活年代跨越唐之盛衰的杜甫,濡染于转型期的文化精神,对诗歌作了多方面探索,在沉雄郁勃、严整壮美之外,还有细腻精巧、婉约柔美的一面,而后者正与"词境"暗通。杜甫在他的《曲江二首》(其一)就自道:"细推物理须行乐,何用浮名绊此身。"仇兆鳌评价《风雨看舟前落花戏为新句》诗曰:"纤浓绮丽,遂为后来词曲之祖。"③元稹在《酬孝甫见赠十首》(其二)云:"杜甫天材颇绝伦,每寻诗卷似情亲。怜渠直道当时语,不着心源傍古人。"元稹在当时就已经注意到了杜诗中有着大量的"当时语",这些词语多来自民间口头,一经运用,生动无比。

晚唐世风日靡,时人追逐声色享乐已成时代之风气。诗风与词风渐趋合一,"闺情与花柳"成了诗词共同的主题。诗歌香艳绮靡的作风与纤巧通俗的语言风格,由于本质的相通,互为表里,遂成就了晚唐诗歌亦诗亦词的风貌特征。去晚唐不远的宋人,对这种诗风多有

---

① 关于中国历史发展中"资本主义萌芽"这一论题,学界争论极大,出现了从"战国说"到"清代说"的多种提法,对这一问题本文无意多加涉及,只是采取较为折衷的王水照先生的观点,王水照先生于《宋代文学通论·绪论》中说:"一般来说,中国封建制的动摇或逐渐解体,是明中叶以后才发生的社会经济现象,宋代城市发展,手工业、商业繁荣,虽给上层建筑带来某种深刻而有意义的变化,但毕竟还处于初级阶段……"见:王水照主编:《宋代文学通论》,河南人民出版社,1997年,第5页。

② 甘阳:《从"理性的批判"到"文化的批判"(代序)》,(德)恩斯特·卡西尔:《语言与神话》,三联书店,1988年,第25页。

③ 仇兆鳌:《杜诗详注》,中华书局,1979年,第2051页。

体会，"晚唐人诗多小巧，无风骚气味"①，"唐末之诗近于鄙俚"②。南宋刘克庄多次提到"晚唐体"，且论述颇为详切，其《韩隐君诗序》曰：

> 古诗出于性情，发必善；今诗出于记问，博而已，自杜子美未免此病。于是张籍、王建辈稍束起书袋，铲去繁缛，趋于切近。世喜其简便，竞起效颦，遂为"晚唐体"，益下，去古益远。岂非资书以为诗失之腐，捐书以为诗失之野欤？③

所谓"出于记问""切近""简便"，就是细腻写实的"日常语言"在当时诗歌中的根本特征。从杜甫开启的诗歌语言的发展历程，代表着原始性思维模式的意象语言向细腻写实的日常语言的转型，也是社会系统近代世俗化转型的组成部分和真实表征。当然，这种转型是渐进的、缓慢的，有时还有着必然性的回归。当时随着世俗享乐风气所产生的新的诗歌体裁——词体，其语言和言说方式既延续了诗歌意象传统手法的强大惯性，又富含着语言通俗化的新变质素，具体表现就是"诗人之词"与"词人之词"两种创作模式的错综交杂与演进消长。

三、两种模式的演进与评说

词体演进过程中所呈现出的两种言说模式，即"诗人之词"与"词人之词"，一是遵从文人诗歌感物言志的意象传统，以提高词体的境界和品格；一是秉承民间诗歌叙事娱情写实精神，以实现词体最初的娱乐功能。应该说，语言的通俗化和写实化乃是当时文学的发展方向，在我们感受传统诗歌意象手法所带给我们的无穷美质的时候，更应该肯定词人们为了诗歌新变在语言运用上可贵的探索精神。两种笔法所包含的转型时期的文学传统和语言新变因素于词体中衍生共进，共同塑造了词史的面貌。

晚唐"温韦"并称，皆为"花间"巨擘。温庭筠以"深美闳约"之辞、意象呈现之笔法，开"诗人之词"之先河，为后来像张惠言、陈廷焯等词学家所推崇；而韦庄更多的是继承了民间敦煌曲辞"感事而发"的传统，以浅白疏淡之笔、"直言无隐的修辞"写哀感无端的情事，为后来"词人之词"树立了学习的榜样。温韦之后的南唐词人，相比较而言，冯延巳词属于"诗人之词"，其在相思怨别的抒写中，杂入了士大夫所具有的浓重的忧生念乱之情、比兴寄托之

---

①　魏庆之：《诗人玉屑》卷十六引诗史语，上海古籍出版社，1959年，第358页。
②　释惠洪：《冷斋夜话》卷一，《宋元笔记小说大观》，上海古籍出版社，2001年，第2172页。
③　刘克庄：《韩隐君诗序》，《后村先生大全集》卷九十六，《四部丛刊》本。

意。张惠言评其词曰："忠爱缠绵,宛然《骚》《辨》之义"①;而李煜词则接续了韦庄的"直言无隐"的"词人之词"的作风,在情感的表达上极为坦率真纯,以直切发露之笔,直叙其事、直绘其景、直吐其情,所以吴梅说:"其用赋体,不用比兴。"②他采取了最自然最通俗的表现形式,却获得了感人至深的艺术效果。词体发展至北宋中期,呈现出异常繁荣兴盛的局面。就小令而言,欧阳修、晏殊等词人摆脱了小令初期直率粗陋的手法,以诗的意象手法,来表现士大夫的忧患意识和闲雅情致,遂成就了北宋"诗人之词"的典范。而尤以晏几道的成就最高,其以"诗人句法""推进了词体由代言体向个性抒情的转化,也使得词这种'娱宾遣兴'的卑微文体具有了与诗一样感物赋情的品格"③。这一时期另一重要词人张先,其词从本质上则属于"词人之词"的范畴,夏敬观评其词乃"古乐府作法"④,他的词作更多地为了适合歌楼舞榭演唱的需要,以通俗明白之辞写其幽怨悱恻之艳冶情思,接续了韦庄、李煜"词人之词"的衣钵。在长调的创作上,柳永适应了市井耳目声色之娱乐需求,以俚俗语言,铺叙手法,名动一时,也成就了其词史上最为显赫的"词人之词"的代表地位。苏轼由于不满柳词的俚俗,出于拯救世风的道义担当,起而纠弊,"以诗为词",以其"无意不可入,无事不可言"的词作向诗歌传统回归。流风所及,又有如黄庭坚、秦观等人起而效法,各成面目,使这一时期的"诗人之词"蔚为壮观。

这一时期的词坛出现了一个非常有趣且令人深思的现象,那就是词人之间以警句相互称美。又据胡仔《苕溪渔隐丛话》前卷三十七引《遁斋闲览》载:

> 张子野郎中,以乐章擅名一时。宋子京尚书奇其才,先往见之,遣将命者,谓曰:"尚书欲见云破月来花弄影郎中乎?"子野屏后呼曰:"得非红杏枝头春意闹尚书邪?"遂出,置酒尽欢。盖二人所举,皆其警策也。⑤

张先写影传神,故时人谓之"张三影"。此外,柳永有"露花倒影柳屯田"之称,秦观有"山抹微云秦学士"之誉,贺铸由于"梅子黄时雨"名句,故士大夫谓之"贺梅子"等,皆以"一语之工,倾倒一世"⑥。细考这些名句,都有一个共同的特点,那就是摹写细腻,生动传神,其中尤以张先为最。在人们对这些名句反复称引的背后,反映的是在新的时代风气之下,词体的语言风格朝着具有通俗化细致生动的写实方向发展的趋势,以此来满足人们情感渐趋

①　张惠言:《张惠言论词》,唐圭璋:《词话丛编》,中华书局,1986 年,第 1612 页。
②　吴梅:《词学通论》,复旦大学出版社,2005 年,第 42 页。
③　叶嘉莹、李东宾:《试论小山词朦胧深美的意境追求》,《山西大学学报(哲社版)》,2008 第 3 期,第 16 页。
④　夏敬观:《映庵词评》,张璋等编:《历代词话续编》,大象出版社,2005 年,第 418 页。
⑤　胡仔:《苕溪渔隐丛话》前集卷三十七引《遁斋闲览》,人民文学出版社,1962 年,第 252 页。
⑥　陈廷焯:《白雨斋词话》卷一,唐圭璋:《词话丛编》,中华书局,1986 年,第 3928 页。

细腻的审美要求。

相比传统诗歌的语言风貌，"词人之词"的笔法不能不说是语言写景、体物、传情、达意功能的一大进步和提高。对于这种在艳情的书写中所体现出来的，迥异于诗体高古涵浑抒写风格的纤巧细腻的写实风格，时人也多有体悟，且以"当行本色"语称许之。李之仪《跋吴思道小词》曰："长短句于遣词中最为难工，自有一种风格，稍不如格，便觉龃龉。"①朦胧地感觉到一种与诗不同的语言风味。然而更多的是词体这种细致写实的具有市井通俗倾向的语言作风，难以符合士大夫早已形成的意象呈现、含蓄蕴藉的美学趣味，再加上它所承载的有悖于诗教的"闺情与花柳"的主题，自然遭到了绝大多数士大夫的大加否定和讨伐。王灼即以儒家正统诗教的眼光审视词坛，严雅郑之辨，对柳永的市井俗词深恶痛绝，曰："深劲乏韵，此遭柳氏野狐涎吐不出者也。"②又评李清照词曰："作长短句，能曲尽人意，轻巧尖新，姿态百出。闾巷荒淫之语，肆意落笔。自古缙绅之家能文妇女，未见如此无顾忌也。"③

而对两种笔法的差异，到了清代诗词批评家那里才有了语言功能进化上的认识。贺贻孙《诗筏》云："诗语可入填词，如诗中'枫落吴江冷''思发在花前''天若有情天亦老'等句，填词屡用之，愈觉其新。独填词语无一字可入诗料，虽用意稍同，而造语迥异。如梁邵陵王纶《见姬人》诗'却扇承杖影，舒衫受落花'与秦少游词'照水有情聊整鬓，倚栏无绪更兜鞋'同一意致。然邵陵语可入填词，少游语绝不可入诗。鉴赏家自知之。"④"诗语可入填词"，而"少游语绝不可入诗"，发展了的"词语"可以涵盖包容前一发展阶段的"诗语"，而具有更高表意功能的"词语"不可能退回到此前"诗语"状态，说明语言的表意功能随着情感的细密以及思维的进化呈现出一个渐次发展提高的过程。

从敦煌"曲子词"开始的词体前期的发展，基本上是在合乐声中沿着通俗化、细腻化的方向发展，体现了语言演进的自然面貌，至柳永遂将这种词体本色的"词人之词"发挥到了"有井水饮处，即能歌柳词"的地步。而当士大夫广泛地介入词体的创作之后，文人歌酒筵席的高雅氛围，以及根植于士大夫意识深处早已定型了的，诗歌意象呈现、蕴藉涵浑的创作传统，必然要对词体无论在意蕴旨趣上还是创作手法上，都进行着诗化的改造。遂有晏殊、欧阳修以及晏几道等人的小令雅化。慢词有以苏东坡、秦观、辛弃疾、姜夔等人为代表的"诗人之词"的渐次发展。然而大体说来，"诗人之词"与"词人之词"只是两种语言运用模

---

①　李之仪：《跋吴思道小词》，金启华等编《唐宋词集序跋汇编》，江苏教育出版社，1990 年，第 36 页。

②　王灼：《碧鸡漫志》卷二，唐圭璋《词话丛编》，中华书局，1986 年，第 84 页。

③　同上，第 88 页。

④　贺贻孙：《诗筏》，郭绍虞、富寿荪编《清诗话续编》，上海古籍出版社，1983 年，第 163 页。

式,并不是划分派别的标准,在传统和新变之间,词人兼具两种手法也是再正常不过的事。即如柳永,既有为晏殊斥责的"彩线闲拈伴伊坐"的词笔,又有为东坡称道的"霜风凄紧,关河冷落,残照当楼",这种"不减唐人高处"的诗笔。秦观的《满庭芳》,既有为东坡所欣赏的"山抹微云"这样的诗语,又有被东坡所斥责的"销魂当此际"这样学柳永叙事的词笔。

　　纵观两种创作手法的发展,大体呈现两种不同的发展趋势和命运。"词人之词"的细腻写实的手法在经历了柳永、李清照、周邦彦的辉煌发展之后,至南宋渐次转化为文人的案头创作,由于背离了其产生和存在所依赖的民间语言的本质基础,只能走向"雕镂细碎"的末路,故先著、程洪《词洁》评刘过《行香子·佛寺云边》曰:"贪于取巧,便是小家伎俩。然亦可知南渡以来,此道穷态极变,不可以一律论也。"①而"诗人之词"却渐趋成为后期发展的主流,一种文体在世俗化的大潮中尝试着语言言说模式变革的时候,由于强大的传统力量,其最终回归传统,乃是文体演变从民间到庙堂发展规律的体现。如姜夔以"江西诗法"入词,秉承诗法"遗貌取神"的创作原则;王沂孙"思笔双绝"②,而"在怨悱中寓忠厚"③等等。词至姜夔、吴文英、张炎等格律派词人手中,在"词欲雅而正"④的理论自觉中,融词笔入诗笔,于刻写之中求寄托,完成了词体的诗体回归。

---

①　先著、程洪辑:《词洁》卷二,唐圭璋:《词话丛编》,中华书局,1986年,第1350页。
②　周济:《宋四家词选目录序论》,同上,第1644页。
③　陈廷焯:《白雨斋词话》卷八,同上,第3968页。
④　张炎:《词源》卷下,同上,第266页。

清初游幕之风与康熙词坛

李宏哲（山西太原师范学院文学院）

　　"幕府"起初是指古代军队出征之际，因无固定居所，故搭建帐幕作为临时办公机构，以参赞军事。后世也把地方行政衙署称为幕府。幕府制度始于汉，兴于唐，宋元有所衰落，至明后期随着中央集权的衰落，幕府开始复苏，至清再次兴盛。① "游幕"则是指古代士人为了生计，不得不依附于地方官员，通过辅佐其办理文书、钱粮、刑名等事宜，来取得一定的生活资助。入幕的士人一般称为"幕友""幕宾""幕僚"等。"幕友之为道，所以佐官而检吏也。"② 康熙前期（1661—1680），出现了清代历史上第一个士人游幕高峰期。③ 其中，不少人为清初著名词人。

　　清词在词学史上是"中兴"时期，而康熙时期无疑是清词创作的第一个高峰期。这种情况的出现，一方面是由于词学在明末得到复兴，以陈子龙为首的"云间词派"开"三百年来词学中兴之盛"④；另一方面，也与其时词人们游幕活动的频繁相关。他们漂泊四方，通过入幕以求衣食之济，足迹遍布大江南北，在此过程中，结合自己的羁旅行役之苦、家国巨变之痛，写下了一系列感情真挚、极富时代特色的词作，为有清一代词学"中兴"局面的形成拉开了序幕。

一

　　清初之所以出现历史上第一个游幕高峰，除了历史的原因，即科举考试固有的弊端，其对人才的遗漏在所难免，尤其是科举达到鼎盛的明清，只有通过它，才能最终出人头地。但

---

①　张兵、侯冬：《清代幕府研究述评》，《西北师大学报（社会科学版）》，2011年第3期。
②　汪辉祖：《佐治药言》，辽宁教育出版社，1998年，第4页。
③　参尚小明：《清代士人游幕表》，中华书局，2005年，第5页。
④　龙榆生编：《近三百年名家词选》，上海古籍出版社，1979年，第4页。

毕竟有不少士子,终其一生,难博得一个功名,多以童生终老,或者有幸得到一个"恩贡"。这种情况促使游幕成为未取得功名的士人施展抱负、维持生计的一个极好途径。(还有一种特殊情况,即已取得功名的士人们,因为某种原因,也投入到某个官员幕下。)另一个重要原因就是由于明清易代之际动荡的局势,加重了文人的命途多舛。旧巢已覆,新朝文化政策变化多端,不少士子犹疑不前;而很多汉族知识分子又以气节自重,不愿出仕新朝,可是为了生计,只得去做幕僚。另外,当时清廷定鼎中原不久,百废俱兴,事务繁杂,这也使督抚们延聘大量幕宾,助其处理公务成为必要。

游幕士人们大多家境贫寒,以出身于下层知识分子家庭居多,其中大多数人未取得功名,只是一介布衣,不得不以入幕这种方式来维持生活。正如汪辉祖所说:"吾辈游幕之士,家果素封,必不忍去父母离妻子,寄人篱下。"①以浙西词人而论,朱彝尊曾祖朱国祚虽官至内阁首辅,但到彝尊自己的时候,家境已经中落,只得入赘到同里冯氏家为婿。② 李良年、李符早孤,父亲客死岭南,靠寡母拉扯长大,家境更是贫寒。③ 这是词人们外出游幕的内在动因。

据尚小明《清代士人游幕表》及朱丽霞《江南与岭南:从文人游幕看清初文学的传播与文坛生态》④等资料统计,康熙时期游幕词人数量达到四十位以上,游幕范围从两广到云贵,从京师到秦晋,极大地扩展了词学活动范围。现将康熙年间主要游幕词人列表如下:

姓名	生卒年	籍贯	游幕时间与地点	词史地位
吴绮	1619—1694	江苏江都	1671 年,客赣南知府丁炜幕; 1683 年入两广总督幕。	以"红豆词人"擅名。
徐倬	1624—1713	浙江德清	1657 年,入浙江学政幕; 1688 年,入工部侍郎孙在丰幕, 时在丰监督河工。	清初词坛名家。
毛奇龄	1623—1716	浙江萧山	1660—1664 年,入淮安县令幕; 1665 年,入江西湖西参议道幕。	饮水词派名家。⑤

　① 汪辉祖:《佐治药言》,第 4 页。
　② 朱桂孙、朱稻孙:《竹垞府君行述》,赵诒琛、王大隆辑:《丙子丛编》,1936 年。
　③ 朱彝尊:《徵士李君行状》,朱彝尊著,王利民等校点:《曝书亭全集》,吉林文史出版社,2009 年,第 739 页。
　④ 朱丽霞:《江南与岭南:从文人游幕看清初文学的传播与文坛生态》,《社会科学》,2011 年第 5 期。
　⑤ 关于以纳兰成德为首的词人,能否算一个派别,本文引用葛恒刚的观点,见葛恒刚:《〈今词初集〉与饮水词派》,《古籍整理研究学刊》,2011 年第 3 期。

（续）

姓名	生卒年	籍贯	游幕时间与地点	词史地位
朱彝尊	1629—1709	浙江秀水	1657—1658 年,入广东幕; 1660—1661 年,入山阴幕; 1664—1667 年,入山西幕; 1668—1670 年,入山东巡抚幕; 1673—1675 年,客潞河金事幕; 1677—1678 年,客江宁幕。	浙西词派盟主。
万树	？—1687	江苏宜兴	1677 年,游幕燕晋楚闽; 1678—1681 年,入福建巡抚吴兴祚幕; 1682—1687 年,随吴兴祚入两广总督幕。	阳羡派名家,著有《词律》一书。
毛际可	1633—1708	浙江遂安	1683 年,入浙江幕,凡三载。	饮水词派名家。
李良年	1635—1694	浙江秀水	1671—1673 年,入贵州幕; 1680—1684 年,入安徽幕; 1688—1690 年,入福建幕。	浙西六家之一。
陈维岳	1635—1712	江苏宜兴	1671 年,入赣南知府幕。	维崧弟,阳羡派名家。
查容	1636—1685	浙江海宁	1667—1673 年,游幕岭外; 1677 年游幕湖南; 1681 年前后游幕江西。	朱彝尊表弟,浙西名家。
徐釚	1636—1708	江苏吴江	1669 年,馆济宁河署,五载: 1672 年,入钱塘令署; 1679—1680 年,馆大学士冯溥邸; 1687 年,入湖广幕; 1691 年入福建幕。	《菊庄词》与纳兰《饮水词》并称;辑《词苑丛谈》十二卷。
秦松龄	1637—1714	江苏无锡	1674 年,入湖广总督幕。	饮水词派名家。
李符	1639—1689	浙江秀水	1666—1669 年,入黔、滇幕; 1671 年,入江宁布政使幕; 1674—1678 年,先后入扬州、江宁幕; 1684 年,馆于御史龚翔麟幕; 1687—1689 年,入福建幕。	浙西六家之一。

（续）

姓名	生卒年	籍贯	游幕时间与地点	词史地位
沈皞日	1640—1696	浙江平湖	1664 年，客南雄太守陆世楷幕中；其后入粤。	浙西六家之一。
金烺	1641—1704	浙江山阴	入岭南幕。	康熙词坛名家。
孔尚任	1648—1718	山东曲阜	1686 年，入工部侍郎孙在丰幕；1707—1708 年，入平阳知府幕；1712 年，入莱州知府幕；1714—1715 年，入淮南道署。	著名词曲家。
查慎行	1650—1727	浙江海宁	1679—1682 年，入贵州巡抚幕；1683—1684 年，入江西臬台幕；1692 年、1696 年，两次入九江太守朱俨幕；1717—1718 年，入广东巡抚幕。	后期浙西词派名家，诗词兼擅。

　　据上表可看出，康熙时期游幕的著名词人主要以江浙籍为主，其中浙江籍又占多数；康熙前中期词人们的游幕活动比较频繁，中期后逐渐减少，尤其是康熙后期（1700—1722），只有查慎行、孔尚任等尚为知名。而与此同时，康熙中后期以 1684 年为转折点，游幕活动开始减弱。① 伴随着的是康熙中后期词坛大家、名家减少，词学创作较之前期，亦处"中衰"阶段，这正好与词人们的游幕数目的变化曲线呈现一致，说明了游幕活动与康熙词坛发展的紧密关系。

二

　　康熙时期以布衣词人为主的游幕活动的频繁，是康熙词坛词风出现新变的一个重要原因。顺治到康熙初年，词坛仍袭云间词风，尚绮艳哀婉，"无论是广陵词坛领袖人物王士禛的《衍波词》，还是当时真正的词苑核心巨子邹祗谟的《丽农词》、董以宁的《蓉渡词》、彭孙遹的《延露词》，都属程度不等各出面貌专攻绮靡艳丽之调的能手"②。除此之外，还有以京师龚鼎孳、纳兰成德为首的词人群活跃在词坛上。而这些词人大多数是取得功名、身份显赫

---

　　① 尚小明：《不同时段游幕士人数目变化曲线图》，《清代士人游幕表》，第 5 页。
　　② 严迪昌：《清词史》，江苏古籍出版社，1990 年，第 50 页。

之辈:王士祯、邹祗谟、彭孙遹皆是顺治年间进士出身,仕途顺畅;龚鼎孳由明入清,官至一品;纳兰成德家世显赫,本人又极受康熙帝眷顾,封为一等侍卫。他们的词难脱歌筵酒席、闺帏情事等富贵气、儿女气是必然的。而这群游依幕下、旅食四方的布衣词人们加入词学创作,必将给词坛吹入一股新鲜空气。尤其是以朱彝尊为首的浙西词人群的游幕活动,极大地改变了当时的词风,为清词融入了新的因素。

首先是词作描写境界的扩大。游幕经历让士子们因为远离故土,有机会目睹各地的壮丽山川,眼界更为开阔,胸襟更为博大。秦松龄(字汉石,又字次椒,号留仙)就说:"自维甲寅被命以来,数年中侧足戎行,所见荆楚风物山川之奇伟,与夫风樯浪舶于长江万里之间,从足以惊心骇魄,增去国之感。"①由此可见,游幕活动给士人们心理造成的触动是巨大的。表现在其词作中,则是写出了《一剪梅·风阻马当》《青玉案·雁字》这种慷慨悲壮、颇见"风骨"的词作,可谓是"一洗绮罗香泽之态"。还有查容(字韬荒,号浙江,又号沇翁)旅楚游赣时,作《高阳台》三调,分咏黄鹤楼、岳阳楼、滕王阁。以《高阳台·岳阳楼》为例:

> 云梦俱空,潇湘不远,湖光如镜初平。徙倚危楼,烟波四面还生。龙吟浦口楚天晚,十二峰、螺髻漂零。正愁予,苹末风来,锦瑟无声。 微云笼月冥冥,渐涛惊绝岸,木脱严城。槛外归舟,连樯灯乱疏星。从今知有江山助,五字诗、更乞湘灵。夜迢迢,横笛休吹,万顷离情。②

"从今知有江山助",一语道出了游幕经历对词作境界及内涵的开拓之功,这是词作出现新变的基础。当然,如果仅是泛泛写景,则亦难超越前代词人,游幕词人更为可贵的一点是,他们处在清初那个独特的历史阶段,其间不少人都有家国破灭之感,这就使其词的风格、内容增添了一些迥异于以往词人的因素,除了写景怀古,还表现出一种鼎革之际,回天无力的伤感情绪,以朱彝尊游幕大同时写下的那首《消息·度雁门关》为例:

> 千里重关,凭谁踏遍,雁衔芦处。乱水滹沱,层霄冰雪,鸟道连勾注。画角吹愁,黄沙拂面,犹有行人来去。问长途、斜阳瘦马,又穿入,离亭树。 猿臂将军,鸦儿节度,说尽英雄难据。窃国真王,论功醉尉,世事都如许。有限春衣,无多山后,酹酒徒成虚语。垂杨老,东风不管,雨丝烟絮。③

全词融写景、叙事、怀古、伤时于一炉,气象开阔,是典型的"得江山之助"的作品。一句"世事都如许"包含了对古今盛衰无常,赢者王侯败者寇之无情现实的深深感慨,词旨遥深

---

① 秦松龄:《亦园记》,《苍岘山人文集》卷三,《四库未收书辑刊》五辑,第 28 册,第 23 页。
② 程千帆等编:《全清词》,中华书局,2002 年,第 6723 页。
③ 《全清词》,第 5260 页。

极富时代特色。这种结合了亡国之悲、身世之痛的怀古词当属游幕词中最有价值的词作了。严迪昌论道："康熙三年(1664)到康熙十七年(1678)，即'西北至云中'入曹溶大同备兵署为幕僚，到'策柴车入京师'应'鸿博'之征，寄迹'僧舍'这段前后达十五个年头的落魄坎坷时期。这是朱彝尊'短衣尘垢，栖栖北风雨雪之间'，其'羁愁潦倒''糊口四方，多与筝人酒徒相狎'(《陈纬云〈红盐词〉序》)，一生中最为恓惶的阶段。然而，在词创作上恰恰是'情见乎词'、最为灿烂的黄金年代。"①由此可知游幕经历对朱氏词作的影响。今检《江湖载酒集》，除描写闺情的作品外，多是怀古写景之作，如《消息度·雁门关》《满庭芳·李晋王墓》《夏初临·天龙寺是高欢避暑处》。此外，其他游幕词人如徐釚《菩萨蛮·渡江》、李良年《踏莎行·金陵》亦堪称佳作。

除了通过描绘异地景致来抒写心中郁结外，游幕词人们亦通过送行词来表达自己与友人不得志的感慨。送行词是游幕词人词作中的常见题材，李良年(字武曾，号秋锦)的《貂裘换酒·送西溟北上》：

> 怪煞浮萍聚。乍逢君、酒边花底，又教歧路。跋扈雄才看几辈，可但江东独步。算容得、狂生何处。广陌三条车似水，悔不求、闻达当年误。犹未晚，长杨赋。　　横波轧轧鸦声去。倚船窗、小帘斜卷，荷香催渡。白袷青衫京洛满，相见凭传一语。有研北、闲身如故。守厕也拚鸡犬笑，怕金台、好梦浑无据。原不是，烟霞痼。②

悲慨莫名，却又故作宽慰语，将姜宸英满腹才华却潦倒不堪的境遇写了出来，同时隐含了作者自己不得志的失落，却怨而不怒，天然浑成。另外如查容的《采桑子·送融谷之皖》(秣陵城外伤心处)、《金人捧露盘·送冀庵之荆幕》(古荆州)，李符《丰乐楼》(霜天正排字雁)等，亦是送行词中之佳制。

游幕词人大多数是布衣身份，较之宦游词人，他们的词作表现出的"客游"感更强，既羁旅他乡，又寄人篱下，双重的不幸带来的是心情的抑郁与愤懑。"士人不得以身出治，而佐人为治，势非得已。"③这种复杂的感情在多数游幕词人的作品中均有体现。如徐釚《蝶恋花·客中感春》云："侬似浮萍漂泊里。不道留侬，到便侬留住。"④客舍的美景更多的引起了词人的伤感。《满江红·广陵旅感》云："十里芜城，风景异、漫天飞雪。叹半载、蹇驴皂帽，空弹长铗。雁字不传云外信，梅花正忆窗前月。望乡关、咫尺路偏迷，堪呜咽。"哀景联系客

---

① 严迪昌：《清词史》，第 241 页。
② 《全清词》，第 6652 页。
③ 汪辉祖：《佐治药言》，第 1 页。
④ 《全清词》，第 6773 页。

愁,思乡之情更难自抑。下阕一转,悲歌慷慨:"画虎志,终消歇。雕虫手,遭摧折。笑寒宵拥被,鹿裘如铁。世态何须防面冷,丈夫原不因人热。看热肠、清泪几销磨,英雄血。"①一吐心中块磊。有"风流画里见髯苏,词赋人间称小陆"之称的陈维崧之弟维岳(字纬云,号苦庵),其《贺新郎·自遣》云:"笑把诗书卷,总便便、饥来捧腹,忧来谁遣。微利浮名人世上,不异草头露泫。"②对衣食不继、寄人篱下之生活,表现出了深深的无奈。而不能真正成为一方的执政,是中国读书人永远无法释怀的一个心结。冯景③《千秋岁·酬和王丹麓五十自寿韵》道:"颠毛忽换,消铄浮生半。山不改,云千变。归兮容我老,贫耳非人贱。差可拟,蠹鱼生死埋书卷。"④感慨半生零落,一事无成,只能埋首于文书之间,像蠹鱼一样。这种感慨颇有代表性,是典型的游幕士子们的生活写照。

三

明清两代,幕友是由地方官自由延聘,对幕主负责,但并非朝廷正式职官,与幕主没有法律上的上下级关系。"国家对于幕友之职权,从无法令为之积极规定;主官与幕友之间,亦从无职权或办事细则之约定。所行所为,完全基于习惯与道义。"⑤幕主与幕宾的这种特殊关系,使得幕宾们多是以朋友的身份被延聘入幕,身份特殊。这就为宾主公事之余,以平等的身份共同探讨诗文提供了可能。

明末清初,词学复兴,不少文人都从事于词的创作,游幕词人之幕主亦多为词人,如朱彝尊之幕主曹溶,徐釚之幕主丁炜,李良年之幕主曹申吉等。这些人虽官历一方,却是作词的好手。如丁炜《水龙吟·过扬子江,用衍波词韵》:"搔首西风堕泪。听寒鸦、啼残故垒。"⑥《诉衷情·金陵怀古》:"怀晋宋,忆齐梁。总堪伤。一双社燕,几阵昏鸦,过尽斜阳。"⑦都是托旨遥深,极见功底之作。自云:"辛亥,吴子蘭次、陈子纬云遥来晨夕,尚有花下筵前,良辰美景,唱酬诸章外,此则皆军旅山谷,风尘霜雪,舆马舟楫之间,劳者之歌,合成此数。"⑧可以想见宾主唱酬之乐。而"浙西先驱"曹溶更是对浙西词派的形成有推进之功。

---

① 《全清词》,第 6775 页。
② 《全清词》,第 6602 页。
③ 冯景(1652—1715),字山公,浙江钱塘人,监生,先后客江苏巡抚、甘肃布政使幕。
④ 《全清词》,第 9214 页。
⑤ 全增佑:《清代幕僚制度论》,《思想与时代》,1944 年第 31 期,第 30 页。
⑥ 《全清词》,第 6197 页。
⑦ 《全清词》,第 6206 页。
⑧ 丁炜:《紫云词自序》,《清代诗文集汇编》第 132 册,上海古籍出版社,第 503 页。

　　曹溶(1613—1685),字秋岳,一字洁躬,秀水人。曹氏为崇祯十年进士,入清,官至左副都御史。顺治十五年,朱彝尊入广州曹溶幕,这是朱氏第一次入曹溶幕。曹氏作词远在朱氏之前,为清初词坛大家,诗词是曹朱二人日常生活的一部分,这个时候朱彝尊已经开始随曹溶学词,只是初露端倪。真正开始形成自己词学特色是康熙三年(1664)朱彝尊入曹溶大同兵备幕,这次"银涛白马来胥口,破帽疲驴出雁门"①的经历,给朱氏留下深刻的印象,苦寒的边塞生活,使得二人常借作诗填词来消遣。朱氏在《静惕堂词序》里特别回忆了那一段经历:

　　　　彝尊忆壮日从先生南游岭表,西北至云中,酒阑灯灺,往往以小令慢词,更迭唱和,有井水处,辄为银筝檀板所歌。念倚声虽小道,当其为之,必崇尔雅、斥淫哇,极其能事,则亦足以宣昭六义,鼓吹元音。往昔明三百祀,词学失传,先生搜辑南宋遗集,尊曾表而出之。数十年来,浙西填词者,家白石而户玉田,春容大雅,风气之变,实由先生。②

　　由此可看出曹溶对浙西盟主朱彝尊的巨大影响,这是幕主与幕宾之间作词论词的典型。不仅朱彝尊,浙西"二李"——李良年、李符早年学词亦曾得到曹溶的指导。朱彝尊《耒边词序》论道:"使君(按:指曹溶)既归倦圃,李子分虎时时过从,相与论词。"③是李符向曹氏学词的明证。另外,曹氏还曾搜集南宋词集,朱彝尊将其刊刻,特别是为后来编写浙西词选纲领性著作——《词综》做了准备。这些都说明曹溶对浙西词派形成的先驱之功。

　　随着游幕词人游踪的拓展,词人之间的交往亦频繁起来,很多人在研究词学、探讨词艺的过程中形成了相同或相似的词学观。康熙年间的"浙西词派""岭南词派"就是在游幕过程中形成的。

　　浙西六家除龚翔麟(1658—1733,字天石,号蘅圃)是贵公子外,均有游幕经历。沈皞日,字融谷,号柘西,早年客南雄太守陆世楷署中,并曾两游粤东,"短衣重触蛮乡雨,蜡屐还寻碧落诗"④。其落拓与朱彝尊游晋时的情形极为相似,并与浙西"二李"一样,饱略岭外风光,"足迹半天下",其词"况之古人,殆类王中仙、张叔夏"⑤,为浙西另一词人沈岸登族叔。⑥李符与兄良年均擅作词,其寓滇四年,历遍风霜,词风为之一变。方光琛《香草居集序》言

<hr/>

① 王士禛:《答朱锡鬯过广陵见怀之作时谒曹侍郎于云中》,王士禛撰,李毓芙等整理:《渔洋精华录集释》,上海古籍出版社,1999年,第424页。

② 朱彝尊:《静惕堂词序》,曹溶:《静惕堂词》,陈乃乾辑:《清名家词》本,上海书店,1982年,第1页。

③ 朱彝尊:《耒边词序》,《浙西六家词》本,《四库全书存目丛书》集部第425册,齐鲁书社,1997年,第63页。

④ 高士奇:《送沈融谷再游粤东》,《城北集》卷五,《四库未收书辑刊》第26册,北京出版社,1997年,第628页。

⑤ 龚翔麟:《柘西精舍集序》,《浙西六家词》本,第48页。

⑥ 沈岸登,字覃九,号南淳,一字黑蝶,入幕时虽未有明确记载,但由其《八归》一词小序:"乙卯除夕,宿顿丘杨葵署中,同钱道耕夜话。"知其亦有一定的客幕经历,只不过时间较短而已。

道："今分虎年始及壮,遂以布衣游,岂所遇有幸不幸邪?'诗穷益工',信诗能穷人乎?分虎之不遇,分虎不屑也。其不屑不遇正其诗之工也欤?"①一语道出了李符诗词风格形成的外部原因。李氏兄弟因与朱彝尊同里,故关系最为亲近。康熙十七年夏,朱彝尊与李良年应"博学鸿词"试入都,宿于南泉寺旅舍,二人终于达成"小令当法北宋,慢词当学南宋"②的浙西词学主张。陈廷焯论道:"国初多尊北宋,竹垞独取南宋,分虎、符曾(按:当作武曾)佐之,风气为之一变。"③可见二李对浙西词风的形成之功。

康熙十二年(1673)秋至十四年(1675)九月,朱彝尊客潞河佥事龚佳育幕,与其子龚翔麟相识。朱龚二人年岁虽相差近三十岁,却一见如故,唱酬频繁。李符论道:"词至晚宋极变而工,一时名流往往托迹西泠,篇章传播为最盛。数百年来,残谱零落,未有起而裒集之者。竹垞工长短句,始留意搜访,十得八九。当其客通潞时,蘅圃与之朝夕,悉取诸编而精研之,故为倚声最早,无纤毫俗尚得以入其笔端。"④这是龚氏与朱彝尊共同学词的明证,并最终形成了其"词宗姜史"的风格。这个时候,李符亦短期客龚佳育幕,与朱、龚二人有交往。更值得重视的是朱彝尊于康熙十六年至十七年,再随龚佳育入江宁布政使幕。这期间,浙西六家的其余四家李良年、李符、沈皞日、沈岸登亦先后至金陵入龚幕,相聚于龚氏瞻园,唱和之作颇多。⑤ 这是词学史上的一件盛事,六位词人的相聚,意味着浙西词派已经形成,并随着《浙西六家词》的刊刻而成为事实,这一事件是康熙词坛最为耀眼的大事。而考察浙西词派的最终形成过程,浙西词人们早年的共同游幕经历无疑是其词风趋于一致的基础。他们漂泊四方,饱历风霜,"楚傖破闷,诉万里之漂零;燕女寻欢,序十年之沦落",最终形成了浙西"词如白石梅溪,风格轶群贤而上"⑥的局面。这是从知人论世角度考察浙西词派诞生的土壤。

除浙西词派外,岭南词派亦是随着词人游幕活动的兴盛而最终形成的。清初岭南地区是游幕词人比较集中的一个地方,吴绮、万树、徐釚、朱彝尊、金烺等著名词人,均有入幕两广的经历,使得蛮荒之地的两广一时成为词学重镇,最终带动了岭南地区词学的发展,进而形成了岭南词派。⑦

---

① 方光琛:《香草居集序》,李符:《香草居集》,《四库全书存目丛书》集部第 252 册,第 2 页。
② 朱彝尊:《鱼计庄词序》,《曝书亭全集》,第 455 页。
③ 陈廷焯:《白雨斋词话》卷三。陈廷焯著,杜未末校点:《白雨斋词话》,人民文学出版社,1959 年,第 59 页。
④ 李符:《红藕庄词序》,《浙西六家词》,第 99 页。
⑤ 朱丽霞:《明清之交文人游幕与文学生态》,上海古籍出版社,2008 年,第 324 页。
⑥ 陈维崧:《浙西六家词序》,《浙西六家词》,第 1 页。
⑦ 朱丽霞:《江南与岭南:从文人游幕看清初文学的传播与文坛生态》。

四

康熙年间,朱彝尊以大力倡导南宋词而闻名,其《词综·发凡》言道:"世人言词,必称北宋。然词至南宋始极其工,至宋季而始极其变。"①大多数论者引用这段话,关注点多在"南宋始极其工",认为这是朱氏倡导南宋词的纲领,而忽略了"至宋季而始极其变"。其实,"工"与"变"是朱氏同时强调的两个方面。宋末词风之"变",是与鼎革之际巨大的"世变"相联系的,朱氏真是看到了这一点。而康熙初年的历史背景,弥漫着的亡国之悲仍未消散,游幕词人将其与漂泊四方,落魄不偶的经历相结合,给词坛吹入了一股新风,使词之境界大为开拓,许多作品感情真挚、词旨遥深。故朱彝尊又说:"词虽小技,昔之通儒钜公往往为之。盖有诗所难言者,委曲倚之于声。其辞愈微,而其旨益远。善言词者假闺房儿女子之言,通之于《离骚》变雅之义,此尤不得志于时者所宜寄情焉耳。"②正是这些"不得志于时者"的游幕词人最终从根本上改变了清初的绮丽之调。

还有,从浙西词家多为游幕的布衣文士也可看出其推崇南宋词的心理原因。南宋词家姜夔、吴文英、史达祖、张炎、王沂孙辈,无不是以布衣的身份漂泊一生,尤其是姜夔,曾有过入幕经历。故他们的词多表现出羁旅行役、天涯沦落之感,再融以特有的清丽词风,形成了南宋词独有的艺术特色。正如王昶所说:"词,三百篇之遗也。然风雅正变、王者之迹,作者多名卿大夫、庄人正士,而柳永周邦彦辈不免杂于俳优,后惟姜张诸人以高贤志士放迹江湖,其旨远,其词文,托物比兴,因时伤事,即酒食游戏,无不有黍离、周道之感,与诗异曲而同其工,且清婉窈眇,言者无罪,听者泪落。"③又说:"余尝谓论词必论其人,与诗同。如晁端礼、万俟雅言、康顺之其人,在俳优戏弄之间,词亦庸俗不可耐。周邦彦亦未免于此。至姜氏夔、周氏密诸人,始以博雅擅名,往来江湖,不为富贵所熏灼,是以其词冠于南宋,非北宋之所能及也。"④一方面指出了南宋词人所处时代的特殊背景,另一方面又看到了脱离"富贵熏灼"的南宋词的可贵。这两方面与以朱彝尊、李良年等人为首的游幕词人们何其相似,从中我们不难发现浙西词人推崇姜张的心理因素。

康熙十八年(1679)的博学鸿词科,不仅仅是一次"恩科",而且是一件政治大事。这次

---

① 朱彝尊、汪森编:《词综》,中华书局,1975 年,第 8 页。
② 朱彝尊:《陈纬云〈红盐词〉序》,《曝书亭全集》,第 453 页。
③ 王昶:《姚苣汀词雅序》,《春融堂集》卷四十一,《续修四库全书》第 1438 册,第 90 页。
④ 王昶:《江宾谷梅鹤词序》,《春融堂集》卷四十一,第 87 页。

考试,很好地笼络了汉族知识分子,进一步减轻了民族抵抗情绪。不少游幕词人,如朱彝尊、徐釚、秦松龄等通过这次考试,跻身清要,尤其是朱彝尊,其词学思想有了极大转变,认为"词则宜于宴嬉逸乐,以歌咏太平"①,这就大大降低了词的思想内涵及限制了词的表达空间。故康熙后期的词的创作暂时出现了一个低迷期,词坛名家、大家在康熙后期近三十多年的时间里,很少出现。这是又一次"国家不幸诗家幸,赋到沧桑句便工"的极好验证。其实,不论诗或词,经历过磨难、饱蘸作者血泪的作品必然在艺术角度、思想内涵上更胜一筹,即王国维说的:"天以百凶成就一词人。"②康熙初年游幕词人们的坎坷经历,正好给词坛引入了一种新风,展现了清词特有的面貌;而后期浙派词风趋向内容浅薄,琐屑恒饤,正是因为眼界的狭窄、生活环境的局限,这是考察浙派乃至整个清词在中期衰落的一个极好角度。

---

① 朱彝尊:《〈紫云词〉序》,《曝书亭全集》,第 454 页。该序作于康熙二十五年,时朱氏仕途顺畅,任职于翰林院。
② 王国维:《人间词话附录一》,唐圭璋:《词话丛编》本,中华书局,1986 年,第 4268 页。

吉川幸次郎的杜甫诗论

连清吉（日本长崎大学）

一、吉川幸次郎研究杜甫及其诗作的动机

吉川幸次郎（1904—1980）是研究杜甫的权威，其弟子兴膳宏说：赏析词汇所具有的功能是"吉川中国学"的主轴。吉川先生终身抱持着词汇不仅是为了传达事实，而是在如何表达事实，表现事实是文学的使命，而洞见文学的表现形式则是文学研究之任务的观念。至于吉川先生之所以对中国产生深刻的共感是在于中国所拥有的优雅的一面而不在于庄严的一面，其所以深深地爱好中国的诗文是在于中国诗文所具备的纤细之美，拥有纤细之美的诗人的典型是杜甫。这是吉川先生深入研究杜甫的原因所在。[①] 吉川幸次郎不但执着地说，"我的古典是杜甫"[②]，"我是为了读杜甫而诞生于人间世的"[③]；也自负地说："注释杜甫要有钱牧斋的学识与见识，今日可以注解杜诗者，除我之外无他。"[④]其自昭和二十二年（1947）起，开始于京都帝国大学文学院讲授杜诗[⑤]，主持杜甫读书会，其研究杜甫及其诗作的著述，收录于《吉川幸次郎全集第十二卷·杜甫篇》。至于杜诗的注释。有《杜甫Ⅰ》《杜甫Ⅱ》《杜甫诗注》行世。[⑥] 吉川幸次郎于《杜甫Ⅰ》的《あとがき》说明其注释杜诗的动机是未必满足于历来的杜诗注释，欲排除不满而满足自身的执着，则需要探究杜甫创作诗歌的心理及说明其推敲斟酌用字的所在。探索诗人于脑中如何思维架构其心象风景，是注释者应有的

---

① 兴膳宏：《吉川幸次郎先生的人と学问》，《异域の眼—中国文化散策》，东京：筑摩书房，1995 年 7 月，第 192—203 页。

② 吉川幸次郎：《わたしの古典》，《吉川幸次郎全集第十二卷》，东京：筑摩书房，1968 年 6 月，第 706 页。

③ 黑川洋一：《杜甫と吉川先生と私》，《吉川幸次郎全集第十二卷·月报》，东京：筑摩书房，1968 年 6 月，第 6 页。

④ 同上。

⑤ 笕久美子：《吉川幸次郎遗稿集第二卷解说·付录·吉川幸次郎先生京都大学文学部讲义题目一览》，《吉川幸次郎遗稿集第二卷》，东京：筑摩书房，1996 年 2 月，第 576—582 页。

⑥ 《杜甫Ⅰ》《杜甫Ⅱ》分别收载于筑摩《世界古典文学全集》28、29，东京：筑摩书房，1967 年 11 月，1972 年 8 月出版。《杜甫诗注》共五册则于 1977 年 8 月至 1983 年 6 月，在筑摩书房出版。

"追体验"的意识。至于杜诗注释的态度,吉川幸次郎在《杜甫Ⅱ》的《あとがき》注释是根据作者的语言探寻其创作意识,甚至其潜意识的究竟,架构理论析理作品的内容要旨。诗歌是感性的语言,尤其需要逐字咀嚼,检证诗人创作的心境及诗作的意象,是其注释杜诗的心得。① 三好达治解说吉川幸次郎《杜甫ノート》,指出吉川幸次郎于杜诗有特异的感受,通览吉川幸次郎的杜诗讲述,可以体会其与杜甫有心领神会的契合。② 吉川幸次郎则说诗歌精炼文字的音义,曲尽一字一音的组合而架构色调谐和且意象幽远的诗歌情境。杜诗是中国诗歌之兼具心象风景与韵律和谐的典型,杜甫于《偶题》叙说"文章千古事,得失寸心知",吉川幸次郎欲体得其寸心于千古之后,诚可谓杜甫千年之后的异国知己。

二、吉川幸次郎的杜甫诗论

吉川幸次郎于《杜甫の诗论と诗》③指出:历来以《戏为六绝句》为杜甫论诗的作品而详细分析,然"戏为"乃即兴之作,虽品评齐梁、初唐诗人的诗作,提出"不薄今人爱古人","转益多师是汝师"的持平之论,而杜甫论诗的主要诗作,则别有他在,尤其是《敬赠郑谏议十韵》与《夜听许十一诵诗爱而有作》是其论诗的代表诗篇。

(一)"诗义"的提出

《敬赠郑谏议十韵》的"谏官非不达,诗义早知名",称誉郑虔文辞通达,早岁即以诗论之诗作而闻名。"诗义"一词,《诗序》有"诗有六义"之说,谓诗有六个原则存在,杜甫据以造"诗义"的新词,叙述其根据原则而创作诗赋的意识。至于"破的由来事,先锋孰敢争,思飘云物外,律中鬼神惊,毫发无遗憾,波澜独老成"与《夜听许十一诵诗爱而有作》的"应手看捶钩,清心听鸣镝,精微穿溟涬,飞动摧霹雳,陶谢不枝梧,风骚共推激,紫鸾自超诣,翠驳谁剪剔"则是分析性的敷陈诗作的方式。吉川幸次郎训解"诗义"的"义"为"みち",即诗作的"道""路",亦即创作诗赋的方向,进而主张杜诗有明晰"致密"与超越"飞跃"的两个方向,

---

① "心得",是吉川幸次郎说明其师狩野直喜学问宗尚的所在。吉川幸次郎说:沉潜于中国的古典文学的蕴涵,主张"儒雅"与"文雅"的融贯是中国文明异于其他文明的特质所在,此为狩野直喜的"心得"之学。亦即探究中国文学的本质,以沉潜洗练的工夫,体得"儒雅"的内涵,进而成就精通文章经术的通儒之学为究极的"心得兴到"之学。吉川幸次郎体得杜甫创作诗文的心境,或可说是"心得"之学的表现。

② 《杜甫ノート》,东京:新潮文库,1954 年 10 月。

③ 《杜甫の诗论と诗》一文是 1967 年 2 月 1 日于京都大学的最终讲义,先后刊载于《展望》,朝日新闻社"清虚の事",其后收入《杜诗论集》(东京:筑摩丛书,1980 年 12 月),《吉川幸次郎全集》第十二卷(东京:筑摩书房,1968 年 6 月,第 593—628 页。

"致密"是体察客观存在事物的方向,"飞跃"则是抒发主观内在意象的方向,"致密"所刻画的是轮廓清晰的具象世界,"飞跃"所指涉的是起兴超越的抽象世界,二者虽非同一方向,即"致密"是横向观照人间社会与自然景象的视线,"飞跃"是纵向起兴超越的"冥搜"升华,而二者并存互补相互完成,是诗歌成立的条件。此为杜甫的自觉意识所架构的文学创作论。

陆机《文赋》说:"诗缘情而绮靡,赋体物而浏亮",诗是内在感情心志的幽微曲尽,赋则是清晰描写外在事物现象。吉川幸次郎演绎《文选》李善注"以诗言志,故曰缘情,以赋陈事,故曰体物,绮靡者精妙之言,浏亮者清明之称",而强调短篇凝聚刹那冲动触发的感情意象是诗的任务,审视人间社会与自然万象而详密确实的长文敷演则是赋的任务。[①] 换而言之,赋是明晰致密的描写,诗是感情超越飞跃的意象,此为汉魏六朝以来的传统文学观。然而杜甫的诗作兼具赋之致密与诗之飞跃的两个方向,以赋入诗,且主观感受与客观描写的融合而形成体物缘情并蓄的诗歌新义,此为杜甫"自觉性"的改革传统的文学观。至于致密与飞跃的相辅相成,起兴勾勒论理逻辑所未能涉猎的幽玄无垠的世界,则是杜甫的诗论及其创作诗歌的究极所在。

(二)杜诗的方向:"致密"与"飞跃"

吉川幸次郎强调杜甫诗的方向,第一是致密。诗以题材而产生感动,而题材之所以产生感动,是诗人清晰致密且正确刻画题材的轮廓。杜诗的致密性乃在于杜甫细微凝视人间社会与自然景象,进而在心中咀嚼熟虑,然后以致密的文辞表现于诗作。杜诗的致密曲尽于对句修辞,借以细密描写人间事实与自然真象。如其表述人生哲学的"易识浮生理,难教一物违"(《秋野五首》),"易—难、识—教、浮生——物、理—违"是文辞相对的叠架营构。至于人生虽有起浮而其道理则不难理解,即便是微小事物皆未脱离其所在为的浮生道理,意味世间的所有存在皆得其所在而调和幸福,是杜甫的理想世界,一生执着于理想世界的实现,则是杜甫思想的底据。再者,诗作并非依据逻辑论理说明其人生理想,而是以感动体现其理想而取得认同,是诗的任务,也是杜诗卓绝千古的所在。至于杜甫如何完成诗歌的任务,成就其伟大诗作,则从明晰致密与超越飞跃两个方向来架构营为。[②]

人间社会的所有事象皆可入诗,是杜诗的特色之一,细微描写人间社会真实的诗作亦不胜枚举,而《北征》之以赋入诗,是杜甫的创始,盖《文选》以"征"为名,敷陈远行旅次所见

---

① 《杜甫の诗论と诗》,《吉川幸次郎全集》第十二卷,东京:筑摩书房,1968 年 6 月,第 607 页。
② 同上,第 596—598 页。

景物经过的长赋,如班彪《北征赋》叙述长安旅行甘肃之经过,曹大家《东征赋》描写洛阳至陈留之旅行,潘岳《西征赋》则叙述洛阳至于长安的所见之景象。换而言之,歌咏远行经历是东汉魏晋“征赋”题材的文学传统。然杜甫作七百字之《北征》,叙述自行在往鄜州,于途中及到家之事,“杜子将北征,苍茫问家室……瘦妻面复光……晓妆随手抹,移时施朱铅,狼籍画眉阔。生还对童稚,似欲忘饥渴,问事竞挽须,谁能即嗔喝”,乃描写“归家悲喜”,详细叙述妻子生活的情景,极“尽室家曲折之状”①,是汉魏六朝诗赋所未见的内容,而杜甫之后,亦罕见如此细密审视生活环境而付诸文字的诗作。故杜甫《北征》堪称划时代的题材与诗作。② 至于《写怀二首》之“夜深坐南轩,明月照我膝”的视线既细微又崭新。盖明月的吟咏是中国诗歌传统题材之一,如“古诗十九首”,曹植等诗人皆有述怀,大抵为“皎皎明月”之明月普照广阔的意象。然杜甫倚坐南轩,明月照膝,是细微观察的“新视线”。又有视线由人间社会的凝视转移至审察自然景象的描写,如《倦夜》“竹凉侵卧内,野月满庭隅,重露成涓滴,稀星乍有无”,“风云月露”是中国传统诗赋的固有题材,然“重露成涓滴”之露水凝集成涓滴的细微风景,则是杜甫凝视熟虑而致密勾勒的独特写照。③

杜诗的第二方向是超越飞跃。清晰确实描述所见事物景象是致密的方向,起兴所见景物的意象而物我冥合是飞跃的方向。凝视熟虑而明晰致密的描写,若称之为“风景”,以比喻象征而起兴意象的飞跃,则是“心象”。横向致密的风景描绘与纵向飞跃的心象起兴,是杜甫用以架构诗歌世界,表述创作心境的所在。

吉川幸次郎强调《曲江》“游子空嗟垂二毛,哀鸿独叫求其曹”之咏叹失所不遇的中年如孤鸿哀号求友,是杜甫的自喻。《倦夜》“重露成涓滴”之露水集聚而成水滴的风景,意味时间的推移,乃论理的说明,其实,于风景的描绘中,暗寓隐晦幽玄的心象世界。故接续的“稀

① 仇兆鳌:《杜少陵集详注》,文史哲出版社,1973 年 4 月,第 75 页。
② 吉川幸次郎于《唐代文学考》一文的“文学改革”一节中(收载于《吉川幸次郎遗稿集第二卷》,东京:筑摩书房,1996 年 2 月,第 262—282 页)。强调六朝未有如《北征》如此巨篇的诗歌,亦无致密描写人间细微之家庭生活的诗作。至于《北征》“菊垂今秋花,石戴古车辙,青云动高兴,幽事亦可悦,山果多琐细,罗生杂橡栗,或红如丹砂,或黑如点漆,雨露之所濡,甘苦齐结实”之精密的自然描写,也是六朝诗歌所未见。
《唐代文学考》是吉川幸次郎于昭和二十四年(1950)在京都大学文学部的讲义,由前野直彬笔录。(筧文生:《吉川幸次郎遗稿集第二卷·解说》,第 573 页。)
③ 吉川幸次郎于《唐代文学考》一文比较杜甫《初月》《月》与庾信《舟中望月》《望月》,强调杜甫虽以月为题材,却以月作为其精神的象征,二首诗作的结尾皆超离“月”的描写而表白其内心的感受。至于庾信的诗作只是巧妙的安排有关月的故事,尤其二人皆有“独轮斜”的诗语,庾信则无杜甫起兴心象风景之自觉意识。至于《月》“只益丹心苦,能添白发明”之“只”“能”的用法,是杜甫创始,六朝诗歌未见。以致密的外在描写而起兴内在心理婉转屈折的写实自觉(realism)至杜甫而完成,亦反映唐代文学异于六朝的时代精神。(同上,第 267—270 页。)

星乍有无",则以稀星隐现而起兴浩瀚辽远的飘渺虚无。至于《写怀二首》之"明月照我膝"亦非止于自然与自我景象的描述,有起兴人间真实,此中有真意的暗喻。故起兴逻辑论理未探索的幽玄心象世界,是文学的任务。论理世界的真实是事理轮廓清晰的真实,轮廓清晰背后之幽微隐晦的真实,或轮廓隐晦所以真实的探究,则是文学的任务。杜甫所描述的风景人事非止于风景人事的表象,是含藏广衍义蕴而描绘的景物,此乃杜甫的文学自觉。[①]

至于隐寓幽微无垠的心象境界,杜甫辄以"苍茫""冥搜"来表述。如《溪陂行》"咫尺但愁雷雨至,苍茫不晓神灵意",于幻想神仙世界之后,突然雷雨交加,如此激烈的天象幻化,或为超自然之神灵的意志,唯惊奇茫然而不能知晓。又《乐游园歌》"此身饮罢无归处,独立苍茫自咏诗","苍茫"虽是天色灰暗的景象,然杜甫野宴饮罢而无所归之处,则"苍茫"意味无限茫然不可知的世界,于幽玄广阔的天地之间,竟无容身所在,含藏寂寥落寞的咏叹。至于"冥搜"则是无垠辽阔之神秘世界的探索,如《同诸公登慈恩寺塔》"方知象教力,足可追冥搜","冥搜"一词出自孙绰《天台山赋》"远寄冥搜,笃信通神"。杜甫登塔而感悟佛力神通,以探索幽玄的世界,赋诗寄寓其感悟。吉川幸次郎强调探寻杜甫创作的心境,盖有搜索现象背后之幽微世界的所在,是诗歌任务的主张。杜诗之所以卓绝,是杜甫的视线非止于细微的凝视而致密描写,更延伸其视野至无垠幽玄的世界,起兴其中超越飞跃的心象境地。亦即明晰致密的方向与超越飞跃并存辅成,是杜甫作诗的理论。[②]

(三)杜甫的诗论:"致密"与"飞跃"兼容并蓄

吉川幸次郎强调明晰致密与超越飞跃是诗歌成立的条件,致密是横向凝视,观照客观存在的现象世界,即陆机所谓"体物而浏亮"的风景描写,飞跃是纵向升华,架构主观感受的心象世界,即"缘情而绮靡"的意象表述。唯陆机分别二者为辞赋与诗歌的风格,而杜诗则心象与风景二者相互并存,相互补完,致密兼具超越而更明晰,飞跃蕴蓄致密而更飞跃。此为杜甫创作诗歌的自觉。盖致密凝视映照于感觉的事象,乃能敷演心象幽玄的境界,起兴现象蕴涵高远存在的超绝意象,乃能明晰致密描述感觉事象的真实存在。换而言之,主观缘情的"能动"兼具客观体物的"受动","受动"的体物含藏"能动"的缘情,诗作才能周衍圆融。亦即杜甫不仅以赋入诗,将辞赋"体物而浏亮"的特质引入诗歌的世界,进而提出"体物"并蓄"受动"与"能动",主观与客观融合之文学创作的新义。

杜甫之致密与飞跃融合的诗论,体现于《敬赠郑谏议十韵》与《夜听许十一诵诗爱而有

---

① 吉川幸次郎的"文学任务说",见《杜甫の诗论と诗》,《吉川幸次郎遗稿集第二卷》,第 609 页。
② 《杜甫の诗论と诗》,同上,第 612—614 页。

作》的诗作。

《敬赠郑谏议十韵》之"破的由来事,先锋孰敢争",上句以弓术比喻诗作,射的要中心是作诗的本事,意谓诗作的明晰致密。下句以先遣突击之先锋作比,意谓诗作下笔如有神助之快速,非他人所能比,是诗作的飞跃超越。"思飘云物外"谓诗作意涵在云物之外,飘渺而高远,是心象的飞跃。"律中鬼神惊"之"律中"是诗作合律中节的致密而巧夺天工,超自然存在之鬼神亦为之惊叹。二句暗示致密与飞跃相互补完,诗作明晰致密而起兴飞跃心象境界。"毫发无遗憾"谓诗作之字句致密确实而曲尽事物之理,故了无遗憾。"波澜独老成"谓通篇结构纵横周衍而形成浩瀚波澜的意境,意谓致密与飞跃并存而完成动天地感鬼神的诗作。吉川幸次郎强调"诗义"之所以定义为作诗的理论,主张致密与飞跃为诗歌成立的条件,可以杜甫特意营为"对句"的自觉用心来演绎。所谓"对句"是诗人对感受的某一事物现象,先从两个方向来歌咏,然后统一融合两个方向而完成诗作的手法。换而言之,从两个方向吟咏所见所感,是对句的营为。解析《敬赠郑谏议十韵》一诗,"破的由来事,先锋孰敢争"是"诗义"的两个方向的分别描述,前者致密,后者飞跃。其后的诗句则是两个方向相互补足,二者融合而完成,"律中鬼神惊"是致密而生超越,"波澜独老成"是致密而完成超越圆熟境界。① 至于与《敬赠郑谏议十韵》大抵同时期之作的《夜听许十一诵诗爱而有作》,于叙述二人交游经过之后,杜甫演绎诗作理论的"诗义"。"诵诗浑游衍,四座皆辟易",谓许十一咏诵所作之诗,从容浑然,而四座皆惊叹,盖"应手看捶钩,清心听鸣镝","捶钩"语出《庄子·知北游》,杜甫取义郭象注,以测定重量之技术熟练,不失毫芒,比喻许生诗作致密纯熟,得之于心而应之于手,故能悠游从容,进而起兴飞跃,谓许生下笔如鸣矢飞逝之迅捷。换而言之,二句意谓许生诗作兼具如"捶钩"之致密熟练与如"鸣镝"之快捷飞跃。"精微穿溟涬,飞动摧霹雳"则意谓致密与飞跃相互关涉,"精微"即"致密",诗作致密周衍,故能贯通四海溟涬,亦即诗作精微致密而神思通达幽微之造化。又由于诗之超越飞跃,悠游宽阔而势压雷霆,二句清晰具陈其致密与飞跃融合感性的论旨。"陶谢不枝梧,风骚共推激",意谓诗作得以比美陶渊明、谢灵运之精微熟虑的明晰致密,合致于《诗》《骚》之缘情绮靡的起兴飞跃。至于何以能匹配于六朝前贤与古典《诗》《骚》,则以"紫鸾自超诣,翠驳谁剪剔"而取譬补缀。"紫鸾"凤凰之遨飞超绝,以譬诗意飞跃超诣,"翠驳"名马之纹理斐灿可观,以明诗句致密清晰,二者融合圆足而完成超绝之诗作。然"君意人莫知,人间夜寥阒",无奈不遇知音,故清夜寂寥而遗憾顿挫。

---

① 《吉川幸次郎遗稿集第二卷》,第 617—618 页。

杜甫夜听许十一诵诗而起兴与赠诗郑虔而咏叹,要皆具陈致密与飞跃是诗作的方向,而且二者圆融重纯熟而成篇的"诗义"。吉川幸次郎强调"即事非今亦非古"一句,既是杜甫提出"诗义"的自觉意识,也是其超绝于古今的自负之言。再者,明晰致密与超越飞跃之互补并存是诗作的条件,也是文学创作的条件。①

三、吉川幸次郎的杜甫评价:杜甫诗作有"创始"的所在,为中国古今第一诗人

吉川幸次郎强调杜甫沉潜经典而创造新词,如根据《诗序》之"诗有六义"而造"诗义"一词,说明作诗的原则方向,进而提出明晰致密与超越飞跃是诗歌创作的必要条件,二者圆融辅成而成就诗篇的理论。至于"诗缘情而绮靡,赋体物而浏亮"是汉魏六朝以来的传统文学观,然而杜甫的诗作兼具赋之致密与诗之飞跃的两个方向,以赋入诗,如《北征》,将辞赋"体物而浏亮"的特质引入诗歌的世界,进而提出"体物"并蓄"受动"与"能动",主观感受与客观描写的融合而形成体物缘情并蓄的新义,则是创始。再者,观照人间社会与自然景象的细微崭新视线,如"夜深坐南轩,明月照我膝"(《写怀二首》),"重露成涓滴"(《倦夜》)是杜甫凝视熟虑而致密勾勒之独特写照的"新视线","晓妆随手抹,移时施朱铅,狼籍画眉阔。生还对童稚,似欲忘饥渴,问事竞挽须,谁能即嗔喝"(《北征》)描写"归家悲喜",极"尽室家曲折之状",是汉魏六朝诗赋所未见的内容,而杜甫之后,亦罕见如此细密审视生活环境而付诸文字的诗作。"曲江萧条秋气高,菱荷枯折随风涛"(《曲江三章》),描写秋风萧瑟,菱荷枯折的凋残景象,而起兴游子流离失所,感时而孤独寂寥的心境,则非汉魏六朝以来,以自然为唯美典型的"文学伦理",是杜甫熟虑而致密的表现,为前代所无的新风景。故杜甫堪称中国古典诗歌的"创始者",为中国古今第一诗人。②

四、吉川幸次郎是杜甫千年之后的异国知己

吉川幸次郎于《杜诗序说》强调研究杜诗给与感动是研究杜甫的第一目标,杜诗在中国文学史上的意义,即杜诗在中国文学发展的地位,是其讲授杜甫及其诗歌的目标。进而标榜杜甫是古今第一诗人,用中文读杜甫诗,犹如用英语读莎士比亚的诗,用德语读歌德的

①　《吉川幸次郎遗稿集第二卷》,第 620—625 页。
②　《杜甫の诗论と诗》,《吉川幸次郎全集第十二卷》,东京:筑摩书房,1968 年 6 月,第 598—617 页。

诗,于人类心灵的感动是古今东西共通的。盖三人的诗作是人类从古人的语言体得最深切感动的诗篇,就此意义而言,杜诗是人类的宝库,人类的古典。[①] 吉川幸次郎于杜甫及其诗歌的喜爱执着讲述注释,堪称当代寰宇第一人,洵可谓杜甫千年之后的异国知己。

[①] 《杜诗序说》,收载《吉川幸次郎遗稿集第二卷》,东京:筑摩书房,1996 年 2 月,第 283—293 页。

不"歌"而"诵"：中国音乐文学的发展走向

刘　靓（北京大学）

魏晋南北朝时期，中国文学史上迎来了第一个诵诗时代，也迎来了第一个诗歌吟诵的盛世。诗歌史上所发生的这次由"歌"而至"诵"的传播方式上的变革，其意义和影响并不局限于一个时代和一种文体，而是确立了中国文学发展的基本走向。在此之后，几乎每一种音乐文学，都不断经历由"歌"而至"诵"的转化过程，不断地从大众、民间走向文人、案头。音乐与文体的分离，几乎是每一种音乐文学发展的必然趋势，后来出现之词、曲，甚至传奇、小说，莫不如是。可以说，中国音乐文体发展的基本规律，已由魏晋诵诗首开其端。

一、音乐文学与吟诵文学的更替

由于语言先于文字而产生，因此，音乐文学是包括中华民族在内的几乎世界上每个民族最早的文学形态。但是随着文字的出现，口头文学逐渐开始转向书面文学，脱离音乐的独立文体开始出现。不过，这种新兴的独立文体，虽然与音乐脱离了，但是由音乐遗留下来的音乐性还是会被作为文体特征以节奏和韵律的形式保存下来。而这种独特的文体节奏和韵律必然需要以另外一种方式来表现和传播，于是，"吟诵"替代音乐而兴起。这种由音乐文学转变而来的脱离了音乐的文学形式，我们姑且称之为"吟诵文学"。

中国最早的吟诵文学，是汉代出现的诵诗。其时，出现了诗歌与音乐的第一次分离，产生了不再以歌唱形式存在而是以吟诵形式存在的纯粹的诵诗。虽然随着音乐的更新，新的音乐文学不断产生，但是由歌唱而至吟诵，却成为了以后每个音乐文学的发展走向。

魏晋南北朝时期，当脱离了乐府音乐而走上独立发展道路的诵诗在迎接自己第一个黄金时代的时候，中原、南朝的民间音乐在域外音乐的刺激下，开始形成了一种新的音乐形式——燕乐。这种新的音乐形式因为繁复动听的音声而在隋唐之际迅速发展并很快繁荣。与此同时，一种新的文学体式——词——为配合兴起的燕乐等新声而出现，于是，中国文学逐渐开始了"倚声填词"的新时代。这种新兴文体，最初的形式为配乐声诗，后来经过文人的参与以及加工润色，逐渐由小令而发展为长调，最终形成了各种丰富多样的成熟体式。但是随着燕乐的逐渐衰落以及词作为士人文学的兴起，原本合乐而歌的歌词逐渐脱离音乐，而发展为"不歌而诵"的文辞，于是，词亦发展为具有长短句形式的格律诗，转而成为吟诵文学。

在词之后兴起的曲，其发展经过，与词相似。"词至北宋已逐渐成为士族文人的专业，人民中间遂又在里巷歌谣基础上吸收外族乐曲，慢慢酝酿着一种新乐调……这种新乐词，到金元之际，由于民族杂居，更多吸收了不同民族的曲调和声腔，有一种金戈铁马之声，激越苍凉之味，汉人所唱的词，行腔靡曼柔婉，配合不上去，于是遂由词演变而为曲。"①新的音乐的出现，使得词与乐脱离，却同时促成新的音乐文体——曲的诞生，对此清初李渔曾说："曲宜耐唱，词宜耐读。耐唱与耐读有相同处，有绝不相同处。盖同一字也，读是此音，而唱入曲中，全与此音不合者，故不得不为歌儿体贴，宁使读时碍口，以图歌时利吻。词则全为吟诵而设，止求便读而已。"②可知，在他看来，词已是用来吟诵的，而曲则是用来歌唱的，这种认识，可以说已是明清人的一种共识。但是协乐而歌的曲在经历了有元一代的繁荣之后，最终亦因与音乐的脱节而演变为吟诵文学。其他诸如杂剧、传奇、小说，莫不是由说唱文学发展起来而最终演变为诵读的艺术。"诵"，几乎成为所有音乐文体的最终归宿。

二、文体节奏的更新

随着音乐的更新，不断有旧的文体与新的音乐脱节而发展为吟诵文学，新的文体与新的音乐结合而成为新的音乐文学。不过，虽然都是音乐文学，在辞与乐的关系方面却不大相同。

在最初诗乐舞一体的时代，当是先有诗而后配乐，所谓"声依咏，律和声"③，诗的节奏同于语言的节奏，乐的节奏协和诗的节奏。在乐府诗时代，辞、乐的关系应当有两种，一种是先有诗而后配乐，所谓采诗入乐，徒歌而变为乐歌；一种是先有乐而后配辞，所谓作诗协律，把音乐配上文辞。此时产生的五言乐府诗，虽然已经以辞协乐为主体，音乐节奏可能已于

---

① 公木：《歌诗与诵诗——兼论诗歌与音乐的关系》，《文学评论》1980 年第 6 期，第 45 页。
② 李渔：《窥词管见·第二十二则词宜耐读》，唐圭璋编：《词话丛编》第 18 种，中华书局，1986 年，第 559 页。
③ 孔安国传，孔颖达等疏，徐养原校：《尚书正义》，阮元校刻：《十三经注疏》（上册）卷第三，中华书局，1980 年，第 131 页。

始影响诗歌节奏的形成,但是我们认为,五言二三顿挫形成的主要原因,还是语言层面三字顿、三音节音步的出现。

至于"倚声填词"的时代,词、曲都是音乐刺激下的产物,自是先有声而后有辞,辞的节奏是协和声的节奏产生的。不过,虽然文体节奏是协乐产生的,但是其组成毕竟是语言节奏。因此,处于"倚声填词"时代的文体,其节奏与音乐和语言有着更微妙复杂的关系。一方面,在新声的刺激下,配合新声而形成协乐的文体顿挫;另一方面,在语言节奏的配合下,采用律句而形成双音步为主的音步节奏。一方面,语言的更新因为不是语言节奏的自主更新,而是音乐刺激下的节奏组合,因此,文体节奏并不等于语言节奏,特别是逗断的形成本身即为音乐节奏的促成;另一方面,无论是音步节奏还是文体节奏,又都是在音步和律句的组合下完成的,因此,虽然文体节奏不等同于语言节奏,却是由语言节奏决定的。综上,我们认为,音乐所起的作用,只是刺激推动了语言的更新,文体节奏的更新本质上还是表现为一种语言节奏的更新、重组。

同诵诗一样,词、曲亦是一种具有音乐性的语言文学,这种新文体的产生,本质上是新的文学节奏的产生,背后所隐藏的是语言节奏的更新。四言诗由双音节音步组合而为二二顿挫的诗歌节奏,五言诗由双音节音步和三音节音步组合而为二三顿挫的诗歌节奏。虽然自汉魏以来,中国的语言节奏本身并没有太大发展,一直还是以双音节词汇和双音节音步为主导,但是因为音步组合方式的多样化,还是可以通过对音步的组合而不断形成新的节奏点,从而达成对文体节奏的更新,从而追上音乐的步伐。只不过,原来的音乐终会被新的音乐取代,原来的文体最终都要变为吟诵文学。词、曲等的发生发展过程莫不是如此。

虽然相比于诗歌,词句的音步构成并没有太大的变化,基本上还是以单音步、双音步以及由单、双音步组合而成的三音节音步为主,由音步组合而成的词句的音步节奏也没有太大变化,还是以双音步为主导的律句节奏为主。但是由于音步组成方式的日趋多样化,词句的长短和文体节奏还是随之发生了很大变化。

首先,不同于诗歌——都是四言、五言或者七言的齐言句式,"词的句式,字数多寡不同,自一字、二字至九字、十字的都有"①,以这样丰富而灵活的句式来构"词",配合复杂音乐节奏自然要容易些。其次,不唯句式多样,句中顿挫亦丰富多样。虽然词句多采用律句,如启功先生所言,无论是通常小令还是一般长调,"其中句式",都"是合乎律调的占绝大多

---

① 启功:《诗文声律论稿·词、曲中的律调句》,中华书局,2000 年,第 81 页。

数"①，"而只有很少数特定""受到乐谱限制的句式"②。王力先生亦言，"不但五字句、七字句多数是律句，连三字句、四字句、六字句、八字句、九字句、十一字句等，也多数是律句"③。使得词句的音步节奏仍然是双音步为主导。但是由于词句的构成，并非都是律句的简单套用，而是音步与律句或者律句与律句的灵活组合，所以，虽然音步节奏仍旧是双音步为主导，但是句中顿挫却非诗句的固定顿挫。

以五言句式为例，五言诗句的顿挫只有二三顿挫一种，五言词句的顿挫却有三种。第一种情况，可以是律诗句子的直接套用，同于诗句的二三顿挫，如"照花/前后镜，花面/相交映"④，均是诗句顿挫。第二种情况，可以是一音步与四字律句的组合或者三音节音步与双音节音步的组合，从而形成不同于诗歌的一四或者三二的顿挫。其中一四顿挫多存在于"一字逗"句式中，从其名字即可看出，这种句式的特点是以一字而为"逗"，而这个处于句首领字的"一字逗"又通常为仄声、虚词，如"叹/年光过尽"⑤、"又/酒趁哀弦"⑥等句。三二顿挫则多存在于"三字逗"句式中，如"能不忆/江南"。叶嘉莹先生曾以最后一个音步是单数还是双数来区别这两种停顿方式，"这两种不同的停顿方式有两个名称，凡最后一个停顿的音节是单数的与诗相同的，我们把这样的句式称之为单式；最后一个音节是双数的，则称这样的句式为双式"⑦。这种以单、双音步来区别句中顿挫的方式很好地概括了诗句与词句顿挫的根本不同。诗句永远只存在一种单一的顿挫句式，如果是偶数字数的诗句如四言诗句，必然是二二顿挫的双式句，如果是奇数字数的诗句如五言、七言诗句，必然为二三顿挫、四三顿挫的单式句。词句则不然，同一首词中，既可以存在单式句，又可以存在双式句，单式句既可以存在于五言词句、七言词句这样的奇数字数的词句中，又可以存在于四言词句、六言词句这样的偶数字数的词句中，双式句亦然，不拘于偶数字数的词句或者奇数字数的词句。如此，词中既有律句顿挫的存在，亦有各种律句与各种音步混搭而成的多种多样的新的顿挫的存在。如除去通常的律句顿挫外，四言词句还存在有一三顿挫，如"过/春社了"⑧；六言词句还存在有三三或一五的顿挫，如辛弃疾《青玉案》"更吹落/星如雨"⑨，辛弃疾《水龙

① 启功：《诗文声律论稿·词、曲中的律调句》，第81页。
② 启功：《诗文声律论稿·词、曲中的律调句》，第82页。
③ 王力：《诗词格律》，第三章"词律"第三节"词韵，词的平仄和对仗"，中华书局，2000年，第128页。
④ 赵崇祚集，汤显祖评，刘崇德点校：《花间集》，河北大学出版社，2006年，第7页。
⑤ 刘克庄：《沁园春·梦孚若》，唐圭璋编：《全宋词》，第2594页。
⑥ 周邦彦《兰陵王·柳》，唐圭璋编：《全宋词》，中华书局，1965年，第611页。
⑦ 叶嘉莹：《唐宋名家词赏析·叙论》，南开大学出版社，2006年，第2页。
⑧ 史达祖：《双双燕》，唐圭璋编：《全宋词》，第2326页。
⑨ 辛弃疾：《青玉案》，唐圭璋编：《全宋词》，第1884页。

吟》"把栏干拍遍，无人会、登临意"①；七言诗句还存在一六顿挫，如王安石《桂枝香》"但/寒烟衰草凝绿"②，或四三顿挫，如周邦彦《西河·金陵怀古》"想依稀、王谢邻里"③。至于八字以上句式，"常是些短句拼合而成"④，句子组合处即为逗断顿挫处，其中，八字句大多是上三下五的逗断，个别有是一七、二六的，九字句有三六、四五、二七等顿挫结构，少数十字句，通常为上三下七的结构。

　　因此，相对于节奏固定的诗句，语言的音步虽然并没有增加，但是不同的音步与不同的律句在不同组合方式下所形成的词句节奏还是足够丰富多彩的，以之配合繁复的燕乐正相适宜。随后新起的曲乐，相比于靡曼柔婉的燕乐，节奏更加繁促激越。为了配合这种新声节奏，随之产生的新文体"曲"，不但于句式变化上更加参差错落，并且还配以虚字衬字以随曲附转。

三、文体格律的固定

　　每个词调都是有乐谱的。并且每个词调大都是先有了乐谱，然后才有了"倚声"所填的词，虽然后来也有兼通音律的词作者先写了辞再配乐的，但毕竟是少数，大部分词作还是依乐谱而填的。

　　但是，声、辞既为二物，配合起来就不会太方便。单从音调上来说，以汉字的四声去配音乐上的五音就不可能完全相合。至于配了还能声辞谐婉，全在于歌唱时语音对乐音的迁就，所谓字随曲而附转。因此，所谓的"倚声填词"，根本不可能做到语言与音乐的完全相合，所配的其实只是大概的音辞节奏，当然，节奏也只能做到大概相合，至于语言节奏与音乐节奏间的空隙，完全可以由声腔去填补。既然完全的"倚声填词"是不可能的，所协和者只是声与辞的大概声调节奏，因此，早期的词作，于节奏、声律方面要求并不十分严格，往往有同一曲调下的不同词作出现平仄互异的情况。这是依乐谱填词的时代。

　　待辞、乐分离，乐谱逐渐消失，原来倚乐声所填的词就变成了样本，成为了后来作者填词的依据，即所谓"词谱"。而词本身之所以能成为"谱"，我们认为，全在于它当初对乐谱的韵律节奏的保存，尽管这种保存只是一个大略。但是在没有乐谱可依托的时代，由语言所保存下大概韵律节奏的词作也就成了唯一可供参照的范本。既然要做范本，自然要被规

---

①　辛弃疾：《水龙吟》，唐圭璋编：《全宋词》，第 1869 页。
②　王安石：《桂枝香》，唐圭璋编：《全宋词》，第 204 页。
③　周邦彦：《西河·金陵怀古》，唐圭璋编：《全宋词》，第 612 页。
④　启功：《诗文声律论稿·词、曲中的律调句》，中华书局，2000 年，第 81 页。

范。这个规范的过程其实也就是词的格律化过程。原来大致的韵律节奏需要被整合、加工，最终被固定为一种格式样本，也就是词谱格律。而这个整合、加工的过程，其实也是对语言节奏、韵律美的再一次发掘。因为要想把原来具体的节奏、韵律抽象为一种典范，就要对其句式顿挫、音步节奏、平仄韵律进行仔细推敲，从而尽可能做到最大限度地发掘语言文字本身的韵律美。在此情形下，对声律节奏的规定自然要越来越严密，以至到了南宋，不但平仄不可更，四声亦要严守，词曲的音律被推向了极致。此时的词作，不再是倚声而填的歌辞，而成为了具有独特音律美的文辞。从这个意义上来说，格律化的词曲，并没有因为脱离音乐而僵死，反而是因为成为独立的语言文学而获得了再次的新生。曾经活跃的音乐，虽然随着时代的发展而自行消失，却留下了保有其节奏韵律的语言形式。这种语言形式经过整合加工后，被转化为一种抽象模式，以一种最精致最显著却最简化的形式被再次呈现，这个抽象模式就是格律。

　　传达格律美最适宜的方式就是吟诵。格律化的词曲，具有音乐的美感却不属于音乐文学，具有语言的属性却不是单纯的语言文学。同诵诗一样，这种游离在音乐与语言之间的美感形态，吟诵是其最适合的表现方式和传播方式。如我们在另一篇文章中所专门论述过的①，中国诗词的节奏和声律是在吟诵中产生并固定的。中国诗词的文体节奏不是简单的音步节奏，而是音步的组合节奏，并且是一种固定的组合节奏，这种固定组合节奏的形成，早期是由于语言自身的发展，后来是受音乐节奏的影响，但是都是在吟诵中完成的。可以说，中国的诗词节奏是在语言和音乐的发展中，吟诵对音步的一种加工组合。由于这种在吟诵中产生的文体节奏，既非简单的音步节奏亦非直接的音乐节奏，所以既不适宜于直读，亦不适宜于歌唱，而只适合于吟诵，因为唯有吟诵，既非随曲附转，又非随口读过，从而更适于诗歌本身节奏的突显。所以，中国诗词的旧式读法，在意不宜顿而音宜顿的地方则从音顿，因为对中国诗词来说，节奏体现于声音。不唯节奏是在吟诵中形成的，声律亦是在吟诵中形成的，作为中国诗词声音美的最高表现形式——格律，其实即是在吟诵中完成的对于诗歌节奏和声律的一个固定。因此，吟诵是中国诗词声音美的最好的表现方式和传播方式。唯有吟诵，既能使其语言文辞得以明确表现，又能使其节奏韵律得以尽情传达。如果说格律是中国语音美的最高存在，吟诵就是通向这个美的最佳途径。

　　综上，音乐文学向吟诵文学不断转化的过程，也是新兴的格律文体不断产生的过程，而吟诵往往不但是促成新格律产生的重要因素，而且是表现这种新格律美的最好的形式。从这个意义上来说，对于中国的格律诗词来说，"吟诵文学"之称，可谓名副其实。

---

　　①　拙文《试论魏晋六朝吟诵之风对于中国诗体发展的影响》，待发。

《唐才子传》的作者：辛文房

刘元珠（美国卫斯理学院东亚语言文化系）

近年随着高科技的发展，古籍阅读从此进入了数码时代。记得曾经向叶老师请教过一首元朝人贡奎写的诗，为了便于讲解，老师当即上网把原诗抄录下来，首次让我体会到利用电脑辅助人文研究的便利。贡奎（1269—1329）的《送良史》是为《唐才子传》的作者辛文房写的送行诗。说到这部元代色目学者撰写的唐代诗人传记，目前在网上随时都能查阅搜检。但有四五百年的光景，这部书在中国只留下残缺不全的抄本；直到 19 世纪末才在日本找回完整的刊本。20 世纪中叶以来，原书的校注本陆续在日本、中国大陆及台湾地区等地出版。① 此外，作者辛文房（良史）批评唐代诗人的意见也受到研究文学理论学者的重视，而且两岸都有硕士生选这部传记写论文。② 然而，对《唐才子传》作者的生平始终所知有限。比方说，他父母来自什么族裔，祖辈从事什么行当，他本人求学的经过，等等，有关这些简单的个人出身背景，至今仍无法交代清楚。

一般介绍辛文房只提他是西域人或色目人，有时还加上一句生卒年不详。但按照《唐才子传》自序的字句来推敲，有时把他的出生时间定为 1284 或 1285 年。主要来自元成宗大德甲辰年（1304）文房写就的自序，其中有一句话说："异方之士，弱冠斐然。"因为"斐然"在一般的情况下，往往与"斐然成章"连用，于是原句就解读成：我是域外人士，二十岁完成了一部成绩亮丽的著作。由此上推二十年，就出现了生于 1284 或 1285 年的说法。其实，此处用的典故另有所指，不是"斐然成章"而是"斐然向风"。他要说的是：我到了弱冠之年才翩

---

① 日本学者的代表作，Nunome Chōfu 布目潮沨，Nakamura Takashi 中村乔，Tō saishi den no kenkyū《唐才子传之研究》，Ajiashi Kenkyūkai，1972.，中方学者有如：王大安校订《唐才子传》，黑龙江人民出版社，1986 年；傅璇琮《唐才子传校笺》（五册），中华书局，1987 年；周本淳《唐才子传校正》，江苏古籍出版社，1987 年；舒宝璋校注《唐才子传》，中州古籍出版社，1987 年；蒋秋华导读《唐才子传》，金枫出版社，1987 年；孙映逵《唐才子传校注》，中国社会科学出版社，1991 年；李立朴译注《唐才子传全译》，贵州人民出版社，1995 年。

② 黄惠萍：《辛文房〈唐才子传〉研究——历史图像与诗学观点》，淡江大学中国文学学系硕士论文，2005 年。蒋郭晶：《辛文房〈唐才子传〉研究》，山东师范大学中国古典文献学专业，硕士论文，2011 年。其他还有数篇可直接上网查看。

然闻风归向。至于闻风归向什么呢？当时的诗坛崇尚唐代诗歌，证以其日后的著述，此处无疑指的是唐诗。

以自序写成的时间而言，文房属于蒙古统治中国在中原出生的第二代色目人。换句话说，这些来自中亚，当时在社会上享受特权的色目家族在中国居住的时间一般不会超过五十年，还能保留原有的习俗，而文房竟能独力完成一部前所未见的中国文学巨作，他超越族群，游走于两种文化氛围的经历值得深究。然而文房好像早就料到自己的身世会引起后人注意，似乎是为了避免透露隐私，《唐才子传》只在卷首放了一篇自序。而且他还有意避免提到自己求学的经过，仅简短介绍了著书的动机，未有一语提到是否曾经有师友予以鼓励或指点。与辛文房同时，或者晚出的后辈色目学者，不少人和汉人文士交往密切，并留下互相唱和的诗文记录。文房在这方面留下的材料相对来说非常有限，和他接触过的士人留下姓名的人数不多，只有他在翰林院任编修的时候有少数唱和的诗作。①

陆友仁（1290—1338）的《研北杂志》有一处记载间接提到辛文房，日后经常被用来证明辛文房的诗才在元朝的大都曾受到赏识。陆在自序说：“余生好游，足迹所至，喜从长老问前言往行，必谨识之。”在“王伯益”条下是如此写的：“王伯益名执谦，以字行。大名人，少颖异。及长游京师，因荐者得官，伯益漠如也。（下略 213 字，所述限于伯益生平）同时有辛文房，良史，西域人。杨载，仲弘，浦城人。卢亘，彦威，大梁人，并称能诗（下略 35 字，亦仅涉及伯益而已）。”友仁原本要称赞的是王伯益，顺便提到的辛文房和其他二人也是当时京师诗坛的知名人物，不料却给后世留下一个有关辛文房的珍贵信息。以年龄来说，四人当中以王伯益居长，生于 1266 年，卒于 1313 年，得年四十八。另外一位被誉为元代诗坛四大家之一的杨载，生于 1271 年，卒于 1323 年，得年五十三，算是其中活得最长的；卢亘生于 1274 年，卒于 1314 年，后伯益一年去世，四十一岁就去世了。与文房并列的三个诗人生于 1266 到 1274 年，都在 1323 年或之前去世了，那么文房是否应该和他们的年纪差不多呢？再说，《研北杂志》成书于元统初年（1333），写的是前言往事，距王伯益去世已经二十年；而杨和卢也相继过世多年，只有文房卒年不详。而所谓同时有辛文房等人的提法，至少《研北杂志》这条笔记足以证明文房的生年比一般按《唐才子传》成书年代推算，而误以为 1284 年的说法要早十来年。

有关文房的生平，材料非常难找，至今搜集得最完备的首推陈垣先生《元西域人华化考》一书的记载。在该书卷四“文学篇”，“辛文房”条下，倾其所有举出几条相关的资料以

---

① 在泰定元年（1324）任职省郎是另一个坊间常见的错误，应该在 1310 年左右。

外,并抄入上述《研北杂志》的内容。此外,在同卷,西域之中国文家,陈垣列举察罕(1245—1322)在史学上的成就。原文首谓:"西域人中有文名不甚显,而能尽翻译之能事者,有察罕。察罕,西域板勒纥城人,魁伟颖悟,博览强记,通诸国书。"特别着重介绍察罕汉文与蒙文的史籍翻译成果,但没有提到察罕和辛文房之间曾经有过互动。[1] 另外一位研究察罕的专家是杨志玖教授(1915—2002)。他利用《元史·察罕传》,以及元人文集的材料撰成《元代回回史学家察罕》一文,[2]历述其家世行实,其中最特殊的部分是交代察罕与南人儒臣程文海(字巨夫,1249—1318)之间的诗文交谊,并由此带出文房曾替察罕写过家状。目前在史料缺乏的情况下,任何与文房有关的线索都值得拿出来研究。更何况这条材料双方当事人都是色目人。难不成察罕与文房真的有亲属关系? 其实,不论真相如何,察罕的家庭情况和文房的成长背景应该十分相似,都是受到汉文化影响的色目上层阶级。因此,下面有必要介绍一下察罕的家世,或以此可以窥见文房的出身。

当蒙古灭宋的时候,察罕以第一代色目人千户的地位协助蒙古大员到湖广去治理降服的汉地;而程巨夫则是从宋地北上到大都谋一席之地的南方文士。难得的是各自经历二十余年的官场生活后,最终在成宗大德四年(1300)结识于湖北武昌,成为时相往来的文字交。此后十余年间,程为察罕的父母分别写过墓志铭,为察罕的著述写序,乃至贺寿等等诗作共计十一篇。通过程巨夫为察罕父母所写的两通碑文,其间出于辛文房的家状,我们因此得知察罕祖上来自阿富汗,他本人生在河中(今山西临猗县)。板勒纥城是察罕父亲伯德那的家乡,现译为巴尔赫(Balhk)在阿富汗北部,此城至今在美国的反恐战争中仍占重要的战略地位。

按照辛文房家状所撰的神道碑所说,1220 年诸王旭烈率军兵临城下的时候,年仅十三岁的伯德那说服族人投降。随旭烈的军队来到中国以后,投身消灭女真金朝的大小战役,并且立了大功。伯德那在阵前冲锋的勇气得到旭烈赏识,拔置帐下,名以"拔都"(蒙语,英雄)。三十岁以后,居山西解州,任职副总管,经理旭烈分地民赋长达三十年,六十三岁退休,七十三岁在瞑坐中去世。

接着,程巨夫的笔锋一转,谈到伯德那对八个儿子的家庭教育。"公不解中国书,言必中义,动必中法,天性也。切切以教子为务,尝戒之曰:我不幸少年百罹不得学,尔等安居暇食,宜勉读圣人书,行中国礼。他日面墙,悔之无及。"像这样的句子,理应出自文房缮写的

---

① 　日文《〈唐才子传〉之研究》页 IX,布目潮沨提到陈垣,同时也提到察罕父亲的神道碑。
② 　载《回族研究》1997 年第 2 期,第 31—36 页。此外参阅王颋:《内陆亚洲史地求索》第 267—281 页,"有班勒纥人察罕传证补"。

行状。而伯德那的庭训明显在教导子孙接受汉族的文化。察罕在三十二三岁时（1277），以"通经义，练军务"被拔擢为灭宋之后首批派驻湖广、江西的地方色目官员。他原本以亲老请辞，但伯德那坚决鼓励他出仕。自此以后，察罕长期在南方做官，而且从退休到去世八年当中就定居在湖北白云山，并未回解州老家。

至于察罕的母亲李氏是汉人，生于1222年，卒于1288年，原籍京兆。其父李君宝为金朝进士，官洛阳。据程巨夫所撰《河东郡公伯德公夫人李氏墓碑》记载，李氏九岁的时候，蒙古军南下，洛阳城陷家破。"军师重合刺一见夫人，惊曰：此女手度异常，它日必贵。问其姓曰李氏，而帅之妻，西夏主之后也，亦李氏。乃鞠如己子，而恩意加焉。"重合刺任河东总管，为了答谢伯德那婉拒诸王旭烈的任命，不肯接受取代他出任总管，就把养女许配给当时已经有三十五六岁的西域人伯德那。有关这段婚姻，在碑文里是如此描写的："夫人躬节俭，慎丧祭，和上下，正内外；不动声色而教被娣族，不出闺阃而化行邑里。河东公亦未老而谢事，优游乡井，终其天年，号为善人长者。人谓有警戒相成之道焉。"李氏结婚的时候是二十二岁，生育八个儿子，除了第二子夭折，第七子"乐志琴册，高尚不仕"，其余诸子都在各地出任达鲁花赤等官职；晚年随长子居住在湖北孝感白云山。

上述碑文所描述李氏持家的作风完全符合汉文化传统家庭的模式。但值得留意的是察罕兄弟八人都取蒙古名字，而察罕自己的三个儿子和有姓名可考的九个孙子当中也有两人起蒙古名字，显而易见这个色目家庭同时也受蒙古习俗的影响。另外值得一提的是，按照伯德公神道碑的记载，当他去世时（1280）有孙曾男女六十七人。相隔八年，李氏去世的时候，碑文记载其子孙曾玄，达七十多人。伯德那一家，人口繁衍迅速，而子孙都有出仕的机会，这个蒙古统治下的色目家庭称得上是中亚民族滋根中土的成功例子。至于文房的家庭出身，在当时的大环境之下，也应相去不远。

杨先生笔下的察罕包括他的家庭背景、历仕、交谊与著述等四个方面。可惜对于察罕的婚姻状况，由于史料缺乏，未能有所陈述，至于其他兄弟婚配情况就更不得而知了。不过，既有伯德那和汉族通婚的例子在先，其子孙娶汉人，在后辈中出现辛文房那样的子孙也不无可能。至于察罕在家中使用的语言，杨先生认为，除了汉文和蒙文以外，察罕可能还会"突厥（维吾尔）与阿拉伯、波斯语，惜无实证"。察罕与父辈亲属说阿拉伯语；和母亲与外家说蒙语，家中一般也可能都说蒙语。即便如此，伯德那的第七子朵罗台，好琴弓，有至性，不愿出仕，这明显又是接受汉文化熏陶的例子。

延祐元年（1314）察罕在平章政事、商议中书省事（从一品）任上引年致仕。退休之后离开京师大都，在湖北孝感白云山度过八年悠闲的岁月以终。至于察罕的学术成就，在杨先生的文章里有清楚的介绍,特别提到察罕在政事余暇,曾根据诸家记载撰写《历代帝王纪年纂要》。此书已经失传,但从程巨夫的序文可以看出他治史的功力。试想察罕的父亲那一代还不懂汉文,而他却有兴趣和能力掌握文史方面的知识,进一步能推算中国上古以来的纪年,并得到同辈儒臣的肯定。这和辛文房撰写《唐才子传》一样,让人难以置信色目学者在一两代之后竟能有如此非凡的成就。

那么,到底察罕和辛文房可能有什么关系呢?答案只能说:关系应该很深,但原因不详。两人的关系不同寻常主要建立在程巨夫撰碑所采用的内容来自辛文房笔下的行状,而行状或家状的作者往往都和传主一家有特殊的关系。因为即使碑文撰者的文笔再好,如果没有扎实的行状底稿做依据,无法杜撰真实的故事。察罕在至大三年(1310)受封三代之后,次年就拿着当时在国史院做编修官辛文房所具行状请巨夫撰碑。请名士撰碑,固然是为了隆重其事,增添家族的名誉;而作为依据的行状更非慎重其事不可,由谁执笔必然经过一番考量。顺便值得一提的是,翰林编修的职责并不包括替朝臣写家状。那么,下一步要追问的是,察罕为何把如此重要的事情托付给辛文房?或者说,辛文房凭什么博取察罕的信任呢?

话说伯德那既然有六七十个子孙,当然文房有可能就是其中一员,更何况在察罕家族当中不乏对汉文化有修养的成员。另外,从文房在大都的活动时间观察,其间和察罕由河南调到朝廷的时间相仿。也就是说,文房在1304年《唐才子传》完稿后,曾在大都以诗才受到瞩目,并且一度官拜翰林兼国史院编修。这个时期正是察罕在朝廷,替野心勃勃的太子,后来的仁宗,出谋划策的时候。而在察罕告老归田后不久,文房也以省亲为由,离开了大都。

察罕之外,文房和另一位父执辈学者型的政治人物也可能拉得上关系,然而关于此人的故事仍得从察罕说起。这个和文房的关系看似又远了一截的人物就是《唐音鼓吹注》的作者郝天挺(1247—1313);郝字继先,号新斋,勋臣之后。据说在元好问(1190—1257)晚年,天挺曾受其教导。天挺的父亲在太宗和宪宗朝均立过战功,授河东行省五路军民万户,故此天挺和察罕一样都有河东的背景,只不过天挺的家世更为显赫。郝《元史》有传:“天挺英爽刚直,有志略,受业于遗山元好问,以勋臣子,世祖召见,嘉其容止。有旨:宜任以政,俾执文字,备宿卫春宫。”此后,郝在朝廷和行省出任官职达数十年。最后几年,和察罕一样,在仁宗做太子的四年当中,被罗致为内廷的核心人物。皇庆二年(1313)去世,享年六十七。本传提到他的著述说:“天挺尝修《云南实录》五卷,又注唐人《鼓吹集》一十卷,行于世。”

后世不清楚郝天挺诗词方面的造诣,对其点注这部唐诗选本的经过情形更是一无所知,因此明、清两代曾经出过一些争论。其实,1308 年赵孟頫为初刻本写序的时候已经交代得很清楚了。那就是说,元好问的选本,由郝天挺带在身边长达五十年,终于在其去世前五年,以元辑,郝注的面目问世。郝注《唐音鼓吹》在明、清两代陆续出现了其他诸家的注本,而元刻本数百年来一直被藏书家视为瑰宝,现在更变成高档的拍卖文物。由于天挺地位显赫,郝注本最初是由浙江儒司奉命刻印的。此外还出现多种元代的坊刻本,现在上网尚能见到坊刻本卷首的书影。郝注初刊本共有四篇序跋,由当时的古文大师姚燧(1238—1313)执笔的序文时间最早,写于 1303 年,距离刊行的 1308 年还有五年的时间,此前是否早已有传抄本就不得而知了。

辛文房《唐才子传》自序写于 1304 年,与郝注的年份相去不远。日本学者布目潮沨在其《〈唐才子传〉之研究》列出两书有相同的地方。在章八元、于鹄、王建和胡曾四人的"资料探源"项下,布目举出《唐才子传》和郝天挺所注《唐音鼓吹》相同之处,并认为前者的资料来自后者,这样的提法目前还没有引起中国学界的讨论。

先以章八元传来看《唐音鼓吹》注:章八元,睦州桐庐人。大历六年进士,贞元中,调句容主簿;在《唐才子传》出现了同样的措词,但引申开来的内容增加了很多;而布目单独挑出两传少数完全相同的字句立论。在于鹄传也有类似之处,郝注:"于鹄,高隐于汉阳。大历中应荐,起历诸府从事。有集一卷,传于世。"而辛所传为:"鹄,初买山于汉阳高隐,三十犹未成名。大历中,尝应荐历诸府从事。出塞入塞,驰逐风沙。有诗甚工,长短间作,时出度外。纵横放逸,而不陷于疏远,且多警策云。集一卷,今传。"布目的对比也显得牵强。至于王建传,布目认为辛文房所传"从军塞上,弓箭不离身。数年后归,卜居咸阳原上。"得自郝注:"从军塞上,弓箭不离身。数年后归,卜居咸阳原上。"[①]胡曾传,郝注:"长沙人也。咸通中,进士不第。"布目认为辛文房据此加以引申。其实,辛文房是被其他材料误导才写出"咸通中进士,初再三下第"那样的句子。

郝天挺的注本没有自序交代成书的经过。至于他和辛文房是否相识,也只能从时间上推敲。在 1309 年前后,他和察罕都是后来的仁宗皇帝爱育黎拔力八达的亲信;而辛文房当时也在大都,而且可能已在朝廷供职。至于在此以前,他们有没有结识的机会呢,我们无从证明。目前在不了解文房师承的情况之下,天挺成为文房师长的最佳人选。故此,日本学者的提法,值得深入研究。

最后,不妨回到《唐才子传》的自序来揣摩一下作者的动机。在总结自己对唐代诗赋的

---

① 见布目潮沨,第 224 页。断句为"从军塞上,弓箭不离身。数年后,归卜居咸阳原上"。

看法以后,文房自道:"余遐想高情,身服斯道;究其梗概行藏,散见错出。使览于述作,尚昧音容;洽彼姓名,未辩机轴,尝切病之。顷以端居多暇,害事都捐,游目简编,宅心史集,或求详累帙,因备先传,撰拟成篇,斑斑有据,以悉全时之盛,用成一家之言。"文房没有遵守汉文化的习惯介绍师承,但我们不禁要问他的学问是如何培养的呢? 有关这个疑问,或者可以从贡奎的《送良史》看出一点根源。诗前有注云:西域人尝学于江南,除翰林编修,今省归豫章。[①]

送良史

郁郁楚竹实,飞凤以慰饥。

鸣声乃铿和,遂息苍梧枝。

时哉一朝遇,粲若五采施。

矫首沧江云,空晴散何之。

岂不比翱翔,悠悠眷予私。

惊飙起层波,落日增余悲。

去去勿久留,赴此远大期。

采风讵辞责,上寄简册垂。

缄书谁复悟,为子歌别离。

这首诗是目前能透露一些文房身世的唯一材料,但要不是叶老师指点,我看不出来文房几个人生片段原来已经写入这首送行诗。根据叶老师的解说,再印证文房所处的时代,我们因此了解到:一、楚地的"竹实"(乃是凤凰所食)为出身高贵的文房提供了良好的环境,故此留居南方。二、由于一个难得的机遇,文房一夕成名,高高在上受到大家景仰。三、贡奎自己呢? 原来何尝不想追随文房遨游天地之间,却忽然遭到变故(贡奎父丧丁忧),徒增悲伤。最后,为了省亲,文房将要离开大都,但贡奎提醒他不要放下替朝廷服务的责任,催促他早日还京。

对于后世来说,辛文房本人从此就失去音讯了。若干年以后,有一位元代著名的色目儒士马祖常(1279—1338)写了一首《辛良史披沙集诗》称颂文房的文采,以"吟边变余发,萧飒是阴何"结尾,[②]看来祖常知道文房的下落。我们根据他所提供的线索和对文房粗浅的了解,只能猜测文房当时已身处异域,卜居边塞。当然所谓异域是针对他所生活过的江南而言,或者他最终的选择是离开去寻找色目人的故乡。可就算他后半生有意销声匿迹,但在盛年留下的这部传记永远成为元代色目学者对中国文学的贡献与骄傲!

---

①　见《贡文靖公云林诗集》卷一。北京图书馆古籍珍本丛刊 96,书目文献出版社。

②　《披沙集》没能保存下来。不过,幸好其中有两篇收入《元文类》才得流传至今。

王国维的忧世说及其词之政治隐喻

彭玉平（中山大学中文系）

一、王国维的"忧世"说与诗歌观念

王国维不止一次表达了对人生之"慰藉"的渴望。① 他在《自序》中说："体素羸弱，性复忧郁，人生之问题，日往复于吾前，自是始决从事于哲学。"②其后，他的兴趣从哲学转移到文学，并非是他对获得人生慰藉的态度发生了变化，而是因为哲学的间接与抽象无法即时抚慰其忧虑之心，文学则因更契合其心性，而能给他带来更多直接的慰藉。

也许王国维对"人生"二字的强调过于突出，以至周策纵说："静安词中实鲜伤时之作，所悲悯者要为普遍之人生。"③周策纵的这个结论当然值得商榷，但未尝没有被王国维"人生之问题"这一笼统提法吸引的原因在内。何况王国维的"忧生忧世"说确实是分别表述着的。《人间词话》云：

> "我瞻四方，蹙蹙靡所骋"，诗人之忧生也；"昨夜西风凋碧树。独上高楼，望尽天涯路"似之。"终日驰车走，不见所问津"，诗人之忧世也；"百草千花寒食路。香车系在谁家树"似之。④

按照王国维的示例，诗词中的忧生、忧世可以有所侧重。《节南山》中"我瞻"二句写贤才久被冷落，故有前路茫茫之叹；晏殊"昨夜"三句也是写才士渴望成就事业之意。两者的立说对象都侧重在个体之生命。陶潜"终日"二句和冯延巳"百草"二句，淡化了诗人的主体意识，表达了一种关怀世道时运的淑世情怀。王国维虽然以例证方式彰显了两种表达主题

---

① 参见《自序二》，谢维扬、房鑫亮主编：《王国维全集》第14卷，浙江教育出版社、广东教育出版社，2010年，第121页。
② 《自序》，《王国维全集》第14卷，第119页。
③ 周策纵：《论王国维人间词》，（台北）时报文化企业有限公司，1986年，第36页。
④ 彭玉平：《人间词话疏证》，中华书局，2011年，第389页。

的差异性，但实际上忧生与忧世之间更多的是呈现出一种夹杂状态，难以厘清。

　　验诸王国维自身，他的忧生意识固然侧重在人生的本体上，但其忧生之中实含忧世之心。这一层意思，王国维自己就已经解释得很清楚了。他在《哲学辨惑》一文中便将"人生之问题"具体分化为"宇宙之变化，人事之错综"二端。① 可见，王国维的忧生除了个体生命的独特情怀——"体素羸弱，性复忧郁"之外，也包含着自然宇宙与世间人事。他因为"忧生"而从事于哲学研究，固然希望哲学能为他释去个人之忧患，也希望能给予人类社会留给他的种种疑问以合理的解释并消解掉他对世间的焦虑。他的诗词创作既与他的这一段哲学研究几乎同时，则将其诗词看成是单纯的忧"生"之叹，自然是不全面的。

　　忧生中应该兼涵着忧世，这也是王国维对诗歌的基本定义。在《屈子文学之精神》一文中，王国维借用了席勒"诗歌者，描写人生者"的定义，但王国维认为进入诗歌视野的"人生"有其主观与客观两面。古代诗歌所描写者，"特人生之主观的方面"，所以带来了中国抒情诗的发达和叙事诗的相对滞后。所谓"人生之主观方面"，实际上是强调个性化的情感体验和抒写；而人生之客观方面，除了"自然"的因素之外，还包括对世间社会以及群体感情的关注。他说：

　　　　诗之为道，既以描写人生为事，而人生者，非孤立之生活，而在家族、国家及社会中之生活也。②

　　事实上，王国维在分析中国南、北文学不同的时候，之所以把诗歌作为北方文学之"专有"，正是考虑到诗歌与国家、社会之间纷繁复杂的关系。因为北方派的理想在改作旧社会，所以是"置于当日之社会中"，与南方文学"树于当日之社会外"以创造新社会，形成了明显的区别。"改作"旧社会的过程，必然与相关势力形成种种冲突，凡此皆为诗歌表现之绝好内容。王国维对此言之甚明：

　　　　若北方之人，则往往以坚忍之志、强毅之气，持其改作之理想，以与当日之社会争。而社会之仇视之也，亦与其仇视南方学者无异，或有甚焉。故彼之视社会也，一时以为寇，一时以为亲，如此循环而遂生欧穆亚（Humour）之人生观，《小雅》中之杰作，皆此种竞争之产物也。且北方之人，不为离世绝俗之举，而日周旋于君臣、父子、夫妇之间，此等在在界以诗歌之题目，与以作诗之动机。③

　　王国维这里说诗歌与北方之关系，主要是就战国以前而言的，后世这种南北文学在文

---

① 《王国维全集》第14卷，第7页。
② 《屈子文学之精神》，《王国维全集》第14卷，第99页。
③ 《屈子文学之精神》，《王国维全集》第14卷，第99页。

体上的差异也就越来越小并渐趋泯灭。但撇开南北文学的话题，诗歌与政治社会的关系确实是诗歌无法回避且必须着力表现的问题。这些理论充分说明，王国维的诗歌理论并非着重弘扬孤立封闭之人生，而是强化着家族、国家及社会中之人生。这也意味着，王国维的忧生必然伴随着浓重的忧世情结。

　　不同的个体组成人群，不同的人群构成社会。王国维对群体感情的关注注定了"忧世"在其理论和创作中是不言而喻的一个重要目标。质实而言，王国维对"无我之境"的强调其实也正是要求诗人能从忧生出发而带来更为宏阔的忧世主题。所以，王国维的忧生虽然包括个体的生命，但其实以"人类"为最终目标。王国维在说：

　　　　夫美术之所写者，非个人之性质，而人类全体之性质也。惟美术之特质，贵具体而不贵抽象，于是举人类全体之性质，置诸个人之名字之下……善于观物者能就个人之事实，而发见人类全体之性质。[①]

　　"美术"之中，文学担当着尤为重要的使命。"发见人类全体之性质"的创作理想，使诗人的创作必须突破个体的限制。与此相对应的，他的著名的"出入说"，也可以与"忧生忧世"说形成直接的呼应：入乎其内，侧重在感受个体而具象的生命；而出乎其外，则兼赅群体与抽象的感受。只有群体的意义才能更充分地彰显世间的基本形态。可见从个体到群体，从忧生到忧世，乃是王国维考量人生的基本思路。王国维被誉为"客观的诗人"，大概也是因此。王宗乐说："他所感到的人生的悲哀苦痛不只是个人所有的，而且是世人共有的，所以他的词多思深意苦之作。"[②]王国维的理论与创作的一致性在这一点上是大致平衡的。值得一提的是：王国维的"忧生忧世"说应该受到刘熙载的影响，《艺概》卷二云："《大雅》之变，具忧世之怀；《小雅》之变，多忧生之意。"刘熙载的著述是王国维熟读深玩过的，只是刘熙载从"大小雅"之"变"来区分忧世与忧生的不同，而王国维则从文学主题方面拓展了其内涵而已。

　　世间一直是王国维密切观察和细致考量的对象。早在1904年，他任职于通州师范学堂时，听闻某中学校原与某佛寺相邻，因为扩建的需要，而"以官力兼并寺而有之"。王国维认为从僧侣的角度而言，如此"以强力夺弱者之所有而有之"，堪称"烈于盗贼"。所以他说："故凡侵犯他人之生命、财产、自由者，皆社会所谥为不义，而为全社会之大谬也。"因为"义"是"社会之保障"和"个人之金城"，而王国维眼中当世"正义"之缺乏已经到了令人震惊的地

---

①　《红楼梦评论》，《王国维全集》第1卷，第76页。
②　王宗乐：《苕华词与人间词话述评》，（台湾）东大图书股份有限公司，1986年，第29页。

步。① 而刊于《教育世界》第 117 号的《教育小言十二则》，则充满了对中国教育体制的担忧。略引一则如下：

> 去岁之冬，我中国学界最多事之时代也。于东京，则有留学生多数之停课；于南京，则有苏学生与赣、皖学生之争额；于苏州，则有苏、松太学生与常、镇、淮、扬、徐、海学生之争。……乃以我国最有望、最可爱之学生而所争者如此，此不能不为教育前途惜者也。②

此足可见王国维对世事关切之深。他的《论平凡之教育主义》一文的宗旨也是从"足以理万端之新政"出发的。③ 而他的《去毒篇——雅片烟之根本治疗法及将来教育上之注意》及《人间嗜好之研究》等文，所论话题皆在当世社会之种种弊端，其中所投入的政治关怀也是开卷可见。

二、《人间词》《履霜词》与《苕华词》：
从侧重哲学之思到彰显政治意蕴

"忧世"理论既如上述，那么，词中的王国维是否同样担荷着忧世的精神呢？答案是肯定的。先看其词集名的变迁。王国维的词集初名《人间词》，分甲、乙二稿先后发表于《教育世界》杂志。为何将词集以"人间"命名呢？按照罗振常的说法，是因为王国维"甲稿词中'人间'凡十余见，故以名其词云"。④ 这个说法确实可以在其词集中得到切实的证明。但王国维何以如此密集地使用"人间"一词？其"人间"一词的主要内涵是什么呢？却是需要继续追问的话题。前者当然是因为王国维关心"人生之问题"而导致的。事实上，王国维词中的"人间"有不少是可以直接替换为"人生"的。以此而言，王国维所谓"人间"自然包括忧生的主题，因为"忧与生来讵有端"是王国维反复说明过的。但王国维的"人间"，在绝大部分的语境中，其实是"人世"的意思，这却是需要细加辨明的。如"人间事事不堪凭，但除却无凭两字"（《鹊桥仙》）、"尽撤华灯招素月，更缘人面发花光，人间何处有严霜"（《浣溪沙》）、"人间曙，疏林平楚，历历来时路"（《点绛唇》），等等。这些"人间"用例在意义上都大体指向"人世"。其中有的"人世"还有着非常明确的地域指称。如"人间夜色尚苍苍"（《浣溪沙》）

---

① 参《教育偶感四则·寺院与学校》，《王国维全集》第 1 卷，第 136 页。
② 《教育小言十二则》，《王国维全集》第 14 卷，第 31 页。
③ 《王国维全集》第 1 卷，第 142 页。
④ 罗振常：《〈人间词甲稿序〉跋》，陈平原、王风编：《追忆王国维》（增订本），三联书店，2009 年，第 15 页。

和"人间夜色还如许"（《蝶恋花》）中的"人间"就分别是指北京和苏州。

王国维诗词中的"人间"不仅大部分意为"人世"，而且其诗词中有时就直接用"人间世"一词代替"人间"一词。如"蝉蜕人间世，兀然入泥洹"（《偶成二首》之二）、"潮落潮生，几换人间世"（《蝶恋花》）、"昨夜西窗残梦里，一霎幽欢，不似人间世"（《苏幕遮》），等等。这些用例有力地说明，王国维语境中的"人间"往往就是"人间世"的简称。则以"人间"名词集，其用意可知。"人间词"作为王国维词集名一直持续到 1909 年初。这一年，王国维应吴昌绶之请，以甲、乙两稿为基础，删减若干，并增加了近年所作数词，合为 97 首，仍以"人间词"为名抄示吴昌绶。

1918 年 6 月，应沈曾植之约，王国维以抄本《人间词》为基础，斟酌选录 24 首，而成《履霜词》一集。与前诸种《人间词》刊本、抄本不同，王国维为《履霜词》专作一跋，略述其编选宗旨，并特别提到之所以用"履霜"为名，是因为"所以有今日之坚冰者，非一朝一夕之故矣"。"履霜"一词出自《周易》之坤卦，即所谓"履霜，坚冰至"。"履霜"是指秋日阴气凝结，故步履及霜，而随着季节的自然推移，严冬的"坚冰"也必然而至。坤卦所说重在说明自然规律之不可移易，而王国维借用其词，则显然包含着对国家社会命运的深刻担忧在内。所以，这 24 首词虽然是光绪、宣统年间所作，如果说彼时社会尚属"履霜"的话，则到了 1918 年，不仅清朝消亡已有七年之久，而且距张勋复辟失败也近一年了。"坚冰"已宛然在前。则王国维重编词集并以"履霜"为名，除了有彰显自己的忧世情怀之外，当也有对自己的词居然如此精准地预想到了人世发展轨迹的一种慰藉。故"履霜"一词并非切合 1918 年之时的心境，只是追忆光、宣之间的创作心境而已。需要说明的是，王国维以"履霜"名集，并非兴来神到，突发灵感，而是"履霜"之意久已酝酿胸中。他在 1912 年所作《送日本狩野博士游欧洲》诗中已经感叹地说："履霜坚冰所由渐，麋鹿早上姑苏台。兴亡原非一姓事，可怜惕惕京与垓。"因此一种盘旋横亘的心怀，六年后重编词集，王国维才能独拈"履霜"二字以浑契素来心迹。而且需要强调的是，辛亥之后，履霜、坚冰之感便一直盘桓在王国维心中。1926 年 4 月 15 日，这个时间距离王国维自沉昆明湖不过一年多一点，他在致刘承干信中依然说："一别三年，恍如隔世，履霜之戚，继以坚冰，其间艰难困辱之况与夫书问阔疏之故……"①可见政治变化对他的刻骨之影响。

王国维去世后，罗振玉、赵万里等人编纂的《海宁王忠悫公遗书》外编之《观堂外集》卷四，收录罗福成校本《苕华词》一卷。这是王国维词集的第三个名称。此集并非王国维编

---

① 王国维致刘承干信，未刊，原件藏上海图书馆。

纂,故此集名亦当非王国维自定,但王国维生前既在评论自己词时用过"苕华"的寓意,编集者(很可能是王国维助手赵万里)或许曾接闻王国维绪论,故径以"苕华"名集。"毛诗小序"说《苕之华》一诗,乃是"君子闵周室之将亡,伤己逢之,故作是诗",则"苕华"一诗的忧世意义正是王国维曾经关注的。周策纵虽然将《苕华词》误为王国维自编,但他将"苕华词"的命名与王国维晚年"痛清社之屋,悯外患内乱,生民凋丧"的心境结合起来,倒是得其意旨的。①

以上从王国维三种词集名称的演变来考量王国维的忧世情怀,已可使读者得大致之印象。如果说《人间词》一名尚将忧世之心隐遁在其人生哲学之思背后的话,《履霜词》《苕华词》之名则直接凸显出王国维深沉的家国关怀。而且王国维对词集的更名是在中年之时,此时距填词创作的高峰期已较久,而王国维却将此前沉潜在词中的忧世之意,郑重地在词集名上表露出来,这种在沉淀之后揭出的创作宗旨,也许有着更为稳实的意义。

三、闵时、忧民与伤己:王国维词中的政治隐喻

在王国维的青年时代,他面对的是怎样混乱的世间呢? 此稍检历史就可大致明了,从19 世纪末到 20 世纪初,王国维先后经历了甲午战争、戊戌政变、八国联军侵华、辛亥革命等等。这些战争和变革导引的方向是作为封建文化承载的晚清王朝日趋没落并最终沦亡,西学、新学思潮汹涌而入,政局动荡不息,社会颓然沉沦,人心涣散无依。1918 年,王国维在致罗振玉信中说:"今日百姓,殆所谓佛出世亦救不得者。"②并时有"时事山穷水尽"的感慨。③在在可见其对当世的绝望之心。周策纵曾评论其《浣溪沙》(天末同云)一首"显现世间一切险恶危机与生存挣扎之苦痛"④。此虽非就其词之整体而言,但确实具有一定的代表性,因为无论是在托名樊志厚的《人间词乙稿序》,还是在《人间词话》手稿中,这首《浣溪沙》一直居于被王国维自赏的第一首词。录词于下:

> 天末同云暗四垂。失行孤雁逆风飞。江湖寥落尔安归。　　陌上金丸看落羽,闺中素手试调醯。今宵欢宴胜平时。

这首词带着强烈的象征意味,"云暗四垂""江湖寥落"喻指当时沉闷、压抑甚至凶险的

---

① 《论王国维人间词》,第 36 页。
② 《王国维全集》第 15 卷,第 372 页。
③ 《王国维全集》第 15 卷,第 419 页。
④ 《论王国维人间词》,第 42 页。

社会现实,而失行孤雁则喻指孤独的生命个体,"逆风飞"则是就个体所在的具体而恶劣的生存环境以及其为此所作的艰辛的生存挣扎。上片渲染的情景带着惊恐的意味。下片写人,但这是一群强势而无情的人,所以这孤雁轻易就成为他们的猎物,并最终成为盘中佳肴。而"今宵欢宴胜平时"一句,写尽了强者的冷漠甚至残暴。此词表面上虽然是写雁与人的不同命运,其实是隐喻人类社会人与人之间以强凌弱的普遍现象,而这种现象正是当时政局凌乱的一种反映。佛雏说,这是王国维用他锐利的"天眼"观察并再现出来的"下界众生的罪孽与痛苦的全部真相"①。王国维对纷乱世象的沉重感叹于此可见。

王国维在托名樊志厚的《人间词乙稿序》中曾将《浣溪沙》(天末同云)、《蝶恋花》(昨夜梦中)、《蝶恋花》(百尺朱楼)自誉为"高蹈乎八荒之表,而抗心乎千秋之间",显然非局限于一人一事,而带有对人类及社会命运的普遍而深刻的思考在内。陈鸿祥认为此三词以强者与弱者、富者与贫者、尊者与卑者"构建"了三个不同的"人间"境界②。这种整体把握,我认为是准确的,不过王国维不是在主观"构建",而是在客观"展示"这种笼罩在浊乱政局下的人世,而其宗旨则在展示之外,表达自己对此深重的忧虑情怀。

如果说王国维在自赏《浣溪沙》(天末同云)等词时,只是用"凿空而道,开词家未有之境"③或"意境两忘,物我一体"④这样抽象的语言来表述其忧世之心的话。那么,在1918年王国维新编《履霜词》抄本的最后一词,则直接寄寓了他对世道人心的感叹。王国维在将抄本《履霜词》呈教沈曾植时曾附录一信,特别提及"末章甚有'苕华''何草'之意"⑤。"末章"即如下《浣溪沙》词:

> 已落芙蓉并叶凋。半枯萧艾比墙高。日斜孤馆易魂销。　　坐觉清秋归荡荡,眼看白日去昭昭。人间争度渐长宵。

此词作于北京,时在1908年秋。从"坐觉清秋归荡荡"一句来看,当是秋思主题。不过一般的秋思多写因季节变换而带来的人生短暂的感慨。王国维此词则别开蹊径,通过对秋日景象的对比描写来喻指宛然时处深秋的家国乱象。"魂销"是一阕之眼。这"魂销"不仅缘于"日斜孤馆"所处之境地的落寞,也不仅是面对清秋白日的归去与慢慢长夜煎熬的无奈,更多的是芙蓉并叶齐凋与萧艾半枯攀高形成的对比景象,激发了王国维内心对时局的

① 佛雏:《王国维诗学研究》,北京大学出版社,1987年,第136页。
② 参陈鸿祥:《王国维全传》,人民出版社,2007年,第273页。
③ 《人间词话疏证》,第164页。
④ 《人间词乙稿序》,王国维著、彭玉平评注:《人间词话》,中华书局,2010年,第240页。
⑤ 《王国维全集》第15卷,第73页。

联想和忧虑。正如陈永正先生所说："芙蓉萎谢,萧艾得时,正是清末政治局面的写照。"①但对清末政局的暗喻是一方面,直陈1918年前后王国维的心境才是更切实的。在1917年张勋复辟过程中,王国维的心境也随之起伏,王国维虽然不是实践意义上的复辟派,但在精神上是支持张勋的。张勋复辟失败后,王国维对当时军阀与民国政府曾满怀激愤,披阅这一时期其与罗振玉的通信,尽可见其心迹。1923年张勋去世,王国维时在南书房任上,曾代逊清帝溥仪撰《谕葬张勋碑文》,一方面称赞张勋"功庸著于中外,忠诚贯于日月";另一方面也对一直以来"庶僚之阴谋"深怀痛恨。② 这与其致罗振玉信斥责张勋失败后各派之间"人心险诈,乃至天理尽绝"③,乃同持一心。"人心险诈"的局面与此种对萧艾得时的讽刺,简直是契合无垠。周策纵以"悲天悯人"概括此词主旨,堪称的论。④

　　现在回到王国维致沈曾植信的语境之中。何以王国维要特地说明此首《浣溪沙》有"苕华""何草"之意呢?"苕华"即《苕之华》,"何草"即《何草不黄》,此二篇乃《诗经》"小雅"煞末两篇。前诗面对苕之华而"心之忧矣",忧的是"知我如此,不如无生"。后诗面对何草不黄,而"哀我征夫,独为匪民""朝夕不暇"。二诗大旨在闵时、忧民与伤己而已。"毛诗小序"分别用"大夫闵时"与"下国刺幽王"⑤分论二诗,可谓得之。方玉润以"亡国之音哀以思"拟之,也是读出了诗中浓重的政治感叹。⑥ 王国维将自己的《浣溪沙》词与《苕之华》《何草不黄》二诗联系起来,其用意自是要揭出自己深沉的时世感叹。但此在王国维而言,也是先有对时势类似的看法,然后才与相关的词对应起来。在编定《履霜词》前半年,王国维已经在致罗振玉信中说:"《苕华》《何草》,《小雅》告终,今其时矣。"⑦带着这样的政治判断,王国维才能最终将此《浣溪沙》词的地位特别地擢拔出来。

　　按照王国维的心性,他自然会厌倦这种混浊的时世。他在《平生》诗中曾经说过"人间地狱真无间"这样带着极端情感的话,所以忧世之中,也时有避世之念,"苦求乐土向尘寰"(《杂感》),以自求解脱,只是茫茫人世,王国维难以觅到可以安心栖居的地方而已。我们可以对勘他刚到北京入职学部不久后的一首《浣溪沙》词:

　　　　七月西风动地吹。黄埃和叶满城飞。征人一日换缁衣。　　　　金马岂真堪避世,海

---

①　王国维著,陈永正笺注:《王国维诗词笺注》,上海古籍出版社,2011年,第564页。
②　《王国维全集》第14卷,第705—706页。
③　《王国维全集》第15卷,第309页。
④　《论王国维人间词》,第5页。
⑤　毛公传,郑玄笺,孔颖达等正义,黄侃经文句读:《毛诗正义》,上海古籍出版社,1990年,第525、526页。
⑥　参方玉润撰,李先耕点校:《诗经原始》,中华书局,1986年,第472页。
⑦　《王国维全集》第15卷,第365页。

鸥应是未忘机。故人今有问归期。

上片三句言京城秋景的凌乱污浊十分形象。所以说开头两句"隐喻当时不稳定的政治局面"①，或者说"黄埃"一句是当时"政治气候的写照"②，都切合着王国维的创作心境。而下片流露出来的避世而不能的无奈，也可见出其对时局的失望心情。其实，在类似的失望之余，王国维或"驰怀敷水条山里，托意开元武德间"（《杂感》），让想象行走在惬意的历史中；或以梦境的方式虚构其理想的生存世界。如其《点绛唇》词，以"梦中昨夜扁舟去"一语带出"萦回岛屿，中有舟行路""波上楼台，波底层层俯"的迷离、巍峨而梦幻的世界。但现实既不堪，梦境也同样难以接近。此词以"断崖如锯，不见停桡处"结尾，足见其将现实的无力感也同样带进了梦里。则王国维不仅忧虑现实之世界，而且忧虑虚构之梦境。

萧艾应该是较早从整体上关注王国维词中政治情怀的学者之一，其《王国维诗词笺校》曾多次揭出其诗词中的忧世特点，如评说《浣溪沙》中"人间夜色尚苍苍"一句，"殆有感于朝政之暗昧邪"。③　又评《浣溪沙》（山寺微茫背夕曛）说："予以为词旨即屈子众醉独醒之意。于此，弥见斯人忧世之深。"④等等，皆是其例。评诗也多类此，如评《题梅花画箑》"梦中恐怖诸天堕，眼前尘埃百斛强"云："……况此污浊世界亦未必久长乎。梦中恐怖，诸天欲堕。诗人忧世之怀，殆无涯际。"⑤此不烦一一例举。试再看一词《蝶恋花》：

> □地重帘围画省。帘外红墙，高与银河并。开尽隔墙桃与杏。人间望眼何由骋。　　举首忽惊明月冷。月里依稀，认得山河影。问取嫦娥浑未肯。相携素手层城顶。

此词的政治隐喻就更明显。王国维在词中简直是直陈自己的政治抱负，希望能与嫦娥携手到天帝所在的层城顶（朝廷）。但王国维身处在"□地重帘"以及帘外高及银河的"红墙"之中，桃杏虽然开尽，风华却在"隔墙"，他其实不闻春色。"人间望眼何由骋"，写尽其黯然孤寂之意。作者转而寄望于月中山河，但携手的愿望也被嫦娥"浑未肯"。有学者将王国维的这种对理想的憧憬和现实的困顿与当时的立宪风潮结合起来⑥，或可备一解，但似著实了。不过其中的政治内涵确实是脉息可感的。

由以上之分析，可见年轻时期的王国维并未疏远政治，且时时涌动着不羁的政治遐想。

---

① 《王国维诗词笺注》，第 486 页。

② 参祖保泉：《王国维词解说》，安徽教育出版社，2006 年，第 220 页。

③ 萧艾：《王国维诗词笺校》，湖南人民出版社，1984 年，第 121 页。

④ 《王国维诗词笺校》，第 150 页。

⑤ 《王国维诗词笺校》，第 10 页。

⑥ 参见《王国维诗词笺注》，第 472 页。

不过,王国维的想象更多地体现在对清明政治的憧憬上,并非刻意追求个人政治命运的辉煌。明乎这一点,就能理解为什么王国维早年对政治及政治家带着明显的排斥情绪,而其自身创作却浸染着政治色彩的原因所在。其《人间词话》云:

> "君王枉把平陈业,换得雷塘数亩田",政治家之言也;"长陵亦是闲丘陇,异日谁知与仲多",诗人之言也。政治家之眼,域于一人一事;诗人之眼,则通古今而观之。词人观物,须用诗人之眼,不可用政治家之眼。①

王国维只是反对在诗词中明确表达其"域于一人一事"的政治目的,并非主张诗人回避抨击政治、忧患时事的话题。事实上,"长陵"二句也关乎政治的,只是超乎具体人事之外而已。他自己词中的政治隐喻也是不一而足,此仅以上面简略分析已可见一斑。"可怜心事太峥嵘"(《鹧鸪天》)。随着阅历的增长,王国维的忧世之念也与日俱增。1919 年,他在《沈乙庵先生七十寿序》中就曾称赞沈曾植"其忧世之深,有过于龚、魏"。在《东山杂记》中,王国维也认为沈曾植《秋怀》三首中的第一首"见忧时之深"。凡此都可见出"忧世"说在王国维诗学观念中的重要意义。

四、余论:政治纬度与王国维文学之精神

对晚清朝廷的失望与对民国政府的抗拒,都是王国维心志中亟须注意的地方。他一方面钻研着中西方哲学,以寻求个人生命的价值和意义;另一方面,他又深切地关怀着当世,以诗词表露着自己对政治时局的忧世之情。相比词的隐约婉转,王国维诗歌的政治色彩更浓厚,也更直接,除了《颐和园诗》《送日本狩野博士游欧洲》《蜀道难》所谓"壬子三诗"以及《隆裕皇太后挽歌辞九十韵》等明确的政治主题之外,他还在很多诗歌中直陈自己鲜明的政治态度。如其《读史二绝句》之一云:"楚汉龙争元自可,师昭狐媚竟如何? 阮生广武原头泪,应比回车痛哭多。"诗中痛洒悲泪的阮籍背后,当然隐着王国维的影子。而"师昭狐媚"云云显然以司马师、司马昭阴谋篡魏事喻指袁世凯以欺诈手段逼迫清帝退位之事。则从政治角度审察其诗词,乃是不可忽略的重要途径。其实,王国维在忧世之际,也颇多救世的雄心。其早年钻研西方哲学,也是为了能在中国进行一场新的思想革命。② 其《人间词话》之所以不避偏锋,恣意而言,也是因为怀着"因时而起,岸然救弊"③的动机在内。这也正是我

---

① 《人间词话疏证》,第 335—336 页。
② 罗振玉曾有此评。参刘蕙孙:《我所了解的王静安先生》,《追忆王国维》(增订本),第 459 页。
③ 《人间词话疏证·自序》,《人间词话疏证》,第 2 页。

们在衡量王国维词学的理论价值之时，不能忽略其现实意义的原因所在。哲学与文学固然需要互相参证，才能看清王国维所谓"人生之问题"的基本内核；而在文学之中，也需要将忧生之念与忧世之心合并来看，才能见出王国维文学之全部精神。

《全宋词补辑》校勘摭误

任德魁（南开大学文学院）

　　唐圭璋先生编纂的《全宋词》是词学研究至为重要的参考文献。由于成书较早，一些后出文献未能引及。20 世纪 80 年代初，孔凡礼先生以明抄本《诗渊》为主辑出《全宋词》未收的佚作四百三十余首，辑为《全宋词补辑》一书（中华书局 1981 年版）。该书补《全宋词》之所未备，具有同样重要的文献价值。但是词作辑佚必然伴随着辨伪与校勘工作，稍有不慎，便可能使明珠减价、白璧生瑕。尤其是《诗渊》这样的孤本，别无他本可校，读者难于复核原书，一旦因辑佚者自身疏忽而产生文字误辨、误植的问题，纵属小疵，亦很难发现，更无从厘正。例如下文所举毛滂《沁园春》（左元仙伯）词"正在在春风不夜城"句，《全宋词补辑》误作"正在春风下，不夜城"，《增订注释全宋词》便直承其误[①]，《词牌格律》一书更据以认为"毛滂'左元仙伯'作'正在东风下不夜城'，纯粹用字数填充，可谓不伦不类"[②]，实在是厚诬古人。与此类似，以往叶嘉莹先生大作出版时，有的编辑亦往往将先生所用"在在"一词删除或改掉，以致有失原文风致。由于客观条件的限制，《全宋词补辑》在辑佚过程中，未能从容细校，出现不少文字讹误。目前已有多位学者从不同角度为之纠谬正误。如刘凯鸣《〈全宋词补辑〉校语辨正》（载于《文史》第 28 辑）、罗忼烈《关于〈全宋词补辑〉》（原载香港《大公报·艺林》新 623 期，后收入《词学杂俎》）、张朝范《〈全宋词〉误辨与存疑——兼辨〈全宋词补辑〉》（载于《贵州文史丛刊》1993 年第 3 期）诸文。

　　1999 年，《全宋词》推出简体横排版，书前《改版重印说明》云："孔凡礼先生辑《全宋词补辑》一书，这次经过本人重新加以订补，收入本书正编之后。"经孔凡礼先生亲自校订之后，该书质量得到了较大的提高。但明抄本《诗渊》俗字较多，有的地方缮写不够工整，一些潦草墨重之处文字辨识也比较艰难，新校订本仍有不少遗留问题尚未发现。许隽超《有关新版〈全宋词〉的几个问题》（《文学遗产》2002 年第 5 期）曾指出《全宋词补辑》三处校勘问题，

---

①　朱德才主编：《增订注释全宋词》第一卷，文化艺术出版社，1997 年，第 641 页。
②　羊基广编著：《词牌格律》，巴蜀书社，2008 年，第 656 页。

拙著《词文献研究》(南开大学出版社 2010 年版)亦从词作辑佚的角度例举出其各方面的问题。凡以上诸文已指出的错误,此处不再列出。孔凡礼先生已于简体横排本《全宋词》中校订过的 19 条旧版错误亦不再列出。谨将其未涉及者依《全宋词补辑》次序汇列于下(为节约篇幅,将书目文献出版社影印本《诗渊》的页码列于首句之后,《全宋词补辑》简称为《补辑》),敬俟方家指正:

1.毕大节《满庭芳》(玉笋高华,诗渊 4555)词首句,《补辑》第 1 页、简体横排版《全宋词》第 4965 页讹“高”作“京”。

2.毕大节《满庭芳》(井络储精,诗渊 4629)词“莫皆下”句,《补辑》第 1 页、简体横排版《全宋词》第 4629 页讹“皆”作“背”,并附按语云:“案:背似应作阶。”明抄本《诗渊》原即作“皆”,同“堦”。

3.王观《减字木兰花》(百年能几,诗渊 4618)词“似蚁巡环无了日”句,《补辑》第 6 页、简体横排版《全宋词》第 4971 页讹“蚁”作“数”。此化用人生如蚁旋磨之典,不当作“数”。

4.仲殊《满庭芳》(三月迟迟,诗渊 4569)词“一时倒断”句,《补辑》第 10 页讹“倒断”作“倾倒”,简体横排版《全宋词》第 4976 页已改正。明抄本《诗渊》“来岁又东风”句,《补辑》、简体横排版《全宋词》皆误脱“来”字。

5.仲殊《醉蓬莱》(报一阳初动,诗渊 4593)词“书殿仪形”句,《补辑》第 10 页、简体横排版《全宋词》第 4976 页讹“殿”作“展”。

6.仲殊《踏莎行》(峻岳储灵,诗渊 4607)词“松椿愿副况延心”句,《补辑》第 10 页、简体横排版《全宋词》第 4977 页“延”字作异体,明抄本《诗渊》“延”字并无特异之处。

7.仲殊《柳垂金》(中春天气禁烟暖,诗渊 4609)词“宝香凝非锦筵红”句,《补辑》第 11 页、简体横排版《全宋词》第 4978 页误于“宝”下衍“雾”字。

8.仲殊《念奴娇》(延陵福绪,诗渊 4535)词“留与入歌吟”句,《补辑》第 12 页、简体横排版《全宋词》第 4979 页脱“与”字,误作“留入歌吟”。

9.仲殊《步蟾宫》(凤帘舞带花铺绣,诗渊 4610)词,《补辑》第 13 页、简体横排版《全宋词》第 4980 页讹“千金”作“千秋”。

10.毛滂《沁园春》(左元仙伯,诗渊 4513)词“正在在东风不夜城”句,《补辑》第 14 页误作“正在东风下,不夜城”,脱一“在”字,又衍“下”字。简体横排版《全宋词》第 4981 页删去衍字,改注为缺字,作“正在东风□,不夜城”。其实《诗渊》并无讹脱,“在在”即“随处”之意,意指京城无处不东风。杨万里《明发南屏》诗云:“新晴在在野花香,过雨迢迢沙路长。"①

11.吴则礼《多丽》(听新蝉,诗渊4568)词"光彩动星躔"句,《补辑》第16页、简体横排版《全宋词》第4984页讹"光彩"作"九彩"。

12.吴则礼《玉楼春》(我公两器兼文武,诗渊4619)词"我欲形容无妙语""望公聊比泰山云"二句,《补辑》第17页、简体横排版《全宋词》第4985页讹"妙语"作"妙识",改"泰"作"太"。另外,将"赤兒绣裳今仲父"句第二字辨为"兒",此字依词律当为仄声,实际上是"舄"字的讹写。"赤舄",出自《诗·豳风·狼跋》:"公孙硕肤,赤舄几几。"

13.吴则礼《清平乐》(瀛洲春酒,诗渊4628)词"月照沙堤春傍柳"句,《补辑》第17页、简体横排版《全宋词》第4985页讹"傍"作"榜"。

14.吴则礼《清平乐》(庆钟华胄,诗渊4629)词"朝罢章街骄马骤"句,《补辑》第17页、简体横排版《全宋词》第4985页讹"章街"作"章华"。

15.张伯寿《临江仙》(家住清湘云外窟,诗渊4612)词"竹林风味正相关"句,《补辑》第19页讹"相关"作"相联",简体横排版《全宋词》第4987页已改正。但"横膝看鳌翻"句讹"横膝"作"拱膝",仍未纠正。

16.曹宰《喜迁莺》(皇都春早,诗渊4564)词"看陈思名族,平阳华裔""与湖山同永,松椿同茂"数句,明抄本《诗渊》之"华"字较难辨认,《补辑》第20页、简体横排版《全宋词》第4988页误辨作"革"。又讹"茂"作"寿"。

17.曹宰《喜迁莺》(梅含春信,诗渊4589)词"蓂开九叶""争捧觥筹频劝"二句,《补辑》第20页、简体横排版《全宋词》第4989页讹"蓂"作"萱"、讹"觥筹"作"觥觞"。

18.叶景山《感皇恩》(春水满池塘,诗渊4615)词"春衫香暖,春曲遏云声透"二句,《补辑》第22页、简体横排版《全宋词》第4991页讹"香暖"作"春暖",讹"春曲"作"春回"。

19.李商英《醉蓬莱》(庆明良相遇,诗渊4513)词首句、"只恐看看蒲轮"句,《补辑》第23页、简体横排版《全宋词》第4992页讹"明良"作"朋良"、讹"看看"作"看着"。

20.李商英《洞仙歌》(腊残寒峭,诗渊4548)词,《补辑》第23页、简体横排版《全宋词》第4992页讹"端知"作"瑞知",并造成断句错误。

21.李商英《洞仙歌》(霓旌绛节,诗渊4548)词"下云衢"句,《补辑》第23页误脱"下"字,简体横排版《全宋词》第4993页已改正。首句"绛节"误作"降节",仍未改。

---

① 杨万里撰、辛更儒笺校:《杨万里集笺校》卷二四,中华书局,2007年,第1240页。

22.李商英《胜胜慢》(笙簧缭绕,诗渊4613)词"佳人对舞前,绣帘高卷"二句,《补辑》第24页、简体横排版《全宋词》第4993页误乙"前绣帘"作"绣帘前"。"佳人对舞前"句有缺字,疑为"佳人对舞□前",若误乙则无从考索矣。

23.李商英《胜胜慢》(香浮椒柏,诗渊4616)词"挂冠归、水晶城郭"句,《补辑》第24页、简体横排版《全宋词》第4993页讹"挂冠"作"排冠"。

24.马伯升《水调歌头》(瑞应杉溪县,诗渊4507)词"散作一同和气""管敢凤池新命"二句,《补辑》第25页讹"一同"作"一团",简体横排版《全宋词》第4994页已改正。又改"管敢"作"管取",未出校语。

25.陈克《西江月》(捣玉扬珠万户,诗渊4507)词"借问优游黄绮"句,《补辑》第25页、简体横排版《全宋词》第4995页讹"绮"作"倚"。"黄绮"指汉代商山四皓夏黄公、绮里季等人。

26.陈克《鹧鸪天》(风露绢绢玉井莲,诗渊4600)词"早送夔龙向日边"句,《补辑》第25页讹"向日边"作"到日边",简体横排版《全宋词》第4995页已改正。"香作穗"句,讹"香"作"青",仍未改正。

27.陈克《南歌子》(凤髻飞醇酎,诗渊4621)词"龙涎喷异香"句,《补辑》第26页、简体横排版《全宋词》第4995页讹"龙涎"为"龙筵"。

28.陈克《南歌子》(爱日烘晴昼,诗渊4621)词"仙佩珊珊来自、五云乡"句,《补辑》第26页、简体横排版《全宋词》第4995页误辨"佩"作"风",实为"佩"字异体。此词又见元好问《遗山先生新乐府》卷五,正作"仙佩珊珊"(见于《全金元词》第129页)。

29.莫蒙《瑞庭花引》(对画帘卷,诗渊4592)词"秦蛾唱"句,《补辑》第27页、简体横排版《全宋词》第4997页改"秦蛾"作"秦娥",未出校语。

30.莫蒙《江城子》(秋堂风露月初弦,诗渊4617)词"试金丹"句,《补辑》第27页、简体横排版《全宋词》第4997页误作"紫金丹"。

31.严抑《洞仙歌》(云车鹤盖,诗渊4548)词,《补辑》第28页、简体横排版《全宋词》第4999页于"从碧落"句后误衍"吹"字,讹"泳恩波"作"咏恩波",改"愿有酒如绳"作"原有酒如渑"。

32.张浚《南乡子》(迟日蕙风柔,诗渊4615)词"已见眉间浮喜气",《补辑》第29页、简体横排版《全宋词》第5001页讹"已见"作"已向"。

33.铜阳居士《满庭芳》(良月霜清,诗渊4632)词"真贤降、金璧生辉"句,《补辑》第31页讹"真贤"作"真金",简体横排版《全宋词》第5004页已改正,"相对爇青藜"句讹

"蓺"作"熟",仍未改正。

34.李朴《庆清朝》(晓庭天离,诗渊4512)词"醉挹寿乡春色"句,《补辑》第32页、简体横排版《全宋词》第5005页讹"寿乡"作"寿卿"。

35.温镗《少年游》(东风先报上林春,诗渊4608)词"金鼎待调羹"句,《补辑》第32页、简体横排版《全宋词》第5005页讹"待"作"侍"。此用《尚书》"若作和羹,尔惟盐梅"之典,喻宰辅乃治世调和之器,并非侍奉他人"调羹"。

36.芮烨《念奴娇》(化工着意,诗渊4629)词"谪仙风貌"句,《补辑》第33页、简体横排版《全宋词》第5007页讹"风貌"作"飞貌"。

37.张抡《满庭芳》(威彻冰河,诗渊4540)词"绿鬓映貂蝉"句,《补辑》第37页、简体横排版《全宋词》第5011页讹"映"作"影"。

38.无名氏《水调歌头》(八月秋欲半,诗渊4591)词"闻早挂逢冠""笑指横空舟壑"二句,《补辑》第39页、简体横排版《全宋词》第5013页改"逢冠"作"逢冠"、讹"舟壑"作"丹壑"。

39.范成大《洞仙歌》(碧城风物,诗渊4603)词"料仙人扴项"句,《补辑》第42页、简体横排版《全宋词》第5018页改"扴项"作"扴顶",未出校语。

40.范成大《满江红》(天气新晴,诗渊4620)词"朝雨过、湔裙水上,柳丝风袅。却忆去年今日事,桃花人面依前好"数句,《补辑》第43页、简体横排版《全宋词》第5019页脱"朝""事"二字,导致断句全误。并讹"喷香"作"喷首",讹"仙翁"作"山翁"。黄畲《石湖词校注》(齐鲁书社1989年版)同误。

41.范成大《清平乐》(何须轻举,诗渊4623)词"不假岗陵寿□"句,《补辑》第43页、简体横排版《全宋词》第5019页将"寿□"互乙作"□寿"。

42.张孝祥《南歌子》(俭德仁诸族,诗渊4594)词"看取茗花浮玉鉴齐精"句,《补辑》第44页、简体横排版《全宋词》第5021页讹"茗"作"名"。"宝篆融融满,流细细倾"二句,后句缺一字,很可能为"流霞细细倾",《补辑》、简体横排版《全宋词》于"流"前补"□",似不如补于其后为妥。

43.卫时敏《念奴娇》(春风桃李,诗渊4588)词,《补辑》第45页、简体横排版《全宋词》第5021页"玉扈尧殿"前衍"上"字,误作"上玉扈尧殿"。

44.高伯达《汉宫春》(绛阙朝元,诗渊4536)词"朱轮来与蕃宣"句,《补辑》第46页、简体横排版《全宋词》第5022页误脱"朱轮"二字。

45.郝子直《喜迁莺》(风云际会,诗渊4503)词"采石救危鏖战"句,《补辑》第46页、简体横排版《全宋词》第 5023 页讹"救"作"扶"。

46.陈之贤《满江红》(人物英雄,诗渊 4620)词"况相门出相"句,《补辑》第 48 页讹"出相"作"出将",简体横排版《全宋词》第 5025 页已改正。唯"清原屡启舟中誓"句,讹"屡"作"宴",尚未改正。

47.陈之贤《念奴娇》(炎精昌运,诗渊 4630)词"须信衮衮公侯"句,《补辑》第 48 页、简体横排版《全宋词》第 5025 页讹"须"作"预"。

48.丁求安《踏莎行》(风卷霜浓,诗渊 4567)词"云旗雨盖连车马"句,《补辑》第 48 页、简体横排版《全宋词》第 5025 页讹"雨"作"羽"。

49.赵师律《念奴娇》(镜天露洗,诗渊 4507)词"鸟啼花影"句,《补辑》第 49 页、简体横排版《全宋词》第 5026 页讹"影"作"散"。

50.赵师律《齐天乐》(重阳还近秋光好,诗渊 4617)词"妆点晴昼"句,《补辑》第 49 页、简体横排版《全宋词》第 5026 页讹"晴"作"时"。

51.辛弃疾《水调歌头》(簪履竞晴昼,诗渊 4621)词"凤管檀槽交奏"句,《补辑》第 51 页、简体横排版《全宋词》第 5028 页讹"檀槽交奏"作"檀糟交泰"。

52.钱处仁《念奴娇》(勋门积庆,诗渊 4517)词"中使传宣颁锡赏"句,《补辑》第 52 页、简体横排版《全宋词》第 5029 页于"颁"下误衍"赐"字,导致断句错误。

53.李焕《喜迁莺》(风云嘉会,诗渊 4592)词"间史乡来曾记"句,《补辑》第 53 页、简体横排版《全宋词》第 5030 页讹"乡来"作"卿来"。

54.林伯镇《蝶恋花》(破腊星回春可数,诗渊 4535)词"岳降神生甫"句,《补辑》第 53 页、简体横排版《全宋词》第 5031 页讹"甫"作"再"。

55.陈勇《水调歌头》(明月双溪上,诗渊 4529)词"寿算等河沙"句,《补辑》第 54 页、简体横排版《全宋词》第 5032 页讹"河"作"胡"。

56.甄良友《感皇恩》(华表鹤重来,诗渊 4537)词"主圣臣贤万千岁"句,《补辑》第 55 页、简体横排版《全宋词》第 5033 页脱"万"字,作"主圣臣贤千岁"。

57.甄良友《水调歌头》(直节傲山雪,诗渊 4572)词"更有江梅实"句,《补辑》第 56 页、简体横排版《全宋词》第 5034 页讹"江"作"红"。

58.甄良友《菩萨蛮》(希夷本是儒宗祖,诗渊 4606)词首句,《补辑》第 56 页、简体横排版《全宋词》第 5034 页讹"宗祖"作"先祖"。

59.甄良友《蝶恋花》(照水绮霞明木杪,诗渊 4631)词"正是一年秋色好"句,《补辑》第 56 页讹"色"作"光",简体横排版《全宋词》第 5034 页已改正。"洞中日月无昏晓"句讹"无"作"天",仍未改正。

60.黄仁杰《贺新郎》(垛翠云峰远,诗渊4535)词首句、"庆卯金仙子""琼舟教劝""愿得调元勋叶就"数句,《补辑》第57页、简体横排版《全宋词》第5035页讹"峰"作"蓬",讹"庆卯金"作"度卯金",讹"教劝"作"权劝",讹"勋叶"作"勋业"。

61.黄仁杰《醉蓬莱》(记征鸿归候,诗渊4565)词"令祝公眉寿"句,《补辑》第58页、简体横排版《全宋词》第5037页讹"令"作"会"。

62.黄仁杰《贺新郎》(晚色收梅雨,诗渊4591)词首句,《补辑》第59页、简体横排版《全宋词》第5038页讹"晚"作"晓"。

63.黄仁杰《满江红》(腊近嘉平,诗渊4622)词"更与问、霜前甘泽""是武夷六六洞天中"二句,《补辑》第62页、简体横排版《全宋词》第5041页讹"与"作"为"、讹"天"作"王"。

64.黄仁杰《贺新郎》(逗晓晴烟敛,诗渊4623)词"王枝汗"句,《补辑》第62页讹"王"作"雪",简体横排版《全宋词》第5042页已改正。又"眷着梅梢尚浅"句讹"眷"作"卷",并加按语云:"按当为'眷'。"其实明抄本原即作"眷"。又"醉入无何休莫间"句讹"间"作"问",仍未改正。

65.黄仁杰《鹧鸪天》(瑞霭朝迷紫极宫,诗渊4600)词"臂强方解挽雕弓"、"银符玉帐青毡在"二句,《补辑》第63页、简体横排版《全宋词》第5043页讹"弓"作"功"、"青"作"轻"。

66.黄仁杰《虞美人》(瑶台夜冷清霜冱,诗渊4606)词首句,《补辑》第63页、简体横排版《全宋词》第5043页讹"清霜冱"作"清霜泣"。

67.俞国宝《临江仙》(落落五湖三岛客,诗渊4551)词首句,《补辑》第67页、简体横排版《全宋词》第5047页作"落落江湖三岛",脱去"客"字,讹"五"作"江"。

68.俞国宝《蓦山溪》(木犀开了,诗渊4589)词"一笑对西风""晚丝簟奏"句,《补辑》第67页讹"西"作"东"、误衍"晚"字,简体横排版《全宋词》第5047页已改正。然"星河晚"句"晚"字误作"晓",仍未改正。该字明抄本《诗渊》作"晚",实为"晚"字异体,又见于《宋元以来俗字谱》引《取经诗话》《太平乐府》《娇红记》①。

69.陈晔《满庭芳》(翠竹阴团,诗渊4595)词"玉清山藉"句,《补辑》第69页、简体横排版《全宋词》第5050页改"藉"作"籍",未出校记。

---

① 刘复、李家瑞编:《宋元以来俗字谱》,文字改革出版社,1957年,第53页。

70. 俞国宝《临江仙》(春到江南江北了,诗渊 4610)词"东皇未试花权""满捧一杯听细祝"二句,《补辑》第 67 页讹"试"作"识"、讹"祝"作"说",简体横排版《全宋词》第 5047 页已改正。然"却将闲日月"句,讹"却"作"都",仍未改正。

71. 俞国宝《念奴娇》(云收雾敛,诗渊 4631)词"只恐君王""蓬山日醉"二句,《补辑》第 68 页、简体横排版《全宋词》第 5048 页讹"恐"作"怨",讹"山"作"仙"。

72. 陈晔《醉蓬莱》(算当年紫府,诗渊 4596)词"朱颜长喜"句,《补辑》第 69 页、简体横排版《全宋词》第 5050 页讹"长"作"见"。

73. 卑叔文《喜迁莺》(春回天际,诗渊 4542)词"亘古擅今忠义""庙食真杨"二句,《补辑》第 70 页、简体横排版《全宋词》第 5051 页讹"擅"作"抚"、改"杨"作"扬"。

74. 王罙高《水调歌头》(千枝蔓仙牒,诗渊 4564)词"讴颂闹儿童"句,《补辑》第 72 页讹"讴颂闹"作"讴歌颂",简体横排版《全宋词》第 5054 页已改正。然"貂弁黑头公"句讹"黑"作"马",仍未改正。

75. 华岳《水调歌头》(万里楚天阔,诗渊 4611)词"圆欠常娥一夜""今日范滂刘晏"二句,《补辑》第 76 页、简体横排版《全宋词》第 5058 页改"常"作"嫦"、讹"晏"作"宴"。

76. 赵希蓬《瑞鹧鸪》(把定离觞不肯斟,诗渊 4096)词"班是阿谁泪染成"句,《补辑》第 77 页、简体横排版《全宋词》第 5059 页讹"泪"作"旧"。按:此词在《诗渊》中未署作者,列于赵希蓬《瑞鹧鸪》(长亭无语对孤斟)词前,依《华赵二先生南征录》华唱赵和的编次体例,当为华岳所作。①

77. 赵希蓬《瑞鹧鸪》(长亭无语对孤斟,诗渊 4096)词首句,《补辑》第 77 页、简体横排版《全宋词》第 5059 页讹"语"作"路"。

78. 赵希蓬《满江红》(休羡莺花,诗渊 4101)词"毫染处"句,《补辑》第 78 页、简体横排版《全宋词》第 5061 页误作"染豪处",讹一字、乙一处。

79. 赵希蓬《菩萨蛮》(何人四座环歌扇,诗渊 4105)词"平生有眼何曾见"句,《补辑》第 79 页、简体横排版《全宋词》第 5062 页讹"眼"作"限"。

80. 赵希蓬《满江红》(海阔何人,诗渊 4605)词"露凝霜结"句,《补辑》第 80 页讹"结"作"洁",简体横排版《全宋词》第 5063 页已改正。又"刚不比""唯如积"二句讹"比"作"北"、讹"唯"作"堆",仍未改正。

81. 方岳《水调歌头》(老子兴不浅,诗渊 4628)词"吾年今已如此"句,《补辑》第 83

---

① 任德魁:《词文献研究》,南开大学出版社,2010 年,第 111 页。

页、简体横排版《全宋词》第 5067 页讹"吾"作"五"。

82.郭子正《永遇乐》(多积阴功,诗渊 4614)词"量远夔龙居后"句,《补辑》第 84 页、简体横排版《全宋词》第 5071 页讹"远"作"运"。

83.汪元量《太常引》(广寒宫殿五云边,诗渊 4535)词"乐指沸华筵"句,《补辑》第 88 页、简体横排版《全宋词》第 5076 页讹"筵"作"年"。《全宋词汇评》同误①。

84.汪元量《婆罗门引》(一生富贵,诗渊 4624)词,词题作"四月八谢太后庆七十",《补辑》第 88 页、简体横排版《全宋词》第 5076 页于"八"下误衍"日"字。

85.丁仲远《醉蓬莱》(正霜融日暖,诗渊 4555)词"预回春气"句,《补辑》第 91 页讹"春"为"天",简体横排版《全宋词》第 5080 页已改正。然而误脱词题"寿太守",且"后苑疏梅,早数枝开就"二句,于"早"下误衍"放"字,均未改。

86.陈晔《鹧鸪天》(内乐清虚息万缘,诗渊 4600)词,《诗渊》作者题为"宋陈日华",《补辑》第 98 页、简体横排版《全宋词》第 5089 页讹"华"为"章",误作"陈日章"。考宋人陈晔字日华。《中国词学大辞典》"陈晔"条下称"《诗渊》第二十五册存词四首"②,包括此词实当为五首。

87.徐去非《满庭芳》(凤历书元,诗渊 4620)词"飘洒流酥满盏,浑凝醉、月影蓬莱"二句,《补辑》第 102 页、简体横排版《全宋词》第 5094 页作"飘洒风流酥满盏,浑疑醉,月影蓬莱",衍"风"字,讹"凝"为"疑"。又末句"点化尽多材",讹"材"作"才"。

88.陆汉广《江城子》(绿阴庭院燕莺啼,诗渊 4615)词"风过彩云低"句,《补辑》第 103 页讹"风"作"声",简体横排版《全宋词》第 5096 页已改正。然首句讹为"绿阴"为"绿莺",仍未改正。

89.去非《满庭芳》(龙角辉春,诗渊 4632)词"蛾眉惊晓"句,《补辑》第 106 页、简体横排版《全宋词》第 5100 页讹"蛾眉"作"蛾春",又"传芳畹圃"句讹作"传香芳畹""从教曼倩"句讹"教"作"今"。此词结语《补辑》、简体横排版《全宋词》作"蟠桃宴,从今曼倩,三骋奇材",于"三"字后注云:"按'三'下,不知为何字,上半不清,下半为'稿'。"今按:此句为用典,用《汉武故事》所载东方朔三次偷食蟠桃之事。检《诗渊》影印本,此字上半为"雨",再结合典故、词意,可以确定是"窃"字的讹写。此词结语当为:"蟠桃宴,从教曼倩,三窃骋奇材。"

90.黄庭佐《水调歌头》(露着桂枝晓,诗渊 4510)词"南北两峰峙"句,指临安西湖边

① 吴熊和主编:《唐宋词汇评·两宋卷》,浙江教育出版社,2004 年,第 3951 页。
② 马兴荣等主编:《中国词学大辞典》,浙江教育出版社,1996 年,第 101 页。

的南高峰、北高峰。《补辑》第 106 页、简体横排版《全宋词》第 5101 页讹"南"作"西"。

由以上九十首词的校勘成果综合来看,《全宋词补辑》与其辑佚所据底本——明抄本《诗渊》相校,产生了较多的文字讹误。此外,《补辑》还存在不少作品误辑、作者失考、断句错误等问题,笔者将另文详述。

校勘虽是细事,没有足够的积累、不下很大的功夫也是很难臻于完善的。叶先生平日上课,经常会就一些诗词的异文提请听课者思考,而先生也总能以最为精当恰切的分析给出答案,如佛言"譬如食蜜,中边皆甜",闻之者无不欢喜赞叹。然而正如清代学者章学诚在《文史通义·答客问》中所说:"由汉氏以来,学者以其所得,托之撰述以自表见者,盖不少矣。高明者多独断之学,沉潜者尚考索之功。天下之学术,不能不具此二途。"①在古典文学研究中,试问能有几人具备如叶嘉莹先生般高明独断的学养与识见? 既然如此,那么我们又有什么理由不去脚踏实地、实事求是地沉潜考索呢?

---

① 章学诚著、叶瑛校注:《文史通义校注》,中华书局,1985 年,第 477 页。

立足文本，走出误区

——新世纪词学研究之我见

施议对（澳门大学中文系）

有关词学研究问题，于新旧世纪之交，本人已有一系列文章，表达观感。但这一问题，各有所见，各有坚持，仍非几篇文章，能够说得清楚，并让别人认同自己的看法。因借助 A 君和 B 君于濠上对谈，再次申述自己的见解，以供讨论与批判。

一、词学观念问题

A：新世纪的词学研究，从 1995 年算起，至今已经历十七个年头。依据你在《百年词学通论》中的论述，这应是新世纪的另一个开拓期。这一时期，随着上世纪词学蜕变的终结，五代传人的历史使命已经完成；新世纪，新的开拓期，新一代王（鹏运）、郑（文焯）、朱（祖谋）、况（周颐），相继登场。于你之见，新与旧相比较，不知应如何评判？

B：就历史发展进程看，20 世纪词学，由晚清而民国，由民国而共和，统共经历三个时期，两次过渡。三个时期，分别是开拓期、创造期及蜕变期；两次过渡，包括由古到今的过渡以及由正到变的过渡。进入新世纪所面临的问题，首先应当是，如何由变到正的过渡问题。在很大程度上讲，这一过渡，就是对于旧世纪词学蜕变的反动，或者说一种否定之否定。把握新世纪词学研究路向，似应着眼于此。

A：对于 20 世纪词学，你以三个时期，两次过渡，进行归纳与总结。其中，所谓古与今、正与变，乃至肯定与否定，说明对于历史，对于以往的人和事，必须持分析的态度。否则，只是往好的一个方面联想，以为开拓、发展，接下来必定是昌盛、繁荣，这就可能产生误导。有褒、有贬，既说好听的话，又说不好听的话，才能明白真相。为此，很想听听你的不同意见。

B：正面和反面，事物存在的必然体现。词学也不例外。三个时期，两次过渡，既有推动词学发展的一面，又有阻碍词学发展的另一面。比如，第一次过渡，由古到今的过渡。这是中国词学现代化进程的开始。代表人物,王国维;时间,1908 年至 1919 年。由于这次过渡,20 世纪词学方才从开拓期进入创造期,为中国词学创造一代辉煌。在这一意义上讲,创造期的词学是词学现代化进程中的"正"。代表人物,民国四大词人——夏承焘、唐圭璋、龙榆生、詹安泰;时间,自 20 世纪 20 年代至 40 年代。之后,由正到变,就是第二次过渡。代表人物,第四代的词学传人;时间,1949 年以后。经此过渡,加上第五代的推波助澜,至 1995 年,这是蜕变期的词学。从整体上看,三个时期的发展、变化,开拓、创造之后,并非昌盛与繁荣,而乃词学的蜕变。这是词学现代化进程中的"变",是对于创造期的否定。所以,新世纪的词学,就当将此翻转过来,进行由变到正的过渡。这就是我所说的反动,或者否定之否定。

A:从新旧世纪词学发展的大背景看,旧世纪是新世纪的一面镜子;而从具体的课题看,过去的人和事,对于今日的词学研究,应当也有可参照之处。正如孔夫子所说,"温故而知新,可以为师矣"(《论语·为政》),有志于此道者,不知应当如何从中获取经验与教训?

B:20 世纪五代词学传人,在三个时期所处位置不同,所发挥的作用也不一样。不过,就他们所做的事情看,总括起来无非两个方面,学词与词学或者填词与词学。这是上世纪 30 年代胡云翼和龙榆生所作的论断。就研究对象而言,两人说法,大致与事实相合,但其对于学词与词学或者填词与词学两个方面所采取的态度,却各不相同。因而,其所产生结果,也不一样。胡云翼说学词与词学,将二者区分开来,明白宣称,要"词学",不要"学词";龙榆生说填词与词学,二者并重,既要词学,也要填词。两人的说法,或分或合,态度各异。在词学创造期,均未见有何影响,及至蜕变期,情况才发生变化。一方面,龙榆生的说法,甚少有人提及,其对于词学的发展,仍未见有何推进作用;另一方面,胡云翼的说法,随着他所编纂《宋词选》的出版,越行越远,足足影响了两代人,第四代和第五代。20 世纪词学的蜕变,与胡云翼的说法,颇有牵连。因此,所谓温故而知新,这是今日从事词学研究所当特别记取的。

二、词学文本问题

A:上文所说龙榆生对于填词与词学的论断,见《研究词学之商榷》。文载《词学季刊》第一卷第四号(1934 年 4 月出版)。其曰:

> 取唐、宋以来之燕乐杂曲,依其节拍而实之以文字,谓之"填词"。推求各曲调表情之缓急悲欢,与词体之渊源流变,乃至各作者利病得失之所由,谓之"词学"。

在这篇文章中,龙榆生既对填词与词学作了明晰的界定,并且提出词学八事,对词学研究进一步加以规划。此后,唐圭璋的"十事"以及赵尊岳的"六事",或增或减,皆未曾超出龙榆生的范围。在相关文章中,你将诸前辈所说,概括为"三事":词的创作,词的考订以及词的论述。所谓"御繁以简,常得无事"(沈约《宋书·江秉之传》),若依此部署,事情似乎好办得多,但不知应当如何着手?

B:中国填词之作为众多文体中的一体,相关研究,首先必须接触到文本问题。这是研究的对象。以此衡之,我所说词学三事,实际上只是二事。即文本与文本的说明。但文本有二,古之文本以外,仍包括今之文本。因而,如从这一角度看,文本与文本的说明,仍然是三件事:今之文本的创造与提供,古、今文本的考订以及说明。三件事合而观之,就是龙榆生所说填词与词学。这一问题,说得浅白一些就是,研究词学的人,必须能说能做;能说能做,方才称得上倚声填词的当行作家。事情就这么简单,不过,实现这一目标,并非易事。

A:照理说,能说词也能填词,应当并不是一件难事。过去一个世纪,五代传人中的第一代、第二代,都未见所谓只说不做的倚声家(旧时,填词称倚声,并无专门的词学家之称)。至第三代,胡云翼将学词与词学分隔开来,提出要"词学",不要"学词",当时没有人受其影响。上世纪50年代以后,词学蜕变,某些词学家,以胡云翼为标榜,只说不做问题方才产生效用。只说不做,面对词界所出现种种现象,一位老前辈如是说:"声家不会倚声,为天下奇谈。"但见怪不怪,偶然的事情已成为必然。进入新世纪,新的一代似乎较难解除因为只说不做所产生的困惑。

B:说与做,二者得以兼顾,自然较为理想。从民国到共和,能说能做,能研究、能创作的人士,亦并非绝无仅有。例如,上述民国四大词人夏、唐、龙、詹,以及民国四大词坛飞将——缪钺、吴世昌、万云骏、黄墨谷,在研究与创作两个方面,都留下传世文本。除此以外,有关歌词作者,分布于社会的各个阶层,从事各种行业,为时、为事,倚声填词,亦有大量提供。就眼下情势看,对于说与做,似乎都不应说得过于绝对。也就是说,说与做,其对象尽管同样都是词,但二者毕竟有所区别。既未必能说就能做,亦未必能做就能说。而且,即使能做也能说,当未必就佳;而能说不能做,亦未必就不佳。能说能做,有关词的研究可能做得更好一些,但不一定非得等到能够填词,才能参与词的研究。今日重提这一话题,只是希望后来者有所警觉,而不至重蹈故辙,即上一代之所谓"先天不足,后天补救不得力"者也。

A:看起来,所谓先天与后天,足与不足,如从学词与词学或者填词与词学的立场看,关键问题应当是做的问题,也就是对于创作的态度问题。这一问题,既影响今之文本的提供,亦影响对于古之文本的说明。最近一段时间,学界对此亦颇为关注。新文学界一位学者提出旧体诗词研究中的实证精神,主张从诗词名家个案、诗词流派社团以及诗词编年做起,为宏观研究提供依托(李遇春《20 世纪旧体诗词研究亟需实证精神》。文载湘潭《中国韵文学刊》2011 年第 3 期)。旧文学界一位学者依据总集、别集的归类,对百年词的经眼文献,加以梳理及评判,谓"文献是理论建构之基石",相关工作做比不做好,早做比晚做好(马大勇《近百年词经眼文献概说》。文载《新文学评论》2012 年第 2 期)。二位学者所说,基本上是一种文本的叙述。相信对于后天的补救,有一定助益。对于这一问题,你曾有过观察与实验。有一回接受访问,你说:没有文本的基础,只是论述,非常危险。如果一辈子都做论述,就更加危险。并说:在自己的述作中,《当代词综》比《词与音乐关系研究》,似乎更显得重要。希望说一说你的体验。

B:文本问题,创作是关键。有位朋友问我,不会创作怎么办? 要不要也试着写诗填词。我劝这位朋友不用试,安心做自己的教授好啦。因为这位朋友,已经十分专注地做了几十年的学问。我说:学会写诗填词,固然可为提供研究的对象,亦有助于领会诗词的声情与辞情,有助于评赏与研究,而就目前状况看,写诗填词的人几乎比阅读诗词的人来得多,似不宜大力提倡为好。目前诗词创作队伍,鱼龙混杂;诗词作品,泥沙俱下。即使学会写诗填词,一年一本小册子,所拿出来的,也不一定就是合格的诗词作品。目前状况,关键在于学会分辨好与坏,懂得鉴别高下优劣。不会写诗填词,谁也不敢说你不会,不必要跟着制造文化垃圾。这是我对于今之文本所作评估。正如有学者所提倡,边做文献(文本),边做理论归纳。不必等待文献齐全,才作"通论性质的、文学史性质的"宏观描述。我赞同这一意见。

三、词学论述问题

A:1998 年 11 月,浙江海宁举办"纪念吴世昌先生诞辰九十周年暨学术思想研讨会"。你提交论文,题称:《走出误区——吴世昌与词体结构论》。第一次提出词学误区问题。2006 年 1 月,你在上海《词学》发表《倚声与倚声之学》一文,指出:"20 世纪后半叶,进入蜕变期的中国词学,基本上处在误区当中,混沌未凿;大量著述,究竟在门内或者在门外,有用或者无用,似乎都须要冷静地进行一番检讨。"对于蜕变期的词学,作了概括的描述。以为处在误区当中,其所谓误者,既有失误的意思,也包括误导,或者贻误。你对于这一时期的词学论述,并不看好。2009 年 3 月,你在北京《文学评论》发表《百年词学通论》一文,评说误区,指出两个方面的失误。观念之误与门径之误以及文风之误与学风之误。十几年来,一而再,再而三,力图为新世纪词学点化"死穴"、寻求"生机",用心良苦。当下词界,不知应如何面对?

B:我所说两个方面的失误,观念与门径,属于立场问题;文风与学风,属于态度问题。立场有问题,理解出偏差;态度有问题,说法靠不住。指的都是对于文本的把握问题。就目前看,相关问题实际并未解决。例如观念与门径问题,这是对于词体本身的认识问题。是将词当声学看待,还是当艳科看待?这是一个问题的两个方面。在这一问题上,立场之所谓失误者,就在于认识上的偏废。只是看到其作为艳科的一面,忽视作为声学的另一面。或者说只重侧艳之词,忽略弦吹之音。由于理解上的偏差,反映到论述,必然出现只是在题材上做文章,不重表现形式一类现象。亦即忽略与音乐相关的格式问题,忽略歌词的作法。只是在外部进行评赏,从一座小山到另一座小山,未能真正接触到本体。这是立场上的失误。另一方面,态度方面的失误,主要表现为从本本到本本,人云亦云,不断征引。但所谓本本,非作品文本,而乃诗话,或者词话之本本。这一做法,和新文学界有关学者所说某些装腔作势的宏文做法差不多,乃假作真时真亦假,都是大革命时期假、大、空的骗人伎俩(参见李遇春《20世纪旧体诗词研究亟需实证精神》)。对此,目前学界,似已引起注意。新世纪词学之所谓否定之否定,似当于此取得突破。

A:就文本与文本的说明看,词学论述就是对于文本的说明。包括研究与评赏。而就立场、态度看,蜕变期所出现失误,研究与评赏都不能免。大致讲,研究中的失误,主要是空论。从本本到本本的空论。由于各有所本,也就各不相让。因而出现两种情形:跟随与不跟随。跟随者也,唯本本是依,有个公式大家用,比如豪放、婉约"二分法";不跟随者也,自以为是,自说自话,看谁会写文章,公式套用得好。而其结果是,所有的论述都派不上用场。写了等于白写,说了等于白说。大家互不相干,都当看不见。尤其是今之本本,即使被用作为参考文献,或者引用书目,也是做个样子,压根儿就不关自己著述的事。不需要任何参考,照样著书立说。大家都自食其果。这就是说,大量著述,都不会有人细心地加以阅读和保存。至于评赏,和新文学界一样,同有"标题党"的嫌疑。例如,爱国主义、人民性,还有豪放与婉约,等等。不管合适不合适,妥帖不妥帖,标贴上去再说。新文学界学者揭示这么一个事例:对于某一首诗词作品的把玩,只是把老祖宗留下的古典诗学概念玩弄于股掌之间,如什么清新俊逸,什么婉约豪放,什么冲淡清空之类,一律粘贴在所谈论的诗词作品上。学者称:表面上很尊重自己的阅读感受,且美其名曰感悟鉴赏,实际上不过是盗卖古董,变着法子拾前人的唾余罢了(李遇春《20世纪旧体诗词研究亟需实证精神》)。这里所说,是对于今之文本的评赏问题,对于古之文本,一样亦多失误。例如,李煜《虞美人》:

春花秋月何时了。往事知多少。小楼昨夜又东风。故国不堪回首月明中。　　雕阑玉砌应犹在。只是朱颜改。问君能有几多愁。恰似一江春水向东流。

同样一首词,贴上豪放与婉约两种不同标签,列归《豪放词》与《婉约词》两个不同的选本系列。列归《豪放词》者,谓之悲壮刚健;列归《婉约词》者,谓之凄婉感怆。这就是对于古典诗学概念的把玩。论者称这类所谓微观的文章和某些宏观的文章一样,充满骗人的艺术。但无论宏观或者微观,也无论跟随或者不跟随,其对于本本的利用,都是一种盲目的行为。误区中的词学,这一状况不知应当如何改变? 你既列举事例,指证误区的存在,又依循事理,提出三碑之说,这对于蜕变期诸多失误的补救,有何实际效用?

B:诗可以兴。古训如此,似未当质疑。诸如感发联想,从一座小山到另一座小山,亦皆持之有故。无论研究,或者评赏,道理都一样。只是凭借不同而已。一般讲,两种办法:或者依靠感悟,或者依靠本本? 传统的本色论,只可意会,不可言传,靠的是一个悟字;不读作品,不会创作,不知道怎么去领悟,就只好依赖于本本。论述诗词文本的本本。大家都这么做,都这么说,也就构成一种盲目的行为。我说本色论,将其作为词学史上第一座里程标志,着重说明这一个悟字。以为,所悟者为何,必须说得出来。这一问题,既非常抽象,又不怎么抽象。我用四个字——似与非似,加以概括。既是追寻的目标,又是达至目标的方法与方式。这是古典式的一种批评模式。步入现代社会,对于词体的认识,既须入乎其内以体验其生气,又须出乎其外以领略其高致。我说境界说,将其作为词学史上第二座里程标志,着重说明一个言字。以为,言有尽而意无穷,说的是一种空间以及这一空间的容量问题。这就是王国维所说境界。其长、宽、高,可以现代科学方法加以测量,可以现代科学语言加以表述。其作为一种批评模式,我以四个字——有与无有,加以归纳。即有境界的词,为最上的词,无境界的词,为最下的词。中国词学的现代化进程,由此开始。至于新变词体结构论,乃由吴世昌的结构分析法推演而成。我将其作为词学史上第三座里程标志。着重说一个事字。事情的事。这是情与景之间的一个中介。我以生与无生四个字,说明情与景和中介物(事)之间的关系。情与景,两个既互相对立,又互相依赖的单元,由于"事"的介入,经过分解或者化合,以另造新境。生,表示联系。有联系,就是生命力。这是吴世昌所理解的勾勒,也是二元对立定律在唐宋词解读中的运用。三个里程标志,三大理论建树,三个批评模式。三个代表人物,各领风骚,各自占居一个历史地段。李清照一千年,王国维一百年,吴世昌则可能是未来的一千年。对于未来,仍然充满信心和希望。

A:误区问题,破与立,两个方面都一样重要。在列述失误、确立三碑的基础之上,不妨进一步思考个问题。比如,蜕变期的词学,只说不做,好为空论,这一风气为何如此盛行?

"标题党"的那一套,为什么这么有市场? 根源何在? 新世纪词界,有无办法加以根治?

B:20 世纪词学蜕变期误区的出现,除了词界自身存在问题,还因理论上的失误所造成。自身问题,有些较易看明白。比如,脱离文本,缺乏实际的声情体验;盲目跟从,没有自觉的学科意识;等等。我曾一再加以说明,此暂勿论。有关理论上的失误,则须从王国维说起。王国维发表《人间词话》,倡导境界说,开创新词学,功不可没。但所立论,于意与境之间较偏重于意,已经向左倾斜。其后,胡适、胡云翼进一步加码,促使其左转,并将其推演为风格论。这一过程,我在相关文章中,曾予揭示。兹摘录两个片段,为供参考。

其一云:

相对于本色论,境界说之作为现代化的一种批评模式,已经有了更大的可操作性。这是境界说优胜于本色论的地方。但是,由于王国维学说自身所产生的误导以及读者理解上的问题,在很短时间内,境界说即被异化。先由境界异化为意境,再异化为风格论。这是由两个方面的原因所造成的。一方面,王所说意境,在三个步骤,三个层面之间,原来就是一种过渡,其与此前之疆界以及此后之境界,并无明确分野,易于给人造成误会;另一方面,由于大家的理解,只到第一、第二两个层面,未到第三层面,只是将境界二字当名词看待,就概念及其内涵大做文章,亦即只是停留于境内,而未能到达境外。两个方面,双向进行;先天与后天,都大大加速其异化。

其二云:

20 世纪 30 年代,胡适、胡云翼相继推演,从意境之有意与境之区别,说到男性、女性以及豪放与婉约,将境界说异化为风格论。这就是一个典型事例。其间,前苏联的反映论,作为马列经典传播中华,亦进一步为境界说的异化提供理论依据。尤其是 50 年代之后,反映论占居主导地位,境界说则遭到误判,被当作推广工具。论者说境界,多将物与我阐释为主客观关系。物为客体,我为主体。主观与客观,情与景,二者互不相容。词界讲风格,不讲境界,风格论被推向绝顶。以豪放、婉约"二分法",替代三个层面的境界分析,半个世纪以来,境界说基本上都跑到哲学、美学那里去了。

两段话见《传统文化的现代化与现代化的传统文化——关于二十一世纪中国词学学的建造问题》一文。这是 2003 年 9 月 21 日在中国社会科学院研究生院演讲的文字稿。原载《新文学》第四辑,大象出版社,2005 年 6 月郑州第 1 版。又载《叶嘉莹教授八十华诞暨国际词学研讨会纪念文集》。南开大学出版社,2005 年 12 月天津第 1 版。

大体上讲,境界说之被异化,即被推演为风格论,乃自胡适起,至胡云翼基本完成。进入蜕变期,风格论一统天下,迅猛发展,直至于登峰造极。20 世纪五代词学传人,第四代、第五代当中，某些词论家曾宣称，自己是看着胡云翼的书长大的。胡氏学说，影响深远。余波所及，新世纪的第一代，甚至第二代，应当仍难以幸免。因此，所谓根治者也，恐怕还得从自我的反省开始。

四、小结：但开风气不为师

A：20 世纪词学，经由开拓期、创造期，以至于蜕变期，已走完自己的路程。三个时期，究竟为后世留下些什么呢？依据词学三事，必当包括词的创作、词的考订以及词的论述三个项目。开拓期、创造期，偏重于前二项，创作与考订；蜕变期偏重于后一项，词的论述。前二项所留下文本之能否传世，较易于预计；后一项所留下述作，其是否具永久参考价值，则较难判断。有关词的论述，你曾将其概括为八大议题，曰：词体发生、发展，词体个性、特质，艳科与声学以及词乐分合、体制体式、境界创造、风格流变和词学批评。八个方面，由于不完全是蜕变期间的产物，而且，即使是产生于蜕变期间，也未必都在误区当中。新世纪开局，拨乱反正，是否可从中找到自己的突破口？

B："河汾房杜有人疑，名位千秋处士卑。一事平生无龁龁，但开风气不为师"。这是龚自珍的一首绝句。见《己亥杂诗》。因王通事迹，而生发议论。谓名位卑微，未必培养不出声名显赫的学生。为着开导风气，无须担心自己之是否招来非议。20 世纪五代词学传人，其所留下述作，或正、或变，或有用、或无用，都须经过时间的检验。八大议题，只是对于讨论对象及范围的一种归纳与概括，即就议题自身而言，并无所谓误与不误的问题。我所说误区，指的是述作者的失误及因此失误所产生的误导。新的一代，须有所承继，才能有所开拓。但也不必为尊者讳。作为一代明主的李世民，曾经说过这么一段话："以铜为鉴，可正衣冠；以古为鉴，可知兴替；以人为鉴，可明得失。"（《新唐书》卷九十七列传第二十二"魏徵传"）新世纪新的一代，具有多种参照系列，相信可以找到自己合适的位置。

黄遵宪和加拿大(1882—1885)

施吉瑞 Jerry D.Schmidt(加拿大不列颠哥伦比亚大学亚洲系)

今天,我很高兴参加我的老师——叶嘉莹教授 90 岁生日庆典。

1969 年,叶老师来到英属哥伦比亚大学,我很荣幸地成了她中国诗歌鉴赏课一对一教授的学生,之后她成了我的博士论文《南宋诗人杨万里》的指导老师。在此期间,叶老师对我的博士论文提出了许多宝贵建议,使得我的博士论文日臻完美,最终出版了我的第一本书。遗憾的是,在我还没有全部完成我的博士学位之前,我因要去遥远的安大略省温莎大学任职,不得不离开英属哥伦比亚大学亚洲研究中心。虽然我很喜欢教学这个工作,但我非常想念在温哥华和叶老师一起度过的那些日子。尽管相距遥远,我不断地用电话和书信(这是电子邮件的前生)和她联系,她仔细地帮我校对了我的第二本书《人境庐诗歌研究》中黄遵宪诗歌的英译部分,从而让我避免诗歌翻译中的一些错误。这么多年来,叶老师不断地帮助我、指点我,特别是当我遇到古典诗词中有疑惑的地方时。如今,像叶老师那样在中国古典诗词领域造诣那么博大精深的学者已经非常少了。

我很难给这篇论文选一个合适的题目,因为我觉得它不能和叶老师的博学相匹配,叶老师学贯中西。每个研究中国古典诗歌的学者都知道叶老师著作等身,但许多中国读者认为她只是一个中国学者。其实,叶老师在加拿大工作多年,培养了许多中国古典诗歌研究领域的知名学者,并成为加拿大中国文学领域唯一的加拿大勋章获得者。叶老师如同一个现代加拿大骑士,她的贡献在于她一直努力地、执着地把丰富的中国文学遗产传授到加拿大和西方其他国家。在此,我要祝愿叶老师生日快乐并期待庆祝她百岁生日!

现在,我来说说我的论文,内容主要源于我手头正在写的一本关于黄遵宪在美国的三年的书里的一个章节。1882 年至 1885 年,黄遵宪在旧金山市担任中国第二总领事,基于这个原因,我选择了我书中在此期间黄遵宪与加拿大,特别是与英属哥伦比亚省有关的活动事项。黄遵宪一直是海内外许多学者(包括我自己)争相研究的对象,但随着我在维多利亚大学图书馆发现了黄遵宪的手稿和仔细阅读当地报纸及翻阅了在此期间的美国和加拿大其他一些有关黄遵宪的出版物，现在，我们可以清晰地勾画出一张黄遵宪一生中比较重要的一个时期即黄遵宪在旧金山的活动图景以及加拿大华人的历史。

任何幸运地去过英属哥伦比亚省维多利亚的中华会馆（建于 1885 年，现在这里是一所公立学校）的人，任何拥有一些 19 世纪中国的政治、思想、文学史常识的人，都会被一个将近六英尺高的伟大的外交家和诗人黄遵宪撰写的对联（见插图）①吸引。今天，生活在当地的华人，即使对周边的设施非常熟悉，也很少有人知道黄遵宪与该会馆有什么关系，自然，能够解释对联内涵的人就更少了。

敦孝友睦媬任恤之六行

上和亲康乐安平为一书

其实，这副对联也有出处，见《周礼·地官司徒》篇："二曰六行，孝友睦媬任恤。"即是说：这六种品行就是孝顺，友善、和睦、姻谊、信任和体恤人家之困难。"媬"字乃是籀文，即现在之"姻"字。"敦"字是动词，即敦品励行的意思，总括来说，此联是暗示中华会馆各理事要互相信任。

至于下联之"上"字是动词，是"上书"之意。上书是下属对上司上书报告之意，上什么书呢？就上和睦、亲善、康强、快乐、安定和平安的报告书。不是上互相攻击、分裂、明争暗斗的报告书。此联是鼓励中华会馆各人和洽相处，用意甚明显。

虽然有一些维多利亚华人可以阅读这幅精炼的对联，但真正能领会这幅对联内涵的人则很少，因为它不仅蕴藏着深奥的古典文学知识，而且需要清楚地了解这幅对联撰写时的历史和政治背景

19 世纪的散文和诗歌大多是牢固地建立在传统文学价值体系之中的，这幅对联也不例外。看到上联，受过教育的 21 世纪的中国人会想到《十三经》之一《周礼》，那是一本详细介绍西周王朝鼎盛时期盛况的书，但今天的许多学者认为书中描述的政治图景在现实社会中是不可能存在的，认为它只是一个理想化的乌托邦图景。在《周礼》中，我们知道大司徒是

---

① 对于"中华会馆"的历史，见 David Chuenyan Lai 的《Chinese Community Leadership：Case Stuay of Victoria in Canada》一书，新加坡世界科学出版社，2010 年。对于温哥华岛最大的城市、不列颠哥伦比亚省的首府维多利亚的历史，见 Harry Gregson 的《A History of Victoria，1842—1970》一书，维多利亚观察出版公司，1970 年。维多利亚堡是哈德逊湾公司于 1843 年建成的亚太区总部。1849 年，温哥华岛成为英国殖民地；1858 年，英属哥伦比亚省成为英国殖民地，1866 年这两个殖民地合并成英属哥伦比亚殖民地。1858 年，中国工人和商人来菲沙河淘金。之后，因修建第一条横贯东西的加拿大太平洋铁路，大量中国工人来到维多利亚岛和英属哥伦比亚。

掌管"六行"的人,"六行",即"孝顺,友情,善良、亲情、信任和同情"。①

下联还包括《周礼》中的一个典故,描述一种叫小行人的官员,其职责是负责接待向周王朝觐的各诸侯国使者,帮助他们解决困难,向周统治者禀报各诸侯国存在的问题和取得的成就。原文如下:"他(小行人)记录他们的健康,快乐,宁静,和谐,和平和亲情的生活。"即"其康乐和亲安平为一书"②。黄在他的对联中改变了《周礼》中原句的次序,但这种改变似乎没有什么特别的意义,可能只是忘记了原本的顺序,或者这种组合只是为了让他的对联显得更漂亮。

今天的读者除了想知道为什么把黄遵宪的对联挂在这个很少有人出入的房间外,他们即使熟读儒家经典都还会困惑:黄遵宪为什么会选择这两个深奥的典故作对联? 现在这里更像一个社区中心,孩子们在这里学习中文、书法和国画③。今天我们没有足够的时间详细地讨论这点,但我会提供一些背景,我的书中会有更详细的阐述。

首先,对19世纪后期中国的读书人而言,《周礼》不是一本不起眼的、很少研究的著作,事实上,它和其他儒家经典一样是准备科举考试必不可少的读本,当时的读书人虽然比较流行攻读《论语》或《孟子》,但他们为了在考试中胜出也会涉及其他儒家经典。同时,在清统治的最后一个世纪,《礼记》《仪礼》与《周礼》之类的礼仪经典开始承担更多的社会功能。清朝最杰出的诗人之一郑珍(1806—1864),也是著名的《仪礼》学者之一(《仪礼私笺》是郑珍研究《仪礼》的代表作),采用汉学中新型的文献研究法对《仪礼》作了详细的注释④。然而,对礼经的热衷不仅是汉学科学的文献研究法发展的结果,第一次鸦片战争后,面对西方扩张主义的挑战,越来越多的中国知识分子开始研究礼经尤其是《周礼》,因为他们觉得此书中蕴藏着如何变革中国的政治体制和社会制度,怎样才能强国和抵御外来的侵略⑤。

此外,这两行对联的内容似乎和当时英属哥伦比亚省维多利亚的实情直接相关,对联的上联很有可能指的是中华会馆本身的职责,其功能类似古代地方官员大司徒,鼓励当地人民行为上符合道德、以和谐的方式相处和照顾社会弱势群体。同样,下联暗示有点像小

①　《周礼》,"地官","司徒",注解"媚"是"姻"的变体。另请参阅原文,林尹:《中国近代翻译文学概论》之《周礼今注今译》篇,台湾商务印书馆,卷3,"地官","司徒",第二、第99、105、110页。
②　见林尹编辑的《周礼今注今译》,卷9,"司寇第五","小行人",第405—406页。
③　至少新的会馆是这样。展出对联的建筑很少被公众参观。
④　关于郑珍,见 J.D.Schmidt 的《*The Poet Zheng Zhen（1806—1864）and the Rise of Chinese Modernity*》一书,Leiden:Brill 出版社,2013年。书中包含了一个相当详细的有关郑珍的中文参考书目。中译本正在翻译中。
⑤　关于这一主题可参考 Benjamin A. Elman and Martin Kern 主编的《*Statecraft and Classical Learning*,*the* Rituals of Zhou *in East Asian History*》一书中 Rudolf G.Wagner 的《*The Zhouli* as the Late Qing Path to the Future》一文,Leiden:Brill 出版社,2010,第359—387页。

行人式的外交官黄遵宪有责任履行其职责,负责汇报其掌管的地区的实情。因此,中华会馆所取得的成就应该向中国皇帝和他在北京的官员汇报。因此,虽然黄遵宪暗示他的对联文字取材于两千多年前,其用意并非让人们想起久违的黄金时代,而是在一个完全现代的意义上履行了自己的职责并提醒中华会馆的全体成员相互信任、和睦相处。黄遵宪的诗风也是如此,采用一种全新的方式即赋予"传统"语言以现代意义。

在这一点上,读者也许会问:那么,在维多利亚,谁能真正理解这幅对联的深刻寓意?在当时的英属哥伦比亚省,为生存而挣扎的中国劳工大都是文盲,虽然他们可能听说过《周礼》,但他们基本没有阅读能力甚至不能用中文写全自己的名字。这是当时北美很多华人的实情,但也有不少例外。一般来说,在旧金山和维多利亚,一些中国商人和富人不想暴露他们的儿子们在西式环境中受教育的事实,因为大多数公立学校排斥中国孩子。当然在任何情况下,他们和在中国的商人一样,希望他们的儿子有一天能够回到中国并参加科举考试,所以,他们倾向于教孩子们学习儒家经典①。从由维多利亚中国当地机构寄往中国驻旧金山领事馆的信件中研究人员发现,至少有一些中国人精通文言,他们的这种造诣当然是大量阅读文言经典的结果。此外,旧金山出版的中国报纸和当时的中国内地一样,都用文言撰写,这表明旧金山存在相当广的文言阅读群体,维多利亚情况应该也类似②。

此外,迄今为止,在旧金山或维多利亚虽然没有发现用文言来写诗,但我们知道黄遵宪鼓励古典诗词创作,教本地学生的写古体诗比赛的游戏被称为"诗钟"。学生们利用老师提供的上联写出对应的下联。幸运的是一本包含大量的这些内容的名为《金山联玉》的书被保存下来了,我知道的唯一一本被收藏在维多利亚大学图书馆的善本部,书中包含黄遵宪和他的助手黄锡铨(1852—1925,字钧选)给大家上的课,还有百余位本地作者撰写的对句③。但愿,以后能发现这些作者的诗集。但无论如何,我们可以得出结论,尽管他们可能

---

① 根据黄的第21号禀文(1882年10月5日,光绪八年农历8月24日),郑藻如曾鼓励黄遵宪在旧金山建立一所为学生准备科举考试的学校。黄认为这是可行的并与新成立的旧金山中华会馆探讨此事,他写道:"拟俟后举行,将来能将学成者考取生员,一体乡试。"这就是他当时所做的。我不能确定这所学校是否建立或维多利亚是否有类似的机构,但黄的禀文表明,外交官们正在探讨设立此类和中国内地相似的为清政府培养官员的学校,并且,当地华人也乐意接受这种安排。见"上郑钦使",21,黄遵宪。陈铮主编《黄遵宪全集》,中华书局,2005年,卷2,第469页。

② 到目前为止,我还不能确定那时维多利亚是否有中文报纸。

③ 对于黄在旧金山的诗歌教学活动的记载,请参阅刘伯骥的《美国华侨史》,"行政院侨务委员会",1976年,第404页。和李东海的《加拿大华侨史》,加拿大自由出版社,1967年,第153页。诗歌比赛的优秀诗作见老星辉主编《金山联玉》,启新书林(孙凯书店),前言序,民国十三年。我查阅了中文手迹的复印件表明,老星辉(最有可能是编辑的"号")是清朝广东省台山村斛南的一秀才。其中参加比赛的"老师"是黄锡铨(见下文),他在访问维多利亚期间,有可能教学生学习写诗。我在维多利亚大学的善本收藏部见过这本书的唯一一本。因为它没有被列入WorldCat中,所以它很可能是北美仅存的孤本。

还没有具备像黄遵宪那么渊博的知识,但这些对联的作者可能已经熟读儒家经典并肯定能够领会黄遵宪对联中运用了《周礼》典故,也深知《周礼》在现代世界格局中所起的作用。

存放在维多利亚大学图书馆善本收藏部的黄遵宪书信手稿给我们提供了黄遵宪写这幅对联时清晰的历史背景,全文如下:

敬覆者[①]:昨阅贵会馆来函,知华人年税十元之例既蒙臬司判断删除,实为众梓友欣幸。至抽收华工入口银五十元之例,议自加拿大议院,彼国政府未尝不知此例之非宜,祗欲平哥林比亚之土人之心,以保护我华商人等已在英属之利益,不得不出于此。较诸美国全行禁绝,又波累及于商人者,固有苛恕之别。此例纵华人有所不甘,然在域埠想无控驳之法,即诸君历试艰难,欲求土客之相安,谅亦不再行控诉矣。唯已在英属之华商工人等,出口复来,以何为妥当凭据? 新来之华商学习游历传教人等,又以何为妥当凭据方不致混入工人,致遭抽税? 此两层弟处未得闻悉。望诸公详考例文,预筹妥法,使行之可久而无弊,是为至要。弟因先慈葬期在迩,近已奉蒙使宪准于销差,兹定于八月十二日由金启程。昨承梁泽周兄递到尊处芳版,并蒙赐万名伞、德政牌[②]。尊函所称更复俞扬过情,接诵之下,愧报交集。弟屡自念远离贵埠,时存保护桑梓之心,而鞭长莫及,辄付诸莫可如何,乃既蒙谅其短拙,更复赐以多珍,璧返无由,祗得敬受,远荷高情,无以为报。近闻贵会馆将次第成功,兹特敬拟一联由邮局付来,以志盛举,以表贺忱。如不以为草拙,悬诸楹前,如与诸君时相见于数万里海外,为幸多矣。另肃衔柬,并鸣谢忱,摹璧谦版,统希察鉴。贵处一切情形弟于两月前详悉,奉郑宪,复蒙郑公抄函转达曾侯矣[③]。金山总领事系派欧阳锦堂翁前来署理,钧选弟则调署纽约领事[④]。知念并及,行色匆匆,诸不多及,手肃即请列绅董暨同乡仁兄大人均安惟均照不

---

① 在转录印刷本中,这封信的标题有一个严重的印刷错误。编者将此信的日期误写为光绪十二年或 1886。信中所有的内容,包括信中提及的近期刚取消对英属哥伦比亚省华人征收十美元人头税等内容证明它写于 1885 年,不久黄就离开美国了。原稿信中没有注明年代,只注有农历的月和日。

② 万名伞表示当地居民感谢那些庇佑他们就像这遮阳伞一样庇护他们免受日晒雨淋的好官。原本的惯例是给离任的官员立碑题词来颂扬他的政绩。

③ 外交家曾纪泽(1839—1890),曾国藩的次子。中国第二任驻英大使,始于 1879 年 1 月 25 日,1886 年 5 月 6 日离任。在此期间,他也负责清政府与俄罗斯和法国的外交事务。见故宫博物院明清档案部《清季中外使领年表》,中华书局,1985 年,第 3、5、7 页。郑藻如把黄遵宪的禀文转给曾纪泽,因为加拿大是大英帝国的一部分。

④ 欧阳明 1885 年 9 月至 1887 年 5 月任旧金山总领事。黄锡铨(1852—1925,字钧选)离开旧金山后任纽约总领事。见故宫博物院明清档案部《清季中外使领年表》,第 85、86 页。又见蒋英豪《黄遵宪师友记》:上海书店出版社,2002 年,第 70 页,蒋写道,黄锡铨是黄遵宪的族弟。但在私人谈话中,黄遵宪研究专家郑海麟告诉我,他们不是亲人,一篇由黄锡铨的女儿写的文章也没提到他们的血缘关系。见黄甘英的《黄锡铨社会活动思想述略》一文,《嘉应学院学报》,卷 27,期 1(2009 年 2 月),第 5—8 页。

另　乡愚弟黄遵宪顿首　七月廿一日①。

在我们对黄遵宪的对联为什么挂在那里作更详尽的解释之前,我想我们必须先了解一下这封信的内容。当时英属哥伦比亚省已经进行了自发的反华人运动,它和发生在美国西部的反华人活动既相似又有所不同。第一个反华人法案是省级法案但比加利福尼亚州通过第一个反华法案(州级)要迟几年。1872年,生活在英属哥伦比亚省的华人虽然已经被省政府剥夺了公民的投票权,但加拿大第一个反华人经济立法是1878年英属哥伦比亚省的《中国人口监管法案》,除其他措施外,额外增加每年向每个中国成年人征收十块钱人头税的规定,在那个年代,十块钱不是一个小数目②。从黄遵宪的信中知道,这可恶的人头税最后被英属哥伦比亚省最高法院首席大法官 Henry Pering Pellew Crease(1823—1905)否决了,因为他认为省政府已超出其立法权限,这样会降低联邦政府税收权力③。当然,Henry Pering Pellew Crease 先生自然是不可能同情英属哥伦比亚省的中国移民,在1885年,他写道:"真正的事实是,我们越来越清晰地认识到,不可能没有一定数量的中国人充当体力劳动和家庭佣人"但"他们绝不会被盎格鲁—撒克逊种族同化,我们也不希望他们这样做……这些中国人不会真正把英属哥伦比亚省作为自己的家,当他们死了的时候,他们会把自己的骨头运回中国埋葬。"④尽管如此,黄显然对中国人诉讼反对人头税成功的结果非常高兴,至少有部分因素是这样,因为他是诉讼的主要策划者之一,有关这一点我会在我的书中详细讲到。

然而,这个好消息很快就被发生在渥太华的不祥事态笼罩,国会开始探讨加拿大本土版排华法案,在黄抵达美国不久,1882年5月8日,美国总统亚瑟(1829—1886,其中1881—1885担任总统)已签署排华法案。加拿大的新法案提议对每个进入加拿大的中国劳工征收五十美元的人头税,这对希望能在加拿大工作的任何中国劳工来说都是个沉重的经济负

---

①　这封信有两个出处:维多利亚大学图书馆珍藏的原稿和加拿大域多利中华会馆成立七十五周年纪念特刊中的影印件,维多利亚:1959年,《文献与转载》,第18页。这本书的封面有一个平行的题目:中文题目"加拿大域多利华侨学校成立六十周年纪念特刊"和英文题目"纪念维多利亚的中国会馆 1884—1959,中文公立学校 1899—1959"。

②　有关英属哥伦比亚省反华法案的记述,请参阅 Patricia E. Roy 的《A White Man's Province: British Columbia Politicians and Chinese and Japanese Immigrants 1854—1914》,英属哥伦比亚大学出版社,1989年。有关英属哥伦比亚省的常识历史,请参阅 Jean Barman 的《The West beyond the West: A History of British Columbia》,多伦多大学出版社,1991年。

③　.参见 J. B. Kerr 的《Biographical Dictionary of Well-Known British Columbians: With a Historical Sketch》中的"Crease, Henry Pering Pellew",Kerr and Begg,1893年,第133页。

④　参见 Renisa Mawani 的《The 'Island of the Unclean': Race, Colonialism, and 'Chinese Leprosy' in British Columbia, 1891—1924》,法律、社会正义和全球发展杂志,2003(1),第21页。

担。虽然在加拿大英属哥伦比亚省之外几乎没有反华人情绪，John A. MacDonald（1815—1891），加拿大第一任总理，当时在他的第四个任期内（1882—1887），保守党政府深为维多利亚地区强烈的排华情绪感到忧虑，有人甚至扬言要求英属哥伦比亚省退出加拿大联邦而去加入美利坚联邦①。许多英属哥伦比亚省人，包括大法官 Henry Pering Pellew Crease 本人都对英属哥伦比亚省是否继续加盟加拿大联邦持保留态度，直到渥太华政府同意修建把西海岸和东部连接起来的横贯东西铁路，许多人才最终同意继续留在加拿大②。

为了提高保守党在英属哥伦比亚省的支持率，或者为了确保该省能继续留在加拿大，John A. MacDonald 向歇斯底里的反华运动让步，并开始讨论反华法案。黄告诉他在维多利亚的朋友，这个法案不会比美国完全禁止所有中国劳工进入该国的排华法案来的严重。尽管加拿大华人对正在生成的法律前景明显不乐观，黄认为，进一步的诉讼将会是徒劳，甚至会挑起英属哥伦比亚省更强烈的反华情绪。

黄遵宪反对挑战新排华法案，但美国的排华法案引发了他对不是劳工的类别的中国移民或游客进入加拿大时的境遇的担忧。当亚瑟总统签署的排华法案成为法律之后，所有的问题聚焦在如何鉴定"劳工"的定义上了。例如，如果一个在旧金山街上兜售蔬菜的华人被认为是"工人"还是"商人"？在使用护照和身份证之前，移民官怎么决定谁是工人，谁是学生，谁是商人或传教士？美国排华法案允许居住在美国的华人重新进入该国，那么，如果他们回到中国探亲或奔丧，美国移民官怎么裁决谁之前居住在美国而谁不是？所有这些不确定因素带来了大量的法律诉讼案，黄遵宪直接参与了其中的一些诉讼案，等到我的新书出版就能完整解释他的这一系列活动了③。黄认为类似的问题将在加拿大出现，所以他敦促在维多利亚同胞仔细研究即将颁布的立法和想办法规避他在旧金山经历的那些不愉快事。当然，黄和维多利亚华人的抵御在故意违反移民条例、持种族歧视的移民官面前只能是螳臂当车，其中一些移民官会想方设法来刁难中国游客以达到他们的目的④。立法不明确的美国排华法案和新的加拿大排华法案让这些总想惹事生非的移民官来操纵，华人的境遇因而更陷困顿。

在他的任期快结束时，黄遵宪收到了许多维多利亚华人送给他的礼物，以感谢他为他

---

① 虽然 MacDonald 四任加拿大总理，但 1891 年竞选之后不久就病逝了。
② 参见 Gregson 的《A History of Victoria》，第 48、49 页。
③ 有兴趣的读者可以在 Charles J. McClain 的《In Search of Equality: The Chinese Struggle Against Discrimination in Nineteenth-Century America》中找到一份非常精彩的法律案宗，加州大学出版社，1994 年。但 Charles J. McClain 在写这本精彩的书时似乎没有意识到黄遵宪参与了这些案件的诉讼。
④ 黄遵宪对旧金山海关种族主义官员的批评，参见黄遵宪给郑藻如的"上郑钦使"中的第 24 号禀文（1882 年 10 月 26 日，光绪八年 9 月 15 日），第 473 页。

们利益奔波和操心,对此,黄遵宪表示真诚的感谢,我发现许多黄留下来的信件都提到这一点。按 19 世纪地方官员的排名顺序,总领事的地位大致相当于一个知府,一个负责"府"的官员——"府"是政府单位,监督几个县①。当知县或知府完成了他的任期(通常为三年),当地人民感谢他为老百姓做的好事会送他万人伞以示依依惜别之情,并立碑碣来弘扬其政绩。在某种情况下,当地的文人甚至会写许多诗文来颂扬执政官的政绩,这已是一种传统风俗。黄遵宪显然被这些盛情感动,但其母亲的突然离世,让他颇感遗憾因为他不能为当地百姓做更多的事,因此决定写下这幅对联回赠给他们以表感谢之情并庆祝即将竣工的中华会馆,这就是我们今天看到的对联。

在信结尾处,黄告诉他的朋友,他已经把有关加拿大的情况全部上书给了华盛顿特区的郑藻如(字志翔,号豫轩或玉轩,举人,1851—1894)大使和在伦敦的曾纪泽大使,旧金山的欧阳明将很快来接替他的工作,而他的助手黄锡铨将前往纽约。有关黄锡铨,我会在我的书中详细介绍他,他为加拿大华人做了很多好事,黄锡铨在维多利亚口碑非常好②。

黄遵宪与加拿大华人的故事令人既沮丧又振奋。他常常不得不为美国排华法案带来的恶果、加利福尼亚州和英属哥伦比亚省一般民众和官员对华人的种族歧视及诸多不和谐元素甚至破坏性倾向而战。与此同时,他也得到了许多反对排挤华人并要求平等对待华人的美国和加拿大人的鼓励和支持,比如像黄在旧金山的亲密朋友和助手 Frederick Bee (1825—1892)这样的伟人,即使在今天依然给我们激励,激励我们为记载在加拿大众议院和参议院议事录中的加拿大版本的排华法案辩驳。黄遵宪为他的加拿大同胞做了那么多的好事,但一直到今天他的事迹才从维多利亚大学被封存已久的旧信件和当时丰富的期刊文献中彰显出来,这些材料将让我们还原一个立体的诗人和外交家形象——黄遵宪,一个真正的现代人,在常人难以想象的困境中,勇敢地、毫不动摇地履行自己的职责和义务,就像我的老师——叶嘉莹教授一样,他们不仅得到中国人的赞誉,而且得到加拿大人的赞誉。

---

① 在《金山联玉》中黄遵宪的头衔是知府。
② 我非常感谢上海外国语大学的陈福康教授建议我更正黄遵宪原稿中的翻译和帮我解释原稿中一些较难的段落。

从改元与改历看民初遗民之政治与文化心理

石任之（扬州大学文学院）

中国历史上的朝代更替是极为常见之事。然而在传统上看来，改朝换代并非是简单的一个朝代灭亡、另一个朝代兴起，例如汉之代秦与元之代宋，其中的文化内涵显然颇有分别。明末思想家顾炎武曾有过"亡国"与"亡天下"的著名论断："亡国与亡天下奚辨？曰：易姓改号，谓之亡国；仁义充塞，而至于率兽食人，人将相食，谓之亡天下。"①顾炎武显然认为正统文化的式微是比政权更迭更为深重的灾难。以顾炎武的明遗民身份来看，或者清之代明就已经算是"亡天下"了，但他不会预见到，满人后来迅速汉化而融入华夏文明；而到满清季世，西方文化强势入侵，华夏文明真正遭遇到更为深刻的威胁。因而作为"末代遗民"的民初遗民，所感受到的痛苦与危机，即隐然有一种对本位文化的深刻担忧，这是此前历代遗民所不能体会到的。从他们对民初的改元和改历之反应，颇能看出这一点。

"改元"即改用新年号纪年。中国古代纪年方法颇多，有太岁纪年、干支纪年等等，而以帝王年号纪年最具政治意义。故每当新君即位，必有改元之举，而到易代之际，"改元"的政治象征意义就更为明确。而"改历"即传统所谓"改正朔"，即新政权颁布新的历法，以宣示其合法性。故《白虎通》谓："王者受命必改朔何？明易姓，示不相袭也。明受之于天，不受之于人，所以变易民心，革其耳目，以助化也。"②对于遗民而言，既然其基本政治立场是忠于前朝，则新朝的"改元"和"改正朔"就是最直接的刺激。辛亥武昌起义后不久，恽毓鼎日记即记云："资政院建议剪发改历（从日本阳历）。当此分崩离析之秋，救亡不暇，忽为此大改革，惑民观听，愚氓误以为国家已亡，必生变动，是无故而搅之也。议员见识若此，何值一钱？"（1911年11月21日）③其时南北方尚在交战，恽毓鼎认为此时自行改历不啻于承认亡国，这可谓是非常传统的政治观念。

---

① 顾炎武著，黄汝成集释：《日知录集释》（外七种），上海古籍出版社，1985年，第1014页。
② 班固撰，陈立疏证，吴则虞点校：《白虎通疏证》，中华书局，1994年，第360页。
③ 恽毓鼎著，史晓风整理：《恽毓鼎澄斋日记》，浙江古籍出版社，2004年，第562页。

至 1912 年 1 月 2 日,临时政府大总统孙中山正式通电宣布改历改元:"中华民国改用阳历,以黄帝纪元四千六百九年十一月十三日,为中华民国元年元旦。"①这里所谓"阳历"即近代以来西方世界通行的公历(格里高利历),"黄帝纪元"乃清末革命党人常用纪年法,以示不奉满清正朔,"故当汉族不绝如线之秋,欲保汉族之生存,必以尊黄帝为急。黄帝者,汉族之黄帝也,以之纪年,可以发汉族民族之感觉"②。所谓"黄帝纪元四千六百九年十一月十三日",实即清宣统三年十一月十三日,而通告中的"中华民国元年"则显然有以"中华民国"为年号纪年之意。

启用公历纪年而又保留传统纪元习惯,这在某种程度上说明民国初年文化制度变革的不彻底性。但即便如此,在遗老眼中也不可接受,这是中国传统的遗民文化心理使然。史载陶渊明在晋亡后"所著文章,皆题其年月,义熙以前,则书晋氏年号;自永初以来,唯云甲子而已"③。从此"义熙甲子"便成为宣示遗民立场的典故。民初很多遗民也自觉效法此举,如梁鼎芬在民国六年(1917)致康有为的一封书信中自署"宣统九年";④陈曾寿在民元后令其婿"署年月也不许用公元或民国字样";⑤汪兆镛自订年谱,在民元前以年号纪年,民元后则以干支纪年,⑥刘大鹏日记中亦曾于民元后以宣统年号纪年⑦,等等,这些行为可谓是民初遗老对于中华民国改元的典型反应。

不但如此,民初遗老还在诗歌中再三申述"义熙甲子"之意,如胡思敬《病起书怀》诗有"闻道重阳佳节近,看花不似义熙年"⑧之句,《题陈侍御仁先菊轩记后》诗有"捐尽芳菲悲正则,坚持晚节赖渊明"⑨之句,既以渊明自许,复以渊明与友人相勖。诗中的"陈侍御仁先"即陈曾寿。而陈曾寿《以旧京菊种移至海上寄养邻圃》诗亦有句云"海上羁魂断乡国,一畦寒守义熙花"⑩,同样是此物此志。还有的则更从遗老群体着眼,自伤其类,如恽毓鼎《题梅叟〈月簃联吟图〉卷子》诗有"莫向卷中寻旧款,贞元朝士义熙年"⑪之句,此诗作于民国元年(1912),诗中"贞元朝士"语出唐刘禹锡《听旧宫中乐人穆氏唱歌》诗句:"休唱贞元供奉曲,

① 孙中山:《临时大总统改历改元通电》,中国社会科学院近代史研究所中华民国史研究室等编:《孙中山全集》,第 2 卷,中华书局,1982 年,第 5 页。
② 刘师培:《黄帝纪年说》,《刘申叔遗书》,江苏古籍出版社,1997 年,第 1662 页。
③ 沈约:《宋书》,卷九十三,中华书局,1974 年,第 2289 页。
④ 张荣华编校:《康有为往来书信集》,中国人民大学出版社,2012 年,第 668 页。
⑤ 周君适著:《伪满宫廷杂忆》,四川人民出版社,1981 年,第 159 页。
⑥ 汪兆镛:《微尚老人自订年谱》,文海出版社,1960 年。
⑦ 刘大鹏遗著,乔志强标注:《退想斋日记》,山西人民出版社,1990 年。
⑧ 胡思敬:《退庐全集》,文海出版社,1970 年,第 116 页。
⑨ 《退庐全集》,第 124 页。
⑩ 陈曾寿著,张寅彭、王培军校点:《苍虬阁诗集》,上海古籍出版社,2009 年,第 40 页。
⑪ 《恽毓鼎澄斋日记》,第 594 页。

当时朝士已无多。"诗中"贞元"即唐德宗二十一年（805），是年德宗去世，顺宗即位，改元永贞，其后王叔文、柳宗元、刘禹锡等发起"永贞革新"，但不久顺宗亦去世，变法遂告夭折，刘禹锡等先后被贬谪，二十余年后刘禹锡方得再次入朝，故其诗乃感慨当年故旧零落之意。按恽毓鼎亦曾倾向于维新，其日记光绪廿四年（1898）六月十五日云："阅邸钞，排日召对翰詹科道诸臣，许部员士民条奏时事。新政之最可喜者，治平之兆其基于此乎？"①可知其立场。故其"贞元朝士"之语，则显然有感叹戊戌变法失败之意，而诗句以"义熙年"三字为结，考虑到本诗作于民国元年，则其用心亦显然可知。又如郭曾炘《实录馆同人摄影留题》诗亦有"洛社衣冠元祐后，陶诗甲子义熙前"②之句，郭曾炘从 1909 至 1911 年间任实录馆副总裁，所谓"洛社衣冠"，指司马光当政后的衣冠朝士，在此处即指其引为同类的光绪遗臣，"元祐"是宋哲宗赵煦的第一个年号（1086—1094），而后句指摄影在辛亥鼎革之前，寓人事翻沉之慨。郭曾炘辛亥之后始常为诗，集为《亥既集》，其序云："以皆作于辛亥以后，姑取干支一字为识，以别于旧作，且以志吾哀焉。"③其中的遗民心态自可窥见。

由以上可知，这些满清旧臣所坚持和守护的"晚节"，正是一种传统道德所肯定的遗民情操。然而时移世易，到民国时期，这种情操已经不能得到主流意识形态的认同，而只能是同病相怜的遗老们相互之间的精神慰藉而已。而如果说改元更多体现出政权更迭的象征意义，那么改历则与日常生活密切相关，因而也引起民初遗民的特别关注。其实理性地看，公历比传统的旧历更准确，而且便于记忆推算，也更利于国际交流，故民国政府启用公历不失为适应时代的一种进步。但民初遗老对于新政府的改历，却表现出非常复杂微妙的态度。

在某些激烈的遗老眼中，民国废除旧历实行公历具有强烈的政治意味，不但可以视为"君国"和"民国"的分野，甚至简直是舍中就西、削弱国本的明证。如刘大鹏在"大清宣统五年正月初三"（1913 年 2 月 8 日）的日记中写道："自变乱以来，一切新党竞袭洋夷之皮毛，不但遵行外洋之政治，改阴历为阳历，即服色亦效洋式。而外洋各国之夷蚕食鲸吞，日甚一日。"④言下颇有将政治问题归咎于"西化"之意。而到"民国三年"（按：刘氏日记自书）元旦，即 1914 年 1 月 1 日，他又在日记里写道："今日为阳历 1 号，凡有叛逆之心者均于今日庆贺新年。"⑤则其心态之激烈亦可见。值得注意的是，此时他虽然不得不接受了"中华民国"纪

①　《恽毓鼎澄斋日记》，第 162 页。
②　郭曾炘：《匏庐诗存》，卷一，民国二十三年（1934）侯官郭氏刊本，第 2 页。
③　郭曾炘：《匏庐诗存》（《亥既集》），民国二十三年（1934）侯官郭氏刊本，序。
④　《退想斋日记》，第 175 页。
⑤　《退想斋日记》，第 190 页。

元,但是到该年 11 月 17 日,其日记又云:"阴历阳历,月日纷歧,民间只记旧历,而对于新历并不过问,以其时序之不符也。民不遵行新历,当道亦不迫胁,今改民国之年,而予称年号仍系宣统,以予系大清之人,非民国之人耳。各行其志不能强,维新人所谓之自由是也。"① 这段话乘"当道不迫胁"之便,又以"自由"为借口辩护,是文人狡狯或曰遗老顽固已不重要,但其实刘大鹏在此后日记中也并没有以宣统系年,耐人寻味的是他却在"民国五年"下自书"洪宪元年"②。按袁世凯之复辟,并非继承满清,乃是帝制自为,形同篡逆;故若以传统遗民立场来说,刘大鹏此举未免令人不解。其实这正是反映了民初部分遗老的进退失据之状况,因为在某些遗老看来,西方文明的危险性更大,故两害相权,他们宁取帝制而恕其篡逆。所以与其认为他们是忠于满清,还不如认为他们忠于帝制,因为民国政体是由西方舶来,而帝制则是中国传统。

恽毓鼎身上也同样表现出一种矛盾心理。他在民国元年正月初二的日记夹注了新历,并且自己解释道:"为对于外人酬应计也。"③ 面对时代潮流不得不作出妥协;同年三月初四(1912 年 4 月 20 日)又云:"吾之恋恋于阴历,以其为皇清正朔,同诸刘氏腊也。若在前数年即改用阳历,吾亦从之矣。唯佳节风景,如上元、中秋之月圆,重阳之菊,诗家佳兴全减矣。"④ 这段话透露出两层意思,第一,若是由清政府改行公历,他不会反对。由此可知其反对公历不过是出于传统的"正朔"观念而已;第二,公历可能造成传统节日文化衰微。这在当时代表了众多遗民的心理。盖中国传统的旧历通行年代既久,自然与传统文化习俗的很多方面紧密联系在一起,其中尤为重要的即是各种传统节日。恽毓鼎曾说:"阳历虽改,居民之过年过节仍用旧历也。固由习惯难移,亦可见民国之轻于改制,碍难实行也。"⑤ 刘大鹏在 1914 年 1 月 26 日(旧历正月初一)日记中则说:"叛逆逼民遵行新历,而民皆置若罔闻,仍以旧历而以今日为元旦,民情不顺逆,亦可概见。"⑥ 旧历元旦即春节,自是中国民间最重视的传统节日,当然非公历元旦所能取代,但"民情不顺逆"云云,也只是刘大鹏式的解释,不免有些迂腐;不过"民间只记旧历,而对于新历并不过问"的情况,在当时也的确相当普遍。

改元和改历给民初遗老的心理都带来了巨大的冲击,故每值旧历重要节令之际,遗老们往往有诗感怀,民初此类诗作可谓不胜枚举。尤其旧历除夕和元旦,最能引起遗民的故

---

① 《退想斋日记》,第 199 页。
② 《退想斋日记》,第 224 页。
③ 《恽毓鼎澄斋日记》,第 578 页。
④ 《恽毓鼎澄斋日记》,第 587—588 页。
⑤ 《恽毓鼎澄斋日记》,第 596 页。
⑥ 《退想斋日记》,第 190 页。

国之思。如俞明震《辛亥除夕感赋时乞病留居兰州城》诗云:"客至怕谈新历日,病闲聊补旧诗篇。……惆怅难忘玉谿语,可能留命待桑田。"①又《癸丑元旦简李梅庵道士》诗云:"旧历仍新岁,黄冠自腐儒。……酒肠无热处,和泪饮屠苏。"②等等。其无可奈何的凄凉心境一望而知。恽毓鼎则更将改元、改历与改服色之类典型的寓含易代悲慨之故实结合起来申述,其《辛亥除夕守岁》云:"堂堂岁月随朝政,落落衣冠与我亲(自注:此时虽未改服色,然朝官已以清朝衣冠为耻,余父子则仍旧服也)。先祖宁知王氏腊,晓钟弥恋汉宫春。偏闻梓舍传生子(自注:次儿夜半得男,乃壬子岁正月初一日子初一刻),忍见夔阶废建寅(自注:民军改用阳历,今日乃二月十七日也)。诘旦慈宁门外路,疏槐短柏总伤神(自注:皇太后率皇上仍御殿受贺)。"③其不烦作详细自注,当有"诗史"笔法在其中。其他如叶德辉《元日》诗云:"犹从旧历唤新年,万户神荼似醉眠。……信是太平工粉饰,共和时世正东迁。"④末二句以周朝之"周召共和"类比民国的共和制度,而"东迁"则指周平王之迁都洛邑,显然以其为政治衰微之兆。程颂万《辛亥除夕,当阳历二月十七日,叔舆诗至,和韵饯岁》诗有云:"四千六百有九载,此夕岁除人不待。大挠甲子推策穷,东渐历书通死海。……大书天步改元年,蠹错无忘九州买。"⑤所谓"四千六百有九载"乃自黄帝纪年,"大挠"传说为黄帝之史官,始作甲子。"东渐历书通死海"则谓舍传统之历法不用,而用自西方基督教世界传来之新历;末句则直指改元改历之为大错。诗中易代之悲慨和遗民之心志亦显然可见。

认为推行公历会导致传统节日消失的这种担忧,并非民初一时的现象,直到民国十七年(1928),郭家声《重阳》诗犹云:"重阳合作及时游,相对何须泣楚囚。晚岁光阴浑似梦,故都风物易惊秋。倦看劫后青山在,怕听霜前白雁遒。此会明年倘消歇,且携尊酒一登楼。"自注:"时议废止旧历甚力。"⑥按:民国初年北京政府采用公历而不废弃旧历,形成了历法上的二元格局。至1929年7月2日,国民政府通令各省市政府废止旧历:"以后历书,自不应再附旧历,致碍国历之推行","不得再于十九年历书及日历内附印旧历。"⑦郭家声诗中首末两句正相照应,谓今年再不及时登高,明年可能就没有重九了,这自是对政府推行新历的委

①　俞明震著,马亚中校点:《觚庵诗存》,上海古籍出版社,2012年,第52页。
②　《觚庵诗存》,第60页。
③　《恽毓鼎澄斋日记》,第577页。
④　叶德辉撰,张晶萍校点:《叶德辉诗文集》,下册,岳麓书社,2010年,第516页。
⑤　程颂万著:《程颂万诗词集》,湖南人民出版社,2009年,第6页。
⑥　郭家声:《忍冬书屋诗集》,卷八,民国十九年(1930)刻本,第6页。
⑦　《国民政府训令》第543号,见国民政府文官处印铸局印行:《国民政府公报》第207号(1929年7月2日),成文出版社,1972年,第8页。

婉抗议。而"白雁"之典故又暗含易代之悲，按史载宋末童谣有云"江南如破，白雁来过"①，其后率元军灭宋者乃伯颜（谐音"白雁"）。由此可知改历影响之深且远。不过尽管政府大力推行公历，但旧历仍然有相当深厚的文化基础，所以新旧历并行百余年直至今日，民间仍然按旧历举行各种传统节庆。另一方面，公历节日乃至西方节日也在不断对传统节日造成威胁。总之旧历牵涉到中国传统文化的方方面面，的确并非政治强制手段在短期内所能改变，而民初遗老对改历的种种反应，也可以看出他们守护传统的用心。从这个角度来看，则民初遗老之怀念旧历又不能简单地以保守顽固视之了。

作为末代遗民的民初遗民既是幸运的，又是不幸的。幸运的是，由于时代的进步，他们并未受到明显的政治高压和迫害；不幸的则是，前代遗民虽然牺牲了现实利益，但往往被主流价值观念所肯定，从而获得了道德上的胜利。而末代遗民却面临着相反的境况，尽管在现实中他们似乎比前代遗民有更多的自由（至于经济状况则因人而异），但民初的一些制度变革，却给他们普遍留下了深刻的心理创伤。更重要的是，他们赖以自立的传统道德价值体系，一夕之间成为新进人士口诛笔伐的封建余孽，而个人品格再也无力为他们争得话语权。其实就遗民这一特殊人群而言，其存在本来就基于一种非功利的政治立场，故而今人以后视前，就不能以现实的功利角度去衡量和评价其行为。

① 柯劭忞：《新元史》，卷一百五十九，开明书店，民国二十四年（1935），第328页。

《江山万里楼诗词钞》补遗

孙爱霞（天津社会科学院文学所）

　　杨圻（1875—1941），初名朝庆，更名鉴莹，又名圻，字云史，号野王，常熟人。御史杨崇伊之子，李鸿章孙婿。二十一岁以秀才为詹事府主簿，二十七岁为户部郎中。光绪二十八年（1902）举人，官邮传部郎中，出任驻英属新加坡总领事。入民国后，在南洋从事橡胶种植业。经营失败后回国，任吴佩孚秘书长。民国十七年（1928）渡辽，居辽东。抗日战争爆发后，派遣爱妾狄美男携书劝阻吴佩孚出任日伪傀儡。民国二十八年（1939），寓居香港。民国三十年（1941），因病卒于香港。

　　杨圻是清末民初著名的文人，他的诗歌在近代诗坛独树一帜，表现出与诗坛主流"诗界革命""同光体"完全不同的诗学宗趣。钱仲联《近百年诗坛点将录》将杨云史置于第十二"天立星双枪将"的位置，并赞曰："千言《天山曲》，目空《秦妇吟》。江山真绝世，镗鞳此唐音。……杨云史为唐音于宋派泛滥之日，可谓豪杰之士。学唐而才华艳发，不同于明七子之貌袭。"[①]他的词，"其旨远而微，其情深而文，其声逸而哀，回肠荡气，感人顽艳，清词丽句，自成馨逸……"[②]钱仲联在《近百年词坛点将录》中将杨圻比为"天彗星拼命三郎石秀"，并赞曰："杨云史词，奇丽俊美，自《花间》南唐以逮宋人，不取一法，不舍一法。如此江山，销魂绝代。"[③]在"常州词派"占统领地位的近代词坛，杨圻的词作确能别开生面，自成一家。

　　《江山万里楼诗词钞》系杨圻别集，于民国十五年（1926）由中华书局出版发行，收诗十三卷、词四卷。杨圻1926年之后的作品曾辑成《江山万里楼诗续钞》，由狄美男携至重庆，但不慎散佚。"今仅见民国二十五年（1936）连载于《青鹤》杂志之《江山万里楼诗选》，为民国十六年（1927）后作品。抗战期间旅居香港时之部分诗作，则由陈文钟编入《杨云史先生侨

---

　　①　钱仲联：《清代文学论集》，齐鲁书社1983年版，第156页。
　　②　康有为：《江山万里楼词钞序》，《江山万里楼诗词钞》，中华书局，1926年。
　　③　钱仲联：《清代文学论集》，齐鲁书社，1983年，第168页。

港诗文钞》,今抄本存于常熟市图书馆"①。2003 年上海古籍出版社出版了校点本《江山万里楼诗词钞》,该书以中华书局刊行的《江山万里楼诗词钞》为底本,参照现今能看到的诸多版本,并融合许多他人著作、民国刊物中的断简残章,辑成现今比较完整的杨圻别集。然而由于民国资料之浩繁,疏漏之处在所难免。日前笔者于民国天津报刊《北洋画报》及其副刊中辑得杨圻数十首佚诗、佚词,兹录于下,以补阙漏。

(一)诗作补遗

寒夜吹角声遣悲

军次郑州,每夜过半,则闻军中悲筛清角,寒吹四起。远近递应,声极凄楚。恍念壬戌秋末冬初,在洛阳幕中大病几死。病床孤卧,终夜静闻寒吹。有诗记悲。今闻其声,百感斯集,凄然雨泪。当余病危,我妻函电交驰,入洛视疾。今我妻已殁一载,而我则重游中原。河山如旧,事业已非,日月不居,鬓毛已改。夏闻哀籁,恍触前尘,而我妻宿草矣!潘郎无恙,依旧天涯,谁复念我起居,慰我疾苦,吊我形影哉?人事惨酷,涕泪何从,悠悠我哀,曷其有极!爰成四绝,继以痛哭。

> 我闻画角最伤情,关塞霜寒在五更。
>
> 永忆病中垂死日,秋风吹满洛阳城。
>
> 当时恐我成长别,铜辇惊魂万里来。
>
> 今日云鬟成宿草,更无人问此生哀。
>
> 病时尚有诗为记,死后闻声更断肠。
>
> 回首不堪惟两地,重经洛浦与清湘。
>
> 当时欲买茂陵女,计为相如待起居。
>
> 今日衾裯犹自理,眼开终夜是鳏鱼。

(辑自 1927 年 3 月 16 日第 70 期《北洋画报》)

徐州简李渭渔

> 故人按剑动雄愁,十日连床话九州。
>
> 天末中原灯火路,明朝酒醒汴州楼。

(辑自 1927 年 4 月 6 日第 76 期《北洋画报》)

---

① 马卫中、潘虹:《江山万里楼诗词钞·前言》,《江山万里楼诗词钞》,上海古籍出版社,2003 年。

挽张其煌诗

荆襄幕府仗群才，北指中原壮语哀。

三醉洞庭风雨里，喜君击楫渡江来。

风云筹笔暗伤神，戎马经年共主宾。

业复五铢等闲事，一时瑜亮复何人？

夔府孤城恨有无，侧身西望一唏嘘。

中原犹在胡尘里，主辱身安非丈夫。

蜀道艰难念主恩，夔门旌旆一销魂。

西寻白帝储需在，只向襄阳哭士元。

（辑自 1927 年 10 月 1 日第 125 期《北洋画报》）

奉尘张汉卿军团长四绝

将军缓带复轻裘，睥睨寻常万户侯。

红粉两行书万卷，太原公子自风流。①

壮岁声明百战来，苍茫顾盼上丛台。

衔枚夜渡漳河岸，人道将军猎雪回。②

小乔嫁得周公瑾，帐里兵书带笑看。

二十万人齐挟纩，春风吹暖雁门寒。③

短衣匹马去从军，战罢归来踏阵云。

下马开筵呼煮酒，辕门大雪落纷纷。④

（辑自 1928 年 1 月 1 日第 151 期《北洋画报》）

吴致中公子吉夕

红云一朵捧鲛绡，初并仙郎紫锦袍。

彩笔为君双关下，眉梢喜色上梅梢。

惊座狂言酒半醺，春光人意两氤氲。

---

① 原诗注曰："将军豪迈英爽，喜读书，近文学士，于历史金石书画，靡不研究，天资迥绝。"
② 原诗注曰："将军折节下士，虚怀可爱，尤重军纪，恤民隐，所至戒聚敛，惩贪暴，令望日隆。"
③ 原诗注曰："于夫人凤志（至）贤能，知大体，将军伉俪最笃，近来军中慰劳受伤兵士，抚恤周至，士气感奋。"
④ 原诗注曰："将军招游保阳经月，军中清谈，往往达旦。尝于雪夜归营，设美酒羊羔相与踞炉大嚼，旁若无人。"

此间虽乐吾思蜀,不到巫山不看云。

（辑自 1928 年 1 月 11 日第 154 期《北洋画报》）

久闻云娘之美,月望之夕,经朝歌主人介绍,偕其姊妹三姝同来。秀外慧中,名下无虚也。席间索余诗甚殷,并约往听歌,万炬珰明,清声裂帛,即席赋赠应云娘之请,并博诸公一粲。

彩云光气荡惊鸿,举国春风笑语中。

明月前身相照处,吴王台殿越王宫。

一为倾城怜惜多,北来海角怅闻歌。

司勋久已无情绪,如此风华嗟奈何。

旗亭绝调唱新诗,舞罢衣香醒酒迟。

解索清新开府句,为君再叠比红儿。

云史草于旅次

（辑自 1928 年 1 月 14 日第 155 期《北洋画报》）

为马艳云画梅并题

忆自丁卯三月为长门君作红梅四帧,湘楚诗人,一时咏赠颇多,彼姝于以成名。箫鼓西行,遂成惆怅,故有"从此杨圻不画梅"之句。今以艳云词史之索,不可无应。为买胭脂,破例一抹,春寒冻粉,狼籍而已。

为君破例买胭脂,题到新诗忆旧枝。

早把红梅比红豆,萧郎此物最相思。

一枝红艳倚宫妆,不是含章便上阳。

学得江香新粉本,画来还以赠江香。

（辑自 1928 年 3 月 21 日第 172 期《北洋画报》）

寒食次临漳军中见桃花

邺城寒食见桃花,千里渔阳接暮笳。

十万征人齐驻马,一时低首尽思家。

（辑自 1928 年 5 月 2 日第 184 期《北洋画报》）

燕归来词[①]

姬人狄素字美男,北平之丰台人,年十八岁。原业歌,能为谭梅之声,兼擅鼓技。年十六,应聘上海,罶

[①]　陈国安《杨圻年表》中"民国十七年(1928)戊辰条"中有言:"清明前,与姬人狄美男渡辽。"此说有误。据杨云史《燕归来词》,狄美男于戊辰岁八月始归云史。

艺二载。家贫,八口赖之食。今岁喉败,亲老无以养,乃使易名小琴为妓,余游辽东遇之。性柔静寡言笑,不类北里,侍余殊殷。既定情,求为我妾。余以骤遇未睹性情,姑漫应之,未诺。美男喜,以告人。为大腹贾章某所闻,密商其母赠多金,意必得美男。其母贫甚,避兵祸新来辽,不知其女意,仓猝受金成约。即夕载之去。美男未前知,又不及一面余,大怨其母。母亦悔无及。余闻之,嗟叹而已。七夕,忽母来致美男意慰我,谓事与心违,必得当以报,其词意殊凄恻。余慰而却之,力持不可,嘱善事前人勿复念陌路,来世再为夫妇耳。至七月望夕,方与友聚酒楼,为长夜饮。夜将半矣,美男忽翩然自来投我,笑且涕,谓今得终身侍君矣。群惊起问故,乃泣诉颠末。盖美男至章家,不食求去。不许。闻其大妇悍,乃哭泣诉谇,故使妇闻。妇固奇妒,素侦其夫,果千里驰至,不能容。美男则以此为词,誓弗从。相持十日,章令自赎以难之。美男先秘嘱母无耗其金,至是喜。立偿之毁约。立出投余。转展中夜,面得余踪迹焉。计识美男不及兼旬,重逢亦仅半月耳,感其诚意,负之不详,怜而迎之归。忆亡妻霞客夫人遗言,谆嘱速纳佳人娱老,事在乙丑八月之末。今美男来归亦八月,计历时一千日,始得无负夫人言。玉骨已寒,三星如笑,寸心交战,何以为情。友人欲以诗贺余者颇众,近以外间谣传附会近实,皆欲知其事,故直言之。余则以将老纳妾,自恨多事,抚今感昔,益伤夫人。嗟乎夫人已矣,我犹人间,辉辉灯烛,灿灿锦衾,对兹新欢,怀哉故剑。至美男一见心许,矢志相从,弗嫌老大,为我备历艰辛,百折弗挫,以赴其愿。自顾潘鬓,拥此鬓颜。谓为心安,则我何忍?作燕归来词曰:

> 棚山一去出风尘,尚是风波百折身。
>
> 数尽雕梁都不是,可怜愁杀卷帘人。

> 西飞青雀报佳期,阿母新传密誓词。
>
> 湿尽青衫半天下,肝肠只有玉人知。

> 年来啼笑若为容,载酒江山百战中。
>
> 博得峨眉心肯死,书生未必异英雄。

> 三年开眼忆丛恨,一夕投怀红拂情。
>
> 画烛照眼人含泪,笑怜哀乐不分明。

（辑自 1928 年 11 月 1 日第 238 期《北洋画报》）

六女满荫适胡氏数年未通音问近闻余侍奉有人致其欣慰之词并姬赠人狄娥诗四首姬不能诗请告平安因示近状

> 多年儿女成宾客,南北东西任所之。
> 只有琴书长伴我,从来寒暖自扶持。
> 消尽韶光羁旅中,十年书剑悔从戎。

关山此去谁调护，早把天涯付小红。

（辑自 1929 年 5 月 4 日第 314 期《北洋画报》）

《北画》三周颂词

铸鼎神禹，燃犀太真。

两峰鬼趣，郑侠流民。

穷行尽性，阿堵传神。

七月七日，吉日诞辰。

风俗攸通，庄谐并陈。

民有好恶，无我无人。

历一千日，苟新又新。

恺悌君子，芳菲青春。

无远弗届，大雅扶轮。

再接再厉，冠冕群伦。

（辑自 1929 年 7 月 11 日第 343 期《北洋画报》）

凌楫民先生来书以云芝夫人三十寿索阿娥
画梅便面并索余诗为题二绝

胭脂弹指染成绯，仙骨披香一品衣。

便欲妻梅先数典，寿阳公主上阳妃。

早闻君复老柔乡，林下妆成索笑忙。

修到今年封萼绿，春风举国寿花王。①

（辑自 1929 年 10 月 3 日第 379 期《北洋画报》）

"春风拂槛"题词②

稚妾抱红树，新莺啼绿房。

闲闲林下客，一意怜春光。

户牖闻兰气，鸣琴清昼长。

于兹乘静理，无碍绮罗香。

（辑自 1931 年 9 月 29 日第 683 期《北洋画报》）

---

① 诗人自注："今岁定梅为国花。"
② 该诗系杨圻题与小妾狄美男的合影，合影名曰"春风拂槛图"。

"花院煎茶"题词①

清雨湿红茵，焚香罢昼眠。

入林茶气静，素手滤溪泉。

落花风俱至，间以金炉烟。

鸣鼷胭脂地，涤器锦绣天。

小燕飞且舞，徘徊画槛前。

为怜春晓晚，七步成新篇。

（辑自 1931 年 10 月 1 日第 684 期《北洋画报》）

"花压阑干春昼长"题词②

内院清昼闲，肃肃掩门阁。

四壁红蔷薇，风静时一落。

花密不见天，热云烘锦幄。

昼寝面春山，妆成兼绣箔。

幽人怡悦多，朝云侍丘壑。

嘤鸣求其友，在林宁独乐。

（辑自 1931 年 10 月 27 日第 695 期《北洋画报》）

"曲栏红雪堆"题词③

红梅幽且深，画寝门扉闲。

林花香气发，仰见楼上山。

蛾眉坐红雪，上楼花可攀。

朱唇学绿鸟，好语音关关。

落英入领袖，微风帏帐间。

（辑自 1931 年 12 月 8 日第 713 期《北洋画报》）

1936 年 2 月 6 日《舞夜》：

细骨轻躯风露清，红墙吹下步虚声。

长安街上千门月，不许东城打四更。

---

① 1931 年 10 月 1 日《北洋画报》刊登杨云史与狄美男合照，名曰"花院煎茶图"。

② 1931 年 10 月 27 日《北洋画报》刊登杨云史之如夫人狄美男小影，名曰"花压阑干春昼长"。

③ 1931 年 12 月 8 日《北洋画报》刊登诗人杨云史与其姬人狄美男的合影，名曰"曲栏红雪堆"。

玉树鲛绡叠雪轻,素娥青女最凄清。

城开不夜非无价,难买秋天不肯明。

1936 年 2 月 11 日《见白发》:

亦知造化自侵寻,垂老加餐喜不胜。

并世几人能皓首,独留千古是丹心。

半生哀乐都如昔,如此江山看到今。

乱世驻颜宁有待,青天倚剑费沉吟。

1936 年 2 月 13 日《移居偶遂亭》:

此是元龙百尺楼,高风吐握动王侯。崔郎潇洒开元客,风月无边雪满头。

洞房连阅王根宅,鹤帐龟床虞信居。人物未随征战尽,松梧合抱我髭须。

寒鸦万点阵盘空,醉眼霜天一豁蒙。鸦背舰稜明夕照,故宫西北是离宫。

羯鼓声高酒尽醒,叫天一曲遏云停。岐王旧客余摩诘,三十年前醉此亭。

秋深苔竹寒犹绿,松下房拢行乐窝。楼上黄昏更可爱,夕阳过尽月明多。

(二)词作补遗

浣溪沙 春色已深,人事异昔,有感汉上旧游。

百草千花送马蹄。去年今日踏铜鞮。薄寒轻暖试春衣。　　一为多情歌踟蹰,断无秀句惜芳菲。桃花流水不思归。[1]

金屋深深花气襱。香衾重叠暖霞烘。玉钗清响画帘中。　　一棹移来春水绿,千山啼遍杜鹃红。不堪重过楚王宫。

为惜春光怜夜光。温泉水滑想衣裳。鲥鱼无骨海棠香。　　一片繁华成薄倖,十分残缺悔轻狂。歌场一例有沧桑。

打起流莺梳洗迟。明眸驰荡艳阳枝。烟花三月卷帘时。　　西塞山前红浪急,大堤风满绿杨丝。伤心不独为相思。

(辑自 1927 年 8 月 3 日第 9 期《北画副刊》)

---

[1]　该首与杨圻《江山万里楼词钞》中《浣溪沙·庚戌重游星洲》首句相同,余则不同。

浣溪沙① 暮春逢长门君自汉南归,时江南落花时也。

岂有相逢却怨嗟。沙场烽火杂莺花。不堪乱后说繁华。　　陌路重逢崔护面,可怜芳草暗天涯。如今王粲已无家。

西塞山前花满林。魏王堤上柳成荫。中原兵马又春深。　　檀板一声河满子,春江花月气销沉。赏心乐事最伤心。

花里逢君把玉卮。江南风物异前时。落花深处诉相思。　　遮莫怜深翻避面,转因语重未通辞。背人溅泪牡丹枝。

（辑自 1927 年 8 月 6 日第 10 期《北画副刊》）

鹧鸪天 追忆岳阳春游

三月桃花水满湖。洞庭楼橹长新蒲。岳阳寒食东风里,日日江村买玉壶。　　思往事,惜雄图。旌旗此地失吞吴。而今草没湘江岸,楼外春流飞鹧鸪。

（辑自 1927 年 8 月 17 日第 13 期《北画副刊》）

疏影 见梅有怀

这番怜别。正无限江南,一枝堪折。楼上春寒,马上春寒,都是关山风雪。相思总被蹉跎惯,又误了、烧灯时节。算沉香、火底吹笙,只有花儿能说。　　江上词人渐老,故园千万里,暗怨清月。夜夜飞来,相向横斜,不管玉人愁绝。水精眠梦红衾冷,冻何逊、今年诗骨。应见也、睡醒东风,朵朵红云吹活。

（辑自 1927 年 11 月 2 日第 134 期《北洋画报》）

鹧鸪天 丙寅十月重赴郑州,军次彭城,道中得长门君书,却寄时五更大月也。

辛苦从军别阿娇。天涯残烛可怜宵。中原犹寄孤军手,辜负香衾夜带刀。　　愁梦断,惜魂销。青山茅店雁行高。五更上马滁州去,月落千山过板桥。

前调

过了徐州又汴州。关山月照骕骦裘。相思千里谁相寄,淮水无情日夜流。　　思薄幸,忆温柔。路儿更远梦儿愁。谁怜流水寒鸦里,愁倒微云秦少游。

（辑自 1927 年 11 月 5 日第 135 期《北洋画报》）

---

① 1927 年 11 月 9 日《北洋画报》刊发三首《浣溪沙》与 1927 年 8 月 6 日《北洋画报》刊发的三首《浣溪沙》虽然重复,但略有不同。11 月 9 日《北洋画报》发表的《浣溪沙》词序为"暮春逢长门君自汉南归",8 月 6 日则为"暮春逢长门君自汉东归"。另外,11 月 9 日《北洋画报》所刊发的《浣溪沙》第三首的尾句为"背人溅泪牡丹枝",8 月 6 日刊发的则为"更无人地更无词"。

浣溪沙

为爱微醺酒气香。葡萄细细强斟郎。那时颠倒想衣裳。　　梦被唤回香尚暖，魂因醉后语多忘。春怜明媚夜怜长。

（辑自 1927 年 11 月 23 日第 140 期《北洋画报》）

浣溪沙

不爱分明爱薄醺。花光人意两氤氲。三分是雨七分云。　　鸡舌香销犹未醒，尚余酒气鬓边薰。乱堆绣被压湘裙。

（辑自 1927 年 11 月 30 日第 142 期《北洋画报》）

苏幕遮

向天涯，多恨思。几叶梧桐，敲响西风脆。如此黄昏心欲碎。有酒无人，浅醉和衣睡。　　莫凭栏，千万里。楼上秋山，楼下秋波翠。流到人间都是泪。几许相思，如许潇湘水。

（辑自 1927 年 12 月 3 日第 143 期《北洋画报》）

苏幕遮命家僮归江南料理花事，书报内院秋花方盛开，未忍删除。惘然感作。

念家山，伤北地。小院无情，深销秋光媚。不敢还家惟有泪。为怕花儿，相见翻憔悴。　　冷清清，凉似水。两盏三杯，独自扶残醉。谁念霜寒添绣被。莫卷珠帘，人在帘间睡。

（辑自 1927 年 12 月 14 日第 146 期《北洋画报》）

临江仙 书赠马艳云

旧日繁华都已歇，兰成心事多违。倾城一顾入帘时。风肩嫌絮重，花鬓怯云肥。　　楼上笙歌楼外月，玉人含笑催诗。天涯何处拾芳菲。舞衣香欲散，皓齿向人辞。

（辑自 1928 年 2 月 4 日第 159 期《北洋画报》）

蝶恋花[①]鸡公山望落日

浩浩浮云迷去路。一点关楼，水乱山无数。四面胡笳吹不住。中原草木如风

---

① 此系杨云史未刊稿。

雨。　　匹马萧萧临古渡。万仞高山,白日幽洲暮。马上惊魂频北顾。长城直上青天去。

(辑自 1928 年 2 月 8 日第 160 期《北洋画报》)

南柯子_{井陉关军次寒食夜赠叶乃忱}

醉笑醺于酒,酣眠懒似云。五更上马去从军。月落长城吹画角,不堪闻。　　柳色临漳水,春阴渡雁门。太行流水绕孤村。楼上黄昏灯火冷,两销魂。

(辑自 1928 年 5 月 12 日第 187 期《北洋画报》)

摸鱼儿_{和吕碧成女士重游瑞士暮春樱花之作}

驻雕轮、踏莎裙屐,今番芳径重印。海天吹坠衣光处,只有莺花能认。仙源静。正帘卷红云,梦暖诗酒冷。溪山烟暝。算开到将离,啼残归去,去住两无准。　　东风外,又见韶华明靓。芳菲都付金粉。遥知拾翠楼台遍,况是栏杆无尽。应悲省。怨太液春消,绿绉红初褪。迷津未忍。问花里秦人,水边渔父,知否再来恨。

(辑自 1928 年 6 月 20 日第 198 期《北洋画报》)

菩萨蛮_{军中清明}

沉沉战鼓从军曲。太行莺啭千山绿。马色趁桃花,清明人忆家。　　清明家万里,泪坠沙场里。立马上漳河。中原春恨多。

(辑自 1928 年 10 月 25 日第 235 期《北洋画报》)

蝶恋花①

眼底旌旗犹霸气。莽莽幽州,风雪来天地。日落长城横一骑。海山都在踌躇里。　　可堪髀肉雄愁起。闲去呼莺,冷落山和水。如此人间容我醉。手扶红粉斟寒翠。

帘卷西楼风雨外。万马中原,人物今犹在。破碎山河来马背。过江风度朱颜改。　　清狂人道嵇中散。铜驼秋衮,驮梦回鸡塞。大好男儿时不再。举杯吞尽千山黛。

话到飘零都未忍。灯火楼台,梦里天涯近。诉与清秋秋不信。江湖满地难招隐。　　念家山破魂销尽。收拾闲愁,总是词人分。北去兰成君莫问。哀江南后非

---

① 此词系杨云史和吕碧成之作,吕氏原作亦刊发于《北洋画报》。

元鬓。

红叶来时秋水满。前度迷津，洞里流年换。道是仙源鸡犬暖。秦人合住桃花岸。　　吟成一例肠堪断。小猎荒寒，匹马关山远。归骑数行灯火乱。雪花如掌卢龙晚。

（辑自 1928 年 12 月 6 日第 253 期《北洋画报》）

眼儿媚 画红梅自题

绿苔红萼锁闲门。那得不销魂。繁楼灯火，灞桥风雪，都是黄昏。　　可怜纸醉泥金帖，化作冻云痕。水村山郭，今宵酒醒，昨夜香温。

（辑自 1929 年 1 月 26 日第 270 期《北洋画报》）

眼儿媚 自题画梅

由来踪迹水云间。心事隔年看。山桥野店，金貂换酒，人比花寒。　　今番马背驮诗去，扶梦上雕鞍。十分风雪，数声笳鼓，一片关山。

（辑自 1929 年 2 月 19 日第 282 期《北洋画报》）

浣溪沙 辽东春游

十里钿车飞暗尘。五花骢马七香轮。黄金有力买青春。　　尽日花开莺乱语，小楼闲杀昼眠人。今年依旧负良辰。

（辑自 1929 年 5 月 11 日第 370 期《北洋画报》）

浣溪沙

别故都二年矣，暮春重来，缠绵病榻者半月。节令久废，无人知有谷雨。客来视病，为言宫闱牡丹方盛，始惊三月晦日矣。明日强起，尽携家属，游乎社坛，兼涉西苑故宫。春阴不雨，花事幽胜，仕女如云，入夕不散。流连竟日，令我忘忧。凌君楫民与云芝夫人觞我一家，置酒千红万紫间。宝炬在林，暖霞泼户，酒香花息，夜色尤清，春露满衣，暗尘随马，夜深辞归，病亦良已。书此纪游，兼简楫民伉俪。

昨夜春寒薰绣衣。雨丝风片晓来微。牡丹如斗紫藤肥。　　细柳新浦相向绿，雕栏玉砌觉人稀。朱颜无改怅春非。

万户风莺开建章。千门烟柳隐昭阳。游人指点说先皇。　　春水不知亡国恨，落花犹傍内家妆。帘开正殿想垂裳。

（辑自 1930 年 5 月 9 日第 469 期《北洋画报》）

（三）联语

杨云史先生为中原戏台拟联

其一

你要寻忠臣、小字、节妇、义夫，只有戏场能见面。

像这些祸水、阴人、家妖、国贼，一看脸谱便知心。

其二

纵做得可泣可歌，唱戏何如听戏好。

看这许人山人海，下台笑杀上台忙。

其三

要做来有色有声，无非脱得精光，打个稀烂。

就唱到如怨如慕，试问大家听戏，几位知音？

（辑自 1928 年 3 月 14 日第 170 期《北洋画报》）

结　语

杨云史在《北洋画报》发表作品的时间长达五年，发表作品百余首，中有六十余首未被收入上海古籍版的《江山万里楼诗词钞》。这些遗漏的作品在研究杨圻生平、交游、思想、文学成就等方面具有重要的史料价值与意义。

宋濂诗学浅论

孙克强　郑　学（南开大学文学院）

宋濂以散文创作享誉文苑，诗名或为所掩。实际上，他的诗歌创作与理论都有很大成就，并且在元明之际以迄明前中期颇有影响。近年对宋濂文学思想的研究逐渐深入，具有代表性的论著有左东岭教授的《论宋濂的诗学思想》，揭示出宋濂诗学具有"原道教化与自我抒写的双重特征"①。罗宗强先生的《明代文学思想史》用一节的篇幅论述宋濂文学思想特征，指出"最能系统反映洪武朝文学思想主流的，是以宋濂为代表的文学思想"②。

对于诗学理论，宋濂本人深为自信，曾云"濂虽不善诗，其知诗却决不在诸贤后"③；又谓："予虽不能诗，而论诗颇谓有一日之长。"④他的自信源于毕生丰富的创作实践和理论探讨。宋濂喜好作诗，其诗存世较少，是因为去取严格。据郑涛《宋潜溪先生小传》，宋濂"九岁颇学为诗"，义乌贾思逵爱其才，以女许之。⑤又据宋濂《芝园前集》卷三《南涧子包公碣》，他十二岁从包廷藻问学时，"操觚赋诗，动辄十余首"。⑥后来他随欧阳梦吉、黄溍、吴莱学习，重视诗文创作，且常与同门切磋，所作更多。唯以"屡焚旧稿"⑦，近乎悉数弃去。宋濂的诗学是建立在其丰富的创作经验的基础之上的。检其本集，论诗之语甚夥，多为师友论学和文集序跋。这些表述虽然散见诸文，但观点集中统一，并且与其理学思想、散文理论相联系，共同构成一个一以贯之的体系架构。兹述其诗学理论于下。

---

① 左东岭：《论宋濂的诗学思想》，《首都师范大学学报（社会科学版）》，2009 年第 4 期，第 105 页。
② 罗宗强：《明代文学思想史》，中华书局，2013 年，第 47 页。
③ 宋濂：《刘兵部诗集序》，罗月霞主编：《宋濂全集》，浙江古籍出版社，1999 年，第 609 页。
④ 宋濂：《樗散杂言序》，《宋濂全集》，第 2025 页。
⑤ 郑涛：《宋潜溪先生小传》，《宋濂全集》，第 2323 页。
⑥ 宋濂：《南涧子包公碣》，《宋濂全集》，第 1193 页。
⑦ 宋濂：《兰花篇小序》，《宋濂全集》，第 2202 页。

一、当代诗坛批评

宋濂诗文名重一时,方孝孺形容说:"海外殊绝罕至之国,朝贡之使接于国门,至必问公起居安否,购公文集以归。日本至摹刻传诵于其境内。而近则朝廷,远则穷山陋邑,妇人稚子皆知公为盛德君子。"①基于他在文坛的特殊地位,宋濂自觉承担起领导创作风气和文学批评指向的责任,他自信地表示:"当今之诗,予颇得纵览。"②身处元明易代之社会背景,一代文人面临清理总结元末文化,并且建设新的文化事业以赞翼新朝的时代任务。又因为理学的盛行,宋濂代表的明初官方文学观主张明道宗经,俾补世用。他的诗论具有现实的针对性,从批评当代诗歌的不良风气入手:

> 濂颇观今人之所谓诗矣。其上焉者傲睨八极,呼吸风雷,专以意气奔放自豪;其次也造为艰深之辞,如病心者乱言,使人三四读终不能通其意;又其次也,傅粉施朱颜,燕姬越女,巧自炫于春风之前,冀长安少年为之一顾。诗而至此,亦可哀矣。③

这段痛切针砭可以看作宋濂对当代诗坛的总结式批评。宋濂指出了诗坛的三种弊端,其一是"意气奔放自豪"之诗。宋濂另一篇文章也谈到这类诗:"近来学者类多自高,操觚未能成章,辄阔视前古为无物,且扬言曹、刘、李、杜、苏、黄诸作虽佳不必师,吾即师,师吾心耳。故其所作往往猖狂无伦,以扬沙走石为豪,而不知有纯和冲粹之音。"④"猖狂无伦,以扬沙走石为豪",与"意气奔放自豪"相类。这类诗盲目自大,目空一切,其实并无价值。其二是"造为艰深之辞"之诗。宋濂本人文风醇厚浑融、敷腴朗畅,其所推奖也都是"精博而不麓涩,敷腴而不苟缛"⑤之作,对叫嚣或艰涩的风格本无好感。他提倡的是"纯和冲粹之音"。其三是"傅粉施朱自炫"之诗。这是针对当时东南地区流行的某些文风做了最严肃的抨击。所谓"傅粉施朱颜,燕姬越女,巧自炫于春风之前,冀长安少年为之一顾",或以为针对铁崖艳体立言,实则不然。宋、杨二人友善,相互引为同调,何况宋濂与杨维桢还合写过体近民谣、白纻辞的绮丽短章《越歌》。此语更近于对瞿吉、袁凯等人轻巧纤弱文风的纠弹。他曾痛斥这种"江南体"诗歌轻儇鄙亵,并视之为"世道甚下"在文学上的反映:"今世……间有倡为江南体者,轻儇浅躁,殆类闾阎小人骤习雅谈而杂以亵语,每一见之辄闭目弗之视。诗而

---

①　方孝孺:《宋学士续文粹序》,《逊志斋集》卷十二,四部丛刊本。
②　宋濂:《樗散杂言序》,《宋濂全集》,第 2025 页。
③　宋濂:《杏庭摘稿序》,《文宪集》卷七,文渊阁四库全书本。
④　宋濂:《答章秀才论诗书》,《宋文宪公全集》卷三十七,四部备要本。
⑤　宋濂:《苏平仲集序》,《宋学士文集》卷十六,四部丛刊本。

至于使人弗之视,则其世道之甚下也为何如哉!"①

通观他所反对的三种诗风,其共同点在于三者都不适应新王朝兴起之际的文化需求,他对新时代诗歌创作的要求是针对现实,力图处理严肃话题和重大题材。宋濂对中古作家最崇拜韩愈和欧阳修,曾云:"六籍之外,当以孟子为宗,韩子次之,欧阳子又次之。"②他的散文得欧文之长,而诗则或取韩氏,对脱离现实的诗作,采取类似韩愈的批评态度。如云:

> 诗人之吟咏夥矣,类多烟霞月露之章、草木虫鱼之句,作之无所益,不作不为欠也。③

要求诗必须有益于世,"有补名教"。宋濂反对充斥"风云月露之形、花木虫鱼之玩"的"山林之诗"。④ 此类诗作沉溺于个人领域,回避了现实生活,等而下之者甚至流为烟、月、草、虫等符号化意象的排列组合,境界空虚狭小。韩愈《读皇甫湜公园池诗书其后二首》之云"尔雅注虫鱼,定非磊落人"⑤,即此谓也。宋濂从实用出发,针对现实需要,提出了符合时代语境的诗学理论。了解他的诗学思想,对把握明初诗坛倾向和理解那一特殊语境,有相当意义。

宋濂十分注重诗歌的社会功能,强调诗歌对接受者起到鼓舞感发作用:

> 诗之为学,自古难言。必有忠信近道之质,蕴优柔不迫之思,形主文谲谏之言,将以洗濯其襟灵,发挥其文藻,扬厉其体裁,低昂其音节,使读者鼓舞而有得·闻者感发而知劝,此岂细故也哉! 奈何习之者多如牛毛,而专之者少如麟角也。⑥

此所谓"质"与"思",是诗歌的本体要求,而"形"即诗歌的表现形式。作为诗歌本体的思想内含与情感,应当是忠、信、"近道",温柔敦厚、从容不迫的。以此为标准"洗濯其襟灵",而后在文藻、体裁、音节三个方面追求形式美,通过内容与形式的结合,目标是达到感发读者的效果——"使读者鼓舞而有得,闻者感发而知劝"。

诗歌体裁能够特别有效地唤起接受者的参与,因此特别适合处理某些题材。宋濂曾举"训子"题材为例,说明诗歌不可替代的感发力量:

> 古之人教子多发为声诗,何哉? 盖诗缘性情,优柔讽咏而入人也最深。韩昌黎之

---

① 宋濂:《樗散杂言序》,《宋濂全集》,第 2025 页。
② 宋濂:《文原》,《宋学士文集》卷五《芝园续集》,四部丛刊本。
③ 宋濂:《刘母贤行诗集序》,《宋学士文集》卷一《芝园前集》,四部丛刊本。
④ 宋濂:《汪右丞诗集序》,《宋濂全集》,第 481 页。
⑤ 韩愈著,钱仲联集释:《韩昌黎诗系年集释》,上海古籍出版社,1984 年,第 1081 页。
⑥ 宋濂:《清啸后稿序》,《宋学士文集》卷七,四部丛刊本。

子符读书城南,尝作诗送之,曲尽其意,至今读者犹蹶然兴起,岂曰小补之哉!①

这里继承和发展了"诗缘情"的理论传统,将之深化为作家、作品、读者的历时性互动。通过作品媒介,今之读者可以与古之作者达成情感共鸣。

对当代诗坛的批评还表现在师古和拟古的问题上。宋濂对轻视古代优良传统的做法甚为反感,批评"阔视前古为无物"②,认为不能吸收前代积累的创作经验,必将导致艺术的粗糙。他主张艺术创新须建立在充分掌握前人成果的基础之上,"必历谙诸体,究其制作声辞之真,然后能自成一家"③。这是他对"师古"问题的基本态度,据《刘彦昺诗集序》,该见解来自其师吴莱的教导。"历谙诸体"是手段,经过"究其制作声辞之真"的历程,最后达到"自成一家"方为目的。明代谢榛等诗论家继承了宋濂的见解,如谢榛主张以"初唐、盛唐十二家诗集并李杜二家"为"楷范","历观十四家所作",而后"出入十四家之间,俾人莫知所宗",最后达到"十四家又添一家"的成就。④

其次,他也反对以古为限:"若体规画圆,准方作矩,终为人之臣仆,尚乌得谓之诗哉!"⑤批评字规句模,抹煞创作个性、取消形式创新的做法,提出"为诗当自名家,然后可传于不朽"⑥。这是宋濂学习韩欧一派作家文必己出、务去陈言作风的心得,此后明代宗宋派作家往往奉此为对抗"文必秦汉,诗必盛唐"说的理论武器。与韩愈相同,在"师古"方面他主张"师其意",而不要"师其辞":

> 其上焉者师其意,辞固不似而气象无不同;其下焉者辞则似矣,求其精神之所寓,固未尝近也。⑦

"师古"是明代诗学核心问题,承唐宋之余绪,由元末文人滥觞其源,至宋濂、高秉、王祎这一代作家开始将它提升为整个诗学理论的支撑点。宋濂在这个问题上持辩证立场,认为既要学习古人,又不能陷于模拟抄袭。

二、本体论:诗生于情,礼义为本

宋濂诗学上承刘勰《文心雕龙》的宗经思想,以儒家诗学观为基础,并由此构成其诗学

① 宋濂:《题危云林训子诗后》,《宋学士文集》卷六,四部丛刊本。
② 宋濂:《答章秀才论诗书》,《宋文宪公全集》卷三十七,四部备要本。
③ 宋濂:《刘彦昺诗集序》,《宋学士文集》卷十七《銮坡集》,四部丛刊本。
④ 谢榛:《四溟诗话》卷三,谢榛,王夫之著:《四溟诗话·姜斋诗话》,人民文学出版社,1961年,第80页。
⑤ 宋濂:《答章秀才论诗书》,《宋文宪公全集》卷三十七,四部备要本。
⑥ 宋濂:《答章秀才论诗书》,《宋文宪公全集》卷三十七,四部备要本。
⑦ 宋濂:《答章秀才论诗书》,《宋文宪公全集》卷三十七,四部备要本。

本体论。宋濂对诗歌本体的探索分为两个层次：其一，以礼义为思想之本，强调诗歌的思想意义。宋濂的政治思想渊源于浙东理学，他认为儒家的仁义礼乐教化观念是诗歌思想之本，文辞则为儒家思想的外化：

> 君子之言，贵乎有本，非特诗之谓也。本乎仁义者，斯足贵也。周之盛时，凡远国遐壤穷闾陋巷之民，皆能为诗，其诗皆由祖仁义，可以为世法，岂若后世学者资于口授指画之浅哉！先王道德之泽，礼乐之教，渐于心志而见于四体，发于言语而形于文章，不自知其臻于盛美耳。①

"道德之泽、礼乐之教"具有本体意义，当它由"心志"层面外化到语言层面，就能产生形式"盛美"的诗歌。因此作品内容意义的重要性压倒文字技巧。宋濂认为，一切文体都应该本源于礼义，"非特诗之谓也"，但诗歌的本体特性经常被人忽视。他说："诗文本出于一……沿及后世，其道愈降，至有儒者诗人之分。自此说一行，仁义道德之辞遂为诗家大禁，而风花烟鸟之章留连于海内矣，不亦悲夫。"②宋濂认为儒者诗人应是一体的，也就是说诗人应该用儒家思想加以武装，对背离诗歌思想之本而产生的浮泛文辞提出批评。

宋濂讨论诗歌本体，往往追溯其起源，依《诗经》立论。若将诗歌视为有意义的形式，则他认为在意义层面，诗歌应该是"仁义道德之辞"；其形式特点在于其音乐性和曲折性，即"诗则领在乐官，必定之以五声"以及"形主文谲谏之言"。以理学家的眼观来看，诗文在体现仁义道德、宣阐礼乐教化，言志载道方面是一致的，"未始有异也"。③二者同为"仁义道德"本体的外化形式，至于语言形式的歧异，尽属末节。归根到底，这是一种"有用"论，强调"仁义道德"的社会功能，而排斥"风花烟鸟"的纯粹审美。

其二，以"缘情托物"为创作之本，赋予诗歌无限的情感表达能力。宋濂提倡以"礼义"为思想之本，并不是迂腐盲目地信从理学家"文以载道"的话头。作为在创作实践上尽谙甘苦的作家，又是功力深厚者，他对诗歌具有清醒而通达的认识。借用前人"诗缘情"和"发乎情，止乎礼"的表述作为理论外壳及载体，宋濂提出一套"缘情托物"的诗歌创作论，承认诗歌具有表达作者情感并感发读者的功能，指出情感是创作的动机和源泉，进而赋予其本体意义，即认为"缘情托物"是诗歌的创作之本。他说：诗歌"外触乎物，内发乎情，情至而形于言，言形而比于声，声成而诗生焉"④，换言之，诗歌产生于外在世界和内在世界的相互触发，

---

① 宋濂：《林氏诗序》，《宋学士文集》卷七十五，四部丛刊本。
② 宋濂：《题许先生古诗后》，《宋濂全集》，第 208 页。
③ 宋濂：《题许先生古诗后》，《宋濂全集》，第 208 页。
④ 宋濂：《药房樵唱序》，《宋濂全集》，第 1999 页。

是强烈深刻的情感外化为文字。这和以"礼义"为思想之本并不矛盾,因为其"情"并非漫无检束、无限宣泄的,而要受到作者的主动控制,用"礼义"加以节制。宋濂对诗歌艺术的整体理解集中阐述在《霞川集序》中:

> 诗其可学乎? 诗可学也。然宫羽相变,低昂殊节,而浮声切响,前后不差,谓之诗乎? 诗矣,而非其美者也。辞气浩瀚,若春云满空,倏聚而忽散,谓之诗乎? 诗矣,而非其美者也。斟酌二者之间,不拘不纵,而夫厥中,谓之诗乎? 诗矣,而非其美者也。然则诗之美者其将何如哉? 盖诗者,发乎情,止乎礼义者也。情之所触,随物而变迁。其所遭也以郁,则其辞幽;其所处也乐而艳,则其辞荒。推类而言,何莫不然,此其贵乎止于礼义也? 止于礼义,则幽者能平而荒者知戒也。[①]

兹论全面讨论了诗歌之美的各个要素,阐发了诗歌之美来自形式和意义之统一的思想。宋濂所指诗歌的外在形式包含三个层次:其一,语言上要追求音韵的变化与和谐:"然宫羽相变,低昂殊节,而浮声切响,前后不差";其二,在文采上要雄健畅达、变化丰富而不拘执:"辞气浩瀚,若春云满空,倏聚而忽散";其三是以上两个方面的综合:"斟酌二者之间,不拘不纵,而夫厥中。"在宋濂看来,具有以上三个层次之后,仍然"非其美者也",因为更重要的诗歌内在的思想情感,才是诗歌美的关键所在。宋濂认为,诗歌的本源在于言情,情随物迁,进而决定作品的主旨与风格。美的标准是和谐的、有节制的,因此不宜过度苦僻幽怨或荒率放恣。人的情感容易受环境和遭际影响,无论境遇苦乐,都会带来感情的剧烈变动。因此需要用"礼义"来节制感情,以免脱离中和之美。

剥去"发乎情,止乎礼"的传统观点之后,宋濂此论的理论价值就凸显出来:他认为由于"所遭"不同,即外在世界存在差异,情感也"随物而变迁"。而这些有"郁"有"乐"、变化丰富的情感,只要受到礼义节制,就可以在诗歌中自由表达,不伤害诗歌之美。这就赋予诗歌无限的情感表达能力。他为吴景奎《药房樵唱》作的序言说:

> 诗在堪舆间,无纤弗囿,无钜弗涵。太极阴阳之化物,则民彝之懿,烟风月露之形,河山草木之昭,气候燠寒之更,毛羽鳞介之蕃,治乱兴亡之著,寿殀死生之度,可疑、可存、可悦、可愕、可感、可慨,外触乎物,内发乎情,情至而形于言,言形而比于声,声成而诗生焉。上自王公卿相,下逮小夫编氓,藻畅于襟灵,导扬于隐伏,大而朝会燕飨被之笾弦,小而委巷深闺见诸谣谚,虽位号之或殊,而衷情无以异也。[②]

诗歌"无纤弗囿,无钜弗涵",无不可描摹之物,也没有写不出的"情"。客观世界无穷无

---

①　宋濂:《霞川集序》,《宋濂全集》,第 2024 页。
②　宋濂:《药房樵唱序》,《宋濂全集》,第 1999 页。

尽,所触发的情感也随之千姿百态。无论疑、存、悦、愕、感、慨,任何情感都能固化为诗。而诗歌的价值也在于是——因为人之"衷情无以异",情感是普世性的,所以诗的价值也是普遍的。这个观点颇有影响,张潜辑《诗法醒言》卷一几乎全篇引录宋濂此序用以阐明诗的"本源"。

宣泄情感是主体的自然需求。"上自王公卿相,下逮小夫编氓",主体处境顺逆穷达各异。宋濂认为,在顺境中主体可以通过多种渠道达到宣泄,而逆境中则只有凭借诗歌加以宣导发舒。因此表现逆境幽郁之情的诗歌较为普遍:

> 士之生斯世也,其有蕴于中者,必因物以发,譬犹云既而灵雨不得不降,气既至而蛰雷不得不鸣。虽其所发有穷达之殊,而所以导宣其湮郁,洗濯其光精者,则一而已矣。是故达而在上,其发之也:居庙朝,则施于政事;谋军旅,则行于甲兵;严上下、和神人,则见于礼乐;交邻国,则布于辞命。或穷而在下,屈势与位,不能与是数者之间,则其情抑遏而无所畅,方一假诗以泄之。诗愈多则其人愈穷也可知矣。①

这是韩欧派文论"不平则鸣"和"穷而后工"理论的重大发展。宋濂以"缘情托物"为创作之本的观念承认诗歌对情感宣泄有重要意义,可以供在野士人发抒性情并参与社会,并由此赋予它实用主义视野下的存在合法性。

基于情感表达的一致性,宋濂导出古今相通的文学发展观。他认为历代诗体变迁,是历史与人性的必然。时代不同,诗人面对的语境迥异,诗歌要处理的对象各别,文学语言也发生了变化,因此诗体不得不变。但是人性是普遍的、古今一致的,无论诗歌体裁如何演化,其中所传达的情感是相通的。虽诗体代变,其本体特质则同。

他多次由本体角度分析古今的"同"与"不同":

> 今诗之体与雅颂不同矣,犹袭其名者何? 体不同也,而曰赋、曰比、曰兴,其有不同乎? 同矣。而谓体不同者何? 时有古今也。时有古今也,奈何今不得为古,犹古不能为今也。今古虽不同,人情之发也,人声之宣也,文之成也,则同而已矣。②

古今虽然诗体不同,但一则像赋、比、兴这样体现艺术精神的方法是一脉相承的;二是"人情"的抒发、"人声"的宣导、"文"的写作原则,是古今无别的。"人情"是诗歌本体,其一致性决定历代体裁不同的作品都可称为"诗"。由于"今不得为古,犹古不能为今",故而宋濂承认诗歌体裁的发展变化,以情感的古今相通为历代诗体之勾连。

因此,从"缘情托物"本体出发,可以使用一致的标准来评价古今历代诗作。宋濂认为:

---

① 宋濂:《马先生岁迁集序》,《宋学士先生文集》卷六,明天顺五年黄誉刊本。
② 宋濂:《皇明雅颂序》,《宋学士文集》,四部丛刊本。

夫诗一变而为楚骚,虽其为体有不同,至于缘情托物,以忧恋恳恻之意而寓尊君亲上之情,犹夫诗也。再变而为汉魏之什,其言虽不逮骚,能变而不华,质而不俚,亦有古人之遗美焉。三变而为唐宋之诗,去古渐远,有得有失,非言辞之能尽也。①

在"缘情托物"的意义上,上古的诗骚最为成功,去古愈远,"缘情托物"就愈不足,所以诗歌的水平就愈下降。由此引申,后人作诗应当以诗骚为楷模,将其"义理之纯""性情之正""取以为法"②。

三、诗人论:五美兼备,才学相济

在宋濂看来,学诗并非易事,"其亦易易乎? 然非易也","夫诗未易言也"③。出色的诗人既需要先天禀赋,也需要功夫学力,才学相济,方克有成。总结起来,优秀的诗人须兼备"五美":

> 诗,缘情而托物者也。其亦易易乎? 然非易也。非天赋超逸之才,不能有以称其器;才称矣,非加稽古之功,审诸家之音节体制,不能有以究其施;功加矣,非良师友示之以轨度,不能有以择其精;师友良矣,非雕肝琢肾,宵咏朝吟,不能有以验其所至之浅深;吟咏侈矣,非得夫江山之助,则尘土之思,胶扰蔽固,不能有以发挥其性灵。五美云备,然后可以言诗矣。盖不得助于清晖者,其情沉而郁;业之不专者,其辞芜以庞;无所授受者,其制涩而乖;师心自高者,其识卑以陋;受质蹇钝者,其发滞而拘。古之人所以擅一世之名,虽其格律有不同,声调有弗齐,尝有出于五者之外也。④

所谓"五美",是将诗人应当具备的素质划分为五个方面,也是把学诗的过程划分成由浅至深的五个步骤:

第一是超逸之才。宋濂认为禀赋是诗人的首要条件,缺少"超逸之才"的"受质蹇钝者,其发滞而拘",诗思塞滞拘束,难以畅其情。值得注意的是"才"上冠以"超逸"一词,也就是说,诗人之才非普通之才、一般之才。在《林伯恭诗集序》中宋濂表述为"颖悟绝特之资"⑤,《杏庭摘稿序》中亦表述为"超绝之识"⑥,内涵大致相同。《颜氏家训》曾云:"必乏天才,勿强

① 宋濂:《樗散杂言序》,《宋濂全集》,第 2025 页。
② 宋濂:《答章秀才论诗书》,《宋文宪公全集》卷三十七,四部备要本。
③ 宋濂:《杏庭摘稿序》,《文宪集》卷七,文渊阁四库全书本。
④ 宋濂:《刘兵部诗集序》,《宋濂全集》,第 608 页。
⑤ 宋濂:《林伯恭诗集序》,《宋学士文集》卷三十三,四部丛刊本。
⑥ 宋濂:《杏庭摘稿序》,《文宪集》卷七,文渊阁四库全书本。

操笔。"①所谓"天才"近于"超逸之才"。晋代葛洪《抱朴子·内篇·自序》曾提到"超逸之才":"洪体乏超逸之才,偶好无为之业。"②当然这是自谦之词,但也表现出"超逸"品质之高端。钟嵘《诗品》评曹植"超逸今古,卓尔不群"③,可见诗人具有"超逸之才"的可贵。柳宗元《答吴武陵论〈非国语〉书》亦曾使用"超轶如此之才"④评价作家。宋濂认为诗人须有特殊的才能,方能有灵感闪现;反之,缺少天赋之"才",就不具备作诗的基础。宋濂重视天才和灵感的作用,视之为文学创作的先决条件。

第二,稽古之功。即深入研究和借鉴前人在音节、体制等方面积累的艺术技巧,以充实提高自己的水平;反之"师心自高者,其识卑以陋","师心自高"是宋濂重点批评的弊端,"自高"即盲目自大,故步自封。无视古人的光辉成就,摒弃典范,其结果必然见识浅薄,难以通达。宋濂提倡学习,不仅要有"颖悟绝特之资",还要"济以该博宏伟之学"⑤,有了"超绝之识",还要"充以包举宇宙之量,济以俊伟光明无所不通之学"⑥,可见"学"的重要性。宋濂自述其学诗经历,声称"自汉魏以至于今诸家之什,不可谓不攻习也"⑦。他强调学养的积累,要求"必历谙诸体,究其制作声辞之真,然后能自成一家"。

第三,良师友示之以轨度。即老师朋友中行家通人对创作规范的指导,借以选择正确的道路;反之,就很难选择精准的方向,"无所授受者,其制涩而乖",很可能走到邪路上去。这是宋濂的甘苦之言,是得自切身体会的重要论断。宋濂论诗特别强调师友的指导切磋,以为"诗道之倡,其有师友渊源乎? 非师不足尽传授之秘,非友不足成相观之善,无是二者,不可以言诗也"⑧。他立言称述老师:"予昔学诗于长芗公(即吴莱)。"⑨他也重视与同道的探讨交流,自称于"荐绅先生之前,亦不可谓不磨切也"⑩。在吴莱门下的学习经历带给宋濂和他的同学们很大帮助,他说:凡是对吴莱"宗而师之者,虽有高下浅深之殊,然皆守距蹈规不敢流于诡僻迂怪者,先师之教使然也"⑪。此所谓"诡僻迂怪"或乖涩,指的是"造为艰深之

---

① 颜之推:《颜氏家训》,山西古籍出版社,1999 年,第 115 页。
② 葛洪:《抱朴子内篇校释》,中华书局,1985 年,第 367 页。
③ 钟嵘:《诗品》,文学古籍刊行社,1954 年,第 4 页。"超逸"一本作"粲溢",此据仇兆鳌:《杜诗详注》卷一引,中华书局,1999 年,第 50 页。
④ 柳宗元:《柳河东全集》,中国书店,1991 年,第 337 页。
⑤ 宋濂:《林伯恭诗集序》,《宋学士文集》卷三十三,四部丛刊本。
⑥ 宋濂:《杏庭摘稿序》,《文宪集》卷七,文渊阁四库全书本。
⑦ 宋濂:《答章秀才论诗书》,《宋文宪公全集》卷三十七,四部备要本。
⑧ 宋濂:《孙伯融诗集》,《宋濂全集》,第 1253 页。
⑨ 宋濂:《林伯恭诗集序》,《宋学士文集》卷三十三,四部丛刊本。
⑩ 宋濂:《答章秀才论诗书》,《宋文宪公全集》卷三十七,四部备要本。
⑪ 宋濂:《书刘生铙歌后》,《宋学士文集》卷五《芝园续集》,四部丛刊本。

辞,如病心者乱言,使人三四读终不能通其意"①的不良做法。师友的指导意义在于正乖、对错、雅俗的判别。在宋濂看来学诗者才有高下,难以改变;但轨途方向可以选择,师友的作用正在于此。

第四,雕肝琢肾,宵咏朝吟。即刻苦的、充分的写作实践训练,否则"业之不专者,其辞芜以庞"唯其如此才能"验其所至之浅深",检验自己的真实水平。"雕肝琢肾,宵咏朝吟"语出欧阳修《答圣俞莫饮酒》:"朝吟摇头暮蹙眉,雕肝琢肾闻退之。"②欧诗又出韩愈《赠崔立之评事》:"劝君韬养待征招,不用雕琢愁肝肾。"③韩、欧俱用反语,形容用功作诗之刻苦。宋濂赞赏专工诗歌一艺的做法,比如他称颂友人许存礼的三十年苦功:"非三十年磨濯光精而宣邕灵和,乌能如夫渠出水,弗沾纤尘,有如此者!"④提倡勤于实践,刻苦努力。

第五,江山之助。刘勰《文心雕龙·物色》篇谓:"若乃山林皋壤,实文思之奥府。略语则阙,详说则繁,然屈平所以能洞监风骚之情者,抑亦江山之助乎!"⑤宋濂认为自然环境对诗人修养有浸润、陶冶作用,对创作灵感有激发、触动作用;反之,"不得助于清晖者,其情沉而郁"。有了江山之助,便可将自然之"清晖"吸纳于诗人的内心,进而"有以发挥其性灵";反之则"尘土之思,胶扰蔽固"。宋濂说:"烟风月露之形,河山草木之昭……外触乎物,内发乎情。"⑥正是对"江山之助"的阐释。宋濂将刘勰的"江山之助"融入自己的体验,加以引申发展。

宋濂的"五美"说是优秀诗人所须具备的五个方面的品质。具备"超逸之才"的学诗者应在学习古代作品的基础上掌握方法,在师长教导下精择范本,然后多加练习,并辅以江山胜迹的陶冶和触发,最终取得创作成绩。

古代诗论家对诗人的才能、修养、品质等条件皆高度重视,《毛诗序》、王充《论衡》、曹丕《典论·论文》、钟嵘《诗品》等古代诗学著作皆从各个方面阐述了对诗人的要求,尤其是刘勰的《文心雕龙》,其《体性》《物色》《才略》等篇对诗人特点的论述相当深入而全面。宋濂显然继承借鉴了前人的一些诗人论,又融入自己的体验,总结出了"五美"说的诗人论,较之前人所论更为系统,具有划时代的意义。宋濂的"五美"说对后世颇有影响,清代叶燮《原诗》提出的著名的"才、胆、识、力"说,就可看到"五美"说的影子。

---

① 宋濂:《杏庭摘稿序》,《文宪集》卷七,文渊阁四库全书本。
② 李之亮:《欧阳修集编年笺注》,巴蜀书社,2007年,第248页。
③ 韩愈著,钱仲联集释:《韩昌黎诗系年集释》,上海古籍出版社,1984年,第569页。
④ 宋濂:《樗散杂言序》,《宋濂全集》,第2025页。
⑤ 刘勰著,刘永济校释:《文心雕龙校释》,中华书局,2007年,第161页。
⑥ 宋濂:《药房樵唱序》,《宋濂全集》,第1999页。

四、风格论:倡导台阁,贯通性情

风格论是宋濂诗学理论的又一重点,也是其中最有创获、最具启发性的内容。宋濂论诗歌风格,表现出强烈的现实针对性和鲜明的取舍倾向。宋濂认为诗歌风格是多重因素共同作用的产物,诗歌风格的差异源既有诗人外在环境的影响,也有自身性格的因素。

第一,外在的不同生活环境会造成不同的风格,如"山林之诗"和"台阁之诗"。

山林与台阁的分法肇自北宋欧阳修,在元明之际成为诗歌理论探讨的热点话题。宋濂的老师黄溍开始重视这一命题,表示:"予闻昔人之论文,有朝廷台阁、山林草野之分,所处不同,所施亦异。夫二者岂有优劣哉!"①杨维桢、高启也有近似表述。元人尚隐,因而认为两者并无高下之分,甚至隐隐抬高山林之文。宋濂则直接欧氏,对二者作出明确的价值评价,提倡台阁,贬斥山林。他认为:

> 昔人之论文者,曰有山林之文,有台阁之文。山林之文,其气枯以槁;台阁之文,其气丽以雄。岂惟天之降才尔殊也?亦以所居之地不同,故其发于言辞之或异耳。濂尝以此而求诸家之诗,其见于山林者,无非风云月露之形、花木虫鱼之玩、山川原隙之胜而已。然其情也曲以畅,故其音也眇以幽。若夫处台阁则不然,览乎城观宫阙之壮、典章文物之懿、甲兵卒乘之雄、华夷会同之盛,所以恢廓其心胸、踔厉其志气者,无不厚也,无不硕也。故不发则已,发则其音淳庞而雍容,铿鍧而镗鞳,甚矣哉,所居之移人乎!②

宋濂"山林""台阁"划分的基础是"所居之地不同,故其发于言辞之或异",亦即作者身份差异带来的风格区别,如云:

> 诗之体有三:曰风、曰雅、曰颂而已。风则里巷歌谣之辞,多出于氓隶女妇之手,髬髵有类乎山林;雅颂之制,则施之于朝会,施之于燕飨,非公卿大夫或不足以为,其亦近于台阁矣乎。辇轩之使弗设而托之与国风者若无所用之,皇上方垂意礼乐之事,岂不有撰为雅颂以为一代之盛典乎。③

其论"山林之诗",用《隋书·李谔传》和韩愈《读皇甫湜公园池诗书其后二首》二典,《李

---

① 黄溍:《云蓬集序》,《金华黄先生文集》卷十八,四部丛刊本。
② 宋濂:《汪右丞诗集序》,《宋濂全集》,第481页。
③ 宋濂:《汪右丞诗集序》,《宋濂全集》,第481页。

谔传》云:"连篇累牍,不出月露之形,积案盈箱,唯是风云之状。"①宋濂此论隐含着对"山林之诗"脱离现实的批评,仅仅肯定"其情也曲以畅,故其音也眇以幽"而已。而对"台阁之诗",则不吝赞颂,称叹再三。宋濂是明朝开国文人之首,受到朱明皇室特殊礼遇。由于明朝建立之初严厉制裁"寰中士大夫不为君用"②的做法,所以作为其官方文化领袖的宋濂要在理论上贬低"山林"的价值。而新王朝肇丕伊始,其文化建设需要尔雅雍容、雄浑自信、善祷善颂的作品出现,用以标示政权的正统与巩固,加之宋濂从欧阳修处吸收了"文辞与政化相为流通"③的态度,所以主张处于新政权蒸蒸向上的时代环境下,诗歌创作应当反映这种恢廓、踔厉、厚硕的精神状态。

"氓隶女妇"与"公卿大夫"两类身份与诗的两种风格相联系。同样,认为"风"或"山林"之作"无所用之",即大可不作;而主张撰写雅、颂,来适应"皇上方垂意礼乐之事"的需要。很容易发现,宋濂的"山林、台阁"文学观,带有功利性极强的崇实尚用色彩。这是其区别于同一时期杨维桢、高启等人"山林、台阁"文学见解的关键所在。凭借意识形态国家机器的力量以及宋濂文坛领袖的地位,他对"台阁之诗"的提倡发挥了相当影响,奠定了此后若干年"台阁体"诗歌的主流地位。

同时我们也应注意到,宋濂所言"台阁"又与明初其他一些人说到的"词气安闲,雍容典雅"台阁体不尽相同。"城观宫阙之壮、典章文物之懿、甲兵卒乘之雄、华夷会同之盛",蕴含有更多的朝廷政治内容,如都城宫殿的皇家气象,朝廷礼仪的庄严肃穆,军阵将士的雄壮威武,外事典仪的雍熙华美。这些可从各个方面激发诗人的情感,并非他人言及台阁所囿限的应制、颂圣、应酬的台阁作品。

第二,内在的不同性情会造成不同的风格。宋濂指出:

> 诗,心之声也;声因于气,皆随其人而著形焉。是故凝重之人,其诗典以则;俊逸之人,其诗藻而丽;躁易之人,其诗浮以靡;苛刻之人,其诗峭厉而不平;严庄温雅之人,其诗自然从容而超乎事物之表:如斯者盖不能尽数之也。呜呼! 风霆流形,而神化运行于上;河岳融峙,而物变滋殖于下。千态万状,沉冥发舒,皆一气贯通使然。必有颖悟绝特之资,而济以该博宏伟之学;察乎古今天人之变,而通其洪纤动植之情:然后足以凭借是气之灵。④

---

① 魏征等:《隋书》卷六十六,中华书局,1973年,第1544页。
② 嵇璜:《续通典》卷一百八,文渊阁四库全书本。
③ 宋濂:《欧阳文忠公文集序》,《宋濂全集》,第1909页。
④ 宋濂:《林伯恭诗集序》,《宋学士文集》卷三十三,四部丛刊本。

这是扬雄《法言·吾子》中"言为心声"说的引申。《文心雕龙·体性》和《中说·事君》曾从不同方向分举个案有所阐发。宋濂的贡献在于举五种性格类型为例，指出"凝重——典则""俊逸——藻丽""躁易——浮靡""苛刻——峭厉不平""严庄温雅——自然从容"的对应关系，就"性情影响文学风格"的问题作出一般性界说；并且通过"气"的概念，将人的性格气质与外在世界相联系，指出可以通过天才和学养自由驾驭性格气质带来的风格。后来李贽《焚书》、薛雪《一瓢诗话》也都讨论过性情与文学风格的关系，其有异于宋濂的是这两种著作都否认人的能动性，不是主动追求"凭借是气之灵"，而认为"此天之所赋、气之所禀，非学之所至也"①。相较而言，宋濂的说法更为辩证。

宋濂虽是明初文学思想主流的代表，但他的诗学批评理论并不保守僵化，加之宋濂深谙创作甘苦，所论皆言之有物，故其诗学理论既有儒家正统思想的原则性，又有体现艺术辩证法的理论创新。宋濂诗学对后世影响很大，正如罗宗强先生所指出："他的文学观念，不唯影响了洪武一朝，且亦深刻影响着建文、永乐朝。"②其实，宋濂的诗学思想对明清两代的主流文艺观亦有深刻的影响。

---

① 薛雪：《一瓢诗话》，人民文学出版社，1979 年，第 143 页。
② 罗宗强：《明代文学思想史》，第 48 页。

汪精卫与曼昭及《南社诗话》考辨

汪梦川（南开大学）

南社是晚近以来最大的文学社团，其社友遍及清末民初文坛乃至政坛，有相当大的影响。署名"曼昭"的《南社诗话》，以其中记载了很多革命党人及南社社友的诗文事迹，颇为引人注意。不过"曼昭"究竟是谁，却是一桩悬案。上海《东方早报》曾接连有人刊文，大致以为曼昭即汪精卫[①]；近日又读到《明报月刊》刊文[②]，仍持此说。但在笔者看来，其中尚有不少问题，故仍有考辨的必要。

一、驳"曼昭即汪精卫"说

笔者早前曾撰《"曼昭即汪精卫"说献疑——兼谈〈柳亚子文集〉中部分信件的问题》一文，刊于《江苏南社研究廿周年纪念文集》（文汇出版社，2013 年）。不过该书流布不广，故笔者仍拟在此先针对《东方早报》之文撮要陈述异见。

"曼昭即汪精卫"说之始作俑者为柳亚子。按柳亚子曾有多封与友人姜长林的书信谈到曼昭及其《南社诗话》，如 1932 年 6 月 14 日书："《南社诗话》是什么人做的，我完全不知道，因为我没有看见过《中华日报》的《小贡献》。"同年 7 月 27 日书："曼昭不晓得是什么人，我有点疑心是老汪的化名，不知道究竟是与不是。"次年 3 月 2 日书："曼昭议论，我觉得不很高明，而且有顾前不顾后的毛病。因为他倘然是老汪，自己早就变节了；倘然不是老汪，也不过是变节汉的徒子徒孙而已。"[③]可见柳亚子此时只是怀疑而已，并没有确认；而且在此期间柳亚子还曾致信曼昭（而不是汪精卫）："曼昭先生鉴：……"[④]，指出《南社诗话》的错误。

①　宋希於：《"曼昭"是谁?》，见《东方早报》2012 年 9 月 2 日，第 B13 版；陈晓平：《"曼昭"就是汪精卫》，见《东方早报》2012 年 9 月 16 日，第 B15 版。下文引自这两篇文章者不再加注。

②　汪威廉：《曼昭汪精卫同为一人——〈南社诗话〉手稿的发现》《明报月刊》，2013 年 12 月。

③　上海图书馆编：《柳亚子文集·书信辑录》，上海人民出版社，1985 年，第 145—152 页。

④　《中华日报》1933 年 2 月 23 日，"诗话"第七十三期。

直到 1950 年柳亚子才在《书烈亚同志所藏中山先生遗墨后》这组诗的自注中暗示汪精卫即是曼昭:"季新在沪某报发表谈话,丑诋耆皆,言其热中……顾季新晚节末路,视耆皆又何如?"①按:耆皆是南社社友、同盟会员雷铁崖,所谓"季新在沪某报发表谈话"(按:谈话乃诗话之误②)即指曾发表于《中华日报》、署名曼昭的《南社诗话》,其中有如下文字:"诗之最丑不可耐者,如'梦想封侯'及'自怜落魄'等语,古代诗人习以为常,恬不为怪。南社诸子亦时不免。四川诗人雷铁崖,元年在临时大总统秘书处,以事忤汉民,决然舍去。孙公留之不得,其风骨固在也。然及其作诗曰:'十年革命党,卅日秘书官。'余见几为作呕,此真所谓厚自污蔑矣。余尝欲作古今诗选,其选择标准,以志事为先。凡一切热中落魄等等丑辞嫚语悉从沙汰,为中国诗界洗此污点。"③从这段话可以看出,曼昭对雷铁崖的为人还是肯定的,不过认为他的这两句诗很不好。这可谓是传统的诗话路数。但柳亚子却据此暗示曼昭就是汪精卫,而汪精卫之所以骂雷铁崖,是因为汪妻陈璧君曾经拜雷铁崖为老师,吃了他的苦头。④ 柳氏作此语时,汪精卫早已去世,正是死无对证,不由分说了。即便如此,柳亚子其实也并没有明确说"曼昭即汪精卫"。不过因为柳亚子曾长期担任南社主任,所言自然有相当分量,故其后郑逸梅在《南社丛谈》之中亦认定曼昭即汪精卫,再其后各类工具书(如汪威廉先生所据之人名录等)也从其说。不过笔者认为,以柳氏对汪精卫的"前恭后倨"之态度,其言大有可疑,有兴趣的读者可参看拙文《汪精卫与南社"代表人物"说》(《江汉论坛》2006 年第 4 期)及《柳亚子与汪精卫的诗交》(《博览群书》2010 年第 9 期),兹不具录。

《东方早报》所刊宋希於文,因为多是揣测之辞,所以最后也自言:"笔者很愿意相信曼昭就是汪精卫本人。可惜,为稳妥起见,就现有的材料笔者不能下十分的定论。以上拉拉杂杂所述的这些,也只是笔者个人的猜测和探究而已。"应该说这不失为一种审慎的态度。

按曼昭《南社诗话》中除多处以第三人称记叙汪精卫事迹、评论汪精卫诗词之外,还记载了不少与汪精卫的直接交往和通信,这些在一般情况下,足以证明曼昭与汪精卫并非一人,但宋文辩称这不过是汪精卫的"障眼法",是"假借第三人称的口吻'夫子自道'"。的确,如果说因为涉及对同时名流的批评、或者因为汪氏为免于自吹自擂之讥,故不得不作掩饰,那还可以理解;但是《南社诗话》有关汪精卫的记载,有的并没有牵涉他人,有的虽涉及他人但并无批评内容,有的只是旧日掌故,如记北京狱中见闻云:"精卫居北京狱中可二年,时时

---

① 中国革命博物馆编:《柳亚子文集·磨剑室诗词集》,上海人民出版社,1985 年,第 1863 页。
② 参沈晒之:《写在〈柳亚子选集·勘误·补正表〉后面》,见《南社研究》第 2 辑,中山大学出版社,1992 年,第 250 页。
③ 曼昭、胡朴安著,杨玉峰、牛仰山校点:《南社诗话两种》,中国人民大学出版社,1997 年,第 76—77 页。
④ 《磨剑室诗词集》,第 1836 页。

就狱卒得闻数十年来轶事。尝语余……以上皆就昔所闻者拉杂纪之。至于全部记述,不能不俟诸精卫之手笔矣。"①试问此等内容有何必要弄此玄虚?

而且就算《南社诗话》是汪精卫在玩"障眼法",那汪氏《双照楼诗词稿》中的一首《为曼昭题〈江天笠屐图〉》诗,又当如何解释? 对此宋文只好说:"是否有可能是汪氏自题画作而有意为之,抑或他人为汪氏题诗误窜入汪氏诗集? 很难说。"这就完全毫无根据了。须知这首题图诗并不见于《南社诗话》,那么这幅画又有何隐情,让汪精卫给自己题诗还要用化名? 即便有隐情不欲人知,为何不直接作《题〈江天笠屐图〉》? 而若是别人给汪精卫的画题诗,又怎会用这么一个生僻的化名来称呼他? 至于此诗之出处,则最早刊于龙榆生主编之《同声月刊》第二卷第十号(1942)"今诗苑",后来因发现最末一字被手民误排,故第二卷第十一号再次更正刊载。龙氏与汪精卫往来密切众所周知,而且其时汪氏尚在世,当不会误收。至汪氏去世后,陈璧君等哀集其遗作为"未刊稿"一卷,此诗亦在其中。后来龙榆生又将"未刊稿"刊载于《同声月刊》第四卷第三号,汪氏《双照楼诗词稿》中"三十年以后作"一卷亦取材于此。故若谓此诗为他人之作窜入,实在绝无可能。

陈晓平文是继宋文而发,显然嫌宋立论不勇,所以就直接肯定曼昭即汪精卫,其最有力的证据,即上述柳亚子在 1950 年的一段话。尽管柳亚子本人并没有明确指出曼昭即汪精卫,更没有给出理由,陈先生却替他打了包票,认为"十多年后,柳氏或许自己悟出,或者得到其他旁证。他既敢于作最终认定,必有所本"。而对《为曼昭题〈江天笠屐图〉》一诗,陈先生则完全视而不见,未作任何解释。

陈文更自称要在宋文"以外证为主"的基础上"用更多内证加以夯实",故据《南社诗话》推论出作者应该具备的几个条件:1.最早的同盟会核心干部;2.精通粤语人士;3.孙中山最亲近的几个广东人之一;4.南社社友。陈文认为,除汪精卫外没有别人同时符合这些条件,所以曼昭就是汪精卫。不过陈先生犯了一个大错,即以冯自由非南社社友而将其排除。其实冯氏正是南社社友,柳亚子所辑《南社社友姓氏录》即明确记载:"冯懋龙,字自由,广东南海人。(五十)"②(括号里的数字是入社序号,用中文数字表示未填入社书,这在南社社友中并不少见。)换句话说,若按陈先生的判断标准,则曼昭也可以是冯自由。

此外陈文末云:"《诗话》最后一则,为悼念 1929 年刚刚去世的从兄汪兆铨而作,也是一有力旁证。"这里又有一个明显错误。按陈文所谓"最后一则"其实是就曼昭《南社诗话》的点校本(即中国人民大学出版社《南社诗话两种》)而言,该书编者明确申明:"为方便检阅,

---

① 《南社诗话两种》,第 22 页。
② 柳无忌编:《柳亚子文集·南社纪略》,上海人民出版社,1983 年,第 216 页。

按诗话内容所述人物分目标举"（《关于体例的几点说明》），①这样就打乱了诗话原来的次序。经查阅《中华日报》，这一则发表于 1932 年 11 月 22 日，而真正的最后一则发表于 1933 年 3 月 29 日。然则陈文所谓"最后一则""悼念""有力旁证"云云也完全站不住脚。

更重要的是，陈文先凭空列举出一些可能的人选，再依次将这些人以各种理由排除，最后剩下汪精卫一个就直接认定，而不管在汪精卫身上是否存在矛盾，这显然是先入为主式的所谓排除法，在逻辑上很成问题。

二、与汪威廉先生商榷

汪威廉先生之认定曼昭为汪精卫，则是因为自吴兴镛先生处得到一份《南社诗话》的"手稿"。汪威廉云："这些涂涂改改的手稿，是现住美国加州长堤的汪文晋（亦作文婴、孟晋）老先生亲手交给他的。稿本作者署名'曼昭'，乃其尊翁汪精卫。"末两句话不知是威廉先生自己的推断还是转述汪文晋所言，若是前者，则如此措辞就不免有误导读者之嫌。

之后汪威廉从几个方面阐述了自己的意见。一是与柳亚子之关系，参见前文。汪威廉更设问："难道柳亚子真的不认识曼昭？莫非因为此人身份特殊不便道破？"从前文柳亚子的信件可知，柳的确不认识曼昭。至于后一问，则也不免先入为主了。而且写作诗话有何不便道破，柳亚子难道会这么用心维护汪精卫的形象吗？

汪威廉又从"手稿"笔迹与汪精卫诗词笔迹的对比判定曼昭即汪精卫。虽然"手稿"是钢笔书写，而用以对比的诗词手迹是毛笔书写，但是汪威廉认为："仔细对照比较，笔迹相同，可见都出自一人之手。"这就只能说见仁见智了。笔者眼界不广，《汪精卫日记》原稿不无缘寓目，故除此"手稿"之外，尚未见到其他汪氏钢笔手迹，所以也不敢由此确定"手稿"为汪氏真迹，更不能因此判定"曼昭即汪精卫"。

但是无论如何，《南社诗话》"手稿"的发现的确颇有价值。只是如汪威廉所言，这部"手稿"得之既不易，能窥全豹者自然更少。而汪威廉对此"手稿"内容仅作了简单介绍，谓"全稿包括三十多则，内容跟人大《诗话》几乎完全相同"云云，实在很难餍足读者之望。笔者很想知道以下几方面的情况：1."手稿"的详细来历（诸如汪孟晋交代吴兴镛先生的细节）；2."手稿"诗话条目的顺序；3."手稿"全文笔迹是否一致；4."手稿"内容的修改情况。等等，真诚希望威廉先生不吝赐教。

---

① 《南社诗话两种》，第 7 页。

　　汪威廉又言，"手稿"署名有涂改之处，起先或作"鉴昭""澄昭"，故其认为："作者随意涂改，自由选择自己笔名的心态，正可以证明手稿的原始性和真实性。"但是笔者对此仍有疑惑：第一，若曼昭即汪精卫，既然其不想以真名示人，又何必如此珍重保存手稿留待后人发现？第二，既然是自由选择笔名，则"鉴昭""澄昭"与"曼昭"有何分别，为何要选定"曼昭"？

　　当然以上仅仅是情理推测而已。如果说这些还不足以反证，那么笔者还有一条更为直接的材料。查《青年向导》周刊第十二期（1938年）有署名"江絜生"的一篇短文，题为"吟边扎记"，全文如下：

　　　　《南社诗话》一书，当时颇受佳评。惜作者姓名，早不复在人牙齿。飘零俊笔，问讯无由。居汉数月，始由汪精卫先生贻札中，稍稍悉其生平，盖实为其时名记者李曼昭君所作也。李君性极孤介，虽勤于执笔，而与南社中人，绝少往还。仅于民元以前在南洋吉垅任报社主笔时，略通声气。热血痴肠，并时无偶。其后十余年痛心国事，遂不愿再入国门一步。以其历年辛勤所得，于吉垅滨近一小村中，购地廿余亩，遍植香蕉及椰子，结茅其中，娱情书卷。舍故旧一二人外，得书辄不复，可谓伤心之尤者也。

　　按：江絜生（1903—1983），安徽合肥人，有诗词集《瀛边片羽》。江氏20世纪30年代曾任职于南京政府监察院；《青年向导》周刊1938—1940年发行于重庆。而关于"李曼昭"，笔者迄今还没有查到其他信息。但是无论如何，想必这不大可能又是汪精卫的"障眼法"罢？若又是汪氏的伎俩，则其如此刻意布局掩饰其为曼昭，也未免太不可思议了。汪威廉曾提出疑问："如果说曼昭是柳亚子、胡朴安或其他人的笔名，为何还没有人能肯定呢？"这条材料当可以很好地解答这一疑问，终于有人明确肯定曼昭为谁了。

　　从上引材料可知，曼昭与汪精卫非常熟谙，这也与《南社诗话》所记符合。然则再回头看《南社诗话》"手稿"之署名，由"鉴昭""澄昭"改定为"曼昭"，是否本来想随便署以笔名，而最终还是落款真名？换言之，此"手稿"是否为李曼昭而非汪精卫的手稿？尚待进一步确证。

　　总之，"障眼法"三字，何以服天下？若要认定曼昭即汪精卫，尚须依据过硬材料来"闯三关"：第一，必须证明《双照楼诗词稿》中的那首《为曼昭题〈江天笠屐图〉》非汪精卫所作；第二，必须证明江絜生的记载为子虚乌有；第三，必须合理地解释《南社诗话》中作者与汪精卫的直接交往，以及作者对汪精卫事迹的第三人称叙述。

　　另外补充说明一下《双照楼诗词稿》的版本。汪威廉认为香港蓝马本（非卖品）较佳，并且很遗憾"天地版竟把它漏掉了"。按："天地版"即香港天地图书公司新近出版之笔者注本，笔者在该书后记中确实没有明确提到该本，而是说"汪氏去世后，有'汪主席遗训编纂委员会'刊本,于泽存本之外,复增'三十年以后作'一卷,刊行于一九四五年。此本为《双照楼诗词稿》最早之全本,亦后来台港诸翻印本之所据"。汪威廉视为奇货的蓝马本即包括在"台港诸翻印本"之中,笔者之所以未作特别说明,正是因为其不过是翻印本,内容与"遗训本"完全相同,实在没有特别的价值;其他如台湾的"汉京文化事业有限公司"本(1989 年版)亦同此类(蓝马本与汉京本连版式、页码亦完全相同)。至于汪威廉所强调的蓝马本卷首双照楼印及两幅汪氏手迹,也并非"是其他版本所没有的",如汉京本亦皆有之;汉京本卷首更有篆书"双照楼诗词稿""岁在壬午三月泽存书库刊本"字样,可见不过是名为泽存本(1942年刊)、实则遗训本而已。读者若有心,找来各书对比即可知。

三、曼昭《南社诗话》非一人所作

若如江絜生所言,曼昭即李曼昭,与汪精卫无涉,则问题已经解决。但是仔细考察《南社诗话》,又似乎并非如此简单。

考《南社诗话》所记,有一则疑似汪精卫所作,即记林时塽与其姊事,谓"广尘少失怙恃,惟有一伯姊",又云:"余之身世略同时塽,亦有一姊,爱之甚挚。自入革命党以来,初不敢以消息告之。"①云云。汪氏后来写过一篇回忆文章,除详细谈及《诗话》所记林氏之事外,又云:"唉!我也有一个五姐,我可没有林时塽那般的风趣,那般善于体贴人情,只落得回国之后,到五姐坟上,去做'斜阳趣归去,回首断坟孤'的诗了。"②可以与这一则的内容相印证。

但在另一方面,即使抛开曼昭与汪精卫的直接交往不论,《南社诗话》中还有一些与汪氏相去甚远的内容,例如:

1.《诗话》多处非常推崇明末的民族主义思想,并以其为南社之光荣;而汪精卫在清末尚存此观念,但是很快就有所转变,其狱中诗《有感》即有"忧来如病亦绵绵,一读黄书一泫然。瓜蔓已都无可摘,豆萁何苦更相煎"之句,明显对于满汉之争已不再坚持。

2.《诗话》有云:"山谷诗派,实足为一般滥调者作当头棒喝。不作诗则已,作诗则不可不用一番苦吟工夫。宁艰深,勿肤浅。古今不少佳作,看以为平易者,其实皆自艰深中来也。"③这可谓典型的"宋诗派"论调。汪精卫直接论作诗的文字并不多,无法印证;但至少其诗风完全不类宋诗派。

---

① 《南社诗话两种》,第 31 页。
② 汪精卫:《故人故事》,《古今》第 19 期(1943 年),第 3 页。
③ 《南社诗话两种》,第 76 页。

3.《诗话》有云:"仆本忍人,生平寡泪……"①这也与一般熟知的汪精卫形象不合。

最后还有一个疑问:既然《南社诗话》在当时颇受欢迎,如果曼昭即汪精卫,何以汪氏周围的人,如《南华日报》的曾仲鸣、林柏生、陈克文,汪政权中陈公博、周佛海、任援道,还有与汪过从密切的文人如龙榆生、李释戡、胡兰成,《古今》的编者朱朴,曾编纂《汪精卫先生行实录》和《汪精卫先生著述年表》的张次溪、以《汪政权的开场与收场》闻名的金雄白(朱子家)等等都没有提及此事? 如果说是"为尊者讳",则区区《诗话》真值得如此费心掩饰吗? 而且还能让这么多人在汪氏身死多年之后也都为他守口如瓶?

所以从种种迹象来看,《南社诗话》的确与汪精卫有关系,但同时又存在很多难以解释的问题,需要进一步考辨。

以笔者所知,曼昭《南社诗话》尚有加拿大英属哥伦比亚大学(UBC)亚洲图书馆所藏抄本(以下简称"加抄本"),此本向来未见披露,往岁承业师叶嘉莹先生发现并亲自复印以予笔者。而值得注意的是此本卷首也有署名曼昭的启事,内容与所谓"手稿"全同:

> 南社诸同志共鉴:愚不自揣,有《南社诗话》之作,非敢独任,聊云发起。如荷惠寄数据,或于所纂辑,加以纠正,岂惟一人之幸而已! 通讯地址暂定为香港南华日报转,伏祈鉴詧为幸! 曼昭谨启。

加抄本卷末还有按语:

> 《南社诗话》民十九、二十年间(一九二〇、二一年)②刊登香港《南华日报》,曾醒女士剪辑收藏。此册据周君抄本。民国三十年(一九四一)十一月重载上海出版之《古今》半月刊第三十四期,未寓目。江芙手录并记。一九八四年五月。

《南社诗话》为报刊连载之谈艺专栏,与一般个人的著作不同,所以考证其作者为谁,不能有先入为主的成见。此前学者的种种猜测,都是默认《南社诗话》为一人之作;但是通观全书,却发现种种问题,从而陷入误区。所以综合前述各种问题和材料,不妨打破成见作一大胆推测:《南社诗话》并非某人独撰,而是多人写作编纂的成果;而"曼昭"只是当初发起人之名。进一步说,曼昭《南社诗话》既有汪精卫所写,也有其他人执笔。如果此说成立,那么前述种种矛盾都可以迎刃而解,更远比所谓"障眼法"之解释合理。需要说明的是,李曼昭并非南社社友,不过即便如此,以社外人士写作《南社诗话》也没有问题,故启事中称"南社诸同志"也很正常,不能因此确定"曼昭"必为南社社友。

---

① 《南社诗话两种》,第78页。
② 按:抄本误注如此。应为一九三〇、三一年。

按多人共享某个笔名的现象并不鲜见,《南华日报》《中华日报》等既为汪系刊物,那么由汪系文人轮流写作以维持一个专栏也在情理之中;而等到专栏影响日大,吸引了别的同盟会员或南社社友为其撰文,也不无可能。《启事》的"非敢独任,聊云发起"一语,更是直接透露了一些众人纂辑的信息。《古今》主事人朱朴曾回忆道:

> 汪先生指派林柏生、陈克文和我三人创办《南华日报》,于是我又恢复了我的笔墨生涯。当时我与柏生、克文互相规定每人每星期各写社论两篇,并值夜两天,工作相当辛劳。所幸编辑部内人才济济,得力不少,如冯节、赵慕儒、许力求等,现在俱已崭露头角,有声于时。那时候汪先生也在香港,有时也有文字在《南华日报》上发表,所以这一个时期《南华日报》的社论,博得读者热烈的欢迎。还有副刊也颇为精采,尤其是署名"曼昭"的《南社诗话》一文,陆续登载,最获一般读者的佳评与赞赏。[①]

注意朱朴只说汪精卫"有时"也有文字发表,若是长期连载的《诗话》,那就不是"有时"而是"经常"了;朱朴又说"署名曼昭的《南社诗话》",而不确指为某人,或许就是因为《诗话》并非某一个人所作。

此外如前所述,柳亚子曾言"曼昭议论,我觉得不很高明,而且有顾前不顾后的毛病"[②],如果通篇细读《南社诗话》,的确会有这种感觉。仅就叙述口吻而论,《诗话》即有自述者("余""仆"),有转述者(如谓"精卫语余"),还有纯粹第三人称的叙述评价,不一而足。这当是因为《诗话》为多人执笔,而各人的行文习惯不同,经历观点各异,文笔又有高下,自然呈现出芜杂的面貌。

而如果《诗话》并非一个人的作品,那么下一个问题就是:可能的作者有哪些? 笔者认为以下这些人群值得注意。

第一类人群:陈璧君、曾仲鸣、曾醒等。陈璧君、曾仲鸣与汪精卫关系密切自不待言,曾醒是曾仲鸣之姊,丈夫方声濂早年病逝。曾醒在清末与夫家弟妹如方声涛、方声洞、方君瑛等赴日留学并加入同盟会,也曾参与汪精卫谋刺摄政王的活动。1912 年曾醒又与方君瑛及曾仲鸣等赴法留学,与汪精卫等长期相处,在汪氏夫妇中途回国期间还代为抚养其长女汪文惺;回国后曾醒曾任执信中学首任校长;1924 年在中国国民党第一届一中全会上被任命为妇女部长;其后也一直追随汪精卫。《南社诗话》中多处提到与曾仲鸣、汪精卫通信,而且从语气来看相互也非常熟稔。以曾醒自己的资历及曾汪两家之亲密关系,则她熟知有关汪精卫和同盟会的秘辛就不足为奇。此外加抄本按语的"曾醒女士剪辑收藏"也是一条线索,

---

① 《朴园随谭》,见《古今》第 30 期(1943 年),第 3 页。
② 《柳亚子文集·书信辑录》,第 149 页。

如果曾醒也曾参与撰写,则她之剪报珍藏《南社诗话》就顺理成章了(当然以她的特殊身份,就算自己没有写过,无论是因为曾仲鸣还是汪精卫,剪报收藏也都合情合理)。

第二类人群:林柏生、陈克文、朱朴等人。他们虽然资历较浅,没有亲身经历清末诸事,但是追随汪精卫既久,耳闻目见所之掌故当亦不少,更有编辑报刊之便,故也有他们执笔的可能。又《南华日报》十周年时曾出版纪念刊物《南华日报概况》,其中有"本报历年主要职员表"[①],表中1931年任总编辑的"黄延凯"也值得注意。因为《诗话》有多处提到"黄延凯"(偶作"黄延闿")曾给作者寄来种种材料,由此可以肯定《南华日报》的编辑人员于《诗话》曾有一定程度的直接参与。

第三类人群:未署名读者。除上述诸人之外,《诗话》也可能有热心读者(包括同盟会员、南社社友等)供稿。《诗话》中明确记载有多人来信提供数据,柳亚子也曾给曼昭写信纠正其错误,此信且被《诗话》原文刊载。据此推测大概也可能还有其他不署名的读者来稿,然后经编辑之手改定或代发。

宋希於文曾提出黄濬《花随人圣庵摭忆》中述及汪精卫狱中见闻的内容与《南社诗话》所记高度相似,并作解释云:"……后面的长篇内容,《花随人圣庵摭忆》则基本因袭《南社诗话》,大同小异,仅数字稍加改动。内容上,曼昭是听汪精卫'尝语余',黄濬是听汪精卫'比语予'。于是这里是否能等价出'曼昭等于黄濬'?恐怕这只是《花随人圣庵摭忆》的一处抄误吧。"按《摭忆》是黄濬于1934年应《中央时事周报》约稿而撰,其时《诗话》早已刊载完毕。若黄濬只是抄录他人之作,当然知道原文"尝语余"之"余"并非自己,把"尝语余"抄成"比语予",无异于考试抄别人却连姓名也照抄,黄氏当不至于犯这种错误。所以笔者以为,或者黄氏曾以《诗话》所记求证于汪精卫而得其确认;或者《诗话》这部分内容原本就是黄濬所写,因为黄濬也有可能在撰《摭忆》之前即自汪氏口中听闻旧事。换言之,黄濬虽然不是曼昭,却也有可能是《南社诗话》的诸多作者之一。

总之《南社诗话》呈现出非常复杂的面貌,可能最初由一人(李曼昭?)提出倡议,最后由多人共同完成。但若要一一确指某条为某人所作,那又几乎是不可能之事。这或许是《南社诗话》不能让个人专美,而知情者也没有将其归于某一个人名下的原因。

---

① 　南华日报社:《南华日报概况》,南华日报社,1941年,第104—107页。

晏几道晚年任鸿胪卿考[①]

唐红卫　阳海燕(湖南省衡阳师范学院)

对于晏几道的晚年,学术界因为相关史料匮乏,历来依据黄庭坚《小山集序》(约元祐时期作)所说的"陆沉于下位……仕宦连蹇……费资千百万,家人寒饥"[②],和《宋会要辑稿》168册《刑法四之八六·狱空》所载的"徽宗崇宁四年间(1105)二月六日诏:开封府狱空,王宁特转两官;两经狱空,推官晏几道、何述、李注,推官转管勾使院贾炎,并转一官,仍赐章服"[③],近百年相关专家一致认为晏几道的晚年是"陆沉下位,潦倒以终"[④],"门祚式微,身世飘零"[⑤],"仕宦甘居末秩尊"[⑥],"仕宦连蹇,陆沉下位"[⑦]……

然而笔者最近翻阅宋代石刻文献,发现一条可以推翻学术界对晏几道晚年境遇定论的重要史料——两宋之交的朱承为去世的姻亲王序(两宋之交的重要人物)所撰的《宋故文安郡开国侯王徽学墓志铭》记载:"公讳序,字商彦,姓王氏。……晏叔原为鸿胪卿,擅乐府名,与公讲句法,故歌词清丽。诗赋杂著千余首,雅歌前后集两卷。以绍兴八年十月葬公之丧于荣德县荣川乡凤皇原。其子兴孙以状请铭。予与商彦姻娅,谨次其平生大概而为之铭。"[⑧]该文所写墓主王序及其家人的生平事迹既与相关史料相符,亦与北宋后期张商英为王序死去的父亲所撰《大宋故赠通议大夫王公墓表》、北宋后期李新为王序死去的母亲所撰《吊安康郡君并序》和两宋之交的任宗易为王序家族故地所撰《双溪记》等所载相符,因此朱承所撰的《宋故文安郡开国侯王徽学墓志铭》可以肯定不是伪作。因此该文记载的晏几道

---

①　本文是教育部社科基金项目"地域、家族、文学——北宋江西文化家族递嬗与文学发展关系研究"(12YJA751029)阶段性成果。
② 　黄庭坚:《山谷全书·正集》卷十五,见《全宋文》第 106 册,上海辞书出版社,2006 年,第 150 页。
③ 　徐松:《宋会要辑稿》,中华书局,1957 年,第 6664 页。
④ 　宛敏灏:《二晏及其词》,商务印书馆,1935 年,第 65 页。
⑤ 　郑骞:《景午丛编》上编,台湾中华书局,1971 年,第 117 页。
⑥ 　缪钺:《缪钺说词》,上海古籍出版社,1999 年,第 57 页。
⑦ 　张纫草:《二晏词笺注·自序》,上海古籍出版社,2008 年,第 2 页。
⑧ 　国家图书馆善本金石组编:《宋代石刻文献全编》第 4 册,北京图书馆出版社,2003 年,第 723—724 页。

担任鸿胪卿的材料便是可靠的材料。而根据当代宋代官制研究专家龚延明耗时十余年编订的《宋代官制辞典》可知开封府推官为差遣官名,从六品;鸿胪卿为职事官名,从四品。鸿胪卿此职可能还不是晏几道最后所任官职,而从四品及其以上可谓中上层官职(也有专家称其为高级官员)。

　　另外此文所载晏几道晚年的相对比较荣显并非孤证:1.两宋之交的王灼所撰的《碧鸡漫志》卷二记载:"叔原年未至乞身,退居京城赐第,不践诸贵之门。蔡京重九、冬至日,遣客求长短句,欣然而为作《鹧鸪天》'九日悲秋不到心'云云,'晓日迎长岁岁同'云云。"①如果晏几道以低微官职退休,则应记载为"退居京城故居(父亲晏殊的遗产)",而不是"退居京城赐第"。只有官职相对比较荣显,加上"年未至乞身",方有可能得到皇帝赏赐的"京城赐第"。如果晏几道以低微官职退休,而北宋晚期权倾一时的蔡京重九、冬至日遣客向其"求"长短句则亦不大合情理。2.清代乾隆三十二年续修的《东南晏氏重修宗谱》的晏几道条记载:"提举西京崇福观,赐宣奉大夫"。"提举西京崇福观"为比较荣显的祠禄官名,"宣奉大夫"为寄禄官名,正三品。而《宋会要辑稿》105册《职官七七之二八·致仕》记载"文武官致仕者,皆转一官"。②龚延明考证为"此转一官,为转寄禄官"③,与《东南晏氏重修宗谱》所载相符。3.南北宋之交的翟耆年《籀史》记载:"《晏氏鼎彝谱》一卷,名溥字慧开,丞相元献公之孙,叔原之子,豪杰不羁之士也。好古文,长于籀学,作《晏氏鼎彝谱》一卷,载所亲见三代鼎彝及器款。靖康初官河北,金人犯顺,散家财,募兵扞御,与妻玉牒赵氏戎服率义士力战而死。溥于余为姻家,最相厚善。"④其实此条之"散家财,募兵扞御"或许亦可侧面证明晏几道之晚年相对"荣贵"。因为据《东南晏氏重修宗谱》记载,晏几道之长子溥一生所任最高职位为正六品承直郎(查遍史料,关于晏几道之长子溥一生所任职位有且只有这条材料,如果晏溥的官职较高,其壮烈事迹肯定会被当时许多人传诵和记载),所以其低微的官职不大可能使其拥有可散来募兵的家财,可散来募兵之家财应该是其父亲晏几道的财产。

　　关于晏几道任鸿胪卿的具体时间,应当在大观后期政和初期:1.李之亮《宋代京朝官通考》第四册之鸿胪卿条的相关官员任职名录情况的考证,在大观初至政和初(约1107—1112)为空白。⑤2.根据晁端礼《鹧鸪天》组词自序云:"晏叔原近作《鹧鸪天》曲,歌咏太平,

---

① 王灼:《碧鸡漫志校正》,巴蜀书社,2000年,第38页。
② 徐松:《宋会要辑稿》,中华书局,1957年,第4146页。
③ 龚延明:《宋代官制辞典》,中华书局,1997年,第48页。
④ 翟耆年:《籀史》文渊阁四库全书影印本681册,台湾商务印书馆,1983年,第442页。
⑤ 李之亮:《宋代京朝官通考》第4册,巴蜀书社,2003年,第883页。

辄拟之为十篇。野人久去辇毂，不得目睹盛事，姑诵所闻万一而已。"① 词中云："须知大观崇宁事"，"依稀曾听钧天奏，耳冷人间四十年"。根据《宋登科记考》等相关史料记载，晁端礼熙宁六年（1073）举进士，因此得到"集英深殿听胪传""曾听钧天奏"的机会；那么"耳冷人间四十年"之际便是 1112 年至 1113 年间（晁端礼死于 1113 年 7 月）。故这十首《鹧鸪天》及其自序应该作于 1112 年至 1113 年间。也因此晁端礼自序提到的晏几道歌咏太平的《鹧鸪天》"近作"——即王灼《碧鸡漫志》卷二所载蔡京重九、冬至日遣客向晏几道求的《鹧鸪天·九日悲秋不到心》《鹧鸪天·晓日迎长岁岁同》便很可能是 1112 年（政和二年）重九、冬至日所作（此年初，已罢相数年而贬居杭州的蔡京被宋徽宗重新调回京城，五月第三次担任宰相，并封鲁国公，宠信有加）。此年晏几道已经"年未至乞身，退居京城赐第"。3.《宋会要辑稿》168 册《刑法四之八六·狱空》载崇宁四年（1105）二月时任开封府推官（从六品）的晏几道因开封府狱空而转一官，因此如果晏几道在大观后期政和初期升迁至鸿胪卿（从四品），其间有数年时间，虽说升迁稍微有点快，但基本符合宋代官职变迁常例——何况此时的晏几道已经在官场磨练数十年，且词坛名气很大，而宋徽宗又是著名的才子皇帝。综上所述，笔者推断晏几道任鸿胪卿的具体时间在大观后期政和初期应当没错。

---

① 唐圭璋：《全宋词》，中华书局，1999 年，第 563 页。

"吊柳七"的民俗诗学研究

王小荣（河北工业大学文法学院中文系）

引　言

近年来，研究界把诗歌引入民俗学研究，已日益渐多，这种研究理念的产生并不是偶然的，有其存在的必然性。民俗作为一种文化现象，它是人们"约定俗成、世代累积、长久稳定的"风俗习惯，"往往超越历史阶段而存在"。① 当代学者指出：民俗可以存在渗透于任何文学形式中，而诗歌（尤其是宋词）较之于其他文学形式更能"适应民俗、容纳民俗和善于表现民俗"②。

所谓"民俗诗学"主要是指从民俗学的角度研究诗歌，即研究诗歌中的民俗现象以及文化价值等③。目前，民俗诗学的研究思路一般通过研究诗人的具体作品，把作品中的民俗学内容提炼出来作为研究对象，并对其进行分类，针对不同的民俗物象、民俗意象等，并且与诗人的生平经历联系，分析其文化价值，使民俗诗学的研究日益完备。

"吊柳七"曾是宋代风靡一时的民俗，它承载着一定的历史文化进程。本论文从民俗诗学的层面，将诗歌与民俗互动式研究，一方面以"吊柳七"这一宋代民俗为研究对象，通过"吊柳七"民俗的形成与演变，透析宋代社会民俗文化生活，揭示民俗孕育诗歌的必然性；另一方面诗歌再现民俗，通过探析柳永词尤其是描写红颜歌妓这一独特女性群体的艺术魅力，不仅反映出宋代社会生活的民俗风貌，而且拓展了传统宋词的研究空间。本论文不仅可以激发人们对"吊柳七"宋代习俗的关注，而且可以深入地体会"吊柳七"民俗蕴含深厚的文化价值和意义。

---

① 黄杰：《宋词与民俗》，商务印书馆，2005 年，序 1。
② 黄杰：《宋词与民俗》，商务印书馆，2005 年，序 1。
③ 王政：《关于建设中国古代"民俗诗学"》，《文艺研究》，2011 年第 1 期，第 157 页。

一、"吊柳七"民俗的形成与演变

1."吊柳七"民俗的形成

"柳七"指的是北宋著名词人柳永,安徽岳西《河东柳氏宗谱》记载:"公讳永,字三变,宋仁宗景祐元年进士,官至屯田员外郎,世号屯田先生。尝作词辑之名曰《柳氏乐章集》,见者嘉之。"又因其排行第七,故人称"柳七"①。关于"吊柳七"这一民俗的说法,最早应追溯于南宋祝穆撰写的《方舆胜览》,其卷十一记载:

> 柳耆卿,崇安白水人,长于词。范蜀公尝曰:"仁宗四十二年太平,镇在翰苑十余载,不能出一语歌咏,乃于耆卿词见之。"仁宗尝曰:"此人任从风前月下,浅斟低唱,岂可令仕宦?"遂流落不偶,卒于襄阳。死之日,家无余财,群妓合金葬之于南门外。每春月上冢,谓之"吊柳七"。②

关于"吊柳七"民俗,在其他一些文献中也有相关记载,南宋曾敏行所撰写的《独醒杂志》卷四中记载:"柳耆卿风流俊迈,闻于一时。既死,葬于枣阳县花山。远近之人每遇清明日,多载酒肴,饮于耆卿墓侧,谓之吊柳会。"③同为南宋的杨湜撰写的《古今词话》中也记载仁宗"恶之","及御注差注至耆卿,抹其名"。并记载柳永"终老无子。掩骸僧舍。京西妓者,鸠钱葬于枣阳县花山。……其后遇清明日,游人多狎饮坟墓之侧,谓之吊柳七"④。南宋末年柳永的同乡人陈元靓撰写的《岁时广记》卷十七中引用了《古今词话》的关于"吊柳七"的内容⑤。清朝徐士銮《宋艳》卷六《卑污》中也记载,柳永"死后家无余资,群妓合金葬之,每春月上冢,谓之吊柳七"。

虽然文献记载或详尽或简略,甚至关于柳永的卒葬地的记载也不尽相同,但可以确定的,一是"吊柳七"这一民俗现象最初是源于众妓者筹资吊殓柳永;二是吊殓时间在清明前后;三是由最初的众歌妓演变为普通的游人前往柳墓进行祭扫、宴饮与踏青等活动。

---

① 李思文:《柳永家室生平新考》,《文化遗产》,1986 年第 1 期。
② 祝穆撰,祝洙增订,施和金点校:《方舆胜览》卷 11,中华书局,2003 年,第 197 页。
③ 曾敏行:《独醒杂志》卷四,引自《宋元笔记小说大观》,上海古籍出版社,2001 年,第 3234 页。
④ 杨湜:《古今词话》,中华书局,1986 年,第 25 页。
⑤ 陈元靓:《岁时广记》卷 17,商务印书馆,第 190—191 页。

2.柳永卒葬之地

柳永向来以其词作闻名于世,尤其是艳俗词,广为流传,有"凡有井水饮处,即能歌柳词"①之赞誉。但是当时北宋统治者宋仁宗"留意儒雅,务本向道,深斥浮艳虚华之文"②,对柳永极为反感,曾几度"抹其名"③,这便直接导致柳永仕途多舛。柳永身份地位低微,在《宋史》中并没有柳永的记载,后人对其生平经历的相关记载也很少,并且大多只是一些零星片段或是一些轶事传闻。因此,关于柳永卒葬地,自古也是众说纷纭,唐圭璋在《柳永事新证》中提到关于柳永的卒葬之地,有襄阳、枣阳、仪征以及镇江四种说法,另外,王斌辉在《柳永生平订正》中也提到相同观点。

具体的四种说法的支持者及其相关文献如下:

卒葬地	湖北							
	襄阳			枣阳				
支持者	祝穆	吴衡照	王双喜	曾敏行	杨湜	陈元靓	史策先	赵翼
相关文献	方舆胜览	莲子居词话	宋文精赏	独醒杂志	古今词话	岁时广记	枣阳县志	瓯北集

卒葬地	江苏						
	仪征				镇江		
支持者	申嘉瑞	王士禛		阿克当阿修、姚文田等	叶梦得	王应麟	杨海明
相关文献	仪征县志	池北偶谈	隆庆仪真县志	嘉庆扬州府志	避暑录话	万历镇江府志	唐宋词史

在这些文献中,有很多如《方舆胜览》《独醒杂志》以及《古今词话》等均提到"吊柳七"民俗,这从民俗的角度也验证了柳永卒葬所在地。其中,唐圭璋与王斌辉支持的镇江说支持者最多。关于此说法,王斌辉在《柳永生平订正》中介绍得比较详尽。以万历《镇江府志》中的记载为材料,通过分析其中所载的葛胜仲、陈朝请两个人物,并从葛胜仲的著作中指出他与镇江说的创始者叶梦得关系亲密,另外还涉及到"欲葬之(指柳永)"(《镇江府志》卷六)的

---

① 叶梦得:《避暑录话》下卷,《宋元笔记小说大观》,第2628页。
② 吴曾:《能改斋漫录》卷16,上海古籍出版社,1979年。
③ 杨湜:《古今词话》,中华书局,1986年,第25页。

王安礼(王安石之弟)的相关的生平经历,得出叶梦得《避暑录话》中所记载的柳永卒葬于今润州(即江苏镇江)应较为可信。①

3."吊柳七"民俗的演变

"吊柳七"这一民俗成为宋代盛行一时的文化现象,其演变主要体现在以下两个方面:

(1)"吊柳七"的社会群体由少数发展为大众化。根据《方舆胜览》《独醒杂志》等所载关于"吊柳七"民俗的描写,可以得出这样的结论:"吊柳七"最初的社会群体主要是筹资敛财葬柳永的红颜歌妓,之后扩展到普遍的市民阶层甚至还有封建贵族阶层。这不仅是由于柳永的词作贴近现实生活,深受大众尤其是市民阶层的喜爱,而且歌妓筹资敛财葬柳永的感人行径也引起了更多社会群体对柳永的深切关注,最终使其演变为北宋盛行的风俗之一。

(2)"吊柳七"内容形式由单一性演变为多样化。"吊柳七"最初仅是众歌妓"各备祭礼",于清明前后自发前往柳墓去"挂纸钱拜扫"②,后来演变成清明前后"游人"到柳墓"狎饮"③,在吊殓柳永的同时,众人也进行宴饮聚会、踏青、赏春等活动,内容形式变得更加多样。

(3)"吊柳七"民俗何时消亡。明末清初冯梦龙在《众名妓春风吊柳七》中提到"吊柳七"这一风俗"直到高宗南渡之后,此风方止"④,那么,当时极其盛行的"吊柳七"风俗是否真的如冯梦龙所说到南宋便消亡了呢? 由于《宋史》以及其他一些古籍中并没有相关的记载,这个问题很难得到考证。高宗南渡之后,饱受战乱之苦的宋朝,经济政治等都遭到了极大的创伤。社会民众由于战乱,温饱问题不能很好地解决,特别是高宗南渡后歌妓大量流散,因而致使"吊柳七"民俗已经远远构不成北宋当时的规模了。宋室南渡之后,"吊柳七"民俗逐渐消亡,只限存于襄阳、枣阳、仪征以及镇江四地。

二、柳永词中众歌妓的画像

北宋词人柳永由于仕途受挫、科场失意,常年流连于勾栏瓦舍,沉醉于"浅斟低唱"的生活。柳永词中塑造了一个个生动鲜明的歌妓形象,她们个个都姿容秀美、倾匡倾城、多才多

---

① 王斌辉:《柳永生平订正》,《南昌大学学报(人社版)》,2004 年第 5 期。
② 冯梦龙:《喻世明言》,北京十月文艺出版社,1994 年。
③ 杨湜:《古今词话》,中华书局,1986 年,第 25 页。
④ 冯梦龙:《喻世明言》,北京十月文艺出版社,1994 年。

艺;她们虽然身处市井繁杂的青楼,生活苦闷,却高雅娴淑,纯洁可爱;她们勇于冲破世俗的樊笼,大胆机智,与恋人缠绵悱恻,尝尽离愁别绪,又追求平等的爱情。

1.姿容秀美,多才多艺

首先,宋代众歌妓的姿容体态在柳永词中得到了很好的展现。比如说"韶容花光相妒"①的娇美粉面、"倾城巧笑"②的明眸美盼、"娇横远岫"③的纤婉翠眉、"天然绿媚红深"④的瑶簪宝髻、"算风措,实难描"⑤的妖娆身材、"是笑时、媚靥深深"⑥的千娇姿态……她们的面容、眉眼、发髻、身材、姿态等都很好地展现在世人的面前。

其次,她们又是多才多艺的。柳永笔下的歌妓,不仅姿容秀美,还有令人叹服的技艺,她们精通声乐、舞蹈,同时又熟识诗词、书法,多才多艺。

以《木兰花》四首为例:

其一

心娘自小能歌舞。举意动容皆济楚。解教天上念奴羞,不怕掌中飞燕妒。　　玲珑绣扇花藏语。宛转香茵云衬步。王孙若拟赠千金,只在画楼东畔住。

其二

佳娘捧板花钿簇。唱出新声群艳伏。金鹅扇掩调累累,文杏梁高尘簌簌。　　鸾吟凤啸清相续。管裂弦焦争可逐。何当夜召入连昌,飞上九天歌一曲。

其三

虫娘举措皆温润。每到婆娑偏恃俊。香檀敲缓玉纤迟,画鼓声催莲步紧。　　贪为顾盼夸风韵。往往曲终情未尽。坐中年少暗消魂,争问青鸾家远近。

其四

酥娘一搦腰肢袅。回雪萦尘皆尽妙。几多狎客看无厌,一辈舞童功不到。　　星眸顾指精神峭。罗袖迎风身段小。而今长大懒婆娑,只要千金酬一笑。⑦

其一描述的是心娘,写她从小就会舞蹈,舞步举止、体态姿容都很出众,并把她与唐朝名妓念奴、汉朝美女赵飞燕相提并论,极言其美艳以及超群的舞艺,王孙贵族一掷千金,也

---

① 〔中吕调〕夜半央(艳阳天气),唐圭璋:《全宋词》卷一,第53页。
② 〔中吕调〕洞仙歌(佳景留心惯),唐圭璋:《全宋词》卷一,第36页。
③ 〔仙吕调〕玉蝴蝶(误入平康小巷),唐圭璋:《全宋词》卷一,第41页。
④ 〔南宫调〕瑞鹧鸪(宝髻瑶簪),唐圭璋:《全宋词》卷一,第49页。
⑤ 〔林钟商〕合欢带(身材儿),唐圭璋:《全宋词》卷一,第32页。
⑥ 〔仙吕调〕小镇西(意中有个人),唐圭璋:《全宋词》卷一,第43页。
⑦ 〔林钟商〕木兰花四首,唐圭璋:《全宋词》卷一,第44页。

不得见。其二描述的是佳娘,写她歌喉艳绝,可与天上仙女相媲美。其三描述的是虫娘,写她举措温润,舞姿多变,缓急皆宜,阴柔与阳刚兼收,深深吸引了"坐中年少"的注意力。另外虫娘的形象在《集贤宾(小楼深巷狂游遍)》《征部乐(雅欢幽会)》中也有体现,如《集贤宾(小楼深巷狂游遍)》中说她"有画难描雅态,无花可比芳容",《征部乐(雅欢幽会)》则是述说自己与虫娘之间的离别相思。其四描述的是酥娘,她"一搦腰肢袅","眄顾指精神峭",舞艺出众,狎客们千金只为买其一笑。这四首塑造了四个艳压群芳、歌舞超群的歌妓形象,生动形象而又不失真实。

柳永词中除了心娘、佳娘、虫娘以及酥娘外,还有歌声"似娇莺,一声声堪听"[①]的秀香,霓裳羽衣舞"进退奇容千变"[②]的英英、"能染翰"[③]的瑶卿等,《击梧桐(香靥深深)》则是一个"雅格奇容天与","见说兰台宋玉,多才多艺善词赋"的歌妓形象。

2.娴淑高雅,大胆机智

柳永笔下的红颜歌妓不再只是庸俗不堪、任人肆意玩弄的烟花女子,她们虽然身陷囹圄,身居青楼,却不失娴淑高雅,冰清玉洁,纯真可爱。《离别难(花谢水流倏忽)》中说她们"有天然、蕙质兰心",《玉女摇仙佩(飞琼伴侣)》里说她们"兰心蕙性",《夏云峰(宴堂深)》中说她们"兰态惠心",《少年游(世间尤物意中人)》中更是赞美她们"心性温柔,品流详雅,不称在风尘"。她们大胆泼辣、精灵机智。面对恋人的疏远或不忠,她们直白地表现自己的不满,要求对方对等的感情。《锦堂春(坠髻慵梳)》一词中女子对疏远的恋人的抱怨与惩罚,在恋人到来时故意深关春阁,"待伊要、尤云殢雨,缠绣衾、不与同欢。尽更深、款款问伊,今后敢更无端",生动怜人。以《定风波》为例:

> 自春来、惨绿愁红,芳心是事可可。日上花梢,莺穿柳带,犹压香衾卧。暖酥消,腻云嚲。终日厌厌倦梳裹。无那。恨薄情一去,音书无个。　　早知恁麽。悔当初、不把雕鞍锁。向鸡窗、只与蛮笺象管,拘束教吟课。镇相随,莫抛躲。针线闲拈伴伊坐。和我。免使年少,光阴虚过。[④]

词中描述了一个思妇的形象,她在春意盎然的景色里,看到的却只是"惨绿愁红","日上花梢",却依然倦怠,怨恨恋人薄情离去,音信全无。词中一个"恨"字把女子对恋人既怨

---

① 〔中吕宫〕昼夜乐(秀香家住桃花径),唐圭璋:《全宋词》卷一,第15页。
② 〔中吕宫〕柳腰轻(英英妙舞腰肢软),唐圭璋:《全宋词》卷一,第15页。
③ 〔大石调〕凤衔杯(有美瑶卿能染翰),唐圭璋:《全宋词》卷一,第18页。
④ 〔林钟商〕定风波(自春来),唐圭璋:《全宋词》卷一,第29页。

又爱的复杂情感表现得淋漓尽致。女子想到这些，便后悔当初，"不把雕鞍锁"，让恋人留在自己身边，对着晴窗，"蛮笺象管，拘束教吟课""针线闲拈伴伊坐"，直白大胆，率真可爱。

3.深情厚意，渴望自由

柳永笔下的歌妓是有血有肉的，她们不仅外貌秀美、才华横溢、个性独特，还重情重义，感情丰富。她们身份地位低微，身处青楼，被当作是买笑玩乐的工具，受尽凌辱与玩弄，自觉当初草率，"细追想，恨从前容易，致得恩爱成烦恼"①，"暗心伤"②，对以前仅仅是"一生赢得是凄凉"③。她们深情厚意，宽容大度，沉醉于与恋人间的缠绵悱恻，却也饱受相思离别之苦，"无限忧恨"④，"凝泪眼"⑤，"离魂乱，愁肠锁"⑥。她们蔑视那些玩弄自己的王孙，渴望能够摆脱悲惨厄运，渴望得到纯真的爱情、自由的生活，愿与恋人"携手同去"，"永弃却、烟花伴侣"⑦。如《少年游》：

> 一生赢得是凄凉。追前事、暗心伤。好天良夜，深屏香被，争忍便相忘。　　王孙动是经年去，贪迷恋、有何长。万种千般，把伊情分，颠倒尽猜量。⑧

这首词中述写的歌妓对爱情执着，深情厚意，即使被抛弃也仍然继续等待，受尽相思之苦。开篇即说"一生赢得是凄凉"，总结主人公一生的悲惨境遇。她追忆往事，"好天良夜"，自己与恋人在"深屏香被"中深情相对，情谊绵长。而如今，虽然恋人已远离自己多年，却仍然衷肠遥系，沉醉于往日的甜蜜难以自拔，在日日夜夜里，"万种千般，把伊情分，颠倒尽猜量"。如《慢卷绸》：

> 闲窗烛暗，孤帏夜永，欹枕难成寐。细屈指寻思，旧事前欢，都来未尽，平生深意。到得如今，万般追悔。空只添憔悴。对好景良辰，皱着眉儿，成甚滋味。　　红茵翠被。当时事、一一堪垂泪。怎生得依前，似恁偎香倚暖，抱着日高犹睡。算得伊家，也应随分，烦恼心儿里。又争似从前，淡淡相看，免恁牵系。⑨

词中的歌妓遭受厄运，被抛弃后，"细屈指寻思"，"万般追悔"。"闲窗烛暗，孤帏夜永，

---

① 〔小石调〕法曲第二（青翼传情），唐圭璋：《全宋词》卷一，第25页。
② 〔林钟商〕少年游（一生赢得是凄凉），唐圭璋：《全宋词》卷一，第33页。
③ 〔林钟商〕少年游（一生赢得是凄凉），唐圭璋：《全宋词》卷一，第33页。
④ 〔正宫〕斗百花（飒飒霜飘鸳瓦），唐圭璋：《全宋词》卷一，第14页。
⑤ 〔中吕调〕夜半乐（冻云黯淡天气），唐圭璋：《全宋词》卷一，第37页。
⑥ 〔大石调〕鹤冲天（闲窗漏永），唐圭璋：《全宋词》卷一，第18页。
⑦ 〔双调〕迷仙引（才过笄年），唐圭璋：《全宋词》卷一，第22页。
⑧ 〔林钟商〕少年游（一生赢得是凄凉），唐圭璋：《全宋词》卷一，第33页。
⑨ 〔双调〕慢卷绸（闲窗烛暗），唐圭璋：《全宋词》卷一，第22页。

欹枕难成寐"描绘出凄凉忧伤的画面,夜已深,万物皆沉睡,而主人公却久久难以入梦。她回忆起"旧事前欢",是那样地缠绵悱恻,而如今,对着这好景良辰,却只能轻吟低叹。再也回不到昔日情浓,"似恁偎香倚暖,抱着日高犹睡"。万般无奈,烦恼心事,如今忆起,惨淡惆怅,"一一堪垂泪"。如《迷仙引》:

> 才过笄年,初绾云鬟,便学歌舞。席上尊前,王孙随分相许。算等闲、酬一笑,便千金慵觑。常祗恐、容易蕣华偷换,光阴虚度。　　已受君恩顾,好与花为主。万里丹霄,何妨携手同归去。永弃却、烟花伴侣。免教人见妾,朝云暮雨。①

词中的女子执着地追求自己的幸福,大胆地向心仪之人诉说自己的衷肠,表达自己摆脱青楼,愿与对方执手偕老,共结连理,过着普通、自由生活的热切希冀。古代女子15岁称为笄年,过笄年便意味着成年,可以成婚。她"才过笄年,初绾云鬟,便学歌舞",在烟花之地,千金难酬一笑。表面或许风光万千,实则时常恐慌,忧"光阴虚度",红颜迟暮,如木槿花一般,朝开暮谢。她"席上尊前",大胆地表达自己的倾心,希望心仪之人能帮助自己逃离禁锢自己的樊笼,愿与他"携手同归去",永远离开那烟花柳巷,"免教人见妾,朝云暮雨"。

三、柳永词中的宋代民俗风貌

据研究者考证,"柳七"即柳永生于公元987年,卒于公元1053年,主要的生活年代应是宋太宗、宋真宗、宋仁宗三朝,主要活跃于宋真宗、宋仁宗两朝。当时的宋朝社会经济文化等都得到了极大的发展。柳永虽出身于官宦世家,才华横溢,却仕途多舛,不得封建统治者重用,因此长期流落于市井民间中,并在各繁华都市中辗转。柳永把北宋繁华的社会经济风貌,以及广大的市民阶层尤其是歌妓这一特殊的社会群体融入自己的词作中,揭示了宋代丰富多样的民俗风貌。

1.繁荣的宋代城市经济

柳永对宋代繁荣的社会经济的描述主要反映在其都市风情词中,所谓的都市风情词,指的是柳永词中的一些"反映都市君民的宴安游乐、描写都市的民俗风情、歌咏都市的繁华景象的词"②。现《乐章集》中存柳词213首,其中都市风情词有36首,占柳永词大约17%。柳永一生颠沛流离,流转于各个都市中,真实地记录着这些都市社会经济的繁盛景象。汴

---

① 〔双调〕迷仙引(才过笄年),唐圭璋:《全宋词》卷一,第22页。
② 曾大兴:《柳永都市风情词的历史价值与民俗价值》,《暨南学报(哲学社会科学)》,2003年第4期。

京是他主要的活动地区,另外还有扬州、苏州、杭州、成都、金陵等繁华的大都市。研究者对柳永在这些大都市中滞留的年龄段以及年数做了初步地统计[①],统计结果如下:

都市名称	汴京	扬州	杭州	苏州	成都
年龄段	25—41,46,51	11—14,23—25	19—22,44	22—23,43,64	50
年数	19	7	5	4	1

在柳永71年的生命历程中,一直在这些都市中流离。尤其是宋仁宗天圣二年后,柳永之父柳宜去世,家庭经济条件已日益衰败。再加之是年柳永第四次落第,并遭到仁宗的厌恶与折辱,"奉旨填词",时年41岁的柳永愤而离开汴京,开始在各地区辗转。短短的几十年间,他不断地在江南、关中、西北各地漫游,受尽羁旅之苦,同时也对北宋的社会经济有了很清晰的认识。

汴京是柳永的主要活动区域,柳永的很多诗歌作品中都对汴京繁荣的经济进行了生动形象的描绘。流落汴京时所作的诗歌作品有《倾杯乐(禁漏花深)》《破阵乐(露花倒影)》《玉楼春》组词《迎新春(嶰管变青律)》等。如《玉楼春》:

> 皇都今夕知何夕。特地风光盈绮陌。金丝玉管咽春空,蜡炬兰灯烧晓色。凤楼十二神仙宅,珠履三千鹓鹭客。金吾不禁六街游,狂杀云踪并雨迹。[②]

再如《透碧霄(月华边)》:

> 月华边,万年芳树起祥烟。帝居壮丽,皇家熙盛,宝运当千。端门清昼,觚稜照日,双阙中天。太平时期、朝野多欢。遍锦街香陌,钧天歌吹,阆苑神仙。……[③]

汴京是当时宋朝的政治、经济、文化以及交通的中心,商业极其发达。北宋孟元老在《东京梦华录序》中曾对此进行过详细地描述:

> 举目则青楼画阁,绣户珠帘。雕车竞驻于天街,宝马争驰于御路。金翠雄目,罗绮汉香。新声巧笑于柳陌花衢,按管调弦于茶坊酒肆。八荒争凑,万国成通。集四海之珍奇,皆归市易。会寰区之异味,悉在庖厨。花光满路,何限春游。箫鼓喧空,几家夜宴? 伎巧则惊人耳目,侈奢则长人精神。

《玉楼春(皇都今夕知何夕)》与《透碧霄(月华边)》从两种不同的角度,对汴京繁华的社会经济进行描述。前者主要描写具体的繁华街市,风光旖旎,凤楼倾宅满目现,丝竹管弦充

---

① 刘天平:《柳永生平年谱稿》,《成都大学学报(社会科学版)》,1992年第1、2期。

② 〔大石调〕玉楼春(皇都今夕知何夕),唐圭璋:《全宋词》卷一,第20页。

③ 〔南宫调〕透碧霄(月华边),唐圭璋:《全宋词》卷一,第47页。

耳闻,路上行人锦衣珠履,热闹非凡;后者宏观歌颂太平盛世,国运亨通,月华清昼应熙盛,锦街香陌比神仙,歌舞升平。

中国历史上,杭州一直都被称为最富饶的地区之一,直至现在,还有"上有天堂,下有苏杭"的说法。柳永于真宗成平五年参加乡试后,离开崇安去汴京"应礼部试",路经杭州,被这里繁华的经济、美丽的风景所吸引,"遂沉醉于听歌卖笑的浪漫生活,而滞留杭州"[1],直到真宗景德二年,才离开杭州前去苏州。柳永歌颂杭州的诗歌有《瑞鹧鸪(吴会风流)》《早梅芳(海霞红)》《望海潮(东南形胜)》等,其中《望海潮》一词一直备受研究者青睐,全词如下:

> 东南形胜,三吴都会,钱塘自古繁华。烟柳画桥,风帘翠幕,参差十万人家。云树绕堤沙。怒涛卷霜雪,天堑无涯。市列珠玑,户盈罗绮,竞豪奢。　　重湖叠巘清嘉。有三秋桂子,十里荷花。羌管弄晴,菱歌泛夜,嬉嬉钓叟莲娃。千骑拥高牙。乘醉听箫鼓,吟赏烟霞。异日图将好景,归去凤池夸。[2]

上阕"东南形胜,三吴都会,钱塘自古繁华"从地理位置、经济地位、历史等方面总述杭州的现状,指出"自古繁华","烟柳画桥,风帘翠幕,参差十万人家"写的是杭州繁密的人口,"云树绕堤沙。怒涛卷霜雪,天堑无涯"写的是钱塘江的美景,"市列珠玑,户盈罗绮,竞豪奢"便由景色转到杭州繁荣的商业经济以及人们奢华的生活;下阕"重湖叠巘清嘉。有三秋桂子,十里荷花"写西湖的山水花卉,"羌管弄晴,菱歌泛夜,嬉嬉钓叟莲娃"写的是普通市民的喜乐,"千骑拥高牙。乘醉听箫鼓,吟赏烟霞"写的是官员的喜乐,最后"异日图将好景,归去凤池夸"总括,歌颂杭州的繁荣景象。整首词层次清晰,通过各个角度,把富庶的杭州展现得淋漓尽致。

另外一些描写城市繁荣景象的诗歌同样也脍炙人口。其中,描写扬州的有《临江仙(鸣珂碎撼都门晓)》,描写苏州的有《瑞鹧鸪(吴会风流)》《永遇乐(天阁英游)》《木兰花慢(古繁华茂苑)》,描写成都的有《一寸金(井络天开)》。其中,有学者指出《木兰花慢(古繁华茂苑)》和《长寿乐(繁红嫩翠)》所歌咏的城市虽然"不可确指,但词中咏诵的也是一片繁华景象"[3]。

2.岁时民俗

柳永被称为"宋代写民俗的第一人"[4],他主要写的是北宋的节令时序即岁时民俗。柳

---

① 刘天平:《柳永生平年谱稿》,《成都大学学报(社会科学版)》,1992年第1期。
② 〔仙吕宫〕望海潮(东南形胜),唐圭璋:《全宋词》卷一,第39页。
③ 谢蔷:《论柳永乐章中的承平气象》,《船山学刊》,2006年第4期。
④ 曾大兴:《柳永都市风情词的历史价值与民俗价值》,《暨南学报(哲学社会科学)》,2003年第4期。

永词中有关节令时序的词有 12 篇①,其中记录了具有代表性的中国传统节日,如元宵节、清明节、乞巧节、重阳节等。其实,柳永的此类诗词并不仅仅是 12 篇,本论文依据《全宋词》具体统计如下:

节日	元宵节	踏青节	清明节	金明池竞标	乞巧节	重阳节
篇数	5	7	5	2	1	2

　　冬至、元旦、元宵是宋代的三大节日,而元宵又称上元或灯节,北宋的元宵节被钦定为五夜②,这从另一个层面说明了北宋经济的高度发展。《宋史·礼志》中记载:"上元前后各一日,城中张灯,大内正门结彩为山楼影灯,起露台,教坊陈百戏……四夷蕃客各依本国歌舞列于楼下,东华、左右掖门、东西角楼、城门大道、大宫观寺院,悉起山棚,张乐陈灯,皇城雉堞亦遍设之。其夕,开旧城门达旦,纵士民观。后增至十七、十八夜。"柳词中,《倾杯乐(禁漏花深)》《迎新春(嶰管变青律)》《玉楼春(皇都今夕知何夕)》《长相思(画鼓喧街)》和《甘州令(冻云深)》五首写的是元宵节,其中《迎新春》被研究者认为是最好的:

　　　嶰管变青律,帝里阳和新布。晴景回轻煦。庆嘉节、当三五。列华灯、千门万户。遍九陌、罗绮香风微度。十里然绛树。鳌山耸、喧天箫鼓。　　　渐天如水,素月当午。香径里、绝缨掷果无数。更阑烛影花阴下,少年人、往往奇遇。太平时、朝野多欢民康阜。随分良聚。堪对此景,争忍独醒归去。③

　　这首词中描绘出元宵节的"列华灯"、十里"绛树"、喧闹震天的箫鼓声,以及在"竹影花阴下""奇遇"的少年人,感慨国民"康阜",情景交融,形象生动。

　　《小镇西犯(水乡初禁火)》《透碧霄(月华边)》《木兰花慢(拆桐花烂漫)》《满朝欢(花隔铜壶)》和《看花回(玉砚金阶舞舜干)》五首写的是清明节,其中《木兰花慢》是代表作:

　　　拆桐花烂漫,乍疏雨、洗清明。正艳杏烧林,缃桃绣野,芳景如屏。倾城。尽寻胜去,骤雕鞍绀幰出郊坰。风暖繁弦脆管,万家竞奏新声。　　　盈盈。斗草踏青。人艳冶、递逢迎。向路傍往往,遗簪坠耳,珠翠纵横。欢情。对佳丽地,信金罍罄竭玉山倾。拼却明朝永日,画堂一枕春醒。④

　　词中侧重写清明时节郊外的如屏美景,写人们"竞奏新声",纷纷出门"斗草踏青""金罍

---

① 黄兴:《宋词与民俗》,商务印书馆,2005 年,第 249 页。
② 曾大兴:《柳永都市风情词的历史价值与民俗价值》,《暨南学报(哲学社会科学)》,2003 年第 4 期。
③ 〔大石调〕迎新春(嶰管变青律),唐圭璋:《全宋词》卷一,第 17 页。
④ 〔仙吕宫〕木兰花慢(拆桐花烂漫),唐圭璋:《全宋词》卷一,第 48 页。

磬竭",这些都是风雅之事,并未提及扫墓等传统的清明节代表性活动。

《笛家弄(花发西园)》和《破阵乐(露花倒影)》两首写的是金明池争标。金明池争标是北宋独有的民俗之一,时间大致位于清明节之后端午节之前,主要地点便是金明池。作为东京四大园林之一的金明池又称西园、西池或天池,每年三月一日至四月八日开放,开放之日将会在此举行水戏表演和龙舟争标。《破阵乐(露花倒影)》中所描写的一些事物如"灵沼""金柳""龙舟""虹桥""雁齿""水殿"等都是金明池的代表性建筑,"鱼龙戏""凤辇辰游""开镐宴""竞夺锦标"等也是金明池争标的代表性活动。

另外,柳词中还有"恣游人、无限驰骤,娇马车如水"①的二二踏青节,"应是星娥嗟久阻,叙旧约、飙轮欲驾"②的七七乞巧节,"东篱霜乍结。绽金蕊、嫩香堪折"③的九九重阳等,可谓是蔚为大观。

3.休闲娱乐等其他风俗

除了岁时民俗,柳词中还有一些其他的风俗,柳永词中涉及到礼俗5篇、花卉3篇、宴饮31篇④,柳永词中含有"很多反映都市君民宴安游乐、节庆、宫廷祭祀礼俗的词"⑤,并称之为节庆礼俗词。

首先是寿诞礼俗。北宋的寿诞礼俗在柳永诗词中主要体现在其圣寿词中,如《送征衣(过韶阳)》《永遇乐(熏风解愠)》《御街行(燔柴烟断星河曙)》《醉蓬莱(渐亭皋叶下)》以及《玉楼春》四首。寿诞是人的一生中非常重要的庆贺仪式之一,尤其是封建社会中位于最高统治地位的帝王,寿诞仪式就更为隆重典雅,相应的寿诞礼俗也更为详尽严谨。柳永的这类诗词充分体现了寿诞礼俗文化中的祝贺活动以及极其喜庆的氛围。以《送征衣(过韶阳)》为例:

> 过韶阳。璇枢电绕,华渚虹流,运应千载会昌。馨寰宇,荐殊祥。吾皇。诞弥月,瑶图缵庆,玉叶腾芳。并景贶、三灵眷佑,挺英哲、掩前王。遇年年、嘉节清和,颁率土称觞。　　无间要荒华夏,尽万里、走梯航。彤庭舜张大乐,禹会群方。鹓行。望上国,山呼鳌抃,遥爇炉香。竞就日、瞻云献寿,指南山、等无疆。愿巍巍、宝历鸿基,齐天

---

① 〔般涉调〕长寿乐(繁红嫩翠),唐圭璋:《全宋词》卷一,第50页。
② 〔林钟商〕二郎神(炎光谢),唐圭璋:《全宋词》卷一,第29页。
③ 〔林钟商〕应天长(残蝉渐绝),唐圭璋:《全宋词》卷一,第32页。
④ 黄兴:《宋词与民俗》,商务印书馆,2005年,第249页。
⑤ 来玉英:《柳永节庆礼俗词文化影象》,《广州大学学报(社会科学版)》,2011年第5期。

地遥长。①

这首词中，"璇枢电绕，华渚虹流""瑶图缵庆，玉叶腾芳"的祥瑞之兆，"无间要荒华夏，尽万里、走梯航"的举国欢庆，"彤庭舜张大乐，禹会群方"的热烈氛围，全都体现了帝王寿诞礼俗的隆重典雅。其中还有对帝王、对北宋晟世的赞颂与祝愿，应接不暇，叹为观止。

其次是祭祀礼俗，主要是宫廷祭祀礼俗。祭祀主要是指"民众向民间神祇祈求福佑或驱避灾祸的一种行为惯制，它世代传承，具有相应的礼仪制度"②。而皇家祭祀或者说宫廷祭祀的礼俗便更加整肃，各仪式如焚香、奏乐、卜祀等都要求极其严格。在柳永诗词中也有体现，如《玉楼春》：

> 昭华夜醮连清曙。金殿霓旌笼瑞雾。九枝擎烛灿繁星，百和焚香抽翠缕。　　香罗荐地延真驭。万乘凝旒听秘语。卜年无用考灵龟，从此乾坤齐历数。③

金碧辉煌的殿堂，华美壮观的旌旗，璀璨灼目的擎烛，琳琅青翠的香雾，芳香华美的罗帛，虔诚肃穆的祷告，柳永用寥寥数笔，极为生动形象地勾勒出宫廷祭祀的盛况。

再次是宴饮风俗。宴饮风俗主要指的是宴会饮乐，在宋代，饮茶、饮酒空前盛行，"并成为一种重要的社交方式"④。柳永诗词中写宴饮的词很多，如《笛家弄（花发西园）》《雨霖铃（寒蝉凄切）》《惜春郎（玉肌琼艳新妆饰）》等，描写宴饮场面，并把个人情感融入其中，情景交融，体现了宋人的宴饮风俗，限于篇幅，在此不再赘述。

四、"吊柳七"民俗的文化价值与意义

第一，丰富民俗学研究的史料价值

"柳七"即柳永，宋元文学史上"第一个从事民间通俗文艺创作的文人"⑤，在柳永的词作中，存有大量的民俗资料，对"吊柳七"的民俗研究，必然会涉及到柳永词作中所体现的宋代社会民俗风貌，从而拓展了宋代民俗研究的范围。

民俗有很多是流传于民间，通过口头传播和世代传承，同时也渗透于各种文学形式中。诗词尤其是词与现实生活的联系事实上是非常紧密的，忽视诗词对民俗的意义和价值无疑会使民俗研究丢失一部分重要的资料。"吊柳七"的民俗诗学研究把诗词也纳入研究民俗

---

① 〔中吕宫〕送征衣（过韶阳），唐圭璋：《全宋词》卷一，第15页。
② 钟敬文：《民俗学概论》，上海文艺出版社，1998年，第200页。
③ 〔大石调〕玉楼春（韶华夜醮连清曙），唐圭璋：《全宋词》卷一，第19页。
④ 黄兴：《宋词与民俗》，商务印书馆，2005年，第212页。
⑤ 谢桃坊：《柳永》，上海古籍出版社，1986年，第1页。

的重要文献依据,丰富和完善了民俗学的研究,具有很大的史料价值。

第二,提供文学创作的题材

民俗作为一种文化现象,它是人们"约定俗成、世代累积、长久稳定的"风俗习惯,"往往超越历史阶段而存在",①它可以存在并渗透于任何文学形式中。"吊柳七"民俗也为后世的多种文学体裁提供了创作素材。

诗歌方面,明代冯梦龙在《众名妓春风吊柳七》中指出后人题诗凭吊柳永:"柳墓乐游原上妓如云,尽上风流柳七坟。可笑纷纷绍绅辈,怜才不及众红裙。"清朝著名学者王士禛有《真州绝句·吊柳永墓》:"江乡春事最堪怜,寒食清明欲禁烟。残月晓风仙掌路,何人为吊柳屯田。"清朝史学家、文学家赵翼也有诗《仙掌路诗》:"一邱两地各争高,只为填词绝世豪。汉上有坟人吊柳,漳南多冢客疑曹。金茎名镜移沙渚,铁板声休唱浪淘。我趁晓风残月到,纵无魂在亦萧骚。"他们歌颂柳永卓越的诗歌才赋,感叹宋朝这位仕途多舛的"才子词人"②的悲剧人生,讽刺封建贵族阶层的虚伪,表达对封建贵族阶级的不满情绪等。"吊柳七"的民俗传承,使柳永成为诗歌创作的素材,文人们借此抒发内心的情感。

杂剧中也有相关著作,比如清朝邹式金的四折杂剧《风流冢》,它作为《杂剧三集》的压卷之作,生动形象地描写了柳永和宋名妓谢天香之间生离死别的故事。而冯梦龙所著《喻世明言》中话本《众名妓春风吊柳七》可谓是描写得最为成功细腻,也最为著名。话本以"吊柳七"这一民俗为创作素材,写柳永与众歌妓之间的真挚情感以及柳永仕途的坎坷,并对人物、景物、时间、事件进行文学艺术加工,并在其中适当添加作者自己的观点,使其成为感人至深的话本小说。其他相关作品列表如下:

体裁	作者	作品
诗歌	无名氏	柳永墓题诗凭吊柳永
	王士禛	真州绝句·吊柳永墓
	赵翼	仙掌路诗
	李渔	多丽·春风吊柳七
	亦向北	吊柳七
	颖玉	吊柳七

---

① 黄杰:《宋词与民俗》,商务印书馆,2005年,序1。
② 〔黄钟宫〕鹤冲天(黄金榜上),唐圭璋:《全宋词》卷一,第51页。

（续）

体裁	作者	作品
杂剧	邹式金	风流冢
小说	冯梦龙	众名妓春风吊柳七
	谢眺楼	吊柳七
	王曙	群妓合金葬柳七
	蓝狐	吊柳七
新编历史剧	红袖添香	吊柳七
网络文学	古城愚翁	千古风流吊柳七
	向彬怀古	好一段"群妓合金葬柳七"
	宛城玲钧	群妓合金葬柳七
	临朐	一代佳话——"群妓合金葬柳七"
	无名	清明上风流
	湖风海韵	戏说李渔《多丽·春风吊柳七》

第三，重估传统诗人的文化地位

自古以来，对柳永的评价是褒贬不一的。在封建贵族阶层的眼中，柳永的词作往往被认为是俗词艳作，难登大雅之堂，与封建传统道德观念格格不入。宋仁宗曾指责他"任从风前月下，浅斟低唱"①，厌恶他"浮艳虚华"②，"抹其名"③，不录用他做仕宦。宋朝著名的文人晏殊、张先、苏轼、李清照等都诋毁或指责过柳永及柳词。同时，赞赏柳词的人也为数不少。吴曾《能改斋漫录》卷十六中引用晁无咎的话，说到"世言柳耆卿曲俗，非也"，认为如《八声甘州》"真唐人语，不减高处"。祝穆《方舆胜览》卷十中引用范镇的话，指出"仁宗四十二年太平，镇在翰苑十余载，不能出一语咏歌，乃于耆卿词见之"。王灼《碧鸡漫志》卷二中引用前辈的诗句"《离骚》寂寞千年后，《戚氏》凄凉一曲终"④，把柳词《戚氏》与《离骚》相提并论。张端义《贵耳集》卷上中引用项平斋的话，说到"学诗当学杜诗，学词当学柳词"，指出"杜诗、

---

① 祝穆撰，祝洙增订，施和金点校：《方舆胜览》卷11，中华书局，2003年，第197页。
② 杨湜：《古今词话》，中华书局，1986年，第25页。
③ 杨湜：《古今词话》，中华书局，1986年，第25页。
④ 王灼：《碧鸡漫志》，引自《词话丛编》，中华书局，1996年，第84页。

柳词皆无表德,只是实说"①,将柳词与杜诗放到同一个平台上,高度赞扬柳词。

　　一个在文学史上具有影响力的诗人不仅诗歌作品具有生动感人的艺术魅力,而且能够真实地展示时代的社会民俗风貌,并对后世的人们产生一定的文化影响。柳永及柳词流传之广,有"凡有井水处,即能歌柳词"之说。柳词通俗易懂的口语化用词、对众红颜情真意切的爱恋之情、对广大市民阶层日常生活的真实再现,这些都使得柳词在市民间广泛流传,在民俗诗学层面柳永堪称一位具有文化影响力的诗人。

———————————

① 　张瑞义:《贵耳集》,引自《宋元笔记小说大观》,第 4276 页。

杜甫《新安吏》的认知诗学解析[*]

吴贤妃（台湾东海大学）

一、前言

关于杜甫的诗歌，"三吏"时常被视为组诗，不仅常与"三别"相提并论，被认为是反映安史之乱后唐代社会的重要作品，亦有学者以为"三吏"是具有表现杜诗"沉郁顿挫"风格之作品。② 所谓"三吏"，分别是《新安吏》《潼关吏》《石壕吏》。据《旧唐书》记载，唐肃宗乾元二年："壬申，相州行营郭子仪等与贼史思明战，王师不利，九节度兵溃，子仪断河阳桥，以余众保东京。"③杜甫自东都归华州，适逢相州之溃，征调益急，作"三吏""三别"，以记途中见闻。不论从内容或是题材方面来看，"三吏"之作都是受到肯定的。三首诗都是叙事诗，内容叙及唐帝国遭逢安史之乱后，叙事者离开洛阳到华州沿途所见之特殊事件。就写作背景而言，三首诗大约一致。然而，除了前人对这三首诗的说法外，我们还可以挖掘出什么呢？今日的我们不可能与诗人站在同一个时代，但可透过人们在生活、文化等方面的共同认知特性，进入文本，体会诗人在文字层次及概念层次的表达。

认知诗学乃是以认知语言学的理论为基础，从而将文学与语言的研究融于一炉，并企图建构一套诗学理论。事实上，认知语言学并非高深莫测的语言学理论，而是从人们的身体经验、身体感知出发，理解人们认识外在事物的方式。只要回头审视便可发现我们的文学语言并非完全跳脱常轨，而是可以从最平常的生活语言找到创新的线索。传统诗论往往由论诗者自身体会、感悟出发，此处亦与认知语言学的解析路径相合。由身体经验出发，对

＊　本文系东海大学周世箴教授国科会计划 NSC101－2410－H－029－038《感官再体验，走入新"诗"界：认知诗学视野下的汉语叙事诗》部分成果。
② 陈煜斓：《杜诗"沉郁顿挫"风格探微》，《杜甫研究学刊》，1998 年第二期，第 12 页。
③ 详参《旧唐书·本纪·肃宗》，瀚典全文检索系统，网址：〈http://hanchi.ihp.sinica.edu.tw/ihpc/hanjiquery？@82~1023917388~809~~0202016001360~@@658819961〉

吾人理解诗歌、阐释诗意有更贴近生活、生命的立足点。语言是表现人类理解、认识世界的方式之媒介,透过对语言的认识,我们也会认识到人类的概念层。语言表层自然是了解诗歌的基本路径,是以,本文以语义场理论为诗歌解析的基础,结合认知诗学的几个基本理论,包括概念譬喻理论(ICM)、心理空间理论(Mental Space)及"主体(Figure)与背景(Ground)"等分析"三吏"中的《新安吏》,期建构一由词汇层至概念层的多角度诗歌诠释模式。

　　本研究将以目前学界对杜甫及文学作品的一般理解为分析基础,不以详细地考据为目的及手段。本文采用清代仇兆鳌《杜诗详注》的《新安吏》版本。[①]

二、《新安吏》义场分析

　　语义场的理论认为一种语言就是一个大的词汇系统,而在此系统里,每一个词的意义都是由该词与系统内其他词汇的关系而确立。这一群有相互关联的词就聚合成一个语义场。语义场可以分为联想义场、同义义场、反义义场及多义义场。语义场中,意义相关者可以形成同义类聚,本文将《新安吏》一诗视为一语义场。依据诗歌中词汇类聚的特性,可分为人物、动作、时间、空间、情绪状态、状态词及对象等项,以下就分析所需,仅列出人物、动词等五项,如表 1 所示:

表 1:《新安吏》诗歌词汇分析表[②]

编号	语言表达式	人物义场	动词义场1	动词义场2	时间义场	空间义场
1	客行新安道	客	行			新安
2	喧呼闻点兵	兵	呼	闻、点兵		
3	借问新安吏	新安吏	借问			
4	县小更无丁	丁				
5	府帖(一作符)昨夜(一作日)下		下		昨夜(一作日)	

① 详见仇兆鳌:《杜诗详注》第二册(全五册),中华书局,1999 年,第 523 页。
② 表 1 的栏位由左而右首先是诗句的编号,其次是诗歌的语言表达式,再其次则是将正文中所述及的项目分列于后。其中动词 1,2 的区别仅在于动词在诗中出现的顺序。为配合本论文论述方向,集中焦点,本表并未列出所有项目、细节。

（续）

编号	语言表达式	人物义场	动词义场1	动词义场2	时间义场	空间义场
6	次选中男行	中男	选			
7	中男绝短小	中男				
8	何以守王城		守			王城
9	肥男有母送	肥男、母	送			
10	瘦男独伶俜	瘦男				
11	白水暮东流		流		暮	
12	青山犹（一作闻）哭声		（闻）	哭		
13	莫自使眼枯					
14	收汝泪纵横		收（泪）			
15	眼枯即（一作却）见骨		见（骨）			
16	天地终无情					
17	我军取（一作至，一作收）相州	我军	取/收（相州）			相州
18	日夕望其平		望		日夕	
19	岂意贼难料	贼	意	料		
20	归军星散营	军	归（军）	散		
21	就粮近故垒		就（粮）			故垒
22	练卒依旧京	卒	练（卒）			旧京
23	掘壕不到水		掘（壕）			
24	牧马役亦轻		牧（马）			
25	况乃王师顺	王师				
26	抚养甚分明		抚	养		
27	送行勿泣血（一作垂泣）		送行	泣（血）		
28	仆射如父兄	仆射、父兄				

《新安吏》一诗是先以第三人称的叙述角度写一过客路经新安,听闻点兵一事而对新安吏发问。新安吏针对客的问题答道,在战事吃紧的情况下,即使是县内已无丁可征,也要退而求其次征召中男入伍。客眼见中男与母亲离别入伍,场面哀伤,于是介入对话,转而以较为乐观的角度劝慰面对别离的中男。全诗为叙事诗,共28句,由客与新安吏的对话、客对中男的劝慰构成。被叙述的事件本身并不复杂,但事件发生的背景比较复杂、影响层面比较大。下节则要集中讨论人物义场的部分。

1.人物义场

当我们针对诗歌进行人物义场的分析后,依身份可将之归纳为四类:一、官员军人类:由上层到下层包括:军、王师、卒、兵等。另有两个官职特称:新安吏、仆射。其中又以军队的组织结构较为完整。二、将成士兵者:丁、中男、肥男、瘦男。三、家庭成员:母、父、兄。四、其他:客、贼。全诗人物义场的组成如下表所示:

表 2:人物义场分析表

义场名称	身份						家庭成员	其他
	官员军人			将成士兵者				
人(上位)	新安吏(专名)							客
	军	王师	卒	丁	中男	肥男	母	
			兵			瘦男		贼
	仆射(专名)			父、兄				

其中第一、二类都与战事相关。第三类是家庭成员的关系、称谓。第四类的"客"是开启本诗对话、叙事的人物。另一个"贼"则是指引发安史之乱的朝廷敌人。客在诗中是专指一人,而贼则是与我军相对的阵营,不专指一人。客与贼恰好可置于家庭成员、即将入伍者及官员军人三类之外。

总体而言,诗中的构成人物义场的词汇意象里,仅有三个是专指某人:客、新安吏及仆射,其中后二者属专名。在语义场中是属于下位义,而其他的军、王师、丁、中男、肥男、瘦男、兵、卒等,都是泛指的,相较于客、新安吏、仆射而言,属上位义。上位义的人物词汇较多,偏向表现普遍性。专名则指特殊人物,针对个案的表现性较强。另外,在家庭成员的词汇中,也是一般性称谓,未专指某家某人。进一步说,这里显示的中男与家人离别上战场并不是一家、两家的问题,而是普遍的。除了战争的影响是全面性的以外,新安一县普遍的情况都是叙事者关心、同情的对象。

　　其中较有意思的是,依人物身份、关系的属性划分的话,诗歌里出现的词汇集中于三个范畴,而此三个范畴中的人物又可置于特定空间区域里。以第一类而言,官员、军人是属政府机构、前线战区的;第二类被征召的男丁,则是即将离家服役的;第三类是个人属性较强的家庭。其中,第二类,在诗里,又是处于第一移转至第三类的中间范畴。但要注意的是这一类的移转并非自愿的,而是被动的。父、兄在诗歌中,不是指家中的父兄,而是指军队中的长官,原本就属性而言,父子、兄弟是亲属关系,属家庭范畴,故列于家庭关系的类别里。然而在诗中,真正描述家庭成员的段落只有在母亲为肥男送行,瘦男独自入伍的部分。末句的"仆射如父兄"虽有"父兄"出现,但父兄和中男的关系是譬喻性的,不是实指的。本段所论及的人物义场画成图示如下:

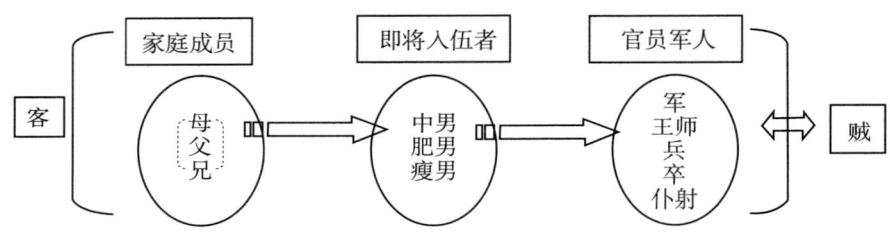

图 1:人物义场范畴分析图

2.其他义场:时间及空间义场

　　在人物义场以外,动词义场有一值得注意的地方,谈到中男入伍后即将承担的工作内容之诗句(编号 22—24),句中的动词是练卒、掘壕、牧马等内容,和吾人平日对战时服役的联想(如杀敌、上阵等)相较之下,是较不严峻的生活。

　　时间义场则相形简单,仅有三个看似与时间相关联的词汇:昨日、暮、日夕。其中,只"昨日"及"暮"是实指的,并且与本诗的诗意有关。"日"与"夕"的组合则是形成一转喻,以日、夕部分代整体,表示每日,诗云"日夕望其平",意思是时刻都希望平定叛贼。"昨日"在诗中的作用是指明府帖下达的时间,诗云"府帖昨日下",而新安吏今日就执行"次选中男行"的任务。在一日之间就得完成朝廷交付的任务,表达了前方战事吃紧,急需用人的状况,同时也能解释诗中这些尚未完全成人的中男及家属面对突来的征召令,内心的惶恐与无措。

关于空间的义场,有新安、王城、相州、旧京、故垒等。新安是事件发生地。相州则是诗中论及具体战事,也就是九节度史包围安庆绪的地方——邺城。王城、旧京指洛阳。故垒则不一定是指某一特定的战地。除新安外,其他地方都是经历过战事之地。

三、概念譬喻与心理空间

在语义场分析之后,本节在已有的分析基础上,以概念譬喻理论及心理空间理论探讨诗歌概念层的认知模式。

1.“军队将领是父兄”的譬喻概念诠释

“概念譬喻理论”(Conceptual Metaphor Theory,简称 CMT)是 George Lakoff、Mark Johnson(1986)提出。CMT“将譬喻视为两个概念域之间的稳定的而有系统的关系来进行研究”[①]。两个概念域分别名为“来源域”(source)和“目标域”(target)。在此认知模式的运作下,譬喻以来源域的知识体系去理解、建构目标域。属于来源域的知识概念透过“映射”被投射、引导至目标域。但并非所有的属于来源域的知识概念都会一并映射至目标域,而是经过一定的角度摄取后(也就是说,在认知过程中,经过一番筛检),与该譬喻最相关的核心概念才会映射至目标域。譬喻概念通常以“T is S”(即目标域是来源域)的表述形式出现。

以常见譬喻“女人是花”为例,花是来源域,女人是目标域。一般人对花的知识概念是:植物的生殖器官、有开花的季节、会凋谢、有不同颜色的花、外表美观、相较于植物其他部位是柔弱的等。在我们以“花”的概念去理解、建构“女人”时,某些概念会被映射,如外表美好、有开花的时节、会凋谢;某些则不会被映射,如作为生物的生殖器官。有时我们也将概念譬喻理论称为“二域模式”,此处的二域就是上文的来源域、目标域。

在上一节里,我们看到在叙事历程中所出现的“家庭”及“官员军人”范畴。“官员军人”又可分出“军人”这个次范畴。作为一个“家庭”原型,我们一般熟知的成员是:父、母、子女(兄、弟、姐、妹)。在传统三纲思想的影响下,又以父、兄为家庭的领导型、中坚型成员,不仅对家务有决策权,也是其他成员实质或心灵的依靠对象。诗歌提到:“肥男有母送”,展现了仍在母亲照料下的中男,生活安逸心宽体胖,然而,一旦要离开家人的照顾,不仅难以承受

---

① 详参周世箴译,2006,George Lakoff & Mark Johnson(1980),《我们赖以生存的譬喻》(*Metaphors We Live By*),联经,导读第 90 页。另外,对于 CMT 模式的理论说明,详参该书导读 1－5－2、1－5－3,第 71—94 页。

别离之苦,另一方面还得面对前线未知的军旅生活。这也是"青山犹(一作闻)哭声",还有在场人眼泪纵横的原因。

家庭成员和军人这两个范畴在此诗的写作背景下,各有相应的活动空间。前者是新安县中男的家;后者是前线两军交战之地。那些中男被征召后,活动空间从家庭转移到前线战区。

诗句"仆射如父兄"一句将军队统率郭子仪比为父兄呈现出一个概念譬喻——军队将领是父兄。这个譬喻就是以父、兄的概念去理解军队里的将领。换言之,在军队里的长官会如父亲、兄长般地照顾这些离家出征的中男,同时是可依靠的对象。

2.家庭、军队的融合

在概念譬喻"军队将领是父兄"的基础上,本节要以 Fauconnier(1998)的心理空间理论进一步分析。相对于上述的二域模式,心理空间则是多空间模式。二域模式无法解析较复杂的映射历程时,或可借由心理空间模式来解释概念整合的认知历程。

心理空间理论由 Fauconnier(1994;1997)及 Fauconnier 及 Sweetser(1996)[1]所提出:

> 心理空间是我们思考和谈话的过程中出于局部的理解和行动需要而形成的小概念包(conceptual packets)。心理空间是由许多成分(elements)构成的、并由框架和认知模式提供结构的集合。这种集合具有局部特点。它们相互联系,并随思维和话语的展开而修改。心理空间可以为思维和语言中的动态映像提供模式。[2]

Fauconnier 也以为:"概念整合与框架化、范畴化一样,是一种认知的基本操作。"[3]在心理空间的模式中,有输入结构、类属结构和整合结构等三大类结构,这些结构都是心理空间。一个完整的概念整合网络里包括一个类属空间(Generic Space)、至少两个输入空间(Input Space1,Space2)及融合空间(Blended Space)。"输入空间之间存在着局部的跨空间映射,跨空间映射将输入空中的对应成分连接起来。……类属空间包含了两个输入空间在概念整合网络的发展过程中的任何时间所共有的部分。"[4]输入空间则被投射到融合空间。如同概念譬喻理论一样,投射到融合的结构具有选择性,并非所有的条件/成分都会投射到融合空间。而融合空间可能具有输入空间没有的突生的涌现结构。

---

① 详参 Gilles Fauconnier and Mark Turner(1998),Mental Space,收录于 Dirk Geeraerts 编,邵军航、杨波译,(2012),*Cognitive Linguistics:Basic Reading*《认知语言学基础》),上海译文出版社,第 338 页。

② 参同上注,第 344 页。

③ 参同注 6,第 344 页。

④ 参同注 6,第 345 页。

前文提及此诗之中与人物相应的主要空间有二:即家庭与军队。是以家庭与军队分别是输入空间一、二。在前一小节中,笔者提出诗歌中有"军队将领是父兄"的概念,此概念譬喻由二域模式的认知原则而得来,包含来源域(家庭中的父兄)及目标域(军队将领)。心理空间则可以更清晰地展现融合空间是由哪些成分投射且融合而成。

表3:心理空间成分分析表

类属空间	输入空间一	输入空间二	融合空间
	家庭	军队	军队是家庭
基层成员	中男	兵、卒	中男、兵、卒
照顾成员	母	——	
指导/中坚成员	父、兄	仆射	仆射、父兄

首先,透过输入空间一(家庭)、输入空间二(军队)成分的分析,我们看到二者都是属于组织的概念:都是由几个人或一群人组成的、组成成员是有地位尊卑的、组成成员有相对的阶级差异。在类属空间中,我们可以分为基层成员、照顾成员及指导/中坚成员。其中基层成员相对于照顾成员和指导成员,在年龄、身体或者地位、经验方面是较弱势的。

在输入空间一里,三种成员都具备;在输入空间二里,没有明显的照顾成员,也就是说相应于家庭成员中的"母"的项目是不存在的。众所周知的是,家庭中父母对子女而言,意义或有少许不同:在中男的年纪,母亲给予的多半是生活起居的照料和关心;父兄则是学习立足于社会的榜样。父兄与中男本是家人关系,到了军队以后,父兄的角色由仆射取代,因此,仆射成为中男学习和依靠的对象。透过心理空间的分析,我们看到叙事者将家庭中父兄的角色与地位投射于军队中的仆射,同时融合出军队是家庭的概念。

或许可以进一步说,如果中男尚未长成,还需要照顾成员的照料的话,那么,仆射便集照顾成员和中坚成员于一身。事实上,指导型成员对基层型成员是有照顾功能的,诗云:"况乃王师顺,抚养甚分明。"其中的"抚养",依《汉语大词典》的解释是:"谓对部下或百姓的爱护体恤。"爱护和体恤基本上包含了心灵、物质照应的意义,而王师的代表,与中男有最直接的接触者便是军队将领。由此,军队中的照顾型成员也已具备并由指导成员取代。

图2是心理空间的图示。四个椭圆由上而下分别代表类属空间、输入空间一、二及融合空间。连结类属空间和输入空间、输入空间及融合空间各成分的线条表示跨空间的映射关系。

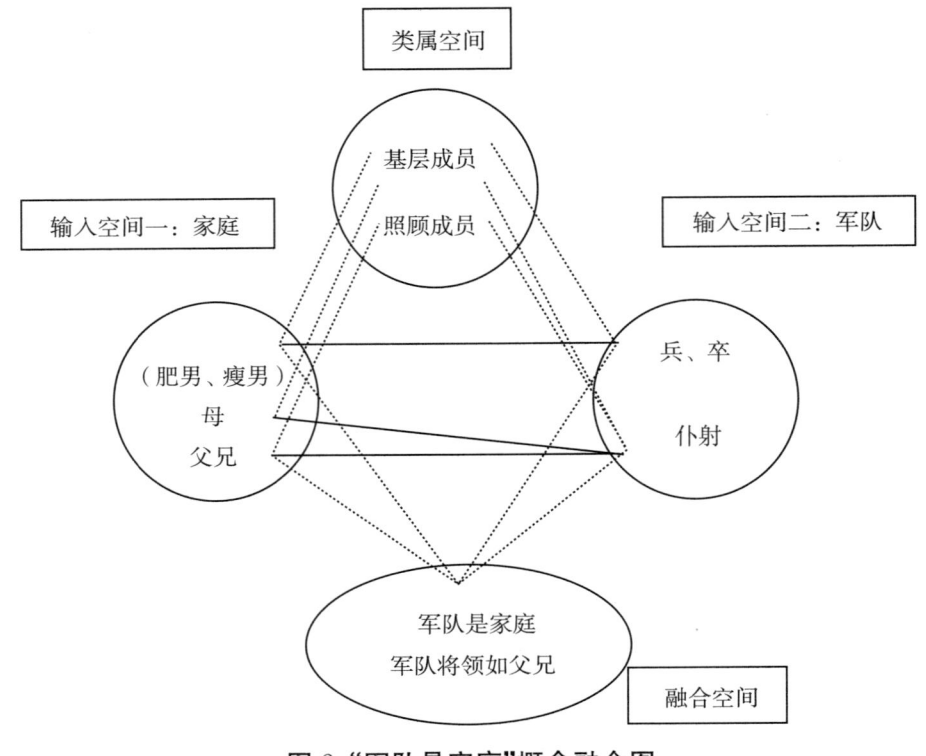

图2："军队是家庭"概念融合图

前文提及，"就粮近故垒，练卒依旧京。掘壕不到水，牧马役亦轻"四句中所论及的入伍后的勤务都是较不严峻的工作，再加上此段的分析——叙事者透过了"军队是家庭""长官如父兄"的概念安慰即将入伍的中男及中男的家人，我们发现叙事者从语言表层及概念层所散发出的悲悯中男入伍的情感。

如果对一般人提出一个问题——对战场词汇的联想，恐怕离不开死亡、流血、受伤这类的词汇。因此，对于中男及家人而言，战场必定是个让人心怀恐惧的空间，特别是国家到了须得"次选中男行"的情况，不论他们即将到哪个地点、担任何种工作。而诗人所描绘的战场勤务是练卒、掘壕及牧马，不必担心粮食不足的问题，长官又会照顾人，如此心志正道出了诗人对这些不得不离家卫国的中男及其家人的同情与关怀。就诗人的生命历程而言，并非个案，而是一贯的态度。对于中男入伍，诗的一开始便发出了深刻的质疑："中男绝短小，何以守王城？"然而，"府帖昨日下"一句表明了新安吏在一日之间便要完成征调的工作。同时已道出保卫国家在时间上是刻不容缓的。在目睹中男与家人离别的场面时，叙事者/诗人是不忍的，但是，另一方面保国攘敌在此时有其正当性，于是，叙事者介入事件，一方面

"劝",一方面"慰"。

3.从"主体与背景"的关系分析《新安吏》的焦点转移

主体(Figure)是一个运动的,或者是在概念上可以移动的事物。它的路径、地点或方向被认为是可移动的。背景(Ground)相对于主体而言,是一个参照的事物。因此,通过背景的参照,使主体的路径、地点或方向可以被描述。①

综观《新安吏》一诗,形成焦点、占主体位置的主要是"人物"。下表为主体与背景的分析:

表 4:主体与背景分析表

诗歌表达式	主体	背景	静态	动态	譬喻分析	个人与国家
客行新安道	客	新安道	新安	行		
喧呼闻点兵	兵	新安道	新安	点兵		
借问新安吏	新安吏	新安道	新安	问		
县小更无丁		新安县	新安			
府帖(一作符)昨夜(一作日)下	府帖	新安县	新安	下	府帖:转喻政府命令	小我〈〉大我
次选中男行	中男	新安县	新安	行		小我
中男绝短小,何以守王城	中男	王城	王城		王城:转喻国家、朝廷	小我〈〉大我
肥男有母送	肥男	新安县	新安	送		小我
瘦男独伶俜	瘦男	新安县	新安			小我
白水暮东流,青山犹(一作闻)哭声		新安县	新安			
莫自使眼枯,收汝泪纵横。	眼泪	新安县	新安	泪纵横		小我
眼枯即(一作却)见骨,天地终无情。	中男	天地			眼:转喻,显著特征代整体。	小我

---

① 关于主体与背景或译为前景与背景,其定义详束定芳《认知语义学》(2009),上海外语教育出版社,第134—135页。

（续）

诗歌表达式	主体	背景	静态	动态	譬喻分析	个人与国家
我军取（一作至，一作收）相州，日夕望其平	我军	相州		取	我军	大我
岂意贼难料，归军星散营。	贼					大我〈〉敌
就粮近故垒，练卒依旧京。掘壕不到水，牧马役亦轻。	中男			就、练、掘、牧		小我〈〉大我
况乃王师顺，抚养甚分明。	王师	国家				小我〈〉大我
送行勿泣血		新安县	新安			小我
仆射如父兄	仆射	王师	新安		仆射：转喻〉〉官职代人	小我〈〉大我

　　从首句的"客行新安道"是一个焦点在"客"身上的画面。第二句"喧呼闻点兵"则彷佛是有声的电影，透过声音将主体移至"点兵"一事件上。这一事件引发叙事者好奇进而发问，因此，下一句"借问新安吏"主体便转移至"新安吏"。如果我们以一般性的认识来看，国家遭逢叛乱，征兵打仗大约是常态，不寻常的事才须要大书特书，那么征兵有何不寻常呢？叙事者所见"次选中男行"并非常态。前面新安吏答："府帖昨日下"，府帖是一个焦点，代表的是政府的命令。府帖一下，致使"次选中男行"的结果。"中男绝短小，何以守王城"再进一步形成叙事者的疑问，中男的"短小"与"王城"形成主体与背景的映衬。同时也引发了不能正面言说的怜悯之心。如果王城视为政权的核心，也可转喻朝廷、国家，那么要"短小的中男"肩负"艰巨"的任务，是让人十分不忍的。值得注意的是，"中男绝短小，何以守王城"的一问新安吏在诗中并未回答，或可说是无法回答。

　　在叙事者提第二个问（中男绝短小，何以守王城）以后，焦点便集中至中男、肥男、肥男之母、瘦男，由此我们看到叙事者对面临离别的双方之"人"的关怀。在人的悲伤情绪下，暮色中的白水、青山是这一片哀伤场面的背景。其后，叙事者介入，如同对着中男与家人面对面地说话一样，诗云："莫自使眼枯，收汝泪纵横。眼枯即（一作却）见骨，天地终无情。"叙事者的视觉焦点在中男流泪的双眼，然广大的天地、人生是眼前眼泪纵横的中男的背景。不过,对一个关怀社会、关怀大众的诗人而言,对眼前中男与家人分离固然是抱持同情的,但却也没忘了对国家的关怀。因此,下一段便言及朝廷相州失利一事,诗云:"我军取相州,日夕望其平。岂意贼难料,归军星散营。"以对"大我"的关怀来勉励中男。焦点转移至在相州与敌人奋战的"我军",不无同心除敌的意义。其后四个中男可能面对的任务,及王师的管理都是采取正面的陈述,既利于小我也利于大我。

末句的"仆射"无疑是以王师为背景的主体。仆射是以官职转喻郭子仪。我们当然没有具体证据显示新安的中男都会入于郭子仪麾下,然而,郭子仪的事迹具有代表性,可以安稳入伍中男的心情。换言之,大我之中有可依靠的对象。

焦点的转移过程中,我们可以看到叙事中竭力面面俱到站在不同立场为中男、家人、国家思考。特别是对还没长成的中男,可以感受到他安抚劝慰的用心良苦。

四、结语

经过语义场分析,我们发现《新安吏》一诗的人物词汇可区分为三大范畴:家庭成员、即将入伍者及官员军人。其中,即将入伍者介于另两个范畴之间,易言之,在家他们是子;入伍后就是兵、卒。而后透过诗歌的概念譬喻分析,得到"军事将领是父兄"的譬喻概念。这一概念显示了叙事者引导我们以家庭里父兄的概念认识军队的将领,这是第一个劝慰即将分别的中男及其家人的手法。在此譬喻概念的基础上,我们运用解析概念融合的心理空间理论,将家庭和军队视为两个输入空间,透过家庭、军队组成成分的连结、映射,最后融合出军队即家庭的概念。最后由主体与背景观察焦点的移转,透视叙事者在关怀小我的同时,不忘将对大我的关注引入诗歌。在语言表层、概念层我们都可看到诗人非单一面向地展现关怀。

认知诗学的关怀层面包括文本、读者及作者,在单篇论文中要面面俱到着实不易。本文首重分析,日后将立基于此关注更宏观的问题。

嘤其鸣矣　求其友声

——龙榆生师与夏承焘词学因缘述论

徐培均（上海社会科学院）

2012 年 12 月，龙榆生师《忍寒诗词歌词集》经中国社科院张晖先生校阅后，在复旦大学出版社出版。此书 62 页有一首《小重山》，原为龙先生手稿，见台北"中央研究院"中国文哲研究所编印的《近代词人手札墨迹》下册 798 页。词云：

> 学礼山头草自青，当年曾向此、望蓬瀛。割慈聊欲裕民生。春晖永，凄断远游情。　　罔极寄斯亭，音容看宛在、郁佳城。还将遗泽被群英。娱亲意，弦诵播清声。

此词为张寿平师兄所辑，后有《释义》云："榆师素爱诵岳飞《小重山》（昨夜寒蛩不住鸣）词，此倚其声。"并据《天风阁学词日记》，疑为挽夏瞿禅之父而作的初稿。所说甚是。按夏父名步瀛，字蓬仙，逝于 1939 年 10 月 31 日（农历 9 月 19 日）。词中"望蓬瀛"三字，即切夏父之名与字。所咏内容，亦与夏父《蓬仙老人七十自述》吻合。时夏承焘先生正任教于上海的之江大学。本年 11 月 9 日，发榆生信。26 日，录方介庵挽父联……在此情况下，榆生师当以词挽之。在挽词中，龙师既表现了对夏父的哀情，又称颂了其后人将以娱亲之意被入管弦，播为清声，这是很符合夏承焘作为词人的身份的。在词的风格和音韵上，诚如寿平师兄所云，是深受岳飞《小重山》的影响的。此外，据《天风阁学词日记》载，1939 年 1 月 9 日，"夜怀枫来，携来榆生寿父亲词《水调歌头》一首"，惜今《忍寒词》失载，而《小重山》词犹幸存，弥足珍矣。

龙夏二人的订交，实早于此时。1928 年 7 月，榆生师辞去集美学校的教席，来上海暨南大学中文系任讲师，翌年升教授。此时夏先生尚任教于严州中学，因厦门大学李雁晴之介，始于 1929 年 10 月 20 日致书龙先生，谓"嘤鸣之勤，彼此同之也"。又自谦云："惟客处僻左，无师友之助。兼之闻见不广，苦不自慊。如得先生上下其议论，共学之乐，乃无艺矣。"（据《天风阁学词日记》，下引同，不再注）11 月 13 日，龙先生回信称自己"发愿为苏辛词合笺"，并寄来本年重阳前十日与海上诸老"张园雅集"的照片。此可为订交之始。自此之后，至

1965 年 8 月 2 日，二公往来函片，共约 324 件，友谊与日俱增。在这些书信中，主要谈词，旁及生活。夏先生于词学日益精进，但他仍归功于龙先生的帮助，在 1934 年 12 月 30 日的《天风阁学词日记》中写道："夜阅严州日记，念僻居山邑，如不交榆生，学问恐不致有今日。居杭四年半矣，虽多余暇可读书，终嫌少通人质正。"此为夏氏发自内心的一段话。杭州乃人文渊薮，有很多名教授，如马一浮、姜亮夫等，然而在夏先生看来，尚非词学"通人"，唯龙先生足以当之，可见与龙先生相知之深。龙对夏也很推重，于 1930 年 10 月来信，问夏"在之江（大学）融洽否"，意欲推荐他到暨南大学任教。不但在暨大文学院集刊上发表夏之论文《白石石帚辨》，且自 1933 年《词学季刊》创刊以后，经常发表夏之研究成果，如《白石歌曲旁谱校》《张子野年谱》等六种唐宋词人年谱……1985 年上海书店影印《词学季刊》时，夏老又在卷端题词曰："《词学》问世，颇为词坛老宿所赏，同时学者如叶恭绰、张尔田、夏敬观并为延誉，多所匡赞。盖词之为学，久已不振。旧学既衰，新学未兴。龙君标举'词学'，使百年来倚声末技顿成显学，厥功甚伟。"此处夏老所云，实是对龙先生在现代词学发展上应有地位的肯定与赞许。通过《词学季刊》的创办，龙先生团结了当代词坛上的大家与名家，振衰起敝，出现了词学复兴的可喜现象。在当时词坛上，龙先生已成为盟主。

在与现代词坛诸大家的交往中，龙与夏的关系，可谓最为密切。他们互相切磋词艺，交流心得，声气相通，相得益彰。似可用《诗经·伐木》中两句话来概括："嘤其鸣矣，求其友声。"值得注意的是，龙夏在词学上的交往，每每集中在几位人物的身上。这里将依给我印象较深的三位人物为顺序，论述如下：

一、龙夏与词学大师朱彊村

1928 年秋，榆生师因陈衍（石遗）的推荐，来上海暨南大学任教。是时上海已成为全国词学中心，著名词学耆宿皆聚集于此。其中朱祖谋（彊村）地位尤其崇高，他与王鹏运、况周颐、郑文焯（或文廷式）合称晚清四大词人，晚年居上海，专力治词，辑有《彊村丛书》，著有词集《彊村语业》，可称当时词坛泰斗。龙先生早已向慕，今得游其门，如坐春风，深受教益。随之，逐渐受到同行的重视。夏先生闻之，便通过龙先生不断向彊村请教词学，可见，在彊村翁面前，龙夏二公，皆执弟子礼，并见之于词。1931 年 12 月 30 日彊村逝世后，龙先生于 1932 年春尽日倚吴梦窗原韵，作《莺啼序》以悼之，词云：

> 凄凉送春倦眼，问芳林怨宇。甚啼损、红湿山花，似泣春去无路。旧题认、苔侵败壁，斜阳冉冉江亭暮。怅临风，笛韵悲沈，梦痕尘污。　　病起红楼，对酒话雨，溯追游

几度。又铅椠、商略黄昏,断缣闲泪偷注。忍伶俜、银灯自剔;更谁识、当时情苦。故山遥,听水听风,总输汀鹭。　　巢泙未稳,旅魄旋惊,夜台尚碎语。咽泪叩、天阍无计,道阻荒蕇,日宴尘狂,懒移宫羽。狼烟匝地,胡沙遗恨,他年华表归来鹤,望青山、可有埋忧处。伤心点笔,元庐早办收身,怨入历乱箫谱。　　流风顿歇,掩抑哀弦,荡旧愁万缕。漫暗省、传衣心事,敢负平生,蠹墨盈笺,瓣香残烛。疏狂待理,沈吟何限,深期应许千劫在,怕共工、危触擎天柱。萋萋芳草江南,戍角吹寒,下泉慣否。

此调创自南宋吴文英,分四段,二百四十字,为词中最长之调。长调容量大,必须铺叙展衍,备足无余,始饶丰腴回旋之趣。刘永济《微睇室说词》称梦窗之作,"总的说来,不出悲欢离合四字",指出了它在结构布局上的特色。龙师此词并非全依梦窗,而是出于对彊村的真情实感,仅以一"悲"字贯穿到底。首段以送春喻送殡,一声声哀怨的鹃啼,一点点斑驳的苔痕,一抹抹冉冉西下的斜阳,一阵阵凄厉的笛声,营造出迷离的梦境,让人沉浸其中,悲伤不已。二、三、四段,渐渐隶入本事,情景交融,沉痛入骨,凄惨无比。其中点出了彊村市楼招饮、自营寿圹、病榻授砚诸事。并有自注云:"翁病中以三十年来所用校词砚授予,曰'子其为我竟斯业矣。'"故他在词中表态说:"敢负平生,蠹墨盈笺,瓣香残烛。"欲尽平生心力,完成彊村翁的遗愿。"一·二八"之夜,日寇侵沪,先生怀抱彊村遗稿,送入安全地带;后又携入英租界国立音专的地下室,终于在1933年夏把《彊村遗书》集资刊印出来。此举可见师生之情多么深厚。龙先生平生治词,多主苏辛,而彊村之作,"则实以碧山(王沂孙)为之骨,以梦窗为之神,以东坡为之姿态而已"①。在这首悼念乃师的《莺啼序》中,似乎也继承了这种精神,然却排除了梦窗的堆砌词藻、险丽密涩之敝,发扬了碧山哀怨无穷、隶事处以意贯串、浑化无痕的风骨。其姿态更似坡词的疏朗清旷,故而易懂易记,入人易深。

龙先生此词,除了感情深挚之外,还跟他娴熟的技巧有关。记得上世纪中叶,在研究班听他讲词学,于"领格字"尤为深透。如以秦观的《八六子》为例,说"念柳外青骢别后,水边红袂分时,怆然暗惊",其中"用一个去声'念'字,紧束上文,提领下面两个六言对句和一个四言单句,成一片段",这样作为"领格字"的"念"字,便起到了"转筋换气"的作用。他指出在长调的"转折跌宕处",最宜用"领格字",如这首《莺啼序》中的"怅""溯""望""荡""怕"等去声字,皆为"领格字",于是,转筋换气,承上启下,层层转折,愈转愈深,先生此法,不得不令人叫绝。

龙师对彊村翁的悲悼之情,自春至秋,持续了好久。这年重阳后一日,他过彊村吴门旧

---

① 见张尔田:《复夏承焘书》。

居,又写了一首《石州慢》寄托哀思,中云:"庭空鸟噪,映带几朵黄花,秋魂栖稳馀芳歇。"又云:"独怜憔悴,料理尔许骚怀,荒蟬销尽啼鹃血。"在萧瑟凄凉的景色中,寄寓着一往而深的悲情骚怨。

与龙先生相似,夏承焘先生对彊村也极为崇敬。龙先生可称入室弟子,夏则为私淑。夏与彊村的往来,皆因龙先生之介。本文前面,已有所提及,在《天风阁学词日记》中更有较详细的记载。如 1929 年 11 月 13 日致榆生书云:"梦窗生卒考,兹写出呈上,乞费神转致彊村老。"12 月 11 日,终于盼来由龙先生转致的彊村回信,称其:"修学之猛,索古之精,不朽盛业,跂足可待,佩仰曷极!"至 1931 年底,夏多次致函彊村,商量词学。1931 年 12 月 29 日接榆生片,告以"彊老病日益剧,已不能卧起,亦不思食,极可忧。近作一词,读之凄抑不胜"。词即《鹧鸪天》(忠孝何曾尽一分)也。翌年 1 月 4 日发榆生函,"附去挽彊村词乞改"。此词调名《徵招》云:

> 乍惊辽鹤尧年语,骑鲸又传仙杳。楚些漫相招,正昏昏八表。半生垂钓手,应不恋、棘驼残照。一瞑同忘,九州幽愤,五湖高操。　　愁眺海东云,幽坊宅、花时梦游长绕。佛火数扬尘,念看桑垂老。鄮山青未了,更谁续、四明孤调?听鹃恨,怕有来生,奈暮年哀抱。

调下原注,曾偕榆生同谒彊村老于所居思悲阁。今本仅注云:"闻彊村先生十二月三十日上海讣,用草窗吊紫霞翁韵。"讣告当由龙先生发。紫霞翁,即南宋词家杨缵,字守斋,精于词律,有《作词五要》,周密深受其沾溉。殁后,周密九日登高作《徵招》以吊之,换头云:"肠断,紫霞深,知音远,寂寂怨情凄调。"歇拍云:"楚山远,九辩难招,更晚烟残照。"陈廷焯在《大雅集》中评此词曰:"骨韵苍凉,调和音雅,在梅溪竹屋之间。"王槠《蘋州渔笛谱跋引》谓草窗词"凄凉掩抑,顿挫激昂。此时此意,犹宋玉之悼屈平也欤"!今观夏公步韵之词,似仍守其矩矱,当亦以弟子的身份来悼念彊村,与龙师之《莺啼序》的用意是一样的。然两相比较,龙师之作,除了"华表归来鹤""传衣""共工"用了三典外,类皆触景生情,情寓景中,以再现手法,描写从游的经历,既具形象性,更富于意境。然其词情较悲惋,故夏亦"劝其勿多作郁伊语,当多读宋儒书以药之"(见《天风阁学词日记》1936 年 4 月 20 日)。相比起来,夏公之作,则博采事典,如"辽鹤"句用《异苑》丁令威化鹤归辽故事;"骑鲸"句化用李白自署"海上骑鲸客"语;"楚些"句用《楚辞》宋玉《招魂》意;"棘驼"句,用《晋书·索靖传》"指洛阳宫门铜驼叹曰:'会见汝在荆棘中耳'"之意;"五湖"句用春秋范蠡泛舟故事;"四明孤调",以南宋四明人吴文英词风喻彊村之作。此外"佛火"句、"青未了",亦有出处。几乎无一字无来历。直至歇拍"听鹃恨、怕有来生,奈暮年哀抱",始及彊村绝笔词《鹧鸪天》"可哀惟有人间世,不结他生未了因"的本意。由此可见,夏公与龙师的风格迥然有异:夏是以学问为词,龙则以情感为词。从客观上讲,龙受朱的亲炙较多,夏与朱接触较少,所以在感情的深度上也有所不同。对此,夏在1931年7月3日日记上有所记载,云:"接榆生信。谓予词专从气象方面落笔,琢词稍欠婉丽,或习性使然。此言正中予病。自审才性,似宜于七古诗,而不宜于词。好驱使豪语,又断不能效苏辛,纵成就亦不过中下之才,如龙洲、竹山而已。梦窗素所不喜,宜多读清真词以药之。"夏先生确实很谦虚,所讲都是实话,道出了那时作词的心情。后转而学清真,便有所改进,然直至1950年5月10日,夏公仍云:"予词不无悱恻之思,而幽渺凄迷之意少,观习填各调可见。年来虽讲《离骚》,而得骚意甚少。"可见夏公既能对龙词的弱点提出批评,又能对自己所作作深刻检讨,大师风范,俨然可敬。

尽管龙夏二人对彊村感情有深浅,但在朱逝世后五年,夏在阅其遗作《彊村语业》仍引起一番感慨,作有《减字木兰花》。然由于写作习惯,词中仍用了一些典故,如"露车"句用《晋书·王尼传》所载王尼家贫,夜与其子共宿露车,常叹曰:"沧海横流,处处不安也!""一瞑希真",以宋代词人朱敦儒避乱南渡,切朱彊村在"七七事变"前早逝。"山阴茧纸",则化用《世说新语》所载王羲之《兰亭序》故事,以及宋末林景熙诗句"水到兰亭转呜咽,不知真帖落谁家",隐喻彊村手稿保存不易。至歇拍,始隐隐赞许龙先生在兵火中护持《彊村语业》之功。词中也显示出他学识的渊博。就感情而言,似不如龙作强烈与深挚。

用典多,历来为一些词家所提倡。因为典故中含有丰富的信息量,含蓄蕴藉,意境深沉,并具有雍容华贵之美。所以李清照在《词论》中批评淮海词说:"秦即专主情致,而少故实。譬如贫家美女,虽极妍丽丰逸,而终乏富贵态。"若要用得好,实属不易。宋人张炎在《词源》中说:"词用事最难,要体认著题,融化不涩。"这一标准是很高的。上举夏公二词,可当此说。它紧紧围绕悼念彊村这一主题,贴近时代脉搏,表达满腔幽愤,含蕴深永,耐人寻味。与榆生师作品的抒情化、形象化相比,可谓各擅胜场,相得益彰。

国学大师陈寅恪论笺注古诗,以为"自来诂释诗章,可别为二:一为考证本事,一为解释辞句。质言之,前者乃考今典,即当时之事实;后者乃释古典,即旧籍之出处"[①]。本文在考今典方面,主要以龙夏二公与彊村的关系为支点,为主线;在释古典方面,则以夏作为基础,旁及龙氏。夏敬观1937年为龙先生《风雨龙吟室词》作序时,既强调"斠律审体,严辨四声";又主张多用典,谓"侍郎词蕴情高复,含味醇厚,藻采芬溢,铸字造辞,莫不有来历"。这一点,龙词虽有体现,却不如夏词之繁冗,以其重在抒情也。

---

① 陈寅恪:《柳如是别传》上册,三联书店,2001年,第7页。

二、龙夏与女词人丁宁

龙夏二家之词多有今典，也就是说多有本事。本事涉及时代背景与人事关系。

我们在前面讲了龙夏之于朱彊村，已涉及一些本事。随着时代的推移，在历史的屏幕上，还出现了更多的人物，有词人，有将军，有国家领导人，皆有本事。词人中以丁宁（女，字怀枫，号昙影）为突出，她身世孤苦，词风哀怨。如其《满江红》云："逝水沉沉，流不尽倦怀千迭。却幻作、星星唾影，暗凝呜咽。素迹自同宵鹤警，微吟半逐秋蛩泣。镇何心、检点蜕蛾丝，残蝉屑。　　凄凉雨，伶俜月。哀蝉恨，啼鹃血。叹十年禁受，一朝都决。陈梦渐随灯影暗，泪华寒共冰绡结。更那堪回首觅音尘，循离玦。"此为1932年旧稿，有程善之向夏承焘推荐，"称其词近蒋鹿潭"。后作者于调下加注云："髯公索旧稿，赋此寄之。"所寄之词，已作了修改，但不如旧稿之自然浑成与凄婉动人。按《满江红》系壮词，岳飞之作，慷慨激烈，抒发了爱国豪情。此处丁宁却摧刚为柔，用以写孤栖之感，哀怨无端，撩人愁绪。特别是其中以雨、星、月、灯、鹤、蛩、蛾、蝉、鹃等景物，渲染了凄迷的氛围，意境幽远，低徊杳渺，昵人无那。因此，她的词备受时人赏识。

1933年丁宁来沪，始与词坛名宿往来。时龙师主编《词学季刊》，连续刊登《昙影词》（一作《还轩词》），从此词名远播。她的前半生，与龙师唱和最多。如1935年，龙师效王鹏运和南唐冯延巳《鹊踏枝》八首，丁宁从而赓和，其词亦复郁伊惆悦，凄婉动人。后龙师到扬州登门访问，回沪后，作《鹧鸪天》以寄之，上片云："几砚精严远杂氛，博山炉袅定香薰。箭虹滴沥惊春睡，花影扶疏上院门。"以婉丽之语写其所居环境，映现出其人之高雅风采。

丁宁对夏更为尊仰。夏于1941年有《惜黄花慢》送怀枫归扬州，有句云："听鹃身世，累蓬踪迹，去原溽落，住也回惶。"后得怀枫复，谓此词颇得含光先生（扬州宿儒，名画家陈延韡）称许，以为胜于她先前所作的《木兰花慢》。此词写景固美，抒情亦深，并以双声叠韵写其声情；然也用了不少典实，如"听鹃""雷塘""射堂""荷衣""雍门""霓裳""别鹤""诗囊"等等，一一有出处。含光以之与丁宁《木兰花慢》（烟尘销岁月）相比，盖因丁词上以白描手法写其"垂老幽栖"之怀，而少用典，这是因为各人的审美情趣不同所致。实则丁宁此词较为贴近个人身份与所处环境，具有真实感。因此郭沫若致函称其词"清泠彻骨，悱恻动人，确是您的心声。微嫌囿于个人身世之感，未能自广"①。所评至为恰切。

---

① 转引自《马兴荣词学论稿》（下）《丁宁年谱》，上海古籍出版社，2013年，第881页。

三、龙夏与陈毅元帅

　　解放以后,词人们进入新时代,思想感情发生了很大变化。尤其是龙榆生先生。他在《葵倾集吟稿》中就一连写了五首《述怀》诗呈毛主席,自述平生遭遇和心路历程。1953 年 3 月 21 日,陈毅将军过访博物馆,他报以长歌。后陈又过访,转达毛主席关怀盛意,他作《水调歌头》四首以报之。今据新出之《忍寒诗词歌词集》略作统计,龙写给中央领导的诗词,各有十五首。其中有关陈毅元帅的词,即有九首之多。1955 年 3 月 1 日,陈毅副总理过上海博物馆观画,约他畅谈,龙深感知遇之恩,满怀深情地写了一首《满庭芳》纪其事。词云:

　　　　染柳烟浓,胎花雨细,开帘觉道寒轻。元戎小驻,雅兴寄丹青。话到石湖佳致,曾游处、指点分明。湖堤路,波光云影,长记画中行。　　怡情,从所好,牙签玉轴,堆案纵横。看清湘雪箇,腕底春生。入眼禽鱼蔬果,田园兴、同乐升平。尧章老,暗香徐度,回首听吹笙。

　　此词融记事、写景、抒情于一炉,基本上也用白描手法,陈副总理观画情景历历在目。唯结句以尧章(姜夔)自喻外,几乎不用典故。所以读起来愈觉情景逼真,感人至深。

　　1964 年 12 月,夏承焘赴京参加人民代表大会,陈毅副总理到宾馆来看望,夏问龙被打成右派事,陈"谓五七年之事是彼无妄之灾,由书呆子上他人之当,以三百元稿费受大累"。[①]并嘱他心胸开阔一些,多出外走走。夏转告于龙,龙作《鹧鸪天》一词表示感激,下片云:"焦尾弄,绛云烘,八年前夜坐春风。芒鞋竹杖犹能去,划尽愁根赞大同。"感激之情流于言外。此时夏也作了一首《玉楼春》词,载于《天风阁学词日记》,不过未写明是给陈副总理的,只是在调下注云:"十二月廿二夕客过京寓谈词。"其词云:

　　　　君家名姓能惊座,奇句当年谁敢和。苏辛吟得早心降,温李听来防胆破。　　奔腾梦影灯前过,十万旌旗红似火。草间妖魅莫跳梁,囊里阎罗头一颗。

　　末注:"'此去泉台招旧部,旌旗十万斩阎罗',客旧句也。"[②]此二句出自陈毅《梅岭三章》,尽管未点出陈毅之名,而陈毅的赫赫威名和英雄气概,已呼之欲出。过片写天安门广场阅兵盛况,更是气象恢宏,激情充沛。比他从前所作,今典多了,古典却少了。风云满纸,

----

①　见《天风阁学词日记》。
②　此词收入《夏承焘词集》,湖南人民出版社,1981 年,第 204 页。调下既写明是给陈毅副总理的,且词句亦有改动。兹录如下:《玉楼春·陈毅同志枉顾京寓谈词》:"君家姓氏能惊座,吟上层楼谁敢和。辛陈望气已心降,温李传歌防胆破。　　渡江往事灯前过,十万旌旗红似火。海疆小丑敢跳梁,囊底阎罗头一颗。"

如闻叱咤,诚为当代豪放词中佳作。这是时代薰陶所致,不能不引人一唱而三叹!

以上从朱彊村、丁宁、陈毅三条线索,论述龙夏两家词的主要特色;但仅为几个侧面而已。至于对龙夏词风的评价,前人多已提过。如夏敬观《风雨龙吟室词序》评龙先生云:"其文章尔雅,词宗清真、梦窗,兼嗜苏辛。盖其旨趣与侍郎(彊村)默契,所取法为词家上乘也。"而朱彊村则称夏先生之词"历落有风格,绝非涂附浓丽者所能梦见"①。这些话与前引1931年7月3日夏先生所作的自评相对照,更可以证明两人风格判然有别了。简言之,龙词与彊村词相通,继承了周邦彦、吴文英的传统,并受苏辛二家的影响。夏词则质朴沉郁,不事雕琢,活用典实,以健笔抒写奇情,呈现出豪放的气势。二家之词,已成为两座丰碑,屹然立于中国词史之上。

结　语

质言之,在20世纪词史上,龙与夏总的成就不相上下,然各有所长。夏先生长于考证,如《唐宋词人年谱》(共十种十二家)、《姜白石词编年笺校》,程千帆称其"以清儒治群经子史之法治词",并谓当今词人虽"精于词学者,或不工于作词;工词者又往往不以词学研究为意,故考订词章,每难兼擅,而翁独能兼之"②。这是非常公允的评价。龙先生除了工于词之创作以外,也能考证。他早年所作《辛稼轩年谱》《东坡乐府笺》,也曾得到夏的嘉许,谓"苏、辛使事较多,尊著于冷僻者一一注出,亦极便读者"③。并称"榆生此笺,繁征博稽",为"东坡功臣"④。然其考证终不如夏之精审,亦不如夏著之多。在研究词学的论文方面,夏有《唐宋词论丛》,收论文十一篇,篇幅都较短,长者不过五千余言,基本上以文言出之。龙有论文四十余篇,陆续刊于《词学季刊》和《同声月刊》,后选三十三篇收入《龙榆生词学论文集》,篇幅都较长,最长者约一万五千余言。二公词学论文,各有所长:或宏观,或微观。龙以宏观为主,夏则偏于微观。如夏在论李清照《声声慢》时指出此词"用舌声共十六字,月齿声多至四十一字","全词九十七字,而此两声凡五十七字,占半数以上。当是有意以喉齿丁宁之口吻,写其郁伊悁悒之情怀"⑤。龙公以理论胜场,他的《唐宋词发展的几个阶段》和《两宋词风转变论》,揭示了宋词发展的规律,认为宋词是"音乐语言和文学语言紧密结合的特种诗歌

---

① 见《天风阁学词日记》1930年12月25日载彊村来书。
② 《论瞿翁词学》,载《词学》第6辑,华东师范大学出版社,1988年,第254页。
③ 《天风阁学词日记》1929年11月13日致榆生书。
④ 见《东坡乐府笺》夏承焘序,上海古籍出版社,2009年。
⑤ 《唐宋字声之演变》之六《宋季词家辨五音分阴阳》,中华书局,1985年9月重印本,第83页。

形式”，由小令演变为长调，筋摇骨转，跌宕起伏，“恰与人们起伏变化的感情相应”①。所云颇富理论价值。

在上世纪中叶，和龙夏桴鼓相应的是唐圭璋先生，他以文献学见长，有《全宋词》《全金元词》《词话丛编》等皇皇巨编。他还培养了许多成绩卓著的研究生。我曾听他的弟子王兆鹏教授说，他写博士论文，不但熟参乃师的著作，而且还学习龙先生的词学论文；唐老的另一弟子杨海明教授则明确地提出，词学论文的现代化是从龙榆生开始的。他突破了前人词话式、随笔式、评点式的樊篱，让词学从琐碎走向系统化，从即兴走向理论化。在语言的表达上，也由文言变为白话，使词学更易推广，明白晓畅，赢得更多的读者，从而显示出鲜明时代色彩，具有划时代的意义。除论文外，龙还有学术专著多种，如《中国韵文史》《词学十讲》《词曲概论》《音韵学》等等。正是由于这些等身的著作，确立了他在当代词史上的地位。

在中国文学史上，词一向被视为艳科、小道。晚清王鹏运、朱彊村、况周颐、郑文焯（或文廷式）始摩其垒，继之而起的王国维与吴梅更张其帜。嗣后夏承焘、龙榆生、唐圭璋三大家，登坛拜将，让词学登上一个高峰，以崭新的姿态，进入大学的课堂，进入科研院所，进入国家社科研究课题，进入出版社的选题，作为“国学”的重要门类，受到海内外学人的重视与尊重。2012 年 12 月在复旦大学龙先生《忍寒诗词歌词集》首发式上，我曾讲龙先生为词学这一学科创建人，接着王水照先生又作进一步的阐述，他说，“从词学学科的建设、建立来说，龙先生应该跟唐先生、夏先生这三位是奠基人”，“现在看来，真像有些分工合作，配合默契，虽然事实上并无事前的统一规划。唐先生主要是词学文献学，夏先生主要是词学专题研究，特别是他的年谱之学。而龙先生恰恰处在一个《词学季刊》主编地位，几乎是他（以）一人之力编《词学季刊》，在这个地位上促使他对词学的整体建构需有全局性的考虑与设计。就建设我们这个词学学科的自觉性而言，龙先生应该是最强烈的，具有学术上的开创意义”。水照先生的发言，非常中肯，但有一点尚须补充与证实。就是他所说的词学学科的建立，“并无事前的统一规划”。事实上，就龙先生而言，确是有所规划的。他在《研究词学之商榷》一文中就提出，有“词韵之学”“词史之学”“校勘之学”；又于诸家“图谱之学”外，别为“声调之学”。他重点论述了“声调之学”“批评之学”（实即词学理论）“目录之学”。以上所列，可谓是最早的、初具规模的词学这一学科的“统一规划”。夏先生的高足吴熊和先生在《唐宋词通论》第七章中，就特别肯定龙先生的主张，可见在词学界，龙先生早先提出的词

① 《唐宋词发展的几个阶段》，《龙榆生词学论文集》，上海古籍出版社，1997 年，第 209—219 页。

学统一规划,是得到承认的,尽管叫法有所不同。直到现在,人们研究词学,皆不出龙先生所规划的范围。更可喜的是,研究词学的人越来越多,已经形成一支庞大队伍。龙先生所倡立的词学学科业已成为现实,如地下有知,当亦含笑九泉矣。

夏承焘致赵尊岳书札五通释略

杨传庆（南开大学文学院）

夏承焘致赵尊岳书札，收入《赵凤昌藏札》之中，国家图书馆藏。书札计五通，夏承焘《天风阁学词日记》未录，《夏承焘集》亦失收。结合夏氏生平与《天风阁学词日记》可知，五札均写于1930年，其中涉及内容对考察夏承焘的词学研究活动具有重要的词学史料价值。《赵凤昌藏札》对五札的编排有错乱之处，现据《天风阁学词日记》及夏氏生平资料将其按时间先后编次，并略作诠释，以飨读者。

一

朱（叔）雍先生史程：

曩读《蕙风词话》，知先生嗣法况翁，为声家名辈。又于常州谢君玉岑许习闻先生性行，下风遐听，方深翘切。顷得潭秋先生书，知属有百家清词之刻，名山盛业，将与彊村诸公之清词钞同垂不朽，何时杀青，以慰喁望耶！承焘曩亦学为倚声，七八年前以湖州林铁尊道尹之介，呈数词请益于况翁。妄拟于半唐（塘）、伯宛、彊村诸老校勘、蒐讨之外，勉为论世知人之事，成白石、萧闲、子野、东山词集考证数种，词人年谱十余家。琐琐掇拾，颇费时日。而频年客处，见书不广，不敢遽以问世。顷与彊老数书往复，复拟理董旧闻，先写定《白石歌曲考证》一种。惟乾隆中姜虬绿写本白石集（嘉泰壬戌后白石手定稿），屡求不获。此书初藏灵鹣阁，况翁曾借得迻录一本（见《香东漫笔》）。光绪间，江建霞举以贻郑叔问（见叔问沈逊斋本白石词校语，钞本）。郑、况卒后，不知流落何许，彊老亦谓未见。先生收罗况翁遗书定多，倘搜访有获否？姜祠（词）刻本十余种，承焘止见数种，邺架所藏，拟乞写目见示，为弇陋张目。他日如承出充箱照眕之余，惠假一二，尤盛荷无量矣。谬附同声，冒渎清聆，尚祈鉴其向往之诚，一一进教之。无由奉手，不尽延伫。敬承著安不次。

夏承焘上

彊老谓沈阳陈思亦曾注姜词，玉岑谓陈匪石有辛周词笺之作，先生如得二君行迹，并乞示及为荷。

夏承焘再启

按：此札用"浙江省立第九中学信笺"，浙江省立第九中学即严州中学。可知作此札时，夏承焘尚在严州中学教书。据吴无闻编辑《夏承焘教授学术活动年表》（下文称《年表》）之1930年部分，本年1月，夏氏初与赵尊岳通信，所发信函应为此札。[①] 此时夏氏正开始专心治白石词，四处求书。他与朱祖谋、龙榆生结交均在此时，不时写信向他们求教。夏氏知赵尊岳为况周颐弟子，且富藏书，因此主动致函赵氏，希望得到他的帮助。

札中夏氏云赵尊岳有"百家清词之刻"，当为误记，赵氏此时正搜求明代词集。赵氏搜辑明词，始于1924年。其师况周颐辑《历代词人考鉴》至元代，因明词无多，难以为继。因此赵氏立意于明词之辑刻，最终汇集二百五十余家明人词集，刻成《明词汇刊》，为明词的保存与研究奠定了重要的基础。夏氏在此札中还言及他学术方向的选择，半塘、伯宛、彊村创立了词籍校勘之学，成就巨大。但他却不愿走旧路，欲在词学研究中别开一境——年谱之学。夏氏曾云："念治词方法，亦必须自开新径，不蹈故常。"[②]可知其治词之初即有高远志向和清晰的学术道路选择。

夏承焘作此札的主要目的是向赵尊岳打听姜虬绿写本白石集，并请教白石词集版本。白石词集版本最繁，最早为嘉泰二年壬戌（1202）钱希武所刻，此刻本后仅一见嘉禾郡斋，此后直到元至正十年（1350），陶宗仪（南村）才据叶居仲本手钞校订于钱塘。但陶钞本再次沉湮，历元、明三百年无人赓传，直至清乾隆初年才为云间楼敬思发现于北京，并收藏。此后楼本出现分支，一由符药林传钞于江都陆钟辉，陆仿宋板刻之于乾隆癸亥（1743）。二由同畊余校录楼敬思本，后归华亭张奕枢，张氏仿宋本刻于乾隆己巳（1749）。陆版、张版后来均毁于战火，后世白石词集大多依据陆刻本翻刻，由张刻本传刻的仅为宣统元年（1909）沈曾植用安庆造纸厂新造纸影印本。晚清四大家之一，著名词学家郑文焯曾据沈氏影印本批校，校语丰富，此即夏氏札中所云"叔问沈逊斋本白石词校语"。夏承焘向赵尊岳打听的姜虬绿写本白石集与上述版本没有关联，它是清乾隆九年（1744）姜夔二十世孙姜虬绿杂取各

①　吴无闻编：《夏承焘教授纪念集》，中国文联出版公司，1988年，第226页。
②　夏承焘：《天风阁学词日记》（1939年5月5日），《夏承焘集》第六册，浙江古籍出版社、浙江教育出版社，1997年，第98页。

种刊本，并附以历代诗话掌故，缮写而成。清季归江标灵鹣阁，江氏后贻郑文焯。况周颐曾过录一本，并记其梗概于《香东漫笔》，以之为瑰宝。夏承焘正是从郑文焯、况周颐的著述中得知白石词此集概貌，极为渴望获得，故写信给赵尊岳，希冀赵氏能给予帮助。

二

再肃者：

　　承焘曩为白石歌曲考证，以行箧无书，参校音律书籍，《碧鸡》《梦溪》以外，手边止有《香研居词麈》《舒艺室余笔》《燕乐考原》《词源斠律》《声律通考》数种。尊处如有毛、许、朱、陆以外白石刻本及关于白石旁谱书籍，倘不靳赐教否？近得郑叔问校沈逊斋本白石词写稿一本，知灵鹣阁藏乾隆间姜虬绿写本白石集，江建霞光绪中曾以贻叔问，此本为许增、朱彊村校刻姜词所未见者，且经白石手删。嘉泰壬戌刻本今既不可复见，此本如尚在天壤，犹在陶南村钞本之上。（况夔笙曾从建霞借录一本，见其《香东漫笔》）先生见闻交游甚广，知曾寓目否？如承代为寻访，俾得写定旧稿，则赵菊庄千岁令威之叹，重为先生发之，洵词林之快事矣！盼祷盼祷。

　　郑叔问自谓曾为白石词编年补传，彊村先生前日书来谓曾见稿本，今已不可重问。又据其《大鹤山房集》《瘦碧词序》，《词源斠律》外，尚有《律吕古义》《燕乐字谱考》诸书，彊老云皆未见。先生倘有见教否？四川周癸叔先生岸登与先生为同社友，顷有书来论词。

　　承焘再启。

按：此札紧承上札，与《天风阁学词日记》1929 年 12 月 26 日夏承焘致邵潭秋（祖平）第二札内容基本相同，只是字句有差异。此札再次向赵尊岳恳切求助，由于此时他正集中精力研治白石词旁谱，非常希望获得更多版本的白石词集以及前代研究旁谱的书籍，特别极愿获睹前札中所言的姜虬绿写本白石集。值得注意的是他此时对姜虬绿写本的评价，夏氏认为此本为许增、朱祖谋校刻白石词时所未见，它曾经白石亲自删定，其价值要高于陶宗仪钞本，因为嘉泰壬戌刻本已经亡佚，那么此本可谓是研治白石词最为重要的版本了。由于夏承焘未亲见姜虬绿写本，只是道听途说，因此他此时对这一写本的研究价值给出了极高评定。然而等到他亲见写本之后，他对此本的评价发生了根本的转变。当然，夏氏此时高度评定写本，自然也是希望引起赵尊岳的注意，为他提供这一版本。

　　此札另一值得注意之处是夏氏向赵尊岳请教郑文焯的白石词研治成果及词乐方面的

研究著述。郑文焯在清季词学家中以精于律吕著称,据相关文献记载,他著有《律吕古义》《燕乐字谱考》《五声二变说》《白石歌曲补调》《词韵订》《乐纪考原》《词谱入声律》《燕乐音吕辨》《古今乐律字谱》等。遗憾的是,除《词源斠律》外,诸书皆不见传。郑氏还是白石词研究专家,曾批校陆刻本、沈曾植影张刻本、姜虬绿写本白石词,对白石词有深入研究,夏氏札中所云"白石词编年补传"即是成果之一。据郑氏所记曾在光绪戊子(1888)秋将此稿付钞胥写样,但是后来遗失了。郑氏还对白石词旁谱的译解用力甚深,夏承焘曾言清代白石词旁谱研究有"四境":方成培为第一境,戈载为第二境,凌廷堪、张文虎为第三境,郑文焯、唐兰为第四境。[①] 可见,郑氏为白石旁谱研究第四境中的一位代表人物。由于郑氏精词乐,又是研治白石词的前辈,因此夏氏专力治白石时对其白石词研究非常关注。

<h1 style="text-align:center">三</h1>

术(叔)雍先生左右:

春假客沪,两诣从者于申报馆,不值,甚怅。本拟叩府聆教,以襄闻之潭秋,然先生公务甚繁,不便渎冒。即于次日匆匆离沪返严。诵前月廿四手教,乃承相迎之约,弥深悔忏。快觌之期,惟俟之暑间矣。白石刻集,弟之所见止彊村、半唐(塘)、寐叟、倪鸿、许增、知不足斋数种,顷晤彊老,云所藏亦正习见者三数种,以冷红抄本为最佳。尊著大全集,网罗众家,当多珍本,便中倘肯写目见示否?闻姜词又有广东刊本,信否?艳阳过杭,如有兴为严濑之游,尤极延伫。自杭至严,近有水面滑艇,止须半日程也。大著写定,祈早日付印,以慰喁望,拙作或可因之藏丑耳。函复并颂

纂安不次。

弟夏承焘上
廿三

按:据吴无闻所编《年表》之1930年部分。本年1月,夏氏初与赵尊岳通信。本年4月,夏氏赴沪,晤龙榆生,并第一次拜谒朱祖谋,后返回严州。可知札中所云"春假客沪""顷晤彊老",正指4月之行。故此札当为本年4月23日作,夏氏自沪返严后不久。

由札中"前月廿四手教"可知,3月24日,赵尊岳曾作书致夏承焘。夏氏此行,专程拜访朱祖谋、龙榆生、赵尊岳,因赵氏繁忙,未得相见。直到1938年9月23日,二人才第一次见

① 夏承焘:《姜夔词谱学考绩》,《月轮山词论集》,中华书局,1979年,第121—122页。

面。《日记》记云:"访赵叔雍……其人气宇秀拔,擅谈吐。出所撰《词总集提要》十册相示,自唐至近代皆备具。"①夏氏此次沪上之行就是为了访求白石词的不同版本,从其两次去申报馆之举可知,他极为渴望得到赵尊岳所藏白石词集。尽管访赵不值,但他在返回严州后再次致书赵氏,表达渴慕之情。

夏承焘沪上之行并非没有收获,拜谒朱祖谋时,得见了白石词冷红抄本。冷红抄本即江炳炎抄本,炳炎字研南,号冷红词客。此本为乾隆二年(1737)江炳炎从符药林处借抄,1913 年为朱祖谋所得,并据其刻入《彊村丛书》中。此抄本亦出自楼敬思藏本,与陆钟辉刻本、张奕枢刻本同一渊源,是白石词之又一善本,所以朱祖谋将其作为最佳本,并以之告夏氏。

四

赤(叔)雍先生大鉴:

奉到尊辑白石大全集,如获拱璧,此其嘉贶,不比寻常。复承受教,语重心长,益见大君子提奖盛心,风荷无似。尊稿已亲录啸山旁谱校语,俟各件写毕,当遵教挂号邮上,或躬携至沪面奉,必不敢致汙寒具也。承询拙作《明秀》、《安陆》二集及词人年谱,近方发愿理董,又妄拟为《梦窗》、《稼轩》作笺证,而不敢动笔。邺架所弆,允相馈贫,载拜以祷矣。拙辑论词诗,僧保、稚圭诸家外,比尊辑止多沈云椒一家,当即录奉。《清史列传》载江昱有论词诗十八首,前函误写汪日桢。尊处能求得江氏《松泉诗集》否?沪上词社,延仁胜游,恨不得刺船迳去一聆天风海水也。先此函谢,余容再渎。并承

著安不次。

弟夏承焘再拜
十一月十九

课冗不楷,乞恕。

按:此札用"杭州私立之江文理学院信笺",据吴无闻辑《年表》:1930 年 6 月,邵潭秋介绍夏承焘到之江文理学院任教,6 月末离开严州中学赴杭州,9 月初即在之江文理学院国文系授课。结合《日记》可知,此札即作于本年 11 月 19 日。

或许被夏承焘治学的热忱与执着打动,赵尊岳将所辑《白石大全集》寄给了夏氏,并叮

---

① 《天风阁学词日记》,《夏承焘集》第六册,浙江古籍出版社、浙江教育出版社,1997 年,第 49 页。

嘱仔细保护，可见此书赵氏亦分外珍视。在得到珍贵资料后，夏氏非常高兴。其《日记》记云：“接赵叔雍挂号信，寄来白石大全集，甚喜。此书叔雍依姜虬绿写本编次，附录张文虎校语，即予梦寐存念者。叔雍允更出所藏，助予著述。”[①]赵尊岳此时致书夏氏，并借阅珍贵文献，可以说是二人真正词学之交的开始。之后，二人于词学研究多有联系，互通有无。

由夏氏《日记》所记可知，赵尊岳致书夏氏时还附寄了况周颐所辑论词绝句之目，其目的自是希望夏氏补充未提及者，为汇辑论词绝句作准备。因此，夏氏在回信时将其所知的沈初、江昱所作论词绝句的线索举似赵尊岳。

五

叔雍先生左右：

旬前奉一笺，计承詧及。尊稿录毕，已于廿五日挂号邮缴，或迟数日方到。啸山校语果是彊老殊本，快慰无似。彊老藏本题钱啓耐庵过录，似即蕙翁旧藏扬州知足知不足斋本，弟谓寓目。彊老殊本中有史汇东注语数条，为他本所无者，即此本否？其书何时何人据何本刻，便中肯赐示一一乎？姜钞比世本多词三首，《越女镜心》第二首，《阳春白雪》作赵闻礼，《绝妙好词》《历代诗余》作楼采，显非石帚手笔。惟《月上海棠》难得确处，此词《钦定词谱》较尊钞“悄月上”句多一“悄”字，其他字句亦微有异同。《词谱》“姝丽”作“殊丽”，“美人”作“人面”，“迓韶光”作“遇韶光”，“日叹”作“自叹”。不敢妄改。啸山校语有显是尊钞偶误者，皆已代加是正。如丂作“可”，ㄌ作“四”等字。姜钞不分自度曲、自制曲，甚合愚见。惟《杏花天影》《鬲溪梅令》《玉梅令》《醉吟商小品》《霓裳中序第一》诸首，每阕结拍皆作ㄣ，与自度曲皆作ㄌ者不同。世本与自度曲分列，或有微意。姜钞惟此点可疑。尊见以为何如？郑大鹤校语数十条，姜钞次第暨尊跋凡例，皆已迻录拙作中，拙作之成颇承友好嘉惠，百朋之贶，馨香以谢矣。

昨夜报端见王西神记春音雅集，知从者有词话汇刻之举，甚望先见其目。弟曩亦曾写目数十，搜罗数载，苦不能见其全。曩闻丁仲祐曾有此意，亦未悉成书未也。

函谢，敬承著安。

弟夏承焘再拜

十一月廿七夕

① 《天风阁学词日记》，《夏承焘集》第五册，浙江古籍出版社、浙江教育出版社，1997年，第168页。

　　姜熙跋语有"纸数番"之句,尊抄注"番"为"格"字。弟忆段文昌诗"三十六鳞充使时,数番犹得表相思",乃送灵蓝纸十五枚与飞卿诗,似纸可称"番",□节奉告,高见以为然否?

又启

　　按:此札用"杭州私立之江文理学院信笺",作于 1930 年 11 月 27 日,次日寄出。此札是夏氏抄毕姜虬绿写本白石词后所作,最堪注意的就是他对此写本的态度已由之前的推崇转向了怀疑。首先是此写本中《越女镜心》一词显非白石所作,乃他人之作羼入者,且写本中词作字句也与其他版本中所载词作偶有不同。从这个角度看,写本自然不可能是白石手自删定了。此外,写本不分自制曲与自度曲,将《杏花天影》《鬲溪梅令》《玉梅令》《醉吟商小品》《霓裳中序第一》合入自度曲中。尽管此时夏承焘也赞成白石词不应自制曲与自度曲分列,但是这五首词结拍旁谱与自度曲显然不同,又让他对写本将其合并感到疑惑,并认为陶南村钞本系统分列二者或有微意。

　　经过日后的深入研究,夏承焘将此时的对姜虬绿写本的怀疑变成了彻底的否定,论定其为伪书。他说:"近世忽有姜忠肃祠堂钞本出现,云是白石晚年手定。……清乾隆九年甲子,二十世孙虬绿,取各刊本校雠,附以历代诗话掌故,写为今本。""是若真出于白石手定,发现于六七百年之后,诚可谓书林星凤,词家球璧矣。顷者略为寻绎,乃知其全出伪托。"他认为《越女镜心》及《月上海棠》词乃是抄袭清初洪正治重刊陈撰所辑白石诗词之误,而况周颐以之为白石词则是"千虑一失"。针对《杏花天影》等五词并入自度曲,他说:"今细按旁谱:前五首结拍皆作ㄅ,与后十二首结拍皆作ㄙ者不同;宋本分列,当有微意;此本混而同之,亦作伪者昧于音律之一证。"[1]否定了写本混合自制曲与自度曲的做法。

　　夏氏在札中提及摘录了"郑大鹤校语数十条"之事,正是在郑文焯校语的启发之下,他对姜虬绿写本进行了深入考察,并最终对写本作出了正确的定位。针对况周颐以姜虬绿写本为瑰宝一论,郑文焯在批校白石词时云:"近阅临桂况葵生《香东漫笔》,盛称此写本之该洽可贵,而集中附录《越女镜心》二首,为道人佚词,决为非它人之作所羼入。不知此为洪陔华刊本之误,无论其风骨之靡曼,字句之雕绘,一望而知为非白石词格也,即其曲体亦为宋谱所无,且两解音调参差,似《献仙音》而非与尽合,益可异也。况氏素治校勘之学,特喜矜奇立异,以奉为枕秘耳。"[2]不难看出,夏氏的结论明显延续了大鹤之论,他在论述此写本时也说:"郑文焯尝以其风骨靡曼,字句雕绘,且曲体亦为宋谱所无,谓一望而知为非白石词

①　夏承焘:《白石词集辨伪》,见《姜白石词编年笺校》,上海古籍出版社,1981 年,第 179—182 页。
②　郑文焯批校沈曾植影张奕枢本《白石道人歌曲》。

格。其说甚是。"①由此也可见两代学者在白石词研究上前后相继,求真求是的学术精神。

夏承焘致赵尊岳书札是其治白石词的生动记录,尽管这只是他数十年词学研究生涯中一个短暂的片段,但与赵尊岳的交往,对其白石词研究很有意义。白石词版本研究自此开始积淀,日后他终成研治白石词成就最大的学者。而通过夏氏与赵尊岳的信札交往,也让我们看到了"一代词宗"的学术品格。夏承焘在词学研究之初,一直是在借书做学问,他在向朱祖谋、吴梅、龙榆生、赵尊岳等询书之时,多次说自己"客处僻左,无师友之助"。为了求得一书,不惮多次写信求教,其诚恳执着的态度令人动容。与龙榆生、唐圭璋、赵尊岳这样的词学家相比,夏承焘没有他们从事词学研究的便利条件,但他依靠勤恳努力,终成享誉海内外的词学宗师。

① 夏承焘:《姜白石诗词晚年手订集辨伪》,《月轮山词论集》,中华书局,1979 年,第 64 页。

"南湖学词曲于王西楼"考辨

张海涛（南开大学文学院）

词史上长期存在着"词亡于明"的观点，致使明词的研究落后于唐宋词和清词。20世纪二三十年代，赵尊岳先生校刻《明词汇刊》，开启了整理、研究明词的序幕。此后经过半个多世纪的沉寂，直到张仲谋先生《明词史》的问世，明代词学的价值才真正为学界所重视。在明代词学史上，张𬘡是一个重要的人物①。他一人兼有词作、词谱和词选，是明词中兴期的主将，其词学理论更是对后世产生了深远的影响。目前学界不仅出现了研究张𬘡的专著②，且有多篇论文对他的《诗余图谱》《草堂诗余别录》及其"婉约、豪放"二体说和"小令、中调、长调"三分法加以探讨③。就张𬘡词学理论本身以及对后世的影响来说，研究成果已经相当丰富了。需要注意的是，张𬘡词学在词谱史和词论史中具有鲜明的开创性质。这就要求我们不但要察其流，更要溯其源，以明晰这一时期词学的发展脉络。关于张𬘡词学渊源的问题，学者或避而不谈，或援引朱彝尊之言作为回答。朱氏《静志居诗话》卷十一说：

> 南湖学词曲于王西楼，以此擅场。④

王西楼就是明代著名散曲家王磐⑤。民国以至当代，凡论及张𬘡师承，大都转述朱氏此说。

---

① 张𬘡(1487—1543)，字世文，号南湖居士，高邮(今江苏省高邮市)人。明正德八年(1513)举人，谒选得武昌通判，擢光州知州。著有《张南湖先生诗集》《诗余图谱》《草堂诗余别录》《杜律本义》《杜工部诗通》等。
② 目前学界专门研究张𬘡的论著有四：其一是2000年复旦大学叶辉所作的硕士毕业论文《张𬘡研究》；其二是2007年台湾东吴大学周雯所作的硕士毕业论文《张𬘡词学研究》，后收入龚鹏程主编的《古典诗歌研究汇刊》第十一辑，2012年由花木兰文化出版社出版；其三是2014年辽宁大学李小芬所作的硕士毕业论文《张𬘡词研究》；其四是2014年华东师范大学刘姝洁所作的硕士毕业论文《张𬘡及其文学思想研究》。
③ 较为重要者，有林玫仪《罕见词话——张𬘡〈草堂诗余别录〉》(《中国文哲研究通讯》第十四卷第四期)，朱崇才《论张𬘡"婉约—豪放"二体说的形成及理论贡献》(《文学遗产》2007年第1期)，张仲谋《张𬘡〈诗余图谱〉研究》(《文学遗产》2010年第5期)。
④ 朱彝尊：《静志居诗话》，人民文学出版社，1990年，第303页。
⑤ 王磐(1455？—1524)，字鸿渐，号西楼，高邮人。张𬘡岳丈。一生未仕，徜徉山水间，以诗酒自娱。工诗善画，尤精音律。著有《王西楼诗集》《王西楼先生乐府》《野菜谱》。

如吴梅先生云:"世文学词曲于王西楼。"①赵万里先生说:"南湖尝学词于王西楼。"②曹济平先生说:"他(指张綖)从小跟其丈人王磐西楼学习词曲,王磐为明代著名散曲家,故其学有素养。"③张仲谋先生说:"张綖早年从他(指王磐)学习词曲,得其音律之传。"④可见,视王磐为张綖的词学老师已是学者的共识。然而,这种说法看似确凿无疑,却经不起进一步的推敲。张綖之于王磐,是学词,是学曲,还是词曲兼学呢?从学以何种方式?受教至何种程度?显然,无论是朱彝尊,还是后来的学者,都没有深究这种师承关系。更有意思的是,张綖以词名世,集中无曲作⑤;王磐以曲名世,集中无词作⑥。也就是说,如果说张綖学词于王磐,则无王磐之词可证;如果说张綖学曲于王磐,则无张綖之曲可证。在这种情况下,我们应该如何理解"南湖学词曲于王西楼"这句话呢?

一

在具体考查张綖与王磐的师承关系之前,我们先来了解一下他们两人的交游情况。王磐不但是张綖的同乡,还是他的岳父,二人有着较为密切的往来。

张綖《刻王西楼诗集序》中说:"抑綖自弱冠从先生游,历二十载间未尝见其有喜愠色。"⑦张綖自弱冠即追随王磐,前后长达近二十年。在此期间,二人交往的形式以"文期酒会"为主。每值良辰美景,他们多有寻芳郊外、泛舟湖乡之约⑧。而王氏之西楼、张氏之南湖(即武安湖)更是他们经常聚会的所在。前者如张綖有《偶集西楼与黄次玉石亭诸君作得鱼诗限韵》《大雪漫兴四首》其三。特别是《大雪漫兴》这首:"飞来天上千群鹤,落满门前绿水洲。此物由来助诗兴,急须借马到西楼。"⑨一句"急须借马到西楼",把张綖欲将诗兴与王磐分享的迫切之情表现得淋漓尽致。而南湖乃是张綖早年卜居之地。在草堂落成之际,王磐

---

① 吴梅:《词学通论》,中华书局,2010年,第142页。
② 赵万里:《赵万里文集》第二卷,国家图书馆出版社,2012年,第78页。
③ 曹济平:《略论张綖及其〈诗余图谱〉》,《汕头大学学报》(人文科学版),1988年第1、2期,第86页。
④ 张仲谋:《明词史》,人民文学出版社,2002年,第159页。
⑤ 查《全明散曲》(谢伯阳编,齐鲁书社,1994年),无张綖作品。
⑥ 查《全明词》(饶宗颐初纂,张璋总纂,中华书局,2004年)及《全明词补编》(周明初、叶晔补编,浙江大学出版社,2007年),无王磐作品。
⑦ 张綖:《刻王西楼诗集序》,张廷枢辑《高邮张氏遗稿·张南湖先生文集遗稿》,扬州市图书馆藏稿本。
⑧ 如王磐有《秋日泛湖有怀世文》《南湖约春游》(二诗并见清康熙三十三年王英重修《高邮王西楼先生全集》本《王西楼先生诗集》);张綖有《同西楼饮平山堂》(见《四库全书存目丛书》影印明嘉靖三十二年张守中刻本《张南湖先生诗集》卷二)。
⑨ 张綖:《张南湖先生诗集》,《四库全书存目丛书》集部68册,齐鲁书社,1997年,第337页。

曾作有一篇《南湖草堂上梁文》①，中有"东床婿新开别墅，西楼翁不厌频来"之句。可见王磐亦时常到南湖这里与张綖一起煮酒论文，游目骋怀。

无论从年龄上，还是从姻亲辈分上说，王磐无疑是张綖的长辈。但他们具有文学艺术这一共同的爱好，故在交往的过程中更多体现出了一种惺惺相惜之情。王磐对张綖甚为喜爱，以至将自己的女儿许配于他。又尝作《题三阳图赠世文会试》一诗赠之，对他进士高中寄予很大的期望。而张綖对于王磐其人其文，亦推崇备至，有"名山生虎豹，异物动风云。美艺唐摩诘，高标晋右军"②之谓。特别是当王磐临终的时候，他将诗集遗稿托付给了张綖③，而非自己的子嗣，愈发可见二人感情之深厚。张綖没有辜负王磐的信任，在他的努力下，王氏的谱录著作、诗集和散曲相继付之梨枣。嘉靖六年（1527），张綖作《刻王西楼野菜谱跋》；嘉靖十四年（1535），作《刻王西楼诗集序》；嘉靖十四年至十九年（1540）间，刻《王西楼乐府》。也就是说，王磐所有著作的刊布，张綖皆参与其中。王磐去世后，张綖作有《怀西楼》《挽西楼二首》等诗，伤悼之情溢于言表。他在《挽西楼二首》其二中说："知音今已矣，垂泪向焦桐。"④王磐精通音律，故"知音"之谓，实至名归。而对于张綖来说，王磐又何尝不是一位相知相许的知音呢？

总之，张綖与王磐有长期的交往经历，关系亲密，并皆雅好文辞，他们之间是可能存在师承关系的。

二

在明代词坛衰微不振的大环境下，张綖以严肃的态度填词、选词、评词和制谱，其深厚的词学功力得到了普遍的认同。时人在称颂推许之余，也将其词学成就归因于与王磐的交游。就连张綖自己都承认编撰《诗余图谱》受到了王磐的影响。然而通过分析我们会发现，以上这些都不足以证明张綖词学渊源于王磐。

比朱彝尊时代稍早的钱谦益在《列朝诗集小传·张光州綖》中说：

> 少从王西楼游，刻意填词，每填一篇，必求合某宫某调，某调第几声，其声出入第几犯。抗坠圆美，必求合作。著《诗余图谱》，词家以为指南。⑤

---

① 见《王西楼先生诗集》附录。上梁文，文体名，建屋上梁时用以表示颂祝的一种骈文。
② 张綖：《张南湖先生诗集》，《四库全书存目丛书》集部 68 册，齐鲁书社，1997 年，第 348 页。
③ 张綖：《刻王西楼诗集序》："嘉靖甲申岁九月，綖登西楼。先生执缄手泣曰：予恐时至弗及言，惟兹遗稿托君。"
④ 张綖：《张南湖先生诗集》，《四库全书存目丛书》集部 68 册，齐鲁书社，1997 年，第 348 页。
⑤ 钱谦益：《列朝诗集小传》，上海古籍出版社，1983 年，第 348 页。

便提及张綖填词与王磐存在着某种关系。而钱氏此说直接源于朱曰藩为张綖诗集所作的序言。今《张南湖先生诗集》卷首有朱曰藩《张南湖先生诗集序》，中云：

> 或问先生长短句，予曰：《诗余图谱》备矣。先生从王西楼游，早传斯技之旨。每填一篇，必求合某宫某调，某调第几声，其声出入第几犯，务俾抗坠圆美，合作而出，故能独步于绝响之后，称再来少游。①

朱曰藩明确表示通过跟随王磐游学，张綖学到了填词的妙谛。其所自作讲求声律，精熟圆美，可与秦观之词相颉颃。这段言论，乃是后人关于张、王二人师承关系最早的记述。但是其出于第三者之口，或多或少仍缺乏说服力。今遍检张、王二人的集子，我们从中找到了有关他们词学交往的零星记载。张綖在《诗余图谱序》中说：

> 往时外舅王西楼妙达音旨，尝见其观古词合律者，辄曰此宫声也、角声也，或曰商调、越调、大小石调也。叩之，遂得闻精论。倚其调有作呈上，过蒙与进。且曰：新声日盛，斯制也，其将不传乎？吾于子有望矣。②

此乃张綖自述，故可信无疑。我们从中可以得出以下三个结论：其一，张綖从王磐那里听到了关于词乐宫调方面的知识；其二，张綖某些倚声填词的作品，得到了王磐的称许。这里需要说明一下，所谓"过蒙"即"过多地受到"，是一种客套话。而"与进"则出自《论语》"与其进也，不与其退"③，意即赞许一个人的进步。故张綖只是说自己的词作受到了王磐的赞许，而毫无得到指点的意思；其三，在传承词学方面，王磐对张綖寄予了很大的期望。可以看出，只有第一点算是严格意义上的"学"。

既然张綖说他在词乐方面受教于王磐，我们不妨对这些"精论"作一分析：首先，王磐所谓的"此宫声也、角声也"乃是论词之平仄，而非词之宫调。日本遍照金刚《文镜秘府论》天卷引唐元兢《诗髓脑》说："声有五声，角徵宫商羽也。分于文字四声，平上去入也。宫商为平声，徵为上声，羽为去声，角为入声。"④故五音与四声实有一种对应关系。张綖《草堂诗余别录》曾选叶石林〔念奴娇〕（洞庭波冷）一阕，评语有云："且此调属角音，少平韵者。"⑤〔念奴娇〕一调多押入声韵，而叶梦得此词押平声韵，张綖以为罕见，故此选入。可见，这里的"角音"即入声，与《诗髓脑》所说相合。因此，可以推知王磐所说的宫声、角声等等也只是对于古词所押韵脚的一种别称，而与词乐无涉。至于"或曰商调、越调、大小石调也"，则的确是

① 张綖：《张南湖先生诗集》，《四库全书存目丛书》集部 68 册，齐鲁书社，1997 年，第 326 页。
② 张綖：《诗余图谱序》，《诗余图谱》卷首，台湾"国家图书馆"藏明嘉靖十五年初刻本。
③ 朱熹：《四书章句集注》，中华书局，2011 年，第 96 页。
④ 〔日〕遍照金刚撰，卢盛江校考：《文镜秘府论汇校汇考》，中华书局，2006 年，第 156 页。
⑤ 张綖：《草堂诗余别录》，朱崇才编《词话丛编续编》，人民文学出版社，2010 年，第 78 页。

对词所属宫调的判断。但我们要知道,词与曲本质上都是音乐文学,每个词牌或曲牌都是隶属于某个宫调之下的。到了明代,词的宫调理论已失传殆尽,曲的宫调理论则尚可知晓。更重要的是,有一部分词调在曲中得到了保留。王易在《词曲史·入病第八》中说:"南北曲调有与词名同而实异者,有与词相近者,有与词全同,或直为词而入于曲者。"①就北曲来说,他就列举了与词名同实异者44调,与词相近者23调,与词全同者11调。作为一个"妙达音旨"的北曲大家,王磐所论古词之宫调很有可能只是一种"以曲度词"的行为,实质上仍是论曲乐,而非词乐。因此,说张綖从王磐那里听到了词乐宫调的知识,这是颇为可疑的。

对于上述推论,我们还可从《诗余图谱》及张綖的词作中得到侧面的印证。理论上说,《诗余图谱》既是一部"以副西楼翁之意"②的词谱,理当收入王磐宫调方面的"精论",而事实上却是丝毫无涉。清初邹祗谟就说:

> 张光州南湖《诗余图谱》,于词学失传之日,创为谱系,有荜路蓝缕之功。……大约南湖所载,俱系习见诸体,一按字数多寡韵脚平仄,而于音律之学,尚隔一尘。试观柳永《乐章集》中,有同一体而分大石、歇指诸调,按之平仄,亦复无别。③

清初毛奇龄亦云:

> 四十八调至宋人诗余犹分隶之。其调不拘短长,有属黄钟宫者,有属黄钟商者,皆不相出入。非若今之谱诗余者,仅以小令、中调、长调分班部也。④

在邹、毛二人看来,词本应按照音乐上的宫调分类,而不是文字长短上的词调分类。《诗余图谱》"仅以小令、中调、长调分班部","一按字数多寡韵脚平仄",即该书只是一部文字平仄谱,而非声律宫调谱。且张綖现存的105首词作也全无宫调的注明。这就说明张綖很有可能并不懂得词体的音乐属性,而仅仅将词作文字观。通过对张綖自述的分析,并结合其词谱、词作的情况,我们可以这样说:张綖确实从王磐那里获取了词乐或曲乐的宫调理论,但只是片段式的听闻,而不是系统式的学习。故其所得不足以支撑他在音律层面上撰谱和填词。

此外,有学者认为张綖作《草堂诗余别录》与王磐有关,这是不对的。《别录》作于嘉靖十七年(1538),是张綖对当时甚为流行的《草堂诗余》所作的一个选评,兼具词选和词话的性质。卷首张綖自序云:

---

① 王易:《词曲史》,江苏文艺出版社,2008年,第269页。
② 张綖《诗余图谱序》:"近检箧笥得诸词,为成图谱三卷,后集四卷,以副西楼翁之意。"
③ 邹祗谟:《远志斋词衷》,唐圭璋编《词话丛编》,中华书局,2005年,第658页。
④ 毛奇龄:《西河词话》,唐圭璋编《词话丛编》,中华书局,2005年,第587—588页。

当时集本亦多，惟《草堂诗余》流行于世，其间复猥杂不粹。今观老先生朱笔点取，皆平和高丽之调，诚可则而可歌。复命愚生再校，辄敢尽其愚见，因于各词下漫注数语，略见去取之意，别为一录呈上。倘有可取，进教幸甚。①

由此可知，张綖作《别录》并非单单是其个人行为，而是与一位"老先生"相互切磋的成果。朱崇才《论张綖"婉约—豪放"二体说的形成及理论贡献》谓"'老先生'极有可能就是他学词时的业师王西楼"②。岳淑珍《张綖〈草堂诗余别录〉考论》援引了这一说法，并表示认同③。若果真如此，则张綖学词于王磐便有了新的证据。然而事实上，这只是一种悬揣。这部《别录》绝非王磐给张綖布置的"词学作业"。检校全书，除了卷首的序言之外，正文之中还有一则关于这位"老先生"的信息。周美成〔解语花〕词后评点云：

来教谓：《草堂词》多取周美成诸公丽语，如诗尚晚唐，亦何贵也。信如尊谕。④

所谓"来教"，是对他人来信的敬称。这段话便是出自"老先生"给张綖的书信之中。再联系"复命愚生再校"云云，可知这位"老先生"必是当世之人。而王磐卒于嘉靖三年（1524），也就是说，十余年后，张綖方作《别录》一书。因此，"老先生"显然不会是王磐。

总之，词至于明，宫调音律已经失传。王磐纵有宫调之论，亦很有可能是以曲度词。张綖偶一闻之，而未能付诸填词实践与词谱编撰，实难令人信服。声律之学已属微茫，词选、词评又与王磐无涉。因此，我们可以得出如下结论：张綖的词学活动得到了王磐的肯定与支持。在词学领域内，就王磐对张綖的影响来说，情感上的鼓励要大于知识上的传授。

三

王磐乃一散曲大家，从理论上讲，张綖更可能承其曲学而不是词学。今查张、王二人的集子，并无两人有关曲学交往的记载。我们只能通过作品以求得间接的了解。

（一）张綖词无曲化之弊

长久以来，明词创作之所以为人所诟病，除了风格绮靡俗艳之外，词曲相混、以曲为词亦是一个重要原因。所谓以曲为词，并非在于格律，而是在词中不避俗字俗句，甚至滑稽调

---

① 张綖：《草堂诗余别录》，朱崇才编《词话丛编续编》，人民文学出版社，2010年，第55页。
② 朱崇才：《论张綖"婉约—豪放"二体说的形成及理论贡献》，《文学遗产》，2007年第1期，第73页。
③ 岳淑珍：《张綖〈草堂诗余别录〉考论》，《新乡学院学报》（社会科学版），2008年第5期，第95页。
④ 张綖：《草堂诗余别录》，朱崇才编《词话丛编续编》，人民文学出版社，2010年，第72页。

笑,呈现出一派小曲的风格。对此,像杨慎、王世贞这样的大家亦时或不能免俗。然而张綖则以北宋秦观之词为榜样,论词、填词皆崇尚婉约含蓄之风,自始至终严守词、曲二者的疆界。其词形式上既无一首自度之曲,内容上又皆积极健康而无一点低俗的趣味,风格上亦无一丝一毫曲化的痕迹。兹举〔临江仙〕《次韵》一词为证:

> 十里红楼依绿水,当年多少风流。高城重上使人愁。远山将落日,依旧上帘钩。　　一曲琵琶思往事,青衫泪满江州。访邻休问杜家秋。寒烟沙外鸟,残雪渡傍舟。①

此词节奏抑扬顿挫,传情含蓄委曲,且有一股沉着之气蕴乎其中,堪为集中压卷之作。其他诸词大都婉约清丽,不落色相。偶有"都让洪涛恣汹涌"②"渔蓑真个清绝"③"宇宙总俳场"④"颠倒飘黄叶"⑤这样的句子,也只可谓粗率之失,而绝无曲化之弊。

(二)张綖曲有词化之迹

在张綖的本集及《高邮张氏遗稿》中,我们未见其曲作,故一般认为张綖平生无曲作。事实上,张綖尚有一首佚曲保存于王磐的散曲集中。前文已经提到,张綖曾于嘉靖十四年至十九年间刊刻过王磐曲集——《王西楼乐府》。而编成于嘉靖十九年的《百川书志》著录有《王西楼乐府》一卷,云"皇明高邮王磐著,词旨警绝,附其婿南湖近词"⑥。张綖所刻《王西楼乐府》已佚,但通过高氏的记载,我们可知此本附有张綖自己的作品。在现存王磐散曲的几个版本中,明嘉靖三十年(1551)张守中刻本和清康熙三十三年(1694)王英重修《高邮王西楼先生全集》本均无张綖作品,惟明代汪氏环翠堂所刻《坐隐先生精订王西楼乐府》末附套数〔南吕·一枝花〕《和西楼村居》一首,题名"南湖野史"。可以推知,此本或据最早的《王西楼乐府》翻刻而成。在初刻亡佚、他本未收的情况下,张綖唯一一首散曲作品借此得以保存下来。

张綖此曲题为《和西楼村居》,乃是步韵王磐《村居》之作。兹将两套曲子移录于下:

> 不登冰雪堂,不会风云路。不干丞相府,不谒帝王都。乐矣村居。门巷都栽树。池塘尽养鱼。有心去与白鹭为邻,特意来与黄花做主。　　〔梁州〕我是个不登科逃名

---

①　张綖:《张南湖先生诗集》,《四库全书存目丛书》集部68册,齐鲁书社,1997年,第344页。
②　张綖:《张南湖先生诗集》,《四库全书存目丛书》集部68册,齐鲁书社,1997年,第375页。
③　张綖:《张南湖先生诗集》,《四库全书存目丛书》集部68册,齐鲁书社,1997年,第377页。
④　张綖:《张南湖先生诗集》,《四库全书存目丛书》集部68册,齐鲁书社,1997年,第390页。
⑤　张綖:《张南湖先生诗集》,《四库全书存目丛书》集部68册,齐鲁书社,1997年,第391页。
⑥　高儒等:《百川书志·古今书刻》,古典文学出版社,1957年,第276页。

进士，我是个不耕田识字农夫。我是个上天漏籍神仙户。清风不管，明月无拘，孤云懒出，野鸟难呼。只俺这牛背上稳似他千里龙驹。只俺这花篷下近似他方丈蓬壶。兴来时画一幅烟雨耕图。静来时著一部冰霜菊谱。闲来时撰一卷水旱农书。茶炉。酒炉。杏花深处桃花坞。水绕着门，云遮着屋。端的是隔断红尘一点无。那里有官吏催租。

〔尾声〕我向这暖茸茸白云被底闲伸足。我向这锦片片红叶庄前醉坦腹。一任这流光眼前度。者麽您能飞的日乌，快奔的月兔。总不如俺慢慢腾腾傲今古。①

放怀白鸟乡，谢迹红尘路。何须寻紫府，即此是仙都。小小蜗居，抱瓮时浇树，垂竿独钓鱼。花坞里莺儿报到新春，草堂前燕子来寻旧主。　〔梁州第七〕小桥边红灼灼桃花乱吐，远树外青拂拂芳草平铺，短墙头绿丝丝杨柳低垂户。披襟谁管，散发谁拘，横琴慢理，把酒狂呼。只俺这乌犍黄犊便胜似虎春龙驹，只俺这瓷瓯瓦钵便胜似琼盏金壶。扫虚斋挂一幅摩诘村图，煮新茶注两章道元水谱，焚名香读几卷仙释奇书。丹炉。药炉。烟光霭霭笼深坞。犬卧门，鸡鸣屋，端的是静掩柴荆一事也无。早纳了夏税秋租。　〔煞尾〕醉时节枕褰衣高眠花下横伸足，饱时节拖竹杖散步田头自鼓腹。倚青松闲看孤云岭边度。对斜阳乱乌，叹秋风狡兔。与几个渔父樵夫话前古。②

前一首是王磐的〔南吕·一枝花〕《村居》，后一首是张綖的〔南吕·一枝花〕《和西楼村居》。两者相较，题材内容相近，择调用韵相同，但它们的风格则有明显的差异。词、曲虽同为诗歌韵文，但仍属两种不同的文体，各有其"本色"的要求。词以含蓄绵远为美，讲求感情的蕴藉，语言以典雅清丽为主；曲以淋漓酣畅为能事，讲究痛快地抒发感情，语言以直率浅白为主。不难看出，王作直率活泼，如脱口而出。特别是"我是个""只俺这""我向这"等衬字的使用，恰将自己性好山水、不屑功名的个性生动地传达出来，不愧曲家本色。反观张綖之作，空有散曲之名，却以词笔为之。单就衬字来讲，张綖往往易虚字为实字，如"小桥边""远树外""醉时节""饱时节"等等。如此一来，词藻更为整饬典雅，而一气如话的口吻却荡然无存了。王骥德说："诗人而以诗为曲也，文人而以词为曲也，误矣，必不可言曲也。"③张綖此作便可谓以词为曲的典型。

在那个散曲流行的时代，张綖的词无曲化之弊，只能说明他明晰词体的特质，在创作中不受曲风的干扰。而他的曲有词化之迹，则说明他的确不会作曲，是个纯粹的词人。王磐很可能教过张綖谱曲，后者留下的这一套曲子或许就是他学曲的一次尝试。但这无非证明

① 王磐：《王西楼先生乐府》，《续修四库全书》集部1738册，上海古籍出版社，1995年，第488页。
② 张綖：〔南吕·一枝花〕《和西楼村居》，《坐隐先生精订王西楼乐府》附录，中国国家图书馆藏明汪氏环翠堂刻本。
③ 王骥德：《曲律》，《中国古典戏曲论著集成》（四），中国戏剧出版社，1959年，第159页。

了一点:张綖是词的专家,曲的外行。可以说,在曲学领域内,张綖没有习得王磐的真传。

四

身处于散曲兴盛的时代,时常与散曲大家相往还,张綖不可能对这一"流行音乐"完全置之不理。除了尝试谱曲以外,他的《诗余图谱·凡例》中也出现了《太和正音谱》和〔红绣鞋〕〔朱履曲〕等曲学名词①。这都说明他读过曲谱,对曲调的名称有所了解。但他对于词、曲二体,主观上有着崇词抑曲的倾向。其《诗余图谱序》说:

> 程子谓古人之诗如今之歌曲,当是时,金元度曲未出所谓歌曲者,正谓词调耳。是则虽非古声,其去今人之曲不有间耶? 由是而驯溯诸古,非其阶梯也乎? 孔子曰:吾犹及有马者借人乘之。借马细事,而圣人思焉,其欲存旧也如此。词虽小技,不犹有大于借马者乎? 或曰鼓舞鸩毒,奈何? 夫固谓其驯溯诸古也,若徒以其丽而淫焉,则靡靡之音,未见非古欣欣之乐,殆不可以今废郑卫之什。正惩邪诲,此又存夫人耳。极知细惭雕篆,卑甚鱼虫。然前辈风流,亦或因兹而见。且今之淫曲甚矣,稍存旧制,为溯古之地可也。②

张綖以厚古薄今的思维观照词与曲,认为二者相较,词体古雅,可为溯古之阶梯。而"今人之曲"不过"淫曲"而已。他在《草堂诗余别录》的序中亦表达了类似的观点:

> 诗余者,唐宋以来之慢调也,吴文节公于《文章辨体》亦有取焉。虽亦艳歌之声,比之今曲,犹为古雅,故君子尚之。③

在张綖看来,词与曲有明显的区别:词体古雅,是一份值得保存的"文学遗产";而曲子靡俗,充耳皆是,没有致力为之的必要。就这样,当张綖以"为去圣继绝学"④的使命感对待词体的时候,他便有词作之传世、词谱之编撰、词集之选评。以今人的眼光视之,张綖可谓一词学专家。由此,我们便不难理解他填词是词,谱曲亦似词的现象。

与张綖专情词体相比,王磐对于词、曲二体则更为通达。他说:"新声日盛,斯制也,其将不传乎? 吾于子有望矣。"他对词体有好感,但只是出于对绝学的惋惜。他称曲子为"新声",言语之间并无崇此抑彼的意思。王磐一生未尝填词,而以散曲名家。这并非是他有意

---

① 张綖《诗余图谱·凡例》:"《太和正音谱》字字注定四声,似为太拘。"又:"亦有同义易之者,如〔蝶恋花〕谓之〔凤栖梧〕〔鹊踏枝〕;〔红绣鞋〕谓之〔朱履曲〕之类是也。"
② 张綖:《诗余图谱序》,《诗余图谱》卷首,台湾"国家图书馆"藏明嘉靖十五年初刻本。
③ 张綖:《草堂诗余别录》,朱崇才编《词话丛编续编》,人民文学出版社,2010年,第55页。
④ 张载:《张载集》,中华书局,1978年,第320页。

排斥词体的结果,只是因为散曲更符合其萧散的性情,更适合描写其闲适的生活。

现在,我们可以对"南湖学词曲于王西楼"之说作一总结了。此说看似言简意赅,实则含糊不清。"词曲"之义既存分歧,"学"之程度亦复有别。倘若囫囵接受了朱氏的说法,认为张綖与王磐存在真正的师承关系,那是不对的。张、王二人是密切的诗友,由于文学观念和个人性情的差异,他们分别成为了词、曲这两个不同领域的专家。王磐曾鼓励张綖的词学活动,张綖曾和王磐散曲一首。他们固然存在词曲领域的交流,却并非一对有所传承的师生。因此我们说,张綖的词学并非师承王磐,关于他的词学渊源,还需要进一步的研究。

略论沈约的诗学主张及其实践

朱晓海（台湾新竹清华大学中国文学系所）

前 言

　　传统中国士人不大采用近、现代论述的方式表达他们的主张，以致如果从近、现代的角度，来搜寻某家、某派的主张时，往往会觉得相当简略、零散。尽管如此，略微检视沈约的诗学主张，为数也不少。《颜氏家训》卷四《文章》记载：

　　　　沈隐侯曰：“文章当从三易：易见事，一也；易识字，二也；易读诵，三也。”……祖孝征谓吾曰：“沈诗曰‘崖倾护石髓’，此岂似用事邪？”

　　从颜氏后文所举的例证，“文章”似乎采取的是南朝最狭义的用法：诗[①]，即使“文章”仍然依照宽泛的用法，涵盖文、笔两大范畴，沈约三易的主张仍适用于诗这文类。由于“易读诵”涉及声律说，而永明声律的实际内容迄今尚在尘山雾海中，并且诵读是否流利多少与措辞、用字相关。试观“周诰殷盘”所以会令人感受到“佶屈聱牙”[②]，主要因素就是那些作品的措辞、辞意、语法与后代迥别，以致一篇原本平顺浅白的政治文件居然令人“似若至深”“难晓”[③]，是以本文重心将置于前两点，而“易见事”这点也仅着重在出处部分。

① 例如萧子显：《南齐书》（艺文印书馆，1972年），卷五二《文学列传·丘灵鞠传》，第412页：“见王俭诗，（沈）渊曰：‘王令文章大进。’”姚思廉：《梁书》（艺文印书馆，1972年），卷八《昭明太子传》，第86页：“撰……五言诗之善者为《文章英华》二十卷。”姚思廉：《陈书》（艺文印书馆，1972年），卷二一《萧允传》，第138页：“（蔡）征曰：‘其清虚玄远，殆不可测，至于文章，可得而言。’因诵允诗以对。”
② 李汉编：《昌黎先生集》，卷十二《杂著·进学解》，新兴书局有限公司，1970年，第212页。
③ 杨明照：《抱朴子外篇校笺（下）》，卷二九《钧世》，中华书局，1997年，第67页。

一

今人研究不时有一重大弊病，即忽略所研究的课题究竟是针对什么现象、人物才出现的，予人的感受好似某人午觉醒来，不明所以地信步走至阳台，向空喃喃自语一番，然后折返室内，喝个下午茶，适才一番言论与外界状况了无关涉。如果这种研究方式不可取，则沈约提出三易说应当有其对象与背景。窃以为那就是刘宋文坛的主流走向：推展过度的避熟就生。避熟就生本为文学创作必有且应有之现象，正如萧子显所说："习玩为理，事久则渎，在乎文章，弥患凡旧，若无新变，不能代雄。"①虽然生、熟犹同一光谱，并无刻板的区隔线，但不容否认，避熟就生这倾向发展到刘宋，有些过份之嫌。据萧子显的看法：

> 今之文章作者虽众，总而为论，略有三体。一则……疎慢阐缓，膏肓之病，典正可采，酷不入情，此体之源出谢灵运而成也。次则辑事比类，非对不发，博物可嘉，职成拘制，或全借古语，用申今情……此则傅咸五经、应璩指事虽不全似，可以类从。次则发唱惊挺，操调险急，雕藻淫艳……鲍照之遗烈也。②

对照《诗品》中《序》：

> 若乃经国文符，应资博古；撰德驳奏，宜穷往烈，至乎吟咏情性，亦何贵于用事……颜延、谢庄尤为繁密，于时化之，故大明、泰始中，文章殆同书抄……遂乃句无虚语，语无虚字，拘挛补纳，蠹文已甚。③

则萧氏所说的第二体乃指颜延之之流。谢灵运世较习知，再者，他的诗作在避熟就生方面尚能保持适中的程度，所以才会获得"典正"这品目，故下面仅举颜、鲍二家为例证。

《文选》卷二七《诗戊·郊庙》所收颜延之《郊祀歌辞》之一：

> 夤威宝命，严恭帝祖……灵监睿文，民属睿武……

善《注》已经指出："夤威""严恭"乃本自《尚书》卷十六《无逸》的"严恭寅畏"。"夤"从"寅"得声，当然可以通假，但试问："寅"字常见，还是"夤"字常见？"五经"中的确出现过"夤"字，见《周易》卷五《艮·九三》："艮其限，列其夤"，但该处之"夤"乃指"当中脊之肉

---

① 《南齐书》，卷五二《文学列传·史臣论》，第420页。
② 《南齐书》，卷五二《文学列传·史臣论》，第420页。
③ 曹旭：《诗品集注（增订本）》，上海古籍出版社，2011年（以下简称《诗品》），第220、228页。

也"①,此处必须改读,训解为敬。其次,威、畏相通,古书中屡见不鲜②,与"明"组合成一反义复词,即赏、罚之谓。"寅畏"意思清楚无比,即敬畏,颜氏偏偏用一生冷字,再用"威"而后改读,如此缭绕,除了以"表学问"③,不知有何必要。其次,在此之前,"灵监"一词张华确实已经用过:"勿谓幽昧,灵监无象;勿谓玄漠,神听无响。"④但从下文"奄受敷锡",可知:颜氏根据的是《毛诗》卷十六之二《大雅·文王之什·大明》:"天监在下,有命既集。"天监、民属犹言天与人归,意思清晰明畅。对照他撰写的《武帝谥议》"天鉴灵武,民属圣明"⑤,可知:他并不是不知道大可如此使用,却偏偏调换字面,让读者脑筋再转个弯,若是一般读者,转不过来,就觉得艰涩而不知所云了。

颜延之《郊祀歌辞》之二:

　　皇乎备矣,有事上春……阴明浮烁,沈禜深沦……

李善引用《汉书》卷二二《礼乐志·安世房中歌》之一"大孝备矣"来注明"备矣"的出处,实在难逃拘泥字面且饤饾之讥。"皇乎"乃改自《毛诗》卷十六之四《大雅·文王之什·皇矣》的"皇矣",而《毛诗》乃是所有具备基础教育者必读之书⑥。换言之,"皇乎备矣"远不若"皇矣备乎"流畅。也幸好他没有依据《法言》卷十八《君子》:"偟乎不偟",使用"偟"这冷僻却可通假⑦的字。纵使认为"备乎"的"乎"有疑问之嫌,尽可改用"哉"字,并且还有出处,《后汉书》卷四十下《班彪传附子固传·典引》就说:"备哉灿烂。"此处又不涉及韵脚,用不用"矣"毫无必要。其次,以见存史料而言,"阴明"见诸《礼记》卷二五《郊特牲》,指的是不让亡国之社再吸收阳气,仅让死亡之气灌注,这种意义的"阴明"当然不适合此处颂美昭代始祖的要求。李善不得不先点明"言宋为水德",再引《尚书纬·考灵耀》"气在于冬,其纪辰星,是谓阴明"为注。按照五行间架,水德空间在北;时间为冬,而水星古曰辰星⑧,是以这句话实际仅是说:授命刘宋政权的星精为辰星,辰星在天空中浮现一片璀璨的光芒。而下一句乃根据祭祀对象,处理祭品的不同方式"以禋祀祀昊天上帝;以实柴祀日月星辰……以狸沈

　①　孔颖达:《周易注疏》,艺文印书馆,1977 年,《释文》,第 203 页:"夤,引真反,马云:夹脊肉也。"李道平:《周易集解纂疏》卷六《艮·九三》,中华书局,1994 年,第 462 页,虞翻曰:"夤,脊肉。"
　②　例证详参高亨、董治安:《古字通假会典》《齐部第十三(上)·畏字声系》,齐鲁书社,1997 年,第 502 页。
　③　《诗品》,中《序》,第 228 页。
　④　李善注:《文选》卷五六《箴》,张华:《女史箴》,艺文印书馆,1998 年,第 784 页。
　⑤　欧阳询:《艺文类聚》,卷十三《帝王部三·宋武帝》,文光出版社,1972 年(以下简称《类聚》),第 257—258 页。监、鉴相通,例证详参《古字通假会典》,《谈部第八·监字声系》,第 256—257 页。
　⑥　郭永吉:《自汉至隋皇帝与皇太子经学教育礼制蠡测》,台湾新竹清华大学中国文学系博士论文,2005 年 11 月,第四章,第 99—100 页。
　⑦　皇、徨、偟相假例证详参《古字通假会典》,《阳部第九(上)·皇字声系》,第 276—277 页。
　⑧　王先谦:《汉书补注》卷二一上《律历志》,艺文印书馆,1972 年,第 415 页。

祭山林川泽",而"祭山林曰埋;川泽曰沈"①。刘宋既为应水德而王,则川泽四海的沈祭当然格外隆重。然而"禜"本指禳灾之祭,祭祀的对象不限于川泽,还包括日月星辰山岳②,这就迫使李善不能不选用最浮泛的训解"禜,祭名也"③来应对。出句措辞那般迂曲;对句措辞如此勉强,其实都不过为了避熟就生。

或许有人会以这是郊祀歌辞,故不得不古奥,以示庄重典雅,实则不然。《文选》卷二十《诗甲·公燕》所收的颜延之《应诏燕曲水作》一样有这样的特质。例如:

> 仁固开周,义高登汉。

二句互文,可知:"登"当训解为"成"④;"固"非固然,从它与"高"对仗,可知:乃比较性质的形容词,指的是建立刘宋政权比开创周朝的仁义基础还要坚实,对照同卷所收颜延之《皇太子释奠会作》"伦周伍汉,超哉邈猗",可知:如此理解应当不误。换言之,他大可说:"仁逾开周,义高创汉。"只是如此一来,意思就因着措辞平易而显得一般了。又例如:

> 太上正位,天临海镜。

善《注》引《汉书》卷四四《淮南厉王长传》:"上令昭予厉王书,谏数之,曰:'……欲以亲戚之意,望于太上。'"如淳曰:"太上,天子也。"从每一人均有位居其上者来说,上位之中的最上者、万君之君,确实可以"太上"形容天子,但如此措辞实在易于误导人以为指太上皇,远不如直接说"吾皇"或"今圣",唯一的"缺点"不过是字面太易于理解了。《文选》卷二一《诗乙·咏史》所收颜延之《秋胡诗》,第四节:

> 超遥行人远,宛转年运徂。

"宛转"乃先部叠韵词,按照六朝为文惯例,则"超遥"当亦属这类以音表义的词汇。"超遥"实即"迢遥"⑤,乃一宵部叠韵词。诚然,从走、从辵,意义非常接近,况且双声、叠韵词本来就不介意所寄托的字形,字形尽可有诸般变化,但用词毕竟有习用与罕用⑥之别,颜延之偏偏舍前者,取后者,徒然造成阅读上的疙瘩。第七节:

> 上堂拜嘉庆,入室问何之。

---

① 贾公彦:《周礼注疏》卷十八《春官·大宗伯》,艺文印书馆,1977 年,第 270、272 页,郑《注》。
② 段玉裁:《说文解字注》一篇上,黎明文化事业股份有限公司,1991 年,第 6—7 页。
③ 《周礼注疏》,卷二五《春官·大祝》,第 383 页,郑《注》引郑司农云。
④ 孔颖达:《毛诗注疏》卷十八之三《崧高》,艺文印书馆,1977 年,第 671 页:"登是南邦。"《礼记注疏》卷四《曲礼下》,艺文印书馆,1977 年,第 77 页:"岁凶,年谷不登。"毛《传》、郑《注》均曰:"登,成也。"
⑤ 吴兆宜笺、程琰删补:《玉台新咏》,台湾中华书局,1969 年,卷四,第 2b 页,录入这首时,"超"即作"迢"。
⑥ 《类聚》,卷五九《武部·战伐》,第 1070 页,所录王粲:《初征赋》:"违世难以回折兮,超遥集于蛮楚。"陈伯君:《阮籍集校注》卷上《赋·清思赋》,中华书局,1987 年,第 34 页:"若登昆仑而临西海,超遥茫渺,不能究其所在。"

古今学人都知道"嘉庆"指的是秋胡之母,但以"嘉庆"代称母亲,连李善这"书簏"①都无法找到推论根据。此处既不涉及韵脚的限制,难道使用"慈颜"或"圣善"②"萱帏""金萱",就会令人觉得全篇庸俗难耐吗?

在避熟就生这方面,鲍照可谓极致。钟嵘曾直指:他"不避危仄,颇伤清雅之调,故言险俗者多以附照"③。"危"相对的是"平易",所以会不"清";"仄"即"侧",相对的是"正",所以会伤"雅"。"不避危仄"是从负面说,正面说,就是刻意为之。鲍照刻意为之的方式不外四类:

一、将过往习用易解的词汇其中一个词素,以同义或近义词取代。如卷三《吴兴黄浦亭庾中郎别》④:

　　温念终不渝,藻志远存追。

黄晦闻先生已经指出:"本集《河清颂》'蠢行藻性'、《舞鹤赋》'钟浮旷之藻质'、《凌烟阁铭》'藻思神居',及此篇之'藻志'皆明远自造词。"据《尚书》卷二《皋陶谟》"藻、火、粉米、黼黻,绨绣","藻"乃古代官服上的花纹之一,因此引伸出美丽、修饰之义,鲍照就根据这点,以"藻志"取代"美志",但后者意思明晰,也为以往文士习用,如《类聚》卷五一《封爵部·尊贤继绝封》所录曹操《郭嘉有功早死宜追赠封表》"薄命天陨,不终美志"、《文选》卷四二《书中》曹丕《与吴质书》"其才学足以著书,美志不遂,良可痛惜"、《初学记》卷二六《器物部·酒第十一》所录张载《酃酒赋》"言之者嘉其美志;味之者弃事忘荣"。鲍照却不甘从众,不但自铸"藻志",还连带自铸其他意义一致,唯字面变化的其他词汇,如卷二《拟行路难》之十三"荣志溢气干云霄"的"荣志"、卷三《发后渚》"华志分驰年"的"华志"。

二、某些词汇前人虽然曾经使用过,但极冷僻,他将之重拾,从使用量的比例上而言,这仍是种广义的新变。如卷三《还都口号》:

　　维舟歇金景,结棹俟昌风。

"金景"已经缭绕,鲍氏乃根据五行间架,金的方位为西;景,日光,所以出句意指:因为日薄西山,所以停止行程,系舟歇息。以见存史料来说,"昌风"一词仅陆云于《答孙显世》之四中用过"昌风改物,丰水易澜"⑤,"昌风"与"丰水"对仗,则"昌"无疑乃盛大之义。对照卷一《代苦热行》"生躯蹈死地,昌志登祸机",昌志,壮志也;卷三《侍宴覆舟山》之二"礼俗托德

---

①　宋祁、欧阳修:《新唐书》卷二百二《文艺列传中·李邕传》,艺文印书馆,1972年,第2295页。
②　《毛诗注疏》,卷二之二《邶·凯风》,第85页。
③　《诗品》,中《宋参军鲍照》,第381页。
④　本文所用鲍诗率出自黄节:《鲍参军诗注》,艺文印书馆,1971年。
⑤　黄葵点校:《陆云集》卷三《诗》,中华书局,1988年,第82页。

声,昌会溢民讴",昌会,盛会也,则"昌风"犹言大风。百余年前就用过这一次,百余年后的他翻出来使用,以陈为新。

三、有的已经是罕用或未曾用过的词汇,他还要变动一下,就愈滋困扰了。如卷四《访易》:

　　云泽翔羽姬,横盖招益人。

钱阆仙先生引《文选》卷十九《赋癸·情》宋玉《神女赋·序》"楚襄王与宋玉游于云梦之野(浦),使玉赋高唐之事。其夜,王(玉)寝,果梦与神女遇"作注,甚是,可惜未尝疏解。按《尚书》卷六《禹贡·荆州》"云土梦作乂",可知云、梦为二,《史记》卷二《夏本纪》《索隐》已指出"盖人以二泽相近,或合称云梦耳",或曰云梦大泽,《类聚》卷二《天部下·雾》所录《英雄记》即云:"曹公赤壁之役,行至云梦大泽中,遇大雾,迷失道。""云泽"乃其简称。故籍中,虽有简称作"云"者,如《国语》卷十八《楚语下·王孙圉论国之宝》"又有薮曰云,连徒洲",但多省作"梦",如《楚辞》卷九《招魂》"与王趋梦兮课先后",王《注》:"梦,泽中也。楚人名泽中为梦中。"《左传》卷四二《昭公三年》"王以田江南之梦",鲍照诗卷三《从登香炉峰》"辞宗盛荆梦",用的也是"梦"。古谓成仙者为羽人,如卷三《登庐山》:"方跻羽人途,永与烟雾并。"羽姬,女性羽人也,即仙女,也就是神女。纵使鲍照用"仙姬",都远较"羽姬"清晰十倍,偏偏不此之出。

四、纯属自造,以讹为巧。如卷三《赠故人马子乔》之五:

　　永念平生意,穷光不忍还。

穷,尽也、终也;白天方有光,故穷光,终朝也。或径言"穷日",如《文选》卷五二《论二》韦昭《博奕论》"穷日尽明";或曰"尽日",如《文选》卷二七《诗戊·军戎》王粲《从军》之一"尽日处大朝,日暮薄言归"。若像鲍照诗卷二《代贫贱苦愁行》所言"长叹至天晓,愁苦穷日夕",则是从早到晚都在愁苦中。此联乃言:追忆起自年轻以来二人之情谊,于此送别之际,虽已届日暮,犹不忍折返自己的居所。或人若责以无出处,他尽可以《毛诗》卷三之二《墉·蝃蝀》"朝跻于西,崇朝其雨"、卷三之三《卫·河广》:"谁谓宋远?曾不崇朝",《公羊传》卷十二《僖公三一年》"不崇朝而遍雨乎天下"中的"崇朝"为解。毛《传》、郑《笺》均将"崇"改读为"终",然而以时间长度来说,"崇朝"仅指中午之前,"穷光"还包括中午之后、黄昏来临之前。读者尽可佩服鲍照的巧思,居然能从这古老的词汇中获得灵感,变造出"穷光"这种玮辞,但这番变造也令所有鲍诗注释者迄今为止均不得"穷光"之解。

二

　　见存的沈约诗歌①，联句不计，共一百九十九首。

　　有时他会将古书中的成句直接纳入，例如：卷九《北郊皇帝初献奏登歌》之二："至哉坤元，实惟厚载"，首句出自《易》卷一《坤·彖》；卷九《宗庙皇帝初献奏登歌》之二："肇土七十②，奄有四方"，第二句出自《毛诗》卷十九之二《周颂·清庙之什·执竞》；卷九《大壮舞歌》"我邦虽旧，其命惟新"，第二句出自《毛诗》卷十六之一《大雅·文王之什·文王》；卷九《大观舞歌》"奄有四方，受天明命"，第二句出自《尚书》卷八《（伪）咸有一德》；卷十《三日侍凤光殿曲水宴应制》"引思为岁，岁亦阳止"，第二句出自《毛诗》卷九之三《小雅·鹿鸣之什·采薇》；卷十《登高望春》"回首望长安，城阙郁盘桓"，首句出自《文选》卷二三《诗丙·哀伤》所收王粲《七哀》；卷十《去东阳与吏民别》"下车如昨日，曳组忽弥期"，首句出自《文选》卷二九《诗己·杂诗上》所收张协《杂诗》之八。

　　有时为了配合某首诗的句式：三言、四言或五言，将古书中的原句增损一两字，例如：卷九《梁鼓吹曲》之二《贤首山》"轮无返，幕有乌"，首句出自《公羊传》卷十二《僖公三三年》"匹马只轮无反"；《梁鼓吹曲》之三《桐柏山》"昭景福，介眉寿"，第二句出自《毛诗》卷十九之三《周颂·臣工之什·载见》"以介眉寿"；卷九《夜夜曲》"北斗阑干去，夜夜心独伤"，首句出自《宋书》卷二一《乐志三》所收《善哉行》古词"北斗阑干"；卷十《登玄畅楼》"信美非吾土，何事不抽簪"，首句出自《文选》卷十一《赋己·游览》所收王粲《登楼赋》"虽信美而非吾土"；卷十《三月三日率尔成篇》"爱而不可见，宿昔减容颜"，首句出自《毛诗》卷二之三《邶·静女》"爱而不见"。

　　有的则是半句出自古书。例如：卷九《有所思》"西征登陇首"，乃出自张华诗"清晨登陇首"③；卷十《少年新婚为之咏》"何惭鹿卢剑，讵减府中趋"，出句、对句的下半均出自《宋书》卷二一《乐志三》所收《艳歌罗敷行》古词"腰中鹿卢剑""冉冉府中趋"；《初春》"且复归去来"，下半出自《文选》卷四五《辞》所收陶潜《归去来辞》"归去来兮，田园将芜胡不归"；卷十《咏笙》"昆鸡已嘲哳，枣下复林离"，乃出自《文选》卷十八《赋壬·音乐下》所收潘岳《笙赋》"歌枣下之纂纂""引《飞龙》，鸣《昆鸡》"；卷十《咏筝》"宁知颜如玉"，乃《文选》卷二九《诗

　　①　本文所用沈诗率出自陈庆元：《沈约集校笺》，浙江古籍出版社，1995 年。
　　②　孔颖达：《礼记注疏》，艺文印书馆，1977 年，卷十一《王制》，第 212 页"公、侯田方百里；伯七十里"；孙奭：《孟子注疏》，艺文印书馆，1977 年，卷三下《公孙丑上》，第 63 页："以德行仁者王。王不待大，汤以七十里，文王以百里。"意思是说原本拥有的领域相当小，然而因为施行德政，天下归心，以致拥有四方。
　　③　虞世南：《北堂书钞》，卷一五七《地部一·陇》自注，宏业书局，1974 年，第 763 页。

己·杂诗上》所收《古诗十九首》之十二"燕赵多佳人,美者颜如玉"。

有时会将古书中的两句各撷取一部分重组,如卷九《江南弄》之四《朝云曲》"巫山高高上无极",乃是汉《鼓吹曲辞》之七:"巫山高"①、《文选》卷二九《诗己·杂诗上》所收曹植《杂诗》之二"高高上无极"的组合;卷十《留真人东山还》"我来岁云暮",乃是《毛诗》卷九之三《小雅·鹿鸣之什·采薇》"今我来思"、卷十三之一《小雅·谷风之什·小明》"岁聿云莫"的组合;卷十《还园宅奉酬华阳先生》"开壤赋千室",乃是鲍照诗卷四《建除诗》"开壤袭朱绂"、《左传》卷二四《宣公十五年》"赏桓子狄臣千室"的重组;卷十《三月三日率尔成篇》"洛阳繁华子,长安轻薄儿",乃是阮籍《咏怀》之十二"昔日繁华子"、之五"平生少年时,轻薄好弦歌,西游咸阳中,赵、李相经过"②的重组;卷十《和王中书德充咏白云》"白云自帝乡",乃《穆天子传》卷三"西王母为天子谣曰'白云在天,山陵自出'"、郭璞《游仙》"永偕帝乡侣"③的重组;卷十《咏菰》"匹彼露葵羹,可以留上客",乃宋玉名下《讽赋》:"主人之女……来排臣户曰:'上客,日高,无乃饥乎?'为臣……烹露葵之羹,来劝臣食"④的重组。

至于夺胎换骨的,更不胜枚举。卷九《悲哉行》"时嘤起稚叶",来自《文选》卷二二《诗乙·游览》所收谢灵运《登池上楼》的"园柳变鸣禽";卷九《临碣石》"骥老心未穷",来自《宋书》卷二一《乐志三》所收曹操《步出夏门行》的"骥老伏枥,志在千里,烈士暮年,壮心不已";卷十《游金华山》"方睹灵妃笑",来自《文选》卷二一《诗乙·游仙》所收郭璞《游仙》之一的"灵妃顾我笑,粲然启玉齿";卷十《和左丞庾杲之移病》"安用谈天辩,徒劳梦赐笔",出句来自《史记》卷七四《孟子荀卿列传》"故齐人颂曰:谈天衍,雕龙奭",对句出自《诗品》中《梁光禄江淹》"梦一美丈夫,自称郭璞,谓淹曰:'吾有笔在卿处多年矣,可以见还'";卷十《见庭雨应诏》"非烟复非云",来自《史记》卷二七《天官书》的"若烟非烟,若云非云";《伤春》"早花散凝金",来自《文选》卷二九《诗己·杂诗上》所收张翰《杂诗》的"黄华如散金";卷十《咏麦李》"味夺寒水朱",来自《文选》卷四二《书中》所收曹丕《与朝歌令吴质书》的"沈朱李于寒水";卷十《上巳华光殿》"安得壮士驻奔曦",来自李尤《九曲歌》的"安得力士翻日车"⑤。

无论是哪种方式,不仅融化无间,若自其口出,毫无补苴之病,而且纵使不知这些词句有所本,绝大多数都无碍于直接照沈诗字面理解。

沈约并非不会改造旧词。例如:卷九《大壮舞歌》:

---

① 沈约:《宋书》卷二二《乐志四》,艺文印书馆,1972 年,第 326 页。
② 《阮籍集校注》,卷下《诗·咏怀五言》,第 256、222 页。
③ 刘节:《广文选》,《四库全书存目丛书》卷九《诗·游仙》,庄严文化事业有限公司,1997 年,第 297 册,第 631 页。
④ 章樵注:《古文苑》卷二《宋玉赋六首》,鼎文书局,1973 年,第 46—47 页。
⑤ 《类聚》,卷一《天部上·日》,第 6 页。

或貔或武，漂杵浮轮⋯⋯六伐乃止，七德必陈⋯⋯

《尚书》卷十一《牧誓》："勖哉夫子，尚桓桓，如虎，如貔，如熊，如罴。""虎"之作"武"，乃后人避唐讳使然；"漂杵"根据的是卷十一《（伪）武成》"前徒倒戈，攻于后以北，血流漂杵"，但与"漂杵"形成内对的"浮轮"则是沈约根据扬雄《羽猎赋》"创淫轮夷"变造出来的。"轮夷"本指因为"创过大"，导致"血流平于车轮"①，沈约则更进一步夸饰，说足以将战车的车轮漂浮起来。《左传》卷二三《宣公十二年》："夫武，禁暴、戢兵、保大、定功、安民、和众、丰财者也。"杜《注》"此武七德也"，很易解，"六伐"则得绕一下子弯，《尚书》卷十一《牧誓》上文："夫子勖哉！不愆于四伐、五伐、六伐、七伐，乃止齐焉。"伪孔《传》"伐谓击刺，少则四、五；多则六、七"，是则击刺非限定七伐不可，尤其，对句既要用"七"，则按照六朝习惯，出句断不容重出，所以改用"六伐"。卷十《从齐武帝琅琊城讲武应诏》：

飒沓佩吴戈，参差腰夏箭⋯⋯轻舞信徘徊，前歌且遥衍⋯⋯

只要读过《楚辞》卷二《九歌·国殇》的，都知道"操吴戈兮被犀甲"一句，吴、越两地也素以铸造兵器闻名于世，但"夏箭"则不那般平易，而且按常理，箭仅适宜手持，无法佩戴于腰际。《子虚赋》"左乌号之雕弓，右夏服之劲箭"，伏俨曰："服，盛箭器也。夏后氏之良弓名烦弱，其矢亦良。"②可知"夏箭"即"夏服之劲箭"的浓缩。如此一来，不仅对仗工整：武器对武器，而非武器对收藏武器的工具，并且能与全篇的先部韵相协，若用入声屋部韵的"服"，就出韵了，更要紧的是：意思愈加明晰。《尚书大传》记载："王逮师，前师乃鼓，鼗噪，师乃搯，前歌后舞"③。因为上联是"风旆舒复卷，云霞（葭）清似（以）转"，这联以叠韵词"徘徊"、双声词"遥衍"承续"舒复卷""清以转"，已经相当工严，如今这联开头再改用"轻"取代"后"，使意境上能衔接得更好。然而徒看字面，正如祖珽所言："此岂似用事邪？"

当然，沈约见存的诗歌也有别扭之处。好比：上文的"遥衍"乃《毛诗》卷十七之四《大雅·生民之什·板》"昊天曰旦，及尔游衍"的"游衍"，"游""遥"的声母都是喻四，两者互换，不影响与"衍"双声的关系，而且王融《别王丞僧孺》"留杂已郁纡，行舟亦遥衍"④，也如此使用；再早之前，刘宋孝武帝《巡幸旧宫颂》"沿溯遥衍，登陟回悬"⑤，已经用过这词汇，然而仍

① 《汉书补注》，卷八七上《扬雄传》，颜《注》，第 1528 页。

② 《汉书补注》，卷五七上《司马相如传》，《集解》所引，第 1179 页。

③ 陈寿祺辑校《尚书大传》，《丛书集成新编》第 106 册，卷二《周传》，新文丰出版股份有限公司，1985 年，第 357 页。根据《毛诗注疏》，卷十六之二《大雅·文王之什·大明》，第 544 页，孔《疏》，于此段之后尚有"格于上天下地，咸曰：孜孜无怠"，并指明乃《大誓》的文字。

④ 《古文苑》，卷九《齐梁诗四十五篇》，第 246 页，但若持其内容，与《类聚》，卷二九《人部十三·别上》所录者对勘，似乎应该是谢朓之作。

⑤ 《类聚》，卷六二《居处部二·宫》，第 1115 页。

然不容讳言：这番变造大可不必要。至于像卷十《奉和竟陵王抄书》：

　　　　澄流黜往性，泛略引前滋。

从旧史记载①、诗题及此联的上下文，可以揣度这两句下半截的意思大概是说：某些以"往"先生别集中的材料被"黜"弃，某些"前"贤著述的句子或段落被称引，但若要盯紧一字一字讲，"性"与"滋"就颇难索解了。然而整体而言，沈诗已经洗尽以颜、鲍两家代表的避熟就生的弊病。

结　语

竟陵八友中，以沈约的年龄最长。以永明这小集团而言，沈约比谢朓大二十四岁；比王融大二十七岁②。王融卒于萧齐武帝永明十一年（493）；谢朓卒于萧齐东昏侯永元元年（499），沈约则至萧梁武帝天监十二年（513）方去世③。以仕宦来说，王融、谢朓不过约五品左右的官吏④，沈约则贵达十六班的尚书令、左光禄大夫⑤，相当于正二品，不论在文坛或学界，两下的号召力不可同日而语。是以永明集团的文学主张，不论是从实践面，或者是从散播影响面而言，沈约才是永明体的真正代言人及领袖。这从钟嵘认为：永明声律乃"王元长创其首"，"沈约扬其波"⑥，可是后世几乎都将倡导永明声律说归于沈约名下，可觇一斑。以鸟瞰的角度来观察中古诗歌史的发展蜕变，永明体一方面固然继承了刘宋，尤其是鲍照，滥觞的某些特点，否则钟嵘不会说：沈诗"详其文体，察其余论，固知宪章鲍明远也"⑦，但另一方面则是针对刘宋文坛主流出现的流弊而发，其中最显豁的地方就在竭力扭转避熟就生已经走火入魔的趋势。结合两者，真可谓打着红旗，却又反红旗。

---

① 《南齐书》，卷四十《武十七王列传·竟陵文宣王传》，第331页："移居鸡笼山西邸，集学士，抄五经、百家，依《皇览》例，为《四部要略》千卷。"
② 《沈约集校笺》，《附录·沈约事迹诗文系年》，第548、550页。
③ 《沈约集校笺》，《附录·沈约事迹诗文系年》，第563、570、587页。
④ 《南齐书》，卷四七《王融传》，第384页，记载：王融于下狱前，曾被竟陵王板授"宁朔将军军主"；据章钰《新校资治通鉴注》，卷一二三《宋纪五·太祖文皇帝·元嘉十七年》，第3887页，胡《注》"江南军制，呼长帅为队主、军主……军主者，主一军之称"，然而这与《南齐书》，卷四七《谢朓传》，第386页，谢朓卒前曾"兼知卫尉事"一样，未几即遇害，是此徒为宫廷政变之际滥授的虚衔，故王融、谢朓仍当各以中书郎、吏部郎为其最后的职任。萧齐官品不详，若按照杜佑：《通典》（中华书局，2007年），卷三七《职官十九·梁官品》，第1010—1011页，王融终于第九班的中书郎，谢朓终于第十一班的吏部郎，分别约相当于从五品、从四品。
⑤ 《通典》，卷三七《职官十九·梁官品》，第1009页。
⑥ 《诗品》，下《序》，第451页。
⑦ 《诗品》，中《梁左光禄沈约》，第426页。

《尚书·尧典》中的"诗"

朱　赢（北京大学哲学系）

　　夔，命汝典乐，教胄子，直而温，宽而栗，刚而无虐，简而无傲；诗言志，歌永言，声依永，律和声，八音克谐，无相夺伦，神人以和。

——《尚书·尧典》

一

　　倘若信从古典中的时间线索与历史脉络①，那么《尚书·尧典》可谓是追溯古典"诗"的开端文本。其中"诗言志"的说法几乎贯彻整个古典诗教，并由儒家之阐发而确立为文学的正统观念。但细究起来，《尧典》言说的"诗"与后来经学所论的"诗"在语义空间上有所不同。在《尧典》中，"诗言志"并非"独立"的诗教概念，而是从属于乐教。这里首先出现一种差别：起初的"诗言志"未必是某种既成的诗歌"观念"，更难以称其为"理论"。

　　且对《尧典》中的"诗"作语境分析。就上下文关系来说：（1）"诗言志"上承对人之品性的要求："直而温，宽而栗，刚而无虐，简而无傲"。其教育对象亦有确指，乃为"胄子"。（2）"诗言志"下接乐教的使命：神人以和。"诗"在整段话语中仿佛只是过渡性的，譬如，可以尝试将中间部分删去，使句子收缩为："夔，命汝典乐，八音克谐，无相夺伦，神人以和。"这样的句义并不影响对"乐"的指向，甚至其指向方式表现得更为纯粹而清晰，那么"典乐"与"诗"的关联又意味着什么？

　　古诗入乐可歌的特性早已被彰明。太史公曰："三百五篇孔子皆弦歌之，以求合《韶》

---

① 　近代以来的一种主流观点认为，中国古代经历了将"神话历史化"的过程。然而，即便上古时代的历史带有某种"神话"言说，这种叙事方式的意义机制与启蒙思想反照下的"愚昧"却非为同质。并且随着考古学的发展，亦有诸多曾被判伪的"神话"可能重回历史真实的视角之下，如陶寺城址的发现就可能作为尧舜传说的史实根据。

《武》《雅》《颂》之音。礼乐自此可得而述，以备王道，成六艺。"①而班固以为，《诗经》得免于秦火的原因是"以其讽诵，不独在竹帛故也"②。此二种史家说法所呈现的诗—乐线索：(1)孔子歌诗合于《韶》《武》《雅》《颂》之音，也就是合于雅乐，更严格说来，是西周所沿袭和新制的礼乐③。(2)班固言"讽诵"而不提"弦歌"，可知诗乐已亡。从孔子歌诗到诗乐之亡，"诗"是逐步从"乐"中脱离的；诗文因此走向"自立"。

　　不过这里仍有一个存疑的问题：十五国风，现代学者多以为来自"民间"。此处暂且忽略对"民间"概念的辨析，但国风的"地方"特性毋庸置疑——不仅文辞风格各异，且"风诗"的音乐特性应有不同④。假如孔子将整部《诗经》的弦歌都合于《韶》《武》《雅》《颂》之音，就存在几种情况：其一，风诗原本就存在与"地方音乐"不同的"雅音"唱法。其二，孔子调整了诗乐风格，使诸国之风在弦歌时趋于"雅音"风格。甚至也有可能，风诗原本不尽然可歌⑤，而孔子以《韶》《武》《雅》《颂》之音弦歌。就太史公"以求合"的笔法来看，弦歌雅唱的方式在当时似乎是孔子特有的，但这种带有孔子烙印的弦歌却不应视其为"新制"。必须注意到，孔子弦歌只是以琴瑟歌"诗乐"，其性质不能与"礼乐"相提并论，否则，孔子对季氏的批评无疑会成为其自身的反讽⑥。在此，笔者倾向于将孔子弦歌归为对"先王礼乐"的聆听和记忆。或许可以认为，那是趋向于先王礼乐的"复古之音"；只不过，"复古"也是礼崩乐坏的见证。所以"诗可入乐"的特性仍有待辨析：同为歌诗，却可能存在"礼乐""诗乐"之别；而在"传统"与"复古"的交界中，就潜伏着"诗"以"文词"为自立的转机。

　　太史公关于孔子歌诗使礼乐可"得而述"的说法，正暗合"诗"的自立："得"是以礼乐之"失"为前提的；"述"与礼乐之"用"又大有差别。弦歌的孔子看似"复古"，但"追溯"同时意味着现实的毁坏。所以"诗"的自立恐怕不是肇端于"乐亡"之际，在孔子弦歌——即"乐坏"的时代，"诗"已然与"乐"疏远。将孔子歌诗与《尧典》的描述稍作比较，便可能发现诗、乐关系的某种决定性转向。孔子歌诗，表面看来是使诗合于礼乐，但追求将诗带入礼乐之境的方式已然表明：此时是诗在主位，乐以合诗。此处对乐、礼乐、诗、诗乐间的关系略作分析：

---

① 司马迁：《史记·孔子世家》，中华书局，1982 年，第 1936 页。
② 班固：《汉书·艺文志》，中华书局，1962 年，第 1708 页。
③ 《韶》是先王所制，非为西周礼乐，但从《论语》等相关记载来看，《韶》乐周代尚存。雅乐与礼乐的概念略有不同，此处提的"雅乐"是在训"雅"为"正"的意义上作表述。
④ 香港浸会大学的陈致教授通过音乐考古学对《诗经》音乐的分析可供参照。参见陈致：《从礼仪化到世俗化：〈诗经〉的形成》，上海古籍出版社，2009 年。
⑤ 尽管《诗》三百皆可入乐几乎是学界共识，但历史上亦不乏有疑问者。如宋人程大昌就以为《南》、《雅》、《颂》是"乐诗"，其余为"徒诗"。
⑥ 《论语·八佾》开篇记载孔子对季氏"八佾舞于庭"的批评，季氏用天子礼乃为僭越。

（1）孔子弦歌：诗乐歌诗，合于礼乐。"合于"二字呈现"未达"的趋向。"诗乐"是从"礼乐"中衍生出来的，其目的是引导"诗"回到"礼乐"的精神中。礼乐显然高于诗与诗乐之合体，它昭示某种牵引力，但同时也透射出乏力。这种牵引力似乎是被虚设在祭台上的，即便具有不可企及的尊贵性，却已难当于现实。如此或许可体会，孔子歌诗事实上也体现了礼崩乐坏时代的困境。（2）《尧典》乐教：诗在"乐"中，诗、乐合一。《尧典》的"诗"是浑然入"乐"的；当然也可能表达为，《尧典》的"诗"从属于"乐"。总之，《尧典》中的"乐"是比"诗"更高的概念。与西周的礼乐相比，《尧典》的"乐"更合于自然，尚未被礼法化，但就诗—乐关系中的"乐在主位"而言，二者是较为一致的。所以在礼崩乐坏之前，并不存在类似孔子歌诗时期的"诗乐"。与孔子弦歌以合于礼乐为目标不同，《尧典》的"乐"将"诗"引向"神人以和"。于是在孔子弦歌的"诗乐—诗—礼乐"这一道途尽头，其实还隐匿着上接"神"的通路：人—诗—乐—神。在这一意义上，"乐"也不过是引渡于道途的桥。

二

延绵两千多年的文教传统使后人惯于在"文"之主位中求取意义，然而《尧典》中的"诗"呈现了"文"在先人思维中的有限性。其中诗与乐的关联，绝非后来所谓诗可入乐、可歌的问题。尽管同为儒家经典，但《尧典》与《毛诗序》中的"诗"存在决定性的立意差别。《尧典》乐教所落脚的人—神关系尤为重要。"神人以和"的目标，既昭示人世之上的界域，亦提示了人之为人的限度。参照西方神义论就不难察觉，《尧典》的"神人以和"意味着：中国古典的人—神关系不在"服从""信从"的秩序之下。因此可以说，中国古典没有预设所谓神权与人权的紧张对立；进一步反思，其实"神权""人权"之类的表述方式都太过现代。

如何理解《尧典》所述的"神人"是进入"原诗"语境的关键所在。但讨论人—神关系的基本困难在于：神之维度看似不符合中国的传统。一方面，"神"的概念在当下语境中受制于"宗教"范畴的影响；另一方面，中国古典的文教传统对"神"在某种程度上是回避的。孔子不语怪力乱神；《庄子·齐物论》有云："六合之外，圣人存而不论。"倘若后世的学术基础是立足于圣人之言，那么神道、天道那"存而不论"亦"无可论说"的界域就极易遮蔽于学术的论说。《尧典》中如此明确的"神人以和"恐怕就不是后世所强调的诗学旨意。特别是当"诗"要面对"神人"所构成的语言空间时，这种"面对"仿佛既降低了诗的地位，也弱化了诗之于人的重要性——这与中国古典自《毛诗》而确立的诗教观念相一致吗？

不妨将《毛诗序》的"诗"与《尧典》稍作比较。《毛诗序》：

诗者,志之所之也。在心为志,发言为诗。情动于中而形于言,言之不足,故嗟叹之,嗟叹之不足,故永歌之,永歌之不足,不知手之舞之、足之蹈之也。情发于声,声成文谓之音。治世之音,安以乐,其政和。乱世之音,怨以怒,其政乖。亡国之音,哀以思,其民困。故正得失,动天地,感鬼神,莫近于诗。先王以是经夫,成孝敬,厚人伦,美教化,移风俗。

上述言说确是鲜明的"诗教"指向,不仅整体的言说以诗为核心,且整篇《大序》都未提及乐教问题。从内容上看,《大序》的表述似乎将《尧典》的说法作了具体化处置,如:

《尧典》:"诗言志。"——陈述句式。

《大序》:"诗者,志之所之也。在心为志,发言为诗。"——定义句式。

《尧典》:"诗言志,歌永言,声依永,律和声。"——陈述句式。

《大序》:"言之不足,故嗟叹之,嗟叹之不足,故永歌之,永歌之不足,不知手之舞之,足之蹈之也。"——解释句式。

《尧典》:"八音克谐,无相夺伦,神人以和。"——陈述句式。

《大序》:"故正得失,动天地,感鬼神,莫近于诗。"——解释句式。

上述三者的对比之间,不难发现其中的语式差异,而此种差异根本上是由人之于文本的身位关系所决定的。在经典文本中,人必须谨守一种聆听的姿态,从而使语言自身显示意义。一旦人开始言说,语言的意义机制就可能在"人说"中被重构。在西方神学中,神启、先知和解经者的语言就有着不同的等级——神活在人对这种语言等级的信守之中。假如有人认为解释者应该追求言说的自由与权力,那么"神"已经在此种"应该"中死去。当然,神启、先知等概念都不适用于描述中国的经典文本特性。此处提及的参照旨在说明:经典文本所反映的句法差别绝非是创作和修辞技法层面的问题,因为经典文本的形成本质上不是基于个人立场的"创作"行为。从这一意义说来,顾颉刚等以为"先秦有专门作伪者"[①]的观点,其实已将经典的文本等级"降格"。类似的情况在启蒙理性所开启的人权与神权之争中也曾发生。"专门作伪"的说法,听起来像是判古人存心造假以至判历史为虚假,但很有可能,古圣贤良的智慧及他们对历史的忠诚都被低估或忽略了。当然,这属于顺带插入的题外话。

相较而言,《尧典》的笔法出于史官的旁观记述,将帝王的言行昭告天下。对后世来说,这是来自古道的信使及向导。《大序》的笔法则出于学术,具有鲜明的解说特性。对后世来

---

① "其实《尚书》上的《尧典》已是伪造,《孟子》上的引文更是因了《尧典》去踵事增华所做,可见那时自有一班专门造伪书的。"参见顾颉刚《古史辨》第一册,上海古籍出版社,1982年,第42页。

说,这是某种宗派家法。前者侧重于"史事",后者侧重于"论说"。《毛诗序》阐明了"诗"的定义。问题在于,为何"诗"是由《毛诗序》而不是在更古老的文献中被定义并阐释? 这至少令人对"定义"保持警觉①。定义可能是某种学说的开端,但历史的真实和语言的意义并不是从"定义"开始的。关于"诗"之定义句式的晚出,当然不是由于先贤对诗的无知。《大序》定义句式的出现,可以理解为一种新教育的产生,即《大序》实际特属于"诗"的经学界定。原初的"道"转为记忆、知识,而后又转为经义学说。但"说"未必是返归原道的,也可能"道"在"说"中被遮蔽和遗忘。《毛诗序》的"诗"正显示记忆与遗忘的双重特性:被记忆的"诗言志";被遗忘的"乐教"语境。

其实《大序》的"诗"并非"背离"《尧典》,文本对于核心语词的阐发都可见延续性,如:诗、志、歌乃至鬼神。但《大序》之于《尧典》的关键转向在于"乐"的维度:《大序》立足"诗"而不涉及"乐",因此相比《尧典》,《大序》需要为"诗"建立一套脱离乐教的"独立"言说。《大序》论"诗"很像是将《尧典》中的"诗"抽取并扩展而来的。但在立说过程中,"音"的概念首先发生了根本变化。《尧典》说"八音克谐",此处的"音"指乐器。《大序》说"声成文谓之音",毛传:"声成文者,宫、商上下相应。"可见《大序》的"音"是发于人情而协于诗文的音声表现。很明显,当"音"从"八音克谐"的意义中滑脱,将"诗"引向"神"的那条乐教通路就发生了断裂。而一旦原有的意义线索断裂,"新说"可能要植入另一线索来维持与"旧说"的某种一致性。

《尧典》中的"诗言志,歌永言,声依永,律和声"是经由"乐"而自然贯通的,此脉络清晰呈现"诗"这一属人的语言如何在"乐"的引领下通往"神"的维度。但上述句式到了《大序》中却转换为因果句法:"言之不足,故嗟叹之,嗟叹之不足,故永歌之",这一细节很值得注意。在《尧典》的描述句式中,诗、歌、声、律浑然融合,它们依赖于彼此的关联而完成共同的意义机制,因此并不存在类似"为何诗言志""为何歌永言"的问题。《大序》的句式变化恐怕是出于以"诗"独立的需要:在"乐"的线索断裂后,解释句式体现了"诗"在文教思维下的重构。"诗"的古道被牵制于平面化的文字世界,而经学治诗的直接结果是人与神的松散(不是决裂)。尽管在"乐"之缺位的状态下,新的"诗教"依旧接续了"神人",即《大序》所云:"故正得失,动天地,感鬼神,莫近于诗。"但此时人—神关系的变化在于:一则,"正得失,动天地,感鬼神"三者并列,"诗"不再如《尧典》中那般落脚于唯一的"神人以和"。又,《大序》用了"故……莫近于"的句法,这一句法的指向本身具有相当的可变性,这也是"诗"在《毛诗

---

① "定义"乃是从弥散或氤氲的涵沌中抽出一种抽出者欲往目的的方向,因而"定义"总是与"取向"进出相关。

序》与《尧典》中的一个根本差别。事实上，从"治世之音安以乐，其政和；乱世之音怨以怒，其政乖；亡国之音哀以思，其民困"及"先王以是经夫妇，成孝敬，厚人伦，美教化，移风俗"的说法看来，《毛诗序》是将"诗"由《尧典》的神人关系切实转向了政教关系的主述。

三

当然，并不能说《尧典》的"诗"无关"政教"。乐教即是出于王命："夔，命汝典乐，教胄子"，这一指令由帝舜发出，且夔及胄子的身份都有关"王政"。其实《尧典》通篇的笔法都在记录一种"秩序"的形成。关于这种秩序，我们当然可称其为"政制"，前提是明确"政制"形态的差异，《尧典》的王政当然有别于古希腊的城邦政制（Politeia）、欧洲中世纪的封建制（Feudalism）或宗教的神权政治（Theocracy）等。篇幅所限，本文不就此展开讨论。

《尧典》"秩序"的两种关键因素：王与神。《尧典》中出现过两次"神"，一次是舜摄位时的"肆类于上帝，禋于六宗，望于山川，遍于群神"；另一次就是舜命夔典乐，"八音克谐，无相夺伦，神人以和"。鉴于上下文关联，"神"之维度有迹可寻。据说，尧禅让舜，舜辞让，而尧必使舜摄位，因此舜考察天文，齐日月五星七政，以检审自己是否"正当天心"，在"知己受为是"后，才祭神执政。所以，舜的帝位很难说是"君权神授"。"神授"一词透露神的主宰，但《尧典》的叙述反而令人感到神的玄虚静谧，有如老子所说的"大音希声，大象无形"。上帝、六宗、山川、群神既没有"选中"也没有"赐予"："选中"舜的是尧帝，而"赐予"一词对禅让时代又不甚妥当。舜的摄位似有诸多条件，简单概括，可以说是天意与人意的共同结果。在《尧典》中，尧曾考虑将帝位传给四岳，岳曰"否德忝帝位"；而旁顾《庄子》的说法，尧也曾让天下于许由等人，但遭到拒绝。舜也不是欣然接受帝位的，《尧典》描述舜的即位，很有几分不得已而为之的色彩。在这一过程中，《尧典》并不向读者展示"天意"如何应允，更没有涉及群神的反馈，但舜之称帝鲜明呈现了"神人以和"。

《尧典》中的"神"不能在是否为"有形"乃至"人形"的意义中界定，也不应将其带入神权、君权之类的强力思维中考察。回到基本的神—人关系，或许将"神"维持在"人之上"的界域理解，会更易于体会上帝、六宗、山川、群神这些祭祀对象所构成的复杂性和丰富性——上述祭祀对象不尽然玄妙无形，亦包括日月山川等可见的实体，以及先祖、圣贤等曾鲜活于现实的生命。似乎古圣贤将无形的道与有形的存在、将历史的时空与人之生死、以及将过往的经验与未来的行动共同融于对神—人世界的领悟，并因此对现实生存作出指示。人活在神的见证之下，历史的时空因此在玄虚中生成一种不可见的真实。生命纵然是脆弱的，但人不是在轮回或救赎中获取意义，却是通过对"神"以及"天道"的聆听而建立起过去、现在、未来之间的时空关系——祭祀在某种程度上承担了贯通时空的使命。那些死去的先辈因人—神关系而继续对现世产生影响。正因如此，现世中人反倒显得十分有限。

神的超越性正启示着人之有限性。在这一线索的指引下，《尧典》乐教关于"人"的教义也就自然敞开。舜要夔教养胄子："直而温，宽而栗，刚而无虐，简而无傲"，这种正直而不尖刻、宽厚而不轻率、刚健而不暴虐、简朴而不傲慢的品性，奠定了现世生存的基本秩序。孔子曰："入其国，其教可知也。其为人也温柔敦厚，《诗》教也。"（《礼记·经解》）这一描述深隐着人德的道义。参照世界其他古文明的诗教可见，"诗"不必然使人温柔敦厚，譬如古希腊的诗教就走在净化恐惧而获得力量的道路上。《尧典》的"诗"却处于一种"收敛"状态：诗固然是发自人心、人情，但在文本出现"诗言志"前，明确要求人首先具备温良中正的品性。作为属人的语言，诗是率性真情而不乏节制的修养。随后的"歌永言，声依永，律和声"，其前后关系相互依存，且人的歌唱亦在声、律中维持与神之维度的一致性。《尚书大传》："乐者，人性之所自有也。故圣王巡十有二州，观其风俗，习其性情，因论十有二俗，定以六律、五声、八音、七始"；又"五声，天音也，八音，天化也，七始，天统也。"至于"八音克谐，无相夺伦，神人以和"，更是为"和谐"指津——不争不夺；所谓"无相夺伦"，既是诗歌音声之不夺，亦是人不与神夺。《尚书大传》："君子大人声，不以钟鼓竽瑟之声乱人声，清庙升歌者，歌先人之功烈德泽也，故欲其清也。""诗"经由"乐"使"人"面向"神明"，这一道途将人安置于自主意识的限度持守中："神人以和"的归旨使人不妄自尊大以至僭越。

人不与神夺，这一命题听似奇异：既信有神，人如何与神相夺？然而在中国古典中，人与神的关系并非依附、从属，因此人完全可能忘却对神的聆听。在这里，"相夺"不是指人权与神权争胜，而是人放弃对自我之限度的节制。"《诗》亡《春秋》作"正意味着"相夺"的恶果：礼崩乐坏已然有失神道，况乎弑君弑父，人伦背弃。或许可就此体会，人在现实之中谨守本分，不错乱相夺，正是人不与神夺的基本表现。其实《尧典》通篇贯穿的主旨——"让"即呈现无相夺伦的秩序。《尧典》出现过多次"让"：开篇就称帝尧有"允恭克让"之德，随后有舜的辞让，又有禹让于稷、契、皋陶，垂让于殳斨、伯与，益让于朱虎、熊罴，以及最后出现的伯夷让于夔、龙。暂且搁置各种"让"的差异及其关联中所隐藏的深意，仅就笔法看来，"让"仿佛是全文的某种基调反复。有趣的是，在帝舜命夔典乐时所提出的对人之品性的要求时，却没有说出"让"这个字。尽管关于典乐的这一段言说就"让"之主旨有极强的指向，但人之品性的"让"实际是由前文的诸种"让"所衬托出来的。这似乎暗示着，古典乐教对人德的启发及品性的塑造并不以经学时代那样的知识言说而完成。乐教引导的德性本身仍在神之界域中隐匿着,人是在自身的有限性中领受德性并修养身心,并不像后来步步发展至道德的确定性言说乃至说教。正因如此,人之语言仍然属"诗";"诗"之语言仍能带领人往返庙堂与旷野。

还有"下文"不可忽略。帝舜命夔典乐教胄子直至神人以和,但夔却不提"神人"而以"百兽"应对:"於!予击石拊石,百兽率舞。"这里的百兽并不属神。郑玄曰:"百兽,服不氏所养者也。率舞,言音和也。谓声音之道,与政通焉。"①可见在《尧典》乐教中,德性经由兽—人—神三者的关联而呈现,因此想见,《诗经》的名物之学应有更古老的渊源。是时,人政的通和主要借由"音"通,而非后世的"文"通。

《周易·观卦》中有"神道设教":"观天之神道,而四时不忒。圣人以神道设教,而天下服。"神之维度乃是理解中国古典德性的重要背景。尽管古圣贤良早已在历史的转向中代"神—人"以"天—人",但不应忽略,在文教、政教乃至"文统"确立之前,曾有一种更为古老的"神人"之音在文字的上界为人指引。如此或许能体会儒家诗教之言说方式的由来,并反思其在流变中的曲直与得失。然而语式转换并不直接意味着德性、伦理或思想的断裂,即便神之维度在文教中被隐匿了,人之有限性仍会浮现于诗文自身。惜乎人在不断强化个体言说的权力时极易忽略:聆听才是人与语言之间更为原始的状态。某种意义上,对聆听的遗忘,就是对神的遗忘。

---

① 参见《尚书正义》。

第二编　叶嘉莹教授诗词曲创作、治学思想及教育理念研究

不向人间怨不平,相期浴火凤凰生

人生苦难的救赎——谈叶嘉莹诗词创作

傅秋爽(北京市社会科学院)

　　2013 年 12 月 20 日由中央电视台、文化部、国务院新闻办等单位共同主办的第二届"中华之光"传播中华文化年度人物颁奖典礼在京举行。年届 90 高龄的叶嘉莹先生获此殊荣。评委会在给叶先生的颁奖辞中以:"天降大任于斯人,十方遍布迦陵音,转蓬万里,根在华夏,一世多艰,深情不变。师承一代名家,海外别有建树。在世界文化大坐标下定位中国传统诗学。她是白发的先生,诗词的女儿。"叶嘉莹,号迦陵,生于北京,蒙古裔满族人。现为加拿大皇家学会院士,不列颠哥伦比亚大学荣休教授,南开大学中华古典文化研究所所长,加拿大籍中国古典文学专家、加拿大不列颠哥伦比亚大学终身教授。叶先生 20 多岁大学毕业即开始执教,一生从事中国古典诗词的研究和教学,从未间断,至今依然活跃在三尺讲台。尽管叶嘉莹以中国古典诗词传播名世,教书育人 70 年,桃李满天下;研究学贯东西,融汇古今,宏著等身。但就其个人而言,她对诗词创作的热爱却是深入骨髓,在各种场合多次讲自己终生的幸运就是能与诗词为伴。① "为伴"即与生命相始终,不肯抛掷离别的意思,其内涵不仅指对古代诗词的传播,同样也包括她个人的诗词创作。然而让人略感遗憾的是,报刊、杂志乃至专著对叶先生事迹、风采、学术成就的褒扬、纪念、研究连篇累牍,但对她诗词创作的涉及与系统研究却极为鲜见。

　　叶嘉莹先生诗词创作计有 600 余首,大陆及台湾地区已经出版的作品集有多种系列,文体涵盖诗歌、词、曲、赋,其诗词创作从绝对数量上来说,并不算是太多。但就时间而言,从懵懂幼童创作第一首诗开始,到 90 岁的耄耋之年有着 80 年的时光跨度;就空间而言,从北平到南京,从台湾到温哥华,游历天下又回到祖国,大陆台湾,南北翱翔,国内海外,东西飞跃;就生命历程和身份变化而言,从书香之家深闺女子到誉满全球的知名学者、文化名家,无论欢快与困顿,失意与奋起,她从来未曾放弃创作,尤其是生命轨迹的每个关键时刻,总

---

① 　李静整理:《用人生感悟古典》,《中华读书报》,2007 年 1 月 24 日。

是能够看到诗词相伴的身影。因而其创作就不再仅仅只是个人生命印痕的书写，而有了可以从中发掘文化生态探寻的内涵、人生励志的意义和创作社会功用的价值。

一、叶嘉莹的创作历程

（一）深厚的旧学功底

1924 年 7 月，叶嘉莹出生于北平一个古老家族。有人揣测其姓氏"叶"由"叶赫那拉"简化而来，其实不然。据叶先生自己介绍说他们的祖先不是满族旗人，而是蒙古旗人，与纳兰性德同籍。祖居于叶赫地，是叶赫地的纳兰。叶嘉莹在写《论纳兰性德词》的时候，曾经写过一首诗，开头便是："我与纳兰同里籍。"民国革命之后，满清覆亡，因为废除满族姓氏，于是由叶赫纳兰中取一叶字，改姓叶。叶先生生长于京华典型的文化世家：叶家及其姻亲全部接受过传统教育或西方教育：叶嘉莹先生的曾祖父于咸丰年间官至二品，祖父为光绪年间进士，曾任职于工部，祖母是满族人，从小也受过教育。伯父旧学功底深厚，曾留学早稻田大学，后研读中医，悬壶济世，为京城名医。伯母是知府小姐，书读得也很好。① 父亲毕业于北京大学英文系，早期就职于航空署，其后，航空署改为航空公司，曾任秘书及人事课长，译介有关西方航空论著多篇。叶先生的曾外祖母姓曹，名仲山，喜诗，能读能写，曾经刊刻个人诗集《仲山氏吟草》。母亲和姨母亦受过良好的旧式教育，之后从事教师工作②。从家庭的文化氛围看：显然这是京华古都典型的书香门第，同时也是一个家道殷实的传统大家庭。叶先生小时候，察院胡同的祖宅中共同居住着祖父一家、伯父一家和叶嘉莹一家的祖孙三代十几口人。家里保留着许多满人习惯，讲究礼数和规矩，家人和睦相处，彼此关爱。家中有专门的藏书房，收藏甚富："我家的五间南房三间做了书房，跟图书馆一样，一排一排都是书架，那时辅仁大学的很多老师、同学都喜欢到我家来找书、查书。"③祖宅很大，三进院落，且有专门的小花园。家中空房出租，房客也都是大学教授及眷属，盛成、许世瑛都曾租居在她家的小南院。邓云乡晚年撰文回忆"七七事变"前叶家老宅说："一进院子就感到那种宁静、安详、闲适的气氛，到现在一闭上眼睛仍可浮现在我面前……这本身就是一副弥漫着词的意境的画面。女词家的意境想来就是在这样的气氛中熏陶形成的。"④启蒙早：世代

---

① 叶嘉莹口述，张候萍撰写：《红蕖留梦》，三联书店，2013 年，第 18 页。
② 《红蕖留梦》第 16 页。
③ 《红蕖留梦》第 13 页。
④ 邓云乡：《女词人及其故居》，《光明日报》。

书香的悠远,生活环境的恬静无忧,浓郁的文化研习氛围,叶嘉莹很小就已经开始跟随父母读书识字,姨母后来做了她的家庭教师,教她读《论语》,那是她开蒙的第一本书。同时,她平日吟诵的是《唐诗三百首》。方法得当:叶先生回忆说,当时学习的主要方式,就是熟读背诵诗书,无论是古文还是诗词,都要大声吟诵,长辈和学校老师都这样要求。这种方法看似简单,但好处也是显而易见的,不仅可以使学习者对古诗文的表达方式有所了解,而且诵读中对诗词的声律音韵也有所掌握,为日后创作提供了便利条件。初中时,她的父亲就要求她用文言文写信,这自然加深了她对古汉语遣词造句用语的特殊感觉。她的伯父古典文化修养极深,尤好古诗,见幼年叶嘉莹聪慧静雅,甚为欢喜,便常以古典诗歌掌故为题与她聊天。这进一步激发了她学习的兴趣,也开阔了她的眼界,加深了对以古诗词这种特殊方式方法表达思想情感的理解。勤于实践:据回忆,她年纪小小伯父就已经开始教她写诗作词了。[①]第一次做诗的诗题是《咏月》,要求押"十四寒"的韵写一首七言绝句。那一年她刚刚 11 岁。所以叶先生的创作真算得上是童子功。

(二)名师导引与嘉赏

对叶嘉莹一生创作影响最大的恐怕还是她的恩师顾随。1941 年叶先生考入辅仁大学国文系,开始为期四年的大学生活。当时的辅仁,大师荟萃,陈垣任校长,沈兼士任文学院长,余嘉锡任国文系主任。叶嘉莹读大二时,顾随先生开始教授他们唐宋诗课程。顾随(1897—1960),字羡季,号苦水。家学渊源,古典文学功底深厚,报考北大国文系,因成绩异常优异突出,被北大校长蔡元培所激赏,在蔡先生建议下,改读英文系,接受西方新文化,从而形成学贯中西、兼容并包,博大精深的治学功底。顾先生不仅是古典诗词教育家,同时也是成就卓然兴趣广泛的创作大家。诗、词、文、赋、曲、剧、译作、评论乃至佛教禅学,无不精道,留下了许多值得重视的著作。他授课注重启发,不仅提高学生文学欣赏能力,更注重品格、修养培养,同时也通过比较古人作品高下优劣,传授诗文作法,提高学生创作兴趣。当时凡顾先生的课,叶嘉莹无一遗漏全选。毕业后,依然常回辅仁旁听顾先生的课,直到 1948 年离开北平,前后长达六年之久。

青年叶嘉莹创作受益于顾先生是多方面的。形式上,首先是听课所得:"我小时写诗并不懂得喻托,有什么感动就写什么。可是当你真正受了教育,老师讲了许多诗词里的喻托,所以我就模仿着写一些有喻托的作品。"[②]深邃的挖掘,开阔的启迪,引领叶嘉莹领略诗词王国的无穷奥妙。第二是习作得到顾先生精心修改:"我在大学这两年的学习是有相当的进

---

① 《红蕖留梦》第 7 页。
② 《红蕖留梦》第 71 页。

步的。最初我给顾先生看我早年写的一些小诗，先生还给我进行了一些修改……虽然只是一两个字的修改，却给我极大的启发。顾先生对遣词用字的感受之敏锐、辨析之精微，可以说对学习任何文学体式写作的人，都是极大的助益。"①正规而严格的训练，使叶嘉莹如雏鸟展翅，羽翼渐丰。第三是师生之间的唱和。1944 年叶嘉莹创作了七律《摇落》一首及《晚秋杂诗》五首，将六首诗一并呈交给顾先生，顾先生不仅一字未改，而且欣然和诗六首，给了叶嘉莹意外的惊喜与感动。读过顾先生的六首和诗后，叶嘉莹再作六首，题目为《羡季师和诗六章，用〈晚秋杂诗〉五首及〈摇落〉一首韵，辞意深美，自愧无能奉酬。无何，既入深冬，岁暮天寒，载途风雪，因再为长句六章，仍叠前韵》。此组诗作呈奉先生后，顾先生竟然又和长篇作《七言长句五章再用叶子嘉莹〈晚秋杂诗〉五首韵》。如此这般殷勤用心，显然已远远超出师生之谊，成为相知的表达、相怜的传递和衣钵承继的首肯。这个时期叶嘉莹的诗词创作多且勤，除了诗词写作之外，还开始了对令曲、套数以及单折剧曲的习作。叶嘉莹多年之后还清晰记得当她第一次将各种文体习作呈交给顾先生后，顾先生的评语是："作诗是诗，填词是词，谱曲是曲，青年有清才若此，当善自护持。"引导、培育、击赏、鼓励，犹如东风劲吹，将青年叶嘉莹创作的满帆之舟推向浩瀚大海。

（三）创作的几个阶段

如果无忧无虑的少女时代可算作叶嘉莹创作第一阶段的话，"为赋新诗强说愁"是这个阶段最典型特征，情思细密，敏感善愁。当她经历了丧母之痛，她的心智、诗性在悲苦中渐次成熟并强大起来，可以算作是创作的第二阶段，在人间大悲大苦中她真正锻造成为诗人之心了。第三阶段，是从台南开始，经历了夫君含冤入狱，自己也牵连被捕，而出狱后衣食无着举目无亲的困窘中，叶嘉莹作《浣溪沙》："一树猩红艳艳姿。"《蝶恋花》："倚竹谁怜衫袖薄。"叙写对故土的相思，往事成空的悲苦和年华逝去的凄凉。但她自述说其实那个阶段根本没有心情写诗，因为没人欣赏，没人唱和，更没有人懂得。然而这些诗句还是"它自己跑出来……心里一有感触它就跑出来了"②，此时的叶嘉莹创作极少，但就创作而言，却已是"如今识尽愁滋味，却道天凉好个秋"渐入佳境了。

二、叶嘉莹创作的内容

叶嘉莹一生创作，内容上划分，大体如下：

---

① 《红蕖留梦》第 74—75 页。
② 《红蕖留梦》第 127 页。

（一）生命历程的自我写照，这是文学中所谓"这一个"独特性的集中体现

最为典型的是对她生命中三次大劫难的忠实书写。叶先生一贯给人以容貌秀美，妆容祥和，风韵优雅，气度非凡之印象，一般会推断她福运双全，一生顺遂。然而她确曾经历过一系列的人生大苦难。古人说人生之苦莫过于"少年丧母，中年丧偶，老年丧子"，从某种意义上来说，人生这三大灾难叶嘉莹无一幸免。第一次重大打击是 1941 年的北平，其母突然病逝。当时古都沦陷，父远在大后方，与家人断绝音信已达四年之久，遭逢亲慈意外去世，身为长女的叶嘉莹悲痛欲绝，写下《哭母诗八首》：

其一

噩耗传来心乍惊，泪枯无语暗吞声。

早知一别成千古，悔不当初伴母行。

（母入医院时莹欲随往，母力阻之，不料竟成此毕生恨事）

其二

瞻依犹是旧容颜，唤母千回总不还。

凄绝临棺无一语，漫将修短破天悭。

其六

本是明珠掌上身，于今憔悴委泥尘。

凄凉莫怨无人问，剪纸招魂诉母亲。

其七

年年辛苦为儿忙，刀尺声中夜漏长。

多少春晖游子恨，不堪重展旧衣裳。

母亲离世，给初涉世事的少女叶嘉莹以强烈震撼，遭逢人生巨痛的叶嘉莹这个时期创作了大量怀念母亲的诗词，其中包括母亲去世后第一次接到父亲来信，感慨万千，作诗《咏怀》"高树战西风"等。对这一时期的诗词创作，顾随先生的评价是"太凄凉"。

人生的第二次大灾难发生在 1949 年的台湾。婚后的叶嘉莹跟着夫婿随国民党军队撤退到了台湾。夫妻从 1949 年 12 月丈夫被捕到 1953 年释放，长达 4 年间叶嘉莹过着"有夫甚于无夫"孤苦无依的生活，她用"苟延残喘"来形容那段不堪回首的苦难时光。此时其创作很少，仅留下两首词和一首诗。由于政治时局关系，词写得非常隐晦。195C 年所作五言《转蓬》当时不敢发表，多年后发表时，叶先生补写了小序，详细追述当年情境：

一九四八年随外子工作调动渡海迁台。一九四九年冬长女生甫三月，外子即以思

想问题被捕入狱。次年夏余所任教之彰化女中自校长以下教员六人又皆因思想问题被拘询,余亦在其中。遂携哺乳中未满周岁之女同被拘留。其后余虽幸获释出,而友人咸劝余应辞去彰化女中之教职以防更有他变。时外子既仍在狱中,余已无家可归。天地茫茫,竟不知谋生何往,因赋此诗。

> 转蓬辞故土,离乱断乡根。
> 已叹身无托,翻惊祸有门。
> 覆盆天莫问,落井世谁援。
> 剩抚怀中女,深宵忍泪吞。

转蓬无托的覆盆落井之灾,她的创作进入了"欲说还休"表面无诗但心诗无限的阶段。

第三次大灾难是丧女之痛。年过五十的叶嘉莹经过多年奋斗,走过重重苦难,终于步入人生坦途。然而就在 1976 年,结婚还不到三年的大女儿和女婿突然遭遇车祸,不幸双双罹难。仿佛天塌的叶先生作《哭女诗十首》以纪之。其中:"哭母髫年满战尘,哭爷剩作转蓬身。谁知百劫余生日,更哭明珠掌上珍。"寥寥 28 个字,对自己命运多舛一生做了总结:少年战乱中,母亲亡故;后来千辛万苦辗转大陆、台湾地区、加拿大,生活安定下来,相依为命的老父亲却溘然离世,叶先生举目四望,真的是感到最亲的亲人都没有了,生命之根仿佛被连根拔起。谁知百劫余生,却又再次遭受丧女之痛这样白发人送黑发人的人间惨剧,生命的花朵,一生最珍爱的果实,所有的希望与慰藉仿佛瞬间荡然无存。此时的叶先生觉得命运简直就是时刻玩弄自己的恶魔:"平生几度有颜开,风雨逼人一世来。迟暮天公仍罚我,不令欢笑但余哀。"其中"风雨逼人一世来",涵盖了太多个人的苦难与情感。这凄楚的呼唤,悲愤无奈,千回百转,令人不忍卒读。

与三次人生大难的书写在创作上有着同等重要地位的是其在 1948 年记录南京生活的套曲《越调·斗鹌鹑》和 1974 年回国探亲时所作《祖国行长歌》。前者反映了当时币制改革后国民政府迁台前百业凋敝,物价腾贵,民不聊生的情景,继承了杜甫等爱国主义诗人史诗的传统。后者是作者经过长达二十多年异国他乡的漂泊,第一次重回故国,其兴奋感慨之情溢于言表。这首七言长古,诗长达两千余字,较之于白居易《长恨歌》还要长两倍余。诗中既抒发了"卅年离家几万里,思乡情在无时已,一朝天外赋归来,眼流涕泪心狂喜"重返故里的欣喜之情,也概括了二十余年的生离死别的经历,同时涵盖了去国二十余年飘转于台南、台北地区及美国、加拿大各地的经历和生活,也有史诗般的意义,有着巾帼不让须眉的眼界与气度。

(二)友人间殷勤唱和及赠诗,是叶嘉莹社会性身份的重要体现

最早与叶嘉莹唱和的是她的老师顾随先生,师生间这种相知、相惜、相怜的唱和堪称文

学史佳话。

叶嘉莹步入社会,深得长辈、同辈、晚辈友爱敬重,她亦极为看重彼此之间的这种情义。在台湾,得到了台静农、郑骞、许诗英和戴君仁师长辈人物鼓励和关照,叶嘉莹对此常存知恩感激之心。她与他们常有诗词往来,许先生逝世后,远在温哥华的叶嘉莹作长诗《许诗英先生挽诗》表达哀悼之情,叶先生说此诗可以恰切地表达她悼念台湾几位师友的一个整体心情。

一些诗是叶嘉莹写给学术界朋友的。1968 年她作《留别哈佛三首》,1970 年日本汉学家吉川幸次郎作诗三首为和,而且三首诗完全步其韵。当时周策纵先生也和了三首。之后,叶先生将自己的诗和友人们的和诗寄给了在美国的顾毓琇先生,结果顾毓琇先生也和了三首,诗题是《和叶嘉莹女士同周策纵教授吉川幸次郎三律》,而叶先生和顾先生并不认识,好像后来也没有见过面。三首诗引来这么多的唱和并且结成如此多的善缘,也可以算作是一段文坛相知相敬相互欣赏的趣事了。

1978 年回国后,叶嘉莹陆续与过去的老师和同学重新接续了联系。于是约了陆颖明、周祖谟等几位老师和同班同学在北京聚会,作《赠故都师友绝句十二首》①。回顾了时艰与友谊,并以"构厦多材岂待论,谁知散木有乡根。书生报国成何计,难忘诗骚李杜魂"(其十二)表达了以传承中华文化实现报效国家的愿望。

李霁野先生是影响叶嘉莹后半生的前辈,台静农在台湾时对叶嘉莹多有帮助,叶先生在《天津纪事绝句二十四首》其三、其四中,表达了对两位先生坚持理想和操守的敬仰以及对他们之间深厚友情的颂扬。

缪钺先生是叶嘉莹甚为崇敬的师长,虽未谋面便许为学术知音,后来相逢,更成为事业的密切合作者。缪钺作两首七言律诗赠给叶先生,叶先生亦以《赋呈缪彦威前辈教授七律二章》相答。后来二人合著的《灵谿词说》完成时,缪钺先生 90 华诞时,以及缪钺先生去世后,叶先生写诗多首纪念。

以诗会友乃中国古代文士之传统。叶嘉莹与范曾两位先生因诗因画相识结缘更是不得不提的一段佳话。1979 年春叶嘉莹第一次归国讲学,在友人陪同下游览京郊名胜。当时碧云寺恰好举办画展,一入展室,叶先生便被一幅屈原画像深深吸引,认为画家描绘出了屈原内在的精神风貌,她将自己的这份感动写成词《水龙吟·题屈原图像》"半生想象灵均,今朝真向图中看",赞扬毫无了解的这位画家"异代才人相感,写精魂凛然当面",因为这份相知的激赏,三个月后叶嘉莹与画家范曾终于相识,从此开始了长达 30 多年的友谊。后来叶先生又为范曾先生

---

① 叶嘉莹:《从几首诗词谈我回国教学的动机与愿望》,《文学与文化》2012 年第 1 期。

填词《八声甘州》(想空堂素壁写归来)和《水龙吟》(一声裂帛长吟),而范曾先生也多次以画相赠。叶嘉莹与赵朴初、陈省身、杨振宁等其他学界泰斗人物也有着密切的交往与诗词酬答。

叶嘉莹归国后主要任教于南开大学,在这里她与师生们结下了深厚友谊。在其创作中,引人注目且数量较多的是记录了与南开诸位老师的友谊。首先应该提到的是叶先生与南开大学常务副校长、文学院院长陈洪教授的唱和酬答。陈先生南开中文系研究生出身,博学多才,诗词文赋无所不能。叶先生向陈先生赠书《红蕖留梦》,陈先生的回赠除了他在马蹄湖畔拍摄的荷花,以及论史说禅新著《结缘》,还有一篇他为天津所作长赋《津沽》。更作《读叶嘉莹先生〈谈诗忆往〉,夜半掩卷,久久不能释然,有感而作绝句三章》相赠,诗如下:

> 才命相妨今信然,心惊历历复斑斑。
>
> 易安绝唱南迁后,菡萏凉生秋水寒。
>
> 北斗京华望欲穿,诗心史笔两相兼。
>
> 七篇同谷初歌罢,万籁无声夜欲阑。
>
> 锦瑟朦胧款款弹,天花乱坠寸心间。
>
> 月明日暖庄生意,逝水滔滔许共看。

诗中将叶先生比作命运多舛的千古才女李清照,对于其创作给予"诗心史笔"的高度评价。深感陈先生厚谊的叶先生写诗两首作答:

> 《津沽》大赋仰佳篇,论史说禅喜《结缘》。
>
> 曾为"行人"理行李,高情长忆卅年前。
>
> 《谈诗忆往》记前尘,留梦红蕖写未真。
>
> 摄取"马蹄湖"上影,荷花生日喜同辰。

叶先生特为两诗作注云:"回忆 1979 年我初来南开时,陈先生那时还在中文系读研究生,而其文才与干才则已早为系内师长所共同知赏。我的课程结束后临行之际,陈先生还曾亲自到我住的饭店中为我收拾行李。三十年来陈先生亲眼看到了我所走过的每一步足迹。而且我与陈先生还有一件巧合之事,就是有一次校方为了要为我办些手续,把我的护照取去填写我的生年月日。陈先生无意中发现我护照上的生日与他的身份证上的生日竟然完全相同,而且陈先生也知道我生于荷月,小字为荷。"短短数行诗句,凝结着长达 30 年共事中多少相知、欣赏、感恩的美好,看似普通的话语,却潜藏着无限难忘的深情厚谊。她在《天津纪事绝句二十四首》中,分别有对这些人的赠诗。其六写为她安排一切教学工作的鲁德才先生,其七赠与讲授唐诗的郝世峰先生,其八赠给讲授《离骚》和汉乐府的杨成福先生,其九赠给教授古典小说和戏曲的宁宗一先生,其十和第十一都是赠给有同门之谊的王双启先生。这些诗作以画龙点睛之笔凸显了叶先生与南开大学中文系诸位先生的深厚友谊。

1971年叶嘉莹先生到欧洲旅游,写了许多的纪行诗,如《欧游纪事八律作于途中火车上》《欧洲纪事》等。

(三)抒情言志慨叹人生,其中部分标示出作者的女性身份和特征

这部分内容很多都以咏物写景的面目出现。叶先生少年时没有多少社会生活体验,所以日常生活如学校、庭院中的一切便成了她吟咏的对象,在早期作品《秋蝶》《对窗前秋竹有感》《折窗前雪竹寄嘉富姊》《咏菊》《小紫菊》中,院中的榴花、枣花、菊花、翠竹、蝴蝶、流萤在她笔下都充满了诗情画意。叶先生因自己出生时恰好是农历六月,家人为她取小名为"荷",所以她一生都对荷花有着特殊的喜爱,关注荷的品质、象征以及古人描绘荷花的句子。她一生写有多首咏荷诗。小时候作《咏莲》以"植本出蓬瀛,淤泥不染清"歌颂荷花的超凡脱俗,出污泥而不染的品性。历尽人生忧患苦难后,在人生的秋季,她笔下却渲染出绚烂的色彩:"萧瑟悲秋今古同,残荷零落向西风。遥天谁遣羲和驭,来送黄昏一抹红。"而且在她笔下,青少年时期的悲凉与愁烦不见了,同样也是写荷花,"一任流年似水东,莲华凋处孕莲蓬。天池若有人相待,何惧扶摇九万风"。个人年华的逝去和遭际的悲苦,在文化传承的伟业面前荡然无存,此时叶先生胸中是薪火相传带来的自信和骄傲,是扶摇九万里的鲲鹏之志。所以,同是写荷花,每个人生阶段境界是如此的大不同。

另外,叶嘉莹诗歌创作中,有论词绝句数十首之多,论述了唐五代及两宋的重要词人,表现了对唐宋词的感悟和传承。

三、叶嘉莹谈诗词创作及其功用

桃李满天下,一生以文化传播传承为己任的叶嘉莹,创作是副业,虽然对自己的诗词写作颇为自信,珍爱有加,但与那些准备以诗歌传世或扬名的作家相比,她更多的是强调诗歌创作之于生命本体的重要意义和价值。

(一)诗词创作在叶嘉莹心目中的地位,及创作职能与价值

对命运坎坷一生多难的叶嘉莹来说,诗歌创作是她自己生命中不可分割的一部分,是苦海里精神的渡船,是塌天灾难中生命的支撑。她说:"我真的喜爱我的诗词。跟我比较熟的朋友也知道,我的一生不是很顺利地走过来的,不管是精神上的、物质上的、生活上的、感情上的,我都经历过很多的挫折和苦难,而我现在还能有这么好的身体和精神,可以跟大家

谈讲诗词,这完全是因为我对于诗词的爱好给了我这样的精神,给了我这样健康的体力,所以我真的是爱我的诗词,我也感谢我的诗词。"①叶先生在谈到自己与诗词的关系时说:"我为什么始终没有被这些打击所击倒? 那就得力于我所热爱的诗词了。因此当我'连日愁烦'的时候,就'以诗自解'",在这里,以诗自解包含两个方面的意思。一是从古人诗词中汲取生命的力量。在塌天灾难面前,她曾默默读诵着王国维先生的词句:"开时不与人看,如何一霎濛濛坠。"感受自己的命运如同飞舞的柳絮,未开已谢,飘蓬流转,不能自己。但是无论飘到哪里,顽强的生命力总能支撑着以顽强不死的方式扎根成长。叶先生从古人的诗词中获得相知慰藉,更汲取了品德的力量。苦难的打击尽管是一种催伤,但在诗词精神感召之下,它也可以成为一种对人意志的锻炼。同时,"以诗自解"还有另外一层含义,就是通过诗词的创作,使得自己忧伤、悲愤、无助、欢欣等强烈复杂的情绪得到宣泄,使负面的情绪得到净化、提纯,升华为一种人生顽强、悲悯、坚毅的精神境界和意志。人生几次大的灾难面前,都可以看到诗词创作中所赋予的这种升华的力量。这正如当年她屡遭困厄,顾随先生赠诗相慰藉所总结的那样,是"拚将眼泪双双落,换取心花瓣瓣开"的转变,人生的苦难经过诗歌精神的融合、过滤、萃取,就会成为支撑其走过忧患的一种力量,可以从中获得一种强毅的担荷的精神,一种直面苦难不求逃避的坚毅的精神。对人的心灵和品质有一种内在的净化和提升作用,这同样是一种"以诗自解"的过程。这一境界通过诵读古人的作品可以达到,在自己的创作中更进一步得到了升华。叶先生的创作,基本体现了作家的心灵、智慧、品格、襟怀和修养。

(二)叶嘉莹诗词创作的基本特征

叶嘉莹的创作,从美学特质上来说,最为注重的是兴发感动。所有的文学创作都必以感动人心为要义。叶先生在谈到古典诗词时说:"至于说读国学、读旧诗有什么好处? 我觉得,还是应该推溯到中国原有的传统。中国的诗,是言志抒情的,是表达作者的思想、志意和感情的,是情动于中而形于言。所以,诗歌最重要的,就是带有一种感发的力量。"②"那些个作者,他们的思想、感情、志意、修养、学问等各方面,都分别有各自的长处。那么,当你读他的诗歌,你就会感受到他的作品强大的、感发的力量。你读他诗的时候,吟诵他诗的时候,你是自然而然地,不是受外在强加的教训,而是自然就受到他的感动的。所以,读诗对于培养一个人的性情、修养是有很好作用的。"③古典诗词的这些美学意义正是叶先生创作所追求的,同样是其作品的最重要的特质。叶先生说:"我写诗,是因为我觉得心里有诗,不

---

① 叶嘉莹:《叶嘉莹说陶渊明饮酒及拟古诗》,中华书局,2007 年,第 199 页。
② 叶嘉莹:《新年多读好诗书》,《中国社会科学报》,2010 年 1 月 5 日。
③ 《新年多读好诗书》。

得不写。"由于有充沛的情感做支撑,所以在她的笔下即使是寻常物事,也熠熠生辉。

题材与体式的不拘一格。关于创作的题材内容,叶先生创作从没有脱离她的生活轨迹,没有超出她的生活视野,但即便如此,也表现出了有限度的最大丰富,因在前面已经有所涉及,此处将不赘述。创作的体式上,叶嘉莹创作以高雅规整的古体格律为主,但同样也有词、曲、赋、剧、杂文等创作,选择怎样的体裁,则以最能完美表达情志为标准。叶先生曾作《绝句二首》:"连日愁烦以诗自解,口占绝句二首,首章用李义山《东下三句苦于风土马上戏作》诗韵而反其意;次章用旧作《鹧鸪天》词韵而广其情。"

> 一任流年似水东,莲华凋处孕莲蓬。
>
> 天池若有人相待,何惧扶摇九万风。
>
> 不向人间怨不平,相期浴火凤凰生。
>
> 柔蚕老去应无憾,要见天孙织锦成。

第一首跳出古人见花落泪望月伤心的老套,通过自然界生生不息的现象,表现出文化传承后继有人的欣喜。第二首更是以春蚕自喻,感慨在实现理想的人生征程中百折不挠无怨无悔的情志。自是孕育传递着感人至深的精神力量。而与这两首绝句思想感情相近的是词作《鹧鸪天》:

> 庚辰九月既望之夜,长河影淡,月华如水,小院闲行,偶成此阕。
>
> 似水年光去不停。长河如听逝波声。梧桐已分经霜死,幺凤谁传浴火生。　花谢后,月偏明。夜凉深处露华凝。柔蚕枉自丝难尽,可有天孙织锦成?

除了诗词创作,叶先生还有其他体裁的创作。例如大学毕业后1948年,新婚的叶嘉莹随夫君到南京,面对乱世景象,她写了套曲〔越调·斗鹌鹑〕,一共有十二支曲子,题目是"1948年旅居南京亲友时有书来问以近况谱此寄之","近新来更有人把银元业营。遍街头一片价音响丁丁"用俚俗之语进行细节描绘,将通货膨胀,民不聊生的乱世景象描绘得淋漓尽致,更增加了时代的画面感。〔绵搭絮〕等曲中"俺也曾游访过禅林灵谷,拜谒了总理园陵",更将古与今,理想与现实紧密联系起来,反映出女诗人关心国家命运民族未来的浓烈情怀。另外,叶嘉莹先生的杂文也不少。2008年由北京大学出版社出版的《迦陵杂文集》,收录叶嘉莹所作杂文70篇。有对故园老宅的怀念,有对师友的追思,有为人为己集子画册所作序言,甚至有对当代小说《艳阳天》的评论。

叶嘉莹的创作得以保存,全赖知音赏爱。她的第一部诗集出版于1969年,得力于同为台湾辅仁大学同事南怀瑾先生向台湾商务印书馆的大力推荐。此诗集名为《存稿》,收录了叶嘉莹的部分旧作。此后叶先生又陆续写了不少作品。20世纪80年代中,由她的学生,后来荣任台湾淡江大学教授的施淑女士抄录整理,由她自费刊印了一册《迦陵诗词稿》将以前《存稿》的作品编为《初集》,将以后的作品编为《二集》,而总题为《迦陵诗词稿》。

昨夜西池凉露满，独陪明月看荷花

——试谈叶先生人生知见之一二

何　方（中国驻蒙特利尔总领事馆）

7月19日，返国途中，在温哥华停留一晚，专程拜望先生。其间吃了一顿饭，剧谈四小时。我为先生贺寿，切蛋糕时，张静老师提醒先生依常例当先许个愿。先生略一迟疑，说："愿大家都精进，各方面都精进。"时先生已年逾九旬。

在我看来，这固然是先生对我们这些后生晚辈的勉励与鞭策，也是先生对其晚年的自期。一个人的一生当如何评价？古人讲"立德、立言、立功"。下者，论其教了多少学生，出了多少专著，获了多少头衔，是"立言""立功"方面。上者，论其待人之真，接物之诚，奉己之简，传道之淳，其德泽遗风，固足以影响后代之学子。此是"立德"方面，是孔子论颜回"一箪食，一瓢饮，在陋巷，人不堪其忧，回也不改其乐"之论。然而，论人，还有上上之论，即论一个人的人生知见。何以故？因为"立言""立功"是显而粗者，"立德"是显而微者。然此者皆是表象，皆是果。一个人为何要"立德、立言、立功"，以何种方式来立，皆取决于其知见如何。"精进"，亦是表象，为何要精进，才是知见。先生的人生知见，是我和先生交往这些年来，获得最多感动和教益的地方。

什么是知见？知见即是一个人如何看待身心世界，以及如何在这一身心世界中安顿自己的人生。讲白一点，就是世界观和人生观。如顾随先生所说的，中国人的世界观和人生观是一而二、二而一的，如孟子所言，"万物皆备于我"。而人生观即演成价值观，因了不同的价值取向遂有不同的人生，如伍子胥以复仇为人生，葛朗台以累财为人生。

遂知知见有正有偏有邪。何谓正知见，何谓恶见、邪见？以佛理见，十法界众生皆以知见而分。作为佛教徒，固当如六祖所言"念念开佛之知见，勿开众生知见"。作为知识分子，最重要的是什么？最重要的，还是能不能上接中国文化的血脉。所以余英时先生讲："我在哪儿，中国文化就在哪儿。"此非狂狷，这是一名知识分子对中国文化的一种担当。一名真正的知识分子、读书人就应当有这样的担当。然而中华文化的血脉是什么？此仍不出一人之道德修养，不出"道之真以修身"，不出格致正诚、修齐治平。此儒释道会通之处。

先生之知见为何？先生尝言，人之一生，一切外物生不能带来，死不能带去，然唯有一样东西，是生亦带来死亦带去者。此短暂人生之目的，即是令此样东西更加升华、纯粹。

先生所言者，有极深刻之内涵。首先，是否有一样东西可以不灭，可以生时带来、死时带去？司马迁《史记·伯夷叔齐列传》讲伯夷、叔齐、颜回这样品行高洁者没有善终，盗跖这样无恶不作者竟以善终，天道到底有还是没有？这几乎是全世界各宗教所欲解决的问题，即现实中善恶与果报之不相应。如果说，善恶与果报无关，则人人皆可如路易十五所言"我死后哪管洪水滔天"。因为人只一生，死时身体消亡，心亦随之而亡，这样的话·则生时尽管恣情五欲，行恶亦不惧恶果，则人人皆无敬畏之心。如果说，不论善恶与果报有关无关，为人一生，当坚持操守，不当为恶。此即孔子说"求仁而得仁又何怨"之"各从其志"。此立志固然高蹈，然仅能支持少数积仁洁行者，不能服膺普罗大众，而于理上亦未能圆满。所以，佛理讲三世因果。"欲知前世因，今生受者是。欲知来世果，今生作者是。"此处固然是讲业力，而亦是讲心，因第八意识乃是所有业种之含藏，三世轮转之心即是各种善恶之业的积聚。此即可以解决三个问题，一是善恶终有报，故人有敬畏之心。二是凡今所受皆是过去之果，如此则逢苦不忧，能忏悔，不报怨，遇喜不狂，知所谦退。"乐而不淫，哀而不伤"就是从这里来的。三是今生及来世皆可改变，故能发奋向上，不甘堕落。佛理讲三世、六道，因不能亲见，未必人人可以信受，但此理论在伦理上至为圆满，此即赋予其存在之合理性（以未见者未必无故）。那么，如何改变人生？念念观照自心，于一切时正心诚意·于自心中行一切善除一切恶，"非礼勿视，非礼勿听，非礼勿言，非礼勿动"，身语意清静无染。如此，则此心自然渐渐升华、纯粹。先生在这一点上是兼取儒、佛的。取佛家之三世论，取儒家的"求仁"论。而先生心中，认为操行乃是自然之事，无需借果报以为外在之约束，故为道德而道德，此又是先生之异于常人处。

此外又需分别，先生所言三世恒有的"一样东西"，又非禅宗所谓之自性。因自性本来清静、本不生灭、本自具足、本无动摇。如此，则无善无恶，又谈何升华？然此是理体，先生所论是事相。因以理体论，人人本来是佛，以事相论，仍然有佛可成。成佛成圣，皆是从事相上做去，非从理体上，如金矿之非金。能不因理而废事，即能理事不二，即能以理照事，以事印理。

先生具此种知见，自能成就先生之德行。试举我最钦服先生的两点。先生于九旬之后决意回到南开授课，我曾委婉劝过一两次。先生近年每回国内，秋天几乎必犯哮喘，久治难愈，倍受折磨。若以自然环境、医疗条件等论，自应留在温哥华安度晚年，而先生说，学生在国内,古典文学传承之事业在国内,必须要回国。孟子说,"虽千万人吾往矣"。佛说,"夫为道者,譬如一人与万人战"。先生一弱女子此种舍身忘死之勇气从何而来?

先生亦对我提过,曾经发愿,世间虽苦而不厌再来。先生这一生,如了解生平者,都知道她受过多少世间苦难和沧桑。先生于荷月而生,一生偏爱荷花,此其非荷花之性耶?扎根于污泥之中,而能转污泥为养分,又不染于污泥,娉娉婷婷出于水中。譬如菩萨,以大悲为根,深植于五浊恶世,而能转众生之烦恼以长养自身之菩提智慧,遂终将摇曳于水面,大放光华。

同一人一事一物,不同人视之,绝然不同。内子陈蕙前一阵写一篇关于先生的回忆文章,先生亦颇赞许,然与我所视之先生,颇有区别。内子以樱花喻先生,我以荷花喻先生。内子见先生积极入世之一面,我见先生自然无为之一面。内子见先生上承古人,引离骚句,多感情,我则引内教,多理性。此诚奇哉!足见一人所见之世界为其自心所化现。然登东山可以小鲁而不能睹泰山之全貌。以我有限的眼光,仅能解先生知见之少分,"瞻之在前,忽焉在后"矣。然此少分,已给我的人生以莫大的指导与启示,也是我与先生这忘年交中独得默契之处。先生说幼年时读《论语》至"朝闻道夕死可矣"句,深为震动。九十年来欲"闻道"的一生,不正是追寻、实践正知见的历程吗?不正是令"此样东西"更为纯粹、升华的一生吗?先生梦中得句"昨夜西池凉露满,独陪明月看荷花"实有深意在焉。此处暗伏之"我"与"明月""荷花"所指又分别为何?试参看!

中国古典诗歌的"不隔"之域

——叶嘉莹先生对中国古典诗歌审美特质的相关探讨

蒋永青（云南大学人文学院）

　　阅读中国古典诗歌，要从"里面"看。但是，诗的"里面"在何处呢？人们常把"里面"称之为"精神"世界，从心、物二分的观点看，中国古代"诗言情"或"诗言志"传统所主张的，似乎是一种与"物"相对的精神世界。然而，倘若如此，如何理解王国维"上焉者意与境浑"，或"不知何者为我，何者为物"的"无我之境"呢？按照王国维的看法，这种超出心、物二分的"不隔"之域，才是"诗"所真正进入的世界，本文就这一问题，谈谈叶嘉莹先生的相关意见。

一、"兴发感动"

　　什么是中国古典诗歌中的"不隔"之域呢？叶嘉莹先生在《古典诗歌兴发感动之作用》一文中，曾经举了个例子：仇兆鳌在《杜少陵集详注》中，在论及杜甫《曲江二首》时，曾举末代叶梦得之说，引了晚唐的两句坏诗，来和杜甫的"穿花蛱蝶深深见，点水蜻蜓款款飞"来作对比，这两句坏诗为"鱼跃练川抛玉尺，莺穿丝柳织金梭"。叶嘉莹先生评价说，如果只就表面形象看，这两句诗和杜甫的那两句诗都写了大自然中的一些美丽的生物，但是从诗的角度看，二者的优劣高下之悬殊，简直不可以道里计。为什么呢？叶先生指出：

　　　　其中最主要的一点差别，则在于杜甫的二句诗中，表达出了一种极深婉曲折的情意之感发，而"鱼跃"二句诗所写的便只是外表的一些形象，丝毫也没有情意上的感发。杜甫的二句诗，不仅在"深深""款款"的用字中表现了诗人内心对于外物的赏爱与感发，而且在"穿花""点水"的叙写中，把"蛱蝶"与"蜻蜓"也都写的似乎未免有情，同样地有着感发的情意。可是，"鱼跃练川"与"莺穿丝柳"则纵然写得精美，也不过只是诗人眼中所见的一些外表的形象而已,其中并不会传达出什么属于心灵和感情的兴发和感动。①

这里,表面上看,似乎叶先生强调的也是与客观"形象"相对的"心灵和感情",认为这才是诗之为"诗"的世界。但是,细细琢磨,又会发现她所强调的并不是"情意"或"心灵和感情",而是在它们之深处所发生的"感发"或"兴发感动"。在这段话之后,叶嘉莹先生又补充说:"如果我们把兴发感动的作用视为诗歌中之主要质素的话,那么杜甫的二句诗便是具有诗歌生命的作品,而'鱼跃'二句则是不具有诗歌生命的作品。这种分别,是写作和评说诗歌之时,所最当加以注意的。"由此可见,我们应该注意,在叶嘉莹先生看来,"诗"之生命不是"情意"或"心灵和感情",而是"兴发感动"。上面举例分析的"诗"性问题,是在说明"诗歌中这种兴发感动之生命的重要性"。叶先生说,诗歌之所以为诗歌,在本质方面原是一直有着某些永恒不变质素的:

> 关于这种质素,我在经过了多年的批评实践之后,终于在后来提出了一个较明确的说法,那就是"诗歌中兴发感动之作用",而且我还曾经试图透过理论分析来推原对于这种作用的重视实在是中国诗说中之主要传统,当然便也早已是老生常谈,并无新意。然而我在该文中却仍然将此种作用再一次郑重提出,其原因为:一则,传统之诗说对此种作用虽有认知,然而却缺乏明确的解说;再者,古语有云"耳闻之不如目见之,目见之不如足践之",我对这种兴发感动之作用的重视及提出,至少并非只是耳食之言,而是我自己经过创作及批评的实践后,与古人之说相印证所得的结果。②

按照叶先生的意思,这种与古人之说相印证所得的"兴发感动",并不是一般所说的心灵世界,而是"心"与"物"之间的一种相互"交感"作用。它当然与"心"相关,而且这种"交感"也必须被"心"所感知,在这一意义上,"兴发感动"是"属于"心灵和感情的。然而,既然"兴发感动"包含心灵和情意之"感知",这种"兴发感动"当是比由之而"感发"的心灵和情意更为根本的世界。可以说,没有"兴发感动",就不会有诗性的心灵和情意,这种"诗性的心灵情意"必然内含着"兴发感动","兴发感动"也自然包含着"诗性的心灵情意"。这种"包含"关系还可以从思维角度理解:从感觉现象上看,"诗性的心灵情意"与"兴发感动"浑然一体,不可分别而论,但是从逻辑上看,"兴发感动"却是"诗性的心灵情意"的必然前提,或者说,是"诗性的心灵情意""何以可能"的"在先"之根据。从理论上看,只有把握了这种"逻辑上在先"的世界,才有可能明确建立超出感觉现象局限的深层阐释系统。然而,在"诗性的

---

① 叶嘉莹:《迦陵论词丛稿》,河北教育出版社,2000年,第5页。
② 《迦陵论词丛稿》第2—3页。

心灵情意"中,这种"逻辑上在先"的"兴发感动"之事实存在,却并不就是一种逻辑或思维的世界。既然如此,我们应该怎样理解"兴发感动"于"心灵情意"深处的这一世界呢?

二、"大生命"之"共感"

按照叶嘉莹先生的思路,这种人之"心灵情意"深处的"兴发感动",应该是一种超出心物"二元分立"的世界。超越心物"二元分立"的世界,在中国诗词理论中并不是一个新鲜的话题。汤一介先生认为,"情景合一"是中国古代思想家长期讨论的一个基本美学命题,王国维的"境界"说,也是在强调这样一个兼指"景物"与"情意"的领域①。叶嘉莹先生说,她的"兴发感动"思想"早已是老生常谈,并无新意",也含有这种意思。但是,中国古代诗论并不注重系统表述,对于诗词中的"情景合一"世界一直缺乏明晰的解说,这也是叶嘉莹先生探讨中国诗词美学生命的原因。叶先生问道:如果说,"情景交融"或"心物交感"是诗词的生命所在,那么,这种"物之感人"与人之"应物斯感"深处的原因又是什么? 或者说,为什么"外界的物既常有一种不可抗的力量使人心震撼;人的内心也常怀有一种不可遏的感情向外物倾注"呢? 关于这一问题,叶嘉莹先生说:

> 其原因当然很多,但是其中最重要或者可以说最基本的一个原因,我以为则是由于生命的共感。在宇宙间,冥冥中常似有一"大生命"之存在。此"大生命"之起结终始,及其价值与意义之所在,虽然不可尽知,但是它的存在,它的运行不息与生生不已的力量,却是每个人都可以体认得到的事实。生物界之中的鸟鸣、花放、草长、莺飞,固然是生命的表现,即是非生物界之中的云行、水流、露凝、霜陨,也莫不予人一种生命的感觉。这种大生命是表现得如此之博大,而又如此之纷纭。真是万象杂呈,千端并引。而在这千端与万象之中,却又自有其周恰圆融的调和与完整。"我"之中有此生命之存在,"物"之中亦有此生命之存在。因此我们常可自此纷纭歧异的"物"之中,获致一种生命的共感。这不仅是一种偶发的感情而已,甚至可以说是一种与生俱来的本能。所以"梧宫秋,吴王愁","木叶落,长年悲",这种感应正是一种自然而且必然的现象。②

宗白华先生在谈到"中国哲学境界和艺术境界"的传统时,常常从"宇宙生命"的角度阐发古人的相关评论,在这里,叶嘉莹先生则强调,我们日常经验的关于"心""物"、情感、意志及各种社会与自然现象,只是世界万物各有所别的一个侧面,在这种万象分别的深处,"冥

---

① 叶嘉莹:《迦陵论诗丛稿》,河北教育出版社,2000年,第19页。
② 汤一介:《非实非虚集》,华文出版社,1999年,第52—53页。

冥中似有一大生命的存在"，它的"运行不息与生生不已的力量"及其"周恰圆融的调和与完整"，常常"自然而必然"地在人之"心"与各种"物"之间发生"亲切的共感"，正是这种作为"大生命"的"共鸣的感应"，"泯灭了'人'与'物'对立的迹象"，使它们"融合为完整一体而不可或分"（同上文）。在叶先生看来，这种人与物"融合为完整一体"的"大生命"之世界，即是超越情、景或心、物相互外在的真正"内在"之域，这种超越性的"大生命"之"内在"世界的"兴发感动"，当是王国维所说诗人能够"以奴仆命风月"和"与花草共忧乐"的深层原因，或者说，是在"意与境浑""情景合一"中所敞开的"本根"之世界。当然，这一世界的具体内容还可以讨论，但是叶嘉莹先生于其中探索中国文化传统中超越主客"二元分立"世界的旨向，却是明确的。冯友兰先生在探讨中国传统"境界"论思想时，也曾谈到过与这种生命"共鸣"世界相似的问题。在《新原道》一书中，谈到"大全"境界时，冯先生说：

> 严格底说，大全的观念，与其所拟代表者，并不完全相当。大全是一观念，观念在思中，而此观念所拟代表者，则不可为思之对象。大全即是一切底有，则不可有外。惠施说，"至大无外，谓之大一"。大全是不能有外底大一，如有外于大全者，则所谓大全，即不是大全。如有外于大一者，则是有二，有二，则所谓大一，即不是一。如以大全为对象而思之，则此思所思之大全，不包括此思，则此思所思之大全为有外。有外即不是大全。①

这里的"大全"或"大一"，即无"外"之"同天境界"。按照冯先生的说法，"在同天境界中底人，'与物冥'，'浑然与物同体'，所以对于他，所谓内外之分，所谓主观客观的对立，亦已冥除"②。由此看来，这种超出"主观客观对立"之"内外之分"的"无外"境界，才是真正的"不隔"之域。按照冯先生在《新原人》与《新知言》等著作中的看法，这种"不隔"境界虽然"不可思议，亦不可言说"，但却并非是一个没有丰富内涵的世界，"进于道的诗"，便是"直接以可感觉者"，"表显"这种"不可感觉亦不可思议"的世界。当然，冯先生的"大全"世界与叶先生的"大生命"世界并不相同。除了立论角度和论述展开程度等区别外，有一点分歧是值得注意的，这就是在冯友兰先生那里，强调其"大全"世界虽然"不可感觉亦不可思议"，但却"必须经过思议"，"不可思议底，不可了解底，是思议了解的最高得获"③；而在叶嘉莹先生这里，其"大生命"之境界"乃是以'感觉经验'为主的"，"境界之产生全赖吾人感受之作用，境界之

---

① 冯友兰：《贞元六书》，华东师范大学出版社，1996 年，第 851—852 页。
② 《贞元六书》，第 669 页。
③ 《贞元六书》，第 638 页。

存在全在吾人感受之所及"①，可见，叶嘉莹先生的"兴发感动"，是在"感觉经验"中所达到的一种生命"共鸣"的超越性"不隔"境界。在叶先生看来，这种在"吾人感受之作用"中敞开的"大生命"世界，才是诗词中的灵魂之所在，这与冯友兰先生的看法有所区别。虽然不同，但是他们都认为，诗的最高境界不在于"心"或"物"的世界，而在于超越"心""物"分别的真正"不隔"之域，这一点，正是中国传统哲学、美学与诗学的要义所在，他们想深入探索的，也是这样一个"亲切"的世界。但是，叶嘉莹先生的"兴发感动"所敞开的"大生命"之"不隔"世界，又该如何把握呢？

三、"真诚纯挚"

在叶嘉莹先生看来，真正的"不隔"世界，必须是一种"感发"之体验。说这种"感发"是一种"生命的共感"，只是在针对心物二分的思维框架，强调"兴发感动"之境界主客"不隔"的特性和深度。但是，这种强调仍然是一种客观化的理性言述，它依然没有进入"兴发感动"自身的世界。"诗有别趣，非关理也。"在叶先生看来，她所说的"生命共感"之"别趣"，应该进一步还原为一种深层精神体验，换句话说，作为事实的"兴发感动"，并不是对"生命共感"的认识与反映，而是比这种认识与反映更为原始的直接"感发"状态，这种"感发"震动于心灵深处，是一种由"体验"而进入的本质性伦理世界。对此，叶嘉莹先生说：

> 如果不从理性做客观的评判，而只就感发性的特质而言，诗歌中的这种感发之生命，原来也可以具有一种超越于外表的是非善恶之局限以外而纯属于精神本质上的伦理价值存在。这种本质方面的价值，第一在其真诚纯挚的程度，第二在其品质的厚薄高下，而并不在于其外表所叙写的是何种情事。②

这里的精神之"本质"，不是指"理"、思想或观念，而是指可以在人的精神状态中"体验"到的"真诚纯挚的程度"和"其品质的厚薄高下"，在叶先生看来，后者才是在"心""物"之间"兴发感动"的真实内容，它们既与人的品格之高下、性情之纯驳、胸襟之广狭相关，也离不开对自然与人事界"千端与万象"的微妙体认，其中，人之品格、性情与胸襟与世界中的"千端与万象"似乎各不相同，但是贯穿于二者之中的一种"运行不息与生生不已的力量"，却是人们可以感受到的一种"真诚纯挚"之存在。这种"真诚纯挚"作为维系人类世界的"不隔"

---

① 《非实非虚集》，第272页。
② 《迦陵论词丛稿》，第7—8页。

之域,当是敞开于人之"情意"深处的一种超乎"心""物"分别的品质与力量。

在中国文化传统中,"真诚"之域从来是一个超越心、物二分的世界。在《老子》中,"道之为物"并不是一种与人无关的存在,而是"窈兮冥兮,其中有精,其精甚真,其中有信"(《老子·二十一章》)①。《庄子》则道:"真者,所以受于天也。""真者,精诚之至也,不精不诚,不能动人。"(《庄子·渔父》)②儒家经典《中庸》则谓:"诚者,物之终始,不诚无物。""唯天下至诚,为能尽其性;能尽其性,则能尽人之性;能尽人之性,则能尽物之性;能尽物之性,则可以赞天地之化育;可以赞天地之化育,则可以与天地参矣。"(《中庸章句》)③这些思想虽然并不一致,但是它们都强调,"真诚"是对天地"本根"的直接体验,这种体验即"心物一体"的超越之域。王国维在《人间词话》中也强调,"能写真感情真景物者,谓之有境界",其中之"真"也有此意④。叶嘉莹先生的"真诚纯挚"思想,显然与这种中国传统观念相关,不过,她更强调这种"心物一体"之域的伦理价值方面。在叶嘉莹先生看来,这种精神深处的"不隔"之域,才是人类真正的伦理价值之所在;与此相比较,社会约定的道德观念,却很难具有这种真纯诚挚的品质与力量,所以,切不可用外在的社会道德观念来衡量诗词中"不隔"世界,"如李义山的一些无题诗,我们从其缠绵悱恻、痛苦哀伤的情感来看,他所写的似乎就并不是一种伦理中的情爱,而是一种不被社会所容许和接纳的爱情,所以才会表现的那么悲哀痛苦而且始终缠绵在追寻怅惘之中。如果只从外表的社会伦理价值来衡量,像法官一样用严格的理性来加以判断,那么,这种情感当然就似乎应该受到否定和批判了。然而如果我们不要只从外表做理性的肤浅的判断,而从我们在前面所提出来的感发之生命的超越于外表之社会局限以外的本质方面的伦理价值来看,是义山诗中所表现的真挚深厚的固执缠绵的情意,便自然在质量方面有其不可否定的价值存在了"⑤。

显然,叶嘉莹先生的这种"伦理价值"观,受到了王国维的影响。叶先生接上文说,"以前王国维在《人间词话》中论及艳词的时候,就曾经说'艳词可作,唯万不可作傖薄语',又曾论五代、北宋之大词人,以为'非无淫词,读之者但觉其亲切动人,非无鄙词,但觉其精力弥漫'。这些话就都是有见于诗歌中感发之生命在本质方面的重要,而不是从外表的社会伦理来作肤浅的判断的。"从这里可以见出,叶嘉莹先生的"兴发感动"说与王国维"精力弥漫"说的承继关系。二人说法不同,但却皆以真诚为伦理之本,这一点是相通的。不仅如此,叶

---

① 任继愈:《老子新译》,上海古籍出版社,1985年。
② 郭庆藩:《庄子集释》(第四册),中华书局,1961年。
③ 朱熹:《四书章句集注》,新刊四书五经,中国书店,1994年。
④ 参见蒋永青:《境界之"真"——王国维境界说研究》,中国社会科学出版社,2001年,第一、四章及余论第二节。
⑤ 《迦陵论词丛稿》,第8页。

先生还进一步指出，从社会影响的角度看，真诚不仅是诗词的生命，也是世界上"一切善德的基础"，而"虚伪则是一切恶德的根源"：

> 这不仅在伦理方面的价值是如此，在文艺方面的价值也是如此的。如果我们撇开了诗歌中发自于真诚纯挚之心灵的感发生命不予重视，而去空谈社会伦理的价值，那么，在作者与读者之间便会造成一种伪善的连锁反应，表面上所倡言的虽然似乎是善，而其实却养成了一种相欺以伪的作风，如果就其对读者所造成的影响而言，则堕人志气、坏人心术，可以说是莫此为甚。①

这是针对中国历史上轻视文艺中"真诚纯挚"感动作用的反省与批评，同时，也是在强调诗词中的"生命共感"世界的社会价值与作用。在叶先生看来，"真诚纯挚"不仅是诗歌的生命，而且是中华民族最美好的心灵品质，是中国文化贯通"天人之际"的宝贵遗产，这种"具有真正伦理价值"的精神之"本质"，在中国诗词的"感发"过程中"生生不已"地不断延续着，这是我们应该切切珍惜的。

四、"赋、比、兴"的实质所在

叶嘉莹先生强调，我们应该注意珍惜的这种"具有真正伦理价值"的"感发"之域，恰恰是中国古典诗歌"赋、比、兴"传统的实质所在，或者说，中国诗歌的"赋""比""兴"传统，应该是进入这一精神"本质"世界的三种具体方式。

"赋""比""兴"是在《周礼》与《毛诗序》中延续下来的一种解诗传统，在许多人看来，它们只是古人作诗的三种手法与技巧，叶嘉莹先生有时也从方法论的角度谈诗歌中的"赋""比""兴"问题，但是她又指出：

> "六诗"中所谓"赋""比""兴"三名，我们在前面虽也曾将之解说为诗歌的三种表达的方法，然而却并非泛指一篇作品之中任何一句或任何一部分的表达方法，而是特别重在一首诗歌开端之处之表达方法。这种观念我以为与中国古典诗歌之重视感发的传统有着非常密切的关系，也就是说，"赋""比""兴"三名所标示的实在并不仅是表达情意的一种普通的技巧，而更是对于情意之感发的由来和性质的一种区分。这种区分还不只是指作者的感发，更是兼指作者如何把这种感发传达给读者，从而引起读者之感发的由来与性质而言的。所以特别重在一首诗的开端，也就是说重在作者以何种方

---

① 《迦陵论词丛稿》，第8页。

式带领读者使之进入这种感发作用之内的。[①]

在叶嘉莹先生看来,在中国《诗经》传统中,"赋""比""兴"之所以"特别重在一首诗的开端",乃是因为它们所要进入的是整首诗的内部,这种诗的内在世界,就是诗之为诗的"感发作用",或者说,是作为精神之"本质"的"真诚纯挚"之域。这一点,许多人并不是很清楚。只见"赋""比""兴"之修辞技巧而不从其为"诗"之意义上深入下去的人,肯定是作不出好诗的。不仅如此,自《毛诗序》以来,凡以政教美刺引申"赋、比、兴"之要义者,不仅作不出好诗,而且造成了对诗歌之生命及其进入方式的误解与混乱。如《诗》之《关雎》,其中"关关雎鸠,在河之洲"的起"兴"作用,本指"由物及心"而"心物交感"之"生命的共鸣",但《毛诗序》却引申为"后妃之德也","所以风天下而正夫妇也";既使如刘勰的《文心雕龙》谈到"兴"时,也难免"又落入于'关雎有别,故后妃方德'的笼罩中,而不能更从感发的性质方面加以阐述了"[②]。按照叶嘉莹先生的思路,《毛诗序》中所谓"情动于中而形于言,言之不足故嗟叹之,嗟叹之不足故永歌之,永歌之不足,不知手之舞之,足之蹈之也"(《诗大序》)[③],这里所描述的,应该是指源于"生命之共感"的"感发"状态,所以,"真诚纯挚"之精神"本质",才是"赋""比""兴"所切入的"诗"之"本义"所在,或者说,作为中国古典诗歌传统的"赋""比""兴"之根本作用,应该从其如何"兴发感动"上加以理解,"对中国古典诗歌的评赏,应当以能否体认及分辨诗歌中感发生命之有无多少为基本条件"[④]。

按照这种思路,所谓诗性之"赋",就不能是仅仅对事物作客观或主观的"敷陈"或"直接叙述",而应该指从"心物交感"的世界中,把客观或主观的"事物"上升到一种"即心即物"的叙述。所谓诗性之"比",既不能是仅仅对事物的"拟喻"或"以彼物比此物也",也不能说就是对于作者"美刺"现实的思想意志之"托喻",而应该立足于由"感发"而入的生命"共鸣"之域。这种"感发"中的生命"共鸣"之域,既是诗性之"比"的核心问题,也是其中"心在物先"或"由心及物"的"心"与"物"之要义所在。按照叶先生的思路看,诗性之"比"当有两层意思,一层是"感发"中的生命"共鸣"之域,一层是对这一"感发"世界的"理性"表述,前者是"无意"而"在先"的诗之本体世界,后者为对这一世界"由心及物"之表达的"有意"思索与安排,这正是诗之"比"的自身方式与性质的特点之所在。

在诗之"赋""比""兴"三者中,叶嘉莹先生更看重"兴"之作用。在叶先生看来,所谓

---

① 《迦陵论诗丛稿》,第 8 页。
② 《迦陵论诗丛稿》,第 22 页。
③ 《毛诗正义》,中华书局十三经注疏本 1980 年。
④ 《迦陵论诗丛稿》,第 26 页。

"兴",即"由物及心"的直接"感发兴起",同时又"以此种感发来唤起读者之感发"。与诗之"比"相比较,它"并非出于理性的思索安排",更倾向于一种"自然的、无意的"感发过程。从"中国诗更重自然的感发,西洋诗则更重视人工的安排"看,诗之"比"与西洋诗的方法较为接近,而诗之"兴"则为中国古典诗歌更为常用的方式,"至于'兴'之一词,则在英文的批评术语中,根本就找不到一个相当的字可以翻译。这种情形,实在也就正显示了西方的诗歌批评,对于这一类感发并不大重视"①。这也许是中国文化独特性质的缘故。在解释"兴"与"比"相通的"兴而比"现象时,叶嘉莹先生说:

> 这种情形原是"物"与"心"相感发时的一种自然现象,正如陆机在其《文赋》中所说的"悲落叶于劲秋,喜柔条于芳春",这原是宇宙间的一种生命的共感,物之枯荣与心之悲喜,本来就因其有类似之处,所以才引起一种见物起兴的感发。②

在叶先生看来,中国古典诗词中的"兴发感动"及其"真诚纯挚"的世界,本来就"自有其周恰圆融的调和与完整","这原是宇宙间的一种生命的共感"。所谓"赋""比""兴",其实即为进入这一"不隔"世界的三种基本方式,诗之"兴"则更为自然而已。

在中国现代诗论中,我们引进了许多西方的批评观念,"模仿说""反映说""表现说"等西方美学思想至今影响着我们的文学思维与诗学理论。在上一世纪中国西学思潮的泛滥中,叶嘉莹先生坚持从超越心、物二分的"不隔"之域探索中国古典诗歌的审美特质,对于我们反省中国古代审美思想以及当代中国诗歌理论的建设具有启发意义。

---

① 《迦陵论诗丛稿》,第 27 页。
② 《迦陵论诗丛稿》,第 12 页。

极精微之义理，赅中外之文章

——从叶嘉莹教授两篇有很大影响的文章
看她在词学领域的创新性开拓

刘扬忠（中国社会科学院文学所）

　　我的文章想从标题讲起。这是引叶嘉莹教授在其《顾羡季先生五旬晋一寿辰祝寿筹备会通启》一文中赞扬她的导师顾随教授的两句话。这两句话如今用来评价叶教授对学术的贡献，也正合适。但叶教授在学术上耕耘的领域很宽，而我这里只能简单谈谈她在词学方面的贡献；而且就在词学领域，她的成果也很多，小文也仅仅以她的两篇有影响的文章为例来简略地谈一下。很抱歉。

　　好，进入正题吧。我要引叶嘉莹教授2003年春季在香港城市大学中国文化中心作专题讲座时就学诗的意义与目的说的如下一段话：

　　　　很多人问我，我们为什么要学诗呢？西方有一位讲授美学的学者沃尔夫冈·伊赛尔（Wolfgang Iser）曾经说：阅读是让你的心灵与千百年前的古人相会。其实还不仅仅是心灵的相会，你还可以通过阅读和古人的心灵相通，你可以更进一步地认识你自己，了解你自己，它是对你自己人生境界的一个提升。这也正是读诗的意义和价值之所在。如果你有很好的兴发感动的能力，如果你会背很多首古诗，那么你随时随地，看到任何一个任务，任何一处风景，任何一个事件，你的心中就会有许多古人的诗句油然兴起，它们可以给你那么多的启发，让你认识到人生的意义。这是多么好的事情！而且还不只如此，如果你也能够作诗的话，你就把你自己的兴发感动也传达出来，使别人也得到感动，这又是一件多么美好的事情！

　　叶教授的这段话其实透露她几十年的词学研究之所以能出新，之所以有很大的开拓而使她的学问比起传统的词学家们来讲常常令人有耳目一新之感，其实主要就是靠两点：一是她西学中用，具体来讲就是灵活而生动地运用了西方学者（比如接受美学沃尔夫冈）的学说来研究词学；二是她创造性地提出了既符合科学原理、又有个人长时期做学问和写诗填词经验与体会在内的"兴发感动"说。第一种我上文已作介绍，关于"兴发感动"，四川大学缪钺教授在其为《迦陵词诗稿》所写的序中有精准的介绍，他说道：

> 叶君论诗词，极重感发兴起之功，夫感发兴起之功，由于作品中之真情实感。叶君具有真挚之情思与敏锐之观察力，透视世变，深省人生，感悟造端，抒怀寄慨，寓理想之追求，标高寒之远境，称心而言，不暇雕饰，自与流俗之作异趣。

下文仅举叶教授论宋词与宋词代表性词家之两篇文章为例，谈谈她在上述两个方面的创新与贡献。

第一，灵活运用自己所学的西方文艺理论，特别是西方美学知识来观察论证中国词学的问题。这方面的第一个成功例子是对宋词大家吴文英的重新研究与公正评价。文章始载于《迦陵论词丛稿》的《拆碎七宝楼台——谈梦窗词之现代观》，后在作者的其他文集和外面所编的论文集里也有重收。当年文章之所以必须写作，起因是对从宋末元初的张炎把吴文英《梦窗词》诬为应该"拆碎"的"七宝楼台"以来，直至现代有影响的词学家和文学史编写者胡适、胡云翼、刘大杰等人都一边倒地全盘否定和打倒吴文英的不正常现象（胡云翼甚至认为吴文英的长调词"几乎没有一首可读的"）极为不满，要对这桩近八百年的历史冤案秉公重审！嘉莹女法官审案的主要手段就是：摆事实，讲道理，公正地为吴梦窗辩护。通晓西方美学并阅读过不少可资与汉文学作品比较的西方现代文艺作品的她，在说明自己近年发现了有几位近代学者对梦窗词持基本肯定的公正态度后，接着说道：

> 此外，我还更有一个发现，就是梦窗词之运笔修辞，竟然与一些现代文艺作品之所谓现代化的作风颇有暗合之处，于是乃恍然有悟梦窗之所以不能得古人之欣赏与了解者，乃是因其运笔修辞皆大有不合于古人之传统的缘故；而其亦复不能为现代人所欣赏了解者，则是因为他所穿的乃是一件被现代人目为殓衣的古典的衣裳，于是一般现代的人乃远远地就对之望而却步，而不得一睹其山辉川媚之姿，一探其蕴玉藏珠之富了。是梦窗虽兼有古典与现代之美，而却不幸地落入了古典与现代二者的夹缝之中，东隅已失，桑榆又晚，读梦窗词，真不得不令人兴"昔君好武臣好文，君今爱壮臣已老"的悲慨了。

接下来，叶教授对梦窗词受到胡适、胡云翼、刘大杰等人讥议而实际是好词的几首作品进行了正确而令人信服的解读。于是，梦窗及其词的冤案给翻过来了！

第二个成功的例子是叶教授运用她的"兴发感动"理论对辛弃疾其人其词"一本万殊"的独特面貌的解说。此文载于叶教授与四川大学缪钺教授合写的《灵谿词说》一书中。关于叶教授这篇解说辛词之文，我曾经发表专文予以评论，这里不来重复，以免耽误大家的时间。我这里想介绍一个情况：当代宋史权威邓广铭先生十分赞赏叶教授此文，专门在他的《稼轩词编年笺注》的《增订三版题记》中增加一段文字，对叶教授此文的主要内容加以介绍。邓先生介绍叶先生此文主要内容的文字如下：

> 叶教授论稼轩词的文章现在收入她与缪钺先生合写的《灵谿词说》中的，虽只是《论辛弃疾词》一篇，而这一篇论文的主旨，却是要把辛词内容的方面之广与风格的变化之多，作一次将"万殊"归于"一本"的尝试，她写道：

> 我们该注意的是，辛词中的感发之生命，原是由两种相互冲击的力量结合而成的。一种力量是来自他本身内心所凝聚的带着家国之恨的想要收复中原的奋发的冲力，另一种力量则是来自外在环境的，由于南人对北人之歧视以及主和与主战之不同，因而对辛弃疾所形成的一种馋毁摈斥的压力，这两种力量之相互冲击和消长，遂在辛词中表现出一种盘旋激荡的多变的姿态，这自然是使得辛词显得具有多样式与多种层次的一个主要的原因。第二，我们该注意到的，则是辛词中的感发生命，虽然与当日的政局及国势往来有密切之关系，但辛氏却绝不轻易对此做直接的叙写，而大多数是以两种形象做间接的表现。一种是大自然界的景物之形象，另一种则是历史中古典之形象。这种写法，一则固然可能由于辛氏对于直言时政有所避忌，再则也可能是由于辛氏本身原具有强烈的感发之资质，其写景与用典并不仅是由于有心以之为托喻，而且也是由于他对于眼前之景物及心中之古典本来就有一种丰富的联想及强烈的感发。这自然是使得辛词显得具有多种变化与多种层次的另一个重要原因。

> 在这里，她确实写出了辛词的"由一本演为万殊的变化"的契机所在，甚至对几百年来词家所常道及的、寓贬抑之意多于赞扬的所谓"掉书袋"，也得到极为通达的解释，读来令人深有怡然顺理之快感。……

我想要举的例子还有一些，限于篇幅，到此为止，请各位批评指正。

缪钺先生与叶嘉莹教授合作的学术观念基础

缪元朗（四川大学历史文化学院）

凡读过《灵谿词说》的人，可能会知道缪钺、叶嘉莹两位先生合作的缘起。在该书《后记》中，缪先生曾说两位的初次相识是在 1981 年 4 月下旬成都草堂所举行的杜甫研究学会第一届年会上，"叶君少时读过我所著的《诗词散论》，深致赞赏；而我于 1980 年读了在国内新出版的叶君所著《迦陵论词丛稿》，钦佩其中评赏辨析，精邃深微……。因为先有这些通过互读彼此著作的了解与倾慕，所以初逢如旧识，相聚数日，交谈甚契，而我们二人论词都推尊王静安先生，尤其有针芥之合。别后经常通函论学……与叶君相互勉励，计划合作有所撰著"①。近年，笔者在编撰《缪钺先生编年事辑》和整理《冰茧庵论学书札》的过程中，接触到更多的资料。上述缪先生的话固然是两位先生合作的学术观念基础，但笔者认为，这只是一部分，如果扩展探讨，就可以了解到：叶先生中西贯通的学术修养，与缪先生长期以来的融通中西的学术观念的高度一致性，才是其合作的更阔大的学术观念基础。

缪先生幼承庭训，接受的即是中国传统文化的教育，自己的兴趣也在文史；成年后，在保定与之往还论文的师友，也都是深谙国学者。1923 年，19 岁的缪先生开始就读于北京大学文预科。尽管一年多后，就因父亲病故而中止了学业，但缪先生在晚年时对这段经历有过如下评价："我在北京大学肄业的时间不长，但是能受教于当时的通人硕学，开拓眼界，启发思想，境界更进，获益甚多。"②很明显，这段求学经历让其受到了西风东渐之后的新学术思潮的洗礼，学术观念发生了变化。1926 年 11 月，他在给《学衡》编者的信中说："故居今之世，尊人尊己，举无一当。惟有镜照衡权，撷长弃短，镕冶为崭然之真新文学，兼蓄新质，而能存故美，庶几得之。自三五巨子，以肤受末学，投国人嗜奇趋易之心，登高一呼，得名而去，使后生嚣嚣然狂走不已，其弊既为识者所洞鉴矣。而鸿生硕彦，湛溺旧闻，墨守故棨，傲

①　缪钺、叶嘉莹：《灵谿词说》，上海古籍出版社，1987 年，第 593 页。
②　缪钺：《自传及著作简述》，《中国当代社会科学家》（第三辑），书目文献出版社，1983 年，第 336 页。

然自尊,于西人之作,一切闭拒,以为绝不可相谋,斯亦未为得也。"①可见,缪先生对《学衡》"昌明国粹,融化新知"的办刊宗旨是非常认同的,所谓"兼蓄新质,而能存故美"即是同意异表。

缪先生从何时开始阅读西方书籍,已难以考证,但却有资料显示,吴宓先生和郭斌龢先生在这方面对其帮助最大。吴、郭二先生都曾留学欧美,并在哈佛大学先后成为新人文主义学者白璧德先生的学生,回国以后,均主张中西融合,既要吸收西方先进文化,又要保留传统优秀文化。约在 1927 年,经友人介绍,缪先生与吴先生开始通函论学,1929 年夏,赴北京清华园拜会吴先生。1933 年 4 月,又由吴先生函约赴京,介绍其与时在清华大学外文系任教的郭先生相识。1938 年,缪先生携家避难南下,到重庆后即函请各地友人帮助介绍工作,以维持一家生计。郭先生时任南迁贵州宜山的浙江大学中文系主任,收信后,就聘其到浙大任教。此后,他与郭先生交往的机会更多,在阅读西方书籍方面,得其帮助也更直接。缪先生晚年曾回忆说:"我与吴先生相交五十年中,他经常对我帮助勉励,曾向我介绍西方学术的重要书目,并借给我有关书籍。挚友郭斌龢先生亦曾热心帮助我读西方书籍。但是我在这方面用力不够,时作时辍,收获不大,愧对益友。"②

回忆虽谓"收获不大",而当年,缪先生实际上是收益颇丰的。1941 年 10 月 2 日,他在给叶麐先生的信中说:"近数年中,得郭洽周兄助益,读西洋文学书不少,批评创作似颇获新境。"1944 年 1 月 15 日,又在致杨联陞先生的信中谓:"钺近来颇读西洋哲学书,哲学史已读过两种,秋间读叔本华之书,近读斯宾诺莎之书(均英译本)。读西洋哲学书,能训练思想灵活清晰透彻。以前读宋元明学案等书,仅能识其源流风气,与诸大师思想之本身,未能有透彻而有统系之了解。今再读学案,参以程朱之书,颇能见其理趣脉络,与向时不同矣。"可见,在郭先生的帮助下,缪先生通过阅读西方文学、哲学书籍,体会到了这样的学习对其研究中国古代文史的具体助益,尤其是西方哲学,对其启发很大,以前读宋元明学案,仅能识其源流风气,后来再读,竟能见其理趣脉络,渐有透彻而系统的了解了。这对其学殖的增进,是非常显著的。

缪先生从亲身经历中收获了中西兼顾的学问益处,从而对中文系学生的培养工作提出了"读国文应中外文学并重"的主张。当时浙大中文系的部分老师、学生对此并不认同,双方的意见分歧被反映给了竺可桢校长。竺先生 1943 年 7 月 25 日的日记谓:"七点国文

---

①　本文所引缪钺先生书札,均见于 2014 年由商务印书馆出版之《冰茧庵论学书札》,其后所引不再一一出注。

②　缪钺:《回忆吴宓先生》,黄世坦编:《回忆吴宓先生》,陕西人民出版社,1990 年,第 8 页。

系……诸生来挽留王驾吾，因闻其将去中大。又缪彦威来谈。八点赴旧府中办公室。王驾吾来谈。驾吾、郦衡叔与缪彦威意见不合。缪主张读国文应中外文学并重，驾吾则主张中西各有专长，不能两全。缪主辞章，而王主义理。学生多信服驾吾，故有排缪之议。中央（大学）胡肖堂、张世禄、王玉章约驾吾往，余嘱其俟明年。"①这样的学术意见分歧此后似乎并未因校长的调解而消除，直到 1946 年 1 月 10 日，竺先生在日记中还说："洽周主持国文系成绩欠佳，内部缪彦威与王驾吾、郦衡叔意见不洽，渠不能调和，甚属困难。"②分歧的持续可视为双方对己见的坚持，缪、郭二先生一直保持了融合中西的学术立场。1984 年，郭先生邀请缪先生为其柏拉图《理想国》译本作序，两位老友反复通函商量有关问题。谈及使用哪种文体时，缪先生还说："至于文体，弟意即用吾辈平日所蕲向之'新文言'，保存传统文章中之'雅言'与情趣，而又融合西欧近日文章中严密之逻辑与灵活之句法。"郭先生则回信谓："关于赐序体例、文体，悉听尊裁。相知五十年，无不赞同也。"③

1950 年后，缪先生阅读域外书籍的重点发生了根本的转变，能读的大多是马恩列斯著作和《联共（布）党史简明教程》等苏联书籍，诚如其在 1950 年 4 月 1 日致刘永济先生函中所说："弟近来研读马列学说诸书籍，尊词所谓'补读平生未见书'者也。"校报《人民川大》曾对 1956 年他与川大历史系同仁徐中舒、冯汉骥、胡鉴民、赵卫邦等先生组成政治理论自学小组，共同学习讨论恩格斯《家庭、私有制和国家的起源》有过报道。④ 这些学习内容当然也对五六十年代缪先生的历史学教学和研究产生了影响。晚年时，缪先生曾总结说"对于马克思主义理论，我是在解放后才开始学习的，曾试图运用其观点、方法以分析问题，但是总没有能够学好。自从拨乱反正，尤其是党的十一届三中全会之后，提倡解放思想，实事求是，我才逐渐从教条主义的桎梏中解脱出来，认识到，马克思主义的生命力在于其革命性、创造性与开放性，开始有点新的体会。"⑤

"文革"结束时，缪先生已年过七旬，最适合于著书立说的大好年华，已经被连续不断的政治运动消磨殆尽，严重的眼疾也让其读写困难。1978 年 12 月 11 日，他致函郭先生："六十年代初期，弟立志撰述，颇有成书，而近十余年来，旧业荒芜，坠绪难理。……弟病目难医，今后将不复能有所撰著"，一种其志未遂的遗憾表露无遗。1980 年 1 月，缪先生的右眼接受了白内障摘除手术，术后的视力恢复到 0.5，戴上特配的眼镜后又可以读书写字，尽管

①　竺可桢：《竺可桢全集》（第 8 卷）日记（1941—1943），上海科技出版社，2006 年，第 606 页。
②　竺可桢：《竺可桢全集》（第 10 卷）日记（1946—1947），上海科技出版社，2006 年，第 11 页。
③　1984 年 1 月 20 日郭斌龢先生致缪钺先生函。原信原件，家藏。
④　成众：《一次成功的学习讨论会》，《人民川大》1957 年 1 月 16 日，第 202 期第 2 版。
⑤　缪钺：《自传》，四川大学历史系编：《冰茧彩丝集》，成都出版社，1994 年，第 573 页。

时感吃力,但已经很庆幸了。1980 年 9 月 9 日,他又在信中告诉郭先生:"弟右眼施行手术后,视力略有好转,配戴眼镜,可以勉强看字写字,但仍觉昏花,且不能持久,久则目睛酸胀,然较诸去年为佳,亦聊可自慰也。"这以后,自己的工作重点该去做哪方面的研究? 缪先生还没能很快的做出选择。

这年岁杪,缪先生读到了《迦陵论词丛稿》,此乃叶先生在大陆出版的第一本专著。次年 4 月,两位先生相会于成都杜甫草堂,除一起参加会议和分组讨论外,另有数次长谈。其后,他就向叶先生提出了进行合作的建议,又经过将近一年时间的考虑、准备,才共同确定了《灵谿词说》这样一个具体项目。这自然成为了缪先生晚年的科研重点。

1981 年 6 月 2 日,读罢《王国维及其文学批评》《迦陵论词丛稿》《迦陵论诗》,缪先生在致叶先生的信中对这三本书的特点有下述总结:

一、知情兼胜 论王静安之为人及其文学批评,在精严的分析论断之中,蕴含着深挚的感情,对静安由欣赏、倾慕、惋惜以至于反省,标志着自己思想之转变,使读者想见作者之为人,宛如读《史记·屈原贾生列传》。论大晏、梦窗,也显示出胸襟宽恕,对古人处境的同情。总之,尊著在理性论析的文章中,显示出诗人的气质与襟韵。

二、中西贯通 您不但精熟中国传统的诗论,而且能采撷西方哲思、文评之要旨,故新意焕发,不主故常,能发扬静安未竟之绪,这一点是我所自愧不如的。

三、思想开拓、态度平允 您是深造自得,独抒己见,摆脱世人思想上的羁绊,故衡论古人能切于实际,合情合理,如论梦窗、碧山的身世及其隐微矛盾的心情,平恕惬当,论王静安之死因以及对《红楼梦》的评议,如拨云雾而见青天。

四、论析诗词艺术,精微透辟 这一点正是近来国内论者做得很少的,因为讲思想性可以套框框,而讲艺术,则非精熟于古诗词,且有实践经验知其甘苦者,不能言也。

五、谨严密栗 您所撰写虽是文学评论,并非考证文章,但是论据确凿,无征不信,并且必要时也运用精密的考证方法,如"温庭筠的词集""关于梦窗之为人的几点值得论辩的话题"诸节以及考"碧山"出处等,并且勤力搜采到罕见资料,如日本东京文库的《延祐四明志》、哈佛燕京图书馆之《清重刊宋嘉泰会稽志》等,此等处正可以看出您的冰雪聪明,无施不可。

上述特点,实际上反映的是叶先生学贯中西的学术造诣。在缪先生看来,对王国维先生学术的发扬光大和具备"通人"之学,是这种学术造诣的两个重要方面。以下分别再略加探讨:

第一,叶先生对王国维先生学术的发扬。

在近代学者中,王国维先生是缪先生最为推崇的前辈之一(另一位是陈寅恪先生)。他曾说:"王静安先生撰《人间词话》、论《红楼梦》、考宋元戏曲,又研治古文字、古器物,阐释历史,自先秦下逮金元,方面广博,识解精卓,能取外来之观念、异族之故书与吾国旧籍相参证,开辟治学的新领域与新方法。"①可知王先生的学识精博,学贯中西,能拓新领域,运用新方法,是其敬佩静安先生的原因。缪先生不单是在治学中受益于静安先生的著作,在治学途径与方法上获得指导,而且还研究过静安先生,早年曾发表过《王静安与叔本华》一文。静安先生同样是叶先生推尊的前辈,也是其研究的一个重点,其研究的广度和深度则远胜过缪先生,以致让缪先生有"心折"之感。当然,缪先生更看重的是叶先生在词学研究方面对静安先生事业的继承,即"发扬静安未竟之绪",而这也正是叶先生要"把我们的古典诗歌的传统放在世界文化的大坐标中去找寻一个正确的位置"②之努力的一个部分。对于叶先生在词学研究中融合应用西方文论所取得的成绩,缪先生"自愧不如",一直非常肯定并给予高度评价,1989年11月,他在给施议对先生的信中特别提到:

> 在清朝末年,王静安融会康德、叔本华之哲学美学观点,作《人间词话》《人间词》,在王、朱、郑、况诸老之外,另辟途径,使人耳目一新。这是中国千年词史中第四次突破(其余三次是柳永、苏轼、周邦彦。叶先生与我论词时提出此意见)。但是王氏后来治学方向转入古文字、古器物、古史方面,未在词学上继续探索。最近叶嘉莹先生继承王氏遗绪,她久居国外,博览西方文论书籍,吸收融会现象学、诠释学、符号学、接受美学等种种观点,对于中国古人词论与词作,进行反思与观照,遂能多所创获,发前人之所未发。这种作法,在其《迦陵论词丛稿》《灵谿词说》中已初露端倪,最近三年中,更有显著的发展。如其所作《迦陵随笔》十五篇……《对中国传统词学与王国维词论在西方理论观照中的反思》……《论王国维词——从我对王氏境界说的一点新理解谈王词的评赏》……《从一个新的理论角度谈令词之潜能与陈子龙词之成就》……这些成就,都是论近百年词时所不应忽视者……

并且建议施议对先生在其所撰《百年词学通论》中对叶先生的在此方面的成就予以补记。

第二,叶先生具备"通人"之学。

缪先生称赞叶先生在研究问题时能"运用精密的考证方法"。对考证的运用,在词学研究中是一种必要手段。但对单纯的训诂考证之学,他早在1927年2月致《甲寅周刊》主编章士钊先生的信中就已一陈己见:

---

① 缪钺:《自传及著作简述》,《中国当代社会科学家》(第三辑),书目文献出版社,1983年,第336页。
② 叶嘉莹:《中国词学的现代观》,岳麓书社,1990年,第1页。

乃观近数期，先生与人往复，似殊注意于校勘考订。钺窃以为治学者，宜以闳识孤怀，旁搜远绍，校同异，辨根枝，执其纲纪，则以简御繁；泛其波流，则由博返约。呼吸千载，卓然撣古人之用心。而居今之世，文轨沟通，尤宜取吾先哲遗宝，散漫者条理之，幽隐者阐扬之，发潜德之耀，增邦国之荣。若夫校订训诂，乃学术之藐庐，可一宿而不可久留，纵研之至深，不为造极。譬如自沪赴都，秣陵、历下，为所必经。然若终身徘徊于秦淮河边、大明湖畔，访六朝之遗迹，挹山水之灵光，即使选胜搜奇，纤悉不漏，亦只可为抵宁抵济而已，岂可谓已抵都乎？恒持此义，讥评清儒，以为唯休宁戴君，濯汉暴阳，邈不可及；会稽章氏，亦嘉禾秀出，颖竖群伦。余则虽如高邮王氏父子，吾未敢许其为成学。①

那么，缪先生所谓的"成学"应是怎样一种学问造诣呢？1948 年，朱自清先生去世，缪先生曾撰文纪念，首先说"佩弦先生真乃所谓'通人'。此处用'通人'一词，意谓：'一人在学术上能有多方面之成就，多方面之了解，融贯沟合，因此识解澄明，议论通达'"。接着阐述道：

　　凡一时于文学有兴趣之学人，其所努力之途经有三：曰考证，曰批评，曰创作。学力笃实者喜考证，识见高明者喜批评，才华发越者喜创作。三者各有其境界与甘苦，三者之间颇多相反之处，而穷极言之，未尝不可相济相助，交流互通。但人之才性，多有所偏，鲜能兼善，于是喜创作者厌考证为死板，而不知考证之训练有时亦有助于创作；治考证者诋批评为空疏，而不知最佳之考证仍需运以空灵之思，闳通之识；治批评者鄙考证为琐碎，而不知谨严之批评需建筑于考证之上。对于某一方面有专长者，因未尝从事于其他方面，遂不能了解其甘苦，认识其价值，因此而生偏见，不能收相反相成之益。佩弦先生早岁从事于新文学之创作，其努力方向在新诗与散文，其后不作新诗而散文之造诣独卓。……在清华大学授学以来，又致力于文学史之考证与文学批评，亦著述斐然，各有独到。……佩弦先生兼能考证、批评与创作，故无一偏之蔽，而收交流互通之益。此其所以为通人之第一点。

　　居今日而治中国学术，又与古时不同。今日之中国，因守西洋影响，一切皆在蜕故变新之中，学术自亦不能例外。如徒读古书，不能接受新见解、新方法，则食古不化，非徒无益，且反为学术进步之梗。然若只能采用新见解、新方法，而古书根底浅薄，了解不深，论述多悟，则已不能胜批判地接受旧文化以创造新文化之责任。佩弦先生精熟中国古籍，又多读西洋书，对于中国古人作品既有深刻之了解与同情之欣赏，而又能自西洋书中得许多新启发，融贯中西，蜕故变新。此其所以为通人之第二点。①

可知，缪先生认为"致力于文学史之考证与文学批评"的"通人"式学者，要"兼能考证、批评与创作"，并能"融贯中西，蜕故变新"。这样的学术造诣就是他所谓的"成学"。叶先生的著作在必要处会有精密的考证，像缪先生提及的《迦陵论词丛稿》中对温庭筠词集以及"碧山"出处的考证等，皆是很好的例子。长期在中国和欧美教学、研究的经历，让叶先生有机会在博览中国古代文学作品之后去熟悉中、西文论，融会贯通于批评之中。特有的家庭环境，使叶先生自幼沉溺于古典诗词，很早就开始写诗填词，随着经验的积累，去加深对古代作家写作甘苦的体会，并作用于其对古典诗词"感发"作用的深度阐述。用缪先生在 20 世纪 40 年代末就提出的学人标准去衡量，叶先生也正是那种具备"成学"的"通人"式的学者。

要发扬静安先生的学术和做一位"通人"式的学者，在缪先生看来，皆须学贯中西，他在如此努力，也将此类学者引为同道。1981 年 5 月 13 日，他在给叶先生的信中说："钺少读古书，缅怀千载，有独往之愿，有难解之情，常思得一兼有才学识三长而又能心心相印之人，结为永契，共勉大业，而数十年中，上下求索，终成梦幻。"到上世纪 80 年代初期，在阅读叶先生的论著和认识叶先生后，他终于看到了自己从青年时期就形成并毕生坚持的"融通中西"的学术观念的成功体现者，遂以知音见许。十年前，我在《种竹交加翠 栽桃烂漫红——对缪钺先生与叶嘉莹教授合著〈灵谿词说〉的补记》一文中曾说："祖父开始撰写《灵谿词说》时已年近八十高龄，如果没有和叶教授的相识，或许他生命中还可以进行科研工作的最后十年（祖父因病于 1992 年搁笔），不会用于写作《灵谿词说》和《灵谿词说续集》。人生是要相信机缘的，正是与叶教授的'相逢倾盖'，让祖父多年蕴存于胸的更多的词学见解得以留于绢帛，传之后世。"②所以，笔者认为，叶先生中西贯通的学术修养，和缪先生长期以来的融通中西的学术观念的高度一致性，是其进行合作更为阔大的学术观念基础。

---

① 缪钺：《考证、批评与创作——敬悼朱佩弦先生（自清）》，《西方日报》1948 年 9 月 26 日《朱自清先生追悼会专刊》。

② 张红主编：《叶嘉莹教授八十华诞暨国际词学研讨会纪念文集》，南开大学出版社，第 127—128 页。

柔蚕枉自丝难尽，可有天孙织锦成？

——叶嘉莹先生的诗教特色及对文化传承的期待

齐益寿（台湾大学中文系）

一、中华诗教的回顾

中华民族的诗歌特别发达，其诗教亦源远流长。虽然"诗教"之名，始见于《礼记·经解》："入其国，其教可知也。其为人也温柔敦厚，《诗》教也。"但"诗教"之实，却久已存在。用诗歌来教育人，以产生一定的作用和影响，这样的诗教，远在西周时代便已露出端倪。只是在不同的时代，人们希望诗歌所产生的作用和影响，并非一成不变。在召公谏厉王止谤的言辞中，便有"故天子之听政也，使公卿至于列士献诗……而后王斟酌焉，是以事行而不悖"（《国语·周语上》）的记载，这时的诗教意在发挥政治讽谏的作用，使天子听政作决策时，思虑周详，不致偏颇，不悖于事理，以利政务的推行。可见早期的诗教是从实用的角度着眼的。到了春秋时代，各国君卿执政大臣朝会聘享之际，必赋诗以明己之志，且观人之志。这时的诗教便重在发挥外交的功能，仍然还是发自实用角度的一种诗教。孔子处于春秋末叶，天子式微，王官失守，礼坏乐崩，乃首开私人讲学之风，以《诗》《书》教化弟子，大大扩展了诗教的内涵。孔子一方面继承传统诗教的政治外交的功能，既云："不学《诗》，无以言"（《论语·季氏》），又云："诵《诗》三百，授之以政，不达；使于四方，不能专对；虽多，亦奚以为？"（《论语·子路》）一方面则从读诗教诗的真切感受中领悟诗歌所产生的作用和影响非常广泛，而条理出"诗可以兴，可以观，可以群，可以怨。迩之事父，远之事君。多识于鸟兽草木之名"（《论语·阳货》）等内涵。"多识鸟兽草木之名"属知识的层面；"事父事君"属伦理道德的层面。"可以群、可以怨"则触及人与人之间在情理上的共鸣互应。"可以观"，理论上应上自天文，下至地理，中及人事，物无大小，事无巨细，都可以从诗中得到一定的识察、观感等效用，但在孔子所处的语境下，应主要是指为人处世的得失成败方面。"可以兴"

则可视为孔子诗教的核心，指诗歌对人所产生的感发、联想、领悟等等作用。

杂出于汉儒所辑的《礼记》，以"温柔敦厚"为诗教，侧重于诗歌对人的语言性情有潜移默化之效。同出自汉儒之手的《诗大序》，其诗教内涵，则大致仍上承孔子。《诗大序》有云"故正得失，动天地，感鬼神，莫近于诗。先王以是经夫妇，成孝敬，厚人伦，美教化，移风俗。"其中既有"动天地，感鬼神"的"兴"，亦有"正得失、美教化、移风俗"的"观""群""怨"，以及对"经夫妇、成孝敬、厚人伦"的伦理道德的开示诱导。

孔子与汉儒的诗教，都是针对《诗经》而言的诗教。汉代有杂言的乐府诗兴起，文人又从杂言的乐府诗中提炼出新兴的诗体——五言诗，而有东汉末《古诗十九首》等成熟的作品问世。经过曹氏父子的爱好提倡，建安七子便以文人诗的面貌登上历史的舞台，从此开展出一幅波澜壮阔、诗人辈出、继往开来、长达两千年的举世无双的文人诗独领风骚的历史长卷。西晋太康中的三张、二陆、两潘、一左；晋宋之际既有齐名的颜谢，又有异军突起的陶渊明；南北朝时江左既有鲍照、江淹、谢朓、沈约等著名诗人，又有由南入北的庾信、徐陵等一代文宗；这些诗人文宗，将我国中古时期的一个阶段（从建安至陈隋）的诗坛，点缀得有如天上璀璨的明星。其影响所及，诚如钱志熙教授所言：

> 经过魏晋南北朝文人诗赋的发展，诗赋创作已成为一种传统，一种大家公认的量才的标准。所以诗与科举之间的关系，是一种相互促进的关系。首先是诗的发展促进了诗赋取士制度的建立，然后才是诗赋取士更加推动了诗的发展。在中国古代，至少可以说唐宋之后，写诗差不多是一个文人甚至可以说是一个知识人必备的一种才艺。由此而产生唐诗之后历代文人诗的繁荣，并且还有词、曲等新的诗歌体裁陆续转化为文人词、文人曲。只要稍稍接触中国古代文献就会发现，中国古代浩如烟海的文献中，诗歌文献占了其中极大的一部分……不仅在中国古代的文化中，诗歌占了很大的比重；而且整个东亚文明中，诗歌也是其重要的部分。"汉诗"原原本本地移植到日本、韩国和越南这些国家。这些国家都有他们自己的语言与文化，也都有他们传统的歌谣，但是至少在古代一个相当长的时期内，创作汉诗成为他们文学的主要活动，并且同样创作出了汗牛充栋的诗集。[①]

在魏晋南北朝四百年间，由于文人诗崛起，诗歌创作空前繁荣，所作不仅贡精，而且量多，诗人不仅在诗歌中表现了不同的个性，而且又异中有同地形成琳琅满目的不同的时代风格，如《沧浪诗话》便区别出"建安体、黄初体、正始体、太康体、元嘉体、永明体、齐梁体"等

---

① 钱志熙：《诗的国度，诗的家园》，《温州文献论丛》，上海三联书店，2013年，第85—86页。

等。这种既有个性又有时代性的诗歌风貌,迥异于先秦的《诗三百》及两汉的乐府诗,遂在诗坛上形成重视个人创作的新传统。由于重视个人创作的新传统,不但使诗歌创作空前繁荣,也使文学批评大放异彩,曹丕的《典论·论文》、陆机的《文赋》、刘勰的《文心雕龙》、钟嵘的《诗品》等等,接连问世,络绎不绝,使诗歌创作在言志抒情之外,更注入审美的要求。《典论·论文》既提出"诗赋欲丽"的主张,《文赋》在详细铺陈创作前后各阶段所构成的整个过程之外,更标举出不同文类的审美典范,如"诗缘情而绮靡,赋体物而浏亮"等等。《文心雕龙》则是一部空前绝后的体大思精的文学批评巨著,既重"风骨"又重"情采",《诗品》专评五言诗,不但提出"干之以风力,润之以丹采,使味之者无极,闻之者动心"的评诗高标准,而且还将诗人作品高下分为三品,选了一百二十人,但凡入评者,不拘上中下等第,钟嵘一律视为才子。

可见从曹丕陆机以来,对诗歌的关照面,已开始从读者如何用诗的角度,向作者如何作诗的角度倾斜。《典论·论文》所谓"文以气为主。气之清浊有体,不可力强而致。譬如音乐,曲度虽均,节奏同检,至于引气不齐,巧拙有素,虽在父兄,不能以移子弟";《文赋》所谓:"伊兹事之可乐,固圣贤之所钦。课虚无以责有,叩寂寞而求音;函绵邈于尺素,吐滂沛乎寸心",都是本于作者的创作经验的论述。因此在六朝以政教伦理为内涵的诗教,虽然仍有一定的影响,如曹丕《典论·论文》将文章视为"经国之大业,不朽之盛事";陆机《文赋》所称诗文之用,亦不脱离"济文武之将坠,宣风声于不泯"的政教功能;然而诗歌创作与诗歌批评之相互激荡,相互推进,以致诗人别集及诗评、诗话一类的著作灿若繁星,历久不衰,与历时一千多年的科举制度共存共荣,既发展出枝繁叶茂、花团锦簇的文人诗的新局面,又不断吸收出自民间的新体制而加以转化为文人词、文人曲,而合为广义的文人诗,使文人诗的形式风格更加多彩多姿。因此诗歌不但成为中华文化的精华,其影响且及于域外的日本、韩国、越南等将"汉诗"输入的国家。

缪钺先生生前有一则未刊的简短手稿,后收在《缪钺全集第七、八合卷》[①]内,题为《诗教》,全文如下:

　　中华民族是爱好诗的民族,"诗教"是中华民族文化之精髓。所谓"诗教"不止是如《礼记·经解》所谓之"温柔敦厚",而是指孔子所谓"兴、观、群、怨",也就是诗对于政治、社会、文化、人生所发生的作用和影响。诗应该是最精美的语言,需要高度的艺术性,才能感动人,如醇醪之使人陶醉,但是如果专注重诗之艺术风格,而忽略其在政治、

---

① 河北教育出版社 2004 年版。

社会上之效益与作用,则也是不全面的。(1991 年 4 月 1 日)

这一则仅仅一百多字的手稿,虽未经铺展成为一篇论文,却已将缪先生对有关诗教的想法或论点,撮举得十分精要。中华民族当然是"爱好诗的民族",从上古歌谣、《诗经》《楚辞》、汉魏六朝乐府诗及五言诗、唐代的古体诗及近体诗、宋词、元曲,直到白话诗及现代诗,可谓源远流长、波澜壮阔,以致境外的邻国也输入了汉诗。至于"诗教"何以是"中华民族文化之精髓"? 则有待叶嘉莹先生来解答,因为这正是叶先生七十年来诲人不倦、教人不厌的最大动力来源(详后)。而《礼记·经解篇》以"温柔敦厚"为诗教,当然不如孔子的"兴、观、群、怨"的诗教内涵之丰富,能够符应到"诗对于政治、社会、文化、人生所发生的作用和影响"的历史事实。至于缪钺先生说"诗应该是最精美的语言,需要高度的艺术性,才能感动人";又说"如果专注重诗之艺术风格,而忽略其在政治、社会上之效益与作用,则也是不全面的"。这显然是在讨论诗歌创作与评赏的问题。可见在缪先生的意识中,也是将诗歌的创作与评赏纳入诗教的范围,因为诗教既可以从读者的角度加以应用、评赏,当然更应该从作者的角度,直接写出诗歌作品,使人兴发感动。中华民族从西周以来的三千多年中,不同形式的诗歌作品层出不穷,同一时代中,往往新旧形式并存,相互衬托,多元发展,像近体诗盛行的唐代,名家诗文集中,除近体诗外,仍有为数不少的乐府诗和古诗,中晚唐甚至还有词的出现。宋代以词享誉,但文人诗文集中,诗的数量往往远多于词的篇幅。学习总要从熟悉既有遗产开始,不了解过去,如何能从现在的表层看到深层,乃至于从过去的发展,摸索出未来发展的方向? 在文学艺术方面,要熟悉遗产,古人以模拟为有效的方式,书法、绘画如此,诗歌何尝不如此? 但诗歌的拟古,往往只是用其意、酌其法,而不师其辞,在模拟中,仍有自由发挥的空间,像陆机著名的《拟行行重行行》《拟明月皎夜光》等十二首拟古诗便是如此。20 世纪以后的现代诗,在切断过去传统而试验"横的移植"数十年后,最近半年,连续看到台湾两位著名的现代诗人,将唐诗加以改写的新作,发表于《联合报》的副刊上,也是用唐诗之意,而发挥想象力的作品,有似陆机的拟古诗作,不知能否为现代诗走出一条在形式与内容上兼顾传承与创新的康庄大道。在过去数十年的现代诗中,也不乏可以朗朗上口足以使人兴发感动之作。可见只要能使人产生兴发感动的功效,在生活中的社会、政治、文化、人生各个层面产生作用及影响,无论是诗歌的创作、评赏,或是诗歌美学理论的探索,都应该纳入诗教的领域。

二、叶嘉莹先生的诗教特色

从以上的回顾来看,中华诗教可大致分为前后两个阶段:从春秋至两汉是前一阶段,从魏晋至今是后一阶段。前一阶段是站在"用诗"的角度,以《诗三百》作为言志、悟理的媒介,产生了孔子"兴、观、群、怨"的诗教和汉儒伦理教化的诗教。后一阶段则是站在作诗与评诗的角度,无论《诗经》《楚辞》、乐府、古诗、近体诗、词、曲乃至于现代诗,都可作为学诗及评诗的对象,而以诗歌的创作、评赏以及诗歌审美理论的探索,也就是以文人诗的传统为诗教。

　　叶嘉莹先生将她的一生都奉献给中国的古典诗词,无论在诗词的创作、评赏以及诗词审美理论的探索各方面,都取得惊人的成就。如此,先生的诗教性质,似乎当定位为文人诗传统的诗教才是。然而,先生的诗教内涵并不限于这后一阶段,而是也斟酌吸收了前一阶段汉儒伦理教化的诗教,并且既凸显又深化了孔子诗教中"兴"的作用,视之为中国诗歌的精华、特色。因此先生的诗教,可说是融合了两阶段诗教的集大成者,"集大成"正是叶先生诗教最鲜明的特色所在。先生在《红蕖留梦》中有一段自述平生在古典诗词道路上的种种经验:

　　　　回顾我平生走过的道路,是中国的古典诗词伴随了我一生。我从一个童稚天真的诗词爱好者,首先步入的是古典诗词创作的道路;后来为了谋生的需要,又步入古典诗词教学的道路;而为了教学的需要,我又步入了古典诗词理论研究的道路。我对于创作、教学和科研本来都有着浓厚的兴趣,但一个人的时间精力毕竟有限,何况我还经历了诸多忧患。首先是为了教学与科研的工作,而荒忽了诗词的创作,又为了繁重的教学工作,而没能专心于科研。在创作的道路上,我没有能够成为一个很好的诗人,在研究的道路上,我也没有能够成为一个很好的学者,那是因为我在这两条道路上,都没有做出全身心的投入。但是在教学的道路上,虽然我也未必是一个很好的教师,但我却确确实实为教学工作,投入了我大部分的生命。①

　　从这段话中我们可以得到三种认识:一是先生对古典诗词是出于童稚天真的爱好,以后竟终生相随,不厌不离,不像王国维在文学与哲学以及小学考据之间辗转徘徊,可见其性情中有极单纯专一与坚韧不拔的一面。二是先生对于古典诗词,是创作、评赏以及理论研究全方位的投入,不像多数学者偏于理论研究而不能创作,以至于所作的评赏难以体贴幽微,切理餍心。三是先生在投入古典诗词的进程上,先由生活中的感发而学习创作,进而由谋生的需要而进入教学评赏,再由教学评赏中所生的困惑而进入理论探索,直到疑释惑解而后已。这是最自然的进程,迥异于今日不少学者先入为主地以某种理论为依据,去从事评赏或创作,以致其视野不免受到理论的拘牵,而沦为理论的演练而已。此外,先生还对自

---

① 　叶嘉莹口述,张候萍撰写:《红蕖留梦》,三联书店,2013年,第416页。

己在诗词的创作、教学、理论研究三方面的成绩加以自我评量,认为只有在教学评赏方面可说尽心尽力;在诗词创作与理论研究上则未能全身心地投入,因而既未能成为一个好诗人,也未能成为好学者。先生如此自我评量固然是出自谦抑,但也是先生以古今的最高标准来责求自己之故。先生曾对缪钺老前辈纵论词史上有四大变化:

> 唐五代词人所作多为应歌之小令,北宋初欧晏诸公犹承其余风,虽酝藉幽美,而内涵未丰;柳耆卿流连坊曲,采掇新声,大作慢词,开展铺叙之法,使繁复之景物情事能容纳于词中,此一变也。苏东坡具超卓之才华,旷逸之襟抱,以诗法入词,扩展内容,更新境界,此二变也。周清真才情富艳,精通音律,以辞赋之法作词,安排勾勒,叙写情事,密丽精工,此三变也。王静安读康德、叔本华之书,融会西方哲理、美学思想于词中,以小喻大,思致深邃,开古人未有之境,此四变也。①

先生既深明词史之"四变",自己一生又饱经忧患,辗转于大陆、台湾地区及北美各地,阅历既广,感发日深,而一生诗词创作不稍间断,所作无不称心而言,发乎真挚。先生曾说:"真正伟大的诗人是用生命来写自己的诗篇,用自己的生活来实践自己的诗篇。"②先生所作的诗词又何尝不是"用生命来写自己的诗篇,用生活来实践自己的诗篇"? 因此赵朴初先生在和先生的《瑶华》词中高度赞美先生的诗词成就:"是悲心参透词心,并世清芬无几。"③数学大师陈省身也激赏先生的诗词为:"千年锦绣萃一身。"④先生自己于当代词人,除了最推崇王国维外,还推崇夏承焘先生为"开继宗风一代尊"的一代宗师⑤,推崇沈祖棻先生为女性词作者中的集大成者⑥。推崇缪钺先生其诗风格兼有晚唐与宋诗之美,两首七言长古(一首三百余字,一首近四百字)为"近世诗坛上不可多得之作";其词之风格,则小令之蕴藉富华与晏小山为近,长调之清空骚雅又有得于姜白石⑦。夏、沈、缪和先生等数人大概就是赵老眼里的"并世清芬无几"中人吧?

先生又认为沈祖棻先生是清代词史观念的继承者,如所举的一首《浣溪沙》小词以典雅、深隐的风格写出抗日战争中的沉痛:

> 兰絮三生证果因。冥冥东海乍扬尘。龙鸾交扇拥天人。　　月里山河连夜缺。云中环佩几回闻? 蓼香一掬伫千春。

---

①　缪钺:《迦陵诗词稿·序》,中华书局,2007 年,第 6—7 页。

②　《叶嘉莹作品集总序》,《多面折射的光影——叶嘉莹自选集》,南开大学出版社,2004 年,第 326 页。

③　《红蕖留梦》,第 359 页。

④　《红蕖留梦》,第 371 页。

⑤　《迦陵诗词稿·挽夏承焘先生二绝》,中华书局,2007 年,第 167 页。

⑥　《红蕖留梦》,第 388 页。

⑦　《论缪钺先生诗词评赏与诗词创作两方面之成就》,《迦陵杂文集》,桂冠出版社,2000 年,第 94、98 页。

中国文化早在隋唐,便惠及日本,所种的是善因,像清香的兰花。但结的却是恶果:是漫天的飞絮;是东海的扬尘;日本以大举入侵相回报。国共两党起先陷于内战,后才转为联合阵线,共拥领袖对外宣战。然而大好河山仍一大块接着一大块消失,就像天上的月亮一夜又一夜缺损下去。老百姓心中悲苦,手持蓼香,年年伫望,但能有几次盼到佳音,有如空中环佩之声那样悦耳呢? 先生所作的诗词,随着时间的推移,空间的转变,境遇的不同,其意境风格虽常有所更新,但其中也不乏词史、诗史一类评弹世局、胸怀苍生之作,如1978年作的《水龙吟·秋日感怀》词下半阕有云:"一水盈盈清浅,向人间做成银汉。阋墙兄弟,难缝尺布,古今同叹。血裔千年,亲朋两地,忍教分散。待恩仇泯没,同心共举,把长桥建。"国共两党于黄埔军校草创及北伐之初,均彼此合作,亲如兄弟,然而"一尺布,尚可缝",兄弟竟阋墙而不相容,以致一水之隔竟已三十年(1949—1978)不能往来,有如天上之银河难以攀登,同为炎黄千年子孙,如何忍心使亲朋分散两地,日思夜盼,而不能相见! 先生因而祝祷早日泯灭恩仇,共建长桥,携手连心。先生的祈愿,竟然于十年后的1987年,台湾方面宣布解严,两岸开始经香港转机,而互相往来了。不久又由转航更进为直航,从台北至北京天津,只需三小时左右,何等方便! 先生这阕词,评弹两岸的僵局,写得气壮情切而辞放,大类苏辛的风格。然而先生除苏辛一类的雄放风格之外,更有风格婉约深微的忧心世态之作,如作于1983年的《蝶恋花》词:

　　　爱向高楼凝望眼。海阔天遥,一片沧波远。仿佛神山如可见,孤帆便拟追寻遍。　　明月多情来枕畔,九畹滋兰,难忘芳菲愿。消息故园春意晚,花期日日心头算。①

这是写日日在心头默计祖国的文化春天何时才能盼到的渴望,写得何等婉约深微! 这种心情也出现于同年作的一首七律《高枝》:

　　　　高枝珍重护芳菲,未信当年作计非。

　　　　忍待千年盼终发,忽惊万点竟飘飞。

　　　　所期石炼天能补,但使珠圆月岂亏。

　　　　祝取重番花事好,故园春梦总依依。②

先生于1977年偕家人从加拿大返国探亲旅游,恰是四人帮倒台之后,曾兴奋地记其沿途见闻:"在沿途所乘坐的火车,往往看见国内旅客手捧着一册《唐诗三百首》滋滋有味地在阅读着。在参观各地古迹时,也往往听到当地的导游人朗朗上口地背诵出古人的佳句名篇。我

---

　　① 《迦陵诗词稿》,第236页。
　　② 《迦陵诗词稿》,第162页。

当时真是说不尽的欢喜,以为祖国虽然经受了不少灾害和磨难,但文化的种子却仍然潜植在广大人民心底。"①第二年先生便提出回国讲学的申请,而于 1979 年,先后在北京大学、南开大学讲学,尤其是南开大学日讲诗、夜讲词那一系列的讲座,那种座无虚席、满坑满谷、如醉如痴的景况,使主讲人一次又一次被听讲者的热情所感动。然而好景不常,自 20 世纪 80 年代改革开放后,社会以经济挂帅,虽然制造业蓬勃发展,出口大增,财富猛聚,消费水平迅速提高,但是一般百姓的文化水平却不升反降,便是修习古典文学专业的大学生程度也在下滑,因此先生不免忧心地写出:"忍待千年盼终发,忽惊万点竟飘飞!"然而先生相信这只是一时现象,社会终将调整到经济与文化并重的大道上来。因为一个人只有物质消费能力的提高,而没有精神安顿能力的提高,就像自行车的两轮,前轮灌足了气,后轮一直在漏气,车子是走不远的。先生既抱定要以传承古典诗词的使命回来报效祖国,明知道这美丽的理想神山远在天边——"海阔天遥,一片沧波远",自己虽只是一只小舟,也要扬起孤帆百折不挠追寻到底——"仿佛神山如可见。孤帆便拟追寻遍。"于是 20 世纪 90 年代后先生在南开大学设立"中华古典文化研究所",又捐出加拿大退休金的半数,成立奖学金与学术基金,致力于"滋兰九畹,树蕙百亩"的栽培工作,珍惜芳菲,护持高枝,年年盼望花期的到来,要亲眼看见万紫千红的春天,热热闹闹地在文化的故园中开得缤纷灿烂。像这两首风格婉约深微的心怀文化、针砭世态之作,同样是具有词史的性质的难得的好词,可与沈祖棻上述的《浣溪沙》词并驾齐驱。

先生不仅词方面有词史之作,诗方面亦有诗史之作,最有代表性的,也许要推 1974 年的《祖国行长歌》和 1977 年的《大庆油田行》。这两首七言歌行体长诗,前者 266 句,1879 字;后者 124 句,853 字;是先生从加拿大第一次及第二次回国探亲,访问参观时深受感动、充满激情之作。《祖国行长歌》是写"卅年离家几万里,思乡情在无时已"的一个异国游子,在"久经忧患久飘零"之后,忽然回到故乡北京与亲友相聚时的"眼流涕泪心狂喜"之情。在北京不但重游了早年步履所至的陶然亭、昆明湖、北海公园、故宫、长城、定陵等旧迹,还看到"天安门外广场开,诸馆新建高崔巍""郊区厂屋如栉比,处处新猷风景异;蔽野葱笼黍稷多,公社良田美无际"等新貌而大开眼界。然后开始范围远超过当年司马迁、杜甫等人的"壮游"之举。其所游历之地,涵盖了黄河、长江、钱塘江、漓江、珠江等五大河流域;所访问参观之地,则有山西昔阳的大寨,陕西的延安、西安,上海,浙江的杭州,广西的桂林、阳朔,最后从广州飞返温哥华。这一次壮游,不但使先生眼界大开深受感发,而且决心回国讲学以报效

---

① 《叶嘉莹自选集》,第 337—338 页。

国家的志意,也由朦胧而清晰起来。在昔阳大寨,她感受到"万千访客岂徒来,定有精神蒙洗涤";在延安的凤凰山,她低徊于"土窑筹策艰难日,想见成功不等闲";在西安,她呼吸到一缕古风,"周秦前汉隋唐地,未改河山气象雄";在骊山她想到杜甫《自京赴奉先县咏怀五百字》诗中"朱门酒肉臭,路有冻死骨。荣枯咫尺异,惆怅难再述"的悲愤,因玄宗的逸乐而酿成安史之乱的滔天大祸,而发出异代的共鸣:"咫尺荣枯悲杜老,终看鼙鼓动渔阳。"路过上海,便去旧游之地黄浦江边匆匆一瞥,而惊讶于今昔的巨变:"跑马前厅改医院,行乞街头不复见。列强租借早收回,工厂如林皆自建。市民处处做晨操,可见更新觉悟高。改尽奢靡当日习,百年国耻一时消。"从上海到杭州,从桂林到阳朔,一路江山如画,美不胜收,于是写景的佳句络绎不绝蜂拥而出。如写沪杭线火车上的眺望:"采莲人在画图中,菜花黄嫩桑麻绿。"如写西湖:"两岸山鬟如染黛,一夜烟水弄阴晴。快意波心乘小艇,更坐山亭瀹芳茗。灵鹫飞来仰翠峰,花港观鱼爱红影。"如写桂林:"桂林群山拔地起,怪石奇岩世无比。游神方在碧虚间,盘旋忽入骊宫底。滴乳千年幻百观,瑶台琼树舞龙鸾。此中浑忘人间世,出洞方惊日影残。"如写漓江:"挂席明朝向阳朔,百里舟行真足乐。漓江一水曳柔蓝,两岸青山削碧玉。捕鱼滩上设鱼梁,种竹江干翠影长。艺果山间垂柿柚,此乡生计好风光。"然而这么一大片的游历之胜,山水之美,只是《祖国行长歌》的后半部,前半部则往复于儿时西窗前的明月,八年抗日战争中在北平沦陷区母亡父隔的孤露之哀,还有远嫁离乡渡海赴台后蒙冤茹苦二十年的辛酸岁月,以及糊口于异国已六七年的飘泊无依之悲。一旦飘零近三十年之后,得遂还乡之愿,却又是悲喜交集:喜的是:"两弟夫妻四教师,侄男侄女多英姿,喜见吾家佳子弟,辉光彷佛生庭墀";悲的是"所悲老父天涯殁,未得还乡享此儿孙乐。更悲伯父伯母未见我归来,逝者难回空泪落"。先生这首五十岁所作的平生第一长诗,时间上跨越近半个世纪,经过童稚时的军阀混战,青少年时的抗日战争中沦陷区的苦难,大学毕业后的国共内战,这些都是人在北平时的遭遇。自从远嫁离乡后,空间上便由北平而南京,而台湾,而美国东岸及加拿大西岸,横跨整个太平洋和北美大陆。以如此辽阔的时空背景写成的具有诗史性质的长诗,在中国诗歌史上是前所未有的。而此诗的风格,可说是兼具李白的飘逸之气、清澈之句与杜甫的沉郁辛酸之情、博大深厚之怀的一种融合,是杜甫的《北征》、《自京赴奉先县咏怀五百字》诸长诗之后,中国诗歌史上极具震撼力的一首诗史之作。

这首作于 1974 年的长诗于收入《迦陵诗词稿》后,诗前特加一段按语,表示事后回思当时参观各地时导游人所介绍者"不免因当时政治背景而有不尽真实之处",但先生诗中所写的却都是"当日自己之真情实感",并不受导游人或有浮夸之处的影响。先生将此首长诗收在《多面折射的光影——叶嘉莹自选集》里,成为"古体诗四篇"中的一篇,可见对它的重视。

至于另一篇八百五十余字的《大庆油田行》长诗,诗前有长序云:"……在大庆共留三日,曾参观铁人纪念馆、女子钻井队、女子采油队、创业庄、缝补厂、萨尔图仓库、嘛喇甸联合站、大庆化工厂及铁人学校等地,对大庆艰苦创业精神,深怀感动,因试写长歌一首以纪其事。唯是在大庆之所见闻,皆为古典诗中所未曾前有之事物,作者虽有意为融今入古之尝试,然而力不从心,故未能表达大庆之精神及个人之感动于十百分之一也。"这首长诗令先生感到"力不从心",因为在大庆的所见所闻,全是古典诗中从未曾有的新事物,举凡钻探深井前各式各样繁杂的准备工作,开工后各种复杂工序的配合,各种临时突发状况的应变处理,抽出油运输到化工厂后的整套提炼过程等等,这绝非一个普通人所能了解。单是各种机具及其零件的功能名称,亦非一个参访者所能记住,因此描述时当然是"力不从心"。但是先生所观察到的却足以感受出大庆由盐碱荒滩变成工农兼顾的生活乐土所付出的苦干实干、艰辛奋斗的创业精神,而大为感动。中国便是凭借这样一个创业精神,二三十年后成为全球制造业的第一大国,而有"世界工厂"之称。先生这首诗的最后似乎已预告了这样的前景:"吓嗟乎创业艰辛业竟成,飞腾从此展云程。中华举国兴工业,大庆红旗是典型。"

先生的诗词创作,除上述歌行、小令以具有诗史、词史性质而显得醒目突出外,其他如近体诗之律绝,词之长调,其光华照眼、沁人心脾者,不胜枚举。五律如 1950 年作的《转蓬》,七律如 1981 年作的《与缪彦威前辈赠答诗》,七绝如 1976 年作的"哭女诗"一首,长调如 1979 年作的《水龙吟》(题屈原图像)、《水调歌头》(题友人梁恩佐先生绘国殇图)等题画词,还有作于 1988 年的《瑶华》一首,在莲华开落俯仰今昔的不胜悲凉中,仍隐隐然透出一股清拔之气,予人兴发感动良深,而想起顾随先生的教诲:"一个人要以无生之觉悟为有生之事业,以悲观之体验过乐观之生活。"

先生在诗词美学的研究,其用力之勤,探索之深,四十年来,可谓罕有其匹,而所获之成果,亦无与伦比,是继张惠言、王国维等人之后,俨然为一代诗词美学之集大成者,尤其是对词体的特殊美学质量之形成与演进,能做出完整的理论化和系统化的说明,更是令人望尘莫及。先生从 1967 年参加美国贞女岛召开的"中国的文学批评"国际会议中提出《常州词派比兴寄托之说的新检讨》,到 2000 年撰写《论词之美感特质之形成及反思与世变之关系》,三十几年间完成掷地有声的词学论文、序跋、词学随笔等论著多达数十篇,结集成书者已有《王国维及其文学批评》《我的诗词道路》《词学新诠》等三种,均收入 2000 年台北桂冠图书公司出版的一套二十四本《叶嘉莹作品集》中。此后先生又进入女性词作的研究,以"女性词作的美感特质之演进"为主题,以"性别与文化"为理论之依据。先生在去年出版的《红蕖留梦——叶嘉莹谈诗忆往》的第七章中,设有"中国词学理论的探索"一节,以两万字左右的篇

幅介绍各篇论著的旨趣,限于篇幅不能一一细表,仅撮举要旨,略述先生在词学理论探索上的三大贡献:

第一大贡献是对作为倚声填词之祖的《花间词》之美学特质的探掘,从歌咏美人爱情的艳歌小词中,叶先生发现一部分优秀之作,有深微幽隐的言外意蕴之美,给这个文类带来一种特殊质量的美感,是士大夫在"诗以言志""文以载道"之外开启的另一扇文学之窗所见到的一种幽微蕴藉之美,这种特殊的美学质量后来便形成品赏词之美的期待视野,于是,"以富于深微幽隐的言外之意蕴为美"遂成为品词的恒久标准。即使北宋、南宋各出现苏轼、辛弃疾豪放派之词,但苏词的胜境却在于夏敬观先生所说的"正如天风海涛之曲,中多幽咽怨断之声"的一类作品;辛词的杰作亦在于陈廷焯所指的"气魄极雄大,意境却极沉郁"的一类作品,而非一味激昂慷慨不免流于叫嚣之作。叶先生在1992年的《论词学中之困惑与〈花间词〉之女性叙写及其影响》的长文中,从西方女性主义文论中有关女性形象之探讨,领悟出一种"双性心态"的论述,正可用来说明《花间词》全为男性作者,为何要以女性形象、女性语言作为女性叙写的原委,正是由于作品中的女性形象和女性语言所曲折传达出的深微幽隐的意蕴,引起读者产生意在言外的联想的潜能,使词这个文类创造出特殊的美学质量。当男性作者叙写女子爱情的失意落寞时,无意间也把自己的仕途挫折、不遇知音的潜在的失落感也流露出来。《花间》这种"以富于深微幽隐的言外之意蕴为美"这一特质,经叶先生加以理论性的说明之后,使人豁然开朗,茅塞顿开,为何纵有"天风海涛之曲"尚非无憾,必须"中多幽咽怨断之音"方臻词之绝境;为何仅是"气魄雄大"亦非完美,必须"意境沉郁"方为词之极致。后来张惠言的《词选序》说:"词者……其缘情造端,兴于微言,以相感动,极命风谣里巷男女哀乐,以道贤人君子幽约怨悱不能自言之情,低徊要眇以喻其至。"王国维《人间词话》也说:"词之为体,要眇宜修,能言诗之所不能言,而不能尽言诗之所能言。诗之境阔,词之言长。"二人所勾勒的词之特殊质量的美感,也都是以要眇深微富于言外之意蕴为美,与《花间词》正是一脉相承。

第二大贡献是"赋化之词"的提出,先生于20世纪80年代初与四川大学缪钺老前辈合作撰写《灵谿词说》此一"千秋大业",当写到《论周邦彦词》时,对周氏的词所表现出的风格提出"赋笔为词"的说法。然后在1988年撰写的《对传统词学与王国维词论在西方理论之观照中的反思》一文中,对唐五代两宋词的发展,正式划分出"歌辞之词""诗化之词"与"赋化之词"三个阶段。先生此一"赋化之词"的提出,对词史与词的创作两方面都极为重要。在词史方面,揭举出"赋化之词",才足以说明从周邦彦词(特别是长调慢词方面)对南宋词家所产生的极大影响,而造成南北宋词两种不同的质量与风格的演变,并为词史的发展划下句点。因为南宋以后的词作,仍未超出上述三个阶段的范围。在词的创作方面,周邦彦长调慢词的创作,代表词的写作在本质上的一种转变,那就是以铺陈勾勒的思力安排作为写作的动力,是对前面两个阶段以兴发感动为主要写作方式的一种突破。赋化之词,若是内容空洞堆砌形式,当然是失败之作;至于优秀之作则如先生所说:"往往于勾勒中见浑厚,隐曲中见深思,在思力安排之中蕴含深隐之意。只要读者找到这一类词的途径,从思力入手去追寻,自然也可以获得它蕴含于内的一种深思隐意。像周邦彦的《兰陵王》(柳阴直)、《渡江云》(晴岚低楚甸)都是赋化之词中成功之作。这些词可以说在词演进到第三阶段赋化之词以后,仍然保留着属于词的特殊美感。"①

先生提出"赋化之词"一说,不仅对词史与词的创作两方面有突破性的贡献,更对词学中常州词派的比兴寄托说与王国维的不喜南宋词的偏见,取得高屋建瓴之势,而能对两者之得失利弊,观察得一清二楚。常州词派以比兴寄托诠释唐五代北宋之小令词,往往牵强附会;但用以解读亡国之后的南宋咏物词,往往能深入三昧。王国维以感发联想发挥唐五代北宋小令词的余蕴,往往令人耳目一新,但以之面对南宋词,则往往格格不入。过去对常州派说词与王国维说词两派的优劣纷争,因"赋化之词"的提出,终于可以息鼓休兵了。

第三大贡献是对词的美感特质——要眇幽微之美深探其本质究系何种质素,而有"弱德之美"的理论之建构。此"弱德之美"理论的建构,是在1993年的《从艳词发展之历史看朱彝尊爱情词之美学特质》一文中提出的。先生发现朱氏《静志居琴趣》所收的爱情词,"写得朴质深厚,别有吞吐不尽之意,在艺术上完全暗合于自《花间词》以来所形成的以深微幽隐富含言外意蕴为美的美感特质。但朱氏的吞吐不尽,又与"贤人君子幽约怨悱之情"有所不同,先生同意陈廷焯《白雨斋词话》中对朱词中的品评:"竹垞艳词,确有所指,不同泛设。其中难言之处,不得不乱已以他辞,故为隐语,所以味厚。"②朱氏之艳词因"确有所指,不同泛设",此虽与贤人君子的志意有所不同,但在本质上又有相近之处,先生以为"二者都同是处于外界的强势压力之下,不得不把自己的情思以委婉的姿态表达出来,但内心在收束约敛中还有对理想的追求和自身品格的操守",先生于是"对词之美感特质归纳出一个更为触及本质的共性,我姑且称之为'弱德之美'。这样,我们再反观前代词人的作品,就会发现,凡是被词评家称为'低徊要眇''沉郁顿挫''幽约怨悱'的好词,其美感特质原来都属于'弱德之美'"。③

---

① 《红蕖留梦》,第320页。
② 《红蕖留梦》,第323页。
③ 《红蕖留梦》,第324页。

1998 年初先生为一位研究古代农学的学者石声汉先生的词集《荔尾词存》作序时，对石先生以"忧谗畏讥"为题叙说其写词的经验及体会，油然而生一种共鸣，觉得与"弱德之美"在本质上有相通之处，遂对"弱德之美"的内涵有更清晰的说明：

> "弱德"是贤人君子处在强大压力下，仍然能有所持守，有所完成的一种品德，这品德自有它独特的美。"弱"是指个人在外界强大压力下的处境，而"德"是自己内心的持守。"行有不得者皆反求诸己""躬自厚而薄责于人"，这是中国儒家的传统。①

先生在词的感美特质上深探更为触及到本质的共性，而有"弱德之美"的论述，并推源于儒家的"穷则独善其身"的传统。在外界强大的压力下，既不能"达则兼善天下"，遂在"独善其身"中仍有所持守、有所完成的修养，这确是中华民族的伟大传统，是以历代政权可以更迭不断，而文化则绵绵不绝源远流长，且能吸纳外来文化，在充分消化后，更壮大原有的体质。然而这种贤人君子"弱德之美"的品质，何以不能体现于诗文乃至其他艺术如音乐、美术之中，而为词所特有？先生自称其在《朱彝尊》一文中所论尚未细详，仍需补充，我们相信先生或已料到这样的疑问，会在后续的论著中为之释疑解惑。

先生在诗词创作、诗词美学理论研究的成果已如此丰硕，至于在诗词评赏方面的成就，当今之世，更不作第二人想。先生于 1945 年 21 岁大学毕业后便开始教书，一直到 1990 年自加拿大英属哥伦比亚大学退休，退休后则半年在南开大学半年在世界各处讲学不辍，连暑假还都在为温哥华的华侨开课多年。像先生这样连续讲课达七十年而不曾间断的经历，恐怕举世少有；先生为古典诗词的评赏所投注的精诚和所付出的辛劳，也是举世罕见。在七十年连续不辍的出于精诚、不辞辛劳的讲学中，与其诗词创作及诗词理论研究的成果相得益彰，因此所作的诗词评赏，无不"深辨甘苦，惬心贵当"，口碑日广，声誉日隆。

小说家陈映真在大学时代旁听过先生的"诗选"课，而留下永难忘怀的一场又一场的永远新奇的"审美的惊诧"②；散文家席慕蓉在台北听先生演讲《王国维〈人间词话〉问世百年的词学反思》，而感到参与了一次极为丰足的"心灵飨宴"③。先生的评诗赏词，有如一件艺术品的展示，既给人"审美的惊诧"，又给人"心灵飨宴"，在讲授的艺术中，已臻于极境，这是在得自乃师顾随先生的神髓之外，又有所开发。先生说："顾先生对诗歌的讲授，真是使我眼界大开。他讲课跟一般老师真是不一样，一般老师讲的只是书本上的知识，而顾先生给我的是心灵的启发。顾先生不仅有着深厚的中国古典文化的修养，而且具有融贯中西的襟

---

① 《红蕖留梦》，第 325 页。
② 《四十五年前的眉批》，《叶嘉莹教授八十华诞暨国际词学研讨会纪念文集》，南开大学出版社，2005 年，第 258 页。
③ 《心灵的飨宴——叶嘉莹先生的诗教》，《红蕖留梦》，第 13 页。

怀,加上他对诗歌有着极敏锐的感受与深刻的理解,所以他在讲课时往往旁征博引,兴会淋漓,那真的是一片神行。"①先生的讲课,除了也是一样"旁征博引、兴会淋漓、那真的是一片神行",给人心灵的启发外,还兼重书本上的知识,绝不忽略知人论世方面。缪钺先生在《迦陵论诗丛稿·题记》中,对先生的诗词评赏之精妙,归纳出四个特点:"知人论世""以意逆志""纵观古今""融贯中西"并加以精辟的说明,给有志于提升评赏诗词能力的人指出了应当努力的四个面向:

> 叶君论述古代诗人,先说明其历史背景,思想性格,为人行事以及撰述某诗篇之时、地及人事关系,然后因迹求心,进而探寻诗人之幽旨深情、远想遐思,遂能获鱼忘筌,探骊得珠。并就诗人性格、思想内容,剖析其艺术风格之所以形成,意境韵味之所以独异。此叶君论诗知人论世、以意逆志之特点也。

> 叶君又用"通古今之变"之观点评论中国诗歌,对于一位诗人、一种体裁、一个主题,常是穷源溯流,探寻其演变之迹,指出其革新之功,既可见古代诗歌生生不息之作用,又为今后新诗之创作指明借鉴之途径。此叶君论诗纵观古今之特点也。

> 叶君研治中西文学批评,较其同异,各有短长。中国古人论诗,极多精义,然习为象喻之言,简约之语;西方文评,长于思辨,擘肌分理,剖析明畅。中国诗评,宜于意会;西方文论,工于言传。故叶君论诗,汲取中国古人之精言巧譬,而用西方文评思辨之法,准确详尽以辨析之,明白晓畅以表达之,如抽茧剥蕉,如水银泻地,使读者豁然易解。对于古人诗论中神妙难晓之说,如严羽所谓"兴趣",王士祯所谓"神韵",王国维所谓"境界",均能加以科学之解释,义界明确,清除模糊影响之弊,如拨云雾而见青天。此叶君论诗融贯中西之特点也。②

这四个方面为欲深造者指出了可依循之法门,就像杜甫诗给人留有诗法可学一样,不似李白诗那样飘然云外,无迹可寻。其中"知人论世""以意逆志"前两方面,皆是传统说诗法,不难做到。"纵观古今"方面虽亦未离传统方法,但如此深厚之学养,在今日讲求分工专业的社会,恐只有少数人能够达到。至于"融贯中西",则是凤毛麟角。先生半生旅居于北美,虽饱尝异乡飘泊、知音难觅之苦,却也结下了"融贯中西"的善缘。

从先生诗词创作、诗词理论研究以及诗词评赏三方面的惊人成就,其诗教应属于第二阶段文人诗传统的诗教,然而先生对自孔子到两汉第一阶段的诗教亦有所提炼发展,首先是对孔子说的"诗可以兴"的"兴"之作用加以深化发展。在《论语》中,有孔子与子贡、子夏

---

① 《红蕖留梦》,第 65 页。
② 《迦陵论诗丛稿·题记》,中华书局,2005 年,第 7—8 页。

两则涉及《诗经》句子的对话,可以作为"诗可以兴"的意涵的例证。《学而篇》:"子贡曰:'贫而无谄,富而无骄,何如?'子曰:'可也,未若贫而乐,富而好礼者也。'子贡曰:'《诗》云:"如切如磋,如琢如磨",其斯之谓与?'子曰:'赐也,始可与言诗已矣,告诸往而知来者。'"又《八佾篇》:"子夏问曰:'巧笑倩兮,美目盼兮,素以为绚兮。'何谓也? 子曰:'绘事后素。'曰:'礼后乎?'子曰:'起予者商也,始可与言诗已矣。'"从两则对话中,可知"兴"便是"起",是一种兴起、启发、联想的作用功能,与孔子平日教学生要举一反三是同一道理。然而孔子从《诗经》句子中得到的启发联想,是侧重在做人悟理方面。"贫而乐,富而好礼"的做人境界,当然高于"贫而无谄,富而无骄",使子贡联想到《诗经》的"切磋琢磨"之句而受到启发。子夏因孔子"绘事而素"的比喻而感悟到种种礼仪形式都是因时因地而设的后起之物,其根本则在于需先有一颗诚恳敬爱之心。如此深刻的理悟,使孔子都受到启发。先生则从孔子的做人悟理方面,深入到生命中的情意领域,而体悟到融入生命情意的诗歌,因读者会受到它的兴发感动,而获得生生不已的生命。因此先生说:"我一向认为,'兴'是中国诗歌里真正的精华,是我们中华诗学的特色所在。孔子说过,做人的道理第一就是'兴于诗'。要知道'哀莫大于心死',兴是一种感发,它能使你内心之中产生一种生生不已的活泼的生命,而诗就可以给你这种兴的感发。"①又说:"无论是写作也好,讲授也好,我所要传达的,可以说都是我所体悟到的诗词中的一种生命,一种生生不已的感发的力量。中国传统一直有'诗教'之说,认为诗可以'正得失,动天地,感鬼神'……我在讲课时常常对同学说,真正伟大的诗人是用自己的生命来写作自己的诗篇,是用自己的生活来实践自己的诗篇。在他们的诗篇中,蓄积了古代伟大诗人的所有心灵、智能、品格、襟抱和修养。而我们讲诗的人所要做的,就正是透过诗人的作品,使这些诗人的生命心魂,得到又一次再生的机会。而且在这些再生的活动中,将会带着一种强大的感发作用,使我们这些讲者与听者或者作者与读者,都得到一种生生不已的力量。在这种以生命相融会相感发的活动中,自有一种极大的乐趣。"②先生从孔子的做人悟理的"兴"的作用,深化到生命情意的力与美,因而发现到诗篇中"兴"的强大的感发作用,因为其中"蓄积了古代伟大诗人的所有心灵、智能、品格、襟抱和修养",这不但是"兴"义的新发展,而且是先生一生作诗、说诗、研究诗词理论的核心基础。由于诗中"兴"的强大的感发力量,不但使读者个人在相融会相感发的乐趣中得以潜移默化,而且社会伦理也会在此强大的感发力量中受到一定的激荡和影响,因此先生对汉儒"正得失,动天地,感鬼神"的诗教是肯定的。她在《总序》中又说:"这些活动初看起来,虽似乎不免于夸

---

① 《红蕖留梦》,第 313 页。
② 《叶嘉莹作品集·总序》,第 10 页。

大而不切实际,但诗歌之富含一种感发作用,则是不可否认的。而且证之于现代西方的接受美学与读者反应论之说,他们也以为阅读的进行同时也就是一种新的品德的强调(a new moral emphasis),又以为阅读不仅可带领人对自己有更充分的了解(leading to fuller knowledge of the self),而且可以达成一种自我的创造(self creation)"[请参阅《我的诗词道路》中《进入古典诗词之世界的两支门钥》一文,此处所引为沃夫岗·伊赛尔(Wolfgang Iser)与华尔克·吉布森(Walker Gibson)之说。]然而先生却不能苟同于汉儒的"比兴美刺"之说,依政教的需要对诗篇作出刺谁美谁如此既拘狭又牵强的解读。①

由此看来,先生的诗教特色,是先对先秦两汉第一阶段的诗教有所取舍发挥,提炼出诗歌中兴发感动生生不已的生命力量为诗教之核心,而以魏晋六朝以下第二阶段的诗词创作、诗词评赏以及诗词美学理论探索作为其诗教展演的舞台,正可说是两个阶段诗教的集大成者。

三、对文化传承的期待

先生的一生可谓生于忧患,历尽艰辛。在求学时代,是"读书曾值乱离年"(《赠故都师友绝句十二首之十一》,1979):在八年抗战岁月中,父亲一人身在后方,与在沦陷区的北平家人离散,母亲又在先生十七岁入大学时病亡,时为1941年。1948年结婚与夫婿一起赴台,夫婿不久即遭牢狱之灾:"台海当年兴狱烈,覆盆多少冤难雪,可怜独泣向深宵,怀中幼女才三月。苦心独力强支撑,阅尽炎凉世上情。三载夫还虽命在,刑余忧愤总难平。我依教学谋升斗,终日唇焦复瘏口。强笑谁知忍泪悲,纵博虚名亦何有。"(《祖国行》,1974)1969年受聘赴加拿大英属哥伦比亚大学(U.B.C)任教之后,在异国漂泊之日,既有"忍吏为家甘受辱,寄人非故剩堪悲"(《异国》,1969)之苦,又遭父亡(1971)女丧(1976)之痛。1974年及1977年两度回国探亲旅游,1978年申请回国讲学,而于翌年获准成行。因此1979年是先生一生转悲为喜的最大转折点,有诗云:"五年三度赋还乡,依旧归来喜欲狂。榆叶梅红杨柳绿,今番好是值春光。"(《绝句三首》之一,1979)这一年夏天在南开大学白天谈诗晚上讲词,把仅能容纳三百人的讲堂挤得水泄不通,台上台下无不挥汗如雨却又如醉如痴的盛况,让先生毕生难忘,而留下两首绝句:

　　　　白昼谈诗夜讲词,诸生与我共成痴。

---

① 见《"比兴"之说与"诗可以兴"》,《词学新诠》,桂冠出版社,2000年,第63页。

　　　　　　　临歧一课浑难罢,直到深宵夜角吹。

　　　　　　　题诗好订他年约,赠画长留此日情。

　　　　　　　感激一堂三百士,共挥汗雨送将行。

　　这两首分别"记讲课之事与送别之会",见《天津纪事绝句二十四首》之二十及二十一(1979)。从此先生便与南开大学结下不解之缘,在未退休之前,便利用 U.B.C 暑假放得早,经常于四月初便回来讲学,只是并不固定都在南开,因为当时邀请先生前去讲学实在太多了,先生在《红蕖留梦》中曾记下当时讲学之地:西南是成都、昆明,东北是哈尔滨、沈阳、大连,中间是北京、天津,东南是南京、上海,西北是兰州、乌鲁木齐。而且每一个地方还不只一个学校:北京有北京大学、北京师范大学、首都师范大学,天津有天津大学、南开大学、天津师范大学,南京有南京大学、南京师范大学,上海有复旦大学、华东师范大学,乌鲁木齐有新疆大学、新疆师范大学等等。1990 年先生自 U.B.C 正式退休,并当选为加拿大皇家学会(Royal Society of Canada)院士,同年南开大学请先生成立一个研究所,以培养诗词人才。若从 1979 年初次来南开大学讲课算起,先生缘结南开已超过三十年了。学生之中,竟有三十年来每次都来听讲的学生,这恐怕可以列入吉尼斯纪录了!先生当年在北平时连续听顾随先生的课达五六年之久,这已是罕见的纪录了,没想到顾随先生的纪录竟被他的学生给远远超过了,难怪先生对这些老学生要发出由衷的赞叹:"教书都是铁打的营盘流水的兵,而我这铁打的营盘还有铁打的兵!"[①]

　　当年先生赴 U.B.C 任教之前,曾从台大以交换教授的名义,到美国密西根大学及哈佛大学各讲学一年。任教于 U.B.C 后每年暑假又被哈佛大学海陶玮教授邀请前来合作研究。虽然两校的研究教学环境都不可多得,但却使先生常有"海外空能怀故国,人间何处有知音"(《再吟二绝》之二,1978)之叹。等到 1979 年回国讲学之后,虽然许多学校的环境设备都相对落后,却使先生有"神州处处有知音"(《天津纪事绝句二十四首》之八《赠杨福成先生》)的惊喜。更有彼此尚未谋面,先生只见到范曾先生的屈原画像,范曾先生只读到先生的词,彼此便莫逆于心,先生有两首绝句为证:

　　　　　　　当时观画频嗟赏,如见骚魂起汨罗。

　　　　　　　博得丹青今日赠,此中情事感人多。

　　　　　　　我观君画神为夺,君诵吾词赏亦颠。

　　　　　　　一面未逢心已识,论交真觉有奇缘。

---

① 《红蕖留梦》,第 418 页。

这两首也见于《天津纪事绝句二十四首》，分别是第二十二、二十三首。前一首是写先生在西山碧云寺的画展中，首次见到范先生的屈原画像，就在感动嗟赏正要拍照之际，却被人买走了。同行的南开中文系任家智先生说这张画的画家是南开校友，以后还有机会见到他的画。没想到就在先生日谈诗夜讲词结束之夜的送别会上，南开大学早已把范曾先生新画好的一张屈原图像裱好，作为送别的礼物了，先生当时的感动可以想见。后来先生为这张画填了一阕《水龙吟》长调（题屈原图像），将屈原悲愤愁郁的精魂，写得凛凛然有如当面看见一样，词与画相得益彰，如何不令范曾先生为之倾倒？我们民族文化的底蕴深厚，两位高人不必见面，只要相互端详作品，便足以相悦以解，莫逆于心。然而如此底蕴深厚的文化，恐怕只有在故国神州才能找到，无怪乎先生会"五年三度赋还乡，依旧归来喜欲狂"了。

失之东隅，收之桑榆。先生中年以前，虽饱更忧患、飘零之苦，但自 1979 年回国以后便否极泰来，进入人生的大丰收的阶段，知音接二连三，不断出现；著作等身，十册的文集、二十册的作品集先后出版；四处讲学，风靡神州。而先生今年九十高寿，仍然耳聪目明，记忆力惊人，讲学论述，曾无间断。能有如此的大丰收，当今学界，实为罕见，先生应当可以无所遗憾了吧？然而不然，先生近十余年来，颇有几阕小令词，于格调清深之中，一再透出一股沉郁苍凉之感，如下面作于 2000—2001 年的《鹧鸪天》三阕：

庚辰九月既望之夜，长河影淡，月华如水，小院闲行，偶成此阕。

似水年光去不停。长河如听逝波声。梧桐已分经霜死，幺凤谁传浴火生。　　花谢后，月偏明。夜凉深处露华凝。柔蚕枉自丝难尽，可有天孙织锦成。

偶阅黛安·艾克曼（Diane Ackerman）女士所写《鲸背月色》（*The Moon by Whale Light*）一书，谓远古之世界海洋未被污染以前蓝鲸可以隔洋传语，因思诗中感发之力，其可以穿越时空之作用盖亦有类乎是，昔杜甫有"摇落深知宋玉悲"之言。清人亦有以"沧海遗音"题写词集者，因赋此阕。

广乐钧天世莫知。伶伦吹竹自成痴。郢中白雪无人和，域外蓝鲸有梦思。　　明月下，夜潮迟。微波迢递送微辞。遗音沧海如能会，便是千秋共此时。

友人寄赠《老油灯》图影集一册，其中一盏与儿时旧家所点燃者极为相似，因忆昔年诵读李商隐《灯》诗，有"皎洁终无倦，煎熬亦自求"及"花时随酒远，雨后背窗休"之句，感赋此阕。

皎洁煎熬枉自痴，当年爱诵义山诗。酒边花外曾无份，雨冷窗寒有梦知。　　人老去，愿都迟。暮看图影起相思。心头一焰凭谁识，的历长明永夜时。

先生既叹逝水不回，年华老去，愿望迟迟未能实现。心头的一闪火焰在长夜漫漫中仍然的历闪烁，长明不灭，但有谁能辨识呢？又叹郢中的阳春白雪之曲，无人相和，而自己亦如吹笛成痴的伶伦，但所吹奏的钧天广乐无人理会。多羡慕域外蓝鲸能够隔洋传语，借微波传心。若有人能会意这沧海遗音，便是千秋共时，心声交会啊！先生的讲学著述不是备受欢迎广获推崇吗？何以仍有心头之焰、心海之声乏人解会之憾呢？原来先生所关切的并非个人的荣辱得失，而是中华文化命脉的传承啊！"柔蚕枉自丝难尽，可有天孙织锦成"正透露出先生的遗憾之症结所在。"天孙"是指天帝的孙女——织女，织女的使命在于织布。诗中以"天孙"比喻年轻的世代。"柔蚕"则是先生的自喻。先生从1954年开始在台湾大学任教，以后辗转于美国、加拿大、中国大陆、新加坡等地讲授诗词，一甲子过去了，天天都在为诗教而焚膏继晷，兀兀穷年，有如柔蚕吐丝，至今未已，但为何还看不到"天孙"把吐出的丝织成美丽的云锦呢？这六十年来不停不休地吐丝，只怕枉费心力，而诚恳的愿望恐怕就要落空吧？在《红蕖留梦》的尾声中，先生终于把她对民族文化传承的忧虑和盘托出，语重心长，值得大家认真面对，有所反思。先生说道：

> 我在多年前编写的《诗馨篇》一书的序里说过："在中国的诗词中，确实存在有一条绵延不已的感发之生命的长流。"我们一定要有青少年不断的加入，"来一同沐泳和享受这条活泼的生命之流"，"才能使这条生命之流永不枯竭"。一个人的生命总有走完的一天，中国优秀的传统文化命脉，要依靠年轻的一代继续传承。

> 近年来，常有人问我这些古典的诗词，对我们现代人有什么意义？我认为，诗歌的价值在于精神和文化方面。这不是由眼前现实物欲的得失所能够衡量的。近世纪以来西方资本主义过分重视物质的结果，也已经引起西方人的忧虑。1987年美国芝加哥大学的一位名叫布鲁姆（Allen Bloom）的教授，曾经出版轰动一时的著作，题目是《美国心灵的封闭》（*The Closing of the American Mind*），这本书的作者认为，美国今日的学生在学识和思想方面已经陷入一种极为贫乏的境地，其结果是对一切事情都缺乏高瞻远瞩的眼光和见解。这对于一个国家来说实在是令人忧虑的。中国经济的快速发展是可喜的，但是在这个过程中，我们万万不能丢失了自己民族最淳朴的文化传统。

> 现在有些人，只会数银行的存款有多少、房子有几间；只注重外表的美，争先恐后去做美容手术；却不知道，"岁月不居，时节如流"，只有内心的美才是恒久的。还有一些人只知道追求自己的利益，而丢失了最起码的文明道德。殊不知情操品格是自己的操守，不是为别人守的。一个人不能只活在物质世界，那样的人经不住任何诱惑。

> 浑浑噩噩一辈子，无法尽到一代人的责任，只是白白浪费了粮食。学人文科学的更应该担当起民族精神命脉传承下去的责任，每一代都有每一代的责任，我们要承前启后，各自负起自己的责任来。不能让中国古代优秀的文化遗产和精神财富，在我们这一代损毁、丢失。

先生在这段话中不断强调我们优秀的文化传统和民族精神命脉，两者是互为表里、手心手背的二位一体的关系。在优秀的文化传统中必然内涵民族的精神命脉，而民族的精神命脉也必然流动在优秀的文化传统之中。先生认为每一代的人都有责任把它担负起来，传承下去，不能使它损毁、丢失。否则便失责、愧对历史。这种责任感也许在终生未出国的人感受尚不真切，一旦远赴异国生活若干年后，思乡念土之情便日甚一日，一旦祖国有需要效命之秋，便百折不挠，千难万难也要回去。20 世纪 50 年代的钱学森不是如此吗？美国万般刁难，用尽手段，不让他回国。当时的美国可真有知人之明：一个钱学森可抵五个师。当钱学森在尖端科技毫无基础的中国造出了两弹一星，美国损失的何止五个师？连向地球上人口最多的一个大国恐吓讹诈的本钱也都赔掉了。还有举世闻名的数学大师陈省身，他在上世纪 70 年代回国时，"文革"尚未结束，竟能看到下一世纪的中国希望，而于 1974 年留下《回国》这首绝句："飘零纸笔过一生，世誉犹如春梦痕。喜看国家成乐土，廿一世纪国无伦。"①所以他宁可放弃美国院士的优渥生活，而甘愿终老于南开大学来培养自己的子弟，并且经常来听叶先生的诗词课，成了班上年纪最大的旁听生。先生自己又何尝不是如此？"文革"刚刚结束不久，她便于 1978 年申请回国讲学，翌年在《赠故都师友绝句十二首》中的末首写到："构厦多材岂待论，谁知散木有乡根。书生报国成何计，难忘诗骚李杜魂。"②作为中国真正的知识分子，他们的根永远生在自己的乡土之中，无法移植，这就是先生说的"乡根"啊！纵然在海外成就非凡，地位尊显，心里仍然清晰地感受到一种"飘零"之苦，而必须亲近自己的文化故土，融入民族的精神命脉，才能心安，才能舒泰，才能悠游于精神的富裕之乡，这是欧美的文化所无法取代的。钱、陈二位先生如此，叶先生亦复如此。

　　三十年来中国经济的快速发展，使中国成了世界第二大经济体，第一大制造国和贸易国，这固然是可喜的；但叶先生叮咛我们万万不可因此而丢失了自己的文化传统和精神命脉。眼看西方资本主义因过分重视物质而陷于心灵的封闭，丧失了对事物高瞻远瞩的眼光和见解；中国当然亦不乏唯利是图、连最起码的文明道德都不顾的许多大大小小的暴发户。而正本清源之道当在于无论是国家的教育或社会的价值，都应该重视精神财富的继承和创造，重视对历史文化的熟悉与赏爱，才不致使人一味浮沉于物质的追逐，因缺乏精神的洗涤引领而经不起打击，抵不住诱惑，才不致于忽视自己品格的培养与情操的锻炼。

---

① 《红蕖留梦》，第 367 页。
② 《迦陵诗词稿》，第 147 页。

四、结语

缪钺先生曾说:"'诗教'是中华民族文化的精髓。"而中华文化包罗万象,内容丰富,将从何说起? 又如何掌握? 我们只好提挈纲领,无法穷其枝叶。先生的同门师兄(同出顾随先生门下)红学专家周汝昌先生有"中华文化大寻脉"的宏文,正是一篇重要的纲领之作,可收振聋发聩之功。该文说道:

> 中华文化有两条主脉:一是仁义道德,一是才情灵智。两者会合乃生英才、雄略、哲士、伟人。
>
> 此二者貌甚不同,而其深层实质,却同一源,非有歧异。
>
> 中华的文化,从字义来看,应该主要是指"人文教化"。此教化是陶冶,是积渐,是潜默——这是一种"感染"的方式与力量,不同于"填鸭""强制""训斥""宣传"。陶冶感染,又主要是诉诸性情,而不以"道理""教义""口号""法令"等为手段,为能事。只给人以一种空泛无根的"观念"或"信仰",也异于中华文化上的"化"的真谛。
>
> "化"的对象是性情,可以因情以明道达理,却不是先"闻道"而后生情,是知"情"方是一切"心理"活动的根源。情与理自有倚伏的关系,而并非天生的冤家仇敌。……情是人之精华,从汉字"造字"来观察,十分清楚:如精,米之质也;清,水之好也;晴,日之美也;……倩,人之佳也;靓,妆之美也;……(青,本指一种颜色最美的矿石,天然宝物,"物华天宝"也)是故,情乃"心"之最美好的"部分"无疑。先民体认如此,民族之灵慧所悟也,这是不能反的。以"理"反"情"当然就导致文学艺术的消亡,终致并"文化"而灭绝了。①

能在纷纭万状、琳琅满目的中华文化中,看出"仁义道德"与"才情灵智"这两大主脉,这是何等眼力! 至于进一步悟出这形貌不同的两大主脉其深层竟是同出一源,这又是何等的"才情灵智"! 须是此两大主脉的会合,方能产生诗翁词伯等文学英才,还有哲人、伟人以及雄才大略的一代英雄等等。在中华数千年历史上,江山之所以代代有英才贤杰出现,原来是从两大主脉的会合激荡中脱颖而出的啊!

我们三千年的诗教,正是这两大主脉会合的产物,是既高明又有美感的"人文教化"。"他更是以陶冶、积渐、潜默的'感染'的方式与力量",使我们被兴发感动,使我们在生命的

---

① 周汝昌:《神州自有连城璧》,山东画报出版社,2005年,第242页。

共鸣中,品德受到陶冶,性情受到潜移默化,并在逐渐积累中培养品德,锻炼情操,提升自己的才情灵智。这与以粗暴的"填鸭、强制、训斥、宣传"等方式,去进行"空泛无根"只会动嘴皮子的种种"道理、教义、口号、法令"的布达,何啻天壤之别!"情"既是人的精华,也是诗教的精华。"情"在诗篇之中,正如先生所说:"蓄积了古代伟大诗人所有的心灵、智能、品格、襟抱和修养。"情与理互相倚伏,并不对立,我们应当"因情以明道达理",却不宜为理而造情,更不应以煽惑的理论去激暴廉价的情绪。不知可贵的真情与廉价的情绪之差别,使野心家的权力欲得逞,这是社会的悲剧,时代的悲哀。只知鼓动廉价的情绪,却不知培养可贵的真情,这样的社会如何能产生"高瞻远瞩的眼光和见解"? 如何能发展文学艺术等文化的创造力? 而诗教则是建立在可贵的真情之上,三千年来绵绵不绝,不曾因为几度政权为异族所窃据而断灭。这也正是缪钺先生为什么会说"诗教"是"中华民族文化的精髓"的缘故。

叶先生自讲学上庠以来,六十年中,东奔西走,历经忧患飘零之苦,而矢志不移,为发扬诗教而不辞辛苦,终于取得惊人的成就,为我们民族文化精髓的诗词中所蕴藏的"宗庙之美、百官之富",打开了大门,并为我们逐一讲解,仔细品味,她已尽到了文化传承的重责大任,而衷心期待年轻一代继续传承下去,使这条民族的生命之流永不枯竭。今后我们也许要在诗教如何普及推广上,集思广益,有所规划,付诸行动。如果从幼儿园、小学、中学、大学以至社会上林林总总的活动中,都多少能接触到诗教的身影,那么在十年后先生的百岁华诞上,也许先生便可含笑向我们宣布,她已看到了神州大地上璀璨夺目的文化的春天,站在云端上的天孙,正垂下一匹绚丽的云锦在向她祝贺呢!

好花原有四时香：

读《独陪明月看荷花：叶嘉莹诗词选译》有感

孙康宜（美国耶鲁大学）

去年暑假，台湾大学的齐益寿教授来耶鲁校园参观，他赠给我一本叶嘉莹教授诗词的英译本，题为：*Ode to the Lotus*：*Selected Poems of Florence Chia-ying Yeh*（《独陪明月看荷花：叶嘉莹诗词选译》）。[①] 这本书印得十分雅致，封面上有周半娟女士所绘荷花，书中收有叶教授的中文诗词原文，配上陶永强先生（Tommy W.K.Tao）的英文译文，其中每首诗词都附有谢琰先生（Yim Tse）的书法。多年来我一直想在我那门"中国女诗人"的英文课中介绍叶教授的诗词，但苦于找不到合适的英译本，得赠此书，我如获至宝。现在持有此诗词原文及其英译相对照的新书作为课本，让我满怀如愿以偿的欣喜。心想，明年春天若能及时采用此书作为课程教科书，也算是对叶嘉莹教授九十华诞的课堂祝贺。

去年 5 月间齐教授先到加拿大的温哥华旅游，期间他曾拜访书法家谢琰先生。当时叶嘉莹教授正好在场，于是就亲自赠送了一本《诗词选译》给齐先生，并在书上加上题签："迦陵，2012 年五月二十四日，于温哥华谢先生府上。"但到了耶鲁之后，齐先生得知我急于拥有一本叶教授的诗词译本，便慷慨割爱，先将那本英译诗词转赠给我，说他回头再请叶教授补寄一本到台湾给他。几天后齐先生就收到叶教授的电子回函，说一切照办没问题。而我也同时接到叶教授来自温哥华的长途电话，我们在电话中叙旧长谈。

不用说，我迫不及待地细读这个英译本。首先，我觉得书中有关叶教授诗词的选录，做得相当好。虽然只选了 51 首——等于只收入叶教授十分之一的诗作（从前 2000 年台北桂冠出版社出版的《迦陵诗词稿》共收有 540 首之多）——但因为所选的叶氏诗词篇篇具佳，每首都具代表性，而陶永强先生的译笔又属上乘，阅读中极富乐趣。此外，集中还收有一些过去《迦陵诗词稿》所未收的新作，也大大扩展了我的视野。套用叶教授评赏诗歌的用语，我

[①]　*Ode to the Lotus*：*Selected Poems of Florence Chia-ying Yeh*（《独陪明月看荷花：叶嘉莹诗词选译》）中侨互助会出版，2007 年。

之所以特别对这些诗作有一种"兴发感动"的感触,乃是因为多年以前叶教授曾给我看过她一些诗词的手稿。现在时过境迁,我再重读她这些旧作,同时眼见诗人又累积了最近几十年来的生命经验,而且都已写出新的诗词——所有这一切都足以让我这次的阅读成为更深层的"知音"阅读,并能更贴切地进入叶教授的诗境中。记得从前叶教授曾对王国维、王维和李商隐的"寂寞心"作出比较:"静安先生所有的是哲人的悲悯,摩诘居士所有的是修道者的自得,而义山所有的则是纯诗人的哀感。"①通过这次阅读,我发现叶教授晚年的诗词已经不止拥有李商隐那种"纯诗人的哀感",也同样具有王国维的"哲人的悲悯"和王维的"修道者的自得"。我想这是因为诗人在饱经人生的坎坷之后,对生命有了更深的体会,有所寄托的缘故吧。

我是 1976 年 3 月间才开始认识叶教授的。当时我还是普林斯顿大学的研究生,正在写有关唐宋词的博士论文。作为叶教授的普通读者,我读过她有关"《人间词话》三种境界"、李商隐的"嫦娥诗"、温庭筠词、大晏词、杜甫七律、"李杜交谊"、陶渊明的"认真"与"固穷"等论著,对她讲评诗歌的方法和角度十分欣赏,但那种"欣赏"仅限于学术层次,对叶教授其人,我并无任何了解。在 1976 年那次相识后不久,由于某种特殊的因缘,使我从此很能体会叶教授的"心灵世界",对于她那种经历"百劫"忧患之后、而仍然保有坚毅不拔的精神,打自心底佩服。她最终给我的是一种难得的"生命"教育。

我永远忘不了 1976 年 3 月 20 日那天,我生平第一次见到叶教授。那天正是普大东亚系所举行的"中国文学叙事研究"会议的前夕,我的指导教授高友工先生嘱我负责招待叶教授和她的学生施淑女士(即作家李昂和施淑青的大姐),所以在会议期间,她们两人就住在我的公寓中。记得那次会议中叶教授所讲的题目乃是有关王国维对诗词意境的拓展,同时也涉及一般诗词赏析的标准问题。那是我首次听叶教授演讲,对于她优雅的态度以及充满智慧的分析和讲解,印象颇为深刻。两天后,3 月 22 日那天,大会就结束了。

但她们才离开两天,我就听到了一个晴天霹雳的消息——那就是,叶教授的大女儿与其夫婿死于车祸。这个消息令我感到震惊而焦虑——我想,叶教授如何能经受得了这场突然丧女的打击? 我们要用怎样的话语才能安慰她? 我知道,遇到这样的情况,任何安慰都可能流于形式。然而,我还是寄了一封短信给她。

直到三年后,1979 年 1 月间,我有一个偶然的机会到温哥华的不列颠哥伦比亚大学演讲,才再次见到叶教授。记得那天在晚餐结束后,叶教授就把我送回旅馆中。刚一打开旅

---

①　参见齐益寿:《尽吐冰丝化彩云(〈神蚕〉,1981)——旅台二十年的忧患岁月与诗词成就》,第四章,第 11 页。

馆的房门,叶教授就立刻说道:"咱们见面不容易,应当好好聊一聊,我干脆帮你把行李整好,今晚你就睡在我家,明天早上我负责把你送到机场。"就这样我在她温哥华的家中过了一个难忘的夜晚;我们俩打开话匣子促膝恳谈,直至深夜。就在那天,她第一次让我看她的诗词手稿。印象最深刻的就是她为大女儿所写的十首诗,题为:《一九七六年三月廿四日长女言言与婿永廷以车祸同时罹难日日哭之陆续成诗十首》。读到"谁知百劫余生日,更哭明珠掌上珍"等诗句时,我不禁泪水夺眶而出。

也就在那天晚上,我了解到她从前在台湾的"白色恐怖"期间的种种遭遇。她告诉我:1949 年年底,她丈夫赵先生被捕下狱,半年之后她自己也受牵连,与彰化女中的校长及其他几位教师同时被捕拘讯。当时她的长女言言才几个月大,她也只好带着吃奶的言言一起住进拘留所。后来被释放之后,她竟然成了无家可归之人(当时赵先生还在左营狱中)。她不得已只好投奔亲戚,夜间在亲戚家的走廊上铺一条毯子,母女勉强过夜。叶教授当时才刚满二十六岁,曾写《转蓬》诗记载此事,有"剩抚怀中女,深宵忍泪吞"等句。那个"怀中女"也就是后来丧生于车祸的言言。生命中的种种阴晴变化和反复无常,确实令人难解。她内心之悲苦自不待言。

我以为 1976 那年叶教授的丧女经历乃是她生命中的转捩点。在那以后她的诗词逐渐体现出她内心的一种新境界——那就是,逐渐由悲苦走向超越的境界。换言之,从前对人生的"感发"已转为"感悟"。她于 1983 年所写的《浣溪沙》尤能表达这种"感悟"之情:

已是苍松惯雪霜,任教风雨葬韶光,卅年回首几沧桑。　　自诩碧云归碧落,未随红粉斗红妆,余年老去付疏狂。

末尾那句"余年老去付疏狂"最能道出诗人在经过无限"沧桑"之后所悟得的"自由"感。(译者陶永强先生将此句译为"The remaining years—as I grow old－－/ Let me spend them with abandon",用"abandon"来描写一个"狂"字,特佳。)其大意是:既然"已是苍松惯雪霜",那么就干脆趁着"余年"来好好地"疏狂"一番。"疏狂"指的是一种类似"随心所欲不逾矩"的境况,那是一个人的心境完全处于淡泊之后的自然表现。"疏狂"也令人想起苏轼在《定风波》一词中所描写的那种"莫听穿林打叶声,何妨吟啸且徐行。竹杖芒鞋轻胜马,谁怕? 一蓑烟雨任平生"的潇洒意境。在此苏轼有一种"也无风雨也无晴"的感悟。在她的《浣溪沙》词中,叶教授也有"任教风雨葬韶光"的通脱解悟,是大智慧的表现。

同样,在她的许多"荷花诗"中,叶教授也随着后来生命经验的改变而写出她对人生的不同感悟。① 有关荷花这一意象，叶教授显然有意将之作为她自己理想中的象征，但一直要到 1983 年（即撰写以上《浣溪沙》的同一年），她才在《木兰花慢·咏荷》的词作中明白地告诉读者有关她那"花前思乳字"的故事。她甚至在该词的前头，冠以一篇特长的"自序"（是《叶嘉莹诗词选译》中最长的一段序），详细解释她与荷花的因缘：

> ……盖荷之为物，其花既可赏，根实茎叶皆有可用，百花中殊罕其匹。余生于荷月，双亲每呼之为"荷"，遂为乳字焉。稍长，读义山诗，每颂其"荷叶生时春恨生，荷叶枯时秋恨成"，及"何当百亿莲花上，一一莲花现佛身"之句，辄为之低回不已。曾赋五言绝咏小诗一首云："植本出蓬瀛，淤泥不染清，如来原是幻，何以渡苍生。"其后几经忧患，辗转飘零，遂羁居加拿大之温哥华城。此城地近太平洋之暖流，气候宜人，百花繁茂，而独鲜植荷者，盖彼邦人士既未解其花之可赏，亦未识其根实之可食也。年来屡以暑假归国讲学，每睹新荷，辄思往事……

从这篇"自序"可知，由于她出生于"荷月"间（即阴历 6 月），她的乳名就是"荷"。所以每回诗人写荷，其实就是写她自己。我想这就是为什么叶教授把这本"诗词选译"题为《独陪明月看荷花》的原因。可以说，这本《诗词选译》就是由诗词组成的自传。

必须指出，"独陪明月看荷花"这句诗乃是多年前诗人由梦中偶然得之。那时，女儿车祸的悲剧尚未发生。那还是 1971 年，即她刚迁往加拿大温哥华城之后两年。有一天夜里，叶教授在梦中得句，醒来之后无法全部记得清楚，因此就杂用李商隐诗句，临时写成绝句三首。② 《诗词选译》只选第三首，题为《梦中得句杂用义山诗足成绝句》。诗曰：

> 一春梦雨常飘瓦，万古贞魂倚暮霞。
>
> 昨夜西池凉露满，独陪明月看荷花。

在此，诗人如实地表达了自己的"寂寞心"：除了独自陪着天上的明月"看荷花"之外，她又能做什么呢。整首诗有一种寄身异域的飘零之感。

但多年之后，在 2002 年所写的《浣溪沙·为南开马蹄湖荷花作》那首词中，她的写作风格显然有了很大的改变。同样写的是荷花，已没有从前那种带有"寂寞心"的意味。该词的第二阕写道：

> 莲实有心应不死，人生易老梦偏痴，千春犹待发华滋。

大意是说：荷花因有"实心"而不死。虽然"人生易老"，但诗人依然梦多，仍旧继续等待

---

① 学者曾庆雨也有相似的看法："同一意象，随着作者（指叶嘉莹教授）人生经历的变化以及不同时期的不同感悟，也处于不断发展不断丰富的过程中。"见曾庆雨：《叶嘉莹先生诗词曲管窥》。

② 参见曾庆雨：《月明万里荷香度，不辨清风只自疑——读迦陵师〈梦中得句〉三首》。

着无数个春天的开花结果。陶永强先生将末尾一句译为"Still I dream of the blossoming/ after a thousand springs",可谓知音也。

其实早在1991年,在一首题为《金晖》的绝句中,诗人早已表达了晚年那种逐渐平静而淡泊的心态:

> 晚霞秋水碧天长,满眼金晖爱夕阳。
>
> 不向西风怨摇落,好花原有四时香。

我想就是这种"好花原有四时香"的高贵品质使得一个饱经坎坷悲苦的女性诗人和学者,自始至终能在百般困难中勇敢地挺立过来,而且"挺立"得如此之漂亮!以一个年近九十岁的人,叶教授至今仍不断为她所喜爱的教书工作和写作投入她大部分的生命精力,其精神足以令人肃然起敬。

最后,我要引用书法家谢琰先生在《独陪明月看荷花:叶嘉莹诗词选译》一书中所写的"书者序",以聊表我对叶教授的无限感佩:

> ……书写之前,我细读叶教授的诗词,藉以进入她诗词中的内心世界,体会她坚毅不拔的精神,超越人生种种的困苦,终能升华自我,予人的启迪无穷。叶教授的诗词给我内心的震撼与共鸣实非拙笔所能形容……

迦陵诗学管窥

——贺叶嘉莹教授九旬嵩寿

汪荣祖（台湾"中央大学"历史研究所）

引　言

我专治史学，虽幼年时曾得前清诗人许承尧门人吴博全先生的指点，略辨音韵，然于迦陵叶嘉莹先生博大精深的诗学，唯有管窥而已。既然是管窥，不可能深论，只能谈简单而重要的一个问题，即迦陵先生何以能在传统式微的现代，于吾华古典诗词有如此深厚的造诣与巨大的贡献？

回顾历史，中国自鸦片战争以来，门户洞开，外力入侵，屡遭挫败，不免在心理上由排外而惧外，由惧外而媚外，一意倾心西学，视旧学如敝屣，于是自唐、宋、元、明至清所建立的政治与文化秩序，终于崩解。庚子事变后，清廷即已下令书院改制为学堂，此后为了推广学堂，卒于1905年废除科举。其间外来势力也起了推波助澜的作用，如西方传教士就想要清除科举，以便以基督教来取代儒教，在宣传上也起了作用。科举废止后，学堂遍增。新式学堂的性质不同于古之学校，无论是小学、中学、或大学，在学制与教学内容上，莫不兼取日本与欧美，都来自外国。其结果学制与课程一律西化，传统学问被视为封建文化，统而攻之，自然造成传统资源与新时代价值之间的重大文化断裂。国人喜读西书，视西洋实学为当务之急，认为旧学无用，甚至认为旧学是新学的障碍，甚至有人要把线装书扔进茅厕里。所谓知识结构在现代的转换，实际上只是以西学取代中学，中学并无转化的余地。连梁启超也说，学者原来好像生息在一个漆黑的房间中，海通以后忽然看到窗外从未见过的灿烂，"于是对外求索之欲日炽，对内厌恶之情日烈"。

职是之故，民国以后经学既已被污名化，史学也被贬为一家一姓的历史而遭鄙弃。五四新文化运动更以传统文史之学为攻击的对象，全盘西化似乎已成为大势所趋。教育部于

1920 年以白话取代文言,古籍渐成天书,旧学花果飘零,不绝如缕。甲午战争前后出生的一代,以陈寅恪为例,接受了西学,但国学的根基犹在;辛亥革命前一年出生的钱锺书学到精湛的西学,仍然有国学的底子。然而陈、钱两个世代学人的国学,靠得都是家学。出生于"五四"之后的叶嘉莹又如何获得旧学的根底呢,也是靠家学。

家学的根底

迦陵先生不像她的同学一样进新式学校,她小时在家里读"四书",开蒙第一本书读的就是《论语》,她有幸出生于传统的书香之家。她的曾祖父在清代咸丰年间官至二品,在北京西单附近,有一座很大的四合院,她的祖父为光绪年间翻译进士,在工部任职,所以大门上原来曾有一块题写着"进士第"的横匾,迦陵先生就在这座院子里出生、长大,成为她小时候生活的天地。在古雅宁静的庭园内,藏有丰富的古籍,她的伯父尤喜藏书,用三间南房作为书房,一排排的书架,充满书香。身处此一环境,若不喜欢读书,未免宝山空回,迦陵先生自小偏爱读书,则犹如鱼之得水,自称"把所有的精力都用去读书了",遂打下读古文的坚实基础。与她一起生活在大院里的长辈又多喜吟咏,连伯母与母亲也都读诗,耳濡目染之余,习于背诵吟哦,多有体会。当她十一岁时,同龄的儿童仍在读白话文的时候,她已能作出合乎格律的七言绝句。之后,诗艺日进,得到伯父的赞赏与怜爱,战后她离家南下,伯父有赠句曰:"明珠今我攘,涸辙余枯鲋。"依依不舍之情,溢于言表。所以迦陵先生虽出生于民国,仍拥有一个传统士族家庭,在充满传统人文气息的氛围中成长。值得指出的是,他们叶家原是蒙古族旗人,虽仍然保留满人习俗,但在文化上已高度汉化,于汉文化浸润之深,不下于旧时代的汉家名门望族。

迦陵先生对于她的书香之家,印象深刻,一辈子记忆犹新,怀念那"静静的院落",孕育了她的"知识生命与感情生命",自认深受故居中古典诗词气氛与意境的影响,直言"这所庭院不仅培养了我终生热爱古典诗词的兴趣,也引领我走上了终身从事古典诗词教学的途径"。她幼承的家学是她迈向成为一位古典诗词大家的第一步。

迦陵先生在中学时代,兴趣已经养成,于课余之暇,勤于读诗与写诗之外,特别喜欢阅读古典小说,以及对纳兰性德的《饮水词》与王国维的《人间词话》,发生极大兴趣,因而既爱诗又爱词,终于在诗词两道,涵养俱深。她于十五岁时就能写下许多佳句,如《秋蝶》一首:"几度惊飞欲起难,晚风翻怯舞衣单;三秋一觉庄生梦,满地新霜月乍寒。"小小年纪不仅用典妥帖,而且对自然与生命具关怀之心,俟人生阅历渐多之后,诗情当然益发真挚感人。

良师顾随

日本侵华，迦陵先生沦陷在北平，于1941年考上辅仁大学国文系，而没有选择原想考的北大医学系。这当然是她人生极其重要的抉择，如果读医，古典诗词的底子大概只能作为她业余的爱好。毕竟她选择了中国文学，又因进入辅大，得到清河顾随先生的教诲，结下难得的师生之缘，使她在诗艺上更上层楼，令她终生感念。师弟相得益彰，成为学界一段佳话。

顾随先生字羡季，当代词学大师。犹忆四十余年前我在美国西雅图华盛顿大学读研究所时，业师萧公权先生虽是政治思想史权威学者，然兼擅诗词，著有《迹园诗稿》与《画梦词》。萧先生曾告诉我，他在燕京大学教书时，觉得该校英文程度优于中文程度，但也有例外，中文系的顾随就很有才华，尤工填词。他最欣赏顾氏在《燕京周刊》上发表的一阕《采桑子》："赤栏桥畔携纤手，头上春星，脚下春英。隔水楼台上下灯。　　栏杆依到无言处，细味人生，事事无凭。月底西山似梦青。"萧先生接着说，当你来到燕大的未名湖畔，更能体会"隔水楼台上下灯"的妙处。

迦陵先生虽还是大二学生，因已由家学所奠定的诗词根底，一旦接触到像顾随这样的好老师，特为惊喜，此美国人格心理学家罗特（Julian Rotter）所谓新旧生活经验的交互影响。她接触到顾随的新经验受到来自伯父旧经验的影响，而新旧经验的差异，使她有更上层楼之感。她日后回忆说："伯父的引领，培养了我对诗词之读诵与写作的能力和兴趣，羡季先生的讲授则开拓和提高了我对诗词的评赏与分析的眼光和境界，先生对诗词的感受之锐，体会之深，其灵思睿智，就我平生阅读交往之所接触者而言，实更无一人可相伦比。"她又说："顾先生在课堂讲授中所展示出来的诗词之意境的深微高远和璀璨光华，更是使我终生热爱诗词，虽至老而此心不改的一个重要原因。"迦陵先生受教于羡季先生后在知识上的喜悦，使她不仅在辅大读书时得以领受老师的教诲，而且毕业后仍去旁听老师的课，在六年之间得到说不尽的"启发、勉励和教导"，于诗歌里的生命感发，领悟尤深。诚如缪钺所说，叶嘉莹蒙其业师顾随"知赏，独得真传"。

顾随先生又如何看待这位与众不同的学生呢？他倾囊相授之余，视之为尽得其所学的高弟，更殷勤期盼她"于不佞法外，别有开发，能自建树，成为南岳下之马祖，而不愿足下成为孔门之曾参也"。顾先生眈于国学，不废西学，希望他的女棣亦能通外语，进而吸取西学。顾先生执教于日寇铁蹄下的北平，爱国之心见乎诗情，此心于迦陵先生感受也深。弟子不负师望,将老师的期盼不仅实施,且能发扬光大,只可惜恩师不及见之,而骤归道山。然弟子不忘师恩,不懈地努力收寻遗泽,于相隔四十年后,整理出版了四十余万字的《顾随文集》,晚年弟子又从退休金中拿出十万美元,设立"驼庵奖学金"以纪念顾随老师,师复因弟子而显于世,岂非人间难得的佳话?

抗战胜利后,迦陵先生南下结婚,顾老师家宴送行,且先赠诗惜别,情见乎词:"蓼辛茶苦觉芳甘,世味和禅比并参;十载观生非梦幻,几人传法现优昙;分明已见鹏起北,衰朽敢言吾道南;此际冷然御风去,日明云暗过江潭。"黯然惜别之余,亦欣喜"鹏起北""吾道南",于迦陵先生寄望之深,溢于言表。弟子惜别之情亦不逊于乃师,南下后于1948年7月2日即驰长信问候,并附照片,老师于7月7日回函说,"像片自当收藏,信则一口气读完,虽然有六页之多,寂寞极难破除"。孰料时局急转直下,山海阻隔,连通信的机会都没有了,更无论师弟之间的唱和之乐了。

诗可以怨

迦陵先生在宁静安详的大宅院里长大,即使在日寇占领期间生活虽艰困,仍有师友亲人相聚之乐。然而南下之后,适逢内战,遍地烽火,夫婿赵钟荪任职海军,随战败的蒋介石政府败退台湾。蒋氏退守台湾一隅之后,犹如惊弓之鸟,严行戒严令,对逃难来的知识分子尤不信任,往往以"匪谍"名义逮捕,甚至枪决,而海军又发生巡洋舰"重庆号"事件,牵连甚广。在这一背景下,迦陵先生全家,包括吃奶的女婴在内都难免牢狱之灾。出狱之后,丈夫仍下落不明,又遭失业,孤苦伶仃,无家可归,带着女婴寄居在亲戚家的走廊上,无论在物质上或精神上都备尝艰辛,难以言喻。

在忧患中求生尚且不暇,更无作诗填词的雅兴,然而迦陵先生身陷困苦之时,满腹的古典诗词给她无比的生命力,得到莫大的精神安慰。同时她所遭遇的诸多不幸,感而发之,言之有物;内涵既丰,意境在胸,益增其高超的诗艺,所谓"困而致之"。钱锺书先生在《诗可以怨》一文中,畅述诗必穷而后工之旨,从钟嵘所谓"使穷贱易安,幽居靡闷,莫尚于诗",到周楫所谓"发抒生平之气,把胸中欲歌、欲哭、欲叫、欲跳之意,尽数写将出来。满腹不平之气,郁郁无聊,藉以消遣",到李渔所谓"惟于制曲填词之顷,非但郁藉以舒,愠为之解",到弗洛伊德(Sigmund Freud)所谓"在实际生活里不能满足欲望的人,死了心作退一步想,创造出文艺来,起一种替代品的功用,借幻想来过瘾";愉悦之人没有幻想,故不能造艺,唯恨人有之,古来才士多厄运,而后始能建楼阁于空中,遂有所成。

迦陵先生亦不例外,在救死不遑之中,虽少雅兴,但偶而触发,辄不同凡响,于最困苦时期留下的二词一律,莫不能于旧格调中展现新的生命力,伤时忧身,销愁舒愤,感人极深,诗艺又更上层楼。当她在南台湾过着最凄苦的日子时,不时见到高大茂密的凤凰木,填了一阕《浣溪沙》:"一树猩红艳艳姿,凤凰花发最高枝。惊心节序逝如斯。　　中岁心情忧患后,南台风物夏初时。昨宵明月动乡思。"开笔写景,写出绿叶红花盛开的凤凰木,随即触景生情,惊心动魄的岁月又过了一年。当时迦陵先生虽尚未及而立之年,已有中年人的沧桑之感,身心俱惫。独对异乡的景色,孤苦难诉,犹忆昨夜明月如昔,往事历历,触动绵绵不尽的乡思,读来令人动容不已。

另一阕词《蝶恋花》也是迦陵先生孤身带着女婴在台南时候填的:"倚竹谁怜衫袖薄。斗草寻春,芳时都闲却。莫问新来哀与乐。眼前何事容斟酌。　　雨重风多花易落,有限年华,无据年时约。待屏相思归少作。背人划地思量着。"首句自比老杜《佳人》诗中,天寒孤苦无依的女子,再也没有从前与亲友们一起寻春的美好时光,更不必问新的哀乐,因已一无所有,眼前没有任何选择的余地。自身犹如在风吹雨打下的杨花,未开先落。青春的年华有时而尽,看来自期的理想已经落空。此时此地少年时所有美丽的梦想,俱往矣! 只能私下回味一下旧梦。把一时的感触,写得这样的刻骨铭心,非有真实的痛苦经验,安能出此?

所谓台湾的"白色恐怖"已成历史名词,但在那个年代国民政府败退海岛,风声鹤唳,侦骑四出,对单独逃难来台外省人的思想,察问尤密,宁枉勿纵,受难者数以万计。连迦陵先生以一从不涉政治的女教师,亦不能幸免被怀疑而入狱,可见一斑。她深受其害,岂能无感? 曾写过以《转蓬》为题的一首五言律诗:"转蓬辞故土,离乱断乡根。已叹身无托,翻惊祸有门。覆盆天莫问,落井世谁援。剩抚怀中女,深宵任泪吞。"诗人离乡背井,自比无根的蓬草,随风飘转,与故乡音讯全断,不得联系。夫妻两人先后被捕,已别无栖身之所。语云"祸福无门",但对她而言,祸似有门,不请自来。罩在头上的无妄之灾,无语问苍天,就像是掉落在井里的人,无人拯救。眼下独自养育怀中的婴儿,只好在深夜里暗自忍泪吞声。这首在 1950 年写的诗,在那个时代不能也不敢发表,直到几十年后,台湾解禁后始得传世,可作史诗读。

以迦陵先生的才学,若继续在中学教书,岂非大材小用? 然而当时大学教职僧多粥少,更何况曾被戴上"有思想问题"的帽子,人人避之若浼。幸有昔日师长许世瑛与戴君仁两位教授的推荐而入上庠,但推荐者并非由于私谊,而是深知被推荐者在诗词上的造诣。迦陵先生在《许世瑛先生挽诗》中所说:"先生怜才偏不弃,每向人前多奖异;侥幸题名入上庠,揄扬深愧先生意。"虽多谦词,确实是"怜才不弃",遂得在台湾大学中文系从 1954 年到 1969 年执教凡十五年。事实上,迦陵先生除讲解细腻之外,就诗词创作的才能而言,当年台大中文系的同侪固无出其右者,即与老一辈的师长相比,亦有过之而无不及。中文系台静农主任之看重迦陵先生,屡请代写联语,即此之故。今日在大学讲解中国旧诗词者,不论国内外,同时有此等创作能力者,恐绝无仅有。我在台大求学期间,正值迦陵先生执教的十五年之内;今日回顾,未能追随学习,实属平生一大憾事。

域外汉学家的赏识

迦陵先生不仅为台大中文系的老教授们所推重,更得到域外汉学家们的赏识。按美国于二战后,凭其丰沛的国力,百事齐举,在学术领域内,将中国研究学院化,以中国为主的东亚研究纷纷在重要大学设立,如雨后春笋。故在上世纪五六十年代,许多美国学者,不论老少,来到台湾地区,不是学习汉语,就是研究各类有关中国的专题。研究中国古典诗词者,多半会去听迦陵先生的课,无论腔正字圆的北京话或深入细密的讲解,都会给老外留下深刻的印象,她被邀请赴北美讲学是迟早的事。邀请最积极的无过于哈佛大学汉学教授海陶玮(James R. Hightower)了。他在哈佛的东亚文明系主讲中国古典诗词,对陶渊明尤感兴趣,难怪在访问台北时偶然与迦陵先生聚谈之后,就极力邀她去哈佛与他长期合作。只因迦陵先生已有密西根大学之约,后来又因签证问题,不得已接受加拿大不列颠哥伦比亚大学(University of British Columbia)之聘,翌年就成为终身教授,但海教授不肯放弃,每年暑假仍请她到哈佛两个月,多年不断。1968 年迦陵先生如约回台执教,海教授坚留未果,迦陵先生赋诗辞别,有云"吝情忽共伤去留,论学曾同辩古今",海教授译此联为:"Reluctant on impatient, stay or leave, someone's hurt; We have studied together, debated past and present.""伤去"之人之情,译文中更能见之。

海教授的汉语、汉文显然有限,理解中华古典诗词也有障碍,需要迦陵先生为之讲解疏通。有此需要的汉学家当然不仅仅海氏一人,当年常闻西方汉学家的"壁橱里藏有老中"(hiding a Chinaman in the closet)之说。海教授找到迦陵先生,不肯轻易放过,可说颇有眼光;但海教授很公开地与迦陵先生共同研究,并极为尊重,并没有把她当研究助理看待,最后完成英文《中国诗研究》一书。迦陵先生说:"这本书署名是我跟海先生,当然我是非常尊重海先生的,所以把海陶玮先生的名字写在前边。"显然将第一作者礼让给海陶玮。我们可以想见,除了英文写作之外,主要的内容应出自迦陵先生。不过,海先生对迦陵先生确实很好，把好几篇她的中文论文译成英文发表，帮助她在异国建立学术地位。19 世纪的传教士理雅格(James Legge)翻译中国经典，几无大谬，靠的是王韬的帮助，却无王韬的署名。上世纪李约瑟(Joseph Needham)写多卷本《中国科技史》的前几卷是与王玲合写的，却在署名上，把王玲当作"研究助理"(with the research assistance of Wang Ling)。海先生就不一样，待迦陵先生如上宾，他退休时特别要她接他在哈佛的位置，可见迦陵先生在海陶玮教授心目中的分量。

迦陵先生在帮助洋人研读中国古典诗词之余，也从洋人身上学到西方诗学里的许多概念与理论。她有此用心，应是顾随老师的话言犹在耳。顾老师要她学洋文、问百学，借他山之石，开拓眼界，使中国古典诗词研究，更上层楼。她到北美研究与教学之后，为实践老师的期盼，提供良好的环境与机缘。她困而致之，不但在教学上一直大受欢迎，在研究上也发表了不少极有分量的学术论文。她退休后于 1991 年当选为加拿大皇家学会院士(Fellow of the Royal Society of Canada，这是与英国皇家学会并列的在加机构)，获得该国学界的最高荣誉，实至名归。

故国之恋

从迦陵诗词里可以感觉到人生无常，祸福难料。她的生平确实一再遭遇到难以逆料的磨难，横逆为何而来，似不可解，只能归之宿命。中国传统智慧常言，"福"依靠"祸"来，迦陵先生的确苦尽甘来，然而她的"福"，她的种种机缘，绝非偶然，与"祸"无关，完全靠她的真才实学。她在中国古典诗词上的造诣以及在教学上的成绩，当今能有几人可以比肩？自然为识者所珍惜。

迦陵先生不能掌握祸福，她所能掌握而绝不放弃的是强烈的乡愁，以及想要消解乡愁的强烈愿望。她的故乡是燕都北京，她身不由己随夫逃难到台湾，在陌生的地方又屡遭磨难，独自在明月之夜倍增乡思，想念亲友。但在两岸剑拔弩张的时代，不仅返乡无期，连音讯也全无，真所谓"故国音书渺天末，平生师友烟波隔"；"我本欲归归不得，乡心空付水东流"。她初到美国，仍然故乡路赊，不是重洋相隔，而是冷战未歇，东西鸿沟犹深，而中国大陆"文革"方殷。她看到新英格兰的秋霜与红叶，一如故乡北京的景色，在哈佛校园内感叹"秋深客梦遥""天涯人欲老""从去国，倍思家""曰归枉自悲乡远，命驾真当泣路岐"。1971 年迦陵先生有欧洲之旅，欣赏美丽的山光水色之余，仍然眷恋未能重返的故土："早知客寄非长策，归去何方有故庐？"无不透露出浓厚的乡愁。

加拿大于 1973 年与中国建交,迦陵先生立即申请回国探亲,于翌年终偿素愿,兴奋之余,写下长达 268 句的《祖国行长歌》,开笔即云:"卅年离家几万里,思乡情在无时已,一朝天外赋归来,眼流涕泪心狂喜。银翼穿云认旧京,遥看灯火动乡情。"许多人久别返乡,都会有这种激情;我七岁离开上海,四十一岁首次返回,飞机抵达虹桥机场上空时,也不禁落泪。然而许多人离乡太久,不得不把他乡作故乡,迦陵先生与众不同,她心心念念要回来,极想报效祖国。她去北美讲学乃彼邦大学礼聘,她要回国教书则由她自己请缨。当时"文革"刚过,百废待举,迦陵先生的愿望居然很顺利得到回报,最后在天津的南开大学定居。迦陵先生更得道多助,有心人资助在南开成立中华古典文化研究所,出任所长,使她平生的理想有了一个可以永续经营的根据地。

津门寄咏

迦陵先生自幼热爱吾华古典诗词,复因家学渊源,获得良好的歌诗教育。进入大学之后又幸遇名师顾随,得其真传,诗艺益进。寻因时局骤变,身不由己,迭遭苦难,唯有从满腹诗书中,略得宽解,吟咏自得。满腹诗书也使她转祸为福,受到上庠的青睐,且受聘域外,声誉日隆。然其家国之思未尝稍减,雅不愿飘零海外,故一旦国门开放,即自请返国执教,定居南开,收研究生,成立研究所,宣扬诗词教育不遗余力,使久遭冷落的中国古典诗词得到新的生命。

迦陵先生的成就扎根于她在诗词上的造诣,于年事尚轻时,即以诗才、诗艺为前辈学者所推重。当今有不少人在海内外的大学教授中国诗词,但很少人能有她创作旧诗词的才能,甚至有很多人根本不能动笔;当今有不少研究中国古典诗词的学者,写作论文,但很少有人既能在象牙塔内有所建树,又能走出象牙塔外推广所学。迦陵先生走遍寰宇,演讲旧诗词的场次屈指难数,各年龄的听众更不计其数,出版说诗讲词之书之多,足称等身;其书销售之广,亦属罕见,其热心与努力可比宣教士,故能于古典式微之世,继绝学于不坠,使中国古典诗词得以新生,厥功至伟。兹欣逢迦陵先生九十嵩寿之庆,专程前来南开迦陵学舍拜寿,参与盛会,并献芜文拙诗,聊表敬慕之忱。诗曰:

> 叶家怜爱女,泪洒转蓬人。
>
> 海国疑无路,诗坛信有神。
>
> 环球开讲席,古典喜逢春。
>
> 祝寿吾杯举,津门寄咏身。

传承风范:叶嘉莹与顾随

谢景林(天津人民出版社)

一、传承风范——叶嘉莹教授

改革开放后,我国的经济得到了飞速发展,科技水平得到了前所未有的提升,而今,已走向世界,有的科研成果已位居世界前列。然而,毋庸讳言,我国的人文事业相对来说,还显得滞后,没能与科技事业同步。中国五千年的优秀文化是世界文化的瑰宝,是我国的命脉所在。人文科学,我们认为,它是人的科学,是人的生命与心灵的科学,所以,这项人文科学事业作为一项"工程"而言,诚如我国专家、学者所说的,它是一项"人心工程",由此可见它在中华优秀文化事业发展之中的地位之重要及其意义了。尤其在中国文化与西方文化的碰撞与交流中,其重要与深远意义,可谓更加突出,更为急迫,由此,笔者认为,这样一个光荣而艰巨的使命与重担就必然落在了当今中国人民与世界华人的肩上。

教育事业的本质,可以说就是优秀文化的传承之事业,所谓"薪火相传"的历史与现实的深远意义,似乎也就在于此。教育工作者把传承祖国的优秀文化自觉地担当起来,以提升学子心灵世界,自当是一种不可推卸的神圣职责。在这方面,华裔加拿大皇家学会院士(Fellow of the Royal Society of Canada)、中国社科院荣誉研究员、中央文史研究馆馆员、著名的中国古典文学专家、诗人、南开大学中华古典文化研究所所长、博士生导师叶嘉莹教授,做出了突出的贡献。她是我们学习的榜样,为我们树立了可敬的风范。

(一)从大洋彼岸归来

时光匆匆,如今华裔加拿大籍加拿大皇家学会院士叶嘉莹教授归国讲学已30多个年头了。

记得,那时"文革"已经过去,阴霾已被扫除,"改革开放"的春天到来了,中国大地阳光明媚,呈现出了一片喜人的勃勃生机。可是,就在此时,学术界涌来了满城"欧风美雨"。这阵"风雨"虽然开阔了人们的眼界,从某种意义上说,也打开了人们的思路。然而,它也带来了相当的弊端。致使有的人以为,唯有西方文化才是最美的,才是我们所要追求的,甚至以为,它可以"拯救中国"。而我们中华五千年的文化,好像已经落伍了,甚至以为可以扬弃了。也就在这样的社会背景中,在北京的国家教委大会堂却又是另一种景象,那里坐满了听讲的人,其中有满头白发的老人,也有二十几岁的青年,他们正全神贯注地聆听着讲台上的一位女学者关于中国古典诗词的演讲。原来,这是中华诗词协会、辅仁大学校友会、中国国际文化交流中心等单位,邀请加拿大籍华裔教授叶嘉莹先生在给他们进行中国古典诗词的系列学术报告。会后,反响十分热烈,有位老学者说,叶教授讲授古典诗词从始至终充满爱国激情,她能通过历史的大背景恢复古典诗词的本来面目,又能够纵横比较、中西比较,提出个人开创性的见解,令人耳目一新。著名文物考古学家史树青先生说:"以余所闻,三地听众(笔者按,指当时听讲的北京、沈阳、大连听众)无不钦佩迦陵(叶嘉莹教授的号,为'迦陵'——笔者按)学养之深醇与对诗词评赏之精辟,言词清隽,含英咀华,既能深探词人之用心,又能兼顾纵横之联系。""由于迦陵长期从事诗词创作,更参以东西文论之比较研究,本此宗旨,故论词能博览今古,融贯中西,独造精微,自成体系。所讲唐宋名篇,确有不少真知灼见,足以启迪读者,浚发妙悟灵思。"(《〈唐宋词十七讲〉序》)。自此之后,全国大专院校纷纷邀请叶嘉莹教授讲学。于是,东南西北,叶嘉莹教授在中国大陆往返巡回讲授中国古典诗词,每到一处都受到热烈欢迎与好评。与此同时,叶教授的著述也为学界格外关注。红学家周汝昌先生在《愿抛心力作词人——读〈迦陵论词丛稿〉散记》中说:"面前一册《迦陵论词》。世上名著如林,近来好书益富,目坏之后,皆不得读,当然无从发生'读书'的兴会。可是这回因见叶嘉莹教授的论词新编,颇有感触,情不能已,想略抒所怀,——这实在够不上什么'评论'。如果真想评介这部书,那我必须也写'一部书'才行;几千字的文章,不知该怎么'分配'?这部书名义只是论词——晚唐五代、南北宋、王静安、常州派……论述咸周,赏析兼至;但是我劝关心文学艺术的学子,都不妨读读它,因为这实在不止是词的事情,甚至也不止是广义的'诗'(现在所谓'诗歌')的事情,它涉及了文艺理论和美学上的很多问题。它是一部倾注十年心力,会通中外研贯古今的探讨我国诗词美学的精艺妙谛的学术著作。她从风格才调、修辞手法一直研索到中华民族的独具特色的诗词的最高最核心——比兴、寄托、境界、神韵……这些最要紧的问题。所以说,不是也写'一部书',就很难'全面'而且'深刻'地(这些都是很多文章喜欢用的字眼)评介这部论词之作。即使我有了这样的资格,那还得有了相应的条件,所以只能'俟诸异日'了。"在这篇文章中,周汝昌先生就叶嘉莹先生的《拆碎七宝楼台——谈梦窗词之现代观》进行了较深入地评析，并给予了实事求是而又很高的评价。这一点，暂且按下，再说一说，周先生是如何谈叶嘉莹先生的治学之"特色"的，周先生说："她细密，深入；她尊重事实，不逞臆，不信口乱道；她不迷信名家、权威。莫说胡氏、刘氏了，就连她平生致力最多的王静安，她对他的论点不同意时，也不为之辩护。这里学问没有'市道'；她不逞才使气，很平实，摆事实，讲道理，气质高尚，气象平和；她行文极细密周至，原原本本，不厌其烦，诲人不倦的苦心流露在字里行间；她是比较文学家，文中引了很多西方著名的、有影响的作家、作品，来对照说明。甚至不妨说，她对梦窗的研究，是由广义的比较文学方面受到启示的（对这一点，拙文不及备述了）。最后，她是一位学者，但她同时是一位诗人，是一位史家，同时是一位艺术鉴赏家。她的论文，即能考订，又能赏析；既能议论，又能启迪。我认为，这样的几个条件或因素，很难辏泊在一人身上。"（发表在《词学》第一期，后收入叶嘉莹《我的诗词道路》）。大概正是叶嘉莹先生这些讲学、治学，为文、为人的魅力罢，她一到了天津南开大学，便引起了学子们的仰望，追随，形成了叶嘉莹先生的"追星族"。当时社会上的这一强烈之影响，在叶嘉莹教授这一方面来说，她是未能预料到的，更确切地说，这一切的一切，都并非是叶嘉莹先生归国的目的所在。她所以渴望、决心归国讲学，自有她的心愿。她诚挚地说："我的根是种植在祖国的——我是在祖国受的教育……我所有的一切都是从我的祖国得来的，所以我今天愿意把我的一切回报给我的祖国。"那么，拿什么"回报给我的祖国"呢？唯有"诗骚李杜魂"。这也就是广为人知的，叶嘉莹先生的那一首七言绝句所说的："构厦多材岂待论，谁知散木有乡根。书生报国成何计，难忘诗骚李杜魂。"对于此诗，叶嘉莹先生有一段发自内心而感人的剖白，她虔心诚意地说："我只是一株不成材的'散木'，若把国家比拟做一座正在建设中的大夏，则正如杜甫在他的《赴奉先县咏怀》一诗中所说的，国家之多才，自然是'方今廊庙具，构厦岂云缺'，至于我自己，则只不过是对于我所热爱的古典诗歌，有着一份'难忘诗骚李杜魂'的感情而已。"这是怎样的一种"感情"呢？这在《迦陵论诗丛稿》之《后叙》里，还有一段深刻而动人话语，我们从这段话中也许能更进一步走近叶嘉莹教授，她说："我以为在中国古典文学之遗产内，原来曾经凝聚着数千年来中华民族文化中最宝贵的精华和心血，不仅在文学创作中蕴含着才人志士的伟大心灵与品格之光芒的闪烁，而且在文学理论中，也积蕴着不少前贤往哲之深思冥索的智慧的结晶。"这正是叶嘉莹先生所以产生其热爱"诗骚李杜魂"的根本原因之内核罢。如果说，叶嘉莹教授的这番话是就国家层面而言的，那么，就其个人而言，这次叶嘉莹先生归国之因由，还有另一个，那就是先生在《顾随文集》（上海古籍出版社 1986 年 1 月出版）之《纪念我的老师清河顾随羡季先生》中所说的："如我在前文所言，我聆听羡季先生讲授古典诗歌，前后曾有将近六年之久，我所得之于先生的教导、启发和勉励，都是述说不尽的。当一九四八年春，我将要离平南下结婚时，先生曾经写了一首七言律诗送给我，诗云：'食荼已久渐芳甘，世味如禅彻底参。廿载上堂如梦呓，几人传法现优昙。分明已见鹏起北，衰朽敢言吾道南。此际泠然御风去，日明云暗过江潭。'先生又曾给我写过一封信，说：'不佞之望于足下者，在于不佞法外，别有开发，能自建树，成为南岳下之马祖，而不愿足下为孔门之曾参也。'先生对我的这些期望勉励之言，从一开始就使我在感激之余充满惶愧，深恐能力薄弱，难副先生之望。何况我南下结婚以后不久，便因时局之变化，而辗转经由南京、上海而去了台湾。抵台后，所邮运之书籍全部在途中失落无存，而次年当我生了第一个孩子以后不久，外子又因思想问题被捕入狱。我在精神与生活的双重艰苦重担之下，曾经抛弃笔墨，不事研读、写作者，盖有数年之久。于是每一念及先生当日期勉之言，辄悲感不能自已。其后生事渐定，始稍稍从事读、写之工作，而又继之以飘零流转，先由台湾转赴美国，继又转至加拿大，一身萍寄，半世艰辛，多年来在不安定之环境中，其所以支持我以极大之毅力继续研读、写作者，便因为先生当日对我之教诲期勉，常使我有唯恐辜恩的惶惧。因此虽自知愚拙，但在为学、做人、教书、写作各方面，常不敢不竭尽一己之心力以自黾勉。而三十年来我的一个最大的愿望，便是想有一日得重谒先生于故都，能把自己在半生艰苦中所研读的一点成绩，呈缴于先生座前，倘得一蒙先生之印可，则庶几亦可以略报师恩于万一也。因此当一九七四年，我第一次回国探亲时，一到北京，我便向亲友探问先生的近况，始知先生早已于一九六〇年在天津病逝，而其著作则已在身后动乱中全部散失。"

当然，这位"主诚"之诗人与学者叶嘉莹先生上面所说的一番话，不仅概括地道出了她的"研读"历程，而且，表现了其为人的谦虚、恳切、热诚、坚韧之高贵品格，以及她在"研读"方面的孜孜以求，不断进取、严肃认真的高贵品质与学风。不过，我这里尤为关注的更是，叶嘉莹教授在得知其老师顾随先生逝世，老师的著作"全部散失"之后，她在精神上为何受到如此严重的打击？难道这只是他们师生之间的深情厚谊所致么？不，不仅仅是。这需要我们在后面慢慢来说。

二、当代教育史上的一则美谈

叶嘉莹教授所说的，她的老师顾随先生之著作在"十年动乱"中"全部散失"是怎么一回事？这需要首先说清。原来，在"文革"之前，顾随教授在天津的河北大学中文系教书的学生，他们计划为老师顾随出版著作，于是，便向老师生前的弟子们广为搜集顾随先生的遗著与遗墨。经过一番努力，他们不仅搜集整理完毕，而且已交到了天津百花出版社，准备出版。岂料，天有不测之风云，"文革"大难降临在祖国大地。红卫兵四处"夺权"，政府各部门一时间都纷纷瘫痪。据说，当时出版社已无法再出版图书，就将已编辑好的顾随书稿一一退还给了交来稿子的人。待到"文革"过后，凡提供顾随先生作品的人，都向原征集顾随先生著述者询问其出版情况，而却"一问三不知"，就这样，顾随先生生前的著述便再也没有了下落。对此事，中国古典文学专家吴小如先生在《回忆顾随先生》一文中曾说："羡老（顾随先生字谓"羡季"——笔者注）病逝，他的弟子高熙曾、孙铮（正刚）等同志向我征集羡老遗墨，我就把羡老解放前后好几年里亲笔写给我的若干封长信扫数寄赠给他们，只留下一个信封作纪念。后来连这个信封也在"文化大革命"中失掉了。70 年代初，熙曾同志还未病重时，我曾向他打听过顾老的这批遗稿，他说仍在百花出版社（"文革"后，从原天津人民出版社分出的一个社——笔者注），但不敢去要。及至叶嘉莹教授回国，多次寻访此稿，出版社说早已退回。而这时，熙曾、正刚先后逝世，已无从追询遗稿下落。"（该文发表在《顾随先生百年诞辰纪念文集》，后收入作者《书廊信步》一书中），红学家周汝昌先生也谈及过此事，他在《〈小说家鲁迅〉附记》一文中说："60 年代，天津有人说是要为先生（指顾随先生——笔者注）编一部诗文集，将我多年宝藏的先生大批论著手稿（很多是专为我而作的——通讯讨论学术的一种方式）扫数拿去，以后再不归还，追问也不肯负责，至今下落不明。"周先生又曾向顾随先生的六女儿、河北大学中文系中国古典文学教授顾之京女士说过："先师（指顾随先生——笔者注）的后半生除了正规的登堂讲授以及其他教学工作而外，几乎全部精力都倾注在这一大批书札和论文之中，这些都是一色手稿，高超的手笔，精深的见解，道美的书法令人爱不忍释，其内容涉及到诗、词、曲、文、戏剧、小说、《红楼梦》、曹雪芹、书法、文物、音韵、文字学、民俗学、外国文学……我把篇幅最完整、内容最精粹的这一数量最可观的部分交付于人，可是，我后来怎么努力也追问不出这一批瑰宝的下落了！"（《顾随文集·后记》）。好了，仅以上种种，我们可以想见顾随先生著作"全部散失"的悲惨情景了。正因为如此，戏剧家、影视专家黄宗江先生在顾随先生逝世 30 年纪念座谈会上激动地说："我见到《顾随文集》，还是 1987 年在美国康奈尔大学，在英国老师谢迪克家里，才看见《顾随文集》呀！""我是在洋人谢迪克的书斋里见到《顾随文集》，又在加籍华裔学者叶嘉莹女士的文章里读到顾随先生，真令我哀思无限，在国外还有人研究我们老师啊！"（黄宗江《顾学（GUOLOGY）琐忆》。此文发表在《河北大学学报》1990 年第 3 期，后收入《顾随先生百周年诞辰纪念文集》。）那么，上海古籍出版社为什么会在 1986 年 1 月出版《顾随文集》呢？这就又谈到叶嘉莹先生了。叶教授得知老师顾随先生身后的遗著竟遭此惨境，便决心寻索仍在世间的文字,于是,她不顾每年往返大洋两岸义务巡回讲学的劳苦,抓紧一切机会和时间,拜会旧日的诗友,来为老师做这件事,同时,将一己几十年来颠沛流离,宁可弃失所有身边之物,而全力保护的"瑰宝",即,当年在北京辅仁大学聆听老师讲课的十余册、几十万字的笔记,交付顾之京教授,请她整理摘录。一旦搜集、整理形成一定规模,叶嘉莹教授又亲自与出版社联系,并写了近三万言的纪念文章,经如此百般努力,《顾随文集》终于诞生了,并"远赴"彼岸到了谢迪克先生的案头了,《顾随文集》蕴含着羡季老的心血、洋溢着羡季老的智慧、精神、人格,是其生生不息的文化生命所在!仅此而言,我以为,从某种意义上说,是叶嘉莹教授在"改革开放"大背景下,"救活了"她的老师!

我在这里,有必要再进一步说说叶嘉莹教授这批听老师顾随讲课的笔记的事。在《顾随文集》一书中,只是一部分"笔记"内容,后来,此"笔记"经过不断整理,又陆续收入了台湾桂冠图书股份有限公司1992年11月出版的《羡季先生诗词讲记》和天津人民出版社1995年1月出版的《顾随:诗文丛论》之中。《顾随:诗文丛论》出版不久,上海《文汇读书报》就摘录了40余"语录"刊发,在社会上引起了可喜的反响。而今,这批"笔记"已全部整理出版,由河北教育出版社出版后,接着北大出版社、商务印书馆又先后出版,据知,三联书店已和顾之京教授签订了合同,要以汉、英两种语言文字予以出版。叶嘉莹教授这一批当年聆听老师顾随先生讲课的笔记,在当今社会"读书"较为冷淡的情况下,为何如此受到文化界的重视和欢迎?我以为,这主要有两点。其一,它恢复了"文学"本源的审美含义,改变了"改革"前那种"泛政治化"倾向。其二,"文本"有着它特有的魅力所在。所谓"文本",自然说的是那批"笔记"了。那么,这批"笔记"为何会再现了顾随先生当时授课之"魅力"?原来这都是叶嘉莹先生当年用"心"记录下来的,叶先生在回忆当年听课做笔记时,曾说:"虽然当时有人认为先生之讲课乃是'跑野马',全无知识或理论之规范可以掌握依循,因此上课时也并不做任何笔记,但我却认为先生所讲的都是诗歌中的精华,而且处处闪耀着智慧的光彩。所以我每次上先生的课都是心追手写,希望能把先生所说的话,一字不漏地记载下来(近年台北桂冠所出版的一册《苦水先生诗词讲记》就是先生之幼女现任河北大学教授的顾之京女士根据我当年听讲的笔记整理编辑而成书的)。"(见叶嘉莹《我的诗词道路·前言》河北教育出版社1997年7月第一版)好了,既然如此,那么,其"魅力"究竟何在?对此叶嘉莹先生在回忆老师顾随先生讲课的情景时有一段既概括又形象、既生动又精彩、既精彩又透辟的阐述与评析。她说:"凡是上过先生课的同学一定都会记得,每次先生来上课,步上讲台后,常是先拈举一个他当时有所感发的话头,然后就此而引申发挥,有时层层深入可以接连讲好几小时甚至好几周而不止。举例来说,有一次先生来上课,步上讲台后便在黑板上写了三行字：'自觉，觉人；自利，利人；自渡，渡人。'初看起来，这三句话好像与学诗并无重要之关系，而只是讲为人与学道之方，但先生却由此而引发出了不少论诗的妙义。先生所首先阐明的，就是诗歌的主要作用，是在于使人感动，所以写诗之人便首先须要有推己及人与推己及物之心。先生以为必先具有民胞物与之同心，然后方能具有多情锐感之诗心。于是，先生便又提出说，伟大的诗人，必须有将小我化而为大我之精神，而自我扩大之途径或方法则有二端：一则是对广大的人世的关怀，另一则是对大自然的融入。于是先生遂又举引出杜甫〈登楼〉一诗之'花近高楼伤客心，万方多难此登临'为前者之代表，陶渊明〈饮酒〉诗中之'采菊东篱下，悠然见南山'为后者之代表；而先生由此遂又推论及杜甫与陆游及辛弃疾之比较，以及陶渊明与谢灵运及王维之比较；而由论及诸诗人之风格意境的差别，遂又论及诗歌中之用字、遣词，和造句与传达之效果的种种关系，甚至将中国文字之特色与西洋文字之特色做相互比较，更由此而论及于诗歌中之所谓'锤炼'和'酝酿'的种种工夫，如此可以层层深入地带领同学们对于诗歌中最细微的差别做最深入的探讨，而且绝不凭籍或袭取任何人云亦云之既有的成说，先生总是以他自己多年来亲自研读和创作之心得与体验为同学们委婉深曲地做多方之譬说。昔元遗山《论诗绝句》曾有句云：'奇外无奇更出奇，一波才动万波随。'先生在讲课时，其联想及引喻之丰富生动，就也类乎是。所以先生之讲课，真可说飞扬变化、一片神行。先生自己曾经把自己之讲诗比作谈禅，写过两句诗说：'禅机说到无言处，空里游丝百尺长。'这种讲授方法，如果就一般浅识者而言，也许会以为没有世俗之法可以依循，未免难以把握，然而却正是这种深造自得、左右逢源之富于启发性的讲诗方法，才使得跟随先生学诗的人学到了评赏诗歌的妙理。而且当学生们学而有得以后，再一回顾先生所讲的话，便会发现先生对于诗歌的评析实在是根源深厚、脉络分明。就仍以前面所举过的三句话头而言，先生从此而发挥引申出来的内容，实在相当广泛，其中既有涉及于诗歌本质的本体论，也有涉及于诗歌创作之方法论，更有涉及于诗歌之品评的鉴赏论。因此谈到先生之教学，如果只如浅见者之以为其无途径可以依循，固然是一种错误，而如果只欣赏其当时讲课之生动活泼之情趣，或者也还不免有买椟还珠之憾。先生所讲的有关诗歌之精微妙理是要既有能入的深心体会，又有能出的通观妙解，才能真正有所证悟的。"（见《顾随文集·叶嘉莹〈纪念我的老师清河顾随羡季先生〉》）我以为，这既是这部"笔记"的魅力所在，也是叶先生所以将其视为"瑰宝"而奉献给当今读者的一份崇高心愿罢！叶嘉莹先生讲授古典诗歌，所以受到大陆聆听者的热烈欢迎，原因何在？我以为，这其中的主要原因是，叶先生继承了羡季老的"法"，诚如台大教授郑骞当看了叶先生发表的两篇文章后对她说的："你所走的是顾羡季先生的路子。""你可以说是传了顾先生的衣钵，得其神髓了。"（见叶嘉莹《我的诗词道路·前言》)研究古典诗词,写作古典诗词的论析文章,若走"顾羡季先生的路子",也并非易事,这一点,叶嘉莹先生对此深有体会,她说:"首先就作者而言,如果一个人对于诗词若没有足够的素养,则在一空依傍之下,必将会落入一种茫然无措,不知从何下手写起的境地。而如果大胆模仿此种写法,则将是不失之肤浅,则失之谬妄。作者要想做到自己对诗歌不仅有正确而深刻的感受,而且还能透过自己的感受,传达和表明一种属于诗歌的既普遍又真实的感发之本质,这实在不是一件容易的事。"(所引同上)所以,我认为,叶嘉莹先生能继承老师羡季老之"法",其讲学有其"魅力"是自有叶先生的一己的辛劳、功底与天赋之所在的。这一点,十分重要,这是我后边还要重点说的。这里我所要说的另外一点是,叶嘉莹先生为了让年轻一代继承她老师所留下的"瑰宝",用自己退休金的半数——10万美金,在她担任所长的天津南开大学中华古典文化研究所设立了"叶氏驼庵奖学金"("驼庵"是她老师顾随先生晚年的别号——笔者注),诚如南开大学一位校领导在首届颁奖大会上说的,这奖金之设立:"既有师恩难忘的意思,又有薪传——由顾先生到叶先生,由叶先生到各位——的意思在内。"

顾随教授当年在给沈尹默先生的诗中,谓沈先生有"不是金针不度人"之语,我以为,顾随先生,所传授给其学子的恰恰就是"金针";而叶嘉莹先生能得老师之"金针"而传给后人,不仅是"报师恩"而已,而是,继承了祖国的一种文化智慧。这是我们应当学习的一种文化传承之美德。至于,叶嘉莹先生将其老师的历经"文革"灾难而遗失殆尽的遗著,竭尽努力予以挽救,并竭尽可能使其面世,实为大德,令人感佩之至,这不仅为当代教育史上平添了一则动人的美谈,同时,还为今天的学子树立了一个光辉的榜样。

叶嘉莹先生在《我的诗词道路·前言》中在回忆老师时,曾深情地说:"先生往往以禅说诗,先生教学的态度也与禅宗大师颇有相似之处。他所期望的乃是弟子的自我开悟,而并不是墨守成规。他在课堂上经常说:'见过于师,方堪传授,见与师齐,减师半德。'"又曾说:"孟氏有言:'人之患在好为人师。'如苦水者(顾随先生号为"苦水"——笔者注),岂敢居表率唱导之列?然舌耕为业,既已有年,会众听讲,为数不鲜,德不称师,迹实无别。古人云:'师不必贤于弟子。'诸子有超师之见,吾之是说譬之椎轮大辂。"(《顾随全集·2著述卷》,河北教育出版社)我以为,叶嘉莹先生,没有辜负其师之厚望,这就需下面再继续说下去了。

三、从破解千古之诗谜说起

我国南宋著名词人吴文英,字君特,号梦窗,四明(今浙江宁波)人,有《梦窗甲乙丙丁稿》传世。其词作历来"毁誉参半"。叶嘉莹先生著有《拆碎七宝楼台——谈梦窗词之现代观》(收入叶嘉莹《迦陵论词丛稿》河北教育出版社 1997 年 7 月版)。当红学家周汝昌先生看到此文,惊呼:"梦窗词? 天哪,谁敢谈呀? 怎么谈呢?"接着,周先生不无讥讽地说:"当然,对于有的评论家、文学史家来说,那简单容易得很。一是雕琢粉饰,二是词意晦涩,三是支离破碎,四是形式主义,五是影响很坏,完了。还有什么值得多说的吗? 这种'鉴定'一直是统治着想学点文学的人们的。"周先生又说:"当然,如叶教授所举的,也有那么几个人对吴文英有好评,因此她说梦窗词人历来是个'毁誉参半'的作家。天哪——我再唤一声,难道那少得可怜的几个人够得上'半'吗? 吴文英若真是得有'半誉',他算万幸,早该'含笑于地下'了。毁誉参半云者,不过是她为了行文之便,拈用常言,聊为梦窗解嘲就是。"接着,周先生就叶嘉莹先生的文题说开去:"身跨宋、元两代的《山中白云词》的作者、词曲世家的张炎,作了一本书叫《词源》,影响很大。书中第五节,'清空'标目之下,说了几句话,道是:'吴梦窗词如七宝楼台,眩人眼目,碎拆下来,不成片段。'他只顾一说不打紧,吴梦窗从此就再难翻身。就我所知,老辈词家如朱彊村,说过:'七宝楼台,谁要他拆碎下来看?!'(见夏承焘《瞿禅论词绝句》中所引)我记得当年先师顾随先生就也说过:'见为片段,以拆碎故。'其意实在暗合,它原是一座好楼台,谁叫你拆碎了来看? 拆碎了之后,哪个不是'不成片段',又岂独梦窗? 我每见这种仁人志士,为屈抑者打抱不平,敢说几句话,辄为私下称快——而不敢公言也。"周先生对于"老词家"之论,认为"言简意赅有之,大抵数语而止。要想作细密深切的学术研究,写出周详精到的正式的论文,就非他们之所擅长了。"(见周汝昌《愿抛心力作词人——读〈迦陵论词丛稿〉散记》,出处同上)周先生基于此见,对叶嘉莹先生的论文进行了解析、论证,而后作了中肯之评价。前文已引,此不赘述。笔者注意到,关于李商隐(字义山),顾随先生曾说:"义山长诗曾受《李长吉歌诗》(《长谷集》)之影响。自义山诗中亦可看出仿长吉之作品,如《燕台》诗,此类诗在义山诗中成谜,每字每句皆可解,而全篇不可解。欲了解义山此类诗,必迎义山九原(九原同九泉,指坟墓)不可。此类诗无短的,受长吉影响而失败了。"(《顾随诗词讲记》,中国人民大学出版社 2006 年 3 月版),说来有趣,这似乎是顾随先生专为他的高足叶嘉莹教授留下的又一则"诗谜",从我这个"似乎"的假设角度说,嘉莹教授后来果然没有辜负其老师的所愿。叶嘉莹教授,由于她从小有过古典诗词吟咏和寺词创作的严格训练,大学学习期间又受到她的老师顾随先生的教导与启迪,使之对于诗词不仅产生了一种敏锐"直感"的能力,同时,还更添加了一种"兴发"与"联想"的能力。所以,后来她写出《旧诗新演——李义山〈燕台四首〉》(见《迦陵论诗丛稿》),解开了"义山诗中"之"谜"。中国古典文学著名专家缪钺教授在《迦陵论词丛稿·题记》中,首先对叶嘉莹先生对义山诗及其赏析的认知、赏析之方法进行了介绍,他说:"李义山(商隐)诗,摘采瑰丽,托兴深微,千载以来,夙称难解,殚精竭虑,谱其行年,钩稽史事,推测某篇为某人某事而发,谈言微中,时有胜义,而牵强附会,窒碍难通者亦复不少。往往同一诗也,而聚讼纷纭,莫衷一是。叶君独谓,李义山之为人具有一种窈眇幽微之特异品质,其观生阅世,哀怨无端,发为诗歌,与其生命深相结合,读者应以灵思慧解探索之,而不可以沾沾于一人一事拘泥求之也。""义山之《燕台》四首,幽深艳冶,使读者目迷神眩。后世注家或以义山《柳枝诗序》与《燕台》诗比附立说,或又就《燕台》诗中有关之时、地、与人作种种猜测,治丝益棼,徒增困惑。叶君自谓天性好奇,'越是难解的诗,我对之越有研究的兴趣'。于是冥思独运,谓此四诗有极真实深切之感受,而又有极复杂错综之象喻,既充满惆怅哀伤之思,而其周密精微又不同于偶然抒情之作。因此,欣赏此种作品,应承认其多种之可能,体会作者内心在窈眇之心魂与外在精美之艺术之结合。义山此四诗表现其锐敏之心灵对人世间无常与缺憾之悲哀,故必须有类似之心灵始能感触而探索之。"缪先生随后评论说,叶嘉莹教授"评说《燕台》与《海上谣》两文为叶君精心结撰之作,其所用以研讨之方法,可为此类难解之诗开辟一探索之新途径焉"。如果说叶嘉莹教授的这种"探索"侧重于"由一己之赏心自娱的评赏",那么,随后她所渐入的则是"一种为他人的对传承之责任的反思"。正是这种"反思",令叶嘉莹教授走上了一条别开生面的"诗词道路"。对于这条新路,叶嘉莹教授有过较为详细的述说,她说:"这类作品大抵都是因为我有见于诗词评赏界中的某些困惑和危机,由于一种不能自已的关怀之情而写作的。即如60年代我在台湾所写的《杜甫秋兴八首集说》一书,以及书前所附的《论杜甫七律之演进及其承前启后之成就》的一篇《代序》的长文,就是因为有见于当日台湾现代诗之兴起,所造成的反传统与现代的争执和困惑而写作的。再如70年代我在加拿大所写的《漫谈中国旧诗的传统——关于评说中国旧诗的几个问题》一篇长文,则是因为有见于当时台湾及海外的一些青年学者,在西方文论冲击下,因尝试使用新理论与新方法来诠释和评说旧诗,所产生的一些荒谬的错误(这种"荒谬的错误",在大陆的"欧风美雨"时期,也有惊人的相似之处——笔者按)而写作的。从表面看来,这些论说和辩误的文字,自然不似以前所写的主观评赏之文字易于获得一般读者的喜爱,但若就一些真正有志于学习如何评赏旧诗的读者而言,则如《集说》中,我对历史评说这八首诗的各种纷纭之诠释与评说的逐字逐句的比较和论定,以及在《旧诗传统》一文中,我对各种误谬的说明和辩证,也许这一类文字才是更有参考价值的作品,也更能反映出我个人在这条道路上摸索探寻时,一些亲身体验的甘苦之经历。而当我经历了由主观而客观,由为己而为人的种种转变之后,我遂更走上了由对作品之评赏,转入了对文学理论之研讨的另一段路程。"(见《我

的诗词道路·前言》）

　　叶嘉莹教授的"文学理论之研讨"，是怎样一条路呢？嘉莹教授之高足安易女士对此有过评说，她说："中国传统词学理论主要见于词话，其中虽不乏古人精彩独到的见解，但多为直观妙悟式的感受，而少理论的逻辑和科学的体系。词学研究走上现代化道路，肇始于王国维的《人间词话》。王国维受西方理论影响，把'造境'、'写境'、'主观'、'客观'、'有我'、'无我'、'理想'、'写实'等引入中国词学，建立了他的'境界说'，把中国词学向科学化推进了一步。然而遗憾的是，王国维并未以全力研究词学，《人间词话》采用的仍是传统词话那种语录式的旧形式，对于新的理论概念并未做周密系统的论述与说明。因此，从王国维停止之处作进一步的拓展，以现代概念和理论为工具，对传统词学进行科学的开发与归纳，建立一个适合现代人理解与阐释的词学理论框架，就成了当代词学发展的新课题。在这个新课题上起步较早、涉足较深、成果较明显的，当数叶嘉莹。""总观叶嘉莹教授的词学研究，有其古典的一面，也有其先锋的一面；有其厚重深入的一面，也有其通俗近人的一面；有其严谨规范的一面，也有其灵心妙悟的一面。不深入了解这些方面，就不足以全面了解叶嘉莹的整个词学理论体系。有的学者认为，叶嘉莹教授的学术研究以感性为主，'在总体风貌上和现代精神有距离。'这种观点显然只是直观地注意到这个基础上的整个词学理论体系，事实上，叶嘉莹词学体系的一个最大的特点就是把古代与当代沟通起来，使古典文学作品在现代人心灵中得到生命的延续。这种沟通，可以改变古典文学研究寂寞孤独的现状，缩短当代人尤其是当代青年与古典诗词之间的距离。更重要的是，它有利于中国传统文化与世界文化的接轨，有利于在世界文化的坐标体系中为传统文化的优秀成果找到它们应有的位置。而这正是叶嘉莹词学理论体系的意义和价值之所在。"（安易《叶嘉莹词学理论新框架初探》见《叶嘉莹教授八十华诞暨国际词学研讨会纪念文集》南开大学出版社 2005 年 12 月版。）

　　叶嘉莹教授，她的学问、才华、智慧、人格，受到国内外普遍尊敬与赞誉，那是 2004 年，在为她八十华诞庆贺的大会上，南开大学教授、中国科学院院士、原南开大学校长母国光先生说："南开张伯苓讲的是'允公允能'她（指叶嘉莹教授——笔者注）不是南开的学生，她是外面的学生，但她把南开精神体现得十足，'允公允能，日新月异'，给我们一代人（我是她的学生辈人）创造了光辉的榜样，应该学习她（掌声）。"红学家冯其庸先生说："我与叶嘉莹教授是 1980 年在美国威斯康星大学第一届国际红楼梦研讨会上见面的，距今已经二十多年了，我们的联系一直没有间断。我敬佩叶先生的学识，尤其在中国古典诗词研究上，她的成就之高是当今首屈一指的，是我衷心钦佩的。"又说："我敬佩叶先生的另一面是叶先生崇高的品格。我与叶先生是同龄,我们各自的经历都不一样,但是都遇到不少艰难困苦,而叶先生始终不忘祖国,不忘祖国人民,不忘祖国文化,而且数十年如一日,我感受到她对祖国的一片赤子之心,这就是她的崇高之处,所以我要用'崇高'两个字,因为仅仅是'高尚'还不够。"复旦大学中文系教授、博士生导师王水照先生说:"叶嘉莹先生是我们大家共同尊敬的学术前辈,伴着她一生八十年的风风雨雨、坎坎坷坷的生活之路,同时也是一条为国家、为民族、为中华传统文化不断地贡献自己卓越成果的学术之路。1997 年河北教育出版的《迦陵文集》十卷本,2000 年台湾桂冠股份公司出版的《叶嘉莹作品集》二十四册,就是她长期学术耕耘的总结性的成果。而对于我们内地的学者和学子们来说,尤其不会忘记,从 1980 年上海古籍出版社出版《迦陵论词丛稿》以来,她给我们词学研究界带来了新的学术理念、新的研究方法,以及独树一帜的表达方式。我们也不会忘记,她从 1997 年以来在内地诸多名校巡回式的词学讲演,特别是对南开大学作出了种种贡献。她的教学活动反响之热烈,影响之深巨,是十分罕见的。"接着,王水照先生在具体分析了叶嘉莹先生所建立的理论体系的"基本观念"、"方法"、"模式"后说:"这个'一、二、三'都共同地最后指向于学术传薪与文化弘扬的自觉担当的使命感和责任感。她在诗中说'书生报国成何计,难忘诗骚李杜魂'就是以传承和光大中华文化精神为自己的职志,了解叶先生经历的人,对于这一点是不能不感动的。"中国社会科学院文学研究所研究员、文学所所长杨义先生说:"叶先生是我们中国社科院文学所特聘的荣誉研究员,我们社会科学院文学研究所特聘的荣誉研究员在海内外总共只有四个,当时是为了人文社会科学要找外籍教授、外籍院士而设立的岗位。她现在还是个荣誉研究员,但是在我们心目中,她应该是我们词学领域的第一高手。"随后,杨义先生就一己对人文科学的认知,对叶嘉莹教授作了公平的高度评价。他说:"我曾经有一个观点:一种文明,它的生命力、它的发展前途离不开两点,一点是它的原创性,它的创造能力、体制和水平;一点是它的共享性,它的为全民族共享的程度。叶先生对我们国家传统的文明在原创性的研究上和共享性的推广上都做出了杰出的贡献。我读过不少叶先生的书,觉得叶先生在诗词写作和诗词理论上的贡献是非常独特的,而且是富有创造性的。诗歌上,从诗、骚一直到汉魏六朝,尤其是陶渊明、杜甫、李商隐;在词方面,唐、五代、宋一直到明清,直到王国维的《人间词话》,她都作出了很多精深、独到的体味精微的研究,而且这种研究是综合中西之学,兼有鉴赏和论析之长,揭示'兴发感动'之旨趣。她是一个真正的懂诗的人,所以我们读她的著作的时候,常常为她那种地道本色的体验,那种辨析精微的论证和那种锦心绣口的文章所感动。同时,在推动我们民族的诗词文化、使之成为全民族的共享上,叶先生也做出了很多为一般的学者所不愿意做或不屑于做的事情。她在北京开设过词学讲座,同时现在又启动了一个叫'与古诗交朋友'的工程,把文明的传承和娃娃的教育结合起来,不计名利,东西南北奔走呼号,成为一个著名的'东西南北人'。在诗词道路上,她为后起的年轻人开拓了一片高远广阔的天地,并能借之使我们民族的文化和民族的品质都因此发出璀璨的光华,这是她的心愿,也是我们非常佩服的。

叶先生的研究有很多独到的亮点,比如说她对杜甫的领会很深,有所谓'平生佳句总相亲,杜老诗篇动鬼神',由此对《秋兴八首》作了非常详尽的注解和阐释。她对王国维的诗论和为人,尤其对他的《人间词话》的解释创意甚多,会心处甚多。我觉得她是王国维的《人间词话》的功臣,是杜甫《秋兴》的功臣,刚才陈省身先生(著名国际数学大师、南开大学教授、中科院外籍院士、美国科学院院士,陈老当年坐着轮椅来为叶嘉莹教授八十华诞祝贺——笔者注)讲了《锦瑟》诗,认为这是诗集总说,是李商隐诗人生涯的写照。我觉得这位老先生也确实是有很高的诗学悟性,这一点跟我们文学所的一级研究员钱锺书先生的《谈艺录》里面的解释是不谋而合的。

我还有一个观点,认为人文工程实际上是个人心工程,叶先生应该说是我们这个人文工程、人心工程的杰出的工程师。今天我们为她祝寿的时候正在重九佳节,重九节从我们历代的诗词,从陶渊明到李清照,成为了我们的一个象征,一个敬老尚贤、登高远望的象征。我看了叶先生的诗词,其中秋词最多,对人生的体验和人生的收获,体验之深切,也是令人感动的。所以在这里祝寿的时候,我想借用唐人刘禹锡的一首《秋词》来结束我的讲话。这首《秋词》说,'自古逢秋悲寂寥,我言秋日胜春朝',秋天比春天还要好,'晴空一鹤排云上,便引诗情到碧霄'。我祝贺叶先生以'晴空一鹤'排云直上的那么一种精神高举的动人的姿态,带领我们的诗情,带领我们对诗的理解,对诗的创作灵感上到碧霄上高翔,为我们这个民族的文明作出更多的贡献。最后,祝叶先生健康、长寿,给我们写出更好的文章,使我们得到更多的精神享受。"好了,这已足够了,足够我们看到叶嘉莹先生为学、为师、为人的成就、学识、崇高的品格了。到此,该回过头来说一说叶先生作为顾随教授的高足,在传承上所呈现出的风范光辉了。

结　语

叶嘉莹教授的老师顾随先生曾愿他的高足"成为南岳下之马祖",在一己的"法外""别有建树"。而今,嘉莹教授,已实现了老师的冀望。同时,叶嘉莹教授的弟子已遍布大陆、香港地区、澳门地区、台湾地区和海外,可谓"桃李满天下"。为了继承和发扬中华古老而优秀的文化，她亲自在海外募集赞助款项，得到了华裔加拿大籍企业家蔡章阁先生的赞助，在南开大学建起了"中华古典文化研究所"。叶先生更用一己的一半退休金，设立了"叶氏驼庵奖学金"，以传承老师，不，而是中华民族优秀文化之大"法"。尤其值得一说的是，在老师的"遗著"经"文革"灾难之后，已是"寸纸"无存的情况下，她一次又一次从海外归国，利用讲学、著述的间隙，不顾疲劳与艰难，四处访亲问友，终于于她往日的校友，以及老师的家属处搜集了所能搜集到的老师的遗墨、遗著，联系出版单位使其得以面世，其中不仅有各种单行本，且有四卷一千五百多万字的《顾随全集》，在大陆和台湾地区广为流传。这在中华教育史、文化史，而且在世界教育史、文化史上也是鲜有的。我们认为，这一"美谈"是中华民族的光荣与骄傲，当不为过罢！

叶嘉莹用西方理论和方法解析中国古代诗词

徐志啸（西北师范大学中文系）

叶嘉莹在评论和研究中国古代诗词过程中，有意识地将西方的理论和方法运用到了古代诗词解析之中，这是她融合中西诗学推动中国诗学研究发展的重要举措，本文拟先就她的论著中所引用的西方理论和方法作适当阐释，而后就她对中国古代诗词宏微观结合的解析说明其研究风格和特点。

一

叶嘉莹在对中国古代诗词作评论解析时，有意识地引用了西方的理论和方法，以此对其所阐发的诗词作品作更为深入透彻的诠解，此甚有助于读者对诗词作品的理解与鉴赏。从叶嘉莹迄今已发表的论著看，她所运用的西方理论和方法主要包括阐释学、符号学、现象学、新批评、接受美学以及女性主义，我们拟对这些理论和方法作些必要的诠释，并结合叶嘉莹的论述作分析评述。

阐释学（Hermeneutics），从中文字面看，在文学范围内，它是对文学作品的整体含义或文本的具体语言含义作分析、释义、评论，以阐明和解析其确切内涵。"阐释"这个术语在西方最先特指对《圣经》文字中可能产生歧义或难解之处的解说，它的原意是指"解经"之学，即对《圣经》中神的语言作诠释的学问，19 世纪以来，"阐释学"一词在西方用于特指对文学作品作解说的一般理论，这当中德国神学家施莱尔马赫和哲学家狄尔泰二人起了重要作用，他们将原先的"解经"之学发展成了普遍适用于人文科学——哲学与文学解释的"理解文本的艺术"，俾使读者能依靠阐释更好地理解文本的内涵并进而把握作者的本意，此后，海德格尔和伽达默尔也发表了建设性的理论见解，推动了阐释学的发展。叶嘉莹在引述阐释学时，重点对西方阐释学与中国传统词学的暗合之处，作了阐述，她认为它们之间至少有三点暗合之处。第一点，西方阐释学对《圣经》的阐释，往往有两个层面的意义，即要对经文作出两个层面的解释,一个层面是对经文的语法和辞意等的字面解释,另一个层面是对经文的精神内涵之寓意的解释,如以此与中国传统词学相比较,则中国词与诗的差异,乃在于词更具有一种幽微要眇引人向更为深远之意韵去追寻的特质,此即张惠言之所以提出意内言外的比兴寄托之说和王国维提出在神不在貌的境界之说的缘故。叶嘉莹认为,像这样对于两层意韵的追寻和探索,便是中国词学与西方阐释学暗合的地方。第二点,关于衍义(歧义)的问题。西方阐释学的最初本意是要通过阐释,推寻经文中神的旨意或文本中作者的本意,但实际上,每个阐释者都会受到其所处时代和个人背景的种种限制,他们对不同时间、不同空间、不同作者的作品作阐释时,往往会发生一些偏差,其所体会的有时不是作者的本意(Meaning),而是阐释者的衍义(Significance),而且不同的阐释者可以获得不同的衍义,同一个阐释者在不同的时空背景下读同一篇作品时,也会因背景不同而得出不同的衍义。如此,以阐释学的这种衍义说与中国传统词学作比较,叶嘉莹指出,便有了张惠言解说温庭筠《菩萨蛮》词之"照花前后镜"四句有"《离骚》初服之意",王国维解说李璟《山花子》词之"菡萏香消翠叶残"二句有"众芳芜秽美人迟暮之感",这在阐释学而言,便可称为衍义。更极端的例子,叶嘉莹说,王国维评说晏殊《蝶恋花》词之"昨夜西风凋碧树"三句,既谓"成大事业大学问者"之"第一种境界",又谓有"诗人忧生"之意,这样的衍义,在中国传统词学中并不鲜见,它与西方阐释学所说内容可谓殊途同归——不谋而合。第三点,阐释的依据问题。在西方阐释学而言,很讲究阐释的依据,也即所阐释的文本(Text),它是一切阐释的基础,也是阐释者作各种阐释的基本材料,倘无此,则所谓阐释便全是空的,对中国传统词学而言,也是如此,没有文本的依据,从何阐释? 由此,叶嘉莹认为,中国传统词学中诸家所提出的认识与看法所依凭的原词作品,便应是阐释者所依据的文本,这同西方阐释学的说法可相吻合。

符号学(Semiotics),最先由瑞士结构语言学家索绪尔在他的《普通语言学教程》一书中作为一门独立的学科提出,该书于 1916 年出版。按索绪尔的学说观点,作为表意符号的语言,其作用可以归纳为两条轴线,一条是语序轴(Syntacmatic Axis),另一条是联想轴(Associative Axis),语序轴指语言结构的次序而言,它是构成语言表意作用的重要因素,但在语言表意作用以外,人们还要考虑每一语汇可能引起的联想作用,这些联想作用的语汇构成的系谱便是联想轴的作用。叶嘉莹就此举了中国文学的例子,她说,中国人要叙写一个美丽女子,便会联想到"美人""佳人""红粉""蛾眉"等一系列语谱,而这语谱中的每一个语汇都可以提供给说话人一种选择,当人们选择其中一个语汇时,这语汇就有了一种表意的作用了,而当这些语汇依语法次序列成语串时,则这语串除依语序轴所表明的语意外,还可以由联想轴的作用而隐含有另一组潜伏的语串。叶嘉莹认为,这便是符号学理论在中国传统文学中的运用表现。继之,在介绍索绪尔理论的基础上,叶嘉莹又对两位将符号学理论用之于诗歌研讨的国际著名语言学家作了介绍,他们是雅克慎和洛特曼。前者结合语言学与符号学探讨诗学,他以索绪尔的"二轴说"为基础,提出了诗的功能说(Poetic Function),认为这种功能的形成,主要就是因为把属于选择性的联想轴的作用,加在了属于组合性的语序轴之上,使诗歌具有了一种整体象征的复合多义的性质,这自然使人们对于诗歌的内含和作用有了更为丰富和深入的认识与了解;后者把符号学从旧的形式主义和结构主义中解放了出来,使其与历史文化相结合,并接受了信息交流理论(Information Theory),提出了更进一步的看法,认为人类不仅用符号交流信息,同时也被符号所控制,符号系统也即规范系统,这个规范系统包括两个层次,第一层次是日常普通使用的语言,第二层次是文学、艺术及风俗、习惯包含在内的系统,即外在时空的历史文化背景,人们在分析一部文学作品时,不仅要注意第一层次的规范系统,还应注意第二层次的规范系统,倘如此,则文学作品所传达的信息量就大大扩充了;此外,后者还提出把符号分成理性的认知和感官的印象,理性的认知多属系统化了的符号,给人知性的乐趣,感官的印象多属于未经系统化的符号,给人以感性的乐趣。由此,叶嘉莹指出,我们在读诗时依据洛氏的这一理论,便可以超越一般人只注意诗篇之语汇在语序轴上所构成的表面的信息与意义,而在语序轴之外的联想轴,以及知性符号和感性符号方面,乃至诗篇外的历史文化背景等方面,凡诗篇所传达的多方信息都能涉及到了,这就大幅度地扩展了诗篇的信息量,极利于我们对诗篇本身的理解与欣赏。为此,叶嘉莹认为,符号学中的联想轴很重要,而符号系统与历史文化背景也有着密切的关系。结合张惠言说词的例子,她对此作了具体的说明:张惠言对温庭筠《菩萨蛮》词中"照花前后镜,花面交相映,新贴绣罗襦,双双金鹧鸪"作了评说,按原词意,四句词只是写了一个女子的簪花照镜和其衣饰的精美——这是从语序轴的角度看词的表面叙写,但张惠言则从中看出了"《离骚》初服之意",即按中国历史文化的传统,这是以美人之修容自饰来比喻君子之高洁好修,在中国传统诗词中这类例子并不鲜见。由此,叶嘉莹指出,张惠言这样解说温词认为其具屈原《离骚》之意,所依据的乃是文本中的一些语码所提示的带有历史文化背景的联想轴所起的作用,而这又正是中国词学以比兴寄托说词的一个传统方式。叶嘉莹认为,这类方式是以文本中某些语码来比附为某种托意,表面看,它似乎是一种可以使词之诠释更为丰富的衍义,但实际上却反而给词的诠释加上了一层拘执比附的限制,显出了张惠言这一比兴寄托派常州词论的弊病,在后来的中国词学史上常常遭到讥评,如王国维就批评张惠言的这样说词为"深文罗织"。对此,叶嘉莹联系了西方符号学理论,指出,其实西方符号学家也早注意到了这个问题,艾考在他的《诗学与开放的作品》一文(载《读者的角色》一书)中便曾说,西方阐释学中像这种以道德性、喻托性及神秘性来做解释的中古时期的说诗方式,是一种被严格限制了的僵化的解说,它事实上已背离了诗歌之自由开放的多义性特质。

现象学(Phenomenology),这是第一次世界大战前夕在德国兴起的一种哲学运动,代表人物是德国思想家爱德蒙·胡塞尔。现象学是一种排除了认识论和本体论的先期假设而来自检验资料的方法论,其认为,任何客体,尽管存在于时间和空间,都只有通过积极利用由客体打上印记的意识才能取得意义,意识不是仅指一种感受的官能,而是指一种向客体现象不断投射的活动,且这种活动是具有一种意向性的,因此,现象学所研究的既不是单纯的主体,也不是单纯的客体,而是在主体向客体投射的意向性活动中主体与客体之间的相互关系及其所构成的世界,它不是在实在的领域中发现现实,而是在意识到的精神领域运用彻底的分析和描述方法来发现它,它曾对阐释学产生过影响。由于现象学提出了意识的意向性活动,因而引起了文学批评理论中追寻作者原意的诠释学(即阐释学)的兴起。必须说明的是,叶嘉莹认为,在这种追寻原意的探讨中,人们发现,其实纯客观的原意是难以重现的,而诠释者追寻所得到的,事实上都是已染有诠释者色彩的“衍义”,正是如此,促使叶嘉莹对中国传统诗论的一些说法与西方现象学作了比较,认为他们之间有相似之处和不同之处——即所谓“似而非是”,其“非是”自然是指它们两者乃属不同的学说,而其“似”者,则是它们之间的可相通处。例如,叶嘉莹说,中国诗论注重心物感动关系,《毛诗大序》有谓“情动于中,而形于言”,在这话之前,就有一句“诗者,志之所之也”,这是中国早期诗论注意到的一种诗歌创作的重要质素——心与物的交相感应关系,这就与西方现象学所提出的意识主体与现象客体之关系及意向性活动的说法有相似之处了,其原因在于,人类意识与宇宙现象接触之时所引起的反应活动实在乃是一种人类的共相。

新批评(New Criticism),是英美现代文学批评中最有影响的流派之一,它因美国著名文学批评家兰色姆的《新批评》一书而流行,该书的系统观点来自于新批评的开山瑞恰慈和艾略特,他们的理论奠定了新批评派的理论基础和方向。新批评派早期的核心观点在于反对文学批评中的流行倾向,即只注重作家个人的生平、心理、经历及文学的社会、历史背景等方面因素,而忽略了作品本身。新批评派要求只取作品本身做研究,不必顾及其他因素,他们重视的是将作品看作独立的自足的客体,反对背离客体的批评模式,他们要求详细地精确地分析作品的各种复杂的内在相互关系,强调文本的结构和含义及其统一性,反对将两者隔离开来,由此突出作品的独立性和美学价值。叶嘉莹认为,新批评的强调文本细读

(Close reading),确实能使我们对作品的各方面作出更为正确和深入的体认,有其值得重视的一面。新批评影响了西方后来兴起的意识批评流派,该派强调探讨作品中所表现的意识型态,旨在寻找作者在其作品中潜藏的基本型态,但它也遭到了新批评派的讥评,认为它忽略了作品的独立性和美学价值。叶嘉莹自己在论述辛稼轩词作时,对其万殊一本的本质探讨,似近于意识批评流派,而对其艺术特色的探讨,则似更近于新批评派,新批评提倡细读,让读者对作品的方方面面做出精密的观察和分析,从而更准确地体认作品中的艺术特性。她认为,西方各种文论其实各有长短,可以互相参考而并行不悖,但她同时又指出,新批评所倡导的评诗方式,虽有其值得重视的方面,却也有其弊端,即它完全不顾及作者与读者,而将重点全部放在对作品的客观分析和研究上,这就不免会以偏盖全,否定了作者和读者在整个创作和审美过程中的重要作用,这显然是有失偏颇的,叶嘉莹自己在解析中国古代诗词时,则是尽可能地顾及了作者、读者、作品三个方面,以求作出全面准确的分析鉴赏。

接受美学(Aesthetic of Reception),由德国康士坦茨大学教授尧斯、伊塞尔等人创立,其中尧斯的《文学史作为文学科学的挑战》和伊塞尔的《本文的召唤结构》两篇论文较为系统地阐述了接受美学的基本理论主张,被认为是接受美学形成独立学派的理论纲领,他们的论文曾发表在《诗学与诠释学》杂志上,而接受美学正是在综合了诗学与诠释学基础上发展起来的一门新兴的文学批评理论。接受美学认为,对于文学艺术作品,读者是接受者,其阅读、理解的过程是一个复杂的运动过程,他必须进行联想,以填补原文跳跃的空间和时间,对原文的意思进行判断,没有接受者积极的连续的参与,艺术作品实际上无所谓存在,一部艺术作品,在历史和社会的各种不同背景里具有各种不同的意义结构,艺术作品的意义等于作者所赋予的意义和接受者所赋予、所领会的意义之总和,有时接受者甚至能从作品中领悟出作者所意想不到的、或者与作者所赋予作品意义截然相反的意义来;过去的文学史只是作家和作品的历史,忽略了读者的作用,只有读者的阅读活动才能将作品从死的语言材料中拯救出来,并赋予它现实的生命;作品的价值和地位是创作意识和接受意识共同作用的结果,作家体现在作品中的创作意识只是一种主观意图,其能否得到承认,还有待于接受意识的检验——读者能动的理解活动;一切文学艺术品在未经读者或欣赏者再创造之前,都只不过是一种艺术成品,一定要经过读者或欣赏者的再创造来加以完成,此一艺术品才成为一种美学的客体,才能产生美感经验,具有艺术的生趣;文学作品具有两个极点,一个是艺术的、一个是美学的,艺术的是作者创作的文本,美学的是阅读此文本的读者,我们对文学的探讨,必须注重两个方面,而不应有偏废;读者的阅读不仅要注意作品的表层意思和作者的内在意图,更要能透过文本运用自己的想象对作品作出创造性的诠释,这便造成了一种新的创造性背离,这种背离即是接受美学理论所能解释的重要创获。正是在这些理论前提下,叶嘉莹结合王国维的说词方式,作了比较探讨。她指出,王国维的说词方式与接受美学理论有不少暗合之处,具体表现在三个方面:其一,接受美学主张一切艺术作品均有待于读者完成,否则此艺术品便毫无生趣,王国维则以"众芳芜秽美人迟暮之感"解说李璟的《山花子》词,以"三种境界"解说晏殊、欧阳修的小词,便是透过读者的感发赋予作品新鲜的生趣;其二,接受美学认为一篇作品可以对读者呈现多层含义,且读者的理解和诠释不一定要作为对作品本文之意义的解释与回答,王国维对晏、欧诸人的小词,既将其评说为"成大事业大学问者"的一种境界,又将其评说为有诗人"忧生""忧世"之心;其三,接受美学提出读者对文本之诠释可以透过自己之想象形成创造性的背离,王国维用三种境界说晏、欧诸人的小词,也承认"以此意解释诸词,恐晏、欧诸公所不许也",说明这样的解说实际上是背离了作者的原意,属于一种创造性的背离。但是,在这样论述比较的同时,叶嘉莹还注意到了另一种倾向,即读者的主观创造性不能无限制地扩大,它必须以文本中所蕴含的可能性为依据,文本提供了可能的潜力,而这种潜力要在读者的阅读过程中才能完成,这就是说,美感的反应是在文本与读者的交互作用中产生的一种辩证的关系,因而,重视作者与作品而忽略读者之美感反应的文学批评,固然属有偏差,然只重视读者反映而忽略文本的根据,则其所作的诠释也将是荒谬而无据的。继之,叶嘉莹将接受美学运用到了中国古典诗歌的评说之中,特别对中国传统的"兴"的作用,做了详尽的阐释。她首先指出,中国传统论诗中的所谓"兴",乃是兼指作者与读者的——所谓作者之"兴",是指作者"见物起兴"所引起的一种感发,所谓读者之"兴",是指读者在读诗中由"诗可以兴"而引起的一种感发。如此,则这种读诗与说诗的方式与西方的接受美学既有相通处,也有不同处,相通在读者接受作品所传达的信息时其产生的反应,乃是中外一致的,这是人类认知过程中的一种共性,不同在如何接受、如何反应及如何对之作出诠释,则因中外文化历史背景的差异而会产生极大的区别。由此,针对王国维的说词方式,叶嘉莹认为,它在理论上,虽与西方理论有可相通之处,但在实践中则实在是带有中国传统的"诗可以兴"深远影响的一种重视诗歌感发作用的说词方式,而要由此寻找其文本中的依据,便不能不对其文本中所蕴含的感发之潜能加以重视,并作深细的观察和探讨。叶嘉莹的论述即此对王国维的说词内容展开,她指出,李璟《山花子》词之所以引起王国维"众芳芜秽美人迟暮"的感慨,乃是因为词句文本本身蕴含了足以引起他感发的潜能,其中包括"菡萏""翠叶",两者均具象喻意味,易引发读者对珍贵美好品质的联想,而句中"香""消""残"等字也增强了象喻的意味,如再结合中国的历史文化背景,则后一词句所象喻的秋日草木萧瑟凋零的景象,似更能引发人们悲秋的感慨。

叶嘉莹认为,王国维说词的方式不仅有文本的依据,也有历史文化背景的依据,且其依据的文本乃是文本中所蕴含的一种感发的潜能,不只是语言中的符码,它需要的是对文本中语言符号的每个成分的功能都要有精微细致的感受和辨别的能力,唯此方能对文本中的潜能作出正确的发挥。对于接受美学,叶嘉莹还参引了捷克结构主义评论家莫卡罗夫斯基、波兰现象学理论家英格登、法国接受美学家伊塞尔等人的观点。他们认为:一切作品在未经读者阅读以前,都只是艺术作品,而并非美学客体;文学作品有两个极点——作者和读者,我们不仅应该重视作品的文本,也应重视读者的反应活动,而读者对作品的反应永远不会固定在一点上,阅读的快乐正在于其不固定的活动性与多义的创造性(不论小说还是诗歌,尤其后者);特别要说明的是意大利接受美学家墨尔加利所指出的,读者按其阅读性质之不同,可以分为三类:单纯阅读类(不作任何分析解说),超一层阅读类(有分析和评说意图),创造性阅读类(有背离作品原意的创造性意图,试图通过自己的想象对作品做出创造性的诠释),而中国的王国维所提出的三种"境界说"实际上即属于这第三种读者的阅读法,这种类型的阅读法正日益受到西方接受美学的重视。当然叶嘉莹也指出,推崇第三种类型并不等于提倡可以随心所欲地妄说,一切解说都必须以文本中蕴含的可能性为依据,从而由作品中蕴含的丰富潜能引发读者丰富的联想,使作者的作品产生最大的艺术效果。

女性主义(Feminism),这是指西方的女权主义在文学批评领域的一种学说,它伴随着西方的女权运动而兴起,是一种带有妇女意识觉醒的新的文学理论,也可称女性主义文学批评。在西方,有关女性主义文学批评的著作不少,其中以法国波伏娃的《第二性》(The Second Sex)为代表作,它针对西方历来的男权主义——以男性为中心的传统意识(东方也如此),提出了大胆的挑战,认为在男性的作品中,女性都是被以男性的立场和眼光所看的第二性,是男子眼光和心目中的女性——被男性所观看的(Being looked at)的"他者"(The other),归属于男子,是男子的附属品,由"人"的地位被贬降到了"物"的地位,成了非真正的女性。而女性主义的文学批评则提出了塑造表现女性自身主权和立场的形象,它显然有了意识上的觉醒,摆脱了传统的被作为男性附属品的第二性形象。为此,叶嘉莹在她的论述中列举了一系列的有关西方女性主义文学批评方面的著作,这些著作涉及了文学作品中的女性形象、女性作者、女性的文学批评、女性风格、女性语言和女性意识等,有的还将女性形象分为多种类型,包括传统的女性形象(固定的类型)和转型中的女性(自我的创造者),以及所谓自我形象等,说明女性学者站在女性的立场上,从女性意识觉醒的角度表现与传统的男性意识相对立的观念,并进而发展到能携手并进的关系,即男女性平等的意识和观念,从而体现了时代的进步。对此,叶嘉莹比照了中国传统词学中关于女性和女性主义色彩的描述,以说明中国传统词的特质,表明了她对中国词之所以形成以幽微深隐富于言外之意而致为美的原因之看法与认识。值得提出的是,叶嘉莹说中国传统文学描写女性并非始于词这种艺术形式,早在《诗经》《楚辞》《古诗十九首》、汉乐府、南北朝民歌、宫体诗以及唐朝的宫怨、闺怨诗中,都描写了女性和爱情,但词(以《花间集》为代表)的描写女性与它们却有所不一。为什么词作中描写女性会与其他表现形式不同呢? 叶嘉莹认为,词中描写的女性形象不受传统家庭伦理关系的约束,她既是单纯的爱与美的对象而又不是有心安排的喻托,这使它具有了丰富象喻的可能性,而《诗经》中的女性在家庭和社会的伦理关系中都有一个明确的伦理身份地位,其叙写之方式大多以写实口吻出之,《楚辞》中的女性则都是非现实的女性,其叙写的方式大多以喻托口吻出之,属于象喻,有着明确的喻托用意,宫体诗虽写美女,却不大写爱情,那些美女大多是男子目光中的女性,是"物化"了的美女,引不起读者的联想,至于南朝的吴歌西曲和敦煌曲子词,都为俗曲,不是诗人文士的作品,它们真实生动、活泼自然,但毕竟余味不足,难以留下深长意味,其所叙写的女性,大多为恋爱中的女性,其叙写的方式多以素朴的民间女子自言的口吻出之,唐人的宫怨和闺怨诗中所叙写的女性,则大多为在现实中具有明确伦理身份的女性,其叙写的方式大多是以男性诗人为女子代言之口吻出之——总之,它们均不似《花间词》中所描摹的那样,乃是介乎写实与非写实之间的美色与爱情的化身,这是《花间词》与以上其他文类所叙写女性形象的区别所在,而造成这种区别的原因则在于《花间词》具有象喻的潜能(potential effect),这便使它特别能引人产生言外之想。词的富于象喻的另一个原因,在于词中女性化的情思与女性化的语言同男性化的作者的结合,这是因为《花间词》的绝大多数男性作者在写词的时候用了女性的意识和女性的语言,这种双性结合的结果,使得小词的阴柔与阳刚能相辅相成——如同太极图的黑白阴阳的相济,从而产生了引起读者丰富联想的可能性。对于女性语言问题,叶嘉莹认为,《花间词》的语言自然是属于女性化的语言,而如从西方女性主义所提出的两性语言的性质差别看,那么,诗之语言乃是一种有秩序的明晰的男性语言,而词之语言则是比较混乱和破碎的女性的语言,正是这种破碎混乱的语言才形成了词的曲折幽隐富于引人生言外之想的特质,如温庭筠的词便具有这种特色。叶嘉莹的这一将词中美女和爱情的内容以及女性语言问题,借用西方女性主义理论作分析评说,应该说开了词学研究的新生面,令人颇有眼界顿开之感。

二

以下,我们拟对上述叶嘉莹所涉及的西方理论与方法结合她对中国古典诗词作者与作品的分析批评,作综合性的考察与评述。

首先是对张惠言和王国维两人说词的比较。对此,叶嘉莹借用了西方理论和方法作论述,说,如以张氏说词的方式与王氏说词的方式以及他们批评的重点方面作比较,会发现他们两者有很大差别:其一,张氏说词所依据的主要是一种在历史文化中已有了定位的语码(或称符码),这一类语码在文本中是比较明白可见的,而王氏说词则并不以这种语码为依据,关于这一点,叶嘉莹结合西方学者艾考在《一个符号学的理论》中提出的"显微结构"(Microstructure)和"符码"(Code)做了说明。她指出,"显微结构"传达的不仅是表面的意义,而是符号本体中所具含的一种质素,正是这种质素给用以表达的语言符号提供了更为基本的表达型式,它包括形象、句法、结构等各种组成成分,能对这些成分作更细致的分析,而符码传达的是一种定型的意义,它具有历史与文化的层面。由此,叶嘉莹提出,表面看来,张惠言从语言符号带有文化定位的语码所做出的阐释,似乎具有可信的依据,但事实上王国维对词的评说更能掌握文本所传达的某些基本的质素,这个基本质素,也就是西方人艾考所谓的"显微结构";其二,张氏的说词,将自己所说直指为作品之本意与作者之用心,而王氏则承认此仅为读者之一想;其三,张氏的批评主要仍以追求和诠释作者之用心与作品之原意为评说之重点,而王氏则已经转移到以文本所具含之感发的力量,及读者由此感发所引起的联想为评说之重点。叶嘉莹认为,王国维的说词方式在实践中实在是带有中国传统的"诗可以兴"的深远影响的一种重视诗歌之感发作用的说词方式,如要从其个例中找出文本的依据,就自然不得不对其文本中所蕴含的感发之潜能加以重视,这需要一种极细致的感受和体察,不像张氏说词所依据的文化历史已有定位的语码那样清楚明白,它需要对文本中语言符号的每个成分的功能具有精微细致的感受和辨别的能力,然后才能对文本中的潜能做出正确的发挥。由此,叶嘉莹以为,王国维的以感发说词的方式,表面上看似乎只是一个人的读词偶发之联想,实际上却是既有中国传统重视感发的深厚根基,也可从中找到西方理论的依据,它比张惠言的说词方式更符合词学的客观实际,也更能为读者所接受和理解,如此,则我们倘从西方接受美学角度谈这个问题——作者之功能在于赋予作品之文本以一种足资读者去发掘多层次的潜能,读者的功能在于使这种潜能得到多层次的发挥,那么,王国维则完全可以被称之为最优秀的作者(说词人)和最优秀的读者了。为此,叶嘉莹的论述中引述了许多王国维说词内容的具体例子,以证明她的论断,在此基础上,她得出结论说:"张氏说词所依据者,大多为文本中已有文化定位的语码,而其诠释之重点则在于依据一些语码来指称作者与作品的原意之所在。""至于王氏说词所依据的,则大多为文本中感发之质素,而其诠释之重点则在于申述和发挥读者自文本中的某些质素所引生出来的感发与联想。"由此,叶嘉莹认为,王国维的说词乃是属于对美学客体的一种哲学解释,而张惠言的说词则是对美学客体的一种政治诠释与道德诠释,他们两家的说词观念有着根本的差别,从中国传统的所谓"诗言志"和"文载道"来看,毫无疑问,属于以政治和道德的意识作为创作和批评的主流,但词乃是一种特殊的产物,它是歌酒筵席上的艳歌,其价值和意义都不在政治和道德的规范之内,故而,张惠言的以道德与政治意识说词当然属于受中国旧传统的影响,而王国维的以哲学理念说词则显然乃是西方影响的结果。

关于中西文学中描写弃妇形象的区别问题,叶嘉莹通过比较,谈了自己的看法。她先例举张惠言在《词选·序》中说的话,张氏认为,词确实是写男女爱情的,然当把男女之间的悲欢离合写到极点的时候,它就传达出了"贤人君子"内心中一种最幽微隐约的无法自言的哀怨。叶嘉莹指出,西方人士对此也有同感,一位叫劳伦斯·利普金的写过一本《被抛弃的妇女与诗学的传统》的书,书中所说的弃妇(Abandoned Women),形象悠久且不分国家与民族,一般人们都喜欢这个形象,原因在于作者用弃妇的形象表现了他自己内心中一种追求而不得或失望和落空的悲哀怅惘的感情;有意思的是,中国诗歌中也有弃妇的形象,如《诗经》中的《氓》《谷风》、汉乐府中的《上山采蘼芜》等,但这些诗中的弃妇形象都是狭义的,即系被丈夫抛弃了的妻子,与劳伦斯·利普金所说的弃妇不完全相同,劳氏所说的弃妇乃是指广义的弃妇——即在感情上得不到满足而被抛弃的孤独寂寞的妇女,这类形象往往带有一种象喻的可能,因为幽怨不能自言之情是相通的,但借弃妇形象写作者自己政治上的失意之情的,在中国古代的诗歌中不乏其例,如曹植就写过《七哀》诗,他借诗中的弃妇形象作象喻,以寄寓自己的失意之情。由此,通过对弃妇形象的解说,叶嘉莹实际上比较了中西文学对弃妇形象的异同认识与表现。

叶嘉莹将中国传统诗学所谓的"诗无达诂"与西方诠释学作了联系比较,指出,它们两者有暗合之处。对西方诠释学,我们上文已言及,它早先有"解经学"的意思,后来扩大到了泛指对一切抽象意义(原义)追寻的意思——即成了今天意义上的诠释学。这个诠释学,自然是对所诠释对象的原义作追寻,这当中,究其实,无论诠释者本人如何努力试图将自己个人的因素在诠释过程中加以泯灭,但客观上其实是根本做不到的,也就是说,诠释者无论如何做不到纯客观地进入到原文本之原义的文化空间之中,他的一切诠释,都会实际上或多或少地沾染有他本人所在文化空间的浓厚色彩,也就是说,他的诠释无论如何都会带有他本人所在文化空间背景下的理解和认识,甚至这种诠释最终还可能回到诠释者本人身上,这种现象,西方学者称之为"诠释的循环"。诠释者倘想在他的诠释中建立起原作者的原义,那只能是一种纯主观理想化的想法,其产生的结果必然是衍义,而不可能是原义。由此我们来理解"诗无达诂",那就很清楚了:"诗"是原作者的原本,它有原作者(诗人)创作的原义,"诂"是诠释者所做的诠释,很显然,这个诠释,无论理论上还是实际上,都只可能接近或逼近原本之原义,而根本不可能做到"达",它本身必定会沾染有诠释者本人所在文化空间的主观色彩(这还不包括可能产生的误解或曲解),因此,可以说,在这点上,西方诠释学与中国诗学的"诗无达诂"确有着相通和暗合之处,叶嘉莹的判断很有道理。继之,叶嘉莹从这个角度又对词的欣赏与解说作了阐释。她认为,在词的欣赏解说方面,这种由诠释者增加衍义的现象较之诗似更为严重,也就是说,"词无达诂"恐怕比"诗无达诂"更为突出。这种现象,清代常州词派的批评理论比较重视,张惠言对此有所谓比兴说,但他把读者所得出的衍义直指为作者原意,不免引人讥评,而周济则有形象的比喻,以说明读者追寻词的原义时可能产生的感发与联想,《宋四家词选目录序论》中他说道:"读其篇者,临渊窥鱼,意为鲂鲤,中宵惊电,罔识东西。"他又将读者之"衍义"与作品之"原义"的相互关系,比作"赤子随母笑啼,乡人缘剧喜怒",这印证了谭献所说的"甚且作者之用心未必然,而读者之用心何必不然",可见,他们都承认读者可以对原作有联想之衍义产生——当然,这种联想必须是与原作之间有着密切和微妙关系的,而不能是漫无边际的任意联想。

有意思的是,叶嘉莹在研讨王国维的境界说时,将其与西方的现象学与佛教的"境界"作了对照比较,其原始出发点是"心理中西本自同",即人类意识与宇宙现象接触时所引起的反应活动,原是一种人类的共相。叶嘉莹发现,西方现象学所研究的既不是单纯的主体,也不是单纯的客体,而是在主体向客体投射的意向性活动中主体与客体之间的关系及其所构成的世界,而佛教所谓"境界",乃是指佛家的基于六根之官能(眼、耳、鼻、舌、身、意等六种可以感知的基本官能)与六尘(色、声、香、味、触、法等六种现象的客体)的接触,然后由六识(六根与六识相接触时的意识感知活动)所产生的一种意识活动中之境界。由此可见,佛教的六识与六尘的关系也即西方现象学所说的意识主体与现象客体之间的关系,也即王国维所说的境界说的所指——以人类意识活动中的感受经验为主,而不是不经过人的感受经验的客观现象之客体的再现,中国古代诗歌创作的重视心物交感作用,其实也是由于这种作用既是人类意识活动的基本共相,因而也就成了创作活动的兴发感动之基本源泉。叶嘉莹的这一有机梳理,把西方现象学、佛教的境界说以及王国维的境界说,乃至中国传统诗学之间的关系都理清了,让人们一下子明白了它们之间的联系和区别。当然,从王国维来说,他的境界说所指的"境界"是专门针对词这类文体而言的,是作为评词的一项标准,这与西方现象学和佛教境界说泛指感知之共相的含义显然有着不同,虽然王氏的"境界"也含有泛指诗歌中兴发感动作用的普遍意义,但却不能认为它是径直指作者显意识中的自我心志的情意,它乃是作品本身所呈现的一种富于兴发感动之作用的作品中的世界。

从运用符号学剖析温庭筠的词作,我们很能看出叶嘉莹将西方理论和方法有机运用于中国古典诗词分析的典型性。这里,我们不妨先将温庭筠的原词《菩萨蛮》抄录如下,而后作评述解析——

　　　　小山重叠金明灭,鬓云欲度香腮雪。懒起画娥眉,弄妆梳洗迟。　　　照花前后镜,花面交相映。新贴绣罗襦,双双金鹧鸪。

叶嘉莹首先指出,词中第一句的"小山"按西方一般符号学的"符号具"与"符号义"之属于认知之系统的关系言,它应指现实中山水的"山",但如从全词写闺情内容及上下词句叙写的呼应关系看,它又实在不能指现实中的山水之"山";而如按俄国符号学家洛特曼所说,则此"山"乃属于一个不符合一般语言习惯系统的符号,它所传达的不是一种认知,而是一种感官印象。继而,叶嘉莹认为,要判断"山"所指向的认知意义,首先应该看到"山"的形象在唐五代词中所可能提供的信息,由此,她指出,词句中的"小山"可以包括三种含义:其一"山眉",其二"山枕",其三"山屏",虽然有时感官印象所指向的多义在作品中可以并存,但在这里,叶嘉莹以为,唯有"山屏"之义才能适用原词,为此,她作了详细的引证说明(此处不赘)。那么,温庭筠为何不直接用属于认知系统的"小屏"而要用属于感官系统的"小山"呢? 叶嘉莹认为,原因在于,这种予人感官印象的符号,既可以经由解释而使之具有认知之意义,也可以仍以其物态给予读者感官的乐趣,这正是诗歌异于一般日常语言而其所传达的信息特别丰富之处,这本身也正体现了温庭筠词的特色——只写感官印象而不作认知说明,以致作品的意象及其所传达的信息虽特别丰富但却不易被人指认,多遭人讥评。此外,叶嘉莹还指出,温庭筠的词中所运用的语言作为一种符号,它还容易引起联想轴的作用,比如此词中的"娥眉",作为表义之符号,在中国文化传统中蕴含了多种信息的提示——比喻词中女子的过人美丽(《诗经》),喻托才人志士品德之美(《离骚》),暗示对自己才志之美的一种珍重爱惜修容自饰的感情(李商隐《无题》),虽欲修容自饰却苦于无人知赏的寂寞自伤心情(本词),等等,可见温庭筠词所传达的信息是十分丰富的,但若要对其作出全面理解,则必须对其词中的语辞在历史文化背景中所形成的信息系统有非常熟悉的认知。由此推而广之,叶嘉莹认为,古今中外任何诗歌,它们诗篇中所运用的语汇,也就是符号学所谓的语码,作为作者与读者间的一种沟通媒介,如双方对此种语码有文化背景相同的认知,则其无疑可以帮助读者透过诗篇中的语码对作者的原意有更正确的理解,从而对诗篇作出更正确的诠释。

从阐释学(或谓诠释学)来说,它应该是对作品原意做出深入探寻的学问,但实际结果往往因为阐释者因着客观或主观的种种原因而造成对原作品作出衍义，致使其与作品原意产生距离，对此，叶嘉莹引述了德国一位女教授凯特·汉伯格在其《文学的逻辑》一书中提出的看法，认为一些抒情诗所写的内容虽非诗人真实生活的体验，但它所表现的情感的真实性和感情的深度则是诗人真实自我的流露，也就是说，诗歌所描摹的乃是诗人心灵或情感的本质的东西，这正如王国维所言的"在神不在貌"，它说明，读者不应该只以作品外表所写的东西为转移，而应该以追寻作者真正内心及感情的本质为主要目的，从而从作品所流露的作者隐意识的心灵和感情的本质中得到感发。这就是说，阐释者虽然会对作品表面的意义误解而作出衍义，但对抒情诗一类的作品，有时这种阐释或许能对作者（诗人）的真情实感有所挖掘，探微抉隐，这就使阐释学本身产生了另外一种功能，可使读者得到意外的收获。

综上可见，叶嘉莹在运用西方理论和方法解析中国古代诗词时，从宏观着眼，由微观入手，宏微观相结合，梳理了一系列的中西诗学观念，且对其作了比较对照，让我们清楚认识了西方理论和方法在解析中国传统诗学特别是词学中的作用与意义，这对我们进一步加深理解中国古代诗词的美学价值和文化意蕴有着很大帮助。

试析"弱德之美"及其在叶嘉莹先生词中的体现

曾庆雨（华东师范大学）

　　"弱德之美"是叶嘉莹先生论词之美感特质时提出的一个概念。概括地讲,这种美感体现为"在强大的外势压力下"而"不得不采取约束和收敛的属于隐曲姿态的一种美"。就文体而言,词之体式参差错落,适合以女性的语言来书写弱势者的情思,是为"弱";然而"弱德"之"弱"非"弱者"之"弱",它不仅表现为一种"自我约束"和"收敛"的姿态,而且在约束和收敛中还有一种对理想的追求与操守的坚持,是为"德"。叶先生认为:词之佳者莫不以具含一种深远曲折耐人寻绎之意蕴为美,这种美往往是在被压抑的、不得已的条件下依旧有所持守而形成的,在不同的作者,其成因不同;在不同的作品,其表现也不同。叶先生将好词潜存的这种品质命名为"弱德之美"。[①]

　　"弱德"体现于词体之中,何以会形成一种特殊美感呢? 我认为主要有以下几点原因。

　　其一,从本体上讲,有美德而能含敛谦抑,谨言慎行,表面看来虽显得"弱",实质上却是一种极为可贵的精神品质。《坤·文言》曰:"坤至柔而动也刚,至静而德方……阴虽有美,含之";坤卦六四爻象辞曰:"括囊无咎,慎不害也。"六五爻象辞曰:"黄裳元吉,文在中也。"所谓至柔至静、有美含之、括囊远害、黄裳文中等等无不强调了一种巽顺自持、敛抑韬光的品德,这与《中庸》里所说的因恶"文之著"而"衣锦尚炯"反能"日章"同理,著乎外者本乎内,有诸内方能形诸外,内在充实之美才是至美。君子日常修身尚且以敛抑韬光为美,而弱势者在强势压力下若仍能择善固执,于敛抑约束中承受一切,这更是一种极为可贵的品质,有其非由外铄的本质之美。

　　其二,就表现传达上而言,因处于强势压力之下,弱势者不得不在痛苦压抑之中隐忍承受;忍无可忍必须表达时,不得不将其难言处以隐曲姿态变化出之。是以深文隐蔚,馀味曲

---

　　① 叶嘉莹先生提及"弱德之美"的文章主要有:《从言艳词发展之历史看朱彝尊爱情词之美感特质》,见《清词丛论》,河北教育出版社1997年版;石声汉:《荔尾词存》序,中华书局,1999年;《神龙见首不见尾——谈〈史记·伯夷列传〉的章法与词之若隐若见的美感特质》,《天津大学学报》社科版,1999年第1期。

包,秘响旁通,伏采潜发,得刘彦和所谓"隐秀"之美;若隐若现,欲露不露,反复缠绵,格高情厚,得陈廷焯所谓"沉郁"之美;兴于微言,幽约怨悱,得张惠言所谓"低徊要眇"和王国维所谓的"言长"①之美。

最后,归结到词体本身,从形式上讲,词之为体,句式长短参差不齐,音韵节奏错落有致,尤其适合传达一种幽约难言之思,深隐曲折之情,从而形成一种不同于诗的特美。

下面进一步探讨"弱德之美"的构成。按照叶嘉莹先生的说法,弱德之美是在两种力的摩荡推排中产生:一种是来自于外的强势之压力,另一种是发自于内的在隐忍敛抑中仍能有所持守之力。对于有德的生命而言,外在压力越大,越能激发出内心坚韧的忍受力,从而在研磨摧抑中益加彰显出难能可贵的人性之光辉与人格之粹美,此生命之所以值得敬畏处,也是人生之所以庄严处。

关于外在压力对创作的影响,亦可溯源到《周易》中。《系辞》曰:"作易者,其有忧患乎?"正因作易者"外内知惧"的忧患意识,故"其言曲而中,其事肆而隐","其旨远,其辞文","其称名也小,其取类也大";其后,司马迁在其《报任安书》中列举了古来一系列受现实压抑而以著述表见于后世的例子,提出的"发愤著书"之说,指出这些作者皆因"不得通其道"而有所"郁结",故"述往事,思来者";韩愈上承"发愤著书"之说,提出的"不平则鸣"的观点,所谓"有不得已者而后言";欧阳修发展了"不平则鸣"之说,提出"穷而后工"的理论,所谓"凡士之蕴其所有,而不得施于世者","内有忧思感愤之郁积",故能"写人情之难言"②。以上泛论现实中的摧抑对创作的影响,并不专指对词之创作的影响。但无论《系传》中所说的言之"曲"、事之"隐",司马迁所说的"郁结"之思,还是韩愈所说的"不得已"之言和欧阳修所说的"郁积"、"难言",都包含了一种外在强势压力下所呈现出的隐曲伊郁的意味。尤其《系传》中所谓的"旨远""辞文"与"称名小"而"取类大"的理论,更是颇能概括后来出现的词体以言外意蕴为美的特点。此后陈廷焯以"意在笔先、神徐言外"的"沉郁"之说论词,张惠言提出词体善道"贤人君子幽约怨悱不能自言之情",均上承前人理论并有所发挥。当然,凡是优秀的文学作品往往能引人多重的感发和联想,不过词体以其特殊形式,尤适合表现这此种美感特质罢了。

至于词中的隐曲敛抑之美与内在之"德"的联系,陈廷焯和况周颐在其词论中均有所表述,陈廷焯认为"若隐若现、欲露不露"中可见"体格之高"与"性情之厚",况周颐则指出"万

---

① 以上所引分别见于刘勰《文心雕龙·隐秀》、陈廷焯《白雨斋词话》、张惠言《词选·序》及王国维《人间词话》。

② "不平之鸣"说见于韩愈之《送孟东野序》;"穷而后工"说见于欧阳修之《梅圣俞诗集序》。

不得已"之"词心"乃自心酝酿而出,而词乃"君子为己之学"①。

　　叶嘉莹先生标举出"弱德之美"来论词,将隐曲之美与内在之德结合起来概括词的美感特质,可谓言简而意赅。"天以百凶成就一词人"②,现实的遭际既然对词之创作有这样大的影响,而创作个体的才识学力与心灵境界又有千差万别,所以涉及到具体的创作过程中,则会因外势摧抑之强弱大小与内心涵养之薄厚浅深而使作品呈现出不同的面貌来。不同个体之间,生平遭际不同,性情涵养各异,其作品所呈现之面貌固然不同;即使同一个体,在其生命成长的不同阶段,受不同的境缘触发,其内心感悟也处于一个变动不居的过程中。外在的压抑摧伤与内在的隐忍承受作为一个对立统一的矛盾体而互相推排消长,逆境中择善固执的持守诚然是一种美德,但其"择"与"执"之际,未免有勉力为之而未尽从容的成分。即使以一种巽顺承受的"弱德"形式表现出来,毕竟还可能留有痕迹而未至浑化之境。而对于真正志存高远的好修之人,当其"苟日新、又日新"③不断与外物相刃相靡之际,如同戴着沉重枷锁的远行者,枷锁的研磨或使其遍体鳞伤,忍着伤痛继续前行,每前进一段路程,就释去一段旧的枷锁,同时闻到自性中新透出的芬芳。最后枷锁完全释去,芬芳亦闻而不闻,才发现红尘中的浊流原本与银汉相通。此时鱼跃鸢飞于天水之间,更不辨其交界之处。一切似乎本来如此,"不勉而中,不思而得"④,"从心所欲不逾矩"⑤,更无所谓"择"与"守"了。此境界甚难达到,臻此境界者却并不以此为高或以此自鸣,因为在他们看来,一切无非如此,也无须言说。偶尔出言,亦悠淡从容,自然高妙,得道体大全之美。以上两种境界正似《中庸》里"诚者"与"诚之者"的区别,而此过程可视为由"人事之当然"渐趋于"天理之本然"⑥的过程。

　　可见,持守"弱德"的过程正是在不断修身进德中趋向觉悟境界的过程。诗词中表达体道境界一般有两种情况,一种是并未深悟而故作旷达之语,或以此自解,或以此自矜;另一种是已有所悟之圆明心体的自然流露,故满心而发,肆口而成,意与境会,妙合无垠。这种境界看似平易却非平易,而其作者几乎一定要经历一段忧患坎坷的心路历程。

　　上文对词中弱德之美的成因、构成及复杂性等问题做了分析论证,其实无非为引出我对叶先生词之境界的理解。以先生晚年深造自得而总结出的词学理论来观照其本人之创

---

① 以上所引分别见于陈廷焯之《白雨斋词话》及况周颐之《蕙风词话》。
② 王国维:《人间词话》。
③ 《大学》。朱熹注:《大学·中庸·论语》,上海古籍出版社,1987 年。
④ 《中庸》,同上书。
⑤ 《论语》,同上书。
⑥ 《中庸》,同上书。

作,别具一种悠然会心之处。关于先生经历之坎坷、学养之深厚、境界之高远,本无须我再做过多介绍,"弱德持身往不回"可以说是最扼要的夫子自道之语,而先生平生行履更是对其诗歌最好的诠释。

先生髫龄既已表现出对"道"的热情以及对生命本质的反思意识①,其后"风雨逼人一世来",究其大者,共有三次。第一次为沦陷区中罹丧母之痛,这使她感受到一种突然间失去荫蔽的"孤露"之悲,却也因幼小时既已深入内心的儒家思想以及读大学时顾随先生言传身教的影响而得以支撑,并初步养成以坚强意志来担荷苦难的精神品质。第二次打击为婚后赴台,因"白色恐怖"而流离失所,以及婚姻不幸本身所造成的心灵隐痛。这使先生在历久弥深的痛苦中益加磨练出隐忍自持的生活态度。第三次打击为先生长女夫妇的突然罹祸并双双离去,这使先生痛苦至极点后反而有了一种觉悟,她从此乃逐渐超越了得失祸福,而把目光投向更广大、更高远、更恒久的人生境界。从早岁初听到"朝闻夕死"即深感震撼与好奇到晚年对知命不忧、胜物不伤等修养境界切身的体悟,天以百凶摧伤了先生,却同样以百凶成就了先生。

先生所历忧患可谓兼具个人与时代的双重不幸,忧患如此,再来看先生的性情。先生曾这样自道:"我之天性中原隐有矛盾之二重性格:一为热烈任纵之感情;一为冷静严刻之理智。"先生之"二重性格"既表现为感性与理性的交相渗透,也表现为跌宕与含敛的对立统一。关于感性与理性交相渗透的一面,在先生评论诗词的文章以及几十首论词绝句中多有体现,本文暂不多论;关于其跌宕洒脱无拘检的一面,先生曾说自己早年即"偏重感情,耽爱幻想",喜欢"足以激动人之心怀,使之荡气回肠而不能自已"的作品,由其好尚不难窥见其性格。生于燕赵,她为自己"不成长啸只低吟"而缺乏"慷慨"之志惋惜;大学毕业前夕,她与学姊夜话,有"对酒已拚沉醉,看花直到飘零"之句,颇近于欧阳修《玉楼春》词中所谓的"直须看尽洛阳花"以及韦庄《菩萨蛮》词中所谓的"劝君今夜须沉醉"等句那种任情尽兴、豪宕不羁的情味。乃至于在晚年所写的一首《鹧鸪天》中,她回首平生,仍有"酒边花外曾无份,雨冷窗寒有梦知"的深长感慨。潇洒跌宕之外,先生性情中还有含蓄内敛的一面。除了莫知其然而然的天性因素,我认为,这种性情的形成既与先生自幼所接受的"旧道德"教育对身心的拘检约束有关,也与她在多年坎坷生涯中不断敛抑隐忍而形成的"弱德"持守有关。先生有一首《为茶花作》的诗,写一株山茶在自然之霜雪与人为之剪伐的双重摧残下仍旧冲

---

① 叶先生自述的《红蕖留梦——叶嘉莹谈诗忆往》一书中曾言,其开蒙读物为《论语》,彼时对仁者境界等等虽无甚体悟,却对其中有关人生修养的话有一种直观的感动和好奇,比如当她听到"朝闻道,夕死可矣"一句时,内心即震动好奇,被深深地吸引。见叶嘉莹口述,张候萍撰写,三联书店 2013 年出版。

寒独放的品质,所谓"未甘憔悴尽,一朵尚留芳",①流露出的正是这种"弱德"的持守。

生平遭际如此,性情涵养如此,形成"弱德"的内外条件均已具备。多年以来,先生在非常人所能忍受的打击中隐忍自持,形于文字,自然流露出一种弱德之美。如上文所说,这种美尤其适合在词体中表现出来。先生的这一类词,往往兼融了其性情中跌宕与含敛的两种质素,以要眇宜修之体写隐微难言之情,抒发出一种敛抑中跃动的深情,摧抑中不变的持守。

下文即以先生不同时期的创作为例证,主要结合其词来看其"弱德之美"的发展过程。

先生早年身经离乱,1944 年曾写过一组《浣溪沙》,时北平沦陷已有七年之久,其中,所谓"十年尘满旧金钿"即可使人产生战尘弥漫既久与夙愿压抑既久的联想;所谓"心花验取旧时红"象征了一点难以磨灭的丹心;所谓"自携灯影障红纱"及"寒林珍重护朝霞"则喻托了恶劣环境中坚贞的持守;而"有情争信锦盟寒"更似喻托了因对祖国的执着深情而产生的未来必胜之信心。

先生早岁作品既已表现出一种"弱德"的品质,不过彼时涉世未深,心量未广,虽有高洁好修的持守,却仍有痕迹可寻而未至浑化之境。如上文提到的"自携灯影障红纱"及"寒林珍重护朝霞",方其"障"与"护"之际,便有一种自觉且勉力的意味。后来先生远涉瀛海,遍历艰辛,"平生幽怨几多般"②,而"弱德"的持守始终如一。先生喜欢引用《圣经》中保罗说过的一句话:"该走的路我已经走过了,该守的道我已经守住了。"醒中如此,甚至梦中亦如此。上世纪 70 年代初,先生梦中得诗,醒后不能全记,于是杂用义山诗句而足成之,写有三首绝句,其二曰:

> 波远难通望海潮,姝红空护守宫娇。
>
> 伶伦吹裂孤生竹,埋骨成灰恨未销。

前二句说的是一种隔绝中的持守。首句可以泛指一种隔绝感。若参以作者身世,则先生半世飘零,乡关遥隔,故曰"波远难通"。因难通而怅望,唯见平海漫漫,潮生潮落而已。如果说时空阻隔了一切希望,是否还要在无望中强自支撑,在失意中坚持自己一贯的理想?"姝红空护守宫娇"。"护"者,守护灵魂之高洁而不使之在绝望中沉沦也。持守自是不变的,可这样的持守究竟有何意义?

凡不甘心与草木同腐者,总要涉及到意义与价值的追问。如果为了某种自己甘愿投注全部热情的对象而"皎洁煎熬",那么煎熬本身就是对痛苦的慰藉,就是意义和价值。可是,

---

① 以上所引诸句,均见《迦陵诗词稿》,中华书局,2008 年。下文再引叶先生诗词,均以此书为据,不再一一注明。

② 见先生《临江仙·惆怅当年风雨》一词。

当四顾茫茫，弦断无人听的时候，一切所为，终落得一个"空"字。人若禀有美才，则其珍重将不啻于生命，而此自珍自爱之意越深，其欲求真赏之情愈切。伶伦固精于音律者，然而知音难觅之时，"谁为为之？孰令听之？"任彼吹裂孤竹也是枉然。空老他乡，赍志以没，势必有至死难销之长恨。

这首梦中得句流露出的仍是一种绝望中坚贞的持守，情感深挚动人，但方其"空护""碌红"之际，"吹裂""孤竹"之时，仍似有失落憾恨者存焉。

前文说持守"弱德"的过程亦可成为修身进德并趋向觉悟境界的途径。先生弱德持身，择善固执，在经历许多坎坷，尤其是丧女之痛后，痛苦越出极限，反而渐从悲苦中跳出。其后得遂还乡之愿，先生更是将全部热情投入诗词文化传承的长流之中，树蕙滋兰，书生振国，眼界既广，心量益宽，为学已从"为己"转到"为人"，为人更从"操之在人"转到"操之在己"，遂尔有了一种以无生之觉悟做有生之事业，以悲观之心境过乐观之生活的超越，而作品中所体现的"弱德之美"也呈现出另一种风貌来。在上世纪 80 年代所写的一首《鹊踏枝》中，先生以俊朗清疏之笔描绘出一个高寒旷远又洒落出尘的境界：

> 玉宇琼楼云外影，也识高寒，偏爱高寒境。沧海月明霜露冷，姮娥自古原孤另。　　谁遣焦桐烧未竟，斫作瑶琴，细把朱弦整。莫道无人能解听。恍闻天籁声相应。

该境界因过于清虚渺远而难以攀跻，却为已然得处此境之人所偏爱：盖因其不以寻常眼光观物，故其所见者真、所知者深，乃见其独得之妙，赏其独至之美。然而，欣然自得的同时亦要独自领略高寒、孤清乃至寂寞，虽怀有深挚热切之情与悠然会心之悟，却形单影只，无人与语。如此并非一朝一夕，而是亘古洪荒以来莫不如此。"姮娥"句在此并非专指，而是包举了古往今来所有禀有美质却自处高寒之人的共同体验，所谓"千古佳人寂寞心"①是也。以上数句，自得与孤寂，偏爱与忍耐，外境与内心，飞扬的生命激情与无根的清虚孤另形成一组组看似矛盾却相互依凭的对立统一体，而一种特有的美感也正于这一系列矛盾之盘旋激荡中益加摇曳生姿。

孤另之中仍有坚持，于是抚琴自遣，爨余之焦桐如浴火之凤凰，象喻了虽历煎熬摧伤却依旧美好甚至益加美好的生命，可与先生《踏莎行》一词中"炎天流火劫烧余，藐姑初识真仙子"二句同参。人如其琴，琴鸣心曲，故一弦一柱间弹奏得如此郑重；君子择善固执，"素其位而行，不愿乎其外"，"诚者自诚"②，故无论有无"解听"之人，其郑重自持始终如一；"至诚"

---

① 叶嘉莹：《论词绝句五十首·论温庭筠词》。
② 《中庸》。

者能"尽其性",尽心知性则知天①,故即使无人赏音,亦可与天籁交感共鸣,遥相呼应。

这首词不仅体现了一种高寒清寂中不变的持守,而且泯灭了任何勉力刻意的痕迹,也超越了任何有待于外的心理。至此,择善固执已无所谓执,而是莫知其然而然的一种本能了。

"弱德"持身到了极致,正是这样一种从"人事之当然"渐趋于"天理之本然"的过程。具备了这种心性,发而为言,从心所欲而不逾矩,得天地大全之美。这在先生近年所写的一些小令中有所体现,其中,为诸生讲授白石词有感而成的《浣溪沙》一首中体现得尤其充分:

> 休道襟怀惨不温,小窗横幅有余春。当年枉向梦中寻。　　天外云鸿能作字,水中霞影亦成文。人天云水为招魂。

该词上片前二句由襟怀之冷落写到小窗之温暖,第三句又由今日回溯往昔,恍悟当年寻梦之枉然,其间写了心中之境、室内之境;下片则走出心中室内,一跃而上下察乎天地之间:"天外云鸿能作字,水中霞影亦成文"——天地本身就是一篇大文章,此文章似非有意而作,亦非无意而作,有意无意之间自有其和谐的秩序与淡漠的深情。叶先生另一首《浣溪沙》曰:"又到长空过雁时,云天字字写相思","云鸿作字"本是自然如此,自由而有秩序,且能引发有情之相思,则其有意耶? 无意耶? "水中霞影"亦然。江淹诗曰:"残霞兮驳云,一合兮一分,映壑兮为饰,缀涧兮成文。"②霞飞天际,偶映水中。霞无顾影之意,水无留影之心。偶成文采,偶然变幻,既自由自在又非杂乱无章。

几度追寻与幻灭之后,先生最终领悟到梦想的虚妄不实,从个人小梦中一跃而起,此时"梦觉新天,余烬重燃"③——虽然仍立足于人间,而此时的人间却别有一番天地:云能作字,霞亦成文,眼前身畔的寻常景物就可能蕴涵着大美,容渺小的个体于天地之间,尽吾人之心性而臻于贞定自得之境,则天心即我心,托身云水即有云水为我招魂,又何必另寻一方净土?

这首词从容悠淡,似未经意,却在无意中表达出一种如《中庸》所谓"察乎天地"的境界,这正是作者圆明心体的自然呈现,稍加刻意,即失其自然;稍有夹杂,即失其纯粹。至此,外境之苦乐已不能左右吾心之悲喜,既无对强势、弱势之分别心,亦不见可持之德与所持之人,所谓"弱德之美",已臻于浑化无迹之境。而证到这种境界,又需要何等的心灵本质与忧患生涯等等内外多种因缘的恰巧凑泊呢!

---

① 《孟子·尽心》曰:"尽其心者,知其性也,知其性,则知天矣。"朱熹注:《孟子》,上海古籍出版社,1987年。
② 江淹:《杂三言五首》其五《爱远山》。胡之骥注:《江文通集汇注》卷五,中华书局,1984年,第182页。
③ 与上句均引自叶嘉莹《采桑子二首·旅途有闻而作》其二。

　　以上结合叶先生不同时期的作品，探析了其词中"弱德之美"的具体体现及发展过程。可知"弱德之美"并非一成不变的抽象概念，而是可以随心性修养之提升而不断丰富，与鲜活的生命本身密不可分的。

　　总之，"弱德"能形成一种"美"，"弱德之美"在词这种文体中尤其容易体现。其构成往往来自于内、外两种相反相成之力，同时又因不同个体、不同遭际、不同性情修养，乃至于同一个体受内外诸因素错综影响的不同生命阶段而呈现出不同的面貌。就叶先生而言，特殊的生平遭际与性情涵养使其作品自然流露出一种"弱德之美"，而先生之生命与创作原本统一，她平生对"弱德"的持守使其心灵境界不断拓展提升，词境自然也随之发生了相应的变化。

若有吟魂在,应随夜魄回

——论中国古典文学中的吟诵传统①

张　静(南开大学文学院)

吟诵艺术在中华民族传统文化中占有非常重要而独特的地位。"行吟泽畔"(《渔父》)的屈原、"余亦能高咏"(《夜泊牛渚怀古》)的李白、"独立苍茫自咏诗"(《乐游园歌》)的杜甫都标示着吟诵与中国古代诗人的形象密不可分。"乍可百年无称意,难教一日不吟诗"(杜荀鹤《秋日闲居寄先达》),曼声长吟在中国古代,如同书法、品茶一样,是文人雅士必备的基本技能。诗人伴随着吟咏来作诗:"唯有诗魔降未得,每逢风月一闲吟"(白居易《闲吟》)、"吟罢低眉无写处,月光如水照缁衣"(鲁迅《无题》);诗人也常借吟咏来改诗:"陶冶性灵存底物,新诗改罢自长吟"(杜甫《解闷》其七)、"吟安一个字,拈断数茎须"(卢延让《苦吟》)。甚至更有学者提出"诗写下来不是为了看的,而是为了'吟'的"②。在吟诵中,诗词文赋包含了很多语言本身所没有的意义,这些意义也是附着作品一起流传的。所以有学者认为吟咏"只是诗人对作品的一种有声的玩味。他们把一腔深情溶注于诗篇之后,再发出来自内心底低吟,将自身置于诗的意境所带来的精神享受之中,让出自内心的诗意再回归到自己的心底。吟自己的诗是如此,吟他人的诗,一旦有了深刻的了解和感受,也如同吟自己的诗"③。吟诵不仅有旋律、节奏、结构,而且有声音之高下、强弱、长短、清浊,这一切都是用来表达理解的。古人的心态、情态、意境,只有吟诵的时候最接近,最能体会。朱光潜先生就曾指出:"一个人如果不会诵诗,则对诗'终身为门外汉'。"④只有懂得作品的意蕴、内涵,吟诵才能合度,因此对传统吟诵的关注与传承必将深化古典文学作品的解读乃至整个古代文学研究的深入。

① 本文为国家哲学社会科学基金重大招标项目"中华吟诵的抢救、整理与研究"的阶段性研究成果,得到"南开大学亚洲研究中心资助"。
② 王力:《诗词格律十讲》,商务印书馆,2002 年,第 1 页。
③ 王宁:《吟与唱》,载《文史知识》,1998 年第 10 期。
④ 朱光潜:《谈诗歌朗诵》,载《诗刊》,1962 年第 6 期。

一、吟诵释义

"吟诵"在《现代汉语词典》中解释为"吟咏诵读"[①]，按照我国上古时期特殊的语言规律[②]，该时期并无"吟诵""吟咏""诵读""朗诵"等复合词，只有"吟""诵""咏""读"等单音词。《说文解字》及段玉裁注对这些单音词的解释如下：

单音词	《说文解字》（许慎）	《说文解字注》（段玉裁）
吟	吟，呻也，从口今声。[③]	按呻者吟之舒，吟者呻之急，浑言则不别也。[④]
咏	詠，歌也，从言，永声。詠或从口。[⑤]	《尧典》曰：歌永言。《乐记》曰：歌之为言也，长言之也。说之故言之，言之不足，故长言之。[⑥]
诵	诵，讽也，从言甬声。[⑦]	将"诵"与"读"互训，又引《孟子》语"'诵其诗，读其书'，则互文见义也。[⑧]
读	读，诵书也，从言卖声。	汉儒注经，断其章句为读。拟其音曰读。易其字以释其义曰读。人所诵习曰读。讽诵亦为读。讽诵亦可云读，而读之义不止于讽诵。讽诵止得其文辞，读乃得其意蕴。[⑨]

这四个近义单音词都有吟诗诵文之义，但彼此之间毕竟同中有异。唐代孔颖达《关雎·序》疏中有云：

> 动声曰吟，长言曰咏，作诗必歌。[⑩]

所谓"动声"，是指振动之声，一般指较微小的声息，"吟"与"呻"互文，均指小声哼读。所谓"长言"就是将词句的音节拉长，"歌"与"咏"互文，都是指按照文字固有的本音，渗入情感，放声唱出。

---

① 《现代汉语词典》（第5版），商务印书馆，2005年，第1625页。
② 华锋：《〈诗经〉中对出近义单音词的文化阐释》，载《河南师范大学学报》，2003年第6期。
③ 许慎撰、段玉裁注：《说文解字注》，浙江古籍出版社，1998年，第51页。
④ 《说文解字注》，第60页。
⑤ 《说文解字注》，第53页。
⑥ 《说文解字注》，第95页。
⑦ 《说文解字注》，第34页。
⑧ 《说文解字注》，第90页。
⑨ 《说文解字注》，第90页。
⑩ 孔颖达：《毛诗注疏》卷一，《重刊宋本十三经注疏附校勘记》，台北艺文印书馆，1965年，第17页。

在后人的语言活动中,由"吟""诵""咏""读"这几个近义单音词自由组合形成的复合词,如"吟诵""吟咏""诵读""吟读""咏读"等,肯定也存在一些差异。黄仲苏先生在《朗读法》一书中就曾对此做过认真的辨析:

吾国文学作品体例殊多,结构既严,格律亦繁,朗诵腔调应有差别。因审辨文体,并依据《说文》字义及个人经验为朗诵法分列四大类:曰诵读,吟读,咏读,讲读;尚有讽读一项,另详结论一章。试为逐类说明如次:

一曰诵读。诵,就字义言,则谓读之而有音节者,宜用于读散文。散文本无规定之格律,篇之大小,章之长短,句之繁简,字之多寡,初无准则可循;至于平仄之协调,声韵之应和,尤为自由,不守绳墨。凡是种种皆一任作者之措置,读者但取原文,审察其旨趣,体会其情感思想,揣度其神韵气味,依据文法,识别句读,分辨音节,而平铺直叙,琅琅诵之,则腔调自见矣。如四书、诸子、左传、四史,以及专家文集中之议论说辨序跋传记表奏书札等等,皆属于诵读之类也。

二曰吟读。吟之为言,呻也,哦也,唱也。《楚辞·渔父》有"行吟泽畔"之句。所谓吟者,盖抗吼矫舌,攒唇激齿,曼声以歌唱之也。声韵应叶,音节和谐。吟哦之际,行腔使调,至为舒缓,其抑扬顿挫之间,极尽委婉旋绕之能事,实为朗诵法中之最迟慢者。每于延宕音读之际,换纳气息,一句之中,数有顿挫;而分辨节奏,以格律声韵为主,并不完全依据文法,有时甚至割裂文义以形成音节之完美也。吟读宜用于读绝诗律诗,词曲及其它短篇抒情韵文如诔歌之类。此类作品之结构格律皆较他种文学作品为完密而严整,且词句精美,音节隽俏,极耐寻味,读时势非高唱,不能传神,又非曼吟更不能入妙。所谓一唱三叹者,似近之矣。此与咏读以气胜者有别,盖吟读专以表达神韵为要,行腔使调,必力尽悠扬舒缓之能事,且音节至繁,故迂回曲折之处亦较多也。

三曰咏读。咏者,歌也,与咏通,亦作永。《书》曰:"诗言志,歌永言。"永言,长言之谓也。宜用于读长篇韵文,如骈赋、古体诗之类。此类文体,结构格律,既颇整严,音律节奏亦复协调;间或句有长短,而自守绳墨。读时可按四声之长高重速,韵部之轻重长短,字句之多寡繁简,依据文法,断定句读,揣度音律,识别节奏,发声读之。咏读实自成一法,其行腔使调,较吟读为速而比之诵读则稍缓也。盖以骈赋古体诗字句间,应声叶韵,而篇幅复较绝诗律诗词曲为长,读时不宜过速,亦不可过缓,以便调匀呼吸,免致呼吸迫促,而可持久也。

四曰讲读。讲者,说也,谭也。按说乃说话之说,谭则谓对话也。宜用于读语体文。现代小说诗歌剧本以及他种新文学作品,竞尚语体,取其通俗易晓;然体裁散漫而措辞造句亦复任意为之,无复格律可言。苟取诵吟或咏各种方式读之,则音节常乖,语势无存,章句虽因篇各异,而腔调呆滞,自始至终,屡屡重复,毫无变化,呕哑啁哳,实难为听。盖语体诗文字句之间构造松懈,声韵错杂,远不及文言作品之字句简练,音节协调。即如新诗,立意造境虽力避陈腐,而选字造句应声叶韵之道,则大都不甚讲究,往往失之简陋。倘不加审察,昧然以吟咏诸法读之,辄令人失笑,不能终篇。故不如以说话谭话方式读之,较为明白流畅且易于了解也。然而讲读云者,绝非随口念念,亦必依据文法音节,而以说话谭论之语调出之,方能传神耳。

上述四点因作品体例各异,结构有别,而读法不同,唯是方法有限,而文体繁复,岂能举此四法包赅一切谓为已尽腔调之变化欤?且作品分类,本属勉强,或有骤睹外形,以为近似,审察内容,乃大相径庭者;且有韵散兼行,语文并用,体例混合,不易识别者;抒情散文亦尝叶韵,或本无韵,而满含诗意;且韵文之说理者,亦颇多见。吾人于此但有详为体会,逐一推敲,必使诵读吟读咏读讲读各种朗诵法兼行并用,以达其情,以尽其意,声与心洽,则情文自相生矣。[①]

可见因为"吟""咏""诵""读"这几个近义单音词各自内涵的不同,由它们组成的复合词在传情达意时肯定也有所区别。黄先生根据应用对象文体之不同提出了四分法:

类型	对象
诵读	散文,如四书、诸子、左传、四史以及专家文集中之议论说辨序跋传记表奏书札等
吟读	短篇抒情韵文,如绝句、律诗、词曲、诔、歌等
咏读	长篇韵文,如骈赋、古体诗等
讲读	语体文,如现代小说、新诗等

因"吟读"与"咏读"的对象均为韵文,无非是篇幅长短之别,故有学者认为二者"可以并为一类,叫作'吟'"[②]。在此基础上,还有学者进一步指出:

我们可以把有节奏、有韵律地吟诵韵文称之为吟咏,把有节奏、有韵律地吟诵非韵文称之为诵读,而将这二者的活动统称为吟诵。吟诵就是我国传统的最主要的读书方法。[③]

---

① 黄仲苏:《朗诵法》,上海开明书店,1936 年,第 125—128 页。
② 朱自清:《论朗读》,《朱自清文集》第 2 卷,江苏教育出版社,1999 年,第 54 页。
③ 华锋:《吟咏学概论》,大象出版社,2013 年,第 16 页。

关于"吟"与"诵"应用于不同文体上的区别,也有当代音乐研究者从发声乐理上进行了确认:

> 诗词之类篇幅较短小的文体宜"吟",文赋之类篇幅较长大的文体宜"诵",正是因为"吟"音拉得较长,节奏较宽松,比较适合于篇幅较短小的诗词作品;"诵"音较短,节奏较紧凑,比较适合于篇幅较长大的文赋作品。如果反过来"诵"诗词,则难以表达其意蕴、内涵;"吟"文赋,则必然占时过长,精力难以为继,且难以表达其前后贯通之意义与气势。①

那么由"吟"与"诵"组合而成的"吟诵"又该如何定义呢? 据学者考证②,"吟诵"一词始见于《晋书·儒林传·徐苗》:"苗少家贫,昼执锄耒,夜则吟诵。"③李白的《游泰山六首·其四》"清斋三千日,裂素写道经。吟诵有所得,众神卫我形"是"吟诵"首次出现在诗歌之中④。据文献记载,诗的吟诵早在春秋时代就流行了,如杨伯峻的《春秋左传注》在"隐公三年"的"美而无子,卫人所为赋《硕人》也"句下,注云:"赋有二义,郑玄曰'赋者或造篇,或诵古'是也。此赋字及隐公元年传之'公入而赋''姜出而赋'……皆创作之义,其余赋字,则多是诵古诗之义。"⑤不仅如此,春秋时代也出现了自己吟诵所创作之诗的现象,如在同书"隐公元年"的"公入而赋"句下,杨氏注云:"赋,赋诗。此疑各人随口吟其自作辞句。"⑥此后历代传承,不断发展。《文心雕龙》中就多次提到了"吟咏","吟咏之间,吐纳珠玉之声;眉睫之前,卷舒风云之色"⑦;"人禀七情,应物斯感,感物吟志,莫非自然"⑧"声画妍蚩,寄在吟咏;吟咏滋味,流于字句"⑨"吟咏所发,志惟深远;体物为妙,功在密附"⑩。同时代的钟嵘在《诗品·总论》中也写道:"气之动物,物之感人,故摇荡性情,形诸舞咏。"⑪可见当时即已出现重视音律的高水平的吟诵。尤其在历代的歌诗(诗、骚、乐府、词、曲等)不能歌之后,并徒诗(如近体诗)发展起来之后,吟诵更成为学习和欣赏这些诗歌的主要手段⑫。

---

① 秦德祥:《解读"吟"与"诵"》,《"绝学"探微:吟诵文集》,上海三联书店,2010 年,第 49—50 页。
② 陈少松:《古诗词文吟诵研究》,社会科学文献出版社,1997 年。
③ 房玄龄等撰:《晋书》,中华书局,1974 年,第 2351 页。
④ 秦德祥:《释"吟诵"》,《"绝学"探微:吟诵文集》,第 53 页。
⑤ 杨伯峻:《春秋左传注》,中华书局,1981 年,第 31 页。
⑥ 《春秋左传注》,第 15 页。
⑦ 刘勰著、范文澜注:《文心雕龙注》,人民文学出版社,1958 年,第 493 页。
⑧ 《文心雕龙注》,第 65 页。
⑨ 《文心雕龙注》,第 553 页。
⑩ 《文心雕龙注》,第 694 页。
⑪ 钟嵘著、陈延杰注:《诗品注》,人民文学出版社,1961 年,第 1 页。
⑫ 即使是歌诗能歌之时,吟诵也有其不同于歌的功用,"用诗时是唱,学诗或教诗时是吟咏;娱人时是歌唱,自娱时是吟咏"(华锋:《吟咏学概论》,第 22 页)。

在 20 世纪之前,吟诵之学虽然也薪火相传、代代有承,但与传统正宗的经史之学相比,吟诵只被视为辅佐学习文学的手段之一,并未成为学术的主流,仅是父子师徒之间口耳相传的雕虫小技而已,真正关于吟诵的研究并不多。

> 中国从前私塾读书本来都是朗诵,都带有若干歌唱的意味,文人诵诗也是如此,照理应该有一种诵诗的艺术发达起来,而考之事实则大不然。塾童念书和文人诵诗大半都是用一种很呆板的千篇一律的调子,对于快慢高低的节奏,从来不加精细的推敲,我翻过许多论诗论文的著作,只见前人很喜欢"吟""啸",却没有见到一部专书讲"吟""啸"的方法,大概他们也都是"以意为之"。①

"五四"以来,我国在文化教育、语言文字、诗歌体裁等方面都发生了重大变革,吟诵艺术在很大程度上丧失了它原有的生存环境。于是原本只有技术层面传承而无理论层面研究的吟诵之学便很快淡出人们的视野,其淡出的程度和速度,都远远超出了其赖以生存的古典诗文,因为古典诗文还有其存在的物质基础——各种版本的诗集、词集、文集以及诗话、词话等,而仅靠口耳相传、随生随灭的吟诵之学,在当时的条件下,保存起来就十分困难,更谈不上研究和发展了。华锺彦先生说得好:"吟咏之法,本非专门高深学问,过去师弟之间,教读唐诗,口耳相传,习以为常,自然人人会通。自'五四'以后,特别是解放以来,无人提倡,吟咏之声日渐稀少。只有胡乱诵读,安蔽乖方。故欲振拔旧闻,反成了专门学问。"②

于是前辈学者不断尝试对"吟诵"艺术进行界定:

> 中国旧时对于诗歌本来有朗吟的办法,那是接近于吟唱,也可以说是无乐谱的自由唱。③

> 所谓吟诗吟文,就是俗话所谓叹诗叹文章,就是拉起嗓子来把字句都唱出来,而不用说话时或读单字时的语调。④

> 所谓吟诗,就是用古音吟出、品出诗词的韵律美。⑤

> 泛指用抑扬顿挫的声调有节奏地读。它既可指吟,也可指诵;或者既指吟,又指诵。⑥

---

① 朱光潜:《诗论》,三联书店,1984 年,第 256 页。
② 华锺彦:《再论唐诗的吟咏》,载《唐代文学论丛》第九期。
③ 郭沫若:《戏的吟词与诗的朗诵·序》,洪深:《戏的吟词与诗的朗诵》,中华书局,1951 年,第 2—3 页。
④ 《新诗歌集·序·吟跟唱》,秦德祥、钟敏、柳飞、金丽藻记录整理:《赵元任程曦吟诵遗音录·附录》,商务印书馆,2009 年,第 102 页。
⑤ 文怀沙:《写在〈五李诗词吟赏〉付梓前》,文怀沙、李素丹、李汝松编:《五李诗词吟赏》,中国文联出版社,2010 年,第 3 页。
⑥ 陈少松:《古诗词文吟诵研究》,社会科学文献出版社,1996 年,第 8 页。

综上，我们可以说吟诵是一种介于诵读与歌唱之间的汉语古典文学作品口头表现艺术方式，既遵循语言的特点，又根据个人的理解，依循作品的平仄音韵，把诗中的喜怒哀乐，感情的起伏变化，通过自己抑扬抗坠的声调表现出来，突出其中的逻辑关系、思想情感，比普通朗诵要细化、充分得多，是一种细读的、创造性的、回味式的读书方法和表达方式，是文学、音乐、语言的综合体，是我们宝贵的非物质文化遗产。

二、此"吟"非彼"诵"与"唱"

1905 年清朝废除科举，私塾面临困境，自民国建立，新学堂勃兴，学校取代私塾，延续数千年的"终日咿唔，不求解悟"[1]的教授方式被勒令中止，代代相传的吟诵受到了很大冲击。1919 年新文化运动之后，学校体制改变了，吟诵自然更少了。傅庚生先生在《谈文章的诵读问题》一文中指出："民初还沿袭着旧日的办法，一般学文仍然是特别注重背诵与朗读的，私塾里读《孟子》《左传》等，不消说要读文气，学校里的课本也叫作国文'读'本。后来这读诵功夫渐渐不讲求了，课本的名称也改为'国文讲义''国文选'，或干干脆脆的'国文'了。"[2]而近现代著名语言文字学家、文字改革家、教育家黎锦熙先生则更为一针见血地点明："自从废科举、创学堂以来，在语文教学上对诵读问题就渐渐淡漠了。"[3]1920 年 1 月 12 日，当时教育部下发了《咨各省区自本年秋季起国民学校一二年级先改国文为语体文》，掀开了国文改国语的大幕。此后不久，教育部便采用全国教育会联合会议案，决定国民学校全用语体文。1923 年 6 月颁行的新学制课程标准纲要，正式将小学阶段的国文课全部改为了国语课。表面上看，国文和国语仅仅是一字之差，而事实上二者却有着根本的不同。近现代著名语言文字学家、教育家魏建功先生也说："自学校国文改为国语以来，国语的读法未定，而国文的读法已坏。"[4]与此同时西方的朗诵方式随话剧进入中国，当时的教育界曾热烈讨论如何诵读汉语作品的问题。抗日战争时期，朗诵诗盛行，其后汉语朗诵遂定型，并取代吟诵。

然而"在文学领域中，诗和其他文学形式的区别，在于诗是以声韵节奏构成的听觉形象为主要创作和表现形式，而这种声韵节奏的基本形式又和民族固有的语言文字声调基础完全一致。任何一个民族的文化发展到相当高度之后，必然会形成本民族特有的诗词，这种

---

① 1911 年 12 月 19 日教育部《令京师学务局整理京师私塾办法文》，《民国教育部文牍政令汇编》(《国家图书馆藏历史档案文献丛刊》，全国图书馆文献缩微复制中心，2004 年)。
② 《国文月刊》1947 年第 56 期。
③ 陈士林、周定一记录：《中国语文诵读方法座谈会记录》，载《国文月刊》1947 年第 53 期。
④ 《中国语文诵读方法座谈会记录》。

诗词存在的形式完全基于本民族语声韵节奏的听觉形象。所以一个民族的诗词声韵节奏，是和这个民族语言文字结构一样，始终不会有重大变化的"①。因此"吟诵之诵，与今天流行的朗诵不同。"②欧美人朗诵诗，跟我们的传统吟诵是完全不一样的。最基本的差异，就是由于语言文字的不同：

> 中国语文是独体单音的，不像西方的拼音语言，可以因字母的拼合而有音节多少和轻音与重音的许多变化。在这种情况下，以一种独体单音的语文而要寻求一种诗歌之语言的节奏感，因此中国的诗歌遂自然就形成了一种对于诗句吟诵时之顿挫的重视。而中国古典诗歌之节奏感的行成，也就主要依赖于诗句中词字的组合在吟诵时所造成的一种顿挫的律动。③

汉语语言文字最大的特点是独体单音，"最通俗的看法'方块'的形，单节的'音'，其自然而然所演变的文体当然会与其他民族的不同。唯'可诵'才能把这两种特色表现得圆全，所以它就代表了本国的言语文字而关起诗坛的大门"④。西方尽管在读诵的时候也有声音轻重的分别，但他们的语言不能够形成像我们中国语言文字这样鲜明的节奏和对仗。

"五四"之后，我们用西方的朗诵方法来诵读中国古典文学作品，形式和内容是两张皮，古诗文的神韵和内涵，已无法被体会。西洋诗歌的读诵，往往具有一种表演的性质，而吟诵，"宜于小范围内演示，不宜于大庭广众中演出"⑤，实在应该乃是一种更重视个人直感的心灵活动的外观，其所重视的乃是人的体会。

> 诗（此处专指古典诗词——引者注）是精练的语言，跟平常的说话自然差得多些。精练靠着暗示和重叠。暗示靠新鲜的比喻和经济的语句；重叠不是机器的，得变化，得多样。这就近乎歌而带有音乐性了。这种音乐性为的是集中注意的力量，才能深入每一个词汇和语句，发挥那蕴藏着的意义，这也就是诗之所以为诗。白话诗却不要音乐化，音乐化会掩住白话诗的个性，磨损了它的曲折处。白话诗所以不会有固定的声调谱，我看就是为此。⑥

吟诵不是朗读，因为中国旧体诗歌讲究平仄四声的韵律，但是现代汉语和普通话已经

①　沙地：《萨氏诗词格律 ABCD》，知识出版社，1990 年，第 78 页。
②　屠岸：《常州吟诵，千秋文脉》，载《常州工学院学报》2009 年第 5 期。
③　叶嘉莹：《谈古典诗歌中兴发感动之特质与吟诵之传统》，叶嘉莹：《多面折射的光影——叶嘉莹自选集》，南开大学出版社，2004 年，第 12 页。
④　俞平伯：《诗的歌与诵》，《俞平伯全集》第 3 卷，花城人民出版社，1997 年，第 126—127 页。
⑤　屠岸：《常州吟诵，千秋文脉》。
⑥　《朱自清全集》第 3 卷，江苏教育出版社，1988 年，第 190 页。

发生了很大的变化,其中最重要的就是"入声"完全消失(仅在部分地区的方言中还有保留)①。入声的缺失使旧体诗歌的朗读变得非常不合适,甚至可以说:普通话越标准,就越经常与旧体诗歌的平仄违背,朗读时就越容易丧失其原来的抑扬顿挫的韵律美。而真正的吟诵则有平仄四声的长短高下之别,这也是很多方言吟诵更有韵味的原因所在。

除了来自西方的影响,屠岸先生还曾指出我国戏曲的念白也是朗诵的源头:"有人说,朗诵是从西方输入的,源于舶来品话剧。也不尽然。中国戏曲中有'千金念白四两唱'的谚语,京剧念白有韵白、京白、方言白等多种念法,与话剧的对白、独白不同。应该承认,戏曲念白,特别是京白,也是朗诵的一个源头。"②然而吟诵也不同于念词,以王实甫《西厢记》为例,该书第二本第一折〔鹊踏枝〕:"吟得句儿匀,念得字儿真,咏月新诗,煞强似织锦回文。""吟"与"念"分得很清楚。关于这一点,朱光潜先生也有较深入的体悟:

　　传统的旧诗朗诵有一个特点,就是把声音拖长。《书经》里就已有"诗言志,歌永言,声依永,律和声"的说法,"永言"就是《乐记》里所说的"言之不足,故长言之"。"咏"字从"永",也就是取"长言"的意思。杜诗所说的"长吟"足证唐人诵诗仍用拖长调子的方法。一直到现在,各省依旧法诵旧诗的人也还是遵守"永言"的规矩。算来用拖长音调来诵诗的传统在我国是和诗歌一样古老的。……诗歌语言需要音乐化的道理可能和音乐本身之所以存在的道理是一致的。二者都决定于内容。艺术所要表现的情调是比较深永的,低徊往复的,走曲折线而不是走直线的,所以表现方式也要有相应的低徊往复和曲折。所谓"诗歌语言音乐化"乃至于"思想情感的音乐化"其意义就不过于此。要"长言",正因为"言之不足"。长言才能在低徊往复之中把诗的"意味""气势""骨力"和"神韵"玩索出来,咀嚼出来,如实地表达出来。假如这个看法略有一些道理,我们也就可进一步认识到诗歌的朗诵不宜用话剧念台词的办法。③

吟诵也不同于歌曲的演唱。尽管古人也有"非君唱乐府,谁识怨深秋"(李贺《巴童答》)、"白头两遗编,吟唱心自足"(元好问《继愚轩和党承旨〈雪〉诗》其二)等诗句足见"吟诵"与"吟唱""唱诵"之间的联系,但实际上,吟诵"必须密切结合诗歌的韵律来进行;特别是

---

① 解放前郭沫若先生就曾关注到当代人读旧体诗词中的入声字的读音问题:"念诵古代的诗词,其要求与唱南曲相仿。如果作者在写诗时曾是有意地使用入声字,旁人朗诵时便不应无别地将入声字毋视抹杀。《国音常用字汇》'本书的说明'第六条云:'入声的读法还应该兼存,因为讽诵前代的韵文,尤其是律诗与词,若将某某入声字读成阴平或阳平;或将一首诗中几个押韵的入声字读成阴平、阳平、上、去几个不同的声调,必至音律失谐,美感消灭;所以这是应该依旧读为入声的。'"(郭沫若:《〈戏的念词与诗的朗诵〉序》)。
② 屠岸:《常州吟诵,千秋文脉》。
③ 朱光潜:《谈诗歌朗诵》,原载《诗刊》1962 年第 6 期。

旧体诗词的吟诵,更必须受平仄规则(声调因素)的制约。吟诵还必须对诗句中的'节奏点'(按一定规律划分的各个'节奏单位'之间的'时隔'或称'顿')进行特殊处理,即一般须将节奏点的音适当拖长,或给以一定时间的顿歇"①。而歌唱是有歌谱(乐曲)可循的,而乐曲的旋律也是固定的,违反了这个旋律就是"跑调"。或者说同一首歌唱的唱法都是一样的,效果区别只在于歌者的嗓音和唱功。但是吟诵并没有固定的曲调,即使是同一首诗,不同的人吟诵可以有完全不同的韵律,这不是"跑调",而是吟诵者各自对诗的不同感受的传达。吟诵的这种人各不同的"无法之法",可能是让学习者最难掌握、让听众最起迷惑之处。赵元任先生对此曾有极为精辟之归纳:

> 吟跟唱两样事情比较起来,有两点可以注意的:(1)从一段诗文上看起来,吟诗没有唱歌那末固定……吟诗每次换点花样是照例的事情,两次碰巧用恰恰一样的工尺倒是例外的了。(2)从诗歌的全体看起来呐,那就唱歌反而不及吟诗那末固定了。吟调儿是一个调儿概括拢总的同类的东西,连人家还没有写的诗文,已经有现成的这个调儿摆在这儿可以用来吟它了。唱歌可就不然。这个歌是这个调儿,那个歌是那个调儿;惟其每个歌词要有它的固定的合乎它的个性的歌调儿,所以歌调儿这东西在诗歌的全体中便是一个歌歌不同而不能固定的活东西。②

吟诵也需要一定的训练,但不是朗诵、唱歌那样的技术性训练。"吟,要依据一定的吟诵(如常州吟诵)的风格与节奏。诵,则依据所诵诗文语言的节奏"③。吟诵取决于对作品韵律情感的把握,它更要求吟诵者有对"诗心"的体会和感悟,至于先天的嗓音条件或后天的音乐修养反而在其次。"说诵是心灵指导的(Mind-directed)艺术,歌唱是耳音指导的(Ear-directed)艺术"④,或者简单地说,吟诵更需要"懂诗"而不是"懂音乐",而时至今日"懂诗"(旧体诗词)甚至比"懂音乐"还要困难,这是造成吟诵困境的另一客观因素。吟诵可以是一人世界的自得其乐,可以是师弟之间口耳相传,可以在一二知己、三五同好之间小范围内交流,但是如果在大庭广众之下集体表演,就未必会有很好的效果,甚至可能适得其反。

三、吟诵承传的当代意义

王阳明先生曾提出"九声四气歌法",他认为此种音声与文字之结合乃把个人的情感抒

---

① 陈炳铮:《谈吟诵》,转引自王恩保、石佩雯编:《古诗文吟诵集粹》,北京语言学院出版社,1993年,第124页。
② 《新诗歌集·序·吟跟唱》,《赵元任程曦吟诵遗音录》,第103页。
③ 屠岸:《常州吟诵,千秋文脉》。
④ 《戏的念词与诗的朗诵》,第68—69页。

发与声气结合在一起，外应天道，内合心灵，是中国传统吟诵的至高境界：

> 广大之怀，自得之趣，真有如大块噫气，而风生于寥廓；洪钟逸响，而声出于自然
> 者。融溢活泼，写出大和真机；吞吐卷舒，妙成神明不测，故闻之者不觉心怡神醉，恍乎
> 若登尧舜之堂，舞百兽而仪凤凰矣。①

吟诵在当代的承传自有其深刻的意义。

首先，传统吟诵本身即是一种美，可以使人真切体会到中国古代文学作品中的旋律、节奏、音韵之美。文学作品的语言是为塑造艺术形象、表现内容服务的，但作为形式，它有相对独立的审美价值。《齐东野语》中记载了这样一则故事："昔有以诗投东坡者，朗诵之，而请曰：'此诗有分数否？'坡曰：'十分。'其人大喜。坡徐曰：'三分诗，七分读耳。'"②这则故事常被人们用作写诗缺乏诗意的例证。如果我们换一个角度看，将诗意和朗读分别打分，这正说明苏东坡已看出诵诗时的有声语言具有独立的审美价值，读打七分，不正是肯定这位青年出色的吟诵显示了诗歌语言的音乐美吗？提到吟诵的跨地域影响，华锺彦先生曾多次忆起日本学者吉川幸次郎博士：

> 一九七九年春，他带代表团访问我国。我在龙门接待他。我们曾共同吟咏这首
> 《登高》，自首至尾，其吟咏顿挫处，丝毫不差。这说明我国读诗的古法，已经为日本诗
> 人熟练掌握了。③

古诗词文的语言由于非常讲究声音的高下、长短、疾徐、抑扬、顿挫及其变化，所以原本就有一定的音乐性。用现代的方法朗读，一般不管作品音节安排的特点，如七言律绝，不问平仄格式和节奏点上的字是平是仄，每句都按"四三"来划分节奏单位，节奏点上平声字音和仄声字音的长短、高低读得没什么区别，这样就不能很好地显示作品原有的音乐性。用传统的方法吟诵，则根据作品音节安排的特点来行腔使调，如七言律绝，必须区分平起还是仄起，每句按"二二二一"或"二二一二"来划分节奏单位，节奏点上的字音通常接"平长仄短""平低仄高"（或"平高仄低"）来处理，这样就能充分地显示出作品原有的音乐性。不仅如此，如果你用的又是个美听的调子，那就更能显示出铿锵悦耳的音乐美来。人们称吟诵为"美读"④，就是这个道理。既然吟诵时作品的有声语言表现出铿锵悦耳的音乐美，而这种音乐美又具有独立的审美价值，那么吟诵本身也就成为一种美的享受。我们的古人对这一点

---

①　束景南：《阳明佚文辑考编年》，上海古籍出版社，2012 年，第 814 页。

②　周密：《齐东野语》，中华书局，1983 年，第 369 页。

③　华锺彦：《关于近体诗的读法》，载《唐代文学论丛》第四期。

④　如魏子云先生较早指出："这些年来在我们的国文界，流行所谓'美读'的诗文吟诵。此一创意，似是由师大的邱
　　燮友教授兴起的，他组织了'南庐吟社'。"魏子云：《诗经吟诵与解说》，台湾巨流图书公司，1986 年，第 5 页。

深有感悟："唐人诗一家自有一家声调,高下疾徐皆合律吕,吟而绎之,令人有闻《韶》忘味之意。"①正因为吟诵本身具有独立的审美价值,所以往往出现这样的情况:吟诵者对作品的内在意蕴并不深刻理解,只要行腔得法,仍可得到美的享受。朱自清先生在《论百读不厌》一文中就曾说过:"过去一般读者大概都会吟诵,他们吟诵诗文,从那吟诵的声调或吟诵的音乐得到趣味或快感,意义的关系很少;只要懂得字面儿,全篇的意义并不清楚也不要紧的。"②当然,感觉的东西不能一下理解它,而理解了的东西却能更深地感觉它。作为形式的文学作品的语言毕竟是为表现内容服务的,欣赏时如果对作品的内在意蕴越能深刻地理解,那吟诵起来就越能准确而充分地再现作品语言音节的美妙。故古人云:"诗以声为用者也,其微妙在抑扬抗坠之间。读者静气按节,密咏恬吟,觉前人声中难写、响外别传之妙,一齐俱出。"③

吟诵是求得原诗韵味的最好方法,可以使读者与作者之情思千载相接,正可谓李白所云:"月下沉吟久不归,古来相接眼中稀。"(《金陵城西楼月下吟》)闻国新先生曾指出:"唯有吟诵,才能体会到文章的气势和情味。在反复吟诵之间,就可以受到潜移默化,把文章的内容与形式变为自己的东西。这样,在你有所需要的时候,就可以达到得心应手,左右逢源的境界。……古人说'口而诵,心而惟',惟就是思维。吟诵时不仅是本人要用脑指挥口,进行思维,也要给听吟诵的人以思维的机会。"④萧涤非先生早年就坦言自己"是很喜欢读诗的……只要口舌清闲,只要无人独自,我大概就会哼到诗上去"⑤,因此晚年他也强调:"诗人完成一首律诗,往往不是用笔写出来的而是用口吟出来的。因此,对于一首律诗特别是像《秋兴八首》这样的七律的鉴赏,更需要下一点吟咏的功夫。这倒不是单纯为了欣赏诗的音节的铿锵,而是为了通过抑扬亢堕的音节来更好地感受作者那种沉雄勃郁的心情。前人评《秋兴八首》谓'浑浑吟讽,佳趣当自得之',是不错的。"⑥

吟诵是古体诗词写作的入门途径。古人创作时,一边进行艺术构思,一边吟哦推敲作品的音节。曾国藩提出"凡作诗最宜讲究声调,须熟读五古、七古各数十篇,先之以高声朗诵,以昌其气;继之以密咏恬吟,以玩其味。二者并进,使古人之声调拂拂然若与我之喉舌

---

①　刘绩:《霏雪录》,明弘治刻本。
②　朱自清:《论雅俗共赏》,北京出版社,2005 年,第 14 页。
③　沈德潜著,王宏林笺注:《说诗晬语笺注》卷上,人民文学出版社,2013 年,第 10 页。
④　《闻国新论吟诵教学》,刘国正主编:《我和语文教学》,人民教育出版社,1984 年,第 315 页。
⑤　萧涤非:《谈中学读诗》,载《国文月刊》1942 年第 17 期。
⑥　萧涤非:《杜甫诗选注》,人民文学出版社,1979 年,第 251—252 页。

相习,则下笔为诗时,必有句调凑赴腕下,诗成自读之,亦自觉琅琅可诵,引出一种兴会来"①,周振甫在《论诵读》中曾总结诵读的好处:"读时分轻重缓急,恰好和文中的情事的起伏相应,足以帮助对文章的了解,领会到作者写作时的情绪;懂得音节和情绪的关系,到写作时,自会采取适宜的音响节奏来表达胸中的情意。"②朱光潜先生也曾指出:"我国有句老话:'熟读唐诗三百首,不会吟诗也会吟。'过去我国学习诗文的人大半都从精选精读一些模范作品入手,用的是'集中全力打歼灭战'的办法,把数量不多的好诗文熟读成诵,反复吟咏,仔细揣摩,不但要懂透每字每句的确切意义,还要推敲出全篇的气势脉络和声音节奏,使它沉浸到自己的心胸和筋肉里,等到自己动笔行文时,于无意中支配着自己的思路和气势。这就要高声朗诵,只浏览默读不行。这是学文言文的长久传统,过去是行之有效的。"③今人写作文言文的虽已不多,但写作旧体诗词的尚大有人在,学会吟诵,无疑将有利于诗词爱好者写作水平的提高。

吟诵是一种传统的教育和学习方法,从先秦开始,在私塾、官学等教育系统中,口传心授,代代相传,流传至今,是祖先们几千年的总结和发明,特别适合于语文学科的学习。叶圣陶先生在《精读指导举隅·前言》中指出:"吟诵的时候,对于讨究所得的不仅理智地了解,而且亲切地体会,不知不觉之间,内容与理法化而为读者自己的东西了,这是最可贵的一种境界。学习语文学科,必须达到这种境界,才会终身受用不尽。"④所以他要求"令学生吟诵,要使他们看作一种享受而不看作一种负担,一遍比一遍读来入调,一遍比一遍体会亲切,并不希望早一点能够背诵,而自然达到纯熟的境"⑤。所以说吟诵是一个学习的过程,是一个反复体会和理解的过程,是古代教育体制中特别推重个性化理解的学习方法。据张鼐《虞山书院志》记录,王阳明先生曾强调"歌咏以养性情,乃学之要务。夫诗不歌不得其益,子与人歌,而善取瑟而歌,圣人且然,况于学者?今后同志相会,须有歌咏,无论古乐,即阳明九声四气歌法,其意亦甚精深"⑥。王阳明先生在《传习录·教约》中也有"歌诗"专论:

凡歌诗,须要整容定气,清朗其声音,均审其节调;毋躁而急,毋荡而嚣,毋妥而慑。久则精神宣畅,心气和平矣。每学量童生多寡,分为四班。每日轮一班歌诗;其余皆就

①　曾国藩:《曾国藩家训》,岳麓书社,1999年,第8页。
②　曾祥芹主编:《阅读技法系统》,河南教育出版社,1992年,第135页。
③　朱光潜:《谈美书简》,北京出版社,2004年,第94页。
④　中央教育科学研究所编:《叶圣陶语文教育论集》,教育科学出版社,1980年,第13页。
⑤　《叶圣陶语文教育论集》,第15页。
⑥　《阳明佚文辑考编年》,第818页。

席,敛容肃听。每五日则总四班递歌于本学。每朔望,集各学会歌于书院。○

可见吟诵作为重要的传统学习方法,在大中小学甚至幼儿时期的古典文化教育中有巨大的应用价值。

孟子云:"仁言不如仁声之入人深也。"②吟诵不仅是一种阅读方法、鉴赏途径,更是对人的道德品格、文化精神的一种潜移默化的熏陶和培养,促使年青一代对传统文化产生浓厚兴趣,在阅读鉴赏的同时,道德教育隐寓其中,如水中著盐,有味无痕,从而使传统文化深入人心,使中华文化精神继往开来,在构建和谐社会,社会稳定和文化复兴中,必将发挥重要作用。我们坚信"若有吟魂在,应随夜魄归"(齐己《经贾岛旧居》)!

---

①　王守仁:《王阳明全集》卷2,上海古籍出版社,2011年,第101页。
②　杨伯峻:《孟子译注》,中华书局,1960年,第306页。

从《迦陵诗词稿》中的两首诗谈起

张元昕(南开大学)

世界上有这样一些美好的人,从不会在别人面前故意炫耀自己的美好,也不因为自己的美好而有任何傲慢或自命不凡的心理,但他们却如"时雨之化"影响着身边的每一个人。无论是初生的幼苗,还是已经长出了枝叶的小树,抑或华枝春满的桃李杏樱,都会受到灌溉和滋润,而不同生命的体会是不尽相同的。生长在美国的我和妹妹是非常幸运的两个孩子,在思想感情人格诸方面都还处在刚刚发芽的阶段,就有机缘得到这样一位老师的"时雨之化",那就是叶嘉莹先生。2009 年的春假,当我们第一次去温哥华拜见叶先生的时候,我不过是一个十一岁的孩子,妹妹更小,只有九岁。当时的我们还没有独立完整的思想与反省能力,连评赏诗词高下的标准都不甚完备,也不懂诗词格律,只是知其然不知其所以然地背诵,有了感受就随便写一点幼稚的习作。我们从小在家庭的熏陶下培养了对诗词的喜爱,至于诗词对自己的生命到底能产生什么样的影响,就没有切身的体会了。我们就是在这样的状态下开始跟着叶先生学习的、并且在她身边渐渐长大,所以除了师生情谊之外,还有一种对祖母般的亲情。她一点一滴的教诲都融入了我们的成长,在无形中塑造着我们的人格与灵魂,以至于蓦然回首,竟不知何者为原来的我,何者为叶先生所授了。"入芝兰之室,久而不闻其香,与之俱化",真如古人之所言矣!当然我绝不是说我们真的已经俱化了,但我们跟随叶先生学习,确实类似于"入芝兰之室久而不闻其香"的过程。可是芝兰毕竟永远是美好芳馨的,叶先生的为人与为学,当然不是一个十几岁的学生所能妄加评说,但我仍希望能以自己不成熟的心灵尝试着感受叶先生心灵的深邃。我现在想以她的两首题为《雾中有作》①的七绝为起点,谈一谈个人的心得与体会。先将这两首诗抄录如下:

> 连日沉阴郁不开,天涯木落亦堪哀。
>
> 我生久惯凄凉路,一任茫茫海雾来。

---

① 拙文所引用的叶先生的诗词,均出于中华书局 2007 年版的《迦陵诗词稿》。

　　高处登临我所耽，海天愁入雾中涵。

　　云端定有晴晖在，望断遥空一抹蓝。

　　这两首诗并不像"难忘诗骚李杜魂""千春犹待发华滋"那么有名，而对于我来说却有着特殊的意义，甚至可以说有一种亲切感。2009 年我们第一次去温哥华拜见叶先生的时候，曾亲眼看到了茫茫的海雾。对于当时的我来说，虽然没有产生什么深刻的影响，但那种景象触动了我心灵中的某个角落，留下了一种恍恍惚惚的怅然之感。十三岁时我来到南开大学，第一次读到这两首诗，让我回忆起当年在温哥华曾经见到过的景象，遂不免产生一种人生漂泊无常的感慨。那时我更喜欢的是第一首诗，对叶先生坎坷的人生有更多的了解之后，"我生久惯凄凉路，一任茫茫海雾来"二句尤其使我感动，她以坚定的意志面对生活中的一切，不管外界发生什么样的变化都不足以使她动摇，茫茫海雾对于她已经不算什么了——一个人要经过什么样的苦难才能写出这样的句子？！那时的我，对于直接表达感情、并且能够直接打动自己的作品有着相当的偏爱；更何况，"天涯木落"漂泊异乡的感受，让同样是面对着"天涯木落"的我产生了共鸣。相对而言，第二首诗感动的力量好像就不及前一首了，因为它从表面看起来只是平淡的陈述，没有感情的直接表达。随着时间的流逝，它逐渐淡入了记忆的深处，沉睡了整整三年。

　　在这漫长的三年中，我在南开逐渐长成了少年，不知不觉之间，自己的整个内心世界都起了微妙的变化。我开始意识到，感情的直接表达与作品的深浅厚薄，原来是不一定有必然的关系的；而有些直接表达具体感情的作品，里面还包含了更深一层的意思。虽然无法完全落实，但我们确实能够体认到它的存在。我忽然感觉到，叶先生《雾中有作》的第二首诗原来是有着极为丰富的内涵，它之所以未能引起我更为强烈的共鸣，是因为它写出了一个诗人的心灵所特有的境界，三年前的我对于这种境界还不太理解。现在我不敢说我有了怎么样深入的体会，但在叶先生的著作中，我觉得我为这个境界找到了一个名称，也许并不恰当，但是包含了自己作为学诗人的感慨。叶先生在《从李义山〈嫦娥〉诗谈起》中谈到"诗人高举远慕之境界"，那是一个最高远、最美好，没有任何污点与缺憾的理想，而由于尘世的种种不完美与常人的不能理解，怀有这种理想的同时也注定要忍受"碧海无涯，青天阔极，夜夜徘徊于碧海青天之间，竟无可为友，无可为侣"[①]的大孤独。如果"高举远慕"可以借来用的话，那叶先生的这首诗，就真的是有一种发乎自性的"高举远慕之境界"了。当然我这样说未免有点牵强附会，也有点不着边际，因此我下面就将对这首诗进行一次尝试性的解

---

① 　详见叶嘉莹：《迦陵论诗丛稿》之《从李义山〈嫦娥〉诗谈起》，北京大学出版社，2008 年，第 280—281 页。

读。为了阅读的方便,现将这首诗再次抄录如下:

> 高处登临我所耽,海天愁入雾中涵。
>
> 云端定有晴晖在,望断遥空一抹蓝。

叶先生多次强调:"正是由于中国诗里面带有一种历史的传统,所以它就把个人的感发扩展得更大,不但有普遍性,而且有历史性。"①这首诗的开头四个字"高处登临",就包含了几千年登高的文学传统,以及这个传统所可能发挥的丰富的潜能。赵庆庆女士在《高楼风雨感斯文:论叶嘉莹先生之登高诗词》一文中有精辟的论述,她认为登高是一种蕴含了"中华古老祭仪和民族精神的原型,它频现于中国古代文学,进而延续在当代作者和读者的生命、追求以及审美意识中"②。如果登高的确可以称为原型的话,那它所象喻的,就应是性情品格之向往高远的一种精神。古人之所以那么喜欢登高,以至于每一位大作家必有登高的名作,是因为中国的文化传统特别重视自身人格的修养与提升,所谓"君子自强不息";中国古代真正的诗人,也都怀有一种高远美好的追求和向往,所谓"路漫漫其修远兮,吾将上下而求索"。王国维在《人间词话》中把晏殊的"昨夜西风凋碧树,独上高楼,望尽天涯路"列为"古今之成大事业大学问者"的"第一种境界",虽然这是一首相思怨别的小词,可是这几句确实表现了一种摆脱了眼前的蒙蔽之后所得到的境界之提升。当一个人"登东山而小鲁,登泰山而小天下",超越了尘世的祸福得失,就能看到更广阔的天地、更高远的境界,这才是登高远望的真谛。三年前的我没有看出这句诗所包含的传统,自然得不到传统所带来的感发,也意识不到这首诗在表面情意之外所可能具有的感情本质。

理解了"高处登临"的深层含义,"我所耽"这三个重字也就显得特别感人:这哪里是平淡的陈述?分明是如此直接地道出了叶先生终身对"高远美好的事物"的"执着之向慕"③,里面包含了多么深厚的感情!登高远望作为"执着的向慕"的形象表达,可以说是贯穿了整部《迦陵诗词稿》。诸如"相思试把高楼上。只缘明月在东天,从今唯向天东望""暮烟沉阔,征鸿过尽,凭高怀远""当日高楼,栏杆同倚,此情依旧"等,都是借登高远望寄托着她对祖国的文化最深沉的感情。在另一首《蝶恋花》中,她再次明确地说出了自己的"执着的向慕":"爱上高楼凝望眼。海阔天遥,一片沧波远。"这首词所描写的景象,与我们上面抄录的诗在表面上有相似之处,但是"海天愁入雾中涵"和"海阔天遥,一片沧波远"的意境完全不同,它

---

① 叶嘉莹:《叶嘉莹说汉魏六朝诗》,中华书局,2007 年,第 174 页。

② 赵庆庆:《高楼风雨感斯文:论叶嘉莹先生之登高诗词》,《湘潭大学学报》,2014 年第 6 期。

③ 施淑仪:《悠想清沂之乐》,张红编:《叶嘉莹教授八十华诞暨国际词学研讨会纪念文集》,南开大学出版社,2005 年,第 296 页。

写的是一种茫然四顾，竟不知何去何从，"我瞻四方，蹙蹙靡所骋"的悲慨。叶先生的诗词中经常有如王国维所说的"大诗人所写之境必邻于理想"①的意境，也就是说意象超越了现实而产生了象喻的作用。这句描写的是自然的现象，可是由于"高处登临"已经包含了丰富的联想，所以读者极容易从雾之茫茫联想到人生之不可把握与夫心境之茫然、环境之困厄。登高的实质是精神的"登高"，"爱上高楼凝望眼"的人多半象征着志洁情深之人，也象征着孤独寂寞、不被尘世所理解的人。而登高所见为何？茫茫大雾而已。作为与高远美好的追求相对立的"海天"的"雾"，也就不只是一般的茫然与困厄，而是罪恶无常的现实对高举远慕的情怀所形成的压力、带来的痛苦。

　　如果这首诗仅仅停留在理想与现实的反差这层意思上，它仍然会是一首极为感人，并且有着深厚的历史传统的佳作，但是就不再具有真正的高举远慕的境界了。我之所以认为这首诗果然有高举远慕的境界，还在于更为重要的后面两句："云端定有晴晖在，望断遥空一抹蓝。"倘若是一个只有高远之追求而无坚定之持守的人，是不会写出这样的句子的。美国诗人 Robert Frost 在 The Road Not Taken 这首诗的最后说，"I took the one less travelled by, and that has made all the difference"，然古人云"择善而固执"，又云"可与学，未可与适道；可与适道，未可与立；可与立，未可与权"。选择正确的道路是非常重要的，是否能够一直坚持，则是更为重要的。这两句诗本来也是写实的，而"定有"和"望断"这两个重词，就使之成为了品格的象喻。曰"定有"，而非"或有""若有"，可知内心之坚定自信；曰"望断"，可知向往之殷切。重要的不是"云端"是不是真的有"晴晖"，而是一个人有没有超越苦难的追求持守，能不能超越表象、遥想瞻望大雾之外的晴空。私意以为，这两句正好体现出了叶先生所具有的一种极为可贵可敬的能力，那就是转换逆境的能力。面对现实生活的苦难，她从不做正面的反抗或挣扎，而是化为一种更为高远美好的期待和向往，并能以"余心所善九死不悔"的精神持守之，用她自己的话说就是"尽吐冰丝化彩云"。这才是真正的高举远慕，就在"冰丝"到"彩云"的转化之间，自己的心性得到了修炼和升华，于是乎一切的痛苦与不顺，也就不足以压垮自己了。无论是"海上"的"神山"，还是"云端"的"晴晖"，总而言之都是向高向上的追求、在苦难中不失去追求的持守和努力。它们犹如"松柏之后凋"，并不是"岁寒"培养出来的，而是自身所固有的品格。古人云诗穷而后工，孟子也说过"生于忧患死于安乐"，虽然在历史上得到了不知多少次的印证，但我觉得并不是所有经过苦难的人都能成就，关键是经过了苦难有没有转换的能力，有没有保持住自己品格与理想

---

　　① 王国维：《人间词话·第二则》，人民文学出版社，1960 年，第 191 页。

的能力。若有，那苦难就成为了自己升华的契机，如苏东坡经历了九死一生的磨难，而后写出了"大江东去"这些流传千古的作品，最后达到了"天容海色本澄清"的修养境界。若没有，那即使经历了最大的苦难，也只会被苦难挫败，如秦少游之"何意一经迁谪后，深愁只解怨飞红"，遭遇第二次贬谪时写出了"郴江幸自绕郴山，为谁流下潇湘去"这样的令人不忍卒读的极度悲哀之作，最后郁郁而终，竟比年长于他整整十二岁的苏东坡去世的还要早一年。

苏东坡和秦少游的故事，让我想到了自己跟随叶先生学习的一段经历。苏秦二位作家的词都是我八九岁之间经常背诵的作品，可我既无意探究词的深意，也不知道他们的经历和作品有什么关系。2009 年第一次去温哥华拜见叶先生的时候，她赠送给我们一套《唐宋词十七讲》的光碟。叶先生对诸作品的评说为我建立起了唐宋词发展的基本体系，同年暑假再去温哥华听的《王国维〈人间词话〉问世百年的词学反思》系列讲座，以及次年暑假听的关于北宋词的系列讲座，则丰富深化了这个体系，让它逐渐内化为自己对词学发展的理解。而《唐宋词十七讲》之所以在我的心目中有不可替代的位置，还有另一层原因：叶先生对诸位词人的生平与修养的评论，对于我的价值观念的建立起到了重要的作用。苏东坡与秦少游的经历，就是在那套光碟里第一次听到的。当时我不明白，为什么这两位词人都有美好的志意，可是经过了挫折却有这么不同的表现？我的问题很可能已经在叶先生的讲座中被回答了，而真正使我的整个心灵都发生变化的，则是第二年去温哥华的时候叶先生说的一句话。

2010 年暑假，我们第三次去温哥华拜见叶先生。像去年暑假一样，我们每天都带着三明治去 UBC 大学亚洲图书馆学习，中午的时候跟她一起在图书馆的地下室吃午餐。有一次她问我们《易经》八卦的名称和卦象，我们都答不上来，所以她教给我们一个口诀："乾三连，坤六断。离中虚，坎中满。震仰盂，艮覆碗。兑上缺，巽下断。"后来我们请她去看我们休息的时候在亚洲图书馆外面的石径上摆出的石头堆，旁边有叶子作装饰，但是没有什么意义，她就让我们用那些石头摆出一个八卦图，下个星期来检查。当然这都是几天后的事了，教完口诀，叶先生就跟我们说，《易经》里面讲了很多变化的规律，但它不是为了让你利用它，让它一直处在对你有利的位置，而是要你以不变应万变。人要有一个持守，《中庸》里面说"素富贵行乎富贵，素贫贱行乎贫贱"，不管处在什么位置，都要做好你应该做的事。"以不变应万变"的"持守"，是从叶先生那里第一次听到的。我从来没这么想过，也没有这个意识，更不用说在前人的作品中得到这样的感悟，所以这句话对我起到了很大的作用，它树立了一个值得为之努力的人格境界。我在前文不止一次地提到"持守"，虽然现在无法体会、更无法达到，但我至少知道有这样一个美好的值得为之努力的境界，也希望在自己将来的人生中达到这个境界。

　　现在回想起来，《雾中有作》的第一首我也没读懂，"连日阴云郁不开"带有超越现实的象喻，而"我生久惯凄凉路，一任茫茫海雾来"除了感情上的震撼之外，还应该令人生起一种对品格的景仰。这两句真正的好处，就在于"素富贵行乎富贵，素贫贱行乎贫贱"的修养与诗歌所固有的形象与情意的完美结合。私意以为，这种修养与艺术的结合，是叶先生的作品中极值得注意的一种成就，这种成就源于中国"诗言志"的传统所孕育出来的诗品与人品的统一，也就是心口不二、知行合一的至诚。没有诗人真诚的心，哪里会有真诚的诗作，又何来后世的感动和共鸣？在叶先生的理论体系中，"诚"是中国一切文学乃至学术、道德的根本，诗词的高下是以作者境界的高下与感发生命的深浅厚薄为前提的。最伟大的作者就是那些用生命创作诗篇、实践诗篇的作者，在所有的作品中都有一个不变的 pattern of consciousness——屈原的高洁好修、陶渊明的任真固穷、杜甫的忠爱缠绵。现在，她在上课的时候也经常教导我们要在不可信赖之中找到一个可以信赖的东西，掌握自己、守住自己。一个人不管是得宠失意都有永恒不变之处，那才是持守。这或许是苏东坡和秦少游的区别，苏东坡有一个非常坚定的持守，而秦少游只有多情善感的"词心"，虽然那首使人不忍卒读的《踏莎行》写出了直接表达心灵之感受的富有象喻意义的句子，也写出了深悲极恨之中对天地的诘问，但是他经不住打击，未能达到更高层次的修养。在叶先生的诸多讲稿和论著之中，相信诸位学者已经找到了很多其他的例证。其实何止是理论，叶先生的一生都有着非常坚定的持守，她所有的学问都是生命的真诚流露。我们曾经去过她在 UBC 亚洲图书馆的那间不到两平米的办公室，也和她一起吃过两个暑假的三明治。她每天一定会十二点半准时去图书馆的地下室吃午饭，天天都是同样的花生酱、果酱三明治，萝卜、绿菜花，小番茄，和一个橘子，萝卜和绿菜花放到开水里一烫就吃了，没有任何调味。这样简朴的生活，我们能够以积极乐观的态度坚持一年吗？更何况是叶先生的数十年如一日？这就是持守！是我们亲眼看过并和她一起付诸行动的持守！她对于古人、对于学问、对于自己持守的理念，乃至于对我们这两个从纽约跑来的小孩子，那真是完全没有一点私心杂念，完全是发乎自性的真诚。去年我校对叶先生的英文论文，为了把注释中的韦氏拼音转换成现代汉语拼音，有一次和她一起在她家里查资料，从十点半一直查到下午两点半，连午饭都顾不得吃。当然这是我做学生的不对，应该及时提醒叶先生才好，但她为学的严谨态度确实令人肃然起敬。古人云"有诸内，形诸外"，一丝不苟的治学态度，一定是以真诚心、恭敬心为前提的。叶先生之所以是"时雨之化"的老师，就在于诗品与人品的统一、学问与生命的统一、言传与身教的统一。

　　孟子云"大人者,不失其赤子之心",真正的诗人所具有的也不止是会写诗的才能,而是诗人的心灵。如果这样高洁的持守和真诚的诗心能够不受到伤害,那将会是一件多么美好的事情! 而在这个恶多善少的婆娑世界中,又有什么高洁美好可言呢?"云端定有晴晖在,望断遥空一抹蓝"于诗人的修养之外,更写出了众醉独醒的"诗人生命本质的悲剧性"[①],这个在污浊的尘世中注定要追求、注定要落空的不可改变的命运,这个"难回银汉垂天远"的深沉的哀痛,而这深沉的哀痛同样是注定要化为珍珠般美丽的眼泪,落入辽阔的沧海,倘若没有诗人的灵光相照,就永远会被遗忘在尘世的角落。"断"是一个非常沉痛的字眼,既包含了九死不悔的决心,又包含了以九死不悔的决心追求而竟求不得的绝望,与"遥空一抹蓝"结合起来就达到了震撼人心的效果。在这片茫茫的大雾之中,竟然连这么一线光明与希望都容不得! 当然,"云端"是不是真有"晴晖"不重要,重要的是内心之中有没有"晴晖"。可是内心的晴晖果然是可以保持的吗? 李义山在《昨夜》中写道:"不辞鹈鴂妒年芳,但惜流尘暗烛房。"——心头的焰火是多么容易为流尘所掩盖! 即使一个人能够守住心头的焰火,那将要承受多大的痛苦和孤独! 孤独——对于人类来说是最可怕的事情,而它正是一个诗人为了自己的追求和持守所要付出的代价。海德格尔在《荷尔德林与诗的本质》这篇文章中以哲学家的眼光提出,"诗人就是被逐出去的人,被赶到神祇和大众之间去了。正是因为第一次进入这种若即若离的状态,诗人才能断定人是什么,人在何处安置自己的此在。"[②]虽然表述的方式不大适用于中国的诗词,但私意以为,不肯"以政治社会之兴味为兴味"[③],正是诗人之所以为诗人的可贵之处。真正的诗人在内心深处都是孤独寂寞的,可是"违己交病",这是天性的不得不然,连诗人自己都没有任何办法。如果失去了这颗善感的心灵和向高向上的追求,焉得称其为诗人?

　　说到这里,让我想起叶先生《题义山诗》的"信有姮娥偏耐冷"。李义山在《嫦娥》诗中用了"嫦娥",嫦的声旁是"常",既寻常、平常之义。本来不属于天上的嫦娥,却要忍受夜复一夜、年复一年的碧海青天的寂寞。由此,诗人的高举远慕之境界,并不是他有心得到的,而是给他带来了痛苦和孤独。叶先生此诗用的却是"姮娥",强调的是嫦娥高贵的、超尘脱俗的一面。同时,由于"姮"与"恒"同音,也让人联想到嫦娥的孤独和寂寞是永恒的,非人力之所能改变。这样,"偏耐冷"三个字的力量就要强大得多,它表现了一个处于孤迥困厄之中

---

①　赵庆庆:《高楼风雨感斯文:论叶嘉莹先生之登高诗词》,《湘潭大学学报》,2014 年第 6 期。

②　海德格尔:《荷尔德林与诗的本质》,见伍蠡甫、胡经之主编:《西方文艺理论名著选编》(下),北京大学出版社,1985 年,第 587 页。

③　王国维:《文学小言》第一则,见《王国维全集》第十四册,浙江教育出版社,2009 年,第 92 页。

而内心不受外界左右的高贵的灵魂，着一"偏"字，俨然有"择善固执"的精神，更强调了主观之选择与无怨无悔的持守。"信有"这个重词与"云端定有晴晖在"的"定有"起到了相似的作用，以坚定的口吻表现了对高举远慕之境界的向往，从而使"姮娥"成为了自己的象征。对姮娥的信心，正显示出她自己的内心与姮娥一样的高洁，宁愿忍受天上的寒冷也不愿同流合污。而既曰"信有"，必然有多数人是不相信、不理解的；如此，就真的是碧海青天的大孤独了。由于这种"互为文本"（intertextuality）的作用，我就从"云端定有晴晖在"二句想到了诗人的孤独寂寞，又从孤独寂寞想到了姮娥的高贵与恒久，不因任何人而改变，更不因"偷得灵药"而沾沾自喜。在常人看来，寒冷孤独是无法忍受的，而对于一个有理想的诗人来说，这原本就是她天性之中的高洁，只不过由于世界的不高洁而使自性的高洁成为了孤独与寒冷罢了。能够耐得住孤独与寒冷，就是最大的持守，同时也是向内求的修练的过程。正如叶先生的《浣溪沙》所云：

> 无限清辉景最妍，流光如水复如烟，一轮明月自高悬。　　已惯阴晴圆缺事，更堪万古碧霄寒，人天谁与共婵娟？

"人天谁与共婵娟"——真是碧海青天的大孤独！而无论是阴晴圆缺的祸福得失，还是万古碧霄的孤独寒冷，在所有的变化之中有一个不变的"婵娟"。私意以为，"自高悬"三个字实在是全词的关键，从写实转入了象喻、转入了品格。与"偏耐冷"一样，它表现了在所有的不可把握、不可选择之中，有一个余心所善九死不悔的选择，那就是"高悬"，不是一时一地的高悬，而是在碧霄之上万古的高悬。就是在这万古的高悬之中，便写尽了数千年来仁人志士如屈原者对美好之境界的向往与追求，以及为美好之追求而甘于忍受数倍于常人的孤独和痛苦。这种精神成为了"九畹滋兰"的"芳菲愿"，成为了中国古代知识分子最优秀的传统。与其说是"集体无意识"，不如说是古代伟大的灵魂在内心中的激励与回响。艾略特在《传统与个人才能》这篇文章中写道："历史的意识使人写作时不但有他自己时代的背景，而且还要感觉到从荷马以来欧洲所有的文学，以及本国所有的文学，都有一个同时的存在，构成一个同时的局面。这个历史的意识是对于永久的认识，是对于暂时的认识，更是对永久和暂时合起来的认识。正是这个意识，才使得一个作家成为传统的。同时，也是这个意识让一个作家意识到自己在时间中的地位，自己和当代的关系。"[①]——也就是说，文化的灵

---

① 这段英文原文从"the historical sense compels a man to write not merely with his own generation in his bones⋯"开始，见 T.S.Eliot"Tradition and the Individual Talent（1917）一文，引自 David H.Richter 所编"*The Critical Tradition：third edition*"，2006，Bedford/St.Martins，p.537.

魂要远远大于个人的灵魂①，而个人的灵魂又足以容纳文化的灵魂，使其延续并给予其新的生命。这实在是一件很难说清楚的事，而凡是在传统诗词的熏陶下成长的人，都会或多或少的有一点"历史意识"的感受。如果艾略特的文章还有点抽象的话，那叶先生在另一首很有名的《蝶恋花》（玉宇琼楼云外影）中的"姮娥自古原孤另"，就完全用诗歌的形象表达了更为深远的意思了。用"自古"二字形容姮娥的孤独，就使其超越了姮娥一个人的孤独，而成为了屈原的孤独、陶渊明的孤独、李白的孤独、杜甫的孤独、李商隐的孤独、苏东坡的孤独——古今所有大诗人大词人心中高远的理想不为世人所理解的最深沉的孤独。而正是这最深沉的孤独，才成就了他们"生命实践的诗篇"②。在"自古"之后加了"原"字，就有了"本来就是如此"之意，既然本来就是如此，则高洁的持守亦出于吾之本性，非要誉于他人而故作高洁，吾亦将持守高远之理想而永不易之矣。在充满缺憾的尘世中，最美好的东西一般是在孤独之中传承的，要想点亮一盏明灯，就要有勇气面对茫茫的黑夜。顾随先生曾说："一个诗人，特别是一个伟大天才的诗人，应有圣佛不度众生誓不成佛、我不入地狱谁入地狱之精神。出发点是小我、小己，而发展到最高便是替各民族全人类说话了。"③什么是高举远慕？曰举，努力提升自己的品格，使之与前贤看齐；曰慕，乃执着之向慕也，乃至诚之景仰也。如此，方能在尘世中拥有不死之心。私意以为，这才是最高远最美好的追求，能超越一切时空的局限与古人达到精神的交融，用自己的心灵去体会他们在诗词中的精神、品格和理想，并传给下一代人。如果那些高举远慕的孤独的诗人能以天地宇宙之心为心，那他们在灵魂的最深处就是不孤独的，因为他们与过去的灵魂同在，他们的灵魂不是个人的灵魂而是整个传统的灵魂和个人的灵魂的结合体，他们的作品也将延续、发扬这个传统，在后代人的心灵中回响。

拙文至此本来是可以终结了，但我还有一段珍藏于内心深处的回忆和一些幼稚的想法愿意拿出来和大家分享。第一次去拜见叶先生的时候，每天都坐公交车去 UBC 大学，在亚洲图书馆的地下室和她共进午餐。有一次，她谈到了马斯洛的人类五个层次的需求。最高一层是自我完成（self actualization）的需求，为了自我完成可以放弃其他所有层次的需求，包括最基础的衣食、包括人类最不愿意放弃的归属感。陶渊明就达到了这样的境界，而杜甫由于说了"语不惊人死不休"，有了跟别人比的念头，就落入第二流了。她用一支黑色的

---

①　原文是"[The poet must be aware that] the mind of Europe, the mind of his own country, is much more impor-tant than his own private mind."Mind 一词有心灵、灵魂、精神等义，此处暂译为灵魂。见 T. S. Eliot "Tradition and the Individual Talent"一文，出处同上。

②　详见叶嘉莹《唐宋词十七讲》之论辛弃疾词，北京大学出版社，2007 年，第 314—316 页。

③　叶嘉莹笔记，顾之京整理：《顾随诗词讲记》，中国人民大学出版社，2010 年，第 3 页。

钢笔在餐巾纸上写下的"自我完成"那四个字,深深地印在了我的脑海中,到现在都历历如在目前。五年以后,我对于 self actualization 自然还是无法体会,但我意识到了要在这样的世界中做到自我完成、守住自己本性的纯真,原是一件多么不容易的事!而孔子之所以为孔子,就在于他"知其不可而为";叶先生之所以为叶先生,就在于她一直有着那"的历长明"的"心头一焰"①,即是她自己高举远慕的情怀,也是经过了苦难而修炼成的"内美",更是千古以来诗人的灵魂和自己的灵魂融而为一的智慧与人格的光芒。我常想,人在现实之外总要有一个什么更高远的可以追求的东西,有了追求生命才能有意义,而追求需要有精神的力量与坚定的持守才能恒久,否则一定会堕落沉沦。感谢叶先生,用自己一生的修持,为我们点亮了这盏明灯,树立了一个可以仰望的师表。只要有了这一盏灯,再痛苦、再孤独,我们都有信心继续在正道上前进。我一直坚信,每个人的心灵深处都有诗,有的被唤起,有的早已熄灭。世界越是不高洁,就越需要高洁的灵魂面对茫茫的黑夜,守护着"千春犹待发华滋"的"痴梦"。古人的诗词,他们的人格,都是黑暗中一盏一盏的明灯,有的亮一点,有的暗一点,但是这些明灯,无论亮也好、暗也好,都在这不高洁也不美好的世界中为我们指出一条通向高洁和美好的正路。"天下兴亡,匹夫有责",每个人都有责任点亮自己的一盏灯,延续光明的链条。如果我有资格说叶先生给我承传了什么,那就是一种向前贤看齐的高举远慕的情怀,一种无止境的理想的追求与性情品格的提升。

最后,赋拙诗一首作结,以谢恩师,以述余志:

> 莫问当年寂寞心,萧条异代结知音。
>
> 明灯无数驱长夜,一片光芒彻古今。

---

① 自叶先生《鹧鸪天》之"心头一焰凭谁识,的历长明永夜时"。

叶嘉莹先生诗歌理论管窥：认知诗学角度初探

周世箴（台湾东海大学中文系）

一、引言

　　叶嘉莹先生是一位精于诗歌创作与传统诗歌评说的专家，既能洞察传统诗论的精妙处，同时又能恰如其分地引用西方理论以补传统诗论之不足。尤其擅长深入浅出地引导读者(听者)进入诗歌的境界，感觉平易，却又寓意深远，"从心灵深处唤起的一种共鸣与契合，使诗歌整体的精神和生命，在评者与读者之间，引发一种生生不已的、接近原始之创作感的一种启发和感动"①。这是以参与者之感官知觉的认知体验为基础，与近期的认知科学研究所揭示的：心智具肉身体验性(The mind is inherently embodied)、思维多半在不知不觉间运作(thought is mostly unconscious)、抽象概念多半具隐喻性的(abstract concepts are largely metaphorical)②等心智运作特性有其不谋而合之处。

　　叶嘉莹先生一方面敞开心胸接纳宏观视野的新观点，在《中国词学的现代观》中睿智地指出："现在毕竟已经进入到一个一切研究都需要有世界性之宏观的信息的时代，我们自然也应该把我们的古典诗歌的传统放在世界文化的大坐标中去找寻一个正确的位置。"(1992a：1)另一方面，又谆谆告诫：传统诗歌赏析之流弊的形成，起因在其门坎太高不易被传承习得，一知半解地生搬硬套自然会等而下之。取而代之的新说能补旧说之不足，若只是单纯套用其架构，或是由第二甚至第三、四手数据中一知半解地获得一鳞半爪，"又会陷入一些西方理论与学说的窠臼之中，而形成一种新的比附之说"。(1992a：240)传统直觉感悟的赏析角度，若运用得宜，未尝不是发掘诗歌精华的一把金钥匙。因此，她呼吁：诗歌评

---

① 叶嘉莹：《关于评说旧诗的几个问题》，《中国词学的现代观》，岳麓书社，1992年，第210—215页。
② Lakoff & Johnson, *Philosophy in the Flesh：the Embodied Mind and Its Challenge to Western Thought* (Basic Books 1999)：1。

说传统不可丢弃,温故、尊故是创新的基础。"因时代之不同,传统的评说方式已经不能完全满足今日读者的需要,可是外来的新理论却又决不能完全取代中国的传统批评,因此在想要把新理论融合入中国旧传统以前,我们就势必不可不对中国旧诗的评说传统先一番认识。"(1992a:207)重点不在于新旧,而在于是否有立基于感知经验的体悟。

直观神悟式诗歌赏析法所倚重的学养与悟性,有赖于经验的积累与感悟潜能的激发,其妙处既是不可言说,又岂可以言传? 初学者往往不得其门而入。关于此种能力的培养,叶嘉莹先生也有一套培训的主张,指出传统诗歌赏析的传授与习得有赖于人的因素有三:传授者的素养、习得者的悟性与勤奋、师生沟通方式及其教学成效。(1992a:215)其教学秘诀必须遵从熟读吟诵、入门须正、参考印证前人评述等三步曲。(1992a:243—247)

诗歌经由韵律引发"共鸣与契合","熟读吟诵"体悟意蕴神情,音律形式影响诗歌风格与读者感受,保留入声的对比差异维持韵律的原创美感。

但是叶嘉莹先生的诗论博雅精深,本人仅能管窥其一二,以下将其对诗歌评说传统之独到见解、诗歌韵律效应的敏锐认知等方面从认知诗学(Cognitive Poetics)的角度加以实例印证与论述。

二、认知诗学简介

"认知诗学"(Cognitive Poetics)萌芽于廿世纪晚期而成型于本世纪初,是结合认知语言学(Cognitive Linguistics)、认知心理学(Cognitive Psychology)有关人类认知与思维的最新研究成果而建构的一套对文学的思考方式。(Stockwell 2002:6)立基于文学与普遍认知之间的基本关系,将研究对象拓展至文学阅读所涉及的心智运作过程及其感知效果(Stockwell 2002:1)。目前仍在多元发展中,本文仅能择其与本文相关者略窥一角。

从认知语言学的角度看,认知是"大脑对客观世界及其关系进行处理从而能动的认识世界的过程",通过心智活动将肉身体验的经验进行组织、概念化和结构化。[1] "认知诗学"借用的认知研究成果包括:概念隐喻(Conceptual Metaphor Theory)、原型(Prototype Theory)、主体与背景(Figures and grounds)、心智空间(Mental Spaces)、脚本与基模(Scripts and Schemas)等。

比如说:"颜若娇花。"以"花"之色比美女之美,是隐喻,以"颜"代人,是转喻。从文学的

---

[1]　赵艳芳:《认知语言学概论》,上海外语教学出版社,2001年,第2页。

角度看是一种有意为之的表述手法，从认知角度看却是一种思维方式，日常话语中也不可或缺，多数会在不知不觉中自动运作而语言使用者并不自知。聚焦于花瓣的娇艳之色与柔滑质感而忽略"花"的全株，聚焦于人"颜"之美以代人的整体，吸引我们注意或我们要注意的主体凸显，而未受注意的成为背景而隐退。注意力聚焦的普遍认知基础始于我们最基本的生存能力，亦可由角度摄取的偏好性呈现个人特色，更可以成为文本中可操作的手法而形成独特风格。自然界中并非所有的花都美，并非所有的花瓣都是粉红色兼具柔嫩质感的，用来比作美女容颜的"花"，在我们认知中是"花"范畴的最佳范例（原型 prototype），是每当我们想到或提及"花"就会涌现的形象。原型性也一直是认知诗学的一个重要元素，以我们的原型认知为基础的，我们可以评断句法与文学体裁的原型与变体或对错与优劣。王安石的名句"春风又绿江南岸"（《泊船瓜洲》）就是突破"绿"字的语法规范用法的原型（形容状态性质），却使"绿"的视觉意象融合其动感活力成为聚焦点而活化了春的意象，在破坏与平衡中形成创新佳例。

所谓的心智空间（mental space）是我们进行范畴化、概念化和思维的媒介，是我们思考或者谈论时为了达到当下的理解和行为之目的所形成的认知结构。"是人类认识和理解自己的一种机制，是一种认知方式，语言离开了这一认知方式就无法表征，也无法被理解。"（王寅 2007：214）最小的空间融合运作必须包含两个输入空间（input spaces）、一个类属空间（generic space）及一个融合空间（blend space）。认知主体自动从两个输入空间提取可匹配信息映射入融合空间，并在进行融合的过程中涌现新质，包括输入成分中所无的新信息，因而产生新的概念或概念结构。比如说"颜若娇花"涉及两个认知域的输入，人与植物，二者均共有粉红色视感与柔嫩触感。植物空间聚焦于花瓣的粉红色视感与柔嫩触感，人的空间聚焦于人"颜"的粉红色视感与柔嫩触感，这两组输入成分融合空间进行融合而涌现新质：人颜如花瓣般娇艳柔滑。

心智空间（mental space）可用以替代"意识"（awareness）和"知觉"（consciousness）这两个有点模糊的字眼，是一种产生思维、定位概念实体的媒介。（Lakoff 1987：542）从脑神经研究角度看，心智空间中的输入成分可视为被激活的神经元，成分之间的连接可对应于神经元之间的连通，或称为"共激活"（coactivation），或可称为镕接（conflation）。脑神经元的运作特性是瞬间齐发，大脑各区域与此一目标相关的神经链接透过镕接（conflation）而统一运作，瞬间激活融通而涌现新意，就好像各种元素的融合而产生化学反应。[1] 此一发现启发

---

① 参见 Lakoff & Johnson 2003. 'Afterword' (243—276). (1980) *Metaphors We Live By*. University of Chicago Press. (2003 版所增加的补记)

我们对扑朔迷离的"悟"有了近一步的认识。

三、对直观神悟诗歌评说传统之独到见解

自西风东渐以来,中国的诗歌评说传统就一直受到西方思维模式的冲击。传统的诗歌评说方式(包括历代诗话词话的写作和批评方法),被诟病处甚多。中国诗歌的评说传统中,受儒家影响的托意言志派与受道家及禅宗影响的直观神悟派是两大主流·前者如《诗经》以来之比兴讽喻传统,好求文辞之托意,以作者生平及背景为评诗依据,这些固是评诗时不可忽视的方面,但往往却忽略了诗本体的原创美感以及读者的审美感知的能产性,若一味偏执地追求,易流于牵强比附,致使审美的快感尽失。后者则贵在超脱妙悟以体会其言外之神情:

> 掌握住的乃是诗歌之整体生命和精神……取用一个富有暗示性的相似的意象来作为喻示……从心灵深处唤起的一种共鸣与契合,使诗歌整体的精神和生命,在评者与读者之间,引发一种生生不已的、接近原始之创作感的一种启发和感动。如果以保全诗歌之本质来说,则无疑的这种"直观神悟"一派的诗说,实在较之字解句析的说诗方式有着更近于诗之境界的体悟。①

这段引文显示,叶嘉莹似乎较为偏爱后者。学养深厚、悟性天成的读诗人自能得其中三昧,而参透"唤起诗的活动"的"禅机"且进而有"独具只眼"的"意境重造"。

1.从汉语认知诗学角度看"直观神悟"的认知基础

如果诗歌是我们赏析活动的主体而非理论的附庸或仅属语料来源的话,我们需要的其实是一种兼顾感与知的、兼容知性解析与直观神悟二者之长的"诗歌本位"综合法。

"认知诗学"视文学作品为一有机的整体。笔者于1998和2003年提出以体验者原始感知经验为基础的诗歌解析模式,指出体验者原始感知经验在传统直观神悟式诗歌赏析过程中的关键角色。我们必须纵观全局才会透彻地领悟,故"悟"的层次置于最高点,而体验感知层为最底层,物态物性物理呈无序同现,而人对客体存在的感知亦也是无序并呈的。此

---

① 叶嘉莹:《关于评说中国旧诗的几个问题》,《中国词学的现代观》,第210—215页。

为一切感悟及理知的原点。① 2013 年由本人主持之研究团队发表的《认知诗学视野下的汉语古典诗歌叙事学刍议》②则进一步修改为可适用于汉语文学文本解析的"诗歌本位赏析法之认知基础"模型(如下图):

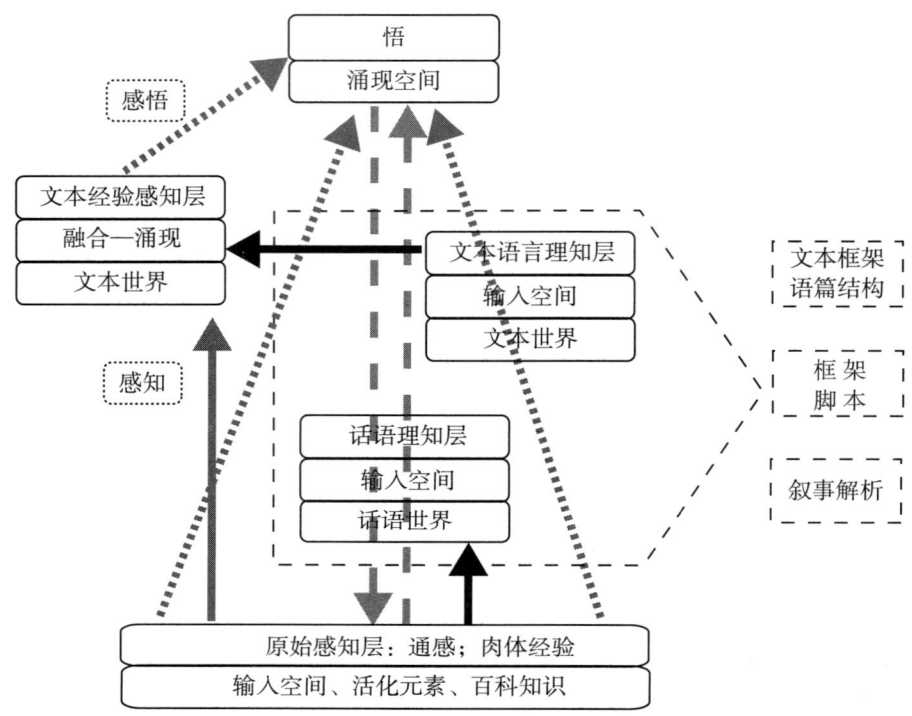

图 1　"诗歌本位赏析法之认知基础"　　周世箴、颜静馨 2013 年共同修订

对应于心智空间模式(Mental Space Theory. Fauconnier, 1994, 1997; Fauconnier & Turner, 2002)而言:位于最上层的"悟"为涌现(emergent)空间;"文本经验感知层"为融合(blending)空间,话语与文本两个"理知层"则是提供"融合—涌现"的先备条件。

诗歌的"神"隐于"经验感知层",五感杂陈、无序同现或跳接的混沌一气的整体感知,与视听艺术共有。此层直接由"原始感知层"生发,不经"话语理知层"的知性过滤网而直达"悟"界,是直观神悟的通道。虽可得其神韵,却有不可言传习得的遗憾。唯其仍须借助语

① 首次发表于周世箴:《声韵与诗歌——声韵类聚的声情作用》,中国声韵学会:《声韵论丛》第八辑,学生书局,1999 年,第 35—90 页。2003 年修订参见周世箴:《语言学与诗歌诠释》第六章 6—5 节《诗歌本位赏析法的认知基础》,晨星出版社,2003 年。

② 颜静馨、吴贤妃、周世箴:中国中外文艺理论学会叙事学分会:第四届叙事学国际会议暨第六届全国叙事学研究会大会发言,11 月 6 日—9 日,广州:南方医科大学。

言的意象与声情类聚与互动呈现,故赏评者亦可绕道"话语理知层",借助其知性解析之后再回归"经验感知层",下参"原始感知层"而上达悟境,即箭头所标示的。没有接触"原始感知层"的感悟达不到"意境重造"的化境,也不能上达真正的"悟"界。

三者都必须立基于"原始感知层"的通感与肉体经验,以阅听人自身的原始感知经验去体会各类成分间自我分泌、反光,因激活、提升、收聚而永不静止下来的整体互动:摩擦、撞击并涌现新质,从而达到"悟"的境界,此"悟"界可对等于"直观神悟"的最高境界。与叶嘉莹先生对诗歌赏析的体认不谋而合:"从心灵深处唤起的一种共鸣与契合,使诗歌整体的精神和生命,在评者与读者之间,引发一种生生不已的、接近原始之创作感的一种启发和感动。"①

2.传统诗歌赏析的传授与习得之主张及其可行的认知基础

直观神悟式诗歌赏析法有赖于经验的积累与感悟潜能的激发,其妙处既是不可言说,又岂可以言传?初学者往往不得其门而入。叶嘉莹提出熟读吟诵、入门须正、参考印证前人评述等教学三步曲来解决此一难题。② 其主张与做法显示,叶先生以其丰富的诗歌赏析体验与敏锐的领悟无意中呼应了近期认知科学研究所揭示的心智具肉身体验性、思维多半在不知不觉间运作等心智运作特性(参见注②),也因而使其诗歌赏析具有教学的效益。

(1)熟读吟诵:"凡属语言的学习,最重要的一点就是经常要有讲说和聆听的练习,而学习一种富于音乐性的诗的语言,就更需要熟读吟诵的训练,才能从其音律节奏中,对一首诗的字句结构及情绪结构有更深的体认,因之也才能对其意蕴神情都有正确的了解。""因为诗的声调、用字、句法、章法等,如果只从理论上去学习,则尽管对各种法式都有了清楚的理解,也只是一些死板的法则而已。"(叶 1992a:243)"如果只靠着所学的平仄韵脚等格律方面知识去强拼硬凑,而不从吟诵下手去熟悉其声气口吻,是很不容易作出像样子的好诗的。"③

(2)入门须正:先从大家作品入手,要养成对中国旧诗正确的鉴赏力必须从正统源流入手,这样才不致为浅薄俗滥的作品所轻易蒙骗,再则也才能对后世诗歌的继承与拓展、主流与别派都有正确的辨别能力,如此才能对一首诗歌给予适当的评价。(叶 1992a:244—245)

(3)参考印证前人评述:"传统方式的批评,对于一个训练不够的读者而言,虽不免会因其缺乏条理而有模糊影响难以掌握的缺憾。然而对于一个已经具备前二种功夫的读者来

---

①　叶嘉莹:《关于评说中国旧诗的几个问题》,《中国词学的现代观》,第 210—215 页。
②　周世箴:《从香菱学诗的认知过程看传统诗歌教学法》,《语言学与诗歌诠释》。
③　叶嘉莹《谈古典诗歌中兴发感动之特质与吟诵之传统》,《迦陵论诗丛稿》上册,桂冠图书公司,2000 年,第 200 页。

说,则传统的批评著作便确实能予人不少启发与印证光照……因为我们在不断地背诵和研读中,虽曾有些自己的感受和心得,然而在开始时却往往既不自信也不能清晰地表白出来。"(叶 1992a:246)

我们以《红楼梦》第四十八回黛玉引导香菱学诗的过程为证,验证此一诗歌教学的三大入门要点,不但有其认知体验的基础,而且颇见功效。

香菱刚开始学诗,在才女黛玉循循善诱的引导下先熟读了几百首好诗,并在黛玉的鼓励下尝试论诗,说:"据我看来,诗的好处,有口里说不出来的意思,想去却是逼真的。有似乎无理的,想去竟是有理有情的。"

香菱初读"大漠孤烟直,长河落日圆"(王维《使至塞上》)、"日落江湖白,潮来天地青"(王维《送邢桂州》)便以理性思考来评断其不合理处:"想来烟如何直? 日自然是圆的:这'直'字似无理,'圆'字似太俗。""这'白''青'两个字也似无理。"此一反应说明,读者心目中有个对烟、日、日落、潮的原型认知为基础。我们初步接触文学作品时会注意到字、词、意象或句子的选择组合等是否合理,日常语言的常规(包括词汇的选择、搭配、语序)依然是作品与读者的沟通的主要依据,对客体存在以及主体感知的知性思考是人类知识依据,属于"话语理知层",话语承担沟通与传知的使命,必须明白达意合逻辑,我们的惯性期待其合乎常规、线性有序。诗歌的流传其实有赖于语言常规的共通性,故由"话语理知层"亦可论诗歌,诗歌的"骨"与"肉"之所在,也是"话语本位"的诗歌研究之着力点。可以言传,可以解析,可以习得。

可等到她调动到自己的"原始感知经验层"的体悟,却又觉得"倒像是见了这景的""必得这两个字才形容得尽,念在嘴里倒像有几千斤重的一个橄榄"。其后又以身历其境的经验来验证"大漠孤烟直"中的"直"字、"渡头余落日,墟里上孤烟"(王维《辋川闲居》)中的"余"字和"上"字之贴切:"我们那年上京来,那日下晚便湾住船,岸上又没有人,只有几棵树,远远的几家人家作晚饭,那个烟竟是碧青,连云直上。谁知我昨日晚上读了这两句,倒像我又到了那个地方去了。"黛玉接着香菱"墟里上孤烟"的话题进一步启发她:"你说他这'上孤烟'好,你还不知他这一句还是套了前人的来。我给你这一句瞧瞧,更比这个淡而现成。"说着便把陶渊明的"暖暖远人村,依依墟里烟"翻了出来,递与香菱。香菱瞧了,点头叹赏,笑道:"原来'上'字是从'依依'两个字上化出来的。"这就映证了叶嘉莹先生所主张的"阅读前人评说时也必须与自己的研读相辅而行""除了可以把我们的所思所感更具体地掌握住,同时还可因此进入一个较之我们的了解更辽阔的境地,获致一片更高远的视野"。(叶嘉莹 1992a:246)

此例显示感知体验是作者与读者得以沟通的共享金钥匙,由此直达"悟"境,亦是直观神悟式诗歌赏析的通道。这触及了一个体验感知、认知过程以及在此经验基础上的提升而纵观全局式的领悟(直观神悟),跃升到我们图1最上层的悟境。

以上论述显示,叶先生以其丰富的诗歌赏析体验与敏锐的领悟无意中呼应了近期认知科学研究所揭示的心智具肉身体验性、思维多半在不知不觉间运作等人类心智运作的特性(参注②)。其诗歌赏析教学法既然顺应了受教者的心智特性,成效非凡自是意料中事。

四、诗歌经由韵律引发"共鸣与契合"的重要性

现代一般诗评家评诗,多半着重在主题、语言的稠密度、意象的新鲜感、非线性(或跳跃性)思考之巧妙组合,往往把诗局限为"看(阅读)的艺术""无声的艺术"。诗是"韵律"与"意象"互动的产物。具此共识之创作者与赏析者历来不乏其人,而叶嘉莹先生以其自身的体验现身说法则更能引人入胜,"中国诗是重视吟咏的,吟咏就跟唱山歌一样","诗的文字是结合着声调出来的,这种感发除了情意的感发以外,声调的本身也是带着直接感动的力量出来的。……文字的情意结合着声调,给人一种直接的感发"①。体现了她对韵律效应的基本认知:诗歌经由韵律引发"共鸣与契合","熟读吟诵"体悟意蕴神情,韵律形式影响诗歌风格与读者感受,保留入声的对比差异维持韵律的原创美感。

认知诗学大师、以色列特拉维夫大学教授 Reuven Tsur 以实证研究证实,诗歌韵律"只有在吟诵中才能被感知"。② 感官知觉是认知体验的基础,体现人对客体存在(物态、物性、物理)以及亲身体验的直觉感知。

> 我们和外物接触之初,在接触之际,感知网绝对不是只有知性的活动,而应该同时包括了视觉的、听觉的、触觉的、味觉的、嗅觉的和无以名之的所谓超觉(或第六感)的活动……要呈现的应该是接触时的实况,事件发生的全面感受。视觉、听觉等绝非画家、音乐家独有的敏感,诗人(其实一般人)在接触外物时都必然全面感受到。③

视觉的、听觉的、触觉的、味觉的、嗅觉的和无以名之的所谓超觉(或第六感)的活动为一切感悟及理知的原点,也是文学创作与传释活动的原点,属于诗歌认知模式的"原始感知

---

① 叶嘉莹:《叶嘉莹说中晚唐诗》,中华书局,2008年,第107页。
② Reuven Tsur,1998.*Poetic Rhythm:Structure and Performance:An Empirical Study in Cognitive Poetics*(诗歌韵律:结构与吟诵——认知诗学实证研究):26(New York,Paris:Wien)。
③ 叶维廉:《中国古典诗中的传释活动》,《中国诗学》,三联书店,1992年,第22页。

层"。听觉感知的音声、韵律遍布我们的"原始感知""话语""文本经验感知"(如图 1 所示),隐于诗词的音型变化中,经由范畴的对比与协调(如平仄、响度)传递声情美感,"从心灵深处唤起的一种共鸣与契合",引发一种"接近原始之创作感的一种启发和感动"。在直观神悟的整体运作中是不可或缺的关键成分。

1."熟读吟诵"体悟意蕴神情

叶嘉莹《关于评说旧诗的几个问题》中指出传统诗歌赏析之流弊的形成,起因在其门坎太高不易被传承习得,一知半解地生搬硬套自然会落入套式的陷阱。并且提出要掌握旧诗之传统必须遵从的三大秘诀(见上文),其中列为首位的"熟读吟诵"就非常注重诗歌韵律的感知在"一首诗的字句结构及情绪结构"时的关键角色:

> 最重要的一点就是经常要有讲说和聆听的练习,而学习一种富于音乐性的诗的语言,就更需要在熟读吟诵的训练,才能从其音律节奏中,对一首诗的字句结构及情绪结构有更深的体认,因之也才能对其意蕴神情都有正确的了解。……因为诗的声调、用字、句法、章法等,如果只从理论上去学习,则尽管对各种法式都有了清楚的理解,也只是一些死板的法则而已。①

注重"聆听""诗的声调""音律节奏","从吟诵下手去熟悉其声气口吻"而非"只靠着所学的平仄韵脚等格律方面知识去强拼硬凑"②。这也符合人类心智运作的特性,是体悟意蕴神情的最佳途径。

2.音律形式影响诗歌风格与读者感受

其次,叶嘉莹 1992 年《对传统词学的现代反思》③一文中谈到词有"要眇宜修低回婉转"的特质,而"要眇"一词典出《楚辞·九歌(湘夫人)》之"美要眇兮宜修",形容湘君的形(外在)质(内在)兼美的特色。使词具有此一特质的有三要素:音律上的、内容上的、文学传统上的。叶氏并举例说明音律为什么居于首位。④ 第一个例子是有关断句的不同所引起的声情与意象组合的变异,清纪晓岚把王之涣《凉州词》由原来的七绝改写为长短句:

唐王之涣原诗:

---

① 叶嘉莹:《关于评说中国旧诗的几个问题》,《中国词学的现代观》,第 243 页。
② 叶嘉莹:《谈古典诗歌中兴发感动之特质与吟诵之传统》,《迦陵论诗丛稿》上册,第 200 页。
③ 参见叶嘉莹:《对传统词学的现代反思》,《中国词学的现代观》,第 123—126 页,本节引用叶氏句均出于此。
④ 参见周世箴:《韵律与诗篇》,《语言学与诗歌诠释》。

　　　　黄河远上白云间　　一片孤城万仞山

　　　　羌笛何须怨杨柳　　春风不度玉门关

清纪晓岚长短句：

　　　　黄河远上　白云一片　孤城万仞山　羌笛何须怨　杨柳春风不度玉门关

叶氏惊叹于这两个版本在字句上的小变动引起的内容上的大差异，当然境界与风格也随之而变了：

　　　你们看看这有多么奇妙！内容完全不改变，只因为声律不同了，那感觉就起了变化。"黄河远上白云间　一片孤城万仞山"，多么开阔，多么博大，多么直率！而一改变音节，"黄河远上　白云一片"，马上变得那么委婉，马上就是词的味道了。

这两个版本的差异，从语言学角度看来，是句法—语义差异，也是韵律声情差异。而且可从好几个层次去分析比较。句法层次上看是组合差异，"白云"由原作首句的地点状语变为新作中次句的主题，"杨柳"由原作第三句动词"怨"之受词变为新作第五句之主词或主题，"一片"由"孤城万仞山"的修饰语角色转变为"白云"的评论语或数量限制词。从语义层次看，"一片"在王之涣版中与"孤城万仞山"形成浑然一体的壮观气象，而在纪晓岚版中却特写"白云"之渺小孤单，在"黄河"与"万仞山"的壮阔背景对比之下隐退成轻柔渺小的点缀，进而与"孤城"形成类同呼应，并且似乎化身为游丝一缕的无形之"怨"的具象表现。境界小了，风格顿时由豪放转化为婉约。从韵律声情的角度看，四句变五句，多了停顿，节奏变缓，也是"委婉"的由来之一。原诗押平声韵，高亢开朗。纪版中韵脚平声（山关）仄声（上片怨）交叉，平声的高亢开朗被去声类聚（上片怨）冲淡，也是叶氏所谓"委婉"之由。

此例显示，断句的不同可影响诗歌的体例与风格。虽然系统解析语言结构并非叶氏专业所在，但她却已经敏锐地感知到语言基本单位对声情效果与作品风格影响至大，而语言层面的解析有助于文学赏析。

3.保留入声的对比差异维持原创美感

叶嘉莹所举另一个例子触及了语言与文学的共有背景问题：时空差异所引起的语音变迁。在语言研究的领域，这是声韵学或历史语言学研究的范围，而在文学领域特别是文学赏析的层次，因其不影响语义或是研究者专长所限，往往避而不谈。作为一个学养广博见解独到的诗词研究者与创作者的叶氏，非常犀利地洞察到这是诗词赏析中必不可少的一环。她强调：

　　　词是有音乐性的一种文学体式，你一定要保持音律的美。……词里边有入声字，它们属于仄声，其中有的现在读平声了，如果在词里也读平声就不好听了。……读词的时候一定要把它的音律读出来，才能有一种外表的形式和内容的情意配合起来的完整的美感。

学生曾对她平时说京片子而念词时就没北京腔感到困惑，她说这是为了保留原创的韵律美，她还以传为李白所作的一首《忆秦娥》为例详加说明：

> 箫声咽，秦娥梦断秦楼月。秦楼月，年年柳色，灞陵伤别。　　乐游原上清秋节，咸阳古道音尘绝。音尘绝，西风残照，汉家陵阙。

> 这首词韵脚的字都是入声。其中"别""节""绝"几个字现在是平声了，但读词时还是要念成入声。我是北京人，不会念入声字，可是这几个字念成平声就不好听，所以我把它们念成仄声。

声韵演变与韵律安排是古典诗歌赏析中的一大要角。汉语语音演变中入声字的时空差异最明显，"入派三声"是语言学特别是声韵学领域耳熟能详的常识。入声韵在现代北京音中已变入"平上去"，以现代北方汉语或汉语标准语发音不能体味其短促断裂的音效。作为一个语言学与声韵学领域外的学者，叶氏以其敏锐的感知觉察到这种差异对于声情效果的影响，不过其关注焦点不在语音历时演变的本身，而在因语音历时演变所破坏的原创美感以及如何保持原创美感："这几个字念成平声就不好听。"

其实念成入声或非入声，牵涉到韵尾的发音特质。按声带振动状况（带音、不带音）分则元音的响度大于辅音，辅母中塞音与塞擦音的响度最小。[1] 辅音依响度顺序递增及其与元音响度的比较可排列如下图，由左至右的箭头表示响亮度递增：[2]

清音		浊音					元音		
塞音	擦音	塞音	擦音	鼻音			高	中	低
p t k	h f s	b d g	v z	m n ŋ	l	r	i y u	e o	a ɑ

响度递增 →

以成阻方式分，按成阻由大到小依次为塞音、塞擦音、擦音。其中塞音最有短促破裂的音效，持阻时完全闭塞，气流凝聚，一旦除阻则骤然冲出，形成极短暂的瞬音。[3] 这也是以塞音组成的入声韵尾的共有的声情效果。

音型变化，注重的是范畴的对比与协调（如平仄）。以短促断裂的入声韵来表沉痛低调

---

① 参见周同春：《汉语语音学》，北京师范大学出版社，1990年，第44页。
② 参见罗常培、王均：《普通语音学纲要》，科学出版社，1957年。
③ 参见薛凤生著，鲁国尧等译：《中原音韵音位系统》，北京语言学院出版社，1990年，第65页。

的情感讯息的诗歌很多，如杜甫的《悲青阪》（窜突骨卒）、《哀江头》（哭曲绿色侧勒翼得息膹极北）、《佳人》等。以下将以柳宗元《江雪》与白居易《卖炭翁》为例说明词汇类聚以及情节推演中韵律所产生的关键作用，从而映证叶嘉莹先生坚持把自己口语音中已经转为平声的中古入声维持仄声读法的深意。

柳宗元的《江雪》"千山鸟飞绝　万径人踪灭　孤舟蓑笠翁　独钓寒江雪"中，同义类聚"千/万—绝/灭—孤/独"形成一个"无生命活动的空旷无际的空间背景"，与"唯一存在的人事"：人工物（舟）—生命迹象（蓑笠翁）—生命活动（钓）之间形成强烈对比。前两句用上义词"鸟""人""鸟""山"勾勒出大自然背景，后两句用下义词"孤舟""蓑笠翁""独钓"细致特写了人事活动。描写背景的两句虽然提到生命"鸟""人"及生命的动态"飞""踪"，但"灭""绝"二字却又否定其存在。只剩下了毫无生气的"千山""万径"的空无冷漠而已。背景的空旷单调造成背景隐退而聚焦于主体人事活动的"孤、独、寒"。

其实，声情在音效方面的作用的确不可忽视，一首二十字的短诗中竟有五个入声字"笠、独绝灭雪"，占全部字数的四分之一，韵脚"绝灭雪"选择入声韵，应非偶然。其短促断裂的音效远在读者从字里行间品味出"空无冷寞"与"孤独寒"的意境之前，已传达了讯息，突显了全篇主调而引起吟诵者的共鸣。韵脚"绝灭雪"如果读成今音的"绝"（阳平）"灭"（去声）"雪"（上声），则听觉感知所传递的悲情讯息顿减。

下图显示，白居易《卖炭翁》韵脚音型是配合语篇情节进展而突显诗篇的戏剧张力：先以响亮级（鼻音韵尾"翁中"）的平声韵开始叙述，尚属局外，所以平淡。以入声韵（色黑食）描述当事者的凄苦，又以响亮级（鼻音韵尾"单寒"）的平声韵凸显其矛盾心情，用短促的入声韵（雪辙歇）呼应天气突变以及状况突转。黄衣使者出现时尚在猜度来意，用比较细微平静的阴平韵（谁儿）。两句入声连用（敕北）凸显黄衣使者瞬间强夺的不可逆转。末段以入声作结以表述诗人作为旁观者的愤慨不平，其中搭配了两个响亮级的平声韵字（鼻音韵尾"斤绫"）更将愤慨之情传送悠远。此诗中入声韵脚有"色黑食雪辙歇敕得值"，而"宫使驱将惜不得"句中"惜不得"三字均为入声，连读有强化愤慨极致之效果。如果读成今音，其中"黑食歇得值惜"等均读同平声了，韵律感知的讯息顿减，情绪变化的戏剧张力也会因而淡化。

			韵律场			声情类型	声情效果
	情节发展	段落	韵脚	韵尾	调		
卖炭翁，伐薪烧炭南山中。	旁述引介	卖炭翁山中伐木烧炭	翁中	阳声韵	平	响亮级↑	同情

（续）

	情节发展	段落	韵律场			声情类型	声情效果
			韵脚	韵尾	调		
满面尘灰烟火色，两鬓苍苍十指黑。卖炭得钱何所营？身上衣裳口中食。	旁述生涯	卖炭翁憔悴形貌及以卖炭糊口的窘况	色黑食	入声韵	入	↓	低回郁结
可怜身上衣正单，心忧炭贱愿天寒。		衣单与盼天寒的心理矛盾	单寒	阳声韵	平	响亮级↑	同情
夜来城外一尺雪，晓驾炭车辗冰辙。牛困人饥日已高，市南门外泥中歇。	突变一	如愿盼到落雪—运炭赴市集苦等卖炭换钱	雪辙歇	入声韵	入	↓	低回郁结
两骑翩翩来是谁？黄衣使者白衫儿。	突变二	遇宫使	谁儿	阴声韵	平	细微级↓	猜疑
手把文书口称敕，回车叱牛牵向北。		夺炭	敕北	入声韵	入	↓	瞬间突发无救
一车炭，千余斤，宫使驱将惜不得。半匹红纱一丈绫，系向牛头充炭值。	旁观不平	宫使贱价夺炭而去→卖炭翁期待落空	得值	入声韵	入	↓	郁结悲愤

五、结语

本文所论述的认知诗学理论以及文学诠释实践的解析模式还在实验阶段，疏漏甚多。认知诗学理论运用于中国文学诠释还刚刚起步，仍处在建构过程中，只是试图遵循叶嘉莹先生的指引"把我们的古典诗歌的传统放在世界文化的大坐标中去找寻一个正确的位置"。（叶嘉莹1992a：1）叶先生以其丰富的诗歌赏析体验与敏锐的领悟无意中呼应了近期认知科学研究所揭示的心智具肉身体验性、思维多半在不知不觉间运作等人类心智运作的特性，这一方面有益于诗歌赏析的研究与教学之拓展，另一方面也为认知诗学的研究提供了验证与实践的理据。

　　叶嘉莹先生的诗论博雅精深，本人以浅薄的学识与能力仅能管窥其一二。抛砖引玉之文，希望能激发更多更深入的探讨。

叶嘉莹先生论词"弱德之美"探析

卓清芬(台湾"中央大学")

一、前言

　　叶嘉莹教授以古典诗词赏析研究系列蜚声学界,1990 年获得加拿大皇家学会院士的荣誉,是加拿大皇家学会有史以来唯一的中国古典文学院士。2002 年香港岭南大学授与荣誉文学博士,2008 年获颁"中华诗词终身成就奖",2013 年当选"中华之光——传播中华文化年度人物",被誉为"桃李满五洲的汉学家",也是在海外传授中国古典文学时间最长、弟子最多、成就最高、影响最大的华裔女学者。[①]

　　叶嘉莹教授致力于古典诗词的教学、推广和研究,融合中西文学理论,对古典诗词提出独到的见解。例如承继"诗可以兴""人秉七情,应物斯感"的"兴发感动"说,[②]检讨常州词派的比兴寄托说,[③]阐释王国维的文学批评理论,[④]并将词的演进历程分为"歌辞之词""诗化之词""赋化之词"等三个阶段,[⑤]拓展清代词人词论的研究领域等。[⑥]

　　叶嘉莹教授于诗学提出"兴发感动"说,于词学则拈出"弱德之美"。"弱德之美"最早见

---

①　见 2013 年 12 月 21 日南开大学新闻网"叶嘉莹荣获 2013'中华之光——传播中华文化年度人物'称号"。http://www.ccug.net/news/2013/12/21/156391.jhtm

②　关于叶嘉莹教授的"兴发感动"说,已有不少研究成果。如邓乔彬:《叶嘉莹词学研究的兴发感动说》,《中国韵文学刊》2005 年第 1 期,第 64—69 页,朱巧云:《中西融合,自成体系:兴发感动说》,见朱巧云:《跨文化视野中的叶嘉莹诗学研究》,第 46—96 页,何春环:《叶嘉莹先生诗词学中的"兴发感动"说》,《南都学坛》2006 年第 2 期,第 67—72 页,李小贝:《从"兴"到"兴发感动"——试论叶嘉莹自成体系的"兴发感动"说》,《郑州航空工业管理学院学报》2011 年第 5 期,第 43—48 页。朱维:《叶嘉莹"兴发感动"理论对王国维"境界"的体系化及反思》,《重庆师范大学学报》2012 年第 6 期,第 37—43 页等。

③　叶嘉莹:《清词散论》,桂冠图书公司,2000 年,第 233—275 页。

④　叶嘉莹:《王国维及其文学批评》,北京大学出版社,2008 年。

⑤　叶嘉莹:《词之美感特质的形成与演进》,北京大学出版社,2007 年。

⑥　叶嘉莹:《清词丛论》,北京大学出版社,2008 年;叶嘉莹:《清代名家词选讲》,北京大学出版社,2007 年;叶嘉莹、陈邦炎:《清词名家论集》,"中央研究院"中国文哲研究所筹备处,1996 年。

于《朱彝尊之爱情词的美学特质》一文，指贤人君子"在强大的外势压力下，所表现的不得不采取约束和收敛之姿态的一种美""内心中之缠绵郁结的一种'难言之处'化生出了一种在词之体制中最为可贵的属于'弱德之美'的以隐曲为姿态的美感品质"①。在后续的几篇论文中，叶嘉莹先生对"弱德之美"也有进一步的发挥。如《神龙见首不见尾——谈〈史记·伯夷列传〉的章法与词之若隐若见的美感特质》：

> 弱德之美不是弱者之美，弱者并不值得赞美。"弱德"是贤人君子处在强大压力下仍然能有所持守有所完成的一种品德，这种品德自有它独特的美。这种美一般表现在词里，而司马迁《伯夷列传》之所以独特，就是由于它作为一篇散文，却也于无意之中具有了词的这种特美。也就是贤人君子处于压抑屈辱中，而还能有一种对理想之坚持的"弱德之美"，一种"不能自言"的"幽约怨悱"之美。②

《论词的弱德之美——石声汉〈荔尾词存〉序》：

> 石教授以"忧谗畏讥"四个字为标题，来自叙其写词之经历与体会时，遂油然产生了一种共鸣之感。我以为石教授所提出的"忧""畏"之感，与我所提出的"弱德之美"在本质上原是有着相通之处的，也就是说这种感受和情思都是由于在外界强大之压力下，因而不得不自我约束和收敛以委屈求全的一种感情心态。……"忧谗畏讥"四个字所蕴含的，实在不仅只是一种只是自我约束和收敛的属于弱者的感情心态而已，而是在约束和收敛中还有一种对于理想的追求与坚持的品德方面之操守的感情心态。其为形虽"弱"，但却含蕴有一种"德"之操守。而这也就正是我之所以把词体的美感特质，称之为"弱德之美"的缘故。③

《从文学体式与性别文化谈词体的弱德之美》：

> 词体的弱德之美，是指感情上那种承受，而在承受的压抑之中的自己的坚持。所以虽然是弱，但是是一种德，弱德之美。而弱德是我们儒家的传统，行有不得，反求诸己，躬自厚而薄责于人，是我在承受压抑之中坚持我的理想、我的持守，坚持而不改变。这是从情理来说，之所以造成如此的美感，和词体产生的性别文化的语境有关。从体式来说，词体的那种抑扬顿挫，那种吞吐低回，就是适合表现这种美感的。④

综上所述，"弱德之美"是词人在外界强大压力之下婉曲承受的坚忍操持，以参差错落

① 叶嘉莹：《朱彝尊之爱情词的美学特质（续）》，《四川大学学报》1994 年第 2 期，第 65 页。
② 叶嘉莹：《神龙见首不见尾——谈〈史记·伯夷列传〉的章法与词之若隐若见的美感特质》，《天津大学学报》，1999 年 3 月，第 1 卷第 1 期，第 5 页。
③ 叶嘉莹：《论词的弱德之美——石声汉〈荔尾词存〉序》，《农业考古》，1999 年第 1 期，第 160 页。
④ 叶嘉莹：《从文学体式与性别文化谈词体的弱德之美》，《人文杂志》，2007 年第 5 期，第 106 页。

的句式和音韵呈现出曲折吞吐的美感。

　　自叶嘉莹先生提出"弱德之美"一词后，相关研究已有不少。如赵庆庆《弱德之美——叶嘉莹词学新论和词作探析》，①从"弱德之美"的涵义诠释叶嘉莹先生多首词作中所呈现的"弱德之美"。曹睿《叶嘉莹词学研究与实践》第三章第二节《弱德之美》，②着重在叶嘉莹先生个人的身世经历与"弱德"之间的关联。张春华《叶嘉莹中国古典诗词诠释体系研究》第四章第三节《词的弱德之美——叶嘉莹对"要眇宜修"之美的深化》、③王亚红《李清照叶嘉莹文学比较研究》第三章第四节《叶嘉莹对"词之特质"研究的总其成——"弱德之美"说》、④李园媛《叶嘉莹词学理论体系之特色研究》第三章第二节《弱德之美》，⑤均汇整了叶嘉莹先生多篇文章对于"弱德之美"的论述，述多于论；张静《叶嘉莹词学理论探究》第一章第三节《"弱德之美"——词之本质的深化》，⑥认为叶先生提出"弱德之美"与个人的身世际遇有关，并举辛弃疾《破阵子》中的"弱德之美"为例。熊芹艺《叶嘉莹"弱德之美"研究》，⑦侧重"弱德之美"在"歌辞之词""诗化之词""赋化之词"的体现，以唐宋词作品分析为主。笔者以为，叶嘉莹先生提出的"弱德之美"，与儒家思想、性别理论、传统词论有密切关联，本文试图析论"弱德之美"的成因并探索"弱德之美"的意义与价值。

二、"弱德之美"的成因

　　形成词体"弱德之美"的主要成因可分为以下几点说明：

（一）儒家内在心性的涵养修为

　　儒家重视个人道德操守，即使处乱世逆境，也不改其操；遇险阻患难，也不变其节。《论语·子罕》云：

　　　　岁寒，然后知松柏之后凋也。⑧

在匆遽困顿、颠沛流离之际，也不违道。

①　赵庆庆：《弱德之美——叶嘉莹词学新论和词作探析》，《中西文化研究》第 16 期，2009 年 12 月，第 158—171 页。
②　曹睿：《叶嘉莹词学研究与实践》，东北师范大学硕士论文，2009 年。
③　张春华：《叶嘉莹中国古典诗词诠释体系研究》，山东大学博士论文，2009 年。
④　王亚红：《李清照叶嘉莹文学比较研究》，河北师范大学硕士论文，2011 年。
⑤　李园媛：《叶嘉莹词学理论体系之特色研究》，重庆师范大学硕士论文，2012 年。
⑥　张静：《叶嘉莹词学理论探究》，三峡大学硕士论文，2012 年。
⑦　熊芹艺：《叶嘉莹"弱德之美"研究》，云南大学硕士论文，2012 年。
⑧　何晏等注、邢昺疏：《论语注疏·子罕》，阮元编：《十三经注疏》，艺文印书馆，1993 年，第 8 册，第 81 页。

《论语·里仁》：

> 君子无终食之间违仁，造次必于是，颠沛必于是。①

《易经》第二十九卦"坎卦"：

> 习坎，有孚，维心亨，行有尚。象曰：习坎，重险也。水流而不盈，行险而不失其信。维心亨，乃以刚中也；行有尚，往有功也。天险不可升也，地险山川丘陵也，王公设险以守其国，险之时用大矣哉。②

"坎"指险难，"习坎"指上下卦皆为坎，重重险难之意。须心怀诚敬，内在坚毅，面对险难泰然处之，不因外在险阻而改变操守及志向，长此以往，所行必能有成。

儒家强调心性的涵养修为，面临艰危困顿之际仍然勇于担荷，不计利害得失，这种坚忍不拔的毅力和节操，正是形成"弱德之美"的主要因素。叶嘉莹先生身经时代乱离，人生忧苦多艰，她自小受《论语》启蒙所接受的儒家持守的修养，以及恩师顾随先生"拚将眼泪双双落，换取心花瓣瓣开""此身拚却似冰凉，也教慰得阑干热"的担荷苦难的精神，伴随着叶先生度过数十年海外飘零的艰辛生活。即使身处忧苦患难，仍然珍重和葆有天性心灵中一份修美要好的质量，在承受持守中完成自己。这种珍贵的品格特质所焕发的美感，即是"弱德之美"。③

叶先生阐释清人张惠言《水调歌头》（其二）"生平事，天赋与，且婆娑"云："儒家所说的天命并不是宗教迷信中之天帝与命运，而应该乃是对于天理之自然、义理之当然与事理之必然的一种体悟。有了这种体悟，而且能在生活中去实践的，则自然便会在内心中获致到一种'不忧'的境界，所以张氏在写了'生平事，天赋与'的'知天命'的体悟以后，接着便写出了一种'且婆娑'的自得其乐的境界。"④《水调歌头》五首流露出张惠言儒家修为的涵养与操持，显示承担的智能与力量。

（二）双重性别的词体特质

词初起时多是男性词人以女子口吻叙写相思怨慕之情，而这种双重性别的词体特质，容易引发托喻的联想，形成"双重语境"。叶嘉莹先生指出：

---

① 何晏等注、邢昺疏：《论语注疏·里仁》，阮元编：《十三经注疏》，第 8 册，第 36 页。
② 王弼、韩康伯注、孔颖达等正义：《周易正义》，阮元编：《十三经注疏》，第 1 册，第 71—72 页。
③ 参看熊烨编著：《千春犹待发华滋——叶嘉莹传》，江苏人民出版社，2014 年，第八章《要共词心证古今：词学研讨》，第 165—170 页。
④ 叶嘉莹：《说张惠言〈水调歌头〉五首——兼谈传统士人之文化修养与词之美学特质》，叶嘉莹：《多面折射的光影——叶嘉莹自选集》，南开大学出版社，2004 年，第 283 页。

　　一个是 dominate，是统治的，一个是 subordinate，是被统治的。于是这男女的关系与君臣的关系，就有了一种相似之处。……因此，当小词的作者给歌女写歌词的时候，他写一个女性的感情，写这个女性的相思，写女性对于爱情的期待，对于一个欣赏他的人的期待，这时候就会引起读者的联想。因为这个作者他本身是一个男子而不是一个女子啊！……于是，就是这种写美女、写爱情、写闺中思妇怨妇的小词，这种给歌女写的歌词，由于它能够引起读者这样丰富的联想，所以其内容的意涵就丰富起来了。①

又说：

　　西方女性主义文论中，曾将社会政治地位以性别化为区分，以为男性化是属于统治者（dominate）的层面与地位，而女性化则是属于附属者（subordinate）的层面与地位，女性本是弱者，是被压抑与被屈辱的。即使是英雄豪杰的词人如辛弃疾，他在词中所表现的意境情思，也同样是一种屈抑的情思。不过屈抑之情思之所以美，还不只是单纯的屈抑而已，还有一种坚持和担荷的力量。……词之美感特质之所以每逢遭遇世变，便能提高和加强其深致的美感，而词学家也是要在经历世变以后，方能对词之深致的美感作出反思，这一切的根本原因，皆在于歌辞之为体本是一种女性化之文体，而其美感特质则正是宜于表现一种幽约怨悱的弱德之美的缘故。②

男性词人使用女性化的情意和女性化的语言进行撰述，这种"阴性书写"（ecriture feminine）很微妙地产生了双重性别的特质。③ 叶嘉莹先生认为："当男性的诗人文士们在化身为女子的角色（persona）而写作相思怨别的小词时，遂往往往在无意间就竟然也流露出了他们自己内心中所蕴含的，一种如张惠言所说的'贤人君子幽约怨悱不能自言之情'。这种情况之产生，当然可以说是一种'双性人格'之表现。而由此'双性人格'所形成的一种特质，私意以为实在乃是使得花间小词之所以成就了其幽微要眇，具含有丰富潜能的另一项重大的因素。"④所谓的"潜能"（potential effect），是从文本（text）生发，"它可以引起读者非常丰富而且多变化的联想，而这些读者的联想不必然是作者原来的意思"⑤。当男性模拟女性的"声音"书写怨慕伤别之情，往往引起文士冀盼君王知遇的托喻联想。这种"声音"的置换

---

① 叶嘉莹：《词之美感特质的形成与演进》，北京大学出版社，2007年，第39—40页。
② 叶嘉莹：《词学新诠》，北京大学出版社，2008年，第216—217页。
③ 叶嘉莹：《女性语言与女性书写——早期词作中的歌伎之词》："海伦·西苏（Helnee Cixous）所谓的阴性书写，所指的只是一种写作方式，与作者之生理性别并无必然关系。所以一般译者往往将其所提出的 ecriture feminine 译为阴性书写，而不译为女性书写。"《中国文化》第27期，2008年1月，第38页。
④ 叶嘉莹：《论词学中之困惑与〈花间〉词之女性叙写及其影响》，《多面折射的光影——叶嘉莹自选集》，第189页。
⑤ 叶嘉莹：《谈中国诗词文本中的多义与潜能——一九九四年冬在南开大学七十五周年校庆学术报告会上的讲演》，《迦陵说词讲稿》，北京大学出版社，2007年，第49页。

(cross-voicing)以及跨越"文化男女双性"(cultural androgyny)的特质,①使词体产生男/女、君/臣、志/情、真实/虚拟、现实/理想、隐匿/显现的双重语境,令人寻索不尽。

男性以女性的声音表达屈抑的情思,形成了"贤人君子幽约怨悱不能自言之情",叶先生认为,这种幽约怨悱之情,"乃是在强大之外势压力下,所表现的不得不采取约束和收敛的属于隐曲之姿态的一种美。……不仅《花间集》中男性作者经由女性叙写所表现的'双性心态'是一种'弱德之美',就是豪放词人苏轼在'天风海雨'中所蕴含的'幽咽怨断之音'以及辛弃疾在'豪雄'中所蕴含的'沉郁''悲凉'之慨,究其实,也同是属于在外在环境的强势压力下,乃不得不将其'难言之处'变化出之的一种'弱德之美'的表现"②。即使采取约束、收敛的屈抑姿态,也仍然保有持守的原则和勇于担荷的能力。女性的屈抑姿态是"弱",而持守担荷的坚持是"德",词体的双重性别特质构筑成双重语境,也因而形成了"弱德之美"。

(三)词体的体式节奏

不同的文学体裁各具不同的形式(form)、节奏(rhyme)等体式特征,因而形成了不同的美感特质。词体使用参差不齐的长短句,配合着词初起时的双性/双重语境,呈现出委婉细腻的美感特质。叶嘉莹先生说:

> 王国维先生的《人间词话》曾经归纳出来一个扼要的说法,说:"词之为体,要眇宜修,能言诗之所不能言,而不能尽言诗之所能言。诗之境阔,词之言长。"他认为词这种文学体裁所表现的美感特质是"要眇宜修"……"要眇宜修"是精微的,富于女性的,引起人丰富的联想的,如此的一种美感。词的美感不仅是"要眇宜修",最妙的地方是"能言诗之所不能言"。③

造成词"能言诗之所不能言"的主要因素,叶先生认为是词的体式和双重性别的语境所构成的美感特质:

> 如果以词与诗相比较,则诗之为体大多形式整齐,每句或五字或七字,皆有固定之节奏韵律,因此在诵读中遂可以产生一种言外的直接感发之力量;而词之体式则大多为参差不齐之长短句,就这种体式而言,则如果写得过于直接,却并不能产生一种直接感发之力量,乃反而会显得浮薄和浅露,缺少了言外的余味。……"极命风谣里巷男女

---

①　孙康宜:《西方性别理论在汉学研究中的运用和创新》,《台大历史学报》第28期,2001年12月,第163页。
②　叶嘉莹:《朱彝尊之爱情词的美学特质(续)》,《四川大学学报》1994年第2期,第65页。
③　叶嘉莹:《从文学体式与性别文化谈词体的弱德之美》,《人文杂志》2007年第5期,第100页。

哀乐",你写的也就是大街小巷之间的男女的相爱的歌辞嘛,相见就乐,相别就哀,就是里巷之间男女的爱悦的歌辞,可是就是这种风谣的歌辞,极命,当它写到最高,当它发展到最好,就有很微妙的事情发生了,就可以说出来那品德最美好的、理想最高远的贤人君子幽约怨悱不能自言之情。这是小词真正的妙处,这是小词的特美。①

词中潜藏的"贤人君子幽约怨悱不能自言之情",是在外在压力之下仍然一意承担持守的"弱德之美"。透过参差不齐的句式,更有低回不尽的余味:

苏东坡的"有情风万里卷潮来",何尝不是弱德之美;辛弃疾这个"百年悲笑,一时登览",何尝不是弱德之美。所以,岂止是《花间》男女爱恋的小词,英雄豪杰的词、真正好的词,都是表现弱德之美的。这还不在它的内容的感情、志意,还在它的句法、形式。你看"举头西北浮云,倚天万里须长剑",这不是一个完成的句法,"人言此地,夜深长见",句法也还没有完成,"斗牛光焰"才完成。"我觉山高",没有完,"潭空水冷",还没有完,"月明星淡。待燃犀下看,凭栏却怕,风雷怒,鱼龙惨",才完成。一唱三叹,一步有几个转折,一步有几个低回,所以是幽约怨悱不能自言之情。而且我的感情没有完全都说出来,稼轩说我要收回失地了吗?没有啊。说我受到压抑跟迫害吗?也没有啊。稼轩写的是什么?"举头西北浮云","潭空水冷,月明星淡",都是大自然的景物;"元龙老矣","待燃犀下看",都是历史,都是典故,都没有直说出来。好的词,就是长调,就是豪放的词,也是以弱德为美。②

参差错综的长短句,比起整齐划一的句式,更能婉转曲折地表达情意。无论是单句的意象指涉可作多层次的解读,或是复句的映衬点染、转折跌宕,词体顿挫层深的章法、长短错综的句式,抑扬顿挫的声音节奏,与整齐的句式相较,更能迂回曲折地表达幽咽吞吐、屈抑深隐的"弱德之美"。

三、"弱德之美"的意义与价值

叶嘉莹先生独创"弱德之美"一词,指词人在外在强势压力之下婉曲承受的持守担荷,以参差错落的句式和音韵所呈现出的低回深隐的美感,于词史上的意义可析论如下:

---

① 叶嘉莹:《从文学体式与性别文化谈词体的弱德之美》,《人文杂志》2007年第5期,第103页。
② 叶嘉莹:《从文学体式与性别文化谈词体的弱德之美》,《人文杂志》2007年第5期,第106页。

（一）词体本质论的确立

自李清照《词论》提出"词别是一家"，即注意到词体有别于诗体、文体的专属特质。[①]　张惠言《词选·序》云："意内而言外谓之词。其缘情造端，兴于微言，以相感动，极命风谣里巷男女哀乐，以道贤人君子幽约怨悱不能自言之情。低回要眇，以喻其致。"[②]王国维《人间词话·删稿》云："词之为体，要眇宜修。能言诗之所不能言，而不能尽言诗之所能言。诗之境阔，词之言长。"[③]透过不同的语汇，试图寻绎出词体特有的美感特质。叶先生阐释其言云：

> 所谓"要眇"者，盖专指一种精微细致的富于女性之锐感的特美。此种特美既最迫于表达人类心灵中一种深隐幽微之质量，而且也最易于引起读者心灵中一种深隐幽微之感发与联想。[④]

又说：

> 诗词当然都有好的作品，但是词更适合于写一种不得已的感情。所以张惠言就说，词可以道"贤人君子幽约怨悱不能自言之情。低回要眇，以喻其致"。张惠言论词表面上看起来牵强附会，但是他真正掌握了词的一种很微妙的地方。他说词可以写贤人君子幽深的、隐约的、哀怨的、悱恻的，而且是不能说出来的一种感情。不能说出来怎么样？你就用词来表现，所以写得如此低回，如此婉转，如此深微要眇。[⑤]

词体有别于其他文类，在于词有一种深远曲折、耐人寻味的意蕴，能含蓄委婉地表达"贤人君子幽约怨悱不能自言"的"难言之隐"，产生要眇幽微的美感特质。叶嘉莹先生将其名为"弱德之美"：

> 词体中之要眇幽微之美的基本质素究竟是什么的问题，我以为这种特美乃是属于一种"弱德之美"。不仅晚唐五代与北宋的令词之佳作是属于具含此种质素的一种美，就连苏、辛一派之所谓豪放之词的佳作，甚至南宋用赋化之笔所写的咏物之词的佳作，基本上也都是属于具含此种弱德之质素的一种美。张惠言所提的"比兴"之说与王国维所提的"境界"之说之所以对此种特美都不能加以涵盖的原因，我以为乃是因为他们

---

① 李清照：《词论》，收于宋代胡仔《苕溪渔隐丛话》后集卷二十三，林玫仪教授《李清照"词论"评析》论及李清照《词论》的重心乃是探讨词合乐称体的问题，可供参考。见林玫仪：《词学考诠》，联经出版事业公司，1987年，第317—335页。

② 张惠言《词选·序》，唐圭璋编：《词话丛编》，中华书局，1986年，第1617页。

③ 王国维：《人间词话·删稿》，唐圭璋编：《词话丛编》，第4258页。

④ 叶嘉莹：《词学新诠》，第166页。

⑤ 叶嘉莹：《陈曾寿词中的遗民心态》（未刊演讲稿），见《叶嘉莹谈词》，南开大学出版社，2010年，第7—8页。

在传统说诗的论述中,找不到一个适当之术语来加以说明的缘故。因为词中之此种特美,乃是特别属于词体之美的一种质素,而且此种质素之显现并不全在于作者显意识之活动与追求,而是由于作者在作品之显微结构中所无心表现出来的一种隐意识之无意的呈现。此种特美,在中国传统的诗文中既从来未曾出现过,因此并没有一个现成的术语可以用来指说。这正是其所以使得张惠言与王国维二人都感到难以指称的缘故。对这种困惑,当我在阅读西方接受美学之论著时,忽然得到了一种启发。因为这种作用,并不是完全存在于作者意识中的一种显意识之活动,而是在作品之文本中由其辞语本身的显微结构所呈现的一种微妙的作用。这种作用,德国接受美学家沃夫岗·伊塞尔(Wolfgong Iser)曾称之为一种 potential effect,中文可以试译为"潜能"。我以为,词之特美也就正在于其有时可以表现为并不属于作者显意识之活动的一种潜能。①

叶嘉莹先生所提出的"弱德之美",属于词体之本质。借由外在强势压力之下内在心性的担荷持守、含蓄委婉的表达方式、搭配长短错落的句式,呈现出幽隐曲折、耐人寻味的美感特质。无论是歌辞之词、诗化之词、赋化之词,或是婉约、豪放等不同的风格,均可以"弱德之美"一以贯之,直探核心之本原。

(二)清词中兴的枢纽

龙沐勋《〈近三百年名家词选〉后记》云:

> 词兴于唐,流衍于五代,而极盛于宋。……元、明词学中衰,文人弄笔,既相率入于新兴南北曲之小令、散套,以蕲能被管弦,其自写性灵,则仍以五七言古近体诗相尚,于是词之音节,既无所究心,意格卑靡,亦至明而极矣。夫所谓意格,恒视作者之性情襟抱,与其身世之感,以为转移。三百年来,屡经剧变,文坛豪杰之士,所有幽忧愤悱缠绵芳洁之情,不能无所寄托,乃复取沉晦已久之词体,而相习用之,风气既开,兹学遂呈中兴之象。明、清易代之际,江山文藻,不无故国之思,虽音节间有未谐,而意境特胜。②

清词中兴的关键,在于"意格"的提升。明清易代之际,文人将"幽忧愤悱缠绵芳洁之情"一托于词,遂开三百年之新局。叶嘉莹先生进一步指出"世变"与"弱德之美"的关联:

> 明代的作者,大多仍只把词体当作一种艳歌俗曲来看待,并未能体悟到词中之佳

---

① 叶嘉莹:《〈照花前后镜:词之美感特质的形成与演进〉序言》,见叶嘉莹:《照花前后镜:词之美感特质的形成与演进》,"国立"清华大学出版社,2007年,第9—10页。
② 龙沐勋:《龙榆生词学论文集》,上海古籍出版社,1997年,第375—376页。

作主要乃在其具含有一种幽微要眇富含言外之感发的特美,当然更未能思辨出这种幽微要眇的美感特质之形成和演化,会与世变有什么微妙的关系。直到清代的词学家们方才对于此种特美有了逐步深入的体认。而促成他们对此有所体认的,则正是缘于由明入清在历史上所发生的又一次重大的世变。①

又说:

> 清词的中兴,是在破国亡家的国变苦难之中,在无心之间,把过去那种用嬉戏笔墨写男女爱情的词,过去那种在晚唐五代的乱离之间所隐藏的那种潜能的美感作用,无意之中又把它找回来了。……而且清朝的作者也逐渐地加强了这种认识,就是他们体悟到在这种小词之中可以有这种潜能的性质,他们愈来愈有这种反省的能力,认识也愈来愈清楚了。②

当改朝换代之际,词中潜藏了家国巨变所产生的伤痛和忧惧,以及个人的身世沧桑之悲慨。种种不能明言的委屈、压抑、承受,形成了"弱德之美",词的意格与境界也因而提升。③ "弱德之美"涵盖了张惠言"贤人君子幽约怨悱不能自言之情"、龙沐勋"幽忧愤悱缠绵芳洁之情",呈现出幽隐曲折、富含言外之意的美感特质。在清末家国社会动荡不安之际,此种特质再一次地显现,达到巅峰。叶嘉莹先生指出:

> 清代词学之发展确乎与世变有着密切的关系。而更值得注意的则是周济的"诗有史,词亦有史"的说法提出不久,清室果然就面临了巨大的世变,鸦片战争、英法联军、甲午战争、戊戌变法、庚子国变等事件相继发生。赔款割地、丧权辱国之变既层出不穷,于是遂形成了晚清史词的一代成就,虽然昔人论诗早有"国家不幸诗家幸,赋到沧桑句便工"之言,但词之为体,则较之于诗似乎更宜于表达世变之中的一种挫辱屈抑难以具言的哀思。④

清末世变中的"挫辱屈抑难以具言的哀思"以及"贤人君子处于压抑屈辱之中,而还能有一种对理想之坚持的'弱德之美'"⑤,可举朱祖谋(1857—1931)《鹧鸪天・九日丰宜门外过裴

---

① 叶嘉莹:《词学新诠》,第 204 页。
② 叶嘉莹:《清词丛论》,第 34 页。
③ 叶嘉莹:《论词之美感特质的形成及反思与世变之关系》:"是国变和世变使得他们词的境界上升了,提高了。叶恭绰在《广箧中词》的序文中说:'丧乱之余,家国文物之感,蕴发无端,笑啼非假。'在朝代更迭的时候,家国沧桑、典章文物的悲慨,使得清初的词之境界一下子就提高了,这也和世变有着密切的关系。"《文学遗产》2008 年第 4 期,第 22 页。
④ 叶嘉莹:《词学新诠》,第 216 页。
⑤ 叶嘉莹:《神龙见首不见尾——谈〈史记・伯夷列传〉的章法与词之若隐若见的美感特质》,《天津大学学报》,1999 年 3 月,第 1 卷第 1 期,第 5 页。

村别业》为例:

> 野水斜桥又一时,愁心空诉故鸥知。凄迷南郭垂鞭过,清苦西风侧帽窥。　新
> 雪涕,旧弦诗。悄悄门馆蝶来稀。红萸白菊浑无恙,只是风前有所思。

1908年农历八月十三日戊戌六君子被处死。九月初九重阳节,朱祖谋经过北京城南丰宜门
外刘光第的别墅,有感而作。上阕写旧地重游,人事已非的感伤。刘光第殉难,心中的愁苦
只能向沙鸥诉说。"垂鞭"显示心情的低落,"侧帽"意图避人耳目,免得引起注意。叶嘉莹
先生解说下阕:

> "新雪涕","雪"是洗的意思,现在我以泪洗面。"旧弦诗",我当年到这里来,我跟
> 刘光第两个人,我们弹琴,我们赋诗,我们有这样知己、知音的谈话。"悄悄门馆蝶来
> 稀","悄悄",幽静的意思。在这个幽静的、寂寞的门馆,没有人到这里来了。当时我们
> 那些人在这里聚会,弹琴作诗,议论风发,现在别说人不来了,就连蝴蝶也不来了。"红
> 萸白菊浑无恙",又到了秋天,红色的茱萸,白色的菊花仍然像从前一样的开放。"只是
> 风前有所思",只是我独立在风前,想到我从前的朋友,我们的豪情壮志,我们的理想,
> 我们的感情,我只能在"风前有所思"。[①]

"只是风前有所思"曲折深隐地传达了对友人殉难的悼念、变法失败的打击、理想破灭的不
甘,展现了在慈禧太后无情的打压之下,仍保坚忍心性的"弱德之美"。

况周颐(1859—1926)的八首《减字浣溪沙》[②],在传统闺怨的题材下,以"言在此而意在
彼"的方式,抒发从袁世凯推行帝制到张勋复辟失败的遗老心曲。将改朝换代的悲痛、时局
变动的纷乱、人事变迁的沧桑、复国无望的悲凉、飘零落拓的困顿、忠爱不渝的节操,一尽倾
注于艳词之中,为唐以来的艳词开拓了前所未有的格局。如"捣麝尘香终淡薄,飞龙骨出亦
伶俜",指历经艰困磨难,对故国的怀念始终不渝。"骨出"指消瘦之意,因思念故国而瘦骨
嶙峋,孤单寂寞。"灯炧自怜偏炯炯,更长难得是沉沉。一簪华发十年心",有洞察世事的了
然于心,也有混浊时局中的自我坚持。眼见旁人在清朝覆亡之后沉醉在睡梦之中,而自己
对于故国的忠爱之心,十年来始终如一,不曾磨灭。此组词强调历经各种考验之后,对前朝
依然执着无悔的痴情。[③] 可视为世变之际"弱德之美"的具体呈现。

① 叶嘉莹:《当爱情变成了历史——晚清的史词》,见叶嘉莹:《迦陵说词讲稿》,北京大学出版社,2007年,第110页。
② 闵宗述、刘纪华、耿湘沅选注:《历代词选注》,里仁书局,2004年:"减字浣溪沙即浣溪沙,因山花子减字故名,贺铸词名减字浣溪沙。"第469页。按:《山花子》,即《摊破浣溪沙》,由《浣溪沙》上下片各增一个三字句而来。此组词见况周颐:《蕙风词》,世界书局,1979年,第28—30页。
③ 详见卓清芬《论况周颐〈减字浣溪沙〉八首》,见《吴宏一教授六秩晋五寿庆暨荣休论文集》,里仁书局,2008年,第135—171页。

（三）传统词论的现代转型

除了李清照、张惠言和王国维之外,历代词论多有探索词体蕴藉含蓄的美感特质,如明末陈子龙认为词应"警露已深而意含未尽",①清代谢章铤强调"其文绮靡,其情柔曼,其称物近,而托兴远且微。骤聆之,若惝恍缠绵不自持,而敦挚不得已之思隐焉,是则所谓意内言外者欤"。② 谭献的"柔厚"说、③陈廷焯的"沉郁"说、④王国维的"境界"说,⑤都以不同的术语诠释词体含蕴深远、令人寻绎不尽的美感特质。由于传统词话多属评点、批语式的写作方式,寥寥数语,一笔带过,很少能够深入阐发其中意蕴。叶嘉莹先生用浅近的语言,具体的词例,以独创的"弱德之美"的词语,详尽阐发"弱德之美"的意涵,指出"弱德之美"体现在各个时代、各种类型、各种风格的词之中,成为词体含蕴丰富、耐人寻味的重要质素。将传统词论中的词体本质论以深入浅出的方式详加解析:

> 什么是词的特美? 张惠言说的很妙啊,是兴于微言。我们刚才说王国维:"词之为体,要眇宜修,能言诗之所不能言,而不能尽言诗之所能言。"缪钺先生在《诗词散论》中也说"词,其文小,其体微",就是说篇幅是短小的,所写的感情是细微的,所写的名物是闺阁园庭园里的景物,没有李太白"五岳寻仙不辞远",没有"噫吁嚱! 危乎高哉! 蜀道之难难于上青天",不写那个。词写的就是微言,就是闺阁内的儿女子不重要的、微小的、轻盈的。可是就是从这样不重要的闺阁园庭的儿女子的感情的微言,兴,就引起你一种感兴、感动,引起了你的感动又如何呢?"极命风谣里巷男女哀乐",你写的也就是大街小巷之间的男女的相爱的歌辞嘛,相见就乐,相别就哀,就是里巷之间男女的爱悦的歌辞,可是就是这种风谣的歌辞,极命,当它写到最高,当它发展到最好,就有很微妙的事情发生了,就可以说出来那品德最美好的、理想最高远的贤人君子幽约怨悱不能自言之情。这是小词真正的妙处,这是小词的特美。⑥

又说:

---

① 陈子龙:《安雅堂稿》,伟文图书出版社有限公司,1977 年,第 192 页。
② 谢章铤:《叶辰溪我闻室词叙》,见施蛰存编:《词籍序跋萃编》,中国社会科学出版社,1994 年,第 601 页。
③ 谭献:《周氏止庵词辨跋》:"大抵周氏所谓变,亦予所谓正也,而折衷柔厚则同。"见唐圭璋编:《词话丛编》,第 4258 页。
④ 陈廷焯:《白雨斋词话》卷一:"所谓沉郁者,意在笔先,神余言外,写怨夫思妇之怀,寓孤臣孽子之感。"唐圭璋编:《词话丛编》,第 3777 页。
⑤ 王国维:《人间词话》:"沧浪所谓兴趣,阮亭所谓神韵,犹不过道其面目。不若鄙人拈出'境界'二字,为探其本也。"唐圭璋编:《词话丛编》,第 4241 页。
⑥ 叶嘉莹:《从文学体式与性别文化谈词体的弱德之美》,《人文杂志》2007 年第 5 期,第 103 页。

从有词以来,经过唐,经过宋,经过清,到张惠言他体会得比较清楚了,大家也慢慢有一种共感了,可是都找不到一个字来说它,那是什么东西呀? 都说不出来,所以我就是慢慢地摸索,我忽然间想到这种美感用中国话来说,是一种"弱德之美"。……稼轩的词之所以都好,就因为他的词大半都是有幽约怨悱不能自言之情,他的那种满腔的忠愤都在抑郁之中,都在被压制之中,都在我说的强大的势力约束之中,你难以言说,而你也没有彻底的屈服,你还有自己的一种挣扎跟持守,所以虽为"弱",而称其为"德"的缘故。所以我只能说这是"弱德之美"。这是从词的本质上我找到的一个形容字,我说这是"弱德之美"。至于从语句的词语的表现来说……就是一种 semiotic function,我们可以借用西方的语言学、符号学、阐释学、接受美学等理论来说明。这是我所体会的词的"弱德之美"。①

叶嘉莹先生长年浸润诗词,从历代词论和个人生命历程的体悟,指出词体的核心本质为一种极具丰富意蕴的"弱德之美",秉承诗教温柔敦厚之"弱"以及坚定执守之"德",泯除比兴寄托说之僵化痕迹,将历代词论中"幽约怨悱""低回要眇""惝恍缠绵""沉郁顿挫"等意涵以"弱德之美"一以贯之,以生动浅近的语言和词例详加阐述,在传统词论的现代转型方面贡献厥伟,影响力十分深远。

四、结语

词有别于诗、文、曲等文类,乃在于词有一种曲折深远、耐人寻味的意蕴,能委婉含蓄地表达"贤人君子幽约怨悱不能自言"的"难言之隐",产生要眇幽微的美感特质。这种专属于词体的蕴藉幽微的特质,历代词论不乏探讨。如张惠言提出的"贤人君子幽约怨悱不能自言之情"、谭献云"柔厚"、陈廷焯言"沉郁"、王国维拈出"境界"一词,而叶嘉莹先生将其名为"弱德之美"。"弱德之美"指贤人君子"在强大的外势压力下,所表现的不得不采取约束和收敛之姿态的一种美""内心中之缠绵郁结的一种'难言之处'化生出了一种在词之体制中最为可贵的属于'弱德之美'的以隐曲为姿态的美感品质"。"弱德之美"出自于儒家修为的涵养与操持、"男女双性"的特质所潜藏的双重语境,而词体参差错综的句式又特别适合呈现幽微要眇、低回吞吐的婉曲情意。

"弱德之美"是叶嘉莹先生对词体本质的体认,无论是歌辞之词、诗化之词、赋化之词,

---

① 钟锦、安易:《遗音沧海如能会,便是千秋共此时——叶嘉莹教授词学访谈录》,《南阳师范学院学报》,第 4 卷第 1 期,2005 年 1 月,第 68 页。

或是婉约、豪放等不同的风格，均可以"弱德之美"一以贯之，直探核心之本原。"弱德之美"往往在改朝换代之际更能充分体现，词中隐藏了世变的伤痛忧惧、个人的沧桑悲凉，种种不能明言的委屈、压抑、创痛，形成了"弱德之美"。清人对于词体幽微要眇的特质较前代有更深切的体会，也因此成为清词中兴的枢纽。叶嘉莹先生用浅近的语言，具体的词例，以独创的"弱德之美"的词语，涵括历代词体本质论的意涵，为传统词论的现代转型和普及化，树立了良好的典范。

第三编 传统吟诵与教育研究

传统吟诵与中学语文教学之实际

曹利云（黑龙江省实验中学）

传统吟诵在汉语古体诗文创作与欣赏中的作用毋庸置疑。对于个体修养的提升与文化品格的养成也具有重要的意义。不论从历史、文化、教育的角度，还是从个体发展来看，都有其存在、推介与传布的价值。目前，在童蒙与中等教育中，有部分学者也正在研究和实践。本文是笔者在普通高中经过两年尝试性的教学后的一点浅近思考，仅从中学语文教学角度谈谈，就教于方家。

一、现状与反思

作为中国传统特有的诵读方式，吟诵的产生、存在和流传与汉语的特质、借助汉语传达的情感是相伴相生的。今天，我们要领会民族的语言深处那些细致幽微的生命以及创作古体诗歌，吟诵是很好的媒介。但在既成的中学语文教学体系中，吟诵的地位该如何确定，它是否只是一种新近教学方法的补充呢？

现在的中学古诗文教学存在着一些令人担忧的现象。

笔者任教的高中使用人民教育出版社新课程标准教材。这套教材以及现行的课程标准、考试大纲在古诗文教学中强调朗读与背诵，也主张做一定程度的课外拓展阅读。在实际教学中，古诗文占据了整个课时计划的一半以上。就笔者所经见，绝大多数教师在教学设计中是重视声情结合的朗读和背诵的。在各类教学论文与各级公开课中这一点也有较强的体现。那么，如果抛开吟诵自有的价值和意义不谈，在白话文为主导的今天，既然已经有了较为成熟的阅读教学范式，对一种已经凝固的语言表达形式的教学来说，提倡吟诵的意义在整体教学中似乎并不明显。但在日常教学中，不得不说以上这些只是一种表象。朗读和背诵环节的设计往往徒具形式，更不用说与吟诵在思维导向上的不同。教师写在纸上的现实价值远远大于实践中的作用。

　　首先是体制内公共教学参与者的认知与实际教学过程存在差异。我的班上不止一个孩子在高一第一学期就要求了解高考的考点和题型。我想,这并不是他们学习的初衷。但几年的公共教育使得他们渐渐远离了好奇心和对知识、人生探索的需求这些出发点。我们做了许多年的素质教育,又不断有新的教育理念提出,考试成绩依然是考评学生和教师近乎唯一的标准。而新课标高考的古诗文阅读题目只有一道,其中理性的分析、模式化的做题思路与统一的答案,已经失却了经典阅读的大部分意义。尽管新课程标准在课程的实施建议部分指出:"教师的点拨是必要的,但不能以自己的分析讲解代替学生的独立阅读。"①从社会到教育工作者,从学生到老师,人们也早已意识到了这样的问题。然而这是一种个人很难改变的无奈。教师一方面在课堂上费尽心思讲析入选课本的词句,做概念性的逻辑分解,从形象到手法,唯恐遗漏考试的知识点,专设习题课来梳理做题思路,使学生接近标准答案。一方面又清醒地意识到"诗之至处,妙在含蓄无垠,思致微妙,其寄托在可言不可言之间。"②所谓的尽力在理性为主的分析中顾及对诗文本身的美感特质的领悟是很艰难的。教师和学生都陷入一种明知不全然正确的被迫认同当中。这一点,北方比南方,海内比海外的中文教学要更明显。

　　众所周知,对于汉语,尤其是古诗文,感性的体悟、浸润式的学习至关重要,而不要说吟诵这种"细读的、创造性的、回味式的读书方法和表达方式"③,就是白话文的朗读也湮没在了"高效课堂"的呼声中。大量的理性知识的灌输,甚至文科教学理科化,不会留给老师和学生们细品慢吟的时间。叶嘉莹先生曾说过,诗词的美有一半在声情之间。但当诵读沦为固定的形式,所谓的学生的主体性与合作探究在语文的课堂上势必会成为僵化的概念,更遑论美的体验了。如何使感悟与自由的阅读、感性的体验重回课堂;如何从根本上尊重汉语语体的特征和孩子思维的自然发展,进行语言能力的根本性培养;如何使孩子们心灵沉静广阔、得生命之体验,美之熏陶?提倡吟诵成为了一条可行之路。这几乎是根本的教学方式导向的变化。诚如叶圣陶先生所言:"吟诵的时候,对于讨究所得的不仅理智地了解,而且亲切地体会。不知不觉之间,内容与理法化而为读者自己的东西了。这是最可贵的一种境界。学习语文学科,必须达到这种境界,才会终身受用不尽。"④

　　其次是公共教育本身存在的制约及社会教育环境补位的不完全。公共教学中诵读的

---

　　①　中华人民共和国教育部:《普通高中语文课程标准(实验)》,人民教育出版社,2003年,第16页。
　　②　叶燮:《原诗》,人民文学出版社,2005年,第30页。
　　③　张静:《中华吟诵的前生今世——兼论吟诵在语文教育普及的必要性》,《天津学术文库(上)》,2011年,第355页。
　　④　中央教育科学研究所编:《叶圣陶语文教育论集》,教育科学出版社,1980年,第13页。

衡量标准本身就有着不确定性。教师很难在课时限制下对任课班级几十个孩子有同等的关注，更不用说追踪式的引导和自主感悟时间的缺失。这就需要家庭及社会教育的补位，给予孩子空间，让他们能有浸润和渗透的自主学习的机会，而不是强化公共教育中的劣势的一面。我们知道，传统吟诵者绝大多数是童蒙时在家庭成员、塾师或其他前辈那里通过口传身授，或者就是一种潜移默化的影响而学会吟诵的。那时，伴随着孩子敏锐和极强的记忆力，恰是最有利于用直觉的、体会式方法来学习的。这种偏向感性的领悟，基于传统文化整合性的思维特点，对孩子品格和灵性的养成是有作用的。诗词文句与其吟诵之声浑然一体，在声情中记忆和体味前人的生命经验，所得必不仅限于文辞。在偏重理性和功利化的知识灌输几乎占据公共课堂的今天，学习向内求索的吟诵不失为简单却行之有效的方法。

二、实践与疑难

（一）社会认同与教育环境

在我的课堂上，绝大多数学生在接触的初始，并不知道何为吟诵。他们在公共教育和家庭教育当中，接触最多的是朗读。偶有学生了解却多是唱，难以与传统的吟诵在实践当中区别开来。在我所教过的六个教学班级300多个学生当中，仅有两位学生听过传统的吟诵，其中一位学生有过进一步的了解。新文化运动以来，随着白话文的使用与普及，吟诵被视为历史的，甚至是旧时代酸腐的象征，长时间被摒弃在公共教育之外。当代有将吟诵引入课堂的实践，但往往失之粗略。有的时候竟有些以"特殊技艺"逞才的味道。家长和社会对推介吟诵所持的态度多是可有可无。粗知其价值，但未详其根本。公共学校的教师也多对此存有疑惑。因此，推介只能先是小范围和程度浅近式的。即便专家学者大力倡导，并将之列为"非物质文化遗产"，作为国家重大社科项目研究；但广泛的认同易有，真正的推行实践却还需要一些先决条件，尤其是教育思想和制度的变化，让大多数人意识到应当并可以做。

（二）审美观念与传承形式

在高中推介吟诵是比较难的一件事。若是在童蒙时期，孩子们没有受现行公共教育的影响，自然易于接受和形成相对牢固的体认以及相应的直感能力，效果最佳。若是高校的相关专业学生也自然会有这方面探索与研究的兴趣。然而,现在的高中生已经在公共教育体制内有了对学习内容与方式较为固化的态度和见解,又为既定的考试及各种要求所累。在吟诵方面能有的耐心和可能获得的进益并不明显。大多数学生以为只要知道就很不错。他们多是怀着看新奇事物的想法,来听那些"奇怪的腔调",很难沉下心来由声音进入诗词的境界。理解诗词也依然依循零拆碎解的老路。年轻教师往往怯于在课堂上当众吟诵。我身边的教师了解吟诵的不在少数,且能讲文体、音韵方面的一些理论,但对亲身尝试甚至创调则存有顾虑。在现有的教学体系内,也很难系统地把吟诵融入古体诗文的欣赏和写作当中并引入课堂。这与上文提及的中学语文教学现状息息相关。所幸,这个年纪的孩子内心深处还是有较强的求知欲,易为诗文中的情感所动。几乎所有班上的孩子,在接触吟诵一段时间之后,都至少能够接受,甚至喜欢这种个人色彩十分浓厚的诗文品鉴方式,并且从中真正得到一些乐趣。

除此之外,传承的形式也是实践中遇到的难题之一。现在看来理性的对诗文内容的品析与感性的体悟应当结合起来。但在课堂教学中理性的部分易于掌握,感性的部分则可能会由于理解的差异,接受者接受程度各有不同。此外,模仿学吟较易掌握,迁移、创调,反复吟咏提升则需要一个较长的过程。这样在传承方式上就有以下的问题出现:一来,旧时口头式的传承在公共教育和再传播中会受到一定的限制。有学生提出,虽然教师的亲身示范很有效,但学时有限,希望在学吟阶段有一个模仿的范本,包括所选诗歌、平仄韵脚的标注以及音调和一些具体建议的注明以方便初学。再则,课后的跟踪与辅导,长线式的教学设计等就必须提上日程。同时可能需要教师占有不同声腔的范例或探索其他方法以便于让学生打开视野,自主选择学习和巩固。而诸如是否选择乐谱等辅助的方式、借助方言等这类问题也是在公共教学中需要探索的。

(三)教材选择与师资培养

目前,我们能见到的有关吟诵的书籍、文章,一类做理论性研究;另外一类,是声腔的记录和诗文吟诵选本。大多对所选诗文标注具体吟诵的技巧与辅助性的内容品析,具有现实指导意义。此外,还有吟诵声腔的电子记录文本。但是对于中学语文公共教学来说,不论是零起点的系统传授,还是将吟诵引入欣赏环节的短线设计,并没有人做过专门的教材编辑。偶有一些教师作出了自己的尝试并把这些尝试的经验写成文章供同行参考。鉴于孩子们多是首次接触吟诵,在我的班上,我选择了徐健顺、陈琴主编,叶嘉莹、周有光先生顾问的接力出版社《我爱吟诵》中的部分近体律绝,结合人教版新课标教材必修二至四的诗歌单元的部分篇目,辅以吟诵建议和鉴赏文章,作为学吟的初步材料。但在教学过程中发现一些问题。

在教授必修三教材的《蜀道难》一诗时,通过预习,孩子们先读了诗,有一半以上的孩子已经可以背诵。课上,我和孩子们先听了吟诵录音。继而按照老办法让学生自由实践,可以试着将诗歌的平仄、韵脚、停顿节奏和声音延长部分在这个过程中标记出来,谈谈体会。一个孩子告诉我,他用了汉语拼音的形式标记了普通话的韵脚,发现这首诗首先是韵字的韵母有变化,其次,至诗末这些韵母发音的开口越来越大。声音愈宏,情感就愈深沉激越,恰与诗歌内容相合,就如老师讲过的江昂韵多可使人感到情感的深沉和力度一样。接着,他问了我两个问题:他认为他的发现表明,如果不用传统吟诵的方法,仅用现代普通话朗读的方式和一些简单诗歌常识相结合,似乎就可以说明诗歌情感表达上的某种特点,那么与吟诵诗歌在这方面的收获有什么不同;另外,可否示范最后一个小节的吟诵与朗读并比较说明。这样的课堂生成是让我感到欣喜的。一方面他所能有的自由思考的品质很可贵;另一方面,我发现自己的备课和教材的准备是存在疏漏的,前期对学生的引导也并不到位。备课中缺乏对吟诵更深入的研究和认识,尤其是对学生现有知识结构和教学内容的比较与融汇在教学材料中缺乏体现。同时我自身的吟诵实践素养相当有限。当时我用了"吟诵如古琴,不是外化的表演,多是内化的自我的体现"这样的比喻,也做了讲析和示范,但并没有完全说服这位学生,主要是因为自己的吟诵首先就不过关。

经过这件事,我迫切地觉得自己急需学习和提高。也意识到教材的选择与编定,以及相应教法的探究是一件重要的事情。音像记录的吟诵固然可以帮助学生接触多种吟诵腔调,有利于自主选择、学习,但教师亲身示范和自身有力的分析相结合起到的作用是不能代替的。这对激发兴趣和引导的有效性有很大的影响。那么,对于其他程度更好的学校的学生、其他的教师呢?师资的培养也就成为急迫的任务。与之相关的对教师培训的认可以及计划、步骤和相应的教师教材的编定等就又成为了问题。

(四)教学设计与课时安排

涉及吟诵的具体教学设计分为两种,一种是与教材相结合的基于课堂的大范围传授式的教学设计;一种是课堂之外的非正式相关学习过程的设计。在实践当中,我将吟诵与人教版新课标教材的诗歌单元的教学相结合,主要做的是前一种教学设计。一般采用如下的教学步骤:

1.认识与尝试:以一种诗体(我选择的是先以五言古体为主,再及于七言),一种吟诵调为主聆听,并初步尝试吟诵。学生在聆听中思考吟诵的特点与意义,经过一个体验和涵泳的过程,再在教师的引导下总结。在这个过程中穿插涉及平仄、押韵等知识点,古近体诗的文体学知识,停顿、延长、重音、节奏等诵读技巧,以及必不可少的关于诗文内容与情感的感悟和解析,从吟诵入于情感的体验。这个过程大约需要四至五个课时。

2.体验与理解:扩展诗体,在诗词教学过程中用吟诵的方法帮助理解与感悟,师生与生生交流,并开始接触多种吟诵调做深入体验。这个过程大约两至三周。

在其中的两个教学班级,我尝试过将以上两个步骤合并。只听和让学生自己尝试,不理性地讲解关于吟诵的一些东西。有的时候只是利用晨读与课上的部分时间。取得效果就短期看与其他班级有差别,但就长期教学效果来看,差异不大。而且有的孩子在这个过程中自然问及一些相关知识。顺势启发,教学效果并不差。因此,我认为口传身授与不教而教在高中吟诵的教学过程中是可以同时使用的,即便有理性的讲解,也可以在实际尝试吟诵之后。

3.巩固与实践:学生主要在课外把吟诵参与到阅读古诗文的过程中并渐趋成熟和有进一步的领悟,在此过程中鼓励学生创调,且有自由的见解,师生定期交流学习感悟。这个过程没有明确的时间限定,会贯穿几乎整个高中阶段,尤其是高一高二学段的交流频率会较高。

这三个步骤并不截然分开。就两个学年的尝试来看,我的体会是,吟诵教学需要做长期的计划并在实践中反复修正。坚定和用心对于教师和学生同样重要。在此过程中,并不是以单一的吟诵调教学为主,与其他教学内容甚至学科会发生交叉。这个过程对于教师和学生来讲,都面对许多与现有古诗文教学模式不同的内容和挑战。这需要耗费心力,探索教法,将多种教学方式与课型相结合。在这一过程中,教师之间的交流以及专家的指导无疑将具有重要意义。以现在的教学环境来看,完成这个教学过程并获得相应的支持并不容易。至少如果是个体教师的尝试,会经常为服从于全体教学计划而打乱既定的安排。

三、设想

(一)文化意识的渗透与教育观念的转变

刘大櫆在《论文偶记》中谈道:"盖音节者,神气之迹也。字句者,音节之矩也。神气不可见,于音节见之;音节无可准,以字句准之……歌而咏之,神气出矣。"所谓"因声求气",吟诵在古诗文阅读中体现的作用与汉语以及传统文化的特征息息相关。因此,首要的是当从根本上使社会,尤其是受教育者对此有正确的认识,以及对待传统文化的正确态度。在现有研究的基础上,使得语文教学更趋合理化,适应孩子的心理与学习发展需求,能够让孩子沉静向学,既勇于探索,理性思考,又能自由感悟,充满灵性。这需要多方面的协作。这样,吟诵教学不仅能够被实施且做得科学,其效果也会更加显著。如能建立相应的交流网络和资源资料库则将对各方面的工作更有助益。

(二)教材的选择与编定

能够针对不同程度学生的要求设计一些教材或公共共享资料。经由培训后的师资力量的配合针对具体教学情况予以修订。同时,教师可以有个人编定的材料和适合教学计划的文本。我的经验是用来吟诵的诗文范本可以多一些,以便不同审美和学习需求的学生选择,并且通过一定量的实践巩固这种阅读能力。这样,学生的自主选择和自我学习、探究的能力也会有一定的提高。同时,应当鼓励将通过吟诵得到的阅读体会以及教学实录形成文字或音像来相互交流,这也是难能可贵的一种"教材"。

(三)组织形式与传承方法的探索

我的尝试是基于语文课堂的一种公共教育尝试。在教学的过程中发现,相对统一的教学进度与教学设计会限制部分程度较好也有探究欲望的学生的发展;反之,有的学生有其他兴趣点,对吟诵仅止于了解和初步入门的需求。我想在组织形式上与传承方式上可以更灵活。比如借助学生之间自由组合的学习小组,文学社、诗社等社团,以及教师灵活的个别跟踪与辅导,甚至成立专门的吟诵社团。往往组织规模划分越小,教学效果可能更好一些。同时,也便于在这些小社团的带动下真正扎实地扩大影响,避免在吟诵推广初期简单粗暴的大范围扩展。在传承方法上也可以打破仅本班级授课教师一人辅导的界限,鼓励有相同意向的教师结成教学小组,各展所长,也可以辅以讲座、班级或校际交流等方式,在教师的口传身授之外积极探索多媒体等在现行教育体系中适宜的传承方法。

(四)循腔与创调

这是我在教学中遇到的最难的一个环节。循腔,绝大部分学生能够做到。但叶嘉莹先生谈到吟诵时说过:"中国的吟诗,一定不能谱成一个调子,一定不能有死板的音节,一定要有绝对的自由。为什么不能谱成一个调子呢? 因为你每次读一首词都可以有不同的感受,而且不同的人读这首词也可以有不同的感受。"①教学过程中,我首先选择一家的调子以一种诗歌体式为主让学生欣赏、配合诗歌感悟和讲析,直至能够灵活运用、有所领会,然后再涉及其他诗体,并欣赏多家吟诵,让孩子们能有自由发展的空间,最后才让孩子们尝试创调。但,非常难。受到学时、总体教学设计、教师不能兼及所有学生以及个别辅导不充分等多方面因素的影响,目前,我的学生里只有两位学生能有些许进展,却仍是唱的成分要多于吟诵。因此,我的设想是对创调的要求不执于一端。在讲清楚吟诵的意义、特征和要求的情况下,大部分中学生只要能循腔吟诵,有自己的体会就应视为合格。对于少数程度较好、且有学习要求的孩子,教师可以长期跟踪辅导,并鼓励学生自主学习,学生之间自由组合探讨。也就是说,目前对中学生有限制地鼓励创调,随着探究和教改的深入可以根据实际情况自由掌握。

叶嘉莹先生曾说过:"我深信孩子们如果能在童幼年时代就学会吟诵,不仅能使他们长大后成为一个富有爱心的、对社会和人类都更为关怀的人,而且能使他们在学习中更富于联想和直观的能力。"②先生不仅领衔国家社科基金重大项目——中华吟诵的抢救、整理与研究,并为其推广付出极大的心力。我对吟诵仅只粗知,所以在中学的尝试非常浅近,远不如同行,当有许多不当之处,但愿意尽自己的努力做一点事。在这里向先生记报,并为先生寿。

---

① 叶嘉莹:《叶嘉莹谈词》,南开大学出版社,2011年,第274页。
② 徐健顺等主编:《我爱吟诵》,接力出版社,2012年,第8页。

论叶嘉莹先生的传统吟诵

华　锋(河南大学)

一、传统吟诵概念的提出

吟诵是我国传统的读书方法,是按照一定的韵律和节奏,有感情地去读书的方法。古人以某种方法去读书,是很自然的事情,因为他们的师长就是以这种方法去读书的,若干年后他们也是用这种方法去教自己的儿女及弟子去读书,所以古来没有什么传统吟诵或非传统吟诵。传统吟诵这一提法的背景是上世纪 80 年代以来,吟诵传统逐渐得以恢复,吟诵界呈现百花齐放的态势,有些专家学者将吟诵与歌唱、戏剧甚至西乐糅合一起,创作出全新的吟诵模式,为了将这些全新的吟诵模式与传统吟诵区别开来,我在 2009 年中华吟诵周活动最后的学术论坛上提出传统吟诵的概念。在我看来,2009 年北京吟诵周活动是有史以来第一次全国范围的吟诵盛会,可谓群贤毕至,各展其能。如叶嘉莹先生、戴学忱先生、王更生先生、磐石先生的吟诵,都令人耳目一新。依大会各路专家学者吟诵的情况,可以把吟诵分为四种流派:

一是以天津叶嘉莹先生、北京屠岸先生为代表的学人,他们的吟咏是原汁原味的、所谓纯粹传统本色的"私塾调"。叶嘉莹先生是南开大学教授、著名古典文学研究家,加拿大籍华人,深谙古典诗歌的吟诵。叶先生每每用诗一般的语言,先介绍了所吟诗的内容及所产生的背景,然后以不疾不徐的语速,将古典诗词梦幻般地吟来,令听众如痴如醉,无不沉浸在艺术的享受之中。屠岸先生是著名的诗人、翻译家、诗文吟诵专家,是常州吟诵派代表人物,他的吟诵中气十足,抑扬顿挫,节奏有致,是南方吟诵学派的代表之一。

二是以北京戴学忱先生、湖北侯孝琼先生为代表的学人,在传统吟诵的基础上,吸收了民歌的演唱技巧,创建的一种全新的吟咏模式。戴学忱先生是我国著名歌唱家,中央民族乐团一级演员。她认为古典诗词在当时的吟咏一定十分优美,否则不会令那么多人如痴如醉地传唱诗词。因此她认为她不是在创新,而是"修复"古典诗词的唱法。在这种理念的指导下,她饱含着深情,以优美的旋律,将李清照的《声声慢》娓娓唱来,情真意切,绕梁遏云,闻其吟唱,想李清照之惊人才华、坎坷之遭遇,不禁令人潸然泪下。侯孝琼先生是湖北第二师范学院教授,在给学生讲授唐宋诗词时,常常是边讲边唱,大受学生的欢迎。侯先生自言,讲唐诗诗词不唱,就无法将诗词中的情感表达出来,也无法将自己对诗词的理解更全面地表达出来。所以,侯先生的吟唱是她对古典诗词以音乐方式的阐释,她对诗词是怎么理解的,就怎么吟唱。当然,这个吟唱加进了许多民歌的因素。

三是以马鞍山市盘石先生为代表的学人,在传统吟咏的基础之上,引进了西洋音乐的演奏技巧,创作出全新的以交响乐、摇滚乐为表现形式的吟诵模式。盘石先生是马鞍山市人民政府文化顾问,国家一级作曲家。上世纪80年代,河南大学教授、著名古典文学研究家华锺彦先生在马鞍山讲学,[①]即席吟咏了李白的几首名篇,盘石先生听后大受启发,经过多年的努力,独创令人耳目一新的吟咏模式。其特点是气势磅礴,有风驰电掣、雷霆万钧之势。以交响乐、摇滚乐来诠释古典诗词,的确是个创新,其优长是丰富了吟咏的多样性,且有益于将吟咏推广至国门之外;其不足是技巧难度太大,不易于推广和普及。

四是以台北师范大学中文系教授、著名学者王更生先生为代表的学人,呈现给我们的是没有任何传统吟咏的背景,仅仅是依据自己对古典诗词的把握,独自创作的自度曲吟诵模式。王更生是河南驻马店人,自幼喜爱豫剧(即河南梆子)。他是以豫剧的曲调为底蕴,根据自己对古典诗词的理解,自度吟咏曲调。其特点是委婉缠绵,悠扬动听,对于表达以抒情为主的古典诗词的思想内涵及文化特征,十分有利。王更生先生的吟诵与戴学忱先生、侯孝琼先生、盘石先生吟诵的最大不同在于,他的吟诵没有师承,也没有理论依据,只是凭着对古典诗词的理解,信口吟来,也取得良好的艺术效果。这个事实也说明了诗词吟咏本身就具有多样性,各种吟咏的模式都应该有其发展的一席之地。

在这四大类中,笔者认为后三种虽然也有吟诵的因子,但与传统的吟诵相距甚远,应该称之为吟唱较为合适;叶嘉莹先生与屠岸先生的吟诵则是标准的传统吟诵。2012年北京香山中华吟诵高端论坛上,许多人已经把后种吟诵称为新吟唱,将叶嘉莹先生的吟诵称为传统吟诵了。这样区分的目的只是为了研究传统的吟诵,寻找到更为客观更为本源性的传统吟诵资料。

那么,叶嘉莹先生的吟诵有哪些特色呢? 我们应该如何认识叶嘉莹先生的吟诵呢? 笔

---

① 此信息是盘石先生亲口告诉笔者。

者认为，叶嘉莹先生的吟诵是当代传统吟诵的代表，对叶嘉莹先生的吟诵，我有如下看法，不当之处，敬请各位方家指正。

二、叶嘉莹先生所接受的吟诵教育是最为完整、最为全面的传统吟诵教育

我们知道，现在 70 岁以上懂得吟诵的老人，其学习吟诵的渠道一般来说是三条，一是幼年时和自己的父亲、母亲、爷爷、奶奶、姥姥、姥爷等有血缘关系的长辈学习的，在学习吟诵的过程中，长辈也好，个人也好，都不会把吟诵作为一门学问来传播和学习，大多数是"无心插柳柳成荫"而已，例如戴学忱先生最早就是和她的姥姥学习吟诵的。老太太也不是想教戴先生学习什么吟诵，就是教小孩几首诗词而已，其结果是将优美的《静夜思》的吟诵曲调传了下来。二是在交通不发达的穷乡僻壤，还存在少数的私塾教育，长辈出于某种目的，让子女在私塾中学习一段时间。例如钱绍武先生就是在家长的要求下，读了多年的私塾。与亲朋长辈耳提面命一样，私塾老师传授的重点是"四书""五经"，是传统经典而不是吟诵的方法，甚至连为什么这么吟诵也不讲，就是让你去吟诵而已，因为那时读书就是这种方式，没有别的方式。三是在高等学校学习的吟诵，例如学习唐调的，基本上都是唐文治先生的弟子或再传弟子。这种学习带有一定的功利性，学习吟诵明显是为了学习好古诗文，甚至为了古诗文的写作。这样看来，传统吟诵事实上分为两个渠道，一个是家庭私塾派；一个是学院派。两个不同的传播途径事实上形成了两个不同的吟诵体系。前者着重于学，后者在学的基础上还强调用；前者非常重视实践，后者在重视实践的基础上不排除对理论的研讨；前者尤其是家庭长辈在传授吟诵时重视的是节奏音调的准确，后者传授吟诵时则在重视节奏音调的同时，更重视诗文内容的把握；前者特别重视吟诵的审美效果，后者特别讲究吟诵的声情并茂。因此家庭或私塾教育中培养的吟诵爱好者与学院培养出来的吟诵爱好者还是有所区别的。

我们之所以提出叶嘉莹先生接受了全面、系统的吟诵教育，是因为叶先生幼承庭训接受了严格完整的吟诵教育，这为先生的吟诵打下了坚实基础。在大学学习期间，又师从名家，通过吟诵使先生对古典诗词有了更为深刻的认识，二者的有机结合，使叶先生的吟诵既有传统吟诵之美，又有学院派吟诵的文化内涵，称叶先生为当今传统吟诵的领军人物可谓无可争议。

三、叶嘉莹先生的吟诵理念

叶先生接受了家庭和学校的双重教育,使之对吟诵有很深刻的认识,尽管这个认识不像先生对诗词理解那样表达得那么清晰完整,但是在先生提及吟诵时的寥寥数语,都是句句击中要害,弥足珍贵。

1.叶先生对吟诵非常重视,认为吟诵是我国独有的、珍贵的传统文化。

叶先生在《谈中国旧诗之美感特质与吟诵之传统》(见《文学与文化》2012年第2期。以下同)中说:"我从理性上越来越觉得吟诵关系到我们中国文化的传统,它给中国文化带来的影响是很微妙而且很重要的,不应该让它从我们这一代断绝。""像我们今天所说的这种吟诵,只有中国才有。""至于吟诵,并没有人特意教过我,那是环境造成的。我生在一个古老的家庭,我伯父吟诗,我父亲吟诗,甚至我伯母和我母亲没事时也小声地在那里吟诗。小时候我听惯了,也看惯了。等到稍微长大一点的时候,我自己也就拖长声音吟诵起来了。"在2009年北京中华吟诵周活动中,叶先生就呼吁在中小学开设吟诵课,甚至在幼儿园就教孩子们学习吟诵,足见先生对吟诵的重视。先生是根据自己学习吟诵的体会,提出吟诵应该从孩子们开始抓起,显然是有深刻体会的,因为先生自己就是从孩提时代开始接触吟诵、学习吟诵的。从孩子们开始抓起,营造一个良好的吟诵环境,无疑是具有远见卓识的。如果我们的孩子们都能够在悠扬的吟诵声中茁壮成长,孩子们学习了优秀的古典诗文,继承了优秀的传统文化,陶冶了情操,增长了知识,几十年后,我们的社会势必会出现许多优秀的文学家、诗人,社会的急躁、暴戾就会减少许多,这是泽披后世、功在千秋的盛事啊!尤其是叶先生认为吟诵的传统"只有中国才有"的观点,极为精辟。老一代的外国学人,可能还会正宗的吟诵,如日本的吉川幸次郎先生就能用正宗的调式吟诵杜甫的《登高》。现代许多外国学人的吟诵,已经逐渐将我国传统的吟诵本土化了,与我国的传统吟诵相距甚远。叶先生的意思十分明确:吟诵的正宗在中国!

2.叶先生把吟诵视为一种读书方法看待,丝毫没有把吟诵复杂化、神秘化。

叶先生认为:"吟得对不对好不好,首先在于声音的节奏,在于节拍的快慢高低。而对这些要素的掌握,其实也并不是很复杂的一件事情,只要多听,自然就会对音调节奏熟悉起来。要先教比较简单的调子,但可以给他们听各种变化的调子。"吟诵古来有之,古人没有把吟诵看成多大的学问,仅仅是一种读书方法而已。叶先生也是如此,认为初学者学习一些比较简单的调子,关键是掌握声音的节奏。笔者非常赞成叶先生的观点,认为音调与节奏关系到吟诵的本质问题。事实上,我们今天学习吟诵、推广吟诵,非常重要的就是三点,音调、节奏及吟诵与内容的结合。(叶先生对此非常重视,后面有专论)所谓音调就是要把每一个字的四声读准确,有人说应该依字行腔,也有人说要字正腔圆,都是一个问题,就是要把握住四声。叶先生说自己是北方人,不如南方人掌握入声字那么准确,那是谦虚。事实上叶先生的入声字掌握得非常准确。节奏是诗歌的生命线,也是吟诵的生命线,只有通过合理的节奏变化,才能把诗文中的内涵表现出来。叶先生特别强调,学习吟诵要先教学生简单的曲调,而且要让他们听各种变化了的曲调,这是非常合理的安排。叶先生还说:"我们在吟诵时虽可以有方言等种种不同,但在吟诵时却一定要掌握好其间节奏的顿挫和声调的抑扬顿挫以及前后的呼应,这才是吟诵的正统。"这是在告诫初学吟诵的朋友,入门要正,不要走捷径,这样才能准确地继承我国的文脉,弘扬传统文化。

3.叶先生提出古典长诗吟诵时基本上应该遵守每四句一个循回的原则。

叶先生非常重视吟诵时节奏的回环问题。叶先生认为:"凡是长篇的作品,基本上每四句有一个循回,偶然有六个句子的,或者两个句子的,都是双数的句子有一个循回,所以长诗的吟诵,常常有一个节奏的循回。"懂得吟诵的人都知道,吟诵绝句,基本上是一句一个调,律诗基本上就是重复一次,长诗不可能没有重复的曲调。如果没有重复的曲调,《离骚》《孔雀东南飞》《长恨歌》等作品就无法吟诵。长诗"每四句有一个循回,偶然有六个句子的"这一说法,在笔者看来,是非常科学的论断,完全符合正典传统的吟诵的实际情况。例如《离骚》长达300多句,这300多句不可能每句有一个吟诵的曲调,如果吟诵是每一句一个曲调,就无法吟诵了。吟诵是读书的方法,是为读书服务的,太复杂了就无法用来读书了。事实上《离骚》每四句为一节,全诗只有三个地方例外:"曰黄昏以为期兮,羌中道而改路。""女嬃之婵媛兮。申申其詈予。曰:鲧婞直以亡身兮,终然夭乎羽之野。""乱曰:已矣哉。"其余的都可以按照四句一节来读,吟诵时每四句就是一个循回。例如杜甫的《赠卫八处士》就是遵循四句一个循回的原则处理节奏的,只不过为了更合理地表达诗人、吟诵者的情感,我们将第一章节的吟诵曲调安排为四句、四句、两句三个层面进行,语调的高低、语速的快慢、感情的强弱,完全依照内容的变化而变化。依据叶先生的理论,吟诵《木兰辞》《陌上桑》等古典长诗,都可以顺利解决,说明叶先生的理论是完全正确的。只有正确的理论,才能指导正确的实践,没有理论指导的实践,是盲目的实践。那些所谓追求唯美主义,所谓追求更好听的做法,实际上背离了吟诵是用来读书的本质目的。如果吟诵不能帮助我们更好地读书,不能把读书更为简约化、更为便利化,而是为了掌握这个读书方法不得不花费极大的精力去学习这个方法,岂不是舍本逐末了吗? 这样做显然违背学习吟诵之初衷了。

4.叶先生非常重视吟诵时对诗歌内容的把握。

吟诵是读书,读书是为了理解作品,以吟诵的方法去读书可以更好地理解作品,这是叶先生的一个很重要的吟诵理念。无论是吟诵《上邪》还是吟诵《赠卫八处士》,叶先生总是首先对作品的思想内容进行详尽地分析之后,再进行吟诵。对于广大的受众,只有让他们对所听到的吟诵作品有所了解,才能更好地欣赏吟诵、接受吟诵,进而学习吟诵。在笔者看来,叶先生的吟诵是对诗歌内容的诠释,叶先生对诗歌的解释是帮助受众对吟诵的理解,二者相辅相成,有机地融为一体。这种吟诵的方法,前辈总结为声情并茂。叶先生一般在吟诵之前,对作品进行声情并茂地分析,然后进行声情并茂地吟诵,使吟诵的效果更好,这种方法值得我们学习和效仿。

5.吟诵与诗歌创作的有机结合。

叶先生是古典文学研究家、吟诵大师,更是著名的诗人。先生把吟诵与诗歌创作结合起来是自然而然的事情。先生认为:"近体诗之平仄声律的形成,其实是把吟诵时声吻之间的自然需求加以人工化了的结果,格律完成乃是为了配合吟咏诵读的需要。""吟诵注重节奏、声律,也是到了近体诗形成以后才特别讲求的,它既配合了格律的形成,在格律完成以后,又成为体会、悟入中国格律诗之精美堂奥的最佳办法,因此吟诵的传统和中国旧诗之美感特质一直结合有密切的关系。"可以看出,中国诗歌的形成,尤其是格律诗的形成,与吟诵有着密切的关系,格律诗的形成是为了配合吟诵的需求,吟诵自然也就促进了诗歌尤其是格律诗的发展。叶先生将二者的关系调理得非常顺畅。由此可见,吟诵与格律诗的形成,吟诵与格律诗的创作,吟诵与格律诗的体悟和理解都有密切关系,吟诵与我国古典诗歌的关系的确十分密切。

四、叶嘉莹先生的吟诵都是可以复制的,甚至连古诗的吟诵都能够复制,所以她的吟诵代表着传统吟诵的极高水平

依笔者看来,传统吟诵与新吟唱的区别主要有三点,一是从性质上看,前者是文学艺术,是以文学为本位的;后者是音乐艺术,是以音乐为本位的。从语言上看,传统吟诵与新吟唱的发音不相同。从实用上看,传统吟诵具有复制功能,可以举一反三。例如你学会吟诵李白的《赠汪伦》,你自然就会吟诵《望庐山瀑布》,甚至王维的《九月九日忆山东兄弟》、张继的《枫桥夜泊》以及所有的七言仄起绝句都会吟诵了。而歌唱也好,新吟唱也好,都不具备这种功能。所以传统吟诵才是真正的读书方法。

叶嘉莹先生是诗词大家,其格律诗的写作极为娴熟,叶先生格律诗的吟诵自然也是极为娴熟,吟诵本来就是用来调平仄的。难得的是,叶先生古诗的吟诵也同样具有复制功能。2009 年北京中华吟诵周活动中,叶先生曾经吟诵了杜甫的《赠卫八处士》。为了说明问题,将原诗抄录于下:

> 人生不相见,动如参与商。今夕复何夕,共此灯烛光。少壮能几时?鬓发各已苍!访旧半为鬼,惊呼热中肠。焉知二十载,重上君子堂。　　昔别君未婚,儿女忽成行。怡然敬父执,问我来何方。问答乃未已,驱儿罗酒浆。夜雨剪春韭,新炊间黄粱。主称会面难,一举累十觞。　　十觞亦不醉,感子故意长。明日隔山岳,世事两茫茫。

从文学的角度,可以将这首诗分为三个章节,前十句为第一个章节,抒发诗人久别重逢的激情;接下来十句为第二个章节,叙述诗人与友人相会重逢的过程,亦抒发了世事的感慨;最后四句回应首二句的"人生不相见,动如参与商",暗示昔日一别,今幸相会;明日一别,后会无期的感叹。诗篇的内在结构,是诗人情感的自然走向,叶先生的吟诵,完全是按照诗篇的情感走向而吟诵的,与诗篇内在的结构完全一致。按照叶先生的长诗"每四句一个循回"的理论,我们可以发现,每一章节的前四句吟诵曲调基本相同,最后一个章节虽然只有四句,也是如此。重复了三次的吟诵曲调,不仅表示这是一个章节的开始,而且表明这四句的曲调是这首诗的主旋律。我们反复琢磨这四句吟诵的曲调,并结合对诗篇内容、创作背景的分析,可以断定这首诗的情感比较复杂,在喜悦、激动之中兼有苍凉和感慨。从文学的角度看第一个章节,这一章节共十句,前四句是一个层次,写与友人重逢的喜悦;接下来的四句是第二个层次,写老友重逢的感伤;最后的两句独立成一个层次,写与老友重逢的感慨。从吟诵的角度来看,叶先生显然也把这一章节分为三个拍节,前四句为第一个节拍,以充满激情的语调,表达了诗人与友人重逢的惊喜和欢悦。接下来的四句为第二个节拍,叶先生在重复基本效率的基础上,加重了语气和情感,以表达昔日的友人今已"半为鬼"的感伤。最后两句为第三个节拍,情绪有所回转,因为毕竟友人还在,能和友人重逢是自己想不到的好事,所以吟诵时语调稍微有所上升。"君子堂"是第一个章节的结束语,所以叶先生吟诵时语速稍微放慢一点,表明叶先生在吟诵时已经充分注意到章节的变化。吟诵就是读书,叶先生是深谙读书奥秘的!老先生已经通过吟诵把作品的层次、感情基调、情感变化都告诉我们了,也把吟诵的重要性告诉我们了。叶先生对第二个章节的吟诵处理与第一个章节一样,第一个节拍仍然是以主旋律为开头,但是这一章节是以叙事为主,因此节奏明显地有所变化,诗人的感情也随着事件的发展有所变化,"主称会面难,一举累十觞"两句,将友人的热情写到了极点,也是诗人将自己对友人感激之情淋漓尽致地宣泄,吟者的感情也受到诗人、友人的感染，以适当放慢语速、提升调值的方法，将诗人的感情、诗人对友人的感情，完美地表现出来。最后一个章节，"世事两茫茫"叶先生在依照基本旋律吟诵的基础上，语速再一次放慢，语调低沉，为听众留下遐想的空间。总之，叶先生这首诗的吟诵，以优美的曲调叙述的动乱的年代，两位多年未曾会面的老朋友意外重逢的故事，塑造了两个极有个性的人物：诗人和卫八处士，堪称是传统吟诵的典范，是叙事诗吟诵的典范。

当然，叶先生吟诵此诗的意义不仅仅是告诉我们如何吟诵《赠卫八处士》，更重要的是叶先生告诉我们古诗、尤其是古典叙事诗吟诵的方法；如何在吟诵叙事诗时注意人物形象的塑造。

我们知道，传统吟诵的一个重要特点就是具有可复制性。那么，叶先生吟诵的这首诗是不是具有复制性呢？笔者做了大胆的尝试，依照叶先生吟诵《赠卫八处士》的方法，顺利地把《木兰辞》吟诵下来。《木兰辞》共分六节，每一节的前四句吟诵的曲调完全一样，每一节其余的节拍，依其内容的不同，在语调、语速、语音的高低上适当有所变化。如果《木兰辞》的吟诵可以得到认可，那么相同体裁的诗篇从理论上说应该都可以这样吟诵。因此笔者认为叶先生吟诵的《赠卫八处士》不仅仅是给我们吟诵了一篇优美的古诗，更重要的是给我们提供了一种吟诵古诗的方法。《木兰辞》的吟诵有许多版本，还有一些是吟唱和歌唱的，但是能够以一种吟诵的曲调去顺利吟诵其他诗篇，而且能做到吟诵的分析与文学的分析完全一致，唯有叶先生的吟诵，所以叶先生的吟诵非常珍贵，并希望在闲暇时、在身体条件许可的情况下，尽可能多地整理出吟诵的曲调，使后人保存更多的、极为珍贵的本色正宗的传统吟诵音响文献资料。

最后，我们还应该提及的是，叶先生多年来坚持的吟诵，就是她在文章中所说的"吟诵的正统"，也就是我们平时所说的传统吟诵。因为只有用这种传统的吟诵，才是真正的读书方法，才可以在读书时做到举一反三，才能更好地推广吟诵，才能做到声情并茂，才能以吟诵促进古典诗歌、尤其是格律诗的创作，所以我们非常敬重叶先生的传统吟诵，希望叶先生的吟诵能够得到广泛地推广。

清代以来河北保定县地域的童蒙吟诵

刘崇德（河北大学古籍所）

近年来叶嘉莹先生非常重视我国吟诵文化遗产的保护和传承，在叶先生的倡导下，古典诗词吟诵越来越受到学界和社会的重视，引起了很大的反响。前年叶先生派来两个学生，将我的诗歌吟诵录音带回，她听后认为颇有古意，对我的这种吟诵很感兴趣。我的吟诵是清代以来流传于河北保定县区域私塾学堂教育小学生的童蒙吟诵。此地的童蒙吟诵带有鲜明的河北地方民俗和方音色彩，具有相对固定的音调和吟唱规则，而且流传有序，至今仍有传承人在用这饶有古风古韵的调子吟诵格律诗。我也将这种吟诵教给我的学生们，他们一般也都能掌握这种吟诵方法。2010年以来，我们也多次向河北大学、河北省呼吁将这种地方色彩极浓的童蒙吟诵列为"非物质文化遗产"进行保护和继承。希望借此机会引起社会的重视和关注，将这种童蒙吟诵保留传承下去。

从地域上来说，我们的这种吟诵主要在清代以来河北保定县区域流传。河北省保定县，在北宋时属于平戎军，明代始建保定县，隶属于霸州，至清代划归涿州管辖。民国时期则改成了新镇，解放后保定县被撤销。从现在行政区划上来看，一部分归属了现在保定市的雄县，一部分属于廊坊的霸州，还有一部分则划归了文安县。新镇处在文安县与霸州的交界处，归属文安县。这个保定县即是我们所讲之童蒙吟诵的传承发展之地。这种童蒙吟诵当地叫作"吟诗"或叫"吟唱"。以前到这个地方，如果问唐诗怎么读，人们不知道，若提到"吟诗"，有很多人都会。当地吟诗用的是直隶官话，如直隶官话说"我卖了它"，其读音与"我买了它"的"买"字相同。文人吟诵诗歌，古时候有一个平仄格（或称为平仄歌），此格专门为写格律诗而设。五言的格律，分为平起式和仄起式，"平仄"当地读作"平仄(zhài)"。当地对格律诗歌平仄失粘，叫作失粘(zhān)；如今"不粘"一词当时从写格律诗而来的，"不粘"就是不合格律，平仄失调的意思。如我们吟李商隐《夜雨寄北》，这是仄起平收的一首七言绝句。这首诗吟到"问"字时，读为上声，而吟"雨"字时，读为平声。吟诗时的四声和平时诵读的四声不完全一样，通常去声吟为上声，上声吟为阳平。在今天读为阴平、阳平的都吟作阴平,这样更好听一些,吟起来也有调子,节奏也会更鲜明一些。

$$6\ 2\ 1\ 1\ ——\ 6\ 2\ 1\ ——\ |$$
君 问 归 期   未 有 期,
平 去 平 平   去 上 平

$$1\ 1\ ——\ 6\ 2\ 6\underset{}{5}\ 2\ 1\ ——\ |$$
巴 山   夜 雨 涨 秋 池。
平 平   去 上 去 平 平

$$1\ 1\ ——\ 6\ 5\ 5\ 2\ ——\ 1\ 2\ 0\ |$$
何 当   共 剪 西 窗   烛,
平 平   去 上 平 平   入

$$6\ 2\ 1\ 1\ ——\ 6\ 6\ 2\ 1\ ——\ |$$
却 话 巴 山   夜 雨 时。
去 去 平 平   去 上 平

民国以来,保定县的吟诗受国语语音规范的影响,在吟诗上也有一些变化。我的二爷万钟公的吟唱,调子没有变,吟诗时候的读音平分阴阳,上去则更接近民国以来推行的国语语音规范。万钟公接受民国师范教育,进过洋学堂,又从事乡村小学教育,以此之故,他的吟诗读音自然略有不同。我祖父万恺公他们读书的音调,尤其是吟诗,是一代代的口口相传,调虽有个人的差异,但基本不变,读音平不分阴阳,上去接《中州韵》,入声字一般读成上声或短促的上声,如"国"(入声)读作"guǒ",表现出鲜明的直隶官话的读音色彩。

我们保定县的这个吟诵主要用于童蒙教育,是乡间私塾一代代传承下来的吟诗的调子和方法,在童蒙诗文教育方面起到了很大的作用。这个吟诗我们只吟格律诗,就是绝句和律诗。在绝句里面,也还有古绝,其他的不吟,比如词不吟、古诗、歌行也不吟。在当时除了吟诗之外还有一种"诵读",就是唱读,读文章、读古体诗、诗赋,甚至读鼓子词,如《杨家将》鼓子词等。小学生在课堂上就是诵读,大家一起诵,或者单个在老师面前诵。音调急促回环,非常利于小学生的记诵功夫的养成,这和吟诗又是不同的。

前辈有很多人都会吟诗,早先这是很平常的事情,吟诗应该是有一个固定的调的,根据每个地区的风俗和语音又表现出一些不同的特点。我们的这个吟诵是有一个固定的调的。我吟诗是跟我二姥爷和叔伯二爷学的,他们的吟诗,稍微有点吟唱的意思。这些吟唱就有当地一些民谣,尤其是童谣,还有当地方言的发音特点,但由于是吟诗,要求用官话,在当时属于直隶官话,所以它又和民间小调不完全一样。这个可能是基本规律,就是一个地区的吟诗总是与官话相结合的。我们的这种吟诗,其基本的要求是,发音讲平上去入四声,平不分阴阳，似戏曲中的韵白，它不是念白与朗诵，有调无谱，不是歌曲小唱，而依音韵之起伏转合，音节之断续顿挫，一唱三叹，宁拙勿巧，宁酸勿甜，咏而不歌，声颤而悠，其韵味全在哀婉酸楚之中。我们以李白《独坐敬亭山》为例子，这是五言仄起的，是五言的正格。

$$6 \quad 2 \quad 2 \quad 1--1^2 \ 0 \ |$$
众　鸟　高　飞　　尽，
去　上　平　平　　去

$$1 \ 1-- \ 6 \ \overparen{6 \ 2} \quad 1---\searrow |$$
孤　云　　　独　去　闲。
平　平　　　入　去　平

$$2 \ 1-- \ 5 \quad \overparen{2 \ 5} \quad \overparen{1 \ 2}. \ |$$
相　看　　两　不　厌，
平　平　　上　入　去

$$6 \ 5 \ \overparen{3 \ 5} \ 3 \quad 2 \ 1 \ -- |$$
只　有　敬　亭　山。
上　上　去　平　平

平上去入四声，每声读起来效果不同，吟唱起来自然也不一样。过去有一个通常的说法："平声平道莫低昂，上声高呼猛烈强。去声分明哀远道，入声短促急收藏"就是这个道理。一般来说，每个字声音短长有规律，通常平声要长，仄音要短。但也不是每个平声都长，每个仄声都短。像仄起首句第四字要长，吟到平声韵脚时，这个字就一定要长。尾字为仄声的音也不能突然停下来。再吟王维《竹里馆》，这是一首五言古诗：

$$0 \ 1^{\cdot 6} \ 5 \ 1-- \ \overparen{1 \ 2} \ |$$
独　坐　幽　篁　　里，
入　去　平　平　　上

$$1 \ 1-- \overparen{\ 6} \ 1-- \ \overparen{1 \ 2} \ |$$
弹　琴　　复　长　　啸。
平　平　　去　平　　去

$$1 \ 1-- \overparen{\ 6} \ 2 \ 1 \ -- |$$
深　林　　人　不　知，
平　平　　平　入　平

$$6^{\cdot} \ 1^{\cdot 3}0 \ 1 \quad 1-- \ \overparen{1 \ 2} \ |$$
明　月　来　相　　照。
平　入　平　平　　去

　　前些年,一位老友听我吟诗后说我的吟诗与其家乡保定高阳县唱的老调一样。确实,因我的家族与河北梆子的渊源,这个吟诗也受到河北梆子音调的很大影响。从我曾祖父希珍公开始,就唱河北梆子。河北梆子的前身是山西东路梆子,后来才改造成直隶梆子(河北梆子)。我曾祖父与霸县才子王宏共同建立了"三庆合"戏班,培养了一大批河北梆子的名角和演员,促进了河北梆子的成熟和发展。我的祖父与王宏之子王万智又成立"小三庆合",直到光绪二十八年(1902)才解散。后来万恺公又到廊坊永清县"永胜梆子","永胜梆子"是由刘氏长支族人建立起来的。刘氏长支从乾隆年间迁到廊坊永清,现在"凤"字辈的人应该是我的叔伯辈,"俊"字辈则是我的兄弟行。"永清""霸县"刘氏原为同宗,"三庆合""小三庆合""永胜梆子"与刘氏家族渊源甚深。所以我的吟诗,因为河北梆子的原因,唱的味道更浓一些。而声情带有"悲"的色彩。"吟"应该是"悲"的,这里有受梆子影响音调影响的原因。河北梆子源自山西东路梆子,山西东路梆子则渊源于秦腔。秦腔声调的沧桑悲怆确实也随着梆子而进入到我们这个吟诵之中。另一个是吟诗的时候,声调抑扬顿挫,伴随着身体的晃动,这正如鲁迅先生在《从百草园到三味书屋》那篇文中描绘的私塾先生读书的情形,"向后拗过去、拗过去"。音调的节奏、身体的生命节奏、诗歌的节奏结合在一起,哀婉酸楚的悲韵也就由此发出来了。

　　我吟诗的调,要说传自多远,这个很难说,按照其受河北梆子发展来讲,应该是清代以来流传于保定县区域的一种吟诵形式,约有一百几十年的历史。就确定的来说,最早我是听我祖父万恺公吟。我小时候常常听我爷爷吟,有时候下雨天他不能出去,就在他小屋里吟。听着有一点像唱戏,也有一点像念书,调子比较悲哀。后来回老家,才找二姥爷学的。这个吟诗的方法每一个人稍有不同。因为我祖父是唱河北梆子的,他会唱戏,所以他吟诗时唱的成分可能多一些,二姥爷唱的成分就要少一些。当初因其声俚俗,并不太在意。"文革"中曾借公社录音机录下万钟二爷吟诗一盘,后幸蒙河北大学田玉琪教授用相关设备将其转录为音频光盘,虽因年代较远有些老化,幸而可以听其仿佛。现在时而吟诗,借以发思古之幽情,每当哼起这乡音老调,就犹如又回到母亲、姨娘、祖母、外祖母的身边、怀抱,倍感亲切。

　　为了呈现保定县格律诗吟诵的音调特点,河北大学田玉琪教授将我的吟诵音调以简谱的形式进行了记录。下面就将田玉琪教授记录的音谱附在后面,以见我们这个吟诵的音调大概。(上文所引的音谱也是采用田玉琪教授的音谱记录)如孟浩然《访袁拾遗不遇》,这是一首平起格的五言绝句:

$\overbrace{1\,2.}\ 1\,-\,-\!\!\!\!\!\frown\ 5\ 1\,-\,1\!\!\stackrel{2}{}\ |$

洛　阳　　访　才　子，
入　平　　去　平　上

$6\ \dot{5}\ \underset{}{2^5}\ 0\ 2\ 1\,-\!\!\!\!\frown\ |$

江　岭　作　　流　人。
平　上　去　　平　平

$2\ 0\ 2\ 2\,-\,-\,1\!\!\stackrel{2}{}\ |$

闻　说　梅　花　　　早，
平　入　平　平　　　上

$1\ 1\,-\,-\!\!\!\!\frown\ 2\ \overbrace{6\,2}\ 1\,-\,-\!\!\!\!\frown\ \|$

何　如　　此　地　春。
平　平　　上　去　平

五律仄起是正格，如杜甫《旅夜书怀》：

$6\ 3\ 1\ 1\,-\,-\,1\!\!\stackrel{2}{}\ |$ 　　　 $6\ 3\ 1\ 1\,-\,-\,1\!\!\stackrel{2}{}\ |$

细　草　微　风　　　岸，　　名　岂　文　章　　　著，
去　上　平　平　　　去　　　平　上　平　平　　　去

$1\ 1\,-\,-\,\underset{}{6\,0}\ \overbrace{6\,2}\ 1\,-\,-\,-\!\!\!\!\frown\ |$ 　 $1\ 1\,-\,-\,2\ \overbrace{6\,2}\ 1\,-\,-\,-\!\!\!\!\frown\ |$

危　樯　　独　夜　舟。　　官　应　　老　病　休。
平　平　　入　去　平　　　平　平　　上　去　平

$2\ 1\,-\,-\,6\ 3\ \overbrace{2\,1\,2}\ 0\ |$ 　　 $1\ 1\,-\,-\,\underset{}{6.}\ 3\ 1\!\!\stackrel{2}{}\ |$

星　垂　　平　野　阔，　　飘　飘　　何　所　似，
平　平　　平　上　去　　　平　平　　平　上　去

$\underline{6\ 0}\ \underset{}{6.3}\ \overbrace{2\ 3}\ 2\ \overbrace{2\ 1}\,-\,-\!\!\!\!\frown\ \|$ 　 $6\ \underset{}{3^5}\ 2\ 2\ 1\,-\,-\,-\!\!\!\!\frown\ \|$

月　涌　大　江　流。　　天　地　一　沙　鸥。
入　上　去　平　平　　　平　去　入　平　平

五律平起格，我们来看杜甫的《登岳阳楼》：

$1\ 1\,-\,-\,6\ \dot{5}\ \underset{}{2\,1}2\ |$

昔　闻　　洞　庭　水，
入　平　　去　平　上

$6\ 1\ \underset{}{6.5}\ 2\ 1\,-\,-\!\!\!\!\frown\ |$

今　上　岳　阳　楼。
平　上　去　阳　楼

```
6·  5   2   1 — — 2   0 |
吴   楚   东   南          坼，
平   上   平   平          入
```

```
1   1 — — 6· ⌒62   1 — — |
乾   坤        日   夜   浮。
平   平        入   去   平
```

```
1   1 — — 6   3   ⌒1 2· |
亲   朋      无   一   字，
平   平      平   入   去
```

```
5   ⌒35   ⌒53   2   1 — — |
老   病      有   孤   舟。
上   去      上   平   平
```

```
6·  1   5   1 — — 1·2   0 |
戎   马   关   山          北，
平   上   平   平          入
```

```
1   1 — — 6· ⌒62   1 — — |
凭   轩        涕   泗   流。
平   平        去   去   平
```

七律平起格，我们来吟李白的《朝发白帝城》：

```
2   1 — — 6 0   5·⁶ 5   2   1 — — |
朝   辞        白   帝   彩   云   间，
平   平        入   去   上   平   平
```

```
6 2   1   1 — — 6 0   2³0   1 — — |
千   里   江   陵      一   日   还。
平   上   平   平      入   入   平
```

```
2   ⌒12   1   1 — — 6   2   1· 2 |
两   岸   猿   声      啼   不   住，
上   去   平   平      平   入   去
```

```
1   1 — — 6· 5·⁶ 6·⁵   2   1 — — ‖
轻   舟        已   过   万   重   山。
平   平        上   去   去   平   平
```

七言古绝仄起的,我们看黄巢的《咏菊》一诗:

$$1 \quad 2^{\cdot 3} \quad 5 \quad 1 \; \text{---} \; 2 \quad \widehat{6 \; 2} \quad 1^{\cdot 2} \; 0 \; |$$

待	到	秋	来	九	月	八,
去	去	平	平	上	入	入

$$1 \quad 1 \; \text{---} \; 6 \quad 2 \quad 1 \quad 1 \quad \underline{1 \; 2} \; 0 \; |$$

我	花	开	尽	它	花	杀。
上	平	平	上	平	平	入

$$1 \quad 1 \; \text{---} \; 6 \quad 2^{\cdot 3} \quad \widehat{6 \cdot 5} \quad 2 \quad 1 \; \text{---} \; |$$

冲	天	香	阵	透	长	安,
平	平	平	去	去	平	平

$$1 \quad 1 \; \text{---} \; 6 \quad 2^{\cdot 3} \quad 1 \quad 1 \; \text{---} \; 2 \; 0 \; |$$

满	城	尽	带	黄	金	甲。
上	平	上	去	平	平	入

七律仄起格,我们看杜甫的《登高》:

$$6 \quad \underline{6 \cdot 2} \; 0 \quad 1 \quad 1 \; \text{---} \; 6 \quad \widehat{6 \; 2} \quad 1 \; \text{---} \; |$$

风	急	天	高	猿	啸	哀,
平	入	平	平	平	去	平

$$1 \quad 1 \; \text{---} \; \times \quad \underline{\times} \; 0 \quad 2 \quad 2 \quad 1 \; \text{---} \; |$$

渚	清	沙	白	鸟	飞	回。
上	平	平	入	上	平	平

$$1 \quad 1 \; \text{---} \; \widehat{6} \quad 5 \quad 5 \quad 1 \; \text{---} \; \overgroup{1 \; 2} \; |$$

无	边	落	木	萧	萧	下,
平	平	入	去	平	平	去

$$6 \quad 2^{\cdot 3} \quad 1 \quad 1 \; \text{---} \; 2 \quad 2 \quad 1 \; \text{---} \; |$$

不	尽	长	江	滚	滚	来。
入	上	平	平	上	上	平

$$6 \quad 2 \quad 1 \quad 1 \; \text{---} \; \overgroup{6 \quad 6^{\cdot 1}} \quad \overgroup{6 \; 5} \; 0 \; |$$

万	里	悲	秋	常	作	客,
去	上	平	平	平	去	入

$$\underline{5} \; 0 \quad 2 \; \text{---} \; 1 \quad 1^{\cdot 2} \; 6 \; 0 \quad \overgroup{6 \cdot 5} \quad 2 \; 1 \; \text{---} \; |$$

百	年	多	病	独	登	台。
入	平	平	去	入	平	平

1 1 — — 5 1² 1 1 — 1 2 |

艰 难　　苦 恨 繁 霜 鬓，

平 平　　上 去 平 平 去

6 2 1 1 — — 2 2 1 — — ‖

潦 倒 新 停　　浊 酒 杯。

上 上 平 平　　入 上 平

七律平起格，我们来看杜甫《秋兴八首》之一：

6· 2 1 1 — — 6 6 2 0 1 — — |

夔 府 孤 城　　落 日　　斜，

平 上 平 平　　入 入　　平

2 1 — — 6 0 2 2⁵ 2 1 — — |

每 依　　北 斗 望 京 华。

上 平　　入 上 去 平 平

2 1 — — 6 5 1 1 — — 1 2 |

听 猿　　实 下 三 声　　泪，

平 平　　入 去 平 平　　去

6· 2 1 — — 6 0 2 0 1 1 — — |

奉 使 虚 随　　八 月　　槎。

去 上 平 平　　入 入　　平

6· 5 1 1 — — 5 2 1 2 |

画 省 香 炉　　违 伏 枕

去 上 平 平　　上 入 上

1 1 — — 5 1 2 0 2 1 — 1 — — |

山 楼　　粉 蝶　　隐 悲 茄。

平 平　　平 入　　上 平 平

2 1 — — 6 6 5 2 1 — — 1 2 |

请 看　　石 上　　藤 萝 月，

上 平　　入 上　　平 平 入

6 5 1 1 — — 6 6 2 1 — — ‖

已 映 洲 前　　芦 荻 花。

上 去 平 平　　平 入　　平

（本文由刘崇德先生口述，于广杰整理）

浅析韩国许卷洙教授七言诗吟诵

刘　畅　赵　季(南开大学文学院)

　　韩国庆尚大学许卷洙教授,是韩国汉文学殿军渊民李家源先生高足,学养丰富,是顶尖级韩国汉学学者,且善书法,并创作了大量的汉诗、汉文作品。本文将就许教授吟诵韩国古代汉诗《送人》《登岳阳楼叹关山戎马》及中国古代《蜀相》《赠汪伦》共计四首七言诗进行分析,探讨其吟诵内容及特点。其中《送人》《赠汪伦》为七言绝句,《蜀相》为七言律诗,《登岳阳楼叹关山戎马》则为朝鲜王朝科举诗,计22联。

　　许教授在吟诵之时,诗句内部都会加上"에、하니、이요、오"等韩语字符,这便是韩国特有的"吐"。韩国古代知识人的书面语虽为汉字,但朝鲜半岛古代口语表达则有本土语言,书写则借用近音的汉字,如吏读等。至15世纪《训民正音》发明,这种本土语言有了可以固定的书写表达系统,此后以本土语言标记、解释汉文的书籍大量出现。

　　许教授在给笔者信中言:"韩国人所用之语言(韩国语)与汉文,构文不同,又语顺不同,是以欲与汉文亲密,感以己国之语言。故于古汉文文章句读之间,添入韩国语之助词(相当于汉语里之助词与终结词等),韩国人称之为吐或'口诀'。据说新罗中期(唐太宗高宗间)学者薛聪创制云。按照汉文文章之内容,而适宜加吐(悬吐),可以谓一部分翻译矣。人人不完全一致。经书则朝鲜朝廷确定悬吐而颁于全国,故个人学者不可违之,以为传统,到今大部分严遵之,个别学者中,不无批判于国定悬吐之问题,自己任意改之。不无论难。"

　　吐,作为这类标记方法的一种,指根据内容理解,在汉文加上韩语字符,用于表现时态、尊敬格、感情色彩,及句子成分间、语句之间的语法关系等。主要包括韩字吐,与借用汉字的汉字吐、略字吐(如"고",汉字吐"古"、略字吐"口"),现存韩国古代记载相关标记方法的书籍中,李森焕(1729—1813)《句读指南》、任圭直(1811—1853)《句读解法》、朴文镐(1846—1918)《俚读解》较具有代表性。[①]

[①]　심경호.한국한문기초학사.韩国京畿道坡州市:태학사.2010,72—86

"吐"要在文义理解的基础上标记,而标记结果,不仅体现了标记人对于汉文的理解,而且还将影响阅读者对于原文的理解,是非常重要的。由于中国人阅读古文并无类似悬吐的标记方法,故笔者于经书、文集各举一例,对"吐"与文义理解的关系进行简要说明。由于吐标记的不同,原文断句会产生少许差异,故笔者援引中国古文仅以句号简要标点。

经书如《孟子·滕文公上》"墨者夷之因徐辟而求见孟子。孟子曰。吾固愿见。今吾尚病。病愈。我且往见。夷子不来"之"夷子不来":

栗谷李珥(1536—1584):夷子不来ᄒ라(谚解:이즈ᅵ 오디 말라)

退溪李滉(1501—1570):夷子不来ᄒ니라①

顺庵安鼎福(1712—1791):若以孟子"使夷子不必来"云尔,则当云"勿来"或曰"不必来"。退溪亦曰:"今作'不来',是孟子绝之以'我且往见',于是夷子不敢来耳。"②

上述理解中,李珥与李滉的"吐"不同,李珥认为"夷子不来",是使动、命令,用现代汉语白话翻译就是"夷子别来了";安鼎福赞成李滉,认为"夷子不来"只是陈述,用现代汉语白话翻译就是"夷子(这次)没有来",并且认为,如果是孟子想表达"夷子别来"的意思,应该是"勿来""不必来",而非"不来"。实际上,这关系到"夷子不来"从上之"我且往见",还是和下文"他日又求见孟子"紧密联系,亦即"孟子曰"的话里是否包含"夷子不来"。

《孟子注疏》卷五:"墨者夷之因徐辟而求见孟子。夷之,治墨家之道者。徐辟,孟子弟子也。求见孟子,欲以辩道也。孟子曰:'吾固愿见,今吾尚病,病愈,我且往见。'注:我常愿见之,今值我病,不能见也,病愈,将自往见。以辞郤之。夷子不来,他日又求见孟子。注:是日,夷子闻孟子病,故不来,他日复往求见之。"疏:"夷之,治墨家之道者姓名也。徐辟,孟子弟子也。言治墨家之道者夷之因孟子弟子徐辟而见孟子也。孟子曰:吾固愿见,今吾尚正病,且待病之瘳愈,我以往而见之也。夷子不来,他日又求见孟子。夷子闻孟子以为尚病,故不来见。至于他日,复往求见孟子。"《孟子集注》卷三:"墨者夷之因徐辟而求见孟子。孟子曰:'吾固愿见,今吾尚病,病愈,我且往见,夷子不来。'辟,音璧,又音辟○墨者,治墨翟之道者,夷姓之名。徐辟,孟子弟子。孟子称疾,疑亦托辞,以观其意之诚否。他日又求见孟子。"

注疏与集注内容本身并无太大分歧,不同处主要在于批注穿插的位置。按照注疏,很容易认为"夷子不来,他日又求见孟子"是一句;按照集注,则很容易理解为"吾固愿见,今吾

①　栗谷李珥至此,转引自郑晚浩:《虚辞와口訣의机能研究》,韩国忠南大学硕士毕业论文,1999年。
②　《顺庵先生文集》卷十一《经书疑义》,韩国景仁文化社影印《韩国文集丛刊》(下文简称《丛刊》)第230册,第15页。

尚病,病愈,我且往见。夷子不来"是一句,而"他日又求见孟子"是承前省略主语"夷子"。如此看来,则李珥的理解更接近《集注》,而李滉的理解则更近于《注疏》。

今存《韩国文集丛刊》影印本《月汀先生别集》卷二、三载《韩文吐释》中,记录了尹根寿(1537—1616)与崔岦(1539—1612)关于韩愈文章如何加"吐"的讨论。如关于《伯夷颂》,

> 尹根寿问:"'昭乎罗''崒乎罗''巍乎罗',曩读三乎字皆无吐,着罗吐何意? 无吐与罗吐,何者为长?"

> 崔岦答:"昭、崒、巍在伯夷,虽曰月泰山不足为云云,而天地亦不足为包容之大也。'为明''为高''为容'之'为',犹《孟子》'观于海者难为水'之'为'。"①

此指韩愈赞伯夷句,按照尹根寿之前的理解,没有"罗"(即라)吐,则应断句为"昭乎日月不足为明,崒乎泰山不足为高,巍乎天地不足为容也",用现代汉语白话翻译,就是"那么明亮的日月也不足以为(伯夷的)光明,那么高的泰山也不足以为(伯夷的)高,那么高大广阔的天地也不足以为(伯夷的)包容"。崔岦表明应有"罗"吐,他认为"昭、崒、巍"均形容伯夷,而非日月、泰山、天地,故而加上"罗"吐表明感叹,如此则应断句为"昭乎! 日月不足为明。崒乎! 泰山不足为高。巍乎! 天地不足为容也",用现代汉语白话翻译,就是"(伯夷)那么光明啊! 日月也不足以为(他的)光明。(伯夷)那么高啊! 泰山也不足以为(他的)高。(伯夷)那么高大广阔啊! 天地也不足以为(他的)包容"。

诗本身文体特点与文章有所差异,且理解大意时,少有语句间关联词语、句末语气词等线索可以依凭,这一点,不仅对于韩国人,对于今日的中国人也是一样的。但由于中国少有为方便理解诗,而加关联词、语气词的情况,故本文将对韩国在汉诗上加悬吐的情况作以简要介绍。

韩国古典翻译院所整理《诗经》吟诵的录音资料中,《关雎》首章为"关关雎鸠,在河之洲로다。窈窕淑女,君子好逑로다"。其中"로다"表示一般叙述的终结语尾,即表明两句均是一般陈述句。

汉诗中悬吐的不同,同样体现出对诗理解上的差异。如高丽末郑梦周(1337—1392)《春兴》:"春雨细不滴,夜中微有声。雪尽南溪涨,草芽多少生。"第三句末,若加"하니"则表示顺承,意谓"雪下尽了,即春天来了,长出多少草芽啊";若加"이면",则表示假设,意谓如果雪下尽了,即春天来了,那时候会长出多少草芽。而此处,显然"하니"更符合诗题与整首诗

---

① 《月汀先生别集》卷二《韩文吐释上》,韩国景仁文化社影印《丛刊》第47册,第335—336页。

大意。①

笔者再以许卷洙教授吟诵汉诗为例,如高丽郑知常《送人》"雨歇长堤草色多한대,送君南浦动悲歌라。大同江水何时尽고,别泪年年添绿波라",其中"한대"区别于"한대"("一意相承及一人之辞"),表"各人之事及他义相承者"②,而语尾"라"表陈述略有感叹,"고"表疑问。再如朝鲜朝申光洙(1712—1715)科举诗《登岳阳楼叹关山戎马》"青琐朝班이年几周오","이"是主格标志,"오"在此处表疑问语气。此类标记不胜枚举,今结合全诗悬吐,略配解释如下:

秋江이寂寞코鱼龙冷하니	秋江(主)寂寞(且)鱼龙冷	顺承
人在西风仲宣楼를	人在西风仲宣楼	
梅花万国에 听暮笛이요	梅花万国(介一在),听暮笛	并列
桃竹残年에随白鸥를	桃竹残年(介一在),随白鸥	
乌蛮落照倚槛恨은	乌蛮落照倚槛恨(主句主语)	主语从句
直北兵尘이何日休오	直北兵尘(从句主语)何日休?	
春花故国溅泪后에	春花故国溅泪后(介一在)	单句
何处江山이非我愁러냐	何处江山(主)非我愁?(反问)	
新蒲细柳曲江苑이요	新蒲细柳曲江苑	并列
玉露青枫夔子州를	玉露青枫夔子州	
青袍로一上万里船하니	青袍(身着的状态),一上万里船	顺承
洞庭이如天로波始秋를	洞庭(主)如天(且)波始秋	
无边草色七百里에	无边草色七百里(介一在)	单句
自古高楼가湖上浮러니라	自古高楼(主)湖上浮	
秋声徙倚落木天하니	秋声徙倚落木天	顺承
眼力이初穷青草洲를	眼力(主)初穷青草洲	
风烟이非不满目来되	风烟(主)非不满目来	顺承
不幸东南에飘泊游를	不幸东南(介一在),飘泊游	

① 오석환,《제 7 차 교육과정 고등학교 한문교과서 한시 해석의 문제점: 현토 (懸吐) 와대우 (对偶) 를중심으로》,汉文古典研究 Vol.17,2008。
② 任圭直(1811—1853)《句读解法》。

（续）

中州几处战鼓多오	中州几处战鼓多？	
臣甫先为天下忧를	臣甫先为天下忧	
青山白水寡妇哭이요	青山白水寡妇哭이요	并列
苜蓿葡萄胡骑啾를	苜蓿葡萄胡骑啾를	
开元花鸟锁绣岭한데	开元花鸟锁绣岭	轻微转折
泣听江南红荳讴를	泣听江南红荳讴	
西垣梧竹은旧拾遗요	西垣梧竹（主）旧拾遗	并列
楚户霜砧에余白头를	楚户霜砧（介—在）余白头	
萧萧孤棹가犯百蛮하니	萧萧孤棹（主）犯百蛮	顺承
晚年生涯三峡舟를	晚年生涯三峡舟	
风尘弟妹는泪欲枯하고	风尘弟妹（主）泪欲枯	并列
湖海亲朋은书不投를	湖海亲朋（主）书不投	
如萍天地에此楼高하니	如萍天地（介—在）此楼高	顺承
乱代登临悲楚囚를	乱代登临悲楚囚	
西京万事奕棋场에	西京万事奕棋场（介—在）	单句
北望黄屋平安不아	北望黄屋平安不？	
巴陵春酒가不成醉하니	巴陵春酒不成醉（主谓）	顺承
锦囊이无心风物收를	锦囊（主）无心风物收	
朝宗江汉此何地오	朝宗江汉此何地？	
等闲潇湘이楼下流를	等闲潇湘（主）楼下流를	
蛟龙在水로虎在山하니	蛟龙在水，虎在山	顺承
青琐朝班이年几周오	青琐朝班（主）年几周？	
君山元气莽苍边에	君山元气莽苍边（介—在）	单句
一帘斜阳이不满钩를	一帘斜阳（主）不满钩	
三声楚猿이唤愁生하니	三声楚猿（主）唤愁生	顺承
眼穿京华倚斗牛를	眼穿京华倚斗牛	

在汉字诗上加悬吐,是韩国人汉诗吟诵与中国人吟诵在内容上的最大区别。而在吟诵音乐性角度看来,许卷洙教授吟诵总体上呈现出古直低回的特征。且许教授在正式场合吟诵的《蜀相》[下文以"《蜀相》(公)"表示]与较随意时候吟诵者[下文以"《蜀相》(私)"表示]有所差别。具体说来:

一、每句第二、四字、句末悬吐字在节奏上远长于其他音节,而第二字长度不固定,即或与一、三、五、六字音长相仿,或稍长。

二、诗句第一、三、五字节奏较短,甚至一带而过,类似前倚音。如《赠汪伦》"李、乘、将、踏",《送人》"大"等字。

三、《登岳阳楼关山戎马》内部诗句旋律有反复现象,且《蜀相》(私)前四句与《送人》大致相仿,二诗内部二、四句大致相仿,音符、节拍略有不同,但其他诗句吟诵旋律并未呈现雷同现象。

四、《送人》《大同江》与《蜀相》(私),均为私下吟诵,吟诵拖长声之时,往往有加入"6525""3261""5321612"等下行、上行音阶的紧密组合,或者加入后倚音。前者如《送人》"亭、浦、年",《蜀相》(私)"堂、外、频、雄";后者如《送人》"데、水、오"。

五、音符构成以 do,re,mi,so,la 为主,且音域大都集中在 1 至 6,虽间或有 6,7 出现,但均节拍较短,长拍音符则以 1,3,5 为主,间有 2。且第四条所言两种变化仍未脱离主音,突出的仍是主音,故而曲调整体是在平直的基础上,略有旋律的上下简单变化,形成一种古朴之感。

六、如第五条所言,一方面音域集中在 1 至 6,故《赠汪伦》"闻"以长拍 3 出现,有一种突出之感,加强了汪伦不期而至的惊异。另一方面,曲调朴直和谐,故《蜀相》(私)"出师未捷"句♭2,♭7,♭6,4 出现并拖长声,陡然变调,长拍的不和谐音予人以陡转直下的突兀之感,凸显了"三顾频烦天下计,两朝开济老臣心"却"出师未捷身先死"的惊愕、伤悼,起到加重情感表达的作用。

七、许教授在公开讲座吟诵的《蜀相》(公),与《送人》《大同江》《蜀相》(私)相比,整首主音定在 5,长音较多,虽有围绕主音的快节奏音划过,但相较第四条所言私下吟诵者,快节奏音符连续出现个数较少,曲调整体更为平缓。此外,节奏更为缓慢,小节内部音符、节奏型多有雷同,总体更具质朴之感。

略论传统吟诵在中国古典诗歌教学中的应用

陆有富（内蒙古师范大学文学院）

吟诵是中国传统特有的诵读方式，又被称为"中国式读书法"。吟诵的传统在中国可谓源远流长，据文献记载，诗的吟诵早在春秋时代就流行了，此后的《周礼·春官·宗伯》下篇就有"大司乐……以乐语教国子，兴、道、讽、诵、言、语"的记述。郑玄《注》云："兴者，以善物喻善事；道读曰导，导者言古以剀今也；倍文曰讽；以声节之曰诵；发端曰言；答述曰语。"可见当时学校对于贵族子弟诵诗教学的重视。后来"余亦能高咏"（李白《夜泊牛渚怀古》）、"酒酣舞懒谁相曳，诗罢能吟不复听"（杜甫《题郑十八著作丈》）、"乍可百年无称意，难教一日不吟诗"（杜荀鹤《秋日闲居寄先达》）的吟诗传统在后世一直都受到读书人的重视，绵延传承，成为中华民族一份至可宝贵的文化遗产。诗歌的声音是其情感传达的一个重要组成部分，如果我们单就千百年来诗人所留下来的已凝固的文字进行字面、意象、思想内容的分析，则不能完全进入诗歌中之妙境，也不能完全体测到作诗者生命心绪的跃动。朱光潜先生说："诗是情感的语言，而情感的变化最直接的表现是声音节奏。这是诗的命脉。读一首诗，如果不能把它的声音节奏的微妙起伏抓住，那根本就是没有领略到它的意味。"[①]因此我们要在古典诗歌的教学中关注诗歌的吟诵教学，这样，我们通过吟诵才能再现作品语言音节的美妙，进一步体会作品中所传达出的感发人心的力量。

一、传统吟诵与朗读、吟唱之区别

传统吟诵是介于诵读和歌唱之间的口头表现方式，读者可以根据个人对作品的理解，遵循作品的平仄韵律，将作品中所传达的多维复杂的情感通过声音的抑扬顿挫、轻重缓急等表现出来。可以看出，吟诵是一种细读的、创造性的、回味式的读书方法和表达方式，是

---

① 朱光潜：《朱光潜全集》（三），安徽教育出版社，1987年，第535页。

文学、音乐、语言的综合体,与朗读、吟唱有别。朗读是把文字转化为有声语言的一种创造性活动,是一种出声的阅读方式,但并不像传统吟诵那样能够表现诗作铿锵悦耳的音乐美感。吟唱则是加入了许多音乐的元素,具有固定的乐谱格式,其中之高低起伏、轻重缓急也是一成不变的。而传统吟诵可根据吟诵者对作品之理解而有多种变化,换言之,同一首诗,同一吟诵者在不同时间、不同地点吟诵所表现之腔调可能不同。不同的吟诵者由于其阅读背景、年龄长幼、音色高低等因素对同一首诗的吟诵更不可能相同。可以说吟诵是一种创造性的读书方法,不同时地、不同读者的玩味涵泳正是对于诗歌多方位的创造性的解读,我们只有在这样的曼声长吟中才能体会诗歌作品中传达出的复杂多维的情感和深刻的志意。叶嘉莹先生曾言:"中国的吟诗,一定不能谱成一个调子,一定不能有死板的音节,一定要有绝对的自由。为什么不能谱成一个调子呢?因为你每次读一首词都可以有不同的感受,而且不同的人读这首词也可以有不同的感受。"①因此叶先生强调在吟诵的时候一定要把自己对于这首诗词的体会和情意用自己的声音表现出来。

　　2008年,常州吟诵列入国家级非物质文化遗产名录之后,在文化界的大力倡导之下,各地吟诵团体的建立,吟诵活动的举办,吟诵录音的发行,课堂对吟诵的引入等等都昭示着吟诵骎骎日进而大有复兴之势。然而其中的吟诵实践多是配乐朗诵、配曲吟唱,虽能吸引大多听众,但与传统吟诵全然不同。这就要求我们在教学中正确传达吟诵之方式方法,培养学生的吟诵能力,让学生透过声音对诗篇作出诠释,而不是制定一种固定的乐谱让大家去遵循。吟唱则可以诱导学习者养成吟诵的爱好和习惯。

二、传统吟诵之作用

　　诗歌吟诵是一项即可自娱又可娱人的高雅的艺术活动,它不仅可以品评欣赏诗歌韵律所传达出的美感,还对诗歌创作有着一定的指导作用。自诗歌评赏一方面而言,吟诵可以求得诗篇在韵律之中传达出的神情气韵,这样才能得一篇之益处,而自己的情感也伴随着声音的抑扬轻重与诗中的情事起伏相应,进而使吟诵者充分领会到作者在诗歌中所表达的情感。我们以杜甫《春夜喜雨》为例:

　　　　　　好雨知时节,当春乃发生。

　　　　　　随风潜入夜,润物细无声。

---

　　①　叶嘉莹:《叶嘉莹谈词》,南开大学出版社,2011年,第274页。

野径云俱黑,江船火独明。

晓看红湿处,花重锦官城。

如果我们用普通话去朗读,很难从声音上直接品味出作者所传达出的感情,因为诗歌中一些字的读音已经改变,读者不能还其本来面目,从而造成诗歌在韵律节奏上的缺失,读来并不能一气贯下。如"节""发""俱""黑""独""看""湿"等字的读音都与现在普通话读音不同。"节""发""独""黑""湿"在古代都是入声(仄声)字,而"俱"、"看"在这首诗中都读为阴平(平声)。具体来看这首诗的正确格律应是:

仄仄平平仄,平平仄仄平。

平平平仄仄,仄仄仄平平。

仄仄平平仄,平平仄仄平。

仄平平仄仄,平仄仄平平。

如果你经常吟诵古诗文,那就会很顺畅地按照此诗的节奏韵律一吟而下,很自然地辨别这些字的特殊读法,从而体会到作者在此诗中所表现出的喜悦之情。古典诗歌中这类字的读音与普通话不同而难以辨识的不在少数,而在熟识旧体诗格律基础上的吟诵自然可以解决这一难题,从而扫清韵律障碍,更好地使吟诵者体会诗篇所蕴含的感发动人的力量。

从指导诗歌创作一方面来说,古人作诗、改诗都是伴随着吟咏而来的,如"吟诗作赋北窗里,万言不值一杯水"(李白《答王十二寒夜独酌有怀》)、"陶冶性灵存底物,新诗改罢自长吟"(杜甫《解闷》)就是这样的情况。清人曾国藩也曾有一段极为深刻的话,他说:"凡作诗最宜讲究声调,须熟读古人佳篇,先之以高声朗诵,以昌其气;继之以密咏恬吟,以玩其味。二者并进,使古人之声调拂拂然若与我喉舌相习,则下笔时必有句调奔赴腕下,诗成自读之,亦自觉琅琅可诵,引出一种兴会来。"其中之"琅琅可诵","引出一种兴会"就是吟诵所产生的潜移默化的影响。在吟诵中体会古人下笔用字之音响节奏与情感表达的关联,体会语言音节韵律的美妙,其创作必定情韵俱兼。叶嘉莹先生曾说:"如果在学诗和作诗时经常伴随着声音的吟诵,则写出来的诗就有一种声情结合的情韵生动之美。而如果不伴随吟诵,只凭思想智力为诗,就会缺少这一种情韵生动之美。"(《从中国诗论之传统与诗风之转变谈〈槐聚诗存〉之评赏》)吟诵之益是叶先生躬身实践所总结出来的经验,并非信口而言、泛泛而谈。观其诗词,音节顿挫,韵律谐和,在抑扬起伏之中蕴含着丰富的情感。这正是吟诵在古典诗歌创作中所发挥的微妙作用。

吟诵时的那种涵泳玩味不仅使人沉浸在诗作的妙境之中,更是对人的道德品格、文化精神的一种潜移默化的熏陶和培养。叶圣陶先生曾指出:"吟诵的时候,对于研究所得的不仅理智地了解,而且亲切地体会,不知不觉之间,内容与理法化而为读者自己的东西了,这是最可贵的一种境界。学习语文学科,必须达到这种境界,才会终身受用不尽。"(《精读指导举隅·前言》)其中所言之终身受用的"境界",正是在涵泳品读中与诗人产生一种心灵的契合和共鸣,体会到作者在文字中传达出的真实的感发生命。这种兴发感动的生命久而久之会深入人心,进而产生一种潜移默化的熏陶,佳趣自当得之。

三、传统吟诵在古典诗歌教学中的应用效果

时至今日,吟诵大有衰歇之势,许多人竟不知"吟诵"是什么。虽有有识之士意欲振衰起敝,但其现状确实令人担忧。因此,只有将吟诵的正确方法引入到课堂教学中来,代有承传,我们祖先留下来的这份珍贵的非物质文化遗产才能发扬光大,泽被后世,发挥它应有的作用。

将传统吟诵运用于古典诗歌教学中,不仅能调动学生学习中国古典诗词的积极性,还可以提高他们的学习兴趣。古典诗歌在语言表述上毕竟与现代的白话诗歌不同,学生在接受上容易产生一种隔阂,因此,他们的学习兴趣并不是很高。而吟诵的介入带给他们一种感官上的刺激,使他们逐渐认识到古典诗词所蕴含的声音的美感,认识到这种声音竟是他们理解古典诗歌感发生命的重要一环。其实,吟咏歌诵是由汉语诗歌自身的特点所决定的,早在《尚书·尧典》中就有"诗言志,歌永言"的说法,这里的"永言"便是拖长声音吟咏诗歌之意,这与汉字单音独体的特点有密切的关系;其后《毛诗序》又说:"诗者,志之所之也。在心为志,发言为诗。情动于中而形于言。言之不足,故嗟叹之;嗟叹之不足,故永歌之;永歌之不足,不知手之舞之足之蹈之也。"刘勰的《文心雕龙》也提到:"吟咏之间,吐纳珠玉之声。"可见,不论是诗歌创作者,还是品鉴者,这样的吟咏诵读无疑是情意发抒和感知的最为直接的方式。因而,在千百年之下,我们评赏前贤所留下的经典诗作,挖掘诗人深层的情感意蕴,竭力还原诗人创作的初衷,也应伴有吟诵来品味涵泳。朱光潜先生提出"声音的节奏是情趣的直接表现",要想意会诗歌之情趣"必从文字的声音上体验"。诗歌吟诵教学即是诗歌文字声音上的体验,学生亦从曼节长吟中领会作品所传达出的情意,体味到外在语言文字中所蕴涵的诗人心灵的声音,进而认识诗歌节奏、韵律所构成的抑扬高下、顿挫起伏的声音魅力。他们学习古典诗歌的兴趣也就因诗歌声音美感的魅力而大大提高了。

吟诵教学不仅能求得一篇诗作之声情气韵,还能加深学生对诗作的理解。清人张裕钊在桐城古文家姚鼐、刘大櫆的基础上,提出了"因声求气"说:"欲学古人之文,其始在因声以求气,得其气,则意与辞往往因之而并显。"这里虽是学文之方法,但同样可运用于诗歌的吟诵教学。后来文廷式进一步说:"多读古人之名作,以求其神志气韵之所才。公开必读之上

口,乃皆得一篇之益。否则,虽能为之注解征引,亦无益也。国朝诸先辈讲考据家,大抵以目治者多,而以口诵者少,故文式平浅,而诗亦变化无多。不可不知其弊也。"①文氏强调吟诵古诗文名作,这样才能得一篇之益处,才能求得诗文之中的神情气韵。他还指出清代一些学人兼诗人文章体式单调平淡,诗歌亦平冗而没有起伏变化,主要原因就是"以目治者多,而以口诵者少"。如果不伴随口诵,只求以思力作诗读诗,就会缺少这种情韵生动之美。因此,我们只有通过吟诵,才能将诗作中语言文字之高下、清浊、长短、强弱、疾徐、抑扬、顿挫激活,进而赋予它们声音韵律的美感,诗歌中蕴涵的兴发感动的力量才会被释放,化为诗人与吟诵者心灵的交汇和共鸣,这样就会有助于增强记忆、培养美感、陶冶性情、扩充知识并激发学生的个性理解。朱光潜先生曾经提出:"一个人如果不会诵诗,则对诗终身为门外汉。"②因为他体会不到诗人通过声音传达出的生命感悟,也无法沉浸在诗歌那种妙不可言的境界之中。

吟诵教学改变了传统古典诗歌只注重字句、意象、思想内容、艺术特色的分析和理解的教学方法,丰富了学生课余学习的方法和手段。近些年来,古典诗歌教学在应试教育的背景下只注重字面的解说和评赏,甚至有时制定了固定的鉴赏模式,这种现象更是难以提高学生自觉学习古典诗歌的主动性和积极性。而吟诵教学的介入则大大改善了这种情况,学生对于吟诵之方法习得之后,便不受客观环境的制约,在课余后的任何时间都可以吟咏玩味,甚至同一首诗作因吟诵者不同时地心境的不同而有多种的吟诵方法。这样的涵泳玩味无疑会加深对于古典诗歌的理解。一些学生还自发组织起诗社和吟诵团体,开展课余学习,将吟诵发扬传播开来。在吟咏的过程中,学生也就在潜移默化之中提高了对于古典诗歌的品评鉴赏能力,大大提高了学习的效率。

中国古典诗歌源远流长,而以兴发感动为其主要特质,其中所蕴含和传达出的感发动人的力量生生不已,历千古而弥新。诗歌声音的美感是诗歌生命传承中一个不可或缺的重要的环节,而这种声音的美感便是通过吟诵传达出来的。因此,保护传统吟诵,加强吟诵教育,使吟诵在每一代学人身上扎根下来,对于本民族优秀文化传承有着重要的意义。叶嘉莹先生在《谈古典诗歌兴发感动之特质与吟诵之传统》一文中曾强调古典诗歌吟诵在创作评赏时的重要作用。她希望"从童幼年开始就以吟唱的方式诱导孩子们养成吟诵的爱好和习惯"③,也希望中小学的教师们"以口耳相传的吟唱方式使吟诵的传统在下一代学童中扎根下来"④,真正发挥其应有的作用,不忍见这种宝贵的文化传统日渐消亡。

---

① 《文廷式集》,中华书局,1993年,第1142页。
② 朱光潜:《谈诗歌朗诵》,原载《诗刊》1962年第6期。
③ 叶嘉莹:《叶嘉莹自选集》,南开大学出版社,2004年,第42页。
④ 叶嘉莹:《叶嘉莹自选集》,第44页。

辅仁大学中文系古诗词吟唱教学的实践与检讨

孙永忠(辅仁大学中文系)

一、前言

随着古典诗词吟唱活动逐渐为社会知晓,雅俗的争议便悄然兴起。雅俗是个相对性的存在。相对于传统文人的吟唱模式,现今表演形式的吟唱活动更符合群众美感需求;相对于大学中文系师生追寻的吟咏诗词雅境,中小学吟唱就较多音乐欢乐气氛;相对于运用琴曲、古调的悠缓,流行节奏的追寻,便显得力道冲击。何者为雅? 何者为宜?

推展古典诗词吟唱活动时,必须认清时代各种文化基素间的微妙激荡,找寻出适当的展现方式非常重要,但推展活动的理念应该更重要。因为推展理念的不同,诉求定位及采取的策略应当有别。古调自爱或许是雅,但今人不弹也多少有其遗憾。综观古诗词吟唱在台湾地区近三十年来的变化发展,可以见证传统文化在急速变异的时代洪流中适应与融合。由文士向群众,让更多人可以接触古典诗词吟唱之美,本即推广教育的基本态度,但活动中所隐藏的文化涵养,却又可透过普及化转为娴雅的高层境界,实践古诗词吟唱在当代的价值。

辅仁大学中文系古诗词吟唱教学,为诗词课程教学活动之一。在追求活化经典教学,增益教学成果的多样性时,如何兼顾经典教学之笃实、严肃层面,令学子进退收放皆宜,始终为本系关注的课题。

二、台湾地区古诗词吟唱的承继与新变

台湾地区民间诗社活动由来久矣,早在日据时代便有许多文人雅士,借着诗社的活动延续传播中国文化。1945 年后,传统诗社运作以击钵、课题为主,作品多为近体诗。整体而

言,以创作为先,吟唱则为创作的辅助与吟赏的方式。

吟调以师友传承、个人吟赏为主。于今较常听到的有鹿港调、天籁调、宜兰酒令、福建流水调等。主张母语中古音的保留较丰富,在吟诵时方能够明确表现诗歌声韵之美,通常以闽南语、客家语等读书音吟哦。这些吟调与祖国大陆各地来台在大学任教的教授们传授的吟调类似,带有地方语言的特色,依省分称之为江西调、河南调等。① 但是这些传统的吟唱方式,并未受到年轻朋友的青睐,以致有心之士起身推倡。如邱燮友云:

> 我国诗歌原本是音乐文学,诗歌、歌舞、舞诗连称,构成诗、乐、舞三者综合的艺术。由于古代记音、记舞的符号不一,历代的时间久远,使诗声、诗乐、诗舞失传,造成今人读诗,只求意义性的感悟,而忽略音乐性的要妙;因此现代人读古诗,只能目到,而不再口到,更何遑要求吟诗、歌诗、舞诗呢? 我们有见于传统吟诗的式微,古乐的散佚,始致力倡导古典诗词的吟诵。②

甚至大学师生们成立了研究小组,初步整理各种资料。这种为文化复兴的努力,受到企业界的珍视,以基金会的模式支持,成为活动强力的后盾。

传统诗社的经营模式,直接影响到各大学校院学生诗社活动形式与内容。而真正的改革风潮,必待 1983 年由财团法人陈逢源先生文教基金会主办的"大专青年联吟大会"。正式开展了台湾地区近三十年来的古典诗词吟唱新发展。联吟活动总共举办二十届,二十年的努力,造成古典诗词吟唱形式与精神上的极大变易。③ 从记录中可以清楚地见到,起初吟唱活动还自由、随意兴地参与,到了第三届才正式办理吟唱比赛。当第四届吟唱比赛时,参赛队伍已经自觉开始注重服装与表演等各方面效果,以期能入围前三名。演进到了第七届时,"吟唱表演已经不再是纯粹以音色为主的合唱了",④经过各校学生代表会议议决,吟唱表演应同时兼顾动态舞台设计,启发各校日后许多极具创意的舞台效果,吟唱活动正式展现表演魅力。大会在活动纪念专刊上刊载吟唱谱,促进了珍贵吟唱数据流传,有效地协助吟唱活动推展。

此波吟唱活动的改革,是大学专业教师与学生一同依据实际的吟唱经验,逐步研究改进而来。观察联吟所用吟唱调,兼有传统与新创,并未特别偏重于何者。值得注意的,除包

---

① 基本上,所以在运用各种吟调谱吟诵诗词时,应该要讲究选择语言,因为记谱乃根据当时所听到的语音旋律而记,各种地方语言有其特殊的调值,随意套用便容易发生"倒腔"的现象,而有损吟哦时所可能有的音韵之美。

② 邱燮友:《品诗与吟诗》,东大图书出版,1989 年,第 27—28 页。

③ 活动策划人简锦松在《十五年岁月》一文中云:"改革、改革、改革、改革,朝向现代化组织观念和整体文化观念来重整古典诗活动,才是始古典诗启弊振衰、重新为台湾地区文化服务的唯一道路。"《大专青年第十五届联吟大会纪念专刊》,第 2 页。

④ 同前注。

括"吟"与"唱"的两种特色外,以吟为基点,重新编理出兼有"吟唱"特质的新作。切磋的力道,促使各校在清唱之外,同时考虑编曲、队形、布景、短剧、舞蹈、戏剧等舞台设计,吟唱已现一种新的风格。[①]

连续二十年的联吟大会,是当时全台湾地区大学间最盛大的文艺活动,参加人数逐年增长,最后几年每次都能达到千余人之数。所培养的吟唱人才,带着新革的吟唱观点,散播在各级学校与社会各角落。其影响甚巨,贡献良深。

"汉光教育基金会"所推动的"旧爱新欢"古典词吟唱活动,为古典吟唱界投下一枚震撼弹。"汉光教育基金会"为成立于 2003 年的民间团体,以推展中国传统经典文化为目标,与学校、传统艺术团体结合,借由培训在校种子老师以推动学校教育、社会活动。使命为:"推广中华传统经典文化,结合时代韵律,透过校园教育或各种讲座、奖项活动,激励创新以达传薪火相传的目的。"[②]

该基金会从 2006 年起,先后举办两届"大专杯旧爱新欢诗词歌唱比赛"。2008 年起举办"旧爱新欢:高中职暨大专杯诗词歌唱比赛",将参赛范围改推到高中职学生,整体风格乃大专联吟的延续或调整。然"第五届(2010)旧爱新欢——古典诗词校园谱曲创作暨歌唱表演竞赛"推出时,已将比赛强化在"校园谱曲创作"上,脱离当年大专联吟模式。由于奖金额度高,吸引媒体注意与各方英雄好汉(不限中文系)加入比赛。虽然各方评价不一,但已经有新变迹象。该基金会传扬中华传统文化的目标十分明确,透过表演形式传扬古典诗词吟唱活动,与大专联吟是一致的,但对古诗词吟唱的美感追求,已大有不同。不过他们成功通过媒体,增加社会关怀的效果,有逐渐加温趋势,对台湾地区古诗词吟唱文化必有影响。

三、辅大中文系吟唱的教学与推广策略

整体而言,台湾地区古诗词吟唱近三十年来,逐渐倡发的吟唱表演形式,成功地开启了社会不同阶层或年龄层的喜爱。辅仁大学中文系恭逢其盛,也发展了自己的吟唱特色。当然这需要各项主客观条件配合。

---

① 以辅仁大学代表队实践为例:苏轼《定风波》,大幅草书书法为衬;辛弃疾《西江月》,大幅夜景图;柳永《雨霖铃》,增演水边送行的桥段;辛弃疾《破阵子》灯下饮酒配以兵阵变换;杜甫《石壕吏》,搭石壕村景,吟者再配苦妆,配以剧情;蒋捷《一剪梅》,舟行观览,物换景移;陆游《钗头凤》,为了沈园相会,一夜之间,将枯枝装点成繁花团簇。演出时,舞台上飘落的缤纷的花瓣。由此亦可推见其他学校的巧思。
② 数据源请参见该基金会官网:http://www.hanguang.org.tw/Home/

（一）辅仁大学对古诗词吟唱非常重视

每年"祭天敬祖"大典,将古典诗词吟唱列为仪式的重要环节。本校办学宗旨明揭:"……致力于中华文化与基督信仰之交融……",每年清明节所举办"祭天敬祖"大典,缅思天恩祖德,凸显慎终追远的意涵。自1994年起,"祭天敬祖"大典均委请中文系120名大一学生吟唱《诗经·蓼莪》,2008年起,进修部学生120位新生亦承担相同任务,日夜交辉。悠扬肃雅又不掩感恩思亲之情的吟唱,每每造成典礼的最高潮,迄今业已成为优良传统与特色,《蓼莪》吟调已是本系学生共同回忆。2011年本校国文课程重新规划,以"生命教育"为主题,《蓼莪》特别编入本校国文教本中,期望《蓼莪》的吟哦声,成为全校师生的共同生命旋律。另于其他校内重要庆典,经常延请"东篱诗社"担任演出;并在相关报刊与广播节目,介绍并推广诗词吟唱。自2007年起迄今,连续六年拨给"使命计划"经费,支持笔者推展诗词吟唱相关活动,缔造校园优质文化。2013年选定古典诗词吟唱为本校特色,责成近期于音乐厅展演。

（二）中文系的实践规划

鉴于古诗词吟唱确实可以增添文本的鉴赏效果,加强学习兴趣,协助诗词背诵,甚而增添学生生活情趣。本系充分运用课程与社团活动,将吟唱学习划为教学班的基础教学、全系的共同提升及借由社团与课外活动持续增强效应三方面实践。

1.教学班的基础教学:本班先在教室中由本人亲自教导吟唱基本概念,并引领尝试尽量深入浅出,扫除学生心理障碍。其次,请同学分组,壮大声势,后赋予任务定期验收。平时课程中,老师会做吟唱示范,并随机要求同学吟唱目前教学的诗篇,也鼓励学生吟唱各人诗作,或为诗作谱制新曲。三十六周期间,"东篱诗社"同学或学有专长之学长,会经常应各教师教学需求而提供支持。

2.全系的共同提升:为加强学习效果,由本人制作吟唱教学用谱,提供各班使用,还以系的力量推动"纪念傅试中老师诗词吟唱比赛"。比赛方式为:各诗词曲教学班与大一建制班共八组,进行团体组比赛。另,同学得以个人名义参加个人组比赛,切磋学习成果。以团体组为例,每年都指定新曲为"指定曲",另各队选唱自选曲若干,吟唱时间为六至十分钟。学生无不卯足精神,追求音韵之美,自发性地研究服装道具,追求艺术的真善美。将诗歌意境透过吟唱呈现,每每有佳作。大四或诗社学生组织示范组,演释更高艺术作品。此项活动迄今已有十八年,除吸引本校师生同好关怀,还有校外团队来校鼓励,对本系推动古典诗词吟唱鼓舞效应非常深远。

3.借由社团与课外活动持续增强效应：本系透过"东篱诗社"活动，作课外教学延伸。"东篱诗社"于1998年10月成立，以陶渊明"采菊东篱下，悠然见南山"之意命名。分有创作与吟唱二组，创作组学习近体诗；吟唱组则研习诗词吟唱与表演艺术。诗社以学生社团形式运作，可让有兴趣的学生，在课外有更多、更深入的学习机会。定期举行检定考试，分为初、中、高三级，积极培育演唱与教学人才。社员则分布在各诗词教学班与大一建制班，可以随时支持老师教学。

（三）以"古韵新妍"号召同道

为加强诗词吟唱教学效果，并借以建立本系特色，故以"古韵新妍"为号召，积极为学生开创展演舞台。大专联吟在经营二十年后，于2002年嘎然而止。其间主客观因素当很多，本文无意探求。但舞台灯的熄灭，也造成许多大学诗社逐渐隐身。为求发展与进步，辅仁大学东篱诗社尝试在大环境最低潮中，获得系的师长们大力支持，走出一条新路。自2006年带领诗社学生远赴北京师范大学展演，获得肯定，该校师生以"惊艳"来形容感受，并决意筹组诗社。2007年本人将古典诗词吟唱与本校"祭天敬祖"大典重新结合，并拟定推展宣扬计划，获得校方大力支持。东篱诗社借此有了明确使命与固定展演舞台。谨概述本计划四大工作项目：

1.平日人才培训：利用每周排定训练进度，培育优秀团队成员，使其具备诗词吟唱基本专业能力，更令其充分了解"祭天敬祖"活动与其间中西文化交融意涵，以便于执行各项宣展任务。同时兼求行政服务能力与应对进退礼仪等。

2.宣展本校"祭天敬祖"活动与其间中西文化交融意涵之具体相关活动：协助训练日间部与进修部中文系大一学生外，另支持各学院、妇女大学等单位学生学习《蓼莪》，并鼓励其协同其参与祭典演唱，以增进生命体悟。

3.常态型教学推广活动部分：学校开课期间，基本上运用各校相关课程支持方式，或各校课外活动时段进行倡导展演，平均每个月在校内外各做一场教学讲座。

4.特别型推广活动部分：寒（暑）假期间于本校或其他单位合办生活营；协助指导中学学校成立诗社；与祖国大陆各高校合作，举办项目活动。

3、4两项内容，亦涵有推展本校"祭天敬祖"活动与其间中西文化交融之意涵使命。经评估每年可计人数约6000人因此计划而受惠。而经此播种所造成的真正影响，却是难以评量。

运用"祭天敬祖"相关计划,同时推展古典诗词吟唱,关顾诗社长期发展,似乎是一项双赢的策略。除了推广祭天敬祖"敬天、孝亲"观念的活动,诗社并支持全人教育课程中心"国文"课程之古典诗词教学部分外,另有许多学习机会。[①]

1.中小学教学推展:曾至台北市兰雅小学、东湖小学、龙山中学、南湖高中、运人女中,新北市圣心小学、圣心女中、徐汇中学、桃园中兴中学、新竹曙光女中、台中东山高中等校示范教学。

2.营队活动的参与:参与"台北市中学生国文资优营"(天母中学)、"第八届高中生文艺营"(政治大学)、"古典诗词欣赏与吟唱营"(南湖高中)、"暑期古典诗词欣赏与吟唱课程"(达人女中)等教学活动。协助曙光女中、南湖高中及达人女中成立吟唱社团,并指导参加相关比赛(如汉光教育基金会"旧爱新欢")。参与"台湾教育主管部门97年终身学习教育列车"教学、2010年台北花卉博览会"诗情花艺——读霸花博"创意朗诵组竞赛,使外国人士及社会大众一窥古典诗词之美。"2011苗栗暑期文学营"(苗栗县政府),又参与2011至2013年"文化点灯创艺巡回营"(台湾教育主管部门指导、汉光教育基金会及全台五县市合办),与中小学教师分享吟唱教学之乐趣。

3.社会推广:曾受邀于"Fnac(法雅客时代媒体)诗歌节"、"想象无界·诗意无限——'爱诗网'征选活动颁奖典礼"("文建会")、"汉文字艺术展——2010语文创意展览会"(汉光教育基金会)、"台北市孔庙历史城区观光再生计划:东方意象地方特色展演与创意市集"(台北市观光传播局)、"2013年台北市祭孔大典"等展演。

4.与祖国大陆及外国大学院校间的相互激励:

在中小学及社会推广活动之外,东篱亦重视与各大专院校之交流活动,曾参与"北区大专古典诗社——吟唱雅集"、"台北国际诗歌节——大专院校诗社吟唱"(台北市文化局)。2005年邀集台湾师范大学等校诗社,举办"宛转诗情一索珠——五校联合诗词吟唱展演"。2006年受邀至北京师范大学展演及交流,2007年缘于祖国大陆各校的企望与邀请,以"从《诗经·蓼莪》唱起——古典诗词吟唱的美学再造"为题,至北京师范大学、江苏师范大学、淮阴师范学院、上海大学展演,获得热烈回响,各校且先后成立"南山"(北京师大)、"悠然"(江苏师大)、"采菊"(淮阴师院)等诗社。2008年受邀至韩国中央、延世大学,将吟唱进行推广。同年5月,本系举办"2008年两岸青年古典诗词联吟大会",邀集祖国大陆三校诗社以及台师大南庐吟社,开海峡两岸诗词联吟之先河,颇得各界肯定,已传为中华文化同好间之

---

① 因限于所见,又为便于表述,所以请恕本人仅运用辅仁大学东篱诗社工作为例说明。

美谈。2009 年 5 月,举办"古韵新妍——2009 年天主教学校青年诗词吟唱大会",邀集曙光女中、晓明女中、徐汇中学等,鼓励中学生加入诗词吟唱文化新创运动,展现各年龄层吟唱风格。① 同年 9 月,东篱代表参加由江苏师范大学、淮阴师范学院联合筹办之"2009 年(第二届)两岸大学生古典诗词联吟大会",四校姊妹诗社再度聚首,彼此切磋,精益求精。2010 年 5 月,本系举办"古韵新妍——2010 第三届两岸青年古典诗词联吟大会",邀集曙光女中、徐汇中学、圣心女中及北京师范等三高校代表共襄盛举,分享东篱多年来勤播深耕之喜悦,凝聚两岸青年学子情谊。2011 年 4 月,东篱代表赴北京参与中华吟诵学会及首都师范大学主办之"中华诵·2011 年两岸大学生吟诵节"。该年 5 月,本系举办"古韵新妍——2011 年天主教青年古典诗词联吟大会",邀请各校代表共聚联展。其后,东篱代表再度赴北京参与北京师范大学主办之"古韵新妍——2011 第四届两岸青年古典诗词联吟大会"。该年 8 月辅仁大学与中华文化总会合办首届"两岸大学生暑期古典诗词吟唱研习营",邀集两岸各高校同好齐聚辅仁,学习吟唱之美,并录制结训成果。2012 年 4 月,东篱代表赴淮安参加淮阴师范学院筹办之"古韵新妍——第五届两岸青年古典诗词联吟大会",四校姊妹诗社以悠扬歌声共享大好春光,浸染古典氛围。该年 5 月,本系再度举办"古韵新妍——2012 年天主教青年古典诗词联吟大会",邀集天主教中学代表、中华语文研习所及本校各教学班共聚一堂,同为传统妆点青春活力。2012 年 12 月"古韵新妍——2012 第六届两岸青年古典诗词联吟大会"在辅大举办,邀集祖国大陆十二所高校 140 位师生,在本校与台湾地区各校诗社联吟,演出人员计有 300 多人。第七届活动已于 2013 年 5 月在河南省南洋理工学院举行,亦是一场盛会。预期未来将有更多学校与团队加入,为古典诗词吟唱注入新的生命力,共创新的文化传统。

　　5.外籍人士研习与海外展演:2008,2009,2011,2012 四年,支持台湾教育主管部门"韩国大学华语教师研修计划"的"诗歌吟唱表演和学习"课程展演暨教学。另,定期协助本校等华语教学单位,对外籍友人进行教学研习活动。2008 年起两度赴韩国中央、延世大学,进行展演交流。

　　6.教材制作:2010 年应邀录制龙腾高职版国文诗词吟唱教材,扩大影响层面。2013 年又与康轩出版社合作。

　　7.网络传播运用:东篱代表曾受邀录制湖南卫视"天天向上"节目"大学诗人"单元。2011 年参与录制祖国大陆"第一届汉服春节联欢晚会"视频,再次证明古典诗词吟唱的魅

---

　　①　从此本校或与本校结盟之友校之古典诗词吟唱相关活动,均以"古韵新妍"为总标。所谓"古韵新妍"定义灵活宽广。

力。2011 年 12 月,东篱与台师大南庐吟社响应中华文化总会"古典诗词吟唱影音录制计划",持续为古典诗词吟唱的传递深耕。2012 年辅仁大学中文系"古韵新妍"9×9 电视开播,定期更易吟唱教学内容。2012 年受北京电视台之邀,录制"北京客"与大型联吟活动等节目,影响层面超乎想象。

四、从俗求雅的可能

以上为辅仁大学近二十年,为吟唱文化发扬所作的努力。如果古典诗词吟唱是美好的,是值得推展的。我们应该用什么样的策略推展? 雅俗之间的距离有多大? 由俗求雅是否有其可能? 子曰:"齐一变,至于鲁;鲁一变,至于道。"①或许它是可能的。

本系师生在长年参与古典诗词吟唱学习的经验中发现,吟唱已经明显脱离私塾教学、个人吟玩的形式。大专联吟绝对是一个重要指标。一个由雅向俗的风向。一个由大学青年共创的新吟唱风格。不同于过往,以团体吟唱为主。不似合唱,但可以运用轮唱、迭唱……等方式。不是戏剧,但腔调近戏腔,带舞台效果。不只是朗诵,集合唱、戏剧、朗诵等方式于一身。满足了年轻人表演欲望。活化了吟唱气息。但相对于后期的社会推广教学,这是响应大专联吟所需、比赛所需。对象是大专同道,所以亦可视为雅的追求。

大陆学界主张以"吟诵"为称,实际实践上,所用吟调则包含各地读书调,唱的部分包含运用琴曲、戏曲元素,更有许多新创作品,其实与台湾地区发展现象相似。大陆部分高校诗社开始关注吟唱活动,将案头个人吟诵引向团队演出的舞台表演。辅仁大学中文系很荣幸能在其间提供一些激发。

脱离比赛后,吟唱纳入教学、展演活动。在表演教学或推广的任务,都使它不同于以往私塾师生口耳相传的模式。当然,有就有不同的讲求。王宁曾云:

> 吟声像是乐声,实则仍是语声——与心声同步的语声。吟诵带来的形象像是音乐形象,实则仍是文学形象。吟诵重词不重乐,旋律、节奏都是对文学形象的强化和再度美化。应当说,吟诵与声乐——特别是表演艺术的声乐,本质上不是一回事。②

王宁此说非常传神,但是对初次接触的学生而言,却是难以体会。此时便出现雅俗的区辨。学养丰富的学者、雅士,能从中领略深意,而一般民众或学生,则较难了解此间差异。在实务中,学生一时无法了解什么是"通过对腔调的运转,将词情展现在声情之中",而容易将之

---

① 《论语·雍也》第二十二。
② 王宁:《吟与唱》,《文史知识》1998 年第 10 期。

吟纳为唱。不过,考虑学生的背景不足,在短期教学活动中或许纵容他们以唱行之,可以是一种策略。

又如:当我们应邀到书店演出,场区狭小,观众流动,年龄层不定。我们该雅还是俗?当学生普遍不熟练闽南语或客家话时,我们可否运用他们娴熟的国语进行教学?本人策略应该是灵巧的。例如乐器运用,吟唱一般以国乐伴奏,经验上笛、琵琶、古筝、鼓、胡琴为多。条件好时成团编曲,条件差时,单管竹笛也可闯江湖,塑料响板为何不可取代檀板。因陋就简,发挥创意。同样是乐府《江南可采莲》,由新庄小学校代表队参加县级比赛演唱或苗栗县政府主办之夏令营学童学习演出。强调的是鱼群嬉动,花叶摇曳生姿的趣味。但换作北京师范大学文学院一群古装女子,运用京剧唱腔舞台动作,登舟摇曳的差别,自有其美。邓丽君演唱与《九宫大成》何佳?以市场而言,邓佳、影响大。当年旗亭竞唱女子所咏,也许即是一般市井所流通者,不也是受文人雅客所欣喜。艺术歌曲与流行歌曲的界线何在?《在那金色的沙滩上》若以校园民歌方式演唱,或商业歌手演唱,都应该不失其原有之底蕴。当向小学儿童传递古调时,鹿港调演释苏轼《定风波》,比轻优的福建流水调吟哦王维《鹿柴》讨喜。但福建流水调王维《鹿柴》,竟然也可以当作“抢座位”游戏的主题曲。学生由多样的方式接触古典诗词,或许难登大雅法眼,但学习效果却常出人意表。本系吟唱教学策略是循序渐进式的。先从浅近的入手,再逐渐教导欣赏与学习较高深的古调。

本系东篱诗社展演时不着华服,展演者举止从容,吟唱时追求气韵高雅。本系师生时时警惕自我,切勿迷思于炫烂、流于浅俗,即是对吟唱本质的尊重,对自我初衷的坚持。但从文学史上可知,吟诵或吟唱是随着历史发展,时代音乐条件,演化传承,不可能不变。一个时代必有其时代审美观点,一切艺术必然随之演化。笔者以为:在推动古典诗词吟唱时,只要基本理念不变,从俗求雅,是可行的策略。

五、结语

透过吟唱,我们得以细腻品味诗词蕴含的意境与美感,体会声情合一的音乐艺术,同时努力证明“人文素养”不仅是课堂上推敲的知识,而是生活中相互濡染的力量。本人认为教学展演等模式,是体现吟唱当代价值的重要方法。经本校师生多方努力,回顾十八年来的苦心经营,以为本活动已成功地造就:一、学生对诗词的体认、感受加深,鉴赏能力的增益;二、学生自我表现能力与专业技能的提升;三、学生彼此之间合作协调能力的促进;四、学生气质的尔雅;五、全系师生情谊的增强;六、师生生活情趣的培育;七、学系特色的建立;八、国际交流平台的扩展;九、校园氛围的和谐;十、校系名声的提升。当然,相信还有一些看不见,却有着长远的影响者。

吟唱活动,讲求如何从作品的文字中领略作者情思,达到同情共感,再经表演形式重现,感染观众。不同形式、不同展演者,必有不同姿态。展演方式不妨多样灵巧。我们应该着力于教导学生从词文、声情下功夫,舞台一切形式作为辅助。古典诗词吟唱不只是吟唱,而是鉴赏的深化,作品的立体化,同时是对鉴赏者自己的生命情味的提升。从案头到舞台,从个人到群队,追求的是"读书要见古人意",也透过展演规划、实践,逐步达成"作事正需年少时"的训练。

辅仁大学中文系师生,将会持续激扬学子对古典诗词的热爱,培养展演教学优秀人才,更期望在社会各个不同阶层,推广古典诗词文学与音乐之美,再造一个新的诗歌音韵美学,再造一个新的优质文化,以美化现代人空虚的心灵与苦涩的生活。

大乘佛教音声理论与传统礼乐文化

张培锋（南开大学文学院）

首先提出本文的一个结论：佛教音声继承了华夏古乐传统并将其发扬光大。下面分别作出论证。

一

让我们从宋代大儒程颢的一段轶事说起。据明代僧人心泰所编《佛法金汤编》一书记载，程颢"每见释子读佛书，端庄整肃，乃语学者曰：'凡看经书，必当如此。今之读书者，形容先自怠惰了，如何存主得？'"又载他一日过定林寺，"见众僧入堂，周旋步武，威仪济济；伐鼓敲钟，外内肃静；一坐一起，并准清规。公叹曰：'三代礼乐，尽在是矣！'"①一个大儒，竟然脱口赞叹佛教寺院中保存了"三代礼乐"，通常有人多认为这是僧人为了自抬门面而编造出来的。但我们从宋代理学与佛学的实际关系来考察，程颢的这种赞叹并非毫无可能。《宋元学案》卷十四就记程颢"终日坐如泥塑人，然接人浑是一团和气，所谓望之俨然，即之也温"，其行为与一个参禅颇有类似之处。无独有偶，另一位宋代大儒司马光也有类似的感叹：

> 暇日游洛阳诸寺，廊庑寂寂，忽声钟伐鼓，至斋堂，见沙门端坐，默默方进匕箸。光欣然谓左右曰："不谓三代礼乐在缁衣中？"②

看来这不是程颢一人的感触，那么，程颢、司马光所谓"三代礼乐，尽在是矣"到底说明了一种怎样的事实？体现了一种怎样的观念呢？

首先，由于华、梵语言的不同，汉地流传的佛教音声事实上只能来源于中国本土。先看两条史料：

---

① 《卍续藏》第 87 册，第 423 页上。
② 《佛祖统纪》卷四十五，《大正藏》第 49 页，第 412 页下。

咏歌之作,欲使言味流靡,辞韵相属。故《诗序》云:情动于中,而形于言。言之不足,故咏歌之也。然东国之歌也,则结韵以成咏;西方之赞也,则作偈以和声。虽复歌赞为殊,而并以协谐锺律,符靡宫商,方乃奥妙。故奏歌于金石,则谓之以为乐;赞法于管弦,则称之以为呗。……自大教东流,乃译文者众,而传声盖寡。良由梵音重复,汉语单奇。若用梵音以咏汉语,则声繁而偈迫。若用汉曲以咏梵文,则韵短而辞长。是故金言有译,梵响无授。①

考其名实,梵者净也,寔惟天音。色界诸天,来觐佛者,皆陈赞颂,经有其事,祖而习之,故存本因,诏声为梵。然彼天音,未必同此,故东川诸梵,声唱尤多,其中高者,则新声助哀,般遮掘势之类也,地分郑魏,声亦参差,然其大途,不爽常习。江表关中,巨细天隔,岂非吴越志扬,俗好浮绮,致使音颂所尚,惟以纤婉为工。秦壤雍梁,音词雄远,至于咏歌所被,皆用深高为胜。……故知神州一境,声类既各不同,印度之与诸蕃,咏颂居然自别。义非以此唐梵,用拟天声,敢惟妄测,断可知矣。②

以上两则史料说明:因汉、梵语音不同,曲调难以通用和接受,"梵音重复,汉语单奇;若用梵音以咏汉语,则声繁而偈迫;若用汉曲以咏梵文,则韵短而辞长,是故金言有译,梵响无授"。这里指出天竺与中国因为语言不一样,曲调难于通用的问题,并且明确地讲到佛教歌曲很少是从天竺传来,而将曹植指为中国首创佛教音乐的人。汉语"单奇"即是音节少的意思。据杨荫浏等分析:"单音节文字的每一个字都可有它相对的独立性。由于单音节文字每一个字每一个音节都能表达相当完整的意义,所以,在我们歌词中会有较多的由一个字构成的歌句,在歌唱中,在这个字上往往会用漫长、婉转的拖腔,而且在需要时,又会运用上我国特有的头、腹、尾声韵因素,层次分明,便于歌者用来曲折地传送他的歌音的一种技术。"③为了便于弘扬佛法,为广大信徒所接受,音声遂"改梵为秦",即用中国的音调来配唱汉译经文。这说明了一个重要事实:至少在道宣所处的初唐时期,佛教寺院中的梵呗唱赞,实际上多来自中国本土,并且各地音调差异很大。

其次,自古论及梵呗者,多用中国固有音声理论来阐发,亦说明其源头在中国。

如赞宁在《宋高僧传》卷三十《杂科声德篇》中论道:"太极是生两仪,两仪生万物。纲缊而出,鼓动而萌。由庶类以蚩蚩,禀自然而历历。自然者道,道惟本心,心无不通,通物之理之谓道也。道其不一,蓄息流形,若究天倪,物亦惟一。……宫商佛法,金石天音,哀而不

---

①　《高僧传》卷十三《经师论》,《大正藏》第 50 册,第 414 页下。
②　《续高僧传》卷三十《杂科声德篇》,《大正藏》第 50 册,第 706 页上。
③　杨荫浏、孙从音、武俊达:《语言与音乐》,人民音乐出版社,1983 年,第 33 页。

伤,乐而不佚,引之入慈悲之域,劝之离系缚之场。脱或执受不精,器能无取,乃不可谓为声德也。"①佛教之"声德"完全可用中国古乐理论之"哀而不伤,乐而不佚"等来概括。唐代僧人栖复在《法华经玄赞要集》卷十论及佛教唱赞时,即完全用传统诗乐的理论来解释:"且八音之乐,有淫有正,如今国家大礼所奏者,皆是雅乐。世间所有汉震胡部,是郑卫之乐。故丝竹及非丝竹,以分胜劣。故《诗序》云:'情发于声,声成于文,谓之音声。'有宫商角徵羽,成文者即宫商,上下相称名音。故有治世之乐,其音正和;乱世之乐怨以怒,其正乖;亡国之音哀以怨思,其民困。《论语》云:'恶郑声之乱雅乐。'故知乐有淫正两别。今此言上下者,所谓正声故,以正声配音也,即约所奏之乐也。"②

　　佛教中之所以有这种观念,根本原因在于构建中国佛教音声的基础源于华夏古乐。法国汉学家程抱一《反思:中国诗歌言及其中国宇宙论之关系》中说:"中国思维方式的一个显著特点是物质宇宙与符号宇宙恒久不变的和谐一致。"③唐时日本僧人安然所作《悉昙藏》,汇集声律音韵之说,其中包括沈约的《四声谱》,但他在谈四声五音的起源时,并没有说出自印度的声明学,而是和沈约所持观点一样,认为出自中国的五行观念:"天地交合,各有五行;由五行故,乃有五音;五音之气,内发四声、四音之响,外生六律、六吕之曲。今者内教亦说法性、缘起、生佛、发生,以业力、悲力故,情界、器界各有五行、五音,亦生四韵、四声,亦与四声、四音合,亦与六律、六吕合。"④同书中还有:"真旦五行五音,内发四声四音,外响六律六吕。印度五轮五音,亦生四声四音,亦合六律六吕。""真旦律吕,九孔调音,于天竺字母九处声音,皆悉摄尽,更无遗余。"⑤等等论述,皆认为真旦(中国)古乐实来自上天之启迪,故与天竺(印度)佛音相通。

　　陈隋之际的天台宗高僧智颛所著《释禅波罗蜜次第法门》,也特别说明了中国特有的音律——宫、商、角、徵、羽五音。宫、商、角、徵、羽五声,相当于现在音乐的1、2、3、5、6。五声中宫属土,声至浊,于五声独尊,故为君象;商属金,声次浊,故次于君而为臣象;角属木,半清半浊,居五声之中,次于臣而为民象;徵属火,其声清,有民而后有事,故为事象;羽属水,声至清,有事而后用物,故为物象。音乐五声是宇宙万物的象征,是金木水火土,白青黑赤黄的对应物,预示着大自然的瞬息变幻规律和乾坤天地的运转之理。大乐和谐就是与天地同和,与乾坤同转。日本学者片冈义道指出:"精密的音乐理论被引入佛教音乐之中。此种

---

①　《大正藏》第 50 册,第 899 页上。
②　《卍续藏》第 34 册,第 414 页中。
③　乐黛云等:《欧洲中国古典文学研究名家十年文选》,江苏人民出版社,1998 年,第 153 页。
④　《卍续藏》第 84 册,第 381 页上。
⑤　《卍续藏》第 84 册,第 366 页上、第 384 页中。并参看前所引日本《悉昙藏》文献。

说法之成立,是由于截至目前为止,仍找不到任何资料可以证明印度的佛教音乐含有音律与旋法等理论基础。但是在中国,佛教未传入之前,极为科学化的乐律基础研究已经开始了。……由此推察,可知中国的音乐理论已和印度的佛教音乐观合为一体。此书(按指智顗的著作)还叙说了一个想法,即构成人体的各种要素,例如五脏(心、肾、肝、脏、脾)等,和外界的事象,如东、西、南、北、中央等,有紧密的关联,同理,构成音乐的基本音——宫、商、角、徵、羽五音,也和外界的自然现象有关。按照这种说法,音乐并不是单指耳朵所能听到的,在本质上,它是意义非常深远的,甚至与宇宙的作用相融合。像这种宇宙论音乐观,可说已达到了自然哲学观。这在欧洲的古代也可见到,最具代表性的是 Boethius 所说的musica mundana(宇宙音乐)思想,此思想在中世纪长期地支配着欧洲的音乐理论,与中国思想家对于音乐的想法,在本质上是相通的。"①

　　天人感应为华夏文化的重要观念之一。《诗经·周颂·敬之》:"敬之敬之,天维显思,命不易哉!无日高高在上,陟降厥士,日监在兹。"②从中可见古人对天之敬畏,天虽高高在上,然"自上至下照知其事","日日瞻视,其神近在于此"。天人感应的另一方面——人事能够对天产生影响的观念,肇自周代。人能动天观念的产生,与周代信仰的伦理化有关。音声则是天人感应非常重要的一个方面。汉代纬书言及诗乐的,多从天人感应方面着眼。汉代纬书包罗万有,天地秩序、人事得失,其中便有大量涉及《诗》《乐》功用、特征的内容。如《诗纬·含神雾》说:"诗者,天地之心,刻之玉版,藏之金府。"③"诗者,持也,以手维持,则承负之义,谓以手承下而抱负之。……在于敦厚之教,自持其心,讽刺之道,可以扶持邦家者也。"《诗纬·泛历枢》说:"乐者,非谓金石之声、管弦之鸣、谓阴阳和顺也。"④《春秋说·题辞》说:"诗者,天文至精,星辰之度,在事为诗,未发为谋,恬澹为心,思虑为志,故诗之为言志也。"⑤董仲舒《春秋繁露·为人者天》做了更高层次的理论概括:"人之形体,化天数而成;人之血气,化天志而仁;人之德行,化天理而义;人之好恶,化天之暖清;人之喜怒,化天之寒暑;人之受命,化天之四时;人生有喜怒哀乐之答,春秋冬夏之类也。喜,春之答也;怒,秋之答也;乐,夏之答也;哀,冬之答也。天之副在乎人,人之情性有由天者矣,故曰受,由天之号也。"正如清代陈乔枞所言:"其间天运循环终始之理,人事兴衰得失之原,王道治乱安危之

① [日]片冈义道:《佛教音乐的源流及其发展》,见《世界佛学名著译丛》第 91 册,华宇出版社,1988 年,第 18—19 页。
② 孔颖达:《毛诗正义》,北京大学出版社,1999 年,第 1348 页。
③ 《纬书集成》第 464 页,河北人民出版社,1994 年。
④ 《纬书集成》第 482 页,河北人民出版社,1994 年。
⑤ 《纬书集成》第 856 页,河北人民出版社,1994 年。

故,靡不包罗囊括,兼综而条贯之,告往知来。圣门言诗之旨,有线未绝,端赖乎是。"①

佛教记载僧人诵读佛经而产生极大感应的,如开元末年的天台宗僧人大圆楚金:

> 公讳楚金,生于京兆陈氏。母梦诸佛,因而怀娠生,实法王之子。七岁厌俗,从本府龙兴寺出家,泊礼藏,探经《法华》在手,即而诵通,声韵如流。进具之后,升堂听讲,宝藏顿收。尝于静夜敷咏是经,至宝塔品,身心泊然,忽睹宝塔在前,释迦分身遍列空界。从是不出禅房,声诵六年,誓建斯塔以答灵应。诚怀一启,檀信善来即遂兴葺,筑基之所,每夜持课大众,遽闻天乐之声,异香芬馥。②

这些观念皆非一家之说,而是华夏文化的根本主张。大道散而成百家,诸子百家之言无非是散失了的"大道"的一个局部碎片而已。

小乘佛教并无感应之说,偶尔涉及到这个问题时,也会斥之为外道之说,可见感应说非佛教所本有。但是大乘佛教却纳入了极为丰富的感应说,人与人之间可以感应,人与天之间可以感应,人与佛菩萨之间可以感应,这正是其接受和发挥华夏文化的重要表现之一。在中国僧人编撰的佛教类书《法苑珠林》中收集了大量的感应事迹,以说明感应的真实不虚。至于后来在印度产生的大乘佛教有宗,也基本上不言感应,玄奘师门所翻译的大量瑜伽行派经典中,竟无一句言及"感应"一词,即是证明。空宗与有宗在这个问题上的文化立场可谓泾渭分明。

正因为中国濒于失传的古乐多保存于佛教寺院之中,故僧人精通音律者甚多,古代音韵、诗律诸书多出自僧人之手,或保留于寺院之中,也就毫不奇怪。郑樵在《通志》卷三十六《七音略》中大加感叹说:"臣初得《七音韵鉴》,一唱而三叹,胡僧有此妙义,而儒者未之闻。及乎研究制字,考证谐声,然后知皇颉、史籀之书已具七音之作,先儒不得其传耳。……释氏以参禅为大悟,通音为小悟,虽七音一呼而聚,四声不召自来,此其粗浅者耳。至于纽摄杳冥,盘旋寥廓,非心乐洞融天籁,通乎造化者,不能造其阃。"此论与程颢"三代礼乐,尽在是矣"的说法其实是一致的。孰知"礼乐崩坏"之后,中国佛教僧徒却以一种特殊的方式保存下来,成为华夏古乐的"活化石";佛门中的唱赞、偈颂仪式等基本上可以称为华夏礼乐的延续和继承,中国佛教音声最宝贵的价值在此,程颢、司马光、郑樵等人的感叹,更深刻的含义也在于此。

---

① 陈乔枞:《诗纬集证》,《续修四库全书》第77册,上海古籍出版社,2002年,第761页。以上内容参看中山大学张奕琳的博士论文《汉代天人感应观念与相关文类》。
② 《法华经显应录》卷下,《卍续藏》第78册,第44页中。

二

中国佛教的音声追求与中国传统音乐美学完全一致。音乐史家田青先生在其论著中曾指出："中国音乐虽然博大精深、丰富多彩，又有众多的形式，流派、风格。但'正统'的中国传统音乐美学，除去其与政治的紧密联系外，它的纯审美的要求，却是有着相当稳定的一贯性的。徐青山的《溪山琴况》，虽然是琴学专著，但他总结的二十四况，却可以视为中国传统音乐的全部审美要求，这二十四个字是：和、静、清、远、古、淡、恬、逸、雅、丽、亮、采、洁、润、圆、坚、宏、细、溜、健、轻、重、迟、速。"①这一论断是非常有见地的。中国音乐的基本精神基本上可以用这二十四个字来概括，这与佛教其实是有重要关系的。正如田青先生分析的，中国佛教音乐美学与儒家的音乐美学有着很多相似的地方，都把"中正"、"平和"、"淡雅"、"肃庄"作为基本原则。儒家的"乐"要为"礼"服务，而佛教徒也要把音乐视为弘扬佛法的舟楫。南北朝以来的僧人如释道照的"少善尺牍，兼博经史"；释慧璩的"读览经论，涉猎书史"；释昙光的"嗜五经诗赋，及算数卜筮，无不贯解"；②释僧邕的"世传儒业，齿胄上庠"等等，③可以说，南北朝以来，善于唱导的僧人，大多出身于儒门世家，这决非偶然。由于音声与大乘佛教"空观"哲学相符，可以"凝心入定"，体悟到"万法皆空"的佛理，因此受到中国佛教的高度推崇。总而言之，清远空灵的境界是古代音乐乃至诗歌吟诵都追求的共同境界，这一点是不容否认的，这一状况的形成，佛教思想的融入是起着重要作用的。

佛教思想融入了中国古代的音乐、吟诵美学中，并非是说古代的音乐、吟诵一定来源于佛教，恰恰相反，是佛教接受和保存了中国的礼乐传统，并结合佛理对其作出新的阐释。总的来说，这是一种文化的选择过程。

佛教梵呗大量使用了中国传统古乐器。佛教寺院使用的乐器，唐代道宣所作《量处轻重仪》中介绍寺院"诸杂乐具"有所记载，谓八音之乐有："一金乐，谓钟铃等；二石乐，谓磬等；三丝乐，谓琴瑟等；四竹乐，谓笙笛等；五匏乐，谓箜篌等；六土乐，即埙等；七革乐，谓鼓等；八木乐。"④这种对乐器的分类法，完全来自中国传统礼乐制度。中国人乐器的分类便是"八音"，指称以八种不同材料，来制造各种不同式样的乐器。最古记述这八种材料的书，是

---

① 田青：《净土天音：田青音乐学研究文集》，山东文艺出版社，2002年，第90页。
② 以上皆见慧皎《高僧传》卷十三《唱导篇》。
③ 道宣《续高僧传》卷十九，《大正藏》第50册，第583页下。
④ 《大正藏》第45册，第842页下。

《周礼·考工记》,八种材料为金、石、土、革、丝、木、匏、竹。乐器因材料的不同,所以发出不同的音色。中国古籍还很早概括了八种乐器音色的优点与缺点,谓:金声春容失之则重;土声函胡失之则下;丝声纤微失之则细;匏声丛杂失之则长;石声温润失之则轻;竹声清越失之则高;革声隆大失之则洪;木声无余失之则短。① 当然,道宣认为这些"并是荡逸之具,正乖念慧之本,宜从重收。然僧非贮畜之家,执捉非无过咎,宜准论出卖得钱,还入僧中,随常住杂用",主张废除这些乐器。道宣的意见体现的是小乘佛教戒律的观念,却正反映了当时寺院里这些"荡逸之具"存在的实情。从敦煌莫高窟壁画提供的文献资料看,隋唐、五代时期,佛教音乐所用的弦乐器主要有:古琴、筝、秦汉子、汉魏阮成琵琶、龟兹秦汉琵琶、碎叶曲项琵琶、琵琶、竖箜篌、凤首箜篌、凤首一弦琴、凤首三弦琴、凤首四弦琴等。吹奏乐器有排箫、笙、陶埙、义觜笛、长笛、筚篥、横吹、角、法螺等。击奏乐器有鼗鼓、鸡娄鼓、答腊鼓、拍板、腰鼓、毛员鼓、都昙鼓、羯鼓、担鼓、大鼓、架鼓、雷鼓、鼓、钟、方响、锣、铜钹、铜铙、铎铃、小金铃子、水盏等,大部分也与古代清乐使用的乐器相同。

钟鼓是华夏礼乐最常用的两种乐器,以致在古代成为"音乐"的代名词,如《吕氏春秋·顺民》说:"身不安枕席,口不甘厚味,目不视靡曼,耳不听钟鼓。"《诗经·周颂·清庙之什·执竞》:"钟鼓喤喤,磬筦将将,降福穰穰。降福简简,威仪反反。"正是对当时宗庙礼乐仪式的描述,这与后来佛教寺院中的梵唱情形非常相似。佛教所谓"梵钟"即是"大钟",又称为撞钟、洪钟等。《世本·作篇》说:"颛顼命飞龙氏铸洪钟,声振而远。"刘国正先生认为,这说明五千多年前的黄帝时期,乐律已如此完善,而乐舞的丰富也是可以想见的。在黄帝时期,乐舞已经得到了超越前世的极大完善。《吕氏春秋·古乐篇》在伶伦作律的记载之后有:"黄帝又命伶伦与荣将铸十二钟,以和五音,以施英韶。以仲春之月,乙卯之日,日在奎,始奏之,命之曰《咸池》。"这是在说,黄帝的时候,在伶伦定制十二律之后便依据十二律造钟,而造钟为了作和乐,这个乐舞称为《咸池》,其最重要的伴奏乐器,就是"十二钟"。"十二钟"是在十二律的制定之后铸就的。根据《古乐篇》此处的记载,钟应当早在黄帝之前时候就已经诞生了,黄帝铸十二钟,是对已经产生的钟的进一步改造。在其他史籍上也不乏黄帝铸造礼器的记载,如《管子·五行》:"黄帝以及缓急作五声,以政五钟。令其五钟:一曰青钟大音,二曰赤钟重心,三曰黄钟洒光,四曰景钟昧其明,五曰黑钟隐其常。五声既调,然后作五行以正天时,人与天调,然后天地之美生。"《管子》此处是说黄帝铸"五钟",并记录了钟的名字。此外,《帝王世纪》有"黄帝采首山铜,铸鼎荆山下"的黄帝"铸鼎"的记载。鼎作为立国

---

① 参看陈万鼐:《中国古代音乐研究》,文史哲出版社,2000 年,第 8 页。

的重器和政权的象征,与祭祀乐舞中的钟有着相似的作用,都是为了当时的社会稳定和政权稳固的需要而铸造的礼器。①

一种音声的文化属性,是可以根据其使用的乐器来判断的,我们判断佛教音声总体上属于华夏音乐系统,正是基于此。华夏音乐"节奏"的产生,与钟鼓的敲击是分不开的,中国古代声乐之诗自"诗三百"而始,其"风、雅、颂"都是乐舞之体。其中"颂"乃商周先民乐舞之遗存;大、小"雅"是东西周朝廷歌舞;"风"为春秋诸国之歌舞。其雅乐律以黄钟为宫,其郑卫之风以"夹钟(即林钟)下徵之律",为低五律之"靡靡之音"。"诗三百"之乐拍则以"拊搏",左手轻击为拊,右手重击为搏,但以手击,不用杖击,所以《书》称之"搏拊","盖言一搏间一拊,更迭而奏也"②。这种轻重相间的等拍就是所谓的"拊搏"拍,也即是唐宋之际所称的官拍,日本唐乐中的"只拍子"。而其乐节(乐曲节奏)则用鼓,每章之后击鼓以节乐。《礼记》卷五八尚存当时击鲁鼓与薛鼓之谱,以一章为一节,这就是所谓的"节奏"。③

三

佛教梵呗的记录工具与中国传统音乐记录工具相同。台湾学者陈万鼐指出:东方音乐有一个共同点:没有理论化,尤其没有作曲理论,在中国的情形也是如此。我们除了有严格而复杂的音组织(而不是音乐的组织)的理论之外,只有政治、道德、哲学混合的音乐美学的理论,但没有作曲理论;普通乐理、和声学、对位法、配器法、曲式学……都没有。记谱与实际音乐:中国音乐的记谱法,无论是律吕、宫商、工尺等字谱;或古琴谱、琵琶谱等指法谱;或俗字与简字的谱,都是供给内行音乐家们看的,而不是供给外行初学音乐者而有的。这是中国乐谱与近代西洋五线谱最不同的地方。换句话说,近代西洋音乐是定形的,它的记谱法,可以正确地表达实际音乐情形,所以只要学好其科学化的记谱法,任何人都可以了解音乐。相反的,中国音乐是不定形的,戏曲音乐的同一曲牌,器乐的同一曲牌;器乐的同一乐曲,由不同的人(甚至同一人不同时间)的演奏,可能表现出来的,是相当不同的音乐。因为我们的乐谱,只是音乐的概略与要点,提醒演奏(或演唱)者的记忆和注意而已。④ 这些话道出了中国音乐的一种本质特征:高度的自由性。不但吟诵的强调、节奏等因人而异,即使被

---

① 参看刘正国:《伶伦作律"听凤凰之鸣"解谜——中国上古史疑案破析》,《音乐研究》,2005 年第 2 期。

② 朱载堉:《律吕精义》内篇卷六"答第四问",收入《乐律全书》,文渊阁四库全书本。

③ 参看刘崇德、徐文武:《燕乐声乐化与词曲的产生》,载《诗歌与音乐关系研究》,学苑出版社,2005 年,第 268 页。

④ 参看陈万鼐:《中国古代音乐研究》,文史哲出版社,2000 年,第 9—10 页。

视为纯音乐的器乐演奏,也同样如此。这也是本课题要将吟诵放到中国音乐大背景下来研究的一个主要原因所在。

　　也许在很多人看来,中国音乐的这种记谱方法"不科学",是其缺点所在,如朱光潜在其《诗论》中曾说:"中国人对于诵诗似不很讲究,颇类似和尚念经,往往人自为政,既不合语言的节奏,又不合音乐的节奏。不过就一般哼旧诗的方法看,音乐的节奏较重于语言的节奏,性质极不相近而形式相同的诗往往被读成同样的调子。"但是对于有实际演奏经验的音乐家而言,这种记谱方法超越了技术层面,具有非常明显的精神内涵。当代古琴家成公亮先生在其《秋籁居琴话》一书中写道:"古人因文化、精神的需要创造了琴乐,也创造了记录琴乐的工具减字谱,工具的功能必将符合创造工具者的需求,减字谱的整体功能和减字谱记录节奏等方面的粗疏,极少有强弱变化的符号,几乎不设置弹奏速度提示,这些与现代人记谱的不同处却与古人对于琴乐的审美要求是一致的。存见的遗谱明白告诉我们:古人未曾创造一种节拍、节奏、速度记录十分严格精密的记谱方法来难为自己,来约束限制自己自由的神思妙想。……音乐是流动的艺术、时间的艺术,它在千百年前存在时就是流动的、非固定的,对古代音乐的考古和对古代文物物器考古所采用的方法及其考证后的结果(形态)都不是一样的,在力求它们本来面貌的同时,前者更重要的是追求古代琴曲那一页页曲谱背后所蕴含的形而上的精神层面,而且这种追求是在打谱者的意识参与之中进行;而对后者(文物中的古代物器)的考古,考古者应客观地对待原物的复原、认定和研究。"①

　　在乐谱传承中,主要运用的乐谱有工尺谱、二四谱、状声字谱、符号谱等。其中工尺谱系乐谱是乐种传承中最重要、最基本的旋律与官调的表叙方式。从中国乐谱历史发展来看,工尺谱系乐谱主要有燕乐半字谱、俗字谱与始于南宋而在明清通用的较为规范化的工尺谱。而在古老的中国传统音乐品种中,更常见的是存留有唐代燕乐半字谱、北宋俗字谱遗迹,混杂书写的工尺谱谱式,这种谱式一般称为"混合工尺谱"谱式。这样,所谓工尺谱系乐谱,主要包括燕乐半字谱、俗字谱、混合工尺谱、工尺谱这几种谱式类型。明代中叶后,随着昆腔的流行,逐渐形成一种常式。现存佛教音乐记谱方式与世俗音乐、乐曲所传基本一致,只是符号更为简单明了,一般标在字的右侧,如用◎表示按敲击大磬;·表示敲击引磬;—表示敲击吊钟或铛子;○表示敲击鼓或铃子等。唱赞时有一些固定的规则,如木鱼与鼓同敲,如果用铛、铃,则钟不敲;铛子按照钟的符号敲击,铃子照鼓的板式敲击等。

---

　　①　成公亮:《秋籁居琴话》,三联书店,2009年,第108页。

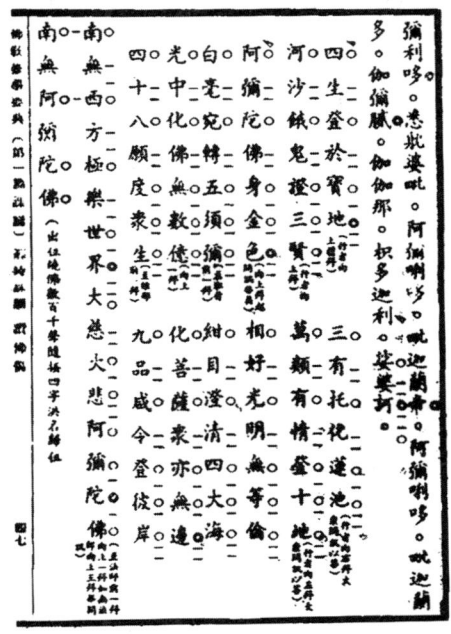

（佛教课诵的记谱方式）

　　由此可见，中国佛教音声具有尊重传统、严格传承、不轻易改变的特征，这也正是其成为华夏音声活化石的原因。

　　中国传统音乐主要是靠"口传心授"式的"活体"传承的，即通过口耳来传其形，以内心领悟来体味其神韵，在传"形"的过程中，对其音乐进行深入的体验和理解，所谓的"乐之筐格在曲，而色泽在唱"的观念，一直制约着中国记谱法的充分发展，事实上也不需过于完备的记谱体系。古人对此有过很多论述："谱，载音之具……虽然，谱可传而心法之妙不可传，存乎人耳，善学者自得之，则艺成于德，其庶乎深矣"①"吾遍观乐书，而深恨乐亡有由也。乐书逾备，则乐逾不明。"②在上述古人论述中，就蕴含着丰富的佛道思想。根据《太音大全集》记载，唐代琴家曹柔各取汉字的减笔发明而成的"减字谱"，学者认为，"说古琴减字谱的发明是受了禅宗'简约'之风的启发和影响，不是没有根据的猜测。除了禅宗作为时代潮流的巨大力量之外，琴人们散淡的生活方式和隐逸之气也使他们比其他人更容易接近禅宗思想"③。这种记谱的方法，被认为是禅宗思想中"不落言诠"的典型表现。

　　①　萧鸾：《杏庄太音补遗序》，见吴钊等编：《中国古代乐论选辑》，人民音乐出版社，2011年，第284页。
　　②　黄龙山：《新刊发明琴谱序》，见《中国古代乐论选辑》，人民音乐出版社，2011年，第283页。
　　③　田青：《净土天音：田青音乐学研究文集》，山东文艺出版社，2002年，第221页。

刘富琳曾著文指出中国传统音声传承"口传心授"的若干特征,其论甚有见地。[①] 论文将"口传心授"的关系概括为:

1."乐—乐"(由音乐到音乐)的直接性。传承过程中,传者和承者都是通过实际演唱、演奏具体的音乐曲调,以真实音响"乐"的形式,直接从传者传到承者。文人音乐、宫廷音乐和宗教音乐,虽有以乐谱作为参照,但由于中国传统音乐乐谱不能也不可能离开口传心授而独立传承,乐谱仅起辅助作用。传承中,必须通过传承者的亲自演唱和演奏,在亲聆的过程中来体验音乐。

2."人—人"(由人到人)的直接性。这是相对于"人—物—人"的间接性传承来说的。因为实现"乐—乐"传承的方法很多,用录音的手段就是一种,这种"人—物—人"之间的传承使用了"物"的媒介,而在"口传心授"的传承过程中,传者与承者是面对面地进行的。宫廷音乐、宗教音乐是宫廷乐师、寺院僧侣面对面地直接进行。

3.演唱、演奏的直接性。"口传心授"的传承,实质上,音乐是通过"人—人"的直接演唱、演奏来实现的一种过程,这种演唱、演奏是即时现场的,传者和承者都直接地参与音乐活动的唱、奏,传者以唱、奏来传授音乐,承者也通过唱、奏来习得音乐。

4."乐—乐""人—人"与唱、奏的直接性。即音乐在传承活动中,传者与承者都通过实际的演唱和演奏来实际传承,口传心授的直接性,使传、承双方都能够准确地洞察和了解到相互的心理状态,并根据自身对音乐的理解,缩小相互间的心理距离,使音乐顺利地进行传授。"口传心授"没有机械、刻板或简单地再现音乐,而且还可以通过非言语的身体语言来加强对音乐的领悟,使音乐不只停留在形态的层面上,更重要的是在体味音乐的感受上。

5.口传心授过程中,艺人们常把骨干谱拿来吟、念,强调把乐谱吟诵嚼味,使乐曲得之于心而后入手。潮州音乐把曲谱叫作"弦诗",就是要把曲谱当成是可以吟诵的"诗"来仔细品味。吟、念谱最主要的是掌握曲调的神韵,民间艺人有"一音三韵"之说,先从语言的吟、念入手,以曲带功,这样才能把曲调的韵味演唱、演奏出来。

6.创作的集体性。传承者集创作、演唱、演奏、欣赏、传承于一体,传承围绕着人为中心,多角色合一。传承者在音乐活动中,既是创作者,又是演唱演奏者和欣赏者,同时又完成传的过程;而承者既是习得者,同时也是创作者,演唱演奏者和欣赏者,集创作、演唱、演奏、欣赏、传承于一体的高度集中。

7.乐人合一的综合性。"口传心授"传承中,音乐的创作、演唱、演奏、欣赏、传承以及音

---

① 刘富琳:《中国传统音乐"口传心授"的传承特征》,载《音乐研究》1999 年第 2 期。

乐体裁的掌握与多来源的融合，都集中在"人"（传者与承者）身上，表现出"无声不传、乐随人移"、"人存乐存、人亡乐亡"的特点。《乐府传声》序说："古人作乐，皆以人声为本……故人声存而乐之本自不没于天下。传声者，所以传人声也。"①《竟山乐录》说："先巨尝曰：'乐未尝亡也，乐者人声也。天下几有人声而亡之理。'"②古谱之乐失传的一个重要原因就是离开了人的"口传心授"，割裂了"乐人合一"的综合性。

四

孙昌武先生在其《中国佛教文化史》中引述了英国佛教史学者查尔斯·埃利奥特的一段论述："佛陀的伟大实践成就，就是建立了一个宗教团体。这个团体叫作僧团，一直存在到今日，其成员称为比丘。他的宗教之所以能够持久，主要是因为有这个组织。"孙昌武先生并作了引伸发挥说：

> 僧团作为中国社会结构的相当重要的组成部分，不但延续着佛陀的"慧命"，更参与多方面的社会活动。至于僧团在思想、文化部门的活动，积极参与学术、文学、艺术以及民众文化等众多领域的建设，取得成就，造成影响，更成为思想文化方面的重要力量。……佛教这种新的社会组织形态能够被中国这古老国度所接受并存活下来、扎下根来，与当时中土社会的整个发展形势有关系：自秦汉以来，特别是经过东汉末年的变乱，上古形成的以村社为基础的社会体制被彻底破坏了，随之人们的传统观念、信仰也动摇了。③

具体到对中国礼乐文化的保存这一点，僧团同样发挥了巨大作用。由于僧团人数众多，采用师徒相传的模式传承佛法，同时，他们通常又有着比较坚定的宗教信仰和较为充裕的时间，这些因素决定了：一些不容易在普通民众社会中保留下来的传统文化形式，在寺院中反而能保留得更为完整、更为持久，这一点在音声传承中表现得尤其充分，唱赞、吟诵等即是其一。佛教音乐史学者田青先生曾指出：

> 佛曲的教学，是靠师徒之间的口传心授。而最讲究"衣钵真传"的佛门出家弟子，是有着充分的时间、耐性来保证所学到的佛曲丝毫也不走样的。一直到今天，这种传统仍然根深蒂固地存在。佛门弟子从师父那里学一个赞子，要一句一句花费许多时

---

① 徐大椿：《乐府传声》，见《中国古代乐论选辑》第424页。
② 毛奇龄：《竟山乐录》，见《中国古代乐论选辑》第376页。
③ 孙昌武：《中国佛教文化史》第一册，中华书局，2010年，第111—118页。

间,直到师父认为徒弟所唱与己无异,方为合格。这种口口相传、师徒相承的教授方法中所体现的巨大的保守性,从世俗艺术的观点来看,似乎是阻碍音乐艺术发展的桎梏,但是,从另一方面看,也正因其"保守",它才得以保存至今,使它成了古老音乐的"活化石"。①

再深一层看,古人认为,凡是不能保留下痕迹的东西都体现出一种无常的空性,而要突破这种无常,必须能够物化,能够留下痕迹,使之永恒,文字就是这样产生的,所以古人认为"三不朽"之一为"立言",这里的立言可以理解为留下文字。而与文字相比,音声在古代是很难保留下来的,因为古代没有发明这样的工具,因此音声的传承便成为一种更具有神秘色彩的活动,所谓"口耳相传"往往带有某种秘密的意味就在于此。古道家就认为,文字只是糟粕,真正可传的不是文字,而是文字之外的东西。因为用文字来描摹声音,无论如何总是隔了一层,诗歌讲究"韵味",韵味也是文字之外的东西,总归是靠意会而无法言说的。"乐"在古代之所以与"礼"并称,具有非常崇高的地位,就在于它与文字相比的难以传承性。

公元前 1 世纪后期,由于社会政治经济的原因,汉朝廷于公元前 6 年,取消了乐府机构,在乐府工作人员 829 人中,罢免了 44 人,留下了 88 人。被罢免的基本是担任世俗音乐的人员,而留下的则都是掌管礼仪音乐的官员。《汉书·礼乐志》云:

"其罢乐府官,郊祭乐及古兵法武乐,在经非郑卫之乐者,条奏,别属他官。"丞相孔光、大司空何武奏:"郊祭乐人员六十二人,给祠南北郊,大乐鼓员六人,嘉至鼓员十人,邯郸鼓员二人,骑吹鼓员三人,江南鼓员二人,淮南鼓员四人,巴渝鼓员三十六人,歌鼓员二十四人,楚严鼓员一人,梁皇鼓员四人,临淮鼓员三十五人,兹邡鼓员三人,凡鼓十二,员百二十八人,朝贺置酒陈殿下,应古兵法。外郊祭员十三人,诸侯乐人兼云招给祠南郊用六十七人,兼给事雅乐用四人,夜诵员五人,刚别附员二人,给盛德主调箫员二人,听工以律知日冬夏至一人,钟工,磬工,箫工员各一人,仆射二人主领诸乐人皆不可罢。"②

八百多乐官一半多被罢免,可见古人认为音乐的传承是与国运有密切关系的,是因为那种大型的、仪式化的音乐是一种完善的制度的体现,那些音乐演奏者必须有严格的师承,如果国家无法保证有一套完善的制度,音乐很快就会失传。战乱之世、分裂时代,往往就是"礼崩乐坏"的时代,原因就在于此。因此,在这样的时代,音乐的传承就转向两个方面:一是流落到民间或异域,所谓"礼失而求诸野"即指此意。二是一些宗教团体担负起音乐传承

---

① 田青:《净土天音:田青音乐学研究文集》,山东文艺出版社,2002 年,第 34 页。
② 班固撰、颜师古注:《汉书》卷二十二《礼乐志第二》,中华书局,1962 年,第 1073 页。

的任务,因为宗教团体有比较严格的戒律和传承形式,又有比较坚定的信仰,也有一定的场所和条件,这些都为音乐的代代相传提供了保证。中国佛教就是在这样一种文化背景下,肩负起传承和延续华夏音声的责任。

总之,中国历史上的"礼崩乐坏"出现过多次,但是每一次的具体表现各不相同。其一为春秋时期,表现为礼乐制度的破坏(礼乐难以维系、礼法的僭越和"郑声"的兴盛等)以及由此导致的礼乐外流,其结果是在西域地区形成大乘佛教;其二为东汉至末魏晋时期,表现为中原礼乐制度和儒学的进一步衰落,但古乐的回传亦是这一时期的重要表现。两者各持续了数百年。笔者认为,这也正是程颢感叹"三代礼乐,尽在是矣"的根本原因所在。佛门的"梵呗"实为华夏发达的礼乐文化的延续,为中国佛教的深入人心和不断壮大起到了推波助澜的作用。

论传统吟诵的语言本位特征①

赵敏俐(首都师范大学中国诗歌研究中心)

近年来,中华吟诵正在日益受到人们的重视。对传统吟诵的抢救性采录,对吟诵学理的研究,吟诵的传承与推广正在齐头并进。从近百年的社会冷遇变成当下文化关注的热点,这表明国人对传统文化的重视,也显示出中华吟诵所具有的巨大的文化魅力。然而,在此过程中,本人也听到了来自各个领域里不同的声音。这里既有许多门外人对吟诵的不了解和质疑,也有来自吟诵内部不同年龄、不同流派之间的争论与批评。其中重要一点,即如何认识传统吟诵的语言本位特征,以及如何确定它在中华吟诵中的核心地位问题。对此,本文谈几点看法以供商榷。

一、传统吟诵与其他几种"吟咏模式"

要认识传统吟诵,首先要从"吟诵"这一名称说起。"吟诵"之名,从一般意义上讲,指的是传统诗文的诵读方式。但是由于人们对于"吟"、"诵"二者的理解不同,对吟诵概念的界定也存在着一定的分歧。这种分歧主要表现在以下两个方面:第一是"吟"与"诵"二者的区别;第二是"吟诵"与歌唱的关系。这两点之中,对"吟"与"诵"二者的理解是基础。对此,陈少松先生曾有很好的辨析。他认为:"所谓'吟',就是拉长了声音像歌唱似地读。""所谓'诵',就是用抑扬顿挫的声调有节奏地读。"②这说明吟诵和唱歌有一定的关系,特别是"吟",与歌唱的关系更为密切。但是陈少松先生又特别指出:"为什么在界说'吟'时要加'像歌唱'这几个字呢? 这是因为吟时既同歌唱一样拉长声音行腔使调,却又不是严格意义上的歌唱。""在笔者看来,严格意义上的'唱',一有乐谱可依,唱时对乐谱不可随意改变;二在通常情况下用乐器伴奏。'吟'却不同,一无乐谱可依,吟时对音高、时值、速度、旋律等处

---

① 本文为国家社会科学基金重大项目(项目号10&ZD107)"中华吟诵的抢救、整理与研究"阶段性成果。
② 陈少松:《古诗词文吟诵》,社会科学文献出版社,1999年,第3页、第7页。

理有一定的随意性；二在通常情况下不用乐器伴奏。"①他还引用了赵元任和郭沫若二家的说法以为辅助。秦德祥先生的看法与此基本相同。他说："吟诵，亦称'吟咏'，是旧学中普遍采用的习惯读书方式。不知吟诵的人听起来，常说它'象唱山歌'或'象和尚念经'。赵元任说，吟诵就是'拉起嗓子来把（诗词的）字句都唱出来'。郭沫若说，吟诵是'无乐谱的自由唱'。编者将吟诵定义为'介于读和唱之间的汉文古典文学作品口头表现方式'。吟诵既不同于当今的诵读，不同于歌唱，也不同于朗诵，是一种介于'诵读'与'歌唱'之间的艺术样式。"②两位学者对吟诵的定义都很到位，既指出了"吟诵"的基本特征，又指出了与歌唱的区别，在实践中也有很好的把握。这就是我们通常所说的"吟诵"，就即传承了几千年的"传统吟诵"。近几年，我们在承担国家社会科学基金重大项目"中华吟诵的抢救、整理与研究"过程中，到全国各地进行搜集和抢救性采录的录音录像，从现存最早的唐文治、赵元任等人的吟诵录音，到我们近几年采录的一些老先生的现场表演，莫不是这种传统吟诵。

　　但是，在近年来的吟诵普及与推广过程中，实际上却存在着与歌唱不分的现象，而且这种现象有逐渐增强的趋势。对此，有些眼光敏锐的学者已经有所注意。如华锋教授 2009 年 10 月在北京参加"国内传统吟诵高端论坛"时，就将当下的吟诵（华锋称为"吟咏"）分为四个主要流派："以北京戴学忱先生、湖北侯孝琼先生为代表的学人，在传统吟咏的基础上，吸收了民歌的演唱技巧，修复为全新的吟咏模式；以马鞍山盘石先生为代表的学人，在传统吟诵的基础上，引进了西洋音乐的演奏技巧，创作出以全新的交响乐、摇滚乐为表现形式的吟咏模式；以台湾王更生先生为代表的学人，呈现给我们的是没有任何师承背景，只是依据自己对古典诗歌的理解以及对传统音乐、戏剧的知识，独自创作的自度曲吟咏模式；以天津叶嘉莹先生、北京屠岸先生为代表的学人，是原汁原味的、'土得掉渣'的'私塾调'吟咏模式。"③显然，华锋在这里所讲的四种"吟咏模式"，与陈少松、秦德祥二位先生所下的吟诵定义并不完全一致。严格来说，只有第四种"吟咏模式"才完全符合陈、秦二位先生的定义。华锋在这里所说的四种"吟咏模式"，也许是他比较委婉的说法，以他个人而言，他所坚持的传统吟诵，亦即从华锺彦先生那里传下来的吟诵，也只属于第四种"吟咏模式"，他认为这才是我们目前要竭力抢救的吟诵。在我看来，虽然当下在吟诵复兴的过程中的确存在着这样四种吟咏模式，但是不宜把它们说成是吟诵的"四种流派"。因为其他三种"吟咏模式"，无论就其

---

①　同上引第 3—4 页。

②　秦德祥：《吟诵教程》，《国家级非物质文化遗产——"常州吟诵"资料之四》，常州市非物质文化遗产保护中心组稿，2012 年 4 月，第 5 页。苏出准印（2012）字 JSE—1003644。

③　华锋：《简论吟咏的节奏》，《文学与文化》，2012 年第 2 期，第 42 页。

文化价值与学术意义而言,都与第四种"吟咏模式"无可比拟。鉴于吟诵界当前存在的四种吟咏模式,我建议亟需对其进行更严谨的区分,把那些"土得掉渣"、"原汁原味"的"私塾调式"的吟诵称之为"传统吟诵",而把其他几种方式,根据它们与音乐的关系,可以分别称之为"普通话吟诵"或者"新式吟唱"。而我们目前所做的工作,无论是吟诵的抢救、吟诵的研究和吟诵的普及与推广,都必须以传统吟诵为基础。只有传统吟诵才能称得上是典型的最为珍贵的非物质文化遗产。

二、传统吟诵是以语言为本位的口传艺术

我们之所以强调传统吟诵的价值,是因为传统吟诵经过近几千年的发展,已经形成了一个独特的艺术门类。古人虽然没有给它下过一个明确的定义,也没有将其与说话和歌唱做过严格的区分,但是它经过历代读书人的口耳相传,已经有了固定的应用对象和固定的表现模式,体现了固有的属于自身特有的艺术规律。所谓固定的应用对象,是指它从周代社会开始,主要用之于学习与教育,应用于传统的诗文的诵读。对于这一点,学者们的论述非常明确。如陈少松在《古诗词文吟诵》一书的绪论第一句话就说:"吟诵,是我国传统的读诗读词读文的方法。"①上引秦德祥给吟诵下的定义的第一句也是:"吟诵,亦称'吟咏',是旧学中普遍采用的习惯读书方式。"其实,无论从赵元任、朱光潜到屠岸和叶嘉莹,无论是戴学忱、余东胜还是华锋、张本义,所有这些人在给吟诵下定义时都特别强调它是读书的方式,它的应用对象是传统的诗文。没有诗文的诵读就没有吟诵,哪怕它与吟诵有再相似再接近的关系,也不能把它视之为吟诵。如民间的山歌,如古代的说唱艺术。所谓固定的表现模式,就是传统吟诵在几千年的实践中,已经形成了一些相对稳定的表现方式与套路。其核心就是以语言为本位而不是以音乐为本位。

传统吟诵与音乐有着直接的关系,这是不容丰富的事实。赵元任说:"所谓吟诗吟文,就是俗话所谓叹诗叹文章,就是拉起嗓子把字句都唱出来,而不是说话时或读单字的语调。"②他为此还简单地比较了吟与唱的关系。秦德祥甚至认为"吟诵最为本质的属性当是音乐,而非语言"。③ 但既便如此,他在谈到"吟诵音乐的基本规律"时仍然承认:"吟诵音乐的基本规律建立在诗文的诵读的基础上,体现为吟诵音调中用音与所吟之字平仄声调的配

---

① 陈少松:《古诗词文吟诵》,社会科学文献出版社,1999 年,第 1 页。
② 赵元任:《新诗歌集·序·吟跟唱》,《赵元任、程曦吟诵遗音录》,商务印书馆,2009 年,第 102 页。
③ 秦德祥:《"绝学探微"——吟诵文集》,上海三联书店,2010 年,第 59 页。

合关系。这些规律涉及吟诵音调节奏、音高、旋律形态三个方面,简明的表述是'平长仄短'、'平低仄高'(或'平高仄低')与'平直仄曲'。"①可见,既便是把吟诵称之为"吟诵音乐",那么这种音乐的创作首先也要遵从语言的规律,要"建立在诗文诵读的基础上"。所以,弄清在吟诵中到底是以语言还是以音乐为本位的问题,在吟诵的研究和传承中至关重要。王宁教授对此有过很好的辨析。她说:"吟声像是乐声,实则乃是语声——与心声同步的语声。……吟诵重词不重乐,旋律、节奏都是对文学形象的强化和再度美化。"②对此,当代几位著名的吟诵家,如陈少松、张本义、秦德祥等人,在他们的著作中都有充分的论述。学习吟诵,首先要从学习古诗文入手,由诵读起步,要懂得汉语语言平仄、掌握古诗文的节奏、韵律,而决不是首先学习音乐基础。在这方面,张本义的《吟诵拾阶》表达得最为清楚。他认为学习吟诵的基础首先是识字,包括平仄、韵字、叶音和破读;其次是掌握古诗文的节奏,包括诗词节奏、蒙学读物的节奏和文言文章的节奏;第三是掌握腔调与用字,包括长短抑扬、区别调式、依字行腔、文读白读等等。③ 因此我认为,传统吟诵从本质上来说是语言的艺术。它的出发点是语言,它的目的是为了强化语言的表现力量,是要通过语言本身的声调、节奏、韵律来达到强化语言意义的完美效果。在这里,音乐虽然也有它的存在价值,甚至还有极为重要的价值,但是和语言相比,音乐在传统吟诵中始终是第二位的,语言才是第一位的。二者的关系一旦颠倒,将语言为主转化为以音乐为主,吟诵就变成了歌唱。

传统吟诵是以语言为本位的口传艺术,其核心在于它强化了语言的声音意义。这又包括在两个方面,第一是语言的声调意义,第二是语言组合的节奏意义。汉语是一种声调性语言,每个音有平上去入四种声调(有些方言甚至更多)。传统吟诵比普通说话的声音要长,这自然会强化声调的效果,并且因为突出声调而强化了语言的意义。这一点,在近体诗的吟诵中表现得最为明显。近体诗是一种严格的格律诗,在其格律要求诸要素中,平仄的规定是最要紧的。那么,近体诗的平仄到底是出于什么原因才产生的呢? 它在诗的写作当中究竟具有什么意义? 难道对平仄的讲究,只是文人案头写作的一种硬性规定? 是他们的一种文字游戏吗? 显然不是。而是通过平仄来突显诗歌语言的音乐之美。所谓:"平声平道莫低昂,上声高呼猛烈强,去声分明哀远道,入声短促急收藏。"(明·释真空《玉钥匙》)所谓:"平声者哀而安,上声者厉而举,去声者清而远,入声者直而促。"(唐·释处忠《元和韵谱》)那么,这种诗歌语言的音乐之美由何种方式才能体现呢? 当然需要通过吟诵。在我们

① 同上引第 61 页。
② 王宁:《吟与唱》,《文史知识》,1998 年第 10 期。
③ 张本义:《吟诵拾阶》,广西师范大学出版社,2013 年,第 13—54 页。

所搜集、采录的全国各地的传统吟诵中,不论是南方还是北方,无论是普通话吟诵还是方言吟诵,吟诵调虽然千差万别,但是平长仄短、平低仄高(有的地方是平高仄低)却是南北各地所遵循的基本原则。这说明,诗歌的平仄之美只有通过"依字行腔"的吟诵才能得到最好的展现,而掌握平仄本身在声调和发声上的特点,也成为吟诵诗歌的基本原则。第二是语言组合的节奏意义。人类的语言是有节奏的,但是这一节奏特点只有在诗歌中才能得到最好的体现。业师杨公骥先生曾指出:"就文体特征而言,诗是有节奏、有韵律的语言的加强形式。"①中国诗歌最早成熟的语言形式是四言诗,这与中国语言文字的一字一音直接相关,在诗歌当中两字一拍,四字一句,两句一组,就成为最简洁整齐的节奏形式。以后发展为骚体、五言、七言等各种形式,虽然不再像四言诗那样整齐对称,但是两句一组的字数统一,句子内部的结构统一,再加上以偶句押韵为主,在句式的统一与押韵的重复中照样有一种鲜明的节奏。而且,就一句诗而言,五言诗的句式可以分为"二一二"或者"二二一"两种组合,七言诗句式可以分为"二二三""二三二"两种形式,又使其比四言诗显得更有变化,在节奏的重复中增加了变化之美,读起来更加朗朗上口。这些,也只有通过吟诵的方式,才使得节奏的意义得到强化。因而,吟诵不仅是中国古典诗歌声音之美的最好表达方式,也是使诗歌意义得到充分体现的表现方式。从这一角度来讲,吟诵本身就应该是中国古典诗歌意义表达的有机组成部分,离开了吟诵,我们对于中国古典诗歌的理解有可能就会受到影响。同样,中国古代的散文虽然不像诗歌那样着意强化语言的节奏韵律,但是,一篇优秀的文章,仍然有着内在的节奏韵律存在。中国早期的散文,如《论语》《老子》《易传》《春秋》等等,在这方面表现得特别明显。至于汉魏六朝以后兴起的赋体和骈体文学,同样追求语言的节奏韵律之美。因而,遵循其内在的节奏韵律,古文同样可以吟诵,同样可能优美动听。

传统吟诵是以语言为本位的艺术,它的作用是强化语言本身在声音方面的意义。因而,传统吟诵突显了中国古代语言的诸多特征,保留了传统语言的声音形式,从而使之具有语言学与音韵学方面的研究意义。同时,传统吟诵的存在说明了中国的语言与文字之间的密切关系,语言是文字意义表达的有机组成部分。所以,通过传统吟诵我们不仅可以更好地理解中国古代的文学内容,而且可以更好地了解中国古代诗文之美。

传统吟诵以语言为本位,它强化了语言的声音意义,但是并不排除音乐的作用。当人的思想感情光靠语言文字本身的声音尚不足以表达的时候,在此基础上自然也会增加更多的音乐因素甚至舞蹈的因素,所谓"情动于中而形于言,言之不足故嗟叹之,嗟叹之足故永

---

①　杨公骥:《〈诗经〉〈楚辞〉对后世文学形式的影响》,《东北师大学报》(哲学社会科学版),1988 年第 5 期。《杨公骥文集》,东北师范大学出版社,1998 年,第 352 页。

歌之,永歌之不足,不知手之舞之,足之蹈之"是也。不过需要注意的是,在古人的这一经典表述里,恰好说明了语言、嗟叹、永歌、舞蹈在诗歌的创作与表演中的位置:语言是第一位的,嗟叹是为了补充语言之不足,永歌是为了补充嗟叹之不足,舞蹈是为了补充永歌之不足。因而,在传统吟诵里,音乐始终是语言的辅助。它可以使语言的声音更加丰富、使吟诵向音乐方面靠拢,甚而形成一些固定的模式,具有一定的音乐曲调色彩,但是它始终从语言出发,突出语言文字的声音要素,音乐始终是它的润色成份。音乐一旦喧宾夺主,成为人们在诵读古诗文时所遵守的准则,那么,吟诵就变成了歌唱。

传统吟诵以语言为本位,其理想的极致自然应该是语言的意义与声音的完美结合。从这一角度来讲,既然每一首诗文都是由不同的语言组成,每一首诗文就都会有一个不同的吟诵调子,传统吟诵由此而丰富多彩。但是,由于中国古代诗歌在千百年的实践中形成了几种固定的形式,例如以每句字数多少来分有四言诗、骚体诗、五言诗、七言诗、杂言诗等数种,以是否有严格的格律来分有近体诗与古体诗等等。中国古代的散文句式结构也有大致的分类,在每篇文章的内部有着起、承、转、合的内在韵律。这使得传统吟诵在不同的地区和不同的学者那里总会形成几个大致相同的模式,或者可以称之为基本调。它们往往经过数代乃至数十代人的口耳相传,是在吟诵实践中总结出来的最好的形式,里面包括了丰富的历史文化内涵,如唐调,如湖南平江调,如闽南调等等。我们在采录过程中获得的那些精品,基本上都具有这样的特点。这些是特别值得我们抢救、研究、学习的宝藏,也是我们当下进行的所有的吟诵工作的基础。这些工作做不好,其他一切工作都无从谈起。

三、传统吟诵与普通话吟诵和新式吟唱的关系

传统吟诵是我们当下抢救、整理、研究、推广的基础,但是如何才能将传统吟诵传承下去并且逐步发扬光大,却存在着诸多的问题。在当下吟诵发展的大好形势下,如何处理传统吟诵与普通话吟诵和新式吟唱的关系问题,显得尤为重要。

(一)传统吟诵与普通话吟诵的关系

无论何地的传统吟诵,都带有很强的方言特色,而当下我国的语言发展方向却是推广普通话。经过几十年的强势推广,各地的方言都在不同程度上受到影响,有些地区的方言正在逐渐消失。由于受到地域的限制,无论哪一种方言都难以在全国范围内推广。因而,抢救、保存、研究传统吟诵,发展普通话吟诵就是当下吟诵发展必须要走的道路。那么,传

统吟诵与普通话吟诵的关系如何？我们如何协调好这二者的关系，就是摆在我们面前的重要问题。我个人以为，推广普通话吟诵必须在学习、掌握了传统吟诵的基础上进行，这又包括两个方面。第一要坚持传统吟诵的语言本位，第二要坚守传统吟诵的基本规则。

传统吟诵是普通话吟诵的基础，二者不是对立关系，而是传承关系。究其原因，因为二者都坚持以语言为本位的基本原则。传统吟诵普遍带有一定的方言特色，因而有人也将它称之为"方言吟诵"，由此将传统吟诵与普通话吟诵对立起来，认为二者难以融合，这是对传统吟诵的片面理解。传统吟诵虽然带有方言特点，有的地方的传统吟诵的地方语言特色还相当明显，如粤语吟诵、闽南语吟诵等等。但是，即便如此，它们与当地人讲话的方言土语也有很大的区别。严格说来，所谓方言吟诵，并不是完全用当地的土语吟诵，并不是如华锋所说的"土得掉渣"，而是用当地的"雅言"吟诵，亦即带有地方腔调的普通话。所以如此，是因为吟诵的对象是古代的诗文，是书面的语言，这些书面语言是中华民族通用的，每个字都归属于相对固定的声部和韵部，中国古代所有的读书人在写诗作文的时候都是以此为基础的。正因为如此，现在传承下来的全国各地的方言吟诵，亦即我们所说的传统吟诵才有共同的规律可循。同时，也正因为各地的传统吟诵多少都带有方言色彩，所以它们又各有鲜明的地方特色。正是这二者的有机结合，才使得传统吟诵既博大精深又丰富多彩。而普通话吟诵，正是在传统吟诵基础上的传承与发展。所以，我们现在学习和推广普通话吟诵，就必须建立在对传统吟诵研究的基础之上。

研究保存传统吟诵，推广普通话吟诵，我认为起码有以下几点需要注意：

第一，研究传统吟诵的共同规则与规律，将之作为推广普通话吟诵的基本原则。传统吟诵经过漫长的历史传承，已经形成了一些共同的规律，比如格律诗的平长仄短规律；比如古体诗的依字行腔规律，等等。这些规律是吟诵得以形成和发展的基础，脱离了这些规律，就会改变吟诵的本质，吟诵也就不再称其为吟诵。

第二，研究传统吟诵的字、词、句、章以及诗、词、文、赋等不同文体处理的一些具体方法，使普通话吟诵逐步完善。吟诵是以语言为本位的艺术，在语言的基础上再加上音乐的修饰。传统吟诵在漫长的历史传承中，对于一些字、词、句、章的声韵处理上已经有一些有用的技巧，并且形成一些固定的模式。对这些技巧与模式的掌握，是学习和提高普通话吟诵水平的必要条件。同时，由于古今语言的差异，古诗文中的许多字词的古代发音与现代发音有很大的不同，韵部也有变化，有些按古音读起来很流畅的诗文，按今音读起来会很别扭，缺少美感，因而需要掌握传统吟诵处理中的一些技巧，将其化为普通话吟诵的方法。

第三，学习掌握一些经典的传统吟诵调，用于普通话吟诵。传统吟诵经过漫长的历史发展,形成了许多经典的吟诵调。这些吟诵调的风格各不相同,或者特别适合一个地区带有方言特点的普通话吟诵,或者特别适合一类文体的吟诵,或者特别适合某一首诗文的吟诵,它们大都经过长久的艺术实践的检验,甚至经过某些人的精心琢磨,深受大众的喜爱。因而成为传统吟诵艺术中的精品,值得我们将其纳入普通话吟诵之中,不断地发扬光大,将其传承下去。比较典型的如唐调吟诵,已经成为传统吟诵中独特的一种。中华传统吟诵丰富多彩,在各地传统吟诵中几乎都有这样的经典存在,将它们汇集在一起,更是一笔宝贵的财富。普通话吟诵的推广和学习,首先要建立在掌握这些经典吟诵调的基础之上,认真地研究,仔细地揣摩,不要将其丢掉,动不动就轻言创调。

第四,在学习和推广普通话吟诵的基础上,在不同的方言地区也应该继续传承当地的传统吟诵调。这不仅是保存历史文化的需要,也是建设当代新文化的需要。普通话本身就是在各种方言基础上不断的交融中发展演变的,中华吟诵也只有在各地方言吟诵的基础上才会不断地发展创造,唯有如此才会活力无限。

(二)传统吟诵与新吟唱的关系

在中华吟诵抢救、整理、研究、推广的过程中,另一个需要我们处理的是传统吟诵与新吟唱的关系。我在这里所说的新吟唱,指的是在传统吟诵的基础上,融入了歌唱的各种技巧与手段,并将传统吟诵的以语言为本位变成了以音乐为本位的一种艺术形式。之所以将这种艺术形式称之为新吟唱,是因为它与一般的古典诗文吟诵不同,它是利用古典诗词的内容、情感、意境、格调等进行的音乐创作。虽然在这种音乐创作的过程中,在某些方面也会吸收传统吟诵的要素,如有时也重视文字的平仄,有时也强调曲随词唱,因而使其在艺术风格上带有一定的吟诵的色彩,但是这一类新吟唱,其本质还是以音乐为本位,还是将音乐的效果放在首位的一种艺术形式。

以音乐为本位的新吟唱,从总体效果来讲要比传统吟诵和普通话吟诵更能体现音乐之美。因而从美听的角度来讲,它也更能被当代人所接受,更适合于宣传和表演。特别是一些人将某些现代的音乐元素、包括西洋的音乐元素融合进去,更是一种独具特色的新型艺术,在当下社会自有其价值,也值得推广研究。但是,因为这种艺术形式已经将传统吟诵的以语言为本位变成了以音乐为本位,所以在本质上它已经与传统吟诵和普通话吟诵属于两种不同形式的艺术。在现实生活中所承担的功能也各有侧重,具有不同的文化价值,不可互相取代。大致来讲,有以下数端:

第一,传统吟诵和普通话新吟诵是诵读诗文的一种方法,是以学习为主要目的的语言艺术。而新吟唱是以传统诗文为表现对象,是以表演为主要目的的音乐艺术。

第二,传统吟诵是古代读书人学习的工具,它的主要功能是帮助学习者提高对诗文的理解与记忆,它最适合于个人的体会与涵泳,属于小众的艺术;而新吟唱的产生就以表演为目的,它的主要的功能是满足大众的欣赏需要,是属于大众的艺术。

第三,传统吟诵的学习要以语言学科为基础,掌握汉语言文字的四声、平仄、韵部、诗体、文体特征等是其要务;而新吟唱的学习要以音乐学为基础,掌握音符、乐理、曲调、歌唱与发声的技巧等是其要务。

第四,传统吟诵中的曲调是比较随意的,离开了乐谱乐器等仍然可以存在,曲调活在语言文字当中;新吟唱中的曲调是有乐谱可依的,是比较固定的,离开了乐谱乐器不可独立存在,其曲调活在乐谱当中,而不在语言文字当中。

明确了传统吟诵与新吟唱二者之间的关系,有助于我们更好地学习和传承中华吟诵。我们不排斥新吟唱,二者可以共同存在,互相学习,共同发展,但是在抢救、整理、研究、传承中华吟诵的过程中,我们要把握住吟诵的本质特征,把握住吟诵发展的大方向。

第四编　忆述与叶嘉莹教授交谊往来

独与天地精神相往来

——谨以此文敬献叶嘉莹先生九十华诞

陈　蕙（蕙瑜伽工作室）

朝发轫于苍梧兮，夕余至乎县圃；欲少留此灵琐兮，日忽忽其将暮；

吾令羲和弭节兮，望崦嵫而匆迫；路曼曼其修远兮，吾将上下而求索。

——屈原

初识叶嘉莹先生，是在早樱初绽的温哥华。

其时，天仍微寒、湿冷。樱的小粉瓣钻出，轻描淡写似的，倒显得那枝干棱棱凛凛。

叶先生说，她喜欢早樱，因为其秀美。

而晚樱漫天，烂漫飞舞，灿若云霞，艳压群芳。身为文学家的她，怎会不欣赏这种极致的美？在我看来，大凡艺术家、文学家、音乐家总会有些常人无法企及的激情。

那年的春夏，我们全家频频"叨扰"着老人家。

每日晚饭过后，我们便驱车前往先生的家。

白日隐去，大地寂寥。穿过薄雾的密林，先生的居所——一栋老房子，静静伫立。

我们的叩门声也变得和缓，生怕惊扰了这片宁谧。

整晚的时间，日日相似，却又日日如新。有时，我们帮着她整理录音带；有时，缠着向她学习吟诵；还有些日子，我们只是在灯下围坐着，桌上放着一碟瓜果，而谁都顾不上享用，因为，那时的先生正在说着往事与对诗词的见解。

先生一直淡淡地，即便是说到那些悲伤残酷之往事，如丈夫入狱战乱流离、爱女早逝生离死别时，亦不改语速。我别过头，偷偷拭泪，却见黄昏窗外的早樱，兀自清清透透，仿佛不经意，却真实开放着。

先生只在吟诵时，才略有些抑扬顿挫。而那些语音语调的转折停顿，却似那早樱的枝干，反又衬托得那花儿更加轻盈透粉。无怪乎台湾痖弦先生说叶先生是"意暖祁寒"。每每到吟诵，便是我最为流连享受之刻。有时，我会闭上眼，听着那古老的调式流出，只觉淡云流漾,清风微聚。

叶嘉莹先生从不让我们在白天拜访她。后来,我才得知,整整一个白日,她带着准备好的清淡午餐——一颗西柚、水煮西兰花与胡萝卜,一片面包,在 UBC 大学(不列颠哥伦比亚大学)亚洲图书馆的一个阁楼上阅读与书写。

我能想象她在阅读时的模样,不是俯而读,仰而思,亦非踱步高声。先生定然只是静静端坐,凝神不语。如初春的早樱,默默绽放。

那个阁楼内,简单到只有一桌、一椅、一书架,却亦是世界上最富饶之地。多少对诗词的理解感发,多少对历代词人资料的整理都出自这小小的一方空间。

她说:"我再不整理,这些中国传统的美好东西,就要消失了……"语气中,有着惋惜,却依旧淡淡的。

于是,她把所有时间与心都交给了诗词。不多休息,不喜应酬,这些不与世道同盟的洁癖正是这个九十岁老人的可贵、可佩之处。择善固执,不只出现在讲课当中,她更是身体力行地在实践着。如早樱,明知灿烂后瞬间坠落,亦"虽九死其犹未悔"。

最近一次见到叶先生,是她前往渥太华参加外孙女的婚礼。约好见面后,她嘱咐我为她设计一套专门针对长期哮喘的瑜伽体式。

在酒店里,她一边认真学习动作,一边问我瑜伽一词的含义。当得知是联结之意时,她哈哈大笑:"有人问我每天只是看书,寂寞吗? 我哪会寂寞啊,因为在书中,我与那么多古人相神交,与天地精神相往来。这也是联结,这也是一种瑜伽吧。"

回程的路上,两排樱花树正云山万重地开着……

春日忆迦陵师

黄晓丹（江南大学人文学院）

一

要是不曾成为教师，我大概没有机会更深地了解叶先生。

2011 年我博士毕业。毕业典礼时叶先生在海外，没有参加。但对我而言，离别早在两个月前就已开始。那是 4 月的黄昏，在叶先生温哥华的家中，我度过了在加拿大的最后一天。去机场的路上，太平洋的风从海上吹来，摇动一整片森林，背后是我不再能轻易踏上的土地，以及永远过去了的学生时代。我既为日后不再需要在老师面前战战兢兢地汇报功课而感到轻松，又为依然未曾给自己的人生找到一个支点而觉得茫然。

对于人生中最重要的问题，古典文学能否做出圆满的解释？ 对于人世间最险恶的选择，古典文学能否提供坚强的支撑？ 对于人心里最幽茫的心事，古典文学能否给予温存的慰藉？ 因为没有找到确定的答案，我带着入宝山而空回的失落，准备将这次离别当作夙愿的达成和旧梦的埋葬。

二

跟叶先生读书，是我青春时代一以贯之的梦想。2001 年，我正在读大二，对于人在世界上能够追求什么，想要找出最可靠的答案。那年我有两次暗室逢灯的经历，一次是被苏州北寺塔廊间书写的"一切有为法，如梦幻泡影，如露亦如电，应作如是观"所震惊，另一次就是偶尔看到了叶先生的书。《金刚经》说的道理是万有皆空，而叶先生开篇即说："我以为中国诗歌中最重要的质素，就是那份兴发感动的力量。"我在图书馆幽暗的书架间席地而坐，看叶先生从陶渊明讲到杜甫，又从杜甫讲到李商隐，直到丰厚高贵的人类情感在我心中激起的共鸣盖过了对空无的知觉。那是江南仲春，半城花开，半城花落。走出图书馆时，我似乎感到在无常之中，有一贯之物，在流转之中，有坚刚之气，因之，短暂的生命也值得认真去度过。多年以后我亲耳听到叶师说起"以无生之觉悟为有生之事业"，更笃信那不仅是智者的开悟之语，更是仁人的坚誓之辞。

我想是叶先生影响了我的人生，使我选择了古典文学专业。但在网络还不发达的 2001 年，我甚至不能确定叶先生是否与我同在一个时代，更不要说身处何方。后来在南开，我认识了很多被叶先生的讲座打动而立志学词的同学。我想，我们都是在先生身上看到了人生的一种可能——即通过全然投身于古典文学，服从它的训诫，接受它的磨砺，从而躲避时光的衰朽、抵御尘世的侵袭。当我们在台下仰望，先生身上体现出的从容、有力、清明和优雅，足以使我们相信，跟随先生，就不会在人生的风雨飘摇中失去方向。

三

2007 年春天，我去天津博士复试，回来在硕士论文的后记里写到："清嘉庆元年，张惠言来到安徽歙县。在与学生探讨治学为人的道路时，他也忆及了北地的杨花。他说：'我有江南铁笛，要倚一枝香雪，吹彻玉城霞。清影渺难即，飞絮满天涯。'愿以异人所授坚刚不摧之笛吹彻碧海中三万里太真碧玉之城。但那极为高远的人格境界，哪怕如张惠言一般终身赴之，依然只如灵光一闪，转眼飘散无踪。当我初次置身于北地杨花乱舞的春天，新生与凋颓不过是顷刻的转易，生命的偶在感扑面而来。我想，我期待这样的灵光。"我正是携着先生的《清词丛论》赴考。在往返的列车上，我数遍翻看《说张惠言的〈水调歌头〉五首》一文，将心绪沉浮在笛者竭尽心力的热诚追求与理想的落空无成之间。先生讲诗词，尤其注意词境中碧落黄泉两造，于追求时有飞扬之致，于落空处有低徊之美。我当时醉心于此，却没有注意到此中强烈的孤独，即飞扬时无人跟随，落空处无人安慰。

每个前来拜访先生的人，都会叹服她在时代和命运的波折中如一株"凝霜殄异类，卓然见高枝"的嘉树。而声称要追随先生的人，往往分辨不清自己是寻求荫庇的投林倦鸟，还是迎战风雨的林中幼树。当时的我以为找到了一条容易的路，幻想成为叶嘉莹的学生就自然获得了一种加持的力量，从此不必走过死荫的幽谷。但当真正开始博士课程，我像所有人一样需要面对考试、论文、毕业、工作、恋爱、社会、人际关系中的挫折。在先生的课上，大家赏析诗词、谈论理想。走出先生的家门，一个个却都生活得并不如意。我体验着此间的落差，渐渐埋怨古典文学固然优美却虚幻无力。

现在想来，我当时想要获得一种无理的豁免权。好像当我决定选择形而上的世界时，形而下的世界就理应为我准备一个简单平易的生活。我爱读先生的《鹊踏枝》词："玉宇琼楼云外影，也识高寒，偏爱高寒境。沧海月明霜露冷，姮娥自古原孤另。"广寒深处的灵光如此纯粹，它的诱惑使我忽略了词中另一层意思，是说人生并非在形而上世界与形而下世界中的一次性取舍，而是千百次的折返。

这真是一个有趣的悖论。先生的人生和学术中最有力的地方，正是在人天两造往返间体现出的巨大的韧性，是承担琐碎艰难的生活后依然能投入于精美而持久的精神活动的能力。但读者因为醉心于先生对理想世界的描写，便将先生遭遇的苦难也想象为一种浪漫的审美体验。妄图以诗词为魔杖，能使七苦避易，将人生变得诗意而平坦。

妄念终归落空，人生却在继续。所有浪漫的幻想并不能支撑对古典文学的热爱，我虽然读完了博士课程，却觉得再也不能重临少年时代被诗歌照彻的瞬间了。离开南开时，我将所有古典文学的书打包邮寄，而放在手边翻看的是一册《圣经》。

四

三年后的一个春夜，我难以入眠。有一句词在我的脑海中盘旋，久久不肯离去，但是我怎么也想不起下文，只能开灯翻书查找。这首词是王国维的《蝶恋花》："忆挂孤帆东海畔。咫尺神山，海上年年见。几度天风吹棹转。望中楼阁阴晴变。金阙荒凉瑶草短，到得蓬莱，又值蓬莱浅。只恐飞尘沧海满，人间精卫知何限。"反复诵读这首词，有一种奇异的感觉。好像一个旅人在歧路间抉择奔突，以为每一个决定都是自己作出，每一条道路都是全新开辟，但在偶然之间他翻开一册旧书，发现自己过去以及未来的历史都已赫然绘出。一些记忆在顷刻间回归，先是先生在天津的寓所中戴着老花镜、玩着自己的手指，对半空中念出"王国维'忆挂孤帆东海畔'一首"；然后是太平洋边的 UBC 大学东亚图书馆，馆内的东亚图书和东亚面孔让人放心用汉语互致问候，但一走出馆门，便有无限的阳光炫目，使人聚不起乡愁。

我读博士之前，每次想到先生，获得的都是那个在讲台上优雅自足、铿锵有力的形象。以至于我后来读到阮籍笔下"登高眺所思，举袂当朝阳"的西方佳人或者托尔金笔下的凯兰崔尔女王，就自然会联想到先生讲座的样子。她们都是光明的追逐者，西方佳人将读者的目光带到了云宵之上，凯兰崔尔女王送给远行者的礼物是装满了星光的水晶瓶，以抵御吞噬一切的黑暗与虚空。但在这个江南的春夜里想起先生，她给我的是另一种影像，是一个柔弱的老人的侧影，穿着质地柔软的旧衣服，夹着一本书或一个小包，慢慢悠悠地从卧室中走出，攀上图书馆的台阶。学生辈看到了，就会以百米冲刺的速度跑过去，试图扶她一下。

人如何能整合这两种完全不同的影像，或者说如何整合人生中这两种完全不同的经验？如何安处于几乎是无尽的精神追求和局促的肉身限制之间？人类愿意将那些曾经"举袂当朝阳"的人固定在高台上仰望，希望她永远带来希望、力量和抚慰，但只有当事人才知道，在一瞬间豁然开朗背后有多少的百转千回，又要独力战胜多少的幽茫心事，才能凝结起一次掷地有声的讲演。

如果看不到叶先生柔弱平凡的一面，就无法完全理解刚强那面的价值。她夹着头发卷子在厨房里做早饭的样子、在卧室翻找老花镜的样子、为了打印机故障而着急的样子、拉着小熊师弟去西南村找裁缝修改旧衣服的样子赋予了她讲台上的形象更大的深度和真实性。

古典文学并不能帮助人免除生活中必须承担的重负，却也决不是闲暇者的消遣，不仅仅是失意者的抚慰。读先生的书、看讲座视频和听讲课音带时，我有时会忽然惊觉某段音频是 80 年代在温哥华，某篇论文是 70 年代在美国，某首诗是 40 年代在北京，而某讲座是三五年前在南开。它们写成于六七十年间，却浑然一体。中国一百年来的世事变迁，使人如枯桑转蓬，今日海角、明日天涯。置身于一站接着一站的客旅中，生命的完整性被外在现实拆碎成浮木断柯。当我们阅读那些世纪老人的历史，最使人动容的篇章就是描述生命的完整性失落的时刻，比如龙应台所说的"船要开出的时刻"、或者是巫宁坤所说的"登船挥别的时刻"。他们中的一些人在晚年重新找回了初心，更多的人臣服为历史之偶然性的傀儡。但叶先生提供给我们一种完全不同的经验，即外在现实的破碎乖谬仿佛未曾扰动她生命的内在完整。在叶先生的著作中，我们会发现，她对某些主题的关注持续了一生。她在反复地体会和言说，而那些足以将他人击碎的遭遇在叶先生这里却只是将这些主题变得更集中而深刻了。我想这会使出版方很轻松，因为没有那么多思考的断裂和观点的乖违需要处理，只要将叶先生的著作按主题编辑，就可以看到持续一生的思考和体验所呈现的异彩。

古典文学在叶先生身上体现的奇迹是赋予生命完整性并因之提升生命的尊严，在"劲风无荣木"的时代，能使"此荫独不衰"。这种内在完整性的达成未必就高于迎战生活的成就，但它是我们在瞬息万变的世间唯一可以主动追求和把握的东西。

在那个春天的夜里，当翻到先生对王国维《蝶恋花》的讲解时，我看到了贯穿古今的是一种悲喜交织的必然命运。写"悦怿未交接，晤言用感伤"的阮籍也好，写"几度天风吹棹转，望中楼阁阴晴变"的王国维也好，写"清影渺难即，飞絮满天涯"的张惠言也好，抑或是先生也好，之所以必须倚仗古典文学所营造的那个理想世界，是因为只有决定相信理想世界的存在，人生才能从蜉蝣式的无谓的漂流变成值得的追寻，时间之丝也因为找到了眷绕的线轴而不飘散于虚空。

做出这个决定的，与其说是智慧，不如说是人世的深情。在"怎样的人生是值得的"这个问题上，科学家无法提出具有说服力的证据，告诉我们如何做才确实是对的。但内心赤诚的人总能找到自己的道路，知道如何度过一生才是"甘愿如此"的。

五

在那个春夜到来之前，我已经在大学教了两年多的古典文学。因为讲课的需要，我有机会以缓慢的速度重新阅读先生的著作。先生讲诗学的著作大都整理出版了，讲文、曲、赋等文体的也在研究所存有录音。阅读这些文献，我仿佛与少年时代的自己重新聚首，只是在免除了对文学拯救人生的奢望后，得以用更宽阔的视角领略古典文学中不同的美感。

我渐渐发现，从审美的丰富性上来说，叶先生可能是我们这个时代的古典文学阐释者中最兼容并包的一位。她虽然拥有自己鲜明的偏好，在讲诗时却将注意力均匀分布到每个诗人独特的禀赋、气质、技巧和人生经验上。她能够欣赏自己并不赞同的诗人，将他们的好处说给与那些诗人气质相投的读者听。在初次阅读先生的著作时，我注意到的是先生所喜爱的那些在道德情操上堪称典范的诗人。而此次阅读，却使我注意到那些之前忽略了的诗人。他们存有瑕疵，因软弱、虚荣、自大或轻浮而没有度过完美的一生，但他们人性中的光芒与阴霾一样记录在诗歌之中，经先生的讲解而为后人得知。如果说少年时的阅读经验是全然被理想照亮，而此次的阅读中却增添了对人生软弱和局限的体知。

第二个发现来自于我和学生一起学习古代文学史的经历。在人人都指责学生不懂得古典文化的今天，我却觉得，有一种不依赖于书本知识存在的文化血缘。不管我们接受多少西方的理论，在理性上多么认同西方自然科学和社会科学获得的巨大成就，并愿意去建设更开放的社会和更具现代性的政治制度，但在情感和审美上，我们却被"写定"为东方的样子。这样的"写定"并不来自于我们接受的中小学语文教育和思想品德课，而来自于我们使用的汉语——在其中深藏着奇妙的"语码"。基于这样的理解，叶先生的书成了为学生启蒙中国古典文学的最好蓝本，因为先生正是基于个人情感和审美经验来讲授中国诗歌的。她所重视的兴发感动的力量和诗词的美感特质依然能够直接击中90后小朋友的内心，使学生们第一次感觉到诗人在千百年前恰恰为读者的某个此时此刻写下诗歌。有一些学生说，他们决定去考中国古典文学专业的研究生，因为他们曾有过这样的体验——当经历生命中某个重要事件或瞬间时，已经有一句诗歌在那个时空中等他，使他感受到全然的被理解和被说出。

毕业后每次去南开，叶先生问我最多的问题就是"有没有爱好古典文学的学生"？记得我第一年圣诞节回去看她时，给她看一个学生的作业，第二年圣诞节去，先生还特地问起这个学生。如果今年先生再问我这个问题，也许我会对她说，爱好古典文学的学生一直是有，但是他们也要经过很多的犹豫和迟疑，追寻梦想并且落空，然后又在落空中生出新的希望和理解。迷茫和落空虽然如几度天风吹棹转，但咫尺神山，毕竟是海上年年见。山若其色不改，人又何惧于飘转？而这所有的波折都是为了赋予我们的人生一种富有活力的完整性，使我们的少年、青年、中年、老年如同四季各不相同，而流转无碍。

对于那些格外宏大的问题，我依然没有找到答案，但如今我很庆幸曾有一个关于古典文学的梦想，并将它孵成了职业。在2014年的春3月，我和90后的学生们一起学习两晋文学，讲到"新亭对泣"和"青衣行酒"时，教室后门边打瞌睡的男生都抬起头来了，在那个瞬间，那些我们未曾身历的久远历史从语言中复活，带给我们深重的悲哀。而比新亭对泣更大的悲哀，是使用着自己祖国的语言，而语言失去其曾有的精美与优雅。那使我们在自己的故乡成为异乡人。我想，不管最后能不能想明白那些重要的问题，单单只是去继续使用和传承这种精美的汉语，人生也就值得度过了。

情系故园，心存童真

——我与叶嘉莹先生交往点滴

李雅清（北京市委统战部）

2013年初，叶嘉莹先生来京参加中央文史馆的活动，听随行的张静老师说到，南开大学准备组织叶先生九十寿辰的庆祝活动，当时心中一喜，这实在是一件当做的好事和大事。待到6月收到邀请函，才知道是一次学术性很强的活动，又有"以文与会"的要求，不免有些踌躇。我与叶先生相识和交往的时间不算短，我们之间的交往与友谊，可以说是一种交浅情真、平实持久的忘年之交。友谊是真诚的，但毕竟也存在很大的差距甚至"隔膜"。年龄上，叶先生是长者和前辈，我对叶先生多的是敬慕，缺少更多的直接了解；学问上，叶先生是中国诗词和传统文化的大家，我自己则完全是门外汉，对于先生学术上的成就和贡献，连做学生和说好话的资格都没有。加之拙于文笔，难以写出有价值的文字，只能勉力记述与先生交往中的点滴印象，以表达对这位前辈学者敬慕与祝福的心情。

一

我第一次见到叶先生的准确时间记不起来了，大约应当是在国家改革开放后，叶先生归国探亲、参观、讲学的初期。当时我在北京市西城区工作。好像是叶先生在亲友陪同下来区里了解和商谈她在西城区的旧宅房屋落实政策方面的问题，正好我参加了接待。这次见面的具体情景也记不清了，只保存了一张当时叶先生送的名片，纸呈黄色，繁体竖排，比人们通常使用的略大，看起来有一点特别。此后一段时间的几次接触，也主要是围绕落实房屋政策问题。叶先生家的旧宅在西城区察院胡同，叶先生对这处旧宅感情很深，每每在文章里写到时，笔端都带着感情，回国初期还不时在这里小住。我去看过这个房子，虽然已经不能见到邓云乡先生文章里描述的当年宅院的全貌，从叶先生家人使用着的部分，仍然可以感受到宅院往日的古朴、宽敞与整洁。记得有一次是夏天傍晚，我去接叶先生与一些朋友餐叙,看到叶先生使用的房间不大,但整洁清爽,年过古稀的叶先生清健敏捷,一袭爽洁得体的浅色长衫,举手投足之间,使人感受到一种书香、文气和古意。

从交谈中得知,叶先生关心解决旧宅问题,很重要的是源于她的一个愿望,就是希望利用部分旧宅,在北京建立一个传统文化研究和交流的基地。因为虽然在南开大学的工作有很好的基础,但北京毕竟是情牵梦绕的故乡,加上地理位置和人文环境的特点,如果能再在北京建立这样一个基地,在文化研究与交流上的影响和作用会更大一些。对叶先生的想法,我们都很赞同,感到这对西城区和北京市也是一件好事。但叶先生旧宅所处地区的规划未定(很遗憾,后来在城市改造中这处旧宅被拆掉了),加之年代久远,世事变迁,有些问题难以短期内解决,当时觉得如果另觅地址建立一个文化研究交流中心可能稍容易一些;什刹海地区是一个规划明确的文化保护区,最好能在什刹海地区选择一个地方建设。叶先生也同意这个想法。记得叶先生还在南开大学学校和中文系有关领导陪同下专程来京,在什刹海管委会一起做过研究。之后,又请有关部门做了一些勘查和研究,由于规划、经费、人员、管理等问题不好解决,加上有的方面遇到一些实际困难,这件事没能落实。

事情虽然没有办成,但是与叶先生有了较多的接触。这期间,叶先生不时送我一些她的著作,从中读到她在海外对童年和家园的回忆,对从学师长的崇敬,对故国和家乡的思念,以及一有条件就急切地回国探亲、考察、讲学,退休后又以高龄跨越重洋,奔波各地,全力倾注于中国传统文化的研究、传播和人才培养。对于这样一位历经磨难、学有大成的前辈学者深沉执着的文化精神和故国情怀,不能不使人感动和钦敬。

二

多年来,叶先生每年往返于国内和加拿大,开展研究和教学。在国内期间,除了在天津南开大学工作,还经常应邀到各地包括港澳台地区开展研究和讲学,是一位国际级的"巡回教授",但对北京这方故土始终保持着一份特殊的感情,一有机会就来京讲学和参加活动,对我们的工作给了很多具体宝贵的支持和帮助。

我到北京市委统战部工作后,同市委宣传部的领导同志谈到叶先生在北京建传统文化研究交流基地的愿望。宣传部宋贵仑副部长是北京师范大学的校友,他提出单独建设各方面难度都比较大,北师大人文基础雄厚,又与叶先生有很深的渊源,如果依托北师大来建,可能比较容易,效果也会更好。叶先生很赞成,北师大学校和有关学院领导也很支持这个意见。经过认真准备,2004 年在北师大建立了以叶嘉莹先生为名誉主任的北京文化国际交流中心。这一年正逢叶先生八十岁,在北师大召开了叶嘉莹先生八十寿辰暨学术思想研讨会。会上,叶先生做了题为《〈迦陵诗词稿〉中的乡情》的专题演讲,郑师渠副书记兼副校长等领导和各方面专家代表讲话和发言。特别难得的是,叶嘉莹先生早年学友郭预衡、杨敏如等老教授也来参加会议,并做了热情的发言。会后,编辑出版了纪念文集《北斗京华有梦思》。北师大北京文化国际交流中心成立后,叶先生安排过到北师大讲学和参加一些重要活动。我当时担任北京文化国际交流中心副理事长,后来因为工作变动没有做什么具体工作。稍感宽慰的,算是部分地完成了叶先生的一个心愿。

北京海外联谊会是一个联系和服务海外华人的社会团体,由于历史的原因,当时联系的海外代表人士中,港澳台地区和东南亚国家的比较多,欧美和其他国家的比较少;经济领域的比较多,文化和其他领域的比较少。我们想如果能请叶先生担任北京海外联谊会的顾问,以叶先生的名望和影响,对推动扩大工作领域、提高工作效果一定会有很大帮助。考虑到叶先生年高事繁,踌躇再三后才试着征求叶先生的意见,没想到叶先生很痛快地就答应了。2003 年 9 月下旬,叶先生正在外地讲学,专门赶回北京连续几天参加北京海外联谊会的会议活动。记得为了参加这次活动,叶先生还自己临时赶制了名片。她对我们工作的支持和做事认真的态度,很令人感动。叶先生是中国社会科学院文学研究所的名誉研究员,文学研究所杨义所长也是我多年的朋友,他听说叶先生来京后要来看望先生,这样就在海外联谊会的会议活动后安排了一次小聚。杨义先生年龄与我相若,对叶先生非常尊敬。席间两位学者谈论治学,我除了大饱耳福,不能置喙,只有在结束时拉他们一起合影,希望多沾一点文化的仙气。

记得也是在 2003 年,叶先生从温哥华打来电话并写来信,说台湾著名企业家王永庆先生准备投入资金,在大陆捐建一大批中小学,委托长庚大学校长包家驹先生承办其事。包家驹是叶先生的一位晚辈亲戚,可能因为开始办理之初,有些渠道还没有健全,希望帮助联系介绍一些接受捐建的单位。这当然是一件大好事。因为王永庆先生的意愿主要是资助京、津、沪以外的中西部地区,我把情况向当时山西省委主要负责同志做了汇报,他们当然也非常支持和欢迎。此后叶先生又几次帮助联系沟通,促成双方顺利合作,在山西省建设了几十所学校。叶先生机缘巧合地帮助促成的一件利惠民生的好事,不知先生是否还记得这件事。

三

我不是一个善于交往的人,所以能与叶先生保持长期的交往和友谊,主要是感服于叶先生的学养、品格和风范。在先生的学术领域以外，我在与叶先生交往中感受到的特点是：没"架子"，有童心，重情谊。

因为工作的关系，我接触过一些各方面的知名专家学者，他们的学问和成就都很值得尊敬。但是有的在学问和成就的外边，总像是自我包隔着一层说不清的东西，在交往中使人感到拘怵、隔膜。在与叶先生的交往中的感觉，固然有敬慕，更多的是一种平等与真诚，甚至有一些在宽厚长者面前的随意。有一个时期，叶先生常在北京，见面的机会较多，叶先生还曾到我家中小坐，与我爱人也相熟。一次，在家里接叶先生的电话，我爱人在旁边听到声音，问：是叶先生的电话吧？我说：这么高龄的老人，底气这么足，说话频率像机关枪，不是叶先生还能是谁。这话真的没有不敬，但有些随便，不太礼貌。叶先生在电话的另一端听到了，不但不介意，还笑了起来，说：我说话真的像打机关枪吗！没有架子，就没有隔阂和距离，就有一种表里如一的真实、诚恳和友善。

我对叶先生另一个感受，是她的那种让人无需戒备的坦诚、直率，甚至有一点天真。这不仅是一种性格，也是一种具有大智慧和大阅历，甚至经受过大磨难所达到的一种归真返璞的境界和心态。学养如海，心存童真。这种境界和心态，在我接触过的女性前辈学者中，从另一位著名声乐家蒋英先生身上感受到过，也从叶先生身上感受到了。就叶先生的人生经历而言，"风雨逼人一世来"，她一生所经受的磨难，实在非常人所能想知和承受。我每次读到她在大女儿言言夫妇不幸罹难后写的哭悼诗，都不禁为之动容。是一种什么力量能使一位年过半百的母亲从这种覆灭性的打击中挣脱和振作起来，近四十年后，还以九十高龄，精神矍铄地活跃在教学科研领域。一次交谈中，叶先生说，她是以出世的心态，在做入世的事情。达到这个境界，谈何容易！

叶先生的念旧情、重友谊，从她所写的大量回忆、记述亲人、师长、友人的文章中不难了解。特别是对恩师顾随先生的深情回忆和在顾先生身后所做的很多事情，反映了叶先生尊师重道、笃诚如一的道德精神。新近又读到叶先生由家中失窃而引出的一篇文章。叶先生不事收藏，温哥华家中悬挂有几幅友人赠送的字画，其中一幅是台静农先生所赠。叶先生为之痛惜不已的，不是这几幅字画的财富价值，而是蕴涵其中师友的情意。她可能无力于追讨失窃的物品，却由此写出了一篇感人至深的美文。这篇文章，我是在《新华文摘》转载后读到的。即使对晚年结识的晚辈的些许友情，叶先生也耿耿于心，不肯忘怀。说来惭愧，在与叶先生的交往中，特别是近几年我从工作岗位退下来以后，很多时候都是叶先生主动联系。每年春节，往往是叶先生先打来电话。叶先生每次来京开会、讲学、看病和参加活动，一般都先打来电话，尽量安排时间见面交谈。这种长者的关爱和友情，如春风与细雨，和煦温润，长留在心田。

前辈学人那种珍重人生、献身学术、报效祖国的精神，是中华民族的一笔宝贵财富。叶嘉莹先生是当代中国传统文化研究与传播的一座崇峻的高山和巍峨的灯塔，她的巨大成就和杰出贡献，历史会有全面的评价。作为一个外行和晚辈，我所期望和祝愿的是：希望看到百岁的叶先生，仍然身体健朗、精神矍铄地活跃在讲台上，享受着那种文化传绪的愉悦与幸福。

仰风范于台、加、马、新

林水檺(马来西亚拉曼大学)

我自来对中文都非常喜爱,并打定主意要到大学攻读中文。高中毕业之后,我有幸为"国立"台湾大学中文系录取。1964 年 9 月,我兴奋异常地整装前往洋溢着秋的气息之台北升学。

大一印象最深刻的课是叶庆炳老师教导的大一国文(课本是《史记》和《左传》)。叶老师讲解课文深入浅出,生动有趣,极具启发性,我受益匪浅,还曾和同系的学长提起自己上叶庆炳老师的课之感受。学长却说:"你还没上过另一位叶老师的课呢。明年上'诗选'时,你会更加的惊叹。"学长指的就是叶嘉莹老师。

升上大二,"诗选"一课果由叶嘉莹老师负责教导。老师气质高雅,教学不落俗套,谈吐缓急适中,学富五车,记忆力超强,上课时引经据典,左右逢源,拿捏得妙,对中国经典,倒背如流,诵诗如行云,解诗如流水,轻松愉快,游刃有余,把中国诗歌的美学发挥得淋漓尽致,堂堂精彩,令我们对她所赏析的诗歌总是心有戚戚。老师授课那种一气呵成的流动之势,成了学府里独具风采的传道景观,课堂上的典范,令听讲者佩服得五体投地。

被老师的教学魅力所吸引的不只是中文系的同学,许多外系的学生也依时到来旁听,因此弄到我们常常找不到位子坐。迟到的甚至要在课室外站着听课。最近读到比我早两届的台大外文系学长淡莹(刘宝珍)在《南洋商报·南洋文艺》版(2014 年元月 21 日)发表的散文《让种子萌芽的土壤》,忆述她当年如何到中文系旁听"诗选"一课。文章颇能反映叶老师授课的情景,故特移录于下:

　　选读外文系,得阅读大量西洋文学书籍。可是半个世纪过去了,最让我无法忘怀的课不是外文系的课,而是中文系叶嘉莹教授的"诗选",我连续旁听了 3 个学期犹不厌倦。叶教授总穿一袭剪裁合身的旗袍,挽髻,举手投足从容优雅,脸含微笑,一口标准的北京腔,读起诗来抑扬顿挫,娓娓动听,加上博学强记,谈到诗里涉及的典故,即旁征博引,挥洒自如地在黑板上写下重点。选修或是旁听叶教授课的学生众多,需霸位子。

我8点钟上体育课,经过文学院时,先将课本放在桌子上,上完体育课9点钟才赶去上"诗选"。因为是旁听,无需担心考试,因此更能享受上课的乐趣。"诗选"听了一学期,意犹未尽,第二学期又去听,同样的课我总共听了3个学期,近乎痴迷。大四那年,叶教授开了一门"杜甫",上课时间跟我一门必修课冲突,没能去听,至今仍耿耿于怀。

在台大中文系修读四年,收获良多,尤其是叶老师所教导的诗歌赏析之法,更使我对教中文深具信心。大学毕业之后,我回到马来西亚,便毫不犹豫地选择到中学去教中文。返马不久,我就应聘到东马沙巴州保佛中学任教,主要乃是教导我所喜欢的中文课,我于是满腔欢喜地走马上任。事隔没多久,因校长另谋高就,学校董事要我接任校长之职。当上校长之后,由于行政工作十分繁琐,常恐从此无法专心读书和从事研究工作,于是顿生离职再度出国深造之念。

沙巴地处边远,较少机会与外界联系。我还在台大读书时,叶老师已远赴美国讲学。因此,那时我以为叶老师仍在美国。正当我打算再度升学之际,有一天翻阅加拿大温哥华英属哥伦比亚大学的校刊,发现原来叶老师已在那所大学任教。心想,若有机会再逢难遇的师表,继续向老师学习,该是多么幸运的一件事。我一时兴奋莫名,立即向该大学申请入学,同时也将此事上报叶老师。不久之后即收到老师温馨的回函,并说会尽力协助我到那里深造,令我喜出望外。有老师的协助,我的申请果真十分顺利。接到英属哥伦比亚大学的入学通知之后,我便辞去保佛中学校长之职,带着内人,远赴加拿大升学。抵达温哥华时,正值秋高气爽的九月中旬。

老师当年在英属哥伦比亚大学亚洲研究系硕士班所开的课为中国文学专题,内容主要是诗、词、曲,也包括一些古典文论,是两学年的课程。老师讲课一如往昔那样天马行空,仍旧精彩绝伦;不过却多了一些讨论的时间。我从这个课程得益最多,所写的诗、词习作也承蒙老师赞扬和鼓励。

当时英属哥伦比亚大学亚洲研究系的系主任是蒲立本(Edwin George Pullyblank)教授。我上过他所教的"中文研究法"和"中国声韵学"两门课。只因我在台大时修过许世瑛老师的"声韵学",所以应付蒲老师"中国声韵学"这门课还算得心应手,讨论问题时也往往能切中肯綮。他又知道我的籍贯是福建安溪,有一次在"中国声韵学"的课堂上,他问起我想不想把硕士论文定在闽南方言研究,并且说如果我作这样的选择,他可以当我的论文指导老师。我因为一心只想向叶老师多学些中国古典诗歌方面的学问,所以蒲老师好意要我研究的课题我就没有应承下来。最终我决定以"韦应物的生平及其作品重评"作为我的硕士论文题目。叶老师也答应当我的论文指导老师。

在温哥华老师和师丈生活虽然忙碌,有时还腾出时间请我和内人到老师府上吃饭和吃饺子。小女韵璇出世时,老师还特地赠送一块非常精美的银盾给她。对老师的细心关照,我们一家人都非常感动。小女至今还将该银盾视为最难得的珍藏。

我的论文答辩于满地覆盖着厚雪的1975年杪通过。事前本来曾向老师提起毕业后拟到气候温和、四季如春的夏威夷深造。老师还说她的高足罗锦堂教授正在夏威夷大学任教,若我果真想取得在美国大学作研究的经验,老师可以特别向其高足举荐,如此之下,应该不会有大问题。进行申请之前,家父不幸遽然逝世,因此我取消到美国升学的念头,于翌年带着家眷返回马来西亚。

抵马后,我先在雪兰莪州巴生光华独立中学当校长,后来转至玛拉工艺学院(今已升格为玛拉工艺大学)任教。自己觉得此两处都无法发挥所学,于是1980年又转到马来亚大学中文系。在这里不但可以教导自己喜欢的中国文学,而且还有专心读书和做研究的好环境,与学生又互动频繁,教起书来也相当顺心,喜悦之情,自不待言。初到马大中文系之日,令我感到高兴的另一件事就是竟然得到几位曾受叶老师亲炙的同事之称许,说我已颇得一些叶老师的真传。马大当局还特别礼邀叶老师出任中文系的校外考委。在叶老师之前担任马大中文系校外考委的教授依序为李田意、柳存仁、饶宗颐、屈万里及施友忠五位,叶老师是第六任。按马大惯例,校外考委一任三年(叶老师的任期从1980年至1983年),任期内可到马大访问一次,为期一周。当时老师因为讲学与研究工作过于忙碌,所以无暇到马来西亚一游。

1993年,马大中文系非常隆重地邀请世界各地著名学者参加国际汉学研讨会,以庆祝创系30周年纪念,叶老师当然也在受邀者的名单里。其他学者包括中国大陆的冯其庸、金启华、刘梦溪、谭家健,台湾地区的王叔岷(王老师虽寄来论文,却因事未赴会)、苏莹辉,香港地区的金耀基、赵令扬、邓仕樑、郑良树,澳洲的柳存仁、何炳郁(时任英国剑桥大学李约瑟研究所主任)、颜清湟,德国的傅吾康(Wolfgang Franke),新加坡的陈荣照、何启良等教授。

叶老师在研讨会上所展现的风范,令出席者和学生们都钦佩不已;加上老师的盛名,许多机构这时都乘机争相邀请老师到各地去讲演。第一场在吉隆坡(《星洲日报》主办),第二场在北马槟城(《星洲日报》与《光明日报》联办),第三场在南马柔佛(南方学院主办),第四场在新加坡(新加坡国立大学主办)。如此不当的安排,弄到研讨会过后那几天,老师几乎日日都要辛苦奔波和讲演。我们至为懊恼,内心也一直感到愧疚当日没有及时阻止一些机构的邀请,遂使老师因此而疲惫不堪。

　　当年新加坡国立大学中文系的系主任，正是我一向也极为敬慕的业师陈荣照教授。乘叶老师当日南来之便，陈老师即请叶老师于翌年到新大当客座教授。叶老师在新大时，我曾与朋友赴新拜谒。记得老师当时还提起新大原本的聘约为期一年，可是由于不习惯新大朝九晚五的刻板上班制，老师只答应逗留一个学期。新大中文系的学生想必为此而叹惋。

　　我非常幸运有机会在台湾地区、加拿大、马来西亚和新加坡敬仰叶嘉莹老师的风范。老师桃李满天下，不论在杏坛或学术界，都有异常丰硕的收获，卓越的成就。今年适值老师九十华诞，我又多了一个在中国天津敬仰老师风范的机遇，并祝愿老师身体常健，生活平安快乐，万寿无疆！

心灯照我赴云程

——为迦陵恩师九十寿辰贺

刘　波（中国艺术研究院）

"因思叶叶生时,有多少田田,绰约临水,西风几度,已换了微尘人世,忽闻道九品莲开,顿觉痴魂惊起。"这是我常常题写在荷花画作上的叶先生的词句。短短的几句词,不但令我时时回到十多年前在南开大学叶先生研究班上旁听诗词的情境,也能不断给我一种对待生活和修为的烛照和鼓舞。这词中所描述的,绝不仅仅是现实中荷花的万千意态,更有一种人生过尽繁华、证得大道的欢喜。

对于一个学子而言,亲近大德,听闻妙法,原本就是一种大因缘,再能得到先生的知赏,内心的感动一直促我奋发。先生小字为"荷",爱荷,亦见赏我笔下的荷花,因之,荷花似乎成为我和先生之间的另外一个因缘。先生曾经在 2001 年赐我画展的序言中,把我的联句"拈花意觉三生梦,立雪功成九品莲"做了解说,其中"九品莲"之典即是听闻先生自述其广济寺故事之后,感而成句。十多年来,先生惠我甚多。研究班上讲解历代诗词,我最心仪的是先生"跑野马",那是她有感而发的最富情致、最见性情的部分,特别能给我一种心灵的触动。

"心灯照我赴云程"来自我自己的律诗中一联,2009 年在叶先生的推荐下我来到温哥华举办展览。期间,我请先生为我取一个展览的题目,先生看到展览中悬挂的"梵呗弥空成法乳,心灯照我赴云程"联句,当即以下联为题,并附以小标题"刘波首次海外云高华展览",请谢琰先生题赠给我。我也以为,心头升起的明灯,能够成为一个人不论如何艰难困顿都永不言败、永不放弃的力量源泉。先生历经人生的苦难,永葆其善良娴雅的本性,我坚信她心中也必定有一盏明灯烛照。

先生于宗教,特别是我所理解的佛教的心灵会通,固然有她偶然有缘读诵佛经的感悟,但我更倾向于认为这就是她的因缘使然。按照佛教的说法,每一个个体的生命,不知道经过几千万世的劫难才能修得一个人身,这个难得的人身又能有幸听闻佛法,则更是大福报,而对于佛法,能够有如此深刻的感悟并且作用于自己的人生,使现世并不完美的人生能够圆融自足,把自己的生命之质提升到一个新的境界,就是一种大因缘。

2009 年某日傍晚,应天津大悲禅院智如大和尚邀请,我陪同叶嘉莹先生以及先生的几位弟子同参大悲。偌大古刹,香客散尽。空寂的寺院唯有古木肃立,风铃调心。一行人轻声微语,徒步在殿堂廊道之间。已而星月当空,夜风习习,不觉转入斋堂,有素香清心。宾主坐定,共进斋饭。谈佛渐至深邃处,先生乃发问:佛门讲究轮回,究竟是什么在轮回? 既然轮回者不变,那么我们人生的意义又在哪里?

听了众人莫衷一是之见,先生乃徐徐道来她自己的理解,她以为人生所谓不变的,固不是皮囊,也不是一切财富名誉,乃是不随人的皮囊朽坏而朽坏的一个东西(于此,先生并未为之命名,为言说方便计,我强名之曰“核”)。我们人生的一切修为,积劫苦修,去执开悟,都是为了提升它的品质,令其在更高一级的层次继续轮回。

虽然之前自觉佛缘不浅,每每得遇高僧大德,有过在各地寺庙吃斋、诵经的经历,也常常陶然于聆听方外大德自由往来僧俗两道的开示。但当时听到先生这一番谈话,还是瞬间被震动了,恍如醍醐灌顶,拨开佛教经偈中神秘、模糊的云雾,直击人心,真正是一种通脱去缚的感悟。感悟到轮回的意义,却也没有如很多人所误解的那样,既然一切缘定,则唯有随遇而安,甘于生命的落空而不做努力。先生的感悟使我从中捕捉到一种引领人生超拔向上的力量,令每一个个体生命都能在艰难困顿、颠踬沉沦中得到拯救——要用尽心力来提升那一坚韧内核的品质。我以为,这正是叶先生在她一生的诗词创作、研究、教学的“行”中所升华出来的“慧悟”。

“不得于心者,固不能笔之于手”,先生和王国维的异代相知,乃是从王国维的诗词中来,“可怜身是眼中人”一句话,道出静安的大悲哀,他的悲哀在于一切都看明白了,但一切都无奈。叶先生深切感受到静安先生的这种悲悯情怀,最初的说静安词,乃是源于心灵的共鸣。叶先生从凋残的花中感受到生命结束的各种姿态:桃李的飘零,荷花的残破,茶花的枯萎。花残花谢,牵动了多少诗人敏感内敛的情愫。先生喜欢荷花,但不喜欢残荷,不喜欢残荷的残败和颓唐。

对于王静安悲观的同情和共鸣正是叶先生诗词研究的开始,她在选择自己的同类,只有在这样的诗词中,她看见了自己的人生,看见了自己的现实处境。读者和作者都是“疲于悲苦之人希望早日得到一个休息之所的愿望”。

同样写寂寞中的悲哀,但有“静安先生”的哲人悲悯,“摩诘居士”的修道自得和“李义山”诗人的哀感,先生能看到如许多的不同,正是她自己的生命体验使然。诗中的生命最不能作假，王维隐居辋川参佛味道，他对现实不可谓不了解，也许是看得太透，他宁可采取一种委曲的姿态来换取人生的逍遥。他甚至批评陶渊明——怎么那么不通世故？你不如用一次的委曲求全来换取终身的安逸和平。这就是对陶渊明的充分误解了。对王维而言，"隐"只是一个姿态，所以他的田园诗，就总是隔岸观火，缺少真切的生活体验。这当然不是静安和李义山的人生，更不是他们的精神和品格。从称谓可见叶先生和三人情感的远近亲疏。"静安先生"亲切中有敬意，"摩诘居士"理智中有距离，"李义山"则直以同类目之。对他的《嫦娥》的读解，叶先生从初识到顿悟，期间有二十多年。一首诗的从最初字面浅浅的感受进而至于用生命来体验玩味，要经过岁月积淀。在这样的积淀过程中，必然有对于人生的反复体味和不断超拔，譬如登楼望远，需要一级一级的往上，视野一点一点趋于开阔。对于家国之痛的悲忧纠缠作用于自己的内心，这种深切真挚的情感同历代大词人的心绪不期然暗合，那绵延不绝的一缕骚魂因之勃然而出。

王静安所谓古今成大事业大学问所要经历的第一个阶段——"昨夜西风凋碧树，独上高楼，望尽天涯路"，方之叶先生，是其人焉。诗句中的美奂，果然用人生来体验则是痛苦的，司马迁讲"夫人情莫不贪生恶死，念亲戚顾妻子，至激于义理者不然，乃有不得已也"。超越世情，步入崇高，要经历多少常人难以想象的磨砺。"西风凋碧树"，一切世俗的繁华喧嚣在西风的扫荡下不复存在，很多人的希望，乃至于肉体也就随着这肃杀的西风而凋残幻灭，然而总有一些人能从中超越、觉醒，孑然独立，空所依傍，去走向自己理想的目标。叶先生超越出来了，她从一己的感受中超拔出来，从选择和自己命运相近的词人词作开始一步一步向上攀登，先生逐渐和现实的悲欢拉开距离，看到了更加深广的景致，个人的关怀面也因之豁然阔大。

在学术上，通过中国古典说词方式中对"出处"的讲究，把历代骚魂中摇荡性情的"语码"连接起来，那些原本没有直接感发力量的后来被她概括为"赋化之词"的作品也逐渐显露出藏在背后的委曲深邃的力量。为了说词，特别是给没有中国古典文化背景的人群说词，西方文论成为一个方便法门。中国古典词学理论中，与西方文论有诸多暗合，比如西方符号学所讲的引起联想的"语码"，类似于中国对"出处"的讲究；西方现象学，在讲主客体关系，也类似于中国讲的"心物"关系，其他如诠释学、接受美学等方法来解读中国古典，更有了逻辑上系统的说明。台湾地区当时也是用西方文学理论来研究中国文学。这是一个时代的风气，但重要的是用西方文学理论研究时，必须要对中国的文学有相当的了解。有感于中西不通的研究者常常出现的一些问题，要么对中国古典解读不深不确，要么不能对之做出清晰的合乎逻辑的解说，先生用自己的研究和实践在这个时代开出了新的境界。她本人也在此过程中逐渐产生了对中国文化传承的警觉和关怀，遂由"为己"之学转而成为"为人"之学。这可见到她精神上"独上高楼"的蜕变、升华过程。

叶先生在词学理论上的贡献为世所公认，用西方人熟悉的语言来解读中国诗词，让古典中国的文化和精神焕发出新的生命，影响到更大范围的人群。而她在解读中国古典诗词中的一些新的发现和提炼，一方面来源于前人的理论积累，更重要的是她个人的生命感发。对于我而言，已经不仅仅是囿于诗词一途，连类通感可以影响到对书法、绘画等其他艺术的读解。

温庭筠仕宦不如意的失志之悲，冯正中对国家悲莫能救的烦乱，辛稼轩壮志难酬的苍凉沉郁，都是难言之处，"都是出于外界强压而不能明言的委婉表达，但内心的约束收敛中，还保留着对理想追求和自身品格的操守"，这两种势形成了词的特别的美感———弱德之美。这是叶先生对中国古典词学美感特质的概括。其实在中国漫长的书法、绘画历史中，曾经有许多失意士人，不但在诗词中排遣寄托，其实也常常在书画中安放心灵。王羲之《兰亭序》中，"一死生为虚诞，齐彭殇为妄作"，即兴写来，悲怀不能自已，这是他时过境迁决然不可能复制的一种感情；再如号称天下第二行书的唐颜真卿《祭侄文稿》，是在痛失家国栋梁之后的愤激之作，满纸鼓荡着的就是一股难以遏制的悲慨，笔墨淋漓，一片神行；连同那被称为天下第三行书的苏东坡《黄州寒食诗》不也是遭贬之后的一种自我排遣吗？明清之际八大山人，无可争议的士人画极品，就是在内外交困的极端情绪下的一种抗争和持守。他内心的高洁和不屈，浪漫与华彩，只能通过笔墨被后世感知。从这个意义上说，"弱德之美"实在是概括出了体悟中国文化艺术微妙法门的一种共性。

叶先生以为，你自己一定要有境界，然后古人之句才能为你所用，否则，就不免堆砌成语典故没有生命。我们从她所解读的陶渊明笔下的那只并不具体的只是存在在概念中的"鸟"，似乎看到了她本人孑然往来的身影。只有在生命的况味中有真切体验的人，才能穿越时空阻隔，拉近彼此的心灵距离。陶渊明殁后一千五百多年，叶先生从诗中读懂了他——那个根本超越了具体世相的与生命融而为一的"鸟"的意象，苦痛与欢愉，都在他的笔下幻化出灵机和生意。这对于长于感性思维的画家而言，我受到了淋漓酣畅的洗礼，画家不仅谨毛失貌，我因此以为过分着相也会失神、失本。

在叶先生眼中，杜诗，不只是他回环深隐的《秋兴八首》，甚至"群鸡正乱叫"这样的俚句也深厚起来。因为那是老杜所面对的真景物，寄托了他的真感情，常常有学生问："究竟写什么是境界高啊，写的是同样的事物，为什么有高低啊？"等等之类的问题，先生总是不厌其烦地解释其实写什么无关紧要，要紧的是写出来一种什么样的境界，背后是一个什么样的心灵。"桃花细逐杨花落，黄鸟时兼白鸟飞"，是老杜悲哀中的心境，辛稼轩带湖赋闲中的"凡我同盟鸥鹭，今日既盟之后，来往莫相猜"，这些词句背后，是一个心雄万夫的人被放逐，生命落空时内心空洞而深厚的情感表达。

物质之于叶先生，仅仅是她生活的必须，而绝不会成为心灵修炼的障碍。她在温哥华的家，是离开UBC大学有一段距离的一处幽静的房子。四壁书画皆来自友朋师长交往的馈赠，每一件作品都有一个故事。恩师范曾先生80年代初期来温哥华讲学，曾经住在这里，墙上悬挂着他的多幅书画。笔墨间述说着三十年前宾主晤谈的欢畅。后来听叶先生说这些书画失窃了，警察问及失物价值，乃打电话求证于我。她本对这些现世概念中不菲的价值不甚了了，她珍视的是永难再现的一段段情谊。后来叶先生还专门撰写长文，详述每一件作品的因缘，字字包含着她对于那不可重复的情境的怀恋和珍惜。

温哥华的家本就不太大，赵先生去世后，叶先生更是坚持自己据守一室，留下的空间还要租给留学生居住。"士志于道而耻恶衣恶食者，未足与议也。"这是她时常引用的孔子的话，也是她自少及今甘之如饴的座右铭。她在诗词中体会到了属于自己的"大道"——那个空所依傍，和任何事物都没有关系的独立不羁的生命真谛。一个人的痛苦，会有那么多古圣先贤一同来担当，一个人的不幸，会有那么多仁人来共同面对，能够支撑先生走过无数人生关口的力量，正是来自这些词句中彰显出来的人格力量。

温哥华画展期间，我曾经来UBC大学图书馆参观，看到叶先生从早到晚埋头学术的那一间不足2平米的研究室。一个座椅背对门口，书案上方就是书架，摆着先生要查考的资料，就这样，一个老人，一杯牛奶，一块三明治作为午餐，足足可以忘我地呆上一整天。她在温哥华的日子大体就是如此，如果没有别的事情打扰，这里就是她独与天地精神相往来的所在。我以为这里够大，大得足以安放千古诗心，它虽然没有给物质留下空间，却给思想的今古接续留下通道。

记者们每每希望捕捉到一些发生在叶先生身上的令人兴奋的素材，当然，这是记者的本能，甚至也是时下某些记者的本分，他们希望抓到吸引眼球的素材。但面对这位老人，她的生活实在没有什么可供娱乐的内容，她的生命平静、深厚、严肃，被优雅的神气烘托着，不论是清贫、乱离、塞促、华彩，都能有一种异于常人的滋味，一种姿态，一种美好。她在用自己的生命在实践自己所钟爱的诗词。

先生飘泊海外大半生，但骨子里保持着对于中国传统道德一份持守。不像今天的某些女孩子，对于家庭、事业都有那么多明确的要求和追逐。先生的人生都是顺势而为，很多情况甚至是无奈的选择。但就是这样的一种发自内心的深沉的情感，引领着她的人生和学术一步步走过来。"妇道",今天听起来是多么刺耳的东西啊,那代表着愚昧和奴性吧,人们避之犹恐不及。但叶先生是谨守中国传统妇道的人。我曾经听她谈到在北美,虽然外面自己担任名校的教职,但回到家里,那就是主妇,是要给一家老小照顾起居、安顿生活的,当一家人在夜色中沉沉睡去,先生开始在灯下查检生词,准备第二天的讲课。

尽管现在先生的道德文章也被越来越多的世人所了解和爱戴,但先生仍旧甘守一种清寂的生活,除却学术,除却教书育人,很少心有旁骛。她自言并未从形式上皈依任何一种宗教,但她曾经给我讲过:人应该相信,冥冥之中,一定有一种力量在监临你。这不就是佛家所讲的"起心动念"吗?儒家也讲究修身需要时刻保持戒慎恐惧的自警。这是最真切的宗教情感,"慎独"的儒者如此,"持戒"的僧侣如此。

我曾经臆想:人本来有一个属于自己的坐标,在生老病死的辗转中以名、利、势、位等各种因缘,引领着自己来到一些本不属于自己的位置。总踩不到自己的鼓点上,因此大部分的人生难解倒悬之苦。"众皆竞进以贪婪兮,凭不厌乎求索",屈原在那两千五百年前已经道尽俗世的真相。可时至今日,人群还是不能解脱"贪婪"之苦,反而因为所见、所知的增加,人心所欲更有膨胀之虞。而我以为,对任何一个个体生命而言,此生的任务,就是用学习、修炼、感悟、超越等途径来达到或最大限度接近自己的坐标。

我以为叶先生属于不需要皈依宗教,且一直就在自己坐标上的人。尽管从形式上不是任何一门宗教的信徒,但她内心能做到"无悖"。内心的欢喜和顺应,令她永葆大家看到的直到今天仍旧坚持站着讲课的底气和柔韧。诗词中浸淫濡染了一生而呈现的丰厚和华彩,在举手投足之间自然流露出来。我想,所谓文化——为文所化,应该就是这样的一种状态吧。

沉积于平静外表之下的不怒而威、深厚蕴藉的情感,来自与天地精神相往还的修炼和感悟。"口不臧否人物",原是晋代阮籍消极避世的一种态度,但却是叶先生所持守的一种品格。"我和谁都不争,和谁争我都不屑。"先生用自己九十年走过来的坎坷、华美的人生,持守和诠释了她内心的自足和尊贵。

生活在诗歌中流光溢彩

陆   昕（中国政法大学人文学院）

学界将集会庆祝叶嘉莹先生九十华诞并举行中华诗教国际研讨会，日前接获邀请，欣悦非常。我的祖父在上世纪 30 年代中与叶先生曾在辅仁大学有师生之谊。改革开放后，叶先生回国看望过祖父。因而十五年前，我曾作一文，题为《诗酒风流　旧时月色》，记此事，文如下：

先祖颖明公（陆宗达，又字颖民）与叶嘉莹教授有师生之谊。1979 年叶教授从加拿大返国，在京重寻故居，遍访师友，又置酒高会，极一时之盛。返加之后，追思在京情景，以为不能无诗以纪其事，故成绝句十首以歌咏之，并以此手迹及当时宴中照相一帧寄达我家，以作纪念。

忽忽已 25 载。余日前发旧箧，理丛残，偶见此手迹及照相。先祖去世已十有六载，旧京风物亦有改观，遥想当年前贤踏歌之地文酒之乐，俱成梦寐。今幸存叶教授之原函旧稿，故借媒体代为刊布，以为纪念之纪念。

甲申春陆昕谨识于京郊

叶教授原函旧稿如下：

1979 年回国，蒙昔日同门诸学长先后来城西旧居相访。越数日，又邀宴于前门烤鸭店，且请得当年业师陆颖明教授同席。卅载别离，一朝重聚，言笑之欢，恍觉年光之倒流也。不可无诗以纪，因成绝句十首，自知不工，聊博师友之一粲耳。

己未冬叶嘉莹谨识于加拿大之温哥华

其一

八旬夫子喜身强，一曲弹词兴最长。

更咏当年神武句，高风追想大师黄。

陆师虽年已八旬，而精神健迈，席间曾高唱长生殿之弹词，豪兴不减当年。又朗吟前辈大师黄季刚先生之遗作"神武门头夕照阑"绝句一首，戏仿季刚先生之口音，声稳神似。

其二

亲摹墨影丁都寒，复赠佳联太白诗。

博学同门精考古，曾传四海姓名知。

史树青学长，在历史博物馆工作多年，已成为考古学家。1974年中国出土文物在海外展出时，曾随代表团至欧美各国访问，海外报刊多有报道，且曾与嘉莹在加京渥太华之大使馆相遇。此次返国，既蒙邀集诸学长来城西旧居相访，且携珍赠二种，一种为树青学长所亲摩之北宋墓出土砖刻名杂剧演员丁都寒之拓像一副。联云："秀句满江国，芳声腾海隅。"

其三

同辈多才数二阎，高歌未见鬓华添。

书成更觉新诗好，两阎欣看此日兼。

阎振益及阎贵森二位学长，并多才多艺。振益学长工于诗，且擅英文歌曲；贵森学长则长于书法，且擅皮黄。二君来城西旧居相访时，曾以合作之诗轴七律一首相赠。邀宴之日又高唱拿手之歌曲数首，豪情依旧，双鬓未华，恍如少年时也。

其四

从来传法似传薪，作育良师赖有人。

卅载前尘如昨日，先鞭君早出群伦。

郭预衡学长治学精勤，三十年前在学时即有过人之成绩。自毕业后留校，任教迄今，现为师范大学中文系之负责人。

其五

回首光阴似水东，饮酣犹有气如虹。

当筵一曲秋声赋，潇洒情怀想醉翁。

曹桓武学长三十年前即以善歌著称。邀宴之日，曾高唱单弦秋声赋一曲，声韵绵邈，使人想见当年欧阳永叔之风致。

其六

归来一事有深悲，重谒先师此愿违。

手迹珍藏蒙割赠，中郎有女胜须眉。

曹学长之爱人顾之惠，为先师顾羡季先生之四女，亦为当年校友，日前来我家城西旧居相访时，曾以顾师手迹家书一纸相赠。嘉莹于三十年前从顾师所听课最久，受益最多。半生飘零海外，所怀最大之愿望，即为重返故都以别后自修之所得重呈于顾师座前，冀蒙其一字之即可，则或者亦可略报师恩于万一。归国后惊悉顾师已早于1962年因病逝世。此愿未偿，报撼不已，顾之惠学长多年来服务教育界，近且当选为人大代表。中郎有女，可为欣幸。

其七

曲中折柳故园情，喜听歌喉似旧清。

更谱新声翻水调，相思千里月华明。

房凤敏学长，多才而善歌。邀宴之日曾吟唱太白七绝春夜洛城闻笛一首，有"此夜曲中闻折柳，何人不起故园情"之句。越二日，又亲来客馆相访，并吟唱其爱人乔东君所谱之东坡词水调歌头一首，聆其所唱"但愿人长久，千里共婵娟"之句，弥增故人之思。

其八

戏传谬誉增吾愧，谁有捷才似子多。

记得芸窗朝夕共，陈侯消息近如何？

程忠海学长，大有捷才，于邀宴之日为避免被要求歌唱，遂顾而言他，以外界所传我讲课之谬誉相戏告。昔日在学时，程忠海与陈铉及侯瑛三位学长为同窗好友，此次返国，因陈、侯二君不在北京，未能相晤，为之怀念不已。

其九

几回风雨忆联床，卅载思君天一方。

纵改鬓华心未改，平生知己此情长。

刘在昭学长，与嘉莹既为中学同学，又为大学同学，相交最久，相知最深。虽睽隔卅载，而一旦重逢共话，知己之感，无异当年。

其十

左家娇女本书痴，江海归来鬓有丝。

此日故人重聚首，共惊疏放异前时。

嘉莹幼年时，在家中从西席诵读旧书，与外界接触甚少，故性情羞怯。在大学时，多有同班四年未交一语者。而三十年来在海外艰苦谋生，饱经忧患。又加以年华老大，遂变羞怯而为疏放。诸学长相见后，莫不讶其变化之大也。

陆昕按：睹旧文，思往事，历历如昨。当年叶先生到家探访祖父时，我亦随侍在旁，印象中叶先生人很精神，风度翩翩，看去只有四十来岁。此后一直未能再见。没想到几十年后，因为某种机缘，我又见到了叶先生。

那是前两年中央政府某次开会后，在京一些领导请先生讲诗词，先生头天从天津过来，当晚我即和爱人来到先生下榻的宾馆。

先生亲自迎门。她精神矍铄，动作从容，面带微笑，看人时眼神明亮，不见老态。招呼我们坐后，照北京人的老规矩，亲自倒水泡茶。闲聊时，先生先谈了些她在天津做研究的情况，随后聊起她的经历，从台湾到加拿大，从教中学到教大学，其间历经磨难坎坷。令我佩服的是，不仅先生的学问博大精深，而且意志坚强。虽晚年失去一女，但仍独立生活，半年在华，半年在加，羁旅风霜，寒窗吟咏，课徒授业，乃至早晨七件事，皆一人为之，且不以为苦。说："我现在还能开车买菜，回家做饭。"但一问年岁，令人吃惊，已至望九。年与形神，相差甚远。

闲聊中，我说起，我是看了邓云乡先生一篇文章，讲先生的故居，文章题名大意是"女词人的旧居"，很好奇。先生于是告我，她祖上行医，这大宅子在西城西单一带。因为我也是旧家出身，对老北京那些闾巷胡同，书肆食铺，市井风俗多少有些了解，与先生很谈得来。先生先是高兴，后又有些感慨，说："现在知道这些的人太少了！"言下颇有开元天宝之叹。

聊起上面先生诗中的一些人，我说史树青、阎振益和我祖父来往较多。但我印象里，阎振益只和祖父谈古汉语，没听说他会唱外国歌曲。先生笑道："他会唱。同学聚会时他总唱，不过永远是那一首。"刚说完，又赶紧补充道："也许他还会唱别的，不过我不知道。"

临别时，我和先生合了影。合影时，我请先生坐下，我站她身后。但先生坚决不允，连说："不，不，站着、站着。"说来说去，先生坚决要站着，和刚才的随和形成反差，我们终于站在一起照了相。先生这"坚决的不随和"，给我留下深刻印象，因为它让我重又感到今天似已断绝的老派学人亲切的谦逊，使我心中涌上暖意。

在先生的到来之际，我想，先生历经坎坷，迭遭丧乱，最终功成名就，靠的是什么呢？

我想，是古代诗词塑造了她。诗词中深邃的人生哲理，广阔的胸襟情怀，丰富的人生体验，浸润成就了先生。诗词因先生而精彩，先生因诗词而名传。因此，今天我们集会不仅为先生庆，更可庆的是因为有先生等一辈、数辈人的不懈努力，使诗词的生命在我们民族的伟大文化中流光溢彩，千年、万年！

与迦陵师的师生奇缘

齐晓枫（台湾辅仁大学中文系）

有幸成为迦陵师的弟子，是我平凡人生中的美妙奇遇。

1968 年的 9 月中旬，天气虽由夏入秋，还有点暑气余威。台湾各大学正陆续开学。我就学的辅仁大学正值开学第一周，同学们坐在教室里，聊着升上大二后新课程的各种新鲜感，以及好奇着下两堂"诗选及习作"课程，不知是由怎样的先生来担任。

上课钟响起不久，一位身材颀长、气质优雅的女老师进了课堂，在行礼如仪后，同学们屏气凝神地注视着老师。老师一开口，清脆悦耳的京片子，介绍了上课的用书和课程内容。我听着听着，瞧着老师整齐的发式和宽阔美丽的额头，不觉恍神起来；耳畔响起似曾熟悉的语音，不觉思绪飞扬，飘啊飘的……回到约莫十年前，我读小学的时光。

大约是 1959 年左右，我才十岁，住在台北市新生南路，那时每到周日，就会去隔条街的信义路上一所基督教浸信会的教堂上主日学。因为有位女老师每每给我们讲故事，生动又好听；且让我们背《圣经》经句，背得好的小朋友，老师就会送卡片奖励，那些卡片大多来自美国，图案精美，有的还撒上金粉，金光闪闪；有些则是银色圣诞的迷人景致。卡片内页已有墨水笔签字的洋文，我们看不懂，只知道它应该是老师或教会里长老或信友们的美国朋友寄给他们的贺节卡，老师转送给我们，我们开心又期盼多得到几张，就会认真而努力地多背几首经句。

这位女老师有两位女儿，常伴随着老师来到教堂，大女儿有一头浓密且乌溜溜的长发，每每梳理成整齐的两根长辫子，出落得端庄文静又漂亮，不像我们一般小女孩吱吱喳喳；而小女儿活泼可爱，很讨人喜欢，却又不时撒娇地依偎在老师的身旁，老师弯下腰和她说话的慈爱景象，仍历历在目。

朦胧中脑海里此时浮现了圣诞节的景象。

那是一个庄严神圣又喜乐的圣诞夜，教会里早已布置了一座小马槽，记得老师对我们小朋友讲述耶稣降生的故事。后来有些什么活动已记不清了，只记得带着愉悦过节的心情,和一两个小朋友一起跟着老师来到她位在教堂附近的家。那是一栋日式平房,在今天台北市永康街旁的一条巷子里。在老师家里,师丈瘦高的身影也显现了,和蔼地和我们一起谈笑。那一晚印象最深刻的是,我们好像共读一个剧本,其中我念的一句台词,得到老师和师丈的赞美,说我念得极好,极富情感;以后我喜爱听广播剧,走上研究戏曲之路,正是老师一句鼓励话语栽下的种子。正陶醉在老师伉俪的温馨话语里,当!当!当!下课钟响,我才回过神来。

再端详眼前这位教"诗选"的老师的特有发型,和一般女性少有的"螓首蛾眉",以及熟悉的北京腔,是否就是当年那位老师呢?约十年未见了呀!

由于这一年被同学选为班代表,要负责教科书的代购事宜,因此有机会去教授休息室见老师;请教完买书事后,我怀着忐忑的心情向老师求证,老师立刻亲切又欣喜地证实了我的疑惑,真令我雀跃不已。后来每个礼拜听着老师谈李白、说杜甫……我和同学们都像沐浴在春风里,觉得听老师讲诗真是种享受,老师一堂课下来口不停讲,手不停写,老师的野马跑多远,我们也好奇地跟在后头走马观花,见识着唐诗这座蔚然的大观园。而老师音韵铿锵的读诗的特殊语调,更是别有韵致,至今犹记老师诵读杜甫的"一片花飞减却春,风飘万点正愁人"的声调和手势,感受着伤春的气息。

2004年欣逢老师八十华诞,我和外子刘汉初(他也是老师同一年在台大中文系诗选班的学生)同赴南开大学庆寿,如今一晃十年过去了,真如白驹过隙,而老师却依然如苍松傲立,2013年岁末在台北的"国家图书馆"演讲,老师仍是精神矍铄地站着演说,令台下的我们这辈老学生感佩不已。

回想当月在趋势教育基金会为老师办的庆生宴那晚,当老师莅临时,众人引颈望向入口,迎向老师。老师穿着一袭高贵的黑色长衫,披着镶金葱的长帔巾,满脸和蔼笑容,在张静教授的陪同下缓步入场,和在场的亲朋好友门生故旧一一致意,轮到我趋前问候老师时,老师笑眯眯地说:"你是我最早的学生!"一股暖意立时涌上心头,虽然那天台北下着小雨,天气还有点凉。

2014年欣逢迦陵师九十嵩寿华诞,谨借此拙文记述与老师的一段奇缘,祝愿老师松柏长青!万寿无疆!

颂　辞

沈秉和

　　叶嘉莹先生九十寿辰，作为一个经常向她讨教诗词问题的外行和晚辈，乃有写一点什么以为赞颂的冲动，但总又甫兴又止，欲言便歇。盖体昧未深也。此日傍晚乃截稿之期，我稍歇于落地窗台，但见一天蓝霞，珠江水浩浩荡荡地重归大海，我忽地省觉：这不就在倒放着今早日出前的一幕吗？时间是可以复返的。流水没有走。它就停在"走"的那个最美的姿态中。

　　诗人，本身首先要是一首诗。

　　旧典云：今夫举大木者，前呼邪许，后亦应之。此举重劝力之歌也。举重之姿，乃是歌的喷薄之源。但一如戏曲中人所说，要唱某一个音，全身的思力、筋力便得先期达抵那个音应该在的位置。易言之，姿由"心灵姿态"先行。何之谓"心灵姿态"？《中庸》有言"不诚无物"，刘勰又云"物有恒姿"。立诚而持守之，那个音才可以扶摇于北溟南海，无所不达。

　　犹忆前岁先生讲学于北京广播电视大学，众即将毕业之未来节目主持人——在先生面前作朗诵诗词之表演。及先生总评，乃如一篇淮南皓月赋："你们诵读的动作、声音都超过了你们心中对这首诗这首词的理解，因此是虚伪的。"手挥目送，发于不得不发之际，凝于不滞不夸之姿，魏晋风神，不我欺也。如实说，这并非苛评，乃是直道。在俗，是如戏谚所云的"行路唱梆子，落难唱二簧"；在雅，即是《诗·大序》所云"在心为志，发言为诗"。这便是叶嘉莹之姿。

　　谨以此短文颂先生之寿。

叶嘉莹老师九十健步行

施淑仪（加拿大不列颠哥伦比亚大学）

今年九十高龄的叶嘉莹老师，仍然往来于中国大陆地区、台湾地区、香港地区及温哥华等地讲学。叶老师的一位友人曾经赠她一首词，开头几句形容叶老师经常两岸三地讲学，来去自如，有句云：“超海峡，越东西，满天花雨不沾衣。”叶老师从 1945 年开始教学至今，六十九年来一直以诗词作育英才，桃李遍布海内外，使学生从诗词中认识中国传统历史文化，领略美好的人生境界。叶老师的诗教是超越国籍、政治与地域的，所以说，“满天花雨不沾衣”。

犹记 2009 年 4 月初，叶老师从天津回到她的第二故乡温哥华。温哥华那年的冬春之际非常寒冷。2008 年冬积雪盈尺，2009 年的春天直至叶老师回来时，仍然一片严寒，大地仍未解冻。一般来说，温哥华 3 月，虽然仍是春寒料峭，转眼间蓓蕾已在不知不觉间缀满枝头，瞬即满树繁花，好一片杂花生树的江南景象，叶老师常笑说每年都是花开等她回来，可是 2009 年叶老师回到温哥华时，大地冻凝见不到一点花的踪影，而她在寒风中仍然满心欢喜地说：“很好啊，今年我回来等花开，每种花树开花时，我都可以一一看得清楚。”她写了绝句一首：

己丑春由台返加，温哥华余寒犹厉，风雪时作，口占绝句一首。

载途风雪何须惧，芳讯天涯总不乖。

自喜归来今岁早，要看次第好花开。

温哥华的街道遍植樱花，2013 年 3 月底，叶老师在南开张静老师[①]陪同下回到温哥华，这一年温哥华的天气特别暖和，叶老师最喜欢的那种颜色浅淡，花瓣细碎的樱花，已在各处路旁纷纷开放，这是第一轮开放的樱花，像一把把淡粉红色的碎花洋伞撑着蔚蓝色的天空，

---

①　张静老师是南开大学中文系副教授，中华古典文化研究所所长助理。近年叶老师年事高，来往天津、温哥华等地及到各处讲学，张老师都陪侍左右。张老师有绝句二首：其一“吾师处处可为家，来往东西爱赏花，梦里尘中存鉴证，护随业品上莲华”。其二“吾师行处即吾家，两到云城不为花，荷叶田田好将护，云泥同愿颂年华”。

我开车接叶老师从机场沿西南海边大道(S.W.Marine Drive)回家时,我将车速稍为减慢,让叶老师欣赏沿途灿烂的樱花。叶老师的心情非常开朗,可能是春和景明的天气,令她长途飞行的倦意减轻;也可能她在南开的工作经常太繁重,回到温哥华反而觉得轻松。我们在车上一路谈笑,满座春风,这么多年来我真未见过她一回来温哥华,心情就这样愉悦轻快。记得大概是去年的 1 月底,就是农历春节之前,北京的雾霾成为头条新闻时,我曾致电向她问候,她告知天津空气污染的程度;她的住处不敢开窗,学生在她家中放置一部空气清新机,每隔一段时间,换出来的水都是污浊的。她写了两首绝句《尘霾二首》电邮传给我:

其一

连日尘霾,今朝大雪,口占绝句一首

> 连日寒云郁不开,楼居终日锁尘霾。
>
> 岂知一夜狂风后,天舞飞花瑞雪来。

其二

雪后尘霾不散,再占一绝

> 依旧寒云冻不开,楼居仍是锁尘霾。
>
> 相思一夜归何处,梦到莲花碧水涯。

　　读这两首诗,见到尘霾之重,令人颇有"长安不见使人愁"的黯然,但最后一句"梦到莲花碧水涯"却令我眼前一亮,我真佩服叶老师,她在昏天暗地的尘霾中都能梦到"莲花碧水涯",可见叶老师心中时刻都有一片清明之境,不论环境怎样昏暗,她都能保持洁净的心田。我立即回她一个电邮说:"叶老师,您知道吗? 您梦境中的莲花碧水涯,是在温哥华啊,您早日回来吧!"于是我也试着奉和绝句两首:

读迦陵师"尘霾"二首奉和

其一

> 尘霾深锁欲迷天,遍积黄埃染百川。
>
> 海晏河清知有日,重看天际月华悬。

其二

> 樊城日暖冻云开,雪满山巅入目来。
>
> 梦影相思无凭记,莲花碧水在天涯。

　　我说"莲花碧水在天涯",是因为温哥华在我心中是莲花之地(Lotus Land),山清水秀,人杰地灵。叶老师说她来温哥华并不是自己的选择,可能是冥冥中的安排。叶老师受聘为不列颠哥伦比亚大学(University of British Columbia 简称 UBC)终身教授,因而定居温哥华。叶老师是荷月出生，小字为荷，因此我更觉得温哥华真是莲花之地，我们居住温哥华的朋友也同沾福泽。

叶老师去年刚回来，我们的好友梁珮（叶老师早期在 UBC 亚洲系的学生）和丈夫陶永强陪叶老师到女皇公园一家她喜爱的西餐厅进午餐，他们下车陪叶老师走进餐厅时，发觉叶老师走路有点双脚乏力，就劝她每天要多走路锻炼。叶老师说她在南开时因为空气不好，整天都关在屋里，很少有机会走路。我们都劝她趁温哥华天气逐渐回暖，不如每天出外散步。叶老师也认为她的腰腿要锻炼才能恢复，于是立志每天抽点时间在住处附近散步。我们又劝她走路得拿根手杖，因为老人家千万不要跌倒。她也从善如流，每天早上或下午午睡后，都走出屋外，拄杖在屋前屋后的街道缓步而行。当她越走步履越稳健时，就不耐烦这根手杖，终于抛开手杖，轻松地自由行。叶老师是很自律的人，自从开始步行后，就持之以恒。她每天散步大约半小时至四十五分钟，渐渐腰腿有力，越走越精神。

叶老师在温哥华一直以来都是自己开车的，以前她每天到不列颠哥伦比亚大学亚洲系上课，到亚洲图书馆做著述及研究，工余之暇去看电影或到商场购物，到超市买菜等，都是自己开车的。退休后，半年在中国大陆地区，有时又到台湾地区、香港地区等地讲学，夏天则仍然回到温哥华，在温哥华她每天开她的小轿车，带着一个装满书籍的书袋，还有一份预备中午吃的简单自制三明治，一包在家预先煮熟的五色蔬菜，定时到亚洲图书馆孜孜不倦地工作。叶老师生活简朴，有人说她的生活有点像苦行僧。叶老师是很独立的人，能够自己做的事从不求人。她喜欢自己开车，自由自在，自己喜欢到什么地方都不受拘束，但去年她回来后，因为年事已高，按照政府规定，她的驾驶执照不能再续期。自从叶老师不开车，我几乎每天都开车到她家，看她需要到什么地方，有时是到附近的银行，有时她兴致高，会用一两句跟我学来的广东话对我说："我们今天去'行街'好吗？"我们三人就一起到较远的地方逛街购物，然后去淮扬馆子午膳。叶老师笑说："我们每天都三人行真好。"我说："三人行必有我师，真是名符其实啊！"

叶老师家住南地（Southland），地势较低，到附近的超市 IGA 购物，需要上一个小斜坡，她这个年纪要步行上斜坡购买食品及日用品，颇不容易。因为叶老师现在不开车，早上如有需要的话，我都开车到她家，接她和张老师一起到 IGA 超市及超市附近她喜爱的店铺，如台湾风味的"义华饼行"是她订阅《世界日报》，购买饺子、点心与小食的地方。她日常所需都购买好了，就将蔬菜杂物都放进我车尾箱，嘱咐我开车将物品都送到她家中，她自己就安步当车回家，最初我有点担心，她说她现在走路已经可以了，叫我放心。我笑对她说："叶老师，人家还以为我自己开车，却将您老人家扔下不顾啊。"因为叶老师坚持，我只好顺从她，看她穿一双球鞋,一身步行装束,步履稳健,有时是张老师陪她一起步行,如果张老师没有陪我们出来,她就独自沿着花园似的街道,慢慢步行回家。温哥华是山城,空气清新,街道两旁都植树,绿草如茵,夏天很多人家都在屋前屋后种花,整个环境就像一个大花园,可称花园城市。在这样的环境散步,迎着远山,看天上白云舒卷,真是最好的享受。我2013年写了绝句两首记叶老师的健步行,祝贺她八十九岁寿辰:

叶嘉莹老师温哥华健步行
恭贺迦陵师八九华诞初度

其一

轻装健步倍精神,花木扶疏意自亲。

风雨晦明何所惧,迎来虹影晚霞身。

其二

一蓑烟雨任沾身,云影天光亦所欣。

回首浑忘萧瑟处,莲花闲步出轻尘。

　　我是叶老师的近邻,开车到叶老师家只需三分钟,她后巷的停车处是我到她家停车的地方。我晚上常在她家中流连,她家中有两位年轻人寄住,当然还有张老师,我们时常言笑晏晏,谈天说地,叶老师的家充满温馨。叶老师常说我是她家中“自来自去的堂上燕”,虽说自来自去,有时她还是会送我到后门,看着我上车回家的。在她的后巷,我常举头望月,有时看到一轮明月,清光如水,我惊叹月色的美,立即转过头来告诉叶老师,叶老师会走出来和我一起欣赏月色。有时我们看到的是淡月疏星,在墨蓝天幕的淡淡云影中,仿佛望见银河清浅,我们陶醉在后巷的一片月色中,后巷的狭小天地,变得豁然开朗。

　　叶老师自从1989年退休后,最初几年暑假在温哥华中华文化中心开设诗词系列讲座①,后来多年来都在岭南长者学院主讲,叶老师的诗词讲座二十多年来一直是温哥华每年

---

① 叶嘉莹老师历年在温哥华诗词讲座分为中华文化中心讲座:《北宋初期晏欧词》四讲1998年7月、《柳永苏轼词》讲座六讲1999年4月、《杜甫诗赏析》八讲1999年7月、《百年回首》五讲2000年5月、《诗词文本中的多义与潜能》二讲。岭南长者学院讲座:《古诗十九首》六讲2002年、《陶渊明组诗》六讲2003年、《从性别与文化谈女性词人美感特质之演进》十三讲2004年、《清词系列讲座之一:清词中兴》八讲2005年、《清词系列讲座之二:陈维崧(阳羡词派)、朱彝尊、纳兰性德》六讲2006年、《清词系列讲座之三:朱彝尊为首之浙西词派》六讲2007年、《清词系列讲座之四:张惠言为首之常州词派》六讲2008年、《王国维〈人间词话〉问世百年的词学反思》六讲2009年、《北宋名家词选讲》六讲2010年。《评介晚清名词人陈曾寿》(加华作协与西门菲沙大学合办)2011年、《弱德之美——晚清世变中的诗词》六讲2011年、《古典诗词的美感特质》四讲(加华作协主办)2012年、《如何解读李商隐迷人的诗谜》四讲(加华作协与西门大学合办)2013年。

最受欢迎的学术活动。最近两年，2012 年加拿大华裔作家协会成立二十五周年纪念，邀请叶老师主讲一连四讲的系列讲座，题目是《古典诗词的美感特质》。2013 年叶老师仍为加华作协举行一连四讲的系列讲座，讲题是《如何解读李商隐迷人的诗谜》。叶老师的系列讲座，每讲都是两小时。凡听叶老师讲座的人都知道叶老师从来是站着讲课的，如今叶老师年近九旬，仍然站立讲坛两小时，中途很少休息。叶老师常说她讲课喜欢跑野马，我们随着叶老师的野马上下古今驰骋，听她旁征博引地讲述诗歌的历史背景，诗人的生平及思想，从而领会诗歌兴发感动之旨。课堂上听叶老师随口吟诵，源源而出的诗词，拨动座上每个人的心弦，我们都情不自禁地跟着吟诵。两小时的弦歌之声，令座上每个人都沉浸在诗词的至美天地中，如醉如痴。叶老师杏坛讲学，一路健行将近七十年之久，令古典诗词的感发生命绵延不绝。

叶老师的九十健步是从忧患中走过来的，她以弱德之美①，坚贞挺拔的精神，超越人生的困苦挫折，一生为古典诗歌的教研而奉献，诗歌遂与生命结合而焕发新的力量。叶老师近年有《绝句二首》最能表现她现在的心境与期盼。第一首是："一任流年似水东，莲华凋处孕莲蓬，天池若有人相待，何惧扶摇九万风。"叶老师的意思是若有人听她讲解古典诗词，因而爱上诗词，她愿意将古典诗词继续传承而无惧劳苦。第二首是："不向人间怨不平，相期浴火凤凰生，柔蚕老去应无憾，要见天孙织锦成。"人生不幸的经历何其多，叶老师是浴火的凤凰，只要能看到"天孙织锦成"，她是没有遗憾的。叶老师说这是她老年说的狂言。

2014 年 5 月 10 日，天津南开大学文学院为庆祝叶老师九旬华诞，举行中华诗教国际学术研讨会，而南开大学为叶老师安居而兴建的迦陵学社亦将落成。祝愿叶老师诗教传承，绵延久远，如松柏之茂，步履康强！

---

① 弱德之美：叶嘉莹老师说"弱德"是她总结出来的名词，因为道德一般以"健德"为美德，因此都说"健之为德"，从未有说"弱之为德"。弱之为德似乎不合世俗的道德。但中国诗歌特别是唐五代的小词都是写弱者的感情，还有弱者那种持守坚贞的品德。中国历史是充满苦难的历史，士人在世变中所经历的困苦挫折，他们内心的感情就与小词中所写的弱德之美有某种相似之处。儒家的传统是以弱德为美好的道德。《易经》的"需卦"是弱德之卦。清王夫之的《周易外传》阐释"需卦"，"需：有孚，光亨，贞吉，利涉大川"。"需"是"信"的意思，"有孚"是有信守。"光亨"，"光"是光明，"亨"是亨通，"贞"是美善，"吉"也是美好。"利涉大川"就是前面有大险阻都不足畏。因此弱德并不是软弱，只要"有孚"，就是要你有一种信念，有一种持守，君子有安身立命之德，遇到挫折能够承受与持守，加上坚定不移的信念，人生最终的理想是可以完成的。

九畹滋兰，不尽芳菲愿

——写在叶嘉莹先生九秩大庆之际

宋文彬（天津政法报）

2004 年 11 月，我有幸拜识迦陵先生。是时，先生每周三次在南开大学的寓所中指导研究生研读稼轩词、义山诗，听取学生所作论文进度汇报并答疑。余忝列末座，获益良多。此后，春风久沐，雅奏常聆，忽忽十载焉。

提笔著文，忽忆及数年前，友人曾以"叶先生所取得的最大成就"见询，余答之曰："传承中华古典诗词中感发的生命。"为什么这么说？其一，迦陵先生虽著述等身，名播宇内，但先生曾自言其平生并未专心致力于学术研究，盖以其志在传承并不在以个人学术成就争胜也。在一次闲谈中，先生曾说，其所以参与写作《灵谿词说》，其实是由于被缪钺先生知赏之情所感动的结果。迦陵先生与缪先生第一次见面是在 1981 年，先生自温哥华飞赴成都参加草堂杜诗学会之际。缪先生在会上作了发言。迦陵先生也在会上发了言，称杜甫是一个很幸运的作者，他生在一个可以"集大成"的时代，而且，他有可以"集大成"的容量和才华。叶先生并谓，在中国文学史上，有的时代对不起作者，有的作者对不起他所处的时代。"三张""二陆""两潘""一左"所处的太康时代是中国古典诗歌从朴拙向华彩转变的时代，但"三张""二陆"等人对不起这个时代，这些人中没有一个真正出色的诗人。这是迦陵先生批评古人的话，可能有些人听来觉得先生议论古人未免狂妄，但缪先生对于迦陵先生的言论却十分推赏，在会后去用餐的途中，向迦陵先生背诵了龚定庵的一首诗"不是逢人苦誉君，亦狂亦侠亦温文，照人胆似秦时月，送我情如岭上云"，以示钦赏。后与迦陵先生相约合作撰写《灵谿词说》，这才使得迦陵先生在四处讲学的间隙，写出了对五代至两宋一些有代表性的词人的批评论文。此书出版后，史学家邓广铭先生读到了。邓先生所作《稼轩词编年笺注》在学界颇有影响，邓先生读到迦陵先生发表在报刊上的论稼轩词的文稿以及《灵谿词说》中收录的迦陵先生所作《论辛弃疾词》一文后，也十分欣赏，在其所作《稼轩词编年笺注》（增订本）的"增订三版题记"之结尾处称："题记到此本已结束，然而我却还想'曲终奏雅'。从写作艺术到语词涵蕴,从隐婉到寄托,从意象到境界都置之不论,对于一本辛词笺注来说,总是令人遗憾的极大缺陷。这原也是使我多年以来极感尴尬困窘、经常耿耿于怀的一个问题。所幸是,在近十多年内,我从各地的报刊上,读到加拿大英属哥伦比亚大学教授叶嘉莹女士(华裔)的许多篇纵论唐宋诗词的文章,其中包括了论稼轩词的许多篇。其文章议论皆浑融洒脱,恢闳开廓,曲汇旁通,而又全都在反覆阐发其主题。"其后大段引用了《灵豀词说》中收录的迦陵先生所作《论辛弃疾词》的原文,而且在"题记"的结尾称:"我希望这本笺注的读者,尽可能都亲自去阅读她(指迦陵先生)的这篇原作的全文,这主要不是为了'奇文共欣赏',而是要藉以补拙著的一大缺陷,以提高和加深对稼轩作品的领悟。"一位有胸襟、有度量的前辈学人对于有才华的晚辈学人的激赏之情溢于言表。

其二,迦陵先生虽有多个版本的《迦陵诗词稿》行世,但却也从未以诗家自居,诗词创作对于先生来说,真的是"余事"。先生尝言,其《诗词稿》中的绝大多数作品,皆"无心"为之,都是"自己跑出来的",那么既然有诗句"跑出来",先生便将其记录下来,也就有了这一册《诗词稿》。叶先生说,《迦陵诗词稿》中只有两首长诗是先生"有心"为之的,那便是《祖国行长歌》和《大庆油田行》。《祖国行长歌》是先生1974年第一次返国探亲旅游时所作,此诗道出了很多先生的"个人历史",时间跨度有三十年之久,空间跨度则由大陆之台湾地区,再至北美,全诗有两千余字,不可能"自己跑出来",这是先生的用心之作。《大庆油田行》系先生1977年4月底回国探亲之时,见报章所载有关大庆之报道,心怀向往,遂于同年6月至大庆参观后所作的纪事诗。写作这样的诗难度很大,因为先生在大庆之所见闻,皆为古典诗歌中所未曾前有之事物,往古之诗人从未写过,但既然要将见闻写成古诗,那么就要有古诗的味道才可以,要把一切新名词都化入古典之中。写作这种题材的作品对于作者的古典文化素养要求很高,而且作者还要有很强的"变通"、创新能力。迦陵先生的作品无疑是成功的。

迦陵先生平生从未有过在作诗、作学问上与他人争奇斗胜、一较短长之心,先生从大学毕业直至今日,七十年间矢志不渝、乐此不疲,且心甘情愿付出其终生精力的一件事情,那就是教书授业,盖以先生志在传承而不在个人之成就也。先生讲课喜欢"跑野马",不单旁征博引,且每有"当头棒喝"之语。记得第一次在先生的寓所中听讲之时,先生将稼轩词与清真词对举,并说出之所以稼轩词较之清真词境界为高的原因。先生讲,无论任何艺术领域,作者"鱼跃龙门"的那最后一步,所凭借的一定不是技巧,而是人品。多年来,我一直以为,听先生讲课所获得的不只是知识,更重要的是能够得到心灵的启迪与人格的提升。古语有言"经师易得,人师难求",良有以也!

迦陵先生的这种讲课之法,与顾羡季先生一脉相承。先生曾经说,平生有两件事情,她觉得做得非常有意义：一件是她四海漂泊的数十年间，始终把她所听业师顾羡季先生讲课时所记录下来的十册笔记带在身边，保留至今，而且并不是作为斋中秘籍，而是将其印行出版，泽及后世；另外一件事情便是把戴静山先生吟诵的录音保留了下来，供对此有兴趣的年轻人学习。中国古代的诗人历来有吟诵的传统，《周礼》的《春官》中即有，大司乐"以乐语教国子兴、道、讽、诵、言、语"的记载，杜少陵有"新诗改罢自长吟"（《解闷十二首》其七）之句，可见，古人认为吟诵非常重要。戴静山先生的吟诵是非常正统的，没有一点矫揉造作，而且是用普通话吟诵（有些人用方言吟诵），所以是很有学习、借鉴价值的。

迦陵先生之所以数十载奔波讲学，那是因为她想把她所体会出的中国古典诗词中最精微美妙的要旨讲述出来，希望更多的人，特别是年轻人有所体悟，进而能够传承下去，使其绵延不绝。先生晚岁诗句有云"天池若有人相待，何惧扶摇九万风""柔蚕老去应无憾，要见天孙织锦成"，可证斯意。

迦陵先生的系列著作在大陆首次结集出版是在 1997 年，是年，河北教育出版社出版了《迦陵文集》（十卷）。是书梓行后，对于喜爱中华古典诗词的朋友来说，读后真的是有耳目一新之感。但学界有些人认为，迦陵先生引入西方批评理论，以"双重性别""双重语境"解说《花间》小词，是由于先生常年身居海外，有便利接触西方文艺批评理论，其借以论词，虽有新意，亦有"炫奇"之嫌。这真的是对先生的误解。先生评述柳耆卿词、苏东坡词、辛稼轩词，没有引用一句西方文论，也就是说，在不需要的情况下，先生不会随便引用西方文论，其实，先生用西方批评理论解说《花间》小词，实为"不得已而为之"。

中国传统词论著作，代不乏出，王静安氏《人间词话》可谓"里程碑"式的作品。"境界说"是王氏词学批评的核心理论。王氏提出"词以境界为最上。有境界则自成高格，自有名句。五代北宋之词所以独绝者在此"。又云"然沧浪所谓'兴趣'，阮亭所谓'神韵'，犹不过道其面目，不若鄙人拈出'境界'二字，为探其本也"。其自负如此，但王氏并没有说明白何谓"境界"。"境界有大小，不以是而分优劣。'细雨鱼儿出，微风燕子斜'，何遽不若'落日照大旗，马鸣风萧萧'。"王氏以"境界"论词，但所举"细雨鱼儿出，微风燕子斜""落日照大旗，马鸣风萧萧"皆为诗的句子，而非词的句子。又如，周止庵氏所作《宋四家词选目录序论》中称"读其篇者，临渊窥鱼，意为鲂鲤，中宵惊电，阁识东西"。王、周二氏对于小词自然有其独特的体会，而且确实看出了其中的微旨，但囿于中国传统论词的方式，都未能将个中微旨说明白。迦陵先生如果依然沿用中国传统的词论加以解说，仍然不易讲清楚，但用西方的一些批评理论却恰好可以说明白，所以，迦陵先生才引入西方文论解说小词，并非有意"炫奇"。

亦有学人称迦陵先生之所以取得令人瞩目的学术成就，是因为她常年身居海外，没有经历新中国一些特殊的历史时期,所以有相当的便利潜心从事学术研究。嗟乎! 试问,言此者知迦陵先生遭际否? 身居异邦之华人学者又独迦陵先生哉? 言此者若居海外果能有迦陵先生成就乎?

　　迦陵先生一生遭遇苦难颇多,所幸者,老入蔗境,期颐可卜。今岁,南开大学为先生庆祝九十华诞,我作为一名受先生教诲十年之久的学生,谨呈俚句三章,为先生寿:

> 倦驼家法一灯传,常忆师恩七十年。
>
> 别有开发自建树,论诗也作大乘禅。

> 芳菲节序养花天,黄菊丹枫晚更妍。
>
> 绛帷多析风人旨,度越前修岂偶然。

> 此生无分软红间,过眼云烟俱等闲。
>
> 寂寞艰难都历遍,天留人瑞驻朱颜。

叶嘉莹与徐培均的诗词之交

孙琴安（上海社会科学院文学所）

诗词千年并称，终究有别。词虽后起，却"别是一家"。自吴梅在北京大学开设词、曲课，遂在高校成专门之学，涌现出不少著名的词学家。如夏承焘、龙榆生、唐圭璋、胡云翼、詹安泰、刘永济、缪钺等，均为其中的佼佼者，在词坛各有贡献，各有成就。稍后则有沈祖棻、万云骏诸家。至叶嘉莹、邱世友、徐培均、吴熊和、钱鸿瑛、马兴荣、蒋哲伦、王水照诸家出，与前贤融合交辉，则更是承前启后，千汇万状，丰富多彩，蔚为壮观。其中叶嘉莹与徐培均不仅以研治词学驰名学界，成绩卓著，而且擅长诗词创作，二人有着二十余年的诗词交往，今略述如下：

1987 年端阳节，北京召开中华诗词学会的成立大会，徐培均以上海诗词学会学术委员的身份前往参加。此时叶嘉莹则从加拿大来华讲学不久，虽已 63 岁，但仪态万方，颇有风度，被邀请在京西远望楼为与会者讲唐诗宋词。由于其为顾随的女弟子，国学深厚，精于诗词，又能延用西方美学恰到好处地阐释中华诗词的艺术特色，颇多创见，与中国学者墨守成规、引经据典的讲解大为不同，故徐培均听后感触良多，当时便将其学术特点归纳为四个字——"感发联想"，并赋《浣溪沙》词一首，前有小序："京西远望楼听加拿大叶嘉莹教授说词。"词云：

诗苑泱泱大国风，中华词学待恢宏。振聋发聩赖黄钟。　　七步奇才嗟我薄，一腔豪兴羡君浓。诗情恰似艳阳红。

自此以后，徐培均便对叶嘉莹的词学论著十分关注。如叶氏的《迦陵论词丛稿》、《叶嘉莹说词》等著作，便成为徐氏案头必备之书。特别是叶嘉莹与缪钺合撰之《灵谿词说》一书（此为中加文化交流项目），更是引起了徐氏的极大兴趣，几乎每篇必读，读后多有心得。当今词学界多侧重于词史、词论研究，精于诗词格律或擅长诗词创作者不多，而叶、缪二家则创、研兼擅，在《灵谿词说》中，每一论题之前皆冠以一诗，既能提纲挈领，阐其主旨，又能抒情言志，饶有韵味。以后徐培均每为论诗说词之文，总受其启发。

过后不久——约20世纪80年代末，华东师范大学在上海召开清词学术研讨会，叶嘉莹、徐培均等词学界名流多应邀前来参加。在此期间，叶、徐同游了松江醉白池，并共赏了北宋熙宁塔，又到松江的九峰三泖地区瞻仰了陈子龙墓和夏完淳墓，因"云间词"在明末清初影响甚大，大家也难免交流一些诗词方面的学问和心得。

1999年，澳门回归。2000年7月6日至8日，澳门大学召开了第一届中华词学国际研讨会。会议由施议对主持，叶嘉莹、徐培均、顾易生等均应邀前来。除了交流词学，会议期间还安排学者进行了参观游赏活动。因顾易生、叶嘉莹同龄，徐培均虽小二人四岁，亦为名家，且年龄相近，皆为古稀之年的资深学者，故常常三人同游濠江、黑沙滩、妈祖庙等风景名胜。在游大三巴时，叶嘉莹穿一身黑色夏装，脚蹬白皮鞋，线条简洁，落落大方。而徐培均与顾易生则各穿短袖白衬衫，浅黄长裤，三人边走边谈，拾级而上，分外引人瞩目。有好事者特为他们拍了一张合影照。在澳门大学何贤堂，又有热心者为徐、叶拍了一张合影，至今留存。

在会议期间，徐培均有感于澳门回归，曾作《夜飞鹊》一首，其下阕云："谩忆遭迴四纪，往事渐消沉，烟袅蜃楼。渺渺濠江曲水，淘沙挟浪，依旧东流。莲峰皓月，向行人，正惹凝眸。献心香妈阁，一尊芳酒，且润歌喉。"（此词后获1999年上海市退休职工庆国际老人节赛诗会一等奖）在7月8日晚上的闭幕宴会上，施议对作《蝶恋花》词一首，徐培均当场即兴酬和，并现场朗诵道：

> 镜海茫茫穿两线，谁拨琵琶，仙乐来天半。一点词心连两岸。词心却似莲花瓣。　　缕缕诗情来又断。缥缈如烟，欲倩云来伴。忽见山城花影乱。流连氹仔无拘管。

叶嘉莹当时也在座，听后不禁击节称赞。

也许就是学术会议的多次接触与交流，叶嘉莹也渐渐了解了徐培均对秦观词研究的贡献与成就，因此，在2000年，当她为北京中国书店主编《历代名家词新释辑评》丛书时，便把《秦观词新释辑评》的撰述任务，交给了徐培均与其弟子罗立刚来完成。对于叶氏的信任与重托，徐培均十分重视，不敢稍懈，不仅认真写了《前言》，而且还亲自撰述了上卷。罗立刚则完成了中卷和下卷。出版后各方反映较好。有的学者仅凭此书就撰写了学术论文，如广东商学院昌庆志的论文《论秦观迁谪词中的超脱情怀》即是一例，后刊登于《词学》第28辑。

更令徐培均没有想到的是，叶嘉莹对秦观词的评价极高，她在《历代名家词新释辑评》丛书的"总序"中说："秦观虽为苏门学士，但其为词则并未受苏词之影响，而是以其个人所独具的纤锐善感之心性,写出了既不同于《花间》,也不同于北宋其他各家的、别具凄婉之致的词篇。"像这种评价,与徐培均多年研究秦观的心得十分接近,这说明他们在对秦观词篇认识上的观点是比较一致的,同时也是叶嘉莹对徐培均多年研治秦词的一种理解、肯定与支持。

数年后,徐培均在上海古籍出版社出版了《岁寒居说词》一书,上编论词102首,下编论同一词牌之词16首,每解析一首,在考证之后,多能发掘其内涵,并以感发联想之笔,阐述其意境和旨趣。其"说词"之体例虽与叶、缪合著之《灵谿词说》有所不同,却显然受到叶、缪此书的启发和影响。

徐培均不仅研究词,对秦观、李清照二家尤多创见,而且性喜填词。他在这方面才思敏捷,每有所感,便作诗填词一首,不仅出手快,而且格律娴熟,时有佳篇妙句,横见侧出。2005年,他把自己新出版的《岁寒居吟草》一书寄赠给了叶嘉莹。内收其各个时期创作的诗词数百首,基本上囊括了其一生的代表作。

不料叶嘉莹那时刚从海外返回国内,未及回南开大学,便先在山东青岛讲课,转赴威海、烟台、蓬莱,之后又随台湾诗人席慕蓉去内蒙古作原乡之旅,直到10月19日才回天津,读到此书后,马上在20日致函徐氏,信中说:

培均教授吟席:

惠寄大作《岁寒居吟草》近日始得仔细拜读,盖以我自九月初返国后,并未即回天津,自北京机场即转乘飞机赴青岛,应中国海洋大学之邀前往讲课,并与王蒙对谈……十七日在北京机场迎接加拿大友人来南开访问,昨日始送友人离津,故迟至今日始得复函致谢,稽延之罪,千祈见谅。

对于诗词,我虽一向爱好,但未曾专心致力创作。近年来常在各地奔忙之中,更于吟事久疏。拜读先生大作,深感先生诗情雅意触处生发,钦赏无已。始知先生学术著作如《淮海居士长短句笺注》以及《李清照集笺注》之得有过人之研究成果,固原有极深厚之创作实践之功力在也。

尊集中无论登临游赏、赠友怀人,莫不有真性情在,其中《哭飚儿词二首》,尤触我之深悲,谨随函附上旧作《哭女诗》十首,白发人哭黑发人,谅先生亦有同感也。此外,更附上近作若干首,并请先生吟正。

我与徐先生共事多年,常去其府上,并知徐先生有两个儿子,长子名飚,次子名桦,有时也与他们闲谈。谁知2001年10月13日,徐飚因腹痛入住徐汇大华医院,注射杜冷丁两针,仅两日,便猝然离世。老年丧子,徐先生伤心不已,不计"言之工拙",写了《浣溪沙》与《忆旧

游》二词,以抒发心头悲痛。《浣溪沙》云:

> 忽报新苗辞旧株,三秋风雨袭吾庐。中梁一倒屋为墟。　　寡媳终宵长泣血,孤儿深夜总惊呼。摧肝裂肺泪模胡。

《忆旧游》词的末尾写道:"匆匆那忍别,望遗容安静,双目未瞑。老妻呼天抢地,我亦泪纵横。白发送青鬓,千愁万恨永填膺!"孰料叶嘉莹的长女言言与女婿永廷早在 1976 年便因车祸罹难,她也有过"白发人送黑发人"的伤痛,读徐词而引发同感,故复印了《哭女诗》十首寄给徐。十首皆为七绝,其一云:

> 噩耗惊心午夜闻,呼天肠断信难真。
>
> 何期小别才三日,竟尔人天两地分。

其七云:

> 历劫还家泪满衣,春光依旧事全非。
>
> 门前又见樱花发,可信吾儿竟不归。

其四后二句云:"回思襁褓怀中日,二十七年一梦中。"其六后二句云:"检点嫁衣随火葬,阿娘空有泪千行。"其十前二句云:"从来天壤有深悲,满腹酸辛说向谁。"总之,二人都遇上了悲痛事,故所作都为伤心语,读后令人泪下,哀叹不尽,感慨无已。她所说的更附近作若干首,是指她《随席慕蓉女士至内蒙作原乡之旅口占绝句》十首,中有"余年老去始能狂,一世飘零敢自伤"诸语,亦多为感叹语。

光阴似箭,日月如梭。转眼间,叶、徐都已是耄耋之年的老人了。但二人仍有所为而有所不为,在各自的领域内安度晚年,时而互为关注。如徐培均在 2012 年的《文学报》中读胡晓明的文章,其中涉及到叶嘉莹在加拿大温哥华讲学时,突然穿插进她的《梦中得句》诗,其中一首云:"敢问花期与雪期,衰年孤旅剩堪悲。我生早是无家客,羞说行程归不归。"

徐培均读罢,不禁吟成和诗一首;恰巧 2012 年岁末,他又收到叶嘉莹秘书可延涛的来信,说叶先生已回天津,只是"近段咳喘未愈,加之血压不稳",于是徐培均给叶嘉莹修书一封,并附新填的《满庭芳》一词加以问候。全信如下:

嘉莹教授道鉴:

> 前得可秘书信,知先生已回津,不胜欣喜之至,谨赋小词一首,聊致慰问之意(附后)。去年《文学报》载胡晓明文章,中有先生《梦中得句》一首,敬和其一:

> 北国风光大雪期,养颐庠舍不须悲。
>
> 名山事业垂青史,迎得渊明载誉归。

和作鄙俚,幸勿见笑。

顺告业师龙榆生教授遗作《忍寒诗词歌词集》近由复旦大学出版社发行,客岁12月28日举行首发式,并纪念龙师110周年诞辰,王水照、钱鸿瑛、钟振振等词学界十余同人参加。谨奉上拙作发言稿,请不吝赐教。已嘱龙先生公子英才寄上一册,请查收。

今年特别寒冷,江南颇似塞北。弟近日心脏亦不适,月内可能住院疗养。余不一一。谨祝新年纳祜,并祝

健康长寿!

弟徐培均顿首

2013.1.9 沪上

随信所附的《满庭芳》词云:

枫落吴江,鸿飞黄浦,彩笺遥映霞光。澳门吟别,六载换炎凉。为问维摩丈室,天花散、烟袅幽香。萦怀处,屋梁月照,颜色伫清芳。　　茫茫,看大地,霜飞雪舞,素裹银装。纵歌得杨花,怎继苏章。欲会何时能再?唯梦里、酬唱宫商。云开日,抬头却见,梅影正横窗。

冬尽春来,叶嘉莹的咳喘也逐渐愈痊,不久还应北京恭王府管理中心函件之嘱,为之题咏,写了《金缕曲·为二〇一三年西府海棠雅集作》。前有小序,以明缘起,词云:

事往如流水。忆昔年、黉宫初入,青春年纪。学舍正当西海侧,草树波光明媚。有小院、天香题记。艳说红楼留梦影,觅遗踪、原是前王邸。府院内,园林美。　　古城当日烟尘里。每花开、诗人题咏,因花寄意。把酒行吟游赏处,多少沧桑涕泪。都写入、伤春文字。七十二年弹指过,我虽衰、国运今兴起。恣宴赏,海棠底。

此词被徐培均友人黄思维从网上看到后,便转给了徐培均,徐阅后一时兴起,以其才情,便步叶嘉莹原韵和了一首《金缕曲》,全篇如下:

北望饶烟水。想津门、兰风蕙露,喜逢新纪。西去京华三百里,树影花光妍媚。凭雁足、年年相记。西府海棠原蜀产,到黄州、见赏苏公邸。生酒晕,朱唇美。　　萍踪纵在天涯里。荐金盘、来居华屋,一襟雅意。桃李漫山粗俗甚,更抹啼鹃红泪。挥彩笔、明窗煮字。幽独孤怀抛洒尽,听荒鸡、拔剑中宵起。中国梦,在心底。

写完以后,他又想起了一首前不久刚写的《思佳客》,此词是为仙逝不久的顾易生而作的,而顾又是徐、叶的故友旧交,于是他就把这首追怀顾易生的《思佳客》与步叶氏原韵的《金缕曲》一起寄给了叶嘉莹。当时叶嘉莹有病缠身,但读了徐培均的信与词作之后,十分欣慰,抱病回复道:

培均教授吟席：

久未通函，时在念中。今日有秘书可君转来大作二首，拙作《金缕曲》猥蒙赐和，实深感谢。又读《思佳客》一词，获知顾易生教授竟尔病逝美国，回忆当年在沪聚首，恍如隔世。我已年近九旬，自中秋后返津染患感冒，至今未痊。拜读大作，笔健神强，欣佩无已。病中草草不恭，敬祈谅宥。即颂

吟祺

迦陵拜上

十月九日于天津

徐培均得信以后，便在同年10月22日回函道：

嘉莹教授座右：

得十月九日大札，尽悉一切。拙作一首，辱承谬奖，愧不敢当。此前承友人黄思维君从网上录下尊作及周笃文先生和词，怦然心动，遂步韵效颦。

先生原唱，清新高雅，饶有韵味，启人遐想。因思东坡谪居黄州时有诗咏及海棠，有花及人，深得比兴之义，故稍加檃括，以喻先生。后见近期《当代诗词》载有先生原唱与笃文、刘梦芙和作。周先生记昔陪张伯驹赏海棠，犹切题，梦芙词则写他事，离题远矣。未知先生可曾寓目？附此一笑。

先师龙榆生先生拟由上海古籍出版社梓行全集，计十二册，编纂者皆为年轻学者，有张珍怀私淑弟子黄思维，水照先生博士生二人，责编为古籍社张旭东。除黄氏外，他人多不懂格律，予已年届八六，只能从旁相助。英才师兄属为龙师诗词笺注，未知精力尚能允许否。若天假以年，当竭尽绵薄。本月16日，林玫仪夫妇赴昆山，云视其妹，英才闻讯，特邀其于复旦正大中心卿云馆聚会，席间亦谈龙先生全集事。承林女士相告，十二月拟请先生赴台祝寿，真好事也，在此预祝先生九十华诞，健康长寿，诸事顺遂！

时已入秋，西风萧瑟，寒气逼人，先生传染感冒，尚希百般珍摄，为颂为祷。耑此即颂

时祺！

弟徐培均顿首

2013.10.22 沪上

由上所述，我们可以看到，叶、徐二位词家自相识后，二十余年来书信不断，或以诗词交往，或以切磋诗词，有时则在会上赋诗作词，交流学问，共游名胜，互相理解，互相尊重，互相

赞赏，互相勉励，互相关心，不仅成为当代词坛美谈，也为后学竖起了榜样。尤需提及的是，叶、徐填词，常常有感而发，不像有些宋人时作"空中语耳"，故多有感人至深者，能引起读者共鸣，令人动容。

今年(2014)正值叶嘉莹先生九十华诞，南开大学将举行庆祝活动，并进行诗词研讨，徐先生不顾年老体迈，执意前来，共襄盛举，不仅显示了二老交谊之深，而且又将成为词坛美谈，文人佳话。

美丽午餐

——记与叶嘉莹先生相逢温哥华的一段奇缘

王 芳

温哥华的夏天是一年中最美丽的季节,于我而言,2011 年的夏天则更美丽。因为这年夏天,我邂逅了人世间一个美丽的生命——我仰慕已久的叶嘉莹先生。因了种种因缘,从六月中旬到八月底,整整一个夏天,我总能和先生一起在她曾任教二十年之久的英属不列颠哥伦比亚大学(University of British Columbia,英文缩写为 UBC)亚洲系教二休息室共进午餐。那虽说是简单的午餐,但因了先生的缘故,使我如沐春风,终身难忘。我们吃着、谈着,随心随意,无论什么话题都能谈讲出平时课堂或讲座中听不到的趣闻佳论。小小的餐桌,成了我受教的课桌,每顿午餐时间,成了我聆听先生要言妙道的美好时光。我们各自带来的便当,吃起来比那山珍海味还有滋味。与先生在异国的这段相逢相识,是我可遇而不可求的宿缘。

先生的学识、气质、修为、仪表以及她举止言谈中随意发散的气息,让我感受到久违了的古典之美,这种美比阳光更明媚,比美玉更温润。与先生的邂逅相遇,使我平淡的人生乐章,好似有了高手的弹奏而演绎出一段华彩;又似一股潜藏的泉水被灵杖铿然点开喷薄而出;又像闲置已久的暗室,被春阳照彻;更像一卷胶片,刹那感光显影,我的身心整个地和温哥华的夏天融合在一起,那么明朗、热烈、生机勃勃。

我与先生这段不期而遇实属万分之一机率的幸运,回想种种的因缘,似乎是冥冥之中让我一步步走到先生身边。

我全家于 2009 年移民加拿大,本来要去的城市是蒙特利尔,因为我老母亲担心那里寒冷的气候会把我"冻死",才选定了四季如春的温哥华。女儿申报的学校,原是朋友们推荐的雄踞山头的菲沙大学,我们却看中了面朝大海、森林环抱的 UBC。但是,当时并不知道这就是先生曾经任教二十年的大学。而择居与先生为邻,更是无意的巧合。

有一天下午,从 UBC 给女儿入学注册回来,沿海边马林大道走到 41 街岔口等红灯,我们看到三两个妙龄西人女子悠悠然骑着高头大马横街而过，跟童话故事中的一样，把我们稀奇得了不得，于是随着骑马人进入一片森林，沿着小路走了没多远，眼前豁然开朗，一条大河波浪宽。原来这就是菲沙河入海口处，河面特别宽阔，河边是一个小岛，准确说是个"河之洲"，上面座落着几十户人家，夕阳西下，烟霭缥缈，恍如世外桃源，我们当即下了决心，就把家安在这里。

小岛西边是个高尔夫球场，顺着球场边上的小路散步，常常遇到遛狗的、骑车的、骑马的老外邻居。球场尽头，是一片森林，森林边上，是一个原住民保留区。往森林里走，路径狭窄泥泞，只见马蹄印。林中一条小溪，时隐时现，旁边还有一块小石碑，上面写着："此处是三文鱼洄游产卵区，不得干扰垂钓。"再逶迤趟过一段泥浆路，只听见水声潺潺，一座小桥，横压水面。过了桥，林尽水源，夕阳直射过来，树叶闪闪发亮，景象顿时开阔而清新，"向晚幽林独自寻，枝头落日隐余金"——先生当年投递回国教学申请后，看到门前此景就是这么描绘的——眼前出现一条平整的沙石路，宽可行车，路旁堆着几块大石头。大路对面连着山坡，坡上蓊蓊郁郁，古木参天，每棵树都有合抱粗。

我看到石头古树，觉得很熟悉，仿佛在梦里梦见过。就站在路边，观察了一下方位，发现大路是从原住民保留区出来的，从我面前经过，连着东边一个西人住宅区，通向马林大道和41街。何以知道是西人住宅呢？因为这些宅院的花园都修整得整齐美观，而原住民保留区的房屋尽管也是独立别墅，但随处堆放杂物，跟国内的农家院似的。后来遇见先生，登门拜访，我才知道，她家就在这一片西人住宅区里第五家，何其幸运！头一次散步，无意间就来到先生家门前，真可谓有缘。等于我家在球场东，先生家在球场西，我家在"上游"，先生家在"下游"。从我家到先生门口，相距不到两千米。与先生相熟后，我跟先生开玩笑说："我住长江头，君住长江尾。"更巧的是，先生在温哥华相交几十年的几位好友，也都住在附近，构成七星拱月之势，甚是奇妙。

温哥华虽说美丽，但跟北京丰富又时尚的文化生活相比，算是很"老土"的城市。我初来乍到，自然觉得很沉闷，只好一边学英文，一边教中文。有一天，《星岛日报》登条消息："叶嘉莹教授讲晚清词。"叶嘉莹？我脑海里闪过一幅在"百家讲坛"看到的画面：披着绣花披肩的叶先生在讲辛弃疾，介绍词配着音乐，说她"永远站着讲课"，讲课喜欢"跑野马"；我还听到她用很特殊的调子吟诵："一松一竹真朋友，山鸟山花好弟兄。"当时我是匆匆路过电视机前，也就瞥了那么一眼，听了那么几句，可如佛家所言，"五根之中，耳根最利"，一经耳闻，入心至深，尤其是那两句特殊声调的吟诵，尤为难忘。不曾想，在这海外异乡，能得到现场聆听先生讲座的机会，岂不是天大的福分。在国内，在北京师范大学访学期间，一次席慕蓉来讲诗,人潮汹涌,入场时,还把我的鞋子都挤掉了!

先生讲座那天,我按报纸上写的地址,早早赶到,等先生登上讲坛,我眼前一亮,虽说已过了好几年,先生的衣着、风度、神情,与我在电视中见到的并无二致,丝质的黑底绣花的开衫,加上同样花色的披肩,雍容而优雅。头发虽是灰白,但还是那么浓密,梳开的发隙并无一点稀疏。

先生那天讲的是晚清诗人陈曾寿的几首小词。陈曾寿,我以前没听说过,那几首小词也不见得有多么出色,但就是先生的那种讲述,那种分析,那种感慨,就一下子显示出深厚的文化底蕴和人性之美了。"句句说的是人话",这是我的第一感觉。这好像是"骂人",其实确实是以前没听过这么真切,这么透辟,这么有人情味的赏评。唉,恕我无知妄言吧!

先生在讲座中还穿插讲她自己的诗词写作。她说:"今年春天,回温哥华之前感冒了,温哥华的朋友打电话说先别回来,这边还在下雪,过几天又说:'快回来吧,樱花都开了。'结果,晚上梦中得了一首小诗。"先生边说边书写在黑板上——先生保持着竖行板书的习惯,大多字还是繁体字,个别笔画多的就写成简体——

> 敢问花期与雪期,衰年孤旅剩堪悲。
> 我生早是无家客,羞说行程归不归。

我的心里一下子那么难受,看她小小的身体,怎么独自拉着行李奔波啊!后来又听她说,她需要一个打字的,还说,接下去要在 UBC 讲课。这使我很振奋。讲座结束时,我跑到讲台前,想仔细询问一下,但因主办方忙着收拾讲桌,我没能与先生搭上话。

接下来几天,我一从英文班放学,就往 UBC 跑,到了 UBC,那么多大楼,那么多院系,找不到先生讲课的地方。UBC 不像国内大学,一有名人讲学,满校园都是大红横幅标语,一下子就知道讲课地点了。后来,女儿给我出了个主意,说:"既然是教中文的,就去亚洲学系打听。"我按图标找到"亚洲学术中心",只见大楼前临路边草地上,错落放置了五块泰山石,上面分别刻着"仁""义""礼""智""信"五个汉字,院子里还悬挂着一口厚重的铜钟,安放着一座泰戈尔的半身塑像。

走进大楼,一层是图书馆,大厅里悬挂着一幅杜甫的《望岳》行草书法,署名范曾。门口是借书台,图书管理员在电脑前忙碌着,我看他是亚洲面孔,就用中文询问是否有叶嘉莹教授的诗词课程在此讲授,回答说已经放暑假了,没有什么课程。我想,既然来了,随喜参观一下图书馆也是好的。看指示牌写着二楼是中文图书,我爬到楼梯口一看,几千平方米的面积,满屋满架都是书,静静的不见一个人影。我看好多书还都是"文革"前的旧版,在国内没见过,我挑了一本钱穆先生的翻看,忽然听见窸窸窣窣的脚步响,我低头透过书架空格,隐约看到有人走过,侧影很像叶老师。我赶忙从书架后头转过去,只看到一个背影,穿一件秋香色西装外套,斜挎一个小黑皮包,右手掭着个书包,脚穿白色休闲鞋,摇摇摆摆的往外走,我赶忙放下书去追,可绕过两架书就失去目标了,找到楼下也没见踪影。一抬头看墙上钟表,下午一点十分,我不好意思问人家管理员,想着明天再来看个究竟。到了第二天,又是这个时辰,又那个身影掠过,我忙追着喊:"叶老师?"但那人头也不回,背影一晃又消失在书架丛中。——后来才知道,先生因年纪关系,背后的声音几乎听不到——我揉揉眼睛,环视周围:书架森立,悄无人声。我不禁心头发虚,刚才看到的是真是幻? 让我想起《聊斋》里那个会隐身书中的仙女。我定定神,下楼去问管理员,有没有看见一个老太太下来,是不是叶嘉莹教授? 话音刚落,门口一位男士,"腾"地冲到我跟前,说:"找叶老师吗找叶老师吗? 她刚下来洗手去了。"我吓了一跳,抬头一看,此人秃发黑面,圆头宽嘴,鼻架高度近视镜,身穿廉价旧西装,黑袜子穿了双白球鞋,一口土音浓重的普通话,说完还舔了一圈嘴唇。我又惊又喜:"啊,是吗? 那您是?""我是从国内来访学的,姓李。叶老师每天来图书馆读书写东西,中午下来休息,我跟叶老师一起吃午饭聊天,欢迎你参加。""哎哟,感谢感谢,李先生!"我终于找到"组织"了。

我随小李来到地下一层的教工休息室——怪道我找不见人呢,原来是进入"地下"活动了——这里是他们每天中午吃饭的地方。休息室面积不大,陈设简单却实用温馨,沙发、茶几、餐桌、座椅,摆放随意却整齐有序。周边墙上悬挂着历届毕业生的照片。靠里面有间小厨房,微波炉、咖啡机、电水壶、杯盘碗盏、刀叉筷子,以及胡椒、白糖等一般佐料,都很齐全。纸巾是卷装的,从墙上纸巾盒里抽出来,用着很方便。靠厨房门口有张小桌,旁边座椅背上搁着那眼熟的书包,这便是叶老师的座位。

说话间,叶老师洗手回来了,下台阶时,脚步还很轻捷呢! 小李说明我寻找她的原因,叶老师说:"不是在这里讲课,是七月份在 Langara College 的岭南长者学院讲。"小李指着我说:"她也是您的'粉丝'呢,能不能一起来吃饭聊天?"我紧张地看着先生的脸,生怕她回绝,同时发现先生的眉弓挑得很高,很干练的样子,只听到先生说:"好啊,多一个人吃饭热闹。"我高兴得只顾点头,也没注意先生吃的什么。我给先生大致讲了我的情况,对先生之前讲座的感受,表达内心的敬仰之情。先生也告诉我她在温哥华的日子,只要没有其他事情,一般都是在这个图书馆度过的。她在家吃过早点,收拾书包,做好便当,上午十一点左右自己开车来学校。在图书馆二楼,有一个专属她的小房间,她自己在里面看书,找资料,写文章。工作到一点或一点半,告一段落,准时下楼吃午饭。而我呢,十二点从 VCC 放学,乘 99 路车,正好能在一点钟之前赶到这里,跟先生一起吃午饭。小李拿出随身携带的相机,说:"拍照拍照，这是王老师的幸福时光。"于是，就在小饭桌前，先生坐在椅上，我半蹲在先生膝下，犹如祖孙相依，将那美好的瞬间定格在六月十五日。

从 6 月 15 日这天起，到 9 月 17 号先生回南开止，只要没有其他事情，先生一定和我们共进午餐。若有事，先生也会提前一天告知，让我们不必等她。先生平等体贴他人之心，由此可见一斑。

先生办事都有自己的程序，但凡下得楼来，把书包往座椅上一搁，就去洗手，回来就把电水壶烧上，撕块一尺见方的餐巾纸铺在桌上，掏出便当盒打开。我有时早到了几分钟，先生还没下来，我就先把水烧上。先生不喝咖啡，不喝茶，也不喝果汁，只喝白开水，而且喜欢喝自己烧的新鲜水，不喝瓶装水。我有点感到意外，因为大家都以为瓶装水干净、安全又方便，而先生在海外生活多年，早应是"全盘西化"了。先生却说："瓶装水经过很多人工处理，我怎么知道那瓶里装的是否安全？早些年我回国，有一次参观大寨，接待人他们招待我时给我一瓶汽水，我看到旁边有一锅小米粥，就说：'我要喝小米粥！'"哦，先生的饮食习惯这么传统！这一瞬间，先生仿佛成了邻家普通老太太了，与先生谈论学问时的那种"超凡脱俗"又大不一样了。

先生不怎么吃肉，她说她的体质不大适合吃肉制品。又为了节省时间，就做一个素三明治当午餐。烤两片面包，抹上花生酱，中间夹片素鹅——就是台湾风味卤制的豆腐干。佐餐的是一小盒开水焯过的切成小块的杂拌蔬菜，诸如红萝卜、芹菜、苦瓜什么的。餐后水果，常常是一个剥好的橙子。最后，有一个白水煮的鸡蛋。为啥最后才吃鸡蛋呢？因为早上带来的鸡蛋已经放凉了，吃饭前，先生要把鸡蛋放在热水杯里浸泡，等吃完三明治和蔬果，鸡蛋也温热了，这样吃起来就不会伤胃了。餐后洗干净饭盒，还要在里面放一片餐纸以吸收残余水汽，便不会产生异味。用过的塑料袋，也随手翻过来，准备明天再用。铺在桌上的餐纸，也要留着擦拭餐后的桌面。有一次，我替先生收拾杯子，顺手把餐纸扔了，先生说："物尽其用，再小的物件都得实现它的价值才好，'铅刀'还'贵一割'呢！"

我看先生几乎天天吃橙子，都已经是夏天了，果肉有些干，不够水灵。我就问先生："温哥华水果这么丰富，为啥不换换口味呢？"先生说："第一是吃橙子省事，二是我年轻时在台湾拉过一次肚子，很久很久才好，所以，看到葡萄、蓝莓这些皮上带有果蜡、果霜的水果，总觉得洗不干净，不敢生吃，要吃也得先放到开水里煮一下，或者煮成果汁喝。""那香蕉多省事啊，怎么也不见您吃呢？""我不觉得香蕉是水果，跟没水分似的。""那您总吃三明治，不觉得吃腻了？"先生说，有一次，也是她的一个学生，假期里，要求陪她读书吃午饭，每天先生给自己做一个三明治，给学生做一个，吃了不到一周，学生就受不了了，跑了。说着，先生用下巴点点桌上的餐盒："我意不在此。焯的这些个菜，也是淡而无味，没放油盐的，我不在乎这些个。我也不是不能做，年轻时给孩子们擀面烙饼，什么都做。擀的面叫'面条'，老北京的做法，把面片擀得厚薄均匀，切成条，顺手一扭，摊在面板上，再抻成尺把长下锅。为啥非要扭那一劲儿呢？扭一道劲，拉得长，不容易断。"哦，我心想：啥时有机会让先生露一手给我们瞧瞧。果真的，到了翌年初夏，先生米寿前夕，我请先生到家里，和朋友们一起吃长面为她暖寿，先生还真的挽起袖子，擀了一剂儿"面条"，我还录了一段精彩镜头呢。

有一次，先生果蔬盒里终于换了新品种，底下是海带丝，上面是切成月牙块的苹果。先生拿起小叉子，很灵巧的把苹果块拨到餐巾纸上。我问："这是干吗？""先把底下碎的剩菜吃完再吃苹果呀。""嗯，先生，您可真是利索呢！"先生头一扬，下巴颏娇娇地一点："你还没看见我年轻时候儿，那才利索呢！"我自然信服那是真的，但心里觉得先生这样表情很是可爱，不禁笑道："哎哟喂，说您胖您还就喘起来了。"先生宽怀大度，不以为忤，也笑了。由此，我注意到先生的一双手，长得真是纤巧，十指尖尖俏俏，稍稍留了一点指甲，修得细致清爽，说话时辅以得体的手势，灵活自如，光看手就知道是个聪慧的美人。先生很注意保护牙齿，吃过饭一定立马去漱口，漱口回来用餐纸把手擦擦干。有一次，小李看着先生的手犯傻气："叶老师叶老师，您的手指怎么长得那么细长？"我赶忙抬头看先生的脸色，怕她不悦，谁知先生一笑而答："这个么，不是我能决定的事情。"一句话，轻松逗趣又机智，我们三个都呵呵笑了。

和先生相对而食，近在咫尺，对先生的面容看得格外真切。先生的皮肤光洁红润，不杂一点点黑星星或老人斑什么的，比我们年轻人的气色还要好，透亮的光泽从皮肤里面发散出来，真如美玉一般。"无垢清净光，慧日破诸暗。"我只有用佛经里这两句才能描述得出。我看着看着不禁发痴了：八十八的人了，还这么美，这么纯，可想当年该是何等丰神俊姿摄人魂魄了！讲台犹如戏台，聚焦了全场人的目光，那言辞之美，仪表之美，风度之美，能不令座下弟子为之倾倒？况且讲的都是些缠绵悱恻的爱情诗词，能没有人爱恋追求？我一听先生讲课，心里都还激动不已呢，何况那年轻学子？"先生，年轻时，那些个学生没有写情书表露爱慕追求您的吗？我若是个男的，我是一定要追求的。"有一次，我问先生。先生左手拿三明治正往嘴里送，又是笑而爱娇地一点头："没人敢！"我脱口而出："那你要是个男老师，我一定嫁给你！"先生呵呵地都笑出声了，又起一小块红萝卜，说："给你们讲个故事。清朝的袁枚有个好朋友，也是个很有名的诗人，也有好些个弟子。这位夫子呢，学问也好，人品也好，长得也好。结果呢，他的几位得意门生都很倾慕自己的夫子，私下里相约发誓，来世要变成女子嫁给先生。诗人听说了，哈哈大笑，还写了首诗回应这一番美意。诗是这样写的：

飞来绮语太缠绵，不独青娥爱少年。
人尽愿为夫子妾，天教多结再生缘。
累他名士皆求死，引我痴情欲放颠。
为告山妻须料理，典衣早蓄买花钱。

先生按她讲诗词的习惯，先念一联，再讲解一联，讲完后，笑吟吟地继续吃那一小块萝卜，我和小李边听边笑，把我笑得脸都涨红了。看来世上不独我有此痴念，古人早也有之。

回到家，我上网一查，原来是被袁枚称为“生平第一知己”的张船山夫子的一段趣闻。现把第二首也缀后，供大家一笑：

名流争现女郎身，一笑残冬四座春。
击壁此时无妒妇，倾城他日尽诗人。
只愁隔世红裙小，未免先生白发新。
宋玉年来伤积毁，登墙何事苦窥臣？

先生胸蕴锦绣，咳唾成珠，几句闲话，也能引出来一连串掌故，一个小小话头能列举数个史例。问题再小，也讲得明白透彻。若留心探求，必能从中得到诸多学识。像这些谐趣的故事，在一般讲座中是根本不会涉及的，而我有幸得闻，由此也见出先生的性情之真。这大概与先生长期在国外，没有经历国内“文革”之祸，有幸保存了人性圆润之美不无关系！

有一次，小李说起陈寅恪的“恪”字，国内学术界流行读“què”，可查遍字典只有“kè”音，究竟是读“kè”还是读“què”呢？先生说：“我在辅仁上大一时，上过余嘉锡先生的课，余先生是湖南人，发音也读‘què’。其实古人也有这种现象，你说是读钟嵘‘róng’呢还是读钟‘héng’？你说是读岑参‘cān’还是岑‘shēn’呢？我在以前讲课时都曾讲过，今天来不及细说，顺众而读罢。”①

渐渐地，我们午饭休息的时间越来越长，从十几分钟延长到半个多小时。加上我帮先生打印讲义，有关诗词的格式以及繁简字转换以至于标点符号，先生都趁饭后空闲，就手在餐桌上一一指点修正。讲课的内容涉及到哪里，先生对我的指导也到哪里，不懂的地方就

① 近读蔡仲德《陈寅恪论(上)》(《南阳师范学院学报》2003年1期)，其中注文说：“有必要指出，陈寅恪之‘恪’，长期以来的通行读法是‘què(却)’，但这其实是一种误读，正确的读法应该是‘kè(客)’。根据之一是赵元任《忆寅恪》，其中说，陈寅恪自己对‘恪’字的拼写是‘ko’，而‘却’或‘怯’则是误读(社会科学文献出版社1999年9月版《追忆陈寅烙》22页)。根据之二是杨君实《陈寅恪先生的两篇英文论文》，其中说，‘陈先生这两篇文章的署名是TschenYinkoh，署名之后又有一括弧[CH’enYinK’o]。Koh或K’o发音均为“客”，可见“客”音是陈先生自己认可的’(见《追忆陈寅恪》360页)。”

提前请教。比如下节课要谈到诗歌的吟诵,讲义上要标画诗句声调的平仄,这都需要先生先给我讲明,我打出草稿来,先生再用笔改正,我再试着读诵,先生侧坐在旁看着,头微微俯过来,手指还轻轻叩打着桌面作节拍。我眼角余光刚好看到先生的耳轮(它平时藏在浓密蓬起的短发后,即便是对面也难看到),那耳轮精巧莹润,耳垂儿厚嘟嘟的,顺鬓发溜垂下来,像一颗饱满的珍珠——先生真是修行得道的菩萨般的人物啊!我的心里又是一阵热流汹涌的激动。

我们的餐桌虽小,气场却很强。午饭期间,也有亚洲系其他教授过来,或加热食物,或喝杯咖啡,有熟识的便过来攀谈,致以问候。间或有学生、朋友闻名来访,也在这间休息室相见会谈,真个是"谈笑有鸿儒,往来无白丁"。八月里,国内某知名电视台专程为先生录制节目,这张小餐桌也上了电视镜头,我和小李也借光露了一小脸,使这温哥华美丽的夏日午餐留下了永久的纪念。摄制组先拍了 UBC 外景,拍了先生家里的座谈,以及先生怎么开车来学校情景等等,中午来休息室拍我们的午餐。先生头天告知我们,该带啥饭带啥饭,该怎么吃还是怎么吃,跟平常一样。我问先生:"化妆不?"先生说:"我从来不化妆,该是什么样就什么样。"真个的,第二天中饭时,我看先生从楼上下来,穿的还是那套秋香色的西装。

休息室里,已经摆好了几台摄像机,镜头灯光都对准小餐桌。餐桌上摆的还是素火腿三明治,一小盒果蔬。我问先生鸡蛋在哪里,先生说煮是煮好了,一拍她开车就忘了带了。节目主持人是位漂亮知性的年轻女子,在我们三个照常吃饭聊天的当儿,她问了一些问题,如问先生啥时候来 UBC 任教,教了多少年,哪一年回国,至今又是多少年,跑来跑去的,跑到啥时候,等等。当谈到最后一个话题时,先生正拿着餐盒去厨房,她"忽"的一个转身说道:"能跑一年是一年,跑不动了留到国内,继续做能做的事情,临了是'纵浪大化中,不喜亦不惧',我是'独与天地精神往来'。"话语间带着那种果断利落的气势,跟平时和我吃饭时说话的语调迥异,说得我身上汗毛都一凛一凛的。先生回到座位上,继续说:

"我是经过许多不幸的,而大家看我还都很好。人是要在痛苦不幸之中学习的,就是因为你经历了这么多不幸和痛苦,所以你才知道,你个人是短暂的,你个人的生命、家庭都是短暂的,都是无常的。所以我才把我的退休金拿出一半,在南开(大学)捐献作奖学金,成立了研究所。只有我们的文化、文化的传承是长久的。我还记得我的老师说过两句话,'以无生的觉悟做有生的事业'。因为我'无生',所以我八十岁还愿意不远千里,搬着那么重的行李跟书,跑到这里来教书,是'以无生的觉悟要做有生的事业,以悲观的体验要过乐观的生活'。个人是短暂的,只有我们的文化是长久的。我遗嘱上都安排好了,如果有生之年还有钱留下来,统统都给奖学金。"

这一席话，声音也不甚大，只是语气急促点，却如金石掷地，铿然有声，是我以前闻所未闻的。平时讲谈时的语调如点点水珠，虽说每一滴水珠都能反映出太阳的光辉，却柔和而细碎，而这一席话，犹如正午阳光照耀下的山中天池，天光云影，宽广坦荡，带着宗教般的圣洁和殉道般的虔诚。我想，这些问题应是先生深思熟虑过的吧！

九十年的漫漫人生，五浊恶世的磨难，非但没有污损先生，反倒使先生像经过层层沙石过滤后而越发纯净的山泉之水，一路蜿蜒，汇聚成池，澄澈辉映，庶几大成，臻于圣贤仙佛之境。

女主持最后还问了一个问题："叶老师，您讲过这么多诗人，最喜欢谁啊？"先生正吃橙子，把头朝我一点："你问她吧，她成天看我的书，她都知道。"我知道先生午餐时间已过，又将回到楼上图书馆去休息和工作了。

其实，但凡读过几本先生的书，听过几节先生的课，就知道先生不止一次谈过她赞赏的几位大诗人，如陶渊明、杜甫、李商隐、辛弃疾，都是她所爱赏的作者。有一次她与台大的林玫仪教授一起参加稼轩词的会议，在火车上林玫仪问起她：在古代这么多诗人词人中，你觉得有哪一个你愿意跟他交朋友，跟他一起生活呢？叶先生想了半天，说还是稼轩。为什么这样说呢？因为像杜甫这个人，他的诗忠爱缠绵，很了不起，可是这个人好像古板一点；李商隐诗虽然叶先生一直很喜欢，可是李商隐的诗可以欣赏，但李商隐这个人又太忧郁了一点；所以想来想去辛弃疾这个人不但词写得好，而且这个人在生活上也是个很有情趣、很有办法的人。我每听到先生如是评论辛弃疾，就恨不得当个穿越时空的"红娘"，替她痛痛快快说出来："就是喜欢辛弃疾了呗！"浩渺太空，精微宇宙，怎知不能在百年之后，某个星球之上，和心灵早已相知的人相逢呢？"天池若有人相待"，那是一定有人在等您的。但我终于没能说出来。因为我深知先生决不同意我的想法，因为先生之评说古人诗词，是超越男女之性别的，所以痖弦先生说她是一个穿裙子的士。缪钺先生当年初读《迦陵论词丛稿》就曾经以为作者是一位男性的学者。叶先生的一个学生曾说女人是花，男人是树，而先生则已经由花变成了树。也许我们可以用席慕蓉女士的一句话来形容她，那是"一棵会开花的树"！

小小的休息室，桌上食物不算精美，周围陈设不够华丽，但因有了一个美丽的生命，使这里的一切都映射出美丽的光彩。我虽不能朝夕伴随先生，也未能登堂入室做受业弟子，但佛光普照，只要有一丝光触，就会激活一颗生命的种子。"物缘有尽，心谊长存"，不管跟先生的缘分是深是浅，那个暑假伴随先生左右，聆听先生教诲，与先生共进午饭，那情景，将永远留存在我记忆的深处，成为我生命的珍宝。

诗词大家，良师益友

——记我与叶嘉莹先生的相识和师生之谊

王玉明（清华大学机械工程系）

欣逢叶嘉莹先生九十华诞，我谨以弟子的身份表示最衷心、最热烈的祝贺！

叶先生自幼聪慧，家学深厚，得名师真传，从十五岁起至九十岁的今天，一直走着她毕生追求的诗词之路——将创作、赏析、评论、研究和教授、传播融为一体，是享誉国内外的国学大师和诗词大家。我对先生仰慕已久，能够结识先生并得到先生的教诲和鼓励，是我的善缘。

我第一次见到叶嘉莹先生是在 2008 年 12 月 20 日上午中华诗词终身成就奖颁奖典礼上。叶先生上台领奖，我在台下得以一睹先生的奕奕神采。尽管会后我还和叶先生等与会代表一起合过影，但当时叶先生并不认识我。

我第一次结识叶先生是在 2010 年 1 月 30 日。那天上午，来自清华大学天津校友会和北京大学天津校友会的两校一百多名校友，共同聆听了叶先生讲解北宋词。我当时是清华大学天津校友会的会长，刚从深圳大亚湾核电站出差归来，一下飞机就直奔讲座现场，带着行李走进了教室来聆听先生的讲座。会后两校校友会向叶先生赠送了纪念品，并共同宴请了叶先生。我和先生在同一桌吃饭，有幸第一次近距离地结识叶先生。

我后来先后将自己的两本诗集和一本影集送给叶先生，得到先生的高度赞许。叶先生也将其《多面折射的光影——叶嘉莹自选集》和《迦陵诗词稿》等大作赠送给我。

先生诗论、词论融贯中西，精辟透彻，细微深入，见解独到；其创作更是各体兼擅，包括古体诗、近体诗、令词、慢词、散曲、联语、骈文、歌词等等。这与某些中文学者、教授只能评论、研究，不能或不善诗词创作，只是学者而非诗词家，有很大的区别；与那些不懂、甚至否定现、当代诗词的文学学者、教授更是有着天壤之别。我以前在其他场合曾多次说过，假如闻一多不作诗，朱自清不写散文，都只作教学和研究，其在中国现代文学史上的地位有那样高、在群众中的影响有那么大吗？

　　叶先生的诗词风格兼具清丽高雅与深沉凝重,动人心魄,感人至深,引起我极大的共鸣。我尤其喜爱《迦陵诗词稿》一书,出差时常常带在身边,在候机室、飞机上抽空拜读,受益匪浅。叶先生近来说我的诗词创作水平有明显提高,这也许与此有关吧。我有一个观点:文学艺术欣赏的关键在于"共鸣"二字。一首诗词,一曲音乐,一本小说,一出戏曲或者电影、电视剧,一幅字或画或者摄影,如果能够拨动你的心弦,产生共鸣,得到审美的愉悦,就是一种境界,一种高雅的境界。我欣赏叶先生的诗词就能产生这种共鸣。叶先生的诗词不仅与其高深的学识和聪慧的心性有关,更与其丰富的人生阅历直接相关,一般人是难以达到那样的高度的,包括我自己。

　　后来先生在北京的几次诗词讲座都邀请我参加,包括在国家图书馆给副部级以上干部作的讲座。特别是 2011 年 11 月 9 日先生在清华大学经管学院报告厅作《我的诗词家国》讲座时,座无虚席,许多人连站的地方都挤不到,杨振宁先生和我应叶先生之邀在前排就座聆听了先生的讲座。会后我写了 6 首小诗赠送先生:

应邀聆听迦陵先生讲座《我的诗词家国》有感

之一

千载莲实百岁华,风狂雨暴挺尤嘉。

国家不幸诗之幸,当代易安人尽夸。

之二

凤凰树碧发猩红,苦雨凄风催转蓬。

莫道芳心无觅处,佳诗偏自梦中生。

之三

半生风雨喜虹来,转瞬谁知丧女哀。

旧恨新愁何所寄,诗人泪雨洒尘埃。

之四

国际蜚声汉学家,诗词质美似莲华。

情思涌处珠玑落,贝叶嘉莹万古霞。

之五

学子"粉丝"涌一堂,大师妙讲赞声扬。

传承文化基因事,功在千秋国富强。

之六

扁舟一叶任飘摇,誓达三山志未消。

夕照云天红似火,登峰吟唱月儿高。

叶先生在回信中说:"我虽因年老视力减退,不能久对电脑,但一直欣赏您的诗歌和摄影。……蒙您赠诗,愧不敢当。您的诗写的极好,多谢。"

这次讲座之后次日,杨振宁先生夫妇邀请叶先生在清华丙所共进晚餐,叶先生请我作陪,我也写了一首诗以示纪念:

陪叶嘉莹先生赴杨振宁先生之宴请于清华丙所

物理中文双子星,大师晤语细聆听。

人生运命随家国,幸甚今宵聚故京。

辛卯年十月十五月圆之夜

通过多次见面和书信交往,我与先生的师生之谊日益深厚。有一次见面时先生问我有没有别号,我说没有,我便请先生为我取个别号,先生欣然应允。当天晚上,先生就通过其助手张静博士用手机短信将其所赐别号发给了我。之后,先生于 2012 年 10 月 5 日又发来电子邮件,说道:"先后惠传图片多幅,皆已拜收,形象和意境都极为优美,非常感谢。我上次请张静奉告我为您取的别号韫辉,出于陆机《文赋》'石韫玉而山辉',可与您的大名'玉明'相配合,不知您以为如何?"对于先生所赐别号,我非常满意,感激不尽。我写了一首诗给叶先生表示感谢(见附录一),从此以后,我与先生的通信都落款"弟子韫辉"。

自从与先生结识以来,我每有诗词和摄影新作都选择性地发给先生。先生对我的摄影总是很共鸣,赞不绝口。例如,说我的摄影集《智水仁山》"精彩万分";收到我的摄影台历后,来信说:"日对大好江山,令人心旷神怡。快何如也。"对于我的诗词,有瑕疵之处即给予指正,而肯定赞美者居多。例如:我将"2012 年诗选"发给先生,先生回信说:"拜读大作,清新真切,俱属佳篇。""悼北川中学的《浪淘沙》(见附录二)是现代风格的古典诗词作品,写得亲切感人。《清华早春》(见附录三)写得清新可喜。惟峨眉春雪一首《浪淘沙》之'峨眉七上亦新鲜'的'亦'字,我觉得似可改为'总'字;'月也人间'这句话不妥,要再斟酌。"于是我就将"亦"改为"总";将"月也"改为"何似"(见附录四)。

又如:我将为清华大学核能研究院"虎峪清风"诗社准备的《诗词格律概要》的讲义发给叶先生之后,先生回信说:"所言格律大体不误,只有'渭城'的'渭'字应是仄声,您误标为平声了(见附录五)。您对格律讲得很仔细,对初学者很有帮助。"收到此信我非常感动,连这种讲稿先生都逐字逐句地读完了,我本不该出现的误标都被先生挑出来了。由此可以看出,先生一丁点儿大师、大家的架子都没有,真是令人肃然起敬!

谈到诗词格律,我想借此机会说些题外话。现在某些大学中文系学生甚至包括学古典文学的博士,都不懂得诗词格律,不用说创作,连欣赏古典诗词都不能领会其韵律之美,我认为这是中文系课程设置的一大缺憾。此外,据说还有那么一些占据高位、颇有发言权的文学专家、学者、教授,不知出于何种心态,闭着眼睛不顾事实,坚决反对现、当代诗词入史,武断地割断中华传统文化的基因,这更是一种咄咄怪事。这些观点我向叶先生说过几次,先生都表示认同。

此外,先生还多次对我的诗作、摄影给予认同、赞美和鼓励鞭策。例如:先生在信中说:"大作(指《现场观神州九号飞船发射》)(见附录六)气魄雄浑情意真淳,拜读之下,至为感佩。传下图片,情景难得。感谢无已。""大作'闽江'(见附录七)一诗,有结合古今之历史感。'天净沙'两首(指《海南夜色》见附录八),真率自然。有元人风致。都很好。""《萤火》(见附录九)二诗意蕴浑厚,极好。""沁园春'(指《南美奇观》,见附录十)气势雄浑,音调铿锵,自是一篇佳作。""香山诗(指《圣诞香山月夜有感》,见附录十一)意境极好。""大作四首(指《癸巳中秋既望海滨独步遐思》,见附录十二)意境高远,情辞兼胜,佳作也。"前不久我写了一首小令《浣溪沙·诗绪》(见附录十三),先后改了三稿,我自己和其他诗友当然以为第三稿最好了,因为修辞上完全符合了常规的对偶惯例。但不料先生却回信说:"此次所读三种词稿,私意以为仍以第一稿为佳。以其最为自然也。"可见诗词大家的慧眼与常人还是有区别的。

北京诗词学会会长张桂兴先生约我自选30多首诗词拟在学会的会刊《北京诗苑》"北京百家"栏目内发表。我将自选的32首诗词(见附录十四)发到了叶先生的邮箱,先生回信说:"所作皆有真情实感,远胜一般人浮泛之作,值得发表。"(主编最后选定16首,见附录十四中标题打＊者)。

我写诗词以新声韵为主,兼顾旧声韵,尽可能不矛盾,但偶尔也用旧声韵ㄖ的入声,这不妨美其名曰"两栖"吧;而叶先生是用旧声韵的,因此有时也需要沟通。例如,先生来信说:"'西江月(指《海南之春》,见附录十五)'自然生动,唯是'浑'字有平仄二读。'雄浑'之浑应读仄声,与格律不合,可再斟酌。"先生这是按古声韵说的,我以前真的不知道"浑"字在旧声韵里可读作仄声,以为新、旧声韵是一致的,都读作阳平。于是为了兼顾新、旧声韵,我将此句改为"雄柔交响是涛声"。此外,我写诗词偶尔也用现代词语,例如"醉氧沙滩卧",其中"醉氧"二字的意思是指:从高原等缺氧地区(我在此诗中是指雾霾天气多多的北京)突然到低海拔富氧地区后,有的人会有醉酒一样的感觉。因我没有注释,而叶先生对这种"新词儿"不了解,因此先生来信说:"《渴望》(见附录十六)一诗'醉氧沙滩卧'一句首二字是否为'醉仰'之误?"为了避免这种不必要的误会,我真的就将此句改为"醉仰沙滩上"了。

　　由以上部分例证可以看出,先生对我的诗词创作确实给予了非常具体、细致而深入的指导,热情的鼓励和鞭策,这也是我的诗词创作近年来有较大进步的重要原因之一。

　　能够得到叶先生这样的诗词大家兼国学大师做我的良师益友,使我感到很幸运,很亲切,很自豪。今天在我们共同庆祝叶先生九十华诞之际,请允许我对恩师叶嘉莹先生表示深深的敬意和感谢! 为此,我写了一首小词献给迦陵老师:

鹊踏枝·恭贺迦陵师九十华诞

　　兰蕙芳菲滋九畹。清丽诗词,四海吟声远。融汇中西通慧眼,大师赞誉寰球满。　　九十回眸行迹看,历尽艰辛,今昔沧桑叹。赤子归来弘大愿,复兴之梦云霞烂。

附录一:

答谢迦陵先生赠雅号"韫辉"并预祝南开大学"迦陵学舍"早日落成

——今日与迦陵先生及其助手张静博士共进午餐时,请先生有灵感之际赠余雅号.当日即收到张静博士来信云:"叶先生帮您想了一个雅号'韫辉',因陆机《文赋》有云:'石韫玉而山辉',与您的大名相契合。"余欣然接受并赋诗答谢。

> 赠余雅号启心扉,韫玉青山焕素辉。
>
> 米寿大师灵气贯,古稀弟子厚恩归。
>
> 半生舟楫飘沧海,百岁书庐结翠微。
>
> 诗赋精华寰宇布,白云红叶碧霄飞。

2012.9.26 夜

附录二:

浪淘沙·悼北川中学"5·12"地震死难师生

作于中国工程院机械与运载工程学部常委会于绵阳召开期间

> 校舍掩崩山,一刹之间。唯余球架与旗杆。千百师生埋没处,千古含冤。　惨状睹摧肝,涕泗涟涟。鲜花束束祭灵前。幸看新城新校建,告慰西天。

附录三:

清华早春

> 远山青黛碧云飘,水泛涟漪冰未消。
>
> 柳色鹅黄春意早,月光清冷夜空遥。

附录四:

浪淘沙·峨眉春雪

> 二月早春寒,油菜花妍。峨眉七上总新鲜。玉树琼花银世界,何似人间?　金顶峻摩天,冠领千山。普贤金像耀云端。佛子十方行大愿,四海平安。

注:金顶有碑文云:"峨眉者山之领袖,普贤者佛之长子。"普贤世称大行菩萨。

此诗经迦陵先生指正修改。

2012.2.23

附录五:

最后,举一个七绝失粘的典型例子,这就是被称为"阳关体"或"折腰体"的王维的《渭城曲》:

渭 城 朝 雨 浥 轻 尘，

｜ — — ｜ ｜ — —　＊（律句）

客 舍 青 青 柳 色 新。

｜ ｜ — — ｜ ｜ — ＊（律句，联内平仄相对）

劝 君 更 尽 一 杯 酒，（拗句，或以入代平，联间失粘）

｜ — ｜ ｜ · — ｜

西 出 阳 关 无 故 人。

— · — — — ｜ —　＊（律句，联内平仄相对）

附录六：

＊现场观神舟九号飞船发射

巨龙喷烈火，紫焰伴雷鸣。

金漠丹霞耀，碧霄银箭腾。

回眸三剑客，昂首众英雄。

华夏飞天梦，今圆盛世中。

附录七：

闽江忧思

石鼓敲秋雨，涌泉禅寺寒。

摩崖留旧迹，马尾忆先贤。

船政昨曾记，海疆今未安。

临风三叩首，泪洒众陵前。

2012.11.21

附录八：

〔越调〕天净沙·海南夜色（之一）

沙滩椰影花香，晴空新月星光。渔火清风细浪。人间天上，银河织女牛郎。

2012.12.17

〔越调〕天净沙·海南夜色（之二）

长湾灯火微茫，海空月隐星藏。风啸云飞潮涨。波涛鼓荡，滩头独自徜徉。

2012.12.18

附录九：

萤火

闪烁若星芒，熹微萤火光。

悠悠流水韵，袅袅梦荷香。

美丽唯一瞬，情思萦久长。

红尘弥漫处，苑隅作仙乡。

2012.7.18

附录十：

沁园春·南美奇观

伟秘人文，壮美山川，气象万千。似雷电轰响，晶崩玉裂，明湖浮动，瑰丽冰山。① 莽莽丛林，滔滔河水，百瀑争流千丈宽。② 疑天使，自琼霄飘落，却是飞泉。③

舟穿亚马孙间，密林里，犹遗印第安。④ 望耶稣山上，巍巍圣像，云端隐现，俯视尘寰。⑤ 宇内称奇，长城与共，险峻深山史迹残。⑥ 锺书卷，更何时遍览，世界奇观。

2013.2.13 于秘鲁马丘比丘

附录十一：

圣诞香山月夜有感（旧稿修改）

严冬深夜里，独自醉庭园。

厅内华灯幻，山间古柏恬。

风消云远逝，林寂鸟酣眠。

雪映天光澈，冰侵月影寒。

空灵心似水，静谧意犹禅。

宇宙思无限，人生珍百年。

2013.7.20 修改旧作

---

① 指阿根廷境内的莫雷诺和乌普萨拉等世界最著名的冰川，系世界自然遗产。
② 指位于巴西和阿根廷边界处的伊瓜苏瀑布，共有大小 270 多条，总宽度 2.7 千米，世界最大，系世界自然遗产。
③ 指位于委内瑞拉境内的安哲尔瀑布，亦称天使瀑布，其落差达 979 米，世界第一。
④ 世界新七大自然奇观之一的亚马孙河热带雨林深处尚有原始的印第安人。
⑤ 指里约热内卢基督山上的耶稣像，系世界文化遗产，与长城、马丘比丘等同时被评选为世界新七大奇迹之一。
⑥ 指秘鲁的马丘比丘，系世界自然和文化双遗产。

附录十二：

癸巳中秋既望海滨独步遐思（四首）

秋月升沧海，冰心系故园。

沙平波漾缓，细语似禅言。

人去潮升退，云来月晦明。

海中隐鲛泪，天上幻神星。

清气通心宇，空滩远雾霾。

风涛听愈寂，人月共徘徊。

桂阙寒冰锁，蓬山白露侵。

婵娟方入梦，仙客可沉吟？

2013.9.20 于昌黎黄金海岸

附录十三：

浣溪沙·诗绪（一稿）

尘事匆匆诗绪清，初冬独自故园行。枯荷萧索半笼冰。　曾记桃红春日里，湖波滟滟柳青青。缘何珠泪润双睛？

2013.12.7

二稿

尘事匆匆诗绪清，初冬独自故园行。残荷枯梗半笼冰。　曾忆桃红春梦杳，湖波滟滟柳青青。当年双袖泪痕盈。

三稿

尘事匆匆诗绪清，偷闲独自故园行。枯荷萧索半湖冰。　曾记红桃春梦杳，应怜华发暮云暝。悠悠箫鼓日西倾。

附录十四：

王玉明诗词选（三十二首）

*元旦

昨夜轻轻雪，今朝朗朗晴。

乾坤生紫气，万象焕光明。

*嘉峪关

遥望祁连雪，登临嘉峪关。

苍茫天地阔，思古忆烽烟。

圆明园黄昏

红日西山落，蛾眉托月魄。

金星烁似灯，夜幕笼归客。

*"四五"奇冤翻案有感

愁满关山怨满天，悲潮怒卷故园寒。

小诗曾向刀丛觅，千古奇冤案已翻。

伊战有感

"行道替天"人道否？两河烽火世人思。

可怜母丧童悲日，正是桃红柳绿时！

*采石矶怀诗仙李白

捉月台前明月光，大江东去莽苍苍。

幽思无尽徘徊久，此刻诗仙醉哪方？

*沈园怀诗翁陆游

赤心啼血念江山，旧梦牵魂泣沈园。

国恨情愁多少泪，一生唯有向天弹。

应邀聆听迦陵先生讲座《我的诗词家国》有感（六首选一）

之二

凤凰树碧发猩红，苦雨凄风催转蓬。

莫道芳心无觅处，佳诗偏自梦中生。

*海滨漫步遇雨

漫步沙滩夜赏潮，流云忽作雨儿浇。

何妨吟啸享天浴，转瞬晴空月正高。

*我心飞翔

既然寻境界，何必避风霜？

暮揽关山月，朝吟天海阳。

潮平涛有寂，心静宇无疆。

冰雪崖礁立，云霄逐鸟翔。

清华园

故园锺水木，学子性灵高。

气爽青山近，月明沧海遥。

银萤辉草露，香雾笼莲桥。

晓日重楼耀，烟霞流碧霄。

＊现场观神舟九号飞船发射（见附录六）

故园

应中国工程院院士书画社西安碑林笔会之约而作

九州春雨沐，古树绽新花。

太白千秋雪，秦川万丈霞。

中华兴有道，环宇乐无涯。

黄帝神舟驭，欣然访故家。

＊云南映象

混沌初开日，祈神拜祖先。

长歌惊肺腑，劲舞动山川。

炽烈情郎抱，婀娜孔雀旋。

原生粗犷美，一醉彩云南。

南海抒怀

椰风撩鬓发，春意醉容颜。

雪浪连天涌，云霞入海燃。

花香引诗绪，涛韵动心弦。

静夜银滩上，尤怜月似镰。

圣诞香山月夜有感（见附录十一）

幽谷临风

1962年学生暑假期间作于清华大学三堡休养所

初浴晚风凉似水，一天暑气顿时消。

泉声清朗云亭寂，山影苍茫星汉高。

袅袅幽香神邈邈，飘飘萤火夜迢迢。

更深露重归犹恋，九曲溪流入梦遥。

万里长城

老龙头下浪淘沙，万里长城赤子家。

沧海痴寻三岛客，苍山醉赏四时花。

雪峰银月前朝梦，大漠黄河千古霞。

嘉峪关西红日落，风光满眼境无涯。

荷塘幽思（四首选二）

*春思

已是仲春犹夜寒，丁香花盛气清甜。

蟾宫有泪莹光冷，水面无风月影圆。

恩泽举头朝塞北，诗情瞑目忆江南。

恰逢三五团圆日，如此良宵不忍眠。

注：塞北和江南均为泛指，塞北实际上是指我的故乡吉林省，是对我恩泽极深的慈父母的安葬之地。

*秋思

竹影森森莲影残，清凉月色满荷园。

冰轮移过孤枝际，觉悟萌生逝水前。

宇宙零源何物有？菩提非树岂尘缘？

无穷奥妙生灵蕴，小小寰球运九天。

访俄有感

久怀敬慕访俄乡，原野茫茫秋叶黄。

大帝宫前长跃马，女皇花径尚留香。

强梁深陷销冰土，巨霸分崩争沃疆。

墓内哲人惊梦否？卧听闲话叹兴亡。

*感赋

岁月悠悠去似梭，童心白发且高歌。

流霞渲染知华丽，落叶飘飞悟洒脱。

荒漠苦征甘寂寞，青山奋步喜巍峨。

工程科技勤求索，摄影吟诗乐趣多。

浪淘沙·悼北川中学"5·12"地震死难师生（见附录二）

*浪淘沙·钱塘潮

高岸眺东方，天海苍茫，遥遥一线闪银光。壁立涛头来近处，雷暴风狂。　　　雪浪卷秋霜,野阔天长。波澜直溯富春江。千古英雄豪气聚,凝作华章。

*清平乐·繁星

繁星璀璨,神秘苍穹看。银汉迢迢涵亿万,河外星云无限。　　茫茫宇宙知难,休言身后身前。生命何其珍贵,火花一瞬之间。

行香子·良宵

天海霞烧,人面红娇。望岛礁、一叶舟摇。黄昏转暗,夜幕合霄。正风儿轻,云儿淡,月儿高。

情思缕缕,子夜迢迢。休辜负、如此良宵。义山诗悟,清照词敲;步云南歌,江南曲,岭南箫。

*踏莎行·黄果树瀑布

雨步花溪,晴游瀑布,万斛天水飞龙吐。溯流直上更游仙,扁舟明夜银河渡。　　北海波涛,南山竹树,洞庭秋草鄱阳鹭。徐侠胜迹我今超,蓬莱东去无多路。

注:徐侠指徐霞客。"斛"字按新声韵取平声。

*西江月·《良宵》

水面银涟光闪,蟾宫金桂香飘。《良宵》相继《月儿高》,妙韵云天缭绕。　　《康定情歌》声近,《小河淌水》音遥。乘风归去怯清寥,还是人间美好。

西江月·中秋夜

清华园2010年被福布斯评为世界上十四个最美丽的大学校园之一(排名第七,亚洲唯一),其近春园遗址即荷塘尚余对生态环境要求颇高的萤火虫,余极为爱怜。可惜有人违反规定在夜间借助手电筒(即所谓"渔火")捕鱼捉虾,破坏生态环境,余多次劝阻无效,甚为遗憾。

未了亭亭荷韵,新添簌簌杨声。中秋云翳月朦胧,别样清寥意境。　　且劝池塘渔火,应怜丛草孤萤。盘桓丘上抚青松,不是陶公身影。

注:荷塘有高大的白杨树十九棵,秋风吹动,簌簌有声。"陶公"指陶渊明,其《归去来辞》云:"景翳翳以将入,抚孤松而盘桓。"

*沁园春·雅鲁藏布大峡谷

雪域高原,邃谷洪流,咆哮奔腾。看雅鲁藏布,险超万壑;南迦巴瓦,秀冠千峰。壮丽江山,深情赤子,长啸临风热泪盈。遍寰宇,问谁堪媲美,华夏奇雄?

频频仰望苍穹,见座座神山矗碧空。慕冰川绒布,玉清尘念;圣湖纳木,醇澈凡瞳。布达拉宫,云端参拜,雪顿巡行哲蚌中。礼佛际,念藏胞携我,兄弟情浓。

注:(1)雅鲁藏布大峡谷和南迦巴瓦峰在《国家地理》杂志社"选美中国"的评选中,分别为中国最美的

"十大峡谷"和"十大名山"之首。(2)雪顿节是西藏盛大的礼佛节日,其时在哲蚌寺的山坡上展出巨大佛像(唐卡),俗称"晒佛"或"展佛"。当时我随众人沿顺时针方向绕佛像巡礼一周之时,因不适应高海拔缺氧环境,爬山时颇为吃力,一位藏族女大学生和一位藏族老大爷先后主动来搀扶我走完全程,我被感动得泪流满面,并应邀到藏族老大爷家里共进午餐,接受其赠送的珍贵哈达。

〔越调〕天净沙·荒山月夜

1975年冬末作于"四人帮"疯狂地"批林批孔批周公"之时

荒山孤月寒星,疏林衰草残冰,苦旅凄风清影。春光入梦,红桃绿柳黄莺。

〔越调〕天净沙·胡杨林

晨曦落月朝阳,黑河红柳胡杨,雁阵晴空沙岗。秋风塞上,销魂金叶飞扬。

附录十五:

西江月·海南之春

润物无声春雨,拂人著意晨风。林间宛转鸟争鸣,唤醒昨宵清梦。　　雨霁云飞浪涌,日辉草碧花红。雄柔交响是涛声。胜似蓬莱仙境。

2013.2.26

附录十六:

渴望

醉仰沙滩上,乾坤一览中。

层层天际浪,阵阵海滨风。

竹秀临窗碧,花娇入梦红。

京华回首盼,何日雾霾清?

2012.1月春节前夕于三亚

谈诗忆往记前尘

——我大学时代所认识的叶老师

吴宏一（台湾大学中文系）

前　记

　　去年 11 月底，叶嘉莹老师应台北趋势教育基金会及大块文化出版公司之邀，来台湾访问二周，公开演讲并举行新书发表会。前者我因适往港澳开会，无法出席，后者虽曾赶回参加，并于次日至台大尊贤会馆探访，但都因行程已定，无暇长谈。不久，我接获南开大学通知，将于今年 5 月中旬为叶老师办九十寿庆学术研讨会，高兴之余，赶快报名参加。正研拟题目时，却因肠胃病发，入住台大医院。今年 1 月初出院后，一直在家疗养，并须定期复诊。医嘱 5 月 19 日吹气检查，如果无事，始告完全康复，可以远行。因此 5 月中旬叶老师的九十寿庆，我恐怕无法亲身参加盛会了。所幸 1 月间，我曾抱病勉力撰成《谈诗忆往记前尘》一文及贺词一首，并已寄呈叶老师过目。叶老师略加删订后，附了下列几句话："你的文稿唤起我不少珍贵的回忆。师弟之情，良可怀念。回忆前尘，竟已五十年之久。五叶之颂，尤为心感。"使我读了，不觉感动泪下。因此，我决定今日作最后的文字修订，同时在台湾发表这篇文章。(2014 年 3 月 31 日)

一

　　"谈诗忆往记前尘"，是叶迦陵老师的诗句。我借以为题，来追忆师从她的一些往事。希望一方面能描述叶老师早年讲学的思深感锐和神情风采，另一方面能呈现叶老师平常为人的圆融平淡和坚毅卓绝。

二

我于1961年夏天考上"国立"台湾大学中文系,9月注册入学。当时的系主任是台静农老师,系中教授包括毛子水、董作宾、戴君仁、郑骞、屈万里、王叔岷、董同龢、许世瑛、李孝定等,都是学有专精、可以独当一面的名师鸿儒。叶老师和廖蔚卿、叶庆炳、张亨等人同辈,都是比较年轻的副教授,负责"大一国文""历代文选"之类的课程。叶老师除了在系中开设大二的"诗选和习作"之外,负责的就是中文系的"大一国文"课,每周四小时,排在周一和周四的下午。所以开学上课的第一天,我就见到了叶老师。

不过,在进入台大中文系读书之前,我对台老师、叶老师等人,却早已久仰其名。原因是我念高中时,爱好写作,常投稿报章杂志。有一天,在台大学生社团刊物《海洋诗刊》上,看到公开征诗比赛的广告,立刻写了一首《秋之独语》参加,想不到竟然得了第二名,有一笔不菲的奖金。这对一个高二学生而言,是一大荣誉,对写作而言,也是莫大的鼓励。因此我细看该期诗刊,注意到评审委员是以下四位教授:台静农、毛子水、张敬和叶嘉莹。我牢牢记住这些陌生的名字。我的高中英文老师陈昌裕知道了,除了恭喜之外,还说他认识台老师,特地介绍台老师在四川白沙的一些经历,并且鼓励我报考台大中文系。本来家人是希望我读师大,因为是公费,而且毕业后即可当中学老师,职业有保障。然而,就因为这一段因缘,竟然使我决定改以台大中文系为报考大学的第一志愿,而且一年后顺利地考上了。更令我惊喜的是,我入学注册时,选课要系主任签署同意,就见到了相貌堂堂的台老师,望之俨然,即之也温。觉得系主任的长相,本来就理当如此。同时上学的第一天,也见到了心仪已久的叶迦陵老师。

记忆中,叶老师的最初印象是:梳菩萨般的高髻,穿浅蓝色的旗袍,高佻而瘦,仪态端庄,一口地道的北京话,字正腔圆,清脆动听。她的神情风采,与众不同。当她第一次面带微笑款款走进教室,我但觉眼前一亮,用我当年所写的新诗来形容:仿佛见到在水一方的伊人,正从《诗经·秦风》中走来,仿佛见到降兮北渚的帝子,正从《楚辞·九歌》中走来。当她站立在讲台上,又觉得她像杜甫诗中日暮倚修竹的空谷佳人。坐在我旁边的叶新云同学,也说有类似的感觉,觉得叶老师仿佛刚从古典诗词中凌波而来。

第一次上课,叶老师只说"大一国文"上学期采用的教本,是中文系统一编选的《史记读本》,同学可以自行到学校福利社购买。然后出了一个题目:"我的第一次……"说她兼任我们这一班的导师,要我们堂上作文,借此认识同学的志趣和生活风貌。以前在中学时,作文题目都是固定的，多属论说文，而且规定要用毛笔写，字迹不可潦草。叶老师说钢笔、原子笔都可以，而且题目只要在"我"的范围内即可，至于"第一次"做些什么，同学可以自我选择，自由发挥。当时台湾地区的教育环境，是比较保守、制式的，叶老师的第一课，立即博得同学们的好感，让大家省思到：现在是大学生了，跟以前不一样，开始要懂得自我选择。

第二次上课，叶老师先逐一唱名发还作文。以前中学老师修改作文，喜欢增删改订，只在文末写个"通顺""清劲可诵"之类的评语，叶老师不一样。她在认为佳句的旁边，密密加圈，到处有眉批、夹批，语多鼓励，对于需要修改的字句，也只提出修改的意见，而不是径予改定。例如我写的"莫明其妙"一语，她只批道"用明字亦可，但习惯上作莫名其妙"。这种修改作文的方法，后来我在教学时一直模仿沿用。

发完作文，她才开始讲《史记》。读其书，不可不先论其世、知其人，所以她先从司马迁的时代背景及家世生平说起，然后才依序讲《项羽本纪》《淮阴侯列传》等篇。她讲课时，通常左手拿着教本，教本压在唇下胸前，很少看书，右手除了偶而拿粉笔在黑板上写几个关键词以外，通常随着所讲的内容而有不同的动作。有时是婉转的莲花指，有时是绰指叱骂的手势，有时打恭作揖，有时抚胸捧心，甚至有时候会顿足踢脚，完全配合书中人物故事的情境，而有不同的神情姿态，可谓完全融入其中。更可贵的是，她不但口才好，全神投入书中的情境之中，对听者有强烈的感染力，而且在感动触发之余，还能表现出思想的深度，这就是我上文说的"思深感锐"。例如她讲《项羽本纪》《淮阴侯列传》等篇，会引用西方的学说理论，分析人的性格有悲剧性格与成功性格两种，前者任性自我，往往纯真误事而不自知，后者理性客观，每能衡量时势而把握机会。前者虽有才力而多以悲剧收场，后者能屈能伸，常常转危为安，终于成功。项羽、韩信属于前者，刘邦则属于后者；前人评《红楼梦》，所以有"黛玉似项羽""宝钗似刘邦"之论，即因此故。他们的失败或成功，其实都与其性格有关。叶老师不但逐步分析，层层深入，而且还举外国小说名著如《黛丝姑娘》《返乡记》《玖德》等等为例，进一步说明悲剧之造成，有时由于环境，有时由于性格；环境的悲剧其实多仅限于"惨"，性格的悲剧才可言"悲"，更足以撼人心灵。甚至举当时刚刚上映的电影为例，把古今中外合而为一，使所说的道理更易于明白，更能启发同学的心灵。

大一下学期上课讲的是《左传》。叶老师对于书中人物的刻画、战争的描写都有很精到的阐述，尤其是对于宇宙人生的一些感触，对于人情世态的一些分析，更让我们有登高望远、一新耳目之感。例如讲《郑伯克段于鄢》时，她对于郑庄公的从小失去母爱固然深表同情，但也特别分析郑庄公后来处心积虑想置弟弟公叔段于死地的心机。她说俗话有云"害人之心不可有，防人之心不可无"，一般人都认同这个说法，但她以为"防人之心"其实也是心机,而非纯粹本善的初心。乍听之下,我起先颇感疑惑,但后来想想《红楼梦》中,何以宝玉不喜欢"世事洞明皆学问,人情练达即文章"那副对联,何以宝钗滴翠亭前扑蝶一节被暗讽藏有机心,也就觉得叶老师说的有道理了。有人说叶老师上课及演讲,常爱"跑野马",讲很多"题外话",我则觉得她的"题外话"都很精彩,那才更是智慧的结晶。她跑的野马,中外古今,兼而有之,不但可尽耳目之娱,而且可穷事物之理,我正求之不得呢!

上课之外,叶老师也参与我们班上的课外活动。她永远面带微笑,神情怡然自得,一切显得悠闲淡定,自自然然。记忆中,印象最深刻的有两件事:一是班上同学邀叶老师同行,去金山野柳郊游,二是我接编系刊《新潮》时,向叶老师邀稿的事。

金山和野柳是台北郊外两个邻近海边的风景地区,当时才开发不久。大一下学期开学后,同学讨论4月初春假郊游地点时,大家都选定了它们。并且由班代表沈瑞星及许峰美同学邀请叶老师同往。

1962年的春日,一行师生数十名,浩浩荡荡包车经基隆前往。那时候,叶老师年未四十,而我们班上同学多数十八九岁,所以沿途充满欢声笑语,也处处充满青春气息。在金山海边逐浪,林间奔跑,在野柳奇形怪状的礁石间穿梭,并在女王像礁石旁合影。同学们蹦蹦跳跳,叶老师也显得非常高兴,常常北望云天,彷佛在想些什么。隔了一个星期,上课时叶老师就用粉笔在黑板上写下她的《郊游野柳偶成四绝句》:

> 岂是人间梦觉迟,水痕沙渍尽堪思。
>
> 分明海底当前见,变谷生桑信有之。
>
> 挥杯昔爱陶公饮,避地今耽海上云。
>
> 病多辞酒非辞醉,坐对烟波意自醺。
>
> 敢学青莲笑孔丘,十年常梦入沧洲。
>
> 头巾何日随风掷,散发披襄一弄舟。
>
> 潮音似说菩提法,潮退空余旧梦痕。
>
> 自向空滩觅珠贝,一天海气近黄昏。

叶老师除了略为讲解诗中内容情思之外,并向我们表示这是她停笔十多年来的新作。当时我可以感受得到叶老师激动兴奋的心情,虽然还不了解她的生活背景,无从得知她何以如此,但也高高兴兴,立即主动抄录下来,征得她的同意,发表在由我接编即将出版的《新潮》学刊上。

《新潮》是由台大中文系学生代表联合会创办的学生刊物,沿用北大"新潮"名称,一年出版一至二期。1962年春季,由我们班上同学担任会长,所以指定常在报刊杂志发表作品的我负责编务。记得我向叶老师邀稿时,她除了同意发表这四首绝句之外,竟然还交给我《越调·斗鹌鹑》等散套曲稿一起发表,给我意外的惊喜!一直到很多年后,叶老师《迦陵诗词稿》等作品集公开问世,我才知道她初到台湾时的坎坷遭遇,也才能稍微了解在她面带微笑、淡定悠闲的背后的寂寞心境。无论如何,她当时肯把心血交迸之作,交给我们微不足道的学生刊物发表,这是一份多么值得珍惜、多么值得回忆的情谊。在此顺便一提,现在不同版本的《迦陵诗词稿》,书中《郊游野柳偶成四绝》及《海云》的写作年代,都题署为"1961"年,应该是误题。正确的写作年代,应是 1962 年的春天才对。

三

大二的"诗选及习作"由叶老师讲授,用的教本是戴君仁老师所编的《诗选》。讲授的范围则自汉魏以迄晚唐,另外还兼习作指导。我从中学开始,就喜爱古典诗词,不但早已背诵了不少诗词名篇,也已尝试旧诗律绝的习作和新体诗的创作。因此对于叶老师的"诗选"课,充满期待。或许期望太高,起先我曾经有过挫折感。例如听课不久,我就把我一首描写故乡观音山翠屏岩的七律新作,私下呈给叶老师指教。没有想到叶老师下一堂课就把它抄在黑板上,逐句加以评析,说格律不成问题,但在意境营造上,则有待更求精进。她并没有指名是谁,只说是"班上一位同学"所作,但我一向害羞,早已又羞又愧,觉得无地自容。又例如有一次上课讲到咏荆轲的诗,她可能看我认真听讲,突然叫我,对陶渊明与骆宾王的诗略作比较,以为示范。我当然知道叶老师的好意,但我一向拙于言辞,容易紧张,尤其在公众的场合,众目睽睽之下,一定手足无措,即使原来背得滚瓜烂熟的作品,也必然说得结结巴巴。我真不记得当时是如何熬过来的。好在从此以后,叶老师也晓得我的个性,不再"为难"我了。而我也才能悠游于叶老师优美典雅的诗词天地中。

叶老师讲的诗人诗作,在我记忆中,讲得最精采又最具系统的是陶渊明、杜甫、李商隐等人。她对陶渊明的任真自得,老杜的沉郁顿挫、义山的蕴藉深美,都有很精辟独到的阐述和分析。而在分析之中,我发现时时流露于叶老师口中的,却是《论语》、老庄、佛经、王国维的诗词以及叔本华等等的悲观哲学。那时候,台湾地区外文学界正流行"比较文学"和"新批评",可是一些提倡者,旧学根柢比较薄弱,所以谈中国古典诗词,论见每每流于穿凿附会,相形之下,叶老师邃于旧学,锐于新知,出今入古,了无窒碍,因而获得同学们和旁听者广大而深远的回响。至今我犹记得她引述宗宝本《六祖坛经》惠能在广州法性寺,听印宗法师讲《涅盘经》时,说"不是风动,不是幡动。仁者心动"的神情。那代表的是智慧和了悟。

我也依稀记得她讲卡夫卡小说《变形记》和顾羡季先生《十年和尚再出家》的衶情和手势。她即使把小说、戏剧、格言教训用来阐发诗中的情境，也都能契合无间，富于启发性。一切至今历历在目。

听叶老师的"诗选"课，回头想，还有一个意外的大收获，那就是她在"跑野马"旁征博引时，常常引用一些唐宋名家词。例如温庭筠的"小山重叠金明灭"、韦庄的"纵被无情弃，不能羞"，李后主的"林花谢了春红"，柳永的"衣带渐宽终不悔"，周邦彦的"拚今生，对花对酒，为伊泪落"，李清照的"一枝折得，人间天上，没个人堪寄"，辛弃疾的"少年不识愁滋味"，还有清末王国维的"山寺微茫背夕曛"等等，她的解析，对我后来的词学鉴赏，都有很大的影响。虽然后来教我"词曲选"的，是另外一位女教授，但我仍然认为叶老师是引导我研究词学的启迪者。

因为如此，我在大学时代，可以说是比较亲近叶老师的。同学之中喜欢叶老师的，虽然大有人在，但叶老师一则工作忙碌，二则生性淡泊，似乎与人始终保持一定的距离（那时我们都不知道叶老师刚到台湾初期的遭遇）。因此有些同学难免觉得叶老师难以亲近而有所误会。我则不计较这些，只觉受益多，理当尊敬。叶老师也似乎对我比较关照。大二时，我仍主编《新潮》，向叶老师邀稿，她也二话不说，立刻给一篇《简论中国诗体之演进》的论文。后来我也才知道叶老师当时不常写论文，也很少给人稿子，这么支持学生刊物，多么值得珍惜。

四

我大三时，叶老师在系里没有开新课，加上许世瑛老师教的"声韵学"，几乎每个星期都有课外作业，要读很多数据才能完成读书报告，所以与叶老师接触的机会较少。而叶老师当时正撰写教授升等论文《杜甫秋兴八首集说》，事实上也很忙，但大三下学期叶老师书稿初成，以原稿几次改易，笔迹稍草，即嘱我代为誊写其中两首的有关文献资料，以便排版。我受命之余，觉得受宠若惊，不但抄誊，而且还帮忙逐一核对原典。记得当时我尚住学生宿舍，八人一间寝室，生活作息毫无秘密可言。起先我利用课余之暇，在寝室抄誊书稿，并核对引用资料，如有疑问也逐一提出，供叶老师参考。有的同学看到了，竟然大惊小怪，说我胆敢改动叶老师的文稿。我觉得无聊，所以后来就直接携带稿子到学校图书馆参考室工作，避开他们。我感谢叶老师给我学习的机会，也相信叶老师不会介意我核对其他数据供她参考。果然事后叶老师非常高兴，还特地到艺文印书馆买了一套《全汉三国晋南北朝诗》

送给我。这套书我迄今珍藏着,这不但是叶老师送给我的一份礼物而已,它最堪纪念的是叶老师展现了一位大师的风范,值得后辈景仰。

大四时,叶老师新开"杜甫诗"一门课。因为是开了学、选课截止后,才临时加开的,所以选课的同学比较少。我拉了李茂盛同学去加选。李茂盛是班上同学中极有才气的一位,叶新云非常欣赏他,常在一起,曾鼓励他写作。可惜叶新云大二时转到哲学系,李茂盛落了单,开始逃课,也开始忙着谈恋爱。他文笔非常好,也有文学天份。我鼓励他投稿,果然他也开始在一些刊物上发表一些散文小品。我拉他一起选"杜甫诗",一起陶醉在叶老师的如沐春风里。我非常高兴叶老师也开始欣赏到李茂盛(笔名忻易、忻愉)的作品和他的才气。大四下学期,叶老师还特地请过我和李茂盛到她信义路的宿舍里包饺子。那是我唯一一次到叶老师台北的家,见到叶老师的父亲、丈夫和两个女儿。大家一起包饺子,一起吃。李茂盛和我都说,留下一段好温馨的回忆。

大四的温馨回忆,对我而言,不只这一桩,还有周梦蝶的新诗集《还魂草》的序。那时候,我常在"联合副刊"发表散文小品,也常在新诗期刊上发表创作,在文坛上薄有文名;也常与一些作家诗人来往,其中像余光中、周梦蝶,就是常联络的前辈作家。余光中那时候的新诗创作,如"天空非常希腊"和一些使用倒装句法的作品,颇引起读者热烈的批评,叶老师曾对此问过我的意见,也曾向我借了一些新诗集及期刊回家去阅读,表示对新诗想作进一步的了解。因此我去武昌街周梦蝶书摊时,向他表示买的几本书是送给叶老师看的。周先生觉得很讶异,当时中文系的老师普遍瞧不起新诗,有的说是"分行的散文",有的说是"鬼画符",怎么会有个名教授还愿意认识新诗。他还看了我送的叶老师《说静安浣溪沙词一首》那篇论文,佩服得不得了,正好文星书店即将出版他的新诗集《还魂草》,于是经过我去向叶老师求一篇序文。这就是叶老师为周梦蝶《还魂草》作序的缘由。

五

1965 年 6 月,大学毕业的同时,我已考上了研究所,先申请保留学籍,去服预备军官役,一年后再回台大念书。1966 年暑假,当我卸下军装,再回到台大校园时,台大中文系似乎已随台湾的社会转型与经济起飞而逐渐改变。我个人也因家庭的变故,需要一边读研究所,一边到校外私立学校兼职,赚钱帮助弟妹上学,工作非常忙碌,前后有三年之久。恰巧那时候,叶老师赴美讲学,在美国密歇根大学与哈佛大学担任客座教授,因此没有见面,也未曾联络。1968 年叶老师由美返回一年,仍在台大授课,但随即迁往加拿大温哥华,任教于加拿大英属哥伦比亚大学。她回国期间,我虽忙碌,但有几次去第四研究室见论文指导教授郑因百老师时,与她不期而遇。每次见面,叶老师总是面带微笑、神态悠闲,关心我近况以及硕士论文《常州派词学研究》的进度。除此之外,未及其他。

1969 年秋天,叶老师迁往加拿大的同时,我在台大中文研究所硕士班毕业,又以《清代诗学研究》为研究课题,顺利进入博士班。在博士班四年肄业期间,发生了很多状况,这里只记其一二:有"同学"密告我在外兼职,违反学校规定,乃由当时系主任屈万里老师安排,转而参加孔德成老师负责的"仪礼复原研究小组",每个月可以多领数千元新台币贴补家用,并且由郑因百和台静农、戴君仁等老师推荐,以博士生的身份兼任讲师,挂任"大一国文"的教学工作,竟因祸而得福。

1973 年,博士班毕业,通过台湾地区教育主管部门的会审后,我留校任中文系副教授。记得台湾当地报刊海外版报导我获得博士的消息后不久,叶老师曾自香港来函祝贺。那时候,叶老师已经移居海外多年,竟然还会注意到台湾报纸上的一个小报道,真令我意外,也令我感动莫名。我决定有朝一日,只要我有机会到美加一带,我一定设法去探望叶老师。

1974 年,叶老师回祖国大陆探亲旅游,写了《祖国行长歌》,发表之后,在台湾引起轩然大波。声讨叶老师"罪行"的,则泛政治化。据说当时台湾地区领导部门已将叶老师列入"黑名单",不准她再返台湾。奇怪的是,从此系里我很少听人谈到叶老师,嫉忌她批评她的人,好像突然都得到大解放了。

很多很多年以后,我果然有机会到了美国,一到哈佛大学,我立刻向胡嘉阳学长问了叶老师加拿大的通讯处,写信与叶老师联络。终于在加拿大见到了叶老师,见了面,大部分的时间,却多在谈论词学,例如讨论吴梦窗"午梦千山,窗阴一箭"应作如何理解等等,偶尔才谈到家人及生活状况。那时候我才亲耳听到叶老师面带微笑提起若干伤心往事:她刚到台湾时,夫妻都坐过牢;她在教室内一面上课,一面还要照顾小孩;长女偕女婿车祸罹难时,如何的伤悲;即使到了加拿大教书,她仍然在先生的咆哮下,一边做家事,一边备课,等等。那时候,在我面前,一向面带微笑,一向淡定悠闲,看起来瘦弱的叶老师,好像突然变成一位坚毅卓绝的英雄好汉。我原来试探着想告诉她关于她的一些流言,竟然都说不出口了。对她来讲,那些流言即使她知道了又算什么呢? 无聊而已。

很多很多年以后,我才先后看到了叶老师的所有"作品集",包括桂冠版和大块文化版,包括诗词创作和各种论文讲稿,包括最近读到的《红蕖留梦》。想起她常引用的王国维《人间词话》,说境界有二,一有我之境,一无我之境,一宏壮一优美,我才发现我早年在大学时代所认识的叶老师,只是展现她课堂上优雅的才情风采,那只是她"优美"的一面,其实在现实人生中,她还有坚毅卓绝的另一面,那才是她兼而有之的"宏壮"之美。我在大学本科毕业以后,对叶老师的生活遭遇,逐渐了解,越了解也才越惊觉到,看来一向瘦弱的叶老师,面对人生的种种挫折、不幸,却从不屈服,表现仍然圆融淡定,那是一种多么坚毅卓绝的境界!前面的"优美",人所共睹;后面的"宏壮",则需翻过筋斗才能体会。我所以在大学时代以后再加上这第五大段,说了不少大学毕业以后的陈年旧事,用意也即在于此。

附新作贺词一首

千秋岁

用六祖坛经"一花开五叶"之语,为迦陵师九十寿庆作

来时款款,犹记春风面。讲坛下,座常满。花从天上落,法自心中转。知妙悟,不须棒喝兼裁剪。　　莲净本无染,五叶已开绽。浮云散,光华见。高山人仰望,木铎声悠远。今称寿,更祈百岁馨香遍。

心灵的飨宴

——叶嘉莹先生的诗教

席慕蓉

2009 年 2 月 21 日晚间,叶嘉莹先生应洪建全文教基金会的邀请,在台北的敏隆讲堂演讲,讲题是《王国维〈人间词话〉问世百年的词学反思》。

从七点整准时开始到九点过后还欲罢不能,那天晚上,叶老师足足讲了两个多小时,以《人间词话》为主轴,谈词的由来、特质、境界以及雅郑之间的微妙差异等等;上下纵横,中西并用,再加上兴会淋漓之处叶老师不时地让思路跑一下野马,把我们带到一片陌生旷野,那种辽阔无边,那种全然不受约束的自由,好像极为混沌无端难以言说,却在同时又井然有序地——心领神会……

何以至此? 何能至此?

当时的我,只觉得叶老师在台上像个发光体,她所散发的美感,令我如醉如痴,在无限欣喜的同时还一直有着一种莫名的怅惘,一直到演讲结束,离开了会场、离开了叶老师之后,却还离不开这整整两个多钟头的演讲所给我的氛围和影响。

之后的几天,我不断回想,究竟是什么感动了我?

对叶老师的爱慕是当然的,对叶老师的敬佩也是当然的,可是,除此之外,好像还有一些什么很重要的因素是我必须去寻找去捕捉才有可能得到解答。

那天晚上,叶老师在对我们讲解关于词的审美层次之时,她用了《九歌》里的"要眇宜修"这四个字。

她说:"要眇"二字,是在呈现一种深隐而又精微的美,而这种深微,又必须是从内心深处自然散发出来的才可能成其为美。

至于"宜修"则是指装饰的必要。但是,叶老师说:这种装饰并非只是表面的修饰,却也是深含于心的一种精微与美好的讲究。一如《离骚》中所言的"制芰荷以为衣兮,集芙蓉以为裳……佩缤纷其繁饰兮,芳菲菲其弥章",是所谓的一种品格上的"高洁好修"。

那天晚上的叶老师，身着一袭灰蓝色的连身长衣裙，裙边微微散开。肩上披着薄而长的丝巾，半透明的丝巾上还暗嵌着一些浅蓝和浅灰色的隐约光影，和她略显灰白但依然茂密的短发在灯光下互相辉映。

当时的我，只觉得台上的叶老师是一个发光体，好像她的人和她的话语都已经合而为一。不过，我也知道，叶老师在台上的光辉，并不是讲堂里的灯光可以营造出来的，而是她顾盼之间那种自在与从容，仿佛整个生命都在诗词之中涵泳。

之后，在不断地回想中，我忽然开始明白了。

原来，叶老师当晚在讲坛上的"人和话语合而为一"，其实是因为，她就是她正在讲解中的那个"美"的本身。

叶老师在讲坛上逐字讲解中的"要眇宜修"，就是她本身的气质才情所自然展现的那深隐而又精微、高洁而又高贵的绝美。

是的，她就是"美要眇兮宜修"的那位湘水上的女神。

然而，或是因为"世溷浊而不分兮"，或是因为一种必然的孤独，使得所有这世间的绝美，在欣然呈现的同时，却又都不得不带着一些莫名的怅惘甚至忧伤……

那晚之后，我在日记里记下自己的触动，我何其有幸，参与了一次极为丰足的心灵飨宴。

想不到，十个月之后，我又有幸参与了一次。

2009 年 12 月 17 日上午，叶老师应余纪忠文教基金会的邀请，在中坜的"中央大学"作了一场演讲，讲题是《百炼钢中绕指柔——辛弃疾词的欣赏》。

礼堂很大，听众很多，仪式很隆重。可惜的是，演讲的时间反而受了限制。叶老师这次只讲了一个半小时左右，她所准备的十首辛弃疾的词，也只能讲了两首而已。

这两首的词牌都是《水龙吟》，一首是《登建康赏心亭》，一首是《过南剑双溪楼》。叶老师说，辛弃疾一向是她所极为赏爱的一位词人。

他正是能以全部的心力来投注于自己的作品，更是能以全部的生活来实践自己的作品。他的生命与生活都以极为真诚而又深挚的态度进入文学创作。

因此，在讲解这两首《水龙吟》之时，叶老师就要我们特别注意创作时间的差异对作品的影响。她说，基本上，生命的本体（感情与志意）是不变的，可是，辛弃疾一生传世的词，内容与风格却是千变万化，并且数量也有六百多首。

她为我们选出的这第一首《水龙吟》，辛弃疾三十四岁，正在南京，在孝宗的朝廷。写《登建康赏心亭》的时候，离他当年率领义兵投奔南朝，那热血沸腾壮志昂扬的英雄时刻，已经过了十个年头了。

写后面的一首《过南剑双溪楼》，辛弃疾已经有五十多岁了，而在这之前，被朝廷放废了十年之久。

辛弃疾的一生，六十八载岁月（1140—1207），有四十多年羁留在南宋，中间又还有二十年的时光是一次次被放废在家中。

这样的蹉跎，置放于文学之中，会产生出什么样的作品？

我们在台下静静地等待着叶老师的指引。

这天，站在讲台上，叶老师仍是一袭素净的衣裙，只在襟前别上了一朵胸花，是"中央大学"校方特别为贵宾准备的，深绿的叶片间缀着一小朵红紫色的蝴蝶兰。

她的衣着，她的笑容，她的声音，她的一切，本来都一如往常，是一种出尘的秀雅的女性之美。可是，非常奇特的，当她开始逐字逐句为我们讲解或吟诵这两首《水龙吟》之时，却是隐隐间风雷再起，那种雄浑的气势逼人而来，就仿佛八百多年前的场景重现，是词人辛弃疾亲身来到我们眼前，亲口向我们一字一句诉说着他的孤危而又蹉跎的一生了。

在"楚天千里清秋"微微带着凉意的寂寞里，我们跟着辛弃疾去"把吴钩看了，栏干拍遍"，心里涌起了真正的同情。非常奇妙的转变，在我的少年时，那些曾经是国文课本里生涩而又苍白的典故，为什么如今却都化为真实而又贴近的热血人生？原来，辛弃疾亲身前来之时，他的恨，他的愧，他的英雄泪都是有凭有据，清晰无比的啊！

我们跟随着他掠过了二十年，来到南剑双溪的危楼之前，但觉"潭空水冷，月明星淡"，到底要不要"燃犀下看"呢？那黑夜的肃杀与词人的忐忑，到此已是一幅结构完整层次分明的画面了。

等到"千古兴亡，百年悲笑，一时登览"这几句一出来，我一方面觉得自己几乎已经站在离辛弃疾很近很近的地方，近得好像可以听见他的心跳，感觉得到他的时不我予的悲伤。可是，一方面，我又好像只看见这十二个字所延伸出来的人生境界。这就是"文学"吗？用十二个字把时空的深邃与浩瀚，把国族与个人的命运坎坷，把当下与无穷的对比和反复都总括于其中，这就是"文学"吗？

因此，当叶老师念到最后的"问何人又卸，片帆沙岸，系斜阳缆"的时候，在台下的我不得不轻声惊呼起来。

惊呼的原因之一是，这"系斜阳缆"更是厉害！仅仅四个字而已，却是多么温暖又多么悲凉的矛盾组合，然而又非如此不可以终篇，仅仅四个字，却是一个也不能更动的啊！

惊呼的另一个原因是，终篇之后，我才突然发现，刚才，在叶老师的引导之下，我竟然在不知不觉之间进入了南宋大词人辛弃疾的悲笑一生。他的蹉跎他的无奈不仅感同身受,甚至直逼胸怀,使我整个人都沉浸在那种苍茫和苍凉的氛围里,既感叹又留恋,久久都不舍得离开。

这是何等丰足的心灵飨宴!

等我稍稍静定,抬头再往讲台上望去,叶老师已经把讲稿收妥,向台下听众微笑致意,然后就转身往讲台后方的贵宾席位走去,准备就座了。亭亭的背影依然是她独有的端丽和秀雅……

可是,且慢,那刚才的辛弃疾呢?

那刚刚才充满在讲堂之内的苍凉与苍茫,那郁郁风雷的回响,那曾经如此真切又如此亲切的英雄和词人辛弃疾呢?

请问,叶老师,您把他收到什么地方去了?

何以至此? 何能至此?

这不是我一个人在思索的问题,那天会后,许多听众也在彼此轻声讨论。

我听见有人说:"是因为声音,声调。"有人说:"是因为先生学养深厚,又见多识广。"有人说:"是因为她自幼承受的古典诗文教育,已经是她生命的一部分了。"还有人说:"恐怕是因为她自身的坎坷流离,所以才更能将心比心,精准诠释的吧。"

我在旁边静静聆听,大家说的都没有错,这些也应该都是叶老师所具有的特质。但是,我总觉得,是不是还有别的更为重要的质素,才可能让叶老师如此的与众不同呢?

这是我一直想去寻求的解答。不过,我也知道,那极为重要的质素,想必也是极为独特与罕见的,又如何能让我就这样轻易寻得?

直到最近,读到《红蕖留梦——叶嘉莹谈诗忆往》一书的初稿,发现书中有两段话语,似乎就是给我的解答,在此恭谨摘抄如下:

　　……诗词的研读并不是我追求的目标,而是支持我走过忧患的一种力量。

　　……我之所以有不懈的工作的动力,其实就正是因为我并没有要成为学者的动机的缘故,因为如果有了明确的动机,一旦达到目的,就会失去动力而懈怠。我对诗词的爱好与体悟,可以说全是出于自己生命中的一种本能。因此无论是写作也好,讲授也好,我所要传达的,可以说都是我所体悟到的诗歌中的一种生命,一种生生不已的感发的力量。中国传统一直有"诗教"之说,认为诗可以"正得失,动天地,感鬼神"。当然在传达的过程中,我也需要凭借一些知识与学问来作为一种说明的手段和工具。我在讲课时,常常对同学们说,真正伟大的诗人是用自己的生命来写作自己的诗篇的,是用自己的生活来实践自己的诗篇的,在他们的诗篇中,蓄积了古代伟大诗人的所有的心灵、智能、品格、襟抱和修养。而我们讲诗的人所要做的,就正是透过诗人的作品,使这些诗人的生命心魂,得到又一次再生的机会。而且在这个再生的活动中,将会带着一种强大的感发作用,使我们这些讲者与听者或作者与读者,都得到一种生生不已的力量。在这种以生命相融会相感发的活动中,自有一种极大的乐趣。而这种乐趣与是否成为一个学者,是否获得什么学术成就,可以说没有任何关系。这其实就是孔子说的,知之者不如好之者,好之者不如乐之者。

旨哉斯言,谜题揭晓!

原来,答案就在这里。

叶老师所给我们的一场又一场的心灵飨宴,原来就是久已失传的"诗教"。

这是一种以生命相融合相感发的活动,而能带引我们激发我们去探索这种融合与感发的叶老师,她所具备的能量是何等的强大与饱满,而她自己的生命的质地,又是何等的强韧与深微啊!

历经忧患的叶老师,由于拥有这样充沛的能量,以及这样美好的生命质地,才终于成就了这罕有的与诗词共生一世的丰美心魂。

在此,我谨以这篇粗浅的文字,向叶老师献上我深深的谢意。

附　记

在《红蕖留梦——叶嘉莹谈诗忆往》一书的初稿里,很惊喜地发现,1953 年到 1956 年之间,叶老师曾经在台北市第二女子中学教过高中部的国文。而我是在 1954 年秋天从香港来台北参加插班生考试后,被分发进入台北二女中初中部二年级,1956 年夏天毕业。

因此,在那两年的时间里,我们或许曾经在校园和教室外的走廊上远远地相遇过吧,而无论那距离有多么遥远,毕竟也是师生的相遇和牵连。在半个世纪之后,终于可以确认这师生的关系,真是无限欣喜,因以为记。

一笑相逢蓬海路　人间风月如尘土

——回溯 35 年追随叶嘉莹先生学诗悟道之师恩暨祝先生九旬华诞

徐晓莉（天津广播电视大学）

一

忘记是谁说过："人生的路很漫长，但关键的只有几步，尤其是年轻的时候。"还听说"特定时空中的一件事或一个人是能够改变和决定人的一生的……"我对此深信不疑，因为在上世纪 70 年代晚期，在全国高校恢复考试入学的重大事件中，我走出了工厂的车间，进入师范大学中文系学习；在一个霞光沐浴的上午，我与叶嘉莹先生相遇在南开大学的课堂，那是我生命中的一座圣殿……此后，我的人生就这样开始改变了。

1979 年春夏之间，天津南开大学主楼 102 阶梯教室门前经常聚集着一些校外赶来听课而又没有听课证的学生，他们大都是听过一两次课后就再也忍不住地每次都准时来到这里，幻想着能够侥幸混进去，就像是饥饿已久的灾民在期待着空投的救济。我，正是刚过去不久的那场天灾"文革"中的饥民。本来这门课是为南开本校中文系学生开设的，不想几节课之后，外系、外校，甚至外地的一些学生不知从哪里得到了消息，也都每课必到，而且远比本系学生来得更早。当上课铃声响过之后，那些最有资格的听众们只得临时找把椅子"加座"了。后来这间可容纳 300 来人的教室里座位竟然一直加到了讲台上。为此，系里想出了一个对策：凭听课证进教室。此后，外来人只好聚在门口，或扒着窗外的铁栅栏去听课了。

我们天津师大的一些同学不甘心总在门口受冷遇，就仿照听课证的样子，用萝卜刻成"南开大学中文系"图章的样子扣在同样颜色和大小的纸片上，有同学还从自己原工作单位想法找个圆章扣个红圈，并故意将中间的字迹弄得极其模糊，使之看上去很像是因印油少而不清楚的样子。尽管这些山寨版的"听课证"（至今我还留有两张）破绽百出，但我们相信,在那一拥而进的几分钟里,查证者是无暇对这张酷似听课证的蓝灰色纸片认真过目的。就这样,200 张听课证居然使近 300 人获得了合法席位……同学们回忆说:那时每次去听课,内心的忐忑都像是在偷嘴吃的孩子。是啊,今天我才恍然,当年我所偷吃的,原来是一粒仙丹,一颗圣果!

翻看当年听课时的笔记,那些断续不整,潦草变形的字句与标点,可以见证我当时激动兴奋,笔不暇接的情形。正像叶先生后来回忆时所说:"1979 年我第一次回国教书时,我一走进教室就有了一种感觉,如果用《楚辞·九歌》上的一句形容,那就是'满堂兮美人,忽独与余兮目成',我感到我与他们的心灵是相通的。"是的,那时的课堂上,以她为磁心形成了一个强大的磁场:所有的眼睛都追踪着她手上的粉笔——她从不拿讲稿,却常常从右向左,竖排繁体在黑板上默写出古人的大段诗词文句;所有的耳朵都捕捉着她的声音——那纯正亲切的北京乡音,精确流畅的欧化长句,深厚渊博的古典修养,融贯中西的浩瀚学识;以及流转自如,恰切精当的举喻与解说,使所有在坐者神魂颠覆,耳目全新,惊叹不已……即使今天,尽管 35 年过去了,尽管她所讲的是我早已听过多次的内容,可我还依旧会对她读诵诗词的声音心驰神往,对她不断翻新(心)的妙解如醉如痴……

究竟该怎样概括和评说先生的"教诗"与"为师"呢?多年来我一直苦于找不到满意的答案。早在十多年前,距第一次听她课的二十年之后的时候,我就萌生过想要从"解诗之道""赏诗之道""吟诗之道""讲诗之道""作诗之道""做人之道"等不同方面抒写和传达先生对我的影响,而且总题目也已拟定,就叫《学诗悟道二十年》。然而当又一个十五年过去了,如今我随先生"学诗悟道"已近三十五年之久了,尽管我每天都在对着大海梳妆,却仍然无力描述大海的形状,因为一杯海水永远浓缩不出海洋的壮观气象。所以我只能引用先生自己的话来传达我听她课的感受。她在回忆听顾随先生讲课的感受时说:

> 作为一个曾经听过先生讲课有五年之久的学生而言,我以为先生平生最大之成就实在还不在于其各方面之著述,而更在其对古典诗歌之教学讲授。因为先生在其他方面之成就往往尚有踪迹和规范可寻,而惟有先生之讲课则更是纯以感发为主,全任神行,一空依傍,是我平生所接触过的讲授诗歌最能得其神髓,而且也最富于启发性的一位非常难得的好教师。……先生所讲授的乃是他自己以其博学、锐感、深思,以及丰富的阅读和创作之经验所体会和掌握到的诗歌中真正的精华妙义之所在。幷且更能将之用多种之譬解,做最为细致和最为深入的传达。

> 先生讲课往往旁征博引、兴会淋漓,触绪发挥,皆具妙义,可以予听者极深之感受与启迪。我自己虽自幼即在家中诵读古典诗歌,然而却从来未曾聆听过像先生这样生

动而深入的讲解，因此自上过先生之课以后，恍如一只被困在暗室之内的飞蝇，蓦见门窗之开启，始脱然得睹明朗之天光，辨万物之形态。

　　除此以外，先生讲诗还有一个特色，就是先生常把学文与学道以及作诗与做人相并立论。先生一向都主张修辞当以立诚为本，以为不诚则无物。所以凡是从先生受业的学生往往不仅在学文作诗方面可以得到很大的启发，而且在立身为人方面也可以得到很大的激励。

　　……

真可谓衣钵相承，一脉真传。其实叶先生讲课不但体现了她老师的一切特色，而且还有着她老师对她所期待的一切"开发"与"建树"。河北教育出版社出版的《顾随与叶嘉莹》一书收录的顾先生1946年7月13日写给叶先生的信中说：

　　年来足下听不佞讲文最勤，所得亦最多。然不佞却并不希望足下能为苦水传法弟子而已。假使苦水有法可传，则截至今日，凡所有法，足下已尽得之。此语在不佞为非夸，而对足下亦非过誉。不佞之望于足下者，在于不佞法外，别有开发，能自建树，成为南岳下之马祖；而不愿足下成为孔门之曾参也。

叶先生果然不负顾随先生的厚望，她不但师承了顾先生"把学文与学道以及作诗与做人相并立论"，"旁征博引、兴会淋漓，触绪发挥，皆俱妙义"，"纯以感发为主，全任神行，一空依傍"的讲诗特色，还究其所以然，从《论语》"诗可以兴"中推溯阐发这一"赏诗之道"的学理渊源，突破她之前中国文学理论仅视"赋比兴"为作诗之法的局限，以西方文学理论为佐证，阐发其作为悟诗之法，解诗之法，弘诗之法的科学性。这不但赋予了古老的"赋比兴"理论以丰富新鲜之生机，还用自己六十年来讲坛说诗的辛勤实践承接、修复、担荷起中国儒家"为师者"的"诗教"传统和责任。在世事偃蹇，一生飘零之中，叶先生远比孔子、顾随等先师要幸运，她居然能顺遂命运之舟，挟"东山"而超"南岳"，"乘桴浮于海"，在"人不堪其苦"，"知其不可而为"的种种艰难中，乐此不疲，居然将东方文明中的生命智慧之光遍播于人类所居的大半个星球……

人道是"寒窗读书苦"，但我常想若能在她班上读书，我情愿年年留级，永不毕业。在她的课上，我不但获得了以往寒窗生活中未曾有过的感官与心灵上的愉悦和享受；更得到了终生受用不尽的关乎"身家性命"方面的智慧和觉悟。忘记是哪本书里说过："热爱诗词，怀着一场梦想未尝不可，正如天上的彩虹，但倘若把它当作地上的路就危险了。"可我觉得叶先生讲的诗词，不但是天上的彩虹，而且完全是能够当作地上的路来践行的：不要说像屈原、陶渊明、苏东坡、辛稼轩等人，他们都是用生命在写诗，用生活来实践其诗的；即如叶先生本人,之所以能在一生经历早岁丧母。中年夫妇连遭幽囚,晚年女儿女婿车祸罹难等诸多悲苦后,尚能有如此之精神面貌与显著成就,也完全是凭了诗词的力量(见《迦陵杂文集·我的自述》)。特别是在当今,当人类失魂落魄地一味向前(钱)狂奔的时候!

1979年春夏之交,叶先生在南开白天讲汉魏六朝诗,晚上讲唐宋词。那短短的两个多月,在别人生命中也许只是一瞬,但对于我却是永恒。我是那时才认识到"学文与学道,作诗与做人"的重要,同时也是自那时候起,听她讲诗,就成为我"有意味地生活着"的一种方式。在先生的课上,我认识了东汉下层文人悲剧命运中所普遍具有的人生困惑;认识了身为帝王也深怀凄寂孤危之慨的三曹、后主;认识了能以人生智慧自救,也能使别人得救的陶渊明、苏东坡……凡她那时讲到的诗人和诗作,至今都活在我的心里,呼之欲出,生生不已!此前多年的思想品德教育和政治学习,从没对我产生过那样的触动,更不曾联系自己的人生而自觉反省。然而在先生的课上,随着她诵读"托身已得所,千载不相违"的声调,我的精神心灵就像置身于教堂,面对着上帝一样不由自主地沉醉在庄重与圣洁中,心灵和感情经历着前所未有过的净化和提升……

1979年的春夏季那么快就过去了,那短暂的两个多月被我永久地珍藏于记忆里——那难忘的十几次课上所"偷"来的财富,使我终生都享用不尽。在叶先生离开天津后的很长一段时间里,我会频频回味起她课上讲过的内容,每当这时,我就会把那些课上笔记看上一遍又一遍……

1980年元旦前夕,在"为最尊敬的老师致献新年贺辞"的活动中,我抑制不住对叶先生的崇敬与思念,连夜写了一首长诗。还求字写得好的同学帮我抄写工整后,按照先生最后一堂课为我们留在黑板上的地址寄了过去,果然没多久我就接到了叶先生的回信。多年之后,叶先生还把当年我所写的那诗与信的复印件给了我,诗是这样写的:

痴顽的思念啊/执着的恋情/你为什么/不辞辛劳/日夜兼程——/跨太平洋几度/翻落基山几重?/苏必利尔的碧波啊/温哥华的翠坪/你为什么/目无章法/肆意妄行——/越国境线这远/将我的心田占领!

……

啊,尊敬的先生——/南开园辛勤的园丁/您曾用博大/扩展了我狭隘的心胸/您曾用精深/掘进了我思索的天庭/您的热忱/燃起我求知的烈焰/您的真诚/至今啊/还在陶冶着/我那做人的魂灵。

……

每次相逢/我都暗自庆幸——/能在您的讲台下/又当一次学生/还管它以什么途

径。(指自制听课证一事)/课课亲聆/我倍感光荣——/从愚昧的午睡中惊醒/那迟钝的大脑啊/顿时变得聪明!

……

多少回啊/我在深深抱憾/岁月无情/没能使我们早日相逢,/以至于成熟期里/才刚刚开始启蒙!/多少次啊/我在默默地向您申请/求您收下我这"偷听"的学生!/让求真知的日子/充实我的阅历/让悟真理的痛楚/历练我的性情/让做真人的境界/规范我的追求/让处世俗的辛苦/考验我的神经……

……

我要/崇尚诗人的操守/——时刻准备着/在艰难潦倒中/为理想"固穷"!/我要/效法诗人的节制/——毅然面对/伟大的理性神父/虔诚地反省!

……

啊,先生/请您收下/几片薄薄的信笺/一怀深深的衷情——/它要去叙说/您春天浇过的小苗/百倍珍惜着/它的破土发萌/您夏天修整过的小花/无限眷恋着/它绽放的过程……它要去转告——/故乡的同胞们/在企盼着聚会亲朋/家中的母亲啊/正期待着女儿的归省……/它还带着/文坛的长势/它还带着/科圃的墒情/它还带去了/南开园盛产的桃李们/无限甜蜜的回忆/那是感激啊/不尽的感激!/那是深情啊/一层深似一层……

我是1980年元月6日把诗寄出去的,在随诗寄去的信中我对先生说:"……自从在《放歌集》(贺敬之的诗集)中领教了文学的力量,我便和诗交了朋友,但却并不了解什么是好的诗人和诗作,听了您的课,我才懂了要作真正的好诗,首先要成为一个真正的人……然而面对变幻无常的人间世事,我常常困惑、彷徨,我渴望听到真正从心里发出来的声音,渴望接受真正的高尚与文明,并用以滋养我的文学修养。但现实中我却找不到方向,直到认识您,您所讲的与我心里所想的一下子碰到了一起,腾地燃了起来……"1980年2月3日,我收到先生给我的回信,先生说:"……你的话令我想到中国古人把老师和学生之间传授学业的关系称作'传薪'的比喻,人的生命是有限的,总有一天像燃烧的木柴一样会燃尽的,可是能用这一根有限的生命木柴点燃起其他的木柴而使之继续燃烧,那么所点的火就会长久地传留下去了,所以古人常说'薪尽火传'。……我平生听过不少老师的课,可是顾先生所给我的却不仅是学问和知识,还有一种在精神和品格方面的启发和感化。顾先生在讲诗时所传达的,是他和古代那些伟大诗人之间的一种心灵和品格的共鸣……我对这些古代诗人的作品研读的越久,对他们的景仰爱慕也就越深,有人曾勉励我年纪慢慢老了,该多写点东西,少教点书,这话也有道理,可是当面的传达才更富于生命的感发,不是吗?……"信中先生为满足我的请求,还寄来一张她在加拿大家门前的照片。这之后,她又让当时在南开大学读书的侄子叶言才来我校转达她对天津师大同学们的问候,并转赠她在香港出版的两本著作给我作纪念,一本是《中国古典诗歌评论集》,另一本是《王国维及其文学批评》。不幸,这两册曾被许多同学传抄过的珍藏本,竟然在我毕业前夕神奇地丢失了。我为此曾沮丧、负疚了很长一段时间。后来先生知道了这件事,1983 年 5 月 25 日,那时我已经在天津第二教育局工作了(半年后调到天津广播电视大学当了教师),这天我刚到办公室,就听说有南开大学转来一封信,晚上见到了言才,得知先生已于 5 月 14 日来到北京,不久要到上海去了,她还让言才带来了送给我们的结婚礼物:一对精美的电子手表;还有更加精美的,台湾三民书局印行的她的《迦陵谈诗》一套(2 册)。书的扉页还有她秀美的、竖排繁体的亲笔赠言。说心里话,与这样一位良师结识和往来,对我说来,胜似多年寒窗苦读。但我自知学识浅薄,不忍经常写信打扰她。可我万没想到这位德高望重的专家教授却自 1979 年之后两度来津都首先询问我这个普通学生的讯息……。

二

1981 年秋叶先生第二次来到天津讲学,在我印象中,从这时开始,先生就进入了至今为止一贯如此的超负荷工作状态。那年秋冬之际她在南开系统讲授唐宋词,此间还应邀来我们师范大学做了题为《从几首诗例谈中国古典诗歌中形象与情意之间的关系》的讲演。师大学报编辑部多次向先生约稿,先生实在忙不开,就让我来协助她把讲演录音整理成文字文本。与此同时,先生还利用她在各地讲学之便,为《杜甫秋兴八首集说》一书的再版搜集各种杜诗的注本,于是先生也把搜集天津师大图书馆馆藏杜诗注本的工作交给了我和另外一位同学张海涛(后来成为我的丈夫)。因为要让先生审阅讲稿,请示杜诗资料查阅与抄录的情况,所以那段时间和先生的接触多了起来,这期间发生的一些事情,不但使我对先生的为人、治学、为师的态度和行为更加钦佩和仰慕了,而且也在协助先生做事情的过程中,逐渐有了克服做事时的粗疏简率,注意养成科学严谨,诚实勤奋之为学与治学习惯的意识……

由于"文革"的原因,我上大学之前的实际学力,只能勉强达到初中。在"叶嘉莹学术网站·迦陵弟子"之"自我简介"中,我曾经称自己是:"不幸时代中的幸运儿——我出生在最富智慧民族中之最缺乏智慧的那个时期——20 世纪 50 年代后期,成长于礼仪之邦中之礼仪几近沦丧殆尽的'十年动乱'中。特殊时代所特有的'肤浅''浮躁''敷衍'的思维与行为习惯,几乎成为我们这一代'人生'与'事业'旅途上的'三座大山'。所幸的是70年代后期,我与"文革"前的最后一届高中毕业生同时搭上了恢复高考后的早班轮渡,才终于驶出了蒙昧与迷茫的人生港湾!更加幸运的是,在那劈波斩浪,逆水行舟的日子里,我们竟然遇上了叶先生驾驶的这艘导航的舰船……参横斗转,月坠星残,我们跟随叶先生听'天风海涛之曲',解'微波迢递'之词,从中感受学海无涯的浩瀚与渊博,享受沧海撷珠的兴奋与快慰……从那以后,曾被叶先生从困惑迷惘人生中渡出的我,也学着叶先生的样子开始了渡人的生涯。"此刻,我特别想要指出的,是在跟随叶先生"学海行舟"时学到的第一个动作要领就是:诚实认真的做事态度,严谨细致的工作习惯。

　　1981年,虽说我已念到大学中文系三年级了,而且自以为学习也很努力,但毕竟以我那"批林批孔"时才知道有《论语》的古文学根基,来为先生整理她那"随手拈来,旁征博引,触绪发挥,兴会淋漓"的讲稿,抄录那些竖排繁体,似懂非懂的杜诗注本,现在想来,实在是一件很具压力和挑战的事,可当时那个因无知而无畏的我却完全没有意识到这些。于是,这毕业前夕的一次专业"实战演习"遂成为我日后职业生涯中一次难能可贵,深刻难忘的实习经历。记得1982年第3期《天津师院学报》上《从几首诗例谈中国古典诗歌中形象与情意之间的关系》一文,从初稿到定稿先后修改达五六次之多。叶先生不仅于文字、标点上审校得很严格,而且在文体、语体、结构、层次、口吻,意脉、文气等方面也多次提出过修改意见,比如要求我们把有言必录的文字"复制品",按照书面文体的结构章法和逻辑层次进行删减浓缩,并且还要保留演讲时的语体风格,其次先生对自己课上随口背诵出的诗词文章等引文,即使很熟悉的,也要求我们对照原著一一进行核实校正。那时没有网络和电脑,有时只为核实订正一两个字,也要跑到图书馆去检索,翻阅大半天。尤其难忘的是,在师大图书馆搜集查阅杜甫诗注本的时候,虽说当时已经有了复印机,但叶先生需要查找和辑录的内容,都集中在图书馆特藏部的那些线装善本书里。按照规定,此类书非但任何人都不允许带出馆外,也不允许学生做复印。所以我们只好将能够找到的,先生需要的那部分文字,逐字逐句地抄录下来。倒退30年,我们对于当时自己所抄的那些内容感到非常陌生,有的注本只有停顿,没有标点,只能依据自己对上下文的理解妄加标点;还有些古体、异体字的笔画繁多,且不认识,即使查过词典,也记不准笔画和笔顺,因此也只能是照猫画虎地描摹下来。如此"复制"出的资料,其准确可信的程度是可想而知的……说心里话,我们当年做的这些工作,与其说是在给叶先生帮忙,殊不知会给先生的研究工作带来多少麻烦?果然很多年后的一个偶然机会,我与当年任我们中文系党总支书记的王英博老师相遇时,她还提起当年叶先生请求师大中文系出面与图书馆协商复印杜诗注本的往事……如今想起来，我仍深怀愧疚，可在当时，叶先生对我们资料整理中的错误，非但没有责怪，反而在 1988 年上海古籍社出版了《杜甫秋兴八首集说》之后，将一本亲笔签名，并题有"海涛、晓莉惠存，谢谢你们当年协助我抄写资料"赠言的新书送给了我们。

　　记得先生曾开玩笑说："我一生只有两种嗜好，一是好诗，二是好为人师。"后来，她竟用"师诗"二字为她的侄孙女取名。是啊，这"师""诗"二字，凝聚和浓缩了她一生的功德。自1945 年辅仁大学毕业至今，她曾在无数所学校教过诗，其教龄已然是六十九年来不曾间断过。在她的讲台下，不只是高等学府的研究生、大学生，还有党的高级干部，转战南北的将军，甚至也有乡镇中学的初中生，幼儿园的小娃娃。无论在上千人，数百人的大礼堂，还是在数十人，三两人的小课堂；无论对博士生洋洋十数万言的学位论文，还是小孩子寥寥数十字的诗词习作，先生同样都是倾注着全部真诚地认真对待，一丝不苟。叶先生在南开教大班课时，每次结课之前都要求同学交一份听课报告，而批阅这些报告常常要花掉她的许多休息时间。1987 年 1 月 25 日，先生又将启程返回加拿大了，我们照例去帮先生收拾东西。(1986 至 2002 年间，先生每次回来讲学都住专家楼的客房，大概从 1999 年之后专家楼才腾出一个房间用于存放先生的东西。而此前那些年，先生每次回家前，都要将书籍、稿件、录课磁带，及生活物品等暂时不用的东西、分散寄存在同学们家里。)那天我们看到先生房间的床上、地上到处堆放着待整理的行李，而她还在逐字逐句地给同学批改听课报告。当时有人建议先生：这种作业大致看看给个分就可以了，同学们对此成绩也不一定很认真。我们还打趣道："听说当年清华园里有的老师，记不得是朱自清先生？还是谁，他的批改方式就是将所有的作业往地上一撒，然后就 70，71，72，73……地依次给分。"先生听后非常认真地说："怎么可以这样呢？我敢肯定这样的事情绝对不会是朱自清先生做的！"还有一次，我们偶尔谈及现在学生素质降低时发牢骚说，对某些学生是不值得精雕细刻的。她听了就讲起当年她在台湾教书的往事：她曾教过一所程度较差的私立女中，那里的女孩子们大多只是想混一张文凭当嫁妆的，可她却从未因学生们的程度低而敷衍马虎，她说："纵使我不考虑是否对得起学生，也要考虑是否对得起屈原、杜甫他们。"她一向认为：社会人群间，只要你把最真诚的感情投注进去，总会像石子入水一样溅起水花的。1986 年暑期她到北京后，就有一位她当年在台湾那所私立女中教过的学生跑来找她。这学生已经是美国一所州立图书馆的馆长了，她曾多次写信向老师表述，当年听课时曾被诗词中所描绘的祖国山川景物所打动，因此特意安排了一个暑期专程从万里之外赶来，要与老师同游祖国的名山大川。时隔四十年之后，师生携手共寻当年课堂上梦游其中的祖国名胜山川，同温那激动人心的壮美诗情,身为教师,那是一种何等美妙的回报和享受啊!

　　1988 年暑期,我接到一位很有才华的、时任某全国性刊物主编朋友的信,他说吉林文史出版社要组织编写一部关于李白、李贺、李商隐诗的鉴赏辞典,他出任此书的主编,他曾看过叶先生写的一些书,很喜欢先生对李商隐的评说,希望能通过我邀请叶先生来写李商隐四首《燕台》诗的评赏,并要我也选几首来写。我随即将此意转告了远在加拿大的叶先生,并向先生建议"不如用您《迦陵谈诗》中的旧稿改写"……不久收到了先生的复信:"……撰写李义山诗评赏之事我本来愿意做,但我现正赶写一篇明年要提交国际词学会议的论文,要准备中英文两份文稿,所以颇为忙碌。因此我同意让晓莉先替我简化缩写我的《李义山燕台诗四首》旧稿,只是要加按语说明这些稿子是旧稿整理缩写的,要交代清楚才好,如能先寄我看一遍最好……"出版社尊重了先生的意见,于是我就按照规定的编撰体例和字数要求,缩写了先生的旧稿。由于多年来在整理先生录音讲稿的过程中,已经对先生的要求标准比较清楚了,所以这件事完成得很顺利。在接到先生表示满意的回复后,就连同我所撰写的,关于李白两首诗、李商隐三首诗的鉴赏文字一起寄了给出版社。此《三李诗鉴赏辞典》是 1992 年 5 月出版的,这几年,也恰好是我受叶先生之委托,为中国青年出版社的《中华文化集萃丛书》之《诗馨篇》整理讲课录音,撰写丛书文稿的时候,由于趣味爱好相投,我与这位主编朋友的文字交流多了起来,相互谈话聊天也越来越坦诚直接,轻松随意了,他信中经常鼓励我要多写些自己的东西。后来听说我上了研究生班,他来信说:"这些年你为叶先生做了许多事,这是否也是一种女性的牺牲精神,我想你应该要有自己的东西,还应该在学术上树立自己,而不能总是做服务性的工作……"看了信,我被他真挚的关心和期望所感动,同时也开始长时间、认真地反思起自己的能力和作为,对这一反思的结果,也记录在我后来给他的回信中:"……你以往的多次来信中几乎每每启发、鼓励我要有自己的东西,形成自己的一家之言,这些我都有所领会,而且深为你的诚恳真挚而感动不已。特别是收到你最近来信,我开始扪心自问:难道我真的富于牺牲精神吗? 我发现自己是当不起'自我牺牲'之说的,因为我其实不是一个谁都可以任用,可以指使,可以为之服务,为之牺牲的人。许多人不了解我与叶先生相识交往过程中的许多细节和感受,也没有机会了解叶先生作为普通人所具有的品格情操。我之对叶先生迷信和崇拜,除了她作为真正的专家学者、名人教授所具有的成就之外,还有她作为女人、作为凡人的一切……可以这样说,我是在不断地与她往来,为她整理录音文稿,为她'服务'的过程中,才逐渐升华、净化成今天的程度的。这在她也许没曾意识到,但我心里却十分清楚。也许今天之'我'有点不合时宜,但我却庆幸自己能够在有所依傍,有所追寻中度过了人生最为迷茫的一段时光,在此之前,我是不可能有自己的东西的,因为我连我自己是谁,该有什么样的东西都还不十分清楚呢……"

　　在多年来随先生学海泛舟,结网捕"鱼"的经历中,我得到了先生身为师者,"授之以渔(及鱼)"的双重收获——在按照先生的每一处批注对稿件进行一遍遍修改的过程中,在一边查《辞海》,一边抄录那些知而未解,食而不化的古典字句的同时,我的古文基础和鉴赏能力大有长进;对先生研读阐释古典诗词的路径和方法,以及著述为文所掌握的一些精神原则等等,也都逐渐有了深刻的体会和领悟;同时还于课堂之外再度领略到了先生"师者,所以传道、授业、解惑"的独特风格与示范! 后来,随着叶先生的这种深入浅出、声情并茂的"演讲体"著作的广泛受欢迎,我又参与了先生的《汉魏六朝诗讲录》《陶渊明饮酒诗》《诗馨篇》,以及台湾版《好诗共欣赏》等多种书稿的整理工作。在此基础上我才逐渐有了独立主编、撰写《中国古代经典诗词文赋选讲》《大学语文》《中国古代文学作品赏析》等多种教材及论文的胆量和能力。所有这一切,都已成为我日后职业生涯中,得以站稳讲坛,独立著述,成为教授的一笔"巨额资本"。所以每当大学的校友聚会时,我们都会感慨:即使大学四年里什么也没学到,仅就能够认识叶先生这一件事,就已经足够使我们此生有幸了……

　　上个世纪后 20 年,随着叶先生的在天津高校的影响不断扩大,天津的文化界和新闻界也纷纷对她关注起来。南开中文系有一位教写作的老师,兼任《天津日报》的通讯员,他应报社之约,撰文报道叶先生在天津的活动。1982 年元月 6 日,在先生结课后准备回北京的前夕,我到她住的天津第一饭店去交待手上的工作,顺便向她道别,恰巧碰上这位老师在征求先生对稿件的意见。先生看过稿子之后,一边笑,一边迟疑地说:"我觉得写的有些……有些……太拔高了吧,其实我并不像你文中所写的那样,这会不会给人一种不真实的感觉呢? 我认为还是应主要报道我的教学活动,因为我来天津的主要活动就是教书,那些空泛的'爱国''爱天津'是否有些太……太……"这位老师很为难地说:"报社要求就是让写爱国、爱天津的主题,还要写得让人一看就懂,写讲课怕是不一定大家都能懂。"先生说:"其实即使有人一时看不懂,我们也不该一味地迁就,而应该用我们所要提倡的新鲜的内容去提高他们,这样他们就会慢慢地看懂了。"停了一会儿先生又说:"我们应提倡写真事、实事,说真心的话,我以为这种文章应该由他们去写(指着我们,顺便将稿子递给我们看),因为我与他们接触最多,我想他们是最了解我的。即使他们的文字写得很幼稚,不合体,也还可以再修改,但难得的是他们的感受是真诚的。如果一开篇就写一些大道理,就算让人家都看懂了,也不会感动的,甚至还会给人虚伪夸大的感觉……我回国来这里教书,传达的是我们民族传统文化中最美好的东西。在国外讲这些东西固然也很光荣自豪,但却很难使这些美好的东西得到发扬和继承,因为它的生命在中国,在国外它不过是给人家的多元文化再增加一点点缀而已,而对于我们,它却是整个民族生存延续的命脉。因此我要把祖国给予我的这些美好的东西,尽可能多的交付给祖国的年轻人,所以要说爱国,我真正爱的是中国的传统文化,爱的是她们(指我们)……"接着先生向我们讲起她 1977 年回国旅游,在火车上看到青年人在读《唐诗三百首》时的感动心情,以及由此萌生回国教书心愿的过程……我一边听,一边看完那篇给报社的报道,记得当时心中百感交集,说不清是同情——为长期受舆论宣传工具驯化的报刊通讯员老师;是抑郁——为受"文革"极左思想影响深重的中国新闻事业;是惭愧——为我等师生没能充分了解、体会、感知先生的爱心所在……那晚,送走了南开的老师,我们也要与先生道别了,当先生送我们至楼梯口时,我紧紧握住叶先生那双细细的小手,当我努力克制住复杂的心情,说出"先生保重"之后,竟然一下子把先生拥抱了起来……

此后,随着叶先生回国次数和时间的增多,各种媒体都争相采访报道她,为她"树碑立传"。而她只要有时间都会尽量满足他们,为他们提供自己的诗文资料。但她有一个原则:凡是写她的文章,一定要忠于事实,而且一定要经过她的审阅同意后才能拿出去发表。她果然在这事情上很严肃,很严格。她曾对一位作者说:"如果你们写个人对我的印象和感受,那尽可以随心所欲地去写,但如果涉及我的思想行为或生活经历,就一定要实事求是,不能花花草草……"

至于回国教书的报酬和利益,先生不愿多讲。原来,自 1979 至 2004 年间,她每一次回国讲学的旅费都是自己设法筹划的,而没向国家要过一分钱。她总是说:"这是我自愿回来的。"而回国教书的报酬,除了长时间聘请她任课的一两所学校曾付给过她讲课期间的生活费外,其余多年来在各地的讲学或讲座大都是没有报酬的。近几年,偶尔有学校会主动付给先生些课时费。但叶先生本人是从不介意这些事情的。相反,1997 年叶先生捐出自己在加拿大养老金的半数(10 万美金),在南开建立了"叶氏驼庵奖学金"和"永言学术基金"。同时,加拿大企业家蔡章阁老先生,偶然一次听了叶先生讲的"小词中的儒家修养——解读张惠言《水调歌头》五首"之后,深受感动,当得知先生在南开筹建研究所遇到了困难,便慷慨捐资 200 万人民币,使"中华古典文化研究所"有了立身之地。1999 年 10 月蔡章阁先生的长公子蔡宏豪先生代表其父前来参加研究所所在的大楼的落成典礼后,也捐出 30 万元人民币在文学院设立了"蔡章阁儒学奖学金",在研究所设立了"蔡章阁奖助学金"。2000 年夏天,在澳门大学举办的第一次国际词学会议上,叶先生认识了会议的赞助者之一,澳门企业家沈秉和先生,沈先生多年来一直是叶嘉莹著作的忠实读者,他也听说先生的研究所经费有困难,因此当年秋天就汇来人民币 100 万元的赞助款……这一切,若不是亲口问及,先生是不会主动说起的。

<h1 style="text-align:center">三</h1>

1986 年 9 月，叶先生第三次来到南开大学讲学，那已是改革开放后的第八个年头，迅速膨胀起来的外来经济文化浪潮冲击着刚从"文革"后恢复过来，却尚未稳固的民族精神与文化自信心。考"托福"，出洋留学，文人下海，学府创收，等等，以其前所未有的魔力吸引着金字塔（高等学校）中的师生们。当先生再度回到南开主楼 102 阶梯教室的讲台时，已经物是人非了。1979 年初到南开时同学们喜爱古典诗歌的热烈气氛已经不复存在，后来先生也曾用杜甫《三绝句》中"门外鸬鹚去不来，沙头忽见眼相猜"的两句诗来描述她这时的感觉。一些同学开始要求她讲点"洋"的，研究生会在为她拟定的讲题中，明确要求最好带上些西洋文学的色彩，甚至有人公开向她发问："学古典文学究竟有什么用？"在这样的大环境下，叶嘉莹先生对古典诗词文化的薪火传承产生了深深的忧虑。不过，先生还真的在以后的课上用起了西方流行的"现象学""符号学""诠释学"等"新批评"理论。然而她并非在简单地满足同学们的好奇心，而是要透过西方文学的光照，辨析出中西文学理论上的异同，希望能更加明确地显示出中国古典文学的精到之处，尤其是优秀传统文学中那些能够化育人生，过滤心灵，陶冶性情，淳化风俗的作用。

1987 年 3 月 23 日上午，那天还没打上课铃先生就走上讲台说："我想利用等同学去取录音机的这点时间，读一封我女儿的来信，我女儿和你们差不多是同龄人，不知你们是否同意她的说法：

> 我觉得国内二十多岁的人现在基本上与香港或其他地方的差不多，只知道追求自己的利益，明目张胆地做坏事的人虽不多，但嘴巴上、思想中不少东西都不正。我最近常想，中国人为什么似乎比日本人、犹太人容易学人家的坏处，而不学好？并且为什么中国人不去占外国人的便宜，却来欺负自己人……我以为无论哪来的中国人，对自己的历史与文化都缺乏了解，以为中国文化就是吃中国菜，打中国麻将……我觉得中国人基本上是自己看不起自己，也缺乏民族自信与尊严，就连自己做一个人的自尊与自信都没有……

先生讲起她女儿对她说过的一些事：在加拿大郊外的草莓种植园里，一些中国大陆留学生把采摘后吃不掉，本该在出去时交点钱带走的草莓全都丢在园子里，以至于果园的主人再不允许中国大陆学生进果园；还有加拿大皇宫在每年国庆开放日里都备有免费点心提供给前来参观的客人吃,有些中国大陆来的青年人自己吃过后还要带给别人,甚至还有的人拿着这些点心争相与皇宫的主人照像……讲到这,先生的语调显得凝重起来,她说:"道德、品格是你自己做人的操守,不是为别人去守的。社会风气的改变,应该从每一个人做起,从每一个自己开始,谁也不应把自己的不道德归咎于社会的腐败。"停了一会儿她又说:"有位西方的社会学家曾经预言,21 世纪世界文化的中心在东方,在中国。我们要了解自己,认识自己,每一代人都有每一代人的责任,我们要承先启后,各自担负起自己的责任来,如果中华古代优秀的文化遗产和精神文明财富在你们这一代中损毁了,丢掉了,那你们就是这一代的罪人……"先生不但如此说,在此后的日子里,她更是身体力行,以她年逾花甲,已然退休的有生之年,又将历史文化断裂中两代人的责任一并担了起来。

最近我常常在想,当今世界上最不缺的就是名人;而最缺的也是名人,是实至名归、名副其实的人。上世纪 80 年代以来,终身教授、名誉教授、客座教授,皇家学会院士、中华之光——传播中华文化年度人物等多重头衔,中华诗词学会、辅仁大学校友会、"全清词"编选委员会以及国内外各种学术团体的多处兼职,几十部,近千万字的中外文论著,多家出版社的书约、多种报刊社的稿约,各类院校系所的课约;所到之处给当地带来的冲击波和"叶嘉莹热"……这一切都充分证明她之作为"古典诗词专家"的名不虚传。但与时下大多名人不同的是,先生的关注点不在于"专家"之后"叶嘉莹"的声名能被多少人知道,是否传得久远,而是"专家"之前的"古典诗词与文化"所承载的中华传统的精神文明如何才能迅速地得以流传和扩散! 于是为了用"古典诗词"填满她的每一个荣誉头衔,为了让中国古代文化传统借此"名人效应"而广泛深入地传播绵延,叶先生至今还在以她九十岁的高龄,不辞辛苦地周游于世界各地。

1988 年 10 月 14 日《天津日报》第 7 版发表了我所写的题为《师表　人杰　乡根》的报告文学,其中有几段文字,就是叶先生生命存在方式与生活节律的一个缩影:

"种竹交加翠,栽桃烂漫红",这是叶先生最喜欢引用的杜甫的两句诗,她用生命把这两句诗填得满满的,不留一丝一毫的缝隙,那每一个字从她嘴里掉出来,都如"大珠小珠落玉盘"一般饱满有力。不信请看她 1986 年 8 月至 1987 年 8 月,这一学年的日程记录——

1986 年 9 月底北上天津至 1987 年 1 月 25 日在南开大学讲授唐宋词。并为《光明日报》撰写《迦陵随笔》。

1987 年 1 月 27 日(农历腊月二十七)带着一大捆未改完的试卷回北京过春节。

1987 年 2 月 3 日(农历正月初六)至 2 月 16 日应北京师范大学、辅仁大学校友会、中华诗词学会、国际文化交流中心、国家教委老干部局协会等五个单位之邀在教委大礼堂举办唐宋词讲座的前十讲。

1987年2月20日至4月25日继续回天津南开大学讲宋词。并为《中国历代文学家评传》撰写了《王沂孙评传》。

1987年4月27日至5月28日应南京大学之邀讲授唐宋词,并曾应马鞍山李白纪念馆之邀前往讲授李白诗。

1987年5月29日至6月3日赴京参加中华诗词学会成立大会,并做演说。

1987年6月5日至18日转赴四川大学与缪钺先生合作撰书,并做学术报告。

1987年6月18日至8月20日应沈阳化工学院、沈阳师范学院、大连辽宁师范大学等校的邀请,在沈阳及大连等地举办唐宋词系列讲座的后七讲。这期间,她还曾应各地听众及某出版社的要求,对讲座的录音、录像及讲稿进行统一编排整理和审阅。这项工作相当繁重和复杂,尽管昼夜加紧工作,却仍未能在国内完成。

1987年8月29日,她带着尚待审阅的录音讲稿匆匆返回加拿大,去迎接一个新的学年。

……

以上日程记录尚未计及各地报刊与编辑部门的采访、约稿、清样校对,学生答疑、信件处理等等……

若不是亲眼所见,我简直无法相信这竟会是一个63岁女性所能承受的工作量。

其实,在她即将离开祖国的那段时间里,她险些被超限度和超负荷的工作拖垮:那些天她每讲半小时就开始咳起来,又有几次她发现痰中有血丝。然而她依然像往常一样,全身心地投注在讲台上。我又一次想起她给我的第一封信中的几句话:"人生总有一天像火柴一样化为灰烬,如果将这有限的生命之火点燃起其他的木柴,而使之继续燃烧,这火种就会长久地流传下去,所以古人常说'薪尽火传',如果到了那么一天,我愿意我的生命结束在讲坛上……"为了中国古典文学中这生生不已的民族命脉得以延续,为了这星星之火的民族文化得以燎原,她甘愿春蚕丝尽而身亡,她不惜蜡炬自煎而照明!

善哉!——"若有知音见采,不辞遍唱阳春";

伟哉!——"亦余心之所善兮,虽九死其犹未悔"!

几乎所有认识她的人都很惊异,她年已耄耋,还肩担重荷连年往返于大洋两岸或长江南北,精神何以能如此饱满,精力何以会如此充沛?多年以来,不时会有女性时尚类、老年养生类报刊的记者前往采访,希望她介绍自己保养健身的秘诀。有一次《老年时报》的记者来访,正好我们几位同学在场,先生说:"我现在差不多整天都和她们在一起,你问他们我是怎样益寿延年的。"没想到我们几乎异口同声地说:"学习古典诗词……"事实上据我所知,叶先生日常生活中纯属健身的内容,大概只有每晚临睡前做的那几节名为"鹤翔庄"的气功操,这还是上世纪 80 年代初,在南开读书的侄子叶言才及其母亲杭若侠教给她的,她居然就三十多年从不间断地坚持了下来。我常想,且不论这气功操的实际功效如何,就凭她无论做什么事都执着坚守,一丝不苟,既"诚"且"信"的态度,我料定它对叶先生的身心健康必定是有益的。至于其他物质方面的生活,先生的简单和不讲究程度,若不是耳闻目睹,连我们都不会相信。1987 年 2 月在北京做唐宋词系列讲座时,她住在北师大招待所,当时还在放寒假,学校派了一位管理宿舍的老人为她安排伙食。叶先生请这位老员工的妻子每天早饭只准备一碗稀饭和一个馒头就行。一次午饭时给她烙了一张饼,她只吃了一半,当那老师傅收拾餐桌想扔掉那剩下的一半时,她却坚持让把剩饼包起来留待晚上烩着吃。1987 年 4 月底,在先生即将离津南下前,我们几个同学在我家各显身手做了几个家常菜为她饯行。饭间从她非常诚恳认真的赞赏中,我们知道她的饮食标准确实不高。在南开,她一个人生活也不愿多花时间烧饭,她的冰箱里常常存有速冻饺子,饿的时候煮一下就吃了。前几年先生因病不慎跌了一跤,此后她才请了个"小时工",每天傍晚为她烧好三顿饭(包括第二天的早、午饭)这样尽管还是常吃剩饭,但至少可以不再吃那些加了防腐剂的方便食品了。2009 年秋天,一位也曾听过先生课的某高校教师到加拿大 UBC 做访问学者,通过他的摄像机,我们看到了先生在加拿大半年中的生活实况:

　　每天早饭是两片面包,饭后先生就带上午餐(一个三明治面包,一小袋煮好的蔬菜和一个水果)自己开车到学校的一间只有六七平米的工作室开始工作了。工作室没有窗,迎面墙上钉着些架子用来放书。书架下边的空间只够放一张供看书写字用的台子,台子下面再放把椅子,小屋就全被填满了。八十多岁高龄的叶先生就是在这样狭小密闭的空间里,每天除了中午到楼下休息室里煮一壶开水,吃着自带的午餐,同时还把所有的访谈会客等事都约在这段时间里进行。午饭后,她休息一个多小时,然后继续上楼工作直到傍晚。傍晚回家途经超市时,她要买好下一天所需的食品原料,到家后戴上围裙就开始做饭了。录像中我看到先生烧菜的方式类似我们国内的涮火锅,先用白水煮切好的白肉,等肉熟了,再将豆腐和各种蔬菜下到锅里煮,最后放盐调味后就算烧好了。晚饭后,先生还要再工作三四个小时,这期间还要打电话,回复信件,会见客人,直至子夜时分才去休息。有次我们问先生:您一个地道的北京人,何以习惯每天都吃面包的生活? 先生说:"我早在 1966 年在哈佛大学教书研究的时候,就开始了这样的生活,那时也是早晨两片面包,中午就在哈佛燕京图书馆,我的研究室楼下卖食物的车子上买两份三明治,中午吃一份,晚上吃一份。我晚上都在研究室看书写论文,因为图书馆的工作人员要到点下班的,他们就给了我一把钥匙,让我走的时候自己锁门。因为我这样在西方过惯了,一天吃三餐面包也不在乎。"……原来叶先生习惯的不是西餐,而是简单。国内的亲戚都称她是"苦行僧"加"传道士",而先生却永远是精神饱满,乐此不疲。难怪她的校友,北师大的刘乃和教授说起她时那么激动:"她形如香莲,心似清泉,在灯红酒绿的花花世界里一尘不染,四十年不改初衷,真太不容易了。"莫非这种心存美好,忘我追寻,执着坚守,始终如一的情志与作为,正是使先生的"身"与"心"都能够"不知老之将至"的秘诀和原因吗? 2009 年 9 月 19 日《城市快报》15 版有一篇《叶嘉莹:国学修身养性》的访谈实录:

> 快报记者:国学对您人生的最大影响是什么?

> 叶先生:你看我随口就能引用《论语》中的话,这是小时候背诵的效果。学国学不仅要会背,还要在实践中处处与之相对照。至少《论语》对我影响是非常大的。此外还有诗词,像陶渊明、杜甫、李商隐、辛弃疾等等都对我有影响。这是我八十多岁精神还这么好的原因所在。子曰:"吾十有五而志于学。三十而立,四十而不惑,五十而知天命,六十而耳顺,七十而从心所欲不逾矩。"《论语》里没说八十岁会怎样,我借用庄子的话,说自己是"八十而独与天地精神相往来"。人如果与道合一的话,就能够完全融入自然,学到国学的精髓后是可以修身养性的。

2013 年底,叶先生被选为本年度"中华之光——传播中华文化年度人物"。当颁奖晚会的主持人又问到她"是如何保持了不逊于年轻人的精气神的"? 先生再一次公开了她养生益寿的独家秘诀——"钟嵘《诗品·序》里有一句话:'使贫贱易安,幽居靡闷,莫尚于诗矣。'一个人无论是在寂寞失意之中,无论是在艰难挫折之中,能够安慰人,鼓励人的没有比诗词更好的。"

有些只闻叶先生之名,未见叶先生其人的朋友曾怀疑,能此等忘我地投入,取得如此卓越的成就,她该不会是个不近人情的"女强人"和"工作狂"吧? 殊不知,就如同叶先生讲的诗词能使枯燥抽象的道德教化变得美妙亲切一样,叶先生的坚韧执着,顽强不屈中常常体现为一种中国传统女性柔软、柔弱、柔曼的独特美感。我在 1988 年 7 月 26 日的日记里留下过这样一些往事的细节片段:

> 上午 10:40 乘火车赴京给叶先生送稿子,下午 2 点多到察院胡同 23 号。在等她午睡,与她的弟媳(叶言才的母亲)聊天中得知她的婚姻竟是如此的不幸。在她身上原来

集中了天下女性所能遇到的所有不幸和苦难的总和！我想自己一定要为她争气，争光，用全部学生的爱来冲淡她家庭生活中的苦涩……三点多的时候，叶伯母叫醒先生，她看过我的文稿和安易抄的周邦彦词的讲稿后问：安易、爱娣怎没来，我回说她们去给一位因心肌梗塞猝死的同学开追悼会了。先生为这年轻生命深感惋惜……之后先生说了对稿子的处理意见……我提出报社要她照片的事，先生说："我已建议他们加洗了，现今还没有下落，走，我们出去打几个电话。"然后我俩每人找了把伞，拐出胡同向马路对面民族饭店的服务大厅走去。在大厅一角的电话台，先生拨打着电话——给诗词学会的吴报鸿，给王敦和，给教委的白某某（当时我没听清人名）……我坐在离她不远处，看着她，听着她，不知不觉间竟然看得入迷了：在等待和倾听对方讲话的时候，她的样子就像一个小女孩一样，一只脚的后跟贴着地面，脚尖微微翘起，非常非常缓慢地向左右两边摆动，眼睛出神地盯着自己那轻轻移动的足尖……那种下意识动作，和着她那委婉的口吻与声调，给我的感觉实在是太美妙，太可爱了：那般天真，那般纯净，那般专注，那般安宁……简直无法与一个多小时前我刚刚了解到的，那个集天下所有女性之不幸于一身的人联系在一起……

1987 年 2 月 21 日我在南开专家楼的听课记录中也唤起过类似的记忆：

那天叶先生与我们在聊与缪钺先生合撰《灵谿词说》的事，我们好奇地问起："缪先生讲课的风格是怎样的？"叶先生风趣地说："很多知名学者风度是不同的，在讲课方面我属于豪放派，缪先生才真正是婉约派，他上课时常常是安静地坐在那里，声调轻轻地娓娓道来……"叶先生介绍了缪先生四世同堂，家教极好。后来又谈起夏承焘、唐圭璋以及上海陈寅恪的学生蒋天枢等等，她说这一代学人始终还保持着旧传统的老先生们对学问、对学生的那一份纯真与诚恳，特别是她一边说着，还一边模仿这些老先生的神态，比如她在解释"瞿禅"（夏承焘先生的字）时说："你看'瞿'字上面那两只大大的眼睛了吗，夏先生给我的最初印象正像他的名字，我们谈话时，那两只纯净的大眼睛会充满好奇地一亮一亮地很有神光（叶先生说这话时，也模仿夏先生的样子一下一下睁大她的眼睛），性情也像缪先生他们一样淳朴天真，那才叫'不失赤子之心'呢！"……现在回想当时叶先生的那充满钦敬的声吻，和略带调皮的神态模仿，我感觉就像是一个小女生在向人描绘自己所喜欢的老师一般纯情可爱……

此外，还有一些间接的见闻也给我留下了很深的印象：2001 年 12 月 31 日，张候萍老师（《红蕖留梦——叶嘉莹谈诗忆往》的作者，上世纪 70 年代末就学于南开大学历史系，后任教于天津工会管理干部学院），正在为撰写叶先生的"口述历史"做录音访谈。那天叶先生的外甥,现任台湾长庚大学校长的包家驹教授来天津看望先生,先生约了包家驹教授与我们几个学生一同参加张候萍老师的访谈。在谈及先生大半生作为中国古典诗词学者,与东西文化使者所取得的成就与贡献时,包教授听得非常认真。后来我们提出让包先生介绍一些叶先生在台湾地区及海外的情况时,包教授诚恳地说:"我的感觉跟你们不大一样,对我而言,她就是我的舅妈。我所看到的你们的叶先生,是在永康街(上世纪 60 年代末叶先生在台湾的住处)擦地板,架着竹笼在炭火上为她的女儿烘烤尿片的人;我还看过你们的叶先生在39 街(70 年代初叶先生在温哥华的住处)的厨房里洗菜,厨房水槽不通,她挽着衣袖在弄那个水槽……"他略带思索地对叶先生说:"我第一次知道您是教授,还是在 UBC 您的办公室里;而真正感觉到他们的叶先生是'学者''使者',有这么大的成就和贡献的,是 1986 年我从美国回到台湾筹建长庚医学院的时候。那时我们学院所招聘的大学国文老师中,有很多人是听过您的课的,从他们的回忆中我才知道了您的成就和影响。……最让我感觉到舅妈您真的是特别棒的,是我的同行吴德朗(台湾地区著名心脏内科专家),他在台大医学系读书的时候曾经听过您一学期的国文课,吴德朗说他一辈子有两件事是最重要的,一是选择了心脏内科,另一个就是听了您的课。"叶先生说她不但记得这位吴大夫,还记得当时有许多理科同学的国文程度与兴趣非常高。她谈起与前不久来南开的美国哈佛大学杜维明教授一起吃饭时,杜先生问叶先生记不记得当年在台大教过的一位叫江家骃(美著名物理学家)的人,他说江家骃经常说起他有一段时间生活心情状态非常不好,就是因为听了叶先生的课才重新振作起来的。叶先生回忆说她记得江家骃,虽说学理科,但对国文的兴趣大得不得了,在台大教他们大一国文课时,江家骃经常课后拿着自己的长篇文稿与叶先生讨论问题。包先生说:"是的,现在海内外有很多听过舅妈课的人常跟我打听舅妈的情况,并且托我转达他们对老师的问候与祝福。可说来惭愧,我这个做外甥的真的是并不十分了解舅妈所做的事情,如果能建立一个网站,把大家和我想要知道的内容分成栏目挂到网上去,这样既满足了我们的要求,又方便了我们大家相互之间的联络,这对于促进和扩大我们国学文化事业的发展也是一件大好事啊!"(或许正是这次访谈,才加速了"叶嘉莹学术网站"于半年后的 2002 年 7 月正式运行起来,当然这都是后话了。)

四

　　上世纪最后的十年,我以为那是叶先生诗词生涯中的又一座里程碑,她实现了人生中的又一次成功转型——先生居然在年届古稀,已然退休之后,顺应着时运与机缘,在南开大学创办了中华古典文化研究所。此前,先生作为"苦行僧"与"传道士"所做的还只限于在教室里、讲坛上的滋兰树蕙,栽桃育李;而这之后,先生深切意识到中华古代文明传统的复兴与弘扬单靠一个人,或一代人的努力是远远不够的,要集合起更多有志于此的"星星之火"形成燎原之势,才能确保我们民族优秀的传统文化能够真正地薪尽火传,生生不熄。所以作为中华古典文化研究所的所长,她"晨兴理荒秽,带月荷锄归",竟然在日常的教学研究工作之外又承担起此前从未做过的为研究所的场所、经费、人员、以及生存与发展而图谋策划的沉重责任。她将自己养老金的一半捐献出来,设立了"驼庵"(叶先生老师顾随先生的号)奖学金和"永言"(叶先生已故长女与女婿名字的合称)学术基金;她凭自己声誉吸引到国外及澳门地区的爱好中国古典文化的企业家们为研究所教研楼的筹建慷慨解囊,倾力相助……

照理说,这位经过半个多世纪的舌耕笔耕,早已硕果累累,桃李满园,蜚声海内外的老人,足可谓之功德圆满,此生无憾了。然而这些一般人所看重、所珍惜的成就和名誉却不是叶先生所在乎和追求的。1996年她在《我的诗词道路》前言中所说:"……目前研究所尚在艰苦创业阶段,对儿童的吟诵教学更不知何日方能在神州大地上真正地开花结果……我现在所关心的并不是我个人的诗词道路上有什么成功与获得,而是后起的年轻人如何在这条道路上更开拓出一片高远的天地,并且能借之而使我们民族的文化和民族的品质都因此而更绽放出璀璨的光华……"

2000年11月16日晚,叶先生给研究生开的词学研究课程(记得那天讨论的是南宋遗民词选《乐府补题》)照例在南开外专楼进行,课间忽然停电了,同学们赶忙找来蜡烛点燃,于是众人在烛光摇曳中围坐于先生身边,继续品读和讨论着那些令人心光闪烁的绝妙"微辞"。当话题谈到近日叶先生所写的下面几首诗词时,忽然间我被眼前的情景所触动,几句古诗竟然跑了出来:"生年不满百,常怀千岁忧。昼短苦夜长,何不秉烛游……"可眼前烛光灯影中鬌发已苍的叶先生,在她本该颐养天年的耄耋之龄里,所怀、所忧,秉烛所为的又是什么呢:

> 萧瑟悲秋今古同,残荷叶落向西风。
>
> 遥天谁遣羲和驭,来送黄昏一抹红。
>
> 似水年光去不停,长河如听逝波声。
>
> 梧桐已分经霜死,么凤谁传浴火生。
>
> 花谢后,月偏明。夜凉深处露华凝。
>
> 柔蚕枉自丝难尽,可有天孙织锦成。

广乐均天世莫知,伶伦吹竹自成痴。

郢中白雪无人和,域外蓝鲸有梦思。

明月下,夜潮时。微波迢递送微词。

遗音沧海如能会,便是千秋共此时。

读着先生这些诗词新作,想到连日来她白天为小朋友们录课讲诗,晚间为我等秉烛讲词,心中涌起一阵阵强烈的感动,好在没电,我又坐于暗处,情不自禁流下的泪水才没被人发现,不曾因母亲早丧,丈夫幽囚,女儿夭亡等人生创痛而沉浸于悲伤的叶先生,近一年来所写的诗词中却常常流露出这样的深悲与怅惘——我曾不止一次地听她背诵《论语》中的一段话:"文王既没,文不在兹乎? 天之将丧斯文也,后死者不得与于斯文也;天之未丧斯文也,匡人其如予何。"这是孔子周游列国被困于匡时,对门生所说的一段话(译文为:文王去世之后,那些重要的文献不是在我这里吗? 如果皇天要让这些文献丧失,那么,我这个必朽之人也就得不到这些文献了。皇天若不想使这些文献失传,匡人对我,又能怎样呢?)。孔子这里所告诉学生的是,他之所以栖栖惶惶,困顿不堪,却还要知其不可而为地一意孤行,是因为他肩负上天的使命,来为传统文化代言,来传播文化与文明之"道"的。至于此"道"是否行得通,只有,也必须竭尽人事,而听从天命了。是啊,孔老夫子终于不辱使命,在当时礼崩乐坏的艰难环境中述而不作,代天立言,把影响中国文化数千年的儒家思想学说的经典,完整地保存了下来。而今,叶先生为要延续的中国古代诗词的优秀精神传统文化而面对日趋浮躁,急功近利的世风,不遗余力,即"述"且"作",不知老之将至,又会有怎样的结果呢? 这正是毕竟老之将至的叶先生近作中感伤与怅惘之所在——如果"天之将丧斯文也",叶先生所终生为之努力的一切,真会化作徒劳吗? ——"遥天谁遣羲和驭,来送黄昏一抹红?""柔蚕枉自丝难尽,可有天孙织锦成?"倘若真的"天之未丧斯文也",那么,叶先生今天为小朋友们白昼讲诗,为我等秉烛讲词的一切付出,或许会在若干年之后产生回应的——"遗音沧海如能会,便是千秋共此时"……后来我在日记里留下了这样的感受:

　　叶先生的诗词令我感慨万端,这感慨中说不清是愧疚,是难过,还是壮烈……记得在1940年代,梅贻琦写了一篇叫《大学一解》的文章,其中有这么一段话:"古者学子从师受业,谓之从游。孟子曰:'游于圣人之门者难为言。'间尝思之,游之时义大矣哉。学校犹水也,师生犹鱼也,其行动犹游泳也,大鱼前导,小鱼尾随,是从游也,从游既久,其濡染观摩之效,自不求而至,不为而成。反观今日师生之关系,直一奏技者与看客之关系耳,去从游之义不綦远哉!"(意思是说大学如同道德与学问的海洋,老师和学生都是其中的鱼,小鱼跟着大鱼游,游着游着,也就变成了大鱼。正是在从游的过程中,学生们通过借鉴，理解，模仿，而最终成才。但现在的师生关系，更像是教授们在表演，学生们在观看演出。时间到了，学费付了，通过考试，获得一张文凭，就这样，完了。老师和学生之间，只是一个贩卖知识与购买知识的关系。这与古人"从游"之义相去太远了。)想我等追随叶先生学诗求道已经20余年，即便是"游于圣人门下难为言"，但也该学着先生的样子替天传道，代圣人立言了。但恨我等不敏、不才，未能够像叶先生那样全身心地、负责任地担负起历史赋予我们的共同使命，竟让年届八旬的老人如此感伤……每念及此，百感交集难以自抑，遂亦填成《鹧鸪天》二首以慰先生：

> 蜡泪秋光冷画屏，香兰蕙草聚流萤。曲终银甲实难卸，白雪阳春断续听。　　华炬灭，慧灯明，好凭心力识广陵。九万里外传天籁，幺凤清逐老凤鸣。

> 晚岁学诗乐道中，高坚钻仰觅无踪。拈花一笑凭谁会，郢竹燕疏枉举灯。　　机杼断，月虚明，天孙丝尽锦难成。杜鹃恨不啼心血，去染天东一抹红。

2001年初天津电视台"文化视野"栏目要为叶先生做一期电视人物专访，编辑找我来配写解说词，此时我正在为叶先生主讲的《幼儿学古诗》教学录像片写前言，为此所搜集到的一些资料里，有1998年9月叶嘉莹先生写给当时的国家主席江泽民的一封信，其中有这样一段话："我深感振兴中国古典文化对于提高国民品质与改善社会风气的重要性。我的理想是在幼儿园和小学生的课程中增设'古诗唱游'一科，以吟唱和游戏的方式教儿童们背诵古诗。我曾用此方法在海外教授留学生子弟，效果极好。但我以为华人的根基在大陆，一定要在大陆推广才是。……我现在已是年逾古稀之人，我只盼望在我有生之余年，还能够为我所热爱的祖国以及我所爱的古诗词中所体现的优秀中华文化做出最后一点贡献。"据说后来江泽民主席曾指示李岚清副总理及教育部有关部门与叶先生取得联系，并采取措施在基础教育阶段加大了传统诗词内容的比例，且在部分地区的中小学教材中得到体现。自此以后，"读经班""国学院"便开始出现，人们期待日久的"传统国学"开始逐渐升温了。

2001年8月8日由澳门实业家沈秉和先生捐款赞助的"中国古典诗词及诗学词学高级研讨讲习班"在天津蓟县的盘山召开，全国四十多所高校的五十多名教师代表，包括南开大学多位教授以及《文学遗产》副主编、《文学评论》杂志社副社长在内的七位专家学者出席研讨，并做学术讲演。沈秉和先生在给会议发来的贺词中有一段话使我至今记忆尤深：

> 中国人，一生中总难免有跟"床前明月光"打交道的时候吧？记得我小学二年级时，曾念过一篇课文，大意略谓：一位教书先生给小朋友们出一题：谁能够用最便宜、最省力的方法把一间空屋子填满？小学生中有的提议用棉花、有的提议用禾草……但老

师都摇头否定，最后，一位小朋友灵机一触，拿出一根火柴一划说："这不就把屋子填满了吗？"这个小孩子可能就是后来某位名人吧，我忘记了，但是，这个故事却一直若隐若现地影响了我几十年。……有朋友说我不像是个生意人。但我确实是个身系数千工人饭碗的资本家。以前我也间或回到工厂巡视工人加夜班，于人头攒动之际，自有身居万人之上的一阵愉悦，但于此忽诵王国维词："偶开天眼觑红尘，可怜身是眼中人。"悲喜之间倒不在乎你确实享受了这数十秒间神游诗境之旅，而在它神奇地使自己在以后处理世事时出现的一些变化。人言写书法写到最后就是写学问，我想，做事业做到最后也是做襟怀吧。我们从事什么行业很大程度上不是一次选择的结果，尤其不是自我选择的结果。但是怎样做这个行业或许是可以选择的吧？做一个略带诗意的资本家，这是我的自由选择。"长怀一灯影，万里眼中明"，此唐人钱起诗也，那盏灯，不也就是那位小朋友划着的那点火吗？这灯火已经走过了千年之旅，在这个精神匮乏的年代，它还可以继续走下去吗？若可，这或许是诸位可以研究的一个课题罢……

被叶先生所读的这封贺信所深深感动的不止我一人，与我住同一屋的张候萍老师也感动不已，她不但把为叶先生整理的《我的自述》的复印件全部分送给了代表们，还通过电话调集了她所经营的两个书店所存的叶先生为幼儿园小朋友选编的《与古诗交朋友》一书及配套音带全部免费赠给了各地代表。会上叶先生所作的《对传统词学与王国维词论在西方理论光照中的反思》以及《从王国维词论谈其〈人间词〉的评赏》的两次讲演在与会者中反响极大，各地代表在无比钦佩与惊异叶先生对古典诗词研究造诣之精深，成就之卓著的同时，纷纷向叶先生询购她的学术著作、诗词创作、讲课录像以及有关先生的生平资料。许多代表不时流露出这样的焦虑：即使叶先生精神矍铄，才思敏捷，但先生毕竟年已耄耋，她此生心血所结出的累累硕果如何保存？这也令我与张候萍老师很感紧迫，于是我们在会议结束前提交了如下的书面建议：

2001年初秋是应该记忆的：一群有责任感的诗词爱好者与传播者，一堆欲为中华传统诗词精神复兴而蓄势待燃的干柴，被千里之外极富诗意的沈先生与乒届八旬许身于诗的叶先生在南开文学院的辛勤努力下点燃了！

十天来诗词学界诸位专家学者为之续柴薪、添膏油，而今这干柴已在古城盘山——21世纪中华传统诗词复兴的奥林匹斯山下熊熊地燃烧起来。然而匆匆十日，转瞬即逝，眼下这熊熊圣火将作为火种分赴祖国的东西南北。临行在即，满怀的激奋、留恋、怅惘与忧虑竟又一次化入沈先生贺信中所引用的两句诗："长怀一灯影，万里眼中明。""明日重扶残醉，来寻陌上花钿。"（转引自沈秉和先生的贺信）为了这词花不凋，诗灯长明,我们特向沈先生及文学院建议成立叶嘉莹工作室。多年来,虽有一些人陆续为叶先生整理过一些讲稿,也曾对叶先生的人生、治学、创作以及教学诸多方面的品格与成就撰写过介绍性文字,并在此过程中累积起一些资料、素材与成果,但由于人员、时间、力量的分散而进展缓慢,因此我们每每听到叶先生言及"日月逝矣,时不吾与",心中总会感到紧迫与焦虑,我们希望能有一个保存这火种的叶嘉莹工作室,若能如愿,那么工作室应尽快完成现尚进展缓慢的三件主要工作:1.把叶先生讲过的诗词录音尽快整理成出版文字,并刻录成光盘;2.为叶先生编撰年谱、传记;3.在对叶先生一生著述进行分类梳理研究的基础上,为其建立起一个完整的理论体系⋯⋯

　　不久,我们得到了沈秉和先生欣然同意的消息,并要求我们尽快做出工作室创办的启动资金预算,随后又派来专门工作人员了解考察资金使用情况。与此同时,叶先生早年教过的学生,现任香港特别行政区教育署官员的薛春明女士与叶先生的外甥,现任台湾长庚大学校长的包家驹教授先后来津看望叶先生,他们也都不约而同地表达了想要借助网络了解有关叶先生的最新动态并加强叶先生与海内外学生之间沟通联络的愿望。2002 年 3 月沈先生资助给"工作室"的第一笔创办资金到位。2002 年 6 月 8 日,叶先生的编外弟子刘波在南开大学东方艺术系举办个人毕业绘画展,借此机会,叶先生在天津的两代学生(含编外)代表安易、张候萍、程滨、迟宝东、王晓荣、陈谊娜、曾庆雨和我等八人相聚南开园召开了"叶嘉莹工作室"成立的第一次筹备会。会议通过的第一项议程就是建立"叶嘉莹工作室"网站。2002 年 7 月"叶嘉莹学术网"在互联网上正式开始运行。2003 年 2 月 19 日我在《中华读书报·学术双月刊》上以《现在进入迦陵网站⋯⋯》为题详细介绍了此网站的内容。

　　进入 21 世纪互联网时代后,叶先生的知名度和影响力随着知识信息化的速度与日增高,学习和关注古典诗词和文化的人、机构,以及新闻媒体也日渐增多起来,二十五年前先生在南开课堂上曾经引用西方社会学家"21 世纪世界文化的中心在东方,在中国"的预言似乎真的应验了。特别是近些年慕名报考叶先生研究生的不但人数在增加,而且年龄也在降低。2009 年有一位美籍华裔的年轻母亲带着两个女儿(大的当时是 11 岁,小的 9 岁)从遥远的美国纽约随叶先生的工作行程而辗转于温哥华与天津之间。并且其中的大女儿经测试合格后,破例被南开大学文学院录取为 2011 级本科生。这些变化使一直以来深为中国诗词传统的后继乏人而忧虑的叶先生很感欣慰,但同时她又从中感受到另外一种忧虑,这就是当今的信息革命在大大提高了知识信息搜索查询与论文书写印制效率的同时,也为学术领域中视野短浅、成果速成、学术虚夸、学风浮躁,以及借助学术研究的虚假成果追求个人功利的恶劣行为提供了方便,急剧变化着的不良社会风气也蔓延到了叶先生的班上。记得先生曾经多次在不同场合，或婉转，或直接地向同学们表达过类似的意思："学习古典文学需要下些死功夫和笨功夫，做真正的学问是不能总想着走捷径的，我的学生是要做些甘于吃苦和甘于清贫的准备的，如果有谁想通过走捷径混个学位在我这里获取虚名，我建议你或许可以考虑换个导师……"

2011年10月25日晚临下课前叶先生有感于此说过的一段话，我从课堂录音中找到，整录如下：

> ……下次我们讨论讲杜甫的《秋兴》八首，大家回去看我的《杜甫秋兴八首集说》，要从头去看，八首诗的总序要看，每首诗的解题，每一首与一联诗的集说也要看。大家如果不好好地，踏踏实实地仔细阅读，只是望文生义，别说优劣高低，连最基本的对与错的判断能力都没有，那是没办法研究古典文学的。如果大家总想偷懒，做文章都是电脑上敲一敲，查一查，弄出很多材料，急着去发表，认为反正都是以发表文字的多少来认定研究成果，不从根底上下功夫，这永远不会做出真正好的成绩出来。牛牛（指那已经14岁的来自美国纽约的少年本科生）还很小，而且刚刚进来，她不懂这道理，当然可以原谅，你们比她大，都是中文系出身，而且念到了博士，治学的道理都应知道了，应该有自己的判断了。像上次课我们讨论司马迁《伯夷列传》中对"圣人作而万物睹"这句话的解释是对的吗？你们会说这是书中注解上说的，注解上还会错吗？你们要知道"尽信书不如无书"，我们要有分辨对错是非的能力，你叮叮当当地从电脑上东一句，西一句粘来的那些资料真懂得吗？以为只要有出处，抄来凑成一篇文章能发表就行，这是在做学问吗？不可以的。一定要把你读的、抄的弄懂才对呀，《古文观止》对"圣人出而万物睹"的注解就有问题，他说"圣人，人类之首也，故兴起于时，而人民皆争先快睹"，这话就不对，也不通。把万民说成是万物，没有这种说法，而且圣人既然那么高高在上，你说我睹了圣人，这对圣人是很不恭敬的，从来没有这样说圣人的。万民争睹，这常常用来说一个大新闻，一个稀奇古怪的事物的出现才引得万民争睹的，若真的要说圣人，应该说圣人出万姓"仰"才对，用"万物"指称老百姓，没有这种说法，人是人，物是物，而且也从来没听说"睹"到一个圣人的。由于作注释的人不通古代的文法，以为"万物睹"中"万物"是主词，"睹"是及物动词。其实这里的"睹"是古汉语中很常见的一个被动的用法，是说圣人出现了，所有世间的万事万物都被他（圣人）看清楚（睹）了。可见注释的人文法就没弄通。所以你们大家读书的时候首先要分辨对错，弄通文意，不然东抄一段，西抄一段，就赶着拿去发表，就说我发了多少多少篇论文，这不是做学问的态度，这是骗学位的办法，是不可以的……

2011 年 10 月 29 日晚,在接受某杂志社"读书"专栏记者的采访时,针对记者希望先生"介绍些诗词入门技巧等工具书"的要求,叶先生再一次重申着这些年来她一直在大力倡导并亲身践行推动着的诗词吟唱主张:

> ……中国古典诗词的传统是非常悠久的,但自古没听说过谁是凭借"读诗入门"或"作诗技巧"而成为诗人的。学诗的传统从有文字记载的《周礼》的时代就已经成型了,《周礼·春官》中记载当时周朝的教育制度说老师教小孩子学诗是按照"兴、道、讽、诵、言、语"几个层次来进行教学的。"兴"是强调教师讲诗时要注重培养起小孩子们善于兴发联想的敏锐感觉;"道"就是"引导",是要让学生知道读古诗不只是感慨古人的事情,你还可以通过阅读让你的心灵与诗人的心灵相沟通,相呼应;而接下来的"讽""诵"就是要强调背读和吟诵了。背诵非常重要,我们要弘扬中华传统文化,空口去谈,是没有意义的,你要使你读的诗,成为你精神血液的一部分,你就要把它背下来。古人说"熟读唐诗三百首,不会作诗也会吟",等你会吟了,慢慢地也就会作了,因为在你不断地循环往复吟诵的时候,你自然就逐渐掌握了诗的声调、节奏、韵律,以及意味、意义等内在规律。如果你不从背读吟诵入门,而另寻其他的"技巧"或捷径,你永远也不会感受到古典中国诗词的好处所在的……

复兴中国诗歌的吟诵传统,是弘扬中华诗词文化的一个重要内容,也是中国古代诗教的一部分,而近年来面临断掉的危险。这就是终身沉醉于中国古典诗词之中,且大半生穿行于中西文化之间的叶先生近些年常常难以释怀的深忧。先生深知中华文化的独特之处绝非其他文化可比,忽视了中华文化中的传统习得教育与传承方式,单靠现代科技工具以及入门指南等速成捷径,以求恢复发扬古典诗词文化的悠久传统,将会是空谈。为此年近九旬的叶先生每当听说有青少年的诗词吟诵活动,总会尽量克服困难前往参与,为孩子们颁奖助兴。每每看到年事已高仍不遗余力为振兴中华传统诗词而奔波呼号的先生,我们就恨不能多替先生做些什么。2001 年我们天津广播电视大学开办汉语言文学本科专业,所招的学员绝大多数都是在职的中小学教师或领导,我想这正是实现叶先生诗词教育理想的好时机,于是就结合教学大纲与学生的实际程度,将"中国古代文学作品选读"打造成以诗词为主的专业主干课程纳入教学实施方案。并为之选编了《中国古代经典诗词文赋选讲》的教材。此教材的底本是 1991 年中国青年出版社印行的《中华文化集粹·诗馨篇》。1989 年南开大学东方艺术系教授范曾先生发起主编《中华文化集粹》丛书时,曾经邀请叶先生撰写丛书之《诗馨篇》分册的。当时叶先生尚未退休,不能全力以赴,就提供了以往讲诗词的全部录音,由我、安易、杨爱娣、张海涛等人将音带整理成文字,再根据出版社的体例与字数要求对整理稿进行筛选和压缩，最后由叶先生审核定稿。1991 年丛书出版后，或许是因为宣传不够，亦或因丛书不能拆分零售之故，《诗馨篇》这两册非常适合青年学生阅读的诗词普及读本却没能发挥它应有的作用和影响。但它却对正在天津广播电视大学讲授古代文学课程的我产生了深远的影响：那两年间我一遍遍反复听了叶先生存在我家的全部讲课录音，这给我日后的诗词教学以取之不尽、用之不竭的源头活水。我一改国内现行的以知识传授为主的诗教方法，代之以兴发感动与理论反思相结合的比较鉴赏方法；并逐步用《诗馨篇》中经叶先生按诗史发展演进脉络筛选出的经典，取代哪些不成体系之教材中的作品篇目；同时还结合教学内容与目标精心设计了阅读思考题以及阅读鉴赏指南。就这样，这一经过十几年的教学积累与不断改进完善的诗词选本，终于在 2005 年 10 月经叶先生审阅并写了序言之后，由天津古籍出版社以《中国古代经典诗词文赋选讲》的面目正式出版了。这之后，为方便教学，我还利用学校的现代教育技术优势设计制做了与文字教材配套的，集图文吟诵音乐为一体的多媒体学习课件在网络上运行。此事做成后我曾一度如释重负，当时的心情已留在了那一版教材的"后记"里——"当我把此书最后的审定稿交给编辑，从出版大楼走出的时候，忽然，多年来从未有过的一阵轻松袭上心头——终于了却一桩夙愿：为叶嘉莹先生所身负的使命分担了一份责任，为叶先生所献身的事业多添了一块砖瓦……"

2011 年我从天津电大退休，同时受聘于天津市老年人大学继续讲授《古典诗词欣赏》课程，所用课本也是我在天津古籍版教材基础上简编而成的"叶氏诗教体系"。无论以前教过的中小学教师，还是现在所教老年大学的学生，从他们对中国古典诗词课程的热情中我看到了"叶氏诗教体系"在诗词教育方式与施教效果上的成功。每当回溯三十五年来我学诗与教诗的往事，总会想到十多年前还是叶先生博士生的钟锦（现已是华东师范大学的副教授了）在课堂讨论时说过的一段话——"人生来有利根与钝根之别，六祖慧能·学识不及他人，但利根使他见道顿悟。我不敢说我是有利根的，但我很幸运：虽然不能像叶先生那样自己可以直接望见月亮；但我能很快寻到叶先生那指月的手，并且顺着先生的手指望到了月亮，还在一直在看着月亮，而不是在看手……"

是啊，三十五年来不只是我能够有幸顺随叶先生的手指"却下水晶帘，玲珑望秋月"，还有许多幸运之人经由叶先生所开创的，以"诗人感发生命之复活"为目的、以"诗体形成演进之源流"为脉络、以"诗境广狭深浅厚薄之分别"为价值判断与鉴赏标准的"叶氏"诗教方式与诗选教本，才得以举头望到了明月……

去年春天北京师范大学出版社马佩林老师打电话来说，他们正在筹划为全国高校学生出版一批公选课的人文类通用教材，已经选中了我们这本"叶氏体系"的诗词教科书。这消息真是来得恰逢其时，一则是天津古籍出版社 2006 年版的教材早在多年前就脱销了，几次请求再印，他们都表示不包销 2000 册是无法开印的，而此时北师大如能出版同类教材，即可免去我每学期根据学生订数去复印的烦劳；二是当此之际，我正在为"叶先生的九十华诞暨中华诗教国际研讨会"征文的选题难定而焦虑着，这天赐的良机正好让我借花献佛，以此作为向先生祝寿的贺礼！于是我欣然应承，重新集结起当年做《诗馨篇》的安易、杨爱娣、张海涛等老班底，按照"以诗体的形成演进源流为脉络；以诗论的古今中西释用辨析为根基；以诗人的感发生命复活为目的；以诗境的广狭深浅厚薄比较为方法的"叶氏诗教体系"，重新进行编排梳理，并对教材使用中发现的阙冗谬误做了增删与改换。当此书即将定稿付印之际，我又想到先生多年前在《诗馨篇·序说》中的最后一段话："在中国的诗词中，确实存在有一条绵延不已的、感发之生命的长流，而这也就正是中华文化所特有的一份珍贵的宝藏。诸位青少年朋友们，希望我们所撰写的《诗馨篇》文稿能够带领你们，使你们不仅可以体认到这条生命的长流，而且可以加入到这条长流之中，来一同沐浴和享受这条活泼的生命之流给我们的最大的乐趣，我们等待你们的加入，才能使这条生命之流永不枯竭……"可以告慰先生的是，二十三年后的今天，又一娩自《诗馨篇》母腹中的新生命——《中国古代经典诗词选讲》即将应声落地，此时此刻我要衷心感谢使其顺利降生的助产士——北师大出版社以及马佩林老师，使我们得以捧着又一代诗词的新生命奉献于叶先生的寿堂，向尊敬的恩师认祖归宗……

木兰横戈好女子

——学习叶嘉莹教授关于女性词作美感特质之演进的一点体会

杨爱娣（天津铃铛阁中学）

叶嘉莹教授在世界各地传授中国古典诗词，把此当作一辈子的工作，虽然九十岁了，还坚持讲课，并以此为快乐，当面对各种艰难困苦的时候说诗词才是使她心灵不死的良药，她熟练运用中外文学理论，并将其结合起来，解说诗词，给人耳目一新的感觉。

叶嘉莹教授教了约七十年的书，海峡两岸曾出版了大约三十多本书，在 2004 年之前所写大都是以男性之作品为主的有关词与词学的论文，而从来没有亲手写过女性词人的论述。但是在上课的时候是不能不讲，因为讲到宋词不能不讲到李清照，但是从来不写。叶教授写过评论苏东坡的词，评论陶渊明的诗，评论杜甫的诗，评论李商隐的诗，评论辛弃疾的词，但是在《灵谿词说》中的李清照评论却交给了缪钺先生来写。

为什么叶教授不写评论女性作者的论述，因为她看男性的作品比较多，在男性的作品里，叶教授可以看出很多的意思来，而女性的作品生活范围太狭窄了，就是家庭，就是丈夫，就是儿女，没有一些深刻远大的东西，所以叶教授不写。另外本来女性的作品就少，很难跟男子争强斗胜。所以叶教授说她如果论述女性词就要写出为什么女性作品肤浅，为什么女性作品没有让我们像读男子作品有那种高远的联想，那么丰富。为什么女性作品没有？是因为社会的文化，限制、造成了我们妇女的这种情形。这样一分析就会讲到社会的不平，在中国封建社会的传统之中，男性和女性的地位是非常不平等的。可是叶教授作为一个女性来说，说女子的作品肤浅，这总是不大好，而且很多人喜欢李清照，如果你说李清照的作品也肤浅，这个就不大好，容易造成一般人对评论者不满意，所以就一直避免不写。按照理性来说，女性作品的美感特质的形成与其地位还是有很密切的关系。

叶嘉莹教授在 2006 年第二期《天津大学学报》（社科版）发表了《从性别与文化谈女性词作美感特质之演进》（实际上这篇文章在 2004 年 7 月 21 日写毕于温哥华不列颠哥伦比亚大学亚洲图书馆研究室）。其实谈到对女性词的研究，叶教授早在 2003 年春季学期就在香港城市大学中国文化中心,做了专题讲座,收在《风景旧曾谙:叶嘉莹说诗谈词》其中第八讲和第九讲,即《简介几位不同风格的女性词人——由李清照到贺双卿》,另外还有第六讲《双重性别——论〈花间词〉的美感特质》。又于 2003 年 11 月在南京大学讲了《从李清照到沈祖棻——谈女性词作之美感特质的演进》,此后从写作《从性别与文化谈女性词作美感特质之演进》开始,一发不可收,陆续写成《女性语言与女性书写——早期词作中的歌伎之词》;《良家妇女之不成家数的哀歌》;《宋代两位杰出的女词人——李清照与朱淑真》;《在晚明德才色并重之性别文化背景中的才媛之生活与作品》,到写"晚明"这篇时,已经是 2009 年的 8 月了,叶教授也已经是八十五岁高龄了,她写了一系列运用西方近年来有关性别研究学说的论述,对女性词作美感特质之演进进行了深入的探讨,形成了一个崭新的角度。同时也把她自己研究的词学理论又推向了一个新的高度。在《从性别与文化谈女性词作美感特质之演进》一文中,叶教授把女性之词归纳为六大类别:

> 其一是歌伎之词,其中既包括了敦煌曲中的无名氏之作,也包括了两宋的具名之作;其二是本无意于写作的寻常妇女,只不过偶因一些重大事件之遭遇,遂以此种当时习见易知之文学体式,写下了一己之不能已于言的一些情感和经历之作;其三是两宋良家妇女之有心用意于词之写作,且有专集传世足以成家的女性代表作;其四是在明清两代,特别是在清代的众多作者中,最具代表性的一些女性之作;其五是民国革命海运大开之时代前后的女性代表之作;其六是现当代的女性之作。

这些都是叶教授近些年来陆续阅读研究了一些西方女性主义与性别文化的论著以后,才逐渐省悟到我们过去一贯以男性为主流的眼光和标准来衡量女性词作是何等不公正的一件事。如果不能透过性别与文化的观点来反思和衡量女性的词作,则恐怕一般对女性词作之只因其为女性之作便妄加称赏的评说,很可能也将与一些以男性为衡量标准便对女性词作妄加轻诋的评说,有同样的失误。"因而如何能透过性别与文化的探讨途径,为女性词之美感特质,来构建出一个理论框架和评赏标准,自然就是我们这些从事词学研究之人所亟待完成的一件工作了。"为了这件工作叶教授付出了多年的精力,取得了很大成绩。叶教授在文章中对于研究女性词的美感特质之演进时特别提出了三点值得注意的地方:

> 女性在词之写作中既是少数的弱势,故其美感特质与男性之作虽并不相同,但却无可避免的时时都受着男性词之风格演化的影响。因之我对男性词之论述,就时时也仍可作为我评说女性词时的一种参考和借鉴,这就是我何以在此特别提出了我以前所曾写过的一些论文的缘故。而这当然是我们在探讨女性词之美感特质时第一点应注

意之处。其次再就历史之演进而言,则如本文在前面所言,所谓"士"之文化,可以说一直是站在中国文化史中之主导地位。……而"士"之文化既是以男性为主体的,因而男性的词作在其精神理念之贯串下,其词之内容意境,就也一直有一种不变的延续;但女性之作则不然了。从两宋时代良家妇女之不敢轻易为词,到明清两代的妇女诗词之大量的出现,以迄于近代的秋瑾之革命烈士词之出现,这当然关系于时代政治与社会风习等多方面之改变,而政治与社会风习之改变,则同时既关系于男性对于妇女写作之观念的转变,也关系于妇女自己写作之观念的改变。这种转变的因素和过程,当然是我们在探讨女性词之美感特质时第二点应注意之处。其三则就性别言之,男子与女子除去生来就有的生理上的区别以外,在心理与智力等方面,是否原也有所差别? 若以此一问题与前面我们所提出之两点应注意之处相比较,则所谓男性词之美感特质,及"士"之一贯的文化传统,与不同社会风习下男性与女性对写作之观念的演变,这其间所牵涉到的还可以说基本是以中国之文化和文学为背景的界域内的问题,至于说到男子与女子在心理与智力等方面之分别的问题,则是一个更为根本的普世之问题了。因此在论及性别问题时,有时就也不得不参考一些西方的论著。

在仔细梳理女性词作后,叶教授认为早期之良家妇女根本不敢从事于这种歌词之写作,所以早期的女性词作所流传下来的乃大多为歌伎之词。而歌伎之词又可因其文化层次及交往对象之不同,而表现为不同的风格和美感。并且在《女性语言与女性书写——早期词作中的歌伎之词》中把她们的词作分为两类:第一类是早期敦煌曲子中文化层次较低的一些歌伎之词,如:《望江南》(莫攀我)等词。第二类是《全宋词》中所著录的与文士相往来之文化层次较高的一些歌伎之词,如:琴操改写的《满庭芳》(山抹微云)等词,这些早期的歌伎之词,在毫无理论概念的情况下,以她们最真诚质拙的语言,确实颠覆了那些男子假借妇女之口吻而叙写的女性之情思的不真实的谎言。

在《良家妇女不成家数的哀歌》一文中,叶教授指出女性之词多为思妇怨妇之情。但是这并不代表女性就没有家国之思,只是在性别文化对不同性别之不同文化期待的视野中,女性受到了多方面的限制和约束,使她们不敢也不能存有这种情思,而这也正是何以女性的作品在整体成就上,总显得比男性的作品轻薄而软弱的原因。并且举出戴石屏妻子的《祝英台近》(惜多才,怜薄命)以及徐君宝妻子的《满庭芳》(汉上繁华)的作品相比较,而且戴的妻子和徐的妻子写词之后各以身殉,"其所作固全为血泪写成"。早期的良家妇女之作,并没有丰富的主题和内容,这自是一种必然的现象。而在性别文化中,思妇之词遂成为了女性词作中最为普遍的内容。有才情者虽然也往往可以写出颇为动人的作品,但就意境言之,则终不免缺少深广之致。在此种情形下,妇女之作欲求其有加深与加广之成就,遂必须有待于其在现实生活中所遭遇的强烈的刺激和震撼。

在《宋代两位杰出的女词人——李清照与朱淑真》一文中,叶教授仔细讲解了李清照和朱淑真的多首词,认为李清照的词中之特别具有词之幽隐深微之意境,例如她的一首小词《南歌子》(天上星河转)、《永遇乐》(落日镕金)和《渔家傲》(天接云涛连晓雾)等词。本来词从早期的晚唐五代之作,就已经形成了一种要眇宜修以富于言外意蕴为美的特殊美感特质。随着时代的发展,到了明朝词开始逐渐衰落,可是很有些意外的是从晚明以来,女子的诗人却一天比一天增加了。叶教授《在晚明德才色并重之性别文化背景中的才媛之生活与作品》,评论了吴江叶绍袁为自己的妻女编的《午梦堂全集》。其妻沈宜修以及女儿:长女叶纨纨,次女叶小纨,三女叶小鸾,在明代妇女作者中,都是非常有名的。

为什么晚明以来特别是清代女诗人增加了这么多呢? 叶教授从历史的发展和文化背景角度进行了系统的研究,并且分别从政治思想及文学风气两方面来加以考查:先就政治思想而言,晚明以后,明代的几个君主,是非常残暴、非常专制的,而皇帝同时信赖宦官,宦官专权,造成百姓对于正统的法制有一种反抗的心理,这是从政治上来说。另外再从思想上来说,明朝一个最有名的思想家就是王阳明,王阳明所提倡的是心学,这种学说对晚明思想文化的转变,产生了极为重大的影响。另一方面,就文学风气而言,则因八股取士之科考制度对于士人思想的限制,而引生了以李梦阳及何景明为首的前七子之复古运动的兴起。另外很重要的一点是因为男子的观念改变了,或者说是出于士大夫的提倡。男子开始认为女子有才是一件美好的事情,男子以为自己家里出了一个会写诗词的妻子是好事,就赶快把诗词收集印成书;如果自己的家里有几个女儿会写诗词,也赶快印成诗集。以为这是一件美好的事。女子所写的诗词再也不会像宋代朱淑真的作品,在其死了以后父母还把它烧掉了。以前女子不可以写诗词,可是现在以写诗词为好。所以这完全是受了男子的影响。另外明清以来的结社之风,对女子也有很大影响,就如徐灿也跟几个女子结社了。

在这些关于女性词的论述中,叶教授分析比较多的是李清照、朱淑真、沈宜修、叶纨纨、叶小纨、叶小鸾、徐灿、柳如是、吴藻、顾太清、吕碧城、贺双卿、丁宁、沈祖棻等人的词,其中用力最多的是李清照、朱淑真、徐灿和吕碧城。在讲徐灿时还跟李清照作了对比。使我们学习者能够在对比中体会她们相似的地方与不同的地方,包括她们生长的家庭,以及嫁给什么人,甚至于她们所遭遇到的国家的丧乱也是相似的。

总之这些女性词的论述,凝聚了叶嘉莹教授多年的心血,在深入浅出的论述中使我们学到了传统文化和各种知识，为我们入门欣赏女性词作提供了一把钥匙，值得我们认真研读和深入学习。这就是我学习后的一点点体会。另外要感谢叶嘉莹教授给了我在加拿大讲授女性词的全部录音，使我获益匪浅，谢谢叶教授，并祝叶教授健康长寿。

融汇古今卓然有成

——开拓古诗词现代观的叶嘉莹教授

张　凤（美国哈佛中国文化工作坊）

叶教授的《迦陵谈词》等书曾风靡无数学子。听她教育电视台讲学，我赴美的行囊中，就有好几本她的著作。终于在哈佛，我得到了叶老师为这阅读了二十载的书亲笔题字。

叶教授 1945 年辅仁大学国文系毕业，师从顾随，曾在北京的佑贞、志成、华光女中和台湾的彰化、光华和二女中任教，1954 到 1966 年专职任教台湾大学中文系，1966 到 1967 年为密歇根州大学客座教授，1967 到 1968 年任哈佛大学客座教授，1968 至 1969 年依约返台大等，1969 到 1990 年任加拿大英属哥伦比亚大学亚洲研究系终身教授。其间 1989 年尝客座台湾地区的清华及美国的哈佛大学，并于 1990 年当选加拿大皇家学会院士（Fellow of The Royal Society of Canada）。1997 年将 1993 年在南开大学创建的"中国文学比较研究所"改名"中国古典文化研究所"，担任所长主持至今，每年往返中加讲学，又特受中枢钦敬，在中国文学这行中她是首位。荣休后，1992 年曾受邀为耶鲁第一任伍德华（Wood Worths）讲座访问教授和 2001 年哥伦比亚大学讲座访问教授。2002 年到浸会和辅大及北京中央电视台讲授王国维《人间词话》。上世纪 90 年代假期又常在哈佛，如 1995，2001，2008 年，均特别光临哈佛演讲。

自 1979 年后多次于大陆讲学，曾应邀在北大、北师大、北师院、南开、天津师范、南京师大、南京大学、复旦、华东师大、川大、云南、黑龙江、哈尔滨师大、辽宁师大等校，并受聘为客座或名誉教授，还在北京国家教委礼堂、百家讲坛、凤凰大讲堂等广电媒体演讲。其实叶教授早已成为在华夏欧美，影响力无远弗届的研讲诗词的学者专家。

她在教研方面虽有过人的成就，但她的人生道路却是历经忧患和劫难，身为女性，更是艰辛。1950 年 6 月，彰化女中校长因"白色恐怖"被囚，她和其他老师共六位亦被牵连受累，她说：我不懂政治，又从不谈论政治，更没有任何政治牵涉。就因当时风声鹤唳，她带着个不满周岁的奶娃也被囚，幸无罪证不久被释。但丢了教职，宿舍被没收，无家可归。为解夫婿赵锺荪之"思想问题"连坐危厄，她寄人篱下。在左营眷区，屋子狭窄，只能夜晚待亲戚全家均睡下，才方便在走廊打个地铺。白日冒暑抱女儿奔波打听，每到亲戚老小午睡时分，还得把不能离手的女儿带到屋外，免得吵人，在炙亮的太阳下寻找树荫踱步，捱过一段极悲苦郁闷的日子。

然后勉强在堂兄介绍下，才到台南私立光华女中教书过活。看孩子的女工请假，她就只能让女儿到教室坐着画画，回家用小煤油炉烧饭。她不敢对任何人说自己的遭遇，怕再受连累失业无以为生，强韧的潜力和着往肚里流的泪水，三年之间，她孤身携女，面对众多疑惑的眼光，等到先生释回，来学校宿舍重相见，屋外学生围一大圈，猜测她先生闹了感情问题，她都无法解释，磨难中她写过一首极悲苦的诗：

> 转蓬辞故土，离乱断乡根。已叹身无托，翻惊祸有门。
>
> 覆盆天莫问，落井世谁援。剩抚怀中女，深宵忍泪吞。

这时期的生活，是很多人并不知道的，因为她很少向人诉说。

叶教授天性忠厚柔顺，对亲友和睦热心，这方面她颇具乃母之风。她一生做学生时，老师喜欢，做老师时，学生喜欢。在彰女教书虽短暂，大家反响极好，同事调台北二女中欲引荐她来，她再申请先生同教，一切顺遂，举家在台北欢聚，峰回路转。

他们在物资局的父亲宿舍住下，在台大中文系见到辅仁两位老师戴君仁和许世瑛。许先生虽未教过她，但曾住她祖居外院，听过她高声诵读诗文。两位老师对她青少年读书时代光灿的生命，留下深刻印象，当下明了她为糊口舌耕历艰危不能为外人道的不幸，都可惜她的才华空废，就推介她到台大兼教一班侨生，次年起改为专任。她欲辞二女中教职，复因王亚权校长要求请她把所教两班送到毕业，接着许先生任淡江大学中文系主任，戴先生任辅仁复校后中文系主任，都坚持邀请到这位好教授，开授诗、词、曲选各课，后来台大中文也兼教，改开杜甫诗专书课程，许先生又让她接替教育电台广播的大学中文。待教育电视台开播，就在电视上讲"古诗十九首"。

兼课虽沉重，她对两位老师的宽厚提携，及顾随老师介绍的台静农、郑骞先生等都感激不忘。记得郑先生热诚推荐她到台湾当地教育主管部门做诗词讲座，讲授词的研赏，并发表了第一篇《说静安词〈浣溪沙〉一首》的文稿，引起了当时学界的注意。北来以前她又生下小女儿言慧。叶教授身体屡弱且患有过敏性气喘，精力全耗在教学，却以惊人的毅力获得有口皆碑的盛名，西方汉学家德国的马汉茂 H.Martin、法国侯思孟 D.Holzman、美国哈佛的海陶玮 J.Hightower，均与她谊兼师友。

叶教授很重视吟咏，曾为文强调。我亲听哈佛大学赵如兰教授课上播放叶教授吟咏的

《郊游野柳偶成四绝》有"岂是人间梦觉迟，水痕沙渍尽堪思。分明海底当前见，变谷生桑信有之"等句，即是 1960 年初她的诗作。另外，在哈佛语言实验室，还有十卷她吟咏的录音以供教学。

由于教学的业绩，1966 年台大钱思亮校长选派她到密西根州立大学去做交换教授，她同许多教授都到美领馆，美委托正在台北做陶渊明研究的海陶玮教授做面试，台湾负责人则是刘崇铉教授。谈后别人都离去，刘氏秘书前来留请晚餐，与海陶玮诸位继续谈话，餐后将她送返，海氏却即刻折回向刘崇铉教授表示哈佛东亚系要聘她。

盛情难却，她想台大有不少教授想来美，或可另择别的教授去密州，她与钱校长商议，钱不同意，向海陶玮问可否另请他人，海氏亦不肯，只得暑假早两个月先到哈佛研究合作，9 月开学再赴密西根州履践承诺。第二年再来哈佛做客座教授教诗词，两个女儿就跟来上学。次年海陶玮希望她就此留在哈佛教下去，不回台大，那时她先生也来了，希望留在美国，但她为了守信不违约，仍独自返台大等校教完一年，1969 年相约再来。

因网络上检索有时发现相当大的错误，所以我特别留神研究这段，感谢几位叶教授的弟子 2013 年 6 月 5 日传来信函：

> 有关叶嘉莹老师 1968 年自美返台教书一事，经查证，她确实于 1968 年至 1969 年在台湾大学、辅仁大学、淡江大学任教，讲授诗选、词曲选、杜甫诗等课程，上课人数极多，广受学生肯定及尊崇。特此奉告。
>
> 　并祝
>
> 文安

"国立"台湾大学中文系教授　　　齐益寿

私立（台湾）辅仁大学中文系教授　包根弟　同启

私立淡江大学中文系教授　　　　施　淑

翌年她陪同老父以应聘名义，再申请赴美，却因美领馆认为她应该办移民遭取消签证。海陶玮教授多方请托，先建议她到加拿大美领馆签证再入美境，却不料须送返台北签证，困境重重，进退两难。恰巧英属哥伦比亚大学亚洲研究系一老教授因病要人代课，海氏即向熟识的系主任蒲立本力荐，在走投无路的状况下，她只得留在温哥华查生字备讲稿，开始用英文教起"中国文学翻译"的课程。

苦撑一年，她感慨："鹏飞谁与话云程，失所今悲匍匐行。"她先为接先生女儿赴加团圆，经历加移民官对女性的歧视——以夫、女不算女性所负担的家属来刁难，设法交涉才得允准，既有沉重的英文教学负担，而且上有高年老父，下有上大学和中学的女儿，台大此时已不续聘,逼不得已,只能以四十多岁的中年在异国奋斗,而在英属哥伦比亚大学先后开过多门课程:中国文学史简介,中国历代古文选读,中国历代诗选读,唐宋词选读,博士论文专题讨论等等,终于荣获了永久聘书和其他重大的荣誉。

度过这段"初心已负原难白,独木危倾强自支"的难关,从1970年开始,她几乎每年返哈佛与海陶玮教授合作研究,常在燕京图书馆内由清晨到黄昏辛勤读写,论王国维、吴文英、常州词派,一篇篇精湛有力的论著,在《哈佛燕京学报》上发表。当时还因台大文史各系的校友影响,她更留神故乡大陆的书籍和消息,又参加各地会议。1970年冬她参加贞女岛的会议,曾与周策纵、吉川幸次郎诸位汉学家论学吟诗唱和,吉川先生有"曹姑应有东征赋,我欲赏音钟子期"句,后数年她果然应九州大学冈村繁教授之邀,赴日讲学。更以现代西方理论,阐释赏析中国古典诗词。

1971年父亲病逝加国,思乡之情更切,虽遍游欧洲各国亦难排遣,1974年她终于重返故乡,探望两个留在北京的弟弟。在门巷依稀的故居,与担任中学老师的大弟夫妇、小学老师的小弟夫妇重聚,话旧感慨30年辛酸。他们因是"台属","文革"时曾受冲击,她说:"我们家在台湾先生被关;在故乡弟弟被关!"真是分隔两地中国人的悲剧。

坎坷的生命在1976年复临风浪,那年3月24日大女儿言言和女婿永廷竟因探视遭逢车祸同时罹难。她呼天肠断日日哭之,陆续成诗"哭母鬓年满战尘,哭爷剩作转蓬身。谁知百劫余生日,更哭明珠掌上珍"之句,言慧又病,学生亲朋都为她落泪担忧,真是她诗中所说:"平生几度有颜开,风雨逼人一世来。"

她相信,所有宗教或是古典诗词都能给人智慧,"五十而知天命",都能使人开悟。古代诗人常因理想而遭打击迫害,如苏东坡因党争下狱,九死一生被贬黄州,而笔下慷慨纵横:"大江东去,浪淘尽,千古风流人物。"陶渊明、欧阳修也是,她举例说:"我一生命运多舛,历经许多挫折苦难,至今还活得很好,可以说是古典诗词给我的精神力量,多读自能学习这种坚韧的痛苦承受力,能持守,还能转化提升生命品质。

自1979年起,访大陆打动了她血缘根生的情感。她不辞劳顿每年用假期返大陆讲学,已教过二十多所大学,也多次赴香港、澳门、台湾等地区及新加坡做系列讲学和参加国际学术会议。

1990年她当选加拿大皇家学会院士,是在中国文学领域中以卓越建树,获此殊荣的首位华裔学者,见她荣退后仍来哈佛研究写作,马不停蹄地奔赴各国讲学,如从1993年就答应南开大学任中国文学比较研究所所长,每年往返中加讲学更能意会她文章中所说的"唯有自己有充沛之生命的人,才能体察到洋溢于其他对象中的生命,唯有自己能自内心深处焕发出光采来的人,才能欣赏到其他心灵中的光采。"格外感激她在我书写和演讲后即刻给予的鼓励。

叶教授孜孜勤奋,烛照大家。因辅仁师长辈的李霁野先生,叶教授与南开长久结缘。2008 年起她决定留在敬视叶教授为"镇校之宝"的南开大学养老,2013 年起定居南开。2013 年 11 月 28 日起有对叶教授一连串致敬活动:由台湾大学中文系、"国家图书馆"特藏文献组和趋势基金会陈怡蓁执行合作主办的庆祝叶嘉莹教授九十大寿的寿宴和手稿著作暨影像展。我很荣幸地欣然从命应邀在"国图"数百人参与的开幕记者会上讲述"叶嘉莹教授在哈佛大学",也参与叶教授主讲的讲座,以及白先勇、陈若曦、席慕蓉的座谈,和由大块文化董事长郝明义主持的《叶嘉莹作品集》的新书发表会等,紧接着 2014 及 2015 年则由南开大学主办国际大会庆贺著名汉学家叶嘉莹教授的九十华诞和她建在南开大学的专馆"迦陵学舍"落成!

叶教授生命益增辉光璀璨。

正如我不断的析论:在中国或东亚百年现代化的西化框架中,叶教授等诸位重新指涉出卓越的独特对应地位,丰富了哈佛和世界的历史文化体系,跨过世纪,成果恢宏,建树渊深!

正是江南风景好

——记和叶嘉莹先生在南京的三次见面

张宏生（南京大学中文系）

　　最初知道叶先生的名字，大约是在 1982 年或 1983 年，那时，我还是一名硕士生，正在南京大学中文系攻读中国古代文学。那个时代，中国的学术环境还相对封闭，很难看到海外汉学家的著作。但是，先师程千帆先生一向具有超前的学术眼光，他经常强调做学问及时、充分掌握信息。在这方面，他不仅让我们关注国内学者的成果，而且由于中国曾封闭多年，更特别强调要关注海外学者的成果。在他一再介绍的海外学者中，就有叶嘉莹先生。因此，我和我的同学也就比较早地拜读过叶先生的《迦陵论诗丛稿》和《迦陵论词丛稿》等著作，其角度的新颖和分析的细腻，给初涉中国古代文学研究的我留下了非常深刻的印象，而且，我也从不同渠道得知，叶先生的经历非常坎坷，但她意志坚强，对中华传统文化充满感情，这些也让我非常感佩。

　　第一次见到叶先生是 1985 年。当时，我在职攻读博士学位，工作单位则是《全清词》编纂研究室。这一年 5 月，受千帆先生邀请，叶先生第二次访问南京大学。5 月 11 日，中文系邀请叶先生演讲，地点在教学楼一楼最西面的大教室。叶先生主要讲从南唐到北宋的词风发展，记得主要介绍了冯延巳、晏殊、晏几道等。在那个时代，不仅没有现在演讲所经常使用的 PPT，就是发讲义，往往也是奢侈的事。所以，叶先生所讲的一些作品，系里就安排我事先抄到黑板上。那一次，是千帆先生主持，能够坐 100 多人的教室挤得满满的，叶先生操着一口悦耳的北京话，有些发音，特别是入声字，带有明显的"叶氏风格"，一直到现在，仍然被大家津津乐道。当然，叶先生的演讲给听众留下更为深刻印象的，还是她对词人创作风格的细致阐发。文学史本就是由一个个作家构成的，文学史的丰富多彩，与作家们各不相同的创作个性密切相关。叶先生讲述冯延巳、晏殊、晏几道等，结合南唐至北宋词的发展历史，从他们作品中表达的感情以及遣词造句等方面，将各自的特色娓娓道来，在她的口中，好像当时的词坛生态都活了起来。不少同学都说，正是由于听了叶先生的演讲，才爱上了中国的词。不过,我抄在黑板上的作品显然远远不够,因为叶先生演讲的重要特点之一,就是感发性特别强,能够跟得上叶先生的思路,也需要一定的水平才行。因此,有时叶先生讲到酣畅处,随口吟诵的一些作品,可能对听众来说,稍显生僻,程先生就会走上前去,在黑板上代为写出,而叶先生也总不忘优雅地点头致意。这一幕,也给听众留下了深刻的印象。

演讲后的第二天,叶先生就来到《全清词》编纂研究室考察。《全清词》编纂是1982年立项,1983年正式启动的,由于中文系的小楼无法腾出空间,学校就在南园13舍二楼最东头,拨给了三间,分设走廊两端,南面二间,北面一间。座谈是在南面那间举行的,当时编纂室连我共七人,都参加了。我记得,当时叶先生拿出一个小录音机,放在旁边的茶几上,非常郑重认真。叶先生还兴致勃勃地参观了我们的资料室,了解我们当时从世界各地复印回来的清词文献,并不时展开一些珍贵的复印本,边欣赏,边询问。其实,这些文献中也有叶先生的心血。自1979年5月程先生和叶先生认识之后,程先生就不断就海外学术的发展状况有所咨询。而自1983年《全清词》的编纂正式开始后,程先生也不断写信请叶先生帮忙,搜集海外的清词资料。1984年8月,叶先生寄来哈佛燕京图书馆的藏词目录,经过与当时在国内采访所得者相比对,有十六种是清词室所无者,因此程先生就请叶先生帮助,代为商洽复印之事。叶先生在《全清词》编纂中所起到的作用,应该大书一笔。1996年至1997年,我担任哈佛燕京学社的访问学人,程先生特别嘱我去拜访哈佛燕京图书馆的胡嘉阳女士,但似乎胡女士已经退休,因而未能见到。我想,程先生也是从叶先生处知道胡女士的吧。

叶先生那次访问南京,还抽出时间,由我和史梅陪同,前去探访了南唐二陵。南唐二陵坐落在南京南郊的祖唐山麓,是1949年中华人民共和国成立之后,第一次考古发掘的帝陵。但可能是由于离南京市区太远,交通不便,这里显得很是荒凉,罕见游人。叶先生是词学大家,对二主的词不仅熟稔于心,而且用功甚深,来到这里,兴致非常高。记得我们先是参观先主李昪的钦陵,还有坐落在钦陵西面的中主李璟的顺陵,然后又退回去,从远处细细端详。叶先生指点说,按照古代左昭右穆的制度,后主李煜的墓应该在钦陵的东面,可惜他被掳到开封,死于牵机药,再也回不来了。言下不胜感慨。参观过程中还有一个小插曲,就是我们来到文物陈列室时,我向工作人员介绍叶先生是加籍华裔知名学者,特意来考察南唐二陵的,结果这个身份反而引起了周折,因为在那个时代,外籍人士来参观,必须得到特别批准。后经我反复解释,强调叶先生学者身份和对南唐词研究的成就,工作人员才肯通融。由此,也可以从一个侧面,看到中国发展的过程。

我第二次在南京见到叶先生,已是十八年后的2003年了。这一年的11月,我得知叶先生将有南京之行,因此特别邀请她前来南京大学做演讲,叶先生欣然应允。演讲安排在11

月 10 日的晚上,讲题是《从李清照到沈祖棻——谈女性词作的美感特质》。叶先生从宋代的李清照谈到明清之际的徐灿、晚清的秋瑾,最后归结到现代的沈祖棻(中间还穿插了"别调"的双卿),通过分析这些不同历史时期女词人的创作特点,指出,由于时代的进步,以及个人的努力,在沈祖棻笔下,就不仅是"词人之词",而且是"诗人之词""学人之词",以及"史家之词",因而,在女词人中,她是一个集大成者。叶先生详细讲述了沈祖棻的《浣溪沙》:"兰絮三生证果因,冥冥东海乍扬尘。龙鸾交扇拥天人。　　月里山河连夜缺,云中环佩几回闻。蓼香一掬仡千春。"内容写是日本的侵华战争,但却是那样典雅,那样美丽,富有那样深隐的比兴寄托,可以纳入词学尊体的大趋势中,体现了"词亦有史"的深度。另一方面,叶先生也把沈祖棻的词放在晚清以降的文学变迁中来讨论。19 世纪末,梁启超、黄遵宪等人提倡"诗界革命",开始时大力主张引入新语句,但往往生硬,后来主张用旧风格表达新意境,但在操作上也存在着不少问题。"诗界革命"也影响了词坛,生活、语句和意境之间的关系一样引起人们的兴趣。于是,叶先生讲述了沈祖棻的另一首《浣溪沙》:"碧槛琼廊月影中,一杯香雪冻柠檬。新歌争播电流空。　　风扇凉翻鬓浪绿,霓灯光闪酒波红。当时真悔太匆匆。"里面写到了冰淇淋、无线电、霓虹灯,还有电吹风等,用这些新名词来写抗战大后方的一个方面,非常有情致。显然,叶先生对沈祖棻在这方面的努力很感兴趣,除了小令,还讲了一首长调《宴清都》,其中写腹中生瘤,在医院治疗,"罗茵比雪,并刀似水,素纱轻护"。写被褥是雪白的,医生用手术刀为她割去瘤子之后,身上缠着白色的纱布。但"凭教剪断柔肠,剪不断相思一缕"。叶先生称赞沈祖棻能把这么复杂、这么特殊的情事,写得非常贴切,而且能把医院写得这么美,但又完全是词的语言。叶先生对现代生活和语言、意境的再三强调,应该和她的创作观有关,她认为,写现代的生活,除非不用词的形式,如果用词的形式,就要像词。"像词"二字,看起来简单,但真的是说到了旧体诗词创作的关键。因为词这种形式,千百年来,已经固定下来,风格上也有其特殊的规定性。如果写得不像词,倒大可不必采用词的形式了。我想,叶先生恐怕也是针对现代的旧体诗词创作,有感而发吧。

　　我发现,叶先生所选讲的几位女词人,大都经历过离乱。李清照经历过南北宋之际的"靖康之难",徐灿经历过明清之际的易代之乱,沈祖棻经历过抗战时期的颠沛流离,秋瑾虽然有所不同,却也身处乱世。而我们也都知道,叶先生自己的一生,也是充满坎坷,饱经患难。或许,正由于此,她才能对这些女作家有这么深刻的"同情之理解"。我同时也感到,叶先生的这个讲题,应该不是随便拟定的。除了反映出她对中国女性在词创作上的整体思考,体现出两位杰出的女作家、女学者跨越时空的对话之外,她到南京来讲沈祖棻,或许还有特定的考虑。她和程先生自 1979 年订交之后,交往密切,情谊日隆。程先生是 2000 年过世的，可能叶先生正是用这样的特别方式，来表达对程先生的追思。这正是古人所说的：一死一生，乃知交情。叶先生演讲的时候，程先生和沈先生的女儿程丽则也坐在下面听，之后大家还一同宵夜，这也算是一段特殊的机缘吧。

叶先生的演讲吸引了南京大学大量的"叶迷"，宽敞的演讲厅座无虚席，不少人来晚了，只好站在后面听。叶先生的演讲信息量很大，但或许她自己也没有料到，有时她信手拈来的一些例子，也会有非常奇妙的效果。比如，讲到沈祖棻《浣溪沙》中的"龙鸾交扇拥天人"一句，引用杜甫《秋兴》"云移雉尾开宫扇"来解释"交扇"，说古代皇帝上朝的时候，如果先坐在上面等大臣，就显得大臣没礼貌；而如果大臣们都已经站在朝堂里，看着皇帝从里面走出来，又不免把皇帝凡人化了，不够神秘。所以就用很多"雉尾"，也就是野鸡毛做的大大的扇子把前面遮住，皇帝从后面上来坐定，扇子向下一撤，皇帝就现身了，此即杜甫的二句诗所写："云移雉尾开宫扇，日绕龙鳞识圣颜。"这在玄宗年间固然是实有的仪制，但叶先生的解释却特别具体生动，而且富有现场感。相当长的一段时间里，电视台热播宫廷戏，人们经常看到的上朝情形，就是众大臣已经等在那里，皇帝出来后，众臣行礼，说"参见皇上"，皇帝说"平身"，然后就开始议事。大致已成套路。所以有听讲的同学事后对我说，一直以为古代皇帝的上朝就是电视剧所演的那样，想不到里面还有这么多的讲究和内涵，因而感慨叶先生功力的深厚。由此我也想起2003年春在香港和叶先生见面，谈到纳兰成德(后避太子讳，改名性德)姓纳兰，名成德，字容若，我就问：为什么人们往往称他"成容若"？叶先生笑着说，你可真是问对了人。因为我们是满族人，纳兰是姓，"成"可以视为氏。她并以自己为例：姓叶赫那拉，民国后简化为叶姓，名嘉莹，号迦陵，因此也可以叫"嘉迦陵"。写这篇文章时，恰巧读到《文史》2013年第1期释坚融、罗盛吉、黄一农三位先生的《清初词学大家成德名讳新考》，其中也提到这个现象，即满人有称名若姓的习惯。文章旁征博引，资料很丰富，但没有从"氏"这个角度去说。中国古代的文化传统一向注重"亲承音旨"，叶先生是满人，又出自北平书香世家，她的看法自然值得重视。

第三次在南京见到叶先生，是2008年。这年的10月24日至26日，我在南京大学主持召开了一次清词学术研讨会。自上世纪90年代以来，清词已经日益成为词学暨文学史研究的新的学术增长点，取得了可喜的成绩。我和我的同事认为，及时总结既有的学术成果，努力推动清词研究进一步向纵深发展，有必要召开一次学术会议，而南京大学文学院一直对清词研究非常重视，不仅已经出版了《全清词》的《顺康卷》和《顺康卷补编》，正在陆续出版《雍乾卷》，而且还推出了《清词珍本丛刊》《清词研究丛书》等系列相关成果，也有条件举办这样一次会议。在清词研究的发展过程中，叶嘉莹先生是重要的代表性人物之一，她很早就对张惠言和王国维的词学进行过研究,1997年,更出版了清词研究专著《清词丛论》,在学术界产生了重大的影响。举办这样一次研讨会,非常需要得到她的支持。但是,叶先生毕竟已是八十五岁高龄,能否车马劳顿,前来开会,我实在心中无数。但是,当我通过南大文学院博士毕业后随叶先生从事博士后研究、当时已留在叶先生身边工作的张静向叶先生表达这个意愿后,叶先生没有什么犹豫,一口就答应了。这使得我和会议筹备组的各位同事都非常感动。会议召开前,还有一个小插曲:由于叶先生在中国大陆从未购买过医疗保险和其他各类保险,因此,叶先生的女儿赵言慧女士担心母亲的身体,寄来一份"告知函",希望凡邀请叶先生进行学术活动的单位,邀请方应能够提供全程的陪同照料并承担管理解决叶先生在旅途中可能发生的一切问题。我和文学院姚松书记商量后,当即由我代表文学院在告知函上签字,并加盖了公章。我和我的同事都很能理解赵女士对母亲的关心,也觉得这当然是我们应该承担的责任和义务。后来得知,此前北京有一个单位想邀请叶先生去讲学,但不愿在告知函上签字,因而叶先生就未能成行。我于是成为在告知函上签字的第一个人。

10月24日,研讨会在南京华东饭店举行,简短的开幕式后,就邀请叶先生为大会做了特别演讲。叶先生穿着黑底暗花的外套,一如往年,仪态优雅,神采奕奕,全程站着讲,一讲就是一个多小时,连水都没喝一口。叶先生的开场白很有意思,她说,来到南京很高兴,走进会场,看到会标,更有一种特别的高兴。因为会标的中心,绘着一朵荷花,而叶先生由于出生于荷月,小字为荷,因此平生对于荷花情有独钟。会标是我和我的学生共同设计的,听她那么一说,我也非常高兴,因为能够邀请到叶先生,当然就是我们这次会议的重中之重,这个不期而然的巧合,倒又像是冥冥中的注定一样。

叶先生的讲题是"清代词人在《花间》两宋词之轨迹上的演化及对于词之美感特质的反思",她认为,《花间集》中所体现的词的基本特点或精神,从宋代至明代的体认,还并不非常自觉。而到了清代,词得到了重新认识。清词的发展是在《花间》、两宋词的轨迹上的演化。经过这样的演化,清代词人才真正理解了词这种文学体式的特殊之处何在。清词之所以有如此辉煌的成就,不仅是因为宋代至明代的词发挥有所未尽,而且是因为小词的美感很不容易被认识,而清代的词人不但发现了词的这一种特别的美,更对这种特别的美开始有了一种特别的反省和认知。叶先生提出,清人看到了前人的轨迹,沿着这个轨迹又走了一遍,因此就有了演变和转化。这真是一个非常别致的思路,从经典传承的角度,对清词的发展及其成就做出了高度的概括,引起了与会学者的极大兴趣。叶先生虽然没有全程参加会议,但是她的演讲为大会树立了一个高格调,整个会议就在这种格调的笼罩中,开得非常成功。

　　以上所写，主要是我在南京三次见到叶先生的情形，但事实上，我和叶先生还在其他地方多次相见，如1996年在美国，2000年在中国澳门，2003年在中国香港及国内的其他城市。认识叶先生近三十年来，阅读她的著作，聆听她的高论，总是受益匪浅。而对叶先生为弘扬中华传统文化所做出的努力，也一直心怀敬意。去年，我所主编的《全清词·雍乾卷》出版后，叶先生又给予了很大鼓励，她在《中华读书报》上发表文章，除了回顾她和《全清词》编纂的渊源之外，还精辟地阐述了清代雍乾之际词学发展的特点，因而指出了《全清词·雍乾卷》的重要性，认为其出版必将进一步促进清词研究乃至整个词学研究的深入发展。叶先生还特别为此撰写了一副对联："词苑珠林，鸿篇开盛世；名山宝藏，大业绍闲堂。"叶先生从上世纪80年代起，就担任《全清词》的编纂顾问，多年以来，帮助甚大。我们现在正从事《全清词·嘉道卷》的编纂，已有了成稿数百万字。感谢叶先生的鼓励，我们将用更大的努力，把后续工作做得更好。

　　今年，叶嘉莹先生迎来了九十华诞，我谨撰此小文，敬掬一瓣心香，祝叶先生健康长寿，幸福快乐！

诲人亦谆谆，虽劳无倦色

——记恩师迦陵先生

张弘韬（郑州师范学院中原文化研究所）

叶嘉莹先生是蜚声海内外的学者，虽然我早已听闻先生的大名，并且认真学习过先生的著作，看过先生的讲座视频，但我从来也没想过，我能有幸成为先生的学生。

第一次真正见到叶嘉莹先生是 2009 年在北京参加顾随先生百岁诞辰学术研讨会时。因突遇大雾，先生是乘车从天津赶赴北京的，路途时间很长，我们都担心八十五岁高龄的先生身体受不了，但先生下车后精神尚好，而且不要人扶，坚持自己走。我当时就感觉先生的身体真好，坐那么久的汽车，即使是年轻人也会感到劳累吧。可惜会议时间很短，会务繁忙，我并没有得到与先生近距离接触的机会。

2010 年 10 月，我再次有幸在南开大学见到了先生。当时我到南开参加中国唐代文学学会第十五届年会暨唐代文学国际学术研讨会，因为第二年我即将硕士毕业，所以想在会上和相关的老师联系，确定考博的学校和导师。原本我并没有打算考南开，但见到叶先生的那一刻，我突然有个念头，我能不能投师到先生门下呢？当然我知道这很难，于是，在拜见先生时我很忐忑地提了出来。这是我第二次见到先生，且是第一次近距离接触。当时很激动，以至于说话都结结巴巴。但先生很爽快地答应了，并说，只要想好好学习，她都是愿意教的。我瞬时呆了一下，没想到先生竟然答应得这么爽快，也让我看到了一位知名老学者对青年学生的提携与帮助。我当时在河北大学读硕士，于是，我从南开大学借了一整套河北教育出版社出版的《迦陵著作集》共十本回到了保定。十本书，占据了我接下来两三个月的全部时间。准备考试的过程当然是艰辛的，不必多述，幸好结果是喜人的。我一直觉得能考到叶先生门下有很大运气的成分，能随先生攻读博士学位，则是我今生之大幸。

以后再见到叶先生就是在南开读博的日子了。当时先生还是天津、温哥华两边跑，一般情况下每年 9 月到第二年 3 月在国内，3 月到 9 月在加拿大。先生的学问自不必说，她对工作的认真态度尤其让人佩服。当先生在国内的时候，只要她不外出参加活动并且身体情况允许,每周要给我们上两次课。每周第一次课主要由叶先生讲,先生会提前和我们商定一个题目,比如讲古代散文,又比如讲《秋兴八首》等等。第二次课则由同学们分别汇报这段时间学习的情况,可以讲自己读过的书或诗词什么的,有什么问题也可以提出来,大家讨论。这样的课程既是随意的,又很紧张。所谓随意,是说想学什么,想讲什么,都可以提出来,先生总是极有兴趣地倾听同学们的发言,不时提出自己的意见。有时候还和同学们相互讨论,最后得出大家赞同的结论。所谓紧张,则是每次汇报我都要准备很长时间。先生上课时间的安排多与其他老师不同,我们是晚上到先生家上课的。听课学生的程度也不同,本科生、硕士生、博士生都在一起上课。我读博那年,从美国来了位小师妹——十四岁就考入南开大学的美籍华人,被我们戏称为神童。她和她的妈妈、妹妹(在南开中学就读),一家人都来听课。还有几位诗词爱好者,多年来追随先生,只要先生开课,他们就风雨无阻,数十年如一日,这种精神真是让人佩服,也更衬托出先生的人格魅力。这样的课堂,当然无形中也有很多压力。不过讲得不对的时候,先生并不会苛责,只是会在点评的时候进行纠正。讲得好的时候,先生也不吝啬表扬。我还记得一次我们学习了《伯夷列传》之后,我读了韩愈的《伯夷颂》和王安石的《伯夷》两篇文章,分析对比了两人对伯夷的不同看法,引起了先生和同学们的兴趣。每次上课都会由安易老师用录音笔录下来,然后导入电脑。同学们可以把这些录音拷回去自己听。另外,还要把这些录音整理成文字稿,存档备用。我第一次整理的就是先生讲的《报任安书》一课,将近两个半小时的录音,我整整打出了两万五千多字。后来交给先生看的时候,先生还在那将近二十页的整理稿上做了认真的修改,把一些错别字和不太准确的地方都改过来了,至今我还留着那份有先生批注的草稿。

南开大学文学院有个传统,每年都会举办"初识南开"系列名师讲座,而只要先生身体允许,这个"初识南开"的第一讲都是由先生开讲的。我第一次去听先生的讲座就见识到了先生的巨大魅力。下午五点半左右我吃过晚饭就去礼堂,讲座是晚上七点半才开始的,可是同学们都早早地来排队,当时已经有十多位同学了。到开始讲座的时候,礼堂里座无虚席,还有好多同学站着。这种情形我在以后参加先生的讲座时也多次遇到,老师们会让同学们去搬些椅子来坐。于是,就出现了走道里坐满学生,门口站满学生的场景。先生讲课的风采自然不必细述,年近九十的先生,站在讲台上一讲就是两个小时,不用讲稿,滔滔不绝,如行云流水般娓娓道来,真是令人难忘的享受。

除了上课,我们还有一个难得的学习机会,就是帮助先生校对书稿。2012 年春天的一个晚上,我们上完课,先生让我们每个学生拿一本校样回去校对。因为顾之京老师刚好告诉我最新整理的《驼庵传诗录》校样出来了，我想先睹为快，于是就主动申请校对这本书。当时正好有同学说可以参考北大出版社已出的先生的书来校对，我就顺便问了一句，这个书稿用哪个做参考？先生说这个是新整理的，没有可以做参考的书。当天晚上回到宿舍已经十一点多了，我就躺在床上先翻看这本校样。可是第二天早上，先生就打电话让我把校样送回去给她。说是因为这是她老师顾随先生的书，所以她要亲自校对。失去了这个先睹为快的机会让我有点小失望，不过很快我就有了另一个学习的机会，就是校对《杜甫秋兴八首集说》。在读硕士时，我的导师孙微老师就指定这本书作为我的参考书之一。《杜甫秋兴八首集说》的学术价值自不待言，这次校对正好再次学习一下。校对一遍，有一些问题我不太明白，于是给先生发邮件咨询。当时先生已在加拿大，没想到先生竟打来越洋电话，亲自指导。我再次被先生对学问的认真严谨所感动。

南开三年，先生不仅教我如何做学问，还以她巨大的人格魅力感染我，其中琐事自不必赘言，最让我感动的还是临近毕业的最后一个学期。

当时恰逢先生九十大寿，南开大学要为先生举办一系列的庆祝活动，其繁忙可想而知。我和同门石任之又临近毕业，可先生一点也不因繁忙而耽误对我们的指导。我还记得有一次去先生家送毕业论文的修改稿，先生翻开目录，逐一章节指点，提出问题，并仔细询问我做了哪些修改，有哪些内容是新增加的，然后在目录上做出标记，以便仔细阅看。告别先生后，同去的师兄和我们开玩笑说，如此详细的标注，先生对你们可真好啊。

2014年5月初，先生的生日庆祝会即"叶嘉莹教授九十华诞暨中华诗教国际学术研讨会"在南开大学召开，来自海内外的学者都来为先生祝寿，可谓盛况空前。可是先生也因为劳累过度而生病了，一直在医院住了半个多月仍未恢复。先生本来打算参加我和石任之的毕业论文答辩会的，可是身体没有恢复，实在无法参加，于是，先生委托文学院院长沈立岩老师代表她参加我们的论文答辩会。沈老师非常认真地和我们讨论了包括答辩时间、会议室等答辩会的细节问题，为我们顺利答辩做了充分准备。

答辩会结束后的那天下午，我和任之商量到医院去向先生汇报一下答辩会的情况。当我们到病房门口时，正听到先生吩咐陪护的两位师妹说："把西瓜从冰箱里拿出来，切开，等她们来了吃。拿火龙果……"一进门，先生就说："祝贺你们顺利答辩！快吃水果吧。"那种发自内心的高兴溢于言表。也许是我跟随先生的时间短，我从未见过先生这么高兴过。我实在找不到合适的词形容当时的情景，只能说我们大家都很高兴。我们商量晚上请师兄、师姐和师妹们聚餐，又想在医院多陪先生一会儿，可先生催我们赶快去，并说："你们做主人的，不能迟到了，快去吧！"

　　回想随叶嘉莹先生学习的日子,不禁想起先生在《题羡季师手写诗稿册子》(1944 年夏)一诗中的几句:"小语近人情,端厚如彭泽。诲人亦谆谆,虽劳无倦色。"先生正是以她自身实现她的愿望——做传统文化的摆渡人,真是"仰此高山高,可瞻不可及"。

顾随和他的弟子叶嘉莹

——叶嘉莹先生九十华诞献寿

赵林涛（河北大学）

一、妙音迦陵

叶嘉莹生于燕京旧家，自小受到良好的家庭教育和熏陶。她的父母认为人在"童幼年时记忆力好，应该多读些有久远价值和意义的古书，而不必浪费时间去小学里学些什么'大狗叫小狗跳'之类浅薄无聊的语文"①，因此请她的姨母做家庭教师教她读《论语》。另外，她的伯父有很好的诗词修养，耳濡目染，使她在学诗的兴趣和领悟方面得到很大的启发。

1942年秋，在顾随先生的"唐宋诗"课上，她的天赋才华得到了充分展示，并且得到老师的赞赏：

> 作诗是诗，填词是词，谱曲是曲，青年有清才如此，当善自护持。勉之，勉之。

这是顾随先生对叶嘉莹大学之前几首习作的评语。而自"上过先生之课以后"，叶嘉莹自喻"恍如一只被困在暗室之内的飞蝇，蓦见门窗之开启，始脱然得睹明朗之天光，辨万物之形态"。在叶嘉莹看来，顾随先生"对于诗歌具有极敏锐之感受与极深刻之理解，更加之先生又兼有中国古典与西方文学两方面之学识及修养，所以先生之讲课往往旁征博引，兴会淋漓，触绪发挥，皆具妙义，可以予听者极深之感受与启迪"。而她"既因聆听先生的讲授而对诗词的评赏有了较深的体认，更因先生不断的启发和鼓励，在创作方面也有了逐渐的进步和提高"②。甚至于习作的风格，也受到顾随先生的影响。

我们不妨就来看看，大学二年级时的叶嘉莹已经有怎样的手笔：

---

① 叶嘉莹：《我的诗词道路·前言》，河北教育出版社，2000年。
② 叶嘉莹：《纪念我的老师清河顾随羡季先生——谈羡季先生对古典诗歌之教学与创作》，《顾随文集》代跋，上海古籍出版社，1986年。

小令《落梅风》：

> 寒灯烬，玉漏歇。点长空乱星残月。一天风送将冬至也。拥柴门半堆黄叶。

顾随先生评曰："结二语逼真元人，未可以其看易而忽之。"与此同在一纸的还有两首小令，先生的总评是："小令妙在自然；深刻之思力，健举之笔力，须要使人不觉。此作庶几近之。"

套数《般涉调·耍孩儿》：

> 〔一煞〕见只见蜂蝶纷纷争嫩蕊，听只听杜宇声声啼断肠。春魂冉冉随风荡。今日个是踏青士女如云聚，明日个我立马西风数雁行。事事堪惆怅。说什么吹箫击筑，访酒侣到高阳。

顾随先生旁批"立马七字好句"，并建议将最后一句中的"访"字和"到"字去掉。

《顾随与叶嘉莹》一书中收录了顾随先生批改叶嘉莹诗词曲习作五十七首，从中我们也能略窥为师的才思与敬业。《鹧鸪天》末句，"几点流萤上树飞"，"上"字改为"绕"字，并注明："上字太猛，与萤不称，故易之。"——这是一字之易。《春游杂咏》之七"年年空送夕阳归"句，"年年"改为"晚来"，并注明："年年字与夕阳字冲突"——这是一词之易。《寒假读诗偶得》"诗人原写世人情"一句，改为"眼前景物世间情"——这是一句之易。有的改动可以看到是经过了反复的推敲，如《杨柳枝》之七"而今大似琊琊木，谁抚长条为泫然"二句，先说："木字改树字何如？"后又建议："末二句拟改作'而今谁上琊琊道，为抚长条一泫然'。"

叶嘉莹言及老师为她批改作业的情形时说："一般说来，先生对我之习作改动的地方并不多，但虽然即使只是一二字的更易，却往往可以给我极大的启发。先生对遣词用字的感受之敏锐，辨析之精微，可以说是对于学习任何文学体式之写作的人，都有极大的助益。"①

除了斟酌文句之外，顾随先生更对弟子的诗心细加呵护。如对套曲《仙吕·赏花时》总评曰："稳妥，有似明人之作。欠当行者，以少生辣之味耳。"对《临江仙·连日不乐夜读〈秋明集〉有作》词评曰："是用意之作，但少自在之致耳。"对《杨柳枝》八首之总评曰："近作诗极见思致，但音节中稍欠和谐生动，不知作者以为何如耳？"对《初夏杂咏》四首之总评曰："锤字坚实，想见工夫。但此更希望保存元气也。"对《忆萝月》词评曰："太凄苦，青年人不宜如此。"如此等等，足见顾随先生对这位才华横溢的弟子欣赏之至、呵护之至。

有时，师生之间还互相唱和。1944年秋，叶嘉莹写了六首七言律诗，顾随先生发还时不仅一字未改，还附以六首和诗；叶嘉莹叠韵再和，顾随先生复作长句六章。

多年以后，叶嘉莹在文章中写道："先生对我的师恩深厚，但因我年轻时的性格拘谨羞

---

① 顾之京整理：《顾随·诗文丛论·序言》，天津人民出版社，1997年。

怯,很少独自去拜望先生,总是与同学一同去。见到先生后,也总是静聆教诲,很少发言,我对先生的仰慕,只是偶然会写在诗词的作品中。"①五古《题羡季师手写诗稿册子》所叙写的便是叶嘉莹对顾随先生的诗与字的种种感受和内心真诚的仰慕:

> 自得手佳编,吟诵忘朝夕。
>
> 吾师重锤炼,辞句诚精密。
>
> 想见酝酿时,经营非苟率。
>
> 旧瓶入新酒,出语雄且杰。
>
> 以此战诗坛,何止黄陈敌。
>
> 小楷更工妙,直与晋唐接。
>
> 气溢乌丝阑,卓荦见风骨。
>
> 人向字中看,诗从心底出。
>
> 淡宕风中兰,清严雪中柏。
>
> 挥洒既多姿,盘旋尤有力。
>
> 小语近人情,端厚如彭泽。
>
> 诲人亦谆谆,虽劳无倦色。
>
> 弟于愧凡夫,三年面墙壁。
>
> 仰此高山高,可瞻不可及。

叶嘉莹听顾随先生讲课,自1942年后即未间断,包括毕业以后已在中学任教之时。那时顾随先生除了在辅仁大学担任唐宋诗的课程以外,还在中国大学教授词选和曲选,叶嘉莹经常骑车赶往两校去旁听。

1947年初,弟子们要给老师五旬晋一寿辰举行一场庆祝宴会,叶嘉莹受推撰写祝寿筹备会的通启:

> 盖闻春回阆苑,庆南极之烜辉;诗咏閟宫,颂鲁侯之燕喜。以故麦丘之祝,既载齐庭。寿人之章,亦播乐府。诚以嘉时共乐,寿考同希。此在常人,犹申祝典,况德业文章如我夫子羡季先生者乎。先生存树人之志,任秉木之劳。卅年讲学,教布幽燕。众口弦歌,风传洙泗。极精微之义理,赅中外之文章。偶言禅偈,语妙通玄。时写新词,霞真散绮。寒而毓翠,秀冬岭之孤松;望在出蓝,惠春风于细草。今岁二月二日即夏历丁亥年正月十二日,为我夫子五旬晋一寿辰,而师母又值四旬晋九之岁,喜逢双寿,并

---

① 《顾随:诗文丛论·序言》。

在百龄。乐嘉耦之齐眉，颂君子之偕老。花开设悦，随淑气以俱欣；鸟解依人，感春风而益恋。凡我同门，并沐菁莪之化，常存桃李之情，固应跻堂晋拜，侑爵称觞。欲祝蝦之千秋，愿联欢于一日。尚望及门诸彦，共襄斯举，或抒情抱，或贡词华。但使德教之昌期，应是同门之庆幸。日之近矣，跂予望之。

由此看来，叶嘉莹的文才在同学辈中是公认的，而这一则华美的赋体文章，也当是献给老师最好的寿礼了。

早先，顾随先生欲将叶嘉莹的作品交给报刊发表，曾在课堂上问她有没有笔名或者别号，叶嘉莹说没有，先生要她想一个，她想起佛经上提到的一个鸟名——迦陵，因发音和"嘉莹"相近，遂以为号。"迦陵"，系音译"迦陵频伽"的简称。《翻译名义集》卷六："迦陵频伽，此云妙声鸟。"并引《正法念经》："山谷旷野，其中多有迦陵频伽，出妙音声。如是美音，若天若人，紧那罗等无所及者。"

二、传法弟子

顾随先生常用禅宗古德所说"见与师齐，减师半德；见过于师，方堪传授"勉励学生，希望他们能够青出于蓝而胜于蓝。1946 年 7 月 13 日，顾随先生在信中表达了对叶嘉莹莫大的期许：

> 年来足下听不佞讲文最勤，所得亦最多。然不佞却并不希望足下能为苦水传法弟子而已。假使苦水有法可传，则截至今日，凡所有法，足下已尽得之。此语在不佞为非夸，而对足下亦非过誉。不佞之望于足下者，在于不佞法外，别有开发，能自建树，成为南岳下之马祖，而不愿足下成为孔门之曾参也。然而欲达到此目的，则除取径于蟹行文字外，无他途也。

"南岳"指的是唐代高僧怀让，马祖道一随怀让学禅十年，嗣后开宗门、建丛林，对禅宗乃至中国佛教做出重大贡献。顾随先生以马祖为喻，告诫弟子不要亦步亦趋为老师所局限，而应敢于突破开创属于自己的天地。

1948 年春，叶嘉莹要去南京结婚。顾随先生为赋《送嘉莹南下》一首相送，中间有句："廿载上堂如梦呓，几人传法现优昙。分明已见鹏起北，哀朽敢言吾道南。"意思是说，自己教书教了这么多年，希望能够传法有人，而他的希望就寄托在叶嘉莹身上。"鹏起北"，因为叶嘉莹当时要离开北平去南方；"吾道南"用的是禅宗典故，禅宗五祖弘忍传衣钵与六祖慧能时说"吾道南矣"。先生信中所提到的南岳怀让，正是六祖惠能的传人。可见先生对于传承的重视和关怀,而先生心目中的传承,还不是如孔门之不敢逾越的传承而已,而是要"别有开发,能自建树"的带有开拓性的传承。至于如何能够"达到此目的",信中说道:"除取径于蟹行文字外,无他途也。"所谓"蟹行文字",指的是横向书写之英文。信中还说:"至少亦须通一两种外国文,能直接看'洋鬼子'书,方能开扩心胸。"顾随先生此语,既是因材施教,又是经验之谈。"先生幼承家学,对古典早有深厚之修养,其后又毕业于北大之英文系,在为学方面能融古今中外为一体","这正是何以先生在论诗谈艺之际,能随时有高论妙悟的一个主要原因"[①]。

1948 年 11 月,叶嘉莹随在国民党海军供职的丈夫赵锺荪去了台湾。在《怀旧忆往——悼念台大的几位师友》[②]一文中,叶嘉莹写道:老师"在信中殷殷向我介绍了在台湾任教的他的几位友人,那就是当日在台湾大学任教的台静农先生、郑骞先生、还有一位李霁野先生。顾先生在信中还附下了几张介绍的名片,嘱我抵台后去拜望他们"。

叶嘉莹赴台之初,师生之间尚有通信联络。1948 年 12 月 4 日,顾随先生在日记中写道:"得叶嘉莹君自台湾左营来信,报告近况,自言看孩子、烧饭、打杂,殊不惯,不禁为之发造物忌才之叹。"此后不久,叶嘉莹与同在台湾的先生二女之英[③],便都失去了音讯。1949 年 7 月 25 日,先生在致弟子刘在昭的信中流露出内心的焦虑:"嘉莹与之英遂不得消息,彼两人其亦长长相见耶?"刘在昭是叶嘉莹最要好的朋友,先生此问,亦或是希望能够间接从她那里得到一些爱徒的消息吧。

然而,事实远比顾随先生想象得严重。1949 年 12 月,叶嘉莹的丈夫因"白色恐怖"被捕。次年夏,她带着吃奶的女儿也被关了起来,虽在其后不久获释,但却失去了教职和宿舍,无奈寄身丈夫的一个亲戚家。而她的丈夫则继续羁押在左营军区附近的一个山区,三年之后才重获自由。至于顾随先生为叶嘉莹所写的那封荐书,在她的丈夫被捕之时即被搜没,尚且未及到台北送呈台静农等。然而,时隔六十余年,令叶嘉莹激动欣喜的是,在整理丈夫遗物时,发现那封信竟然一直混杂在当年发还的物品中,意外地"失"而复得了。

1956 年,已在台湾大学任教的叶嘉莹先后撰写发表了两篇评赏文章。一次,郑骞见到叶嘉莹,说"你所走的是顾羡季先生的路子",尽管郑骞认为这条路子并不好走,因为"作者要想做到自己能对诗歌不仅有正确而深刻的感受,而且还能透过自己的感受·传达和表明一种属于诗歌的既普遍又真实的感发之本质,这实在不是一件容易的事",但他仍对叶嘉莹

---

① 叶嘉莹:《顾随全集·序言》。
② 收入叶嘉莹:《迦陵杂文集》,台湾桂冠图书股份有限公司,2000 年。
③ 顾随二女之英因丈夫国民党空军军官李朝魁反对内战,被当局胁迫去了台湾,不久也与父亲失去联系。

十分赞赏："你可以说是传了顾先生的衣钵,得其神髓了。"①

从"为一己之赏心自娱的评赏"而至"为他人的对传承之责任的反思",是叶嘉莹诗词道路上的一个重大转变,并由此转入理论研究的新阶段。在多年教学、研究的实践中,叶嘉莹对老师当年对于取径西方文化的叮嘱亦逐渐有了自觉和深刻的认识。在《我的诗词道路》前言中,她说:

> 一般说来,由于我自幼所接受的乃是传统教育,因此我对于传统的妙悟心通式的评说,原有一种偏爱。但多年来在海外教学的结果,却使我深感到此种妙悟心通式的评说之难于使西方的学生接受和理解。这些年来,随着我英语阅读能力之逐渐进步,偶然涉猎一些西方批评理论的著作,竟然时时发现他们的理论,原来也与中国的传统文论有不少暗合之处。这种发现常使我感到一种意外的惊喜,而借用他们的理论能使中国传统中一些心通妙悟的体会,由此而得到思辨式的分析和说明,对我而言,当然更是一种极大的欣愉。直到现在,我仍然在这条途径上不断地探索着。

> ⋯⋯我个人做事原有一个态度,那就是愿望与尽力在我,而成功却不必在我。我只希望在传承的长流中,尽到我自己应尽的一份力量,庶几不辜负当年我的尊亲和师长们对我的一片教诲和期望的心意。

三、诗文讲记

顾随先生的课堂讲授艺术是今人难以想象、常人无可企及的,众多弟子在回忆、纪念文章中对此给出高度一致的评价。周汝昌说:"先生的讲授,能使聆者凝神动容,屏息忘世,随先生之声容笑貌而忽悲忽喜,忽思忽悟,难以言语状其出神入化之奇趣与高致。"②叶嘉莹说:"先生对诗词的感受之锐,体会之深,其灵思睿智,就我平生阅读交往之所接触者而言,实更无一人可相伦比。"③燕京大学毕业生、北京师范大学教授杨敏如形象地描述说:上顾先生的课,有两个特点,一是谁也不肯看表,因为一看表就觉得时间快到了,大家都不愿意下课;二是谁也忘了记笔记、记不好笔记,因为一记笔记就会漏听几个字。而在这后一点上,叶嘉莹却与之不同:"每次上先生的课都是心追手写,希望能把先生所说的话,一字不漏地

---

① 叶嘉莹:《我的诗词道路·前言》。
② 周汝昌:《顾随先生诞辰百年感言》。
③ 叶嘉莹:《顾随:诗文丛论·序言》。

记载下来。"①半生流离辗转,叶嘉莹一直把当年听顾随先生讲课时的笔记随身携带,唯恐或失。她说:"因为我深知先生所传述的精华妙义,是我在其他书本中所决然无法获得的一种无价之宝。"②于是,也便有了后来让更多读者了解、接受、景仰顾随先生的一系列诗文讲记的诞生。

自上世纪 80 年代始,由顾之京教授整理的叶嘉莹先生的听课笔记已出版多种,以下对此进行一个简单的梳理,以便读者明了其中脉络,并在选择和阅读时有以参考。

《顾随文集》附录《驼庵诗话》(上海古籍出版社 1986 年 1 月出版):1982 年初,叶嘉莹先生把顾之京教授邀至北京,郑重地将八册笔记交到她的手中,希望她能把这些笔记加以摘录整理,编订成一部类似古代"诗话"的著作。这是一项意义重大而又十分艰难的工作,之京老师回忆说:"这一期间,嘉莹教授像教小学生一样,'手把手'地对我加以指点,最初,是她先把笔记中的重要段落、观点标示出来,渐渐地我才能愈来愈熟练地进行阅读与摘录。那一个学期,她正在北京师范大学讲授'唐宋诗'一课,我在每周去听课的时候把作出的摘录呈交给她,由她审阅;她则把上周已审阅、改订过的部分交还给我,由我誊录清楚;待全部笔记摘录誊清完了之后,嘉莹教授拟定了若干小标题,由我据以对全部摘录加以归类、排序,待我归类排序之后,她又进行了最后调整与编订,如此方有了七万字的《驼庵诗话》一稿。"③

《顾羡季先生诗词讲记》(台湾桂冠图书股份有限公司 1992 年 11 月出版):此书包含两个部分,除了上述《驼庵诗话》,还有《驼庵说诗》。整理完《驼庵诗话》数年之后,叶嘉莹先生又带回另外两册和一大叠活页笔记。之京老师又据此整理出十五篇完整的文稿,辑为近十万字的《驼庵说诗》。

《顾随:诗文丛论》(天津人民出版社 1995 年 1 月第 1 版;1997 年 2 月第 2 版):此册收录的不仅仅是前所整理的有关诗词的笔记,还包括了诗词以外其他课目的笔记,以及之京老师收集到的顾随先生的有关遗作多篇。在此基础上,天津人民出版社又于 2007 年 7 月和 9 月分别出版了《驼庵诗话》和《顾随论学精要》,后者更多收入了顾随先生的遗著。

《顾随全集·讲录卷》(河北教育出版社 2000 年 12 月出版):《顾随全集》共四卷,其中第三卷为"讲录卷",收录了截至当时整理编订的全部听课笔记。

《顾随诗词讲记》(中国人民大学出版社 2006 年 3 月、2010 年 9 月出版):此册基本上是

---

① 叶嘉莹:《我的诗词道路·前言》。
② 叶嘉莹:《顾随全集·序言》。
③ 顾之京:《顾随诗词讲记·后记》,中国人民大学出版社,2006 年。

《驼庵诗话》和《驼庵说诗》合集的再版。2006 年该书出版后,得到学界与读者广泛好评,人民大学出版社遂于 2010 年进行了再版。

《驼庵传诗录》(河北教育出版社 2013 年 12 月出版):2005 年 10 月的一天,叶嘉莹先生从天津打电话,告诉顾之京教授说她听顾随先生讲课的全部笔记已经由友人从加拿大带回,问她还想不想重加整理。之京老师惊喜异常,马上赶到南开大学。距离上世纪 80 年代初第一次见到这些笔记,时间已经过去二十多年,之京老师担心笔记会加重破损更难辨认,事实上,这些笔记非但不是变得更旧,反而更"新"了:叶嘉莹先生在这二十年间,反复重读了这些笔记,并在笔记上留下许多心得和按语,过去潦草的或已淡化了的地方则被她用黑色水笔一个个重新描清。从那时起,之京老师决计,要将叶嘉莹先生所有听课笔记重新整理一遍,形成一部完整的"讲堂实录"。这一部承载顾随先生思想菁华和教坛神采的煌煌巨编,经过之京老师几年艰苦的努力,终于 2012 年夏季完稿。

河北教育出版社将其中说诗部分辑成上下两册,并由叶嘉莹先生赐名"驼庵传诗录"。

《中国古典诗词感发》(北京大学出版社 2012 年 6 月出版):在《驼庵传诗录》出版之前,北京大学出版社先将部分内容辑为《中国古典诗词感发》出版。

早在 1948 年 12 月 3 日,顾随先生尝在日记中自叹:"回思在中法上课,所讲汉诗之优点及劣点,亦颇堪自信,惜不能自写语录耳。"如今,叶嘉莹先生、顾之京教授可谓"超额"完成了他的愿望。

当年,顾随先生讲课即被赞为"天马行空"。有了这些诗文讲记,我们庶几可以一窥"顾随式"的"天马行空"到底是一种怎样的精彩。对此,之京老师感触最深:"这'马'不是无羁勒、没边际地随意驰骋。父亲在讲堂上尽管说得开、说得远,但当细细品读就会发现,竟然没有一言一字的废话。"

之京老师还说:"自整理笔记之初,嘉莹教授就对我说,书籍出版之后,版权、版税全部交由我处理,这是她回报师恩的一点情意。我理解嘉莹教授的深情,恭敬不如从命。我依意而行,将尽管不多的收益除支付必要的资料费用外全部用于购买所出版的书籍,以期取得更为广泛的传播中华文化的效用。"[①]

四、隐藏的大师

近些年,人们在提到顾随先生时,往往在前面冠以"隐藏的大师":"大师"是对先生成

---

① 顾随著,叶嘉莹笔记,顾之京、高献红整理:《中国古典诗词感发》,北京大学出版社,2012 年。

就、地位的共识;而虽谓"隐藏",却也恰恰意味着,隐藏者已然走进人们的视野。

顾随先生是现代文坛卓尔不群的国学大师,其文学创作、学术研究、教学艺术以及禅学、书法,独树一帜,饱受赞誉。顾随先生在世时享有很高的声望,遗憾的是,由于他的创作和研究领域主要是在古代文学方面,客观上,上世纪80年代以前,顾随先生一度淡出人们的视野。张中行先生在《顾羡季》①一文中,惋惜顾随先生遗著遗稿损失严重,用到"人琴俱亡之痛"六字,而这何尝不是顾随先生众多门人弟子共有的怅憾。

于顾随先生遗作整理出版工作功莫大焉的是叶嘉莹。1974年,叶嘉莹自海外回到阔别二十余年的北京,当时最想见到的两位长辈就是伯父狷卿和老师顾随,而当得知老师早已于1960年过世,且身后尚无著作问世时,即发愿搜集、整理、出版老师的遗著。

1979年后,她即利用每次回国讲学之机,急切实践自己发下的誓愿。她三十年前携去的当年手抄的老师的文稿,如《苦水诗存》一集之外诸多未曾刊布过的诗稿,如顾随生前编订完成但未印行的《积木词》稿等等,如今手抄之后带了回来。她在北京讲学时,于自己下榻的宾馆邀请学长、同窗共议收集先师遗作之事,于是有了吴小如提供的上世纪40年代经他之手发表的老师论古代小说的文稿二篇,有了刘在昭提供的上世纪30年代初老师的散文手稿三篇……她在天津讲学时,还特请老师上世纪50年代的弟子王双启在天津图书馆手抄当年连载于天津《民国日报》的稼轩、东坡两种"词说",使这两种"词说"得以与当年刘在昭手抄的部分文稿与别处存留的部分手稿、抄稿互补互校而成完璧。1984年,一部四十余万言的《顾随文集》编订完成,它凝聚着叶嘉莹回报师恩的满怀深情,更凝聚着她传承中华文化的一片赤诚。文集即将交付出版时,之京老师请她作一篇序。经过再三增补修改,她从温哥华寄来了手写的长达三万言的《纪念我的老师清河顾随羡季先生——谈羡季师对古典诗歌之教学与创作》,却坚持不肯作为序文置于老师文集之前,只允许作为"代跋"置于文集之末。1986年,《顾随文集》由上海古籍出版社正式出版,这是顾随先生谢世二十六年之后出版的第一种遗著。当之京老师拿着这本文集送给周汝昌先生时,周先生坦率而真诚地感叹:"这件事,除了她,谁也办不成!"1990年,顾随先生忌辰三十周年之际,叶嘉莹由于身在海外,未能参加,刘在昭在会上代为宣读了她的信函。信中说道:"最近我又接到之京的来信,要我把一些旧笔记带给她,她要重加整理。我将尽力把这些旧笔记再找出来带给她。还有其他学长们一定也有一些笔记或老师的遗稿,希望也都能尽力找出来。尤其是同门周汝昌学长以前所保存的老师的文稿资料久寻不获者,更希望有朝一日能重新觅到,我们可

---

① 张中行:《顾羡季》,收入《负暄琐话》,黑龙江人民出版社,1986年。

以为老师再印一册更为完整的专集。"

　　在叶嘉莹的积极呼吁和大力支持下,在顾随先生众多弟子、友好的共同努力下,二三十年间,陆续整理出版了近二十种合集或单行本。除了上述据笔记整理的讲记之外,还有《顾随全集》四卷(河北教育出版社 2000 年出版),较文集有数倍规模的扩充。以这两部合集为基础,陆续派生出《苦水作剧》(台湾桂冠图书股份有限公司 1992 年出版)、《顾随说禅》(上海古籍出版社 1998 年出版)、《顾随说禅》(广西人民出版社 2005 年出版)、《大家国学——顾随卷》(天津人民出版社 2008 年出版)、《诗书生活——顾随随笔》(北京大学出版社 2008 年出版)、《顾随讲词曲》(凤凰出版社 2011 年出版)等等。顾随先生又是书法大家,天津古籍书店先后影印出版了《顾随先生临同州圣教序》(1990)和《顾随临帖四种》(1992)。近几年,河北教育出版社陆续出版"大家履迹"丛书,包括《顾随笺释毛主席诗词》(2009)、《顾随与叶嘉莹》(2009)和《顾随致周汝昌书》(2010)。2012 年以来,又陆续出版"顾随讲义"系列,包括《顾随讲〈文心雕龙〉》《顾随讲古代文论》《顾随讲〈诗经〉》《顾随讲〈论语〉〈中庸〉》《顾随讲魏晋散文》等五种。十卷本增订《顾随全集》也已由该社立项,一二年内即可面世。

　　早在 1979 年的一天,叶嘉莹邀请顾随先生三女之惠、六女之京及诸同门在北京察院胡同旧居相聚,共商收集整理老师遗著之事。当时之京老师姊妹曾以顾随先生手迹半幅相割赠,叶嘉莹感而赋诗:"归来一事有深悲,重谒吾师此愿违。手迹珍藏蒙割赠,中郎有女胜须眉。"多年之后,叶嘉莹先生说:"我对之京师妹一直怀有一种感激之意,因为正是由于有之京师妹不断的整理和编辑,才能使老师的德业文章不断彰显于世,而我三十年前写赠之京师妹的诗句'中郎有女胜须眉',在今天也果然得到了最好的证验。我想老师如果天上有知,也必然会感到极大的欣慰。"①

五、驼庵薪火

　　1990 年自加拿大退休后,1993 年,叶嘉莹乃应南开大学之聘创建"中国文学比较研究所"(后改名"中华古典文化研究所")。她还捐献了自己退休金之半数,设立了奖学金与学术基金,并且用顾随先生之别号"驼庵"二字,作为奖学金的名称,既以纪念自己的老师,更冀望于在继起的青年学生中,果然能培养出一些足以继承先生志业的传人。

　　下面节引 1997 年 12 月 25 日她在"叶氏驼庵奖学金"首届颁奖大会上的讲话,让我们共

---

① 叶嘉莹:《经历了生死离别的师生情谊》,《顾随研究·代序》,南开大学出版社,2011 年。

同感受一下这位耄耋赤子的拳拳心意：

> 我的根是种在祖国的——我是在祖国受的教育，我是一直到大学毕业后才离开了我的祖国，我所有的一切都是从我的祖国得来的，所以我今天愿意把我的一切回报给我的祖国。而且最使我难忘的就是我临走以前，老师送我的一首诗。我是 1948 年春天离开我的故乡北京的，行前我去跟我的老师辞行，我的老师送了我一首诗……诗里有这样的几句："廿载上堂如梦呓，几人传法现优昙。分明已见鹏起北，衰朽敢言吾道南。"这几句诗，我的老师是说，教书教了这么多年，老师的希望是能够传法有人，也像刚才陈洪先生说的，我们教学就是"薪尽火传"，我们一个人，个人的生命是有限的，我们祖国的文化的命脉是传之永远的，是无穷的。……我曾经历过一段很艰苦的日子……但是我一直记得我老师对我的期望，应该努力去学习和工作。所以我只想把我得之于我的老师的东西传下去。……我之所以仍愿致力于教学，是因为我觉得我们现在实际上就像陈洪先生说的，很多人对于我们古典的民族文化，不但是不理解，而且经常是不乐于学习和接受。这是一个很大的损失，是我们国家命脉的一个损失。所以我全心全意想为此多做一些事情。……我现在最大的希望，就是我刚才说的，我这个教书的人——我教了五十多年的书——在我的有生之日的余年，能够找到传法的人，能够把老师的希望继续下去，这是我最大的愿望。

忆逢叶嘉莹先生^①

赵庆庆（南京大学）

　　数年前，我参加"中外文学交流史"这一国家社科基金项目，侧重中国和加拿大的文学交往研究。于是，叶先生的书成了我的珍笈。加之自小喜爱诗词，曾以边烧灶边背诵《长恨歌》为乐，叶先生的书就一下子走进了我的心里，给了我既熟悉又十分新鲜的感受。以前，从未有人给我如此精微如此深情地讲解过古典诗词！借用柳枝惊叹李商隐之句，就是："谁人有此？谁人为是？"

　　2008 年夏，我带着一行李箱叶先生的书回家度假。时值奥运赛季，电视里不断传来激越的中国金牌总数播报，而我只在贪读叶先生的书，一字字，一行行，一卷卷，仿佛带我升至一个极其高远寂寥的世界。

　　我漫笔写道："夏暑，教务得歇，耽读迦陵诗词。适时，有台风曰'凤凰'者，自台湾过余寄居之金陵，送泠泠夜雨。无眠，吟叶先生旧年台北七律《南溟》。神驰心醉，欲言无和，遂援笔解诗，聊慰孤往之怀。"在这样的心境下，我从盛夏读到了凉秋，又从严冬读到了春来，边学边记，边品边写，陆续草就了三篇读后感《叶嘉莹先生旧诗〈南溟〉之感发释微》、《弱德之美：叶嘉莹先生词学新论和词作评析》和《高楼风雨感斯文：评叶嘉莹先生之登高诗词》。我甚至梦到了叶先生穿着素朴的裙装上课，对我蔼然而言。醒后，不禁涂抹了一首小诗志之。

夜雨吟迦陵诗词

夜雨独聆久，佳诗具眼翻。

青衿盈怅慕，朱砌渗忧寒。

缘近因同道，时乖各异天。

流年风雨迫，无梦不巴山。

---

①　本文为中国教育部人文社科青年项目"加拿大华人文学史论"（11YJC75041）的研究随笔。

我被一种奢望激动着：假如叶先生能赐正拙文……可我乃无名晚辈，与先生素昧平生，且叶先生国内外讲学著述甚忙……幸好，我认识一位加拿大文友、英译叶先生诗词的陶永强君，遂请陶君将三篇拙文代为呈交。至于叶先生能否有暇一阅，阅后会有何反应，我岂能料到呢。平日里，上课，改作业，做课题，夜深辗转时便牵挂起托文之事，忽忽不定。约两周后，陶君电邮告知喜读拙文，并说叶先生希望直接和我联系。我又惊又喜又夜不能寐起来：

盼得陶君书即赋

接书心潮连海潮，肋无双翅化青鸟。

一夜飞渡太平水，樊城花枝立清晓。

高言说文石点头，译道莫愁知音少。

殷勤传语千载意，天涯从此怜芳草。

不久，我收到叶先生的电邮，真是不敢打开。叶先生写道："难得你对我的作品如此关心，使我非常感动。你的感觉和思路都好……不知你这几篇大作已曾发表否？如尚未发表，我或可为你介绍发表。"后来，叶先生再次电邮："你的文稿，如我在前信所言，意思甚好，但文字有欠妥处。我把其中一篇做了一些修改，如要发表，请按改稿发表。其他两篇也须修改，不知你意如何？冒昧之处，请原谅。"附件是叶先生亲正过的我的《南溟》一文。如此鼓励、雅正和提携，令我一时感动得无言以对，但见案头积书成堆，室外鹊影翩然，梧桐渐移荫。

2009 年夏，我获得加拿大外交和国际贸易部的资助，赴加进行加拿大华裔作家的系列访谈。我冒昧询问叶先生可否拨冗一见，叶先生爽快地答应了，地点就在她常去的不列颠哥伦比亚大学亚洲图书馆。南京—北京—蒙特利尔—滑铁卢—伦敦—多伦多—温哥华，越洋寻踪，一路翘首，终于再访濒临太平洋西岸的不列颠哥伦比亚大学。

到了拜见那日，我早早来到了亚洲图书馆。该馆中文藏书量居加拿大之冠，有 20 万本中文藏书、900 多种中文期刊和 4.5 万册线装书。在图书馆大厅坐下，我一边垂首默读随身携带的叶书《词之美感特质的形成和演进》，一边静等，像是等一位严格的考官，又像是等一位亲切的邻家长者……此时，沥沥凉雨正蹁跹于馆外的幽林小径，洗涤着刻有"仁""义""礼""智""信"的五块石碣，并在一池碧水上敲出透明的叮叮咚咚……

一双平底黑皮鞋，银灰的长裤，徐徐向我坐处移来。

此前，我已从各种媒体和书中多次见过叶先生，聆听过她带有些许京韵的说话、讲课和吟诵。我也发现她喜欢站着授课，一袭素雅的套装，有时带一披肩。上课时，拿起水杯或矿泉水瓶欲饮，但往往因讲解投入，几番放下。有时，叶先生离我很近——打开书，即见其文；

打开电脑,即闻其音;即便无书无电脑,叶先生的一些诗文也萦绕记忆。更何况,她在 1948 年曾在南京绒庄街短居过,到过南捕厅买过油酱,写下让我颇有共鸣的《越调·斗鹌鹑》套曲。几十年后叶先生自加返华,还在南京大学讲学过,见过南大的老夫子们如陈得芝、唐圭章、赵瑞蕻、程千帆等教授,而我现在就在南大供职。但更多时,叶先生离我很远的——我已习惯了研读而非提问,习惯了聆听而非述说,习惯了彩笺兼尺素式的遥思遥祝,而非跨越山长水阔的亲拜面见。

银灰的长裤——我弹了起来。

银灰的对襟休闲上装,湖蓝色带微紫的暗花绢巾——我疾步趋前。

假期的图书馆大厅静谧无人:壁上的彩墨梅图自开自得,闲静无语;不远处,杜甫《望岳》的书法横幅却似破壁而出,苍苍墨色翻滚出山川精气的长啸。微笑如梅花的脸,如梅花的眼睛,仁厚如山的心和扛得起苦难的魂灵。

我深鞠一躬。

叶先生微倾上身回礼。

叶先生领我走进亚洲图书馆的小餐室,是午餐时间了。因是假期,餐室没什么人。她打开冰箱,取出饭盒,放在餐桌上。倒了一杯水。然后坐在餐桌边,取出自带的面巾纸,在餐桌上铺平。叶先生的饭盒里盛着几片面包,几块切好的哈密瓜,好像还有几个小番茄。看上去简单清爽,份量还比较足。

"叶先生,我给您带来了我们南京的特产——雨花茶,全国十大名茶之一呢。"

"谢谢,我不喝茶的,我喝水。"叶先生举起了水杯。

叶先生带来了她打印出的我那三篇拙稿,放在餐桌上。我一眼就瞥见稿上铅笔圈点改动的痕迹,心像揣了兔子似的猛跳起来。叶先生边用餐边给我讲解,声音比我从电视、碟片、网络上听到的更悦耳,温和中隐约一丝严厉。

我比照原文,阅读修改部分。比如,在《弱德之美》一文中,叶先生改正了我不妥的语词和文言句式,如将"尚是寥寥"改成"尚属寥寥",将"然而,词何能独擅表现'弱德之美'呢?"改成"然则,词为何独能表现'弱德之美'呢?"叶先生甚至注意到了我的句式是否对称工整,使原句在改后平添了一层结构之美。如我的原句是"此词中美女的画蛾眉、仔细梳洗和精美衣服就于其本义或概念意义之外,内含了注重品德修养、洁身自爱的内涵意义",叶先生便将"精美衣服"改成"照镜穿衣",一来准确,二来这两个动宾词组,与前面的两个动作表达,结构大体一致。再者,叶先生深化了我对"弱德"的理解,在我原句基础上将其补充成:弱德之"弱"乃在于一时无法战胜外界压力的情况下,舍弃幸福忍受艰苦;弱德之"德",则表现为即便势弱力孤，仍要完成自我对一己，对他人的一种持守和完成。不仅如此，叶先生还提供了辛弃疾《新居上梁文》中的文句，丰富了我的例证，使有关"弱德"的论证前后照应，逻辑严谨……总之，几乎每处修改，尤其是小处、不起眼处，都让我感受到叶先生思维的缜密活跃，以及表达的优美历练。好多年，没有老师这样细批我的中文写作了。

叶先生在讲解时会插点英语，想是多年用英语给外国人授课的习惯使然，这让外文专业出身的我听上去相当受用，也能聊补英语难尽中华诗词之妙的遗憾。叶先生用的最多的一个英文词是 subtle，用以描绘诗词的特质、或诗人如李商隐、或微妙曲隐又高超的表现手法，等等。该词含"微妙""隐晦""细致""清淡""巧妙""敏锐""难于捉摸"等多义，颇能体现中国古典诗词和传统文化的神韵，和辜鸿铭在其英文著作《春秋大义》(The Spirit of the Chinese People)中用 delicate 来点明中华文明特征相比，似有异曲同工之妙。其实，叶先生的一些诗词文赋，也很可用 subtle 来形容的，像"病多辞酒非辞醉，坐对烟波意自醺"(《郊游野柳偶成》)、"昨夜西池凉露满，独陪明月看荷花"(《梦中得句杂用义山诗足成绝句》)、"忍待千年终盼发，忽惊万点竟飘飞"(《高枝》)、"独倚池阑小立，几多心影难凭"(《木兰花慢·咏荷》)、"谁遣焦桐烧未竟，斫作瑶琴，细把朱弦整。莫道无人能解听。恍闻天籁声相应"(《踏鹊枝》)、"爱向高楼凝望眼。海阔天遥，一片沧波远"(《蝶恋花》)……都因为其 subtle 的不尽意味和内含的诚意，让我过目不忘，自生无限怅触。缪钺先生曾于1982年为《迦陵论诗丛稿》作序，评曰："叶君少负逸才，十余岁时，所作七言近体诗，凄婉有致，似韩致尧。其后更历世变，远涉瀛海，感怆既深，胸怀日阔，或伤时忧国，或写物抒情，寄理想之追求，标高寒之远境，或为五七言之古今体诗，或为长短句之慢词小令。称心而言，不假雕饰，要眇馨逸，情韵深邈。"我寻思，"要眇馨逸，情韵深邈"的英译大略是 subtle and ethereal with the feelings of extraordinary depth，那么，叶先生真是 subtle 一词绝佳的诠释者和化身了，难怪她用起来是那么自然，那么美。

叶先生不紧不慢地吃完自带的午餐——我暗喜，85 岁的诗家胃口不错。她收拾好饭盒，用先前铺在餐桌上的面巾纸，擦拭桌面。墙壁上东亚系学生的照片张张朝气逼人——就像视频里曾经播放的一样，热情地注视着叶先生。我羡慕他们。

说话间，叶先生的老朋友施淑仪女士走了进来，我说我读过你的《自在飞花轻似梦》，记的是她和叶先生春天在温哥华赏樱吟诗的趣事。大家都不约而同地笑了。她给我和叶先生拍合影。叶先生下午还要在图书馆继续做研究——这儿是不是她在温哥华的第二个"家"？我该告辞了，去探望英译叶先生诗词的陶君。

依稀听到施女士问：叶老师，电影什么时候看呢？

亚洲图书馆的屋顶远望去,像一个巨大的竹编斗笠,垂着雨的流苏,在岁月中隔出一方宁静温润的时空。叶先生在此,她的朋友在此,她的学生在此,她的以出世精神做的入世事业也在此吧。我虽然是一个朝拜的过客,但却不曾真正离开过。一切都由记忆收藏,再由沉思延续。

今夜,在我所居之金陵,依然雨泠泠,风翛翛,依然是孤灯下展读叶先生的书,护佑着永远的感念和祝福。

叶嘉莹教授九旬华诞敬赠绝句二章为祝

已是苍松惯霜雪,欣陪小树蘖新根。

炎天流火识蘵姑,心绿唱染遍山春。

九秩高山九畹兰,鲲鹏念往九霄天。

诗风词雨终相护,妙法长传绿岸边。

《九十华诞论文集》谢辞

迦　陵

面对这一叠如此厚重的文稿，编者要我写几句话。我所能说的，首先当然是深挚的感谢，其次则是自己的惭愧。

我本是一个胸无大志之人，除了天生对诗词的喜爱，实在别无所长。所以大学毕业后，虽然有人曾劝我考研读博，我却从来没有动过什么深造的念头，就老老实实按照校方的安排到中学去教书了。而且一开始教书，我就爱上了这一份工作。

我是家中唯一的女孩子。堂兄和弟弟们都喜欢外出交游，而我则一直安于在家中独处，以读书吟诗为乐。其后我以同等学力考上了一所女子中学。因为不习惯与人交往，所以性格羞怯，在同学间很少讲话，甚至上了大学以后也依然如此。及至做了教师登上讲台，非要讲话不可了，我才发现自己原来有这么多的话可以讲说，而且也发现了同学们竟然如此喜欢听我讲课。而当我善于讲课的名声传出去后，就不断有学校邀我去兼误。而且有的学校竟然以不必批改作文为条件，只要我去讲课。于是我从此就踏上了忙于讲课的不归之路。在北京教了三个中学，到台湾后又教了三所大学，还担任了台湾地区教育主管部门"大学国文"的广播课。及至到了北美以后虽然不再兼课，但是每到假期我就往往被各地邀去讲学。大陆及港澳台地区以及新、马等地，都留有我讲课的足迹。那时候我也曾经发表过一些论著，颇获好评。于是就有人劝我要减少讲课，而应该多留些精力去从事学术的研究和诗词的创作。虽然我对这些友人的好意也非常感谢，不过我一向并没有要以"诗人"或"学者"成名成家的念头，我写的诗词大多只是兴之所至随地称心而发，而并没有争强求胜之心。至于一些学术性的研究著作，也往往只是机缘凑泊有感而作，有些则是应邀之作。因此我实在没有想到，以我这样一个淡泊自甘的人，竟然会得到这么多友人的关爱。所以面对这一叠如此厚重的文稿实在是感愧交迸，深惭无能为报。

不过，我对诗词的传讲，则一直有一种发自内心的爱好，深愿为诗词的传承尽上自己一点微薄的力量。记得当南开大学为我举办九十寿诞并参观正在修建的"迦陵学舍"之日，我在答谢讲话中曾经说过，为了表达我对大家关爱的感谢，以后一定要更加努力工作。当时就有些人笑我，说已经九十岁的人了，还说以后要更加努力工作。但这确实是我真正的心意。直到如今我虽身体日衰，听力、视力、腰腿之力都在逐渐减退，但我却一直没有停止讲课。记得我以前曾写过一首小词说，"莲实有心应不死，人生易老梦偏痴，千春犹待发华滋"；又在另一首小诗中写过，"柔蚕老去应无憾，要见天孙织锦成"。我一直以为在中国的诗词中存在有一种兴发感动的力量，我愿意为此种感发之力的传承尽到自己的一点微薄之力。杜甫曾有两句诗说："盖棺事则已，此志常觊豁。"我也愿尽我有生之余年为诗词之传承继续努力，以答谢大家对我的厚爱。在此，我愿再一次深深地感谢这一册文集中所有的作者。

最后我还要感谢曾经为"迦陵学舍"之修建捐出巨资赞助的两位友人：一位是加拿大的刘和人女士，另一位是澳门的沈秉和先生。我更要感谢南开大学校领导方面所给予的大力支持和协助，还要感谢很多对学舍之装修以及花木之移栽培植都曾分别作出赞助的友人。我还要特别感谢为迦陵学舍书写题名，并以工笔楷书为我录写了长达七百余字之题记的温哥华书法家谢琰先生（题记为我的学生汪梦川博士所撰写的一篇骈体文）。

如我在前文所言，我虽然已年逾九十，但我还愿意贡献出自己的余力来答谢所有朋友们之深浓的情意。

附录

叶嘉莹教授九十华诞暨中华诗教国际学术研讨会开幕式发言文字稿

龚克（南开大学校长）

　　尊敬的叶老师，各位嘉宾，老师们，同学们：适值春日，岁在甲午，天清气朗，惠风和畅，南开园群贤毕至，少长咸集，蓬荜生辉。中华诗教国际学术研讨会和叶先生鲐背之寿诞同时举行，我想，这两件事合在一起，是最贴切的。因为它贴切于叶先生的九秩人生。叶先生是诗词的女儿，为诗而生，以诗而成。中华诗词，它贴近人生，表达心境，它既高雅又通俗，是中华文化独具之美，是中华文化中不可替代的艺术形式。大学要培养学生为天地立心，为生民立命，为往圣继绝学，为万世开太平的器识，不能没有诗词这样的文艺。然而，如何让古老的中华诗词融于一代代青春生命之中，这是一个严峻的课题。切望出席今日研讨会诸贤，与南开师生一道，共同努力破解这道时代难题。尊敬的叶老师，值此先生九十寿诞，中华诗教研讨会开幕之际，请允许我代表爱戴您的南开大学师生，向您致以诚挚的祝愿，祝愿您身体健康，心情愉快，祝愿您作出更多的诗篇，给予我们，给予所有人们更多的美。祝愿您倾尽毕生心力的中华诗教事业发皇光大，我们南开师生将与您一起，为此付出更多的努力，让南开园成为充满诗情的校园，让您的迦陵学舍成为所有南开人心仪的诗词之家，让诗词之美在华夏文明发展的长河中生生不息。最后，在这欣喜的日子里，请您节劳。

张东刚（教育部社会科学司司长）

　　尊敬的叶嘉莹先生，各位嘉宾，各位专家，各位同学：非常荣幸有机会参加今天的会议。我受袁贵仁部长的委托，代表教育部（这还是我第一次代表教育部），同时也代表我作为一个南开的学生，向叶嘉莹教授九十华诞暨中华诗教国际学术研讨会的召开表示热烈的祝贺，向来自海内外的与会嘉宾，专家学者，表示诚挚的问候。叶先生学养深厚，学贯中西，堪称中国教育界的典范。她创立南开大学中华古典文化研究所并长期担任所长,为中国古典诗词创作、教学、普及、研究、宣传,做出了卓越的贡献,是推动中华诗词在海内外传播的杰出代表。叶先生教书育人,桃李满天下,她热爱教育事业,虽年届九旬,依然坚持在教学的第一线,令我们非常地敬佩、敬仰。先生近七十年教学生涯中,足迹跨越世界三大洲,遍及祖国大江南北,培养了一批又一批优秀的古典文化人才,点燃了人们心目中对诗词的热爱与向往。她热衷于幼教及中小学的古典诗词教育,为培养下一代学生们的心灵、品质和学习能力做出了重要的贡献。先生潜心学术,成果丰硕,她长期从事中国古典诗词的研究,她将西方文学理论引入中国古典诗词的研究,结合西方文论中的阐释学、符号学和接受美学等理论,对中国传统词学进行了科学的开发与归纳,使西方理论与中国传统词学达到了有机的融合。一大批优秀的成果以现代学术弘扬了传统文化,赋予了中国经典以现代的生命和意义,成为享誉海内外的词学大家。大家知道,党和国家高度重视传承弘扬中华优秀传统文化,习近平总书记多次强调中华优秀传统文化是中华民族最深厚的精神追求,最根本的精神基因,最深厚的文化软实力,是我们在世界文化交流当中站稳脚跟的根基。前不久,教育部印发了《完善中华优秀传统文化教育指导纲要》,目的是对中华优秀传统文化教育进行整体的设计,大中小的整体设计。叶先生以其对传统文化的热爱,对教育事业的热爱,为教育界、学术界树立了一个为文化建设事业,为中华民族传承不绝而奉献一生热情的榜样。今天,我们在这里庆祝叶先生九十华诞,就是要学习她热爱祖国,追求真理的崇高理想,融汇中西,学贯古今的博大胸怀,严谨治学,淡泊名利的科学精神,学为人师,行为世范的高尚师德。教育部将与南开大学一道,一如既往地为叶先生的教学科研活动给予大力的支持,竭心地为她服务。最后,衷心祝愿叶先生健康长寿,学术之树常青,预祝本次研讨会取得圆满的成功,谢谢!

郑欣淼(中华诗词学会会长)

尊敬的叶老,尊敬的各位嘉宾:今天是个好日子,我代表中华诗词学会向叶老的九十华诞和中华诗教国际学术研讨会表示祝贺。叶老是中华诗词学会的发起人之一,也一直是我们的顾问。2008年,中华诗词学会授予叶老终身成就奖,这是一个很高的荣誉,马凯同志当时也到会祝贺。中华诗教的会相当重要,在南开召开,我认为意义是很深远的。我写了一首小诗,表示我的心意,我念一下,一首七律:合教诗国有珠玑,九秩犹看绰约姿。沧海风云游子念,弦歌岁月畹兰滋。中西已铸迦陵学,今古方摛锦绣词。更喜芳辰聚多士,兴观群怨韵传时。

白先勇（作家）

　　叶先生，各位嘉宾：我呢，不算是叶先生正式的弟子，在台湾大学的时候，我是叶先生的旁听生。我是外文系的，可是那个时候我常常到中文系去听课，虽然是旁听生，可是叶先生对古诗词的教诲真的为我启开了一扇门，让我欣赏了中国古典诗词的美，可以说叶先生的教诲影响了我的一生。尤其我在台大的时候，叶先生讲的杜诗，杜甫的诗，从那个时候我就开始一步一步地对杜诗渐渐渐渐地欣赏。我讲一件事情，就是去年十一月的时候，叶先生又回到台湾去了，做了一个公开演讲，就讲杜诗，我又去听了，这是五十多年以后，再聆听老师讲杜诗，老师讲了三个钟头，三个钟头站着讲的，我听了那次的演讲感动得不得了。我教了二十九年大学的书，又听了老师讲杜诗以后，让我感到又成为一个老学生了。我想叶先生在我的一生中，可能叶先生自己都不知道，老师对我的影响一直到今天，我现在趁着叶先生九十大寿向老师致以最高的敬意。

席慕蓉（画家、诗人）

　　叶先生好，各位嘉宾好！我最近在台湾参加一个青年学生的文学比赛，有一个高中的同学得到了诗歌第一名，但是得奖新闻发出之后，他有很大的困扰，因为所有的同学都觉得他是怪物。然后他的妈妈也不了解，他写了一首妈妈很辛苦的，每天问他你明天上什么课，给他准备什么衣服的那样一首诗，写得真的很好，把妈妈的生活跟洗衣机什么都连在一起了。但是他很困窘，因为妈妈说，你写我干吗？但是在颁奖那天，我借用了叶先生的话，我说叶先生说写诗、读诗是生命的本能。结果我没想到解决了这个高中生男孩子的大问题。因为他自从得奖以后，变成所有人都要问他，你怎么会写诗？他上来说感谢叶先生。他终于可以正大光明地跟每一个人说，写诗是生命的本能。今天趁这个难得的机会，我还想跟大家分享叶老师的两件事。一件事是叶老师的小名，可以吗？我们现在都在说叶老师九十岁生日，可是生命本身，九十年，一百年，她的本质不会改变。因为叶老师是在荷花的生日出生的，所以她的小名是有"荷"这个字。但是我就不知道该怎么说，所以我特别问过叶老师，我说那您的长辈怎么叫您呢？她说他们叫我"小荷子"。所以我们现在每个人都可以说，我们为庆祝"小荷子"的生日，对不起，我们今天当然是在庆祝叶先生的生日。但是我们记得，生命的本质，从她开始生长的时候，其实到现在，都跟荷花一样，那么的干净。生活再怎么沧桑，老师生命的本质是不改变的，像荷花一样。所以我们一方面当面一定要称呼叶先生"叶先生"，不能说"小荷子"，可是我们心里会想，这是那个干干净净的，玉洁冰清的小荷子，我们的叶先生。第二个跟大家分享的是，叶先生她本身是蒙古族人，蒙古土默特部的,后来到了叶赫水,就变成叶赫那拉氏。叶赫那拉氏有很多不同的来源,但是叶赫那拉本身是从土默特部迁到叶赫水以后,有了这个名称。叶老师是在十一岁的时候,她的伯父亲自告诉她听的。以前我没有想到,后来我才明白,就是要到孩子懂事的时候,告诉你听,你是从哪里来的。我很有幸在 2002 年的时候经过施淑老师的介绍,能够跟叶先生见面。叶先生跟我说,我也是蒙古人,我们家是从叶赫水那里过来的。叶老师说,你如果找到叶赫水,我们就一起回去看。我怎么能不找,我兴奋得不得了。所以半年的时间我拜托在沈阳的朋友帮叶先生找到叶赫水,其实还在,叶赫水还在。所以 2002 年的时候,叶先生到吉林的梨树县见到了叶赫水。然后 2005 年的时候,叶老师说我还是想去蒙古高原走一走,所以我陪叶老师去了呼伦贝尔,上了大兴安岭。今天我要跟大家分享,我知道只有三分钟,这个三分钟里面我想跟各位说,一个族群的记忆是靠一个小的家庭的单位,一个小的家庭的单位是靠一位伯父告诉他的侄女说要记得我们是从叶赫水过来的,我们是土默特部的蒙古人。可以几十年之后,这位当年那么小的小荷子,记住了我的家是从叶赫水来的,而不在乎早晚,其实一点都不晚,这已经是 2002 年,是十二年之前的事情了。所以一生里面我发现,很多东西是延续的,叶老师给我们的诗词的生命是延续下去的,叶老师自己的关于族群的记忆也是延续下去的,即使是一个那么年轻的小荷子,即使是到现在我们大家这么敬仰的叶先生,所有的事情其实不是短暂的,在这一个会场里发生的。这是从几千年以前,一直到今天,一直到几千年以后,我想叶先生在这里是一个特别发亮的光点,我们今天祝贺这位光点生日快乐,谢谢!

包家驹(台湾长庚大学校长)

　　龚校长,诸位贵宾,诸位年轻朋友,女士们,先生们:早上好!舅妈,祝您生日快乐!请容许我用这么亲昵的称呼,才能真诚表达我的孺慕之情。在我的生长过程中,影响我最深的当然是我的双亲,父母亲在多年前弃我而去,我正在惶惑无所瞻依时,幸而有舅妈,在待人处世和进退出处上时时教导我,在生活起居的细节上,如父母一般无微不至地关心我,照顾我。我舅妈的一生并不顺遂,年轻时曾经历战乱,中年后又不得不离开她所熟悉的生活和工作的环境,远赴美国和加拿大,重新开启学术生涯。年轻的朋友当然能从我舅妈的这些经历中得到启示和鼓舞,我也愿与年轻朋友一起效法我舅妈的乐观和襟抱。人生的坎坷很多人都曾经经历过,但是,少有人能够像我舅妈一样,在苦难时不怨天,不尤人,从不放弃对生命的信仰和对知识追求的热忱,更能以宽恕和爱包容一切。所以,当你们为眼前这位大师的成就而心中感佩时,我心中却还串起了我舅妈传奇的坚忍和毅力。九十岁了,或许有人觉得应该是享清福的时候，但是我们大家看到的却是一位仍然每天每时每刻为她热爱的中华古典文学努力工作，为提携后进不遗余力的一位慈祥的长者。当人们还在琢磨这位桃李满天下的学者、大师成功的秘诀的时候，我从她身上体会出，教育之道无他，爱和榜样而已。这份爱，不止施及她的女儿和她的亲人，也包含了今天在场和不在场的许多人，都沐浴在这无私的慈爱里。而这个榜样，既是影响我最深，更是我终生景仰和学习的典范。舅妈，您今天九十华诞，家驹身为晚辈，亦无子夏之贤，故不得赞一辞，唯愿借这个机会表达我深挚的崇敬与感激，感谢您这位视我如己出的长者对我的教诲和关爱，祝愿舅妈，您生日快乐，福如东海，寿比南山！

沈秉和（澳门集诚实业有限公司董事长）

对不起，我普通话讲得不好。我也不是文化人，干嘛今天来到这个文化精英聚集的地方呢？我想起来一句话，就是明朝有个文人叫张岱，他在《西湖梦寻》的序言里边说了几句话，他说"旧役小傒，今已白头，梦中仍是总角"，就是他引起一番感慨。那么我想我可能也是叶先生的一个书童。张岱没有记载他那个书童当时有什么感觉，现在我想代表明朝那个书童讲述一番我对叶先生一点直接的感受。其实我也做过几个小时叶先生的书童，就是七八年前她到澳门的时候，在我的办公室坐了一个下午。我不大看书，但是她看见我买了很多书，所以她在那里写作的时候就叫我去找哪本书，哪本书，所以我做了几个小时，这个可以说是一个书童。在我的眼中来讲，一个书童眼中的大文人，她究竟有什么东西值得一个平常人来，值得有些感发的作用呢？我想举两个例子跟大家分享。第一个，我不晓得大家有没有留意，叶先生讲课的时候都是要站起来的，她好像不太习惯去坐下来讲什么东西，一定要站起来。这使我想起来中国古语说的"千里之行，始于足下"，又说"坐言起行"。一个人的言语首先从她的动作本身引发出来的，首先是动作，才有言语，所以我们从叶先生的行动当中可以体会，她诗词里边讲的，刚巧跟我有点关系的。我曾经写信问她什么时候回来，她就写了一首诗《病中答友人问行程》，里边有两句说"我生久是无家客，羞说行程归不归"。这个例子说明叶先生一生，她都在行动当中，其实她没有停下来的时候。她一生都在行动、讲学等等，她一生经历过的九十年，民族苦难等等，她怎么通过自己的力量改变一下中国人的文化素质。就这一点，她是没有停下来的。所以她要站起来讲，这是一个出发的姿态。我是从这个角度来理解叶先生站起来讲课，而且写这两句诗的内涵。另外一个例子，叶先生说可能以后也没有很多时间去其他地方讲学了，前年她到北京去讲学，她说你何不来听一听。我就从澳门过来北京听她讲学。她到北京一个大学里讲，一班将来毕业会成为电视节目主持人的学生在她面前表演怎么吟诵诗词。七八个人吟完以后，叶先生就作出评论。她说，你们吟诵的声音、姿态都超过了你们所能够感受到的，所以你们是虚伪的。这句话我觉得好像很不客气，但是我后来一想，其实这也是叶先生所有著作，包括诗词等等，里边蕴涵着的一个东西，就是"诚"。

她经常跟我说"不诚无物"，你一个人来讲，所谓"不诚"，你不能观察到一个事物的边缘、边界等等，所以那个事物是模糊不清的，所以那根本不是一个东西。那么你吟诵的诗词你根本不能理解那个诗词后边很多东西的话，那么你所吟的，也不是真诚的，不能达到"诗言志"这个最根本的目的。我通过这两个例子，作为一个书童来讲，这映射了叶先生一生学问的一个小点滴，拿来跟大家分享，谢谢大家！

唐双宁（中华诗词学会顾问）

叶先生好，大家好：本来我没有资格在这发言，我是搞金融工作的，可能有的朋友知道。陈毅元帅讲过一句话，说"我当着元帅是诗人，当着诗人是元帅"，我是一个小兵，不是元帅，我搞金融工作呢，我和金融界的朋友可以讲讲诗词，我和诗词界的朋友可以讲讲金融。但是今天是叶先生的九十大寿，感谢南开大学邀请我来讲几句，我是本着对叶先生的敬重，我愿意说两句。我和叶先生是在十几年前，在北京的文化部举办的"部级领导干部历史文化讲座"，叶先生讲苏东坡的词。出于对苏东坡的敬重，也出于对叶先生的敬重，我是坐着轮椅去参加的，为什么？我水平不突出，业绩不突出，腰间盘突出。那么听完了叶先生的讲座之后，我给叶先生写了一封信，叶先生给我回了一封信，我感觉越是大家越谦虚。以后呢我对叶先生有了更多的了解，她跟我讲过一件事。她说有一次在北京的友谊宾馆，冬天下雪，雪落在梅花上，她在那里足足驻足了一个小时，我想这是诗人和诗人在对话，所以我认为叶先生已经是诗的化身。物质生命是她的第二生命，诗是她的第一生命。为了祝贺叶先生九十大寿，我作了一副楹联，并且用草书把它写了下来，叫"九如不老，一叶长青"。我昨天为了更深入地解读叶先生，还专门去了辅仁大学，我还向辅仁大学的校方索要了一本校志，我想一会儿赠送给叶先生。最后我祝叶先生九如不老，一叶长青。谢谢！

汪荣祖（台湾"中央大学"人文中心教授）

叶先生，各位嘉宾：我没有准备要发言，我看发言名单上也没有我的名字，我当然非常荣幸有这个机会。我很简短地说一下，祝贺叶教授九十华诞。叶教授在台大教书的十五年当中，其实我当时也在台湾大学。刚刚白先勇说他去旁听，受益甚多，我最遗憾的就是我没有能够旁听叶先生的课。我很坦白地讲，我当时觉得讲诗词的都是一些老先生，怎么那么年轻漂亮的一个女老师来讲古典诗词，所以后来我发现自己是大错特错，我发现叶先生诗词的功力比那些老先生都要高得多。我今天非常荣幸能有机会参加这个会，到南开来特地向叶教授拜寿，祝她九十华诞，生日快乐，谢谢！

周兴俊（中华诗词研究院副院长）

　　尊敬的叶嘉莹教授，尊敬的各位专家，各位来宾：受中央文史研究馆馆长兼中华诗词研究院院长袁行霈教授的委托，谨代表诗词研究院和袁馆长本人，恭贺叶嘉莹教授九十华诞，祝叶先生身体健康，福寿绵长。并代表中华诗词学会学术部，对中华诗教国际学术研讨会的顺利召开表示热烈的祝贺，祝研讨会圆满成功！另外，袁行霈院长还特别嘱咐我作一首词，而且不能是小令，点名要《满庭芳》，因为他也知道叶先生特别喜欢花。所以我也就不揣浅陋，写了一首词，《满庭芳·莲菊本色　贺叶嘉莹教授九十华诞》。叶嘉莹教授从少女时代起就酷爱莲之高洁，菊之淡雅，虽半生旅居海外，但爱心不减，并于诗词咏之。前年，我们中华诗词研究院为叶先生编了一本诗集，在这个诗集的"编后"里边我就写了一篇读后感，叫《莲菊本色，老骥精神》。现在填词一首，以贺叶先生仁者寿："莲美而洁，菊淡而雅，送香直至金秋。素心依旧，依旧在芳洲。多少难眠雨夜，徘徊在，海角街头。虽然有，盛名清誉，难解故国愁。　　回眸。隔海望，山川锦绣，人物风流，广厦依天立，起舞云游。遂把平生所蓄，尽付与，赤县神州。莲菊美，美于奉献，美在无奢求。"谢谢大家！

王蓓（横山书院代表）

　　尊敬的叶嘉莹先生，龚克校长，陈洪校长，各位嘉宾，大家上午好：我是横山书院的学员，爱家集团董事长王蓓，受远在英伦的湛如法师委托，代表横山书院与几位同学一起来为叶先生祝寿。叶嘉莹先生与横山书院渊源颇深。对于中国佛教协会副会长，北京大学和南开大学的教授湛如法师多年来通过举办"多闻多思"系列学术讲座，创设"文化中国"讲坛，致力于秉承中国文化传统，契合当代社会发展，弘扬中华民族的精神宗旨与实践，叶先生高度认同，并亲身参与，鼎力支持，叶先生曾为我们深情开讲"我与莲花，九十岁的回顾——《迦陵诗词稿》中我的心路历程"，从中我们得以感悟诗词歌赋的力量，感悟文学生命的灵魂，更能感悟叶嘉莹先生高贵的人格力量。先生曾说"命驾真当泣路歧"，先生却能"一竿击碎万琼瑶"，这当中先生赋予我们的是真诚的力量。先生自谦是"黄昏一抹红"，但先生的"一抹红"对于我们这些教外别传的后辈晚学来说，却是扑面而来的，受用不尽的姹紫嫣红。

能聆听先生的教诲,对于我们来说,是我们的幸运。能来随喜先生的九十华诞,是我们同学们的光荣。在我们的眼中,九十岁的叶先生以诗词养生,心地澄明;在我们的内心深处,九十岁的叶先生,千江水月,万里无云。值此叶先生九秩华诞,我们横山书院的全体师生在此衷心祝愿叶嘉莹先生光寿无量,福德无边。谢谢大家!

单正平(南开大学 79 级校友代表)

尊敬的叶先生,尊敬的各位师长,各位同学:我是 79 级中文系的学生,今天站在这儿感到非常的荣幸,也很激动。我们 79 年到这个校园来读书,到现在已经有三十多年了。在南开,我前前后后是三进三出,所以我是一个老南开,在南开读了三个学位,在这十年的求学当中,留下印象最深的,最美好的记忆,就是叶先生给我们在 111 阶梯教室,在这个小礼堂,在其他教室多次的上课,所以说我们大学的求学经历中最值得骄傲的也是这件事。我现在是海南师范大学的老师,我们说起南开的时候我们非常自豪,就是听过叶先生的课,敢于说是叶先生的学生,感到非常光荣,非常自豪。叶先生当年在南开教书,是从 79 年来的,我也写过一篇散文,就是讲这个事,叶先生在课堂上给我们讲得非常的感动,非常的美好,她走在这个校园里,也是地震劫后一片残败的校园里最美的风景,就是叶先生。她当年回国的时候就是五十左右,五十出头,所以我们最美好的记忆就是这个。各位师长都讲了很多,我也不能占用太多大家的时间,我就代表中文系,从 77 级到现在,我刚才数了一下应该差不多有三十届学生了,我代表所有学生向叶先生的谆谆教诲表示深深的感谢。也祝愿叶先生健康长寿,祝愿她在南开给予学弟学妹们更多的教诲,培养更多的人才,让中国的传统文化,中国的诗词,在叶先生这里,经过她的弟子,能够发扬光大! 谢谢。

叶嘉莹先生答谢辞

尊敬的各位领导,各位来宾,有很多其实都是我的非常好的朋友:我们今天聚会在这里,听到大家的讲话,其实我内心除了很感谢以外,也非常惶恐。我自己从来没有想过要有什么成就,要有什么结果,我这个人其实是一个不大计算未来的人。我只是依照我的本性而生活,而我这个人可能是天生来就对于诗词有比较敏锐的感受,因为有敏锐的感受,所以就理解得比较深刻。非常奇怪,我前几天还在北京的外文局讲过“九十岁的回眸”。我现在已经九十岁,我就回头看一看我的一生,我的一生是很平凡的一生,但是我喜欢写诗词,所以我每逢有什么感触,我都在诗词里边写下来。我就回顾我的一生,我觉得我很奇怪,我真的是跟诗词,或者跟荷花结下了什么样的因缘。刚才席慕蓉老师说,我的小名叫小荷子,我只是因为生在荷花的月份，本来我父母起的小名就是一个"荷"，荷就是荷，那么小孩子嘛，就叫"小荷"，可是这个"小荷"呢，就是一般的人，像香港什么仔什么仔的样子，所以就给"小荷"加了一个"子"，"小荷子"。我那个时候就对荷花有很亲切的一种感受，然后我又学中国的诗词，我就偶然读到了一首李商隐的诗。他是送给一个僧人的，他说："苦海迷途去未因，东方过此几微尘。何当百亿莲华上，一一莲华见佛身。"因为李商隐送的是一个宗教的法师，而在佛教的宗教里边有一个传说，说当如来说法的时候，他身上的毛孔就会有很多的莲花，莲花上边都有一个佛，而这个就代表对于人类的救赎。说人类都是在苦海之中，要得到一种救赎，可是我小时候在家里，我们家里是没有宗教信仰的，所以我就对这个有一点怀疑，"苦海迷途去未因，东方过此几微尘"，究竟我们有没有救赎呢？所以我说"如来原是幻"，如来佛就是一个虚幻的影像，是"何以渡苍生"，怎么能够度脱我们的人生呢？我们人生有这么多痛苦，我们人生也有这么多罪恶，我是生在这个北伐的时期，直奉战争，直皖战争，到处都是战争，都是变乱，我初中二年级就发生了"七·七事变"，所以我说人世的救赎是在什么地方？我这个人不懂政治，也对于现实的事情很马虎，可是我一直有一个追求，就是人应该怎么样才能够得到救赎？我小的时候家里边教我读"四书"，我读的第一本书就是《论语》。《论语》我也似懂非懂，但是中间有一句话，当时就给我很大的冲击，说"朝闻道，夕死可矣"，说如果你早晨懂得了一个人生的大道，明白了这个道，那么你晚上死了都可以，你就没有白活这样的一生。当时我就想，这个道是什么呢？所以我这个人从小就有这么一种向往和追求。等到我长大了以后，我就在大学里边读书，跟我的老师学着作诗。那么作诗就越来越多，那时候还在沦陷区，我父亲随着政府抗战到后方，没有音信，而且上海陷落的时候，四航的抗日战争，我父亲是在航空公司工作的，一直在那里。南京陷落的时候，我父亲在南京，武汉陷落，我父亲在武汉，长沙的大火，我父亲在长沙，多少年没有音信。我母亲因病就去世了，而且我母亲是得了子宫癌，她在北京中医药没有治好，到天津去治病，说天津有租界，有外国的医生可以开刀，开刀以后感染了，本来应该还留在医院，可是我母亲不放心我们三个小孩子，她坚持要回北京，那时候也没有我们这样的高铁，所以我母亲坐火车回北京，是在火车上去世的。所以我小的时候经过了很多家庭的，或者是国家的这种战乱流离，生离死别。那个时候我在大学四年级，是抗战的最后一年，最艰苦的阶段，我们生活都很艰苦，北京的冬天大家都知道，吹起来那个西北风呜呜带着哨子的声音，我就写了一首诗，我说"尽夜狂风撼大城"，整夜那西北风好像把北京城都吹动了，"悲笳哀角不堪听"，唱出来的歌都是悲哀的，我说的唱出来的悲哀还不是说我们沦陷区人民唱的歌是悲哀的，我那个时候就会唱我们的"起来，不愿做奴隶的人们"，但是我们当然不敢公开地唱，我所说的

"悲笳哀角"是日本人开着车从马路上,唱着《支那之夜》,这种就是被敌人强力统治之下的那种悲哀和困苦,所以"悲笳哀角不堪听"。我们的国家有这么多的灾难,有这么多的战乱,所以我说"晴明半日寒仍劲,灯火深宵夜有情",下着大的风雪,偶然天晴了,透了一点阳光出来,当然我们都很欢喜,那就如同太平洋珍珠港的事变以后,日本炸了美国的军舰,然后美国参加了战争,我们觉得这样好像是有希望,可是胜利并没有到来,所以我说"晴明半日寒仍劲",那我父亲远在后方,母亲已经去世了,我一个十几岁不到二十岁的女子,带着两个弟弟在北京,"晴明半日寒仍劲",但是"灯火深宵夜有情",只要我有一盏灯,那时候我们点的还不是电灯,是一盏煤油灯,沈先生一定记得,他曾经送给我一个图画的册子,里边都是灯,其中有一盏就是老油灯,而那个老油灯跟我在北京家里边抗战的后期所点的老油灯是非常相似的,我当时写了一首诗,说"晴明半日寒仍劲,灯火深宵夜有情",尽管世界都是黑暗,世界都是战乱,世界都是痛苦,但我眼前有一盏灯,就代表我内心也有一盏灯,所以"灯火深宵夜有情",我还是关怀人间的,我还是愿意为世界做一番事业的。所以后边我就说"入世已拚愁似海,逃禅不借隐为名",我将来要为了我们国家,为了人民,为了改善这些罪恶痛苦的生活,我愿意尽我的一点力量,如果我要入世的话,我就拚掉,因为你既然入世,入世你就要有劳苦,入世你做了事就免不了受到埋怨,就免不了受到别人的批评,那么你如果选择了入世,你就要放开,你就拚掉,任凭别人的批评,你要负起责任去做,"入世已拚愁似海,逃禅不借隐为名"。"逃禅",其实我并没有逃禅,但是见到我的人,特别是我当年中青年时候见到我的人,在座我不知道有一位王芳女士,曾经访问台湾一个很有名的新诗人痖弦先生,痖弦先生说当年在台湾的一个影院看到一个女子,他想象可能是叶嘉莹,一直在想这个女子是不是叶嘉莹,那王芳访谈他就跟他开玩笑,说你既然是想要认识叶嘉莹,你就跟她打个招呼嘛,说我们出去喝杯咖啡好不好,痖弦先生说叶先生是"意暖神寒",谈话也很亲切,但你觉得她有一个距离,不是很容易被人接近的。所以我说"逃禅",就是我有入世的愿望,但是我又不愿意被世俗的一切利害、人我是非去干扰,我不愿意,有一种本能的拒绝,所以"入世已拚愁似海,逃禅不借隐为名"。但是我后来投身到教学,这不是机缘,这是一种必然,为什么是必然呢?因为我没有别的选择,我也别无任何的能力,大学毕业,学校分配工作,分配你去教书,那我就教书了。可是一教书我就发现,我就从教书之中得到很大的快乐,我觉得我对于这年轻的学子,我能够把我在书本上,诗歌里边所体会的,所了解的,我们古圣先贤,诗人词客,他们那些美好的感情心灵,理想志意都在里边,我就能够把我所体会的能够说出来,而且说出来以后我也确实知道也受到同学的感动,所以我就爱上了这个教书的工作,就是教古典诗词的这一份工作。现在南开大学为我办九十寿辰,前几天有一个我七十年前教过的学生,我七十年前教过的学生在我1987年回到北京在国家教委大礼堂讲课的时候,因为报纸上公布了说叶嘉莹讲课,她们那些个中学生,我1945年教书,到1987年,那已经相隔了好几十年了,差不多五十年了,她们就跑到我讲课的教委礼堂的门口,拿一个小本子,什么本子,就是她们当年的纪念册,我曾经写了几句话在上面的,等着我要再跟我见一面,八十岁我的生日的时候,十年以前,还有我当时的,就是1945年教书的学生的一个代表,一个女同学来参加了我们的大会。我们在座的南开的学生都尊称她是大师姐,可是现在那个大师姐已经卧床不起了,而现在很幸运的就是我有一个到内蒙去教书的我的学生,南开的校友陆有富,他在内蒙遇到了一个老师已经退休了,年岁很大的老师,叫王乃忱,那个也是我七十年前教过的学生。我的学生虽然相隔这么多年,但是她们都说当时的音容笑貌,恍如仍在目前。所以这次陆有富从内蒙古回来,他给我那个七十年前的学生录了一个像,也录了一个音,可能明天或者什么时间有机会会播放给大家来听,来看。我就感觉到我一生七十年从事教学,我觉得这是我,真是我愿意投入的一个工作,而且我曾经在一个另外的场合说过,我说如果人有来生,我就还做一个教师,我仍然要教我们的古典诗词。我在南开也写过一首小词,说"莲实有心应不死",我是荷花嘛,荷花当然会凋落,花瓣虽然凋落但是里边有莲蓬,莲蓬里边有莲子,莲子里边有莲心,我说莲实里边只要有莲心,她就不会死去,因为我看到考古的杂志曾经报道说古墓之中挖掘出来的汉朝的莲子在他们培养之下居然复活了,居然可以开花长叶了,所以我说"莲实有心应不死,人生易老梦偏痴",人生转眼之间就衰老了,我现在觉得,我转眼之间就九十岁了,前几天有几十年前的朋友,就是我当年合作写《灵谿词说》的缪钺先生的孙子,他到这边来看我,他说真是没想到,现在我也已经九十岁了。他想到他爷爷九十岁的时候。他现在两鬓也都有了白发了,人是几十年就过去的。我的大外孙女最近生了一个男孩子,是我的重孙子,我们是四世同堂了,我就想到有人说的,"去的尽管去着,来的尽管来着,那去来之间是怎样的匆匆",但是在我们的来去之间,我要把我们国家、民族、文化那美好的精神传承下来,不要让她断绝,我愿意终生做这样的工作。我虽然九十岁,只要我能够站在讲台上讲课,我仍然愿意继续做这样的工作。我感谢大家给我的种种的鼓励,我也没想到这次的会会有这么多人,会有这么多领导来参加,因为我本来以为是一个我们学校像八十岁一样的我们一个小小的会,没有想到引起这么多人的关怀和注意,我现在向所有的领导和来宾、同学致以我非常诚恳的感谢。我愿意继续努力,为教诗词而努力,谢谢大家!

叶嘉莹教授九十华诞暨中华诗教国际学术研讨会闭幕式发言文字稿(节选)

葛晓音教授(北京大学中文系教授)

　　非常感谢大会的邀请,让我有幸和大家一起为叶先生贺寿,表达我们对叶先生的敬仰和爱戴之情。说实在的,给大会做总结实在不敢当,参加了两天的会议,只能是谈一点我自己粗浅的感想。下面我按照大会的要求,简单地总结一下我们这次大会的情况。这次大会,在内地以外,有来自港澳台地区、美国、加拿大还有马来西亚的学者和文化人士,差不多有160多位,会议一共宣读了60篇左右的论文,内容是以中国古典诗学和词学为主,同时有相当一部分是探讨了叶先生的诗学和词学思想,还涉及到吟诵问题和中学语文教学,还有当代诗词的创作。我觉得大会最精彩的,其实在论文的探讨以外,还是那些自由发言,还有在开幕式上、寿宴当中,我们看到的来自于学院内和学院外各方的热爱中国古典诗词的人士,他们受叶先生的影响种种感人的事例。从三岁大的幼儿到叶先生七十年前的学生,从叶先生自己门下的研究生到学院外的旁听生,叶先生都始终能够给予热情的指点。今天上午我特别听了第二组的自由发言,其中有一个发言使大家都很感兴趣,就是天津的一位中学语文老师。她们有几位是一直三十多年追随叶先生听课,一直在做旁听生,而且是到去年,叶先生还在为她们上课,还在给她们改诗词的作业,而最近这次为了庆祝叶先生九十大寿的时候,她写的文章,叶先生还在为她修改,听了以后真的是非常之震撼。由此我觉得可以看到叶先生那种诲人不倦的精神和有教无类的博大胸怀。我觉得对于我们这些古代文学研究的后辈学者,是一个非常大的激励。由此我就也想联系一下我跟叶先生的一点渊源关系。早在上世纪80年代初,就是叶先生刚刚回到内地的时候,我就因为叶先生和陈贻焮先生的交往而得以能够拜识先生。上世纪80年代有相当长一段时间,每年春节叶先生都会到陈贻焮先生家里去看望他,当时袁行霈先生也常常在座,我作为陈先生的学生,常常有机会敬陪末座,聆听三位先生的谈笑,可以说真的是人生的一大乐事。他们在一起不仅经常探讨诗学、词学中的各种问题,而且互相唱和和赠答,还一起用各自的乡音吟诵古诗,每一次都是兴致勃勃，其乐融融。这样的场合常常令我深受感动，而且从中看到了研究古典诗词一种非常高的境界。这就是真正把学术融入自己的生命，心灵、性情、兴趣，和古典诗词完全浑融为一的境界。也正因为参与过这样一些美好的场合，所以我对叶先生在论著和演讲当中特别强调诗歌的"兴发感动"这一点，体会就特别深刻。叶先生认为中国古典诗词是靠兴发感动来孕育生命，可以唤起人们一种善于感发，善于联想，活泼开放，更富于高瞻远瞩之精神的不死的心灵。虽然学界对"兴"的问题，有许许多多的讨论和研究，相关的著述也是汗牛充栋，但是我认为叶先生的说法，可以说是对诗歌的"兴"的作用的一种最透彻，也是最独特的阐释。"兴发感动"是叶先生诗学当中一个最核心的思想，这个思想串联了她自己对诗词的所有感悟，其实也融合了她融贯中西诗学的方法，更重要的是，她在社会实践当中，努力地把这个"兴发感动"的作用光而大之。叶先生曾经说过，她说现在有一些年轻人因为被一时短浅的功利和物欲所蒙蔽，而再不能够认识诗歌对人的心灵和品质的提升的功用，这虽然是一件极可遗憾的事情，如何将这个遗憾加以弥补，这原是她这些年来的一大愿望。也是她这些年之所以不断地回来教书，而且在讲授诗词的时候，特别重视诗歌之感发作用的一个主要的原因。我觉得叶先生不但是以令人感佩的精神，坚持不懈地推行她的信念，而且她对"兴发感动"说的这样一种从创作到理论到实践的诠释，实际上本身就是对传统诗教说的一个重大的创新。这次会上听了很多学者、代表的发言，我们对叶先生的认识进一步加深了。对我来说一个比较大的触动就是，这些年来在教学当中其实不断地遇到学生在问，到底研究古代文学有什么用的一个问题。甚至有的已经做了副教授了，还在问这个问题。我自己作为一个古典诗词的研究者，有时候真的很沮丧。但是我觉得参加了这个大会，我自己最大的触动就是，叶先生确实是以她毕生的实践回答了这个问题，叶先生也确实为我们这些从事古典文学教学的后辈，做出了光辉的榜样。谢谢叶先生，祝叶先生生日快乐！

陶文鹏教授（中国社会科学院文学研究所研究员）

　　尊敬的叶先生，还有各位专家学者：我能够在十年之后又来第二次参加叶先生的寿诞，我感到非常的高兴。十年前寿诞我还为叶先生在会上唱了一首歌，昨天我不敢出来唱了，因为嗓子不好，肺气肿，十年后我又来了。我讲讲我和叶先生的一些交往。在吴门四弟子中间我是老二，因为我不研究词，我们老大施议对先生是最早结交叶先生的。我们老四，刚才刘扬忠先生，我的师弟，也是最早结交叶先生的。我因为研究诗，不研究词，所以始终没见到叶先生。直到十几年前南开大学在盘山，暑假开了一个诗歌讲习会，以叶先生讲为主。

南开大学也请我来讲一次课,中央电视台"百家讲坛"还在那里录像,我不知道有镜头对着,于是我就随便在那里乱讲,讲旧体诗,讲新诗,于是就把我录进"百家讲坛"去了。就是那次会议我认识了叶先生,叶先生听了我讲新诗以后,说既然你熟悉新诗,不如看看我的一个弟子的旧体诗和新诗——在座的曾庆雨同学,现在在胡晓明教授门下读博士,她写了很多很好的诗词。和叶先生认识以后,我就为《文学遗产》向叶先生约稿。后来叶先生几乎每一届的博士研究生的答辩都请我来,所以就一直跟叶先生保持着联系。这次会我受到很多感动,我讲几点体会。

第一,在叶先生身上我看到一个真正的诗人、学者和教师三结合,三个都做得最精彩,以后我们的学者中间,能够同时具备这三种素质的人越来越少。真正的诗人,她有赤子之心,现在很多"诗人"只是写"诗"的人,那不叫诗人,有些诗人不见得写诗,而是用他的生命写诗。比如说张志新烈士,她没有写什么诗,但是她实际上是用生命在写诗。她"把带血的头颅放在了生命的天平上,使一切苟活者都失去了重量",这是韩瀚写她的诗。叶先生自己写了很多诗词,不但写得很好,而且她用整个生命在写诗。一个诗人的素质,爱祖国,爱人民,爱故乡,爱学生,爱亲友,有这么一种博大胸怀的人,当然她是一个诗人了,叶先生是真正的诗人。真正的学者,真正的教师。但愿我们将来具有三位一体的人越来越多一点。

第二,我讲讲叶先生的学术。她的学术既有我们传统的那种灵感、感悟的色彩,但是她又不完全是,又吸收了很多现代的东西,西方的东西。这点是很难得的。特别是上个世纪80年代的时候,吹来一阵春风,带来了很多新气象,把西方的一些文艺理论观点和我们传统诗歌的理论结合得很好。以我们传统诗歌理论为基础,参照借鉴了西方理论。而且她的学术具有从创作、鉴赏到吟诵,到传播,到批评,到研究,一直到理论升华。叶先生有两个核心的理论,一个是"兴发感动"说,一个是"弱德之美"说,这是很了不起的。叶先生的学术还体现了古今的沟通,她并不是为了研究古典而古典,而是着眼于我们怎么样继承发扬中华诗词的传统。

我临时哼四句打油诗——《敬祝迦陵先生九十华诞》:"童心鹤发爱青春,著作煌煌已等身。当世词家君第一,寿星光彩耀天津。"谢谢大家!

王健教授(加拿大西门菲沙大学教授)

尊敬的叶先生,尊敬的各位长老,各位同学:我为什么说各位同学呢? 因为在叶先生面前我们都是学生,所以我们都等于是同学。首先感谢叶先生,感谢组织方允许我参加这个重要的研讨会跟生日庆祝。第二感谢你们让我昨天晚上先出洋相,今天还给我一个恢复学界名誉的机会,感谢感谢! 今天的座谈我受到很多启发,其中之一,有人在分组讨论里边提到诗跟词的分别,说诗言志,词言情。这使我想到另外一个问题,就是诗(poetry),有没有一个很好的定义? 每一次想到这个问题,马上就想到 20 世纪前半世纪我最喜欢的美国诗人 Robert Frost,有一次人家问他,你能不能给我们下个定义? 到底什么是 poetry? Poetry 的定义是什么? 他马上回答,那太简单了,poetry 就是翻译的时候翻不出来的那一部分,那就是 poetry。这个不可否认,因为大部分的诗词翻译家所翻译的是词语,而诗的神韵,不在词语里边,而是在字里行间,词语所代表或者所带来的一些感想。最近我自己想了一个定义。我觉得诗词是以难忘的词语来记录有意义的情景,是值得记的,有意义的情景,以难忘的词语来记录有意义的情景,用比喻的手段来体现一言难尽的情感,为什么要用比喻呢? 因为用外在的形象来表达内在的感想。难忘的词语包括使用的节拍,让人比较好记,还有押韵,有押韵也是让人比较好记,所以难忘的词语包括诗格。这是我出诗词定义的一个小小的开始。

我应该表示对蒲立本教授的感谢。1969 年不列颠哥伦比亚大学亚洲系主任蒲立本教授给我寄明信片,我那个时候在美国印第安纳大学刚刚念完博士课程,我就收到一个明信片,明信片上蒲立本教授就手写着,我们系里有一个教书的职位,不知道你会不会感兴趣申请。我马上就寄去了我的履历。蒲立本教授请我去了我才有机会认识叶教授,要是没有蒲立本教授寄的明信片,我大概就没有机会认识叶教授了。我跟她学到的东西之多,只举两个例子。第一,怎么样给外国朋友说明关于中国诗词的一些涵义,举例来说,外国朋友问我,说看到一个钟嵘《诗品》的翻译,他问那什么是"风",什么是"骨"呢? 这是什么标准呢,你要定一个诗人的地位。我拜读了叶先生一篇说明钟嵘《诗品》评诗标准的文章,我自己才真正了解。虽然我已经有一个中国语言文化的博士学位,可是我看到她的文章之前,实在很难给人家说明"风骨"到底是一个什么样的评诗的标准。我还跟她学习吟诵诗词,见到她之前,我根本没把吟诵当一回事,就把它当成另一个东方玄秘的现象。可是越听她吟诵,越觉得我们向来都用朗诵莎士比亚诗歌的那种方法,"床前明月光,疑是地上霜",这个不过瘾。听她吟诵,我才感觉到她把李白的感情真的非常成功地表达出来了。基本上我只是个翻译家,我翻译诗词,我就把唐诗翻成可以吟诵的英文。"Moonlight all around, like frost on the ground, look up, a full moon, I miss my hometown."我翻译了不少。外国朋友听这样的翻译方式,比较有一种亲切感,比一般人翻成"Before my bed, bright moonlight……"更亲切。第二个,由于能够欣赏她吟诵诗词,使我立志要做成一个多元媒体给外国朋友,尤其是在加拿大有很多所谓"香蕉人",看起来是华人,里边全都是北美化的华人的孩子,要培养他们对中国诗词的兴趣,所以我们就组织了二十首唐诗,十首七言,十首五言,然后请本地比较有名的一个画家画出二十幅针对每一首不同诗的内容的画,又请了我们的好朋友谢琰先生写书法,然后找六个吟诵诗词比较有本事的人,一男一女吟诵普通话的版本,一男一女吟诵广东话的版本,一男一女吟诵闽南话的版本,就是让他们了解中文的多元的美德。然后制作成方便学习欣赏的多元媒体,诗中有画,画中有诗。我希望以后我们还可以做出一个更先进的,用更先进的技术再出一个第二版。既然能把中文诗词翻成可以吟诵的英文,为什么不干脆吟诵一些本来没有人吟诵过的英文诗,我刚才提到 Robert Frost,我最喜欢他的 Stopping by Woods on a Snowy Evening,我用这首诗的最后一段来结束我的讲话:The woods are lovely, dark and deep. But I have promises to keep. And miles to go before I sleep, and miles to go before I sleep. 祝你生日快乐!

俞小明女士(台湾图书馆古典文献特藏室主任)

叶老师,各位先进,各位学者专家,还有与会的同学们:我今天在这里蛮惶恐,我不是什么诗词学的专家,因为我是图书馆界的,很荣幸。大家可能结识叶老师有几十年之久,我是从去年才开始认识老师的。当然老师的诗词,老师的著作我们都有看,可是真正跟老师面对面接触,是从去年的渊源开始。大会为什么安排我发言,我想或许有一个用意就是让我把去年在台湾办过的事情跟今年在南开办的事情连结在一起,也跟与会的大家来分享。我们在台湾去年就开始为老师做暖寿的活动,我想利用照片来和大家分享这段过程。远在两年前,我们就开始做一些筹备,我们在台湾有台大场,有晚会,还有"国家图书馆"的场次。我们有做一个分工讨论的会议,有"国图"的参加,有台大中文系的参加,还有趋势教育基金会的参加。我们"国图"分担的工作,当时真的不知道怎么样把老师分散在各地的资料给征集回来,然后我们写信给加拿大 UBC,再写信给哈佛燕京,同时也联络南开这边。三管齐下,很幸运的在三个地方我们都收集到了一些资料,有一些是老师自己亲笔写的东西,有一些是老师的打字稿。当然最重要的资料在南开,在老师手上。我们当时派了特藏部的一个博士来跟这边直接交接,非常多的重要东西。第一部分是最珍贵的手稿原件,第二部分是老师的著作,第三部分是老师的一些照片,其中还有一些仿真复制品。带回台湾以后,我们就开始布展。在台大场,有手稿资料展,大部分是老师在台大的一些著述和教学的一些笔记,然后台大也办了一个校友座谈会。手稿资料展是在台大图书馆的五楼展出,展出的内容大部分是老师于 2005 年的时候曾经捐赠台大图书馆一些手稿,还有演讲录影。接着是"国图"场,我们是展出一个月。之后还有老师的专题演讲,题目是《从几首诗例谈杜甫继古开今多方面之成就》，老师站着讲了三个钟头。最后是座谈的部分，我们邀请了白先勇、席慕蓉、陈若曦三位老师。

最后谨以一幅《出尘泥之莲花心经》恭贺老师的九十华诞！

赵言慧（叶先生女儿）

各位学者、老师、同学们，还有朋友们：大家好！我非常感谢大家愿意抽时间来参加南开大学为我母亲举办的这么隆重的九十华诞的一个盛会。我母亲一生最大的爱好——你们大家都知道——就是诗词还有教书。但是这个工作不是一个人就可以做成的事情，她必须要有一个教书的平台，还要有人愿意来听，然后听了以后能够产生回应，能够产生共鸣，这是我母亲生命当中最快乐的事情。所以我就非常感谢南开大学，尤其在这过去，她退休之后这些年来，给她有这样的机会，然后也感谢所有认识她的朋友，特别是她几十年来这些学生们，就跟你们交流的这个过程当中，你们让她可以觉得被理解，被欣赏，被肯定。我感谢南开大学自从母亲从加拿大退休之后，一直大力的支持。这些年当中，学校的领导对我母亲所做的这个事业的看重、支持，然后另外还有过去蔡章阁先生，他捐助建立中华古典文化研究所，还有沈秉和先生夫妇多年来他们大力的支持，是你们和我母亲在这边一同建立宣扬中国古典文化的事业的，并且不仅是在工作事业方面，母亲在国内得到许多的支持。她在个人的生活当中，也有许多人不断地给予她关心和照顾。多少年来，不管她是到哪里去教书还是讲学，总是有数不清的人在她旁边给她无微不至的照顾，这样的话，不管她到哪里去，让我们家人都可以放心。特别的就是在 2012 年，自从我的身体，我的病情恶化之后，特别就是感谢南开大学领导，学校，特别还有陈洪先生，特别的这种关心，加快脚步准备安排以后我母亲她长期生活上的照顾。学校提供了有土地空间，沈秉和先生夫妇，还有刘和仁女士，也是出资帮忙一起在建立这个"迦陵学舍"。另外还有任小建先生和王蓓女士也愿意帮助提供以后室内的装修、设计、设备方面的事情。你们所做的这一切就是让母亲以后有一个可以长久生活工作的一个地方，对于我来说的话，就是可以帮助我放下我心里头对于将来的很多的担忧。另外的话，我也感谢许多的学生和朋友，很多过去的学生其实后来都成为我们家的朋友，感谢你们在平常生活中的帮助。从很简单的买水果，到看病，到陪病房，你们都是那么尽心地去做，你们真的是——我可以看到好多在座的学生都做过这些事情——就是我非常地感谢你们每一个人。因为在过去的几十年当中，如果没有你们的话，我知道我母亲的生活不会那么丰富，不会那么精彩。还有就是我也特别谢谢可延涛，我没有看到他在这里，可延涛在许多研究所的事上帮助她处理，然后谢谢张静，最近这几年当中你总是一步不离地跟在她旁边，不论是在工作上还是生活上，你都经常会去为她想到。另外我也感谢王姐，她是在我妈妈实际每天的生活上，从做饭、洗衣服、打扫卫生，过去这些年，在我妈妈最基本的生活需要上头给我妈妈的照顾，我非常感谢她！另外还有真的是太多的人，你们在座的很多很多的人，我没有办法每一个都提名，向你们致谢，那我就谢谢大家多年来的支持和照顾，然后也谢谢大家特别在这个为我妈妈庆祝九十岁大寿的日子，你们大家一起来参加，来庆祝。你们大家所做的，远远是超过我一个人所能够做到的，那我也没有什么办法感谢你们，我只能向你们大家说一个很简单的"谢谢"，但是我希望你们能够理解我心中对你们的感谢！

叶嘉莹先生

我确实是在这次的祝寿会两天的活动之中，我除了非常深重的感谢以外，真是没有什么再可说的话，我真是非常感谢，像我女儿所说的，不管是学校的校方，还有领导的各方面，还有我们多年来的朋友、学生，像刚才大家看到，他们的讲话，都是使我非常感动的。所以昨天我讲话的时候曾经提到，说现在学校，和在海外的一些朋友，与我们国内的很多人的支持，还有学校的支持、领导之下，为我修建了一个可以集合晚年的研究、科研、居住、教学种种条件为一起的这个"迦陵学舍"。我曾经在昨天说，因为我感谢和感动，所以我以后一定会继续地努力地工作，后来晚上吃饭的时候，朋友就笑，还有白先勇先生，说你九十岁还在努力地工作，我说我这是发自我内心的最真诚的表达，我真是觉得我无以报答大家对我的这种厚爱，我只有继续努力去工作，而且这个"迦陵学舍"是我以后继续工作的一个场所，像大家所知道的，我从 1945 年毕业出来教书，到现在已经差不多七十年，六十九年半这么长久的时间了。在这七十年之中，我所讲的课程，不只是像一个专任的——不管是中学教师还是大学教授——教书七十年，我其实不只是如此的。我在北京从大学一毕业，我本来教一个中学，然后就增加到两个中学，三个中学；我在台湾，从一个大学，增加到两个大学，三个大学，所以我比人都是加倍的。而且我在台湾除了教了三个大学都是专任，我还在周末为他们的教育广播电台播讲大学国文。后来他们开始有了电视，我还在电视上给他们播讲古诗。那我到了北美之后，虽然没有兼这么多的课，可是那个时候我到哈佛去，是我利用 UBC 大学的假期到哈佛去的。我 1979 年回到中国来，在座有很多南开的同学，我当时也是利用我的假期回来教书的。我有的时候为了能够更长久地在国内教书，而且后来四川大学的缪钺先生还邀请我一起来撰写《灵谿词说》，所以我为了回国来工作，我就向加拿大的 UBC 大学申请休假一年，在座的王健教授跟施吉瑞教授都知道，有的时候我都是跟 UBC 大学申请了一年的休假,跑回来教书。而且我那个时候回来教书,因为我刚刚回来,当时有人说——昨天台湾的汪荣祖教授就在说,说那时候我在台大教书的时候,其实他在台湾大学的历史系,他也听说很多人来听我的课,可是他想这么一个女子——因为在男人的眼光,觉得我们女人是头发长,见识短,而且那个时候我只有四十多岁,看起来也很年轻,那么这一个年轻的女子能够讲中国几千年的古诗讲些什么呢。所以他说,他就没有来旁听我的课,他说他现在觉得很后悔。然后呢,我刚刚回到祖国来教书的时候,我到南开大学79年来讲课,然后范曾先生当时在北京的那个博物馆工作,因为他是南开的校友,就有他的朋友告诉他,说你的母校南开大学请了一个加拿大回来的女士在讲古典诗歌,他就说了,他说现在我们的国家——因为是1979年——他说我们一开放,怎么就这样崇洋媚外,我们的古诗还要请一个加拿大的女子来讲。可是呢,他说了这话没有多久,因为他看到了我一首《水龙吟》的词,他马上观点完全改变,还没有见面,他就用他的书法写了这首词送给我。等我在南开大学讲完了课,然后到了北京,他就跟他的夫人来邀请我到他家里去,当场给我写字作画,所以我这次的九十岁的生日,范曾先生画了一幅很大的屈原的图像,还写了很长的联语,我觉得范曾先生确实是,他是才气很大,有的时候很狂傲,一般人他都看不上,怎么请了一个加拿大的女人来教我们古典诗词,真是崇洋媚外。可是他这个人也很好,他只要认识到你真是有能力了,他就对我也很好。所以他现在还画了大幅的画,还有对联。那个时候呢,我真是——因为我那个时候,你想我1979年回来,我们刚刚唐山大地震过后不久,也是刚刚在"文化大革命"之后,那个时候我们的老师一个月的薪水只有十几块、二十几块的这样报酬,所以我回来,包括我的旅费,一切的费用,还有教书,我都是义务的,我从来没有接受过任何的报酬。我既然回来,我就是来报效祖国的,不是为了名,也不是为了利。那个时候我讲了很多的学校,任何学校:西南到这个云南的大学,西北到甘肃的大学,到新疆的一些个大学,什么人叫我去讲,我都去讲的。可是那个时候我就在各地方这样讲,那么现场的同学也都很感动。可是国家、大家公共的一般媒体其实不认识我的,所以现在不知道忽然间,忽然间因为我大概两三年前当选了这个国家的文史馆的馆员,而且现在我们的国家也开始在提倡中国的古典,中国的传统文化、古典的诗词,所以就忽然被大家注意起来了。我自己就觉得很惶恐,因为我现在其实已经是九十岁的年岁了,古人说的,说虽然是一个强硬的弓,它的最后的力不能穿鲁缟,就是强弩之末,就是我现在已经是,身体已经到了九十岁衰老的阶段了,已经没有像我年轻时候那么大的活动讲授的能力,像我同时教三个大学之类的。可是既然是大家,就是说,不管是学校,不管是任何方面,只要是希望我能教的,所以我仍然愿意尽我的力量。我能够做到哪一天,我不知道,所以我在一篇文章里边曾经写了,我说杜甫说的,

"盖棺事则已,此志常觊豁"。我只要有我的能力,我还能够站在讲台上讲课,我一定尽我最大的力量,愿意把我们诗词的那种美好的传统,能够传播下去。其实我想在青年人之间,有很多非常有才华的人,只是他们过去没有机会,没有机会接触进去,没有人把这一扇门打开,我觉得如果我不尽我的力量,把我所体会到的我们传统文化之中,诗词里边那些好的作者——我说好的作者——因为任何一个时代都有好的作者,也有不是十分好的作者。可是我们古代的作者经过千百年来的大浪淘沙,留下的那些个名家的作品,他们的精神,他们的学识,他们的志意,他们的理想,他们的修养,那真是我们中华文化的精华。如果我不把它传下去,我既然是体会了,我不传给年轻的一代,我觉得我是上对不起古人,下对不起年轻的人。而且我觉得我平生只是尽我的力量而已,这是微不足道的事情。但是我觉得我平生做了两件事情,我到现在都以为,我是做的是对的。一个就是我把我当年,40 年代在大学读书的时候,我记的我的老师顾随先生讲诗的笔记,当时很多人大家只是欣赏老师的讲诗,但是只有我,我是埋头苦记,我把老师的每一个字都录下来了。所以我的同门,我的同班的学长史树青先生见到了这些笔记,他说当时没有录音,你的这个笔记简直像录音一样,我把我的老师的讲课,完全、全部都记录下来,我交给顾先生的女儿顾之京教授,已经整理出来发表了很多了。另外一件事情我也觉得我做的是比较有意义的事情,就是刚才谈到这个吟诵的问题,要想学中国的诗词,我觉得吟诵确实是非常重要的,它不但在这个声吻之间的吟诵,可以帮忙你更深入地体会这诗歌的内涵,就在吟诵低回往复的吟唱、吟诵之间,你对于古人有更深的体会,不仅如此,而且你低回往复的声调的吟诵之中,也就培养了你自己的写作诗歌的一种能力。因为我常常以为,我们人,每一个人都是有左脑,有右脑,一方面是智力的,一方面是感性的,有的时候,我们如果只用知解来讲诗,那是属于只是知解的层面,可是诗是很妙的,词就更加微妙了,它有更加幽微深隐的一种感觉,是要结合了声音,来更深入地去体会的。所以我觉得吟诵确实是非常重要。可是我们的吟诵失传已久,现在很多人觉得吟诵就是朗诵,站在台上,带着声音,带着表情,带着夸张的动作,其实古人不是的,古人讲"浅吟低诵",它是要让你在这种低沉的吟咏之中,跟古人的心灵感情合而为一,同时唤起你内心的一种感动。我这样说,是中国的诗歌吟诵的重要性。刚才赵敏俐先生曾经讲到,推广这个吟诵,可是现在因为这个吟诵断绝了很多的年代了,所以究竟哪一个是正统,哪一个是像唱歌一样编造的声调,这个现在的人就没有办法分别了。我觉得我做了一件事情,就是我把我的另外一位老师戴君仁(戴静山)先生的吟诵录下来了,自从我离开台湾之后,到了海外,我忽然间觉得我要保存中国的这些文化的传统,我就写信回去给台湾大学的柯庆明同学——现在是柯庆明教授——我就说你去到戴静山先生,戴君仁先生的家里,请你问问戴先生，能不能给我们录一卷诗歌吟诵的带子。那现在呢，戴先生非常好，我们学生对他有求必应，他录了一小时吟诵，诗歌的吟诵，包括古近体、五七言，当时戴先生年岁也很大了，把通篇的《长恨歌》从头吟到尾，这个戴先生吟诵的带子，我带回来了，我问台湾，台湾他们反而没有人保存下来。我把这个带子保存下来，而且我交给我们在大陆这方面的推广吟诵的人，像赵敏俐教授他们这些推广吟诵的人，我把这卷带子交给他们，我说这个才是真正的我们传统的吟诵的方式。当然了，我们也说吟诵有很多方音的吟诵，其实很多方言的吟诵，吟诵得都非常好的。我上次到台湾去开会的时候，也是有我从前班上的一个同学，一个女同学，她用台湾的闽南语的调子给我吟诵，吟诵得也是非常好。可是现在在我们大陆这边，我们一般人都说的是普通话，为了推广，为了普通话教学的这种方便，能够推广，戴先生很难得，戴先生他是江南人，但是他给我录的这一卷音带，是用普通话吟诵的。你就知道，普通话跟方言一样，也可以吟诵，也吟诵得很好。那么这个戴先生吟诵的这个录音，我已经交给推广吟诵的朋友，好像也许你们在网上可以找到。而且我也发现这个推广已经起了相当的作用，因为前几年，在扬州有一个母语教学的一些工作的人员，他们是注重在小朋友的阶段，就教他们认识中国的古典文化，那一次我到那里去，后来他们很多老师就说要把他们的吟诵吟给我听，后来我一听，他们很多老师吟诵的，就是我所推广的戴君仁先生吟诵的音调。我真是觉得，这是一个非常宝贵的我们中国的文化的传统。所以纵然我一无所长，也什么事情都没有做好，但是我把我的老师顾随先生对于诗歌的欣赏、讲授，他是把诗歌的生命讲出来了，我把他的讲课的笔记完全整理出来，由顾之京，就是老师的女儿，已经印出来发表了。还有我的老师戴君仁先生，那个最传统的，最正宗的，那个吟诵，真是带着全部的感情投进到这个诗歌里边去，戴先生吟诵《秋兴八首》，昨天晚上我曾经请南开的校友程滨老师在台上吟诵了，当时席慕蓉老师坐在我旁边，说他这吟诵是什么调子，我说这就是戴君仁先生吟诵的调子。那吟诵的《秋兴八首》，那种悲感苍凉，完全都从声音传达出来了。吟诵是非常重要的一个传统。但是，一定要是正规的，真正是对于这古典诗歌真正有体会的人，真正能够把感情融会进去的人，那才是真正的吟诵。如果他自己对于诗歌没有深重的体会和了解，只是在外表上、形式上，编造一些个美丽的起伏摇荡的声音，其实没有投入进去。什么事情都是有生命的，我一直讲"兴发感动"，就是我认为诗歌是有生命的。诗歌不用我宣传来保存，它自己本身，诗歌里边的生命，就使它长存不朽的。而这个诗歌的生命，在吟诵之间，是最能够表达出来，一定要你吟诵的人，是真正进到诗歌里边去，你是用你真正生命的体会去吟诵的，那才是真正的吟诵。如果没有感发的生命的体会，而只是在外表装饰一些个美丽的声音，那个不是我们传统的吟诵。像邓丽君一样，是以古人的诗歌来唱歌的。我这个人没有别的长处，就是我一定很真诚地说我自己的感觉和感受。总而言之，我对于大家非常感谢，尤其这个，我刚才说到这个"迦陵学舍"，我昨天还说我以后要努力地工作，这是我真诚的志愿，因为我最近带回来的至少有上千小时的，我几十年的讲课的录音，现在正由学生在继续整理，最近在《文史知识》上发表的，讲庾子山的《小园赋》《哀江南赋序》，那都是我在台湾的录音，由这边的同学帮我整理出来的。那我在各地讲课的录音，我录下来的，差不多有两千小时，大批的箱子，原来是我自己一个人带，十个纸箱，我一个人带回来，下了飞机，我找了一个推车，有一个人帮我推，他装不下，我自己拿一个推车，我们两个推车一直推出来。那么最近这两年因为我越来越老了，搬运也搬运不动了，就由张静老师帮我，这两年我们又接连运回，每一次都差不多有十箱的材料。这些材料我们要存在我们的迦陵学舍，有一天我不能够站在台上，也不能够讲课了，但是至少，我还可以指导学生，整理这些讲课的录音。所以昨天他们还在说，我到现在，他们拿来的稿子，我都仍然亲自看，亲自改的，他们整理的每一次我讲演的稿子，我都拿来我亲自改的，所以我说我每天晚上两点半睡觉，早晨六点半起床，我不是虚夸的事情，还有刚才林玫仪教授说，她跟我到图书馆，张静也跟我到图书馆，只要图书馆开门我就到图书馆去，我中午就是一个三明治，一个水果，我是一杯开水，凡是有朋友找我的，我为了节省时间，我不跟他们聊天谈话浪费很多时间，在座还有王芳女士，我说你要跟我谈话，等到中午我到亚洲系的楼下休息室吃午餐的时候我们再谈话。他们都有这个经验，还有一位男同学叫李有强，是非常好的一位同学，也非常喜欢中国的古典诗词，而且他非常热心，还把我在加拿大的很多的生活都拍了录影，他也愿意跟我一起在中午吃饭。我说好，我带三明治，你也带三明治，那我们就一边吃午餐，一边就可以谈话。吃了几天，他不干了，他说我不能够忍受这样的生活。所以像林玫仪教授，她到海外去访问，她到别的地方人家都开车带她去旅游，参观那些美丽的景点，只有到我的 UBC 大学来，我每天开车到图书馆，我关在图书馆，把她也关在图书馆。我中午吃一个三明治，我也亲自，我早晨做两份，给她做一份，她也陪我吃三明治。所以大家没有人想象，像我女儿说的，我真的是喜欢诗词。当我就关在图书馆一个小房间，我可以与古人神交，我觉得是一件很快乐的事情。我今天非常感谢，我一无所长，只因为我个人的爱好是诗词，而得到大家这样的爱护，所以可见，是诗词有一种生命，而且我要说，诗跟词的生命，它的最好的作品，其中的生命不完全一样。诗是以这个感发的生命为主体，词除了感发以外，它低回婉转，这就是我后来给词的美感所下的一个意思，我说它是"弱德之美"。好，对不起，耽误你们大家好多时间！谢谢大家！我是充满了感谢的，谢谢！

沈立岩教授(南开大学文学院院长)

每次听叶先生讲话,真的感到都是一种精神的洗礼。我想我们每一个人都有这样的感受。我刚才就想到叶先生有一首诗,写到在南开讲课的情景,那时候我在,因为我是 1982 年入学,叶先生您是 1979 年回来,我听过您讲课。这首诗说什么呢?"白昼谈诗夜讲词,诸生与我共成痴。临歧一课浑难罢,直到深宵夜角吹。"当时那种情景,叶先生真是,她讲得忘情,我们听得忘情,和叶先生在一块,我总觉得时间过得特别快,这使我想到我们今天开这个会的一个初衷。当然一方面是向叶先生表示一种崇敬之情,给她祝寿。另一方面,因为我也是从事文学教育的,我们这些年——我曾经在《文艺报》的一篇小文章里谈过这个问题——就是我们的这个文学教育,刚才葛晓音先生也说到这个问题,就是变得越来越专业化,这个专业化是什么?越来越职业化。但是真正能够把文学的生命讲出来的,把诗的生命讲出来的,这样的老师太少了。可是我们大家冷静地想一下,尤其在我们大陆,大家都知道,我们由于种种的历史原因,我们的文化的断裂是非常严重的,到今天大家能够去读"十三经",再简单点读"四书五经"的人,其实并不是特别的多,能读懂的尤其少。但是有一点是非常明显的,就是唐诗宋词,中国古代的诗词历经摧折,但是仍然能够家习而户诵,刚才叶先生说得非常对,让我想到伽达默尔的一句话,他有一句话说得非常好,他说文学作品对于一切时代而言都是当代的。真的是,我们进入文学作品的时候,就是在和古人做一种生命的交流,精神的交流,真的是一种深层次的交流,而这种交流,实际上你不管怎么去摧折它,它实际上一直是存在的。所以我觉得我们从事文学教育的人真的负有一个非常重大的使命:一方面当然是我们文学生命的传承,还有就是文化的生命的传承。但是这个文化传承并不是说要搞一种什么的新的文化中心主义,不是这样,而是保持一种文化的多样性,就像我们保持生态多样性一样,生态多样性的存在对于地球这个生命圈的维护是有很重要的意义的,文化也是如此,文化的多样性能够给我们未来的发展提供更多的机遇和可能性,我想这个意义是在这里。这几天来,我看大家讨论的题目非常广泛,从叶先生的诗词的创作,到叶先生的诗学思想,诗学的批评,包括吟诵的教育,包括诗学的教育,包括古今中外的内容,甚至有的讲到苏轼和莎士比亚的这种比较,我觉得都非常好。感谢各位嘉宾贡献了自己的高明的见解,我想最后呢,让我们以热烈的掌声,祝贺叶先生九十华诞生日快乐,祝叶先生健康长寿,祝我们的事业兴旺发达!

好,我宣布,叶嘉莹先生九十华诞暨中华诗教国际学术研讨会到此胜利闭幕,谢谢大家!